R&B

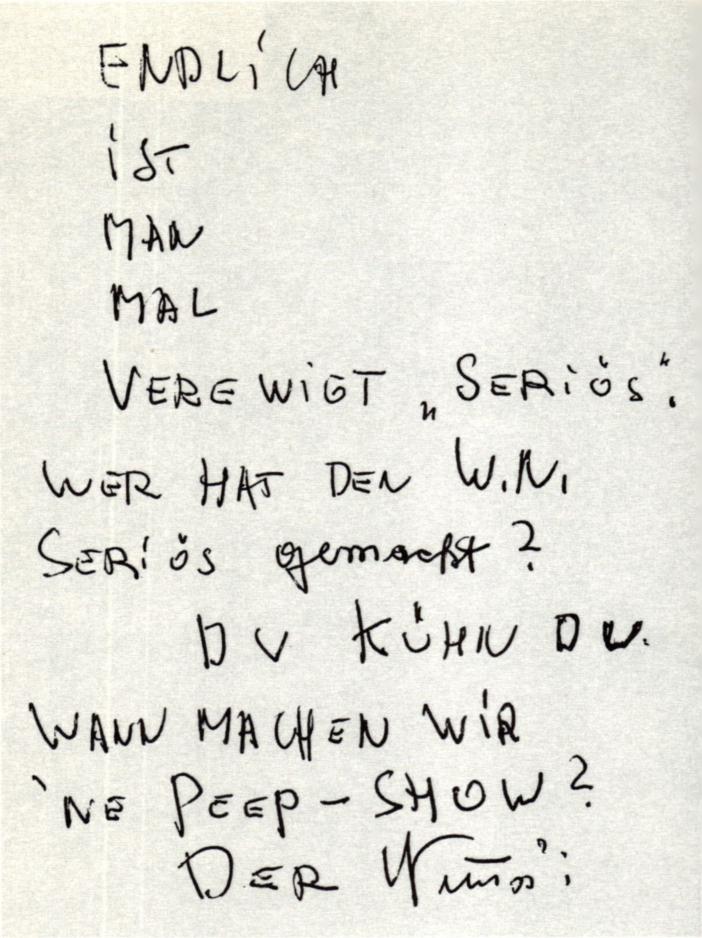
ENDLICH
IST
MAN
MAL
VEREWIGT „SERIÖS".
WER HAT DEN W.N.
SERIÖS gemacht?
DU KÜHN DU.
WANN MACHEN WIR
'NE PEEP-SHOW?
DER [illegible]

Der totale NEUSS

Wolfgang Neuss
Gesammelte Werke

Herausgegeben von
Volker Kühn

Rogner & Bernhard
bei Zweitausendeins

1. Auflage, Juli 1997
2. und 3. Auflage, September 1997
4. Auflage, November 1997
5. Auflage, Mai 1998
6. Auflage, Oktober 2003
7. Auflage, Februar 2004

ISBN 3-8077-0145-1

Lektorat: Ralf Kessenich, Hamburg.
Umschlag: Sabine Kauf, Plön.
Umschlagabbildungen:
Umschlag vorne: ©Gisela Groenewold (o.). ©J. H. Darchinger.
Rücken: ©Paul Glaser. Umschlag hinten: ©Achim Duwentäster.
Herstellung und Gestaltung: Eberhard Delius, Berlin.
Satz und Repro: Theuberger, Berlin.
Druck und Einband: Freiburger Graphische Betriebe.

Dieses Buch gibt es nur bei Zweitausendeins im Versand, Postfach, D-60381 Frankfurt am Main,
Telefon 069-4208000, Fax 069-415003.
Internet www.Zweitausendeins.de, E-Mail info@Zweitausendeins.de.
Oder in den Zweitausendeins-Läden in Berlin, Düsseldorf, Essen, Frankfurt am Main, Freiburg, 2× in Hamburg, in Hannover, Köln, Mannheim, München, Nürnberg, Stuttgart.

In der Schweiz über buch 2000,
Postfach 89, CH-8910 Affoltern a.A.

Inhalt

Volker Kühn: Schmähgesänge im Alleingang 11

NEUSS, DEUTSCHLAND

Neuss über Neuss 22
In der Blüte meiner blauen Tage 24
Ich war immer gefährdet – Ein Werkstatt-Gespräch 27
An mein Publikum 33
Fragen und Antworten I 34
Selbstzeugnis 35
Fragen und Antworten II 36
Kleine Ahnentafel 38
Nachgerufenes – Eine Nekrolog-Collage 39
»Der ist ja gar nicht tot« – In memoriam Neuss 45

RÜCKGRIFF AUF DIE ANFÄNGE

Ich bin mit Pferden groß geworden 74
Dann hab ich meiner Mutter in die Tasche gefaßt 74
Wie mir warm wurde 75
Landwirt wollt ich werden 80

DIE GRAUEN VIERZIGER

Willi hieß er 82
1. Übung 83
Siebenundvierzig – Achtundvierzig – Neunundvierzig .. 84
2. Übung 85
In die Kleinkunst stolpert man rein 86
3. Übung 87
Kabarett ist einer 89
4. Übung 90
Paul Milkus 92

DIE GOLDENEN FÜNFZIGER

Wir haben uns ja in den Geist verliebt 94
Auflage 95
Das war an einem ersten Mai 96

Gepaukte Pointen 9
Ich hab damals nicht auf Pointe gesprochen 9
Noch 'ne Pauke 10
Der abgewürgte Paukenschlag 10
Ich hab noch einen Teppich in Köpenick 11
Das Kabarett der frühen Jahre 11
Schreibmaschine und Klavier 11
TV-Dialog 11
Berliner Blacks 12
Radioglück 124
Blue Jeans mit EK I 126
Hallo Sie 130
Als ich siebzehn war 13

Serenade für Angsthasen – Schüttepo geigt für Europa . 133

DIE ROTEN SECHZIGER

Wir Kellerkinder – Ein gesamtdeutscher Heimatfilm . . 161

Filmgeschichten – Polemisches Intermezzo
Wir sind nicht zu bezeichnen 214
Förderungswürdig: Das Grundgesetz 217
Wie ich nicht Generaldirektor wurde 220
Auf der Straße 222
Kein Satellit – eine Rakete 224
Als Wolfgang Müller starb 226

Eine deutsche Frage – Aus der Zyne für die Zyne
Wie ich heut nacht 230
Wenn einmal, Flüchtlingsfreund, hör zu 231
Deutsche Liebe 232
Urlauber Paul schreibt vom Schwarzen Meer 233
Warum ich mich auf die Wiedervereinigung freue 235
Silvester muß ein Deutscher gewesen sein 237
Ein Skandal 244
Wer auch immer 245
Regieanweisung 246
Gereimte Destruktion 247
Das Beste 248

Genosse Münchhausen – Eine Lebensgeschichte 249

Das jüngste Gerücht – Satire über Trivialpolitik 289

Pinscher-Lyrik – Vom Kneten der Sprache
Kalte Verse auf heißen Büttel gepeitscht 356
Strauß als Lyriker 358
Egon Bahr als Lyriker 360
Rudolf Augstein als Lyriker 362

Neuss Testament – Die Villon-Show 367

Bombenstimmung – Sprengsätze eines Spaßmachers
Die Pfeile 452
Eier für Ho Tschi Minh 453
Aus dem Bericht der Westberliner Schutzpolizei 457

Die Antwort ist »Ja« – Briefwechsel über's Parteiliche .. 461

Bitte Logik prüfen! – Vom linken Gewerbe
Gebrannte Mandeln 476
Die DDR schlägt los! 479
Mi... Mi... Mitbestimmung 482
EWG 485

Von berufswegen – Über Satire
Leben und Bühne 488
An Kabarettisten 489
Nicht besser – falscher! 490
Der heimliche Krieger 493
Dis muß nämlich die Satire! 494

Ihr habt nicht recht! – Aus der Tschu-En-lai-Bücherei
Frohe Botschaft für meine Feinde 506
Sind wir noch zu retten? 509
Notstands-Paule 513
Die Faust aufs Auge 515

Von Freiheit nischt jehört – Zwischen zwei Welten
Ursache und Wirkung 520
Belehrung 522
Funkspot 524
Einbahnstraßentheater 525
Selbstbedienungsmensch für Bullen 529

Asyl im Domizil – Bunter Abend für Revolutionäre . . . 53

Neuss spricht Bild – Das jüngste Gewerbe der Welt . . . 61

Neuss paukt deutsch – Montage eines Mackers 62

Rrrrrr... – Vom Ende der gepflegten Lüge
Der Weg nach oben 638
Kulturkritik 64
RRRRrrrevolution! 64

DIE GRÜNEN SIEBZIGER
Also bei Adenauer 652
Zur Arbeitslage der Nation 657
Wir wissen zuviel 660
Schimpfwörter unterwegs 664
Herrje 666
Berliner Sonntag 667
Kunst und Leben 669
Swinging Berlin 671
Aussage des Angeklagten zur Sache 675
Der Prozeß oder: Wie man sich abschafft 676
Steigerung 685

DIE BUNTEN ACHTZIGER

Das geordnete Chaos – Die Welt von unten besehen
Was wir immer vergessen 692
Granaten zu Spaten 694
Abrüstungs-Initiative 697
Brief an die Grünen 700
Heute abend würde ich gern sehen... 704
Erzähl dich 706
Das Ding hat ja jetzt 'n Spitzbart 708
Zum Jahr der Behinderten 711
Gedicht für Mildred 713
Westdeutsche Patrioten 715
Zwanzig Jahre Edeka 717
Erotomanik 727
Happy End Auschwitz 728
Wir über mich – Das hätt ick nich von mir gedacht . . . 732
Verlorene Elche 734

Darf ich auch mal was sagen? – Ein- und Ausreden
Ich sage euch eins« – Ein Talk-Show-Monolog 736
Nun hör doch mal uff, Mensch!« – Talk-Show-Duell . 747
Ich bin der vierte Mann« – … mit den »3 Tornados« .. 756
Paß ma auf, Kühn …« – Ein Briefwechsel 765

Aus der Spruchkammer – Neusstalgisches zur Lage ... 777

Neue Gemütlichkeiten – Vom Rauchen des Hanfseils
Aussteigen / Einsteigen 802
Freiwillige Selbstkontrolle 806
Überlebensmittelladen 810
Drogen-Kultur 814
Jeder hat sowieso seinen eigenen Blues 819
Sprache / Geräusche 821
Sperrmüll und Häuserkampf 823
Das Ende des Holzwegs 826
Tunix 843
Vor vierzig Jahre: Die Fünfziger 846
Mit Mogeln nichts zu machen 852

VORGRIFF AUF DIE ZUKUNFT
Vom Sterbebammel 856
Die Erde läuft gut 859
Letzte Botschaft 861
Eine Frage 863

WHAT A NOISE!
Die Presse: von A–Z 866
Hanns Dieter Hüsch: Nachricht I 874
Wolfgang Müller: Müller über Neuss … 875
Dieter Hildebrandt: Das Ungeheuer von Loch Neuss .. 876
Franz Josef Degenhardt: Adieu, Kumpanen 878
Wolf Biermann: Pfingsten 1965 880
Franz Josef Degenhardt: Immer noch grob sinnlich ... 882
Hanns Dieter Hüsch: Nachricht II 885
Matthias Beltz: Der Tod des Totengräbers 886

ANHANG

Zeittafel 890
Neuss auf der Bühne 905
Neuss in den Medien 909
Veröffentlichungen 918
Register 923
Bild- und Copyrightnachweise 955

Volker Kühn:
Schmähgesänge im Alleingang

Gelegentlich taucht sein Name in der Presse auf. Auf der Rätselseite der Wochenendbeilagen für den gehobenen Anspruch sind dann seine fünf Buchstaben gefragt. Die Art der Fragestellung verrät den Feuilletonisten, der um die Ecke zu denken gewohnt ist: »Das Alte, das Neue und sein Testament wurden Bestseller« heißt es da im Zeit-Magazin, und die FAZ, mit dem sprichwörtlich klugen Kopf dahinter, zieht schlaubergernd mit: »Berliner Satiriker hier am Rhein? Das sieht ihm ähnlich!«

Wirklich nicht. Rätselraten darüber, wer's denn sein soll, auch angesichts der Reportage zur Saure-Gurken-Zeit, wenn dem Zeitungsleser alle Jahre wieder die Horror-Story vom Ungeheuer von Loch Neuss ins Haus steht: Die schauerliche Mär vom Publikumsliebling, der zum Guru verkam, die Moritat vom bösen Kellerkind, das nicht hören wollte und zur Strafe als Objekt kleinbürgerlichen Mitleids ausgestellt wird – eine faule Geschichte. Fauler noch als der Zahn des vom »Schicksal« Gebeutelten, der die bundesdeutsche Illustrierten-Kosmetik so empfindlich stört.

Nein, der Fall liegt anders.

Man erinnert sich: Da haute ein Witzbold vor nunmehr dreißig Jahren frischfrommfröhlichfrech auf die rechte Pauke und das Publikum liebte ihn drum. Komik war gefragt, als es nach verlorenem Krieg die Ärmel hochzukrempeln galt: Wer schon nicht satt wurde, wollte wenigstens lächeln.

Das fröhliche Spiel mit dem Wortspiel stand hoch im Kurs und lieferte seinen Beitrag zum Wiederaufbau des ruinierten Rumpfdeutschland – die launige Conférence als Mutmacher und Lebenshilfe. Der Pointenschmied Neuss wurde rasch berühmt und zum Tausendsassa der Tingeltangel-Medien.

Doch dann mauserte sich der öffentliche Spaßmacher zum Satiriker, zur Schnauze mit Herz gesellte sich der Verstand. Es gab erste Hirnschwielen: Zweifel an der Methode, die Frage nach dem Wozu und Wofür. Und die Einsicht, daß es auf die Dauer sinnvoller ist, Mißstände zu beseitigen als sie kalauernd zu benörgeln, wie das im Kabarett so üblich ist. Das politisierte den Clown, der Witz bekam Biß und wurde parteiisch, di Kritik bekam Richtung und traf von nun ab aufs Schlimme Der Profi-Joker engagierte sich und nahm Partei, verstand wie es die Satire vorschreibt, keinen Spaß mehr, wenn's erns wurde. Grüne-Woche-Besucher, die nach dem obligatorische Gang zur Berliner Mauer in sein Domizil am Lützowplatz pilgerten, verstanden zum erstenmal Bahnhof. Als Neuss dan einsehen mußte, daß sich die Welt vom Kleinkunst-Keller au nicht verbessern, geschweige denn verändern läßt, gab er auf Er fand weder Sinn noch Gefallen daran, weiterhin ander Leuten zu deren Vergnügen in den Hintern zu treten. Nach dem gesagt war, was zu sagen war, wollte er nicht mehr – nich mal mehr vor's Schienbein.

Und während der bildungsbeflissene Durchschnittsbürger arsch, derart allein gelassen, auf die Leistungsverweigerung des Politclowns betroffen bis aggressiv reagierte, macht die Schandschnauze von ihrem Zeugnisverweigerungsrech Gebrauch und schwieg. Der Komiker vom Dienst stieg au Kostüm und Maske, trug das Langhaar offen und lebte vor nun an den Protest, den er unterm Freudengeheul der Unverbesserlichen bis dato herausgeschrien hatte. Der Spaßmache machte ernst, übte sich im Konsumverzicht, verschenkte seine Habe, trat lächelnd ab und den Gang in die Stille an: no noise at all. Er hatte seine Gründe. Der Narr wollte nicht länge Hofnarr sein.

Ein Stück Zeitgeschichte dokumentiert sich in diesem Mann, der einen sechsten Sinn für's Komische wie für's Aktuelle hat, der mit dem Bauch zu denken weiß und immer auf der Höhe seiner Zeit ist – es sei denn, er ist ihr – wie so oft schon – um eine Nasenlänge voraus. Als Kind wollte Neuss zum Zirkus, Leute unterhalten, zum Lachen bringen. Das Trommeln lernte er im Fanfarenzug der Hitler-Jugend, die Goebbels-Parodie übte er wenig später in der Kaserne, nachdem dem gelernten Landwirt und Schlachtergesellen die Knobelbecher der reichsdeutschen Wehrmacht angepaßt worden waren. An der Ostfront lernte der MG-Schütze, ein halbes Kind noch, den Witz als Überlebenschance kennen: Wo es darum ging, entweder zum Spähtrupp oder zum Kartoffelschälen vorzutreten, zahlte sich aus, die Lacher auf seiner Seite zu aben, beliebt zu sein. Den Rest besorgte der Schwejk im opf und der Schalk im Nacken: Als es Neuss auf Rußlands oden zu heiß wurde, schoß er sich kurzerhand den linken eigefinger ab und fuhr, Richtung Heimat, ins Lazarett, wo r wenigstens seines Lebens sicher war. Von jetzt an ging's ergauf: auf den Brettern, die die Zeit bedeuten.

Hier hat er sich herumgetollt wie kein zweiter seiner Branhe: als Kasino-Klamottier und Truppenbetreuer, als Maneen-Komiker und Selfmade-Literat, als Einmann-Kabarettist nd Theaterautor, als Shakespeare-Darsteller und Werbespot-onférencier, als Musical-Star und Leinwand-Liebling, als eitungsherausgeber und Filmemacher, als Drehbuchschreiber nd Regisseur, als Balladen-Barde und Wahlkampf-Trommler, ls Protest-Prediger und Assoziations-Artist – und das alles veitgehend ohne Netz.

Ein professioneller Dilettant also. Bekannt von Film, Funk, ernsehen, Bühne, Schallplatte und Trottoir. Einer aus der unft der Nörgler, wie er selbst sagt.

Sein Talent, dem Volk aufs Maul zu schauen, seine Sprahe zu sprechen, seine Gedanken zu denken, zu formulieren, was der kleine Mann ums Eck hätte formulieren können, wenn er es gekonnt hätte – das machte Neuss schnell als Mann mit der Pauke zum Begriff. Zur Knalltype von nebenan, mit dem Herz auf dem rechten Fleck: ebenso listig wie lustig, verschlagen wie verlegen, aggressiv wie herzlich, naiv wie durchtrieben – ein Angsthase mit Zivilcourage, ein Rauhbein mit Schandmaul und Schlächter-Charme.

Aber des Volkes Stimme war nicht immer für ihn, im Gegenteil. Als der Paukist später zum Schlagzeug griff und den Trommelstock gegen den Gummiknüppel eintauschte, als die Lachkanone drauf aus war, die Welt mit der Schnauze zu verändern, herrschte Hochbetrieb auf dem Sofa, auf dem – nach Ignaz Wrobel – halb Deutschland sitzt und übel nimmt, sobald bei uns einer einen politischen Witz macht. Und mehr als das. Das Grundgesetz, so verstand sich der Berliner aus Breslau, verpflichte ihn zur Rebellion auch und gerade gegenüber denen, die es zu schützen vorgeben. Kein Wunder, daß es heiß herging auf den deutschen Sitzelementen als sich der Possenreißer politisierte und auf die schwarze, destruktive Kunst der Satire einließ.

Weit ist der Weg vom Cabaret zum Kabarett, vom Tinge
tangel zum Polit-Theater. Und Wolfgang Neuss hat ihn i
Alleingang zurückgelegt. Kein Tabu, das vor ihm siche
war, kein heißes Eisen, das er nicht in die satirische Zang
genommen hätte: Er verriet Durbridge-Mörder und verklag
te Zeitungsverleger, er vergällte den Berlinern die Freude a
Adventslichtern im Fenster und brachte einen Mißton i
das friedliche Gebimmel der Freiheitsglöckchen, er trommel
te für die SPD und warb für den Sozialismus, er ersann Slo
gans wie »Pack den Willy in den Tank«, kassierte Kunstpreis
und lehnte das Bundesverdienstkreuz ab, dachte die Ost
politik vor und flog aus der Partei, die sie später für sich ent
deckte. Was er liebte, kritisierte er, was er haßte, bekämpft
er, was er nicht mochte, lobte er zu Tode. Er provozierte un
stänkerte für die gute Sache, er agitierte für eine bessere Welt
Er legte sich an und legte sich fest, er klopfte auf die Finge
und trat auf die Zehen. Auf dem bundesdeutschen Sofa wa
die Hölle los.

Die Geschichte vom Paukenmann, die hier mit seine
Texten erzählt werden soll, ist gleichzeitig ein Stück gelebte
Satire auf das Land, in dem sie entstand. Und ein Lehrstück
über ihre Möglichkeiten und Grenzen. Der Satiriker, der dar
auf aus ist, den Widerspruch zwischen Anspruch und Wirk-
lichkeit, zwischen Ideal und Realität aufzuheben, muß di
Veränderung wollen. Spätestens an der Umzäunung, die de
Freiraum für Satire eingrenzt, stellt sich die Machtfrage. Da
sie in der Regel von den Unbelehrbaren entschieden wird, ge-
hört zur Crux, mit der die Satire leben muß. Und die ist dan
schon wieder eine Satire wert.

Schon Tucholsky forderte, daß sie alles dürfen müsse, die
Satire. Und hat erfahren müssen, daß man sie eben nur be-
grenzt dürfen läßt, gerade so viel, daß sie der Dummheit nicht
gefährlich werden kann. Am Schluß seines Sudelbuches ist die
Treppe zu sehen, auf deren oberster Stufe das Schweigen
steht.

In dem Neuss-Film, den ich über seinen Ausstieg drehte,
gab er mir zu Protokoll: »Ich habe lange gebraucht, bis ich
endlich oben war: Karriere, Popularität – das braucht seine
Zeit. Es war harte Arbeit. Jetzt arbeite ich am Gegenteil: Wie
werde ich unbekannt. Ich bin sicher, ich schaffe auch das.«

Er hat es geschafft, auch das. Gelegentlich taucht sein Name noch in der Presse auf. Die jüngeren Leser der Wochenendbeilagen zucken die Achseln, wenn auf der Rätselseite seine fünf Buchstaben gefragt sind. Das alles wollte er, so und nicht anders. Ein Leben ohne Hintertürchen, eine Vita zum Fürchten grade: der Satiriker als gescheiterter Clown. So ernst kann es nur einem sein, der sich mit dem Spaß auskennt – auf Gedeih und Verderb. Wer drei Jahrzehnte lang das harte Kabarett-Geschäft betrieben hat, der Welt auf ihrer Glatze die Locken zu drehen, der drängt sich nicht auch noch danach, von nun an bis in alle Ewigkeit auf der Kloake der Zeit die Pirouetten zu tanzen.

Die besten Witze erzählt sich der Neuss heute selbst.

So las sich's 1981, im Vorwort zum »Wolfgang Neuss Buch«, das vor gut fünfzehn Jahren erstmals die Geschichte des Clowns, der zum Kabarettisten mutierte, in seinen Texten vorstellte.

Seither ist viel geschehen und etliches passiert, Unvorhergesehenes und doch nichts, was nicht vorauszusehen gewesen wäre: Neuss blieb Neuss, bis zum Ende seiner Tage. Inzwischen sind die Fragen im Rätsel-Eck bildungsbürgerlich ausgerichteter Zeitschriften und ihrer Wochendbeilagen verstummt. Denn die Knobel-Freunde mit dem Hang zum Rätselraten verloren nach und nach ihren Publikumsliebling, der ihnen oft genug ein Rätsel war, erst aus den Augen und dann aus dem Sinn. So gesehen, ist dem einst so Prominenten, den man von Film, Funk, Fernsehen, von Schallplatten, Straßen-Demos und Kabarettkellern her kannte, geglückt, was er sich Anfang der Siebziger vorgenommen hatte – sich »abzuschaffen« und wieder unbekannt zu werden.

Und doch ist ihm das nur bedingt gelungen. Um die gleiche Zeit nämlich, als sich angesichts der Horror-Stories vom heruntergekommenen »Stadtindianer« mit dem »Schattenkabinett« und dem Haschpfeifchen im Mund, Entsetzen, Trauer und Entrüstung der einstigen Fan-Gemeinde allmählich legten, wurde er wieder einmal entdeckt. Ganz neu und wie zum erstenmal. Und das von einer Generation, die zuzeiten der großen Neussiana in den fünfziger und sechziger Jahren noc in gutbehüteten Bürgerhäusern oder Kinderläden auf da Leben vorbereitet wurde, damals, als der »doppelte Wolfgang mit Partner Müller massenhaft Kinos und Freilichttheate füllte oder als Einzelkämpfer Kabarett-Bühnen bestieg un Protest-Barrikaden erklomm. Neusstalgie war diesen Junger die da in der Abgeschiedenheit einer leergeräumten Charlo tenburger Zwei-Zimmerwohnung einen abgewrackten Rock Guru im Schneidersitz ausmachten, kein Thema. Eher scho das, was der neue alte Neuss, den Joint fest im Griff, auf de Matratze da von sich gab: Blauen Dunst und kesse Sprüche.

Sprüche hat er schon immer gemacht, schnoddrige, schnel le, komische und böse, und fast immer trafen sie ins Schwarze Aber seit er erkannt zu haben glaubte, daß der totale Wahn sinn dieser Welt Methode hat, genügte es ihm nicht mehr, nu die Realität zu kommentieren, wie sie in Morgenzeitung un Abendschau abgebildet wird. Er war auf eigene Wirklichkei aus. Von nun an bastelte er sich dazu noch seine eigene Wel zurecht, ließ sich auf Mystik und Räucherstäbchen ein un meditierte aufs Abenteuerlichste munter drauflos, daß de alten Freunden Hören und Sehen verging, und geriet gehöri ins Schwärmen. Über Gott und die Welt.

Geblieben war das Handwerk, der schnelle Witz, die ga loppierende Pointe, der sinnstiftende Gag, der Nonsens-Gim mick, die makabre Klamotte, der fetzige Comic-Kalauer, de schwarze Humor und der hellwache Verstand. Nach wie vo schlug er Funken aus der Kluft, die sich zwischen Anspruc und Wirklichkeit auftut, assoziierte er Wirres zur Lage, geifer te er Blitzgescheites zum Tage. Er ging aufs Ganze und kam au den Punkt. Wie einst St. Peter Hille mit dem Zettelsack, de um die Jahrhundertwende auf einer Berliner Parkbank da Zeitliche segnete, notierte er sich Ein- und Aussichten, Ein und Ausfälle auf Papierfetzen, machte sich seinen Reim au das Ungereimte seiner Zeit, kritzelte Spruch und Widerspruch Einspruch und Gegenspruch auf Zeitungsreste, Buchrücker und leere Zigarettenschachteln.

Neuss-Charlottenburg-Lohmeyerstraße, hieß die heiße Adresse, wo sich in den Achtzigern Profis, Nobodies, Drogen- freaks und Pointensüchtige die Klinke in die Hand gaben Da blieb er dann auf dem Teppich und hob ab, lebte die

Widersprüche, wie sie kamen, machte, aus der Szene für die zene, Ernst mit dem Spaß des Lebens. Er benutzte, wie eh und je, den Witz als Waffe, entdeckte den Gag als Glaubensbekenntnis, die Pointe als Protest-Potential und den Spontipaß als Überlebensmittel. Er lebte und erlebte Kopflust. Wenn man ihn fragte, woran er zur Zeit arbeite, antworte er: »An mir.«

Er machte radikale Veränderungen durch, ließ sich auf Neuand ein, riß vielerlei Brücken hinter sich ab und blieb sich doch reu wie einer, der nicht aus seiner Haut kann. Er war und blieb der unangepaßte Querkopf, der auch in schwierigen Zeiten ür sich und andere das Recht in Anspruch nahm, sich seinen eigenen Kopf zu machen und seine eigene Geschichte zu leben. Das hat ihn oft genug in Konflikt mit der Gesellschaft gebracht, die nicht so wollte wie er sich's wünschte: In den Fünfzigern, als er eine andere Politik, in den Sechzigern, als er eine andere Republik, in den Siebzigern, als er ein anderes Leben, in den Achtzigern, als er ein anderes Bewußtsein einklagte. Das Erstaunliche dabei ist, daß dieser Neuss immer und zu allen Zeiten ein »Neuss vom Tage« war und mit Haut und Haaren ganz in seiner Zeit stand, von ihrem Pulsschlag lebte, mit ihr, selbst als Spiegel- und Gegenbild noch, identisch war.

Das gilt für den schwejkhaften Kommißstiefel der Vierziger ebenso wie für den Filmstar und Playboy der Fünfziger, das trifft noch mehr für den Satire treibenden Rebellen der Sechziger, die aussteigende Hasch-Eule der Siebziger zu. Das macht, soweit sich das heute darstellt und beurteilen läßt, den Reiz seiner Einmischung, ihre Brisanz und zugleich die Popularität dieses Mannes aus.

Auch am Ende seiner Tage gab es genug ebenso aktuelle wie kontroverse Zeit-Themen, für die er sich schlug und um sich schlug. Und die nicht nur sein privates Ding waren, sondern das zahlreicher anderer, die sich im Neuss-Einspruch wiederfanden und von ihm betroffen fühlten.

So agitierte und stritt er bis zuletzt für eine alternative Lebensweise und die Legalisierung des Drogenkonsums, empörte er sich über die Bevormundung des Staates durch die alten Autoritäten, die kriminalisieren, was ihnen nicht ins Konzept paßt und in die Knäste stecken, was nicht nach ihrer Fasson selig werden will und etwas anderes liebt und lebt als das, was sich im Rahmen ihres kleinbürgerlichen Vorstellungsvermö-gens bewegt.

Er stand immer, Zeit seines Lebens, jenseits der Norm, er ging oft genug stur geradeaus um die Ecke, er sagte den Leuten die Wahrheit, daß sich die Balken bogen. Und er war nie gelassen. Mit ihm befreundet zu sein, war ein hartes Stück Arbeit, für beide Teile. Er hat sich und andere nie geschont. Und er klagte bei andern ein, was ihm scheinbar mühelos gelang: eins mit sich zu sein, aufrichtig und konsequent zu sein, und das mit tausend Widersprüchen, gerade seinen Weg zu gehen, wohl wissend, daß der kürzeste Weg zwischen zwei Punkten im kurvenreichen Slalom zu finden ist, der die Markierungslinie immer wieder verläßt, um sie umso genauer wieder anpeilen zu können.

Er war, bis zuletzt, für eine Überraschung gut. Selbst sein Tod kam wie ein Blitz aus heiterm Himmel, obwohl er sich ankündigte und zu erwarten war. Aber da dieser Mann wie ein Pfeifen im dunklen Keller war, das die Angst bannen soll, ein Rauhbein, das um sich schlug, wenn sich ihm die Hand entgegenstreckte, nach der er sich insgeheim sehnte – hat er auch diese letzte Phase seines Lebens »durchgespielt«. Er sprach in den letzten Wochen, die ihm noch verblieben, derart häufig vom Tod und vom »Sterbebammel«, daß man ihm nicht glauben mochte, was man doch wußte – denn er war unheilbar todsterbenskrank.

Er starb wie er lebte – aus dem Stand. Der unruhige Geist, ging seinen Weg konsequent zu Ende; der Gang in die Stille, die keine war, wurde von seinem Geschrei nach Ruhe begleitet, das eben den Krach erst in die Welt setzte, den er sich da lautstark verbat. Nur wenige Stunden vor seinem Tod gab er noch Fernsehinterviews, in denen er laut über Sinn und Unsinn des Lebens und Sterbens nachdachte: »Du hast gar keine Chance, nicht zu leben. Wir leben immer. Die Botschaft ist zwar nicht tröstend, weil man ja auch ableben muß. Aber man lebt nur ab, um zu leben. Es gibt keinen Tod in dem Sinne. Es gibt gar keine Chance, nicht zu leben. Keine. Man lebt immer. Immer.« Sprach's und nahm seinen Abschied.

Das war am 5. Mai 1989. Daß dieser so undeutsche und dabei doch so durch und durch deutsche Querkopf von heute auf morgen seinen Hut nahm und den Löffel abgab, ohne den

Fall der Mauer abzuwarten, ist ein Jammer. Schon, weil wir auf diese Weise um die eine oder andere Pointe gebracht worden sind, die dem Treppenwitz der Geschichte noch eins drauf gegeben hätte, die uns weismachen will, daß am Ende doch alles gut wird, was nur lange genug währt. Die, die Neuss kannten, sind geneigt, diese seine Pointen-Verweigerung für eine seiner durchtriebenen Gemeinheiten zu halten, deren er fähig war.

Die besten Witze, das gilt nach wie vor, erzählt er sich nun selbst. Wir, die er zurückließ, müssen uns mit dem Rest zufrieden geben. Und das ist eine ganze Menge: mehr als 900 bedruckte Seiten – der totale Neuss.

Total ist dabei mehr als alles. Die vorliegende Textauswahl versteht sich deshalb als Neuss-Kompress, sie will darüber hinaus Biographisches mitliefern und das Psychogramm eines Mannes erstehen lassen, der exemplarisch für seine Zeit war und bis heute geblieben ist.

Aus diesem Grund sind die Texte, die er schrieb oder sich, wie auch immer, aneignete, durch Zeitungsberichte, Fotos, Karikaturen, Gespräche, Interviews und Briefe von, mit und über Neuss ergänzt worden, die auch über die Wirkungsgeschichte dieser unverwechselbaren Person der Zeitgeschichte Auskunft geben.

Und doch ist der totale Neuss nicht alles. Von den unzähligen Manuskripten, Veröffentlichungen, Interviews, Briefen, Notizen und Skizzen, die er hinterließ, ist nicht alles publizierbar. Schon deshalb nicht, weil sich vieles genau so oder ähnlich bei ihm wiederholt, viele Gedanken mehrfach formuliert wurden und vieles auf der Strecke bleibt, was – wie im Tagesgeschäft der kabarettistischen Satire so üblich – von heute fürs Heute an- und weitergedacht wurde und doch bereits morgen der Schnee von gestern war. Solche verschütteten Schätze heben zu wollen, würde bedeuten, daß der dafür notwendige Anmerkungsapparat den Seitenanteil der Texte um ein Vielfaches überträfe und das Heer der kleingedruckten Fußnoten ins Unermeßliche wüchse. Zudem lösen erläuterte Pointen, die sich an zeitbezogene, inzwischen vergessene Ereignisse heften, bestenfalls Aha-Erlebnisse aus. Und überdies zielen Gags, gerade die von Neuss blitzschnell aus der Hüfte abgefeuerten, auf eine auf Milli-Sekunden berechnete Wirkung ab,

sonst enden sie als Blindgänger. Witze kann man nun ma
nicht erklären, das haben die Pointen nicht so gerne.

Eine andere Schwierigkeit ist grundsätzlicher Art und ha
mit der speziellen Spezies zu tun, die Neuss vertritt. Kabaret
ist nun einmal keine hohe Literatur und hat sich selbst da, w
es ihr nahekommt, oft genug als Gegenpol und Gegenübe
verstanden. Und das heißt, daß es andere als nur literarisch
Kriterien zu entwickeln gilt, die darüber entscheiden, ob un
welcher kabarettistische Text überliefernswert erscheint. Da
Kabarett lebt seit jeher nicht vom Text allein, und oft ist ers
der Gestus, mit dem Kabarettistisches vorgetragen wird, ent
scheidend dafür, ob ein Text »zündet« oder nicht. Bild un
Ton, Habitus und Tonfall sagen oft mehr über eine kabaretti
stische Nummer aus als der geschriebene Text, der sich in
Manuskript aufgezeichnet findet.

Bei Neuss kommt das Phänomen der Berliner Schnauz
des gebürtigen Schlesiers hinzu, die erst im gesprochene
Wort zu ihrer Form und Klasse auflief. Weil das so ist, finde
in dieser Ausgabe verhältnismäßig viele Wortprotokolle ihre
Niederschlag, die abgehört und notiert sein wollten, die abe
vor allen Dingen auch »mit dem Ohr gelesen« sein wollen
Wie denn der ganze, totale Neuss nur zu voller satirische
Sumpfblüte erblüht, wo man den Tonfall dieses kritische
Geistes im Ohr hat, ihn sanft säuseln, ironisch schmachte
und hinterfotzig Süßholz raspeln, ihn aufgebracht krächzen
krakeelen, schimpfen und zetern hört.

So ist diese Ausgabe eine Krücke, die uns bleibt, da er nich
mehr ist und sich nur noch indirekt äußern kann. Als Gehhilfe
tut sie jedoch allemal ihren Dienst und ist hilfreich in eine
Zeit, in der so vieles lahmt und manches sich nur mit Not vo
der Stelle bewegt.

Neuss – der totale Neuss – so was fehlt.

Berlin, 1981/1997

Neuss, Deutschland

Ich war doch mal 'n
berühmter Mann.
Ich war sogar berüchtigt

Neuss über Neuss

Zur Produktion eines Schriftstellers
gehören nicht nur Bücher,
sondern auch Gedanken.

Meine Witze
sind wie Cruise Missiles:
Kurze Vorwarnzeit –
Verheerende Wirkung!
Totaleinschlag!!
Und??
Keiner hat was gemerkt.
So sind meine Witze.

Anders ist es,
wenn ich konventionell arbeite.
Eine Klamotte nach der andern.
Es regnet Kalauer. Es schneit Wortwitze.
Aber:
Keine Verletzten.
Keine Toten.

Ihr solltet mir immer
einen leichten Größenwahn
zubilligen,
damit ich keine
Minderwertigkeitskomplexe habe.

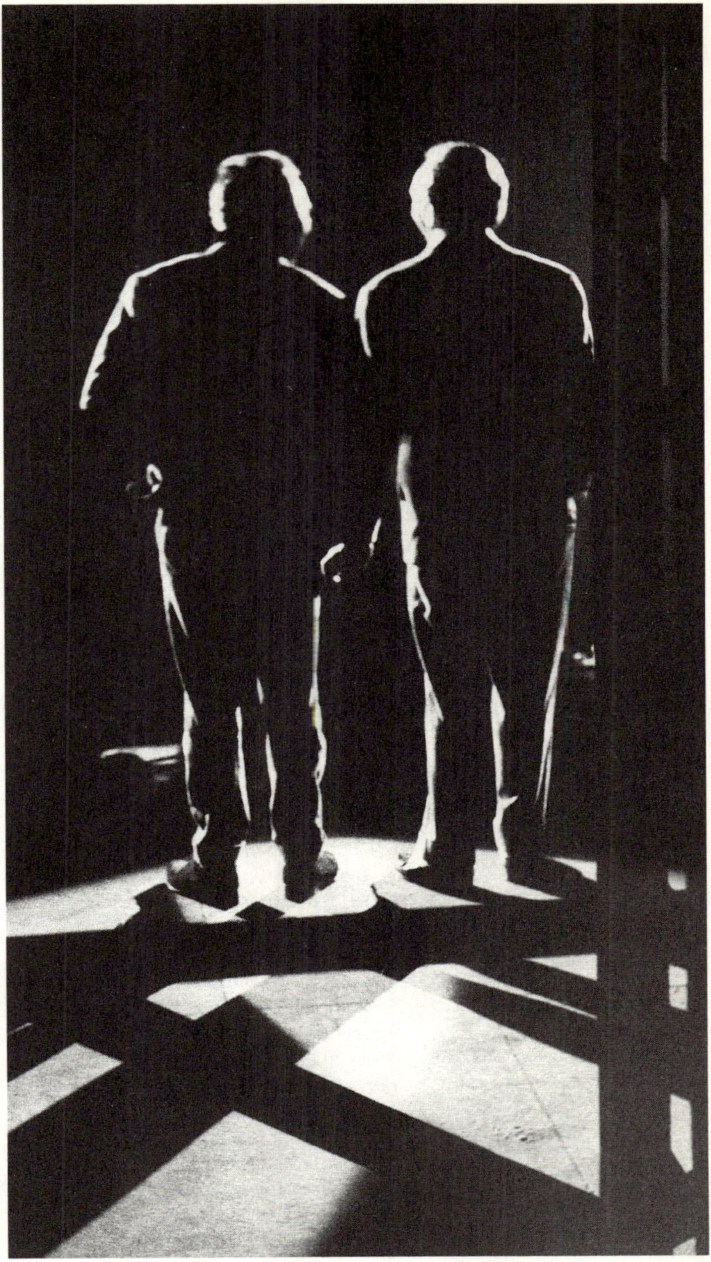

Die »beiden Wolfgangs«: Neuss, Müller

In der Blüte meiner blauen Tage
spürte ich daß Spaß ein Luxus war
den man mit der Apothekerwaage
abwog denn er war entsetzlich rar.
Und das Land der Dichter und der Henker
ach es war im Antlitz grau vor Rauch
ohne Inhalt blieb so mancher Kognakschwenker
auch an Leere litt so mancher Kopf und Bauch.
Da beschloß ich ungebeten
Spaß zu machen für Moneten –
etwa so:

> *Ick komme zum Arzt. Ick sage: Herr Dokta meine Frau bildet sich seit zirka zehn Jahren ein, sie sei eine Henne.*
> *Aba aba – sagt der Dokta – warum sind Sie denn dann nich eher schon gekommen?*
> *Ick sage: Herr Dokta, wir ham doch die Eier gebraucht.*

Und die Herren von der Industrie
flickten ihre löcherigen Taschen
schrien begeistert: Weg mit Schutt und Aschen
her mit einem Spaß für's liebe Vieh!
Prompt schlug ich auf meine Pauke heftig
die mit einer Kälberhaut bespannt
sah das liebe Vieh war arg beschäftigt
mit dem Beifall für den Komödiant.

1965 – »In der Blüte meiner blauen Tage« zählt zu den Texten, mit denen Neuss zugleich seine Standortbestimmung liefert und ausplaudert, wie er wurde, was er war: ein Unterhaltungs-Clown, der sich zum Kabarett-Satiriker mauserte. Die Nummer stammt aus dem Solo-Programm »Neuss Testament«. Neuss, der sein »Testament« ständig aktualisierte, abänderte, erweiterte, der hinzufügte und wegließ, hat in den achtziger Jahren, inzwischen längst zum ausgestiegenen »Guru von Charlottenburg« geworden, seiner Ballade als Epilog das PS vom großen Nichts nachgeliefert.

Da beschloß ich ungebeten
keinen auf den Huf zu treten –
etwa so:

Ick komme nach Hause. Ick sage zu meiner Frau –
Ick sage – Grete – sage ick
wo is denn hier der Staub von der Kommode?
Ick hatte mir da eine Telefonnummer notiert!

Ja ich liebte meine Profession
war auf ein paar Pannen rasch dressiert
ließ die Taschendiebe rein obschon
keiner gern sein Portemonnaie verliert.
Und daß jene mit geleerten Taschen
meine Kunst genossen und nicht störten
und daß diese die die Taschen leerten
mich nicht schimpften eine große Flaschen
Da beschloß ich ungebeten
Violin zu spieln auf der Trompeten –
etwa so:

Ick komme mit zitternde Finger, mit schlotternde Hände zum Dokta.
Sagt der: Sie trinken wahrscheinlich zuviel?
Ja – sage ick – Herr Dokta
aba das meiste vergieße ick noch dabei.

Meiner Künste Kurs stieg an den Börsen
die nach Kaltleim und nach Weihrauch stinken.
Sah mir einer zu beim Kartenzinken
griff ich ihn mir notfalls an den Fersen
denn das konnt ich ums Verreck nicht leiden.
Spaß unter der Oberfläche, das passierte nie.
Wo ich stand stand ich in Herzlichkeiten
und in diesen stand ich bis zum Knie.
Da beschloß ich ungebeten
Spaß zu machen für Proleten –
etwa so:

Ick sage: Alfons, wo warst du denn die ganze Zeit?
Sagt Alfons: Im Knast.
Ick habe in der Einbahnstraße geraucht.

Doch da fiel ich in paar hohle Löcher
und die waren wirklich nicht von Pappe
und es hieß: Geehrter Herr Verbrecher
hier sind zehn Pfund Dreck für ihre Klappe.
Plötzlich ließ ich ihn den Krieg den kalten
wollt nicht länger für Faschisten spaßen
doch die Herrn und Fraun die auf den Bänken saßen
ließen mich nur ungern schelten und auch walten.
Da beschloß ich ungebeten
einige in Arsch zu treten.

PS:
Dabei ließ ich Haare
Heut jetzt
hab ich wieder Lehrlingsjahre.
Folge des Verzichts:
Während andere in meinem Alter
vor der Rente stehen
steh ich
vor dem Nichts.

Ich war immer gefährdet

Kabarett als Dienstleistung der neunziger Jahre
Ein Werkstatt-Gespräch mit Volker Kühn

Kühn: Das hier ist ein Interview.
Neuss: Auch gut.
Kühn: Also sag was.
Neuss: Was?
Kühn: Leute wie du drängeln sich doch normalerweise, wenn es darum geht, sich zu produzieren.
Neuss: Da hast du recht. Aber diesen Drang, sich zu produzieren, dieses Machertum an sich, hab ich abgeschafft. War 'n hartes Stück Arbeit.
Kühn: Gut. Reden wir über's Kabarett, also über dich. Das Kabarett, heißt es seit Jahren, ist tot. Leben Totgesagte länger?
Neuss: Ja. Eine quicklebendige Leiche ist das. Die Dienstleistung der achtziger und neunziger Jahre ist das. Politisches Kabarett wird dann so 'ne Art Krankenschwesterdienst sein. Die Leute werden sagen: »Können Sie heute nicht mal wieder für eine Stunde bei mir vorbeikommen und mit mir sprechen? Ich habe das Gefühl, daß ich nur noch Elektronik bin und da sehne ich mich nach einem Witz, nach einem originell formulierten Zweifel aus einem menschlichen Mund.« So etwa muß man sich das vorstellen. Die Herren Kabarettisten werden dann inzwischen 60 sein, und wenn sie dann immer noch vom Geist der kritischen fünfziger Jahre beseelt sind, haben sie ihre große Stunde: Kabarett als Dienstleistungsgewerbe. Eine Art humane Seelsorge, mit der sich überleben läßt. So stell ich mir das vor. Das Telefon klingelt und es ist einer dran, der sagt: »Hallo, haben Sie nicht mal 'n Moment Zeit für mich? Haben Sie nicht 'n flotten

1973 – Das Interview wird während der Dreharbeiten zu Volker Kühns TV-Porträt über Neuss (»Ich lache Tränen, heule Heiterkeit«) geführt.

Gag auf Lager? Ich muß kurz mal, bevor ich nachher 'n großes Geschäft abschließe, muß ich kurz mal abschalten.
Kühn: Du meinst, daß sich die gleichen Leute, die sich abends als Moralisten auf die Bühne stellen, tagsüber ...
Neuss: Und die andern? Wie soll man denn ein Geschäft ohne moralische Stärkung abwickeln?
Kühn: Wie ist das mit der Moral? Mit Liebe und Haß?
Neuss: Liebe und Haß – das ist etwas ganz anderes als Moral. Das ist morallos, wie das Leben überhaupt ohne Moral ist. Aber Kabarett ohne Moral – das geht natürlich nicht. Dort wird sie als Triebfeder gebraucht. Wie auch für jedes andere Geldgeschäft auch. Ohne Moral ist kein Geld zu verdienen, und ohne Geld ist auch keine Moral nötig.
Kühn: Das klingt sehr kabarettistisch.
Neuss: Das hab ich natürlich einfach nur mal so formuliert. Ob das genau stimmt, weiß ich nicht. Ich hab das nicht nachgeprüft, ob das stimmt, was ich gesagt habe. Wenn es mir einfiel, und es klang nach einer Pointe – dann hab ich's gesagt. Und wenn ich es mal gesagt hatte, hatte ich es gesagt. Dann war es zu spät. Ich konnte es dann immer nur noch schlimmer machen.

Wenn dann einer kam und sagte: »Moment mal. Das war aber eine grobe Unterstellung, eine Entgleisung war das. Das können Sie doch nicht machen!«, dann hab ich immer versucht, mich auf eine originelle Art aus der Geschichte rauszuziehen. Bei dicken Fehlern genauso. Zugegeben – nie!
Kühn: Ich will dir mal einen Satz von dir vorlesen: »Wer keine Theaterstücke schreiben kann und nicht das Zeug zu einem Leitartikler hat, sollte diese Begabungsmängel miteinander verbinden und Kabarettautor werden. Kabarett ist Gesellschaftskritik und Bewußtmachen des Absurden als Element jeglicher Existenz ...«
Neuss: Ja, so 'ne Scheiße, wie ich sie da formuliert habe, hasse ich bis zum Tezett. Das ist derart unkabarettistisch, diese Sucht, zu sezieren, Begriffe zu finden. Schöner ist doch, man sagt: »Mensch, das ist 'ne gute Wanne!« oder »Das ist 'n guter Blues, der da abläuft.« Das Theoretisieren bringt keinen Spaß. Und Kabarett ohne Spaß ist doch einfach ... ist doch einfach pures Leben!
Kühn: Was ist denn das??

Neuss: Ich habe lange gedacht, das Leben und das, was du machst, ist ein und dasselbe. Stimmt aber nicht. Heute weiß ich das, heute hab ich die Übersicht. Irgendwie ist es mir gelungen, einen Einschnitt zu machen, mit allem aufzuhören. Das ging ja nicht so leicht.

Heute weiß ich: Wir haben zu viel gemacht. Zu viel gemacht, verstehst du? Denkt man zurück, was man im Leben schon alles wie, wann und wo gemacht hat, dann sieht man, daß man da zu starr auf eine bestimmte Sache geguckt hat. Wichtig war immer das, womit man gerade beschäftigt war. Die Welt fängt ja auch jetzt zum Beispiel erst mal an, außer Vietnam noch woanders hinzugucken.

Ich gucke natürlich schon weit vor der Welt, weil ich immer schon vor der Welt geguckt hab. Ich bin so auf die Welt gekommen: mit einem Auge zu früh. Das ist der Witz. Darum habe ich diesen furchtbaren kurzsichtigen Blick.

Kühn: Bist du romantisch?

Neuss: Eichendorff-Schüler.

Kühn: Was ist das Breslauerische an dir?

Neuss: Das Breslauerische an mir ist, daß ich diesen Fluß so liebe, der Oder heißt. Was ja auch ein kleines Wort ist. Nicht, daß ich mich in dieses Wörtchen so verlieben will wie Grass in die Skepsis. Aber Oder, der Fluß dort unten und die Stadt, die genau so ausgesehen hat wie ein Stadtteil von Berlin …

Kühn: Wie hältst du es mit dem geistigen Eigentum?

Neuss: Bitte?

Kühn: Du hast mich schon verstanden!

Neuss: Das halte ich überhaupt nicht. Das geistige und das andere Eigentum unterscheide ich nicht. Und ich halte nichts von Eigentum. Ich hinterlasse ja auch nie was. Nichts Materielles, meine ich. Schon so'n Schlagzeug, mit dem ich zuletzt aufgetreten bin, war mir schon zu viel, hat mich gestört. Auf der Bühne war das schon so: Am liebsten hätte ich die Leute ohne alles unterhalten, mit nichts. Vielleicht mit'm Taschentuch, wenn's hoch kommt. So ist das mit dem Eigentum: sagt mir nichts.

Da sind wir übrigens wieder bei der Moral. Der Fritze Luft hat früher immer gefragt: »Ist die Bank der Spötter gepolstert?« Da hab ich immer geschrien: »Zu wenig, zu wenig!« Ich hatte einen Jaguar, dann einen Thunderbird, Riesenschlitten, hatte eine Prachtvilla gemietet. Aber ich hab nie was hinterlassen. Am Schluß war's 'ne Ente. Wenn also hier, in meiner Nähe, irgend jemand mal was liegenläßt, das nehme ich mir sofort, wenn's mir gefällt. Wenn dann einer danach fragt, gebe ich es natürlich zurück. Ich bin eigentlich so 'n richtiger schöner, kleiner Dieb, wenn man's bedenkt. Ich hab eben nur noch nicht geklaut.

Kühn: Nur geistig.

Neuss: Na, hör mal. Unsereins lebt davon: Mundraub. Ich hab in meine Programme reingepumpt, was es gab. Hab mich bedient, wo ich konnte: bei Karl Kraus zum Beispiel – hemmungslos! Aber auch da, wo man mir nicht auf die Schliche gekommen ist.

Gut, das ist die eine Seite der Geschichte. Da kann man sagen: Nein, danke. Da kann man sagen: »Warum machst du so was?« Da sage ich: »Ich mache noch ganz andere Sachen.« Ich habe zum Beispiel ein Brecht-Gedicht erfunden. Ich hab es als Brecht zum besten gegeben und es war von mir. Und die Kritiker haben geschrieben: »Was der Brecht da geschrieben hat und was der Neuss so spät in der Schublade entdeckt hat – Donnerwetter!« Anerkannte Kritiker natürlich. Natürlich, wenn einer sagt: »Moment mal, was hast du denn da für einen Witz gebracht? Der ist doch geklaut!« Dann antworte ich selbstverständlich: »Das glaube ich nicht. So was mache ich nicht.«

Genauso wie ich eine Zeitlang nicht erzählt habe, daß ich mir meinen Finger selbst abgeschossen habe; ich habe immer gesagt, das sei eine Kriegsverletzung. Das gehört doch einfach mit zum Leben. Da macht man sich seine eigenen Spiele zurecht, seine eigenen Operetten.

Da komme ich auf eine Sache ... mein Gott, wie kann man mich auch so was fragen: Wie ich's mit dem Eigentum halte und ob ich klaue! 1951 bin ich nach Berlin gekommen. Da hat mich der Friedrich Luft gesehen und gesagt: »Dieser Mann ist entweder gefährdet, gefährdend oder aber gefährlich!« Hat mir gut gefallen, die Kritik. Hat er gut geguckt. So stimmt es. Ich bin immer gefährdet gewesen. Darum sind mir ja diese ganzen Sachen passiert: Studenten, Demonstrationen, Theorie auf der Bühne, das Aussprechen all dessen, was aussprechbar ist. Und das möglichst noch mit Witz. Und dann die Praxis runter von der Bühne auf die Straße verlagert, nicht etwa ins Bett oder in die Arme einer Frau, sondern auf die Straße. Ausgerechnet ich, der ich erstmal strikt dagegen bin und nie ja sagen kann: zusammen mit der praktischen Theorie. Und dann die Demonstrationen, wo ich doch im Grunde der Angsthase in Person bin. Eine der besten Sachen, die ich für den Funk geschrieben habe, heißt »Serenade für Angsthasen«. Das ist ein Stück von meinem Leben, wenn man schon mal drüber spricht.

Kühn: Brauchst du Widerspruch?

Neuss: Unbedingt. Davon lebt das Kabarett. Wenn im Publikum einer saß, der mitgearbeitet hat, der auf der Lauer saß und mir dann von unten Feuer gab, den wollte ich am liebsten immer gleich mit auf Tournee nehmen. Auch wenn er dazwischengequatscht hat: Immerhin hat er ja aufgepaßt.

Aber wie sind denn die meisten Zwischenrufer? Die sind ja ganz anders. Die wachen aus einer tiefen Lethargie auf, weil ihnen meistens das Programm nicht gefällt. Heben den Kopf, sind nicht mal betrunken, hören einen Satz, etwa über Wilhelmine Lübke, und dann ruft der von unten hoch: »Ist aber auch eine anständige Frau!«

Na, dann steh du mal auf der Bühne und setz da nicht noch 'ne Pointe drauf. Da läßt man dann ein Ding ab, wie's grade kommt.

So war das. Lübke, Adenauer, Strauß – das sind natürlich ideale Figuren, Originale, Unikümer. Überhaupt sind die Politiker heute, finde ich, grandios auf dem Kabarett drauf. Viel besser als ich. Kabarett ist ja inzwischen zu einer regelrechten Volksseuche geworden: Jeder kleine Fernsehredakteur, jeder Aufnahmeleiter spricht heute kabarettistischen Text.

Kühn: Hat's was geändert?

Neuss: Ja, sicher. Die Atmosphäre ist besser als zu der Zeit, da gutes Kabarett gemacht wurde. Einfach besser. Natürlich rede ich nicht von der Lebensqualität; wenn man schon vom Leben spricht, kann man nur von Quantität reden. Da wollen wir hübsch bescheiden sein. Aber Kabarett kommt aus einem Hirn, in dem ein gewisser Mangel herrscht. Mangel an Einsicht. Und davon gibt's heutzutage doch 'ne ganze Menge.

Kühn: Die Prügelknaben der Nation treten ab?

Neuss: Mehr oder weniger. Die Leute machen sich in Zukunft

ihre Witzchen selber. Wir haben ihnen doch gezeigt, wie's geht. Und was den Prügelknaben angeht – natürlich, das war 'ne schöne Rolle: Die Frauen stehen drauf, die Freunde stehen drauf, die Kinder auch. Wer ist das nicht gern. Obwohl man genug Angst geschwitzt hat, mit vollen Hosen.
Kühr: Wie geht's weiter, Wolfgang?
Neuss: Ich warte auf meine Partner. So wie ich als Kind immer Clown werden wollte, so will ich jetzt Marx-Brother werden. Als einer unter vielen. Das ist der Witz. Wolfgang Müller muß je irgendwann mal wiederkommen. Es gibt doch keinen Tod, es gibt nur ständige Wiederkehr. Infolgedessen muß der Typ irgendwann wiedergeboren werden. Ich glaube, ich hab schon einen gesehen.

An mein Publikum
Unerbittliche Logik

Es
lebe
der
Wollhändler!
Gäbe es keine Wollhändler
gäbe es keine Schafe.
Gäbe es keine Schafe
hätte ich kein Publikum.

Also
muß es
Wollhändler
geben.

1967 – aus dem Solo-Programm »Asyl im Domizil«. Die »unerbittliche Logik«, die in der Tradition der Spottverse des republikanischen Vormärz steht, war eine von Neuss oftmals angewandte Methode, sein Publikum hellwach zu halten und durch Provokationen zu aktivieren. Eine Praxis, die er sich schuldig zu sein glaubte und zugleich bedauerte: »Wie gut haben es die großen Entertainer. Wenn die auftreten, schwimmen sie sofort auf einer Sympathiewelle. Von mir erwarten die Leute, daß ich ihnen erst einmal kräftig vor's Schienbein trete. Und dann jaulen sie auf und lehnen mich ab. Anschließend ackere ich wie ein Pferd, daß sie mich wieder mögen.«

Fragen und Antworten I

Frage: Wie kommt man dazu, immer wieder den Nagel auf den Kopf zu treffen?
Neuss: Ich sitze und lausche.

(1957 – »Funkuhr«)

Frage: Wie halten Sie sich schlank?
Neuss: Ich ziehe den Bauch ein.
Frage: Wie möchten Sie aussehen?
Neuss: Dünner. Glatze, größere Ohren, niedrige Stirn und herrliche O-Beine sowie einen gepflegten Plattfuß – kurz: wie ein Indianer.

(1962 – »TV Hören und Sehen«)

Frage: Sind Sie ein notorischer Weltverbesserer?
Neuss: Ich bin ein Utopiepel.
Frage: Kann man davon leben?
Neuss: Man kann. Leben kann man immer.

(1967 – »Kölner Stadtanzeiger«)

Frage: Hast du Pläne?
Neuss: Ich habe immer Pläne. Ohne Pläne ist doch alles Dreck im Leben. Ohne Liebe auch.
Frage: Wie sehen die aus?
Neuss: Ich warte auf mein drittes Auge. Ich hab's zwar schon, aber noch nicht an der richtigen Stelle. Bis es soweit ist, arbeite ich.
Frage: Wie sieht das aus?
Neuss: Ich sitze und lausche.

(1980 – Gespräch mit V.K.)

Selbstzeugnis

Neuss, Wolfgang (Hans Otto)
Schriftsteller, Kabarettist, Schauspieler
geb. 3.12.1923, ev., Hobby: Fußball
Ausz.: Berliner Kunstpreis; Mitgl. PEN-Zentrum BRD
Beruf selbsterfunden: Zunächst ein Konglomerat aus Wanderprediger (wie Finck), laotse-schem Durchslandreiten und spritzige Halbwahrheiten verbreiten, später durch zage Television Berliner Nante-Typ; zahlreiche Bücher über seine 2-Stunden-Programme solo, zahlreiche Veröffentlichungen mit Filmpartner Wolfgang Müller und Schauspieler W. Müller (Müller im Jahre 1960 Flugzeugabsturz). Müller war Neuss' größtes Talent, nach seinem Tode war Neuss gezwungen, statt eine Person zu ersetzen, dieselbe mitzuspielen. Deutschlands hoffnungsvollstes Komikerpaar war kaputt. Neuss hat's trotzdem noch mal geschafft ...
Pläne: Nachdem Haschisch-Rauchen legalisiert wird, erscheint eine deutsche Neuss-Gesundheitsrevue.
Adresse: 1000 Berlin 10, Lohmeyerstraße 6

Neuss über Neuss – veröffentlicht in Knaurs »Prominentenlexikon 1980«

Fragen und Antworten II

Was ist für Sie das größte Unglück? Keins.
Wo möchten Sie leben? Westberlin.
Was ist für Sie das vollkommene irdische Glück? Dieses Jetzt.
Welche Fehler entschuldigen Sie am ehesten? Jeden. Am ehesten alle.
Ihre liebsten Romanhelden? W. N.
Ihre Lieblingsgestalten in der Geschichte? Garry Davis, Weltbürger Nr. 1
Ihre Lieblingsheldinnen in der Wirklichkeit? Petra Kelly.
Ihre Lieblingsheldinnen in der Dichtung? Annette Eckart aus dem Roman »Taz«.
Ihre Lieblingsmaler? Wendland.
Ihr Lieblingskomponist? Jürgen Deutschmann/Rock und Roll.
Welche Eigenschaften schätzen Sie bei einem Mann am meisten? Daß er sich seiner Fraulichkeit bewußt ist.
Welche Eigenschaften schätzen Sie bei einer Frau am meisten? Das gleiche.
Ihre Lieblingstugend? Askese.
Ihre Lieblingsbeschäftigung? Askese.
Wer oder was hätten Sie sein mögen? Asket.
Ihr Hauptcharakterzug? Edel.
Was schätzen Sie bei Ihren Freunden am meisten? Edel.
Ihr größter Fehler? Edel.
Ihr Traum vom Glück? Edel.
Was wäre für Sie das größte Unglück? Keines.
Was möchten Sie sein? W. N.
Ihre Lieblingsfarbe? Rot/Grün.
Ihre Lieblingsblume? Hanf und Mohn.
Ihr Lieblingsvogel? Taube.
Ihr Lieblingsschriftsteller? Arno Schmidt.
Ihr Lieblingslyriker? Arthur Rimbaud.
Ihre Helden in der Wirklichkeit? Prof. Albert Hofmann, Basel.
Ihre Heldinnen in der Geschichte? Brigitte Mohnhaupt.
Ihre Lieblingsnamen? Elisabeth, Otto, Eva.
Was verabscheuen Sie am meisten? Brutalitäten.

Welche geschichtlichen Gestalten verachten Sie am meisten?
Blutpersonen.
Welche militärischen Leistungen bewundern Sie am meisten?
Selbstverstümmelung.
Welche Reform bewundern Sie am meisten? Mond, Sonne, Erde.
Welche natürliche Gabe möchten Sie besitzen?
Rauchen können.
Wie möchten Sie sterben? Wie ich's täglich mache.
Ihre gegenwärtige Geistesverfassung? Offen.
Ihr Motto? Offen.

(22.6.1984 – FAZ-Magazin)

1984 – Wie allen prominenten Zeitgenossen legt die Frankfurter Allgemeine Zeitung den allwöchentlich in ihrem FAZ-Magazin veröffentlichten Fragebogen auch Wolfgang Neuss zur Beantwortung vor. »Dieser Fragebogen«, so der redaktionelle Vorspruch, »den der Schriftsteller Marcel Proust in seinem Leben gleich zweimal ausfüllte, war in den Salons der Vergangenheit ein beliebtes Gesellschaftsspiel. Wir spielen es weiter: heitere und heikle Fragen als Herausforderung an Geist und Witz«.

Kleine Ahnentafel

Vom Jahre 1 nach Christi Geburtstag bis zum Jahre 33 nach dessen Geburtstag habe ich als Nomade Ben Hürliman im Bekaatal gelebt. 49 Tage nach meinem dortigen Ableben kam ich im Spreetal im Jahre 34 n. Chr. als Mädchen Bärlein zur Welt und lebte am Schluß mit fünf Kindern bis zu meinem Tod im Jahre 94 n. Chr. Noch im selben Jahr 94 wurde ich in Antwerpen als Sohn eines Burgen-Bauers zur Welt gebracht, und mit dem Namen Burkhard der Gerechte starb ich im Jahr 138 n. Chr. Schon im Jahre 140 war ich wieder in Hamburg zur Welt gekommen mit dem Namen Henriette de Bouyse. Tatsächlich lebte ich als Grande Dame bis zum Jahre 201. Dann kam ich wieder als Mädchen zur Welt und hieß Bärbel Flämig, war Nonne im Kloster bis zu deren Tod im Jahre 278. Danach war ich der Mann Karl Liebeding, Kupferstecher und Erster Dorfschulze. Im Jahre 322 starb ich als Karl Liebeding und genau wiedermal 49 Tage später kam ich als Mädchen Marie Himmel, Dienstmädchentochter, zur Welt bzw. zu Körper.

Man kann sich ja nun mal denken, wer ich alles war, bis ich Wolfgang Neuss wurde.

Ich war Neger und reich, weißer Zeitungsjunge, Puffmutter, Kutscher beim Kaiser, Bürgerin, Nutte und asiatischer Arbeitsminister (Kreole in Borneo). Zuletzt war ich die beste Freundin meiner Mutter.

Un nu will ick ma anwesend bleiben, vastehste????

1985 – Die hausgemachte Neuss-Vita mit den überraschenden Antworten auf die Frage nach dem Woher und Wohin wurde von der »taz« veröffentlicht. In den Achtzigern hat sich der »kaputte Keller-Guru« (»Die Neue«), bis dato eher diesseitigen Fragen zugewandt, meditierenderweise mit dem Problem der Reinkarnation beschäftigt. »Ich bin einer der wenigen in der Stadt«, so Neuss in der Talk-Show »Leute« des SFB, »der mit Toten spricht«, weil das den Geistern gut tue, die sterben. »Aber so was macht man natürlich nur, wenn man weiß, daß man wiederkommt. Ständiges Kommen und Gehen auf der Erde ... Und deswegen habe ich nie ein Comeback.«

Nachgerufenes
Eine Nekrolog-Collage

Einen Tusch für den Neuss! Denn der Neuss ist tot! Kaum glaublich, aber wahr. Der Neuss ist tot! Tusch! (BM) Der »kaputte Clown« ist tot. (AN)

So viel Applaus hat Wolfgang Neuss lange nicht mehr bekommen wie jetzt bei seinem Tod, mit 65 Jahren in Berlin. Und so sehr der Größte genannt zu werden, wie ihm das soeben geschieht, hätte er gewiß gern noch einmal erlebt (ZT).

Tusch! Der Neuss ist tot! Tusch! Nun trauert mal schön – alle, die ihr ihn geliebt oder auch gehaßt habt! Tusch! (BM). Nun dürfen Reden gehalten werden. Am Grab. Würdigungen, mit Superlativen gespickt wie ein fader Hase mit Speckstreifen (ST): Tod einer Legende (ZT). Dienstlich Behinderte geben ihren Schmerz direkt bei dpa ab. Trauern per Telex um »einen der größten Männer des deutschen Nachkriegskabaretts« (ST). Berlins Regierender Bürgermeister Walter Momper nannte Neuss »eine Berliner Institution«.

»Er war ein Rebell, der uns Spaß gebracht hat« (DPA). Unter den Stimmen zum Tod von Wolfgang Neuss ist auch diese: »Der große Mann des deutschen Nachkriegskabaretts ist gestorben. Die große Schandschnauze mit dem hellen Kopf und dem schnellen Witz gibt es nicht mehr.« Diese Äußerung hat deshalb besonderes Gewicht, weil sie vom Kabarettisten Dieter Hildebrandt stammt (ZT).

Trauer über den Tod eines »großen Kabarettisten« (LN). Wolfgang Neuss hinterließ uns tiefe politisch-kulturelle Spuren (GA). Der Kabarettist, der

Am 5. Mai 1989 stirbt Wolfgang Neuss in seiner Berliner Wohnung. Sein Tod ist der bundesdeutschen Presse Anlaß für zahlreiche Nachrufe – vom »Spiegel« bis zum »Iserlohner Kreisanzeiger«. Die Nekrologe vermitteln ein detailgenaues, gestochen scharfes Porträt – weniger von Neuss als das der bundesdeutschen Zeitungslandschaft. Für die Collage wurde aus dreißig Presseerzeugnissen zitiert.

die Nation zum Lachen und Toben brachte, starb einsam (TZ): Wolfgang Neuss tot im Sessel (BZ). Am Freitagabend wurde Neuss tot in seiner Berliner Wohnung aufgefunden. Überraschend kam diese Meldung nicht. Nun aber gibt es endgültig keine Hoffnung mehr auf ein – immer wieder angekündigtes Comeback (SZ) – Wolfgang Neuss halbnackt auf dem Fußboden: tot (BD).

Hans Otto Wolfgang Neuss ging ab, wie er gelebt hatte: aufrecht sitzend. Neuss hatte seit Monaten gewußt, daß er nicht mehr lange leben würde (TP).

Sein letztes Wort war »Warte«. Der Tod von Wolfgang Neuss hatte sich offenbar schon Stunden vorher angekündigt (BD). »Warten« (und Sehen) ist das, was Neuss seit seinem Ausstieg aus dem Machen vor mehr als 15 Jahren betrieben hat (TAZ). Der frühere Kabarettist Wolfgang Neuss ist am Freitag im Alter von 65 Jahren in seiner Berliner Wohnung gestorben (AP), Wolfgang Neuss, ein Deutscher, der uns schon seit Jahren verlassen hat (SAZ). Ein endgültiger Rückzug des Vereinsamten aus der Öffentlichkeit, der ihm zu Lebzeiten, trotz mancher Jahre des Schweigens, nicht geglückt war (BAZ). Wieder ein Nestbeschmutzer weniger, werden die Berliner und Bundesdeutschen mit dem »gesunden Menschenverstand« zu dem Tod von Wolfgang Neuss sagen (GA). Wegen seines Drogenkonsums kam er wiederholt mit der Justiz in Konflikt (AP).

Der am Freitag gestorbene Wolfgang Neuss hat Kabarettgeschichte geschrieben und wurde dabei selbst ein Stück Zeitgeschichte (DPA).

Die Behörden nehmen einen natürlichen Tod an (AP). Bei der gestrigen Untersuchung fand die Kripo weder Drogen-Spritzen noch frische Einstiche

Zitate aus: Aachener Nachrichten (AN), Associated Press (AP), AZ, München (AZ), Badische Zeitung, Freiburg (BAZ), Berliner Morgenpost (BM), Berliner Volksblatt (BV), Bild (BD), BZ, Berlin (BZ), Deutsches Allgemeines Sonntagsblatt (DAS), Deutsche Presseagentur (DPA), Frankfurter Allgemeine Zeitung (FAZ), Frankfurter Rundschau (FR), Göttinger Anzeiger (GA), Hannoversche Allgemeine Zeitung (HA), Kölner Express (KE), Lüdenscheider Nachrichten (LN), Mainzer Allgemeine Zeitung (MAZ), Saarbrücker Zeitung (SAZ), Spiegel (DS), Stern (ST), Süddeutsche Zeitung (SZ), TAZ, Berlin (TAZ), Tempo (TP), TIP, Berlin (TIP), TZ, München (TZ), Die Wahrheit, Berlin (DW), Wiener (WR), Wochenblatt Charlottenburg (WC), Die Zeit (ZT), Zitty (ZIT).

am Körper (BD). Einstiche, Spritzen – für den Konsum von Marihuana und LSD? Das wäre so sinnvoll, wie zu konstatieren, am Sterbeort eines Drogentoten sei kein Kasten Bier gefunden worden (ZT).

Wolfgang Neuss ahnte den Tod (KE). »Die Toten sind bei mir, aber ich fürchte sie nicht.« Das erzählte Wolfgang Neuss allen Freunden und Bekannten, die sich Tage vor seinem Tod die Klinke der stets unverschlossenen mietfreien Hochparterre-Wohnung in der Lohmeyerstraße in die Hand gaben (BM). Er wußte um seinen baldigen Tod, aber er kam gut mit ihm zurecht (HA). Seit dem Tode seines Mitstreiters, Texters und Freundes Wolfgang Müller starb auch Wolfgang Neuss. Jeden Tag ein Stückchen mehr (DW). Eingefallen waren seine frechen Pausbacken schon seit langem (BAZ). Der Notarzt versuchte 30 Minuten lang, Neuss mit Herzmassagen zu retten, rief auch den Hausarzt des Kabarettisten an. Doch jede Hilfe kam zu spät: Kurz vor 19 Uhr blieb das Herz von Wolfgang Neuss für immer stehen (BD).

Er hat die Welt, die seltsam changierende Welt unserer Nachkriegsjahrzehnte, in seinem Kopf auszuhalten versucht. Und was das an Anstrengung bedeutet, ist jetzt, bei seinem Tod, erschreckend zu besichtigen (ZT). Man munkelte von Drogen und Tabletten (BAZ). Drogen, Krebs und wie die Diagnosen heißen mögen – wir stellen die andere: Er ist letztlich an seinen Skrupeln gestorben (ZT). Der einstmals mollige Typ hatte in den letzten Jahren ein ausgemergeltes Gesicht und trug lange, manchmal nach hinten gebundene Haare. Seine Zähne hatte er aber nur physisch verloren (BV). Der »Mann mit der Pauke« verlor nie seinen Biß (BM). Wolfgang Neuss: zahnlos, aber immer flotte Sprüche. Jetzt wird er für immer schweigen (HA). Neuss ist tot. Ist er tot? (BM)

Im Himmel ist seit Freitagabend die Hölle los: Einer der tollsten Springteufel hat seine irdische Hülle abgestreift und sich ins Reich der Geister aufgemacht (TAZ). Er wußte ja nicht, wohin. Und war dankbar für jeden, der ihm einen Steg wies (DW). Irgendwo im Nirwana spitzt Tucholsky bereits seine Bleistifte. Das werden wundervolle Doppelconferencen (AZ).

Wer war dieser Mann, der vom Kellerkind der Kriegsjahre zum Wunderknaben der Restauration wurde und dann doch wieder zum Kellerkind? Keine Antwort. Neuss würde sie zerpauken in der Hölle oder im Himmel, wo immer er nun ist (DW). Der Mann mit der Pauke haute gern auf dieselbe. Er war kein Taktierer, kein Feigling. Deshalb war er auch immer ein Mann für die Schlagzeilen (TIP). Er drehte viel mit seinem Freund Wolfgang Müller, der 1960 bei einem Flugzeugabsturz starb. Danach nahm Neuss Drogen, verbrachte die Tage auf einer braunen Matratze. Die Bude war fast möbellos (BD).

Eigentlich sah er sich als strikten Heimarbeiter (DAS). Im Schneidersitz hockte Wolfgang Neuss oft stundenlang auf seinem beinlosen Sofa, hörte Radio und meditierte (BD). Hockte auf seiner Matratze unter der großen Sternenkarte, dachte nach und rauchte (DAS).

Tatsächlich, Wolfgang Neuss war ein Kiffer, ein begnadeter sogar, ein bekennender ohnehin (ZT). Daß er einen Teil seiner Zauberkunst dem Umgang mit Ekstase – mit Drogen – verdankte, sich von den Alkohol- und Medikamentenorgien 20jährigen Filmstarruhms mit Haschisch kuriert hat – dieses »Ärgernis« hat Wolfgang Neuss nie verheimlicht. »Auf deutschen Boden darf nie wieder ein Joint ausgehen«, entbot er Richard Weizsäcker 1983 in einer Talkshow zum Gruße – kurz darauf wurde er nach einer Hausdurchsuchung wegen Haschischbesitzes verurteilt. Daß er nichts anderes täte, als den Strick zu rauchen, an dem er sonst hängen würde – nämlich Hanf – vermochte den Richter nicht zu beeindrucken (TAZ). Für die meisten war Neuss ein Kuriosum (ZT).

Vor allem aber war die Kodderschnauze Wolfgang Neuss, als es im Nach-Adenauer-Deutschland gärte, was niemand so recht wahrhaben wollte, eine Institution, nämlich der Kabarettist als außerparlamentarische Opposition, bevor sich eine solche formiert hatte und richtig artikulieren konnte (DS). Er war Aufsässiger und Aufsichtsperson in einem. Angsthase und Angstmacher, kleiner Mann und Großkotz. Er wußte, was in uns allen steckt, und er brachte es aus sich heraus. Seine Luzidität war eine Art erschreckende Not-Beleuchtung (ZT). Er war nicht nur Star und Entertainer, der volle Kinos, hohe Einschaltquoten und ausverkaufte Säle garantierte. Der Mann mit der Pauke war lebenslang Schelm (ST). Er war ein moderner Simplicissimus (MAZ).

Und überhaupt, was heißt hier Kabarettist? Seit Till Eulenspiegel hat kein deutscher Satiriker so mit Worten jongliert, kein Schalk die Mächtigen so genarrt, kein Sprachgenie so schnittsicher und rasant das deutsche Wesen ein ums andere Mal seziert wie Wolfgang Neuss (ST). Kurz, er war das frechste Maul der Bundesrepublik, ein außerparlamentarischer Oppositioneller vor der Apo, füllte die Waldbühne lange vor Mick Jagger, war Filmstar, der in über fünfzig Scheißfilmen ... den Nerver spielte, playboyte in seinem Jaguar E-Type auf dem Kudamm, wurde irgendwie vom Volk geliebt und dann von der Springerpresse verteufelt, weil er laut an Amerikas Friedenswillen in Vietnam zweifelte und erst durch die Studentenrevolte, die seine Träume zu erfüllen drohte, zum Schweigen gebracht (WR).

»Ich bin kein Beispiel. Ich bin ein Vorspiel.«

Er gab sich proletenhaft in einer Gesellschaft, die sich zum immer Feineren mauserte. Dieser Neuss, immer für eine entlarvende Unverschämtheit gut, war längst zur Legende geworden (DS). Während die übrigen den langen Marsch durch die Institutionen antraten, blieb er bei sich selbst zurück und beschäftigte sich damit, die eigene Legende zu halluzinieren (ZT). Neuss wurde dann plötzlich zum Aussteiger. Die Last der Prominenz muß er wohl auf die Dauer schwer verkraftet haben (FR). Er war, das muß man wissen, nie ein Nein-Sager gewesen.

Er starb am vergangenen Freitag zu Hause in seiner Einsiedelei, pläneschmiedend für eine Zukunft, an die er unmöglich hat glauben können. Sein Witz kombinierte sich mit einem hoffnungslosen Optimismus (FAZ). Sein Witz war nicht von intellektueller Art, sondern beruhte auf dem gesunden Menschenverstand des einfachen Volkes (FR).

Nein, wäre Neuss nur der geistsprühende Conférencier gewesen, als den man ihn jetzt aufzubahren versucht – er wäre nicht so unbarmherzig in sich gegangen, nicht so elend über die letzten Lebensrunden gekommen, nicht so jämmerlich abgewrackt gestorben (ZT). Nein, Wolfgang Neuss' Geschichte ist die Geschichte des Mannes, der zuviel wußte. Das muß mal ganz laut rausgepaukt werden! Wolfgang gehörte zu einem noch ungeborenen Deutschland: Neuss' Deutschland ist das Deutschland der dritten Art, wach und klar (WR). Neuss' Testament wird keine materiellen Werte enthalten. Und sein geistiges Erbe konnte schon niemand antreten, als er vor über fünfzehn Jahren zum erstenmal totgesagt wurde. Wolfgang Neuss war einzigartig – als Mensch, als Typ, als Kabarettist (TIP). Festzustellen bleibt: In den kleinen und großen Straßen am Schloß Charlottenburg hat der kleine, große Mann seine Spuren hinterlassen. Überall. Elisabeth Staudinger, seine Lieblingskellnerin, bringt es auf den Punkt: »Die Bewunderung war da, und sie bleibt« (WC). Wolfgang Neuss werden auch die vermissen, die bisher glaubten, auf diesen alten Spinner verzichten zu können. Wir anderen sowieso (TIP). Wie die hinieden ohne diesen Sprudelkopf auskommen und in welcher Transformation der Geist von Kaiser Neuss I. wiederkehrt – warten wir's ab mit einem seiner eigenen Sprüche: »Ich bin kein Beispiel. Ich bin ein Vorspiel.« (TAZ)

Wolfgang Neuss, der Pauken-Mann, ist tot (BM). Ein toter Neuss ist ein guter Neuss (ST). Der Luisenplatz im Mai: Das Leben geht weiter, aber eine echte Kiezgröße fehlt (WC). Wolfgang Neuss ist wieder inkarniert (ZIT). Ein Kult nun der Erinnerung (SAZ). Neuss gehört zu den Unsterblichen seiner Zunft – und seiner Zeit (BM).

Aber all das Geschwätz und Geschreibsel wird ihm nicht gerecht (DW). Er begann seine Karriere als »Mann mit der Pauke« und beendete sein Leben als Mann mit der Pfeife (AP). Wolfgang Neuss war bis zum Ende gut (TIP). Er war helle und wach, bis zum letzten Moment (ST).

Sein letztes Wort war: »Warte« (BD)

»Der ist ja gar nicht tot ...«

In memoriam Neuss – Weggefährten auf der Spurensuche

Miermeister: Der Pauken-Mann, er kannte seine Deutschen. »Wir werden hier richtig deutsch diskutieren«, heißt es in einem seiner Solo-Programme, »wir haben Verbandszeug im Hause.« Verbandszeug werden wir hoffentlich nicht brauchen, aber natürlich ist Neuss Zündstoff. Wir wollen an einen Zerrissenen, an einen Umstrittenen erinnern, an eine Legende, die selbst sehr gern und lustvoll zur Legendenbildung beitrug. Eckart Hachfeld, Sie sind Schriftsteller, Kabarettautor, Sie haben sehr früh für Neuss Texte geschrieben – wie war das eigentlich mit der Trommel? Wer erfand dieses Requisit?
Hachfeld: Die Trommel hat der Wolfgang Neuss selber entdeckt. Das heißt, er hat mir diese Geschichte erzählt, wie er am Ersten Mai auf der Straßenbahn neben einem ziemlich angetrunkenen Trommel-Buben stand, der beim Mai-Aufzug parteilich getrommelt hatte. Immer für die Partei, die ihm am meisten zahlte. Aus der Trommel haben wir 'ne Pauke gemacht, und dann die Pointen drauf. Deshalb haben diese Texte auch immer diesen pseudoreaktionären Hintergrund. Das sind ja alles ganz ausgebuffte Texte, das hört sich ja an, als ob man hier nun eine nationale Reklame macht. Und das Teuflische, das darin steckte, das hat Neuss dann ganz klar herausgearbeitet.
Miermeister: Dieter Hildebrandt, Rivalität zwischen Künstlern ist beinahe berufsbedingt. Für mich sind Neuss und Sie zwei Satire-Giganten, die nie klären mußten, wer der Größte von ihnen ist. Oder?
Hildebrandt: Na, der Größte war eingestandenermaßen – also von ihm selbst eingestandenermaßen – immer der Wolfgang. Das war ganz klar, da gab's kein Vertun. Der

1990 – Am 5. Mai, am ersten Todestag von Neuss, strahlt der Sender 3sat in der Live-Sendung »Der Mann mit der Pauke« einen Themenabend aus, mit dem an den verstorbenen Kabarettisten erinnert werden soll. In einer Talkrunde begeben sich die Weggefährten Eckart Hachfeld, Dieter Hildebrandt, Günter Thews und Volker Kühn auf Spurensuche und versuchen sich – in memoriam WN – an einem Neuss-Psychogramm. Die Moderation des Abends, der mit der Ausstrahlung des Neuss-Solos »Das jüngste Gerücht« endet, hat Jürgen Miermeister.

Wolfgang hat mir gesagt: »Ich bin der Größte, was nach mir kommt, muß sich erst bewähren.« Und ich, ich hab's halt versucht.

Miermeister: Volker Kühn, Sie sind Regisseur, Kabarett-Experte, der Biograph von Neuss. Nach Erscheinen Ihres Buches sagte Neuss: »Der Kühn hat mich seriös gemacht.« Sind die Himmel und Höllen des Wolfgang Neuss, ist dieses sehr deutsche Leben, überhaupt schon richtig gewürdigt worden?

Kühn: Das kommt darauf an, von wem. Es gibt gerade doch auch in den letzten Jahren sehr junge Leute, die ihn für sich ganz neu entdeckt haben. Und die haben in ihm etwas gesehen und etwas an ihm entdeckt, was seine Fans, die er früher hatte, also die große Kabarett-Gemeinde, an ihm übersehen oder jedenfalls nicht an ihm bemerkt hatten. Und was diese Würdigung angeht – alles, was Wolfgang gesagt hat, darf man wohl nicht so genau auf die Goldwaage legen. Wenn er gesagt hat, ich hätte ihn seriös gemacht, so lag mir nichts ferner als dies zu tun. Und ich hoffe auch, dies ist mir nicht gelungen.

Miermeister: Günter Thews, Neuss suchte stets die Nähe von Kollegen, gerade die junger Kabarettisten. War er für die Drei Tornados – vielleicht für dich besonders – der Altmeister, der Übervater, eine Instanz?

Thews: Also erst einmal war der für uns Zündstoff. Und deshalb mache ich mir jetzt hier auch erst mal einen Joint an, weil anders hätte Wolfgang das hier auch gar nicht durchgehen lassen. Wir brauchen auch nicht so zu tun, als wäre Wolfgang Neuss tot, das wäre ihm auch nicht recht und würde auch den Tatsachen nicht entsprechen. Daß wir hier überhaupt sitzen, heißt ja, daß wir diesem Geist irgendwie nachgehen. Und Zündstoff war er insofern für uns, weil wir da ein Gegenüber hatten, das uns fundamental kritisierte. Er war immer sehr mit uns überquer, weil wir in der ersten Phase unserer Arbeit dem Terrorismus so sehr viel Sympathie zugeschaufelt haben. Und das war eine Gewaltform, die ihm überhaupt nicht lag. Und im Laufe der Zeit hat er uns dann besänftigt.

Miermeister: Wir haben neben Melancholie und Respekt auch die Freiheit, an diesem ersten Todestag von Wolfgang Neuss zu lachen. Wir werden keinen Heiligenschein vergeben, da wäre Neuss auch beleidigt. Er war, weiß Gott, kein Heiliger. Was war er eigentlich in der Frühzeit seiner Karriere? »Ein skrupelloser Aufsteiger«, wie im »Spiegel« zu lesen stand? Machte er wirklich alles für Ruhm und Geld?

Hildebrandt: Da wäre natürlich der Hachfeld gefragt, er ist ja ein paar Jahre älter, denn ich habe den Neuss in den vierziger Jahren noch gar nicht gekannt. Da war nur sein Ruf, der nach München drang. Der gute Ruf oder der schlechte Ruf. Für uns war's ein guter.

Hachfeld: Ich habe ja schon Ende der Vierziger für ihn gearbeitet. Da gibt es ja diese herrliche Geld-Geschichte: Er blieb eigentlich immer die Honorare schuldig. Er hat mal zehn Mark, dann hat er mal zwanzig Mark gezahlt. Aber dann kam er auch schon wieder an und wollte neue Texte. Nach dem Krieg wohnten wir zu viert in einem Zimmer, und meine Frau war mit dem Haushaltsgeld wirklich knapp. Der Dicke kam also rein in unser Zimmer und sagte: »Also nö, Du. Mäuse?! Nö, bezahlen kann ick Dir nischt! Außerdem hab ick Dir doch schon zehn Mark gegeben. Und im übrigen pflege ich meine Texte zu klauen!« Das war und blieb ein Lieblingssatz von ihm.

Kühn: Du warst ja der erste, Eckart, der ihm Kabarett-Texte, maßgeschneidert, auf den Leib geschrieben hat. Bis dahin war er ja eigentlich ein Tingeltangel-Mann. Man sollte vielleicht mal kurz darauf eingehen, was vorher war. Wolfgang Neuss, der steht ja auch für eine andere Form von Kabarett, für etwas, was man so aus den Kabarett-Institutionen damals nicht kannte. Er wollte ja eigentlich Clown werden, und er ist mit fünfzehn Jahren aus Breslau ausgebüxt, ist nach Berlin gekommen und wollte zum Zirkus gehen. Das Ende vom Lied war, daß er am Alex eingebunkert wurde, weil die nicht auf ihn gewartet hatten. Seine Mutter mußte dann nach Berlin kommen und ihn da rausholen. Daß die nicht auf ihn gewartet hatten – das konnte er sich überhaupt nicht vorstellen. Der Zirkus sollte ohne ihn existieren können?! Das war ihm unbegreiflich. Und vor allem: Der Zirkus existerte ja tatsächlich ohne ihn. Er hat dann ja zunächst eine Schlachterlehre gemacht, war Metzgergeselle, und dann ist er eingezogen worden und wurde MG-Schütze. Und im Krieg hat er dann den Humor als Überlebenshilfe kennengelernt. Das war doch so: Wenn auf der einen Seite Spähtrupp anstand, also ein Himmelfahrtskommando, und auf der anderen Seite die Möglichkeit gegeben war, die Leute – und sei es auch nur im Offizierskasino – zu unterhalten, da war doch klar, wie man sich zu entscheiden hatte. Die beim Kommiß haben immer zu ihm gesagt: »Du siehst so komisch aus mit deinen Sommersprossen. Wir geben Dir einen guten Rat: Leg Dir ein paar Witze zu, damit kommst du hier immer durch.« Das hat er dann ja auch gemacht. Er hat zum Beispiel im Lazarett mal versucht, den Goebbels nachzumachen. Er hat also praktisch das Kabarett für sich als so eine Art Überlebenstechnik entdeckt und sie in einer Form praktiziert, die anfangs sehr viel mehr mit Tingeltangel zu tun hatte als mit Kabarett. Er hat da Bunte Abende veranstaltet und Witze gerissen. Er kannte nur fünf Witze, das genügte. Der Rest war Variation. Da hat er dann so Sachen gebracht, die er sich von überallher zusammengeklaut hat. Zum Beispiel: »Herr Hauptmann, Herr Hauptmann! Ich habe sieben Gefangene gemacht!« – »Na, gut, dann bring sie her!« – »Geht nicht, die halten mich fest!« Das sind ja so Pointen, die bis in die zwanziger Jahre zurückreichen. Als dann der Krieg vorbei war, hat er diesen berühmten Theateroffizier Behr kennengelernt und der hat zu ihm gesagt: »Sie sind ein Absurdist, Sie sollten mal Tucholsky lesen.« In dieser Zeit entstand in ihm eine neue Sehnsucht, die ihn vielleicht noch nicht zum politischen Kabarettisten machte, aber doch schon zu einem bewußten Clown, der mehr als nur die reine Clownerie im Sinn hatte.

Hachfeld: Ich habe ihn zum erstenmal in Hamburg, im Varieté »Hansa« gesehen, wo er mit Abi von Haase aufgetreten ist. Ich bin dann morgens um elf zu denen hin, das war hinterm Hauptbahnhof, Rotlicht-Milieu. Die beiden lagen noch im Bett, haben mich aber trotzdem gnädig angehört. Ich konnte sie dann für die »Bonbonniere« gewinnen, das Hamburger Kabarett. Der Neuss ist dann ja da auch hängengeblieben. In erster Linie ist das wohl der Ursula Herking zu verdanken, die sich sehr um ihn gekümmert hat. Sie hat ihm eigentlich erst den Unterschied zwischen Varieté und Kabarett klar gemacht, gewissermaßen beigebogen.

Miermeister: Er hatte also in den ersten Jahren noch keine großen politischen Ambitionen, machte vielleicht nicht gerade alles, was ankam, aber er hat sich doch hochdienen müssen. Er hat dann ja auch diese Filme mit Wolfgang Müller gemacht. Aber eben alles, um die Leute zum Lachen zu bringen, und nicht unbedingt mit einer aufklärerischen, politischen Absicht. Ist das so richtig?

Hildebrandt: Das kann so gewesen sein. Aber er würde auch nie darüber gesprochen haben, wie groß sein Wissen um das war, was er gemacht hat. Über das, was er gemacht hat, hat er immer gesagt: »Im übrigen meine ich das gar nicht so.« Und meinte es natürlich trotzdem ernst. Das, was er gut konnte, war, zu verbergen, was er kann. Er hätte ja nie behauptet, daß er ein Kabarettist ist. Er hätte sofort widersprochen und hätte gesagt: »Das ist doch überhaupt kein Beruf. Kabarettist kann man nicht lernen, das kann man mal machen.« Später hat er dann gesagt, ein politischer Kabarettist müßte eigentlich ununterbrochen auf der Bühne sein. Er müßte auf der Bühne leben. Und das, was Volker sagt, das sehe ich auch so: Er ist mit der Literatur zunächst in Konflikt gekommen, dann in Kontakt gekommen und dann zu einer Liebe gekommen. Und so hat er ja dann auch angefangen zu schreiben. Hat gesagt: »Ich klau einen Satz von Thomas Mann.« Er hat natürlich viel mehr geklaut. Er hat die ganze Literatur beklaut. Der Neuss hat sich in einer Art und Weise entwickelt, das kann man nur schwer beschreiben. Als ich ihn zum erstenmal sah, da habe ich gedacht: »Na, das ist'n lauter Typ, und der hat ein paar Witze drauf. Ist nicht viel dahinter.« Dachte ich. Im Laufe der Jahre habe ich dann festgestellt, daß seine Haltung und das alles so eine Art Notwehr ist, daß der Mann getrieben ist, so eine Art Triebtäter. Und gute Kabarettisten sind ja immer Triebtäter. Und wenn sie uneitel sind – er war wahrlich nicht uneitel, das kann man wirklich nicht sagen. Aber er war als Urheber, als Literat eben nicht eitel. Er wollte auch nicht belehrend wirken, das hat er gehaßt. Er hat ja vieles gehaßt, meistens das Gehabe der anderen Kabarettisten. Er hat uns eigentlich nie ungeschoren gelassen. Ich meinte irgendwann mal, ich hätte etwas Wesentliches gemacht, etwas von dem ich glaubte, es wäre wesentlich, also etwas Literarisches, aber als ich dann am nächsten Tag auf Neuss traf, da war der Satz aber fertig, den er mir an den Kopf geknallt hat. Nachdem er angefangen hatte, über Formen nachzudenken, die andere durchaus schon vorgeprägt hatten, wurde er der Neuss, den wir dann kennenlernten.

Hachfeld: Ich habe ihn mal mit dem Kay Lorentz besucht. Er hat dem dann – innerhalb einer halben Stunde – ein geistiges Programm aufgebaut, um dem Kay zu helfen. Also, ich war sprachlos. Auch Kay Lorentz konnte das kaum fassen. Andererseits mangelte es ihm natürlich an diesen normalen Verständigungsformeln, die zwischen Autor und Kabarettdirektor nötig sind. Nein, die Verständigung mit ihm war nie leicht. Er hatte eben immer schon das dritte Auge, mit dem er in Räume blickte, die anderen verschlossen bleiben.
Hildebrandt: Kabarettdirektoren hatten es ja auch deshalb schwer mit ihm, weil er folgendes machte: Er entwickelte eine Meinung und während er diese vortrug, verkehrte sich diese Meinung ins genaue Gegenteil. Mit dieser Methode konnte man dann wer weiß was machen. Meistens fühlte man sich verspottet. Er verfertigte Gedanken während des Sprechens, während des Erfindens, und er drehte dabei den ursprünglichen Gedanken in sein Gegenteil um.
Kühn: Wir sollten aufpassen, daß wir da kein Mysterium aufbauen. Ich würde gerne eine These aufstellen: In der ersten Nachkriegszeit war der Neuss ein professioneller Dilettant, der es verstand, schnell zu etwas zu kommen. Auch zu Mahlzeiten. Es ging ja auch ums Essen. Die sind damals in den Hungerjahren durch Ami-Clubs getingelt, und es ist schon erstaunlich, wie dieser hochmusikalische Mensch, der aber unmusikalisch war – das war für Neuss gar kein Widerspruch, Widersprüche gab es für ihn ja sowieso nicht –, sich zum Bestandteil einer Band machte und Schlagzeug spielte, was er eigentlich gar nicht konnte. Er wollte auf die Bühne, er wollte etwas machen, er wollte bekannt werden, er wollte irgendwie eine Rolle spielen. Und er war natürlich ehrgeizig wie jeder in dieser Branche. Und als der Film kam, da hat er sich an den Regisseur Cziffra gehängt. Als der ihm sagte: »Ich hab keine Rolle!«, meinte Neuss: »Macht nichts, Sie haben doch den Wernicke, der sagt den schönen Satz ›Guten Morgen, Herr Direktor‹, da kann ich doch als kleine Type daneben stehen und wiederhole den Satz. Wenn der sagt ›Guten Morgen, Herr Direktor‹, dann wiederhole ich das, dann sage ich, ganz leise, ›Guten Morgen, Herr Direktor!‹. Das wäre doch schon eine Rolle.« – So hat der sich in dieses Geschäft eingebracht. Er wollte ja mit aller Macht Filmschauspieler werden und hat

es dann auch geschafft. Der Neuss hat über fünfzig Filme gedreht. Eigentlich hat er sich bis zu seinem Ausstieg immer als Entertainer verstanden.

Hildebrandt: Ein Gaukler!

Kühn: Ein Gaukler, ja. Alles, was dann mit seiner Politisierung zusammenhängt, ist sicher auch – bis zu einem gewissen Grad natürlich nur – eine subtile, aber sehr spannende Form von Mißverständnis. Er ist in Dinge reingerutscht, von denen er keine Ahnung hatte. Er wußte eben auch nicht, wie diese Dinge ausgehen würden. Das ist deswegen so spannend, weil man sich eben nach seinem Ausstieg immer vergegenwärtigen muß, was der mal für eine Rolle in der Nachkriegszeit gespielt hat. Es war ja keine Seltenheit, daß der sechzehn Stunden am Tag durchgearbeitet hat. Wenn es eine personifizierte Figur der Leistungsgesellschaft der fünfziger Jahre gegeben hat, dann war das Wolfgang Neuss.

Miermeister: Wir springen vielleicht mal in diese erfolgreiche Berliner Zeit. Er war ja eine Zeitlang der Liebling der Massen. Er war ein Liebling der Presse. Er war erfolgreich, und die Leute aus dem Volk nannten ihn zärtlich »Unser Wölfchen«. Das war dann 1962 schnell vorbei, als er den »Halstuch-Mörder« verriet. Ist er eigentlich in solche Skandale zufällig reingerutscht und war er dann von den Reaktionen überrascht? Oder war das Kalkül, eine gewollte Provokation, um in die Schlagzeilen zu kommen? Um »berühmt-berüchtigt« zu werden, wie er das nannte?

Kühn: Beides. Er wollte Aufmerksamkeit um jeden Preis. Diese »Halstuch«-Geschichte, als er da 1962 per Zeitungsinserat den Mörder dieser TV-Krimi-Serie verriet, fiel in eine Zeit, in der er seinen »Münchhausen«-Film drehte. Und den wollte er ins Gespräch bringen. Also hat er diese Anzeige aufgegeben, die so viel Wirbel machte: »Leute, setzt euch nicht vors Fernsehen, ist doch klar, wer der Mörder ist. Kommt lieber ins Kino und guckt euch ›Genosse Münchhausen‹ an!« Bei seinem Film »Kellerkinder« war es ähnlich. Als die Verleiher und Kinobesitzer die »Kellerkinder« boykottierten, mietete er die Kinos, versprach einen Kabarett-Auftritt, zeigte aber dann doch den Film.

Hildebrandt: Er hat wirklich nicht geahnt, daß das Volk so beleidigt sein würde.

Kühn: Der Neuss ist von den Skandalen so geliebt worden, wie er sie auch mochte, und es gibt viele Beispiele von frühen Zensurverboten, zum Beispiel das beim SFB, wo es die erste Tonstörung im Fernsehen gab, weil der Intendant dazwischengefunkt hat, um eine ungeliebte Neuss-Nummer zu verhindern. Er selbst hat immer gesagt: »Ich bin doch ein Sonntagskind. Wie kann man so ein Glück haben!« Mit solchen Skandalen fing ja auch seine eigentliche Karriere an.

Hildebrandt: Man muß sich ja schon sehr bemühen, um verboten zu werden.

Thews: Später wollte er ja auch immer skandalös sein. Er meinte, Kabarett müsse skandalös sein. Und das Problem, das sich ihm stellte, war doch dies: Was ist in einer demokratisierten Gesellschaft eigentlich noch skandalös? Du kannst doch im Kabarett längst alles sagen, solange es nicht im Fernsehen ist. Also in den geschlossenen Veranstaltungen kannste doch machen, was du willst. Was ist denn heute noch »skandalös«? Das war ja doch auch sein Problem. Und er meinte, Drogenkabarett, das wäre skandalös, und er verglich das mit einem Kabarett zur Hitler-Zeit, das gesagt hätte: »Die Juden sind prima!« Das, was mit so einem Kabarett in der Nazizeit passiert wäre, würde heute mit einem Kabarett passieren, das sich nur für dieses eine Thema, die Drogen, interessieren würde und sich dafür stark machen würde. Das war beispielsweise so eine Richtung, die er uns zeigen wollte. Wir sollten also nicht etwa parteienbezogen, auf die politischen Verhältnisse bezogen arbeiten. Wir sollten uns auf den Geist beziehen.

Miermeister: Ich möchte noch einmal auf das politisierende Kabarett kommen, dem er sich ja in den sechziger Jahren verstärkt zugewandt hat. Dutschke nannte ihn einen »Vorläufer der Revolte«, andere empfanden ihn als »Mitläufer«. Wie auch immer, in den Sechzigern wollte er offenbar etwas ändern. Ist er deshalb – ob nun Vor- oder Mitläufer – zum APO-Rebellen geworden?

Hildebrandt: Er selber hielt sich ja für einen Vorläufer und hat das so geschildert: Eines Tages, auf einer Demo, wäre da eine Kette von Polizisten gewesen und er sei mit seinen Mitstreitern auf die Polizisten zugelaufen. Und als er sich plötzlich umdrehte, seien die anderen nicht mitgelaufen. Insofern hielt er sich für einen Vorläufer. Er meinte allerdings auch, die anderen hätten ihn geschickt. Da steckt aber noch was dahinter: Ich hatte immer das Gefühl, daß der Wolfgang darunter gelitten hat, daß ihn seine Freunde aus dieser Zeit nicht ernst genommen haben, daß sie ihn verwendet haben, daß sie ihn benutzt haben. Diese Tatsache, diese Einschätzung hat ihn tief verletzt.

Kühn: Das finde ich zu kurz gedacht. Er war doch immer neugierig auf neue Sachen. Und das, obwohl er ein Vertreter der traditionellen Schule war. Sein Kabarett war ja traditionell, auch wenn er es mit ganz neuen Geschichten angereichert hat. Er wollte aber immer weiter und immer weiter. Und zu allem Überfluß hatte er ja auch noch diesen ausgewachsenen Minderwertigkeitskomplex. Also wollte er sich emanzipieren. Also wollte er die Nähe zu den Achtundsechzigern. Er wollte immer so reden können wie Rudi Dutschke, das hat er sich immer gewünscht. Und schreiben wie Nirumand oder Enzensberger oder was weiß ich wer. Und ich habe ihm immer gesagt: »Mensch, du kannst doch was, was die nicht können, und die sehen das auch so.« Der ging doch tatsächlich abends mit dem »Kursbuch« ins Bett und legte das unter sein Kopfkissen und hat gehofft, am nächsten Morgen habe er die ganzen Soziologen-Phrasen im Kopf. Ich habe immer gedacht, der nimmt sich da was weg. Letztlich hat er diese wirkliche Annäherung ja doch nicht geschafft. Ganz wichtig war aber für ihn, daß er sich immer auf was Neues eingelassen hat, das auch Ansporn für ihn war. Wichtig auch, daß die Verbindung mit dem, was man damals die Junge Linke nannte, mehr war als nur Mitmachen, sondern dahinter stand die Überzeugung, daß er das auch bringt. Er hatte aber ganz sicher auch das Gespür dafür, wohin der Zeitgeist ging. Und das deckte sich mit seinen eigenen Wünschen, Hoffnungen und Zielvorstellungen. Und in diese Zeit fällt eben auch seine eigene Politisierung.

Thews: Das ist ja nun auch wieder relativ. Er war ein ganz großer Freund der SPD, bis zu seinem letzten Tag. Ich kenne keinen, der sich so in die SPD verliebt hat. Die SPD war ja nun auch nicht gerade das Gelbe vom Ei für die wirklich Linken oder die mit politischen Ansprüchen, aber na ja. Neuss hat uns das immer so erklärt: »Die SPD ist der Sieg der Mittelmäßigkeit. Wenn man alle Menschen auf der Welt auf etwas trimmen will, auf das sich alle einigen können, dann ist das die Mittelmäßigkeit. Wenn sich alle auf eine Farbe einigen müßten, dann wäre das Grau. Grau ist wie SPD.«

Kühn: Ach, Günter, klar doch. Aber das ist doch auch wieder so ein kabarettistischer Spruch. Also, ich denke, wir haben den Wolfgang jetzt auf dem Ledersofa; und jetzt liegt der da und kann sich nicht wehren. Es ist doch so: Alles stimmt und stimmt doch nicht. Neuss – das ist der Mann im Widerspruch, aus dieser Spannung entsteht doch Kabarett. Die Sache mit der SPD, das hat auch mit seiner Vita zu tun, die er sich auch erfunden hat, biographische Angaben sind sehr mit Vorsicht zu genießen. Er hat sich die Väter erfunden, wie er sie gebraucht hat. Ich denke, er hat die SPD gebraucht, weil er eine Heimat brauchte. Er war ja doch irgendwie heimatlos und glaubte, in der SPD eine Heimat gefunden zu haben. Dann ist ja diese schreckliche Sache passiert, daß er aus der SPD rausgeflogen ist, weil er gesagt hatte: »Die Erststimme für die SPD und die Zweitstimme für die DFU.« Ich dachte, er hätte es drauf angelegt, gefeuert zu werden – die DFU hatte damals eine Linksaußenposition. Als das passierte, als er dann aus der SPD flog, hatte ich ihm ein Telegramm geschrieben: »Herzlichen Glückwunsch, Wolfgang. Endlich geschafft!« Daraufhin war er tödlich beleidigt: »Wie kannst du mir so was schreiben?!« Er litt unter diesem Rausschmiß wie ein geprügelter Hund. Er war dann erst wieder froh, als die ihn wieder gnädig aufgenommen haben, obwohl er ja von dieser Parteigängerschaft gar keinen Gebrauch machte und davon keine Vorteile hatte. Im Gegenteil. Sie brachte ihn in Schwierigkeiten. Aber er brauchte eine Heimat. Er brauchte so etwas wie eine Hausmacht, auch wenn er sie dann gar nicht benutzte.

Miermeister: Diese Heimat fand er dann aber offenbar auch in der Freundschaft zu Dutschke oder Salvatore. 1968 wurde ja dann doch auch die Kunst und die Literatur irgendwie für tot erklärt. Wollten die denn so etwas wie Kabarett überhaupt noch?

Hildebrandt: Neuss wollte ja eigentlich gar kein Kabarett mehr machen. »Kabarett hat keinen Sinn mehr, man muß Aktionen machen. Man muß politisch denken und handeln. Das Kabarett hat ausgespielt.« In dieser Situation hat ihn Sammy Drechsel angerufen. Wir wollten 1968 ein Programm machen und hatten uns vorgestellt, daß uns der Neuss helfen sollte. Wir wollten was Neues machen. Wir wollten eine neue Form, wir wollten einen anderen Inhalt. Wir wollten nicht mehr kommentieren, was am Tage passiert war. Wir wollten ein Stück spielen. Neuss hatte davon gehört und wollte sofort mitspielen. Das ging aber aus verschiedenen Gründen nicht, aber er sollte uns wenigstens beraten. Da sagte er: »Gut, ich komme, bringe aber den Salvatore mit.« So hatten wir da nun zwei Leute sitzen: den Neuss, der irgendwie schon Kabarett machen wollte und den Salvatore, der ihm ständig gegenübersaß und fragte: »Machst du jetzt wirklich Kabarett?« Neuss war hin- und hergerissen zwischen uns und ihm. Wenn er uns dann einen Rat gab, hat er ihn garantiert am nächsten Tag zurückgenommen. Er hat uns durch seine Anwesenheit geholfen, hatte auch ein paar Ideen, aber als dann das Programm anlief, an dem er ja seinen Anteil hatte, saß er kopfschüttelnd da und grummelte: »Wer hat denn diesen Scheißdreck verbrochen?« Zu allem Überfluß hat er uns dann dieses Programm tatsächlich übelgenommen.

Miermeister: Ja, da gab es sicher viele Enttäuschungen in diesen Jahren. Von 1973 an saß er dann ja wohl nur noch in seinem Zimmer, um sich von den diversen Verletzungen – auch Selbstverletzungen – an Leib und Seele zu erholen. Dann aber, 1983, er war sechzig, packte ihn offenbar eine Sehnsucht nach Außenwelt. Er ließ sich in der alternativen Szene blicken, aber auch, nach zehn Jahren Abstinenz, im Fernsehen. In einer Talk-Show traf er auf Richard von Weizsäcker, damals noch Regierender Bürgermeister von Berlin, aber auch schon Bundespräsident in spe. Und die jungen Leute jubelten dem Neuss zu.

Thews: Was Jugendliche an Neuss fasziniert hat – da war auf der einen Seite sein offenes Auftreten bezüglich der Drogenfrage und zum anderen waren das seine Sprüche, die jeder verstehen konnte. »Tunix ist besser als arbeitslos« zum Beispiel. Die Jugendlichen hielten ihn für glaubhaft. Das ist ja nun wirklich eine seltene Erscheinung, nicht nur im Kabarett, sondern insgesamt, daß Menschen glaubhaft wirken. Deshalb waren sie von ihm fasziniert. Neuss war für die einer, der ungezügelt gesprochen hat, undogmatisch gedacht hat und sich auch noch unmögliche Eckverbindungen ausgedacht hat. Der hat einfach mehr Dimensionen eröffnet als man so gemeinhin für möglich hielt. Was mich an dieser Sache fasziniert hat, ist auch die Tatsache, daß man da ein gewisses Risiko eingeht. Das gelingt einem als Kabarettisten ja nicht immer. Also, wenn der Hildebrandt zum Beispiel sagen würde: »Raucht Haschisch, das ist wunderbar. Und meinen Kindern bekommt es auch. Wir nehmen schwarzen Afghan, der kostet zwölf Mark das Gramm…« Am nächsten Tag, nach deiner Sendung »Scheibenwischer«, stünde doch die Nation kopf.

Hildebrandt: Hm.

Kühn: Also, Günter, wenn ich mal ein paar Krümel normalen Tabak in deinen Joint mogeln darf: Wir sollten das nicht überbewerten. Wir sollten den Neuss – und von dem ist doch die Rede – nicht auf einen Drogen-Missionar reduzieren. Der war doch viel zu ironisch, als daß wir die Sache mit dem »Drogenkabarett« jetzt zum Programm erheben sollten. Er hat ja auch gesagt, er würde sich wieder Zähne anschaffen, aber erst, wenn es sich wieder lohne, Zähne zu zeigen. Und die eigentliche Pointe war doch, daß er einfach nur Angst vorm Zahnarzt hatte. Ich würde gern noch mal über seinen Ausstieg reden wollen. Wichtig ist sicher, daß er in vieles reingeschliddert ist. Politisches, ambitioniertes Kabarett, das war doch keine akademische Laufbahn, das war mehr so eine Lebenshaltung. Er hat verschiedene Stationen durchlaufen. 1968 und die Zeit kurz vorher und nachher war sicher ein großer Einschnitt in seinem Leben, wie übrigens in vieler Leute Leben. Der Neuss hat damals erkennen müssen, daß man vom Kleinkunstkeller aus die Welt nicht verändern kann. Und daß die Witze nun auf dem Politparkett und auf der Straße gemacht wurden. Ich erinnere nur an Kunzelmann, Langhans, Teufel und so weiter. Da lag plötzlich ein neuer Ton in der Luft. Und der paßte nicht mehr in die engen Keller, wo doch die Leute nur hinkamen, um sich die politischen Ereignisse nochmals schön verpackt servieren zu lassen. Neuss ist ausgestiegen, weil er ein Unbehagen gegenüber dem gespürt hat, was er bislang gemacht hatte. Er ist da an eine Grenze gestoßen. Und hat dann ganz systematisch daran gearbeitet, sich abzuschaffen. Er hat mal gesagt: »Ich habe Jahrzehnte gebraucht, um ganz nach oben zu kommen, und es wird eine ungeheure Anstrengung sein, wieder unbekannt zu werden.« Sein Problem war: Wie schaffe ich meinen Namen ab?

Fünfziger Jahre

Hildebrandt: Mir hat er mal gesagt: »Ich werde es schaffen, daß mich niemand mehr auf der Straße erkennt.«

Kühn: Das war ein bewußter Akt, es war ihm blutig ernst damit. Es war ja nicht so, daß da einer zu Hause im Zimmer vor sich hindämmerte, er war und blieb dabei doch immer was er war: der Profi, der Kabarettist. Nur, daß er keine Lust mehr verspürte, den Leuten für gutes Geld gegen das Schienbein zu treten. Er hat gesagt, wer wie ich sechzehn, achtzehn Stunden gearbeitet und wer so exzessiv in diesem Metier gearbeitet hat, der hat auch das Recht, sich selbst mal Geschichten zu erzählen. Und das, denke ich, sollte man nicht nur als kabarettistische Pointe sehen, sondern auch erkennen, daß da ein Bedürfnis war, zu lesen, sich mit sich selbst zu beschäftigen, sich ein anderes Forum zu suchen. Er hat aber dabei nie aufgehört, Kabarett zu leben, Kabarett zu sein. Es kann hier wirklich nicht darum gehen, zu konstatieren, daß da ein Kranker war. Der hat sich bewußt so inszeniert. Es ist doch ein Phänomen, daß sich gerade junge Leute in ihm wiedererkannt haben. Er war ein Aussteiger, ganz ohne Frage, aber ich würde das nicht so eng auf Drogen oder Haschisch reduzieren wollen. Der Neuss mußte ja doch nicht aussteigen, der hatte zwischenzeitlich einen Jahresumsatz von einer Million Mark. Und was der später noch für Angebote bekam, nach seinem Ausstieg – der sich ja auch nicht von heute auf morgen vollzog, sondern eher fließend war –, die wollten ja alle mit ihm Filme drehen, er sollte synchronisieren und was weiß ich. Er hat alles abgelehnt und meinte mal zu mir: »Ich muß auch das mal durchziehen. Ich kann nicht so weitermachen, das macht keinen Sinn mehr für mich.« Dazu kam noch eine andere, sinnliche Erfahrung, die er mal so ausgedrückt hat: »Es ist eine solche Lust, auf einem Stuhl zu sitzen, sich wohl zu fühlen und zu entdecken, daß einem dieser Stuhl nicht gehören muß. Früher habe ich gedacht, mir müßte das Besteck auch gehören, mit dem ich esse.« Das ist doch eine Geschichte, über die man mal nachdenken sollte. Hanns Dieter Hüsch meinte mal nach einem Besuch bei ihm: »Der Neuss hat eine ansteckende Krankheit.« Für uns alle ist doch vieles von dem, was der Neuss da durchgezogen hat, wirklich gemacht hat, nur als ironisches Gedankenspiel möglich. Er dagegen lebte das durch, bis zu Ende, das ist doch eine Vita – zum Fürchten gerade.

Ende der sechziger Jahre

 Neuss, Deutschland

Hildebrandt: Mir hat er mal gesagt: »Weißt du, was ich dir übelnehme? Daß du nicht aussteigst, daß du dich nicht neben mich setzt! Wieso machst du weiter? Ich muß hier deine Geistesarbeit verrichten, die du tun solltest!«

Kühn: Er war sich sicher, daß man Veränderungen auch anders herbeiführen und vollziehen kann als nur dadurch, daß man sich auf eine Bühne begibt. Daß das auch anders geht als vor einem Publikum, das brav seinen Eintritt bezahlt und seine Garderobe abgegeben hat, und das ja ohnehin alles schon weiß. Er wollte ja doch immer schon über das Negative akzeptiert werden. Das war für ihn sehr harte Arbeit. Und er wollte zugleich geliebt werden. Und man muß doch auch sehen, daß der Neuss es sehr schwer gehabt hat als Figur. Er hat immer gesagt: »Ich möchte Kulenkampff sein, der hat's gut. Der kommt raus auf die Bühne und die Leute lieben ihn. Ich dagegen komme raus, und die Leute mögen mich nicht. Weil ich dieses Image habe, ein Ekelpaket zu sein. Ich brauche zwanzig Minuten, um die Leute so anzumachen, daß die mich übers Negative akzeptieren. Das ist harte Arbeit. Die lachen über meine Pointen, aber im Grunde, das spüre ich doch, lehnen die mich ab, auch wenn sie mir zujubeln.« Und er wollte doch geliebt werden.

Hachfeld: Sein Verhältnis zum Publikum war immer schon von besonderer Art, von Anfang an, im frühen Kabarett, schon im Varieté. Ironisch hat er sein Publikum immer als »Meine lieben, goldigen Mitmenschen« tituliert, und er hat sich an den Leuten gerieben. Er hatte immer schon ein ganz besonderes Verhältnis zum Publikum.

Miermeister: Er hat also schon lange vor Handke sein Publikum beschimpft, hat es aber auf der anderen Seite auch geliebt und wollte dabei selbst gemocht werden.

Kühn: Er wollte geliebt werden, ja. Aber wie! Er wollte über einen großen Umweg geliebt werden. Er war ja zunächst mal dieses Rauhbein. Eine Rolle, die er auf Befehl abrufen konnte. Das brachte ihn ja auch oft bei den Kollegen in Verruf. Da gibt es diese schöne Geschichte mit Freddy. Das war in den fünfziger Jahren, zu dieser Zeit, als er durch die Lande getingelt ist und auf Bunten Abenden als Ansager aufgetreten ist. Der Neuss sollte also den Freddy Quinn ansagen, den er eigentlich doch immer als großen Entertainer bewundert hat.

Mitte der sechziger Jahre

1968 – Revolutionsrats-Mitglied Neuss in der TU Berlin

Und er ist also auf die Bühne gekommen und hat gesagt: »Meine Damen und Herren! Ich darf Ihnen jetzt einen ganz großartigen Künstler und Sänger ansagen, und Sie werden sich alle über ihn freuen. Meine Herren, halten Sie Ihre Damen fest! Es ist nur so, meine Damen und Herren, ich muß Ihnen das hier sagen: Freddy ist taub. Er singt wunderbar, aber er hört nichts. Wenn Sie also Beifall klatschen, wird er Sie nicht hören können. Tun Sie mir deshalb bitte einen Gefallen, holen Sie ganz dezent Ihr Taschentuch raus und winken Sie ihm zu. Beifall hat gar keinen Sinn, er hört Sie nicht.« Und so kam das dann auch. Freddy trat auf, und die Leute winkten ihm mit dem Taschentuch zu. – Mein Gott, wie er das Publikum benutzt hat!

Thews: Das ist gut. Die Geschichte ist wirklich gut. – Man muß die letzten fünfzehn Jahre, in denen er meditiert und sich dem Geist – um nicht Droge zu sagen – hingegeben hat, auch unter dem Gesichtspunkt der Einsamkeit sehen. Er hat so sehr unter der Einsamkeit gelitten und hat sich so gewünscht, daß einer von uns neben ihm sitzt. Er hat immer zu mir gesagt: »Zieh doch bei mir ein. Setz dich neben mich!« Über Volker Kühn hat er sich immer gewundert, daß der nicht bei ihm gewohnt hat, nicht mit ihm lebt.

Kühn: Ich weiß. Aber das war nicht meine Nummer. Ich hab ihm das auch erklärt. Wolfgang, habe ich zu ihm gesagt, der Unterschied zwischen dir und mir ist doch der: Wenn ich da sitze, mit'm Hut neben mir, da bleibt der Hut leer.

Thews: Aber gewünscht hat er's sich. Er wollte beispielsweise mal massiert werden. Er wollte mal in den Arm genommen werden.

Kühn: Ja, das stimmt wohl.

Thews: Ich meine Freundschaft. Es geht ja nicht um Seelenverwandtschaft. Es ging ihm um jemand, der seine Existenz genauso aufs Spiel setzt wie er, der sein Leben genauso kollossal ändern würde. So einen wollte er neben sich haben. So einen wie Müller, nur auf einer anderen Ebene.

Kühn: Nur hat der Müller eben nie neben ihm gesessen! Den hat er befehdet bis aufs Messer, und zugleich verdanken wir dieser befremdlichen Haltung große künstlerische Leistungen.

Thews: Klar. Der, der eingezogen wäre, wäre ja auch immer ein Opfer gewesen. Sein Opfer.

Miermeister: Eine ganz andere Frage: Ist der Neuss an deutscher Geschichte und an der Gegenwart, an der sogenannten Gesellschaft eher gestorben als an Krebs und Drogen? Oder machen wir ihn mit solchen Fragen schon zu einem Opfer, zu einem Objekt, zu einer Zeit, in der er doch eigentlich noch Subjekt, Angreifer war?

Hildebrandt: Er ist nicht an der Gesellschaft gestorben, nein. Die Geschichte, die man jetzt in der Presse über ihn verbreitet, stimmt doch nicht. Ob es nun die »Welt« ist oder auch seriöse Zeitungen – das liest sich ja, als ob er nichts gearbeitet hätte, als hätte er nur diesen einen Film gemacht, »Das Wirtshaus im Spessart«, als hätte er nur dieses eine Lied gesungen und nur den einen oder anderen Satz gesagt... Und ab dann war er todkrank, völlig verhascht und vertablettisiert, und von da ab hat er nur in irgendeinem Zimmer gesessen und vor sich hinsinniert. Das ist doch eine Frechheit. Eine Unverschämtheit. Nein, er war ein Mann, der viel getan hat, gerade Berlin hat ihm sehr, sehr viel zu verdanken. Diese Stadt hat doch erst angefangen zu schmecken, zu riechen, vielleicht auch zu stinken, weil es ihn gab. Nein, nein, der Neuss hat im letzten Teil seines Lebens, wie der Volker schon gesagt hat, zu sich finden wollen, auf eine Weise, die uns nichts angeht. Das was uns angeht, ist das, was er für uns geleistet hat, das, was da ist. Und er hat ein großes Werk hinterlassen. Ich hoffe, das wird sich irgendwann mal rumsprechen. Nein, der Neuss ist nicht an dieser Gesellschaft kaputt gegangen; so klein war er nicht. Er ist nicht an uns gescheitert. Wir schon eher an ihm. Das könnte sein. Er hat selbst zum Schluß noch gelacht.

Kühr: Ich sehe das genauso. Nehmen wir zum Beispiel diesen Artikel über ihn im »Stern«. Die und andere haben ihn doch bereits in den siebziger Jahren zum Ausstellobjekt machen wollen. Da gab es diese Geschichte »Schaut her, ich bin's«: Das einstige Wunderkind der Republik als abschreckendes Beispiel – ein kaputter Typ, zahnlos, verwahrlost, fertig. Die Botschaft solcher journalistischer Ferkeleien war klar: »Hier seht ihr mal, was passiert, wenn ihr nicht hübsch folgsam seid und Mami und Papi nicht gehorcht.« Die Geschichte vom Suppenkasper eben...

Hildebrandt: »... dann habt ihr nämlich keine Zähne mehr und viel zu lange Haare...«

Kühn: ... Eben. Und Wolfgang ist mit diesem Artikel rumgelaufen, ziemlich fertig, und hat gesagt: »Ist das nicht wunderbar? So sehen die mich!« Ich habe damals voller Empörung an den »Stern« geschrieben: »Ihr stellt den aus, als Mitleidsobjekt, das ist er nicht. Das finde ich, gemessen an dem, was Neuss geleistet hat und immer noch leistet, unerhört!« Und was hat Neuss zu meinem Leserbrief gesagt? Er hat gesagt: »Du bist doch ein Idiot! Warum schreibst du denn diesen Brief? Der macht mir doch wieder alles kaputt! Ich hatte es mühsam so weit gebracht, daß ich meinen Hut neben mich legen kann, und der wird voll, weil die Leute sagen: ›Guckt euch dieses Menschenwrack an! Das ist ja weniger als nichts!‹ Und dann kommst du und sagst, ich hätte auch in dieser Existenz meine Meriten. Das darf ja wohl nicht wahr sein!« – Aber das ist natürlich wieder kabarettistisch überhöht gedacht und gesagt. Es hat ihn schon sehr berührt, wie sie mit ihm umgegangen sind, wie sie sich seine intimsten Räume ausgeleuchtet haben, ohne auch nur eine Spur davon zu begreifen, was da eigentlich vor sich ging. Also: Vieles von dem, was er in den letzten Jahren für sich in Anspruch genommen hat, war doch seine Sache, seine Privatsache. Und dieses Recht müssen wir ihm zugestehen, dieses Recht hat doch wohl jeder Mensch. Private Dinge muß man doch so regeln dürfen, wie man das für richtig hält, ohne daß da ein Schulmeister daherkommt und sagt: »Du mußt so leben, wie ich mir das vorstelle, weil meine Vorstellungskraft nicht reicht für das, was du machst«. Das ist die eine Sache. Zum anderen würde ich wirklich gerne mal wissen, wann er kaputter war, in den fünfziger und sechziger Jahren oder in den siebziger und achtziger Jahren. Früher glaubten doch die Leute tatsächlich, einen Anspruch darauf zu haben, von ihm traktiert, glossiert, bewitzelt, auf sehr interessante Weise in den Hintern getreten zu werden. Als er sich diesem Anspruch dann versagt hat, wurden die Leute aggressiv und forderten von ihm, er müsse auf ewig so weitermachen wie bisher, weil sie es eben so wollten. In solch einer Situation hat doch wohl jeder das Recht, nach Auswegen zu suchen, sich dem zu entziehen. Und das kann eben durchaus der Ausstieg sein. Das hat er gemacht. Ich frage mich, wann war er denn nun wohl kaputter: als Workaholic in den Sechzigern oder später, nach seinem Ausstieg. Zu Zeiten des

Wiederaufbaus und des sogenannten »Wirtschaftswunders«, in denen er doch ständig Angst hatte, irgendwas zu verpassen, als er meinte, jedes berufliche Angebot annehmen zu müssen, als er mit diesen Filmfritzen nächtelang in den Nobel-Kneipen hockte, Sektmarken trank, die ihm nicht bekamen, und sich die Zigaretten mit Hundertmarkscheinen anzündete, weil das in diesen Kreisen als schick galt. War er zu dieser Zeit nicht krank, angesteckt von diesem Aktionismus-Virus der Leistungsgesellschaft? Und war er in den Siebzigern, nach seinem Abschied von dieser Art entfremdetem Leben, in denen er als vermeintlich kaputt galt, nicht vielleicht gesünder, weil er sich eine Atempause gönnte, ein Durchatmen, weil er sich nämlich die Zeit und die Muße nahm, mal über sich und andere nachzudenken, mal in sich hineinzuhören, andere, ganz neue Geschichten erfand, sich selbst was zu erzählen hatte, nur sich allein. Das ist doch die Frage. Denn genau das hat er doch gemacht. Ohne sich dabei völlig in die Privatsphäre zurückzuziehen. Dazu war er nämlich viel zu kämpferisch. Bis zuletzt.

Miermeister: War er denn in seinen letzten Jahren eigentlich gelassener in seiner Kritik am Kabarett? Er hat ja von sich behauptet »Ich bin Kabarett«, und er war ziemlich gnadenlos in seiner Kritik, gerade Kollegen gegenüber.

Hachfeld: Er war nicht gelassener. Er hat sich immer souverän gefühlt. Auch wenn er mißverstanden wurde. Wenn er Kritik geäußert hat, hat er sich schlicht und einfach im Recht gefühlt. Deswegen kann man auch nicht sagen, er sei an der Gesellschaft kaputt gegangen. Selbst als er wußte, daß er sterben würde, hat er gesagt: »Bitte keine Leichenrede, darauf kann ich ja nicht mehr antworten!« Er mußte bis zum Schluß das letzte Wort haben.

Thews: Er war sicher zeitlebens ein sehr schwieriger Mensch, aber er war dabei auch immer sehr wahrhaftig. Darum hat er sich immer bemüht, auch wenn er viel gelogen hat, viel gesponnen hat und viele Witze gemacht hat, exaltiert war oder was auch immer. Aber er hat sich immer bemüht, aus diesem ganzen Gewusel seiner eigenen Geschichte herauszukommen, um so zu sein, wie ein Mensch eben sein sollte, der mit sich identisch, authentisch werden will. Das habe ich an ihm sehr bewundert.

Ende der sechziger Jahre

1973

Miermeister: Konnte er denn am Ende nur noch durch diese Drogen überleben oder wie war das?

Thews: Er hat gesagt: Haschischrauchen ist wie atmen, Nahrung für die Seele, wir können nicht nur den Körper ernähren, also das, worin sich unsere Seele nur vorübergehend aufhält. Wir dürfen das Geistige nicht vernachlässigen. Die Seele braucht auch Nahrung. Und wenn die Seele Tabak kriegt, freut sie sich; am nächsten Tag freut sie sich auch noch, aber am dritten Tag ist das schon wie drei Tage Erbsensuppe. Drogen sind letztlich in seiner Sehweise nichts als ein kleiner Umweg; ein Umweg aber, um sich die geistige Beschäftigung zu erleichtern. Und um die Schmerzen herunterzudrücken, die ihm der Krebs gebracht hat.

Miermeister: Ich möchte zum Schluß Werner Finck zitieren, der gesagt hat: »Kabarett ist wie ein Streichholz. Es zündet nicht, wenn es sich nicht an etwas reiben kann.« Neuss hat sich an sehr vielem gerieben oder auch die anderen sich an ihm. Hat Neuss sich daran verbrannt, war er dieses »Streichholz«?

Hildebrandt: Er hat sich an uns immer sehr gut gerieben. Er hat sich an dem, was er machte, gerieben, hat sich an seinen Mitmenschen gerieben, hat sich an der Gesellschaft gerieben, an

Ende der achtziger Jahre

der Politik gerieben. Er hat sich gut gerieben. Und er hat immer gebrannt. Er ist nie ausgegangen, er ist nie verkokelt. Und es haben sich eben auch viele an ihm gewärmt.

Thews: Und er hat angezündet. Wer auch immer ihn besucht hat, ob das nun Lindenberg war oder Nina Hagen – der hat ja in jede Szene reingeleuchtet. Er hatte ja auch genügend Zeit und konnte sich mit jedem einzelnen beschäftigen. Das war ja so, als wenn man Arbeitsämter zu Meditationszentren umwandeln würde. So hat er ja da gelebt. Und hat über die verschiedenen Arbeiten, die wir alle machten, meditiert.

Hildebrandt: Er hat Wert darauf gelegt, daß man so selbstbewußt ist, so bewußt lebt, daß man merkt, wenn er absichtlich Unsinn erzählt. Wenn jemand das nicht gemerkt hat, hat er ihn beim nächsten Mal nicht mehr reingelassen.

Miermeister: Hat er zu einer Streitkultur zumindest so viel beigetragen, daß auch andere Leute in der Öffentlichkeit, vielleicht sogar Politiker, Kabarettisten sowieso, jetzt frecher, kabarettistischer reden können in Deutschland?

Hildebrandt: Ich glaube, das geht noch darüber hinaus. Er hat das zum Schluß ja mal gesagt: Er verlangt Ekstase. Er verlangt Leidenschaft. Er war der Meinung, daß wir zu lau leben. Er hat verlangt, daß wir leidenschaftlich streiten müssen, daß wir leidenschaftlich spielen müssen. Der Neuss hat gerne gespielt. Er hat dieses Leben auch als ein Spiel, ein gefährliches Spiel gesehen. Leben mit Emphase. Dieses kühle Dahinleben hat er gehaßt; daran hat er sich auch gerieben.

Thews: Rock 'n' Roll – das war sein Lieblingsgedanke, weil das eine Musik ist, die alle lieben, egal ob Australier oder Eskimos. Also der Geist des Rock 'n' Roll, der sollte im Leben dabei sein.

Hildebrandt: Diese Szene mit Weizsäcker in der Talk-Show zeigt ja auch deutlich, daß er spielt. Er hat da gespielt. Und er spielte mit großer Leidenschaft die Rolle des Mannes, der mit großer Leidenschaft teilnimmt am Leben dieser Gesellschaft.

Miermeister: Er war in der Tat ein großer Spieler. Auch das. Und alles andere. Für die einen war er »Unser Wölfchen«, für die andern der »abgrundtief böse Mann«, das reicht von »Ruine« bis »Genie«. Jeder hat seinen eigenen Neuss und möge glücklich mit ihm werden…

Kühn: …wollen wir gar nicht…

Miermeister: … ich sage das trotzdem.

Thews: Mensch, Volker, das ist die Schlußmoderation…

Kühn: Verstehe.

Miermeister: Jeder soll mit seinem Neuss glücklich werden. Wir wollten heute abend viele Gesichter eines Mythos zeigen. Wahrscheinlich haben wir ihm heute abend viel zu deutsch geredet. Immerhin haben wir kein Verbandszeug gebraucht. Guten Abend und Auf Wiederschauen.

Rückgriff auf die Anfänge

Wo das Dogma herrscht,
blinkt die List
durch die Zahnlücke

Ich bin mit Pferden groß geworden.
Ich habe schon auf'm Bock gesessen, mit zehn Jahren, neben einem ganz dicken Mann und bin mit einem Schimmel durch Breslau gefahren.
Ich hab meine Sommersprossen gezählt, und mein ganz heißer Wunsch war, Clown zu werden.

Dann hab ich meiner Mutter in die Tasche gefaßt; hab ihr fünfzehn Mark geklaut. Davon bin ich nach Berlin gefahren, zum Zirkus Krone. Ich geh also zum Portier mit der bunten Uniform und frage, ob sie Clowns brauchen.
»Clowns?« sagte der. »Geh mal da hinter's Zelt, mein Junge.« – Und da haben sie mir dann gesagt, daß sie nur Pferdejungens gebrauchen können.
Pferde? denke ich. Da kommste doch grade her.
Ich also zur Polizei, hab mich von meiner Mutter wieder abholen lassen. Nach Hause zu den Pferden, wo ich herkam.
Da oben auf'm Bock hab ich mir die Welt zusammengeträumt – wie ich sie haben wollte.
Und später hab ich sie dann eben ausgeführt.

1973 – Neuss blickt zurück und gibt zu Protokoll. Alle in diesem Buch kursiv gesetzten Statements stammen aus Volker Kühns TV-Porträt »Ich lache Tränen, heule Heiterkeit«.

Wie mir warm wurde

Ich war vier Jahre alt, lag in einem Bett und hatte die Füße meiner Schwester im Gesicht, sie war drei Jahre alt, und wir hatten für uns zwei dieses eine Bett, sie lag mit dem Kopf am andren Ende jede Nacht, uns störten die Atemzüge des andern, schliefen wir nebeneinander, so hatte sie meine Füße mal in ihrem Nacken, am Rücken, im Bauch, und in dieser einen Nacht geschah's, ich hörte wie meine Mutter zu meinem Vater im Bett an der gegenüberliegenden Wand flüsterte, nun laß es gut sein; dann steh ich noch mal auf und geh noch ein Bier trinken, sagte Vater. Quatsch, sagte Mutter, hör mal Otto, was anderes: Die Kinder sind jetzt drei und vier Jahre alt, wollen wir nicht endlich mal heiraten? Ham wir doch eben gemacht, sagte Otto, du willst ja nicht mehr, hast du eben gesagt, nun laß es genug sein; außerdem heirate ich erst mit drei Kindern.

Jede Nacht flüsterten sie was zusammen. Immer wenn das Bett eine Weile geknarrt hatte, meine Mutter gestöhnt hatte, dunkel, Vater Otto heller, meine Schwester hatte beim erstenmal gedacht, beide heulten, nach der Gewöhnung daran hatte sie dann des öfteren mal dazwischen gelacht, aber es hatte den beiden nichts ausgemacht.

Heute nacht nun drehte ich mich um, die Füße meiner Schwester rutschten mir in den Hintern, mit der großen Zehe stukte mir ihr rechter Fuß genau dazwischen, heute weiß ich, wo die große Zehe meiner Schwester mich drückte, es war mir damals ein wunderbares Gefühl, so schön, daß ich zu beten vergaß und einschlief. Seitdem suchte ich abends im Bett immer die große Zehe meiner Schwester in die Gegend zu bekommen.

Als ich zehn Jahre alt war, waren wir vier Kinder, hatten ein Haus, ein

1966 – aus der Anthologie »34 x erste Liebe – Schriftsteller aus zwei Generationen unseres Jahrhunderts beschreiben erste erotische Erlebnisse«. Die kursiv gesetzten Zeilen stammen vom Herausgeber Robert Neumann und stellen einen Eingriff in das von Neuss angelieferte Manuskript dar. Neumann in einem Vorwort über den Neuss-Beitrag: »Ich wollte, er wäre publizierbar in der Form, in der er ihn schrieb. Er ist es nicht. Nicht etwa, weil er ›pornographisch‹ wäre im Sinn des Grundgesetzes der Bundesrepublik Deutschland; denn das sagt: was Kunst ist, ist nicht Pornographie – und was Neuss schrieb, ist Kunst.«

Auto, ein Dienstmädchen, Vater und Mutter hatten geheiratet, jeder hatte ein Zimmer, keine Schwester lag mehr in meinem Bett und ich tat meine Hand dort hin, wo's schön war, in Ermangelung der großen Zehe meiner ersten Schwester. Unser Dienstmädchen war doppelt so hoch wie ich, 35 Jahre alt, eine Zweischläfrige, hatte Vater Otto mal zu ihr gesagt, und meinte den Umfang ihres Körpers, sie war fett und ungewöhnlich vollbusig, eine dralle, dazu auch noch große Person, sie kam mit uns vier Kindern gut zurecht. Da saßen wir einmal beim Abendessen, meine erste Schwester neben mir, die beiden kleineren Geschwister mir gegenüber, und auf meiner anderen Seite saß das Dienstmädchen, weiß nicht, wie es dazu kam, aber ich stieß mir mit einem Fuß den Schuh vom andern und dann tastete ich mich vorsichtig, nur mit dem Strumpf auf der Zehe, an die Beine des Dienstmädchens, sie guckte nur kurz zu mir und ich wühlte meine Zehe tiefer irgendwohin ins Warme. Schön, Bubi, sagte sie, nun geh schlafen, ich komm dir noch gute Nacht sagen.

Das Dienstmädchen kam dann mit der großen Hand unter die Decke, Donnerwetter, sagte sie, und –

wobei die Betreffende bezüglich der bereits vorhandenen Möglichkeit, an dem Knaben eine Fellatio zu vollziehen, eine positive Diagnose äußert und weiterhin aus ihr die Konsequenzen zieht

– seitdem kam sie jeden Abend, bis ich mal sagte, nicht so doll, es juckt, da hat Frieda dann gesagt, ich soll es bei ihr auch mal machen, aber das ging nicht so recht, denn mein Arm war noch zu kurz –

mit der Konsequenz praktischer Unmöglichkeit der von dem Mädchen angestrebten Simultaneität von Fellatio und Cunnilingus, wobei die vom Erzähler immerhin zustandegebrachte taktile Diagnose besondere Dimension und Humidität ergibt

dann stöhnte sie, löschte das Licht aus, schlaf jetzt.

Als ich vierzehn Jahre alt war, ging dieses Dienstmädchen von uns weg, sie bekommt ein Kind, sagte Vater Otto, und ich dachte mir, ich heirate auch erst mit dreien. Abends hörte ich einen Krach zwischen Mutter und Vater, du hast sie angebufft, sagte Mutter, nun such auch eine neue für die Kinder. Armer Vater, dachte ich. Ich buff an, und er büßt ab.

Das neue Kindermädchen war siebzehn. Sie stand nur auf alte Männer, also – ich haßte meinen Vater.

Einmal sah ich, wie ich aus der Schule kam, wie er sie in seinem Arbeitszimmer auf dem Schreibtisch ungeheuerlich zum Stöhnen brachte –

wobei das Mädchen ihn zur ejaculatio intra vaginam auffordert, die jedoch von dem mißtrauisch Werdenden als Intention der Betreffenden interpretiert wird, per graviditatem materielle Vorteile zu erlangen, weshalb er den Coitus interrumpiert und die Enttäuschte zur Exekution einer Fellatio nötigt, die jedoch infolge der Größendisparität ihres kleinen Os und seines für den Vorgang in überdimensionalem Zustand angebotenen Organs nur mit Schwierigkeit realisierbar ist.

– mein Vater gab ihr dann einen Geldschein, willste heute noch mal fragte sie, du kriegst auch nie genug, sagte er, na ja, ich will mir was für's Frühjahr kaufen, sagte sie.

Deshalb klaute ich zum erstenmal meinem Alten Geld.

An meinem 15. Geburtstag schenkte er mir fünfzig Mark, ich umhalste ihn, lief in sein Arbeitszimmer, nahm den Dekkel von der Zigarrenkiste hoch (genau aus dieser Kiste hatte er das Geld für neulich herausgenommen), ich nahm mir zweihundert Mark und ging in die Waschküche, weil das neue Dienstmädchen heute wusch. Sie stand über die Wanne gebeugt, die Hände auf dem Waschbrett, es dampfte im ganzen Raum, ich schob den Riegel vor die Tür –

zwecks Versuchs eines coitus ex post., dem sie zunächst keinerlei Opposition entgegensetzt

– genau wie ich mir das vorher vorgestellt hatte, nahm sie um die Hüften und nun versuchte sie, sich aufzurichten und umzudrehn. Was denn, du? Was machst du da? Spürste es nicht, stöhnte ich. Nee, sagte sie.

Da stieß ich ihr den Kopf rum, stieß ihren Oberkörper wieder in die leicht gebeugte Haltung und faßte sie fester um die Hüften, und vor Angst, sie könnte nicht wollen –

wobei seine Bemühung infolge der infantilen Dimension seines Membrums zunächst abortiv bleibt, schließlich aber mit ihrer Kooperation per excitationem clitoridis für sie zu einer vollen Climax führt

– dann nahm ich einen Hundertmarkschein aus der Tasche; steck dein Geld weg, sagte sie, du kleine geile Männersau, mit fünfzehn, Geld nehm ich nur von deinem Vater, ich komm dir heut abend noch gute Nacht sagen.

Abends legte sie sich zu mir; es ist zu schön, sagte sie, ich liebe dich. Das war das erstemal, wo ich so was hörte –

> *und da das Mädchen per introversionem positionis traditionalis die Initiative übernimmt, kommt es bei dem Berichtenden zum erstenmal zu einer von ihm zuerst irrtümlich als gewöhnliches Harnlassen diagnostizierten ejaculatio seminis*

Sie hat mich mit dem Mund schwindelig gemacht.

– mir war schwindelig, die Tür ging auf, das Licht ging an, mein Vater riß sie vom Bett, und sagte, du alte Sau treibst es mit meinem Sohn und klaust mir mein Geld.

Sie gingen raus, beim Lichtausmachen hörte ich mit geschlossenen Augen, wie sie was zu meinem Vater sagte, Quatsch, komm in mein Bett, sagte mein Vater. Und deine Frau, fragte sie, die ist heute auswärts, sagte Papa.

Ich schlief noch nie so gut, nächsten Tag in der Schule sagte meine Deutschlehrerin, so zwischen dreißig und vierzig Jahre alt, ich solle nach der Schule mit ihr mit nach Hause kommen.

Sie hat mich mit dem Mund schwindelig gemacht –

> *es handelt sich hier um die erste erfolgreiche fellatio-cum-cunnilingo in positione LXIX, auf deren geläufigere Bezeichnung der Autor hier offenbar anspielungsweise Bezug nimmt*

– das war das erste Mal, daß ich aus ihrem Munde einen französischen Satz hörte, jeden Tag mußte ich zu ihr kommen, jeden Tag wollte auch unser neues Dienstmädchen! Als ich siebzehn war und zum Arbeitsdienst freiwillig ging, hatte das seine Gründe! Ich lebte nur noch mit meinen Kameraden, es war schöner als mit Frauen. Ruhiger ging es zu. Und außerdem hat mir gerade das wahrscheinlich im Kriege das Leben gerettet, weil der alte Oberstleutnant mich als Ordonnanz für immer behielt –

> *Verbatim: »Erat tantum, osidus, daß man ihn als Eisen nehmen konnte, um Bügelfalten in die Kommißhosen zu pressen.«*

Familie hatte er auch, erzählte er. Aber alle hatte er zur Gleichgeschlechtlichkeit erzogen, Söhne, Töchter, die eigene Frau, es lebt sich besser. Ja, sagte ich, und es stirbt sich nicht so leicht.

Nach dem Kriege bin ich nur einmal rückfällig geworden; weil ich nichts zu fressen hatte, habe ich im Pfälzischen einer alten Bäuerin das Gruseln beigebracht, jeden Tag bekam ich dann Speck und fette Wurst und Eier, der Küster in dem Dorf, aber auch der Pfarrer selbst bekamen das zu spüren. Sexuell war vor der Währungsreform viel los! Mit der eigentlichen Erotik fing ich erst sehr spät an. Etwa mit fünfunddreißig Jahren hatte ich mein erstes erotisches Erlebnis.

Es war in einer Untergrundbahn in Paris. Ich sah, wie ein Junge und ein Mädchen, beide zusammen höchstens 25 Jahre alt, ihre Hände hielten und sich anschauten. Das muß Erotik gewesen sein, was ich dabei empfand.

Es war ein erhabenes Gefühl, mich nach wie vor im Vollbesitz meiner uneingeschränkten Phantasie zu wissen. Meine heute einundvierzigjährige Schwester lebt natürlich in Kaiserslautern, hat neun Kinder und geht mit den Amis. Sie ernährt sie alle und schickt mir ab und zu ein Päckchen. Im letzten waren ein paar Socken. Da erinnerte ich mich, als ich vier Jahre alt war und im Bett mit ihr schlief und ihre Füße im Gesicht hatte und später die große Zehe anderswo. Damit fing's an und damit hört's auf.

1966 droht erotischen Texten wie diesem die Zensur. Robert Neumann, der den Neuss-Beitrag für seine Buch-Anthologie »34 x erste Liebe« erbeten hatte, übersetzt die zensurgefährdeten Textpassagen deshalb stellenweise ins Lateinische, um einem Verbot zu entgehen. Er publiziert eine Fassung, die, so Neumann, »ausläßt und sordiniert, wo Neuss direkt, natürlich und deutlich ist.« Und weiter: »Neussens Knabe schwimmt durch einen breiten See sexueller Erfahrungen – aber sein erstes erotisches Erlebnis hat er mit fünfunddreißig, so sagt er. Dieser eine Satz: das ist ›Kunst‹.«

Landwirt wollt ich werden. Und Schlachter hab ich gelernt. Mit vierzehn Jahren sah ich aus wie'n Mädchen. Lauter Sommersprossen im Gesicht.
Weiß noch genau wie das war, als ich mein erstes Schwein totgeschlagen habe. »Man stellt sich mit beiden Füßen über das Schwein«, sagte der Meister – damals wurden die Schweine noch geschlagen, nicht mit der Bolzentöte – »und dann schlägt man zu, und dann legt sich das Schwein um.« – Wenn man dann nicht im richtigen Moment sticht, wird es wieder wach und schreit.
Also ich hatte richtiges Lampenfieber. Wie beim Film, kurz vor der Aufnahme. Also ich schlage das Schwein, es fällt um, ist stumm. Setze mich blitzartig auf das Schwein, knie mich gleich auf die richtige Stelle: mit dem Knie in die Schweinshüfte. Und steche. Anschließend hab ich 'ne Menge Kuchen gegessen. Wurst war nicht drin.
Wenn man jetzt an der falschen Stelle sticht, ist alles vorbei. Und dann das Blut – wenn das Blut endlich kommt, muß man sofort rühren, sonst ist es nicht mehr zu gebrauchen. Wichtig auch, daß man das Schwein richtig brüht. Später hab ich mal drei Schweine auf'm Schlachthof verbrüht. Das ist grauenvoll. Will alles gelernt sein.
Wie gesagt: Schlachter.
Icke
Hab ich gelernt.
Irgendwas muß der
Mensch ja lernen.

Die grauen Vierziger

Merken Sie,
wie ich die Sprache knete?
Det hab ick von Goethe

Willi hieß er. Der hat mir alles beigebracht. Er war Gefreiter bei den Ortelsburger Jägern. Ein richtiger Profi. Willi sagte: Paß mal auf, Hansi. Hier beim Kommiß gibt es nur zwei Möglichkeiten. Entweder Spähtrupp oder Kartoffelschälen. So wie du aussiehst, mit den Sommersprossen, wenn du 'n paar Witze auf Lager hast, ist alles klar. Man muß dich mögen.

Willi konnte gut Witze erzählen. Von ihm hab ich alles gelernt. Ich hab die Witze, die er mir erzählt hat, geübt. Bis ich sie konnte. Und dann bin ich auf die Soldaten los. Mit Willis Witzen. Ich gehe also raus, hebe die rechte Hand zum deutschen Gruß und sage auf der Bühne gleich zu Beginn:

»Verwundete spielen für Verwundete.«

Das war schon der erste Lacher.

Auch der Gefangenen-Witz ist von ihm.

Willi sagte immer: Nur keine Angst. Wenn du nicht mehr weiter weißt, dann denkste einfach an mich.

So war das.

Kabarettist, so Neuss, kann man nicht werden – das ist man. Und lernen kann man Kabarett auch nicht, man kann sich nur das Handwerk abgucken. Neuss studierte es an der Front: Der Witz als Überlebenshilfe. Zum einen körperlich. Zum andern geistig-psychisch. Und drittens überhaupt. Besonders im Chaos.

1. Übung

Ich will mal erzählen, wie ich hierhergekommen bin.
Ich war draußen, da bin ich verwundet worden.
Das war so:
Herr Hauptmann, rufe ich, Herr Hauptmann! Ich habe sieben Gefangene!
Sagt der Hauptmann: Ist gut. Bring sie her.
Geht nicht, sag ich. Die halten mich fest.

Siebenundvierzig, Achtundvierzig, Neunundvierzig: Die Jahre der Tingelei. Das war's.

Wenn man abends ankam: Immer ein anderes Publikum, immer ein anderer Ort, immer dieselben Witze.

»Guten Abend, meine lieben goldigen Mitmenschen, komme heute am Bahnhof an, frage einen Herrn: Wie komme ich hier zum Zoo? Sagt der: Als was.«

Dann holte man einen Taschenspiegel raus, steckte ihn sich – für's Publikum sichtbar – hinten in den Schuh, in die Ferse. Dann kam 'ne Dame raus, meist 'n verkleideter Kerl, kam auf einen zu, fragte:

»Tschuldigung, können Sie mir sagen, wo's zur Ziethenstraße geht?« Nun kommt's: Man stellt den Schuh, mit dem Spiegel drin, dicht an die Dame heran, das war dann schon fast abendfüllend. Der Spiegel im Schuh war so 'ne Art Lachbarometer. Nun brauchte man nur noch die Pointe abzufeuern:

»Die Ziethenstraße? ... Moment ... Fräulein, Sie müssen sich aber auch mal neue Unterwäsche kaufen.«

Dann johlte es unten.

Alte ungarisch-jüdische Sketche. Nicht totzukriegen.

2. Übung

Ick komme hier am Bahnhof an, geh auffe Trabrennbahn, mach mir 'n Schuh zu – wat soll ick Ihn' sagen: Kommt eener und sattelt mir.
– – – Na und?
Zweeter jeworden.

In die Kleinkunst stolpert man rein. Das ist kein Plan, keine Absicht. Da gibt's keinen Lehrvertrag. Man schlittert. Manchmal auf allen vieren.
Als ich 1945, unmittelbar nach Kriegsende über die deutsch-dänische Grenze geschlichen war, machte ich da weiter, wo ich bei der Truppenbetreuung aufgehört hatte.
Zu meinen Standardnummern gehörte der Schweine-Witz vom Bikini-Atoll. »Lachkalorien« hieß das Programm. Das war damals so das Unterhaltungsniveau – schleswig-holsteinscher Raum. Die Leute waren dankbar.
Da kommt eines Tages ein englischer Offizier und sagt »Das mit den Schweinen haben wir nicht so gerne. Wenn Sie den Witz noch mal bringen, dann ist es aus von wegen Bühne und so.« Da wurde ich wach. Das reizte mich: so viel Aufmerksamkeit wegen einer harmlosen Pointe.
Habe dann den Witz natürlich immer wieder gebracht. Und dann haben sie mich abgeholt: halbes Jahr Gefängnis, mit Bewährung. Damit war für mich die Sache klar: Hier steigst du ein. Ein halbes Jahr – und das für einen einzigen Witz? Mir dämmerte: Das hat Zukunft.

Abi von Haase und Wolfgang Neuss, Hamburger Hansa-Theater, 1949

3. Übung

Da wir gerade davon sprechen. Die Engländer sind ja feine Leute, alles was recht ist... Sehen Sie mal, was machen die Engländer neuerdings? Schon von gehört? Die fahren doch mit ihren Schiffen ins Bikini-Atoll. Da haben sie Schweine drauf. Und natürlich Engländer. Jetzt kommt's: Erst schmeißen sie die Schweine ins Wasser, dann werfen sie eine Atombombe. Wissen Sie was passiert? Ein Teil der Schweine geht unter, die andern Schweine fahren wieder nach Hause...

1946 – Die frühe Polit-Pointe, die sich auf die Atombombenversuche im Bikini-Atoll bezieht, bringt Neuss ein halbes Jahr Gefängnis wegen Verächtlichmachung der Besatzungsmacht ein. Verwarnungen durch den britischen Theateroffizier hatte der Kabarettist in den Wind geschlagen; er beteuerte, auf den Witz nicht verzichten zu können. Daß sich die Briten überhaupt angesprochen fühlten, entsprach der Alliierten-Mentalität. Immerhin waren es nicht die Engländer, sondern die Amerikaner, die im Sommer 1946 derartige Versuche durchführten. Neuss, dem die Haftstrafe bald zur Bewährung ausgesetzt wird, schwärmte noch in den Siebzigern: »Ein halbes Jahr für einen Witz? Glück!«

Die »beiden Wolfgangs«: Neuss, Müller, 1949

Kabarettist ist einer, der freiwillig in den Staatsdienst eingetreten ist. Also wenn er sich für die Gemeinschaft interessiert, für die Leute ringsum, wie sie leben.
Kabarettist ist so ein Beruf wie Fährmann, Kutscher, Botschafter, Überbringer von Nachrichten. Aber eben kein Beruf, wie er im Telefonbuch steht.

4. Übung

Meine lieben goldigen Mitmenschen! Willkommen zum Gastspiel des Rekadeko, des Reichskabaretts der Komiker. Als erstes stelle ich Ihnen vor ... ach, wen hab ich denn da vergessen zu begrüßen – wen sehe ich denn da in der ersten Reihe ...?

1946 – Standard-Ansage von Neuss aus der Zeit der Anfänge. Er hält lange an ihr fest, auch später, als er als gutbezahlter Conferencier Bunter Abende unterwegs ist. Die direkte Ansprache an die »erste Reihe« behält er auch später als Profi-Kabarettist bei. Berühmt, berüchtigt und gefürchtet sind auch seine Extemporés gegenüber zuspätkommenden Besuchern seiner Solo-Programme: »Hallo. Guten Abend. Auch schon da? Naja, Zuspätkommen zeugt von eigener Meinung. Man kommt eben nicht, wenn andere kommen. Apropos: Was gab's denn im Fernsehen? Wie war denn das Wort zum Sonntag?«

Im Kabarett »Mutter Ey«, Düsseldorf, 1949

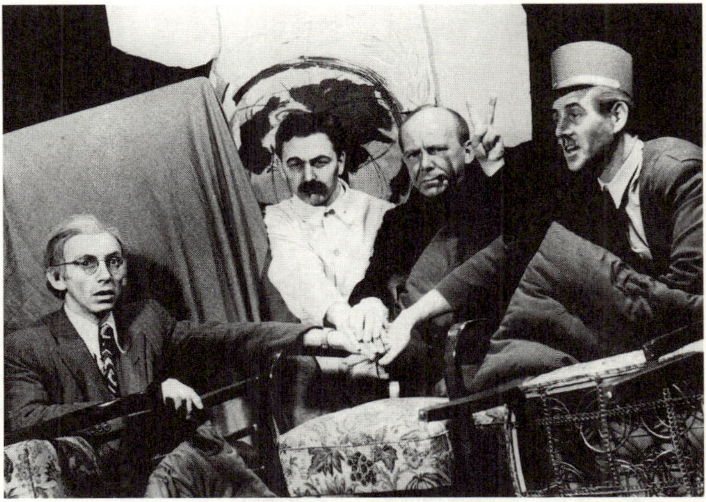

Die Viererkonferenz: Wolfgang Müller (Roosevelt), Wolfgang Neuss (Stalin), Werner Müller (Churchill) und Abi von Haase (de Gaulle) in dem Neuss-Sketch »Tanz auf dem Vulkan«, Kabarett »Mutter Ey«, Düsseldorf, 1949

Paul Milkus hieß der Geiger, mit dem ich durch die Lande zog. Es waren Bunte Abende. Er spielte die alten Unterhaltungs-Vorzeigestückchen, und ich conférierte, wie man das nannte. Sagte an, machte auf Komiker. Jeder Gag war gut genug, wenn er die Leute zum Lachen brachte. Das war die Richtung. Die einzige.

Den ersten Krach bekam ich komischerweise mit Kommunisten, die kannten die Masche von früher. Sahen das politisch; ich verstand das gar nicht. Meine Witze seien faschistisch, sagten sie.

Du mußt irgendwas sagen, dachte ich. Und dann sagte ich von der Bühne runter: »Stimmt. Ihr habt recht, es sind faschistische Witze. Aber ich freue mich, daß die KPD und die Engländer in der andern Zone immer noch den gleichen Geschmack haben.«

Wolfgang Neuss, Paul Milkus und seine Musiker, 1949

Die goldenen Fünfziger

Ich hab immer einfach nur
böse geguckt.
So böse wie ich konnte

Wir haben uns ja in den fünfziger Jahren in den Geist verliebt, während sich die Leute um uns rum in die Materie verliebten. Wir haben uns gesagt: Das mit der Materie ist wichtig, aber es gibt da noch was anderes. Und dann haben wir darüber gesprochen, Witze drüber gemacht, in Frage gestellt, Zweifel gehabt. Das Leben gewissermaßen auf die Bühne gebracht. Auf der Bühne gelebt. Nur, daß es eben kein Theater war.

Auflage

Ich komme hier in Berlin an
ich kenne es ja noch von früher
da sagen die als erstes zu mir:
Für die Pauke
Waffenschein beantragen!
Das wäre ein Instrument
der Aggression

Aus »Neuss paukt deutsch«. In seinem Solo, das er für den Hessischen Rundfunk aufnimmt, erinnert sich der Kabarettist an seine Anfänge zu Beginn der Fünfziger, als er mit der Pauke Berlin zu erobern gedachte. Der Rückblick vermischt sich mit der Wirkung, die er als APO-Gefolgsmann mit seinen politisch-satirischen Schlagzeug-Attacken hervorruft.

Das war an einem ersten Mai, kurz nach der Währungsreform. Tag der Arbeit, Mai-Aufzug. Da kommt so 'n kleiner Mann, 65 Jahre, aus 'm Spielmannszug, mit 'ner Trommel vorm Bauch. Und ich sehe gleich: Der is sauer. Er setzt sich an die Straßenecke und motzt vor sich hin: »Ich spiel nich mehr mit. Bin doch nich varrückt. Bin doch nich blöde und trommle für 'ne Mark zwanzig für die CDU. Oder für 'ne Mark zehn für die SPD. Trommle ja nich mal für 'ne Mark für die Kommunisten. Bin doch kein Wohltätigkeitsverein. Ick bin Musiker.«
Ich denke, ich höre nicht richtig. Ich wußte, die Trommel stimmt noch nicht, aber... So wurde der Mann mit der Pauke geboren.

Gepaukte Pointen

Vieles ging in Berlin in Trümmer. Aber nicht der Berliner Humor. Waren Sie schon bei Haferstengels? Bei Berlins erfolgreichsten Kabarettisten? Nein? Na, hörn Se mal zu.

Melodie mach ich hier, den Rhythmus da, das Ganze nennt sich Konzert eines Arbeiters.

Also, das Geschäft mit der Pauke, ja, ist ja jedes Jahr am ersten Mai. Nech? Dies Jahr wars nich so, sollt ich für achtzig Pfennig die Stunde für die KPD trommeln – mach ich ja nicht! Ich trommle ja nicht mal für neunzig Pfennig für die SPD. Na, würden Sie für ne Mark für die CDU trommeln? Macht doch keener.

Einsdreißig muß ich haben die Stunde. Ich bin Musiker und nur Musiker! Einsdreißig zahlt die Partei vom Remer – trommle ich für die Na... selbstverständlich! Logisch.

Krieg meine Kohlen und brauch keene Weltanschauung, nicht. Friede meiner Masche ...

Hörn Se mal zu, der Weg zur deutschen Seele, der ist so leicht zu finden.

Na, ich bitte Sie! Schließlich ham wir noch Reserven hinter uns! Ich meine, ich will jetzt gar nicht von Goethe sprechen, aber letzten Endes sind wir ja schon rein lagemäßig... nech? Also am deutschen Wesen ... an der deutschen Gesundheit ... wird die Welt ver... am deutschen Wesen!

Ist doch die Angst da draußen, die Angst vor der deutschen hier drinnen ... Innerlichkeit!!

Denken Se doch mal an die Atombombe, wer hat denn den Gedanken zuerst gehabt? Die Deutschen. Später ist der Gedanke... hier aber, ich sage Ihnen: Wir hätten etwas anderes daraus gemacht ... na, hörn Se, bei uns wär se schon gefallen ...

1951 – aus dem »Haferstengel«-Programm, mit dem Neuss erstmals in Berlin auf sich aufmerksam macht. Die ersten »Pauken«-Pointen liefert ihm Eckart Hachfeld. – Ex-Generalmajor Otto Ernst Remer, der sich als Kommandeur des Berliner Wachbataillons »Großdeutschland« traurige Verdienste um die Niederschlagung des Hitler-Putsches vom 20. Juli 1944 erworben hatte, beteiligt sich im Oktober 1949 an der Gründung der rechtsextremistischen »Sozialistischen Reichspartei« (SRP) und ist mehrfach wegen Beleidigung von Widerstandskämpfern verurteilt worden.

Hab gestern grade meinen ehemaligen General getroffen. Ick sage: Na und? – Ja, sagt er.

Nein, nein, nein, nein. Die Geschäfte sind doch voll bei uns. Ist doch alles da. Wo kommt's denn her? Deutsche Schaffenskraft isses! Deutscher Erfindungsgeist füllt die Läden – so isses doch!

Was heißt hier auf Pump? Pumpen können ist auch ne Kunst!

Ich hab damals nicht auf Pointe gesprochen, das kam erst später. Ich hab absolut auf Anti-Pointe gemacht. Die Pointe kam von der Pauke.
Ich hab mir die Zeit genommen. Ich hab auf der Pauke gelehnt, vor dreißigtausend Leuten in der Waldbühne, und hab erst mal abgewartet, damit Stimmung aufkam.
Wenns mir nicht gepaßt hat, hab ich erstmal gar nichts gemacht. Hab minutenlang ins Publikum geguckt. Einfach so. Auf die Lacher, die dann kamen, wennse unten motzig wurden und mich anmachten – »Hehehe! ... Na, nu wirds aba Zeit!« – Hab ich einfach nich geantwortet. Mich nich drum gekümmert. Einfach nich reagiert. Wurde immer böser dadurch. Dadurch kam Spannung auf.
Und wenn dann der erste politische Satz kam: Der war richtig. Ich hab immer einfach nur böse geguckt.
So böse wie ich konnte.

Noch 'ne Pauke

Die Trommel gerühret, das Pfeifchen gespielt, mein Liebster gewappnet, dem Haufen befiehlt: So viel zum Thema Goethe und die Wehrdebatte ...

Haben Sie das im Radio verfolgt? Dieses Feuer, dieses Temperamang, diese herrlichen Schimpfworte: Das gibt es nicht im Oberhaus, das gibt es nicht im Unterhaus, so was gibt es nur im ... Hinterhaus. Jawohl, die Zungen unserer Politiker gehören heute zu den heiligsten Gütern der Nation. Damit können sie uns mal, ja damit werden sie uns sogar einmal von unten nach oben führen.

Die Zeiten sind vorüber, wo wir uns Schritt für Schritt nach vorn schieben mußten. Endlich heißt es wieder: Dauerlauf, soweit die deutsche Zunge hängt ...

Ei, wie bunt ging es doch im Bundestag zu. Da haben die Schwarzen das Weiße im Auge der Roten gesehen. Daß die Entscheidung später in aller Funkstille am häuslichen Herd fiel, das eben ist das deutsche Wunder ... In Frankfurt am Main kaufen die Amis Tabakspfeifen, bei denen der Kopf mit dem Bilde Hitlers verziert ist. 9 Mark 50 werden heute schon wieder für diesen Pfeifenkopp bezahlt ... Überlegen Sie doch mal nüchtern: des Führers blauer Dunst in amerikanischen Lungen: Kameraden – wir dürfen hoffen ... Hier aber fragt sich das deutsche Gemüt besorgt: Wo stehen wir heute? Der braune Saft aus – Hitlers Kopf sammelt sich im USA-Mundwinkel; wer aber beherrscht unseren Markt? Milde Sorte ...

Es ist nun einmal das schwere Schicksal unseres Volkes, Märtyrer der Weltgeschichte zu sein.

Da gibt es nur eins: Wir wollen dieses unser Schicksal in vollen Zügen genießen. In vollen Militärzügen ... Ein General der NATO hat unlängst erklärt, mit deutschen

1951 – aus dem »Haferstengel«-Programm, mit dem sich Neuss in Berlin mit seiner Pauke vorstellt. Das beherrschende Thema jener frühen Fünfziger ist die von Adenauer betriebene Westintegration und die deutsche Wiederbewaffnung. Schon munkelt man über die Bedeutung von Geheimtreffs von Adenauer, seinem »Sicherheitsbeauftragten« Theodor Blank und altgedienten Hitler-Militärs. 1951 wird die Bundesrepublik Mitglied im Europarat, ein Jahr später zählt der westdeutsche Staat zur Europäischen Verteidigungsgemeinschaft (EVG). Nach dem Veto Frankreichs wird die BRD erst 1955 Mitglied der NATO. Wenig später marschiert die Bundeswehr.

Truppen läßt sich Europa noch weiter westlich verteidigen; darum laßt uns beitragen, jeder seine Summe, und schon steht doch die Front an der Seine und an der Somme...

Klopfen wir an die Pforte unseres völkischen Herzkämmerleins. Warum sträubt sich denn unser germanischer Vollbart bei dem Wort: Europa-Union?

Raunt da nicht das Weistum der Altvorderen: Welsches Blut tut keinem Deutschen gut? Flüstern wir es doch offen von Ohr zu Ohr: Was nützet uns ein vereintes Europa, wenn wir den nächsten Krieg verlieren?

Nein, hinweg mit der Europa-Union; gebt uns wieder den Verein für das Deutschtum im Ausland ...

Wer Augen hat zu hören, der fühlt es. Noch sind die Tage der Russen ... Jenes, ach so harmlose primitive Völklein, welches auf den Öfen schläft, obwohl schon längst Betten vorhanden sind. Welches den West-Berliner Bühnen soviel Stoff zur Heiterkeit gibt. Von »Hurra, die Russen kommen« bis zum »Urfaust« ... Jüngst hat der weise Vater Stalin wieder seine Gnade ergossen: auf Fleischabschnitt zwei eine halbe Dose Schuhwichse und auf Fettabschnitt drei eine achtel Tube Zahnpasta. Drüben, da wird eben nicht gepraßt. Es wird gesäubert ...

Wer Augen hat zu hören, der fühlt es.

Das Deutschtum ist letzten Endes nicht dazu geschaffen, um global verheizt zu werden. Unsre Parole: Zurück zu Bismarck. Jeder Deutsche ein ehrlicher Mäkler...

Warum hat man denn, frage ich Sie, die Sektsteuer gesenkt? Damit endlich jeder die halbe Flasche Sekt kaufen kann, die uns im Blute fehlt. Wir Deutschen sind doch der Sektkorken auf der Flasche, die Europa heißt: Wenn wir knallen, schäumen die anderen über... Wozu brauchen wir denn Amerika? Wir könnten so glücklich sein, im kleinen Kreise. Die Sowjets bekämpfen die Juden, die Juden bekämpfen die Araber, die Araber bekämpfen uns und wir bekämpfen die Sowjets. Erlauben sie mal, wozu dann noch Amerika? Wir sind eine geschlossene Gesellschaft ...

Wir leben in einer Zeit der Zeichen und Wunder.

Bei Delikatessen-Rack gibt es schon wieder Schmelzkäse in Dosen, das ist ein Zeichen. Und wir gelten immer noch als demokratischer Staat, das ist ein Wunder...

Für uns gibt es doch nur eins, meine Freunde: Wir paar Begüterten müssen zusammenhalten. Schließlich sieht die Welt hinterm Scheibenwischer immer noch gemütlicher aus als unterm Regenschirm ... Wie ich heut nacht so im Bett auf- und abgehe, hab ich mir das mal überlegt. Auf die Dauer kann man ja mit den zehn Geboten nicht mehr auskommen. Darum hat der Kanzler ein elftes erfunden: das Gebot der Stunde ...

Das hebt die anderen zehn auf ...

Der gesunde Mensch hat fünf Sinne. Nur bei den Politikern ist es damit wie im Zahlenlotto. Ganz selten, daß mal einer alle Fünfe richtig mitbekommen hat ...

Der abgewürgte Paukenschlag

Ich hoffe nicht, daß Sie mich mit einem Ihrer Kollegen verwechseln, wegen des schönen Tuches, das mich kleidet. Auch der schlichte Deutsche trägt heute schon wieder den Stoff der Elite am Körper… Nur den alten Hut hier setz ich immer wieder auf…

Ich nenn' ihn kurz »den Alten», und sollte ihn einer von Ihnen für die Zeit seines Bundestagsaufenthaltes in Berlin benötigen: Ich pumpe ihn Ihnen gerne, den Alten…

Wenn ich jetzt gleich ein bißchen schnell sprechen werde, dann nur, weil ich versuche, beim Sprechen zu denken…

Ja, ich weiß. Das wird manch einer von Ihnen gar nicht kennen… Übrigens mein Fußballfreund Lemmer, wir sind zusammen beim selben Verein… also Fußballverein…

der sagte: Alles können sich die politischen Kabarettisten erlauben, aber sie sollten nicht vergessen, daß sie doch mit Ihnen in einem Boot sitzen. Richtig! Er vergaß nur zu erwähnen, daß Sie ja letzten Endes rudern…

Sehn Sie mal: Da steht nun so ein Vopo seit zehn oder elf Jahren an der Zonengrenze, und was sieht er rings um Berlin, wenn er sich umkiekt? Türme, Türme…

Und was denkt er?? … Na bitte!

Mensch, wir wollen doch letzten Endes nicht vergessen, daß wir in Deutschland den Kommunismus erst erfunden haben. Marx, Engels, Pferdmenges. Aber genau…

Das Kapital! Marx hat's geschrieben, Engels hat's verdammt und Pferdmenges hat's verdient… Ich hab gestern erst mit einem alten deutschen Mütterchen darüber geplaudert.

Und das alte deutsche Mütterchen hat gesagt – es ist ja ganz egal, was es gesagt hat, wichtig ist, daß solch 'ne Frau in diesem Alter überhaupt

1955 – Die »zensierte Pauke«, um die es bundesweit publizistischen Wirbel und Parlamentsdebatten gibt. Vom Südwestfunk für eine TV-Sendung engagiert, werden Neuss Zensurauflagen gemacht. So soll er u.a. die Passagen über die Knef und Minister Blank streichen. Neuss weigert sich und erhält Auftrittsverbot. Als er kurze Zeit später in einem vom Fernsehen übertragenen Berliner Abend vor Bundestags-Prominenz auftreten soll, will er die zensierte Pauken-Nummer bringen. Es kommt nicht dazu. Auf Intervention von SWF-Intendant Bischoff täuscht der SFB für die Dauer des Neuss-Auftritts eine »technische Störung« vor und schaltet den Ton ab.

noch spricht in Deutschland... Auch zur Konjunktur sagte sie was. Das deutsche Rindvieh, sagte sie, muß wieder führend werden in dieser Welt! Es muß wieder seine alte Stellung einnehmen: Wenn man aber unsere Ställe abreißt ... damals ... Stall für Stall ... dann können wir keine Milch geben, und dann wollen wir auch ... wir sind doch keine Ochsen, daß wir uns von denen melken lassen ...

Wir wissen doch, daß die Russen heute an einer Kuh arbeiten, wenn die mal fertig ist, Mensch, dann is alles im Eimer...

Nieten sind wichtig, wenn wir das Schiff wieder klar kriegen wollen.

Wir sind doch hilflos ... Hilflose sollte es wieder geben ... Stück 50 Pfennige. Jeder müßte dreie kaufen ... bei dreien is immer eine Niete dabei, so daß auf jeden von uns eine Niete entfällt ... Nieten sind ja irrsinnig wichtig, wenn wir das Schiff wieder klar kriegen wollen ... klar kriegen wollen ... klar wollen wir Kriege ...

Ich habe gestern mit Seydlitz gesprochen, der sagt: »Wir wollen keine Pensionen, wir wollen arbeiten« ... Hat er aber gleich wegen der Presse wieder zurückgenommen ...

Der deutsche Bronchialkatarrh als wirksames Mittel des germanischen Widerstandes ... und dann der Welt einen hingehustet ... Natürlich mißtrauen uns die Franzosen, aber wir ihnen auch ... wir werden uns noch so lange mißtrauen, bis wir Grund dazu haben ... Wissen Sie, wir sollten alle, wie wir hier sind, brüllen: Die Saar gehört zu Frankreich ... was glauben Sie, wie mißtrauisch dann die Franzosen werden und darauf verzichten ...

Das sagen die in New York immer: »Berlin ist unser Sorgenkind«, und dann woll'n se nich mit uns spielen; Mensch, wenn man 'n Kind hat, muß man auch Rattatata machen ...

Aber unsere blonde Hildegard darf den Broadway begeistern ... da ham se wieder mal die gesamte Spannweite der deutschen Seele ... von Alraune zu Al Capone... und die Knef in Seidenstrümpfen ... Anschließend gastiert Blank in Wehrmachtssocken ... auch diesen Weltmarkt werden wir uns erobern ...

Was heißt denn das: Die Russen wollten uns damals mit dem General Schörner verblüffen. Junge, Junge, wenn wir in Spandau und in Werl unsere Tore öffnen, was könnten wir denen alles rüberschicken ... ja, ja ... gut, wir brauchen se selber, aber wir hätten einen Export, sage ich Ihnen ...

Mann, der germanische Spätzünder in der europäischen Nase bringt doch erst das rote Kaninchen zum Wackeln ... das Bulganinchen... Mit Kinsey vor Augen und Glenn Miller im Herzen werden wir die europäische Inbrunst nach Osten tragen ... und denn aber ganz schnell zurückloofen, bevor der Winter wieder einbricht...

Ich schweife ab ... zur Konjunkturdebatte ...

Rechnen Sie doch bitte einmal aus, wieviel Rentner heute auf ein Auto kommen. Von denen, die drunter kommen, ganz zu schweigen ... Das ist der gesunde Ausgleich, den wir brauchen ... jedesmal, wenn die Hoffnung sinkt, steigen die Preise ... zugegeben, die Zigaretten sind damals billiger geworden ... dafür wer'n jetzt die Mieten teurer ... Ich sage: Lieber an 'ner teuren Zigarette ziehen als aus der Wohnung ...

Was hat denn der kleine Mann in Berlin? Er hat 'n Tisch, 'n Bett, 'n Stuhl, das gehört ihm. Dann hat er noch 'n Radio, das gehört ihm mit dem Bree zusammen ...

Wenn das mit der Abzahlung so weiter geht, ist die WKV und ABC eines Tages stärker als die CDU ...

Ick sage Ihnen in aller Freundschaft, die von der CDU werden noch so lange machen, bis der liebe Gott aus der Kirche austritt ...

1955 – Namen und Themen, die die Gemüter bewegen: Hildegard Knef, im Nachkriegsdeutschland durch den Film »Alraune« bekannt geworden, ist mit dem Musical »Silk Stockings« am Broadway erfolgreich. Die Saarfrage wird zum Zankapfel zwischen Bonn und Paris. Die Bundesrepublik rüstet auf, aus dem »Amt Blank« wird das Verteidigungsministerium. Die Hitler-Generale Schörner und von Seydlitz sind aus sowjetischer Kriegsgefangenschaft in die BRD entlassen worden. Mit dem Bulganinchen ist Sowjet-Premier Nikolai Bulganin gemeint. Bankier Pferdmenges war Adenauers Berater in Finanz- und Wirtschaftsfragen.

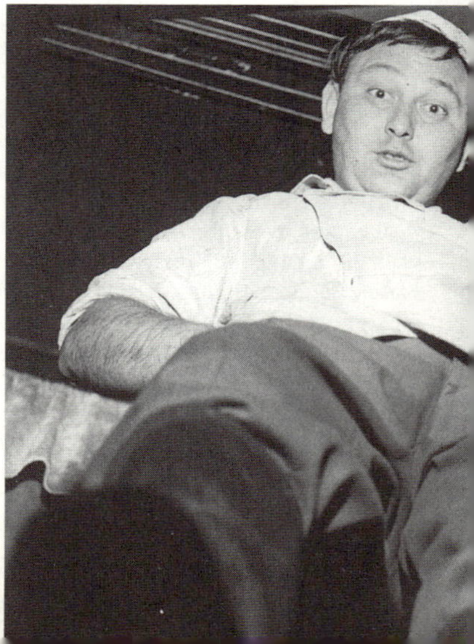

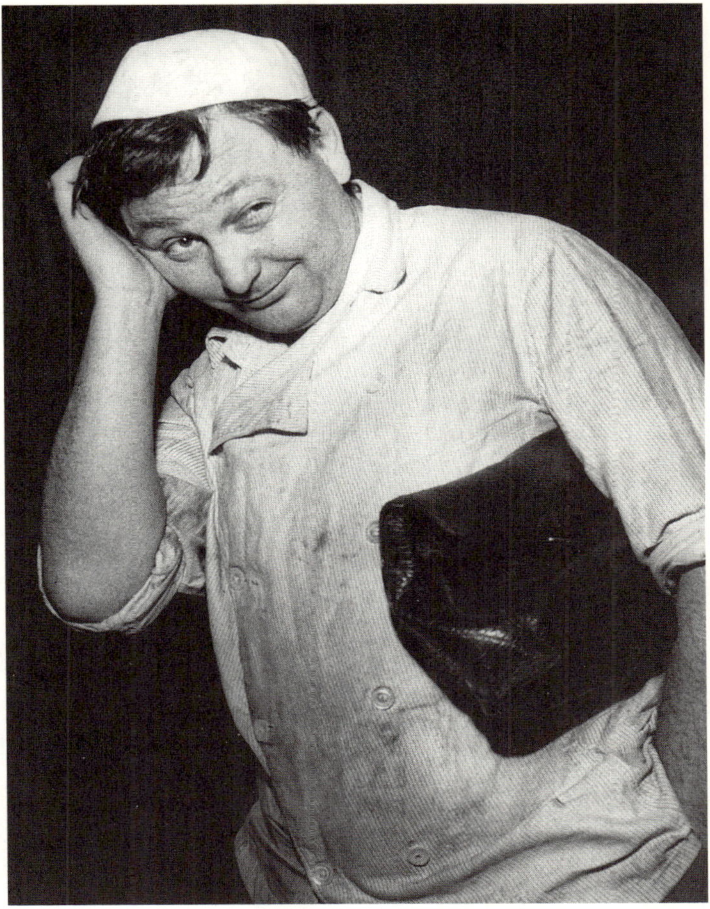

Ich hab noch einen Teppich in Köpenick

Ein deutsch-deutsches Erbstück

Ich bin der Versicherungsangestellte Hugo Flasche. Ich habe noch einen Teppich in Köpenick. Nun werden Sie sagen, da kann sich der Hugo Flasche aber freuen, wenn er noch einen Teppich hat. Aber ich bin so traurig, weil er doch ein Erbstück von Tante Auguste ist und die wohnte doch in Köpenick. Und heute in Köpenick zu wohnen, ist doch keine Freude, und ich wohne doch in Zehlendorf, und da isses doch viel angenehmer als in Köpenick, wo mein Teppich liegt, den ich doch so nötig brauche, weil mein Zimmer doch so fußkalt ist. Und kalte Füße sind doch in Zehlendorf genauso unangenehm wie in Köpenick, wo ich ja noch den Teppich von Tante Auguste habe, den ich aber nicht rüberkriege nach Zehlendorf.

Also das ist so. Da ich ja nun mal ein ehrlicher Mensch bin und allem Unangenehmen gern aus dem Wege gehe, steckte ich mir eine Schachtel Zigaretten ein und ging zu einem Westpolizisten und sagte: »Westpolizist«, sagte ich, »Hüter meiner Freiheit, ich habe einen Teppich in Köpenick – rauchen Sie?«

»Ja«, sagte er, »und meine Frau auch und meine Verwandtschaft übrigens auch.«

Da gab ich ihm die ganze Schachtel und sagte: »Ich habe einen Teppich in Köpenick und den möchte ich gerne nach Zehlendorf holen, weil es dort so fußkalt ist – und du läßt mich doch durch, wenn ich damit zurückkomme?«

Da guckt er mich empört an und sagt: »Nein«, sagt er, »du darfst keinen Teppich aus Köpenick nach Zehlendorf einführen. Das ist verboten.«

»Aber«, sage ich, »den habe ich doch von meiner Tante Auguste geerbt und das ist doch was Schönes, wenn wir von denen da drüben auch mal was erben und ...«

1952 – Neuss-Solo aus dem Programm »Zwischen Nylon und Chemnitz« der Berliner »Stachelschweine«. Der Text spielt auf den in jenen Jahren florierenden Interzonen-Schmuggel an, der besonders in der Viersektoren-Stadt Berlin seltsame Blüten treibt.

»Nein«, sagte er noch mal, »das ist illegale Wareneinfuhr, und die kann ich nicht unterstützen. Da mache ich mich strafbar, und dafür muß ich dann sitzen und wer tut das schon gerne. Wo doch schon so viele von uns ... Kauf dir doch einen schönen neuen Teppich in Zehlendorf.«

»Ja«, sagte ich und fuhr nach Köpenick.

Ich bin der Versicherungsangestellte Hugo Flasche und ich habe noch einen Teppich in Köpenick. Wie ich nun in Köpenick an die Wohnungstür von meiner verstorbenen Erbtante Auguste klopfe, da machte mir ein großer Mann in Unterhosen auf und ich sage gleich: »Verzeihung, ich habe noch einen Teppich hier in Köpenick...«

»So«, sagt er, »da gehen Sie man erst zu unserem Hausobmann. Ich kenn Sie ja gar nicht.«

»Aber ich bin doch ...«, sage ich, und da rief eine Stimme von hinten: »Emil komm rein und helf mir mal den ollen Teppich von der Schmidten aufrollen.«

Und da machte er die Tür zu und ich ging zum Hausobmann, und da war nur seine Frau da und die sagte, ich solle mal den Volkspolizisten fragen, der immer am Bahnhof steht. Und den hab ich dann gefragt. »Volkspolizist, staatliches Ordnungsorgan«, sage ich, »ich habe noch einen Teppich hier in Köpenick, und ich bin aus Zehlendorf.«

»Da«, sagte er, »mußt du an den Bezirksbürgermeister Genosse Schmidt einen Brief schreiben und ihn um eine Ausfuhrgenehmigung bitten. Aber wenn ich dir einen Rat geben darf«, sagte er und nahm mir mein ganzes Westgeld aus der Brieftasche, »dann schreib auf den Brief *privat* rauf, dann wird er nur zweimal geöffnet.«

»Schönen Dank, Vopolino«, sagte ich, »und komm bald rüber.« Und dann fuhr ich wieder nach Zehlendorf.

Es wird Sie zwar nicht interessieren. Ich bin ja bloß der Versicherungsangestellte Hugo Flasche, aber ich habe noch einen Teppich in Köpenick. Und nun habe ich einen Brief an den Bürgermeister geschrieben und damit bin ich persönlich nach Köpenick gefahren, weil das ja schneller geht als mit der

Post und ich schon einen gehörigen Schnupfen von meinem fußkalten Zimmer habe. Und ich sage zu ihm: »Lies und befürworte, Genosse Bürgermeister.«

Da las er und sagte: »Das ist ja alles sehr gut und schön. Aber hast du eine HO-Quittung?«

Ich sage: »Was?« sage ich.

Da sagt er: »Eine Quittung, daß der Teppich in der HO gekauft wurde.«

Ich sage: »Als meine Tante Auguste den Teppich gekauft hat, da gab es doch noch keine ...«

»Dann hätte sie eben so lange warten müssen.« Und abgelehnt. Und raus.

Und da hatte ich Angst, der Teppich würde nun beschlagnahmt und volkseigenes Betretungsgut, und da reifte ein großer Entschluß in mir, und ich fuhr zurück nach Zehlendorf.

Ich bin zwar nur der Versicherungsangestellte Hugo Flasche, aber ich habe noch einen Teppich in Köpenick. Und nun reicht es mir aber. Und jetzt habe ich mir vier Wochen Urlaub von meiner Firma genommen und für zwei Monate Vorschuß und einen Rucksack mit Marschverpflegung und eine Maschinenpistole und nun ist mir alles egal. Und ich fahre jetzt nach Köpenick, wo ich noch einen Teppich habe. Und meinen Schnupfen aus Zehlendorf nehme ich auch mit.

Vielleicht interessiert Sie das ja. Ich bin der Versicherungsangestellte Hugo Flasche und ich habe noch einen Teppich in Köpenick. Und den habe ich mir heute mit Waffengewalt aus der Wohnung meiner verstorbenen Tante Auguste geholt.

Die Maschinenpistole war nicht geladen, und ich hätte auch nicht geschossen, aber es geht doch hier um ein Prinzip, und Sie können von Glück sagen, wenn Sie keinen Teppich in Köpenick haben. Die Leute schrien: »Überfall!«, und da habe ich die Maschinenpistole weggeworfen und den Rucksack, wo mein ganzer Vorschuß drin ist, und den Teppich habe ich ganz fest an mich gepreßt, und der ganze Ostsektor ist schon abgesperrt, und ich will noch warten, bis es Nacht wird – und dann will ich versuchen, ihn rüberzubringen.

Ich bin der Teppich Hugo Flasche und ich habe noch einen Köpenick. Und ich bin im Affentempo über die Sektorengrenze gerast und zwei Volkspolizisten immer hinter mir her und rein in den Westsektor. Und da haben sie mich geschnappt, die Vopos, und ich habe geschrien: »Hilfe! Menschenraub!«

Und da sagten sie: »Keine Angst, wir wollen ja bloß wissen, wo die Meldestelle für politische Flüchtlinge ist. Wir sind nämlich getürmt.« Und eine Funkstreife hat mich festgenommen. Und nun sitze ich wegen Schmuggel im Untersuchungsgefängnis Moabit – und den Teppich, den hat man mir vorläufig gelassen, damit ich mich nachts zudecken kann.

Ich bin der entlassene Versicherungsangestellte Hugo Flasche, und ich habe noch einen Teppich in Moabit und eine Geldstrafe von 500 Westmark, und nun sitze ich in Köpenick im Untersuchungsgefängnis, weil man mich von dorten angefordert hat zwecks Verurteilung wegen Raubüberfall und illegalen Besitzes von Westgeld und einer Maschinenpistole. Und ich muß jetzt eine Zeitlang sitzen.

Und wenn ich wieder rauskomme, dann muß ich einen Zuzug in Westberlin beantragen. Und meine Frau wird wohl einen andern haben, und Onkel Eduard wird wohl dann auch bald sterben und der hat noch eine Standuhr in Pankow.

Aber diese Erbschaft trete ich nicht an.

Das Kabarett der frühen Jahre: das war eigentlich noch faschistisch. Und natürlich antikommunistisch. Das war, wie soll ich sagen ... unüberlegt. Es ging ohne Denken ab. Wenn ein Witz gut war und er war nicht gerade direkt unter der Bettdecke – wurde er erzählt. Und wenn er ankam, dann sowieso.
Wir waren ja fröhliche Kinder. Und den Karneval fanden wir auch gut. Der war ja noch nicht vom Fernsehen abgenutzt. Wir haben uns noch nicht geniert, fröhlich zu sein, damals.

Schreibmaschine und Klavier

Hallo, Hörer! Wir erwarten in wenigen Sekunden eine wichtige Verordnung von Schreibmaschine und Klavier!

Hier ist sie schon:

Achtung! Schreibmaschine und Klavier verordnet: Wenn irgendein Hörer wissen will, was die Sowjets in der nächsten Zeit in West-Berlin erreichen werden, dann greife man zu einem Telefonhörer, wähle eine Nummer im östlichen Berlin, und was dann aus der Muschel tönt, das werden sie erreichen.

Was Sie da hören? Probieren Sie mal – NICHTS.

Bei der Hitze dürfte man sich an und für sich gar nicht mehr ernsthaft unterhalten. Ich finde zum Beispiel: Die UNO-Vollversammlung dürfte sich nur noch nackend treffen. Dann kann man mit einiger Gewißheit annehmen, daß der sowjetische Delegierte kein Veto in der Tasche hat.

In der Nordsee ist ein deutsches U-Boot aufgetaucht, vollständig mit Algen bewachsen. Und wie es gerade wieder tauchen wollte, kommt ein englisches Patrouillenboot vorbei, und die Engländer schreien: »He, bleibt oben! Ihr habt 45 den Krieg verloren!« Der deutsche U-Boot-Kommandant läßt den Deckel fallen, steigt runter und sagt: »Nehmt das Kaiserbild ab! Wir haben 45 den Krieg verloren.«

1951 – aus der Hörfunkserie »Schreibmaschine und Klavier«, die er zwei Jahre lang zusammen mit Jo Herbst im RIAS bestreitet: Kabarettistische Rundumschläge auf tagespolitischem Terrain. – Mit der Pankower Regierung ist – allgemeinem Bonner Sprachgebrauch zufolge – die DDR-Regierung gemeint. Bei dem erwähnten Mikosch-Film handelt es sich um die 1952 gedrehte Militärklamotte »Mikosch rückt ein«, mit der dem Kinopublikum antimilitaristische Gesinnung wieder ausgetrieben werden sollte. Neuss – mal wieder in Geldnot – hatte zum Entsetzen seiner Kollegen – in diesem Film eine Rolle übernommen.

Zu neun oder zehn Punkten haben die Sowjets im Kontrollrat für Österreich ja gesagt. Nur zum zehnten haben sie nein gesagt.

Der zehnte Punkt lautet: Kann man sich auf die neun Jas verlassen?

Hamse gehört? Alle Geschäfte von Westberlinern im Osten hamse enteignet. Nur meins nicht.

Nun werden Se sich fragen: Was hat der für 'n Geschäft da drüben?

Will ick Ihnen sagen: Ist doch klar. Die Pankower Regierung! Jeden Witz, den ich über die mache, krieg ich doch bezahlt!

Gestern habe ick nun Gustav mal auf 'n Tempelhofer Flugfeld erwischt.

Hallo, Gustav, sage ick, Freund der treffenden Formulierung, Komma, was zieht dir die Mundwinkel denn so auf die runden Schultern, daß man meinen könnte, du machst ne Flappe? Ach, sagt er, ick hab 'n Besuch gemacht, in Westfalen. Ich sage: Kopf hoch, Gustl, nu biste ja wieder hier und es wird schon wieder werden.

Ick verbitte mir diese verdammte, mich selbst degradierende Ironie, sagt er, oder ick fühle mir gezwungen, den deutschen Sprachschatz zu mißbrauchen.

Ich sage: Gustav, halte dir please in Zaumzeug und Zügel. Du weißt, du sprichst nicht nur über mich, sondern auch übern Äther...

Ja, sagt er, und damit müßte man se betäuben.

Wer ist denn »man se«? frage ich.

Na, paß uff, sagt er. Ick habe da in Lünen eine Tante, die an einem Bierhahn nebst Stühlen und Tischen ihr Dasein fristet. Sozusagen eine Kneipiöse: Fräulein Tunketief, meine Tante. Und nun hat se die unangenehme Eigenschaft, einmal die Woche ihre Hopfenbude an den Verband ehemaliger Soldaten zu vermieten, was ick ihr nich übelnehme, wenn mein Besuch nur nich mit so einer Verbandssitzung zusammengefallen wäre.

Daß ich gegen Verbände bin, weeßte von damals, als mir 'n Ziegelstein auf die Omme geknallt is ...

Nu aber mal zu diesem Verband. Der Vorsitzende, ein gewisser Oberstleutnant, adjö, sprach munter drauflos, gerade als ick in die Kneipe kam: Natürlich empfindende deutsche Männer würden mit religiöser Ergriffenheit deutsche Marschmusik hören und wem nich so is, wär ein Waschlappen.

Nu weeßte, sagt Gustav, daß ich eener von den Waschlappen bin, die sich nich gerne auswringen lassen. Ick trete also dem Herrn ein bißchen nahe und sage verhalten: »Herr Verbandsheini, die vornehme Gegenwart von Frau Tunketief, was meine Tante is, hindert mich an einer saftigen Handgreiflichkeit.«

Na, dem rutscht das Brennglas ausn Augenwinkel und brüllt: »Machen Se kehrt, Sie artfremdes Subjekt, Sie!« Sagt er. Oder wollnmal sagen: schreit. »Sie sind einer von diesen Kerlen, die mir unangenehm auffallen und die ich mir notieren werde, ihr Brüder kommt ja früher oder später alle mal zu mir.«

Ick sage: Gustav, Verfechter der Vernunft, sage ick, fürchte dich nich. Du kommst bestimmt nich zu ihm.

Aber ick will, sagt Gustav, ick will es ja. Wenn der dann noch einmal: »Kehrt!« zu mir sagt – dann kehr ick ihn aber mit 'm Stubenbesen aus der Schlupfjacke 36, daß er die alten Kameraden nich mehr vom Tangomaxe unterscheiden kann! So wahr ick mir jetzt den Mikosch-Film ansehe, sagt Gustav.

Machte kehrt und ging, alles andere als Gleichschritt, lokker salopp übern Tempelhofer Damm.

Ernst Wackelkopp aus Köpenick sagte gestern zu mir: »Ick soll da 'n Kollektiv-Vertrag für 'n volkseigenen Betrieb unterschreiben. Mach ick aba nich, weil ick mir verpflichten muß, in der Freizeit Schießen zu lernen.«

»Na und?« sag ick. »Wat machste?«

»Ach«, sagt er, »ick laß den Kollektiv-Vertrag schießen. Det trifft, vastehste?«

Da hat sich die Frau eines ehemaligen Obersturmbann-Führers beschwert, daß ihr Mann nur 500 Mark Pension im Monat kriegt. Es wäre eine Schmach. Sieht ganz so aus, als ob die Schmach endlich erhöht wird.

Ich sage gestern zu Gustav: »Hör mal Gustav, ich bin jetzt in den FKK eingetreten. Das is so 'n Verein für Freikörperkultur.«

Sagt Gustav: »Biste verrückt jeworden? Ausgerechnet jetzt, wo wir endlich wieder unsere Orden anlegen dürfen. Wo willste denn als nackter Mann dein Sturmabzeichen hinstecken?«

»An 'n Hut«, sage ich.

»Wat denn? Sind Hüte bei die Nacktkultur denn zugelassen?«

Nun haben sie ja auch Fußballtoto drüben in der Zone. Da können die Leute schon bevor die Russen abziehen ihr Kreuzchen machen. Nee, das heißt: Sie werden es wohl anders machen. Wenn du Eins tippst, mußte 'ne Sichel machen, wenn du Zwei tippst, mußte 'n Hammer machen und wenn du Null tippst – mußte dich auf die Socken machen.

Und nicht vergessen, liebe Lauscher da drüben. Unser großer Vater ist Stalin. Und unsere große Mutter die unbesiegbare Sowjetunion. Und wir würden liebend gerne vor Weihnachten Vollwaisen werden. Auf Wiederhorchen!

TV-Dialog

Müller: Hahahahahaha ...
Neuss: Eins müssen wir uns glaub ich merken: Du mußt nie über deine eigenen Witze lachen. Das haben die Pointen nicht gerne. Die andern sollen ja lachen. *(zeigt auf die Kamera)* Die sind schon hinter uns.
Müller: Wieviel sind's denn?
Neuss: Neun Millionen.
Müller: So viel?
Neuss: Also, meine Damen ...
Müller: ... und Männer! Du hast die Herren von den Frauen vergessen..
Neuss: Sehnse, da haben Se gleich am Anfang so 'n Späßchen, womit Se auch die traurigste Sendung lockermachen können, gefällig. Is 'n kleiner Trick. Sie brauchen nur die Damen von den Frauen zu vergessen ... die ... also die Herren von den Männern – eine Variante! Haha ... Sie können ohne geistige Anstrengung in jeder Unterhaltung ... können Se das so einflicken. Das macht sofort die Atmosphäre ... verstehn Sie, das paßt immer! So was Ironisches mit Reißverschluß. Man zipst es auf – und das gute alte treue Herz lugt hervor ...

1960 – aus der TV-Sendung »Wer nicht hören will, muß fernsehen«, die Neuss mit seinem Kabarett- und Filmpartner Wolfgang Müller dreht. Die enge Zusammenarbeit des vielbeschäftigten und populären Duos endet abrupt, als Müller im Dezember 1960 in der Schweiz mit einem Segelflugzeug tödlich verunglückt.

Wolfgang Müller und Wolfgang Neuss im Film »Wir Wunderkinder«, 1958

Mit Liselotte Pulver und Wolfgang Müller im »Wirtshaus im Spessart«, 1957

Berliner Blacks

Waass??? Petermann is tot???
Konnt' n ja nie leiden, aber nu is
der Mann für mich gestorben.

Über Berliner Humor kann man nicht sprechen, man kann ihn nur weitergeben. Und zwar ungekürzt, unverändert und oft gegen alle Regeln des guten Geschmacks, der Logik und ohne Rücksicht auf sogenannte Tabus und die dummen Angewohnheiten der menschlichen Hemmungen. Bezüglich Humor ist Berlin eine Goldgräberstadt – das Gold aber eignet sich nicht zur Weiterverarbeitung. Tut man's dennoch, verliert es seinen Wert, seine Echtheit und den Glanz der Herzlichkeit, aber auch das Gift der hinterhältigen Bösartigkeit und die Unschuld des Profanen.

New York, London, Kopenhagen und Berlin: Der Humor dieser Städte mag noch so lokalbedingt sein, er ähnelt einander und ist immer im besten Sinne weltbürgerlich, antireaktionär und menschenfreundlich. Herz mit Schnauze, Chuzbe mit Nächstenliebe, Geist, Gags und Grips und eine riesige Sentimentalsperre für alle Pseudo-Gefühle; dazu ein unüberbietbares Mißtrauen gegen Tradition und Überlieferung und den untrüglichsten Instinkt für das Zusammenwirken von Gehirn und Herz (mit Schnauze):

Ick komme nach Hause; ick sage »Emma«? Nich da ... keine Antwort. Wo kann denn meine Frau sein? Ick gucke ins Schlafzimmer –, is se nich. Im Wohnzimmer, is se nich. In der Diele, is se nich –, ick gucke in die Küche, liegt se da –, tot.

War ick schon sauer.

Neuss, noch immer Berlins Liebling unter den Kabarettisten (»Schnauze mit Herz«), publiziert Anfang der Sechziger in zahlreichen Zeitschriften und Tageszeitungen; er schreibt Kritiken, Glossen, Polemiken. Die »Berliner Blacks« werden von der Zeitschrift »Revue« veröffentlicht.

Constantin-Film
ZEIGT EINE MUSIKALISCHE RÄUBERPISTOLE
Das Wirtshaus im Spessart
Ein Film von KURT HOFFMANN · Frei nach Wilhelm Hauff, bearbeitet von H. C. Gulbrod
Drehb.: Heinz Pauck, Luiselotte Enderle · Mitarb.: Günter Neumann
Eine Georg Witt-Produktion
Kamera: Richard Angst · Bauten: Robert Herlth · Kostüme: Elisabeth Urbancic · Masken: Georg Jauss, Charlotte Müller · Ton: Walter Rühland · Schnitt: Claus von Boro · Reg.-Ass.: Wolfgang Kühnlenz · Aufnahmeltg.: Frank Roell · Farbber.: Alvord Eiseman
Musik: Franz Grothe · Liedtexte: Willy Dehmel, Günter Neumann
REGIE: KURT HOFFMANN
PERSONEN UND IHRE DARSTELLER:
Comtesse Franziska .... Liselotte Pulver
Räuberhauptmann .... Carlos Thompson
Baron Sperling .... Günther Lüders
Gaukler Parrucchio .... Rudolf Vogel
Zofe Barbara .... Ina Peters
Räuberbraut Bettina .... Kai Fischer
Magd Luise .... Veronika Fitz
Graf Sandau .... Herbert Hübner
Polizeimajor .... Hubert v. Meyerinck
Felix .... Helmut Lohner
Peter .... Hans Clarin
Korporal .... Paul Esser
Pfarrer .... Otto Storr
Knecht Jakob .... Karl Hanft
Kutscher Gottlieb .... Heini Göbel
Diener Anton .... Ernst Braasch
Wirtin .... Vera Complojer
Küchenmagd Adele .... Anette Karman
UND Wolfgang Neuss — Wolfgang Müller als Räuber Knoll und Funzel
FARBE VON AGFACOLOR
Atelier: Bavaria-Filmkunst AG, München-Geiselgasteig
Nur mit Gruseln und mit Grausen
geht der Wand'rer durch den Wald,
wo die bösen Räuber hausen,
wo des Teufels Büchse knallt.
Jedes Leben ist bedroht,
mancher liegt schon mausetot!
und zu Sandau, schon, als ihre
ten auf dem Waldweg nach
eine Grube stürzt und mit
bleibt. Aber im Gegensatz zu ihrem
folge, zu dem ihr Verlobter, Baron
Zofe Barbara und ein geistlicher Herr
ziska sich weder durch
durch die Stimme der
unheimlich im Gehölz
derlich
derselben
sie auch dem Rat
die dahergeritten
Pech der
und ihnen
diese Nacht im
Spessartwirtshaus
nehmen.
In der Herberge
men, müssen die
bald feststellen,
samt den munteren
gesellen Felix und
schon vorher hier
in eine böse
haben. Das Gesindel
die Komtesse
fellos, so denken die Räuber
stattlicher

Heute war ick in Professor Eiermanns Ölbohrturm; es is ja wirklich imponierend, was der Mann aus der Gedächtniskirche gemacht hat. Für 'n Zehlendorfer Waldfriedhof will er ja jetzt einen Senkrecht-Sarg entwerfen, wegen Parkplatznot, wa ... Wir sagen ja heute noch, unsere Angehörigen liegen auf dem und dem Friedhof, aber unsre Kinderchen werden eines Tages sagen, unsre Angehörigen stehen auf 'n Friedhof. O ja, der Eiermann hat mehr im kleenen Finga als manch Toter im Kopp.

Sagen Sie mal, wie sind Sie denn mit dem Kopp durch die Gesichtskontrolle gekomm'?

Warum ick neuerdings immer 'n steifen schwarzen Hut trage? Weil ick im 20. Jahrhundert mit der Bombe lebe!

Radioglück

Deutsches Küchenlied

Ich weiß es noch wie heut
ich putzte grade Möhren
da tönt es aus den Röhren:
Hört hört nur liebe Leut
Das große Glück kam in die kleine Küche
und grad beim Möhrenputzen stimmte mich's so froh
ging auch ein Märchen mal entzwei und in die Brüche
es half mir immer drüber weg, mein Radio.

Ich weiß es noch wie heut
Ich wollt 'n Fisch entleeren
da tönt es aus den Röhren:
Hört hört nur liebe Leut
Das große Glück kam in die kleine Küche
und brachte Frohsinn mir in den verschmorten Dunst
der liebe Schwachsinn und die lieben Fischgerüche
grad diese Mischung ist doch allergrößte Kunst.

Aus der Hörfunk-Sendung »Ein Autor sucht sechs Personen«, mit der Neuss Pirandellos Erfolgsstück »Sechs Personen suchen einen Autor« parodiert. Die Musik zur Neuss-Revue stammt von Olaf Bienert.

Mit Müller und Brigitte Grothum in »Keine Angst, sie kriegen sich«, 1956

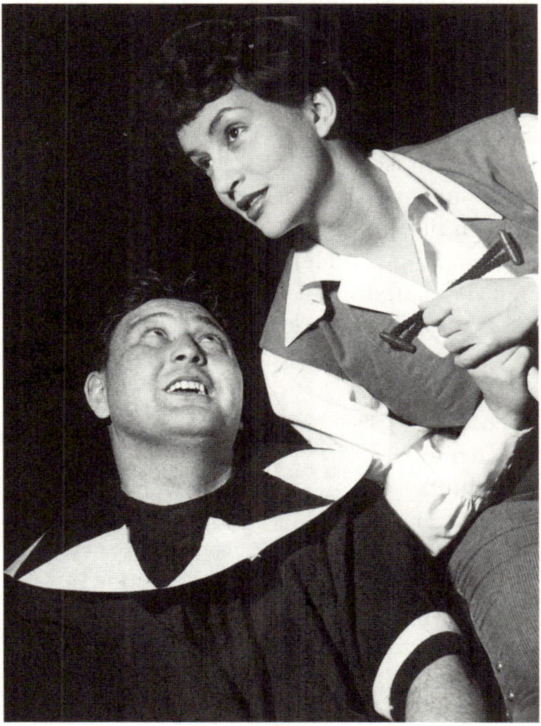

Mit Ursula Lingen in »Was Ihr wollt«, 1953

Blue Jeans mit EK I

Plädoyer für den politischen Karneval

Neuss: Herr Liessem, Sie persönlich sind ein sehr witziger, humorvoller Kölner.

Liessem: Vielen Dank für die Blumen.

Neuss: Aber Sie kommen gar nicht dazu, witzig zu sein, Sie kommen gar nicht dazu, humorvoll zu sein, weil Sie ja nur organisieren. Organisieren Sie nicht ein bißchen zuviel, so daß die Leute ...

Liessem: Herr Neuss ...

Neuss: ... erst dadurch drauf kommen, vorfabrizierten Humor zu verlangen?

Liessem: Nein.

Neuss: Ich meine, der Humor des einzelnen geht doch völlig flöten bei so 'ner Massen-Alaaf-Schreierei. Seien wir ehrlich: Man muß sich das ganze Jahr verkleiden und verstellen – also: Schlips umbinden, Schuhe putzen, Scheitel ziehen, schwitzen, schachern, schuften, man muß lachen über Witze von Vorgesetzten oder anderen Respektspersonen, über Theaterstücke, weil man im Abonnement ist, über Kabarett, weil man bezahlt hat, über Filme, weil man vielleicht selber mitspielt; man muß trinken, weil die Lohntüte voll ist ...

Liessem: Sondervorstellung von Herrn Neuss.

Neuss: ... weil man Geschäftsfreunde hat oder vielleicht wegen des Finanzamtes – soll ja auch vorkommen –, man muß den ganzen Rummel der Konjunktur mitmachen, weil man sonst selbst zu kurz kommt – und dann kommen diese drei Tage, weswegen man das ganze Jahr hindurch Karneval macht: Man kann das anziehen, was man am liebsten sein ganzes Leben anhaben möchte; man muß nicht erst trinken, um in Stimmung zu kommen; man

1958 – aus dem »Spiegel«-Gespräch »Mer jöcke öm de Welt«, das Wolfgang Neuss mit Thomas Liessem, dem Vorsitzenden des Bundes Deutscher Karneval, über Sinn und Unsinn organisierten Massen-Frohsinns führte. Ex-Frontkämpfer Neuss spielt dabei auf seine Kriegsauszeichnung, das ihm verliehene »Eiserne Kreuz« an. »I like Ike« ist der Wahlslogan der Republikaner, der Dwight D. Eisenhower, den einstigen Oberbefehlshaber der alliierten Invasionstruppen in Europa, 1953 als US-Präsident ins Weiße Haus hievt.

braucht nicht da zu lachen, wo andere lachen – man kann sich einfach drei Tage lang erlauben, ohne Zwangsjacke zu leben. Das ist Karneval. Das wäre Karneval. Alles andere ist doch absoluter Rummel. Alles andere ist dasselbe wie in den amerikanischen Wahlen zum Beispiel. Ich meine, die meisten Leute schreien ja nicht »I like Ike«, weil sie Ike wirklich liken, sondern weil ihnen der Spruch so gefällt, der spricht sich so leicht: »I like Ike.« Und so ist es im Kölner Karneval geworden, da schreien sie Alaaf, das ist nun so eingebürgert, aber von den Leuten selbst kommt das nicht. Stimmt's?

Liessem: Nee, das stimmt nicht.

Neuss: Sie haben einmal gesagt: »Den Kölner Karneval halten wir aus der Politik raus.« Das ist genau das Gegenteil von Karneval. Der Karneval muß politisch sein. Die Leute müssen hier einfach sagen, was ihnen nicht paßt.

Liessem: Politisch in diesem Sinne werden wir immer bleiben. Wir werden die Politik zu jeder Zeit anfassen, wo sich uns eine Angriffsfläche bietet. Das zeigt Ihnen allein schon unser Entwurf zum Rosenmontagszug.
Das zeigt Ihnen...

Neuss: Das meine ich nicht. Ich meine, der einzelne Mann, der rausgeht auf die Straße und seine Witze in die Gegend brüllt oder seinem Nachbarn erzählt, dem er sie sonst nie erzählt... Ich könnte mir vorstellen, wenn ich in Köln geboren wäre und die rheinische Fröhlichkeit statt Lebertran schon bekommen hätte von Anfang an, daß ich an meine Blue jeans mein EK I machen würde und damit über die Straße gehen würde. Wer darüber nicht lacht, muß ja nicht. Ich persönlich amüsiere mich darüber, daß ich so dusselig war und im Graben gelegen habe.

Liessem: Das ist natürlich eine persönliche Auffassung...

Neuss: Ich kann nur nicht lachen, wenn da einer, der sich Doof Noß nennt, auf die Bühne in die Bütt geht und sagt: »Gestern bin ich von der Walze überfahren worden, da war ich aber platt.« Tata! Tata! Tata!

Liessem: Ja, hurra, Alaaf!

Neuss: Helau, Herr Liessem. Helau!

Mitternachtskabarett »Schieß mich, Tell« mit Wolfgang Müller, 1955

Hallo Sie ...

Sie
hallo Sie
und eventuell noch Sie
und auch Sie vielleicht noch
geht es an
was ich Ihnen hier noch laut
was ich Ihnen hier noch laut
was ich Ihnen hier noch laut
erzählen kann

Sie
hallo Sie
und eventuell noch Sie
und auch Sie vielleicht noch
werden verstehn
daß ich heulen könnt vor Wut
daß ich heulen könnt vor Wut
denn ich hab einen Nazi
gesehn

Ich sah ihn in der Wochenschau
als hohes Tier
beamtet und begehrt

1955 – aus Kabarett-Programm »Schieß mich, Tell«, mit dem Neuss und Wolfgang Müller die Berliner Musical-Aufführung »Kiss me, Kate« parodieren, in der sie selbst auf der Bühne der »Komödie am Kurfürstendamm« große Erfolge feiern. Die Textvorlage zur Kabarett-Parodie liefert Eckart Hachfeld, der Song über den Wochenschau-Nazi stammt von Neuss-Kollege Thierry. Zehn Jahre später hat Neuss diesen Song noch einmal in sein Solo-Programm »Neuss Testament« eingebaut.

beamtet und begehrt
Ich sah ihn und ich dachte mir
die Karre läuft wie immer hier
verkehrt, verkehrt, verkehrt

Man hätte damals ...
aber man hat nicht
Und heute ist es
leider zu spät
Man verliert doch allmählich die Übersicht
zumal ja die Wochenschau
nicht überall dreht
Dabei macht mir besonders
der Gedanke Sorgen
daß es eines Tages zu spät sein könnte
vielleicht schon morgen
die Freiheit
zu schützen

Ich steh doch nicht länger auf Posten
gegen sonstwas für Genossen
wenn die Mörder von gestern
mich schon vorher erschossen

Als ich siebzehn war, hab ich mir in Rußland vor lauter Angst mal den Finger abgeschossen.
War Krieg, und der Russe lag nur 'n paar Meter entfernt von mir. Und ich wußte: Ich bin so kurzsichtig, daß ich sowieso nicht treffe. Eine Verletzung war die letzte Chance, aus dem Kessel rauszukommen.
Ich nahm also den langen Karabiner 98 K, ließ mich in einen Wassergraben fallen, hielt auf den Zeigefinger der linken Hand und drückte ab.
Die Angst trieb mich zum Fortschritt.

Schütze Neuss bei der Schießübung

Serenade für Angsthasen

Schüttepo geigt für Europa

Er trägt einen Geigenkasten unter dem Arm.
Er heißt Schüttepo.
Er geht durch die Straßen Bonns.
Das kleine Städtchen befindet sich in seiner Hochblüte. Im politischen Lotto den Hauptgewinn gezogen, denkt Schüttepo und lenkt seine Schritte in Richtung Verteidigungsministerium.
Denn er will teilhaben am Hauptgewinn.
Er hat es satt, immer ein Los zu ziehen, mit sich herumzuschleppen, es als sein Los anzusehen und schließlich als Gewinn zu betrachten, was sich am Schluß immer wieder als Niete entpuppt.
Diesmal geh' ich auf Nummer Sicher, sagt sich Schüttepo, betritt das Bundesverteidigungsministerium und läßt sich vom Paternoster in das Vorzimmer des Grafen Boudoir, Chef des Aufnahmestabes für Staatsbürger in Uniform (Abt. Zweite Wahl, Untere Dienstgrade) hieven.
»Sicherheit und Selbstvertrauen – wählen Sie Europa« leuchtet es von den Werbeplakaten im Vorzimmer des Grafen Boudoir. Die Plakate zeigen NATO-Soldaten: Franzosen, Deutsche, Italiener, Holländer und Belgier, die, zu einer Einheit verschmolzen, eine sich immer wieder neu heranwälzende Flut von Roten aufhalten, eindämmen, zurückdrängen.
»Angenehmer Dienst bei harter Arbeit und niedrigsten Unkosten und einwandfrei hygienischer Ausbildung« lockt der Text unter den Werbeschildern.
Schüttepo würdigt sie keines Blickes. Er weiß, was er hier will. Sicherheit und Selbstvertrauen ist für einen Mann im Alter Schüttepos, Jahrgang 1922, Musiker, Unteroffizier, Bürgermeister, selbstverständlich.
Man erwartet ihn schon.

Die »Serenade für Angsthasen« entsteht Anfang der sechziger Jahre und gehört zu jener Serie von Film-Satiren, die Neuss auf die Leinwand bringen will. Der Text, als Parodie auf die 1955 von Adenauer gegen Massenproteste durchgedrückte Remilitarisierung gedacht, deutet an, wohin die konservativ-restaurative Reise der BRD geht: Aufarbeitung faschistischer Vergangenheit ist kein Thema, wo die alten Kameraden wieder gebraucht werden. Bei der Figur des Generals Pulaus hat Feldmarschall Friedrich Paulus Pate gestanden, der 1943 in Stalingrad kapitulierte; beim Graf Boudoir jener Graf Baudissin, der Anfang der Fünfziger das Konzept vom »Staatsbürger in Uniform« entwickelte.

Er tritt in den Kreis des Aufnahmestabes.
Freundliche Männer in Zivil ohne Bauch.
Rauch von Zigaretten in der Luft, ein Pfeifenschwaden dazwischen, englischer Krullschnitt. Unparfümiert.
»Mein Name ist Oberst Graf Boudoir«, sagt der Pfeifenraucher, während die anderen Herren »Grüß Gott« und »zackig is er nich« murmeln.
Nur einer sagt »Tagchen«.
»Sie wollen Feldwebel in der Bundeswehr werden?« fragt Graf Boudoir, und Schüttepo spürt, wie überflüssig die Frage des Grafen ist, denn der Tonfall war absolut wissend.
»Ich würde mich gern und feuereifrig in der NATO als Musiker betätigen, im Range eines Feldwebels, Gehaltsstufe 7b mit späterem Anrecht auf Garnisonsbetrieb!« sagt Schüttepo und setzt sich, längere Fragen erwartend.
Es kommen aber nur kurze.
Dafür viele.
»Was waren Sie, Herr Schüttepo, bis heute?«
»Bürgermeister von Dufhusen, Südwestdeutschland.«
»Warum sind Sie nicht mehr Bürgermeister?«
»Habe nicht mehr kandidiert.«
»Warum nicht?«
»Möchte Europa verteidigen helfen.«
»Zu welchem Behufe?«
»Liebe Smokingbrüste und Stehkragen, setze größte Hoffnung auf Politik der Stärke.«
»Wie lange waren Sie Bürgermeister von Dufhusen in Südwestdeutschland?«
»Von 1945 bis heute.«
»Dunniwetti! Fünfzehn lange Jahre! Warum nun plötzlich nicht mehr?«
»Hatte keine Aussichten auf Wiederwahl.«
»Nanu? Inwieso?«
»War ein besserer Kandidat vorhanden.«
»Name?«
»Seppl Stuka.«
»Warum war der besser?«
»Hatte Skandal mit mir aufgedeckt.«
»Intimsphäre?«
»Nein.«

»Zucht mit Unabhängigen? Unzucht mit Abhängigen?«
»Weder noch.«
»Und?«
»Es handelte sich um Anhängiges aus dem Jahre 1945.«
»Militärischer Natur?«
»N...ein.«
»Dunniwetti, da haben wir was! Wer hat Sie zum Bürgermeister gemacht?«
»Die französische Besatzungsmacht in Dufhusen, Südwestdeutschland.«
»Waren Sie Remigrant?«
»Nein, ich trinke nicht.«
»Spion?«
»Bin stark kurzsichtig, sehe kaum was.«
»Deserteur?«
»Keine Eignung. Bin überängstlich.«
»Franzosenfreundlich?«
»Ich liebe die Einsamkeit.«
»Waren Sie deutscher Soldat?«
»Freudig.«
»Waren Sie gerne deutscher Soldat?«
»Ich bin dem deutschen Soldaten, der ich damals war, heute noch dankbar.«
»Warum?«
»Er hat mir das Leben gerettet.«
»Waren Sie Drückeberger?«
»Keine Chance.«
»In vorderster Linie?«
»Ich war die rechte Hand von General Pulaus. Und die linke.«
»General Pulaus? Dunniwetti! Aber? ... Wieso beidhändig?«
»Ich spielte Geige für den Herrn General.«
»Ah ... so...? Sie waren in der strategischen Planung?«
»Er ist mir abhanden gekommen.«
»Treu bis zum Tod?«
»Ersteres vor letzterem.«
»Sie wollen nun Feldwebel in der Bundeswehr werden?«
»NATO, bitte bitte. Wenn's geht. Freude durch Stärkere. Kraft durch Integration.«
»Sie wissen, ein Soldat muß Ausbildung haben? Wissen Sie das?«

»Ich nehme es in Kauf.«
»Warum?«
»Ich war fünf Jahre beidhändig tätig bei General Pulaus...!«
»Immerhin...! General Pulaus! Sie wissen, was und wo er heute ...?«
»Erinnern Sie mich, meine werten Kameraden vom Aufnahmestab, Staatsbürger in Uniform, Abtl. Zweite Wahl, Untere Dienstgrade, erinnern Sie mich nicht an das dunkelste Kapitel meiner, also auch deutscher Geschichte...!«

Idealisten sind was Gräßliches.

»Warum wollen Sie heute als NATO-Soldat ausgebildet werden?«
»Ich war fünf Jahre bei General Pulaus...!«
»Na ja! Immerhin...! General Pulaus! Schon, schon... aber...?«
»Dann war ich fünfzehn Jahre Bürgermeister von Dufhusen, Südwestdeutschland...!«
»Ja! Aber warum wollen Sie heute als NATO-Soldat ausgebildet werden? Warum? Warum? Warum?«
»Ich bin als Musiker nicht mehr in der Lage, meinen privaten Existenzkampf eigenhändig zu bestreiten. Darum will ich die Freiheit Europas verteidigen helfen. Die Macht und Stärke seiner vereinigten Armeen vermehren mit allen Kräften. Das unüberwindliche Bollwerk der NATO bereichern. Frankreich und Deutschland und den Rest der Randstaaten. Kraftstrotzendes Abendland. Ein deutscher Feldwebel bittet um Aufnahme. Genug gesühnt. Nun sollen die anderen schuldig werden! Meine Geige habe ich mit...! Militärmusik auf meine Art. Erwünscht?«
Keine Fragen mehr.
Die Herren des Aufnahmestabes erheben sich und gehen.
Kann aufgenommen werden, der Schüttepo.
Gar nicht schlecht der Mann.
Idealisten sind was Gräßliches.
Staatsbürger in Uniform muß handfeste Gründe haben.
Am besten in der Champagne ausbilden lassen.
Mit den Franzosen kann er scheint's gut.
Echter Europa-Soldat, der Schüttepo.
Schön, wenn man mehr davon hätte.
Und dann ab ins Musikkorps.

Beamtenseele.
Fiedelt für Europa.
Autodidaktische, aber ehrliche Töne.
Grundvoraussetzung für konventionelle und atomare Vergeltung vorhanden.
Überlebungswille.
Existenzangst.
Plus plus?
Zukunftsbewältiger!
Schüttepo kann NATO-Soldat werden.

Augenblick noch.
Nur einer der Herren bleibt in dem nüchternen Aufnahmebüro. Der Oberst Graf Boudoir.
»Gratuliere, Schüttepo!«
»Danke, Oberst.«
»Wo haben Sie Ihre Geige?«
»Hier, Herr Graf.«
Erfreut packt Schüttepo die Fiedel aus.
Das hätte er nicht gedacht, daß er schon hier zum Streichen der Därme kommt.
Eifrig zieht er den Bogen durchs Kolophonium.
Es staubt ein bißchen.
»Spielen Sie mir etwas, Schüttepo, bevor wir in die Champagne zur deutsch-französischen NATO-Einheit kommandiert werden.«
Oberst Graf Boudoir lehnt sich in Erwartung des kommenden Genusses in den Sessel und stopft sich ein Pfeifchen.
Englischer Krullschnitt. Unparfümiert.
»Was soll ich spielen?« fragt Schüttepo ein wenig zaghaft, denn er befürchtet, daß ihn der Oberst nunmehr musikalisch prüfen will. »Soll ich Ihnen was Französisches zirpen? Das kann ich am besten!«
Ein Pfeifenschwaden voll angenehm sachlichen Geruchs zieht aus des Obersten Mund. Dann sagt er langsam und prononciert: »Spielen Sie mir die Serenade in A von Hase-Panier.«
Schüttepo hatte schon mit dem Bogen ausgeholt.
Nun stutzt er.
»Die Serenade in A ...?«
Schüttepo kann's kaum glauben.

Feierlichkeit überzieht sein Gesicht. Er beginnt zu spielen. Dem Staatsbürger in Uniform ins Ohr.

Es war 1940 im Café Vaterland in Berlin.

Gestern war der Krieg mit Frankreich zu Ende gegangen.

Das heißt, wir hatten gesiegt.

Ich nicht.

Ich spielte Baßgeige im Orchester Sigismund Zupf.

Alle meine Kollegen hatten mit gesiegt.

Sie waren längst eingezogen.

Sie waren Soldaten in Polen gewesen.

Sie hatten schon in Polen gesiegt.

Nun hatten sie auch Frankreich besiegt.

Fiedel, Geige, Violine – Innenleben offen getragen.

Alle meine Kollegen.

Der Trompeter war bei einem SS-Musikkorps.

Der Posaunist am Soldatensender West.

Die erste Geige im Offizierskasino in Warschau.

Die zweite Geige schlug inzwischen Pauke bei einer Luftwaffeneinheit, die ein eigenes Orchester besaß.

Nur ich war noch am Baß und zupfte im Café Vaterland täglich meine sieben Stunden weg.

Das heißt, unser Stehgeiger und Kapellmeister Sigi Zupf, der war auch noch hier.

Aber sonst nur neue Musiker.

Und ich wollte doch so gern von meinem Baß weg.

Ich hatte eine Sehnsucht nach Geige. Oh, nicht zu beschreiben!

Jeder Bassist hat, ob er's zugibt oder nicht, Sehnsucht nach etwas Feinerem.

Ich nach dem schlanken Hals einer Violine.

Fort von dem klobigen, dicken Holz des Basses.

Von den abgestumpften Saiten, die Hornhaut auf den Fingerkuppen erzeugen.

Hin zu den empfindlichen, für Millionen Nuancen zu benutzenden feingliedrigen Därmen der Geige.

Fiedel, Geige, Violine – das hieß für mich:

Innenleben offen getragen.

Jeder kann tausenderlei Varianten, Tricks und Bluffs erkennen.

Auf fein geleimtem Holz, flinke, sich ergänzende Finger. Vibrierend. Hochempfindlich. Keine Hornhaut. Nichts Abgestumpftes.
Höchstens Blut von den hochgespannten Dünn-Därmen.
Blut, welches Musik macht.
Von Statur und Natur war ich kein Geigenfan.
Der Baß hatte mich dazu gemacht.
Der Trott. Der schwere Strich. Das sture Zupfen. Und das Hintenstehen. Vorne gehörte ich hin. Erste Geige, möglichst im Stehn!
Meine Erfüllung.

Als 1939 der Krieg mit Polen begann, war ich noch ganz zufrieden, daß ich hinten stand, im Orchester. Am Baß. Als dann aber meine Kollegen eingezogen wurden, als sie gen Frankreich zogen und mein Kapellmeister Sigismund Zupf mich immer noch am Baß stehen ließ – obwohl ich ihn ernsthaft und eindringlich gebeten hatte, mir die Chance zu geben, einmal vorn stehen zu können und seine Geige spielen zu dürfen, denn, so sagte ich, *er* könne ja auch bald Soldat werden müssen, und dann würde ich sowieso erste Geige werden –, da sann ich doch schon auf Änderung. Zumal mir Kollegen, die auf Urlaub kamen, erzählten, sie lebten wie Gott in Frankreich. Musiker beim Kommiß, das Höchste! Tausendmal einträglicher und großzügiger als in der Heimat! Alle vierzehn Tage gibt's automatisch Geld, Verpflegung nur in der Offiziersmesse, und das Wichtigste: Beziehungen! Ungeheure Beziehungen!
Nun, als ich solches hörte, kam ich mir doppelt hintenstehend vor. Eines Tages verhalf mir dann ein Zufall zu meiner ersten Geigen-Karriere.
Sigi Zupf kam zum Dienst ins Vaterland und sagte mir in der Garderobe, heute könnte ich ihn mal vertreten. Und zwar hatte er ein Nebengeschäft abgeschlossen.
Ein Geiger mit Klavier, beide Allround-Musiker, sollten auf einem Offiziersfest in Dahlem in einer Villa Musik machen. Sagte mein Kapellmeister.
Das Orchester könne im Vaterland heute abend mal ohne Baß auskommen. Er, Zupf, leihe mir eine Geige von sich, er hätte schon einen Ersatzpianisten mitgebracht – es war Alfons

Hübel, ich kannte ihn von der Musikerbörse Charlottenburg – und nun sollte ich ...? Offiziersfest in Dahlem!
Ich. Allein.
Nur mit Piano-Begleitung. Geige!
Einzige, erste Geige!
Ich fiel Sigi Zupf vor Dankbarkeit um den Hals.
»Ick versteh' nich, warum du dich so zum Kommiß drängelst!« sagte er und lieh mir eine Geige von sich.
»Das wirst du nie verstehen«, antwortete ich, »weil – du stehst ja immer vorne!«
»Geh vorsichtig mit der Geige um«, sagte er, »ich habe nur die zwei, und wer weiß, wie lange noch Instrumente in Deutschland gebaut werden!«
Ja, Sigi Zupf, mein Kapellmeister von damals, der hatte gut reden. Er konnte nicht verstehn, was mich reizte.
Wie es im Herzen und im Hirn eines Menschen aussah, der von Berufs wegen immer dunkle Töne von sich geben mußte.

Ich nahm die Geige. Alfons Hübel und ich fuhren nach Dahlem.
Als wir in die Villa kamen, wo das Offiziersfest stattfinden sollte, war noch kein Mensch da.
»Setzen Sie sich in den kleinen Saal und essen und trinken sie erst mal was Anständiges«, sagte eine Ordonnanz.
Er sah gut aus und rauchte Pfeife.
Wir bekamen Langusten und französischen Champagner.
Die Ordonnanz plauderte dabei mit uns.
»Oberst Pulaus ist heute General geworden«, erzählte uns der Mann. »Ah«, sagte ich, »deshalb will er 'n bißken Musike haben.«
»Oberst Pulaus ist Musikenthusiast«, plauderte die Ordonnanz weiter.
»Sie meinen General Pulaus«, sagte ich und trank vom Champagner.
»Natürlich. General Pulaus. Gut, daß du mich erinnerst«, sagte die Ordonnanz, »stell dir vor, wenn ich nachher zu ihm Oberst sage, wo er doch befördert wurde, – der hätte mich vielleicht angespuckt!«
»Pulaus spuckt?« fragte ich.
»Nur wenn zum Beispiel ein Geiger ihm nicht die Serenade in

A des bekannten deutsch-französischen Komponisten Hase-Panier spielt«, plauderte weiter die Ordonnanz.
Ich saß ganz still. Vorsichtshalber fragte ich noch mal. »Die Serenade in A von Hase-Panier?«
»Es ist seine Lieblings-Schlaf-Erwache-, seine Tagesmelodie«, sagte die Ordonnanz. »Meine übrigens auch!« Oh, meine Stunde schlug. Die Serenade in A von Hase-Panier war meine Spezialmelodie! Es war so ziemlich das Einzige, was ich perfekt bis zum T-Z, aber auch bis in das letzte Geheimnis eines großen Violinisten beherrschte.
Es war mein Meister-Vorspiel-Beeindruckestück!
Ich war ansonsten ein Autodidakt auf der Geige. Aber diese Serenade war mein Leben. Ich konnte sie von Kindheit an. Es war die scheueste, bangeste, geheimnisvollste Melodie. Sie hatte Tiefen und Höhen, die nie ganz auszuschöpfen, die nie ganz zu erreichen waren.
Passagen, in denen das elementar Unverstandene, das lockend Berechnende, das kalkulierte Tremolo bis hin zum Crescendo voller Wehmut, Schmerz und tiefster Pein den satten Untergrund bildeten. Ja, diese Serenade kannte und konnte ich. Niemals wird sie jemand besser spielen.
Alfons Hübel, mein Begleitpianist, sah, wie meine Augen glühten.
»Du siehst aus, wie 'n Zigeuner-Primas!« sagte er.
»Komm in die Ecke, üben!« sagte ich. »Wenn du mich heute richtig begleitest, haben wir beide ausgesorgt!«
Wir übten die Serenade in A von Hase-Panier.
Ich probte auf der Geige von Sigi Zupf, die er mir geliehen hatte, sämtliche für ein Menschengehirn nur erdenkbaren Varianten dieser unerhörten, göttlich-menschlich-allzumenschlichen Musik.
Wir waren gerade in der überaus weichen, hauchig-melancholischen Passage eines musettigen, verlorenen Tons, und ich schob den langen Mittelfinger hoch, um ins Flaschelett hinüberzuwechseln – Alfons legte einen wunderbaren Akkord unter – da spürte ich, daß jemand in der Tür stand.
Ich spürte aber auch, daß dieser Jemand dort schon eine Weile gestanden haben mußte.
Nun.
Es war der General Pulaus.

Er kam auf mich zu.
»Kein Wort!« sagte er. »Keine Erklärung, ich will nichts hören, außer: Wie heißen Sie?«
Beinah hatte ich's vergessen.
Denn ich hatte gewußt, gespürt, hundertprozentig geahnt, daß heute meine Stunde schlagen würde.
»Schüttepo«, sagte ich leise.
Der General sah mich an.
Zu seinen nächsten Worten drehte er sich etwas seitlich. »Ich bin heute General geworden«, sagte er, ebenso leise. Er sagte es so, als ob er ein empfindsames Kerlchen sei. Sensitiv bis in die Biesen.
In die schönen, neuen, roten.
Von der Hüfte bis zum Knöchel.
»Ich habe in dieser meiner Soldatenzeit und besonders, seit der Krieg begann, schon oft diese, auch meine Melodie, die Serenade in A von Hase-Panier, in allen möglichen Variationen spielen gehört und mir spielen lassen, ja, ich habe sie selbst schon auf der Mundharmonika für mich intoniert – jedoch, Schüttepo! – was *Sie* da eben aus sich selbst herausholten ...«
Ich unterbrach den General.
»Wir proben hier nur, Herr General Pulaus ...«
»Kein Wort!« sagte er und sah mir wieder offen ins Gesicht. »Was auch kommen mag, Sie bleiben in meiner Nähe. In meiner unmittelbaren Nähe. Sie sind ab sofort zu mir abkommandiert! Sind sie damit einverstanden?«
»Ich bin kein Soldat«, sagte ich.
»Sie werden einer wie ich!« sagte Generals Pulaus und ging den Herren entgegen, die mit ihm feiern wollten.
Alfons und ich spielten.
Der Abend gehörte uns. Die Ordonnanz war genauso serenadensüchtig.
Es ging nur bis 22 Uhr.
Dann fuhr der General mit der Ordonnanz und mit mir im Schlafwagen nach Paris, wo seine Armeegruppe lag. So schnell geht Glück im Leben, dachte ich.
Pech natürlich genauso.
Alfons Hübel, mein Begleitpianist, hatte sich mit Händen und Füßen geweigert, ab sofort mit zum Stab des Generals zu gehören. Familie, drei Kinder.

Gerade deshalb, hatte der General gesagt. Gerade deshalb solle er mit.
Nichts Erspartes zu Hause.
Gerade deshalb, hatte der General gesagt. Nischt wie mit.
Bin krank, hatte zu guter Letzt Alfons Hübel gesagt, schwerkrank. Doch noch immer galt dies Argument nicht beim General.
»Irgend ne Psychose?« hatte er mißtrauisch-mitfühlend gefragt. »Dann gerade. Deshalb gehören Sie zu uns, Hübel.«
Beinah war Alfons weich.
Doch im letzten Moment vergaß er, doch nur an sich allein zu denken. Frau. Kinder. Kein Geld. Und wer weiß, was noch für Eigenbrötlerisches.
»Schweißfüße, Brustjucken und chronisches Erbrechen, immer morgens und mittags, dazu epileptisches Kieferzucken und starke Schwindelanfälle!« behauptete Alfons. Er log für seine Familie.
»Nichts Psychotisches«, hatte der General enttäuscht geantwortet, »dann sind Sie bedient. Bleiben Sie!«
Ich befürchtete, daß er mich auch nicht mitnehmen wollte. Aber er hatte Angst, daß ich ohne Hübel nicht mitkommen wolle. So traf sich unsre Furcht, wie selbstverständlich.
Ich gehörte von nun an zu General Pulaus Stab.

Um 23 Uhr war ich am Bahnhof Zoo.
Die Ordonnanz verstaute meine paar Klamotten und die Geige, die mir Sigi Zupf geliehen hatte.
Die mußte ich mitnehmen.
Ich hatte keine andere.
Doch ich hatte nicht mit Alfons Hübels Mißgunst gerechnet.
Plötzlich stand Sigismund Zupf, mein Kapellmeister, vor mir auf dem Bahnsteig.
»Erstens kündigt man!« sagte er.
»Zweitens klaut man nicht!« meinte er weiter.
»Und drittens bist du das dümmste Schwein, das mir in meinem Leben vorgekommen ist!«
Sagte er zu mir.
»Aber Sigi«, sagte ich, »ich habe Angst, weiter nichts.«
»Angst, etwas zu verpassen«, sagte er wütend.
»Das auch«, sagte ich.

»Dann haste mir vielleicht aus Angst auch die Geige klauen wollen!« sagte er.
Nahm sich die Geige und ging.
Er hatte mich nie verstanden.
Er hatte auch nie die Serenade in A von Hase-Panier gespielt.

Ich stieg in den Zug und legte mich auf mein Bett.
Wir fuhren. Die Ordonnanz kam.
»Pulaus wünscht, daß du ihn in Schlaf geigst«, sagte er.
»Ohne Begleitung?« fragte ich.
»Pulaus meint, das Rattern der Wagenachsen gäbe für die Serenade eine neue Nuance«, sagte die Ordonnanz.

Der Opa geigte nicht übel.

Ich hatte keine Geige!
Die Ordonnanz war empört.
Ich ging zum General.
Er lag auf dem Bett im Pyjama.
Ohne Biesen.
Nur einfache Streifen.
Er sah aus wie ich, wenn ich einen Pyjama anhabe.
»Keine Geige«, sagte ich, »sie war geliehen. Ich bin arm.«
»Dann sing' mir 'n Stückchen«, sagte der General im Pyjama.
»Ne Geige kriegen wir schon!«
Doch ehe ich den richtigen Ton gefunden hatte, schlief er schon.

In Paris bekam ich ein Quartier zugewiesen.
Und damit hatte ich auch sofort eine neue Geige.
Ich wohnte bei einem alten Antiquitätenhändler, der nur seine kleine zweijährige Enkelin Françoise bei sich hatte.
Dem Kindchen, das er tagsüber in den Kindergarten brachte, geigte er abends immer ein Stückchen als Schlaflied. Der Opa geigte nicht übel.
Irgend etwas üblich Französisches, aus einem größren Zusammenhang gerissen. Es klang nicht übel.
Diese Geige nahm ich.
Nur geliehen, sagte ich.
Ich geigte bei allen Gelegenheiten, die der General als solche empfand.
Allerdings wurde ich auch eifersüchtig bewacht.

Nicht, daß mich etwa ein anderer hoher Offizier für seinen Stab wegschnappte.
Diese Sorge des Generals war unbegründet, denn so viele Offiziere gab es nicht, die die Serenade in A mit allen Variationen besonders liebten.
Aber das wußte der General nicht. Er befürchtete, sie wären alle so wie er.

Ich sah tagsüber Paris.
Deutsche Landser an allen Ecken.
Ich hatte nichts mit ihnen zu tun.
Immer noch in Zivil.
Bis eines Tages in mein Quartier die Ordonnanz kam.
Er brachte mir eine Unteroffiziersuniform.
Außerdem ein Papier, wonach ich in Paris bald so viele Rechte genoß, wie der General selbst
»Zieh das Ding in Zukunft an!« sagte die Ordonnanz, »Pulaus sagt, in Deutschland wärste jetzt auch schon eingezogen.«
»Aber wieso werde ich gleich Unteroffizier? Du bist doch auch erst Gefreiter!« sagte ich zu der Ordonnanz, die doch bisher immer recht freundlich gewesen war.
»Der General mag mich eben mehr als dich!«
Ich nahm die Uniform. Offenbar hatte die Ordonnanz Angst, daß ich ihre Stellung beim General erschüttern könnte.
Tagsüber sah Paris nun anders aus.
Weil ich anders aussah.
Unteroffizier.
General Pulaus fand, ich geige besser.
Ich hatte mich auf der geliehenen Geige meines französischen Quartierwirts eingespielt.
Eines Nachts, ich packte meine Geige ein, kam die Ordonnanz.
Ich sollte noch in die Privatgemächer des Generals kommen.

Er war im Pyjama.
Ich sah besser aus als er. »Morgen verladen wir«, sagte er müde.
»Interessant«, sagte ich.
»Rüsten Sie sich gut«, sagte er, »Sie werden die Serenade in A von Hase-Panier nun öfter spielen müssen.«
»Mit Vergnügen!« sagte ich.

»Wir werden wohl erst in Ostpreußen Station machen«, sagte er. »Nehmen Sie genügend Kolophonium mit und mehrere Bogen. Und nun spielen Sie noch ein wenig, es wird schlimm.« Sagte General Pulaus.
Ich fiedelte die zarteste Variante der Serenade.
Nachdem ich eine halbe Stunde violinisiert hatte, sagte er plötzlich: »Wir werden das schon gut hinkriegen gemeinsam. Eine Melodie als Talisman, was soll da schief gehen!«
Er war nicht müde zu kriegen.
»Wie spät ist es?« fragte er.
»Hab keine Uhr«, sagte ich wahrheitsgemäß.
»Und übrigens, Herr General«, sagte ich, die Gelegenheit beim Schopfe fassend, »die Geige hier, die gehört mir auch nicht.«
»Was?«
»Ja. Sie gehört meinem Quartierwirt. Einem Antiquitätenhändler, der damit abends immer seine kleine zweijährige Enkelin Françoise in den Schlaf geigt. Hier, die Melodie geht so ...«
Ich spielte schnell das kleine Stückchen Französisches, das ich von meinem Quartierwirt gehört hatte.
Da wurde er müde, der General. Nur das sagte er noch:
»Die Geige requirieren Sie, klar?«
Es war mir nicht geläufig, was der General meinte.
»Hat Ihnen die Ordonnanz nicht einen Schein gegeben?« fragte der General, und mir schien, er wolle wieder wach werden.
»Doch, doch«, sagte ich schnell, »alles in Butter. Ich requiriere!«
»Und besorgen Sie sich mal ne Uhr! Morgen um ein Uhr mittags, Bahnhof Nord, Schlafwagen. Pünktlich! Und rüsten Sie sich. Es wird schlimm, aber wir werden es schon hinkriegen! Kommen Sie bloß nicht ohne Geige! Nacht!«
»Gute Nacht, Herr General.«

Die Ordonnanz war noch auf.
»Morgen«, sagte ich.
»Na und?« sagte er. »Kennste Pulaus noch nicht? Ein Vater, sage ich dir. Ein Übervater!«
»Schon schon«, sagte ich, »aber wir müssen auch mit aufpassen.«
»Na sag mal«, sagte die Ordonnanz, »was bist du denn für einer! Spielst die Serenade wie der Erfinder selbst und kommst

jetzt erst drauf, daß du auch mit aufpassen mußt. Na du, ich glaube, du bleibst nicht mehr lange bei Pulaus. Wenn er das hört ...?«
Siedendheiß kroch mir eine bestimmte Stelle unserer Melodie in alle Glieder.
»Quatsch!« sagte ich. »Ich bin der Größte in der Beziehung. Nur die einschlägigen Verwaltungspapiere kenne ich noch nicht. Bin Praktiker. Bürokram hat mir noch nie gelegen. Sag mal, was bedeutet in bezug auf Requirieren dies Papier hier? Ich muß die Geige requirieren und ... ja, ne Uhr auch. Und so?«
Ich zeigte fragend auf das Papier, das mir die Ordonnanz mit der Uniform zusammen selbst überbracht hatte.
»Das bedeutet, du kannst nehmen, was du willst!«
Die Ordonnanz sah mich an, als ob Torschlußpanik sein Lieblingszustand sei.
»Sag mal, haste denn hier in Paris noch nischt gebraucht?!«
»Doch doch doch«, sagte ich schnell und nahm mir vor, mich nie wieder im Stabe des Generals nach etwas zu erkundigen, was mit Krieg zu tun hatte. »Nur, weil wir doch morgen abdampfen, und du weißt ja, Franzosen ...? Also, die Geige verstehst du? Es gibt so ne und solche. Ich meine Franzosen. Und Geigen. Und ne Uhr, hat Pulaus gesagt ...« Ich verstrickte mich immer mehr in Unwissenheit.
Das Schlimmste, was jemand, der die Serenade kennt, beherrscht und liebt, an sich haben kann. Unwissenheit ist tödlich für Angsthasen!
»Sag mal«, die Ordonnanz wurde unflätig, »was bist du denn für ein Angsthase? Ohne Uhr?«
»Ich habe sie liegenlassen in einem Puff«, sagte ich, um mich zu wehren. Und weiter: »Ich kenne nur einen ganz vornehmen Juwelierladen am Ende der Champs-Élysées wo ich eine Uhr sah, die ich unbedingt haben möchte, und ich weiß nun nicht, ob auch in so teuren Geschäften das Papier ...«
»Mann, du kannst ganz Paris ausräumen mit dem Schein!« sagte die Ordonnanz und war, scheint's nun doch, ob meiner plötzlichen Aktivität, etwas beruhigt. »Allerdings, wenn das ein ganz teurer Juwelierladen ist, machste vielleicht besser 'ne Haussuchung!«
Ich wollte nun nicht mehr fragen.

Aber ich wußte nun, daß es noch Dinge gab, die meine Angsthasenhaftigkeit unvollkommen und ein wenig anfängerhaft machten.
»Am besten, du suchst in dem Laden nach Listen von Widerstandskämpfern. Das haut immer hin. Und dann das Papier auf 'n Tisch, da sollste mal sehen, was du für einen ungeheuren Wecker ganz umsonst am Handgelenk hast. Einen Platin-Stopper erster Güte!«

Ein Angsthase ohne Uhr ist wie ein Fahrradschlauch ohne Luft.

»Gute Nacht!« sagte ich zur Ordonnanz. »Und entschuldige. Aber so 'ne Reise bringt doch immer etwas Unbill mit sich!«

Nächsten Tag gings nach Ostpreußen.
Anschließend nach Rußland.
Ich hatte eine Uhr am Handgelenk.
Ich hatte eine Geige.
Ich hatte die Geige des Antiquitätenhändlers.
Requiriert.
Das heißt, ich hatte sie geklaut.
Ich konnte es nicht übers Herz bringen, dem Opa, der die kleine Françoise damit in den Schlaf geigen wollte, zu sagen, daß ich requiriere. Dann schon lieber gleich klaun, hatte ich mir gedacht und war heimlich damit abgezogen.
Und die Armbanduhr?
Das ging besser, als ich dachte.
An irgendeinem Ende der Champs-Élyssées gab's allerdings keinen Juwelierladen.
Und da ich auch gar keinen vornehmen Laden wollte, wenn ich nun schon eine Uhr haben mußte – die Ordonnanz hatte ja recht, Angsthase ohne Uhr ist wie ein Fahrradschlauch ohne Luft, unbrauchbar – hatte ich mir einen kleinen, versteckten Juwelierladen, einige Häuserblocks von meinem Quartier entfernt, ausgesucht.
Es war 12 Uhr.
Um ein Uhr mußte ich auf dem Bahnhof Nord sein. Ich hatte meine Klamotten extra schon zum Bahnhof gebracht, im Falle nicht alles glatt ging mit meiner Requiriere.
Paar Schritte vom Laden entfernt blickte ich mich nochmals

in der Schaufensterscheibe eines Sarggeschäftes von oben bis unten an. Übte den bösen Blick.
Zog das Koppel enger.
Rückte die Pistolentasche in Sichtweite nach vorn.
Sprach leise für mich den ersten Satz, den ich im Laden sagen wollte.
Dann ging ich.
Es klingelte, als ich die Tür hinter mir schloß. Das hatte ich nicht berechnet.
Es gab meinem Auftritt in dem winzigen Juwelierladen dummerweise etwas Liebliches.
Ein etwa in meinem Alter stehender Mann, 20 bis 23 Jahre, kam von hinten in den Raum und ging hinter den Ladentisch.
»Tagchen!« sagte ich gleichgültig. »Es tut mir leid für Sie, aber ich soll Ihren Schmuckschuppen hier mal nach Listen von Widerstandskämpfern durchsuchen. Nun?«
Der Juwelier machte keine Bewegung.
Er stand hinter dem Ladentisch.
Langsam ging sein Blick über die Auslage unter der Scheibe im Tisch.
»Das haben wir nicht!« sagte er beinahe akzentfrei.
Er sagte es so, als ob ich in dem Juwelierladen nach Speiseeis gefragt hätte.
»Tja, dann muß ich suchen!« sagte ich und rührte mich auch nicht.
Stille ...!
Wie kommt man nun weiter! dachte ich.
»Sie sehen, wir haben zum größten Teil nur Uhren und Schmuck«, sagte der Juwelier.
»Hübsche Uhren!« sagte ich.
Er war ein schneller Mann, der junge französische Juwelier.
Flugs hatte er unter der Scheibe des Tisches eine wirklich schmucke Armbanduhr hervorgeangelt.
»Ja, die gefällt mir!« sagte ich, ebenfalls nicht langsam. Er reichte sie mir übern Tisch.
»Kostet?« fragte ich.
Ich sagte das deshalb, weil mir ein Fehler unterlaufen war. Ich hatte die Uhr, ohne sie anzusehen, sofort eingesteckt.
»Für Sie nichts!« sagte er.
»Schön«, sagte ich und verbarg meine Freude.

»Passen Sie auf, daß Sie nicht erwischt werden!«
»Wobei?« fragte er. »Beim Uhrenverschenken?«
»Sie wissen schon«, sagte ich und retirierte nach der Tür. Dann drehte ich mich nochmals voll zu ihm um.
»Nicht leichtsinnig werden«, sagte ich eindringlich.
»Keine Veranlagung!« sagte er, und mir schien, er war dabei nicht mehr so wach und auf der Hut wie bei meinem Eintritt. So, wie ich ihn eben kennengelernt hatte.
Völlig zusammenhanglos sagte ich noch einen dummen Satz: »Also schön, dann wolln wir mal Mensch sein, Wiedersehen!« Dann war ich draußen.

Später, auf der Fahrt nach Ostpreußen, band ich die Uhr um. Sie war nichts Besonderes.
Auf der Rückseite war ein Preisschild dran.
Umgerechnet kostete sie damals zwölf Mark.
Manometer, dachte ich, zwölf Mark hatte ich doch für so was immer übrig.
Schließlich kriegte ich Unteroffizierssold.
Ich sah mir die Geige an.
Auch die sah nicht nach einem Vermögen aus.
Nichts Wertvolles unrechtmäßig an dich gebracht! sagte ich mir. Dann wurde ich wieder zu General Pulaus in dessen Abteil zur Cocktail-Fiedel-Stunde gerufen.
Ostpreußen.
Geigen.
Rußland.
Geigen.
Vormarsch.
Geigen.
Kalinin.
Geigen.
Wolga.
Geigen.
Rückzug.
Geigen.
Smolensk.
Geigen.
Rückzug, Rückzug, Rückzug.
Geigen, Geigen, Geigen.

Immer länger, immer öfter, immer eintöniger.
Und immer gefährlicher!
Und immer die Serenade in A von Hase-Panier.
Wieder Ostpreußen.
Ich geigte mich für den General und für mich wund.
Die Ordonnanz war schon lange nicht mehr da.
Fronteinsatz.
Der General hatte ihn geopfert. Meinetwegen.
Dadurch, daß er mich nicht weiter befördert hatte, daß ich Unteroffizier blieb, dadurch hatte er alles aus dem Wege geräumt, was mich durch Intrigen, Neid oder fremde Angst von ihm hätte trennen können.
Treu bis ...
Von Tod wollten wir beide nichts wissen.

Danzig, Stettin, Rostock, Hamburg. Wir hatten nichts mehr zu essen.
Aber immer noch zu geigen.
Und dann kam das Entsetzliche!
1945 war's, in Pforzheim.
Den General hatte es nach Süden gezogen.
Wir hatten eines Tages im Norden von dem Rest seiner Armeegruppe, die nun wirklich keinen General mehr nötig hatte, eine kurze Absetzbewegung gemacht und waren beide in einem gut erhaltenen PKW über Kassel, Fulda gen Pforzheim gebraust.
Etwas außerhalb der Stadt, in einer Scheune, wollten wir schlafen. Es war gefährlicher als der ganze Rußlandfeldzug. Feldgendarmeriestreifen durchzogen die Gegend, knüpften auf, soweit die Stricke reichten, erschossen, was noch einigermaßen Brust oder Genick hatte, und auch Generäle mit ihren Begleitern baumelten ab und zu von Bäumen herunter.
In der Aprilsonne des Jahres 1945.

Morgen wollten wir Zivil anziehen.
Wir hatten es längst im Auto.
Der General fuhr immer selbst.
Ich mußte, wenn einsame Landstraße war, geigen.
Ich hatte schon mal in den letzten Tagen bemerkt, daß es Momente gab, wo die Serenade in A von Hase-Panier, so brillant

ich sie auch intonierte, den General Pulaus nicht mehr richtig wach machte.
Seine Angst macht schlapp! dachte ich.
Und richtig.
Als ich am Morgen in der Scheune aufwachte, war ich allein.
Auto weg.
General weg.
Zivilsachen weg.
Einzig meine Geige lag neben mir im Stroh.

Auf Generäle kann man sich nicht verlassen.

Ich legte mich, als ich das Ungeheuerliche bemerkt, geglaubt und unauslöschlich verstanden hatte, sofort wieder neben sie.
Stellte mich tot.
Es war morgens um sieben Uhr.
Ich zitterte bis abends.
Bis es dunkel war.
Dann riß ich mir die Unteroffiziersklappen von der Jacke, drehte sie um, nahm die Geige und ging.
Querfeldein.
Das einzige Geräusch, das ich verursachte, war ab und zu das Knirschen meiner Zähne.
Es war das Geräusch meiner Wut über Generäle, auf die man sich nicht verlassen kann.
Weder noch.
Als es hell war, stand ich in den ausgebrannten Ruinen eines kleinen Bahnhofs in einer dunklen Ecke.
Den Geigenkasten an mich gedrückt.
Es war nachmittags fünf Uhr.
Ich sah es auf meiner Armbanduhr.
Da rollte draußen auf dem einzigen Gleis ein Güterzug langsam vor die Bahnhofsruine.
Der Zug hielt.
Gleich darauf kamen Schritte von vorn.
Von der Lokomotive. Nach hinten.
Ich hörte Männerstimmen.
Eine sagte: »Wenn Sie mir, Hauptmann Stuka, empfehlen, einige Wagen mit Heeresverpflegung hier in Saukelbach abzuhängen, dann tue ich das. Aber nur auf Ihre ausdrückliche Empfehlung.«
Die andere Stimme sagte: »Sagen Sie nicht immer Hauptmann

zu mir, nennen Sie mich endlich Seppl. Und quatschen Sie nicht kariert. Der Krieg ist zu Ende, die Franzosen haben Dufhusen, das sind zehn Kilometer von hier, fest in der Hand. Sie wissen genau, in Dufhusen, 00 – ist Hungersnot. Wenn wir hier in Saukelbach einige Wagen des Verpflegungszuges abkoppeln, so tun wir das in tiefster Verantwortung für die Bevölkerung von Saukelbach.«
Die erste Stimme sagte: »Bevölkerung?«
Seppl Stuka antwortete: »Na, sind wir etwa keine Bevölkerung?«
Dann gingen die beiden Stimmen vorbei.
Die beiden fingen an, Wagen abzukoppeln.
Das heißt, nur einen konnten sie abkoppeln.
Sie mühten sich arg, ihn auf ein weiter hinten gelegenes Verschiebegleis zu bugsieren.
Der Krieg ist zu Ende!
Ich löste mich von der Mauer, an der ich seit morgens klebte.
Ich preßte den Geigenkasten fest an mich.
Am liebsten hätte ich jetzt die Serenade gespielt.
Aber ich hörte sie auch so.
Unsichtbare Engelschöre sangen sie.
Es rauschte in meinen Ohren.
Ich hatte auch lange nichts mehr gegessen.
Vielleicht war's das.
Blitzschnell ging alles.
Krieg zu Ende.
Verpflegungszug.
Dufhusen.
Hungersnot.
Die beiden dahinten schwitzten beim Verschieben.
Da sprang ich auf die Lokomotive.
Drückte jeden Hebel.
Einer war's.
Es ruckte sehr.
Aber der Zug fuhr.

Nie mehr in meinem Leben werde ich rausbekommen, wie ich ihn auf dem Bahnsteig 2 in Dufhusen zum Halten gebracht hatte.
Jedenfalls, er stand.
Ich trat auf den Bahnsteig in Dufhusen.

Den Geigenkasten an mich gedrückt.
Ich wollte mich verkrümeln.
Da kam ein Eisenbahner.
Er hatte irgend etwas an einem Güterwagen meines Zuges gelesen.
»Bleiben Sie damit hier?« fragte er mich.
Ich nickte, weil ich nicht wußte, ob nun gerade Kopfschütteln besser wäre.
Wie sich später herausstellte, war Nicken das Richtige gewesen.

Held von Dufhusen nannte man mich die ersten Jahre. Er hat der hungernden Kleinstadt einen ganzen Verpflegungszug gebracht und Tausende von Kindern vor dem Hungertod, Zehntausende vor Unterernährung gerettet, erzählte man von mir. Die französische Besatzungsmacht machte mich zum Bürgermeister. Fünfzehn Jahre lang wurde ich immer wieder gewählt. Bis eines Tages Seppl Stuka, der ehemalige Hauptmann, dem der Zug 1945 zum Verschieben gehörte, in die Stadt kam.
Und kandidierte.
Mit dem Argument, das nun wieder zugkräftig geworden war: Ich hätte damals die deutsche Wehrmacht entscheidend geschwächt.
Einen Verpflegungszug geklaut.
Mit Hunger im Bauch war diese Tat Bürgermeisterehren würdig.
Aber mit vollem Bauch?
Ich nahm meine Geige und ging.
Ich wollte nicht mehr kandidieren.
Ich wollte nicht mehr Bürgermeister sein.
Ich hatte das Gefühl, ich sei längst schon wieder zu spät dran.
Die Bürger von Dufhusen hatten keinen Hunger mehr. Mit Recht Wert auf eine gute Armee zu Verteidigungszwecken legend, mit Recht auf ein einiges, starkes Europa blickend, würden sie doch keinen mehr wählen, der damals die deutsche Armee geschwächt hatte, um die Bevölkerung stark und satt zu machen.
Wer konnte heute, mit vollem Magen, noch daran denken?
Ich selbst ja auch nicht mehr!

Schüttepo hat die Serenade in A von Hase-Panier beendet. Die Pfeife ist längst kalt.
Oberst Graf Boudoir sitzt kerzengerade, hellwach in seinem Sessel.
Schüttepo legt die Geige in den Kasten.
»Auf in die Champagne, zur deutsch-französischen NATO-Einheit!« sagt der Oberst. Spöttisch?
Schüttepo blickt ihm ins Auge.
»Sie kommen mit?«
»Ich kommandiere Sie ab sofort in den Rang eines Feldwebels, zu meinem persönlichen Stab!«
Schüttepos Augen leuchten auf.
»Ich wußte«, sagte er, »daß heute wieder meine Stunde geschlagen hat, Herr Oberst. Ich freue mich sehr!«

Oberst Graf Boudoir stopfte neuen englischen Krull ins Pfeifchen. Schüttepo trat dichter an ihn ran und gab ihm ein Streichholz.
»Übrigens, General Pulaus ist NATO-Teilbefehlshaber, Armeegruppe Champagne«, sagte der Oberst langsam. Groß waren die Augen Schüttepos.
Man roch förmlich, wie er Chancen ahnte.
»Sie kennen General Pulaus?«
Der Oberst ließ wieder einen angenehm sachlich duftenden Schwaden Rauch aus dem Munde.
»Ich war mal früher Ordonnanz bei ihm«, sagte er, diesmal sehr prononciert.
»Hach...« Schüttepo stieß sämtliche Luft aus seinem Körper. Denn beinah, so durchzuckte es ihn, beinah wäre er diesmal tatsächlich zu spät gekommen!

Europa ist stark.
Die NATO ist vernietet.
Deutschland hat an Frankreich alles wieder gutgemacht.
Alles?
Schüttepo geigt diesmal für Europa. Für den Westen.
Natürlich hätte er eine neue Fiedel bekommen.
Es war nicht nötig.
Er durfte die geklaute aus Paris behalten. Die Requirierte.
Alles in einen Topf.

Seit wann dürfen eigentlich Brandstifter bei der Feuerwehr tätig sein?
Françoise ist inzwischen über zwanzig Jahre alt und kann bis heute nicht verstehen, daß es Leute gibt, die Brahms mögen.
Der alte Antiquitätenhändler, der Opa Françoises, Schüttepos ehemaliger Quartierswirt in Paris, hatte zwar gesagt, die Geige sei ein ganz altes Erbstück.
Sein Vater hätte sie ihm vermacht.
Der hatte sie aber vom Urgroßvater.
Und der hatte sie damals mitgebracht.
1813, aus Leipzig.
Aus dem Krieg.
So durfte Schüttepo die Fiedel behalten.
Und in Zukunft weiter die herrlichste Musik Europas für Staatsbürger in Uniform spielen.
Die Serenade für Angsthasen.

Die Uhr blieb auch an Schüttepos Handgelenk.
In dem Juwelierladen auf dem Montmartre befanden sich damals wirklich Listen der Widerstandskämpfer von Paris.
Als Schüttepo suchen wollte.
Man muß heute sehr aufpassen, daß der Juwelier Schüttepos nicht habhaft wird.
Es könnte passieren, daß er ihn als Retter der Widerstandskämpfer feiert und ihm ein Denkmal setzen läßt. Das Grabmal des unbekannten Angsthasen.

Pilgert im Geiste hin, Leute.
Die Angst regiert Europa. Und wenn es diese Serenade eines Tages nicht mehr gibt, wird dann Europa schwächer sein?

Die roten Sechziger

Ich lache Tränen
heule
Heiterkeit

Als die Hakenkreuzschmierereien bei uns zum zweiten Mal begannen, kam mir die Idee. Man sprach von einer neonazistischen Welle in Deutschland. Da hab ich mir gesagt: Ist das Neofaschismus? Wenn die Söhne den Vätern Hakenkreuze an die Tür malen? Das ist doch nur 'ne Bekanntmachung. Weiter nichts. So entstand mein erster eigener Film: Kellerkinder.

Wir Kellerkinder

Ein gesamtdeutscher Heimatfilm

Berlin.
Wir Kellerkinder hatten große Zeiten.
Es war 1938.
Ich fang in dem Jahr zu erzählen an, weil ich auch in dem Jahr anfing zu denken.
In unserm Haus hing 1938 fast aus jedem Fenster freiwillig ein Hakenkreuz raus.
Es war die Zeit, wo die Polizei nicht wegen eines Hakenkreuzes zuviel, sondern höchstens wegen eines zu wenig kam.
Im ersten Stock unseres Hauses über dem Keller hing keine Fahne raus.
Da wohnte die jüdische Familie Friedländer.
Im vierten Stock hing auch keine.
Da wohnte ein gewisser Herr Knösel, Schriftsteller, Kommunist und Junggeselle.
Also jedenfalls erzählte man sich so über ihn bei uns im Hause.
Ich war damals 11 Jahre alt, sah genauso aus wie heute, nur kürzer.
Jünger war ich damals, glaube ich, kaum.
Aber Anhänger war ich.
Ich hing dem deutschen Jungvolk an.
Ich war Pimpf.
Gegenüber von unserem Haus, wo heute die Bar Fata Morgana drin ist, war damals NSV-Sammelstelle.
Mein Vater und meine Familie hatten mit dem Haus drüben aber 1938 noch nichts zu tun.
Wir wohnten damals nämlich in dem Keller, in dem wir heute jazzen.
Und aus dem wir bald wieder raus sollen.
Hoch. Höher.
Nach oben.

1960 – Neuss dreht seinen ersten eigenen Spielfilm »Wir Kellerkinder«. Er erzählt die Geschichte eines jungen HJ-Trommlers – Neuss spielt die Hauptrolle. Angeregt wurde er durch den zwei Jahre zuvor von Kurt Hoffmann mit Neuss und Müller gedrehten Spielfilm »Wir Wunderkinder«, der sich auf humorvolle, allzu leichte Weise mit der deutschen Vergangenheit befaßt – Happy-End für den Guten, der böse Karrierist fällt in den Fahrstuhlschacht. Diese »Problemlösung« veranlaßt Neuss, sich angesichts verstärkt auftretender Hakenkreuz-Schmierereien auf seine Weise mit dem Thema der jüngeren deutschen Geschichte auseinanderzusetzen.

Denn wir sind entlassen.
Aus einer »Heilanstalt«.
Aber dazu komme ich chronologisch.
1938 war das hier noch unser Wohnkeller.
Zu unserer Familie gehörte meine Schwester Almut, die immer in BDM-Uniform schlief.
Weil mein Vater mit Blockwart Glaubke aus'm dritten Stock befreundet war.
Dieser aber war im Techtelmechtel mit meiner Schwester. Was jene bewog, jederzeit und oftmalen, auch nachts, im Bette im Parteidreß bereit zu sein.
Meine Mutter war 'ne stille Frau und trieb meinen Vater eigentlich nicht zu irgendeiner Karriere oder in höhere Stockwerke. Meinen Vater trieb es wohl von selbst.
Ein Buchhalter, der mit seiner Familie in einer Kellerwohnung wohnte – *das* ließ meinem Ollen keine Ruhe!
Er wollte höher hinaus.
Es war auch 'n bißchen eng im Keller, wenn ich ehrlich sein soll.
Ich war Trommlerpimpf im Fähnlein 17 und hatte eine Sonderstellung.
Ich mußte beim Marschieren immer den Rhythmus angeben, damit die anderen Pimpfe den Gleichschritt hielten.
Immer, wenn der linke Fuß nach vorne kam, schlug ich auf die Trommel. Bum – bum!
Ich wollte ja Musiker werden.
Und deshalb war mir persönlich der Keller zu eng, denn ich mußte irgendwo üben.
Im Hause, von der Treppe, jagten mich alle weg mit meinem bum bum.
Wenn ich aber auf meinem Bett im Keller saß und trommelte, sagte mein Vater: «Hör auf mit dem Geklapper! Man kommt ja gar nicht zum Denken!«
Dann sagte meine Mutter ganz erstaunt: »Was überlegste dir denn? Was denkste denn?«
Und meine Schwester Almut, die am meisten unter dem Kellerleben litt, stachelte den Ehrgeiz meines Vaters an, indem sie zynisch bemerkte: »Wahrscheinlich überlegt er, wie wir endlich mal 'ne Wohnung im Hause oben bekommen können, damit Schluß is mit dem Rattenleben hier unten!«

Mein Vater war nämlich nicht zackig.
Er hatte keinerlei Anlagen zu irgend etwas, was die NSDAP brauchen konnte.
Es sei denn, die deutsche Grundveranlagung, daß eine Regierung mit ihm machen konnte, was sie wollte.
Er fand's richtig.
Meist immer.
Und wenn er's falsch fand, unternahm er nichts dagegen.
Fast nie.
Blond war er nicht, mein Vater.
Blauäugig auch nicht.
Er war eher schlapp, miesepetrig.
Das Netteste an ihm war wohl, daß er einem immer irgendwie leid tun konnte.
Da war Blockwart Glaubke aus dem dritten Stock ein anderer Typ.
Ehrgeiz und flammende Begeisterung für alles, was SA, was Führergehorsam, was Vorwärtskommen im Sinne der Partei hieß oder eventuell heißen konnte.
Immer hatte er ein donnerndes Heil Hitler auf den Lippen, bevor er nur jemanden anguckte.
»Nimm dir mal 'n Beispiel an Glaubke, Papa!« sagte meine Schwester oft, wenn sie nachts runterkam in den Keller.

Dann kam sie entweder vom BDM-Dienst, oder sie hatte wieder so lange vor der Haustüre gestanden, bis Glaubke von irgendeiner Parteiveranstaltung nach Hause kam und sie mal kurz mit nach oben genommen hatte.
Zu sich.
Nachts kam Almut aber immer wieder runter zum Schlafen.
In den Keller.
»Bei mir gibt's nich die ganze Nacht!« sagte sie oft zu meiner Mutter. »Dann soll er mich heiraten, dann kann er mich dauernd kriegen. Aber so ...? Nee, nich bis frühmorgens. Nur Kostproben kriegt er!«
Und dann fand meine Mutter ihre Tochter immer ganz groß.
»Almut weiß, was sie will!« sagte sie dann zu meinem Vater, ohne Hintergedanken. Was der aber als Stichelei aufzufassen schien. Jedenfalls brüllte er: »Wenn ich ein Weib wäre, würden wir längst im ersten Stock wohnen, kannste dich aber drauf verlassen!«

Eines Tages kam Glaubke in den Keller runter.
Er kam wenig sonst.
Mein Vater lag gerade auf'm Bett und sinnierte.
Almut wusch sich am Waschbecken den Hals.
Ich trommelte leise am Fenster und guckte mir die Schuhe der Vorübergehenden an, denn die Kellerfenster gingen zur Straße raus.
Meine Mutter kochte am offenen Herd irgendwas.
Glaubke kam in voller Blockwartuniform mit Schwung durch die Kellertüre.
Mein Vater spritzte vom Bett hoch, zog die Weste über'n Bauch und knallte – ganz gegen seine sonstige Gewohnheit – die Hacken zusammen.
Hob die Hand in Schulterhöhe und meldete: »Blockwart Glaubke, melde Ihnen: Vater, Mutter, Tochter und Sohn Prinz vollständig anwesend!«
Glaubke strahlte.
»Donnerwetter, Prinz!« sagte er und klopfte meinem Ollen auf die Schulter. »Donnerwetter! Hat Ihnen Almut endlich mal was Strammes beigebracht. Danke. Weitermachen!«
Almut kam verschämt vom Waschbecken. »Kommste zu mir,

Männe?« sagte sie und trocknete sich den Hals ab. Glaubke tätschelte ihr eins hinten auf den BDM-Rock.
»Stinkt nach Pellkartoffeln!« sagte er trocken.
»Was soll man hier unten schon kochen?« sagte meine Mutter entschuldigend.

Etwas Feierliches lag in der Pellkartoffelluft.

Und dann kam's, weshalb Glaubke wohl so gute Laune hatte.
»Parteigenosse Prinz«, sagte er, und mein Vater nahm unwillkürlich das an, was ihm so schwer gelang, nämlich Haltung, »Parteigenosse Prinz! Wollen Sie Blockwart werden?«
Es wurde still in unserem Keller. Etwas Großes, Feierliches lag in der Pellkartoffelluft. Ich sah nur das Gesicht meines Vaters. Er hatte mit allem, nur nicht mit so was gerechnet.
»Donnerwetter noch mal!« drückte er aus der Kehle. »Das wäre ja ein dolles Ding!«

Es war natürlich so: Mein Vater mußte Blockwart werden. Weil Glaubke Ortsgruppenleiter werden wollte.
Und dazu brauchte Glaubke auf seinem ehemaligen Posten möglichst einen Mann, der ihm verpflichtet war.
Wir hatten es geschafft. Wir zogen hoch. Auf Etage.
Stolz loderte in den Augen meines Vaters.
Was bei einem Manne, der über zehn Jahre im Keller gewohnt hatte, immerhin eine Leistung war.
Stolz und anerkennungssüchtig nahm mein Vater aus der Kellerecke unsre mickrige Hakenkreuzfahne, die hier unten niemals zum Hängen gekommen war.
Denn, wenn man schon so tief wohnt, kann man ja nicht noch was tiefer hängen.
Aber wer lang hat ...
Nun hatten wir – nun konnten wir hängen lassen.
Nun freute sich mein Vater.
Nun rannte er hoch im Treppenhaus mit dem rachitischen Hakenkreuzfähnchen.
Die Betten standen noch gar nicht oben, da hing die Fahne schon draußen.
Glaubke hatte alles organisiert.
Möbelpacker kamen.

Die jüdische Familie Friedländer zog weg.
Ohne Zwang!
Raus aus dem ersten Stock.
Und wir rin in den ersten Stock.
Glaubke hatte der Familie Friedländer ein unheimliches Reisefieber eingeredet.
Er hatte ihnen erzählt, sie würden in Gefahr schweben. Aber er gäbe ihnen vorher die Chance, zu verreisen.
Gottchen, was waren die Leute dem Glaubke dankbar. Und mein Vater, nunmehr in Glaubkes Blockwartuniform, und jener als frischgebackener Ortsgruppenleiter, halfen Friedländers noch die Sachen in' Möbelwagen tragen.
Damit's ja um Gottes willen schnell ging.
Ich hatte damals noch keinen anderen Begriff von hilfreich und empfand die beiden Männer also derart.
Meine Vorteile hatte ich bei der ganzen Sache auch erkannt.
Ab nun, dachte ich, gehört der Keller mir!
Weiß der Himmel, ich hatte schon als kleiner Junge so'n angeborenes Sicherheitsbedürfnis.
Obwohl mich keiner bedrohte.
Ob sich Mißtrauen vererbt,
hat ja bis heute noch niemand richtig rausgefunden.
Ich konnte jedenfalls jetzt ungestört auf meiner Trommel im Keller üben.

Auf einmal kam Glaubke in den ausgeräumten Keller, wo ich mitten drin saß und trommelte.
Hinter ihm kamen Männer mit Kartoffel- und Kohlensäcken.
»Ja, mein deutscher Junge«, sagte Glaubke zu mir, »da staunste, was! Aber ab heute wird für uns gesorgt!« Er nahm meine Hand und schüttelte sie.
Seit dem Tage konnte ich den Mann Glaubke nicht leiden.
So was gibt's ja bei Kindern. Weil ich doch Musiker werden wollte. Und zwar Trommel und Pauke.
Meine Hände und Finger waren mein ein und alles. Mein Arbeitswerkzeug.
Und dieser Glaubke hatte einen richtigen Handgebe- und Schüttelkomplex.
Auch meinem Ollen, der jetzt staunend in den Keller kam und

die riesigen Berge Kohlen und Kartoffeln beglotzte, schüttelte er die Hand.
»Unser Haus ist von heute an sauber für Führer, Volk und Vaterland!«
»Wo kommen denn auf einmal die Kartoffeln und Kohlen her?« sagte mein Vater.
Wir waren ja immer ziemlich arm.
Mein Vater guckte ganz mißtrauisch auf den plötzlichen Reichtum und auf die Umwandlung unseres Wohnkellers zum Kartoffel- und Kohlenkeller.
Seltsamerweise schaute mein Vater mit einem Blick, als ob er annahm, die Kohlen und Kartoffeln seien geklaut.
Glaubke hatte das nicht gekauft.
Mein Vater auch nicht.
Und nun dachte er wohl, wir müßten alles bezahlen.
Also, ehrlich war unsere Familie!
Wir machten nur nicht immer Gebrauch davon.
»Das kriegen wir alles geschenkt«, sagte Glaubke, »für uns wird gesorgt, von der Partei!«
Über das Gesicht meines Vaters ging ein heiliges Leuchten.
»Jetzt verstehe ich das Soziale an den Nationalen!« sagte er, und mir lief eine kleine Gänsehaut über meinen elfjährigen Pimpfenrücken.
Wie mein Oller nun Glaubkes beide Hände nahm, wie er gar nicht wußte, was ein Blockwart tun muß, um seine Dankbarkeit und sein Durch-Dick-und-Dünn-Gehn zu beweisen.
Dies war der »menschliche Augenblick« im Leben meines Vaters, der ihn an den Nationalsozialismus für ewig freundschaftlichst kettete.
So gut konnte nie wieder jemand zu ihm sein.
Er hatte diese »Weltanschauung« auf seine Art begriffen.
Er hatte sie sich für sein deutsches Kellergehirn zurechtgelegt.
So wie einer, der gelernt hat, wie man Hummer ißt. Vorher fremd, unerreichbar.
Und es mußte auch nicht unbedingt sein.
Doch dann wie selbstverständlich und ohne Frage.
Und »logisch« und »mein Gott, so einfach ist das« und »es ist ja nur für mich überhaupt geschaffen« und schließlich »es ist mein ganz Spezielles, Besonderes, Ureignes, es lebt nur für mich!«

So verteidigte sich mein Vater mit dem Herzen.
Er verschwor sich.
Obwohl er den Alten Fritz, Bismarck, den Kaiser, Hindenburg und Hitler nie gekannt hatte.
Nie in der Lage war, an solches Zeugs zu denken.
Nie in die Lage kommen würde, diese »Unbewältigten« kennenzulernen.

Sie hatten ihn an der richtigen Stelle erwischt. Mein Vater hatte Gutes empfangen, ohne darum gebettelt zu haben.
Wer auch immer noch kommen würde nach diesem 1938 in der Reihe der deutschen Wohlstandswundervollbringer, wer auch immer meinen Vater vielleicht aus dem ersten Stock ins Einfamilienhaus, in die Villa, auf einen anderen Stern unaufgefordert bringen und beschenken würde – die, die ihn vom Keller in den ersten Stock, die ihm Kohlenberge und Kartoffeln brachten, hatten sein Herz.
Sie hatten ihn zuerst entdeckt.
Ihnen hatte er seine Karriere – egal, was für eine – zu verdanken.
Mein Vater war ein Mann aus dem Volke. Aus dem deutschen Volke.
Nie würde er auf eine Treue verzichten, die von ihm persönlich noch gar nicht verlangt wurde.
Solange er denken, Kinder zeugen und erziehen, leben und arbeiten kann, würde er treu sein.
»Für den Nationalsozialismus!« sagte er heiser, obwohl er gar nicht viel gesprochen hatte.

Glaubke selbst hatte es nie so tief gepackt.
Er war moderner als mein Vater.
Er hatte um alles gekämpft, gebettelt, intrigiert.
Hatte seine Ellenbogen benutzt.
Er war kalt.

Mein Vater schüttelte mir nun auch das erste Mal in meinem Leben die Hand.
Ich konnte ihn eigentlich immer gut leiden.
Wie er jetzt beim Handschütteln sagte: »Mein deutscher Makke, mein Sohn, schlag du auf dein Fell und bereite dich für große Taten vor. Jetzt sind wir Musterhaus in unserer Straße: Aus jedem Fenster hängt 'ne Fahne!«
Da sagte ich: »Und aus deinem Halse auch!«
Mein Oller hatte nämlich bei der Hochzieherei in den ersten Stock und beim Möbelruntertragen für Friedländers ganz schön einen gezwitschert.

Folgende Einteilung«, sagte Glaubke: »Parterre bringt ab heute Antiquitätenhändler Briehl auf Trab. Im ersten Stock sind wir sauber. Im zweiten auch. Im dritten wohne ich. Nur im vierten ...?«

Pimpf mit Trommel und Stöcken vom Jungvolk.

Dann wurde wieder 'ne Ladung Kohlen ausgeschüttet, und ich hörte nicht, was Glaubke zu meinem Vater über den Mann im vierten Stock sagte.
Antiquitätenhändler Briehl sollte also Parterre auf Trab bringen. Er hatte einen kleinen Laden rechts von der Haustüre und wohnte auch dahinter.
Er war Vorsitzender der NS-Schachgruppe, und in seinem Laden soll sogar schon mal Goebbels gewesen sein.
Aber, so hieß es, nicht wegen Antiquitäten, sondern wegen Frau Briehl.
Die war das ganze Gegenteil von verstaubten Sachen und trotzdem ein kostbares Stück.
1938 hatten die beiden noch keine Kinder.
Obwohl – in dem Laden war kaum zu tun.
Ich war jedenfalls das erste Mal allein in meinem Keller und so gut wie wunschlos glücklich.
11 Jahre alt, Pimpf im Fähnlein 17. Trommel und Stöcke vom Jungvolk geschenkt bekommen.
Nunmehr mit eigenem Keller zum Üben.
Ich wollte ja Musiker werden.
Plötzlich ging die Kellertüre auf.
Ein Mann huschte herein.
Schloß die Tür. Schob den Riegel vor.
Kommunist Knösel aus dem vierten Stock.
Ängstlich sah er sich um.
»Bist du allein hier unten?« fragte er mich.
Ich nickte.
Ebenso ängstlich.
Denn ich rauchte gerade heimlich eine Kippe.
Aber daß hier im Keller ein Elfjähriger rauchte, sah Knösel gar nicht.
Er hatte Wichtigeres.
Trat hastig hinter einen Mauervorsprung.
Zwei Paar blankgewienerte Schaftstiefel gingen vor dem Kellerfenster auf der Straße auf und ab.

Blockwart und Ortsgruppenleiter.
Mein Vater und Glaubke.
»Is uns doch das Kommunistenschwein aus'n vierten Stock tatsächlich im letzten Augenblick durch die Lappen gegangen!« sagte Glaubke.
»Kann ja nicht weit kommen, der Knösel!« sagte mein Vater.
»Guck du in Keller runter, ich geh' nochmal auf'n Boden«, sagte Glaubke, »wär doch schön, wenn wir mal einen Kommunisten persönlich bei der Gauleitung abliefern könnten!«
Schnell zeigte ich dem Kommunisten Knösel bei mir im Keller mein Geheimversteck.
Es war ein Loch, anderthalb bis zwei Meter lang, 70 Zentimeter breit in den Zementboden des Kellers eingelassen, und darüber lag eine dicke Bohle.
»Nischt wie da rein!« sagte ich leise zu Knösel, dem Kommunisten.
Er zögerte einen Moment.
Die Schritte meines Vaters kamen die Kellertreppe herunter.
Knösel überlegte wohl, ob er dem Mann, der da runter kam, auf die Fresse hauen sollte und dann flüchten...? Aber, da käme er ja auch nicht weit.
Ich hob die Bohle über dem Loch an, er legte sich in den Kellersarg.
So nannte ich mein Geheimversteck.

Kaum hatte ich die Bohle wieder drüber, drückte mein Vater die Klinke zur Kellertür runter.
Ich flitzte hin, mit einer Hand den Zigarettenrauch durch die Luft verwischend, mit dem linken Fuß die Kippe austretend.
Schob den Riegel weg.
»Wieso riegelst du denn hier ab?« sagte mein Vater. »Ich will Musiker werden, Papa«, sagte ich, »und dauernd werde ich gestört. Ich muß doch in Ruhe üben.«
»Was denn üben?« sagte mein Oller und streichelte mir übers Haar.
»Schläge!« sagte ich. »Neue Schläge, neue Rhythmen und so was. Ich bereite mich auf große Taten vor.«
»Du bist mein Junge!« sagte mein Vater.
Und dann sagte er noch, daß er stolz sei.
»Worauf?« fragte ich.
»Auf die Entwicklung!« sagte er.
Glaubke kam die Kellertreppe runter.
»Oben is er nich mehr!« sagte er.
Mein Vater ging mit ihm hoch.
»Unten ooch nich!«
Ich hörte richtig seine Enttäuschung.
»Nun sind wir wenigstens auch unterm Dach sauber in unserm Hause!« sagte Glaubke im Parterre. »Nun ist wenigstens

auch dieser Schandfleck in unserm Musterhaus beseitigt. Denn das Kommunistenschwein soll sich bloß nicht noch mal sehn lassen!«

Ich riegelte wieder die Kellertüre ab. Hob die Bohle über Knösels Versteck an. Er kam ganz verwirrt hoch.

»Junge«, sagte er gedrückt zu mir, »Junge, Junge, die haben mich ganz schön auf'n Kieker.«

Dann stand er ratlos und unentschlossen neben mir. »Herr Knösel«, sagte ich, »Sie können sich, wenn Sie wollen, immer bei mir hier im Keller verstecken. Außer, daß meine Mutter oder meine Schwester hier unten Kartoffeln oder Kohlen holen kommen, gehört der Keller mir. Ich habe die Macht hier unten übernommen, seit unsere Familie in 'n ersten Stock gezogen ist. Ich sorge dafür, daß Ihnen nichts passiert.«

Mehr konnte ich ihm nicht sagen.

»Das liegt sich ja scheußlich in dem Loch«, sagte Knösel.

»Ach«, sagte ich, »wenn Sie meine Trommelei nicht stört, das Loch polster ich Ihnen schon aus.«

Schon wieder drückte jemand die Klinke an der Kellertüre runter.

Schnell verschwand Knösel wieder im Loch.

Bohle drüber. Zur Tür. Riegel weg.

Almut wollte Kartoffeln holen.

»Wieso riegelst'n ab?«

»Hab' geraucht«, sagte ich.

Glaubke kam in die Tür und guckte angestrengt auf meine Schwester, die, gebückt, Kartoffeln in den Korb tun wollte.

Ich stellte mich stur neben Glaubke und guckte ebenso angestrengt auf die langen Beine von Almut.

»Wenn du mal 'n Moment verschwindest aus deinem Keller«, sagte sie zu mir, »dann sage ich oben Mutter nich, daß du hier unten immer rauchst.«

Mit einem langen, bösen Blick auf Glaubke und einem absichernden zum Loch, in dem Knösel lag, ging ich rauf. Hinter der Türe hörte ich meine Schwester noch zu Glaubke sagen:

»Kannste denn nich warten, bis ich zu dir hochkomme?«

»Manchmal überkommt es einen so plötzlich!« sagte Glaubke.

Ich saß auf der Treppe zum ersten Stock, neben der Eingangstüre zu Antiquitätenhändler Briehls Wohnung.
Wartete, bis die beiden wieder rauf kamen.
Ich überlegte, daß ich ja nun unten jemand zu versorgen hatte.
Und ich freute mich.
Hatte ich dem Glaubke doch endlich einen Streich gespielt und einen Mann im Keller versteckt, den er persönlich der Gauleitung übergeben wollte.
Einen Kommunisten, haha.
Das Spiel gefiel mir.
Am Geländespiel und Marschieren im deutschen Jungvolk hatte ich nie Spaß.
Aber das mit dem versteckten Kommunisten machte mir Freude.
Und während Glaubke unten im Keller mit meiner Schwester scheint's den Grundstein für eine neue Familie legte, überlegte ich, wie und in welcher Form ich Knösel nun versorgen könnte.
Ich war damals ein ziemlich strammer Junge.
Was die Muskeln und meinen Knochenbau betraf.

Frau Briehl kam zur Haustür rein. Sah mich auf der Treppe sitzen.
Frau Briehl hatte eine Schwäche für stramme Jungens. Das machte wohl ihr Umgang.
Ihr Mann war ein spackes Bürschchen.
Und ihr Verehrer, der ihretwegen immer in den Antiquitätenladen kam, war ja nun auch nicht gerade ein Hüne.
»Willst du ein bißchen im Laden für mich Staub wischen?« fragte mich Frau Briehl und schloß die Tür zu ihrer Wohnung auf.
»Ja«, sagte ich, »wenn ich zwei Stullen kriegen kann und Schokolade?«
»Kriegste!« sagte sie und streichelte mir über die Haare.
Herr Briehl war nicht da.
Sie ging in die Küche, um die Stullen zu machen.
Ich nahm den Staubwedel und staubte ab.
Vier Zigarren, eine halbe Flasche Kognak.
Ich hatte große Taschen in meiner überlangen Pimpfenhose.
Wäre ich damals so groß gewesen wie heute, hätte ich Frau Briehls Streicheln über meinen Kopf bestimmt richtig verstanden und zu werten gewußt.
Da kann man mal sehen, was man als kleiner Junge alles verpaßt.
Ich hätte noch mehr abstauben können.
Sie brachte mir zwei schöne Stullen und Schokolade.
Frau Briehl war eine bedürftige Frau.
Aber ich war auch bedürftig.
Ich nahm die Stullen, nachdem ich vorher noch ein Päckchen Zigaretten und zwei Schachteln Streichhölzer weggestaubt hatte. Dann kam Herr Briehl.
»Na, mein Junge, was machst du denn hier?«
Herr Briehl war immer freundlich.
Er trug eine randlose Brille, wahrscheinlich, um seiner ewigen Freundlichkeit etwas Schillerndes zu verleihen.
Schnell wischte ich mit dem Staubwedel die Wand lang.
»Ich entstaube!« sagte ich.
»Das Führerbild putze ich immer selbst«, sagte Herr Briehl, weil mein Wedel gerade über den gerahmten Adolf Hitler fuhr.
»So, jetzt muß ich aber wieder runter«, sagte ich, und Frau Briehl strich mir nochmals übern Scheitel.

Glaubke und Almut kamen gerade die Kellertreppe hoch.
Ich sah, daß Almut die Kartoffeln vergessen hatte.
»Wozu warste eigentlich im Keller?« sagte ich.
Almut wurde rot – Glaubke grinste.
»Hat se vergessen!« sagte er und nahm mir eine meiner ehrlich verdienten Stullen aus der Hand.
Biß kräftig rein.
Ging weiter. Mit einer meiner Stullen.
Ich zitterte vor Wut.
Almut rannte runter, die vergessenen Kartoffeln zu holen.
Ich starrte Glaubke hinterher. Jetzt hatte er einen Todfeind. *Mich.*
Weil er mir so unverschämt die Stulle, die für meinen Keller-Kommunisten bestimmt war, weggenommen hatte.
Als Almut wieder hoch kam, ging ich runter.
Riegelte ab.
Legte die übrige Stulle, die Zigarren, den Kognak, die Zigaretten und die Streichhölzer auf meine Pimpfen-Trommel.
Als Tisch.
Rückte den Hocker ran.
Hob die Bohle hoch.
»Exil mit Sittenfilm!« war Knösels erster Satz, als er sich hochrappelte. »Sag mal, mein Junge, ist in deinem Keller immer so viel los?«
»Ich heiße Macke Prinz«, sagte ich und deutete schüchtern auf den gedeckten Tisch.
Auf das Fell meiner Trommel.
Knösel bekam erst ungläubige, dann weiche Augen.
»Mensch, Macke, du bist ja fabelhaft!«
Er setzte sich und zündete sich eine Zigarre an.
»Morgen muß ich weg«, sagte er.
»Aber«, sagte ich, »Herr Knösel, das werden Sie mir doch nicht antun. Glaubke will Sie persönlich bei der Gauleitung abgeben, habe ich gehört. Und dem Glaubke gönne ich nischt. Bleiben Sie doch. Ich mache das alles schon. Ich weiß ja, Sie sind Kommunist.«
Er blieb.
Er mußte bleiben.
Wo sollte er hin?
Auch seine Verwandten wußten, daß er Kommunist ist.

Mein Vater und Glaubke wurden bald zur Wehrmacht eingezogen.
Ich teilte im Keller mit Knösel mein Essen.
Er teilte mir seine Gedanken mit.
Ich habe in den ganzen Jahren, da ich ihn im Keller versteckte, Dinge von ihm gelernt, die das übrige deutsche Volk erst nach 1945 zu wissen begann. Ich war vierzehn Jahre alt und wußte von Knösel, wer zum Beispiel Tucholsky war und was er geschrieben hatte. Knösel konnte 'ne Menge von ihm auswendig.

»Hitler und Mussolini sind nichts als verfaultes Apfelmus. Brauner Dreck.«

Und wenn er besonders guter Laune war, erzählte er mir, warum in Rußland der Zar weggejagt worden war. Und daß man sich nicht unbedingt 'nen Hindenburg in die Stube hängen mußte.
Knösel war kein großer Kopf. Aber ein normaler.
Wenn er manchmal so sagte: »Weißte Macke, Hitler, Mussolini, oder was dir heute noch so alles als Halbgott angeboten wird, weißte, was das im Grunde ist? Das Ekelhafteste an schimmeligem Zeugs, was sich je zwischen Kapitalismus und Kommunismus angesetzt hat. Verfaultes Apfelmus. Lange liegen geblieben. Brauner Dreck!«
Da liebte ich ihn.
Weil er so verständig mit mir sprach.

Ja, Knösel war ein Dichter. Für mich. Ich fand herrlich, was er dachte und wie er mir das vermittelte.
Er war mein Gegengift.
Gegen Schule, Hitlerjugend und gegen meine Familie.
Mein Kellerkommunist.
Er war mein Lehrer.
Mein Pfarrer.
Von ihm lernte ich humanes Denken.
Obwohl ich damals noch nicht wußte, was das war.
Aber richtig lernt man so was eben unbewußt.
»Kommunisten«, sagte er, »Neger, Rockefellers, Juden, Chinesen, Arier und Mohammedaner sind Menschen wie du und ich.«

Vielleicht hatte er's anders gesagt.
Ich jedenfalls behielt es so.
Für immer.

Einmal passierte etwas Furchtbares. Es war 1944.
Meine Mutter hatte mir durch Almuts Verbindungen zur Partei eine Stelle als Schlagzeug- und Paukerlehrling bei dem Orchester Herms Niel besorgt.
Ich sollte mir die schwere, rechte Bumserei wie etwa »Auf der Heide blüht ein kleines Blümelein« angewöhnen.
Nicht, daß ich das unbedingt vom Musikalischen her ablehnte.
Damals noch nicht.
Ich kannte ja nischt anderes als Zarah Leander und Wilhelm Strienz.
Aber das Ganze hielt mich doch sehr ab.
Von meinem Kommunisten im Keller.
Obwohl ich Musiker werden wollte.
Wir übten also einmal im Stadion den Badenweiler Marsch.
Wofür man den rechten Arm schön langsam durchziehen muß als Pauker.
Hitlers Lieblingsmarsch.
Er hatte ja alles Lieblings.
Lieblingsmarsch, Lieblingshund, Lieblingsteppich.
Lieblingsmensch hatte er wohl weniger.
Ich überlegte, wie ich hier vom Dienst wegkommen könnte.
Knösel im Keller hatte heute noch nichts zu essen gehabt.
Es wurde ja immer schwieriger.
Da brauchte ich nicht mehr lange zu überlegen.
Sirenen heulten. In der Ferne schoß Flak.
Das Herms-Niel-Orchester spritzte auseinander.
Alle suchten irgendwelche Schutzkeller auf.
Der Musiker mit der Tuba rammte sein Instrument ins Fell meiner Pauke.
Vor Angst, er käme zu spät in einen Keller.
Gott sei Dank, dachte ich, kaputt. Meine Pauke.
Brauche ich mindestens eine Woche nicht zum Dienst.
Dann überlief es mich heiß und kalt.
Bombenalarm, dachte ich!

Unsere Hausbewohner rannten wieder alle in unseren Keller runter.
Und ich nicht zu Hause.
Wer sollte den Riegel aufmachen, wenn Knösel im Loch lag?
Wie sollte er ins Loch kommen, wenn er ihn selbst wegschob?
Ich rannte nicht nur um mein Leben.
Ich kam nach Hause, die Kellertreppe runtergewetzt.
Draußen fielen schon die ersten Bomben.
Der Keller war voll.
So voll, daß die Tür nicht mal zuging.
Ich wollte mich durchdrängeln nach hinten.
Zum Loch.
Meine Mutter hielt mich fest.
»Bleib hier vorne!« sagte sie. »Da hinten is 'ne Hebamme. Frau Briehl bekommt ausgerechnet jetzt ein Kind. Stell' dir mal vor. In unserm Keller!«
Mein Gott, dachte ich.
Wozu ist mein Keller alles gut! Es donnerte gewaltig oben.
Ich konnte nur annehmen, daß Knösel im Loch lag und lange vorher selbst aufgeriegelt hatte.
Herr Briehl, der wegen schwacher Konstitution nicht eingezogen war, hielt gutgemeinte Durchhalte-Reden an die alten Männer, Frauen und Kinder im Keller.
»Nur ruhig, Leute!« sagte er. »Die Welt hat so vieles hervorgebracht. Sie geht nicht zugrunde. Eine neue Zeit kommt nicht, ohne daß die Grundfesten wanken.«
Hinten in der Ecke antwortete ihm Babygeschrei.
Frau Briehl wurde von einem gesunden Mädchen entbunden.
Entwarnung.
»So unwichtig es im Moment scheint«, sagte Herr Briehl im Hochgehen, während er das Baby auf dem Arm hielt, »ich werde mein Kind Nenne nennen.«
»Wo ham Sie denn den Vornamen her?« fragte ich und lugte schon verstohlen in die Ecke zu meinem Loch.
Ja, die Bohle lag drüber.
Gott sei Dank.
Noch mal gut gegangen mit Knösel.
Herr Briehl antwortete mir: »Den hab ich aus einem Almanach jungmädchenhafter, deutscher Vornamen, den Frau Ludendorff für die germanische Hemisphäre herausgegeben hat.

Frau Ludendorff übersetzt den Mädchennamen Nenne in: Nenne, die Bezeichnende.«
Scheiß auf Frau Ludendorff, dachte ich.
Räum' lieber den Keller.
Entwarnung.
Knösel mußte was zu Essen kriegen.
Obwohl mir der Mädchenname Nenne ganz gut gefiel.

Dann war endlich der Keller leer.
Obwohl die Tür noch aufstand – die Leute im gefüllten Keller hatten sie ganz zurück an die Wand gedrückt – rannte ich zuerst zum Loch.
Hob die Bohle hoch.
Leer. Das Loch war leer!
Knösel war weg.
Langsam fiel vorn die Kellertür ins Schloß.
An der Wand stand, völlig zerdrückt, Knösel.
Grau im Gesicht.
Er hatte die Tür im letzten Moment aufriegeln können, dann mußten schon die ersten Hausbewohner in den Keller geströmt sein, und er ist nicht mehr zum Loch zurückgekommen.
So stand er, von der Tür und den nachkommenden Menschen beinahe erdrückt, die Zeit während des Bombenalarms dahinter.
Ich fiel ihm um den Hals.
Mensch, wenn diese ganzen Jahre »Verstecken« umsonst gewesen wären?
Ich weiß nicht, was ich getan hätte.
Mein Kellerkommunist war mehr für mich als ...
Mehr als was?
Ich wußte es nicht.
Ich kannte ja nichts Besseres.
Ich kannte ja nicht mal was anderes.

Es war 1945.
Die kleine Nenne von Briehls oben hatte ich oft im Keller auf meinem Schoß.
Knösel spielte mit ihr.

Sie konnte ja nichts verraten. Sie war noch zu klein.
Wir lebten mal wieder von Pellkartoffeln.
Eines Tages hörten wir, am Fenster stehend, laute Stimmen auf der Straße.
Von fern schoß die russische Artillerie, die wohl schon am Rande Berlins war.
Die Stimmen auf der Straße gehörten Glaubke und meinem Vater.
»Was heißt denn das, Prinz«, sagte Glaubke keuchend, »willst du dir vielleicht im letzten Moment noch ein Ding verpassen lassen?«
»Man wird von der Feldgendarmerie erschossen, wenn man desertiert!«
Mein Vater sagte es.
Er hatte eine Heidenangst in der Stimme.
Glaubke sagte: »Und man wird von den Russen erschossen, wenn man nicht desertiert. Also, nu such dir aus. Ich gehe jedenfalls erst mal in euren Keller runter. Und dann nach Cottbus.«
Blitzartig war Knösel im Loch.
Kaum hatte ich die Bohle drüber, waren die beiden, die sich also im letzten Augenblick drücken wollten, schon unten.
Mein Vater fiel mir um den Hals.
Ich wußte gar nicht, warum.
Glaubke konnte mir die Hand nicht drücken, weil ich Nenne auf dem Arm hatte.
Zum Glück.
»Die Russen sind schon in Potsdam!« sagte er, zog seine Wehrmachtsklamotten aus und schmiß sie in eine Kellerecke.
Mein Vater zog sich auch aus.
»Hier könnt ihr nicht bleiben!« sagte ich schnell.
»Dreimal täglich kommt Wehrmachtspolizei hier in 'n Keller und guckt nach.«
Mit der hatten beide nichts im Sinn.
Ich mußte sofort hochgehen zu Mutter.
Die sollte mit Zivilklamotten und einem Koffer und meiner Schwester Almut nach unten kommen.
Die Männer wollten nach Cottbus, wo Glaubke einen Bruder hatte.
Almut sollte auch mit.

Glaubke bestand darauf.
Als sie gingen, stand meine Mutter im Rahmen der Kellertür.
»Komm ja bald wieder!« sagte sie leise zu meinem Vater.
Gern ging der nicht nach Cottbus.
Aber wo sollte er jetzt hin?
Meine Mutter hatte tiefe Kerben um die Nase rum.
Aber ich gab trotzdem das Loch mit Knösel nicht frei. Ich konnte das nicht machen.
Als meine Mutter wieder oben war – Nenne hatte ich zu Briehls gebracht –, kam Knösel aus dem Loch und fiel mir um den Hals.
Konnte sich nicht beruhigen, daß ich meinen eigenen Vater wegschickte, um ihn bis zum letzten Moment zu verstecken.
Er gebrauchte große Worte.
Ich wollte nichts wissen.
Wohl war mir ja auch nicht in meiner Haut.

Tage später ging Knösel als freier Mann die Treppen hoch. Es waren die Treppen, die er 1938 mal runtergerannt kam, um sich für'n paar Minuten vor zwei Nazis zu verstecken.
Er wollte von nun an eine Menge für mich tun. Er wurde bei den Russen ein großer Mann.
Unser Haus wurde von allem, was Kriegskram an weiterem Unglück über Häuser in unserer Stadt brachte, freigehalten.
Knösel rächte sich an niemandem.
Er sorgte dafür, daß sich bei uns auch niemand anders an jemandem rächen konnte.
Ja, es gab nicht nur Vergewaltigungen!
Viele Uhren blieben an den Handgelenken!
O ja, ich weiß das!
Rätselhaft war den Leuten im Hause die russische Fürsorge unter der Leitung Knösels.
Es gab auch Freßpakete aus dem Osten.
Arzneimittel.
Weil ein Kommunist versteckt worden war.
Später kamen die Amerikaner in unseren Teil der Stadt.
Knösel blieb »drüben«.
Ich sah ihn selten.
Ich blieb im Keller.

Ost – West wurde eingeführt.
Man konnte sich leicht orientieren.
Die Amis gaben jedem Pakete.
Obwohl doch bestimmt niemand einen Demokraten versteckt hatte.

Ost – West wurde eingeführt. Man konnte sich leicht orientieren.

Sie glaubten wohl, in uns selbst hätten wir Demokraten versteckt.
Wenn jemals, dann war 's begraben.
Längst.
Ich blieb in meinem Keller.
Im Westen der Stadt.
Hatte einen Job.
Ich spielte jetzt als Schlagzeuger in Ami-Clubs.
Mein Kellersarg war Aufbewahrungsort für Stangen-Zigaretten, Milch-, Ei- und alles mögliche andere Pulver.
Ich versorgte die kleine Nenne und meine Mutter.
Manchmal gab ich auch Briehls was ab.

Es war 1947.
Mein Vater stand eines Tages in der Kellertür.
»Haste was zu rauchen?« sagte er.
Dann begrüßte er mich.
Wie ich ihn so sah, überkam mich doch ein Gefühl der Zugehörigkeit.
Ich brachte ihn hoch zu Mutter.
Meine Schwester Almut war in Cottbus geblieben.
Glaubke hatte sie geheiratet.
War also jetzt mein Schwager.
Vater war heimlich aus Cottbus abgehauen.
Er hatte es nicht mehr ausgehalten.
Der Gipfel war, so sagte er, daß Glaubke ihn eines Tages entnazifizieren wollte.
Im Auftrage der Russen.
»Glaubke! Mich!«
Mein Vater heulte beinah.
»Wie kann man mit den Amis?« fragte er dann unvermittelt.
»Was meinste denn?« fragte ich zurück. »Musikmachen? Jazzen?«
»Quatsch«, sagte er, ich meine, ob man mit ihnen reden kann.«

»Ja, englisch!« sagte ich.
Mein Vater regte sich furchtbar über mich auf.
Ob ich ihn auf die Schippe nehmen wolle?
Ich hätte den ganzen Krieg über die Pauke gehaun und wolle jetzt wohl alte Kämpfer durch den Kakao ziehn?
»Der Junge ist tüchtig!« sagte meine Mutter.
»Na und!« sagte er. »Der hat ja auch 'n tüchtigen Vater!«
Ich ging in meinen Keller.
Ich ahnte ja noch nicht, was auf mich zukam.
Nächsten Tag, ich schlief immer lange, weil im Ami-Club für unsere Band erst spät Feierabend war, weckte mich mein Vater.
So aufgeregt hatte ich ihn noch nie gesehen.
Er riegelte den Keller von innen ab.
Dann kam das dolle Ding.
Sie hatten ihn auf dem Bezirksamt bei uns in Abwesenheit »entnazifiziert«.
Vier Jahre Gefängnis hatte er gekriegt, verbunden mit Aufräumungs-, Instandsetzungs- und Aufbauarbeiten.
Wie man aus diesen Strafarbeiten das Wort Entnazifizierung zusammen bekam, blieb mir ein Rätsel.
Dies gab's wohl nicht nur im Deutschen nicht.
Das Wort, das mein Oller, kalkweiß im Gesicht, am meisten schrie, hieß: »Wofür, wofür, wofür?!?«
Ich sagte nichts.
Dann er: »Also schön, ich war ein PG – aber entweder alle oder keiner!«
Ich guckte mir meinen Vater mal richtig an.
Und wußte, warum ich ihn immer gut leiden konnte.
Ich kannte ihn nicht. Ich wußte aber noch mehr.
Dieser Mann war mit vier Jahren Gefängnis nie zu entnazifizieren.
Wer so etwas mit ihm vorhatte, mußte etwas anderes mit ihm vorhaben.
Für mich gab's nur eine Konsequenz. Ich wollte ihm helfen.
Ich behielt ab sofort meinen Vater in meinem Keller und versteckte ihn vor der offiziellen Strafe.
Für vier Jahre bezog *er* das Loch, wo vor ihm ...
Wer vor ihm drin war, sagte ich ihm nicht.

Dabei hatte ich mit meinem Keller eigentlich schon damals ganz andere Pläne.
Ich wollte mit der Gage, die ich beim Ami-Club verdiente und die ich teils aufaß und teils zu Geld machte, einen Jazzkeller aufmachen.
Mein Oller hielt mich nun auf damit.
Mit der kleinen Nenne kümmerte ich mich in Zukunft wenig um meinen im Loch liegenden Vater.
Wir richteten langsam das Etablissement ein, wie ich es mir vorstellte.
Mal mußte auch er ja wieder nach oben dürfen. So dachte ich.
Es war ja noch kurz nach dem Kriege.

Wir malten die Wände an.
Zimmerten.
Nagelten.
Tapezierten.
Immer, wenn die kleine Nenne Briehl mir half, ging mein Oller ins Loch.
Obwohl ich ihm sagte, daß die Kleine oben im Hause nichts erzählen würde.
Ich wußte es doch.
Ich hatte ja als Kind auch nichts erzählt.
Der Alte lag aber nicht nur im Loch.
Er war auch innerlich völlig verschlossen.
»Strafabsitzen im Ehrenkeller« nannte er die Zeit, in der er mich beim Existenzbau behinderte.
Jazz mochte er natürlich nicht.
Ich übte oft zu Schallplatten, die ich mir aus dem Club besorgt hatte.
Er schimpfte auf die »Niggermusike«.
»Ekelhaft artfremd!« sagte er.
Früher hatte er solche Worte gar nicht gekannt.
Wenn es mir zuviel wurde, trommelte ich ihn voll Wut wieder rin in sein Loch.
Was der mir alles in den vier Jahren seiner Kellerversteckzeit erzählte ... Unbeschreiblich!
Nazi war er nicht mehr.
Er war eine neue Mischung.

Er redete katholischer als der Papst.
Obwohl wir evangelisch waren.
Demokratischer als George Washington.
Alles, was er sagte und dachte, ließ sich nur falsch verstehn.
Er hatte sich selber entnazifiziert.
Heillos war's.
Treudeutsch.
Und doch irgendwie neu.
Und alles »integer«.
Das war sein liebstes Wort.
Eines Tages wollte ich zu meiner Mutter hochgehn und sie bitten, ihren Ollen nun endlich mal zu sich zu nehmen.
Da begegnete ich auf der Treppe meinem ehemaligen Kellerkommunisten.
»Knösel, was machst du denn hier?«
Ich pfiff zweimal kurz, damit mein Oller ins Loch ging, denn Knösel wollte nach unten.
Er sagte, er käme mich besuchen, um die alte Gefahr mal wieder zu schnuppern.
Ach Gott, dachte ich, der hat 'ne Nase!
Wir gingen in den Keller runter.
Mein Vater lag Gott sei Dank schon im Loch.
Die Bohle war drüber.
Knösel sah sich meine Jazzkeller-Vorbereitungen mit gemischten Gefühlen an.
»Ami-Einfluß!« sagte er.
»Na und?« sagte ich. »Die Russen haben gemeinsam mit den Amis die Nazis besiegt.«
»Schon, schon!« sagte er. »Aber ob sie auch ehrlich gegen die Nazis gekämpft haben?«
»Das möchte ich von den Russen auch mal gerne wissen!« sagte ich.
»Was machste denn jetzt drüben im Osten?« fragte ich ihn dann.
»Bin Kulturpolitleiter«, sagte er. »Ich bringe die Theater in der Provinz mal 'n bißchen auf Schwung. Haben alle noch die alten Spielpläne. Muß was Neues kommen!«
»Schön wär's ja!« sagte ich.
»Was macht denn die Kleine, die hier im Keller geboren wurde?« erkundigte er sich nach Nenne.

»Was soll se machen!« sagte ich. »Sie ist die Tochter von Briehls, wächst, gedeiht, hilft mir. Und hat schon bißchen was im Kopf von dem, was du mir mal hier unten beigebracht hast, und was ihr da drüben im Osten auch nich so richtig schafft. Humanes Denken ... und vor allem ... Handeln!«
Knösel wurde wütend.
Da hatte er nun die Früchte seines Kellerlebens mit mir.
»Mach mal 'n Punkt, Macke!« sagte er. »Hier bei euch sind doch die alten Nazis wieder alle oben, wo se mal waren!«
Ich dachte an meinen Vater im Loch.
»Oben kann man ja nun gerade nicht sagen!« sagte ich.
Knösel ging zum Kellersarg. Ganz schnell.
Ich konnte es gar nicht verhindern.
Er hob die Bohle hoch und sagte: »Du hast wohl völlig vergessen, mein Junge, wofür ich sieben Jahre lang hier in dem Mauseloch gelegen habe! Was?«
Dann guckte er ins Loch.
Sah meinen Ollen im Kellersarg liegen.
Ganz dumm guckte der nach oben.
Blieb erst mal liegen und sagte: »Sie wünschen?«
»Vater!« sagte ich schnell, als er langsam aufstand und Knösel erkannte, »Vater, der Mann, der hier steht, hat sieben lange Jahre in dem Loch gelegen, wo du von 1947 bis heute rumgelegen hast!«
Stille!
Jeder überlegte.
Aber umsonst.
Meinem Vater verschlug es die Sprache.
Er reihte mich wohl jetzt irrtümlich als damaligen Widerstandskämpfer ein.
»Na ja!« schrie ich und wußte nicht, ob es auch bei mir vor Angst, Unvermögen oder Nichtbegreifen war.
»Na ja, Kommunisten wurden damals doch von euch auch umgebracht!«
Ich hätte in puncto Umbringen nicht »euch« sagen sollen.
Ich hatte ihn getroffen. Nun traf er mich.
Aufs linke Ohr, aufs rechte Auge.
Und dann in der Mitte.
Da, wo die Stirn anfängt.
»So was habe ich groß gezogen!« brüllte er. »Hat Kommuni-

sten hier im Keller versteckt und sagt, *ich* habe den Krieg verloren! Nee, also nee! Ich komm da nicht mehr mit!«
Dann ging er.
Hoch, zu meiner Mutter.
Seine vier Jahre waren ja auch um.

Dann war Knösel dran.
Ich empfing von ihm Gleiches.
Mit Gleichem.
Links, Rechts, Mitte.
Knösel schlug wild auf mich ein.
»Politische Hure!« schrie er. »Jetzt versteckt die Kellerratte also Nazis! Versteckt Mörder!«

»Jetzt versteckt die Kellerratte also Nazis. Mörder!«

Er ging.
Ich schlug mit dem Kopf auf den Rand des Loches, in dem ich mal einen Kommunisten und einen Nazi versteckt hatte.
Ich sah braun.
Ich sah rot.
Ich rannte und rannte und kam nicht von der Stelle.
Ich *hatte* nichts am Kopf.

Aber ich fand mich viel, viel später da wieder, wo Leute sind, die was am Kopf haben.
In einer Klapsmühle. In einer »Heilanstalt«.
Man hatte mich eingeliefert.
Professor Nürn war in den nächsten drei Jahren der, den ich regelmäßig zu Gesicht bekam.
Dazu Dr. Tanobren, sein Assistent.
Und meine beiden Mitpatienten Artur und Adalbert.
Wir drei reinigten das Privathaus des Professors, der uns irgendwie ins Herz geschlossen haben mußte.
Dr. Tanobren beaufsichtigte uns.
Und abends durften wir im Musikzimmer des Chefs regelmäßig gemeinsam jazzen.
Artur und Adalbert waren »Fälle« wie ich.
Wirrköpfe.
Diese Bezeichnung hörten wir am regelmäßigsten.

Gefährliche Wirrköpfe.
Es war schwer, nähere Auskunft zu erhalten.
Artur spielte Klavier.
Adalbert blies eine feine Jazzflöte.
Ich spielte Schlagzeug.
Artur war aus Frankfurt an der Oder.
Eingeliefert hatte man ihn von Cottbus aus, wo er am Theater beschäftigt gewesen sein soll.
Einmal, als ich auf dem Schlagzeug einen besonders schönen, neuen Break geschlagen hatte, brach Artur plötzlich das Jazzen ab und erzählte hintereinanderweg seine Geschichte.

Sein Vater war 1938 Kaufmann in Frankfurt/Oder. Er brachte ihm, dem damals elfjährigen Jungen, regelmäßig von seinen Auslandsreisen Schallplatten mit. Kid Ory, Armstrong, King Oliver lernte also Artur schon in frühester Kindheit kennen.
Alles die alten Jazzgrößen.
1938/39.
In der Hitlerjugend konnte er das aber 1940/42 nicht gebrauchen.
Und als er 1944 eingezogen wurde, kam er gleich als infizierter und verseuchter Jugendlicher in die Strafkompanie.
Er überlebte.
Nach 1945 landete Artur am Cottbusser Theater.
Als Musiker.
Die mochten nun aber auch keinen Jazz.
Ebenfalls wegen Entartung nicht.
Artur sah sich um.
Auf der Straße marschierten wieder Pimpfe.
Aber diesmal in blauen, statt in braunen Hemden.
Pioniere.
Und er, der Jazzpianist werden wollte, mußte am Cottbusser Theater Schalmei blasen.
Das war ja nun gerade auch nicht das Gelbe vom Ei. Und allein zu Hause spielen war verdächtig.
Einzelgänger.
Hitler war nicht mehr.
Aber Stalin hatte in allem recht.

Eines Tages hatte das bei Artur zu einem »Ausbruch« geführt. Bei einer Orchesterprobe im Theater der Courage in Cottbus sagte Artur plötzlich: »Kollegen, Genossen, alle mal herhören. Der Jazz soll jetzt auch in der fortgeschrittenen Hälfte der Welt spielbar gemacht werden. Ich werde deshalb verdienter Jazzer des Volkes. Ich gründe das Modern-Marx-Quartett. Deshalb laßt uns alle, die wir hier im Theater der Courage zusammenarbeiten, eine Entschließung fassen: Die Schalmei ist überholt. Wir brauchen ein Klavier!«
Daraufhin hatten ihn die Funktionäre in eine Ostklapsmühle eingeliefert.
Von dort ist Artur nach dem Westen geflüchtet.
Das war ja der Grund seines »Ausbruchs«.
Als er im Westen im Flüchtlingslager eintraf und hier als Auffangbeamten einen alten Ortsgruppenleiter aus Frankfurt/Oder von früher traf, dachte er, er sei wirklich verrückt.
Und kam hierher zu Professor Nürn.
Er wollte allen Leuten einreden, Jazz sei keine Krankheit.
Und trotzdem ansteckend.
Gefährlich, sagte Artur.
Befreiend.
Und brach nachts in jede Art von Kirchen ein.
Jazzte auf Orgeln.
Zertrümmerte Schalmeien, wo er sie fand.
Ein Wirrkopf.
Gemeingefährlich.
Soweit seine »Krankengeschichte«.

Adalberts war einfacher.
In der Hitlerjugend war er Querpfeifer.
Nach dem Kriege Toilettenmann auf der Münchner Hofbräuhaus-Toilette.
Per Zufall.
»Ich hatte immer 'nen Hang zur Hygiene«, sagte er.
Nebenbei handelte er da unten mit alten Naziorden. Die Ami-Soldaten waren ja eine Zeitlang verrückt nach diesen Souvenirs.
Eiserne Kreuze, Infanterie-Sturmabzeichen, Ostmedaillen, Ritterkreuze.

Alles so was kaufte Adalbert auf seiner Toilette von Deutschen, die Geld oder Zigaretten brauchten, und verkaufte es weiter an Amis.
»Nun sieht man«, sagte er, »als Toilettenmann ja öfter mal in den Spiegel als nötig. Ich pflegte mich, ließ mir ein Bärtchen stehn und kämmte mir die Haare.«
Nicht daß Adalbert eitel gewesen wäre!
Aber es stimmt schon, ohne sein Bärtchen über der Oberlippe und seine Frisur, bei welcher er seine Haare schräg über die Stirn trug, sah Adalbert aus wie ein Schluck Wasser.
Also nach gar nichts.
Aber mit dem Bärtchen...
Plötzlich ging sein Hitlerorden-Handel rapide in die Höhe.
Er bekam jetzt sogar Deutsche Kreuze in Gold und Ritterkreuze mit Schwertern und Brillanten zu handeln.
»Mann«! sagten die Toilettenbesucher zu ihm. »Du siehst ja aus wie Hitler! Unser Führer als letzter Mann? Na, komm mal rauf. Wir brauchen dich bald wieder!«
»Also, weißte, Macke«, sagte Adalbert verschämt zu mir, »selbst wenn ick für Hitler wat übrig gehabt hätte, aber der Mann war doch tot, und ick wollte doch nich dauernd wie 'n Toter aussehn!«
Also hatte sich Adalbert, als ihm das Gequatsche zuviel wurde, das Bärtchen wieder abrasiert und die Haare aus der Stirn gekämmt.
Nun kam aber Rückgang in sein Geschäft auf der Toilette.
Ohne Bärtchen und Haare in der Stirn verkauften ihm die Deutschen sofort nicht mehr ihre Orden.
Ihre Ehrenabzeichen.
»Warum haste abrasiert?«
»Warum haste aus der Stirn gekämmt?«
»Schämst dich wohl?«
So redeten die Menschen mit ihm.
Aber nur auf der Toilette.
Das Bier oben wurde besser.
Aber auch das schadete Adalberts Geschäft.
Denn dadurch hörte ja sowieso die viele Lauferei auf. Und weil die Männer glaubten, Adalbert schäme sich, wie Hitler auszusehen, wuschen sie sich, um ihn zu schädigen, nicht mal mehr die Hände auf seiner Toilette.

»Der reinste Boykott war det«, sagte Adalbert, »kein Groschen mehr auf'm Teller!«
Ob er wollte oder nicht, er ließ sich das Bärtchen wieder stehn.
Kämmte die Haare wieder in die Stirn.
Und dann war's wieder soweit.
Der Handel kam wieder in Schwung.
Die Männer wuschen sich wieder die Hände bei ihm. Sie sprachen wieder mit ihm.
»Also, diese Ähnlichkeit ...!«
»Na, Adolf, bald is es wieder soweit ...!« So redeten die Männer.
Aber nur auf der Toilette.
Es kamen auch welche, die sagten: »Hitler, du mußt raus hier. Komm rauf, rette uns!«
Adalbert wußte bald nicht mehr was Spaß, was Ernst ist.
Andere sagten: »Hitler, du mußt uns befrein! Du mußt uns vom Bolschewismus retten! Oben sind sowieso nur Pfeifen! Rette uns! Komm rauf!«

Und als Adalbert das so Wochen auf Wochen, Monate auf Monate hörte, da dachte er eines Tages wirklich, er sei der Tote. Der Hitler.
Er wollte retten, was zu retten war.
Eines Tages ließ er keinen mehr auf seiner Toilette pinkeln, der nicht vorher mit dem deutschen Gruß grüßte.
Na ja, es wurde ein arger Zauber mit ihm.
Nach verschiedenen Irrenanstalten brachte man ihn dann zu Professor Nürn.
Als Wirrkopf.
Aber gefährlich.
Das war Adalberts »Krankengeschichte«.

Als ich nun zu guter Letzt Artur und Adalbert meine Geschichte erzählt hatte, kamen wir drei auf eine fabelhafte Idee.
Wir wollten später, wenn wir mal als geheilt entlassen sein würden, zusammenbleiben.

Wir wollten dann gemeinsam meinen Jazzkeller eröffnen.
Denn die Besetzung unserer kleinen Band versprach Erfolg.
Klavier, Flöte, Schlagzeug.
»Die hat nich jeder«, sagte Adalbert.
Dr. Tanobren, der nie mit uns sprach, kam eines Tages mit dem Professor ins Musikzimmer.
Er hatte wohl Professor Nürn hinterbracht, daß wir drei beschlossen hatten, zusammenzubleiben.
Und Herr Professor Nürn ging auf unseren Vorschlag ein.
Nur eine Bedingung hatte er.
Wir sollten uns eine Stunde lang an dem Ort aufhalten, wo jeder von uns seinen Komplex bekommen hatte. Am Ausgangspunkt.
Quasi als Rückfallversicherung, meinte der Professor.
So sollten wir zuerst nach München, damit sich Adalbert eine Stunde dort auf der Toilette aufhielt.
Ohne »Hitler« zu werden.
Hatten wir das überstanden, sollten wir nach Cottbus, wo Artur ein Stündchen Prüfung hinter sich bringen mußte.
Ohne die Kommunisten mit den Nazis gleichzusetzen.
Und wäre dies auch glücklich vorbei, müßte ich eine Stunde in meinen Keller.
Ohne an die Wahrheit, welche zugunsten der Entwicklung vergessen werden mußte, zu denken.
Ginge auch dies ohne Rückfall, wie der Professor sich ausdrückte, vorbei, wäre alles in Ordnung und wir könnten uns dann so, wie wir wollten, ins öffentliche Leben einfügen.
Wir waren glücklich.
Denn wir waren sicher, daß wir uns bewähren würden.
Wir waren drei gesunde Burschen.
Das wußten wir, als wir nach München zogen, um Adalberts Stunde zuerst hinter uns zu bringen. Vorsichtshalber hatte uns der Professor zu unseren Prüfungsstätten den Dr. Tanobren beigeordnet. Für alle Fälle, meinte er.
Der Doktor würde uns nie stören.
Nur wenn wir Schwierigkeiten hätten, wäre er für uns vorhanden.
Die Gedanken von Psychiatern sind für normale Menschen oft schwer verständlich.
Wir zogen los.

Wir saßen schon eine halbe Stunde auf der Münchner Hofbräuhaus-Toilette.
Adalbert unterhielt sich angeregt mit dem neuen Toilettenmann über Einnahmen, Neuerungen, Gewerkschaftsprobleme.
Da kamen drei Männer die Treppe runter.
Artur und ich verschwanden auf ein Örtchen und riegelten uns ein.
Dann schauten wir obendrüber.
Es waren noch genau zwanzig Minuten, dann war unsere Münchner Prüfung erfolgreich beendet.

> *Wir achten zu wenig auf das, was sich im Osten tut.*

Eine gewisse Spannung kam bei Artur und mir auf.
Obwohl wir an Adalbert nichts Außergewöhnliches feststellen konnten.
Der eine der drei Männer sagte gleich, auf Adalbert und den jetzigen Toilettenmann deutend: »Donnerwetter, die erste Toilette mit *zwei* Toilettenmännern. Passen Sie mal auf, Herr Direktor, paar Jahre noch, und wir haben Vollbeschäftigung.«
Der andere, den der erste mit Direktor angeredet hatte, setzte sich auf den Schuhputzstuhl.
»Möcht' mal 'n bißken die Schuhe gewienert haben. Braun. Hochglanz!« sagte er.
»Geh', hülf a moal«, sagte der Toilettenmann zu Adalbert.
»Gerne«, sagte der, »ick habe ja noch zwanzig Minuten Zeit.«
Adalbert begann, dem Direktor die Schuhe zu wienern.
Der dritte Mann wusch sich gleich die Hände.
»Wissen Sie«, sagte er zum Direktor im Schuhputzstuhl, »wir alle achten viel zu wenig auf *das*, was sich da im Osten tut!«
»Kann ich mal 'n Nagelreiniger haben?« sagte der erste Herr, der sein Hosentürl schloß.
»Gern!« sagte der Toilettenmann.
Der, der sich die Hände wusch, plauderte ungezwungen weiter.
»Ich meine, mal ehrlich – entweder wollen wir eines Tages neidvoll über die Elbe gucken und fragen, warum haben wir nicht gleich mitgemacht, Ostblock – oder aber wir müssen heute schon auf die Eindämmung des Kommunismus hinarbeiten. Und zwar mit allen totalen Mitteln der Vernichtung.«
»Was halten Sie denn von der These des Dr. Böhm?« fragte der Direktor. Der erste Mann begann sich jetzt die Hände zu waschen. Der andre nahm ein Handtuch und trocknete sich.

»Ich will Ihnen sagen«, sagte er, »ich bin doch nun wirklich ein Mann, der über jeden Zweifel erhaben ist.«
Die Greuel der Vergangenheit sind mir persönlich gräßlich, obwohl es Leute gibt, Leute mit unzweifelhaftem Hirn, die behaupten, einiges hat nichts geschadet. Ich meine, was die Reinigung der Geschäftswelt, der Industrie betrifft. Na ja, das steht auf einem anderen Blatte. Ich jedenfalls distanziere mich so oft ich kann von Greueln. Verstehn Sie, Herr Direktor?«
»Verstehe!« sagte der.
»Andren Fuß, bitte!« sagte Adalbert.
Der Direktor wechselte den Fuß. Adalbert wienerte.
Artur und ich sahen es.
Der Schweiß stand ihm auf der Stirn.
Von dem bißchen Schuhputzen?
Ahnungsvoll blickten wir uns oben auf unserem Örtchen an.
Artur legte den Finger auf den Mund.
Zehn Minuten noch.
Der Direktor hub wieder an zu plaudern.
»Ich sage so wie Baurat Fingersdorf und seine Freunde: Nie wieder diesen Nationalsozialismus in der althergebrachten Form. Ich hasse alles Übertriebene!«
Der sich die Hände wusch, sagte jetzt auch was.
»Hätte man Hitler machen lassen, wie Franco ... Mann! Was ist aus diesem Franco für ein prachtvolles Mitglied der westlichen Gemeinschaft geworden! Und was haben wir für phantastische Beziehungen zu ihm, he?«
Der andere war fertig mit Händetrocknen.
»Zuviel Köppe haben wir da oben«, sagte er, »zu viele!«
»Vergessen Sie nicht unsre junge Demokratie!« sagte der Direktor.
Adalbert sagte unter ihm: »Au«. Mehr nicht.
»Was ist denn?«
»Sie haben soeben auf meinen rechten Zeigefinger getreten!« sagte Adalbert.
»Passen Sie doch auf!« sagte der Direktor.
»Wir müssen dem Osten was Gleichwertiges entgegenzusetzen haben!« meinte der, der sich nun auch die Hände trocken rieb. »Wir brauchen einen Mann wie Adolf Hitler. Sonst kann alles bei uns bleiben wie es ist. Nur *einen* Mann brauchen wir! *Einen!!*«

Automatisch stand Adalbert auf und fragte trocken: »Und? Wen?«
»Wir brauchen einen Mann wie Adolf Hitler und sei's auch nur mit einer Pseudo-Idee. Aber ein Hitler hält die Russen alleine und drückt sie hinter die Oder zurück!«
Ein andrer ergänzte: »Ich meine, das muß ja nicht sein – Juden, Vergasung, Rassenfrage. Das hat Zeit, bis das Ostproblem gelöst ist. Und diese Lösung, diese Bereinigung Europas, die sind wir der Welt schuldig!«
Der Direktor schmiß für drei Männer zwei Mark auf den Toilettentischteller.
Adalbert hielt die Männer fest.
Im markigsten Hitlerjargon begann er zu tönen.
Es hallte durch die Toilette. »So ist es, Männer der Wirtschaft! Was wir für Deutschland brauchen, müssen wir haben! Hier steht euer Mann, Leute, gesund an Leib und Seele. Opferbereit sogar für eine Demokratie!«
Die drei Männer begannen zu lachen.
Der neue Toilettenmann kam herbei.
»Vorsicht!« sagte er, »der ist scho moal hier unten verrückt worden!«
Adalbert war in seinem falschen Element.
»Ich werde meine Stimme über Maas und Memel hallen lassen, ich werde Königsberg, ich werde Breslau, ich werde Warschau und alles, was deutsch ist und deutsch war, zurückerobern und der Heimat einverleiben ... !« Sirenen ertönten.
Dr. Tanobren stand plötzlich, wie aus dem Boden gestampft, vor Adalbert.
Dem stand Schaum vor der Schnauze.
Artur und ich kamen von unsrem Örtchen.
Unser erster Ausflug in das Leben 1954 war schief gegangen.

Wir reinigten wieder des Professors Villa.
Wir spielten wieder im Musikzimmer.
Wir vervollständigten unser Repertoire.
Wir wurden regelmäßig untersucht.
Dr. Tanobren sprach nie mit uns.
Wir waren trotzdem froh, in der »Heilanstalt« Unterschlupf gefunden zu haben.

Wir konnten »draußen« einfach noch nicht bestehen. Mit unseren stehengebliebenen Auffassungen.
So jedenfalls bezeichnete sie Professor Nürn.
Wir sollten zu »innerem Fortschritt« kommen, sagte er. So was könne Schritt halten mit dem äußeren Wohlstand, der »draußen« stattfand, und in welchem wir als »Stehengebliebene« nicht zurechtkämen.
Vielleicht war unsere Idee des gemeinsamen Bewährens von Übel, dachte ich manchmal.
Doch dann sah ich Adalbert.
Er war ein wundervoller Junge.
Pfiffig, zart, unendlich komisch und höchst angenehm zurückhaltend.

Wie konnte so ein Mann zum Hitler werden?
Beim Teppichklopfen brachen ihm fast die Ärmchen ab.
Was muß das für ein Gift sein, welches die Gedanken verseucht, die ihn ansteckten?
Und Artur?
Kein Wort zuviel kam je aus seinem Munde.
Aber wenn er etwas sagte, klang es vollkommen.
Er drückte die Tasten seines Gehirns wie eine zehnfingrige Gershwin-Harmonie.
Mich hielten sie wohl alle für den »schwersten« Fall.
Dabei hatte ich tatsächlich alles vergessen.
Unbewußt.
Ich dachte längst harmlos.
Mit Adalbert und Artur in meinem Keller Musik machen.
Geld verdienen.
Leben.
Niemanden und nichts mehr verstecken.
Mehr dachte ich nicht.

Bis 1957 behielt uns der Professor in der »Heilanstalt«. Unsere nächste »Reifeprüfung« hieß Cottbus, Theater der Courage. Wo Artur eine Stunde lang zu prüfen hatte, ob er drüber weg war.
Dr. Tanobren sollte auch diesmal mitkommen.
Artur meinte zwar, dies sei nicht nötig.
Geistesgestörte aus dem Westen schicken die drüben im Osten von selbst zurück.
Aber Professor Nürn bestand darauf.
Schließlich seien unsere Komplexe eine gesamtdeutsche Idiotie, sagte er, und Vorsichtsmaßnahmen müßten gemeinsam gehandhabt werden.

Bevor wir in Cottbus das Theater betraten, interviewte uns ein Radio-Reporter des deutschen demokratischen Rundfunks.
»Und hier, meine Hörer in der Deutschen Demokratischen Republik, haben wir mal wieder den klassischen Zusammenbruch des monopol-kapitalistischen Systems. Da ging ein

Musiker vor Jahren nach dem Westen. Er war irre, im Geiste verletzt und gestört. Heute, gesundet, normal wie ein Mensch denkend, kehrt er zurück und bringt noch zwei seiner Musiker-Kollegen mit. Was lernen wir daraus, meine Hörer? Wer unser neues Deutschland, unsere junge Volksrepublik verläßt, der kann nur – der muß verrückt sein! Kollegen, Musiker, wir wünschen Ihnen allen ein Toi, Toi, Toi an unserem schönen Theater der Courage in Cottbus.«

Das war nett von dem Reporter, daß er uns solches wünschte.

Wir alle drei hatten das Gefühl, er hatte was für uns getan.

Doch auch er dankte uns.

»So was hat man nicht alle Tage!« sagte er.

Im Theater der Courage bekamen wir vom Portier, der Artur herzlich begrüßte, Noten in die Hand gedrückt. Eine Stunde Probe für die Arbeiter-und-Bauern-Revue unter dem neuen Regisseur.

Noten für Schlagzeug, Pfeife und Schalmei.

Wir gingen durch den Theater-Keller in den Orchesterraum.

»Na, Artur? Alles wieder klar hier oben?« fragten vorübergehende Bühnenarbeiter.

»War ja nie was gewesen!« sagte der.

Und leise sagte er zu mir: »Die haben immer noch Schalmei!«

Wir krochen durch ein Loch in den Orchesterraum.
Artur vorneweg.

Wir hörten eine Stimme im Parkett oben schimpfen. »Das kann doch wohl nicht wahr sein! Wir haben drei Musiker zum Probespielen hierher bestellt. Es ist eine Stunde über den Probebeginn hinaus! Unpünktlich am ersten Tage! Das habe ich gerne! Die Genossen Schauspieler und Sänger gehen in die Garderobe und warten auf Abruf. Mir paßt das nicht! Ich werde mich beim Kulturpolitleiter beschweren über die Musiker ...!«

»Moment mal, Genosse Regisseur!« sagte Artur und tauchte mit dem Kopf über der Orchesterraumbrüstung auf, »schließ-

lich hatten wir 'ne weite Reise – und man soll ja nichts überstürzen. Jetzt sind wir ja da, Meisterchen ...«
Der Regisseur stürzte wutbebend an die Orchesterraumbrüstung.
»Aha, auch noch kiebig werden. Ich werde Sie sofort des Hauses verweisen und dem Genossen Kulturpolitleiter zur Bestrafung wegen Sabotage der Theaterarbeit im VEB Courage Cottbus melden!«
Artur lächelte.
»Was is'n das für 'n Ton, Genosse Regisseur?« sagte er gemütlich. »Das sind ja Töne wie bei der Reiter-SA. Nur ohne Pferde!«
Jetzt sah ich den Regisseur.
Vor Zorn über Arturs letzten Satz lief er rot an.
Die Halsadern quollen über den Pullover, den er trug.
»Guten Tag, Schwager!« sagte ich. »Was machst du denn am Theater?«
Es war Glaubke.
Der Genosse Regisseur war Glaubke!
Mein Schwager.
»Ja ... was ist denn *das* ...?«
Glaubke sah mich entgeistert an.
»Tag, Parteigenosse Glaubke!« sagte ich und wußte wohl, daß die Bezeichnung Parteigenosse von mir eine starke Untertreibung war.
Glaubke trat einen Schritt zurück.
Aus dem Dunkel des Theaterraumes tauchte eine andere Gestalt auf.
»Da kommt der Kulturpolitleiter!« sagte Glaubke.
Der Mann, der aus dem Dunkel des Parketts kam, war Knösel.
Ich wollte nicht hinsehen.
Ich mußte.
»Knösel!« rief ich, »Knösel mit Ortsgruppenleiter Glaubke?!«
Knösel kam dicht heran.
Er freute sich, mich hier zu sehn.
Aber er sagte erst mal leise zu mir: »Nicht solche Vornamen für Genossen, die an meinem Theater beschäftigt sind!«
Jetzt, wo ich da stand, an der Orchesterraumbrüstung, wo ich alles vergessen haben wollte, jetzt ging's nicht mehr.

Mein kleiner Kellerprinz, mein guter Macke!« sagte Knösel lächelnd.
So ruhig, wie ich konnte, sagte ich: »Was tust du hier, Knösel?« Denn ich dachte ja auch an Artur und Adalbert, die hinter mir standen und denen ich doch meine Geschichte erzählt hatte.

Ich habe einen schlechten Charakter. Ich kann nicht hassen.

»Ich baue den Sozialismus geistig auf!« sagte Knösel.
Und dann sagte er noch: »Unser letztes Zusammentreffen vor Jahren in unserem Keller mit deinem Vater, Macke ... tut mir leid. Vergessen wir ....!«
Ich nickte und sagte: »Nein!«
Knösel runzelte die Stirn.
»Ich weiß es noch!« sagte ich. »Ich weiß alles noch. Du hast mir ein paar Dinger an den Kopp gehaun, weil ich einen Nazi, meinen Vater, dort versteckt hatte, wo ich dich mal versteckt habe. Und heute versteckst du *den* hier, vor dem du dich versteckt hattest? Ortsgruppenleiter Glaubke?«
»Ach Quatsch!« sagte Knösel.
Er war wirklich verärgert und behandelte mich nun so, als ob ich ein Baby wäre.
So hatte er mich nicht mal als Pimpf behandelt.
Er gab mir Unterricht.
Aber diesmal falschen.
»Erstens ist der Bruder von Glaubke Sekretär der Parteileitung Cottbus und als solcher ein ganz alter Kommunist. Dein Vater aber ist was anderes. Der ist im Westen und dadurch ist er gefährlich, weil er an einem neuen Kriege mitarbeitet. Gegen uns hetzt. Der hat sich nicht geändert. Denkt wie früher und glaubt heute sogar noch mehr dran. Solche Männer wie Glaubke aber haben nach dem Kriege sofort erkannt, auf welcher Seite sie mitarbeiten müssen, damit sich was ändert. Na schön, wir haben in der Partei bei uns hier, in den Verwaltungsstellen, in unserer Volksarmee auch noch 'n paar alte Nazis, aber die haben sich geändert. Die sind keine Nationalsozialisten mehr.«
Ich sah Knösel lange an.
Ich wußte immer noch nicht, was mir dieser Mann bedeutete. Ich wußte, daß ich ihn immer wieder verstecken würde in meinem Kellerloch.

Heute – morgen – immer!
Ich habe einen schlechten Charakter.
Ich bin weich.
Ich kann nicht hassen.
»Nein, nein!« sagte Knösel nochmals eindringlich zu mir. »Glaubke ist kein Nazi mehr, kannste mir glauben, mein Junge ...«
Ich hörte einen Schrei von Artur.
Er schrie: »Adalbert!«
Adalbert stand nämlich auf der Bühne.
Er war über die Rampe gesprungen.
Seine Augen hatten wieder das Starre aus der Münchner Hofbräuhaus-Toilette.
»Sie sind keine Nationalsozialisten mehr!« schrie er jetzt im gurgelnden Österreichisch. »Heute, Kameraden und Genossen, heute sind Sie Inter-National-Sozialisten und ich, euer Führer, bejahe das. Denn dafür sind wir angetreten! Ich werrde die Reihen wieder fester schließen. Ich werrde euch wieder zu einem Volk, ich werrde mich wieder zu einem Mann, ich werrde mich zu euerm Manne machen!«
Sirenen ertönten.
Unten im Parkett erschien Glaubke mit meiner Schwester Almut. Sie war in die schmucke Uniform eine FDJ-Führerin geschlüpft.
Knösel neben Glaubke ...?
Meine Schwester als FDJ-Mädel ...?
Adalbert gurgelte auf der Bühne: »Ich werrde die Vorsehung diesmal persönlich spielen. Denn ich habe den Rücken kaputt von Dolchstößen. Die Narben platzen auf. Ich werrde Deutschland bis Sibirien reichen lassen. Braune Kommunisten. Rote Nationalsozialisten. Weltanschauung für Farbenblinde! Und ich werrde ...!«

Nah waren die Sirenen.
Plötzlich stand Dr. Tanobren vor Adalbert.
Und dem stand wieder Schaum vorm Mund.
Obwohl hier in Cottbus doch eigentlich Artur geprüft werden sollte.
Adalbert war unser Seismograph.

Sommer 1960.
Gestern wurden wir zum dritten Mal entlassen.
In meinen Keller.
Wir kamen hier an.
Der Jazzkeller war in vollem Betrieb.
Mein Vater hatte ihn damals gleich nach meiner »Erkrankung« eröffnet.
Mit dem Geld, was er hier verdiente, hatte er gegenüber, aus der ehemaligen NSV-Sammelstelle eine Bar nach seinem Geschmack eingerichtet.
»Fata Morgana«.
Das Mädchen Nenne, die Tochter des Antiquitätenhändlers Briehl, das Mädchen, das in meinem Keller geboren wurde, führte hier den Keller weiter.
»Macke Prinz« stand auf dem Inhaberschild an der Tür des Kellers, als Artur, Adalbert und ich hier ankamen.
Ich war Inhaber von etwas, was ich nicht eröffnet hatte.
Der Keller war voll.
»Ich bin Macke!« sagte ich zu Nenne.
»Ach, hallo!« sagte sie. »Wie geht's Ihnen? Alles wieder klar im Stübchen?«
»War nie was gewesen!« sagte ich. »Kannst mich ruhig duzen, Kellerkind!«
»Dein Vater ist drüben und schmeißt dort den Laden«, sagte Nenne. »Der ist unheimlich tüchtig. Deine Mutter auch.«
Ich ging erst mal mit Artur und Adalbert in die Fata Morgana Bar.
Wunder über Wunder.
Mein Vater! Hier Chef!
Eine Kanone! Ein Weltmann! Ein Könner!
Und was freute er sich, daß ich wieder da war!
»Gesund?«
»Papa«, sagte ich und kam mir dämlich vor, »wir waren nie krank.«
Meine Freunde wurden genauso aufmerksam begrüßt.
Es gab Sekt und Hühnchen.
Meine Mutter hatte Dauerwellen.
Wenn man eine Weile hinsah, gewöhnte man sich dran. Die Freunde meines Vaters, Amtsgerichtsrat Bleiber, Schlachtermeister Zerrl, waren herzlich zu uns.

Unsere Familie – also Vater und Mutter – wohnten jetzt hier über der Bar.
»Nicht mehr drüben im ersten Stock?« fragte ich.
»Nein!« sagte meine Mutter, »Friedländers sind zurückgekommen. Vater hat sofort freiwillig die Wohnung drüben geräumt. Obwohl das Amtsgericht festgestellt hatte, daß unsererseits damals 1938 gegenüber den Juden kein Zwang vorgelegen hatte. Ja, Vater ist der Beste.«
»Man will Frieden!« sagte mein Vater. »Ist doch jetzt alles endgültig mal vergessen.«
Dann baten wir drum – Artur und Adalbert erinnerten mich –, eine Stunde drüben im Keller Musik machen zu dürfen.
Meine Prüfung begann.
Die ganze Bagage zog mit rüber.
Amtsgerichtsrat Bleiber, Schlachtermeister Zerrl, meine Mutter, mein Vater. Drüben kam noch die Familie Briehl dazu.
Frau Briehl winkte mir, genau wie früher, freundlich und bedürftig zu.
Auch Herr Briehl nickte hinter seiner Brille nett mit den Augen.
Artur und Adalbert und ich jazzten.
Den Jazzkeller-Besuchern gefiel unsre Musik.
Nenne war begeistert.
»Jetzt wird dein Keller ein richtiger Genußschuppen!« sagte sie zu mir.
»Unser Keller!« sagte ich.
Schlachtermeister Zerrl trat an mein Schlagzeug.
»Könnten Sie mir zuliebe mal ein Walzerchen spielen, Herr Macke, ich möcht' mit Ihrer Frau Mutter mal tanzen!« sagte er.
»Spielt mal 'n Walzer!« sagte ich zu Artur und Adalbert.
Dann sah ich jemanden die Kellertreppe herunterkommen.
Ich legte die Schlagzeugknüppel weg.
Im eleganten Einreiher kam Knösel die Treppe runter.
Er winkte mir.
Der Schlachtermeister setzte sich für mich ans Schlagzeug.
»Gold und Silber!« sagte er zu Artur am Klavier. »Eins, zwei, drei ...«
Der Amtsgerichtsrat tanzte mit meiner Mutter.
Mein Vater schwenkte Frau Briehl.
Herr Briehl blieb am Tisch und schaute freundlich auf das Treiben.

Ich ging zu Knösel.
Wir gingen zusammen die Tür zum Haus raus.
Ein Stückchen auf die Treppe.
Hier hörte ich den Rest von Knösel.
Von unten klang der Walzer »Gold und Silber«.
Knösel war vor zwei Jahren aus dem Osten in den Westen geflüchtet.
Glaubke hatte ihn beim Parteisekretär wegen irgendwas denunziert.
»Mit Kommunismus hat das da drüben nichts mehr zu tun, mein lieber Macke!« sagte er.
Er war nicht mal traurig.
»Wenn du mal was brauchst, Macke, ich lebe jetzt in Köln. Tüchtige Leute dort. Mir persönlich zu tüchtig. Alles nur Oberfläche, was sich um den Dom rum abspielt. Ich schreibe Bücher. Gegen die Tüchtigkeit. Gegen die Oberfläche. Und über Pseudo-Kommunismus. So was will man doch heute hier lesen. Mach's gut Junge, schön ist dein Keller!«
Knösel ging.
Ich sah ihm hinterher.
Und hörte unten den Badenweiler Marsch.
Ich ging zurück in den Keller.
Alle Gäste tanzten zum Badenweiler Marsch, den der Schlachtermeister sich von Adalbert gewünscht hatte.
Er trommelte sogar falschen Rhythmus dazu.
Die Jugendlichen tanzten Slow drauf.
Meine Mutter mit dem Amtsgerichtsrat tanzte Schieber.
Vater und Frau Briehl auch.
»Paar Gäste sind schon gegangen!« sagte Nenne. »Anständige Musik müßt ihr schon spielen, Macke. Geh', drumme mal weiter.«
Ich ging zum Podium. Sah Adalbert an.
Der pfiff fröhliche Varianten über die Melodie des Marsches.
Unbelastet betätigte er seine Flöte.
Auch Artur verjazzte das Musikstück.
Beide waren guter Dinge.
»Moment, Herr Zerrl, ich trommle schon alleine weiter!« sagte ich zum Schlachtermeister.
»Lassen Se mich man zu Ende kloppen, macht Spaß!« sagte der.

Plötzlich stand Herr Briehl vor dem Podium.
»Aufhören!« schrie er.
Der Schlachtermeister lachte.
Herr Briehl schlug ihm ins Gesicht.
Da hörte der Schlachter auf zu trommeln.
Auch Artur und Adalbert hörten auf.
»Was ist denn mit Ihnen!« sagte der Schlachter im Aufstehen und griff sich langsam Herrn Briehl.
Der zappelte unter dem Griff an der Krawatte.

Er hat was am Kopf. Was er immer hatte.

»Es ist eine Schande, daß in unsrem Hause dieser Marsch derartig gespielt wird!« schrie Herr Briehl.
Und schrie weiter: »Es ist ein Verbrechen, diesen Marsch zu spielen. Heute, hier!«
Donnerwetter, Herr Briehl war empfindlich.
Amtsgerichtsrat Bleiber trat zu dem Schlachter.
»Lassen Sie ihn los!« sagte er.
Der Schlachtermeister schien gar nicht zu wissen, was nun geschehen soll.
Immer noch hielt er, wegen der erhaltenen Backpfeife, Briehl an der Krawatte.
»Ich habe mal zum Spaß ein Märschchen gespielt!« sagte er unschuldig.
»Spaß!« schrie Briehl hysterisch. »Spaß nennen Sie das? Sie Ignorant! Ich schlage Ihnen noch eine in ihre Fresse, Sie! Es soll nie jemand behaupten können, ein Briehl hätte sich nicht um die Dinge, die Deutschland angehen, gekümmert.«
Nun langte es wohl dem Schlachtermeister.
»Paß mal auf, du kleine Krücke!« sagte er und zog Briehl näher zu sich, »wenn du dich vielleicht aufregst, wegen des harmlosen Märschchens, dann trete ich dich jetzt erst mal ins Ärschchen!«
Dazu kam er nicht, denn mein Vater und Amtsgerichtsrat Bleiber hielten ihn davon ab.
»Immer, wenn der Junge da ist, gibt's Krach!« hörte ich meine Mutter sagen.
»Na siehste!« sagte mein Vater. »Ich hab dir gesagt, er hat was am Kopf. Er hat, was er immer hatte!«
Sie zerrten den tobenden Schlachtermeister die Kellertreppe hoch.

Artur und Adalbert standen immer noch unbeteiligt auf dem Podium.
Arg erregt stand Herr Briehl davor.
Er pulte an seiner Krawatte und zitterte.
»Nicht mal 'nen Marsch kann diese kleine Krabbe vertragen!« schrie der Schlachtermeister im Rausgehen. »Völlig harmlos gemeint von mir. Immerhin der Lieblingsmarsch gewesen. Außerdem Autobahnen gebaut. Wo diese Brüder heute drauf rumrasen. Mit 'n Volkswagen. War kein Nazi. Bin auch keiner. Aber historische Tatsachen sind nun mal da. Außerdem haben wir drauf getanzt, auf die Musik. So ein mieser Antiquitätenhändler! Na ... warte!«
Dann hatten sie ihn rausgeschleppt, den tobenden Schlachtermeister Zerrl.
Rüber, in die »Fata Morgana«.
Mein Vater kam gleich noch mal zurück.
»Schluß jetzt hier. Wir rechnen morgen ab!« sagte er zu Nenne.

Der Keller war leer.
Artur, Adalbert und ich standen auf dem kleinen Podium.
Vor uns drehte sich langsam Herr Briehl um. Er sah uns an.
»Sie haben vollkommen recht, Herr Briehl« sagte ich.
»Auch meine Meinung!« sagte Adalbert.
»Einverstanden!« sagte Artur.
Dann hub Herr Briehl an.
»Ich bewundere junge Menschen, die so denken wie Sie, meine Freunde. Dieser Mann da eben, der sich an Ihrer Pauke, mein lieber Macke, versündigte, nicht nur am deutschen Volk, nein, vor allem an dem, dessen persönlich erwählter Marsch es war und ist ...«
Langsam hielten Artur und ich Adalberts Hände fest.
Herr Briehl tönte weiter: »Der Marsch des Mannes! Der noch heute der Retter Europas, vor Bolschewismus, amerikanischer Ausbeutung, britischem Neid, französischer Anbiederung sein könnte. Der Marsch des Mannes! Soeben entweiht, und zwar in diesem Kellerloch hier. Wozu getanzt, gefressen, gesoffen wurde! Diese Schweine, die den eigenen Führer verraten. Aber nie lasse ich mir das nehmen, meine jungen Freunde! Auge um Auge, Treue um Treue. Ich werde ständiger Gast in diesem, eurem Ehrenkeller ...!«

Herr Briehl hob die rechte Hand zum deutschen Gruß.
Im Hintergrund standen Frau Briehl und Nenne.

Adalbert war gesund.
Endlich hatten wir einen *echt* Verrückten vor uns
Die erhobene Hitler-Gruß-Hand des Herrn Briehl, der Anti war, Antiquitätenhändler, nahm Adalbert, riß den kleinen Mann an sich, drehte ihn rum, trat ihm kräftig in den Hintern.
Er sauste quer durch den Keller und lag auf der Treppe.
Die Tür von der Straße ging auf.
Dr. Tanobren nickte uns freundlich zu.
Dann ging er wieder.

Diesmal hatten wir uns bewährt.
Meine Stunde war um.
Ich konnte im Keller bleiben.
Artur und Adalbert auch.
Herr Briehl ist heute noch Antiquitätenhändler.
Meinem Vater gehört die Bar Fata Morgana.
Amtsgerichtsrat Bleiber und Schlachtermeister Zerrl sind seine Freunde.
Glaubke ist ein hohes Tier im Osten geworden.
Meine Schwester Almut ist ebenfalls dort und führt friedliche Frauen zum Sieg des Sozialismus.
Knösel lebt in Köln und kandidiert für die Liberalen.
Und dabei gehörten sie alle zu uns.
In den Keller.
Aber auch wir müssen wieder nach oben.
Mein Keller soll jetzt Luftschutzkeller werden.
Wir alle, in Ost und West, wollen etwas verteidigen, was uns noch nicht gebührt.
Einer geschenkten Freiheit schaut man nicht ins Maul, sagt der begnadigte Mörder und wetzt erneut sein Messer.
Er wird den umbringen, der ihm das Geschenkte streitig machen will.
Wir Kellerkinder haben große Zeiten.

»Wir Kellerkinder«: Wolfgang Gruner, Jo Herbst, Wolfgang Neuss, 1960

Filmgeschichten

Polemisches Intermezzo

Wir sind nicht zu bezeichnen

Kritik einer Kritik

Theaterfachmännisch, sportlich versiert, filmverstanden, politisch beschlagen und instinktsicher in gerüchtschwangeren Situationen ... so geistert *Matteus* – täglich mutig seinen Namen unter die Fernsehspalte setzend – durchs zeitungslesende Berlin.

In allen Sätteln ungerecht, verstand er nicht ganz den Film »Wir Kellerkinder«. Das Hörspiel gefiel ihm unter anderem Namen.

Diesem Namen sagte ich, daß ich die Kellerkinder nicht »künstlerisch« verstanden wissen will – auch nicht beurteilt!

Wer prinzipiell ja zu den Kellerkindern sagt, seien sie nun zu lesen, zu hören oder zu sehen, der hat sich politisch geäußert.

Wer nein sagt: auch!

Wer aber nicht genau weiß, ob er ja oder nein sagen soll, kann sich politisch noch nicht äußern! Und von diesen Nicht-genau-Wissenden gibt es in unserem gesamtdeutschen Heimatland nicht nur viele, sondern 99 Prozent. Ich bin tief mit drin in den 99 Prozent. Und Ihr, liebe *Matteuse,* seit gestern auch. Dabei dachte ich, Ihr wüßtet genau, ja und nein zu sagen.

Ist es eine Auszeichnung für die, die zu den Kellerkindern »ja« gesagt haben?

Nein, sage ich.

Und für die, die »nein« sagten?

Keine, sage ich.

Nur die, die nicht genau wissen, was sie damit anfangen sollen (amateurhaft, kabarettistisch, witzig, naiv, negierend usw.), die haben diesmal bei dem Film »Wir Kellerkinder« recht!!!

1960 – Antwort auf den »Abend«-Kritiker Matteus, der die Hörspielfassung der »Kellerkinder« positiv, die vom Fernsehen ausgestrahlte Filmfassung dagegen negativ beurteilt hatte; abgedruckt in der Berliner Tageszeitung »Der Abend«.

Denn nichts anderes teilen die Bilderchen, die den Text nur kommentieren, mit.

Nämlich: Daß man zu einem damaligen Ortsgruppenleiter oder Blockwart, zu einem heutigen Minister, zu einem Amtsgerichtsrat, Schlachtermeister, zu einem Jazzfan oder einer Blumenfrau heute nicht – und in keinem Fall mehr – »Nazi!!« sagen kann. Aber auch nicht »Kommunist«. Aber auch nichts anderes ...

Wir sind noch nicht zu bezeichnen.

Da nützt kein Ostblock, keine NATO, keine Kriegsdienstverweigerung, kein »sich zur Freiheit bekennen« und kein »die Unfreiheit dulden«; es nützt auch nicht, Jude, Marxist, Verfolgter oder Verfolger zu sein; indischer Student in Heidelberg, amerikanischer Journalist in Bonn, sowjetischer Soldat in Karlshorst – das nützt alles nicht, »ja« zu diesem Deutschen oder »nein« zu jenem zu sagen.

Und jeder, der hier und dort arbeitet, mit uns spricht und lebt, Ausländer, Emigrant – jeder, der da sagt: »Hoho, ich weiß, wo's langgeht, wo Gott wohnt, wo die Freiheit verteidigt wird und wo zertrampelt, hoho, mein lieber Neuss, wir sind schon etwas weiter, wir sind schon zu bezeichnen!« – jeder von denen, die begeistert »ja« zu den Kellerkindern sagen (oder enttäuscht »nein«), stellt einen Anspruch, den er noch gar nicht erheben darf. Solange es uns »Kellerkinder« nämlich gibt, die noch nicht und bestimmt noch lange nicht als Demokraten, Kommunisten oder wieder als Faschisten zu bezeichnen sind.

Und das hat nichts mit dem Wohlstand rechts und mit den unsozialen Grausamkeiten links der Elbe zu tun. Auf unserem Rücken könnte sich die Welt einigen.

Ich bücke mich als erster.

Und darum ist meine Kritik auch an *Matteusen* der Abendfernsehspalte zustimmend! Gerade weil ihr nicht wißt, und dies so schön ehrlich gesagt habt.

Ich weiß nur dies: Wenn Chruschtschow und Eisenhower oder demnächst zwei andere sich gleichzeitig einbilden, daß in den Kreml und ins Weiße Haus langsam aber sicher – Nazis als Kommunisten getarnt oder Nazis als Demokraten getarnt einziehen ... dann werden sie sich vielleicht gemeinsam wehren.

Und das wäre der Frieden der Welt doch wert, daß wir uns von den beiden niederhalten lassen.

Freiheit und Frieden sollen Ost und West erhalten bleiben! Da werden wir doch, die wir endlich mal was gutzumachen haben (was Menschenleben rettet – vielleicht paar mehr als sechs Millionen!), da werden wir doch, auf Freiheit eben notfalls einige Jahre verzichten müssen?

Das Kostbarste gebührt nicht dem mit Recht Besiegten!

Förderungswürdig: Das Grundgesetz

Man erwartet von mir Witze. Bitte:

Neuer deutscher Film? Zwei Snobs sind zum Tode verurteilt, gehen zum Schafott, kommen am Henker vorbei, fragt der eine den anderen, mit dem Kopf zum Henker deutend: Was gibt man so'm Mann?

Ich sehe die beiden Snobs als zwei Oberhausener, das Schafott ist das Bundesinnenministerium, und der Henker?

Der Henker ist unabhängig und bleibt anonym.

Soll heißen: Der deutsche Film stirbt durch Unabhängige und Anonyme!

Ich will mich zu einer kleinen, wegweisenden Amtshilfe aufraffen: Wenn wir alle das Einfachste der Welt machen und uns mal genau die Namen und Köpfe der unabhängigen Gremien ansehen – hier deren Sammelnamen: Filmbewertung Wiesbaden, Filmselbstkontrolle Wiesbaden, Preisrichterausschuß Bundesfilmpreis Bonn, unabhängiger Ausschuß zur Vergabe von Spielfilmprämien Bonn, unabhängiger Ausschuß zur Vergabe von Drehbuchprämien Bonn –, da wissen wir, wer diese Ausschüsse »ins Leben ruft«: Innenminister Höcherl, Kennwort »etwas außerhalb der Legalität«. Braucht da unser Mißtrauen irgendeinen neuen Ansatzpunkt oder neue Nahrung?

Seien wir doch ehrlich, ob Prämienanstreber oder resigniert Habender, haben wir nicht alle ein tiefes Mißtrauen gegenüber den »Unabhängigen«? Lautet unser inneres Um-die-Ecke-Denken nicht fast gleich:

Man kann es heute in Deutschland nicht mehr so machen, wie es Goebbels gemacht hat mit dem deutschen Film. Man muß es unauffälliger machen.

1962 – Antwort auf eine Umfrage des »Film-Telegramm« zum Thema »Was soll aus dem deutschen Film werden?« – Die Frage ist brisant, seit ab Mitte der Fünfziger die Kinobesucherzahlen konstant und rapide zurückgehen. Auch die Qualität des deutschen Spielfilms nimmt ab: 1961 findet die Jury des Deutschen Filmpreises nicht eine einzige Kino-Produktion, die sie als »besten Spielfilm« auszeichnen möchte. In dieser Situation meldet sich 1962 auf den Oberhausener Kurzfilmtagen eine Gruppe junger Regisseure zu Wort, die unter dem Motto »Opas Kino ist tot« den neuen deutschen Film fordern und gefördert wissen wollen. Zu den Unterzeichnern des Oberhausener Manifestes gehören Alexander Kluge, Edgar Reitz und Peter Schamoni.

Wo haben wir in unserem Landstrich nun noch Filmmenschen, die als Unabhängige die unabhängigen Ausschüsse prüfen, die sich durch die Verfilzungen der Filmbewertung, die Cliquen der Prämienverteilung, durch die Werwolfschluchten der Filmaussucher für In- und Ausland, der Preisbestimmer und Vergabeverantwortlicher durchboxen und diese auf ihren Unabhängigkeitsgehalt prüfen?

Wer läßt diese Prädikatze aus dem Sack?

Wer ist so stur, Geduld und Starrsinn und auch noch das Glück des Zufalls zu haben, die Technik des Funktionierens beim Bonn-Wiesbadener Film-Goldesel zu erforschen, zu erlernen, um sie aller Welt offen darzulegen?

Allgemein wird angenommen, ich hätte für den Film »Genosse Münchhausen« »staatliche Unterstützung« empfangen. Es ist nicht wahr! Ich habe sie mir erkämpft, erschlichen, ich habe Geduld, Starrsinn und den glücklichen Zufall gehabt, Staatssekretär Hölzl vom Bundesinnenministerium kennenzulernen und die anderen »Funktionäre« ... und alle arbeiten sie Hand in Hand und sind, ob Kolpingfamilie oder evangelischer Arbeitskreis, der Kunst verschworen, der Kunst des Fädenziehens, Verbindungenknüpfens, und wenn man sich nur die eine der letzten verteilten Drehbuchprämien ansieht, dann heißt dieser »unabhängig geförderte« Film: »Endstation Freiheit«.

Wer läßt die Prädikatze aus dem Sack?

Dies alles sind keine Mutmaßungen über den deutschen Film und seine »Helfer«. Ich habe die Sache, noch bevor je die erste Spielfilmprämie verteilt war, durchexerziert. Ich hatte mal Vertrauen zu den genannten Herren. Ich leide heute unter Verfolgungswahn. Während meiner Arbeit nannte man mich Kommunist oder Wirrkopf, um meine Unabhängigkeit zu durchsieben.

Aber die Aggressivität meiner hier gemachten Bemerkungen sollen auf den Optimismus hindeuten, mit dem ich immer noch fest glaube, daß sich etwas ändern läßt.

Ohne Revolution, ohne Verdammung, ohne Vertreibung aus dem Paradies. Aber mit der Wahrheit und mit der Zustimmung zu einem Buch, das nicht drehbar ist, und mehr und mehr in eine bedenkliche Verfassung gerät: das Grundgesetz!

Das ist förderungswürdig. Nichts sonst.

Nicht die halben Wahrheiten und die politische Risikolosigkeit der »unabhängigen Ausschüsse«.

Hat der deutsche Film also eine Zukunft? Ja.

Man muß nur anders fragen. Hat die Bundesrepublik eine Zukunft?

Ich hätte so gern Vertrauen. Wer besorgt es dem Neuss?

Die Bundesanwaltschaft?

Wie ich nicht Generaldirektor wurde

Nie Playboy gewesen. Nicht Tennis, Golf oder Bridge gespielt. Demnach weder Krupp nach Flick kennengelernt.

Vater, Mutter, Großvater und alles was davorlag, sowie Verwandtschaft rechts und links von der Hauptlinie Neuss waren glücklicherweise keine Testamentshinterlasser und Lotteriegewinner, so daß ich nie die Belastung einer Riesenerbschaft zu spüren bekam.

Am letzten Krieg auch nischt verdient. Nie zum Beutemachen gekommen. Nix requiriert. Zappzerapp für mich belächeltes Sprichwort gewesen, aber nie zum eigentlichen Sinn des Wortes vorgestoßen. Eigne Armee auch nicht beklaut. Dämlich gewesen, Instinkt gehabt.

War also richtig gewesen, als sich 1945 herausstellte, daß ich bis zu diesem Zeitpunkt nichts verbrochen hatte. Dadurch nun also auch selbstverständlicherweise keine Wiedergutmachung erhalten.

Blieb das Schieben. Zum Glück schob ich Kulissen. Dämlich gewesen, aber auch Gott sei Dank nicht Gelder gesammelt.

Keine Lust zum Alleskönner. Keine Sprachkenntnisse. Kopfrechnen mit Geld schwach, Sparen, hohe Kante legen – undurchführbar. An der falschen Stelle energisch. Leichtsinnig mit mir. Bei unnormalen Dingen gewissenhaft bis zum Exzeß.

Verabscheue Radfahrer, die sich in Vorzimmern aufhalten. Mag keine Schreibmaschinen- und Stenografie-Erotik. Kann auf der einen Seite, wenn es nicht gerade ein Zimmer ohne Fenster ist, dasselbe aus diesem schmeißen, bin aber pinglich, wenn ich jemandem meinen Wagen leihen soll.

Besteche nur durch ewiges Meckern und bin ungern Bauchträger, weil ich genug Sorgen habe

Seit 1959 trägt Neuss sich mit dem Gedanken, eigene Filmprojekte zu verwirklichen. Er schreibt die Film-Satiren »Serenade für Angsthasen«, »Genosse Münchhausen« und »Wir Kellerkinder«; die beiden letzteren kann er Anfang der Sechziger realisieren. Der Text vom »Generaldirektor« erscheint in der »Frankfurter Nachtausgabe«.

und die Schultern nicht auch noch von unten her belasten will.

So also wurde ich nicht Generaldirektor.

Außer so: Regisseur Kurt Meisel wollte mich für den UFA-Film »Liebe verboten – Heiraten erlaubt« haben, als Generaldirektor. Habe es gemacht. Werde Erfolg haben.

Soll sich also kein Mensch wundern, wenn ich eines Tages an leitender Stelle der UFA stehe.

Auf der Straße guckten sie mich an, als ob ich einen umgebracht hätte. Wenn ich durch die Straßen ging, wich man mir aus, und hinterm Rücken so 'n Gebrummel. Da gehste dann schon ganz anders. Fühlste dich schon fast schuldig. So als ob du selber der Mörder bist. Die Springer-Presse schrieb »Spielverderber«, »Verräter der Nation«. Die Telefone waren blockiert, Drohbriefe körbeweise.
Na, weißte. Geh du mal übern Kudamm und hinter dir sagt 'n Arbeiter, ernsthaft und ohne Spaß: »Da geht ja die Verrätersau!«
Na, danke. Da biste satt.

RATSCHLAG
für morgen (Mittwoch abend)
Nicht zu Hause bleiben
denn was soll's
Der Halstuch-Mörder ist
Dieter Borsche ......
Also: Mittwoch abend ins Kino!
Ein Kinofan (Genosse Münchhausen)

1962 – Wie bereits der Neuss-Film »Wir Kellerkinder«, kündigt sich auch sein zweiter Spielfilm mit einem Paukenschlag an. Um für »Genosse Münchhausen« die Reklametrommel zu rühren, gibt der Filmemacher ein Zeitungsinserat auf, in dem er die Berliner vom Fernseher ins Kino locken will und ihnen die populäre TV-Krimi-Serie madig macht: der gesuchte »Halstuch-Mörder« sei Dieter Borsche. Daß Neuss, was er zu wissen vorgibt, nur geraten hat, hilft ihm nichts. Die »Halstuch-Affäre« weitet sich zum Skandal aus, die den Kabarettisten bundesweit Sympathien kostet.

Die beiden Film-Wolfgangs: Neuss, Müller

Kein Satellit – eine Rakete
Über Wolfgang Müller

Eine sensationelle Erscheinung auf dem Gebiet des tragischen Mimen. Ich lache oft und gern über ihn, allerdings besonders liebevoll, wenn er keinen besonderen Wert darauf legt. Denn wenn jemand Wert auf was legt, dann muß man ihn schon hündisch lieben, tut man ihm den Gefallen. Es sei denn, er legt etwas auf mich, meinetwegen Wert oder sonst was Anständiges. Aber Müller pumpt mir leider immer nur Geld, mehr nicht.

Ich hatte mir nie und werde mir auch nicht vornehmen, ein Paar zu werden, ich bin mir alleine doppelt genug. Aber ich werde ihn, Müller, der mich zu kennen glaubt, und der nie auch nur in die Nähe meiner Gedankenwelt und Vorstellungskraft kommt, solange ich lebe, respektieren und, so oft es sich ergibt, seine Nähe suchen.

Er bringt mich auf tausenderlei Ideen. Natürlich könnte ich mich auch an einer Schuhsohle oder an einer rauhen Wand entzünden, um mal das Streichholzverfahren vergleichsweise für uns heranzuziehen. Aber in dieser hochzivilisierten Welt ist mir die Reibefläche Müller lieber.

Er ist eine irrsinnige Potenz auf dem Gebiet der Ichsucht, und es muß schon ein großes Glück für ihn sein, erkennt er meine Leistungen oder zum Beispiel diese Zeilen an. Und wenn wir eines Tages den Gipfel des Egoismusses gemeinsam gegeneinander erklommen haben, werden wir uns wahrscheinlich vierhändig abseilen.

Bis dahin ist ein Weg zurückzulegen, der mit dem, was wir alleine gelaufen sind, überhaupt nicht vergleichbar ist. Gerade als wir mal wieder jeder für sich etwas machen wollten, kam der deutsche Film und meinte, wir wären Räuber. Nun muß man wissen,

Die beiden Wolfgangs 1958 im Presse-Klatsch: Neuss über Müller in der »Neuen Berliner Woche«. In der gleichen Ausgabe erscheint auch ein Müller-Beitrag über Neuss: »Neuss ist einfach unbeschreiblich. Er ist einmalig. Gott sei Dank!«

Szene aus dem Film »Wir Wunderkinder«, 1958

daß es Müllers wahrhaft höchstes Ziel ist, anderen Leuten die Besinnung zu rauben, während ich mehr davon halte, sie ihnen zu schenken. Aber da sich mein Freund zuweilen mir zuliebe an Schenkungen beteiligt, warum sollte ich mich dann nicht auch ihm zuliebe an Räuberei beteiligen. Wir werden uns in Zukunft – vorgenommen, unterschrieben und bekräftigt – immer etwas »zuliebe tun«.

Müller ist in keinem Fall ein Satellit, sondern eine Rakete, die ich in meiner Welt nicht missen möchte.

Als Wolfgang Müller starb – zuerst hab ich mich einfach geweigert, das zu glauben.
Und dann hab ich mir gesagt: Jetzt mußt du eben alleine weitermachen. Das, was wir zusammen vorhatten.
So kam ich zu meinem ersten Solo-Programm. Ich hab den Müller irgendwie selbst mitgespielt.
So ist Kabarett.
Und dazu gehört auch, daß ich selbst bei dem Tod eines Mannes einen Witz nicht verabscheuen würde. Leben und Tod, das hat beides mit der Bühne zu tun. Weil sich hier alles abspielt.
Worauf es ankommt, ist Treffsicherheit, Spürsinn, Geschmack – aber nicht zuviel, das stört auch oft. Zweifel sind hinderlich. Naivität ist gut. Nur wer sicher ist, kann zum Schlag ausholen. Darauf kommt es an. Auf Mut überhaupt nicht.
Mut ist nur die Sache mit dem Weglassen.

Der Unfalltod Wolfgang Müllers, der 1960 bei einem Flugzeugabsturz ums Leben kommt, macht eine Reihe von gemeinsamen Plänen und Projekten zunichte, an denen das eingespielte Filmpaar und Kabarett-Duo gebastelt hatte. So sollte Müller im »Kellerkinder«-Film die Rolle des Jazzpianisten Artur spielen. Seine Solo-Programme versteht Neuss als gelebten Protest gegen den Verlust des Bühnen-Partners.

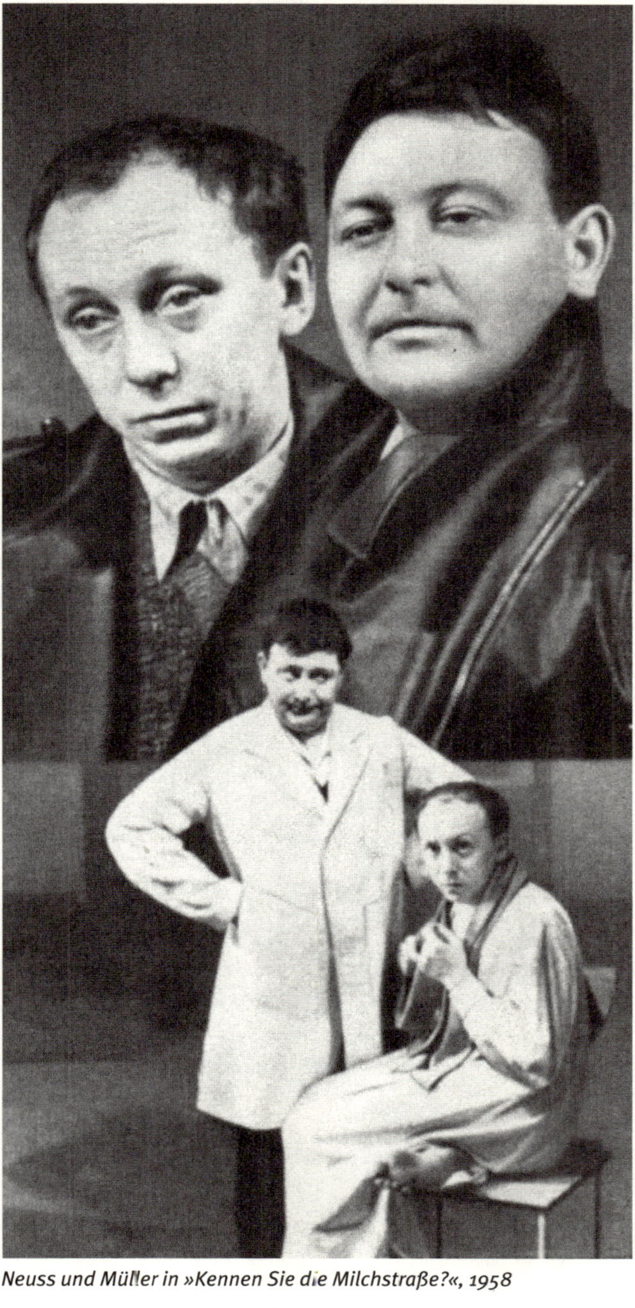

Neuss und Müller in »Kennen Sie die Milchstraße?«, 1958

Neuss und Müller beim Berliner Filmball, 1958

Eine deutsche Frage

Aus der Zyne für die Zyne

Wie ich heut nacht so im Bett auf- und abgehe, hab ich mir überlegt: Wir Deutschen sind doch eigentlich intelligent, ehrlich und wiedervereinigungsgläubig. Also ich meine, natürlich treffen diese drei Eigenschaften nie alle auf einmal zu. Entweder wir sind intelligent und ehrlich, dann sind wir nicht wiedervereinigungsgläubig. Oder wir sind intelligent und wiedervereinigungsgläubig, dann sind wir nicht ehrlich. Oder wir sind ehrlich und wiedervereinigungsgläubig, dann sind wir nicht... Aber wer möchte schon dämlich sein!

1963 – Die vielbejubelte Pointen-Logik über Intelligenz, Ehrlichkeit und Wiedervereinigungsgläubigkeit wird zum Kernstück des Solo-Programms »Das jüngste Gerücht« – ein kabarettistischer Evergreen, der die Aktualität des deutsch-deutschen Tagesgeschehens überdauerte und von Neuss noch in den Achtzigern gern zitiert wird. Er stammt aus einem seiner »Pauken«-Nummern der fünfziger Jahre.

Wenn einmal –
Flüchtlingsfreund hör zu
es geht um deine Weizen-Ehre –
wenn einmal
in unserem freiheitlichen Land die Not
und drüben
in der Diktatur der Wohlstand ausgebrochen wäre
wenn's drüben
aus dem roten Himmel
Schokoladenriegel gösse:
Bist du ganz sicher Freund
wo dann der Flüchtlingsstrom hinflösse?

1963 – Deutsch-Deutsches aus dem Programm »Das jüngste Gerücht«, mit dem Neuss seine Karriere als Solo-Kabarettist begründete.

Deutsche Liebe

Ich freu mich so
zu jeder Zeit
und tu ins Päckchen Ost
ein Trockenblümchen
zwischen Dr. Oetkers Puddingpulver
ein Viertelchen Kaffee
und eine Schneck vom Bäcker
ein Amerikaner – weil:
Der liebe Gott steckt im Detail.

Ich send noch stets
zu Ostern Pfingsten Weihnacht
nach Potsdam und nach Merseburg
das obligate Fettpaket
das mich vom Denken freimacht.
Und hab ich das Bedürfnis
mich besonders liebevoll zu zeigen
schick ich schnell Schmalz nach Neuruppin
mit ein paar Trostesworten drin
dann darf ich weiter schweigen.

Ich danke Gott
und wünsche mir
daß es so ewig bliebe
daß ich noch lange helfen darf
Hauptsache ist
man schießt nicht scharf!
Das ist
die deutsche Liebe.

1963 – Das deutsch-deutsche Verhältnis nach dem Mauerbau und die vom Westen allseits und immer wieder bekundete Fürsorglichkeit für den östlichen Nachbarn (»Kerzen ins Fenster!«) entlarvt das Kabarett der Sechziger als verlogene Heuchelei und unterschwellige Großmannssucht. Neuss ist das ein Gedicht wert, das er in sein Solo-Programm »Das jüngste Gerücht« einbaut.

Urlauber Paul schreibt vom Schwarzen Meer

Als Westler is man hier Kaiser. Die Urlauber aus Polen, Tschechen und so ham ein unvaschämten Respekt vor der Mark, wie se bei uns als Zahlungsmittel gäbe ist. Ick wohn in ein wunderfeines Marmorhotel und schaue morgens auf den Campingplatz am Strand, wo die aus der Zone wohnen.

Wenn ick gute Laune habe, schmeiß ick 'ne Mark in den weißen Sand. Hei, ist das 'ne Balgerei. Quasi hab ick drei Diener: einer aus Chemnitz trägt mir das Handtuch ans Meer, einer aus Parchim trocknet mir ab, und gestern hat mir sogar ein Funzenär aus Frankfurt/Oder eine Strandburg geschippt. Die hab ick aber gleich wieder eingerissen, der hat mir zu sehr auf Frankfurter Allee gebaut: Realistische Stukkatur. Mag ja mit dem Strandsand eine gewisse Kunst sein, aber sicher ist sicher.

Auf jeden Fall nie wieder in den Harz. Hier putzen se Schuhe, schleppen das herrliche Essen und lachen dich an. Ick weiß, sie wollen bloß unser Geld, aber trotzdem. Es ist beinah so schön wie damals 1941 bei Bordeaux. Natürlich slawischer.

Morgen will ick mir noch etwas kubanischen Zucker in den Hinter blasen lassen. Wenn man sich's leisten kann? Ham genug von dem Zeugs und kost nischt. Gestern hat sich Helga maniküren lassen. Aber an die Füße. Von zwei Kunststudenten aus Leipzig. Sie sieht jetzt den Osten mit janz andre Hühneraugen.

1964 – Deutsch-deutsche Begegnung in Drittländern der östlichen Art – abgekupferte Wirklichkeit in satirischer Überhöhung: der Wessie als Kaiser. So etwa hat man sich die Wiedervereinigung vorzustellen. Als dieser Text in der Satire-Zeitschrift »Neuss Deutschland« veröffentlicht wird, gibt es Zweifel daran, ob Neuss bei diesem Text nicht zu dick aufgetragen habe.

Entschuldigt die Maschinenschrift. Aber die Kulis aus der Zone holen mir gerade ein paar Pfund Kaviar aus Odessa. Dis is hier um die Ecke. Herrlich, herrlich. So stell ick mir die Wiedervereinigung vor. Das Ganze dann an der Ostsee. Aber hier is wärmer.

Tschüs! Euer sehr glücklicher
und zufriedener Paul

Komiker aller Länder, vereinigt euch!

NEUSS DEUTSCHLAND

ORGAN DES ZENTRALKOMIKER-TEAMS DER SATIRISCHEN EINHEITSPARTEI DEUTSCHLANDS

Eine Zeitung zum Tauschen

1. Jahrgang / Nr. 1 — Berlin, Freitag, 18. Dezember 1964

Des Deutschen Volkes Recht auf Selbstverstümmlung

Um den Streit der beiden Hälften zu beenden und sie miteinander auszusöhnen, nehme man hundert ihrer Politiker, ordne sie nach Kopfgröße und stelle sie paarweise zusammen.

Dann lasse man ihnen von zwei Chirurgen die Hinterköpfe absägen und auswechseln, so daß jeder von Stund an über die hintere Kopfhälfte seines jeweiligen Gegenübers verfügt.

Da die beiden bisher getrennten Gehirnhälften die Sache nunmehr innerhalb eines Kopfes auszumachen hätten, würden sie bald zu einer Verständigung kommen.

Es würde dadurch jene so sehr wünschenswerte Mäßigung und Klarheit in den Köpfen derer eintreten, die sich einbilden, nur deshalb auf die Welt gekommen zu sein, um sie zu überwachen und zu beherrschen.

Bei diesem Plan würde der Unterschied der Gehirne aus den verschiedenen Ländern sowohl an Masse wie an Scharfsinn meiner Erfahrung nach überhaupt keine Rolle spielen.

Ein Deutschlandplan von Jonathan Swift, 1725

DIE PARTEILINIE IN OST UND WEST

Urlauber Paul schreibt vom Schwarzen Meer . . .

Als Westler is man hier Kaiser. Die Urlauber aus Polen, Tschechen und so ham ein unvaschämten Respeckt vor der Mark, wie se bei uns als Zahlungsmittel gäbe ist. Ick wohn in ein wunderfeines Marmorhotel und schaue morgens auf den Campingplatz am Strand, wo die aus der Zone wohnen.
Wenn ick morgens gute Laune habe, schmeiß ick ne Mark in den weißen Sand. Hei, ist das ne Balgerei. Quasi hab ick drei Diener: einer aus Chemnitz trägt mir das Handtuch ans Meer, einer aus Parchim trocknet mir ab, und gestern hat mir sogar ein Funzenär aus Frankfurt/Oder eine Strandburg geschippt. Die hab ick aber gleich wieder eingerissen, der hat mir zu sehr auf Frankfurter Allee gebaut: Realistische Stukkatur! Mag ja mit dem Strandsand eine gewisse Kunst sein, aber sicher ist sicher.
Auf jeden Fall nie wieder in den Harz. Hier putzen se Schuhe, schleppen das herrliche Essen und lachen dich an. Ick weiß, sie wollen bloß unser Geld, aber trotzdem. Es ist beinah so schön wie damals 1941 bei Bordeaux. Natürlich slawischer.
Morgen will ick mir noch etwas kubanischen Zucker in den Hintern blasen lassen. Wenn man sichs leisten kann? Ham genug von dem Zeugs und kost nischt. Gestern hat sich Helga maniküren lassen. Aber an die Füße. Von zwei Kunststudenten aus Leipzig. Sie sieht jetzt den Osten mit janz andre Hühneraugen.
Entschuldigt die Maschinenschrift. Aber die Kulis aus der Zone holen mir gerade ein paar Pfund Kaviar aus Odessa. Dis is hier um die Ecke. Herrlich, herrlich. So stell ick mir die Wiedervereinigung vor. Das ganze dann an der Ostsee. Aber hier is wärmer.

Tschüss, Euer sehr glücklicher
und zufriedener Paul

Aus der Zyne für die Zyne

Ich freu mich so
zu jeder zeit
und tu' ins päckchen (ost)
ein trockenblümchen
zwischen dr. oetkers
puddingpulver
ein vierteichen kaffee
und eine runde schneck vom
bäcker, weil
der liebe gott steckt
im detail!

Ich send noch stets
zu weihnacht
nach potsdam und nach
merseburg
das obligate fettpaket
das mich vom denken
frei macht.

Und hab ich das bedürfni
mich
besonders liebevoll zu
zeigen
schick ich schnell schmalz
nach neuruppin
mit ein paar
trosteswörten drin
dann darf ich weiter
schweigen.

Ich danke gott
und wünsche mir
daß es so ewig bliebe
daß ich noch lange helf
darf
hauptsache ist:
man schießt nicht scharf!

Das ist die deutsche lieb

Weihnachten bei Hermann Göring

Aus „Hermann Göring — Mensch und Werk"

Die größte Familienfeier im Jahre ist das Weihnachtsfest.

Der Familienkreis beschränkt sich dann nicht nur auf die Verwandten. An dieser echten deutschen Weihnachtsfeier nehmen alle die teil, zu denen der Ministerpräsident und seine Gattin besondere persönliche Beziehungen haben. Es ist der Tag, an dem der Ministerpräsident jedem einzelnen, der neben ihm steht, seinen Dank für Treue und Pflichterfüllung in einer ans Herz rührenden patriarchalischen Art bekundet. In diesen unvergeßlichen Stunden stehen die Fahrer Hermann Görings vor ihren Geschenktischen neben seinen Neffen, Cilly, die treue Wirtschafterin, mit den Hausmädchen neben den Nichten, die engen Mitarbeiter des Stabes neben den Geschwistern und Freunden. Fanny und Erna Graf, die Jugendfreundinnen, sind natürlich wie vor Jahrzehnten dabei. Auch die liebe, gute Pflegemuttel Graf fehlt nicht. Der strahlende Kranz der Weihnachtskerzen übergießt all diese festlich gestimmten Menschen wie eine große Familie. Und wenn alle sich wie die Kinder auf die Überraschungen freuen, die sie zu erwarten haben, in der Weihnachtsstimmung kann niemand Hermann Göring übertreffen.

Strahlende Kinderaugen

Er selber ist, ehe die andern um den Christbaum sich versammeln, schon reich beschenkt worden. Es ist der Dank von 500 Kindern, von Kindern der Ärmsten, die den Onkel Hermann und die Tante Emmy im Clou schon nachmittags glückstrahlend umjubelt haben. Es ist der Dank der Eltern dieser Kleinen, die zum ersten Male seit Jahren ihre Kinder unter den strahlenden Lichterbaum führen konnten und ein Weihnachtsfest erlebt haben, wie es schöner nicht sein kann.

Innerlichkeit

Für Hermann Göring ist dieser Jubel immer ein tiefinnerliches Erlebnis, das ihm die Weihestimmung für die ganzen Festtage gibt, die Kinderbescherung im Clou ist ihm am Weihnachtstag das Allerwichtigste. Wenn die Wellen des Dienstes auch noch so hoch schlagen, der verantwortliche Referent, dem die Organisation dieser Weihnachtsfeier obliegt, kann mit Sicherheit damit rechnen, daß er ab November Woche für Woche gemahnt wird, damit nur für diese Bescherung nichts vergessen wird. Dieses Fest erfordert eine lange Vorbereitung. Für 1.30 Uhr ist eingeladen worden, aber eine Stunde vorher sind alle schon in freudiger Erwartung da. Bei festlicher Weihnachtsmusik des Regiments General Göring sitzen die Kinder mit ihren Eltern bei Schokolade und Kuchen. Wenn dann der Ministerpräsident mit seiner Gattin den Saal betritt, gibt es eine regelrechte Weihnachtsvorstellung. Das große Kinderballett der Staatsoper hat einen großen Tag, der Applaus für die lustigen Vorführungen will nicht enden. Dann poltern und purzeln die Heinzelmännchen mit dem Weihnachtsmann herein, für den Albert Florath vom Staatlichen Schauspielhaus sein großes Talent zur Verfügung stellt. Die Bescherung, die zu erwarten ist, haben die Kinder fast ganz vergessen.

Das Beste vom Besten

Hermann Göring weiß, daß es nicht darauf ankommt, daß man schenkt, sondern wie man schenkt. Er weiß aus seiner eigenen Kinderzeit, was ein Kinderherz erfreut.

Als er acht Jahre alt war, erhielt er zu Weihnachten einen sehr schönen Anzug. Empört spricht er darüber mit der Frau Waschnik, der Kaufmannsfrau in Mauterndorf, bei der er sein Taschengeld in Schokolade anlegt: „Was sagen Sie nur dazu? Die Eltern schenken mir einen Anzug zu Weihnachten! Das ist doch kein Weihnachtsgeschenk, den muß ich doch sowieso bekommen. Ich kann doch nicht nackt herumlaufen!" Die Kinder allerdings, zu denen er Jahr für Jahr nicht als Ministerpräsident, sondern als nationalsozialistischer Volksgenosse über Freude, Frieden und Eintracht spricht, brauchen Strümpfe und Wolljacken, Mützen, Handschuhe und Schals, und die kriegen sie auch jedes Jahr. Ein Lebensmittelpaket mit Butter, Wurst, Schokolade und Marzipan, mit Nüssen, Kakao und Mehl ist auch dabei. Aber vor allem müssen sie Spielsachen haben. „Das Beste vom Besten", bestimmt der Ministerpräsident. Die Mädchen bekommen Puppen, Nähkörbe, lustige Gesellschaftsspiele, Küchen und beinahe richtige Nähmaschinen — jedes Kind immer drei verschiedene Spielsachen. Die Jungens kriegen Bleisoldaten, SA- und SS-Männer, Tanks, Luftgewehre, Roller, nicht zu vergessen natürlich die Flugzeuge mit Bomben, wie sie der Ministerpräsident seinen Neffen schenkt. Mitten im Weihnachtstrubel steht der Ministerpräsident mit seiner Frau, knallt mit einer Pistole herum oder wischt einem Mädchen die Tränen ab, die vor Freude gepurzelt kommen. Glücklich und losgelöst vom Alltag stehen die Eltern dabei, es ist ihnen so heiß ums Herz wie den Kindern.

Ein Deutscher Familienvater

Wenn die Kinder nachmittags um 4 Uhr nach Hause ziehen, sind nicht nur sie und ihre Eltern beglückt, auch Hermann Göring selbst strahlt vor Freude.

Als ein echter deutscher Familienvater sucht Hermann Göring die Geschenke, die er seiner Frau, seinen Verwandten und seinen Mitarbeitern am Heiligen Abend auf den Weihnachtstisch legt, persönlich aus. Wie er das macht, weiß kein Mensch, und wie er an jeden denkt und den Menschen die Wünsche abzulesen versteht, bleibt immer ein Rätsel. Eines Tages lüftet er selbst das Geheimnis. Seit 1923 besuchen Grafs Hermann Göring regelmäßig am 9. November in München. Im letzten Jahr fragt er die Freundin, worüber sich wohl die Mutter zu Weihnachten freuen würde. „Ich möchte es schon sagen", antwortet Erni Graf, „und ich möcht's auch wieder nicht, die Mutter könnte gut einen Pelzkragen gebrauchen, aber der Wunsch wäre wirklich zu unbescheiden." „Einen Augenblick", sagt Hermann Göring, hell zieht dabei die Freude über sein Gesicht. Robert muß kommen, erhält einen Befehl, bringt dann ein blaues Buch, in dem Namen über Namen stehen, jeder auf seiner eigenen Seite. Auf der Seite der Pflegemutter steht nun in der bekannten violetten Schrift: „Muttel Graf, warmer Pelz." So macht sich der Ministerpräsident um jeden einzelnen, dem er eine Freude machen will, seine eigenen Gedanken.

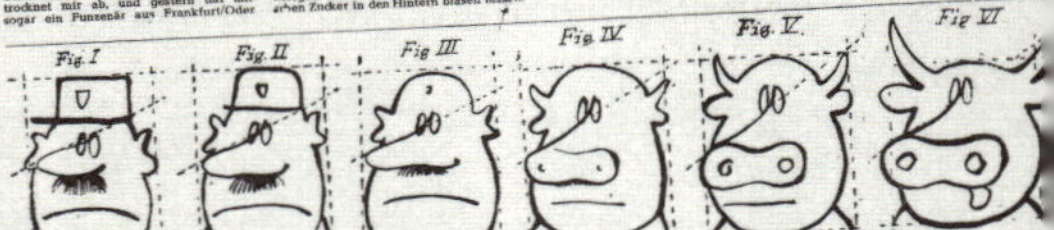

„. . . In Bonn gibt es noch immer keine De Gaulle-Straße?" Irgendeine Sackgasse wird sich doch wohl noch finden lassen!

Tagebuch der Zukunft
Hier spricht Orwell
18. Dezember 1984

Willy Brandt wird einundsiebzig
Seit 19 Jahren Kanzler der Bundesrepublik
Seit 15 Jahren stellvertretender Präsident
der Vereinigten Staaten von Europa
Seit 10 Jahren Inhaber des Friedensnobelpreises
Seit fünf Jahren Vorsitzender des
Gesamtdeutschen Rates im Reichstag zu Berlin
mit den Ländervertretungen der DDR und der
sogenannten Bundesrepublik
Seit zwei Jahren Präsident der
„Weltweiten Guttemplerbewegung e. V."

Wahlwetter 1965: SPD — Sonne
(Der Himmel wird nicht angetastet)

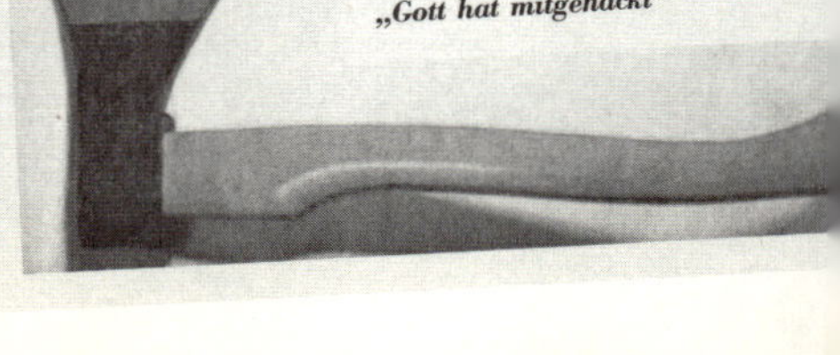

Der Kugelschreiber
des Chefredakteurs der Bildzeitung
„Gott hat mitgehackt"

Warum ich mich auf die Wiedervereinigung freue

Weil wir dann eine Macht sind. Eine Million Soldaten. Nochmal soviel Polizisten. Jeder Deutsche ein Auto. Hunderttausende von Gefängnissen. Ein unübersehbares Heer von Finanzbeamten. Oderkähne. Danziger Goldwasser. Königsberger Klopse. Das Frische Haft. Schneekoppen-Abfahrtsläufe. Rübezahl in Kattowitz. Schweidnitzer Keller. Zeiss Ikon für Münemann. Die Nachkommen von Pferdemenges als Verpächter brandenburgischer Angelplätze und der vielen schönen Seen, die uns dann wieder gehören. Die Jahrhunderthalle in Breslau. Stettiner Sängerknaben. Dresdner Zwinger. Auerbachs Keller in Leipzig. Thomanerchor. Die Kirche in Wittenberg. Goethestadt Weimar. Das Westberliner Theater, das wieder nach Cottbus umzieht. Baden in der Ostsee. Rügenwalder Teewurst. Kreidefelsen. Ein 70-Millionen-Volk. Und eine hohe Mauer an der deutsch-polnischen Grenze von 1937. Mit Schießbefehl für Bundesgrenzschutz. Damit kein Pole zu uns rein kann, weil wir wieder unter uns sind. Weil wir nicht getrennt sein wollen von unserer Familie.

Und weil wir dann auch keinen Ärger mehr haben mit fremden Polizisten, die unsere Autos im eigenen Land durchschnüffeln. Weil wir dann keine Entwicklungshilfe mehr zu zahlen brauchen an fremde Völker. Weil die dann nichts mehr anerkennen brauchen. Oder können, was sie wollen. Weil wir dann nicht erpreßt werden. Weil wir dann keine Schicksalsfrage der Nation mehr haben. Nur noch Antworten. Auf demokratischer Basis. Und jeder, der kein Demokrat ist, kriegt dann eins in die Fresse. Weil wir was gelernt haben. Weil wir's diesmal besser machen. Weil wir die Franzosen nicht mehr brauchen. Weil der Russe die Quittung kriegt. Und Rostock und Swinemünde und

1965 – Noch einmal: Neuss-Blick nach vorn. Die deutsche Frage – hochgerechnet und durch die Westbrille betrachtet. Der Text erscheint 1965 erstmals in der Satire-Zeitschrift »Neuss Deutschland« und wird wie Urlauber Pauls Brief vom Schwarzen Meer von Neuss bei öffentlichen Auftritten vorgetragen. – Autor Neuss hat die Wiedervereinigung nicht mehr erlebt. Er starb ein halbes Jahr vor dem Fall der Mauer.

Danzig Kriegsschiffe aus Wilhelmshaven und Kiel. Und weil die Bundesliga aufgestockt wird. Und weil der 1. FC Köln dann gegen Beuthen 09 antreten muß.

Weil wir keine KZs mehr brauchen. Weil die Juden aus Berlin, Hamburg und München dann nach Israel müssen. Und Ulbrichts Schergen ins Lager kommen. Weil das unsere Selbstbestimmung ist. Und dem Völkerrecht Genüge geschieht. Und in Werder die Baumblüte. Endlich wieder Töpfereien in Bunzlau. Peenemünde wird aufgebaut.

Dann zittern aber die Chinesen.

Deshalb freue ich mich auf die Wiedervereinigung. Weil die Chinesen letzten Endes doch an der deutschen Teilung schuld sind. Was die später mal alles mit uns machen wollen, nur weil wir sie heute hungern lassen. Deshalb müssen wir wieder ein Volk, mehrere Führer haben (das muß sein in einer Demokratie)! Und reich müssen wir auch bleiben, wegen der Anziehungskraft bis zum Ural.

Ich freue mich auch darauf, weil die Intellektuellen dann nicht Recht bekommen. Die wollen verzichten. Unser Anspruch ist aber unverzichtbar. Weil wir zusammengehören. Darum freue ich mich auf die Wiedervereinigung. Weil es uns dann noch besser geht als heute. Vom Saargebiet bis nach Allenstein.

Dann sehen wir weiter.

Silvester muß ein Deutscher gewesen sein

Zu Besuch bei Tante Fitman in Ost-Berlin

Wenn ick mir se vorstelle, sieht man se nich mehr: meine Tante Fitman; so kleen is se. Ick habe mir über diese Tante fürchterlich geärgert – mehr als über den vergangenen Sommer. Tante Fitman is genau 1,55 m lang und hat was an die Nieren. Damit dis nu nich auf die Galle schlägt – das Innerliche hat ja seine eignen Gesetze –, is diese Tante Fitman einem ärztlichen Rat zufolge am 20. Februar 1965 nach Ägypten gefahren, weil das Klima dort den Nieren schmeicheln soll und auch heilend wirksam sich um die Galle bemüht, welches ja nun wiederum im direkten Zusammenhang mit der Leber steht, und in dieser Beziehung is meine Tante Fitman selber schuld, warum säuft se auch immer diesen alten Fusel: Reiterlikör mit 'ner Prise weißen Korn.

So was muß ja auf die Dauer danebengehn, beziehungsweise nich daneben, sondern auf die Leber strahlen, von dort zur Galle und gleich um die Ecke die Nieren, nich. So was haut den stärksten Ledernacken aus die Pantinen. Dis wäre genauso, als wenn ick hier nu immer Eierlikör mit Bernadotte trinke oder Pernod mit Kirschlikör – das hält auch die gesündeste Innerei nich aus, und Tante Fitman habe ick es oft gesagt, ick sage, Tante, trink doch nich immer so bunte Sachen durcheinander; das geht dich nischt an, sagt se, du hast keine Ahnung von abstrakte Sauferei, ick trink mit die Augen, Reiterlikör is rot und der weiße Korn gibt der Sache eine farbliche Apartheid, ick trinke dis nich einfach zum Süfteln, sondern als Betäubungsmittel.

Solche Bemerkungen ham mich damals noch nich mal geärgert. Dis war Silvester 1964/65, da hatten wir uns zuletzt

1965 – Deutsch-Deutsches aus familiärer Sicht hat Neuss mehrfach zum Thema seiner satirischen Exkurse gemacht. Auch im Solo-Programm »Das jüngste Gerücht«, das im gleichen Jahr Premiere hat, findet sich das kabarettistiche Glanzstück einer deutsch-deutschen Familienzusammenführung: Besuch bei Onkel und Tante in Treptow. Die Ost-Berlin-Visite stammt aus der Hörfunk-Sendung »Bis zur letzten Frequenz«, Hessischer Rundfunk.

getroffen. Tante Fitman, muß man wissen, is Jahrgang Herrentoilette, wie wir immer spaßhaft sagen, also 00; 1900 is se geboren, und kommendes Jahr wird se 66, sie geht mit der Zeit, will sagen, sie is immer genauso alt, wie wir gerade schreiben, was die Jahreszahl betrifft, sie is im Rentenalter nach Christi, ab da zähln wir ja erst.

Voriges Jahr Silvester, sagte se noch zu mir, hör mal, Knikke – so nennt se mich, weil meine ständige Redensart ist »das gehört sich nicht« –, hör mal, Knicke, sagte se, haste mir weißen Korn von euch drüben mitgebracht?

Prompt hatte ick natürlich gesagt, Tante Fitman dis gehört sich nich, du bist jetzt fünfundsechzig, du hast die Altersgrenze erreicht, da schluckt man nich wie 'n Ackergaul nach des Tages Müh – da hält man sich im Konsum der betäubenden Alkoholika etwas weise zurück – nee, sagte Tante Fitman, gerade die Altersgrenze verlocke wie keine andere Grenze zum Schmuggeln, und dann fing se an zu meckern: Dis wär doch kein Leben, ohne Schnaps, wenn man das alles täglich Jahr für Jahr in der Zeitung liest, da müsse man ebend den Gurgelknoten im Halse dazu benutzen, solange er seine Transport-Tätigkeit verrichte, und als sie damals so meckerte, über den Landesvater und die andern katholischen Kahlköppe, da ahnte sie ja noch nich, daß ihre Nieren plötzlich im Februar ihren Urin – der ja, wie jedermann weiß, vorher mal genießbare Flüssigkeit war – nich mehr richtig flott – weg in die Blase befördern würde und daß sie zum Arzt müßte und daß sie der Arzt ebend wegen des Klimas nach Ägypten schicken würde.

Tante Fitman schimpfte voriges Jahr zu Silvester derart penetrös, ick kann mich erinnern, mir war, als ob se auf ihre alten Tage noch mal auf irgendeine Barrikade klettern wollte! Muß man sich mal vorstellen, eine Frau, 65 Jahre, 1,55 m kurz, ausgesprochnes Talent zum Delirium und dann dauernd Perversitäten im Munde!

Also – dis ging bei ihr los, so nach drei, vier Gläsern Likör-Korn-Mixtur. So wat nennt sich nu Aufbau des Sozialkapitalismus, sagte se immer, der 1. April wäre der 1. Mai der Arbeiterklasse (Tante Fitman, muß man wissen, war schon

Kommunistin, als ick noch im Fähnlein 17, in Breslau trommelte), neulich, sagt se, da wäre doch der Bulle Paule Verner zu ihr gekommen und hätt gesagt in seiner feinen verhaltnen hinterfotzigen Art (so spricht Tante Fitman, wenn se am Schlucken is), Genossin Fitman, hätte Bulle Verner gesagt, wo warste denn auf der letzten Parteiversammlung?

Wo ick war, weiß ick nich mehr, aber was ick war, weiß ick noch, hatte sie gesagt darauf, nämlich besoffen! Wann war denn die letzte Parteiversammlung?

Freitag, hätte Verner zu ihr gesagt, Freitag wäre die letzte Parteiversammlung gewesen!

So, hatte darauf wiederum Tante Fitman gesagt, Freitag – tja –, wenn ich gewußt hätte, daß es die letzte war, wäre ick gekommen.

Wer vor Verfolgung sicher sein will, muß in die Schweinerei flüchten.

Und dann hatte se ausgepackt, der Landesvater, der wäre eben gut zum Abbau des Nationalsozialismus, aber er wäre ja überhaupt nicht geschult, um wirklichen Sozialismus aufzubaun, und wenn der politisch interessierte Staatsbürger vor Verfolgung sicher sein will, dann flüchte er sich eben in die Schweinerei, sagte se, wieviel Leute wohl durch Verbote dazu gebracht würden, sie zu übertreten, dis sollte man mal statistisch erfassen, wie ville Taten die Folgen von Strafen seien und überhaupt, die Strafen dienen ja doch nur zur Abschrekkung derer, die sowieso keine Sünden begehen wollen, sie kotzt dieses ganze dreiteilige Deutschland an, abgesehn davon, daß sie Bikini vorziehe (also zweiteilig) verstünde sie nich, wieso sich nun die Gewalt als einzige dauernd nackt präsentiere, rechts und links von der Elbe, sagte sie, verlangt nun mal die deutsche Sitte, daß ein Lustmörder den Mord zugebe, aber niemals die Lust; wenn man das alles sieht, feuerte Tante Fitman in die Gegend, was

1965 – Als Neuss diesen Text schreibt, ist die Vietnam-Krise durch die Invasion von 500.000 US-Soldaten in ihre heiße Phase getreten. Madame Nhu, eine nahe Verwandte des 1963 gestürzten südvietnamesischen Präsidenten Ngo Dinh Diem, wirbt im Westen für die verhaßte Militärdiktatur. – Die Metapher vom »Lübkeln« verweist auf das zweifelhafte Rednertalent von Bundespräsident Lübke. Mit dem Landesvater ist der aus Sachsen stammende DDR-Staatsratsvorsitzende Walter Ulbricht gemeint, Paul Verner war sein Partei-Sekretär im SED-Politbüro. Die DDR-These vom dreigeteilten Deutschland (DDR, BRD, West-Berlin) stößt im Westen auf energischen Widerspruch.

sich am Jahreswechsel abspiele in der Welt mit westdeutscher oder ostdeutscher Unterstützung dann könne sie nur sagen: Silvester muß ein Deutscher gewesen sein, weil es der letzte ist.

Ich, schrie Tante und goß sich den zehnten Reiterlikörkorn hinter den Gurgelknoten –, ich halte unsern Walter für einen echten wirksamen Antifaschisten, aber nicht für einen zukunftsweisenden Sozialisten und Kommunisten!

Ick sagte, Tante, nich so laut, das gehört sich nicht! Halt die verdorbene, westdeutsche Knigge-Fresse, sagte sie, und gieß mir ein, ihr protestiert gegen die Amis in Vietnam und was machen wir? Wir protestieren gegen die Chinesen in Vietnam, na – wenn dis nicht gesamtdeutsch is?

So ein Reisbauer zwischen Hanoi und Saigon, der kümmere sich einen Dreck darum, welche von die beiden Gewalten ihm nun die Ernte versauen würde, und von Weinachten und Silvester hätte der sowieso keine Ahnung, und wenn Weihnachten keene Bomben fallen würden von der einen Seite, sagte Tante Fitman, dann würde der Reisbauer in Vietnam ebend auch katholisch unterwandert, weil: Wessen Fest is denn dis eigentlich?

Ick war völlig überrascht, voriget Jahr Silvester, daß sie plötzlich ihren Redefluß von alleene unterbrach und stotterte. Na, sagte ick, dis Fest, dis gehört alle Leute, dies mit der Liebe haben!

Aha, aha, aha, sagte Tante, mit der Liebe und mit dem lieben Gott. So wat hätten aber die Buddhisten nich, die hätten keinen lieben Gott, sondern nur einen Gott der Liebe, und die Vietcong wären also demnach dämlich, wenn se sich auf 'ne Waffenpause einließen, weil: dis würde eben auf die Reisbauern sich nur missionarisch auswirken zugunsten der Madame Nhu, der heiligen Maria von Saigon, die ja jetzt in Rom Striche machen würde, damit ihre Töchter darauf einherspazieren könnten ...

Nu hör aba ma auf, dis gehört sich nich, sagte ich damals wiederum zu Tante, nee, nee, sagt se, ihr laßt euch allet gefallen, und ich saufe in mich rein, aba nich still.

Und dann kam das neue Jahr und die Botschaft vom Walter. Er sächselte sich einen weg im Radio und Tante Fitman sprach, stell ma um, den Sender, auf Radio Lübke, und richtig, als wir den Sender Freies Berlin drinne hatten, lübkelte es fröhlich heraus.

Hau ab, sagte sie, geh wieder in dein versumpftes West-Berlin und merke dir, nächstes Jahr ärgerste dich über mich hier nicht mehr. Dann hätte sie die Altersgrenze erreicht, und dann käme sie auf Rentnerbesuch, sagte sie – dann ärgerste dich über mich bei euch, solange sie saufen könne, würde sie keine schönere Aufgabe haben, als drüben bei ihr auf die katholischen Kahlköpfe (und nun merkte ick, sie meinte den Landesvater persönlich) zu schimpfen, und an der Stelle unterbrach ick ihr, Tante Fitman, sagte ick, wieso is denn nu der Ulbricht katholisch, erklär mir mal den Widersinn dieser geradezu masochistischen Bemerkung?

Der Mann, unser Staatsratsvorsitzer, sagte sie, der hat Gewissensbisse auf seine alten Tage, und Gewissensbisse seien der Sadismus des Christentums.

Und ick merkte, sie verwechselte katholisch sein mit christlich sein. Aber so wat passiert ja nicht nur meiner Tante Fitman.

Ach ja: Geärgert habe ick mir deshalb am 28. Februar 1965 am meisten über diese meine versoffne Tante aus der DDR folgendermaßen: Ick erhielt von ihr eine Postkarte aus Ägypten mit Poststempel vom 25. Februar 65, ick les mal vor, weil so wat muß nämlich mal in aller Öffentlichkeit gedruckt werden, damit man die Einstellung der Bürger der DDR, also wat die Älteren betrifft, die ja angeblich immer gegen den Staat eingestellt sein sollen, erkennen kann.

Tante Fitman schreibt: »Schönste Grüße vom Nil. Dis Ganze hier is eine Nierenheilanstalt und die Pyramiden ham so was wie mich überhaupt noch nich gesehn ...« (logisch, wo se nur ein Meter fünfundfünfzig mißt) »... gestern kam, am 24. Februar, im Hafen von Port Said der Dampfer Völkerfreundschaft in Ägypten an. Auf dem Dampfer befand sich unser Staatsratsvorsitzer mit seiner Frau Gemahlin Lotte. Ick habe gejubelt, daß die Pyramiden wackelten. Er machte einen einmaligen, unerhört seriösen Eindruck, und es freute mir einfach, daß er da war. Schade, daß es hier keinen ägyptischen Reiterlikör käuflich zu erwerben gibt. Es war ein stolzer Tag für mich und unsre ganze DDR, sei se nu wie se sei: Walter am Nil, dis werde ich dieses Jahr so schnell nicht vergessen. Grüße Tante Fitman.«

Und dis hat mich am meisten dis Jahr geärgert. Daß meine Tante aus der DDR zu Hause über ihren Staatsratsvorsitzenden ekelhaft schimpft, aber im Ausland ihm penetrös zujubelt und wir in der Zeitung lesen, die Ägypter ham gejubelt. Dis is doch eine ganz gemeine Verfälschung der Tatsachen!

Genauso verfälscht, wie diese meine Tante ist, die es gar nicht gibt, die also auch nicht Fitman heißt, sondern ist dieses eine vollkommen idiotische Verberlinisierung des Wortes Vietnam, und ick nur mit diese ganzen Worte hier darauf aufmerksam machen möchte, daß dieses eine Botschaft ist und daß diese am Ende dieses Jahres 1965 keine frohe Botschaft ist, sondern eine betrübliche, und das ist eben das publizistische Problem des Jahres: Nicht auf die Größe der Zielscheibe kommt es bei uns an, sondern auf die Distanz.

Nicht auf die Größe der Zielscheibe kommt es an, sondern auf die Distanz.

Ich habe mir nämlich in diesem Jahr 1965 die Lust an der satirischen Gestaltung von Erlebnissen, die objektiv nur wenig bedeuten mögen, durch die Furcht nehmen lassen, das Objekt beliebt zu machen.

Ich habe eben den Fehler an mir, dem kleinsten Anstoß zuviel Ehre zu erweisen. Bei unsereins ist heutzutage nämlich immer noch eine »kunstlose Wahrheit über ein Übel selbst ein Übel!«

Tante Fitman würde sagen: »Es gibt Wahrheiten, durch deren Entdeckung man beweisen kann, daß man keinen Geist hat!«

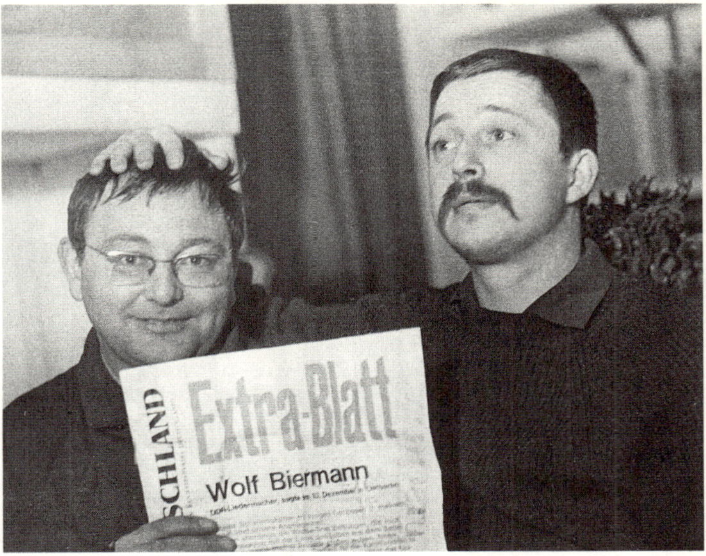

Wolfgang Neuss, Wolf Biermann, 1965

Ein Skandal ist anzukreiden:
Einer im Rentenalter
aus Magdeburg
will nicht in den Westen!
Kann die Verwandten
sowieso
nicht leiden.

1965 – aus der Satire-Zeitschrift »Neuss Deutschland«.

Wer auch immer
gib
daß das größere Übel hinter der Mauer
die immerwährende Begründung dafür ist
daß das kleinere Übel vor der Mauer
wachsen und gedeihen möge:
gutnacht.

1963 – aus dem Solo-Programm »Das jüngste Gerücht«.

Regieanweisung

Hinten
ganz hinten
auf der Mauer entlang
kriecht ein neuer Gedanke.
Alles freut sich.
Es ist der erste.
Man hofft
man füttert ihn
man macht Reklame.
Ein Schuß kracht ...
Der Gedanke meldet sich
– obwohl nur er Schüsse verhindern könnte –
verängstigt
bei der Notaufnahme.

1963 – aus dem Solo-Programm »Das jüngste Gerücht«.

Gereimte Destruktion

Wir neuen Deutschen, die wir uns die Perfektionierung des Provisoriums zu eigen gemacht haben, werden wie folgt scheitern:

Ich kenne einen erfolgreichen Unternehmer
aus Lüdenscheid mit Namen Cremer
der erfand eine Faser
absolut reiß- und witterungsfest
die sich nicht einmal
zerschneiden oder zersägen läßt.
Die Faser wurde in aller Welt
in Riesenmengen vorausbestellt
und Cremer begann in Kürze schon
im neuen Betrieb mit der Produktion.
Aber dann stellte er
als es soweit war
fest
daß die Faser sich nicht zerschneiden
läßt
und so konnte er sie weder
in kleinen noch in großen Stücken
geschweige sie irgendwohin verschicken
und sein Betrieb ging noch vor der Zeit
zugrunde an solcher Vollkommenheit.

1967 – aus der Hörfunk-Sendung »Bis zur letzten Frequenz«.

Das Beste

Es läßt mich nicht ruhn
Wie kann ich wirklich was
für Europa tun?
Und wenn du mich einen
Landesverräter nennst:
Das Beste wäre für Europa
wenn Frankreich bis an die Elbe reicht
und Polen direkt an Frankreich grenzt

1965 – aus der Satire-Zeitschrift »Neuss Deutschland«.

Genosse Münchhausen

Eine deutsch-deutsche Lebensgeschichte

Ein Mann hängt am Seil zwischen Himmel und Erde. Ein Hubschrauber hat ihn vor der aufgebrachten Menschenmenge gerettet.
Der Hubschrauber ist eindeutig westlich, auch der Zeitungsreporter, der in ihm sitzt.
Aber wie sieht der Mann am Seil aus! Pluderhosen, khakifarbene Wattejacke, Filzstiefel, Pelzmütze.
Das einzige westliche Requisit an ihm ist eine ziemlich elegante Aktentasche.
Aber sonst?
Er ist kein Schwejk.
Kein Köpenick.
Er sieht aus wie eine Mischung aus Gagarin, Shepard, Grissom, Titow, Ustinov, Werner Finck, Chruschtschow und Kennedy.
Ein Schuß Popow.
Ein Hauch Grock.
Er hat, sozusagen, ein neuartiges Gesicht.
Doch seine Kleidung ist unmißverständlich.
Sieht er nicht aus wie ein Russe?
Hören wir, was er dem Reporter erzählt.

Ich bin der Landwirt Oskar Puste aus der Gegend bei Lauenburg.
Im Kriege war ich Flieger und an der Ostfront eingesetzt. Ich flog zwar nur Verwundete in die Heimat, aber auch das hat dem Feinde sehr geschadet, denn ich flog ja nur deutsche Verwundete. Als ich eines Tages abgeschossen worden war und in russischer Kriegsgefangenschaft meine Sprachkenntnisse perfektionier-

1961 – Ein deutsch-deutsches Thema: »Genosse Münchhausen« ist die reale Fiktion aus der Wirklichkeit des Landes, in dem sie entstand und für die sie gedacht ist. In der Maske des Landwirts Oskar Puste beackert Neuss den Boden der Tatsachen und zeichnet in einer satirischen Kurzgeschichte die Ost-West-Politik vor, die erst sieben Jahre später zum Gegenstand erster sozialliberaler Gehversuche wird. Die beiden großen Schlagzeilen-Themen des Jahres – Mauerbau und Sowjet-Major Gagarin im Weltraum –, geben der phantastischen Story die herbe Würze. 1962 wird »Münchhausen« zum Film – mit Neuss als Drehbuchautor, Hauptdarsteller, Regisseur und Produzent in einer Person.

te, kam auch die Stunde, wo ich nach Hause geschickt wurde.
Denn ich war nicht Wissenschaftler, Erfinder und auch nicht Altkommunist.
Heimgekehrt, erwarb ich mir ein Stück Land an der Zonengrenze im Norden, irgendwo an der Elbe.
Nicht groß, kein Hektar, nur ein Morgen.
Es war ein besonders schöner Morgen, allerdings geteilt. Denn durch meinen Morgen ging die Zonengrenze.
Hier West, dort Ost. Mittendurch.
Mein Gott, warum muß das nun sein! dachte ich täglich in der Früh, wenn ich meinen Morgen so geteilt sah. Aber ich beackerte fleißig meine Hälfte.
Ich wollte doch unbedingt, daß alles, was ich zu säen hatte, auf fruchtbaren Boden fiel. Leicht war's nicht.
Wenn ich so hinter meinem Pflug herging und auf die andere Seite guckte, auf die östliche, wo Alfons Altmann auf seinem Traktor saß und meinen abgeschnittenen Morgen für die LPG, die landwirtschaftliche Produktionsgenossenschaft, beackerte, stach's mich immer wieder arg schmerzlich ins Herze. Nicht so sehr deshalb, weil's mein Privateigentum war, was Genosse Alfons Altmann da traktorierte. Nein, nur einzig und allein darob, weil regelmäßig zur Erntezeit viel weniger aus demselben Boden kam als bei mir.
»Ihr macht alles so lieblos!« rief ich des öfteren zu Alfons rüber.
Da hielt der eines Tages seinen Traktor an und sagte: »Hör mal zu, Genosse Oskar Puste. Ihr da drüben werdet eines Tages auch noch kleiner.«
»Ha!« sagte ich. »Noch kleiner? Eine Hälfte habt ihr ja schon und macht nichts draus!«
»Wir arbeiten nach Plan, du hast keine Ahnung von den großen ökonomischen Zusammenhängen, mein lieber Puste. Wir arbeiten alle in eine große Kasse und später mal teiln wir untereinander.«
»Wann?« fragte ich nicht ohne Interesse.
»Na, ich weiß nicht genau!« sagte Genosse Alfons Altmann und fuhr mit seinem Traktor wieder ackern, »aber so um 1980 rum soll's schon ganz schön eine Menge umsonst geben, mein lieber Genosse Puste!«

»Hüh Grete!« sagte ich zu meinem Pferd vorm Pflug und nahm ebenfalls die Arbeit wieder auf. Rief aber dem Alfons Altmann hinterher: »Ich bin kein Genosse, merk's dir! Und außerdem gibt's heute bei euch nicht mal für Geld *das,* was es 1980 umsonst geben soll. Eure Ökonomie ist alt, Mann!« rief ich und lachte nicht ohne eine kleine Häme in der Stimme, frech über das Tuckern seines LPG-Traktors.
»Und euch wird die Puste ausgehn!« rief er zurück und lachte noch dreckiger als ich.
Oja, ich ärgerte mich schon sehr über mein Stückchen geteiltes Land an der Zonengrenze.
Über die andere Hälfte meines Morgens, die so schlecht und unmodern bearbeitet wurde.
Dann war eines Tages plötzlich neben meinem Häuschen, gar nicht weit weg, ein Flugplatz. Auf der westlichen Seite. Auf meiner Seite.
Dort übten alle möglichen Piloten, die in gleichen Uniformen steckten.
Es war ganz schöner Krach täglich.
An dem Flugplatz sollte nun zum Beispiel ich mit Schuld haben. Weil ich jeden Morgen dachte, warum mein Stückchen Land geteilt ist.
Weil mir das nicht gefiel!
Was man in Ost als revanchelüstern und in West als Freiheitswillen wertete.
Ich war aber eigentlich nicht besonders lüstern und auch gar nicht so doll willig. Nur ...
Da kam eines Tages der Flugplatzkommandeur zu mir und sagte, er hätte gehört, ich könne gut russisch und auch fliegen.
Letzteres ja, sagte ich, aber nur zu einem guten Zweck. Denn ich hatte ja mal ein rotes Kreuz am Bauch. Während das Flugzeug, das der Kommandeur mir nun anbot zu lenken, eine Riesenlinse, kein Stäubchen ist so fein, an seinem unteren Rumpf hatte.

1961 – Namen, Titel und Themen zu Beginn der Sechziger: Unter Zonengrenze verstand man damals die Demarkationslinie zwischen Ost und West, zwischen der DDR und der BRD. LPG steht für »Landwirtschaftliche Produktionsgenossenschaft«, zu der sich die DDR-Bauern in den fünfziger Jahren zusammenschließen mußten. 1960 gilt die von der SED betriebene »Sozialisierung der Landwirtschaft« als abgeschlossen. Im gleichen Jahr führt der Abschuß eines amerikanischen Aufklärungsflugzeuges über der Sowjetunion zur Belastung des Ost-West-Verhältnisses: Sowjet-Premier Chruschtschow sagt aus Protest den für Mai geplanten Pariser Gipfel ab.

Nämlich zum Fotografieren.
Damit sollte ich gen Ost fliegen, weil ich das von früher her konnte.
»Aber Herr Major Biese!« sagte ich zu dem Flugplatzkommandeur. »Ich kann doch nicht einfach nach Rußland fliegen und dir nichts, mir alles, die große Abfotografiere bringen? Ich bin doch nur im humanitären, allerdings national-humanitären Dienst geflogen?«
»Erstens nur Wetter!« sagte Major Biese. »Sie solln ja nur Wetterfliegen.«
Und zweitens:
»Es ist im ureigensten Interesse für die Sowjetunion, daß wir hier wissen, was die drüben für Wetter haben!«
Ich sagte: »Herr Major Biese, überlegen Sie mal, wir haben doch diesem Land erst vor kurzem noch weh getan ...!«
»Nanana!« sagte er. »Vor kurzem? Immerhin fuffzehn Jahre her! Kann ja nich ewig dauern ...!«
»Schön«, sagte ich, »die Zeit ging ins Land und das ist geteilt ...«
»So ist es«, sagte er, »Sie wollen doch auch mal einen größeren, schöneren Morgen haben? Oder?«
Ich dachte, er meinte meinen Acker.
»Aber Wetterfotografieren könnten doch die Amerikaner? Die sind doch mit den Russen besser befreundet? Sieht das nich 'n bißchen dämlich aus, wenn ich ...?«
»Eben nich!« sagte er.
Und außerdem wäre die Zeit des Kadavergehorsams ja wohl endgültig vorbei und die *eigene* Initiative würde dem deutschen Demokratie-Lehrling wohl anstehen! Meinte er.
»Da die Russen uns eben nicht freiwillig sagen, was sie für Wetter haben, müssen wir's fotografieren und selbst rausbekommen!« sagte Major Biese, und Ehrgeiz zierte seinen Blick.
»Und wozu muß ich russisch können?« fragte ich.
»Falls Sie landen müssen im Feindgebiet«, sagte er, »bekommen Sie sowieso einen anderen Paß von mir, und zwar auf den Namen Pjotr Wanowitsch, der im Bezirk Leningrad geboren ist.

Meinen Paß auf den Namen Oskar Puste nahm er jedenfalls an sich bis zu meiner Rückkunft. Der Major Biese. Ich sollte mich gleich bei ihm melden, wenn ich zurück sei. Er gab mir seine Geheimnummer.
Falls ich bei Schwierigkeiten Appetit hätte und nicht das Katapult betätigen wolle, würde er mir auch eine Giftampulle ans Armaturenbrett heften.
Und wie gesagt, im ureigensten Interesse der Sowjetunion sollte ich nun mal auf seinen ganz *persönlichen* Wunsch losfliegen und das Wetter zwischen Wladiwostok und Aserbeidschan und überall, wo in Rußland Wetter ist, erkunden.
Er wolle mir dann später auch zur anderen Hälfte meines Morgens verhelfen.
Zu einem schöneren, größeren!
Ich schaute versonnen über den Stacheldraht, rüber, auf die andere Hälfte meines Morgens, wo Alfons Altmann auf dem Traktor saß. Mir sollte die Puste ausgehn? Nie!

Also setzte ich mich eines Tages, nachdem ich die Kuh und mein Pferd Grete versorgt hatte und mir vorsichtshalber zwei russische Wörterbücher mit den neuen Planerfüllungs-Namen eingesteckt hatte, in ein Wetterflugzeugchen.
Major Biese guckte rechts, guckte links, keiner sah's, und rutschi, putschi war ich in der Luft und weniges später über den Wolken, und meine Riesenlinse im Bauch meines Wetterflugzeugchens machte klick, klick.

Oje, schön war das Wetter nicht in der Sowjetunion. Obwohl die Sonne über den Atombombenvorräten von Smolensk schien. Obwohl ein feiner Sprühregen die Kobaltschächte hinter Kalinin benetzte, als ob es schon die Voranzeige von den Tränen wäre, von den Menschen, die sie weinen würden, würden diese Bomben platzen.

1961 – Oskar Puste, die »Münchhausen«-Figur, sieht, so Neuss, weder wie der brave Soldat Schwejk noch wie der Hauptmann von Köpenick aus, er ist eher eine Mischung aus Kosmonauten-Typen wie Gagarin, Shepard, Grissom und Titow, aus so komischen Figuren wie Werner Finck und Peter Ustinov und den beiden Herren der Welt – US-Präsident John F. Kennedy und Sowjet-Premier Nikita Chruschtschow. Und mit einem Hauch tragischer Komik, wie sie in der Zirkusarena jener Jahre von den beiden Stars unter den Clowns, vom Schweizer Grock und dem Russen Popow ausgeht.

Dunstschleier zogen über die Raketenbasen bei Murmansk. Frische Schlachtschiffe lagen in Wladiwostok und auch weniger frische.
Die Wälder voller Panzer.
Darüber graue Regenwolken.
Ich sah den Wetterdienst so langsam ein.
Man mußte so was wissen. Und kennen.
Es war ja für uns vorbereitet.
Es war wie durch's Schlüsselloch gucken, bevor Weihnachten beschert wird.
Klick, klick, machte die Riesenlinse und nahm auch Dinge auf, die weniger Blut versprachen.

Ich hatte keinen Appetit auf die Giftampulle.

Fabriken für Lesebücher in afrikanischer Sprache. Ukrainische Zuckerberge für Skiurlauber.
Im russischen Tee zerging der kubanische Rohrzucker.
Doch dann wieder Bomber A und B. Panzer T 34.
Das ganze Alphabet wurde für Waffen gebraucht, und die Buchstaben reichten kaum.

Plötzlich weiße Wölkchen neben meinem, im Segelgleitflug dahinschwebenden Wetterflugzeug.
Weiße Wölkchen?
Das war kein Wetter.
Das war Flak.
Und zwar sowjetische!
Ich nahm schnell die Filme aus der Riesenlinse, rin in die Aktentasche und betätigte, nicht ohne vorher nochmals einen Blick in die Wörterbücher getan zu haben, die Katapultvorrichtung. Ich hatte keinen Appetit auf die Giftampulle.

Ich landete in einem Maisfeld unweit der Kolchose Pujelsk bei Leningrad.
Das Wetterflugzeug wurde erst 100 Kilometer weiter von der sowjetischen Flak getroffen.
Nun ist das ja auch oft eine Sache der Augen.
Ich jedenfalls begann meine sowjetische Odyssee, an deren Anfang meine aufopfernde Tätigkeit als Maisspezialist auf

eben jener Kolchose stand, in deren Nähe ich landete. Pujelsk bei Leningrad.
Kurz bevor ich eine Medaille wegen Planübererfüllung bekam, setzte ich mich ab.

Ich lernte – unfreiwillig – die Sowjetunion im Frieden kennen. Ich war als nächstes Chauffeur eines alten Überlandbusses und beförderte meistens besoffne Funktionäre, die als Inspekteure unterwegs waren.
Meine Route war Poujaliskrow – Kronjaze.
Kurz bevor ich auch dort eine Medaille wegen Planübererfüllung bekam, setzte ich mich ab.

Ich wurde in Kalinin Trainer einer Schach-Betriebsabteilung. Als unsere Gruppe Sieger im Bezirk wurde und zur Ausscheidungsmeisterschaft nach Moskau fuhr, setzte ich mich dortselbst ab.
Warum?
Man kann in der UdSSR ganz schön rumkommen.
Wenn man nur fleißig ist.
Will man aber eines Tages mal wieder dorthin, wo man herkam, ist es besser, man erhält keinerlei Auszeichnungen!
Denn hat man die, ist man genagelt.
Dann erwartet jeder Mehrleistung.
Deshalb sind es immer dieselben, die Planerfüllungsmedaillen erhalten.
Es sind die, die sich für die meisten anderen russischen Arbeiter opfern.

Überall gab es Strümpfe in Hülle und Fülle. Nicht Nylon. Nicht Perlon.
Ich habe nirgends in der Welt einen solchen Überfluß an Sparstrümpfen kennengelernt wie in der heutigen Sowjetunion.
Zum Beispiel auch bei meiner Tätigkeit als Holzfäller in der Ukraine. In Rüstungsbetrieben sollte man noch mehr heimlich sparen können.
Aber ich traute mich da nicht recht ran.
Dort könnten mir Fehler unterlaufen.
Viele Leute werden hier als Saboteure zu anderen Arbeiten strafversetzt.

Sie sind trotzdem gute Kommunisten.
Sie haben nur einen Fehler.
Sie wollen heute leben.
Nicht erst morgen.
So lernte ich jedenfalls in der Sowjetunion.
Und dachte mal wieder an meinen geteilten Morgen zu Hause.

Ich war Inspizient am Bolschoi-Theater, kurz nachdem ich in Odessa in einer Fischfabrik gearbeitet hatte, wo es sehr streng zuging, weil wir Kaviar verpackten. Der Kaviar-Gehorsam war hier gang und gäbe, und es paßte mir nicht, daß man nach Feierabend beim Verlassen der Fabrik regelmäßig den Mund öffnen mußte, ob man eventuell in einem hohlen Zahn etwas von dem kostbaren Exportgut mit hinausschleppte.

Ehrlich gesagt, ich war dem Major Biese nicht ein einziges Mal böse, daß er mich auf seine eigene Kappe zur Wettererkundung nach der Sowjetunion geschickt hatte. Mein Gott, dachte ich, warum können junge Leute aus dem Westen, die sich dort selbst langweilen, nicht hier, genau wie ich, unfreiwillig, aus freiem Willen Land und Leute kennenlernen und spüren, daß zwischen dem, was einem Sowjetführer aus dem Munde kommt und dem, was ihm das Volk ins Ohr sagt, ein gewaltiger Unterschied besteht?
Mir wäre sehr viel wohler gewesen, hätte ich im Bolschoi-Theater nicht mit schlechtem Gewissen den Vorhang zu ziehen und die Klingelzeichen zu geben gehabt. Denn ich hatte ja noch die Aktentasche mit den Mikrofilmen bei mir.
Ich war beliebt im Theater.
Pjotrchon Wanowitsch, wie ich ja laut Paß von Major Biese getaufterweise hieß, wurde Liebling einer Tänzerin, einer Primaballerina, die es beinahe fertigbrachte, mich mit auf ein Westgastspiel nach Paris zu nehmen.
Leider wurde sie selbst im letzten Moment von der Reiseliste gestrichen.
Weil sie Vorliebe für extravagante Hüte zeigte.
Aber tanzen konnte sie gut.
Deshalb kam sie wohl auch in ein Lager zur politischen Schulung, denn das konnte sie noch nicht so gut.
In der Sowjetunion kann man alles lernen.

Man muß sogar, wenn man ins Ausland will.
Draußen liebt Rußland keine halben Sachen.
Drinnen lebt es heute noch davon.
Aber 1980 soll's besser werden.
Ich mußte aus dem Theater weg, weil ich einen Kubaner angepflaumt hatte, der sich nach der Vorstellung mit meiner Ballerina traf und von dem sie nichts wissen wollte. Der das aber nicht merkte, bis ich ihm eins aufs Auge gab. So daß ich seine Beschwerde gar nicht erst abwartete, sondern schnell Gepäckträger auf dem Bahnhof Moskau-West wurde.
Es war mein siebenter Arbeitsplatzwechsel.
Wenn wirklich mal eines Tages der Sozialismus hier vorhanden sein sollte, ich habe ihn fleißig mitaufgebaut!

Ich hatte mich eingelebt und beherrschte den sowjetischen Alltag genau wie die Landessprache.
Der Gepäckträgergenosse Nummer 1 vom Bahnhof Moskau-West hatte mich – trinkgeldeifersüchtig – gefragt, woher ich so plötzlich käme?
Mißtrauisch schielte er mich an.
Ob es in Kiew Kochtöpfe gäbe, hatte ich ihn frech zurückgefragt.
Oh, Brüderchen, sagte er, jeder Mensch weiß, in Kiew gibt es keine Kochtöpfe seit Monaten. Und ich sagte ihm, daß ich Kochtopf-Kombinat-Direktor in Kiew war.
Da tat ich ihm leid.
Denn er wußte nun, ich, Pjotr Wanowitsch, war strafversetzt nach hier – Bahnhof Moskau-West – zum Gepäcktragen.
Ja, kennt man's, ist es selbstverständlich. Das Leben in Moskau.
Schlimm war für mich, daß ich täglich den Blauen Express gen West fahren sehen mußte.
Ohne mich.
Wie kommt man da ohne Ausreisegenehmigung mit? überlegte ich oft und lugte.
Meine Aktentasche hatte ich ja im Spind auf dem Gepäckträgerstand.
Je weniger man in Rußland was versteckt, um so schwerer wird's gefunden.
Der Blauen Express sollte mal wieder in wenigen Minuten abdampfen.

Ich stand an meinem Spind und aß Sonnenblumenkerne.
Da sah ich in den letzten Wagen unseres Sackbahnhofes einen jungen Russen in einer Art Khaki-Uniform springen. Mit Aktentasche.
Nanu, dachte ich, warum tut er so ängstlich?
Ich nahm meine Aktentasche vorsichtshalber an mich, denn ich witterte etwas.
Natürlich, das Einfachste ist immer das Beste!
Der junge Russe, weiß der Deibel wohin er ohne Fahrkarte juckeln wollte, hatte sich in einer Toilette eingeriegelt.
Nun kam mir wieder mein eingefleischtes Denken als Sowjetbürger zu Hilfe.
Ich schloß mich in die gegenüberliegende Toilette ein mit dem absichernden Gedanken: Wird der gegenüber auf der Toilette gekriegt, habe ich aufgepaßt auf ihn.
War in diesem Falle also Verfolger.
Wachsam. Pflichttreu. Erfüllungssüchtig.
Wird der aber nicht gekriegt, lasse ich ihn juckeln, wohin er will.
Denn ich juckle dabei gen West!
Wohin ich nun endlich mal wieder wollte, um dem Major die Wetterfotos zu überbringen.
Um mein schlechtes Gewissen loszuwerden.
Und um bekanntzugeben, daß ich mit meinem halben Morgen zufrieden bin und auf die andere Hälfte meines Ackers verzichte.
Denn ich hatte so eine Art »Opferungsgefühl« für den Frieden.
Wahrscheinlich was ganz Dummes.
Aber das war ja eben das Grund-Anti-Marxistische in mir, daß ich überhaupt Gefühle hatte.

Ich saß also auf der Toilette. Kaum war der Blaue Express angefahren, hielt er auch schon wieder.
Den Bahnsteig entlang hörte ich aufgeregte Stimmen kommen. Ich erkannte darunter die Stimme von Gepäckträgergenosse 1.
Auch der Fahrdienstleiter war dabei.
Aha, der wird gekriegt, merkte ich!
Öffnete meine Toilette, klemmte die Aktentasche zwischen die

Beine und donnerte mit Fäusten und lauter Stimme gegen die gegenüberliegende Toilette.
Die Coupé-Tür wurde vom Bahnsteig aus aufgerissen und hochzufrieden sahen mich der Fahrdienstleiter und mein Gepäckträger-Chef den jungen Russen aus der Toilette rausholen.
»Ich bringe ihn gleich selbst zur Polizei«, sagte ich zu ihnen und schubste den jungen Russen vor mir her, nachdem ich ihm schnell auch noch meine Aktentasche unter den Arm geklemmt hatte.
»Der läßt sich die Kopfprämie für einen eventuellen Saboteur und Flüchtling nicht entgehen!« sagte neidisch der Gepäckträgerchef hinter mir her. »Der war selbst mal Kombinatsdirektor und weiß, was man dabei verdienen kann!«
Er kannte eben keine Deutschen, die nur so tun, als ob sie Kommunisten sind.
Dann fuhr der Blaue Express ab.
Ohne mich.
In der Bahnhofshalle, in einer dunklen Ecke, hielt ich den jungen Russen an.
Diesmal hatte ich wieder ein stark undeutsches Gefühl. Ich wollte das Unrecht, das ich an dem jungen Mann begangen hatte, sofort und ohne eigene Vorteile wieder gutmachen.
»Hier, nimm meine Jacke, gib mir deine und hau ab. Am Bolschoi-Theater suchen sie vielleicht noch nen Inspizienten. Ich bin da vor Tagen wegen eines Weibes rausgeflogen. Kann ich sonst noch was für dich tun?« So flüsterte ich mit ihm.
Wir wechselten die Jacken.
Er nahm aus seiner Aktentasche ein großes Kuvert.
»Bring das an die Adresse, aber gleich, sonst hast du Ärger!« flüsterte er.
Dann flitzte er.
Ich – in der Khaki-Jacke – wollte gar nicht mehr zurück zum Bahnsteig.
Mein Fluchtversuch war mißlungen.
Warum sollte ich nicht einen neuen Job – wie so oft – antreten!
Mein achter Arbeitsplatzwechsel.
Ich tat das Kuvert in meine Aktentasche und ging zu der daraufstehenden Adresse: Direktor Kuschinski, Sammellager Sputnischow.
Genannt: Lager Ost.

Im Büro eines flachen Barackenhauses, im Hintergrund hohe Stahlaufbauten und Gerüste, lernte ich meinen neuen Chef kennen.
Er schimpfte gleich mit mir, als ich ihm das Kuvert gegeben hatte.
Ich käme sieben Stunden zu spät, während Co-Pilot und Astronautikerin schön pünktlich aus den anderen Ausbildungslagern eingetroffen wären.
Aber er hätte Verständnis, sagte er, denn schließlich sei so eine Reise schon ein Grund, dem Mütterchen oder der Braut Doswidane zu sagen.

Wir gingen zu Tisch.
Es gab Wodka, Sekt, Kaviar.
Und ich lernte gleich per Blutsbrüderschaft Boris, den Co-Piloten und Natascha, die Astronautikerin, kennen. Direktor Kuschinski war nun wieder guter Laune.
Hauptsache, der Start klappt, sagte er, dann sei für den Erfolg in seinem Lager gesorgt.
Und er trinke nun mal gerne Wodka.

Vor dem Start gab es Wodka, Sekt und Kaviar.

Also müsse oft gestartet werden in seinem Lager.
Denn nur dann gäbe es Zuteilungen.
So Direktor Kuschinski.
Boris sah mich an.
Es war ein eigenartiger Blick. Nie hatte mich jemand in der Sowjetunion derart vorher betrachtet.
Mir war alles wurscht, ich langte kräftig zu und trank auch zügig.
Dies gefiel Boris.
Er wandte sich beruhigt an Natascha und sagte, auf mich bezugnehmend, daß der Chefpilot Jakst, so nannte man mich hier, nachdem ich das Kuvert abgegeben hatte, den Sieg des Sozialismus in den Augen hätte.
Dann tranken beide mit mir.
Sie verließen sich auf mich.
Spürte ich jedenfalls.
Es war schön, so was zu wissen.
Auch ohne Warum.

Später wurden wir drei mit Pillen eingeschläfert. Kurz davor tat ich meine Aktentasche noch auf meinen Bauch.

Durch einen starken Ruck wachte ich auf.
Lange fand ich meine Aktentasche nicht, denn mehrere andere Kleidungsstücke umgaben mich. Aber dann spürte ich sie doch, die Tasche.
Irgendwas sauste.
Im Ohr und auch daneben.
Ich saß, an einen Stuhl angeschnallt, vor einem Armaturenbrett.
Ein Flugzeug, dachte ich, und spürte einen Steuerknüppel zu meiner Rechten.
Doch dann merkte ich, es war eine Rakete.
Ich hörte die Stimme von Direktor Kuschinski, weit weg, leise, verzerrt:
»Start hat wunderbar geklappt. Gehen Sie auf Kurs, den Sie gelernt haben!«
»Fühle mich wunderbar!« sagte ich, »Gagarin und Titow haben nicht gelogen!«
Ich ging auf Kurs, den ich gelernt hatte.
Als ich zuletzt in einem Flugzeug saß.
Selbstverständlich. Was sonst?
Boris saß über mir in der Rakete.
»Funkverbindung abgerissen!« sagte er.
Natascha starrte auf einen Bildschirm.
»Alles gut!« sagte sie und lächelte entzückend zu Boris. »Wir haben den besten Chefpiloten der Welt!«
»Wo sind wir?« fragte Boris mit zusammengekniffenen Augen.
»Auf Kurs, den ich gelernt habe!« sagte ich und wußte selbst nicht mehr genau, wie er ging.
Rakete war ich ja noch nie geflogen.

Was weißt du von der Venus?« sagte Natascha zu mir und sah mich so an, als ob ich schon dort gewesen wäre.
Dann entdeckte sie auf ihrem Bildschirm etwas.
Es war rund und kam näher.
Und zwar ganz schnell.
Wir landeten. Einigermaßen unruhig.

Fünf Meter hatte sich unsere sieben Meter lange Rakete in einen riesigen Krater gebohrt.
Wir benutzten den Ausgang nach hinten.
Wir atmeten.
Ich tat Boris und Natascha alles nach.
Sie rochen an dem beinah unwirklich anmutenden Sande im Krater.
Vorsichtig taten sie kleine Schritte.
Es geht eben nichts über Ausbildung.
Es war unwirtlich und vegetativ ärmlich, wo wir gelandet waren.
Ich verhielt mich zurückhaltend, denn ich wollte keinen Fehler machen, der verriet, daß ich unausgebildet sei.

Boris und Natascha krochen über den Rand des Kraters hinaus.
Plötzlich schrien sie: »Herrliche Venus, schöne Venus, wunderbare Venus!«
Ich kroch ihnen nach.
Und sah die Nordsee.
Und Strandkörbe.
Und entfernt einige Nackedeis.
Es war die Insel Sylt, und wir waren dicht hinter dem Strand von Kampen gelandet.
Ja, den Kurs, den ich einmal gelernt hatte, den hielt ich schon ungefähr ein.
Hätte nicht ich in der Rakete gesessen, wäre diese jetzt mit uns schon auf der Venus.
Aber was sollte ich dort?
Nun also – dank mir – am Strand von Kampen auf Sylt!
Da, wo man wenig anzieht, wenn man ins Wasser geht.
Ich sagte es Boris und Natascha sofort.
Doch nun bekamen wir die ersten Meinungsverschiedenheiten.

Das soll der Westen sein, wo Lebewesen nichts anzuziehen haben!?«
So schrie Boris mich an.
Er meinte die Nackichten am Strand.
»Wo statt Palästen ärmliche Hütten und Strohbehausungen stehn?«

GENOSSE
MÜNCHHAUSEN

GENOSSE
MÜNCHHAUSEN

GENOSSE
MÜNCHHAUSEN

GENOSSE
MÜNCHHAUSEN

Boris meinte die Strandkörbe.
»Wo statt blühenden, privatwirtschaftlich bebauten Feldern Krater neben Krater liegt?«
Er meinte die staatlich gepflegten Dünen.
Und dann kam das Schlimmste.
»Unsere Sowjetrakete – glühender Fortschritt – soll fehlgelandet sein?!!! Es gibt keine Sowjetrakete, die nicht ankommt!«
Boris war fuchsteufelswild.
Blitzschnell mußte ich überlegen.
Sollte ich ihnen sagen, daß dies hier unsere gute, alte Erde war, und zwar Deutschland-West?
Sollte ich ihnen jetzt sagen, daß ich aus diesem Land bin?
Und daß hier keine normalen Zustände herrschten, weil dies eine Erholungsinsel ist?
Daß ich an der Kursabweichung schuld sei, weil ich ungefähr den Kurs nahm, den ich vom Flugzeug her kannte?
Nein, dachte ich, jetzt nicht! Sie könnten sich erschrecken.
Erst mal zu einem Telefon und den Major Biese angerufen, sich zurückgemeldet und ihm alles erzählt, dann Natascha und Boris langsam die Verkettung unglücklicher oder glücklicher Umstände beigebracht!

Dicht über unseren Köpfen brausten zwei Düsenjäger.
Boris schrie schon wieder.
»Du bist Chefpilot, du kennst die Venus von der Ausbildung her. Was ist das? Was soll der Unsinn?«
Auch Natascha redete auf mich ein.
Sie starrten beide erschrocken den Düsenjägern nach. »Zur Insektenbekämpfung auf Venus eingesetzt!« sagte ich kurz und kam mir blöde von
Lügen liegt mir nicht.
Aber was sollte ich tun?
Ich befahl ihnen in meiner Eigenschaft als Chefpilot, erst mal den Schwanz der Rakete einzugraben und vor allen Dingen, da ja Lebewesen hier schon vorhanden wären, den Sowjetwimpel nicht zu hissen, was immerhin andere erschrecken könnte. Denn ich dachte an die Urlauber, denen man ja die Erholung nicht einfach kaputt machen konnte.
Dann befahl ich weiter, sie sollten sich vom Weltenraumhabitus befrein, was nicht viel änderte, denn darunter trugen

wir Wattejacken, Pluderhosen, Filzstiefel und Pelzmütze. Als russisch blieben wir immer erkennbar.
Und sie sollten auf mich warten, sagte ich, denn ich ginge telefonieren.

»Mit wem?« schrie Boris.
»Mit einem Bekannten, den ich hier auf der Venus sehr gut kenne!« sagte ich und zischte ab.
Legte mich aber erst mal hinter eine Düne und beobachtete sie.
Sie gruben die Rakete wirklich ein.
Sie machten sich aus den Weltraumanzügen frei.
Sie nahmen Wodka aus der Rakete.
Und sie nahmen meine Aktentasche heraus.
Boris setzte sich hin und schnüffelte drin rum.
Natascha sagte zu ihm, sie hätte schon in Sputnikschow darin geschnüffelt.
Die Fotos seien veraltet.
Denn alles, was da fotografiert wäre, sei schon an andere Stellen verlagert.
Die Kobaltbomben, die Panzer und so weiter.
»Er heißt richtig Pjotr«, sagte Boris, »Pjotr Wancwitsch«.
»Ja, auf dieser Arbeitskarte steht, er war Maisspezialist, Holzfäller, Inspizient, Gepäckträger, Kaviarverpacker usw.«, sagte Natascha.
»Er war ganz schön tätig!« sagte Boris.
Und dann sagten sie etwas, das ich beschwören will, auch wenn sie es nicht gesagt haben sollten:
»Ich wußte, Boris, als er kam, daß wir erst unsere Welt kennenlernen sollten, bevor wir andere Sterne erreichen. Wenn ihn Gott zehnmal nicht geschickt hat, mir kommt es so vor. Die anderen, Gagarin und Titow, fahren erst in den Weltraum und dann in den Westen. Wir machen's umgekehrt.«
Boris wurde unwirsch. »Vergiß es, Natascha. Wir beide waren einmal nur Mensch, nicht Kommunist. Sekunden. Und zwar vor unserem Abschuß. Aber die haben gereicht, um unserer Heimat, unserer Sowjetunion entscheidend zu schaden!«
Boris war einigermaßen zerknirscht.
»Kuschinski ist schuld!« schrie Natascha. »Er trinkt so gerne Wodka! Er hätte wissen müssen, daß Pjotr kein Kosmonaut ist!«

Boris nahm die Wodkaflasche an sich.
»Der erste Schluck im Westen!« sagte Natascha lächelnd.
Doch da wurde Boris wieder fuchsteufelswild.
»Ein Fehler ist genug!« sagte er. »Hier ist Venus! Jedenfalls für uns! Nie und nimmer Westen! Eine Sowjetrakete landet nicht fehl!«
»Aber hier ist doch wunderbarer Westen, Erholungsinsel Sylt. Du weißt es doch, Boris ...?«
Boris blieb stur.
»Hier ist und bleibt Venus! Denn es gibt keinen wunderbaren Westen! Aber als Venus ist dies hier alles wunderbar ...«
Und als Natascha immer noch nicht verstehen wollte, gab ihr Boris einen liebevollen Backenstreich und sagte: »Wir genießen die Venus! Merk' dir das!«

Beruhigt, sehr beruhigt schlich ich mich die Dünen entlang gen Westerland.
Dies wird also für einige Zeit die Venus sein, dachte ich und mußte lachen.
Ein Glück, daß wir nicht in Mailand, Berlin, Chikago, auf Sizilien, in Madeira oder Marokko gelandet waren, oder in Indien und Afrika.
Sie hätten die Venus dann wohl nicht gleich als wunderbar bezeichnet.
Jedenfalls nicht auf Anhieb.
Zwischen den Bikinis und Shorts in Westerland, die zum Strand eilten, ging ich in eine Telefonzelle.
In Pluderhose, Wattejacke und Filzstiefeln.
Es waren schlimme Dinge, die mir nachgerufen wurden. Aber auch 'ne Menge Flachserei.
In meinem Brustbeutel hatte ich zwei Groschen, meinen sowjetischen Paß und die Telefonnummer von Major Biese.
Ich wählte: U zwei.
Es meldete sich eine Stimme.
»Hier ist der Auftragsdienst, welche Nummer haben Sie gewählt?«
»U zwei!« sagte ich.
»Die Nummer ist gestrichen!« sagte die Stimme, und es knackte.
Da stand ich nun.

Als sowjetischer Staatsbürger Pjotr Wanowitsch.
In einer Telefonzelle in Westerland.
Major Biese war eine feine Nummer.
Er war gestrichen.

Ich ging zunächst zur Westerländer Polizeiwache.
Der Wachtmeister sah gemütlich aus.
Als ich ihn fragte, was ich als sowjetischer Staatsbürger hier machen könne, sagte er, ich könne mich hier erholen, solle aber keine dummen Witze machen.
Den Teufel malt man nicht an die Wand, sagte er. Als ich ihm den Paß zeigte, wurde er freundlicher und sagte, das ginge ihn nichts an.
Da wäre die Botschaft in Bonn zuständig.
Ob ich ein R-Gespräch anzumelden wünsche?
Ich wünschte das nicht.
Denn ich wollte ja zu Hause bleiben und nicht in Moskau wegen Weltraumsabotage verdonnert werden.
Ich wollte dann einfach wieder zu meinem halben Morgen Land zurückkehren. Aber ...
Leider kam wieder das in mir hoch, was eben durch und durch antimarxistisch ist.
Das schlechte Gewissen.
Ich wollte Boris und Natascha nicht ihrem Schicksal überlassen.
Denn bei allen Meinungsverschiedenheiten nach der Landung vertrauten sie doch auf mich.
Ich wußte es ja. Sollten sie bei der Sowjetischen Botschaft in Bonn landen?
Wollten sie überhaupt zurück?
Nach Moskau?
Ich fühlte mich verpflichtet.
Ich ging wieder zu ihnen.

Die Düne, in der sie die Rakete vergraben hatten, war leer.
Ich fand Boris und Natascha endlich in einer Strandburg mit einem jungen Mann und zwei hübschen Mädchen beim Wodkatrinken.
Sie waren eingeladen worden.
Sie konnten sich alle nicht verständigen.

»Ein dritter Russe!« schrien die beiden Mädchen entzückt, als ich kam.

»Die sind bestimmt vom russischen Staatszirkus und wolln im Westen bleiben!« sagte der junge Mann, der schon seine Blicke auf Natascha geworfen hatte, während Boris das blonde Mädchen auf seinen Knien schaukelte.

»Endlich mal richtige, kernige Männer!« Die Braunhaarige meinte mich.

Mir war wohl die Braunhaarige zugedacht.

Ich goß meinen U-zwei-Kummer und das Verschwinden Major Bieses mit Wodka hinunter.

Der kleine Zwischenurlaub ließ sich erst mal gut an.

Die drei jungen Leute dachten, wir wären Flüchtlinge. So taten sie ihr Bestes für uns.

Der junge Mann hieß Alfried Flip und stammte aus einer finanzstarken Familie aus dem Ruhrgebiet, die sehr viel, jedoch in erster Linie zu eigenem Nutzen, von Ostkontakten hielt.

»Ja, unsere Direktoren sind immer in Leipzig!« sagte er stolz zu mir und bat mich, dies den beiden anderen Russen zu übersetzen.

Ich übersetzte was anderes.

Denn ich wollte Boris und Natascha nicht an ihr Problem erinnern, was ja gleichzeitig das schlimmste Problem ihrer Heimat war: Satelliten.

Der junge Mann hatte sich stark in Natascha verliebt, und umgekehrt war auch einiges zu spüren.

Oder war es der Wodka?

»Auf jeden Fall möchtest du, wenn du nun schon mal hier bist, den Westen richtig genießen!« sagte ich lächelnd zu Natascha, worauf sie mir eine liebevolle Ohrfeige gab und kurzerhand antwortete: »Ich genieße die Venus! Merk dir das!«

Boris nickte anerkennend zu Natascha und sang seiner blonden Mieze was Wolga-Sehnsüchtiges ins Ohr.

»Endlich mal richtige, kernige Männer!« sagte die Braunhaarige und meinte mich. »Russen sind doch noch unverbraucht und ohne Dekadenz!«

Ich kam gar nicht dazu, mich mit Boris und Natascha über ihren weiteren Verbleib zu unterhalten.

Ich kam auch nicht dazu, zu meinem Acker zurückzukehren.
Alfried Flip lud uns nämlich ein.
Und ich mußte das Boris und Natascha gönnen.
Wir speisten im Hotel Miramar.
Dasselbe, wie vor unserem Start.
Kaviar, Wodka, Champagner.
Wir sahen Fernsehen.
Als der Apparat mitten in einem Bericht von der Industrieausstellung Hannover kein Bild mehr brachte, als sich zwei Techniker um die Ingangsetzung bemühten, ging Natascha in die Ecke des Zimmers, wo ein kleiner Junge mit einer elektrischen Eisenbahn spielte, hob die Maschine von den Gleisen, und schon war das Bild wieder da.
Nix primitiv.
Einfach, praktisch und richtig.
Und als Boris mit Alfried Schach spielen wollte, und nur Figuren, aber kein Brett aufzutreiben war, nahm er seine Wattejacke, drehte sie um, und in den Karos der Jacke ließ er sich höflichst von Alfried besiegen. Einfach, praktisch, richtig.
Und als er ihm in reinstem Deutsch gratulierte, erstaunte das niemanden mehr.
Zu mir sagte Boris leise und augenzwinkernd, die Venussprache lerne sich leicht.
Inklusive Dialektik, sagte ich.
Bester Laune gingen wir promenieren.

Es gab mit den Kurgästen einigen Ärger, aber auch einige Späße.
Als Natascha besessen einen Schostakowitsch mit dem Kurorchester auf der Promenade ins Klavier hackte, sagte leise das blonde Mädchen zu meiner Braunhaarigen: »Die Zeiten von Greta Garbos Ninotschka sind wohl endgültig vorüber. Mit den Mädchen aus dem Osten müssen wir langsam rechnen! Sie sind stark im Kommen.«
»Na ja«, sagte die Braunhaarige, »aber sie ham ja Gott sei Dank noch nicht unsere Friseure!«
Dann gingen wir durch die Stadt und fuhren über die Insel.
Ich hatte nicht gewußt, daß Alfried Flip abends in einer Mietvilla am Kampener Wattenmeer eine kaukasische Kaminparty mit seinen Eltern und Bekannten für uns arrangiert hat-

te, sonst hätte ich mich mit Boris und Natascha mehr beeilt. Ich hatte mir nämlich einen Sportwagen von Alfried gepumpt und war mit den beiden losgefahren.
Venus genießen.

In den Geschäften in der Stadt gab es schon unzählige Aufenthalte, denn Boris wollte zum Beispiel von dem Kopf einer Tabakspfeife, die geschmackloserweise unseren Bundeskanzler darstellte (in geschnitzter, also natürlicher Form), wissen, ob das der Gott der Venus sei? Und im Spielkasino entschieden sie sich endgültig, den Lebensstandard und den Sozialismus auf der Venus als vorbildlich für die Sowjetunion anzuerkennen.
Einfaches Geld auf Rot und doppelt zurück!
Vor einer großen Autoreparaturwerkstatt starrten sie auf die in ihre Volkswagen und auf Motorräder und Mopeds steigenden, feierabendmachenden Arbeiter.
Die zu Fuß gingen, hielten sie für Funktionäre der Gewerkschaften, die Zeit zum Faulenzen hatten.
Durch und durch sozialistische Venus! Sagte Boris.

Wir fuhren nach einem kleinen Ort am Meer entlang. Und da wurde ich überrascht.
Keineswegs von irgendwas Sozialistischem.
Ich sah einen flugplatzähnlichen, freien Platz mit hohen Stahlgerüsten. Bei Keitum.
Davor stand eine Einheit in Khaki, etwa zwanzig junge, drahtig wirkende Burschen.
Ein Sergeant meldete gerade einem höheren Offizier: »Oberst Biese, ich melde: Ausbildungsnatogruppe Keitum, Projekt Mars, zum Befehlsempfang angetreten.« Oberst Biese? Ich dachte, ich höre nicht recht!
Wie elektrisiert stand ich mit Boris und Natascha am Zaun.
Hatte ich richtig gehört?
Ja. Ich erkannte ihn.
Er war befördert und wohl nach hier versetzt worden.
Er war es. Ich erkannte ihn.
Und zwar an seiner Stimme und an seinen Worten: »Meine jungen Kameraden«, sagte er, »ihr wißt, die Zeit des Kadavergehorsams ist vorbei. Die Zeit des kleinlichen In-Grenzen-

Denkens erst recht. Uns ruft der Mars, obwohl wir heute noch recht knapp mit den Finanzen sind ... aber morgen, Jungens ...! Morgen wird's besser, schöner, weiter ...!«

Boris und Natascha wollten weitergehen.
Ihnen war es peinlich, auf der Venus Dinge anhören zu müssen, die nur die Venus angingen.
Ich merkte nicht das Hämische dabei in Boris' und Nataschas Worten, denn ich rief durch den Zaun: »Herr Biese, Herr Oberst Biese! Hallo, hier ist Oskar Puste, dessen Paß Sie haben und den Sie zum Pjotr Wanowitsch machten wegen des sowjetischen Wetters! Wissen Sie nicht mehr? Kleiner Morgen, Zonengrenze, Flugplatz? Hallo, Herr Biese, ihre Nummer ist gestrichen, ich suche Sie!«

Der Oberst Biese vor den jungen Männern von morgen drehte sich langsam um.
Schüttelte unwillig den Kopf. Schickte einen Sergeanten zum Zaun, um uns zu verscheuchen.
»Hier ist es offiziell geheim!« rief der von weitem.
Wir verkrümelten uns schnell.
Fuhren weiter.
Tief erregt war ich.
Biese hatte 'nen neuen Job.
Und den alten vergessen.
Dabei hatte doch seine egozentrische Wetterfliegerei was Gutes erreicht.
Boris und Natascha wollten mich trösten, indem sie mir *ihre* Wahrheit zukommen ließen.
Ich war so aufgeregt, daß ich kaum hinhörte.
Sie wüßten, daß dies der Westen sei.
Daß sie ihn aber mit all seinen winzigen Fehlerchen als so sozialistisch menschenwürdig empfänden, daß sie hier das Schimpfwort »Westen« nicht verwenden könnten.
Daß die Sowjetunion wohl lange, lange brauche, um nur einen Teil für die Ärmsten der Armen bei sich davon zu erreichen.
Und daß sie trotzdem ihr Land und das System über alles lieben und so schnell wie möglich zurückkehren wollen, um zu helfen, was zu helfen sei.
Und daß sie sich nicht angewöhnen wollen, zu berichten, ihre

Rakete sei wegen eines heimkehrenden U2-Fliegers und eines besoffenen Start-Lager-Direktors im Westen gelandet. Daß sie sich weiterhin nicht angewöhnen dürften, zu berichten, die Zustände im Westen seien erstrebenswert.
Deshalb gewöhnen sie sich an die sowjetische Wahrheit: Die Sowjetunion hat nur Erfolge, also landet eine Sowjetrakete immer richtig!
Also waren sie auf der Venus!
Also wären die Zustände, die sie auf der Venus getroffen hätten, sozialistisches Vorbild für die Sowjetunion!
So ginge es.
Und so seien sie zurückgekehrt.
Die Rakete – glühender Fortschritt – sei in westlicher Wüste aufgeprallt.
Der Chefpilot sei kaputtgegangen.
»Wirst bestimmt Held der Sowjetunion und also kannst du, Pjotr Wanowitsch, hier in deiner Heimat bleiben!« sagte Natascha.
»Du kannst ja hier auch ein bißchen zum guten Zwecke was tun!« sagte Boris, als wir wieder vor dem Hotel Miramar in Westerland ankamen, »erzähle hier, daß du in der Sowjetunion warst und daß Kommunisten auch Menschen sind. Manche Menschen hier denken, es sind wilde Tiere ...!«
»So was ist schwer!« sagte ich.
Ich konnte mich immer noch nicht über den Obersten Biese beruhigen, der schon wieder anderen Männern einen neuen, größeren, schöneren Morgen versprach.
»Da ist noch 'ne Menge zu tun, in puncto wilde Tiere!« sagte ich.

Währenddessen telefonierte ein Sergeant vom Ausbildungslager NATO-Gruppe-Projekt-Mars mit dem Westerländer Polizeiwachtmeister, vor dem auch Alfried Flip und die beiden Mädchen in völliger Verzweiflung standen und eine »Russenvermißtenanzeige« aufgaben. »Moment mal«, sagte der Wachtmeister am Telefon, »was sagen Sie da? Höre ich recht: drei unverkleidete russische Spione am Zaun Ihres Lagers? Jawoll. Wird sofort erledigt!«
Der Wachtmeister knallte den Hörer auf.
»Gehn Sie und halten Sie den Mund!« sagte er zu den drei

jungen Leuten. »Ich veranlasse die Alliierten zu Weiterungen. Is ja ein dolles Stück. Sieht ja beinah nach ’ner Invasion aus!«
Traurig gingen Alfried und seine Mädchen aus der Wache.
Im Rausgehen hörten sie noch den Wachtmeister:
»Meldung an sowjetische Botschaft Bonn. Sowjetische Staatsbürger auf Insel Sylt! Bitten um Übersendung eines Beamten!«

Und nur weil Alfried Flip und seine Mädchen auf ihrer vorbereiteten kaukasischen Kaminparty in der Villa am Wattenmeer in Kampen heute abend nicht als Nieten dastehn wollten, also ohne uns, erzählten sie Boris, Natascha und mir nichts von den Vorbereitungen, die sie durch ihre Suche nach uns mit eingeleitet hatten.
Dies war aber das Schlimmste, was uns zustoßen konnte.
Da würde alles kaputt sein.
Boris’ und Nataschas Plan und mein Hierbleiben!
Aber wir ahnten ja noch nichts.
Wir gingen auf die Kaukasische.
In fröhlicher Stimmung. Alle. Ich weniger.
In die Villa am Wattenmeer.
Die Party war hübsch.
Die Eltern waren üblich.
Die Gäste kannten sich alle.
Und sie waren uns zu Ehren alle so gekleidet wie wir: Wattejacken, Pluderhosen, Pelzmützen.
Es gab Sonnenblumenkerne, Schaschliks, Krimsekt und natürlich Kaviar.
Natascha flirtete haltlos mit Alfried.
Boris knutschte seine Blondine, bis sie Ohrensausen hatte.
Mir war die Braunhaarige nicht unangenehm.
Solche Mädchen hatte ich als Landwirt und Besitzer eines Akkers nie kennengelernt.
Als Russe hatte ich alle Chancen.
Und dann schließlich erzählte mir die Braunhaarige in ihrer treuherzigen Art, was auf dem Westerländer Polizeirevier vorgefallen war.
So ganz nebenbei.
Bevor ich erschrecken konnte, kam schon ein neuer Gast.
Herr Schalwuchin aus Bonn.
Der die anwesenden Gäste ziemlich alle kannte.

Der uns aber, da alle dieselben Sachen wie wir anhatten, nicht so schnell herausfinden konnte, wie Boris, Natascha und ich verschwunden waren.
Denn Herr Schalwuchin kam von der sowjetischen Botschaft.
Blitzartig war unser Aufbruch.
Ohne Absprache waren wir drei gemeinsam auf der Flucht.

Ich wollte nach Hause und geriet ins Manöver.

Und dann kam der Anfang von diesem Ende. Ich brachte sie zur Zonengrenze Helmstedt. Boris hatte einen Verwandten hier, der als Offizier in der Roten Armee in Deutschland Dienst tat.
»Hier ist die Venus zu Ende!« sagte Boris, küßte mich auf beide Wangen und ging auf die rote Fahne zu.
Auch Natascha küßte mich.
»Du wirst Held der Sowjetunion, denn du starbst im Dienste an der Entdeckung der Venus. Jedenfalls in Moskau!«
Sie eilte Boris nach.
Ich stand in Pluderhosen, Wattejacke, Pelzmütze am westlichen Schlagbaum.
Ich winkte hinterher ...

Dann ging ich, im Osten gestorben, im Westen gestrichen, die Autobahn entlang.
Ich wollte nach Hause zu meinem halben Morgen.
Es kam aber nicht dazu.
Ich geriet ins Manöver ...
Ein Mercedes nahm mich mit ...
Auf der Autobahn.
Ein LKW ... nach Hamburg.
Ich stand vor dem Zeitungsgebäude am Gänsemarkt.
Dort hörte ich plötzlich, die Russen wären auf der Venus gelandet und wiedergekommen!
Und das wußte ich doch besser!
Ich rief laut und immer lauter!
»Es ist nicht wahr! Es darf alles nicht wahr sein!«
Die Leute waren empört.
Sie verfolgten mich.
Ich rannte eine große Straße runter.
Man wollte auf mich schießen.
Ein Polizist wollte mich verhaften.

Dann warf mir der Hubschrauber Ihrer Zeitung, die auch auf den Schwindel mit den Russen auf der Venus reingefallen ist, einen rettenden Strick zu. Ich lüge nicht …

Der Mann in der Pluderhose hängt am Seil. Zwischen Himmel und Erde.
Der Hubschrauber befindet sich genau über dem Lager West-Keitum auf Sylt und setzt zur Landung an.
Der Reporter beugt sich lachend aus der Kabine.
Er ruft nach unten: »Passen Sie auf, Genosse Münchhausen! Springen Sie, wir lassen Sie fallen. Lügen können Sie gut, aber ob Sie mit Ihren kurzen Beinen auch gut springen … Achtung!«
Der Reporter kappt das Seil.
Der Mann fliegt in eine Düne neben dem Wattenmeer.
Der Hubschrauber landet daneben.
Der Reporter kommt zu dem Mann in der Pluderhose. »Hören Sie, Münchhausen, in wenigen Minuten wird hochoffiziell vom Kommandanten des Lagers West und von hohen NATO-Offizieren und von einer großen Menge hochgestellter Zivilpersonen die sowjetrussische Delegation empfangen, an deren Spitze der Startdirektor vom Lager Sputnischew, Direktor Kuschinski, steht, der sich in Begleitung der beiden Helden der Sowjetunion, Boris und Natascha, befindet. Wenn Sie den Mut haben, dem Obersten Biese, sowie dem Direktor Kuschinski und den beiden Helden gegenüberzutreten und immer noch behaupten, die Russen waren nicht auf der Venus, dann …«
Der Mann in der Pluderhose erhebt sich langsam aus dem Sand, in den er gefallen war.
»Dann …?« fragt er neugierig.
»Dann können Sie bald einen schöneren, größeren Morgen haben!« sagt der Reporter lächelnd. »Denn dann drucken wir Ihre Geschichte in unserer Zeitung. Dann darf sie wahr sein!«

So passiert es.
Die Einheit der zwanzig in Khaki steckenden Übungspiloten für den Weltraum im Lager West ist wieder angetreten. Oberst Biese meldet dem NATO-General die Vollzähligkeit und die Bereitschaft.
Morgen soll die erste bemannte Rakete des Westens zum Mars abgefeuert werden.

Nicht weit weg von der kleinen Ehrentribüne, auf der sich eine Menge Prominenz tummelt, steht die Rakete für morgen hochaufgerichtet im Gerüst.
Daneben steht der dafür ausgesuchte Pilot.
Der Mann in der Pluderhose tritt mitfühlend zu ihm hin. Das heißt, er tritt unauffällig hinter ihn und redet auf ihn ein.
Dann kommt der Bus mit der sowjetrussischen Delegation.
Ein Orchester spielt.
Direktor Kuschinski an der Spitze, hinter ihm Boris und Natascha, betreten das Ehrenpodest.
Gottchen, was spielen sich nun für überschäumende, freudige Begrüßungsszenen ab.
Alfred Flip umarmt die Heldin Astronautikerin Natascha und feiert sie überschwenglich.
Obwohl er doch weiß, welchen Stern sie entdeckt hat!
Das blonde und das braunhaarige Mädchen knutschen Boris ab.
Obwohl auch sie doch wissen, was Boris entdeckt hat!
Der NATO-General hält eine wohlgesetzte Rede.
Er freue sich, daß die Sowjetunion und ihre Führer beschlossen haben, dem Westen mitzuteilen, was man da entdeckt habe und wie es dort beschaffen sei. Wo die Helden gelandet und von wo sie zurückgekehrt wären! Toll, Bravo, volle Anerkennung!
Und Direktor Kuschinski, der ununterbrochen Hände schütteln muß, setzt ebenfalls zu einer großen Rede an.
Diese Rede ist wohl der Grund, warum es der Mann in den Pluderhosen, den der Reporter »Genosse Münchhausen« nannte, nicht mehr auf seinem versteckten Platz hinter dem Rücken des westlichen Kosmonauten aushält.
Kuschinski sagt gerade, die Sowjetunion hätte das sozialistische Paradies mittels des von ihm gestarteten Weltraumfluges entdeckt. Sie wolle das der ganzen Welt zugute kommen lassen.
Die Venus sei im Stadium des Kommunismus. In ihren kühnsten Träumen hätten sich Marx, Engels, Lenin, Stalin und Chruschtschow für die Menschheit nicht einen solchen Lebensstandard ausgedacht, wie der von den Helden Boris und Natascha entdeckte auf der Venus!
Mit offenem Munde hören alle zu.

Der General, der Oberst Biese, die Weltraumpiloten, die ganze Ehrentribüne.
Die Leute, die hier zu Hause sind.
Da tritt der Mann in der Pluderhose in die feierliche Runde.
Kuschinski erzählt weiter, was in dem Venus-Staat alles für einen einzelnen Menschen getan werde, ohne Ansehung seines Standes.
Er erzählt von der Gleichheit der Menschen vor dem Gesetz, von der unantastbaren Würde der Menschen, von der Freiheit des Geistes ...
Kuschinski erzählt!
Daß die Sowjetunion zuerst diesen Stern entdeckt und darum dort der Sowjetwimpel zu wehen habe!
»Donnerwetter, auf solchem Stern mal leben können!« flüstert der Oberst Biese zu dem General.
Der NATO-General nickt ebenfalls ergriffen.
Dann sagt er leise: »Na, lassen Se man, wir fliegen morgen zum Mars. Die Mittel sind bewilligt, dank dem Vorsprung der UdSSR. Sonst hätten wir nie das Geld dafür bekommen!«
Und die Menschen ringsum hören mit offenem Munde und sehnsüchtigen Augen von einem Land und von Leuten, in dem sie selbst leben und die sie selbst sind. Sie wissen es nur nicht.

Und »Münchhausen« glaubt man nicht.
Oberst Biese sieht stur geradeaus, als der Mann in der Pluderhose sich ihm nähert. Er kennt ihn nicht.
Direktor Kuschinski ebenfalls nicht. Auch er sieht stur geradeaus.
Dann nähert sich der Mann in der Pluderhose Boris und Natascha.
Beide kneifen ihr linkes Auge zu.
Er will sie nicht in Verlegenheit bringen.
Er rennt weg, noch bevor Alfried Flip und die beiden Mädchen richtig erkennen, wer da eigentlich »stört«.
Der General auf der Ehrentribüne beugt sich zu Kuschinski: »Befindet sich dieser Herr in Ihrer Begleitung?«
»Nitschewo!« sagt Kuschinski und schaut auf Boris und Natascha, die beide lächeln und die Schultern zucken.
»Kennen Sie den Mann?« fragt der NATO-General den Oberst Biese.

»Keine Ahnung!« sagt der Oberst und kneift die Augen zusammen.
»Na, dann zur Sache!« sagt der General.
In diesem Moment allerdings geschieht etwas Unglaubliches. Die seitlich aufgebaute Rakete schießt laut dröhnend unplanmäßig in die Höhe. Alle starren entsetzt nach oben.
»Sabotage?« fragt Kuschinski leise den General.
»Schießen Sie!« sagt der General zum Oberst Biese. »Schießen Sie auf den Kommunisten!«
Doch man kommt nicht mehr dazu.
Die Rakete macht einen scharfen Knick nach rechts.
Über die Köpfe der Menschen braust sie hinweg, und die Stimme des »Genossen Münchhausen« ertönt:
»Schießen Sie nicht auf den Kommunisten!«
Dann macht die Rakete eine Schleife.
Und die »Märchenstimme« tönt weiter aus der Luft: »Hallo, ihr alle. Ich bin zufrieden. Zum Frieden bereit ... Ich nehme mir heute meinen Morgen, und zwar die andere Hälfte. Und ich werde ihn so lange beackern, bis ihr begreift: Man sollte Raketen besteigen. Zu Tausenden und mehr. Wenn jeder Mensch, auch in den entferntesten Ecken dieser Welt, ein Stern ist, sollte man ihn mittels dieser Raketen erreichen. *Das* ist der Weltraum, den es zu entdecken gilt. Menschen ... Wobei mir der Verzicht auf gegenseitige Ausrottung auch persönlich recht sympathisch wäre!«

Unten stehen die Menschen und halten die Münder offen. Starren in die Luft.
Nun fragt man sich:
Hat der Mann die Welt ins Unglück gestürzt?
Hat der Mann die Entwicklung begünstigt und den Fortschritt aufgehalten?
Ein Westdeutscher?
Ein Bundesrepublikaner?
Der Mann ist Bauer an der Zonengrenze, die seinen Morgen teilt.
Irgendwo im Norden, an der Elbe.
Er ist mit der einen Hälfte zufrieden.
Entgegen anderslautenden Meldungen über andere Westdeutsche.

Er hat eine bessere Wahrheit als die eventuelle Tatsache, daß Russen oder Amerikaner oder sonstwer wirklich schon auf der Venus waren.
Denn das wird so lange nicht wahr sein dürfen, solange es auf dieser Erde in der Mehrzahl zu Unfrieden neigende Unzufriedene gibt.
Solche Leute muß man belügen, damit sie die Wahrheit selbst herausfinden.
Werdet Münchhausen, Bundesgenossen!
Das darf wahr sein.

Man muß die Leute belügen, damit sie die Wahrheit herausfinden.

Oder ist unser Mann in der Pluderhose und der Wattejacke auf dem Wege zum Mars?
Mit der entführten West-Rakete?

Über das Feld des ehemaligen Landwirts Oskar Puste an der Zonengrenze zieht das Pferd Grete den Pflug. Dahinter geht der vor einem Jahr in den Westen geflüchtete Bauer Alfons Altmann. Ehemaliger LPG-Genosse.
»Brr, Grete!« sagte er. Das Pferd bleibt stehn.
Alfons Altmann hebt den Kopf.
Es zischt und saust und braust durch die Luft.
Auf der anderen Hälfte dieses Stückchen Lands, des geteilten Morgens, durch den die Zonengrenze schneidet, gibt es einen Aufschlag.
Aus einem Gebüsch kommt, wankend, aber offenbar bester Laune, ein Mann in Russenstiefeln, khakifarbener Wattejacke, Pelzmütze und Pluderhosen. Auf den Stacheldraht und den dahinter mit offenem Munde dastehenden Alfons Altmann zu.
Das Pferd Grete gibt ein freudig klingendes Wiehern von sich.
»Was machst du auf meiner Hälfte?« fragte der Mann in der Pluderhose den Bauklötzer staunenden Alfons.
»Major Biese hat mir gesagt, bevor er woanders hin versetzt wurde, du kämst nie wieder. Na, da bin ich rüber und ackre hier für dich. Die letzte Ernte war gut!«
Soweit Alfons Altmann, ehemaliger Traktorführer in der LPG, auf der westlichen Seite.
Der in der Pluderhose steht hinter dem Stacheldraht. Da, wo früher Alfons auf dem Traktor saß.
»Die Rakete da hinterm Busch sollte eigentlich zum Mars«,

sagte er, »aber weißte, Alfons, was soll ich da oben! Mir ist die Puste ausgegangen. Will sagen, mein Paß auf den Namen Oskar Puste ... Alle Leute glauben, ich lüge!«
Alfons Altmann sagt: »Hü Grete!«
Das Pferd zieht wieder den Pflug.
Dann dreht er sich noch mal um.
»Habe ich dir ja gesagt, daß euch eines Tages die Puste ausgehen wird, habe ich dir ja prophezeit!« ruft er zurück zu dem Mann in der Pluderhose.
»Ja, aber da warste noch auf dieser Seite hier!« ruft jener. Von nun an sitzt er auf dem LPG-Traktor.

Die beiden begegnen sich öfter.
Sie beackern einen Morgen, der ihnen gemeinsam gehört.
Bei allem Jux, bei allem Schwindel und bei aller Lüge: Sie bearbeiten den Boden der Tatsachen.
Schwerer Boden.
Aber wenn nicht geschossen wird, gibt's reiche Ernte.
Für beide.
Sogar in der Zeitung wird es eines Tages stehn.

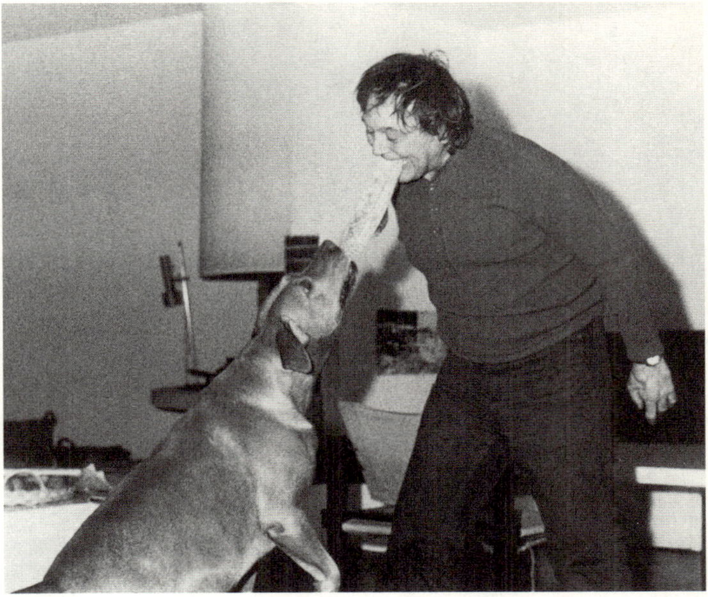

Fußballer Neuss: »Wenn ich nicht gepaukt habe, habe ich gemaukt.«

Das jüngste Gerücht

Satire über Trivialpolitik

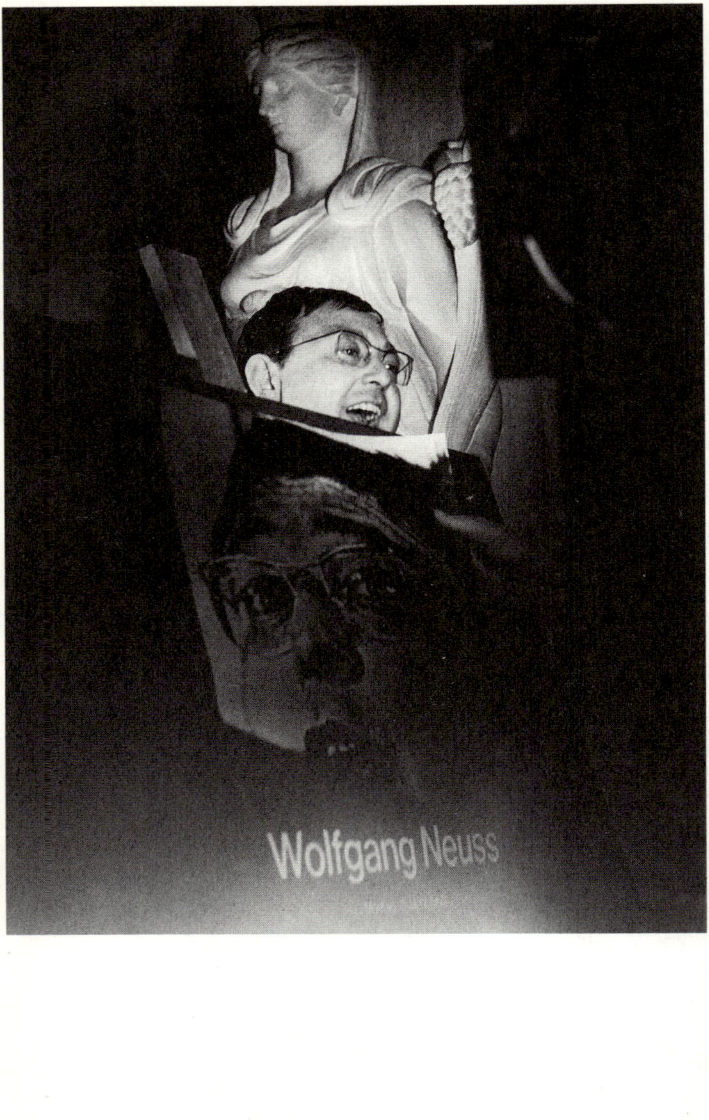
Wolfgang Neuss

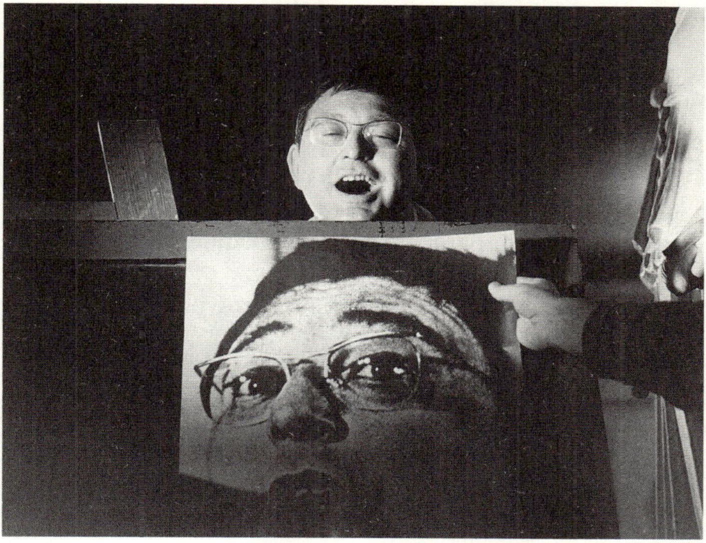

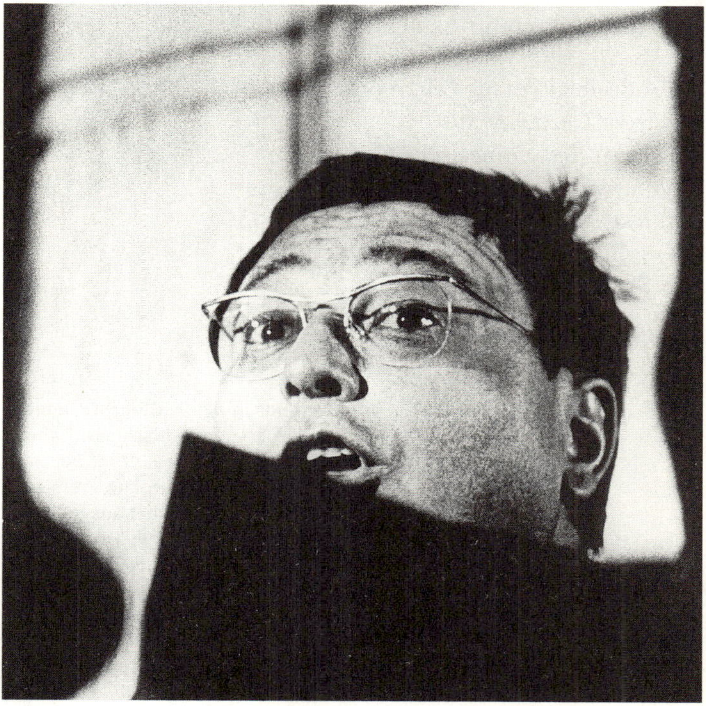

Fett votre jöh
im Domi-Zille-Milljöh:
Eine Kellerassel
begrüßt Sie hier mit gregorianischem Gequassel.
Guten Abend girls und boys!
Hier begrüßt Sie der Thersites vom Lützowplatz
das Ungeheuer von Loch Neuss –

Guten Abend auch Du politischer Banause:
Wir können hier richtig deutsch diskutiern
richtig deutsch
wir haben Verbandszeug im Hause.

Ich will gleich mal so fragen: Könnte man nicht die Todesstrafe einführen für Leute, die sie vorschlagen?

Bundesmickymaus Felix von Eckardt
streut Gerüchte aus:
Adenauer liest chinesische Gedichte.
Donnerwetter: rotchinesische:
von Mao sind die gewesen ...
Das soll ihm mal erst einer nachmachen!
Mit 89 noch senkrecht lesen.

1963 – »Das jüngste Gerücht« nennt Neuss sein erstes politisch-satirisches Solo-Programm, mit dem er im Dezember am Berliner Lützowplatz Premiere hat. Die große Trommel hat ausgedient, Neuss haut nun bei seinem aktuell politischen Rundumschlag aufs Schlagzeug. Der »Thersites vom Lützowplatz« – Neuss spielt damit auf seine Mitwirkung in der Shakespeare-Tragödie »Troilus und Cressida« im Schauspielhaus Hamburg an – wird von Presse wie Publikum bejubelt, seine Vorstellungen sind auf Wochen im voraus ausverkauft.

Das jüngste Gerücht hat mir Felix von Eckardt erzählt: Adenauer will jetzt Brigitte Bardot heiraten! Ich sage: Na und? Muß er?

So meine Damen und Herren, damit hätten wir die Kür im Kalauern hinter uns. Die Referenz an die westdeutschen Gäste wäre erwiesen, wir kommen zur Pflicht! Ich hoffe, Sie haben sich inzwischen mit dem Symbolgehalt meines phantastischen Bühnenbildes vertraut gemacht: Nicht daß ich hier der Drei-Hüte-Theorie Vorschub leiste, jedoch der Grundentwurf stammt von Prof. Teller – das ist der Mann mit den Megatonnen im Blick und dem irren Lächeln an passender Stelle –, steife Hüte: mit der Bombe leben. Nur damit Sie immer dran denken.

Die Pauke ist multilateral rückwärts entwickelt, technisch noch unvollkommen. Im KaDeWe gibt's jetzt für die Saison Wannsee-Polaris, für Wasserski und Segelflug gleichzeitig: Kurz vor In-die-Luft-Gehen hat man Mitspracherecht, ein völlig neues Selbstmordgefühl, mit eignem Beerdigungsbericht im Kurier, sehr schick …

In diesem Plastikeimer weichen Tabus (übrigens das Gegenstück zu Karajans Badewanne in der Philharmonie), Tabus sind aber anscheinend heute nicht drin – doch eine Flöte, nein, eine Pfeife, nanu? Wer hat denn den Barzel hier in den Eimer getan? Ich will mich sofort bei Ihnen entschuldigen, weil ich mich nicht primitiver gegen den Mann wehren kann, aber der Barzel hat vorgeschlagen, die nächste Bundestagssitzung (ohne Rücksicht auf meine Fensterscheiben) als Lokaltermin in Warschau stattfinden zu lassen …

Außerdem – und das wiegt schwer bei mir – hat er zu einem Berliner, den ich noch mit für einen der vernünftigsten Politiker halte (nicht nur, weil dieser neun Jahre im Zuchthaus Bautzen gesessen hat, nein, wegen seiner Ansichten hinterher!) –, hat der Barzel so ohne weiteres gesagt: In Berlin, da wäre der Borm drin. Wer also behauptet, dieser Mann sei ein Wurm, muß sich gefallen lassen, als Pfeife bezeichnet zu werden. Bitte, er ist wieder im Eimer, wo er hingehört, an die Wand gehangen, ich werde eine Bombe drauflegen, sonst huppt er mir hier noch raus, man soll die Leute ja immer mit den eignen Waffen schlagen.

Darf ich Sie nun noch mit meiner … nein … das ist kein

Mikrofon, das ist meine Höcherl-Membrane, die will ich schnell ausprobieren. Ich klage doch gegen Höcherl! Ich bin einer der wenigen Berliner Telefonbesitzer, die nicht abgehört werden! Ich meine, sooo unwichtig ist man ja nun auch wieder nicht! Ich sehe mir jede Woche einen polnischen Film an, da muß man doch langsam abhörreif sein? Ich mache mal eben eine Ansprech-Probe: Schmidt-Vockenhausen ... Schmidt-Vockenhausen ... Schmidt-Schnauze ... Schmidt-Carlo ... Schmidteinander Füreinander ... kommt das da rechts überhaupt noch durch? Schweigen? Hat sich der Höcherl auch angesehen im Innenministerium, das Schweigen, das schwedische. Wäre nichts, hat er gesagt. Da hat er beim Abhören schon ganz andere Sauereien gehört. Die Aktion »Saubere Süsterhenne« und der Tierschutzverein schimpfen ja immer noch über den Ingmar-Bergman-Film: Es wäre eine Schweinerei, in einem solchen Film ein so mageres Pferd zu zeigen!

Der Film mag seine ästhetischen Meriten haben: Ich persönlich lehne diese Vorhersagen ab: Wenn die Spannung so aufm Höhepunkt ist, kommt einer und sagt und verrät alles, pfui Deibel, wie früher, der alte Witz, wenn man in einen Kriminalfilm ging, kaufte keine Bonbons vorher, sagte die Platzanweiserin »der Gärtner ist der Mörder«; da stehe ich ja nun gar nicht drauf, auf so 'ne Dinger – gehe ich heute ins »Schweigen«, sagt die Platzanweiserin ohne Aufforderung vorher: »Der Kellner ist der liebe Gott« – ungehörig!

Mir gegenüber hier steht meine ständige Begleiterin, Gips-Uschi aus der Motzstraße. (Seitdem Kardinal Frings nichts mehr gegen die Mischehe hat, flirte ich ab und an mit ihr, wir haben so 'nen kleinen Fringsverkehr, unbedeutend.) Ich schlage Ihnen vor, daß wir unsere Phantasie noch ein paar Augenblicke an dem Gips wetzen, wir sind noch stark im Unverbindlichen, der Kellner darf hier noch bedienen, Sie wissen, daß wir freiwillig in einem

1963 – Zielscheibe des Neuss-Spotts im »Jüngsten Gerücht« ist die bundesrepublikanische Wirklichkeit, die sich gerade in einer Phase des Übergangs befindet: Adenauer hatte im Herbst die Kanzlerschaft an Wirtschaftsminister Erhard abgeben müssen, bleibt aber trotz seiner 89 Jahre CDU-Vorsitzender. Im neuen Erhard-Kabinett sitzen nun Erich Mende als neuer Vizekanzler und Hermann Höcherl als neuer, alter Innenminister, der die Kritik an illegalen Abhörpraktiken mit der Bemerkung kontert, er könne ja nicht dauernd mit dem »Grundgesetz unterm Arm herumlaufen«. Der Ex-»Gesamtdeutsche« Rainer Barzel übernimmt den CDU-Fraktionsvorsitz.

System leben, in dem Niveau heben immer was mit Umsatz steigern zu tun hat. Dies gesamte Gipswerk stammt von einem Universalkünstler, Horst Geldmacher, der die Auszeichnung mit Würde zu tragen weiß, in jedem Grass-Roman genannt zu sein, und der sich mit der Gips-Uschi hier vollinhaltlich zum sozialdemokratischen Verismus bekennt: energiegeladene, barocke Phantasie im Stile Willy Rembrandts. Es gibt allerdings Leute, die halten das für eine pubertäre Laubsägearbeit der Lette-Schule, Schaschlik-Erotik am Spieß –, das Gerafte im Schritt deutet darauf hin: Weg von der Sexbombe, hin zum Geschlechts-Dumdum.

Weg von der Sex-Bombe, hin zum Geschlechts-Dumdum.

Den Blumentopf auf dem Kopf habe ich auch entsymbolisiert: Er ist das Wahrzeichen der kommenden Ortsgruppe der bayrischen CSU in Westberlin: hat hier 'ne Chance! Selbst die Kuh wählt CSU, denn die Partei deckt alles ... Es gibt auch harmlosere Auslegungsmöglichkeiten für das Gesamtgebilde: Obst auf der Schulter, grüne Gurke im Arm, Stafette in der Hand: Jutta Heine nach dem Besuch auf dem Westberliner Fruchthof ... Ich habe die Dame zur Jeanne d'Arc der kommenden mitteleuropäischen Bauernkriege ernannt! Die stehen ins Haus. Haben Sie den deutschen Getreidepreis verfolgt? Der soll so hoch gewesen sein, daß ihn selbst Sartre abgelehnt hätte, wobei alles für Sartre, aber nichts für unseren Getreidepreis spricht. Vorübergehend soll man sich geeinigt haben, demnächst soll das Kilo Mehl bei uns 3 Pfennige teurer oder billiger ... das weiß ich jetzt nicht so genau: Ist ja auch egal, wer ißt schon Mehl!

Aber das Landfluchtproblem! (Nicht Weltraum.) Landfluchtprobleme sollen in Ost und West schon beinah die gleichen sein!

Die Leute wollen einfach nicht mehr so recht – wie sagt man – auf dem Lande die Scholle bre-

1963 – Namen und Fakten des Jahres: Edward Teller verteidigt die von ihm mitentwickelte Wasserstoffbombe als schlagkräftige Massenvernichtungswaffe. Ein vieldiskutierter Film des Jahres ist Ingmar Bergmans »Das Schweigen«, der das Thema der lesbischen Liebe aufgreift und von der CDU-nahen »Aktion saubere Leinwand« des Pastor Süsterhenn sowie der katholischen Kirche scharf angegriffen wird. Das zweite vatikanische Konzil macht die Mischehe zu seinem Thema; der deutsche Kardinal Frings nimmt dabei eine vergleichsweise liberale Haltung ein.

chen, in den Furchen rumstolpern, wollen in die Stadt, gibt's höhere Löhne und darob wäre eine Gegenbewegung vonnöten: Lust-aufs-Land-mach-Lyrik habe ich hier: Gesamtdeutsche Ackerkrumenlyrik.

Wie wird sowas gesamtdeutsch? Drüben – das wissen die wenigsten, vielleicht ein paar Leute, die im Sigmundshof bei den Lesungen waren ... übrigens: Wenn der Rektor von der Dahlemer Universität kommt, der darf bei mir rein, obwohl ich mit Kuby befreundet bin, damit der Rektor mal sieht, wie man mit entgegengesetzten Meinungsträgern umgeht – drüben gibt's also ganz gute Literatur, folgedessen gibt's drüben auch gute Literatur-Parodisten. Ich habe mir dort einen der geschliffensten Satiriker, den's neben Wolf Biermann gibt, rausgesucht, Manfred Bieler aus der sogenannten DDR ... Ich habe sogenannte gesagt? Oh, da muß ich erst mal 'ne Mark in mein Sparschwein stecken – das tue ich immer, kann ich allen sehr empfehlen, ich habe zu Hause schon drei Schweine voll, alles vom sogenannte sagen. Sie müssen ja aus Überzeugungsgründen oder aus juristischen und so weiter auch sogenannte sagen: Immer rin – eines Tages haun wir die Schweine alle kaputt, dann finden wir schon wieder, was wir so nennen können.

Damit diese Lyrik nun gesamtdeutsch wird, mußte ich den original sehr guten Manfred Bieler etwas vermanschen mit den Gedichten des Chefs vom Deutschen Bauernverband, Edmund Rehwinkel, der ja nicht nur so Gedichte im Anackerstil macht (Gesprächsstoff für die Pause: Wer war 'n das: Anacker?), – der Rehwinkel macht ja auch wirtschaftlich unwahrscheinlich expansive Gerüchte: Der hat während des Hähnchenkrieges zum Schutze der deutschen Henne folgendes Gerücht erfunden:

Amerikanisches Geflügel macht impotent. Bei Hühnerhugo war die Hölle los. Die Leute wußten nicht mehr, was sie bestellen sollten.

›Ham 'se vielleicht 'n

1963 – Was sonst noch geschah: Heinrich Lübke, sauerländisches Sprachtalent, ist immer noch Bundespräsident, Berlins Regierender, »Rembrandt-Willy« Brandt, übernimmt den SPD-Vorsitz. Viel diskutiert wird der sogenannte Bildungsnotstand: Prof. Georg Picht hatte errechnet, daß die Deutschen technologisch und wissenschaftlich im internationalem Vergleich nicht mithalten können.

Stückchen französische Poularde da« und so weiter, förderlich der Massen-Peinlichkeit, wie als ob einer in 'ner Apotheke nach 'nem Präservativ fragen soll ... ekelerregend, wenn einer Hunger hat, na schön ... ich fange mal mit der Lyrik an:

Mädchen an der Melkmaschine
mit den vierundzwanzig Stöpseln
bist nicht mehr die dumme Trine
läßt dich nicht vom Schloß veräpseln
kennst die These: exportieren
Käse Butter Milch
und kennst die Antithese:
importieren Butter Milch und Käse.
Doch auch die Synthese dann
fährt dir in die Beine wieder
Bäckerbursch und Hütejung
rund die Hüften rund das Mieder
rund die mondlichtfarbnen weißen
strammen festen kleinen Glieder.
Und lächelnd gedenkst du
der blühenden Steppen an Wolga und Mississippi.

Das Gedicht ging erst nur bis »Wolga«, nach den Weizenlieferungen hat man hier den Mississippi unbedenklich mit reingenommen – ich will damit nur andeuten, daß man anderswo schon ohne ideologische Wadenkrämpfe an die Gesamtsonne über den Feldern denkt, während wir uns ja heimlich doch immer noch den Schatten über Sachsen wünschen.

Im nächsten Gedicht verstellen wir uns mal schlecht. Wir tun so, als ob Anna Seghers am Euter wäre:

Hinstehst du, Kuh
wie dich Brehm in Brehms Tierleben beschrieb
und dich Hegenbarth malte
schwarzweißgedrängelt
in der Mitte der zornigen Wiesen
Jovis harrend in der Brunst deines stierigen Nackens.

Es nähert sich:
die hüfteschwenkende Magd
von den Armen lösend den Eimer

Eimer ist verkehrt, Eimer ist volkstümelnd, der Bitterfelder Weg ist im Eimer.

von den Armen lösend den zinnernen Krug
schreitet sie gemessnen Ganges zum Schemel.
Dort nun sitzt sie
die Rosenfingrige
melkend das gleißende Element
um es bewegteren Schritts
doch gleichmäßig –
kein Tropfen zurück in die Wiese –
heimzuführen
in die brausenden Kelter der Genossenschaft.

Moment, Sie lächeln an der falschen Stelle. Ich bin aber schuld. Ich habe falsch Luft geholt – Entschuldigung ...

Dies Gedicht will Wolfgang Leonhard demnächst für Werner Höfers Frühschoppen analysieren, ob da nicht zwischenzeilig doch noch 'n bißchen Stalinismus ... Der Höfer will jetzt prinzipiell im Frühschoppen auch seinen Entspannungswillen demonstrieren! Sie wissen ja, daß es heute nicht so sehr auf persönliche Anständigkeit ankommt, wie auf das Demonstrieren derselben, also damit der andere erfährt, aha, der Mann ist anständig!

Höfer will jetzt für den Frühschoppen, habe ich gehört, diesen sehr eigenwilligen Professor von drüben einladen, Havemann, – er rechnet wohl nicht damit, daß er kommt, aber er rechnet wohl doch damit, daß der Mann dann vielleicht doch mal verhaftet wird, na ja, das sind so kleine Herzlichkeiten von Schoppen zu Schoppen, von Schnitzler zu Höfer, ich gebe ehrlich zu, wenn man Sonntag früh schon mal das irre Pech hatte, die Kirche verpaßt zu haben und dann so den Frühschoppen in sich reinsaugt, man hat am Schluß doch das Gefühl, es ist mal

1963 – Robert Havemann, den Neuss als Gesprächsgast für Werner Höfers Sendung ins Gespräch bringt, war als Verfechter eines »humanen und demokratischen Sozialismus« in Ost-Berlin in Ungnade gefallen und aus der SED ausgeschlossen worden. Wolfgang Leonhard, Ex-Kommunist aus dem Ulbricht-Stab, kam in den Westen und ist häufig Gast in Höfers »Internationalem Frühschoppen«, einer Polit-Talk-Runde, die 1963 bereits mehr als ein Jahrzehnt lang allsonntäglich im deutschen Fernsehen zu betrachten ist. Karl-Eduard von Schnitzler ist Moderator des DDR-Fernseh-Magazins »Der schwarze Kanal«.

wieder was erledigt worden. Gerade als kochende deutsche Hausfrau denkt man, nu is gut, jetzt kannst dich die ganze Woche wieder um die Preise für Wirsing kümmern, die Politik hat sich am Sonntag zwischen 12 und 1 Uhr erledigt.

Fünf Journalisten aus aller Herren Länder (niemals aus Knechtesland), aus aller Brotherren Länder prostituieren dem Höfer gemächlich zu, immer im Rahmen des sich Geziemenden. Da können die sprechen, über was sie wollen: Südafrika! Was sagen Sie denn dazu? Gräßlich! Und Sie? Schrecklich! Je nu, da sind wir uns wohl alle hier am Tisch einig: das Blutbad, was dort auf die Welt wartet ... na denn Prost, Ihr Herr Höfer!

Zu Lübke fällt mir noch was ein, hätte Karl Kraus gesagt.

Ich nenne ihn immer: den Erfinder des deutschen Laubsägeinterviews, der macht sein Interview wie folgt: Bitte sagen Sie mir, was ich Sie fragen soll, es fällt Ihnen leichter zu antworten –, macht der fabelhaft, wissen aber nur Zeit-Leser ... wir kommen später noch mal auf Dufhues zurück ...

Jetzt habe ich hier noch ein bäurisches Kampfgedicht aus Heinrich Lübkes Sprach-Schatz-Kästlein, quasi eine Schinken-Schollen-Schau. Achten Sie bitte im folgenden Gedichtlein mal auf das Sch, ganz Aufgeweckte unter Ihnen kennen es noch aus der letzten Silvesteransprache – nu, die war nicht wenig unbedeutend! Ein aufmerksamer Staatsbürger hatte gleich das Motto fürs kommende Jahr klar vor Augen: Es genügt nicht, nur keine Gedanken zu haben – man muß auch unfähig sein, sie auszudrücken. Zu Lübke fällt mir doch noch was ein, hätte Karl Kraus gesagt.

Hier geht's aber nicht so sehr um den Sprachfehler eines einzelnen Mannes, der immerhin die Mehrheit repräsentiert, hier geht's zunächst mal um seinen ehemaligen persönlichen Referenten, das muß auch sein persönlicher Feind gewesen sein.

Nach meiner Meinung muß der immer in der Ecke gesessen haben und überlegt haben: »Wie kann ich dem Mann noch 'n Sch in die Rede reinschreiben?«, ausgesprochener Hämling voller Händereibe-Freude, unartig.

Nich Schaumspeise mehr
noch das schüttere Schellengeläut im schlesischen Städtchen

Auch Rübezahl nicht
der rastlos im Riesengebirge den Bart auswringend Rennende
Auch nicht Schneewittleins schüchterne Scham
Schon aber gar nicht
die vielen fiesen Verse der Abstrakten
bewegen die Brust der sauerländisch melkenden Magd.

Ach, das hatte ich vergessen zu erwähnen: Es handelt sich in diesem Gedicht um ein heimatvertriebenes Rind und um so 'ne Art Oder/Neiße-Vorleistungs-Sennerin.

Heut strählt sie bei Lippe-Detmold die schillernde Schwärze
schwankend noch ob sie heimkehrwillig
oder sich für immer zuwende dem emsig ernsten Geschäfte
des EWG-Melkens.
Zögernd noch strippt sie strapp strull
voll ertönt dann aber der präsidiale Ausruf:
Wilhelmine mach Muh,
ganz Europa hört zu!

Na ja. Das letzte Gedicht war das schwächste. Das will eventuell Werhahn für Bolle kaufen, um den Magermilch-Umsatz in West-Berlin etwas zu heben. Beim Queen-Besuch hat sich Frau Lübke außerordentlich bewährt, als Philips-Empfänger. Damit wir uns nicht mißverstehn: Ich bin dafür, daß die Amtszeit des Präsidenten bis auf Lebenszeit verlängert wird, nicht daß der Mann uns vorzeitig abspringt! Was sollen wir beispielsweise mit Leuten wie Golo Mann oder Professor Weizsäcker als Buprä? So 'ne Leute haben zumindest eine antifaschistische Gesinnung, wissen sie täglich neu zu formulieren, scheuen sich nicht – wen sollen die repräsentieren? Ich bin für Lübke!!!

In Abwandlung eines sehr bekannten Flüsterwitzes staune ich auch immer, wie viele Deutsche noch intelligent, ehrlich und wiedervereinigungsgläubig sind. Schön, diese drei Eigenschaften

1963 – Aus der Skandal-Chronik der Republik – ein gefundenes Fressen fürs politische Kabarett: Die Veröffentlichung eines »Spiegel«-Artikels über die Verteidigungsbereitschaft der Bundeswehr läßt Adenauer »einen Abgrund von Landesverrat« vermuten. Die Verhaftung von Spiegel-Chef Augstein führt zu einer schweren innenpolitischen Krise. Zum »Panorama«-Skandal kommt es, als das ARD-Magazin moniert, daß alliierte Geheimdienste mit Hilfe deutscher Dienststellen private Telefone überwachen läßt und offenlegt, daß es selbst im Bundestag Abhöranlagen gibt. Richard von Weizsäckers Bruder Carl Friedrich war seinerzeit als Kandidat für das Bundespräsidentenamt im Gespräch.

treffen nie auf einmal zu. Entweder wir sind intelligent und ehrlich, dann sind wir nicht wiedervereinigungsgläubig. Oder wir sind intelligent und wiedervereinigungsgläubig, dann sind wir nicht ehrlich. Oder wir sind ehrlich und wiedervereinigungsgläubig, dann sind wir nicht ... – aber wer möchte schon zugeben, dämlich zu sein?

Persönliche Dummheit ist nun mal eine gesellschaftliche Vernachlässigung, so aufgeklärt kann jeder sein, und damit kommt man überall durch, wer geht schon in Westdeutschland das Risiko ein, klüger zu sein als die Staatsführung? Helden wie Berthold Beitz werden von Vertriebenenverbänden als Polen bezeichnet; ich sage Ihnen: Ich kenne Leute, die machen kleine Schritte nur, weil sie die Hosen voll haben. Das sind die Befürworter der Klo-Existenz.

Ich war während des vorletzten Passierscheinabkommens auch drüben, im Osten, habe Onkel und Tante in Treptow besucht ... meine Oma in Zehlendorf habe ich schon zehn Jahre nich gesehen. Drüben, ja, drüben hab ick se wiedergetroffen, sie war auch gerade unterwegens ... wenn, dann machen wir ja rollenden Einsatz.

Ick war übrigens ohne Passierschein drüben. Karfreitag. Da is bei uns im Fernsehen sowieso nischt los, Karfreitag spielt ja bekanntlich immer Freund Hein mit seine Rhythmiker.

Ich habe am Grenzübergang so 'nen kleinen persönlichen wirtschaftlichen Terror ausgeübt, ick habe zu dem Vopo gesagt, ick hätte noch Schulden zu bezahlen, von 1959, in der HO!

Nu wußte der gar nich? Kiekt mich unverwandt an. Wie wir uns lange genug angeguckt haben, merke ich, muß er wohl, genau wie ick, den Film von Wolfgang Staudte gesehen haben »Der Untertan« und die Konsequenzen draus gezogen haben: Gehnse bezahlen, sagte er. Ick also rüber.

Bevor ick zu Onkel und Tante nach Treptow raus bin, bin ick erstmal im Osten ... na ... wie heißt denn nu der Nachfolger von Stalin da drüben? Frankfurter, richtig, Frankfurter Allee, Café Budapest, drei Flaschen Krimsekt, sowjetischen Cognac, Speisekarte rauf- und runtergegessen ... dann leise raus ... Zeche geprellt ... ick mache ja immer Schulden drüben! Wie soll denn sonst das Regime zusammenbrechen? Na, das ist doch logisch! So ’n Regime bricht doch nicht Unter den Linden hinterm Regierungschreibstisch zuerst zusammen, das beginnt doch zuallererst in der Familie, in der kleinsten Zelle eines Staates, zusammenzubrechen …

Hab dann also sofort Onkel und Tante in Treptow besucht, sehr herzlicher Empfang. Onkel hatte richtig was Gesamtdeutsches in der Pupille, nee, das Neue noch nich, das kennt er ja nicht, Zeitungsaustausch? Da machen die wohl erst mal die Zeitungen, die se mal tauschen wollen, dies Gesamtdeutsche kam an anderer Stelle voll zum Ausdruck, ich erwähne es noch …

Zuerst sagte Onkel, hör mal zu, Junge, sagt er, ick persönlich fand, der Chruschtschow war ein sehr ordentlicher Mann, hatte ein Fehler, war kein Kommunist. Ick sage, ja, sage ick, und gerade das hat ihm nach meiner Meinung in Westberlin sehr geschadet! Nur damit der Mann sofort erkennen konnte, daß ick auf der rein verwandtschaftlich dialektischen Basis erst mal mithalten konnte! Nee, sagt Onkel, einfacher. Nikita hat in der Zoffjetunion immerhin das Überleben eingeführt, während die ja bei euch neuerdings, wenn einer verklemmt in ’ner Buchhandlung hockt, unten fährt ein anderer strahlend im Kabriolett mit seine Frau, der nu in der Buchhandlung über Kimme und Korn … An dieser Stelle hatte Onkel übrigens das Gesamtdeutsche in der Pupille. Ein Glück, sagt er, daß dieser Oswald-Mörder Rubinstein heißt. Stell dir mal vor, der heißt nu zufällig Müller, Meier oder Schulze? Würden die Leute in der ganzen Welt noch glauben, wäre ein Deutscher gewesen!

Ick sage, Onkel, sage ick, weißte! Auf die Art kann ick nu gerade nich sagen, daß wir bei uns noch Antisemiten sind! Das nu wirklich nich! Höchstens im kleinen Kreise. Ick mußte tatsächlich meinen eigenen Onkel erst mal aufklären, daß das bei uns mit dem Antisemitismus nicht mehr so gehirnlos war wie früher. Ick sage,

1963 – Zwei Jahre nach dem Mauerbau steckt der Ost-West-Dialog in der Krise. Nach zähen Verhandlungen zwischen den deutsch-deutschen Behörden kommt es zu einem Passierscheinabkommen, das Westberlinern ermöglicht, ihre Verwandten im Ostteil der Stadt zu besuchen. Im November fällt Kennedy, der noch im Juni vor dem Schöneberger Rathaus die Berliner mit dem Spruch »Ich bin ein Berliner« begeistert hatte, in Dallas einem Attentat zum Opfer. Der mutmaßliche Kennedy-Mörder Lee Harvey Oswald wird – bereits in Polizeigewahrsam – von Jack Rubinstein alias Ruby, einem Barbesitzer von zweifelhaftem Ruf, auf offener Straße erschossen. Die näheren Umstände des Kennedy-Mordes wurden nie aufgeklärt.

Onkel, wo's lohnt: ja. Wo's nicht lohnt, läßt man's weg! Wenn's nischt einbringt? Na, ist doch so.

Ick habe mit mein'm Onkel schon Karfreitag im Osten über Israel gesprochen, obwohl's nu an dem Tage wegen Pilatussen nich so besonders paßte. Ick sage, Onkel, sage ick, ick persönlich kann Israel erst anerkennen, wenn Israel die DDR anerkannt hat!

Mann, sagt er, du wirst uns doch nich so ein Schlag versetzen!

Damit Sie mal sehn, welch hohes Niveau unser Gespräch auch teilweise vermieden hat.

Nu muß man natürlich wissen, daß mein Onkel ein sehr labiler Typ ist! Der ist nach dem dreizehnten August, wo die da gebaut haben, is der gleich drauf Kommunist geworden.

Ick bin nich schuld! Ick habe ihm immer geschrieben: Hör dir nich die politischen Kommentare im Sender Freies Berlin an!

Nein, er – Deutschlandsender war ihm wohl zu langweilig – hat er immer gehört, da ist mein Onkel so sukzessive, ohne es zu merken, in die SED reingerutscht ... der is also so Kommunist, wie ick früher Nazi war: halb so schlimm.

Meine Tante, die is ein Familienproblem. Altkommunistin. Seit der Strauß-Rehabilitierung! Ick sage, Tante, sage ick, wie lange willst du denn in der Partei, in der SED, bleiben?

Bis der Strauß völlig reingewaschen is, sagt se!

Also, die hatte schon immer so 'ne Art Veteranenkomplex – die will wohl mal so 'ne Art Clara Zetkin oder so was werden.

Onkel sagt ja, 3 Millionen Kommunisten hätten se jetzt da drüben von der Sorte. Ick sage: 3 Millionen? Habe ick ja noch nie gehört! Dann wird's ja mit der Wiedervereinigung, wie ick sie gelernt habe, nichts? Es sei denn, wir stelln bei der Vereinigung erst mal den sozialen Wohnungsbau hintan und bauen während der WV (heißt Wiedervereinigung, hab ick mir abgekürzt), bauen wir also während der stattfindenden WV erst mal Gefängnisse, damit der Strafvollzug ... nu: Wir wollen ja auch mal was gelernt haben, nich!

Dann ham wa was gegessen. Es gab polnische Ente. Ick hatte eine mitgebracht. Die hatten aber auch eine da. Das kommt ja vor, daß zwei Länder mal denselben Import haben. Warum denn nicht? Wenn die Enten gut sind? Die warn sehr höflich, ham meine gemacht... Ick wollte gerade den ersten Bissen Ente nehmen, da sagt Tante zu mir, sag mal, Junge, sagt sie, gibt's denn nun ein Leben nach der Wiedervereinigung?

Hm. Ick habe die Ente erst mal runtergeschluckt. War ja sowieso meine.

Ick sage, Tante, sage ick, laß mich bitte mit den mythologischen Dingern in Ruhe, es geht auf Ostern zu, wenn du hier schon am Karfreitag Eier verstecken willst, bitte, dann nicht so tücksche!

Dann haben wir alle gekaut, da war die Verständigung einwandfrei. Onkel hatte eine Bitte. Sagt doch nich immer so laut Wiedervereinigung da drüben, sagt er. Mann! Wenn ihr mit dem Wort »Wieder« anfangt, dann kommt ihr gar nicht bis zur »Vereinigung«, wenn die Russen und Polen das Wort »Wieder« hören, dann zucken die zusammen und wenn die richtig zucken, erschreckt ihr euch... Das wäre immer so wechselseitig. Na, das ginge ja noch, sagt er ... und da hatte er wieder das Ganze im Auge, das Gesamtdeutsche, aber auf beiden Seiten kein Luftschutz! Und da hat mein Onkel im Grunde recht! Man neckt sich nicht dauernd, wenn man so unvorbereitet ist. Das macht man nicht. Ick kann bei uns auch die Typen nich leiden, die nach der Arbeit mit der Aktentasche nach Hause gehn und sagen, sie hätten noch zu tun. Angst ham se! Da kann einer über neunzig sein, der rechnet sich unter der Bettdecke immer noch 'ne kleine Chance aus: Eigenbrötelei im Massentodzeitalter...

So triste Dinger habe ick natürlich über unsere mit mein Onkel drüben nicht besprochen. Tante sagte noch: Die DDR wird den Wettlauf mit der Bundesrepublik haushoch gewinnen!

Ick sage, ja, Tante, da muß die DDR aber aufhören in derselben Richtung zu laufen ...

Na, und dann war's halber zwölfe. Nu mußt ick ja auch wieder zurück, rüber. Ick wollte ja den Vopo nich im Stich lassen. Ick habe aber Onkel und Tante zum Abschied gesagt – ick sage, Onkel, sage ick, laß dich vor den Bundestagswahlen nich verrückt machen: Die Stalinisten bei euch und unsere christlichen Demokraten, die befruchten sich im Moment wieder gegenseitig, nicht? Das wäre eben das Kontrapunktische am Befruchtungsreiz, sage ick, eben dieser klerikale

Stalinismus, der diese Schallmauerdurchbrüche erzielt, aber verhindern will, daß Ziegelsteine transparent werden. Ick sage, Onkel, sage ich, die Vereinigung kommt!

Das habe ich sehr überzeugend gesagt, obwohl ich Karfreitag schon die Ergebnisse der letzten Sitzung des Kuratoriums Unteilbares Deutschland kannte; ick will an dieser Stelle auch mal meine politisch nicht uninteressante Leistung herausstellen: viel wissen und wenig sagen, dabei aber das Gegenteil herausstreichen! Ick sage, Onkel und Tante, die Vereinigung kommt! Da könnt ihr euch drauf verlassen! Eines Tages steht se vor der Tür! Ihr seid vielleicht gerade nich zu Hause!

Das Erotische macht an einer schnellen Wiedervereinigung keinen Spaß.

Da mußt ick lachen. Ick wollte auch so 'n bißken Humor noch mit in den Abschied hineinschlenzen. Man ist ja kein Unmensch. Ick sage, hört mal, sage ich – wieder ernster werdend –, um die Vereinigung als solche braucht ihr euch im Moment gar nicht zu kümmern ... die machen wir von uns aus ... ob wir wolln oder nich ... bei uns steht's nu mal im Grundgesetz ... als Vorspruch ... als Präambel, sage ick, die steht auf grün. Der Vorspruch lautet (ick zittere wörtlich): Jeder Deutsche bleibt aufgerufen ... usw!

Ick sage, Onkel, morgens, wenn wir aufstehn, sind wir schon wegen der Vereinigung unterwegens! Wenn's dann eben abends nur mit einer geklappt hat ... Gottchen ... man hat sich bemüht ... Da bemühen sich eben schon zu viele drum ... wird alles zerredet ... das Erotische macht an einer schnellen Vereinigung gar keinen richtigen Spaß mehr ... es wäre ebend das deutsche Schweigen, – der Film is noch nicht fertig, aber dafür kommen auch richtich schöne Ferkeleien rein ...

Im Moment dürfen sich eben nur die entscheidenden Leute um die Wiedervereinigung kümmern ... zum Beispiel der im Eimer, die Pfeife, der Beatel mit Schiebedach, Barzel ... heute klingt die Initiative noch hohl, weil der Eimer noch nich voll ist, aber eines Tages, da fliegt die Bombe oben von alleine raus, dann ham wa den Notstand, – dann sagen wir vorübergehend nicht Freiheit. Dann sagen wir eben: ohne Unfreiheit. Bedeutet dasselbe. Klingt neu, reißt mit.

Ohne Unfreiheit! Aber Frieden! Selbstbestimmung!

Ohne. Aber. Selbst. OAS.

Irgendwas wird uns schon einfallen: ... Erst wenn beispielsweise das Volk von Berlin in seiner abstrakten Gesamtheit völlig gegenstandslos geworden ist, dann wird dieses dämliche Gerede von den drei deutschen Staaten ... Mensch! Was sollen wir denn zu dritt?

Typische Tucholsky-Sauerei. Gripsholm und so. Nee, eher taufen wir bei uns die Augsburger Straße in Brechtstraße um. Wegen Verfremdung ...

Ich habe hier noch etwas Lyrik vom deutschen Zynikertreffen aus Bad Godesberg. Aus der Zyne – für die Zyne:

Ich freu mich so
zu jeder Zeit
und tu ins Päckchen Ost
ein Trockenblümchen
zwischen Dr. Oetkers Puddingpulver
ein Viertelchen Kaffee
und eine Schneck vom Bäcker
ein Amerikaner – weil:
Der liebe Gott steckt im Detail.

Ich send noch stets
zu Ostern Pfingsten Weihnacht
nach Potsdam und nach Merseburg
das obligate Fettpaket
das mich vom Denken freimacht.
Und hab ich das Bedürfnis
mich besonders liebevoll zu zeigen
schick ich schnell Schmalz nach Neuruppin
mit ein paar Trosteworten drin
dann darf ich weiter schweigen.

Ich danke Gott
und wünsche mir
daß es so ewig bliebe
daß ich noch lange helfen darf
Hauptsache ist
man schießt nicht scharf!
Das ist
die deutsche Liebe.

Das Gedicht soll letztes Jahr zu Weihnachten in Paderborn als Krippenspiel inszeniert worden sein; hätte man beinah statt Hamlet zum Berliner Theaterwettbewerb eingeladen: es soll nur an der unvollkommenen Interpunktion gelegen haben, daß die Einladung ausblieb. Das ist ja das Wunde am Punkt Westberlin, daß alles offenbleiben muß. Es darf keinen Schuß geben Komma nur wunde Punkte.

PLÄDOYER FÜR EINE NEUE OPPOSITION

Dies ist der Entwurf zu einem seltsamen Stücklein Theater. Die einen sagen, das wäre nur eine kommunale Posse, andre meinen, das folgende wäre »ein melancholisches Melodram im Arnold- und Bachstil«.

Vor dem jüngsten Gerücht erscheint eine Dame und sagt:
»Hohes Gerücht – ich bin eine hundert Jahre alte gute Fee!«
Nanu, sieht aber mehr aus wie gestern gegründet?
»Ja, ich gebäre mich täglich neu!«
Name?
»SPD.«

Das seltsame Stücklein Theater soll für jeden kommenden Bundestagswahlkampf von Karl-Heinz Stroux mit Nevermanns Grete und dem Berliner Karnevalsprinzen in den Hauptrollen inszeniert werden. Die Besetzung ist ein Erfolg der Bürgeraktion »Sauberer Seitensprung«.

Auf einem Rundhorizont ist der erweiterte Wahlspruch des vergangenen, und der verkürzte des kommenden Wahlkampfes projiziert:

Wir schaffen es. Ohne Waffen-SS.

Das wird man aber durch die Projektion (Protektion?) nicht lesen können. Deutlich heraus schält sich:

1963 – Wolfgang Neuss nimmt Partei, und die, die ihm am nächsten steht, ins kabarettistische Visier. So versteht sich die Passage des »Jüngsten Gerüchts«, die sich mit der SPD befaßt, als Plädoyer für eine neue Opposition. Vier Jahre zuvor hatten sich die Sozialdemokraten auf Geheiß ihres Zuchtmeisters Herbert Wehner in ihrem Godesberger Programm von den eigenen Traditionen losgesagt, der Klassenidee abgeschworen und sich als die bessere CDU empfohlen. Neuss, seinerzeit noch SPD-Mitglied, faßt zusammen: »Wer nicht haargenau wie die CDU denkt, fliegt glatt aus der SPD.« Wenig später ist es soweit: er wird wegen parteischädigenden Verhaltens aus der SPD ausgeschlossen.

Sicher ist Sicher. Durch Riecher zum Kriecher.

»Hohes Gerücht: keiner kam auf die perfekte Idee
den Wahlspruch zu wählen:
Vorsichtshalber SPD.«

Ich sage das Abkürzwort SPD absichtlich leise. Ich selbst bin ein Mitglied der SPD, und ich halte auch durch, bis diese Partei sich wieder darauf besinnt, daß Pfingsten beispielsweise auch ein deutsches Fest sein kann: Ich meine das Heiligsein des Geistes.

Es gibt noch einen Grund, warum ich völlig pointenlos und witzarm die pure und uninteressante Tatsache mitteile – daß ich Mitglied der SPD bin.

Ich habe das über 500mal Abend für Abend in meinem Kabarett-Keller gesagt, schlicht und einfach:

Ich bin Mitglied der SPD. – – –

Dahinter habe ich Abend für Abend immer eine kleine Pause gemacht. Es war totenstill. Abend für Abend hoffte ich, es würde jemand in die Pause hineinsagen: Na schön, na und? Ich bin auch Mitglied der SPD.

Kam nie vor. Niemals hat jemand die Pause benutzt, um zu sagen: Na schön, na gut. Ich bin Mitglied der CDU. Kam nie vor. Nicht mal FDP kam vor, und diese Partei hat sich (eben durch ihren Berliner Vorsitzenden) in Berlin noch am wenigsten zu schämen, – kam nie vor –, so daß ich doch auf die Idee kam, daß nicht das Publikum, sondern *ich* den Fehler machte: Man sagt wahrscheinlich gar nicht laut, wo man heutzutage drinne ist, – das behält man für sich. Eher teilt man schon mit, ob man katholisch oder evangelisch ist. So kam es, daß mein Publikum, etwa 100 000 Besucher, auf mich doch pädagogisch gesellschaftskritischen Einfluß ausübte: Ich bin zwar immer noch Genosse, aber ich sage es nicht mehr. Ich sage höchstens, wenn jemand besonders staatsbürgergeil zu wissen begehrt, bei wem ich engagiert bin: Ich bin Genießer. Wir SPD-Genießer.

Regieanweisung: Vorne im Souffleurkasten sitzt Herbert Wehner.

Die SPD tritt in zartrosa Kopftuch von rechts auf, holt so weit aus, wie sie kann, kommt zaghaft aus der Kulisse, stolpert etwas über die Abgeordneten Jahn und Merten, die immer noch am Boden liegen und verzweifelt nach ihrer Immunität suchen.

Regieanweisung: Aus dem Stolpern darf keine Klamotte gemacht werden. Gefordert wird ein gepflegtes Burgtheater-Deutsch mit einem Schüßchen Hamburger Ohnsorg-Bühne dazwischen.

Halbrechts steht ein Pflichtverteidiger der SPD und zwinkert beruhigend mit den Äuglein überm Schnauzer: Günter Grass in der Maske von Millowitsch.

Dr. h.c. Günter Grass: Neuestes Gerücht: Sämtlichen Westdeutschen, die vor Bundestagswahlen in die USA reisen, wird empfohlen, mit gesenktem Kopf durch Städte mit Universitäten zu eilen, es fliegen völlig unkontrollierte Ehrendoktorhüte durch die Gegend, und können also Leute getroffen werden, die keinen Wert legen auf schier taktische Behütungs-Gesten.

Regieanweisung: Halblinks auf der Bühne sieht man eine Klinke. Ohne Tür. Einfach nur eine Klinke. Dies symbolisiert die Heimatlose-Klinke. Wird ständig runtergedrückt. Verantwortlich: Der Souffleur.

Zunächst wird die Twistbewegung von den Knien in den Kopf verlegt. Die SPD tritt wackelnd hervor:

Hohes Gerücht, ich habe mich raffen lassen!

Regieanweisung: Aus dem Souffleurkasten kommt ein Warnendes »Pst!« – man weiß nicht genau: kocht die Pfeife oder steht's im Text? Kostüm: Die SPD sieht aus wie ein blühendes Mädchen! Wo hat sie sich raffen lassen?

1963 – Neuss läßt in seiner SPD-Lokal-Posse vornehmlich die West-Berliner Partei-Matadore auftreten: Die Abgeordneten Kurt »Dog«-Mattick (SPD) und seinen CDU-Bruder im Geiste, Jürgen Wohlrabe, die SPD-nahen Literaten Günter Grass, Hans Werner Richter und Walter Höllerer sowie Erich »Eitel« Mende, der im Erhard-Kabinett das Amt des Vizekanzlers und das des gesamtdeutschen Ministers bekleidet. Mende, trotz seiner stets adrett gekleideten Erscheinung eher gesichtslos, zeigt sich bei feierlichen Bonner Auftritten vorzugsweise mit seinem in der Hitler-Armee erworbenen Ritterkreuz am Halse.

»Godesberg hieß das Städtchen!
Dort hat mich der Modearzt Wehner gefettet
und mir die Falken aus dem Gesicht geplättet.«

Kleines Zwischenspiel: Die Berliner CDU – die Chemisch-Demokratische-Union – schaut passierscheinheilig aus der Kulisse, und zwar ist es der Berliner CDU-Abgeordnete Gehlen. Sofort kommt ein Dementi. Nicht Gehlen. Krone. Es stimmt also. Die beiden geben sich siamesisch verwachsen, Riesebrodt macht'n Buckel, und von Richthofen, Unions-Jünger, sagt zu Dog-Mattick: Wohl Rabe, wie?

Bei der Freiwilligen Polizeireserve in Berlin bereitet sich ein MG auf einen gekrümmten Abzug vor.

Wehner knallt eine zukunftsträchtige Bemerkung völlig unprogrammgemäß aus dem Souffleurkasten – dem Mattick in den unterwanderten Hockey-Kopf:

Zum nächsten Tage der deutschen Einheit – 17. Juni – soll jeder westdeutsche Arbeiter einen italienischen Gastkommunisten zugeteilt bekommen, damit er sich in geistiger Auseinandersetzung auf die Wiedervereinigung vorbereiten könne!

Ein Schatten fällt auf die Bühne. Der gesamtdeutsche Gerüchts-Diener taucht auf. Eitel-Mende wird aus dem Schnürboden herabgelassen.

Achtung! Requisite!

Während Eitel-Mende langsam heruntergelassen wird, fliegt ein altmodisches Waschbrett auf die Bühne. Gesamt-Erich macht auf diesem einen gekonnten Kopfstand, und bis in die letzten Parkettreihen spürt man die Sorge ... um die Frisur und um die Menschen jenseits des Brandenburger Tores!

Nerzjacken-Margot fällt seitlich in der Kulisse in Ohnmacht, nicht ohne einen routinierten Stöhner: Er nimmt nie Brillantine. Mein Mann ist innerlich gewellt.

Irgend jemand sagt: Mehr nach rechts – Mende versteht »Mehrheitswahlrecht«, Wehner im Souffleurkasten hat im Moment gar nichts gesagt.

Dies Mißverständnis benutzt Eitel-Erich: Hier spiele ich

nicht! Der Souffleur ist Atheist, war früher mal Kommunist – jedermann fällt auf, daß Gesamt-Erich das berühmte Wehner-Bild in der Hamburger Michael-Kirche gar nicht gesehen hat. Liest er nur die Berliner Stimme? (Organ des Parteivorstandes Wedding.)

Noch tönt die SPD ohne Emotion zurück:
Lieber mal Kommunist in früh'ren Tagen,
als heute noch das Ritterkreuz am Halse tragen!

Daraufhin eilt Mende sichtlich erfreut in den Bühnenhintergrund. Diese Bemerkung trägt ihm in Schleswig-Holstein mindestens 5000 Wählerstimmen ein. Wegen der paar Piepels vom Dithmarscher Geschlechterbund, murmelt Zoglmann.

Lieber Kommunist als ein Ritterkreuz am Hals tragen.

Man sieht Mende jetzt ganz hinten über eine Mauer gucken und etwas abgeben: eine Erklärung. Kommt so eine Art Comic-strip-Blase aus dem Mund.

Gleichzeitig schmeißt halblinks Prof. Höllerer, Berlins Sprachindustrieller, mehrere Literaturen durch den Äther. Das Ganze wirkt lässig bemüht. Pullover-Walter grinst dabei ununterbrochen. Aus dem Bühnenhimmel kommt ein Dollar-Regen. Verkleidet als Frau Holle beschert die Ford Foundation ein lebendiges Berliner Schein-Todd-AO-Verfahren. Hans Werner Richter als Pendel-Bayer deklamiert von der Rückseite eines Passierscheines:

Wenn einmal –
Flüchtlingsfreund hör zu
es geht um deine Weizen-Ehre –
wenn einmal
in unsrem freiheitlichen Land die Not
und drüben
in der Diktatur der Wohlstand ausgebrochen wäre
wenn's drüben
aus dem roten Himmel
Schokoladenriegel gösse:
Bist du ganz sicher Freund
wo dann der Flüchtlings-Strom hinflösse?

Die momentane Betroffenheit weicht schnell einem spontanen Freiheitswillen. Auch Eitel-Mende begreift die Situation nicht ganz:

Hohes Gerücht – ich bin ja nicht nur Gesamt-Erich,
ich bin ja auch Fiese –
Fiese-Kanzler!
Brüder und Schwestern!
Wir geben euch Geld zu Hauf!
Aber nur –
unter keiner Bedingung
Wir geben euch –
auf

Weil auf dem linken Ohr taub, überhört die SPD das »rauf« und versteht nur: Wir geben euch! Sie läßt die Stelle offen

Brüder und Schwestern –
Wir geben euch

Deshalb inszeniert Stroux, der kann so gut offen lassen.

An dieser offnen Stelle nun muß die SPD selbst lachen.
Sie will nicht genau denselben – traut sich aber auch nicht mehr, den Tutzing-Vorschlag zu machen
Wahlinteressen:
Wandel durch Vergessen!

Hohes Gerücht
vor der nächsten und vor der letzten Wahl
erscheint bei Rowohlt
ein Plädoyer:
Das gesammelte Schweigen der SPD.
Ich stehe zu diesem Schweigen
und zur Bundesrepublik wie ein Fels!
Denn ich besitze heute im höchsten Maße Taktik.
Früher hatte ich mal …

Das Wort Charakter wird verschluckt. Die SPD stößt klar und deutlich heraus:
O … o … o … Otto Wels!

Höcherl eilt an die Windmaschine. Der Bundespressechef liegt im Pfeffer. Von Hase kommentiert, wie sich das für falschen Hasen gehört:

Orson Welles war in der SPD:
Weitersagen, ganz schnell:
der dritte Mann, der dritte Weg
und auch noch Orson Welles!
Die SPD ist kriminell!

Hier nun haut die Verwechslungsposse mitten ins Melodram. Der Untertitel erfährt Rechtfertigung. Arnold und Bach unvermittelt im Kotzebue.

Wenn das Stroux inszeniert, mit Belmondo als Höcherl: sensationell. Belmondo ist richtig. Der Innenminister muß immer eine schnelle Fehlbesetzung sein. Irgend jemand, ein Regieassistent, der fünf Jahre Medizin für Kataschnuf [deutsche Übersetzung: für Nichts] studiert hat, kommt auf die Idee, Heinemanns Rückgrat untersuchen zu lassen; Heinemann selbst winkt ab: Vor der Wahl läßt er sich seinen Beruf als Jurist nicht versauen, falls bekannt würde, daß sein Rückgrat noch ungebrochen sei. Verständlich für jedermann. Kohut lächelt Dehler an. Der grient zu Carlo Schmid: Kettenlächeln – sehr gesund.

Regieanweisung: Die SPD öffnet jetzt ganz kurz die vom Souffleur angeordnete Sentimental-Sperre:

Otto Wels
mein Charakter

1963 – Wer nennt die Namen, wie sie fallen: Die Theaterstücke des Autorenteams Arnold und Bach gelten bis heute als todsichere Boulevard-Renner. Gustav Heinemann gilt als aufrechter Politiker, der nur seinem Gewissen gehorcht: der einstige CDU-Innenminister im Adenauer-Kabinett hatte 1950 sein Amt aus Protest gegen die Bonner Remilitarisierungspolitik zur Verfügung gestellt und war später zur SPD übergewechselt. Otto Wels, SPD-Vorsitzender der Weimarer Republik, begründete im März 1933 vor dem Reichstag mit den Worten »Die SPD ist wehrlos, aber nicht ehrlos« seine Ablehnung des von den Nazis eingebrachten Ermächtigungsgesetzes, das Hitler diktatorische Befugnisse einräumte.

mein innerer Halt!
Ich höre heute noch
wie seine Stimme 1933
durch den Reichstag schallt:
Die SPD ist wehrlos
aber nicht ehrlos!

Ein frisches CSU-Gerücht rollt über die Rampe: Der Reichstag wird deshalb spärlich wiedererbaut, weil man im Reichstag Brandt fürchtet.

Hohes Gerücht
Ich bin ein evergrünes deutsches Weib
aber ich war früher mal
gradliniger an der Wirklichkeit dran.
Ich gestehe:
Ich war früher ein richtiger Mann.
Heut bin ich jedoch attraktiv und ein Clou.
Wäre ich keine so große Partei
wäre ich Transvestit im Chez Nous.

Hohes Gerücht
Ich bin ein einmaliger Fall
zweimal geschieden
von Lassalle und von Marx
von Letzterem noch nicht ganz
nur vom Bette
nicht vom Tische
eine gewisse Rücksicht
auf den Brenner
der von den Deutschen
ja ständig
auf dem Weg nach Italien
überfahren wird
daß den Gewerkschaften
die Preise zu hoch sind
für Brot Butter Tinte und
Fische.

1963 – Die SPD im Wandel: IG-Metall-Chef Otto Brenner und der christlich orientierte Georg Leber gelten als moderate Parteigänger; das Schimpfwort vom Sozial-Faschismus stammt aus den frühen dreißiger Jahren und war von den Kommunisten auf die SPD angewendet worden.

Auch sind wir Sozialdemokraten bessere Christen
das sehn Sie an Leber
der liegt auf dem Sofa
(Deutsche Übersetzung: So-fa = Sozial-Faschisten)
nichtsdesto geradedeshalb
Freiheit Gleichheit Brüderlichkeit ... hm ...
so 'n Spruch ist heut ein Problem
er paßt für ein Mittelmaßhaltevolk
nicht in 'n Eisschrank, also nicht ins System!
Leute, die ganz links sind, solche Leute
die unter »links« nichts weiter als ihre Herzgegend verstehn
die können unsere Taktik nicht voll übersehn!
Zugegeben: Wir bringen ein wengerl die schräge Verkohle
aber wenn wir wollen läuft Willy immer noch
auf 'ner echten Schumacher-Sohle ...
Außerdem haben wir einen Komplex
wir bilden uns ein, wir allein
sind schuld an au, Wei ... mar.
Wir müssen wachen
und wir haben fest versprochen
aus dem Giftgas überm Ruhrgebiet
den Weihrauch der Gemeinsamkeit zu machen!

Man spürt, daß diese letzten Bemerkungen etwas außerhalb des Konkordats gemacht wurden; es geht also nicht nur in Hannover, sondern auch in Bonn aufs große Kotzen zu, auf die große Koalition.

Dafür gibt es Gründe, aber da es eine Gerüchts-Reportage ist, bleibt sie im dunkeln. Das Gerücht zieht sich demnach zur Verdichtung zurück. Irgendwas beginnt zu stinken. Die Gerüchte der Pseudo-Linken:

Was machen die denn?
Zum Gotterbarmen!
So läßt sich doch das
Tegernseer Tönnchen
Kanzler Ludwig nicht
umarmen!

1963 – Mit Willy, der immer noch auf 'ner echten Schumacher-Sohle läuft, ist der Regierende Bürgermeister Berlins, Willy Brandt, gemeint, der als designierter SPD-Vorsitzender nun in die Fußstapfen des einstigen Parteichefs Kurt Schumachers tritt. Wenzel Jaksch war der sozialdemokratische Vertriebenenfunktionär. Mit dem »Tegernseer Tönnchen« ist der 1963 gewählte Bundeskanzler Ludwig Erhard gemeint.

Regieanweisung: Wenzel Jaksch versucht, Zigarren-Lulle hochkant zu umfassen. Der Chor der unentschlossenen Wähler huscht über die Bühne:

Sie hat ja einen gewissen Snob-Appeal
die alte ehrliche Holzbaracke in Bonn.
Die von Rot auf Blau gefärbten Fahnen flattern
an den Masten.
Aber aber aber
leider ist das Ding für uns ein Labilbaukasten.
Und so fragen wir unentschlossenen Staatsbürger
Wir Jungwähler
Wir Möchtegern-Wähl-Sozialisten
Gibt's denn zum prinzipiellen Andersmachen
in Westdeutschland
nur preußische Kommunisten?
Wir unentschlossenen Staatsbürger verzichten
durch Propaganda
also aus Erfahrung
auf Hammer und Sichel
aber bei einer so zaghaften
mal S mal P mal D
wird jeder von uns ...?

Regieanweisung: Kulenkampff beginnt aus heiterm Himmel mit einem Quiz. Was wird jeder von uns? Der Sozialistische Deutsche Studentenbund, gestützt vom Liberalen Studentenbund, gewinnt das Quiz:

Wird jeder von uns ... ein Ohnemichel!

Niemöller tritt voll auf:

Das ist Herr Ohnemichel!
Menschenleben in Gefahr!
Ihm fehlt gemeiner Sinn!
Falsch falsch falsch!
Herr Ohnemichel hat nichts mehr zu verlieren,
denn sogar der SPD höchstes Ziel, scheint ihm, ist es,
einen Staat ohne Staatsbürger zu regieren ...

Über Eurovision klingt es:

In der Aktion Miteinander/Füreinander
wirbt eine Gruppe unabhängiger Staatsmänner
auch um Ihr Ihr Ihr Ihr
Desinteresse
aber um ihren Europa-Applaus
Merke:
Wenn man nicht haargenau wie die CDU denkt
fliegt man glatt aus der SPD raus!

Pazifisten sind Leute ohne Penis und Vaterland.

Ein Feuerwehrmann stürzt auf die Bühne. Ein ideologischer Technokrat, Pragmathematte als Unterlage, boxt er Schatten-Kabinett:

Was ist denn hier los?
(deutet auf die SPD)

Wie kann man eine alte Dame so fertigmachen?
Mensch, was gibt's denn da zu lachen!?!
Pazifisten?????
Pazifisten sind Leute ohne Penis und Vaterland
drei / vier / ein Lied!
Pazifisten sind bei uns nicht mit Glied
nicht Mitglied
Das Erreichte ausbauen!
Dazu stehen wir!
Keine Experimente!

1963 – »Keine Experimente« ist ein Wahl-Slogan der CDU, mit der Adenauer 1957 die absolute Mehrheit errang. Die »Aktion Miteinander-Füreinander« war wie die Kampagne gegen den desinteressierten Herrn »Ohnemichel« ein Versuch der Christsozialen, Politikverdrossene und Wahlmuffel an die Wahlurnen zu bringen. Hinter dem »Erlerkönig« verbirgt sich der konservative Sozialdemokrat Fritz Erler, Wehrexperte seiner Partei. Hans Joachim Kulenkampff ist in den Sechzigern als Fernseh-Quizmaster populär; Martin Niemöller, Pastor mit antifaschistischer Vergangenheit, gilt als entschiedener Adenauer-Opponent: er engagierte sich gegen den Aufbau der Bundeswehr und die Atomwaffenpolitik.

Willy Brandt gehört auch den Frauen!
Wir fordern den Camelia-Kanzler
Sicherheit und Selbstvertrauen!
Wir hängen in der Feiger-Nordwand.
Wir sehen den Gipfel
aber wir begnügen uns mit einem Zipfel Wahrheit
Wir haben unsern ehemaligen Wehrexperten
unseren im Volksmund als brillant verschrienen
Fair Play Experten
und das ist nicht wenig!
Der Erlerkönig
reitet so spät durch's Bundesland
in seinen Armen Willy Brandt ...
Hohes Gerücht
jetzt sind Sie im Bilde.
Ich bitte um Milde.

Der Regisseur will an dieser Stelle versuchen, das Publikum aufstehn zu lassen und vollhalsig Freispruch fordern zu lassen, das Gerücht jedoch schleicht über die Bühne:

Freispruch?
Würde ja Mehrheit, absolute, bedeuten?
Freispruch ist aus einem ganz anderen Grunde die Frage?
Was brauchen wir denn für eine neue Opposition?
Barzel, Strauß und Erhard?
Dieser Gedanke ist unerträglich!
Wahrscheinlich gibt's für die SPD aus diesem Grunde
aus Mangel an Unterschied
aber ganz bestimmt
aus Angst vor Risiko
eine neue Wahlniederlage ...

Regieanweisung:

Hinten
ganz hinten
auf der Mauer entlang
kriecht ein neuer Gedanke.
Alles freut sich.

Es ist der erste.
Man hofft
man füttert ihn
man macht Reklame
dieser neue Gedanke ist unser Bier
»Wandel durch Annäherung«
WER soll sich wandeln? WIR!
ein Schuß kracht ...
der Gedanke meldet sich
obwohl nur *er* Schüsse verhindern könnte
bei der Notaufnahme!

Finale:

Es beginnt wieder zu frieren, man darf es nicht sagen,
einer sagt's, wird unauffällig davongejagt.
Es blitzt, man darf es nicht sagen, einer zuckt zusammen,
wird davongejagt.
Die Erde weint, der Himmel kracht, man darf es nicht spüren,
einer will trösten, wird davongejagt.
Wenn keiner mehr davongejagt werden kann
weil keiner mehr da ist
kommt dann Herbert Wehner aus dem Souffleurkasten
klopft die Pfeife aus
Barzel guckt über den Eimerrand
und sagt: O.K.
die Taktik hat gesiegt, jetzt regiert die SPD?
Ein Mini-Gerücht durchs Kellerchen schwirrt:
Was war denn das?
Was hat denn Otto
dieser Wels da 1933
im Reichstag zufällig
zu Recht gesagt
und nicht geirrt?
Die SPD ist *wehrlos*
aber nicht *ehrlos* ...
Man muß aufpassen,
daß dieser Spruch heute
in Deutschland nicht
umgekehrt wird!

1963 – Neuss, Zeit seines Kabarettistenlebens SPD-Sympathisant und jahrzehntelang auch Parteimitglied, wurde nicht müde, den lauen Kurs seiner Parteifreunde zu beklagen, auch fordert er von der deutschen Sozialdemokratie wieder und wieder schlicht Unmögliches: revolutionäre Gesinnung. – SPD-Vize Herbert Wehner, der für den reformistischen Godesberger Kurs verantwortlich zeichnet und auf eine große Koalition mit der CDU hinarbeitet, gilt als »Zuchtmeister« seiner Partei.

Vorhang fällt
Applaus bleibt aus
Sicher ist Sicher
sagt Herbert Wehner
alt und krank
zu Fritze Erler
ehrgeizig schlank
Pack den Willy in den Tank
Und den Brenner auf die Wirtschaftsminister-Bank

Um das Gröbste zu lindern
Und von deutschem Boden aus unbedingt
mit diesen Männern Krieg verhindern
Dieser selbstverständliche Anspruch ist fatal
Und winzig ist der Hoffnungsstrahl
Der Wahlspruch des jüngsten Gerüchts
Heißt trotz vernichtendem Urteil
SPD = besser als gar nichts …

VIEL POLIZEI IN DEN STRASSEN

Textentwurf für den Spandauer Motettenchor: eine Arie zur baldigen Entlassung Baldur v. Schirachs:

Der Mann kommt nun wahrscheinlich geläutert aus dem Spandauer Kriegsverbrecher-Gefängnis. Da soll ihm seine Läuterung in der Bundesrepublik nicht zum Schaden gereichen. Es wäre möglich, daß der Mann mit antifaschistischem Nachholbedürfnis die offnen Drehtüren der Republik einrammelt, darum hier ein Kassiber in Musik (zwölftürig): Glenn Miller, Glaube und Schönberg, eben Motette könnte einer sagen, was was was? Schönberg? Die Musik gab's doch gar nicht im Dritten Reich?

1963 – Baldur von Schirach, Hitlers im Nürnberger Kriegsverbrecherprozeß zu zwanzig Jahren Haft verurteilter Reichsjugendführer, kommt erst 1966 frei. Glenn Millers Musik wurde nach 1945 in Deutschland populär, Schönbergs Zwölftonmusik war im Dritten Reich verboten. Mit dem Parteivorsitzenden südlich des Mains ist der bayerische CSU-Chef Strauß gemeint. Der amerikanische Historiker David Hoggan sorgt Anfang der Sechziger für Aufregung, als er Hitler von jeglicher Schuld am Zweiten Weltkrieg freispricht. SED-Chef Ulbricht ist Staatsratsvorsitzender der DDR, Pastor Albertz Berlins Bürgermeister und Innensenator.

Leider gab's die nicht, aber ich kann auch die Leute nicht verstehn, die immer sagen: Mich gab's ja gar nicht im Dritten Reich, ich bin erst nach 1945 in die Bundesrepublik zurückgekehrt, ich bin ja für so einen Zech-Nenntwich-Bumerang gar nicht verantwortlich ... beziehungsweise ich bin erst nach 1945 in die Bundesrepublik hineingeboren worden, ich lebe erst seit 20 Jahren hier, ich bin ja für so einen Konzessions-Schüler in der Ludwigsburger NS-Verbrecher-Verfolgungs-Zentrale gar nicht verantwortlich ...

Hitler war im Grunde seiner Seele blond.

Wenn heißes und kaltes Wasser zusammenfließt, dann ist es eine ganze Strecke lau. Es gibt Leute, die versuchen, das Laue wieder in heiß und kalt zu trennen. Das gab's noch nie und gibt's nicht, trotz Laserstrahlen.

Faschisten, bitte nie zu vergessen, sind nicht nur unsre Feinde, sagt ein heutiger Parteivorsitzender südlich des Mains, sondern sie sind auch die Feinde unserer Feinde und als solche brauchbar.

Einmal wird das Koblenzer Filmarchiv einen dokumentarischen Kurzspielfilm herstellen mit dem primitiven Arbeitstitel »Spätheimkehrer Adolf Hitler«.

Kurze Handlung: Der Mann trifft im Lager Friedland ein. Es beginnt das große Zittern in Bonn. Die vielen Nazis in den Ministerien, die zittern, daß der ehemalige Führer verraten könnte (er muß es wissen), daß sie nie Nazis waren und keine sind. Eine völlig neue Dramaturgie. Es ergibt sich die Perspektive, daß die heutigen Leute in Bonn sich nur verstellen, um des Vertrauens des deutschen Volkes nicht verlustig zu gehen.

Der bekannte Prof. Hoggan (»Hitler war im Grunde seiner Seele blond, hatte immer etwas Hirse in der Hose«) ist zwar nicht Mitglied der Historischen Kommission zu Berlin, soll aber korrespondierendes Mitglied der Kläranlage Ruhleben werden. Hoggan behauptet, daß 1985, in weiteren 20 Jahren, in Westdeutschland und Westberlin garantiert Walter-Ulbricht-Gedenkkonzerte durchgeführt werden. Hoggan meint, daß sich erst dann in den Köpfen der Menschen endgültig herausgestellt haben wird, daß Walter Ulbricht einer der größten Anti-Kommunisten war und daß er, als einer der wenigen, in der Lage war, die Deutschen nach dem letzten Krieg dazu zu bringen, den Kommunismus, ohne ihn näher anzugucken, erst mal pauschal abzulehnen.

Wenn man sich vorstellt, daß von 1950 bis 1960 auf dem Stuhl des ersten Politikers der DDR nun eine – um im heutigen Klischee zu bleiben – etwas weniger abstoßende männliche Erscheinung gesessen hätte. Ein freundlicher, aufgeschlossener, liberaler, hochdeutsch sprechender Herr? Vielleicht noch sehr, sehr sympathisch? Ich habe gerade kein besseres Beispiel. Nehmen wir mal mich. Tschuldigung: Heinrich Albertz ist mir im Moment nicht eingefallen – peinlich, man drängelt sich immer so vor –, komme mir schon vor wie Schwedler. Aber nun habe ich mal den Stuhl des Staatsratsvorsitzenden inne ... warum denn nicht, wenn ich so lächle? Neulich hat sogar der Intendant vom Sender Freies Berlin zurückgelächelt. Das war wie Kriegsausbruch. Seit 5.45 Uhr wird zurückgelächelt ... genau das muß man sich vorstellen!

Das, was ich hier so unvollkommen andeutete, soll auch zwischenzeilig undeutlich in der Motette für Baldur anklingen, damit der Mann das Zeitgefühl – Unlust durch Nichtüberschaubarkeit – mitbekommt. Bißchen versteckte Fähnleinführer-Romantik darf dazwischen sein, aber nicht zu erkennen. Getarnt als Twen-Textil-Lyrik – Trevira Trevira: undurchlässig à la europäische Dokumentationszentrale Madrid. Weil man ja auch das Raubtier keinem neugeborenen Kind hinmalen kann, in keinem Zoo der Welt ist das Raubtier zu besichtigen: 1965er Werwolfgeheul – am besten zu hören beim Ins-Bier-Starren – echter deutscher Jazz: zwischen Schuld und heiß: die Schultheiss-Motette:

Viel Polizei in den Straßen ...

Das Ganze wird gesungen aus einem Scheckheft der Commerzbank heraus. Materieller Anreiz.

Viel Polizei in den Straßen
Nagold und Silber im Ohr:
Baldur komm hervor
und betrachte nun gelassen
was du hinterlassen.
Schau nur wie fröhlich hier einer singt

freundlich und fett, fair und satt
einer der nun schon zweimal
eine Ära überlebt hat:
Begnadigter der Geschichte
und des eigenen Gewissens
Herr Ober zwei Bier
wir wissen's wir wissen's

Bitte nicht quälen
bitte nicht Ausch...witz...ze...erzählen

Viel Polizei in den Straßen
läßt uns auf Zebrastreifen traben
läßt uns bei Gelegenheit
ein reifes Leben hinter uns haben.
Professor Eiermann
schmucklos und karg
erfindet den Senkrechtsarg.
Vorbei der prunkvoll waagerechte Grieneisentod
Parkplatznot ...
Die festgelegten Köpfe in den vollgestopften Truhen
solln ruhen.
In der Küche kocht Seebohm mit dem Teer aus der HB
Füllung für die Frostaufbrüche.
Die Mauer bleibt stehn
bis irgendwann.
Benfica Lissabon hat sie noch nicht gesehn.
An und für sich haben wir den Dicken
Laurel und Hardy
Dick und Doof zwischen
Oder und Rhein
Patachon in Paris
Chaplin müßte im Kreml
sein
Buster Keaton im Weißen
Haus
im Vatikan Monsieur
Hulot.
Es regieren die grauen
Stare

1963 – Mit Professor Eiermanns Senkrecht-Sarg ist der Neubau der Berliner Kaiser-Wilhelm-Gedächtniskirche gemeint, der sich neben der im Zweiten Weltkrieg zerbombten Kirchenruine erhebt und 1961 seiner Bestimmung übergeben wurde. Hans-Christoph Seebohm ist Erhards umstrittener Bundesverkehrsminister. – Bereits im »Jüngsten Gerücht« beschwört Neuss seinen Lieblingstraum von einer Welt, in der die großen Komiker das Sagen haben: Laurel und Hardy alias Dick und Doof, Pats Partner Patachon, Charlie Chaplin, Buster Keaton und der als »Monsieur Hulot« bekanntgewordene französische Komiker Jacques Tati.

jeder ist froh
denn jeder hat Sehnsucht nach dem hysterischen Lachen der zwanziger Jahre

Ein Skandal ist anzukreiden
Einer im Rentenalter aus Magdeburg will nicht in den Westen!
Kann die Verwandten sowieso nicht leiden...

Hier käme dann noch das Orchester der Berliner Schutzpolizei dazu, damit die Sache ein bißchen Steuben-Hintergrund bekommt; die Schöneberger Sängerknaben mit den Kastratenstimmen werden die oberen Stellen übernehmen, namhafter Betrag wird in den Scheck gefüllt, überreicht. Kann ein sehr würdevoller Empfang für Baldur werden.

FRISCHE-LUFT-NUMMER

Es ist Sonntag früh in Berlin, RIAS, eine teure Stimme der teuren Welt, 11.45 Uhr: Sie hören die Stimme in Aspik, bitte, Herr Sitte:

Guten Tag, liebe Hörer, kaum aus dem Bette gehuscht, schon in den Äther gepuscht – was sagen Se nu: Barlog fuhr als Striese nach Amerika und kam als Maxe Reinhardt zurück ...

Liebe Hörer: zugegeben, was früher revolutionäres Pathos, ist heute nun mal wirtschaftlicher Motorik gewichen, vergessen Sie nie: LLL – was LUFT Lobt Läuft – auch dieser Neuss-Keller ist so eine Art Luft-Schutz-Keller: Das läuft und läuft und läuft ... seien wir also bitte schön dankbar, daß es die sprudelnde Fritzchen-Viertelstunde im RIAS noch gibt. Es gibt in Berlin wahrlich Schlimmeres. Sonntag früh im SFB, wenn der Karsch seinen zusammenkneift, und der Ritter vom *Abend* seinen Her-

1963 – Mit der »Frische-Luft-Nummer« parodiert Neuss den populären Berliner Theaterkritiker Friedrich Luft, der allsonntäglich im Rias-Sender als »Stimme der Kritik« ebenso eigenwillig wie lebendig über das Berliner Bühnengeschehen berichtet. Sein Kritiker-Kollege Walther Karsch hat eine vergleichbare Sendung im SFB. Ferner werden Hitlers Filmemacherin Leni Riefenstahl, Karl-Heinz Stracke, der Intendant des Berliner »Theater des Westens«, sowie die Stars der Deutschen Oper, Dietrich Fischer-Dieskau und Martha Mödl durch den Kabarett-Kakao gezogen.

renjournal-Suada knattern läßt … wo soll den unsereins in Berlin schreiben?

Die reaktionäre Tante *Tagesspiegel* mit dem vergammelten Matthes-Hering macht nach dem Lesen weiße Finger. – oder nehmen Sie aus meiner näheren Umgebung die Unter-*Welt* der Literatur? Da können Sie auch Professor Emrich-Salz gegen De Sade-Brennen schlucken. Da schlucken Redslob, Dovifatzke, Knudsen im Geiste mit. Sie alle lassen sich vom Senat die Stukkatur erneuern. Vielleicht sollte man es in Berlin doch nicht mit Ehebrandt-Darlehen versuchen, vielleicht wären für einige Herrschaften Umzugskredite nach Westdeutschland angebrachter: Man stelle sich nur vor: die Deutsche Oper ohne Subvention? Plötzlich ein Fischer-Diskaunt-Laden in der Bismarckstraße, oh, da bliebe Martha aber der Mödl im Halse stecken. Berlin sein, heißt Rapunzel sein, gegossen werden, nicht blühen – blähen!

Ich fahre Auto nur in den Randbezirken, in der Innenstadt sind mir die Rentner zu teuer.

Wann, frage ich, wann wird denn nun folgerichtig Leni Riefenstahl aus dem Krematorium Wilmersdorf die Filmakademie zimmern? Wann wird die Firma Eduard Winter die Verfolgung und Ermordung des VW 1500 inszenieren, dargestellt von der Schauspieltruppe der Zeitschrift Demark unter Anteilung des Marquis Schweitzer – da drängt sich doch geradezu der Vergleich auf!

Nordhoff sitzt in der Badewanne – Käferkarosse –, Hitzinger von Mercedes peitscht dem armen Mann nun ununterbrochen die DKW-Krücken durch den Hinterachsenantrieb – eine schön verquatschte Differenzial-Sexualität dampft über die Rampe, die Irren werden von VW-Aktionären persönlich dargestellt. Heute, meine Hörer, heute würde Gerhart Hauptmann *Die Weber* nicht mehr schreiben, heute schriebe er die *Veba-Aktionäre*: das soziale Wahldrama eines Gummilöwen!

Ionesco zum Beispiel hat nicht recht, wenn er behauptet: Fußgänger, der Luft! Nein, auch ich fahre Auto, allerdings nur in den Randbezirken, in der Innenstadt sind mir die Rentner zu teuer. Wie kommen unsereinen aber nun die Talente vor die Stoßstange? Was gibt's anzubuffen?

Im Schillertheater gibt's beinah permanent *Das Testament des Dr. Tiburtius*, man trägt bei uns wieder den offnen Mabuse, romantischen Revanchismus – da ahnt man zumindest, warum der Lauter-Platz in Friedenau in Breslauer-Platz umgetauft wurde. Wer war eigentlich dieser Dr. Breslauer?

In einer Stadt, verehrte Hörer, wo Eintrittskarten für *Die lustige Witwe* geklaut wurden, da muß Karl-Heinz Stracke Triumphe feiern. Da stellt man sich am besten blind. Da sei mein Name Vaganten-Bein. Da macht man sich vor lauter neckischem Hoppelpoppel Senfgas an den Oberschenkel, liest den Schmarren-Report und freut sich auf das neue Stück von Grass:

Frau Wirtin hat auch einen Coriolan
das sah man Brechtens Wittib gar nicht an!

Soviel künstlerisches Unschuldsblut, wie in Berlin vorbereitet wird, kann auch die Schaubühne am Halleschen Tor nicht saugen, hier mündet das Berliner Theaterdrama direkt in die Berliner Pressetragödie mit dem himmlisch kriminellen Titel: *Bleib stehn, wenn rote Ampeln leuchten.*

Das nun ist eine Schwanz-beiß-Posse von Zehrer, dem Schmalspurkapfinger aus Zehlendorf und Stiege, dem Mottenpestalozzi aus dem Ullsteinhaus. In der Hauptrolle Axel Sp. – eine kafkaeske Figur – Axel Sp. steht vor dem Brandenburger Tor und weint präter propter eigenhändig Tränen. Jahrelang hat er gerufen: Macht auf! Macht auf! Macht auf!

Inzwischen hat sich klar herausgestellt, er legte immer nur Wert auf Macht! auf Macht! auf Macht!

Kapitalistische Frühgotik mieft aus der pseudohanseatischen Kaufmannshose.

Es ist schon eine superbe Köstlichkeit, zu beobachten, wie der Efeugeruch aus der Axelhöhle vom Ohlsdorfer Friedhof in sämtliche Ritzen des Berliner Lebens dringt ...

1963 als Namen ein Begriff: Mit Axel Sp. ist »Bild«- und »Welt«-Verleger Axel Cäsar Springer gemeint, mit Martini-dry der konservative Publizist Winfried Martini; auch Hans Zehrer ist Springer-Journalist. »Seid nett zueinander« ist einer der tümelnden Slogans, die »Bild« in Umlauf brachte. »Fallex 62« nannte sich das NATO-Manöver, über den der »Spiegel« berichtete. Diese Veröffentlichung, hinter der Adenauer einen »Abgrund von Landesverrat« witterte, führte zur »Spiegel-Affäre«, nachdem »etwas außerhalb der Legalität« Redakteure des Hamburger Nachrichtenmagazins verhaftet worden waren. Die Affäre weitete sich zu einer innenpolitischen Krise aus: Es kam zu Demonstrationen für die Pressefreiheit, Strauß mußte gehen.

Demnächst wirft er sogar eine nagelneue Erfindung auf den Damenmarkt: die deutsche Frau mit der Brust auf dem Rükken. Huckepack-Sex. Rucksack-Erotik. Die Möbelindustrie zahlt höchste Hormoninserate. In sämtliche Sitze mit Rükkenlehne müssen nämlich neue Löcher gebohrt werden.

Bedürfniserweckung heißt die dynamische Springerparole. Ich lasse mein Bedürfnis nach wie vor im Theater wecken: gleiche Welle, gleiche Stelle, Schweineställe.

Liebe Hörer: Der tiefere Sinn der irreversiblen Berliner Donnerbalkenpresse ist klar! Das Loch muß erhalten bleiben. Will sagen: das Volksbildungsloch. Die Größe dieses Loches ist nun mal mit der Höhe der Auflage identisch. Statt Gehirn: *BZ*-Prothesen. Hilf dir selbst, dann bist du nett zueinander. Antikommunismus als Geschäftsgrundlage.

Bild hat einem alten Berliner Mütterchen zu einem neuen Vogelkäfig verholfen:

Nun ist sie nicht mehr so allein
und sperrt sich selbst mit in den Käfig ein.
Wer möchte da nicht Springers Piepmatz sein?

Herzlich traurig Ihr Fritze!
Hoffentlich nicht lange mehr die gleiche Springermütze …

Nachdem die höchsten Bundesrichter in Karlsruhe zweieinhalb Jahr benötigten, um festzustellen, daß Fallex 62 deshalb kein Landesverrat war, weil zu wenig Schmeichelhaftes über die Bundeswehr in dem Artikel ausgesagt wurde, und nachdem die Nichteröffnung eines Verfahrens gegen den *Spiegel*-Herausgeber allerseits als Sieg des Rechtsstaates und der Rechtssicherheit in der Bundesrepublik gefeiert wurde, ist es höchste Zeit, festzustellen, daß die deutsche Justiz eindeutig rechts ist und Recht hat, aufrechte deutsche Nachrichten-Rechtsmagazine rechts liegenzulassen. In die allgemeine Rechtsfreude soll nun ein Bundeswehrmuts-Tropfen (Winfried Martini dry) fallen:

Der Oberst sagt zum Adjutanten:

Morgen früh um neun ist eine Sonnenfinsternis. Etwas, was nicht alle Tage passiert. Die Männer sollen im Drillich auf dem Kasernenhof stehen und sich das seltene Schauspiel ansehen. Ich werde es ihnen erklären. Wenn es regnet, werden wir nichts sehn. Dann sollen sie in die Sporthalle gehen.

Wenn's regnet: Kasernenhof! Schauspieler sollen sich selten machen.

Der Adjutant zum Hauptmann:

Befehl vom Oberst: Morgen früh um neun ist eine Sonnenfinsternis. Wenn es regnet, kann man sie vom Kasernenhof nicht sehn, dann findet sie im Drillich in der Sporthalle statt. Etwas, was nicht alle Tage passiert. Der Oberst wird erklären, warum das Schauspiel selten ist.

Der Hauptmann zum Leutnant:

Schauspiel vom Oberst: Morgen früh neun Uhr Einweihung der Sonnenfinsternis in der Sporthalle. Der Oberst wird erklären, warum es regnet. Sehr, sehr selten so was!

Der Leutnant zum Feldwebel:

Seltner Schauspielbefehl: Morgen neun Uhr wird der Oberst im Drillich die Sonne verfinstern, wie es alle Tage passiert in der Sporthalle, wenn ein schöner Tag ist. Wenn's regnet: Kasernenhof!

Der Feldwebel zum Unteroffizier:

Morgen um neune Verfinsterung des Obersten im Drillich wegen der Sonne. Wenn es in der Sporthalle regnet, was nicht alle Tage passiert, antreten auf dem Kasernenhof. Äh ... sollten Schauspieler dabei sein, solln sich selten machen.

Gespräch unter den Soldaten:

Haste schon gehört, wenn's morgen regnet? Tja, ich weiß – der Oberst will unser Drillich verfinstern. Das dollste Ding: Wenn die Sonne keinen Hof hat, will er ihr einen

1963 – Neuss-Beitrag zur erregt geführten Diskussion um das NATO-Manöver »Fallex 62« und den Zustand der Bundeswehr, der in einer »Spiegel«-Story als »bedingt abwehrbereit« bezeichnet worden war.

machen. Schauspieler sollen Selter bekommen, typisch. Dann will er erklären, warum er aus rein sportlichen Gründen die Kaserne nicht mehr sehen kann.

Schade, daß das nicht alle Tage passiert.

Wen wundert es da noch, daß auf den Truppenübungsplätzen die Manöver-Beobachter nie voll getroffen werden!

ALTERNATIVE MEDIEN

Im 3. Programm hören wir heute: Gehirn-Striptease für Exil-Süchtige. Mauergrips im Plastikbeutel. Erziehung zum Cliquen-Denken.

Von Bach die Kantaten
Von Mannesmann die Raketen
Von Ernst Wiechert Gemüt:
Das einfache Leben
Gesundheit
kommt immer an
Gut verpackt von Bertelsmann

Schaun Sie mal, Geist – richtig schöner Geist – findet in Deutschland in Radio und Fernsehn im Eigenprogramm beziehungsweise zur Gespensterstunde statt.

Der kleine Mann muß schlafen.

Die deutsche Gehirnpygmäenzucht fürchtet nichts mehr, als Zusammenhänge begreifen, denn dies bringt wirtschaftliche Nachteile mit sich.

1963 – Die dritten Fernseh- und Hörfunk-Programme sind in den Sechzigern noch Enklaven für Bildungssüchtige. Elisabeth Nölle-Neumann, als Leiterin des Allensbacher Instituts für Meinungsforschung für Jahrzehnte das Medien-Orakel für politische Stimmungen im Lande, war zu NS-Zeiten Mitarbeiterin der Zeitung »Das Reich« gewesen. Eugen Gerstenmaier (CDU) ist Bundestagspräsident, Sebastian Haffner ein engagierter Journalist, Willy Millowitsch ein Volkskomiker, Heinz Maegerlein ein TV-Sportreporter, der mit einer unfreiwilligen Pointe über Skifahrer in aller Munde war: »Sie standen an den Hängen und Pisten.«

Das ideale Emnid- und Allensbach-Mannequin ist der mit 37 Teilzahlungsverträgen belastete deutsche kleine Mann. In ihren kühnsten Alpträumen fürchtet Mutter Allensbach persönlich eines Tages den Aufstand der Durchschnittsbefragten:

He, was gnä Frau Professor Allensbach (Möchten Sie noch mal Reich sein?), was sind Sie denn nu eigentlich lieber: Nölle oder Neumann???? Was macht man dann? Trösten wir uns: Der kleine Mann hat ja überhaupt keinerlei Beziehung zu dem, was Ortega unter Rebellion versteht.

Kerzen im Fenster genügen. Der Gardinenumsatz der letzten zwei Jahre beweist es.

Die Gesellschaft zur Weiterverwendung von Panorama-Redakteuren spricht von einer Verstopfung des Illustriertenmarktes.

Der kleine Mann ist eine Fiktion.

Der kleine Mann lacht sehr gerne über Millowitsch. Gerstenmaier lacht sehr gerne über Sebastian Haffner. Unser Problem im 3. Programm lautet:

Wie schaffen wir den umgekehrten Fall???

Wir glauben an die deutsche Nachtprogramm-Onanie. Glauben heißt: Nichtwissen!

Trösten wir uns: Der kleine Mann ist ja wohl doch eine Fiktion. Ein Homunkulus. Ein Leporello (um ein Beispiel aus der Bibel zu nehmen), barhäuptig bis zur Selbstaufgabe.

Möbel-Hübner hat auf der Kölner Hausrat-Messe das neue Fernseh-Klosett auf den Markt geworfen. Eine volle Bierblase zwingt nun nicht mehr zum Verlassen des Raumes und zum Verpassen von Maegerleins »Hätten Sie auch mal gemußt?«

Wir glauben an die Unantastbarkeit des augenblicklichen deutschen Bildungsstandes.

In der Weltrangliste an 39. Stelle.

Mit Uganda auf gleicher Höhe.

Womit hier nichts gegen Uganda gesagt sein soll.

Denn Uganda ist erst seit kurzem souverän...

SOLL EIN DEUTSCHER SCHLACHTER LESEN?

Monolog eines Betroffenen

Als Schüler ham wa in der Schule immer Schiller aufgesagt
denn er zählte ewig zu den deutschen Geniussen ussen
In der Klasse stand die gleich gipsne Büste einmal vorne
und dann hinten
Und das hat uns Schüler sehr verdrussen drussen drussen

Heut ist's schlimmer
man fragt noch immer
wo unser Heißgeliebter, Hochverehrter heute steht?
Steht er rechts von uns? Steht er links von uns?
Man wird ja ganz mewulve, meschugge
beziehungsweise verwirrt!
Ich find mich nicht mehr durch
Wer hat hier noch 'ne Richtung
Ist die Gruppe 47 noch ganz dicht?
Ist Dufhues denn schon Dichtung?
Ist unser Volk der Reimerchen
seit Gottfried Benn im Eimerchen?
Ich find mich nicht mehr ...

Also, die ham sich doch mal verglichen! Oja. Da war ein Prozeß! Einer hatte zu die gesagt »Reichsschrifttumskammer« – dann ham die sich angeguckt, ham sich verglichen ... hat der eine gesagt: Hat mir ferngelegen, hat der andre gesagt: Is mir nahegegangen ... Hans Magnus Enzensberger: FAZ, Einzelhure. Uwe Johnson: »Mutmaßungen über Dufhues.«

Dis dritte Buch is mein Schlachter-Almanach, dis trage ich beruflich immer bei mir. Ich teile ohne Peinlichkeit mit, ich bin Volksschüler, Metzger von Beruf, ausgesprochenes Objekt für den zweiten Bildungsweg!

Ick will Sie von einer irreparablen Verwirrung

1963 – Neuss-Beitrag zur Diskussion über den bundesdeutschen Bildungsnotstand. Hintergrund des Schlachter-Monologs ist die Äußerung von führenden CDU-Politikern wie Dufhues und Brentano und anderen, die Bert Brecht mit dem verseschmiedenden SA-Mann Horst Wessel (»Die Fahne hoch!«) verglichen und die »Gruppe 47« mit Hitlers Reichsschrifttumskammer in Verbindung gebracht hatten. Die »Gruppe 47« ist eine Autoren-Vereinigung, der Schriftsteller wie Grass, Böll, Enzensberger, Johnson angehören und die sich zu gemeinsamen Lesungen treffen. Das Tucholsky-Zitat vom General stammt aus dem Kabarett-Chanson »Rote Melodie«.

unterrichten, die mich bewogen hat, mich den augenblicklich führenden deutschen Staatsmännern anzuschließen, womit ich das Resümee der Sache an sich vorwegnehme. Haust großer Zweifel in mir. Soll ein deutscher Metzger, ein Schlachter, ein Fleischer, soll der überhaupt lesen …

Ich befinde mich da in einer siamesischen Duplizität von doppelter Schizophrenie … Ick habe mir doch irgendwo ein schädliches Schlafmittel zurechtgelegt? Hat hier jemand die »Frankfurter Allgemeine« weggenommen?

Nun fragen Sie, wie kommt das Blatt der deutschen EWG-lite in die Hand eines satirischen Schlachters …

Ick habe doch nachm Kriege so 'ne Art von Entwicklung durchgemacht. 1945/46/47, – da war doch in deutschen Landen noch so Hausschlachtung en vogue.

Und wenn ick da so von Ort zu Ort zog und die Menschen gierig an mein Wellfleisch knabberten … ick war ja schon immer vorher satt … da habe ick so 'n bißken an ihre Bücherborde rumgeschnüffelt.

Kam ja nachm Kriege allet wieder raus: Kutte Tucholsky, Berte Brecht und so, Gruppe 70/71 … könn auch jünger gewesen sein, weiß ick nich so genau …

Nu wirkte sich nachm Kriege gerade der Genuß von Bruchstücke aus sone Bücher von Tucho und Brecht auf meinen etwas gewalttätigen Beruf verfeinernd aus … ich bekam Hummeln unter die Haube, mir schlug so mancher Blitz in den Bregen …

Dann hörte ja die wilde Hausschlachtung auf – wie ick nu später aufn Schlachthof arbeitete, wenn ick da son Ochsen vorn Kopp schlug … na ja … da habe ich dabei schon mal Tucholsky rezitiert: »General! General! Wag es nur nicht noch einmal!«

Kollegen ham sich natürlich dotgelacht. Ick nich. Ick war ziemlich stolz, weil ick dette nu auswendig hersagen konnte und mich auch privat dementsprechend verhältnismäßig verhielt. Sie hätten ma meine vorwurfsvolle Blicke sehn sollen, als ick dann nach der Wiederbewaffnung den ersten deutschen Soldaten auf der Straße traf ... also Tucholskys Saat war in mir – rein totengräbermäßig – aufgegangen, nicht wahr! Am Tage, bei der Arbeit, wenn ick son Hammel – abstach ... die Hammel kriegen ja kurz vorn Detz, und da hat man das lange, dünne Messer und kommt von unten her durchs Fell, zieht man langsam nach oben, da bildete ick mir sonstwas bei ein. Weil ick ja durch die Bücher mehr wußte als meine Kollegen, ick hatte Ethik im Messer ... 'nen im Gebälk.

Tucholskystraße verführt nun mal zum Linksabbiegen!

Die arbeiteten natürlich noch teilweise gegeneinander ... um dis mal plastisch zu machen: Da lauerten hinter meine Haarbüschel quasi die Partisanen, bis nu mal so ein eigner halber Gedanke vorbeidefilierte und dann aber alle drüber hinweg ... es kamen Dinger vor! Einmal die Woche ging ick garantiert nach Hause und sagte: Heute machste dir kein Ahmtbrot, heute machste dir Gedanken! So 'ne Dinger kamen vor.

Dann kam bei mir noch sowat wie Arroganz auf ... Weil ick mir das nu alles selber erarbeitet hatte ... ohne Aufforderung ... nischt ... Bücher alle selber gekauft ... Ick dachte urplötzlich: Wat soll ick mit dieser Art von eigenem Denken noch auf einem Schlachthof ... nich? Das Individuelle in mir, das nahm Maß, es war mir einfach nicht mehr genehm genug, zu eng der Betrieb und so ...

Zumal das persönliche Zuschlagen aufm Schlachthof auch aufhörte ... Bolzentöte, Knopp drücken, das is natürlich für einen Brecht-Leser Stumpfsinn ... kurz: Ich kündigte aufm Schlachthof und ging in eine Fleischwaren-Engros-Firma. Weiterverarbeitende Industrie.

Wir ham mit dem direkt fließenden Blut nischt mehr zu tun, zu uns kommt's gerührt hin und weitere Vergünstigungen des Arbeitsklimas und so.

Ick arbeitete in einer Abteilung Einzelverpackung für Eisbeine, Sondergrößen, Völkerball-Durchschnitt ... unwahrscheinlich umfangreiche Pökel-Knubbels. Nu dorten mein neuer Chef ... kluger Kopf ... steckt immer dahinter ... der sagte zu mir, wie ick da anfange, sagt er, passen Sie mal auf, sagt er, Cellophan is uns zu teuer und so nehmen wir auf seine Anweisung für die Verpackung der Riesenbeine die Allgemeine. Ist ne reine Formatfrage, sagt mein Chef.

Ick habe jetzt ein wenig ausgeholt, aber Sie wissen nu, wie

ick mit dem Blatt rein beruflich ... soll kein Alibi sein ... in Berührung komme.

Ick stehe am Tisch und wickle individuell die Eisbeine ein. Schiebe sie sodann weiter.

Neulich nu wickel ick gerade mal wieder so ein schönes Stücklein gepökelte Sau zwischen die Artikelchen und senke den Kopf, weil ick nämlich bei die Arbeit nich direkt lesen darf, aber die eine oder andre Zeile unauffällig doch erhaschen will ... wie gesagt, der Bildungshunger beim Eisbeinverpacken ist ungeheuer!

Und wat lese ick da?

In Wiesbaden, lese ick, is verboten, eine Straße nach Kurt Tucholsky zu nennen. Weiß der Deubel, warum. Wohl wegens der Autofahrer, könnten alle Linksabbieger werden. Und da hat man in Wiesbaden schnell eine Straße statt dessen Heinestraße nennen wollen. Aber schon hat die dortige SPD-Fraktion gesagt: Heinestraße? Ist es nicht schädlich, eine so junge Sportlerin so früh zu ehren?

Mann! Ick war starren Auges! Und wie ick die Pökelknulle neugierig etwas beiseite schiebe, da lese ick fernerhin ... war

LS
SONOR

LS

schon stark angenäßt ... lese ick, daß bei uns einer im Bundestag rief: Bert Brecht ist für Deutschland nicht repräsentativ!

Und da zuckte es mir durch den, wo ick früher drauf saß.

Mannometer, dachte ick, machen se heutzutage schon wieder Jagd auf die beide? Tucholsky und Brecht?

Abgesehn davon, daß die mich nu nachm Kriege mal aufn Weg gebracht haben, aber – Tucholskys und Brechtens Bücher warn ja nu mit verbrannt ... im Dritten Reich ... und zwar durch diese »Reichsschrifttumskammer«! Und just in dem Moment lese icke, daß dieser Dufhues zu die beiden Dichter Enze und Uwe »Reichsschrifttumskammer« gesagt hat und von den prompt geführten Prozeß ... und da kam eben automatisch der Zusammenhang zwischen meine Gehirnschale und meine Schuhsohle, also das Kausale brach in mir auf.

Ick darf mal kurz erläuternd repetieren: Als ick geboren

wurde, kurz vorm Dritten Reich ... alle Glieder waren heil ... Contergan gab's noch nich, mir fehlte trotzdem was. Eine anständige Füllung unter der Haube ... sozusagen Stirn-Backround ... wo andre Grips hatten, hatte ich ein Loch ... also Loch würden Abonnenten der FAZ nicht sagen, die würden referieren: Der Mann hatte eine partielle Negation einer realen Totalität in der Omme.

Ick war eine Kirsche ohne Kern. Vom gesunden wollen wir gar nicht reden. Ick hatte nur Urlaute in der Kehle.

Haeiiiil ... Haeilllll ... konnte ick auswendig!

Aber das Entscheidende: Kopf und dadurch Herz: Nix!

Als ick dis nu allet gelesen hatte, reagierte ick spontan. Nischt wie raus aus der Einzelverpackung ... kündigte, ging freiwillig zurück in die Bolzentöte auf den Massenbetriebsschlachthof ... Ick hatte kalte Füße!

In mir machte sich so 'ne Art Apokalüppke breit: Mein Verhältnis zum Geist wurde von einer tückischen Immer-schön-sauber-bleiben-Welle durchspült. Dis Tumbe brach sich Bahn. Mann, dachte ick, diese Brüder. Kannste mal sehn. Nee, nee! Bei mir nur noch Kohlen. So klar war mir noch nie, daß Pfingsten kein deutschet Fest is! Von wegen Heiligen Geist. Panikartig versuchte ick der Wirrsal zu entfleuchen.

Mann! Wat soll man sich das zerquälen! Der Kopp eines Metzgers ist und bleibt zum Haareschneiden wertvoll. Aus!

Bloß nich von selber eigenständig irgendeiner Unter-sich-Denker-Clique dis Bildungsmonopol streitig machen. Man mengt sich ein in Dinge, die einen systematisch durchn Wolf drehn. Ick wußte: Mein Gehäuse auf den Schultern ist dazu da, daß ick zum Atzenschinder gehe und mir die Mekke peitschen lasse. Haare schneiden. Knopp drücken, stechen, Blut rühren, Wurscht machen, Feierahmt, Pennen. Wat soll man sich da noch zerquälen oberhalb des Einganges zwecks Speisezufuhr. Dringlichst wurde mit klar, daß es für unsereinen immer noch das Beste is, ohne Häme, den Dicken zu wählen! Ick bin und bleibe Volksschüler.

Der Dicke hat Abitur, ist trotzdem siebenmal im Kriege verwundet, nimmt keine Rente, kann also rechnen. Der Dicke hat die nationalsozialistische Marktwirtschaft in Friedenszeiten voll zur Entfaltung gebracht.

Der Dicke ist Pykniker, hat 'n Doppelkinn – ick weiß aus eigner Erfahrung, daß halslose Menschen eine ungeheuer schnelle und durchschlagende Verdauung haben, was ja angesichts des verstoppten europäischen Marktes gar nich mal so ohne Wichtigkeit is!!! Und außerdem garantiert der Dicke mir, in meinem Beruf einen stabilen Schweinefleisch-Preis!!!! Warum!?! Weil der Dicke das Schicksalhafte in der deutschen Sau so richtig rauszukitzeln versteht ...

Ick gebe allerdings ungern zu ... wenn ick oberhalb meiner Augenbrauen weitergemacht hätte, dicht unterm Haaransatz, was dis Denken und Lesen betrifft ... hätte ick mir natürlich eines Tages auch mal selber Verdienste um diesen unseren Staat erwerben können ...

Ick hätte mir ja sogar schon um den vorigen Staat Verdienste erwerben können! Wenn ick diese Bücher von dem Tucholsky und Brecht hätte eher ... im Dritten Reich zum Beispiel ... zu lesen bekommen ...

Ick hätte ja schon mittels dieser Partisanenbazillen unter meiner Kopfhaut am 20. Juli 1944 mit bei die Widerstandskämpfer sein können ... icke, Schlachter Neuss, mitten unter die Offiziere! (»General! General! Wag es nur nicht noch einmal!«) Und nu, da Dufhues sagte, diese »Reichsschrifttumskammer« gibt's noch, wollte ick, ermutigt durch diesen honorigen Christjuristen, klagen ... auf Verdienstausfall. Gegen die Reichsschrifttumskammer Enzensberger und Johnson.

Plötzlich vergleichen die sich im Prozeß.

Machen mir die Molle kaputt.

Sie ... ick stehe mit einer gewissen Beharrlichkeit auf Geld, ja ... aber dis weiß ick ja nu aus meinem Schlachter-Almanach: Als Tucholskys und Brechtens Bücher verbrannt wurden, da waren Enzensberger und Johnson kaum auf der Welt!

Wat is denn nu der tiefere Sinn des Tohuwabohus?

Wer bringt denn nu hier die große Schlachter- und Fleischer-Foppe?

Wat sagste nu dazu?

Ick penne? Es gibt Trichinen, die icke nich kenne?

Der Extrakt vom Resümee ist das Fazit:
Icke bin immer ein einfacher,
unkomplizierter Mensch gewesen,

ick bin zurückgekehrt
zum offiziell gewünschten Bildungslesen,
man soll sich auf seine Fäuste verlassen
und niemals dem Geist – schon gar nich Neuem trauen …

Jawoll, ick arbeite wieder beim Massenschlachten,
jawoll, ick bin wieder bereit, im größeren Umfang vor
die Köppe zu hauen.
Gib Zeichen, wir weichen.
Ick will wieder von vorne anfangen:
Ich will mir wieder meine eigenen Halbwahrheiten drechseln,
hat mir ferngelegen,
Herrn Dufhues mit Goebbels zu verwechseln.
Is kein Resignieren, kein Selbstmitleid,
kein Tränen-die-Beine-Runterlaufen, kein Flennen –
ich will Sie was sagen:
Als Volksschüler bin ich viel zuviel Mensch,
um Humanist sein zu können …

Hier ist der Aufhänger! Der Nagel … Wo ich wieder diesen besonders steifen Hut hingehangen habe?

Sie gestatten? Für mich ist alleine das Beibehalten des Zölibats durch das römische Konzil der berühmte Nagel, an dem ich die katholische Kirche aufhänge wie einen alten Hut.

»Wach auf, du verrotteter Christ« … tönt es aus Brechtens Grab vom Hugenottenfriedhof. Sie gestatten also, daß ich mich an mein sündiges Leben mache:

Vor dem jüngsten Gerücht erscheint mit schnellen kleinen Schritten
ein Mann mit BOMBE, also Hochhuth,
und flüstert die neueste Theatersensation in das Domikonzil:
Fritze Kortner soll den »Stellvertreter« in Rom inszenieren,
aber nur, wenn er für die Hauptrolle Präsident Nasser bekommt! –

Potz potz potz
da bahnt sich eine Idealbesetzung an!
Nasser?
Das ist doch der arabische de Gaulle?

De Gaulle?
Das ist doch der chinesische Adenauer?
Adenauer?
Das ist doch der bundesrepublikanische Mao Tse-tung?
Potz potz potz
bahnen sich revolutionäre Bewegungen an?
Hat das Konzil zu Rom den Toleranzfanatiker in der Kutte genehmigt?

Die katholische Historie, die klerikale Geschichtsschreibung, vermeldet in Reihenfolge:
Pius der Zwölfte
Paule der Dreizehnte.
Wo ist Johannes geblieben!?!

Die amerikanische Geschichtsschreibung vermeldet in Reihenfolge:
Eisenhower
Johnson.
Wo ist Kennedy geblieben?
Die sowjetische Geschichtsschreibung vermeldet in Reihenfolge:
Stalin
Malenkow
Kossygin
Breschnew.
Wo ist Chruschtschow geblieben?
Marlene neuester Gospel-Hit: Wo sind sie geblieben???
Tabula rasa im Vatikan!!!
Weiterhin wird dem militanten Atheismus begegnet
mit dem Schrei:
Hurra! Die deutschen Klerussen kommen!
Im Namen der Untergrundbewegung NNUC (Nationale Narren Und Clowns) bringe ich

Grüßgottele miteinander, ich bin die Nonne Elisabeth aus Basel vom Stoßtrupp Rom, Paris und Wien. Ich bin eine Super-Nonne. Meine Mutter war schon Nonne, meine Großmutter war Nonne, wir warn in Reihenfolge alle Nonne.

Ich wende mich heute an alle Frierenden: Ihr braucht keine Ohrenschützer, habt ihr doch mich: Ich bin Pius-Schützer!

Ich schütze euch vor den Kommu-Atheisten Hochhuth, Böll und Amery.

Unter dem Nebbich-Motto ... sagte ich nebbich? Der Pater verzeihe mir. Hebräisch ist unsre schwache Seite.

Unter dem Leppich-Motto: Jeden Tag eine gute Tat ... (im Pater blühn wieder Neurosen) habe ich bei der römischen, bei der Wiener, bei der Pariser Premiere voll die Pflicht einer Blindgläubigen erfüllt.

Ich habe geschimpft, getobt, gespuckt.

Ich habe wie eine Scholtz-Klinik mit Einspritzpumpe, getreu dem Führer, in den Leppich gebissen.

Ich habe die Sprache verhunzt, um unsre Konfession zu reinigen.

Ich wollte in das Hotelzimmer des Rowohltsudelmannes in Basel eindringen.

Ich wollte mich den kümmerlichen Flammen des Pius-Verleumders hingeben wie ein Buddhist seinem Feuerzeug.

Na, ich weiß doch, wie man Mächtige vom Sockel stürzt. Wenn am Tag nach der Premiere über dpa die Meldung gekommen wäre, Stellvertreter-Autor schändet Nonne Elisabeth aus Basel ...!?! Dann wären aber für diesen Hochhuth endgültig Nonnen-Günters Dackeljahre angebrochen. Dann wäre er gehetzt worden, schlimmer als Eugen Kogon vom Schirm!

Jeden Tag eine gute Tat. Na, was glauben Sie denn? Ich opfere mich doch selbst! Ich bin doch eine Kamikaze-Nonne ...

1963 – Die klerikale Humor-Nummer zielt auf das von Rolf Hochhuth verfaßte Dokumentar-Stück »Der Stellvertreter«, dessen Uraufführung an der Berliner »Theater am Kurfürstendamm« großes Aufsehen erregt. In dem Stück, in dem Neuss unter Piscators Regie mitgewirkt hat, wird Papst Pius XII. vorgeworfen, von Hitlers Judenverfolgung gewußt und sie geduldet zu haben. Wie Hochhuth nehmen auch die Schriftsteller Böll und Amery kritisch zu katholischen Kirchenfragen Stellung. Pater Leppich tut sich derweil mit einer Medien-Kampagne hervor, Gertrud Scholtz-Klink war Hitlers Reichsfrauenschaftsführerin, Eugen Kogon moderiert in den Sechzigern das kritische TV-Magazin »Panorama«.

Ich trete heute dafür ein, daß meine Schwester im Geist, Madame Nhu, bei uns in der Bundesrepublik sicheren Boden unter die Füßlein bekommt. Möge sie in jeder Stadt der Bundesrepublik Restaurants à la Wienerwald eröffnen, breit gestreute Filialen von zierlichen Mönch-Grills. Da gibt's dann gerösteten Hochhuth, gegrillten Böll, geschmorten Amery. Jeden Tag eine gute Tat.

Schwestern! Brüder! Liebe Gemeinden!
Schreiben Sie uns!
Schreiben Sie auf unser Konto.
Unsere Bischöfe geben Ihnen genau – Stücklein für Stücklein – die Pestleitzahl an.

Bete, töte, Häusle baue!

Denkt nicht nur immer an die Berliner Ferienkinder!
Denkt auch mal daran, daß die Kommu-Atheisten Hochhuth, Böll und Amery dringend eines Platzes an der Nonne bedürfen.
Grüßgottele miteinanderle ...

Es soll niemanden konfessionell proporzig vorkommen, jedoch ich arbeite schon monatelang daran, aus dem Stellvertreter ein protestantisches Musical zu machen.

Nicht mehr Hochhuth über Pius, sondern Niemöller über Dibelius.

Ich achte auf jedes Komma, was Dibelius im monatlichen RIAS-Lagebericht hustet, erstaunlich, wie der Mann für sich und seine Kirche die beiden Weltkriege bewältigt hat.

Unser kleiner Schmalspur-Makarios aus der Dahlemer Millionärsvilla. Zugegeben – Dibelius ist nicht die ganze Gliedkirche. Einige werden argumentieren: So wie Dibelius ist nun mal das Leben: Bete, töte, Häusle baue!

Wir Protestanten haben immerhin unser Bethel und Bodelschwingh.

Aber ich finde, man

1963 – Das klerikale Thema ist in diesem Jahr nicht nur wegen der »Stellvertreter«-Premiere brisant. Die zum Teil erregt geführten Debatten fallen in eine Zeit des Machtwechsels in Rom. Im Frühjahr starb Papst Johannes XXIII., sein Nachfolger wird Paul VI., wegen seiner konservativen Haltung in der Frage der Empfängnisverhütung bald als »Pillen-Paul« in aller Munde. Martin Niemöller und Otto Dibelius sind zwei populäre Protestanten: Niemöller war im KZ inhaftiert, die Rolle, die Bischof Dibelius zur NS-Zeit spielte, war eher dubios. Das Buddhisten-Feuerzeug nimmt auf die Selbstverbrennungen in Südvietnam Bezug, mit denen die Mönche 1963 auf die Verfolgung ihres Glaubens aufmerksam machen wollten.

könnte auch mal was für die Leute tun, bevor sie ihre werden.

Dann hört vielleicht in Zukunft die ganze Stellvertreterei auf, und der Verantwortliche ist direkt zu sprechen. Wäre doch schön.

Ich persönlich schaffe es auch nicht richtig, Atheist zu werden.

Montags manchmal, nachm Joghurt, sage ich, rums, die Woche wirste Atheist.

Aber dann gehe ich wieder durch den Ort und frage mich: Sollste die Kirche so drinne lassen, wie sie ist oder wird's eines Tages auch mal so 'ne hübsche gebaute Kathedrale geben, die man auch als denkender Großstädter betreten kann, ohne gleich den Grips als Kollekte abgeben zu müssen.

Jedermann spürt wohl, daß ich zu den destruktiven Engerlingen gehöre, die das Christentum immer wieder mit den Konfessionen verwechseln.

Mir passieren aber auch die abwegigsten Dinge:

Ostern sollte es das sprechende Kruzifix geben.

Ich mache also zu Hause Freiübungen: Christus hängt am Kreuz und sagt: Scheiß Welt, Ostern habe ick mir ooch anders vorgestellt, da klingelt es an meiner Tür, steht ein sehr netter Mann, murmelt: Grüß Gott – und sagt gleich darauf deutlicher: Brot für die Welt? Perplex frage ich: Warum denn nu nich belegtes Brot für die Welt? Das muß doch bei mir aus so 'ner Art Menü-Denken herauskommen. Ich vergesse völlig, daß jeder Mensch einfach mal mit Brot anzufangen hat. Das ist ja das Steigerungsprinzip: Kruste, Scheibe, Laib Brot.

Um ein Haar wäre ich aus der Kirche ausgetreten.

Im letzten Moment lese ich im *Spiegel*, natürlich, wo sonst?!, daß in Berlin unter dem Gemeindezentrum Nikolassee mit Kirchensteuergeldern ein Strahlenschutzraum gebaut wurde.

Ein richtiger, schöner kleiner Atom-Luftschutzbunker für sechs Personen.

Und ich weiß doch ziemlich genau, daß in Nikolassee höchstens fünf Pfarrer wohnen.

Da trete ich natürlich nicht aus der Kirche aus!

Leute, es lohnt sich im Moment auch, drinne zu bleiben!

Oberkirchenbaurat Streckebach baut in Neukölln einen weiteren Bunker unter 'ner Kirche, für vier Personen, es gibt auch in Neukölln nicht vier Pfarrer – demnach: Menschen, Gemeindemitglieder aus der Karl-Marx-Straße sollen ruhig in der Kirche bleiben, bald haben sie etwas von ihrem beharrlichen Kirchensteuerzahlen!

Dann aber lese ich, daß die deutschen Kardinäle in Rom als Konzil-Scheiben dorten die progressivsten gewesen sein sollen, da möchte ich schon wieder am liebsten konvertieren, man möchte ja nicht bei den Verkalkteren verweilen!

Ich habe nun hier zum Schluß eine kleine Büttenpredigt und will einen deutschen Furien-Kardinal in den Keller hauchen.

So 'ne Art Osram-Würdenträger, hell wie der lichtscheue Tag.

Ich habe mir extra bißchen Heucheleih-Wäsche vom KaDeWe besorgt, Lila macht die Kirche wieder jung, und für die gute Sache werden wir zu Haus auch mal ohne Tischdecke auskommen – keine Angst, ich bin geschmackssicher, ich war öfter bei Helmut Käutner eingeladen, unserem Kunstgewerbe-Albert-Schweitzer ausm Grunewald ... dann nehme ich mir noch diesen Bierdeckel als Furien-Kardinals-Ring: Küßchen, Küßchen ... wenn einer interessiert ist? Keiner?

Na, ich laß die Hand hier lässig auf dem Mikrofon liegen, wenn einer will, kann er immer noch ranrobben.

1965 – Von schwarzem Humor und wie er bei Neuss besetzt wird: Helmut Käutner ist Regisseur bedeutsamer Nachkriegsfilme (»Des Teufels General«), O.E.Hasse ein bekannter Bühnen- und Filmschauspieler (»Canaris«). Spiegel-Herausgeber Rudolf Augstein, im Oktober 1962 wegen eines Spiegel-Artikels über die Einsatzbereitschaft der Bundeswehr von Kanzler Adenauer des Landesverrats verdächtigt und verhaftet, kommt erst ein Vierteljahr später wieder frei, 1965 werden die Ermittlungen gegen ihn ergebnislos eingestellt. Mit den Piscatoren sind die Anhänger des Regisseurs Erwin Piscator gemeint, der 1963 das Hochhuth-Stück »Der Stellvertreter« auf die Bühne brachte.

MEINE SCHAFE!

Die Mundpartie eines Furien-Kardinals ist schwierig zu gestalten. Selbst O. E. Hasse hat dafür zu dicke Lippen.

Wenn er eine riskiert (anläßlich der Verhaftung Augsteins), zieht er sie gleich wieder zurück …

Meine Schafe!
Nicht das Verkniffende ist es
das einem Würdenträger die Bürde auflädt …
Weiße Haut und schmale Lippen
und eine gewisse Askese im Klerikalkopp
das ist nur die Voraussetzung
für eine Souveränität
die den nötigen Abstand zwischen
Hirte und Schaf schafft.

Die große Schafschaffe
zeugt das niedliche Kindlein geistiger Impotenz.
Gläubige Dummheit ist es
und niemalen die Intelligenz des Zweifelns
mit der wir
den Totalitarismus
vernichtend zum Leben erwecken.

Ich hoffe, man bemerkt, daß ich als Furien-Kardinal einen Tonfall und eine Ausdrucksweise bevorzuge, die – toleranterweise und im Gegensatz zur Wirklichkeit – weder Larmoyanz noch absolute Menschenverachtung zu ihrem Hauptanlügen macht.

Ich wünsche, daß man auch mal eine kleine Nuance aus dem Kauderwelsch-Gerücht zurückbehält.

Ich mag nicht, wenn einer zu dem andern sagt: Tja, der Neuss, auf die Kirche macht er nu ooch noch Jagd, auf die, die sich nicht an Ort und Stelle wehren können, macht er da lang …

Nein, ich wünsche, daß der eine oder andre sagt: Er hat halblang gemacht … Danke.

Meine Herde:
Vor den Piscatoren unserer Stadt

stehen Stellvertreter unserer Feinde:
hier das christliche Trauerspiel
dort das unchristliche Mauerspiel
und Bischof Bengsch immer noch im Stabhochsprung drüber!

Wir schweigen über die geistigen Baumeister
der geschichteten Berliner Mauersteine
wir verzichten auf Selbstkritik
diesmal auch.

Jawohl haben wir Messen dazumalen für den Führer gelesen
jawohl!
Aber wir hatten gleichzeitig Pater Delp im KZ.

Unsere Kirche ist ja nicht nur für huppelnde Hasen
sie ist ja auch für Igel
... bin schon da! ... bin schon da! ... bin schon da! ...
Meine Schafe und Lemmer ...

Moment, den Lemmer lassen wir raus. Wie kommt denn der Lemmer hier in die Kirche rein?

Nein, den möchte ich nicht drin haben.

Mit Lemmer habe ich zuviel mitgemacht.

Der Mann hat mich vor Monaten mit der Peitsche nach Frohnau bestellt, dort mußte ich ihn immer treiben durch den Tegeler Forst, über Stumpf und Stiel. Peitsch mich! sagt er: Treib mich ... treib mich ...

Weil er doch kein echter Vertriebener ist.

Fragt er: Meinste, man kann das noch mal auf die Neorealistische herstellen?

Ich sage: Ernst, sage ich, das ganze Vertriebenen-Ministerium ist neorealistisch!

Wie lange wird's noch solch Ministerium geben?

Nur darum möchte ich den Lemmer hier nicht drin haben.

Es ist traurig, wenn

1965 – Noch mehr Namen: Afred Bengsch ist Berliner Bischof; Pater Delp, ein katholischer Theologe und kämpferischer Christ, wurde als Hitler-Gegner 1945 hingerichtet. Der aus dem Rheinland stammende Ernst Lemmer, Mitbegründer der Ost-CDU der DDR, wurde unter Adenauer Minister für Gesamtdeutsches und später Vertriebenenminster. Franz Amrehn, Berliner CDU-Bürgermeister, ist Neuss ein Wortspiel wert – »Arsen und Spitzenhäuptchen« ist der Titel einer britischen Kriminalkomödie voll schwarzen Humors. Das »Quick-Matthias-Walden-Wort« nimmt Bezug auf den erzreaktionären SFB-Kommentator, der auch in der Illustrierten »Quick« seine Polit-Polemiken verbreitete.

so ein Mann dann wieder ohne Ministerium dasteht. Warum soll ich ihm hier durch unnötige Witzeleien eines Tages noch den Übertritt zur SPD erschweren. So was macht man nicht!

Es muß auch mal der versöhnliche Ton angeschlagen werden. Es kann ja nicht einer ununterbrochen Gift und Galle spukken. Das bringt ja nun auch nichts ein. Mal muß ja so was wie Berliner Taxichauffeur-Romantik durchschimmern, wo das Herz schlägt und die Zähne gleich nebenan, die Schnauze!

Ununterbrochen Gift und Galle spucken bringt ja auch nichts.

Herz und Schnauze, unter Ausschaltung des Gehirns, das ist es doch, wofür der heldenhafte Nachkriegsberliner gradesteht, voller Rollust, wenn nur die Berlin-Präferenzen auf dem Finanzamt stimmen.

Schwarzer Humor? Der fängt in Westberlin in der Regional-Fernsehschau jeden Abend um 19.25 Uhr an.

Da kann sich einer von früh um sechse bis abends um siebne bemühen, Weltstadt herzustellen, fängt die Hanel-Qualle aus dem Karas-Stalle in der Regional-Abendschau an, ist alles wieder kaputt.

Die suchen dort am laufenden Band Gesichter, passende, für ihren Salzsäure-Vorrat: Amrehn und Spitzenhäubchen …

Schnallt den Volkswartbund enger
Zieht das Blasphe-Mieder fester
Wir Hirten lieben unseren Nächsten
aber nur bis Helmstedt
wer weiter denkt
dem wird die Konfession entzogen
Täglich kämpfen wir im Zweiten Programm
um eine geschickt gelenkte Beichtwerbung.
Mainz ist die Rache, sagt der Herr.
Unsere Meßknabengewerkschaft im Radio
ist ununterbrochen am Werkeln.

Ein Quick-Matthias-Walden-Wort
macht auch in Knechtschaft munter
die Tränen laufen gar dem Krokodil
im Zoo von Dresden rechts herunter.

Nein, meine Schafe
bevor es im Zuge einer uns überhaupt nicht zustehenden
obskuren Entspannung
zu einer überhitzten Hochkonjunktur
in Nächstenliebe kommt
bevor es gar dazu kommt
daß Nächstenliebe mit Solidarität gesteigert wird
werden wir die Religionspartner rechtzeitig
zum Maßhalten aufrufen!

Eine Sekunde bitte noch. Ich mach gleich Schluß. Ich ziehe nur das lila Tischtuch vom Körper. Ich bin doch allergisch gegen Umstandskleider. Wenn ich se zu lange anhabe, kriege ich Pickel. Veranlagungssache. Kommen wir zum Schluß.

Ehrlich gesprochen, ich sehe doch eine leicht getrübte Stimmung in den Augen?

Habe ich jemandes heiligste Gefühle verletzt? Das war wirklich nur Absicht. Weiter nischt. Kommen wir zum Schluß:

Ich knipse mit zwei Fingern über dem Kopf
Ich knipse mit zwei Fingern auf der Brust
Ich knipse mit zwei Fingern links
Ich knipse mit zwei Fingern rechts

Ich knipse das Kreuz

Diese Art von Kreuz-Knipsen ist nichts Besonderes. Katholischer Pfarrer, der Westside-Story gesehn hat. Anpassung ans 20. Jahrhundert.

Niemals wird unser Schlußwort zum Leben
unserer Landsleute in der skandinavisch
verseuchten Ostzone ...

Oh, jetzt hat mich noch
ein geographischer Labskaus unterwandert ... hehe
skandinavisch gleich protestantisch ... hehe
Auch wir Hirten sind nicht ohne Freud.

Unser Schlußwort
zum Leben unserer Nichten und Neffen
in der intoleranten
geisttötenden
menschenverachtenden
selbstgerechten
Ostzone
wird niemals
Amen
lauten
sondern???
Nachahmen.

Wer auch immer
gib
daß das größere Übel
hinter der Mauer
die immerwährende Begründung dafür ist
daß das kleinere Übel
vor der Mauer
wachsen und gedeihen möge:
gutnacht.

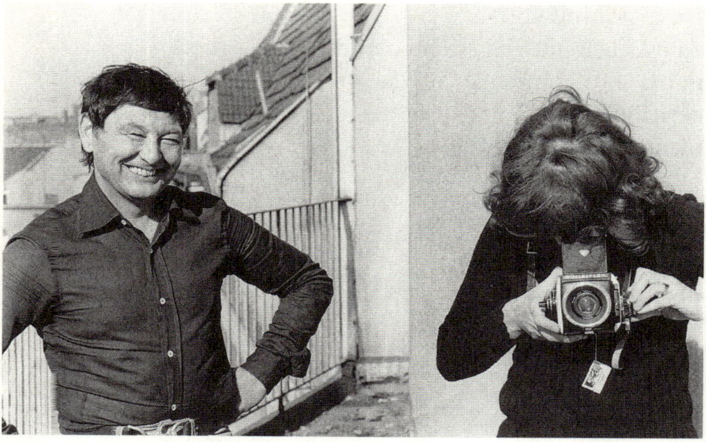

Mit Reinhard Lettau, Hans Magnus Enzensberger und Gisela Groenewold

Mit Tochter Jette

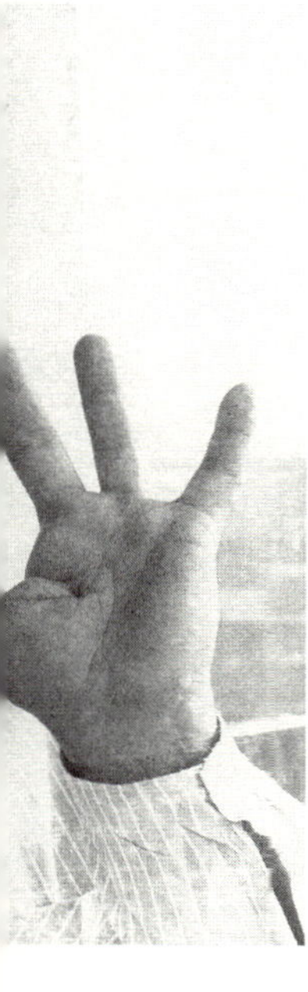

Pinscher-Lyrik

Vom Kneten der Sprache

Kalte Verse auf heißen Büttel gepeitscht

Eine
über drei Ecken
verschwägerte
Bande
brach über Nacht
in Berlins
Familienleben ein.

Bei Pellkartoffeln
und Heringsrogen
wurde der Einbruch
sofort bemerkt:
geklaut wurde nichts
nur
gelogen.

Es kommt
immer ganz plötzlich
nach einer kurzen Weile
des Abscheus
wird
der nachfolgenden Generation
das Schauspiel der Väter
ergötzlich.

1964 – Neuss als Literatur-Parodist: Helmut Heißenbüttel, den es hier erwischt, macht in den Sechzigern als Lyrik-Produzent von sich reden, dessen faktisch-sachliche Verse weitgehend auf emotionale, gefühlsschwangere Mittel verzichten. Bereits die Titel seiner Gedichtbände lassen darauf schließen: »Kombinationen«, »Topographien«, »Textbuch 1«. – Adolf Eichmann, Hitlers »Endlöser der Judenfrage«, wurde 1960 vom israelischen Geheimdienst in Argentinien gekidnappt und nach einem aufsehenerregenden Prozeß zwei Jahre später in Israel hingerichtet. Josef Mengele war als SS-Arzt in Auschwitz tätig, wo er die Selektierungen für die Gaskammern leitete und medizinische Versuche an Häftlingen vornahm.

Die
Bundesrepublik
habe ich anerkannt:
nicht zu knapp!

Die
DDR als Feind
pauschal anzuerkennen
lehne ich
aus Gründen ihres
mir zu unbekannten
Seins
ab!

Die Eichmannzeit
ist ein für allemal
vorbei
nur aus dem
Anfangsbuchstaben
ganz vorn
aus dem Ei
da kriechen
süße
barocke Engele:
jede Mengele.

Strauß als Lyriker

Niemand konnte ahnen
daß der 3. Weltkrieg
dadurch ausbrach
daß ich
durch günstige Konstellation
die meine Freunde und ich
vorher genauestens
zustande brachten
auf dem Stuhl
des Wissenschaftsministers
im Kabinett Erhard-Brandt
Mitinhaber wurde
der großen Koalition.
Ich bildete das deutsche Volk
nutzte die Atomenergie
angeblich friedlich
sah mir noch mal Brechts Arturo Ui an
versorgte die Blumenkohlhändler Westdeutschlands
mit Laser-Strahlen
trat dafür ein
daß die Bundesrepublik
der DDR Blumenkohl lieferte
drüben machten sie Suppe draus
und als sie merkten
daß es zu spät war

1964 – Neuss als Hellseher: Franz Josef Strauß hatte 1962 wegen seiner dubiosen Rolle, die er bei der«Spiegel-Affäre« gespielt hatte, seinen Posten als Verteidigungsminister auf Drängen des Koalitionspartners FDP räumen müssen. Es stand zu befürchten, daß er in einer großen Koalition aus CDU und SPD wieder zu Minister-Ehren kommen würde. So geschah es denn 1966, als es die SPD in die Regierung drängte. Es kam schlimmer als Neuss orakelt. Da wurde Strauß, Erhard war inzwischen abgewählt worden und hatte dem CDU-Kanzler Kiesinger Platz machen müssen, nicht Wissenschaftsminister, sondern sogar Finanzminister. Die SPD, die es mit Macht zur Macht drängte, schluckte die Kröte.

gingen wir von Fulda aus los.
Diesmal kamen wir bis Aserbeidschan.
Das deutsche Volk war nicht schuld.
Der Wissenschaftsminister war nicht schuld.
Die SPD war nicht schuld.
Die DDR allein war schuld.
Warum brauchten die auch Blumenkohl?

Egon Bahr als Lyriker

Es
geht ein Gespenst um
in den Köpfen
der Opposition
etwas außerhalb der
innerparteilichen
Legalität:
Wird das
Giftzünglein
an der Waage
am Wahltag
mit uns
auf gut bayrisch
verhandeln?
Wahrlich
es steht geschrieben
es ist versprochen
es ist gelobt
(Brüder in eins
nun die Hände):
Es ist unmöglich!
... ist unmöglich!
... unmöglich!
... möglich!
Es ist möglich.

1964 – Neuss als Analytiker: Egon Bahr, der SPD treibende Kraft einer deutsch-deutschen Verständigung, ist seinerzeit noch Willy Brandts Regierungssprecher in Berlin und gilt als Befürworter einer kleinen Koalition mit der FDP, zu der es allerdings erst 1969 kommt. Die SPD, nach der Verabschiedung des Godesberger Programms zu mehr als einem wahltaktischen Kompromiß bereit, beschickte inzwischen sogar Kirchenkanzeln mit ihren Rednern – darunter auch Partei-Vize Herbert Wehner.

Der Herbst ist da.
In der Münchner
Frauenkirche
spricht der Parteivorstand:
Hier stehe ich
ich kann nicht anders
Gott helfe mir!
Ihr
Armen!

Rudolf Augstein als Lyriker

Jaja – ich kenne deine Nöte –
aufrechter wahrlich
regierungsfähiger
Sozialdemokrat in Trier –
Jaja – ich spüre deine sterile Wut
treuer Godesberger Programmler –
Willy Brandt hat gesagt –
in einer von ihm gebildeten
Regierung –
hat Strauß keinen Platz –

Jaja – ich ahne dein heimliches Weh –
sympathischer SPD-Funktionär
in Hildesheim –
du paralysierst dich selbst
bei dem Gedanken
daß Willy nicht die Regierung
bilden –
sondern die CDU/CSU
nachdem man die FDP verladen –
die SPD einlädt
Macht mit auszuüben –

Jaja – ich fürchte wie du –

1964 – Neuss als Wahlstratege: Die Bundestagswahl 1965, die die politische Wende bringen und die SPD an die Macht bringen soll, wirft ihre Schatten voraus. Die Befürchtung, an Strauß, dem »regierungsbildenden Pykniker« und »kriminell Korrupten« namens »Adolf Rottler«, komme keiner vorbei, beherrscht die Gemüter von SPD-Genossen und ihren Sympathisanten. – Höcherl, Krone, Blank und Hassel sind Minister des Erhard-Kabinetts, Fritz Erler, Herbert Wehner und Willy Brandt die SPD-Männer auf der Wartebank.

daß der regierungsbildende Pykniker
Brandt Erler und Wehner
zum Vize Außen und Gesamtdeutschen
macht –
Höcherl Krone Blank Hassel
behalten was sie haben –

Jaja – du feiner – moralisch
noch nicht zertrümmerter
Sozialdemokrat in Immerdingen –
in solchem Kabinett hätte
Willy Brandt nicht
die Regierung gebildet –

und Fritze Erlerhard
und Herbert Wehnauer –
alle drei säßen zusammen
mit Strauß –
man gäb ihm das Ministerium
für Wissenschaft –
mitleidig –
und keiner hätte gelogen –
vor der Wahl –

darum verlange klipp –
wichtiger noch ist klar –
von Willy Brandt und Sancho Erler –
von Wehner kann man's nicht
verlangen –
sie mögen erklären
daß sie nicht nur nicht
mitregieren –
mit einem kriminell Korrupten
nicht nur im Fasching
mit Intelligenz sich Tarnendem –
diesem stromlinigen Adolf Rottler –

sondern daß sie sogar
einer Regierung mit Strauß
die Opposition versagen –

demnach gegen das Grundgesetz
verstoßen –

Jaja – das sind nicht nur deine Nöte –
im Kommen befindlicher
Sozialdemokrat –
dies sind auch meine –
vor den Augen der Öffentlichkeit
schreib ich dir das –
ich –
Rudi vom SPIEGEL –
ich bitte schlafende Hunde zu
wecken …

Welt am Sonnabend
NEUE WELT
NEUE WELT
NEUE WELT
Prinzessin Jutta weint:
Läßt Michael sich wieder scheiden?
Bäumler wieder mit Marika!
burda
burda
neue mode
BUNTE
NEUE WELT
NEUE WELT
NEUE WELT

"Testaments-Eröffnung" heißt das
neue Programm, im Untertitel: "die
Villon-Show." Auf der Bühne
steht ein Pult, auf das ein Liliputaner
im Frack, nach dem Programm
der Bühnenassistent Walter
Otto, ein riesiges Buch mit der
Aufschrift "Testament" legt.

Neuss Testament

Die Villon-Show

PROLOG

Deutschland erwach.
Du nährst an deinem Milch- und Honig-Euter
'ne ausgemacht perfide Sau
und so geht das nicht weiter.

Da hockt inmitten deines stacheldraht-gespaltenen Herzens
ein gräßlich Männlein und beliebt des Scherzens.
Auf einem ganz gemeinen Happening
hat es Geschlechtsverkehr mit einem Rettungsring.

Genügt euch das? Deutsche und Christen?
Die Losung kann nur eine sein:
Schlagt ihm in seine Kodderschnauze rein.
Seid wachsam konsequent: Verbrennt das Schwein!

1965 – »Neuss Testament« nennt sich das zweite Solo-Programm, das im September im Berliner »Theater am Kurfürstendamm« Premiere hat. Begleitet von der Jazz-Combo des österreichischen Klarinettisten Fatty George und assistiert von einem kleinwüchsigen Bühnen-Assistenten Latte Lulatsch (Walter Otto) seziert Neuss als Testamentsvollstrecker des französischen Rebellen François Villon bundesrepublikanische Wirklichkeit. Mit dem geliebten Bürgermeister ist SPD-Chef Willy Brandt, Berlins Regierender gemeint. Der rebellische Neuss-Ton in der Villon-Nachfolge entspricht der Protesthaltung der sich formierenden studentischen Linken. – Die Titel der einzelnen Balladen stammen vom Herausgeber.

DAS VERMÄCHTNIS

Ich bin jetzt zweiundvierzig Jahre alt
ziemlich beleibt
der Brauch will's und die Lenden auch
ich bin beweibt
dieweil ich spüre wie die Überlebens-Chancen schwinden
will ich geschwind
bevor das zweite Kind
ich zeuge
mein Vermächtnis hier verkünden.

Bald singen es alle Beatles in den Gassen:
Franze Villon
der hat dem Neuss was hinterlassen.
Dieweil er meine Gründe und Gefühle kennt
ermächtige ich den dicken Neuss
fortan
berichtigen soll er jederzeit dies Testament
er ist ein rechtlicher und ehrenwerter Mann.

Und wenn ich ihn auch nicht gekannt
vor vier- fünfhundert Jahren
und seinen Namen niemals richtig hab erfahren
geb ich ihm trotzdem Vollmacht
ein für allemal
zu ändern und zu streichen
was sich zeigt
von Fall zu Fall.

1965 – Der kabarettistische Rundumschlag der Villon-Show »Neuss Testament« ist der Versuch, den rebellischen Barden nach 500 Jahren wieder wirkungsvoll auf die Beine zu stellen. Das Neuss-Programm ist von der Aktualität des Jahres bestimmt. Beherrschende Themen sind dabei die im September von der CDU/CSU gewonnene Bundestagswahl, die Enttäuschung über den nicht zustandegekommenen Regierungswechsel sowie die geplanten Notstandsgesetze, mit denen die Grundrechte eingeschränkt werden sollen. Das Vorhaben scheitert im Juli, nachdem sich im Bundestag für die dafür notwendige Grundgesetzänderung nicht die erforderliche Zweidrittelmehrheit findet.

Er mag's glossieren und auch kommentieren
erläutern definieren oder annullieren
vermindern und beschränken auch vermehren
befristen und ergänzen und erklären
wie's ihm beliebt und paßt
er ist mein Mann
ich hab nischt einzuwenden
nein
mir liegt sogar daran.

Höchst disharmonisch sprechgesinge ich
ich schrei
krächze
brülle
ich habe Lampenfieber
meine Lippe zittert
dicht am Weisheitszahn.

Ein Ingmar-Bergman-Zwerg hilft mit
und ein Musikzug von Herms Nille.
Ich bin nicht werkgetreu
weil ich das gar nicht kann.

Hier steh ich nun im Frack
geputzt als Karajan wie'n Geck
doch wenn es proletarisch wird
schmeiß ich sogleich die Weste weg.

1965 – Bei der Vorstellung des Villon-Programms und seiner Mitwirkenden bezeichnet Neuss seinen kleinwüchsigen Bühnenassistenten Walter Otto als Ingmar Bergman-Zwerg und nimmt damit Bezug auf Bergmans in den sechziger Jahren vieldiskutierten Film »Das Schweigen«. Die Jazz-Combo, die er für sein Programm engagiert hat, annonciert der »als Karajan wie'n Geck« befrackte Neuss als Musikzug von Herms Nille. Ein wenig schmeichelhafter Vergleich: Herms »Nille« Niel, eigentlich Hermann Nielebock, war Hitlers musikalischer Oberzeremonienmeister und Komponist so zackiger Marschmusik-Schlager wie »Erika« und »Denn wir fahren gegen Engeland«.

HÖCHST BELIEBT – VERSCHRIEN BEI JEDERMANN

Ich lache Tränen heule Heiterkeit
ich schöpfe Trost aus mancher Leute Traurigkeit
ich bin ein Mann voll Macht
ein Mann in Acht und Bann:
Ich –
höchst beliebt
verschrien bei jedermann.

Nichts ist mir sichrer als zum Beispiel
das niemals Gewisse
und dunkel ist mir
was euch allen einfach klar.
Und wenn ich euch mit Freundlichkeit begrüße
dann ist das Absicht
denn mein Geld ist rar.

Mein dummer Wunsch
Villon ist mir nicht böse
und das alles heute hier an dieser Stelle
wär ihm recht.

Ein toter Dichter macht nun mal nicht groß Gewese
und kein Plebejer steht gern auf
wenn Grass ein Stück schreibt über Brecht.
Gefälschte Testamente stehen mir nicht an:

1965 – Mit dem Grass-Stück ist das Drama »Die Plebejer proben den Aufstand« gemeint, das im Berliner Schiller-Theater seine Uraufführung erlebt und Brechts Haltung während des DDR-Aufstandes vom 17. Juni 1953 thematisiert.

Mir
höchst beliebt
verschrien bei jedermann

Was hier und jetzt
um euer milchiges Geglotze
und das Gehör
von Marschmusik zerfressen
bittet
ist einer aus der Zunft der Nörgler
ungesittet
noch unterm Mikro-Galgen mit geschliffner Fresse –
auch wurscht ist diesmal mir 'ne gute oder schlechte
Presse –
das Lied vom Wolf unter den Wölfen
fröhlich singend
die allertags von Angst genäßte Haut
auswringend
verschafft euch Jokus nun ein Scharlatan:

Icke
höchst beliebt
verschrien bei jedermann.

VOM ZWERG LATTE

Franze Villon meine sehr verehrten Weiber
und Kerle ist ein starker feudaler Dichter.
Ich will Sie aber zuvor doch mit dem kurzen Herrn
hier bekanntmachen der ab und an den Finger näßt
umblättert aufhängt und sich anderweitig nützlich macht:
Dieser Zwerg ist Walter Otto
mit dem Künstlernamen Latte Lulatsch
der Originalität halber.

Er ist keineswegs dem Blechtrommel-Roman
entsprungen
kein Professor Emrich-Geschöpf

mit 'nem Oskar Matzerath-Komplex
nix is mit Wachstumsverweigerung.
Latte ist rübezahlwillig
er hat zum Beispiel nichts dagegen
wenn ihm die Firma Bally ein paar Stöckelschuhe liefert
damit er zumindest über den Rand
seiner Brille gucken kann.

Zwerg Walter Otto alias Latte Lulatsch
dient hier einzig und allein
der optischen Anreicherung.
Wenn wir so nebeneinanderstehen
haben Sie ein gar köstliche parable Anregung.
Ich möchte endlich mal rauskommen
aus diesem waagerechten Ost-West-Verhältnis
hinein in die Senkrechte
somit für Sie den unerhört
kritikfähigen Aspekt OBEN/UNTEN
assoziierend.
Inzwischen hasse ich Leute
die ihre Entspannungszeit auf abend nach 20 Uhr
festgelegt haben.
Ich will abends weitermachen
was Sie mein Publikum am Tage tun:
brutal mit den kleinen Leuten umgehn.

Ich klage nicht mehr an
ich mache mit
ich gehöre dazu.

1965 – Diese Ballade widmet Neuss seinem kleinwüchsigen Bühnenassistenten Walter Otto alias Latte Lulatsch (»keineswegs dem Blechtrommel-Roman entsprungen«), eine Figur, die es dem Kabarettisten ermöglicht, Witze auf Kosten von Zukurzgekommenen zu machen. Darüber hinaus hat »Zwerg Latte« die Aufgabe, die Seiten eines riesigen, auf der Bühne plazierten Buches umzublättern, auf denen sich Neuss in Großbuchstaben seinen Text notieren ließ. – Der österreichische Kabarettist Helmut Qualtinger (»Der Herr Karl«) hatte sich, wie Neuss, an einer Wiederbelebung von Francois Villon versucht. Tasmania ist der Name eines West-Berliner Fußballvereins.

Komm her Zwerg Latte –
ich trete dich dreimal
in den Arsch
und frage:
Wie gefällt dir meine Friedensoffensive?
Sehen Sie
er lächelt.

Die Jazz-Combo zu meiner Rechten
gehört ebenso
zu der von mir auserwählten Räuberbande
mit der Villon durchs 15. Jahrhundert plünderte.
Es sind dies die François-Villon-Stones
ein Modern-Marx-Fünftett.
Zweieinhalb Zentner schwer
Ein Meter fünfundneuzig groß
Fatty George der musikalische Chef:
ein indonesischer Halbbruder von Helmut Qualtinger.
Der Unterschied zu diesem besteht im Nicht-Sichtbaren.
Ich bewundere die Klarinette
an der dieser gewaltige Körper hängt.
Ein typischer Musiker
der nicht gern begreift was er begleitet.
Ein Räuber
der gerne teilt
was andere erbeuten.
Ein wirklicher Riese
der die Internationale der Zwerge nicht zur Kenntnis nimmt
und sich wundert wenn er stolpernd
über sie zu Fall kommt.

Moment mal
was macht Zwerg Latte mit dem Zylinder?
Ich hätte mir denken können
daß du aus dem Aufhängen
so 'ne Art Parterre-Akt machst.
Du forderst mich ja geradezu heraus
Witze über Zukurzgekommene zu machen.
Jedermann sieht doch daß du beim Erdbeerpflücken
eine Leiter brauchst.

Wenn du mit dem Zylinder oben
an den Garderobenständer nicht rankommst –
dann mußte eben schummeln.
Steigst rauf
hängst an
Steigst wieder ab –
spielst Tasmania.
Mensch Latte – was man nicht im Kopf hat
das hat man…
ach so, bei dir ist es genau umgekehrt.

VOM VÄTERCHEN FRANZ

Nehmt nun den Nachfahrn Franz Villons
in Gnaden auf.
Seht nur
wie einer seinen allerletzten Willen verkauft.
Oh freundlich ruh des Herren Aug auf diesem Plan
doch pfeif ich auf die Gnade
wenn's nicht bald Frieden gibt hier
weiter aber auch in Nordkorea Vietnam.
Jetzt könnte ein spezialisierter literarischer
Festlegungs-Bulle folgenden Bann verhängen:
Was hat die Selbstzerfleischung der Asiaten
mit François Villons Stärke zu tun
und seiner Fähigkeit
die sprachlichen Belange des ihm verpflichteten Standes

1965 – Rebellisches in der Villon-Nachfolge: Neuss erinnert mit seinem Programm an den einstigen Provo-Dichter, der im 15. Jahrhundert die hochherrschaftliche Obrigkeit attackierte, dabei kein Blatt vor den Mund nahm, sondern seine Gegner beim Namen nannte – Damen von Rang und Adel, wie Katherine de Vausselles, bezeichnete er als Drecksau, den Klerus, mitsamt Bischof Thibault, wünschte er zum Teufel. Von seiner kraftvollen Sprache ließ sich schon Brecht inspirieren und in seiner »Dreigroschenoper« zu Zitat-Anleihen verführen. – Mit dem Umweltvergifter ist der Erzbischof von Mailand, Giovanni Battista Montini gemeint, der sich im Juni 1963 nach 43stündiger Sitzung des Konklaves als Paul VI. zum neuen Papst wählen ließ.

des Lumpenproletariats von Paris
– ich übersetze ins Kudamm-Deutsch:
der Gammel-Gesellschaft mit beschränkter Halswäsche –
in eine strenge poetisch
kulinarisch saftige Form zu bringen?!

Villon war nicht der Erfinder der »Drive-in-Kirche«.
Der Papst war für ihn ein Umwelt-Vergifter:
Wenn der gewählt wird raucht's.
Villon schrieb Briefe an den Landesfürsten ohne Porto
nur mit Hohn und Verachtung frankiert.
Guckte den Frauen in den Mund
und wußte welche Art Unterhosen sie trugen.
Er war nicht Anwalt der Unterdrückten
aber er verstand
eine Menge von Unterdrückung.

Zugegeben: Jede Zeile von Villon
sträubt sich nicht nur gegen Enthistorisierung
– wie ja auch das Dritte Reich nicht ein Betriebsunfall
der deutschen Geschichte war
sondern eine logische Entwicklung und Fortsetzung
der Freien Marktwirtschaft.
Villon war – genau wie ich –
Angehöriger einer chloroformierten
also nicht aufgeklärten Gesellschaft
eine Heulboje im Meer der Unwissenheit.
Sein Schamgefühl war sensibler
als die säuischen Trommelfelle eines Publikums
welches aus dem Recht auf Irrtum
die Pflicht zum Reichtum ableitet.
Gerechtigkeit war für Villon der Zebrastreifen
auf dem er ständig überfahren wurde.

Nein, Realist war er:
»Werd ich am Galgen hochgezogen
weiß ich wie schwer mein Arsch gewogen...«
Die Poliklinik Kiel behauptet
Villon soll heute noch leben
in Angola

bewaffnet mit einem Solinger Käsemesser
auf den Besuch
der deutschen Staudamm-Ingenieure wartend.
Aber das Glück der Erde sollen ihm auch
andere Rücken versprechen.
Es seien hier nur genannt die Aktionäre
der Bethlehem-Steel-Company.
Musik für sich
ist seine Sprache
sträubt sich
gegen Vertonung.

VON DER KLEINEN WELT

Lulatsch, du himmelarschigdonnerwettriger Latte
wie lange willste hier noch auf dem Pygmäen-Klavier
zumbeln
Hau ab
flatter!
Du störst in querulatorischer Absicht.
Hat dich der Sozialistische Studentenbund verseucht?
Ausgerechnet wenn ich mir 'ne kleine
ideologische Abweichung gestatte
drückst du hier auf Tasten in einer
das System in Frage stellenden Art und Weise
die jedem sozialdemokratischen Falken
trotzkistisch zur Ehre gereichen würde.

1965 – Unter der »kleinen Welt« wird bei Neuss auch der »sächsische Liliput-Sozialismus« abgelegt – gemeint ist damit die vom gebürtigen Sachsen Walter Ulbricht installierte DDR-Diktatur stalinistischer Prägung.

Kennst du denn überhaupt den Unterschied
zwischen einem sowjetischen
und einem deutschen Kommunisten?
Der Unterschied ist rasch umrissen
mit dem Witz: »Es war einmal ein Zwerg
sein Vater war ein Schotte...«

Die sowjetischen Genossen
halten die Deutschen zu kurz!
Wir könnten längst eine geglückte
zweite deutsche Revolution haben
aber nein diese Moskowiter mit ihrer Friedensliebe...
So kommt's zum sächsischen Liliput-Sozialismus.

Hau ab du Zwerg
ich kann dich nicht mehr sehn
geh auf die Toilette und mach Pipi oder AA.
Dies ist ein Scheißbefehl
nun geh schon
und entschuldige meine ungeduldigen Gedanken.
Sie sind mir völlig untaktisch heruntergefallen.
Heb sie auf:
Du hast den kürzeren Weg zum Boden der Tatsachen.
Zwerg Latte –
geh mir aus den Augen.
Ich habe es satt
dich zu übersehen.

VON HUNGER UND SÄTTIGUNG

Herrschaften – gestatten Sie mir bitte
noch einige wenig schmackhafte Schulfunkaufsätze
über den Dichter.
Ich will auf keinen Fall
des widerspenstigen Villon musikalische Zähmung
sonst kommt noch Strahlheinz Kacke
schnappt sich den verbalen Exhibitionisten Kinski
»Iiiich bin so wiiiild noch deinen Errrrdbeerrrnuuuund«

– Villon beim Zahnarzt
wenn der Bohrer abgebrochen ist –
oder es kommt der Theaterdirektor des Westens
greift nach der Villon-Ausgabe DDR
und spielt statt Frau Luna
Frau Leuna.

Die SPD soll nach dem großstädtischen Operetten-Ereignis
nun doch noch eine kerngesunde Partei werden
und auf die schalen Gelüste der innerparteilichen
Demokratie verzichten:
Schon bei der Berliner Premiere von Frau Luna
hat man allenthalben gerufen:
»Wo bleibt Linke wo bleibt Linke«
Ich komme drauf zurück
nee nicht zurück
etwas nach vorn kommt man schon:
SPD – besser als gar nichts
DFU – gehört für mich dazu.

Ach ja
so ganz allmählich kommt nun auch die Zeit heran
wo ich in Ruhe gar nicht mehr so richtig kacken kann
geschweige Verse dichten für den SPD-Baracken-Hausgebrauch »Schädlings«-Bekämpfung nennen sie es auch.
Wer sich von berufswegen widerspricht
der sagt:
Villon war nicht volkseigen
er gehörte allen.

1965 – Die Wahlhilfe, die Neuss der SPD zukommen läßt, löst bei der in Bad Godesberg aus der Taufe gehobenen »Volkspartei« nur begrenzte Freude aus; die Neuss-Vision von einer vereinigten Linken (»DFU gehört für mich dazu«), führt bald zum SPD-Ausschluß. – Karl-Heinz Stracke, Direktor des Berliner Musical-»Theater des Westens«, inszeniert im September Paul Linckes Uralt-Klamotte »Frau Luna«. Klaus Kinski, skandalumwitterter Bühnen- und Filmschauspieler, war mit seiner manieriert-expressiven Villon-Interpretation (»Ich bin so wild nach deinem Erdbeermund ...«) populär geworden.

Was eine Volkspartei bedingt –
ich finde nicht
daß Arbeiter und Volk
einander auszuschließen sind.

Je nun
wie kann François Villon durch Neuss
denn überhaupt genossen werden?
Villon würde Genosse werden
läßt man detail-ästhetische Probleme einfach weg
und sagt: Wir wollen satt machen
wir wollen Hunger befriedigen
auf menschenfreundliche Weise
auf sozialistische.

Dies nicht aufgebend
Don Quijote und Sancho Pansa
in das Reich frühkapitalistischer Fabelwesen
verweisend und
oh Wunder wie wird mir
Demokratie nur im Sozialismus für möglich haltend
möchte ich mittels Bruder Villon
den gewaltigen Unterhaltungsappetiten
von freimarktwirtschaflicher Bühne Funk Fernsehn
Film und Platte auch Verlag
eine inadäquate Sättigung zuteil werden lassen:
Viel Spaß
beim Magenverderben!

Villon wird nicht verdorben
Dichtung ist großzügig klassisch.
Im momentanen Bürgertum aber können in der Regel
nur kleine
um nicht zu sagen kleinliche
Gefühle hergestellt werden.

BITTE UM NACHSICHT

Drum übet Nachsicht wenn ich mal daneben hau
geschieht's
weil ich dem Publikumsniveau nicht trau.
Ach nehmt mich auf mich ausgesprochen ungeübten
Anarchisten
mich unbelesnen lyrisch nüchternen Trotzkisten.
Nehmt an mein Testament
es wird euch schlimm ergehen.
Obwohl ich nur ein sogenannter Wirrkopf bin
wird mich manch kluges Gradeaus-Köpfchen
zwar verstehn
doch ach ihr Herrn:
Nicht gern!

BALLADE VOM LÄSTERMAUL

Die dicken Gammler in Kamelhaarkutten
die Topmanager mit den Luxusnutten
Minister mit der großen Koalitze an der Hose
der Geist von Rhöndorf mit der welken Rose
die fetten Playboys in Mercedesfuhren
auch die fiskal-gepreßten Kudamm-Huren
die Blaulicht-Senatoren und die Ratten-Pepper
die Frühstücksgastronomen und die Resi-Nepper
die Luftfahrtmörder und die Konteradmiräle

1965 – Die Schmäh-Ballade vom Lästermaul zieht in Villon-Manier über den Adenauerschen »Geist von Rhöndorf« und den »Leberclown« her, jenen rechten Sozialdemokraten Georg Leber, der es zum Chef der IG Bau, Steine, Erden brachte. Bei der Großen Koalition in Bonn kommt er später unter Kanzler Kiesinger zu Verkehrsminister-Ehren. – Mit dem »geliebten Bürgermeister« ist Berlins Regierender, Willy Brandt, gemeint, der damals bereits SPD-Vorsitzender war. – »Debatten-Muffel« und »Sonnenkanzler« sind Bezeichnungen für Ludwig Erhard, der aus den Wahlen zum fünften deutschen Bundestag am 19. September 1965 als Sieger hervorging.

Blechmarken um Hals Notstandsgeheul im Ohr
mein Freund die Hertha mit dem Fahrian im Tor
der Deutsche Fußballbund das alte Schwein:
Sie alle
mögen mir mein Lästermaul verzeihn.

Die hag'ren Beutemacher Oetker Flick und Krupp
das Wolfsgesindel das sich vegetarisch nährt
die Kleinbürgersippe die sich großkotzig beschwert
wenn Veba und VW versalzt die Bettelsupp
die Funktionäre die im Arsch von Fabrikanten
ihr Schäfchen trocknen
auch die Mieterpresser-Tanten
im Café Kranzler
Torte futternd
Leiber breit wie Kisten
auch die Sozialfaschisten
abgekürzt die »Sofas«
und ihr Leberclown
die dort auf Kosten von Metallarbeitern
sich ihr Häuschen baun
die Aufsichtsräte die in bürgerlichen Käsereien
Pförtnerdienste tun und »draußen bleiben« schrein:
Sie alle
mögen mir mein Lästermaul verzeihn.

Nur der geliebte Bürgermeister nicht
der ohne r so gern Bellin ausspricht
dem bleib ich immer wohlgesonnen
der hat am Rhein verloren
und Bellin gewonnen.
Der soll im Schöneberger Rasthaus sitzen
und sich immer wieder sagen:
Des Neussens Lästermaul muß ich nun mal
in diesem ersten deutschen Staat ertragen.

Debatten-Muffel Erhard aber ruf ich BRAVO zu.
Ein Hundsfott welcher im Gesindehaus schmarotzt
dem Hausherrn dann den Bungalow vollkotzt:
Der Qualle setz ich auf die Lipp mein Schuh.

Kein Bundeswehrsoldat wird je ein Held:
Man geht so lang zum Ostermarsch
bis daß die Bombe fällt.
O Sonnenkanzler Ludwig
lange braucht der Narr sich zu besinnen.
Nie wird der Staat in dem du lebst
sagst du
'nen Krieg beginnen.
Du willst es ganz bestimmt von mir nicht hörn:
Ich würde dir so gern einmal den Krieg erklärn.

PLÄDOYER FÜR EINEN GESTRAUCHELTEN

Gebt doch dem Bull'n aus Rott am Inn
zurück 's Ministeramt.
Ihr habt ihn doch nicht für die Ewigkeit verdammt.
Ihr wißt
sein Appetit auf Macht ward ihm zum Grab
die liberalen Neider knöpften ihm sein Pöstchen ab.
Schaut auf den Kerl
ein weibverschlingender Koloß
er ist für das System
in dem ihr gerne lebt
geradezu der ideale Boß.
Ein Mann der halbe Kälber zehrt
ein Krematorium voll Fleisch und Bier
sein Leib bringt ihn nicht um.

1965 – Der »Bulle aus Rott am Inn«, Franz Josef Strauß, war sein Ministeramt im Adenauer-Kabinett 1962 losgeworden, nachdem ruchbar geworden war, welche Rolle er bei der »Spiegel-Affäre«, besonders bei der Verhaftung des Journalisten Conrad Ahlers gespielt hatte. Das Hamburger Nachrichtenmagazin hatte in einer Titelstory über das NATO-Manöver »Fallex 62« berichtet; Adenauer witterte hinter dem Bericht einen »Abgrund von Landesverrat«. Auch »Spiegel«-Herausgeber Rudolf Augstein wurde festgenommen. Die Vorwürfe erwiesen sich später als haltlos. Auch die Rolle, die der »Bulle« im Dritten Reich als »NS-Führungsoffizier« spielte, wird in den sechziger Jahren heiß diskutiert und bleibt umstritten.

Der Franz aus dem Moränenland
hat mehr Verstand
als selber du!

Nur er schafft aus der CD eine orginale NSCDU.
Faschist ist er?
Ei freilich
doch ich sage mir
ein kalter Ofen ist der Grund warum ich frier.
Was uns erwartet
das verrät uns Strauß aus erster Hand.
Rehabilitiert den Mann
der Brocken liebt sein Vatterland.
Verzeiht ihm doch
daß er zu früh euch weckt
zur Schlacht um's Abendland
die euch – ich weiß – nicht schmeckt.
Ach wenn die westzonale Sau sich bunt benimmt
So seid ihr wenn sie sich eins grunzt –
noch lang nicht froh.

Jedoch wenn es euch juckt
so ist das nicht ihr Floh.
Ihr seht
es kommt drauf an daß man den Vorteil nimmt
den uns die Fabrikanten vor die Füße tun
in Krokolederschuhn.

FROMME BITTE FÜR BERLIN

Den Rudi Augstein bitt ich glatt
Der vermache unsrer West-Berliner Stadt
etwas was den Morgenkaffee uns versüßt
'ne neue Tageszeitung
die man ohne sich zu schämen liest.

Ja der Tagesspitzel Maier und der Scholz
vom grünen Strand der Spree

ham einen Lebenswandel donnerlüttitti:
den echten Weltstadtlotsen
vermach ich einen Pagen
vom Hilton Hotel
dann haben sie was zum boykotzen ...
verrät mir doch ihr Schweigen
daß sie gern Annoncen von mir bringen –
Todesanzeigen.

Damit ich nicht in ihren Wind gerat
verniedlichten sie flugs auf mich
ein DemokrAttentat.
Da kömmt mir Kuttel Daddeldu
in Sinn
ich wollte den Amerikanern in den Hintern kriechen
doch leider saßen da schon die Verleger drin.

Wo aber lebt sich's besser
in Hamburg in Berlin? Ich stocke?
Berlin hat seine Glöckchen
Hamburg hat seine Glocke.
Geographie ist schwer
Wo liegt denn Helgoland?
Im chinesischen Meer.
Die Neuss-Deutschen sind gesellig
am Krieg beteiligen sie sich jetzt
unauffällig.

1965 – Mit der frommen Bitte für Berlin spielt Neuss auf die Glöckchen-Affäre an, die durch den Aufruf der Berliner Zeitungsverleger ausgelöst wurde, den Hinterbliebenen der in Vietnam gefallenen US-Soldaten zum Weihnachtsfest 1965 eine Porzellan-Nachbildung der Berliner Freiheitsglocke zu übersenden. »Tagesspitzel« Maier gehörte zu den Zeitungsverlegern, die auf einen entsprechenden Protest im »Neuss Deutschland«-Extrablatt mit einem Anzeigen-Boykott gegen den Kabarettisten geantwortet hatten. – Mit dem »DemokrAttentat« ist der Sprengstoffanschlag gemeint, der im Januar 1966 während einer Neuss-Lesung im Studentenhaus am Steinplatz verübt wurde. – Schlamm war ein umstrittener Publizist aus der ultrarechten Ecke.

Die Industrie hat einen Schock
und geht am Stock.
Wie wär's mit West-Berlin
als Intershop
für'n Ostblock?

Bautz donnert Lemmers Ernste
mit dem Sympathie-Kundgebungs-Knüppel
im Getümmel:
Berlin soll ein Starfighter sein!
Kein Meister fällt vom Himmel
Nu grade
vermach ich Amrehns Franz
die Braunwelsch-Ballade:

Es schmirgelt bang vom freien Riechgas-Sander
und das Geruch schwimmt aus der frauen Walt.
Es witzen achselschwitzend Winsulaner
und stachelkitzen die geteilte Lache.
Es krümelt Volk vertümelt Volksstück-Schmonses
Die capitolen Riesbrodt Enten gackern litisch ohne Po
Glaubt mir
gelabtes Lond liegt anderswo.

Daß nicht die Einfallskraft beim Militär erlahm
vermache ich der Innren Führung
kurzerhand den Sender Leipzig
und ein Werk von William Schlamm.
Man hört kein Loblied auf den Willy mehr
dafür hat jetzt die Bundeswehr fünf Bibliotheken.
Nun wird sie klüger und auch kesser.
Mit Shakespeare im Tornister schießt sich's besser.
Dem tumben Herrn Minister für das Militär
vermach ich hiermit einen angriffslust'gen Feind
ein Vers taugt eben mehr wenn er sich tüchtig reimt
und toter Ruß
auf deutschen Schuß
reimet sich sehr.

NACH DIESER WAHL

Wahr ist
nach dieser Bundeswahl
nach Propagandareisen ohne Zahl
sind alle engagierten Freunde reingefallen
wieder mal.

Nach dieser Bundeswahl
kommt nun Vermanschtes ratzekahl
ganz groß in Mode.
Promenadenmischung wird regiern
embryonal.

Nach dieser Wahl
nach diesem Plattitüden-Bacchanal
ist heute
jedem gestern noch stark intressierten Bürger
alles scheißegal.

Erntedankfestfeuer in Düsseldorf
nach dieser Wahl
der Kästner brannte schon zum zweitenmal
das roch sehr würzig
das roch nach Ernte 47.

Nach dieser Wahl ist alles aus dem Sinn.
Ein paar sehr kluge Köpfe in dem Volke

1965 – Mit »dieser Bundeswahl« sind die Bundestagswahlen vom September 1965 gemeint, die der CDU/CSU 47,6 Prozent der abgegebenen Stimmen einbringen und damit Kanzler Erhard im Amt bestätigen. Die SPD kommt auf 39,3 Prozent, die FDP auf 9,5. Die West-Berliner hatten bei diesen Wahlen, wegen des Viermächte-Status der Stadt, kein Stimmrecht. – Erich Kästner gehörte zu den »verbrannten Dichtern«, deren Werke 1933 von den Nazis auf den Scheiterhaufen geworfen und öffentlich dem Feuer übergeben worden waren. Anfang der Sechziger gab es in Düsseldorf eine Wiederholungstat: Rechtsradikale organisierten nochmals eine Bücherverbrennung und verbrannten wiederum Kästners Schriften.

wollten Unrecht jäten
aber ließen prompt die Wurzeln drin.

Westdeutschland falsche Schönheit du hast mich gelaust
mein ehdem praller Sack verwaist verstaubt mein Herz
verflogen alle Hoffnung und mein Glück zerzaust
und meine zarte Seel ein Bündel schrottnes Erz.

Es lag in deiner Hand
schon lange vor der Wahl
mich aufzurichten
statt zu schüren meine Qual.

Nun haste noch mal diesen dicken Schelm gefreit
und meine Liebe dörrt im raschen Frühlingswind
verzeih es juckt mir in den Fingern dir ein Scheit
in jenes Loch zu haun worin die Zähne sind.

Es lag in deiner Hand
schon lange vor der Wahl
mich aufzurichten
statt zu schüren meine Qual.

Jedoch die Schande hat gebracht allein mein Wahn
daß ich bei meiner letzten Werbung für dich schuf
bleibt mir denn wirklich nur noch einen schlechten Ruf
dir anzutun – bin ich denn so ein mieser Grobian?

Ich bin Berliner
und ich durft nicht mitwähln bei der Wahl.
Ich muß mich selbst aufrichten.
Ach wie mach ich das beim nächsten Mal???

BALLADE VOM ALTEN KONRAD

Dem alten Konnie
dem vermache ich ein Lied
das soll er meineswegs im Grabe singen
wenn in paar Jahren
völlig gegen seinen Willen
die DDR gleich nebenan
gedeiht und blüht:
O Greisenalter du hast mir die Macht entrungen
die dazumal die Alliierten mir verliehn.
Wie hell und laut hat man mein Lob gesungen
selbst Stalin konnt sich meiner tumben
Grausamkeit nicht mal entziehn.

Gelehrte Händler Pfaffen buhlten um die Wette
damit der böse rote Deutsche nebenan
nicht Butter auf der Stulle hätte.
Nun bin ich alt
und meine Träume mit de Gaulle
die sind zerronnen
hab zwar die Wahl noch mal gewonnen
was nützt mir aber Rosenstiel
und Ordensfuhre
ich – Rhöndorfs Lederlippenkopf
werd schneller wohl vergessen sein
als ne pro
als ne pro
als ne Profumo-Hure.

1965 – »Rhöndorfs Lederlippenkopf«, Konrad Adenauer, hatte sich im Oktober 1963 von der Politik verabschiedet und der Rosenzucht hingegeben. – Profumo-Hure Christine Keeler hatte im Juni 1963 weltweit für Schlagzeilen gesorgt. John Profumo, britischer Heeresminister, verlor sein Amt, nachdem seine Affäre mit dem attraktiven Callgirl bekannt geworden war, das gleichzeitig intime Beziehungen zu einem Diplomaten der Londoner Sowjet-Botschaft unterhalten haben soll.

Just zwanzig Jahre hab ich
vollauf geleert
diesen Kelch der Schande.
Nicht Narr noch Weiser dünk ich mich
doch zu vergeben
außerstande
bezichtige ich uns Konrad-Christen
nichts weiter sind wir denn als
kreuzritterliche Pseudo-Atheisten.

Hätt dieses zähe alte Männerstück
nach neunzehnfünfundvierzig
im Stehn und Sitzen
nicht die Parole ausgegeben
man dürfe das Regime der DDR nicht stützen
meine Verwandten
in Neubrandenburg
die würden heute besser leben.

Der alte Sprachverhunzer wollt uns flachsen
er sagte: Dat dat dat dat dat
dat mit dat Mäuerche is janz richtich
wär die Mauer nicht gewachsen
wir hätten heute Gastarbeiter nur
aus Mecklenburg und Sachsen.

Ob jeder Pfaff mir auch erzählt
daß Feindesliebe Christenpflicht
Konrad hat mich gelehrt
daß man die Brüder quält.

Ich bin zwar keine große Leuchte
will sagen bin kein Katholik
jedoch zu eurer Unterhaltung
tu ich's gern
ich lasse ab die erste Beichte.

BALLADE VOM VERÄNDERTEN BEWUSSTSEIN

Ich hab nach neunzehnfünfundvierzig
nie gefragt
was nun zu tun sei
verlumpt verlaust
kaputter Kopp kaputter Zahn
bekam ich ohne großes Betteln
Marshallplan.
Ich hatte nischt im Schädel
hielt diesen Marshall für 'nen Christen.
Und Christen hielt ich damals noch für edel.

Wußt nicht mal was das ist
Kap'talist und Sozialist
ich war ein Hitlerjunge mit 'ner Trommel
mein Volksaufklärer
das war Ludwig Manfred Lommel.
Auf der Vernunft
was meine Wunde war
da hatt ich dicken Schorf
das was mir das Größte schien
das war der Freiheitssender Runxendorf.

Unwissenheit Naivität und Angst
die ham mich heile heile durch den Krieg gebracht
und die mich danach fütterten
die hatten meine Zustimmung
voll Freude hab ich Gründung Bundesrepublik

1965 – Das nach dem US-Außenminister George Marshall benannte Hilfsprogramm, die sogenannte Marshall-Plan-Hilfe, gilt als Initialzündung für das westdeutsche Wirtschaftswunder. Lommel, gebürtiger Schlesier wie Neuss, war seit den zwanziger Jahren als parodistischer Stimmen-Imitator populär. Der Ausdruck »Kanzler der Alliierten« geht auf einen Zwischenruf des SPD-Vorsitzenden Kurt Schumacher in der Bundestagsdebatte um das Petersberger Abkommen zurück. Gemeint war damit Konrad Adenauer, der 1949 in einem denkwürdigen Alleingang – unter Ausschaltung des Parlaments – Verhandlungen mit den Westalliierten geführt hatte.

gleich mitgemacht.
Ich war und bin
verfluchte Seuche
voller Dankbarkeit
wollt nie mehr lieben
nie mehr hassen
es war als hätte ich zehn Bäuche
so habe ich gefressen.

Und die Gewalt
die ich schon wieder
ohne sichtbar Blut betrieb
die spürt ich nicht
heut weiß ich
ich habe mich
durch sogenannte Menschlichkeit
bestechen lassen.

Die Welt wurde geteilt
in Ost und West.
Ich habe mich beeilt
gleich alles mitzuteilen:
Ich wurde Schwätzer.
Ich schrie zornig Zeilen gegen Kommunisten
ich wachte eigennützig über unser Glück
was Thomas Mann mir damals schrieb –
»... kann nicht umhin
in dem Schrecken der bürgerlichen Welt
vor dem Wort Kommunismus
etwas Abergläubisches zu sehen
die Grundtorheit
unserer Epoche ...«
das schickte ich
Empfänger unbekannt
empört zurück.

Das schöne Wort
vom Kanzlerchen der Alliierten
hielt ich für Blasphemie
doch bald bemerkte ich

die Politik der Stärke das hieß
nackte Gewalt für »drüben die« ...

Jetzt schleicht sich meine Beichte
in die helle Tonart Dur.
Höflicherweise schießt man heute nur
wenn einer über Quadersteine kriecht.
Ich aber hab gelernt
im Krimi und auch anderswo
daß niemals der der Böse ist
der schon von weitem her so riecht.

Ich wurde Detektiv
spürte Zusammenhängen nach
und rief
was ich entdeckte
meist nicht ohne diesen strömenden Humor
fast nie das Hirn
meist nur das Zwerchfell labend
ich rief alles Kriminelle in die Gegend
doch leider ohne Wirkung weil:
nur nach Feierabend.
Längst schon war mein Publikum
tagsüber bei der neuen Produktion
von Wunderwaffen
auch dieser Frack gehört dazu.
Ich war
wie ihr ja wißt
ein Feingeschliffner
immer schön in Schale.
Ich war ein raffinierter Antikommunist
mit Konto auf der Bank
mal dick mal schlank
ein freches offnes Wort
schien mir für meine tiefgekühlte Freiheit
viel zu taugen
doch grad *den* Fall
den ich mal aufklärn wollte
den verlor ich gänzlich aus den Augen.

Ich war und bin ein Knecht
der sich als Herr fühlt
mit dem Zeigefinger in der fremden Nase polkt
statt Detektiv
bin ich Verbrecher
der sich selbst verfolgt.
Mein Testament
das wird demnach ein Mordsgeständnis sein
o ekelhaftes Hinterher
o große Schuld o Pein!

WIR HIER UND DIE DA DRÜBEN

Ich nehme den Passierschein
trete durch die Mauertür
und sage nach der Rückkehr:
Unsere Politik die hat Erfolg
die haben »drüben« ja noch lange nicht so viel wie wir.
Heut spür ich: Diese DDR
wird einen Wettlauf mit der BRD
haushoch gewinnen können
falls sie mal aufhört
in derselben Richtung
lang zu rennen.
Interzonenhandel heißt
mit unsrem Geld auf neue Weise
fremde Menschen knechten
das Ding da mit der Wechselstube
– eins zu sechs –
wie viele das wohl wieder möchten.

Ich sag nicht IHR ich sage wir.
Wir komm uns vor wie'n Kavalier
der so ein Mädchen auszieht
ungefragt
und dann zu seinen alliierten Freunden sagt:
Guck mal
ihr Zustand ist vertrackt

guck mal
die Sau ist nackt.

Ihr Mädchen Burschen
die ihr trotzdem liebt und lacht
und ohne es zu wissen
koloniale Purzelbäume macht
ihr Falken Sozialisten-Jugend
ach ihr Liberalen ihr versteht
es ist für uns zu spät zu sagen:
helft der DDR.
Damit sie nicht zugrunde geht
sie hat sich selbst geholfen.
Die Politik der Stärke schoß Kobolz
sie brauchen uns nicht mehr
und diese strikte Trennung
das ist nicht nur Wachsamkeit
das ist auch Stolz.

Wir Lumpenpack aus dem Big Äppel
und den Jazzband-Scheunen
ohn es zu merken ham wir ihn
ja noch kompakter
als die Väter
den Wienerwald-Charakter.
Wir sind die
die sich beim Drehen langsam
aber sicher bräunen.
Habt Mitleid doch mit dem

1965 – Mit dem Passierschein ist die Erlaubnis zum Grenzübertritt von West- nach Ost-Berlin gemeint. Im Dezember 1963 handelten die Behörden erstmals seit dem Bau der Berliner Mauer eine Vereinbarung aus, derzufolge West-Berliner »zwischen den Jahren« ihre Verwandten im Ostteil der geteilten Stadt besuchen dürfen. Eine ähnliche Vereinbarung wird 1965 getroffen. – Walter Ulbricht, Altkommunist mit sächsischem Zungenschlag, war Mitbegründer der SED und ab 1960 Staatsratsvorsitzender der DDR.

der niemals wirklich Kommunist sein durfte
sondern immer Ostblocks scharfe Vogelscheuche ...

Dem Walter Ulbricht hinterlasse ich
die Wohlstandsseuche.
Ich wünsch ihm einen neuen Dialekt
und Hornhaut auf der Zunge
und einem großen ganzen
rostebraunen Neo-Deutschland
wünsch ich tausend Walter Ulbrichts
aber junge.

VOM GROSSEN SCHLACHTEN DER DRITTEN

Euch allen
die ihr auf Prothesen kaut
auf Krücken geht
und in Bandagen denkt
die Zähne tags
ins Fleisch der Untertagearbeiter senkt
euch allen
sei die Heizöl-Pest geschenkt.

Wohl manchen dauern Sau und Federvieh
wenn man sie sticht
und rupft und bluten läßt
jedoch – was wär'n wir ohne sie?
Seid so human
den Schlachthof zu vergessen
wenn ihr das Maul
von Phönix-Rheinrohr-Zinsen wischt.
Denn wer nicht gern die Mannesmannschen
Wechsel frißt der wird gefressen
man drischt den
der nicht selber drischt.

So geht es
und man sagt

so geht es nicht
man muß die großen Fragen »menschlich« lösen.
Der Rassen-Schlachthof wird geputzt
und heißt Sozialgericht
und Sau und Schlächter tragen Städtenamen
Hanoi Saigon ...
Die erstere muß lächeln und ist Sau.
Saigon firmiert als Schlächter und ist Christ.
Die Brüder unter sich
Kotau und Amen.
Gepriesen sei was uns der Markt erschließt
des Teufels General ist heute Udet nich
es ist der Hitlerjunge Ky.
Mag sein er siegt
doch glücklich wird er nie
hat sich geschraubt verkauft
während sich sein Chef in Dallas
um die hubgeschraubten Aktien rauft.

Das ist des Weißen schwarze Onanie
daß er sich täglich voller Gier erniedrigt
und seinen Selbstnutz-Trieb befriedigt
und dabei denkt: das arme arme Vieh.
Sah gestern noch das Tierschutzbund-Entzücken:
des deutschen Schäferhundes Sturmabzeichen
glänzt in tausend nassen Blicken
und die Verdrängung stürmt wie wild die Kasse
man haßt nicht mehr
man liebt die fremde Rasse!

1965 – Die »Dritte-Welt«-Nummer vom Schlachten nimmt Bezug auf den Vietnam-Krieg und die südvietnamesischen Statthalter von US-Gnaden. General Ky war nach einem CIA-gesteuerten Putsch im Juni 1965 südvietnamesischer Regierungschef geworden, er bekannte sich offen zu seinem Vorbild Adolf Hitler. Nach der amerikanischen Niederlage floh er in die USA. – Ernst Udet, berühmter Kampf- und Kunstflieger, war unter Hitler Generalluftzeugmeister. Sein Schicksal stand Pate für Carl Zuckmayers Theaterstück »Des Teufels General«.

Und diese aufgedrängte Liebe ist die Aggression
dabei ist dieses Mal auch hebräisch Cohn
sofern er weiße Hautfarb hat.
Das ist der Trick:
Die Juden sind jetzt unser Glück!
Sie zahln mit Dummheit für das Ruhekissen
das man Gewissen heißt
verdrängt wird dafür Wissen
die Unterscheidung – die Erkenntnis des Konkreten
läßt jeden Farbigen ganz Afrika vertreten.

Und fragt den einen nicht um keinen Preis
ob er mit seinem Kinderlächeln weiß
was Mister Smith mit seinen Brüdern macht
derweil er auf dem Kudamm steht und lacht
ob er die schwarze Haut nicht längst verkauft
ob er zum höchsten Preis sich umgetauft
und umgebettet hat ins weiße Nest
sich gleich von beiden Hennen wärmen läßt
und dumm – sooft man will – die Phrase drischt
die Zinsen gibt und nach Entwicklungshilfe fischt.

So fragt man nicht – das wäre indiskret
wenn es um unsere Rassenliebe geht
ist überflüssig daß der Schädel denkt
von dem man seinen Hut reißt und ihn schwenkt
wenn nur ein schwarzer Arsch sich blicken
läßt in den man apriorisch Zucker bläst.

Denn das beruhigt unsere Metaphyse
die ihren Sitz dicht bei der Tränendrüse
genommen hat.
Ihr modischster Erreger
ist das Problem der unterdrückten Neger
vor Rassenliebe muß ich hier fast flennen
weil wir das Schwarz vom Schwarz nicht scheiden können.

VOM UNBEWÄLTIGTEN

Und die verwirrte Morgenröte zeigt sich rosa
zu allem Durcheinander kommt's demnächst
bei Fulda oder Formosa
kurz zum Hiroshima-Beben.
Und nur »so tun als ob« so nebenbei
fährt dann der Papst zur Mandschurei
und unser Mann in Israel mag noch so feine Sachen weben
und resignierend mit den Schultern zucken:
Tel Aviv – so ist das Leben –
die wackre Elly Ney spielt Play-Bach
Wiedervereinigung hat stattgefunden
zwischen Profit und Reibach
ganz neu wird's angerührt
mit Feuchtewangers Süß wird spekuliert.
Das alte Testament wird neu geschrieben:
Juden und Christen müssen sich jetzt lieben
auf Kosten von Chinesen Mohammüden und Buddhisten.

Auch das Konzil das darf sich nicht genieren.
Gemeinsam heißt es nun marschieren
Talmud im Bunde mit dem Rosenkranz.
Jedermann mit unbeschnittnem Schwanz
sollte nach Peking emigrieren
die gelben Judensterne sind nur eingemottet.
Nicht mehr die krummen Nasen
nein die geschlitzten Augen
werden ausgerottet.

1965 – Unbewältigtes als Thema: – Elly Ney, deutsche Klassik-Pianistin, war nach 1945 wegen ihrer NS-Kontakte umstritten. – Lion Feuchtwangers Roman »Jud Süß« diente den Nazis als Vorlage für einen antisemitischen Hetzfilm, der 1940 in die deutschen Kinos kam. – Der Frankfurter Auschwitz-Prozeß geht im September 1965 nach 22 Monaten zu Ende. Der Dramatiker Peter Weiss hatte im Frühsommer 1964 den Prozeß besucht und darüber, an Hand von Gedächtnisprotokollen, sein Dokumentarstück »Die Ermittlung« geschrieben, das im Oktober 1965 an sechzehn Bühnen der BRD und DDR herauskam.

Der Industrie-Kurier
will Peter Weiss mit Zyklon B behandeln.

Den Wehrwirtschaftsvorstehern hinterlasse ich hiermit
vom Auschwitzer Prozeß das ganze Protokoll
ich wünsche herzlich daß sie schnell der Teufel hol.
Hingegen: Die Führer unserer Wehrwirtschaft von heute
soll mir keiner häng
dieweil Herr Ludger Westrick unserm Kanzler rät
dieweil Herr Vialon nach neuen Kolonien späht
da sei man bitte mit dem kleinen Lichte Boger nicht so streng.

Das kleine Licht wälzt sich auf hartem Kerkerbett
der Globke wälzt sich auf dem Altenteil
der Bormann wird im Kloster dick und fett
und ich gehöre auch dazu – zum Kollektiv-Urteil.

Kein Christ ist Revanchist
das ist doch klar
man schreit so lange: Keine Politik an Universitäten!
bis auch so mancher Rektor nicht mehr weiß
was Auschwitz war.

Nehmt diesen kümmerlichen Trost ihr liberalen Greise:
Euch alle mäht des Todes Hippe madenweise
der Proporz der rafft alle Menschen hin o Weh
fragt nur den Intendanten dort im SFB.
Ob demutsvoll sein Herz ob stolz sein Sinn

1965 – Ludger Westrick, Friedrich Vialon und Hans Globke waren hohe Beamte der Bonner Ministerialbürokratie mit brauner Vergangenheit. Globke, Kanzleramtschef unter Adenauer, war als »Spezialist für Judenangelegenheiten« für die Ausführungsbestimmungen der berüchtigten Nürnberger Rassegesetze verantwortlich. Martin Bormann, Hitler-Intimus und Chef der NS-Parteikanzlei, ist seit 1945 verschollen; in den ersten Nachkriegsjahren tauchten Gerüchte auf, er halte sich in einem Kloster versteckt. Boger war einer der KZ-Schergen, denen in den sechziger Jahren der Prozeß gemacht wurde. Der Dramatiker Peter Handke dichtete bereits in den Sechzigern kunstvoll beflissen.

ob Rundfunkratsvorsitzender
oder sonstwas für 'ne feile Schnalle:
Der Proporz der macht keinen Unterschied
er holt sie alle.

Ach wie war der Schnee schön rein und klar
als Villon sich noch erinnerte
im vierzehnhundertdreiundsechziger Jahr...

Sag mir wo
in welchem Lande
Flora weilt
die schöne Römerin
Thais auch
die lüstereiche Buhlerin

Tja – wie gerne würd ich davon singen
doch ich sagte schon
kunstreich wie Handke kann ich nicht
nur als Keule kann den François Villon ich schwingen.

DIE BALLADE VOM EFFDEPELE

Effdepele lief besoffen
nächtlich durch die Nebenstraßen
hin und wieder sich erinnernd
»Theo« brüllend.

Ihre Bluse war geöffnet
daß man ihre feine freche Unterwäsche
und das Fleisch sah.

Sieben geile Männlein rannten
hinter Effdepele her.

Sieben geile Männlein
trachten Effdepele nach dem Leibe.

Sieben sonst sehr ernste Männer
haben Kind und Kunst vergessen
Wissenschaft und die Fabrik.

Und sie rennen wie besessen
hinter Effdepele her.

Effdepele blieb auf einer Brücke stehen
atemschöpfend.
Und sie hob die wirren blauen Säuferblicke
in die weiten süßen Dunkelheiten.
Voller Angst und ohne Lohn
wispert Effdepele fast unhörbar:
'ne gemischte Kommission?

Sieben geile Männlein fielen
Effdepele in die Augen
überlegen was das kostet.

Frei und liberal und demo-
kratisch aber asozial
kann nicht gutgehn.
Effdepele macht's nicht wahr.
Sieben geile Männlein suchten
Effdepeles Herz zu rühren
Effdepele blieb unnahbar.

Plötzlich springt sie aufs Geländer
dreht der Welt die letzte Nase.

1965 – Die Ballade vom Effdepele, frei nach Alfred Lichtensteins Gedicht »Der Fall in den Fluß«, ist auf FDP-Chef und Vizekanzler Erich Mende gemünzt, der nach seinem Parteifreund, dem 1963 verstorbenen Bundespräsidenten Theodor Heuss ruft.

Jauchzend plumpst sie in den Fluß.
Sieben bleiche Männlein rannten was
sie konnten
aus der Gegend ...

Das letzte reimlose Gedicht
das war von einem Lichtenstein aus Schmargendorf
sehr zauberhaft und alt.
Doch so'n Bordellchef heute lallt:
Gehn wa Nutten verprügeln in Grunewald.
Schon Clausewitz sagte es zu seinen Bütteln
der Puff ist die Fortsetzung der Politik
mit anderen Mitteln.

Bevor die Güte wieder einmal schwächlich wird
und Bosheit zunimmt allerwege und mit Kraft
tauch ich die Zung in deutschen Rednersaft.
Ich hoff daß euch die feuchte Inbrunst nicht verwirrt.
Den Kudamm 175 hinterlasse ich 'nem Mann
der mit viel Lust Geschäfte machen kann.
Es gibt so viele geistige Männernutten hier im Leben
warum soll's dann nicht auch mal so 'ne
Männerhure mit 'nem Körper geben.

Item was treibt denn nun die Frau dazu
politisch Zuhälterin zu sein
nach Sicherheit und Existenz zu schrein
den Nerz zu tragen wie Soldaten das Gewehr
in der Manege Staat den Pausenclown zu spielen
nach möglichst güldnen Schlüpfern schielen.

Ich red nicht von den Playboydamen o mei o mei
Prinzessin Ira stöhnt:
Sechs stramme Männer leisten mehr als ihrer drei.

BALLADE VON DER FETTEN MARGOT

Ich bin doch nicht der letzte Dreck
wenn ich besonders auf die fette Margot steh
wieso bin ich ein Arsch mit Ohrn
wenn ich bei ihr mit Pinglichkeit
auf die Penunse seh.
Meiner fetten Margot wegen hab ich immer eine Töte
in der Hose weil
wenn die Gäste kommen hol ich schnell
zu saufen und zu rauchen.
Margot öffnet dann inzwischen ihre Dose
und der Gast bedient sich weidlich unbenommen
zahlt er gut dann darf er glattweg wiederkommen
macht er aber Zores
darf er sich nicht waschen und nicht brausen
denn dann zeig ich ihm die Töte
lässig lächelnd ...
Und das alles in dem Puff wo wir zwei hausen.

Manchmal kommt die fette Margot auch vom Strich
und hat nischt angeschafft
fallehalber hab ich dann schon ihren vielen
echten Schmuck zusammgerafft
hau ihr mit der flachen Hand eins in die Fresse
mangels Masse
und dann zeig ich lässig lächelnd
ihr die leere Kasse.
Und dann stöhnt die fette Margot:

1965 – Wie schon Brecht in seiner »Dreigroschenoper« verzichtet auch Neuss nicht auf die eingängige Villon-Ballade vom Puff, in dem sich's so angenehm leben läßt. Gewidmet ist sie der fetten Margot, der werbewirksam vermarkteten Ehefrau des Vizekanzlers Erich Mende. Der von Neuss beschworene gute Geist, der »die Welt versöhnen« möge, macht sich weitgehend an Toten fest: US-Präsident John F. Kennedy wurde im November 1963 in Dallas ermordet, Sowjet-Premier Nikita Chruschtschow 1964 kaltgestellt, Papst Johannes XXIII. war im Juni 1963 gestorben, und Robert »Bobby« Kennedy, unter der Präsidentschaft seines Bruders John US-Justizminister und Anwärter auf den Chefposten im Weißen Haus, starb 1968 durch ein Attentat.

Mönsch mir tun die Beene weh.
Und ich tret sie in den Arsch
blitzschnell muß sie dann die Treppe runtersausen ...
Und das alles in dem Puff wo wir zwei hausen.

Warum soll ich so nicht leben
hab mein Auskomm meine Kost
ich bin dadurch unabhängig
von den Winden die sich drehn
frei von Hagelwetter Regen Schnee und Frost.
Vorher war ich doch im Außenministerium
wacklig ist dort jeder Job
hier hingegen wird für mich gesorgt
hier ist immer was im Topp.
Höhere Gewalt und Börsenstürze machen mir nischt aus
denn gebumst wird immer
die bringt Sicherheit ins Haus
Wenn wir fertig sind dann fresse ich
und sie säuft sich ausgesprochen wund
und dann pennen wir und schnarchen
jede Art von Schlafen ist gesund.
Meine fette Margot ist mein Job und meine Liebe
wem tut's grausen???
Keinem
bitte meine Rede ...
lässig lächelnd sag ich:

Jeder hat 'nen Puff
zum Hausen.
Nun wern se alle sagen: Olle Sau der Neuss
Der Pornograph von Luxemburg läßt grüßen.
Mir egal
ich persönlich will den Franz Villon in keinem Fall
steril genießen.
Doch auch die literarisch belletristisch prüden Horden
könnten rufen:
Nach der Wahl ist der
Sexualdemokrat geworden.

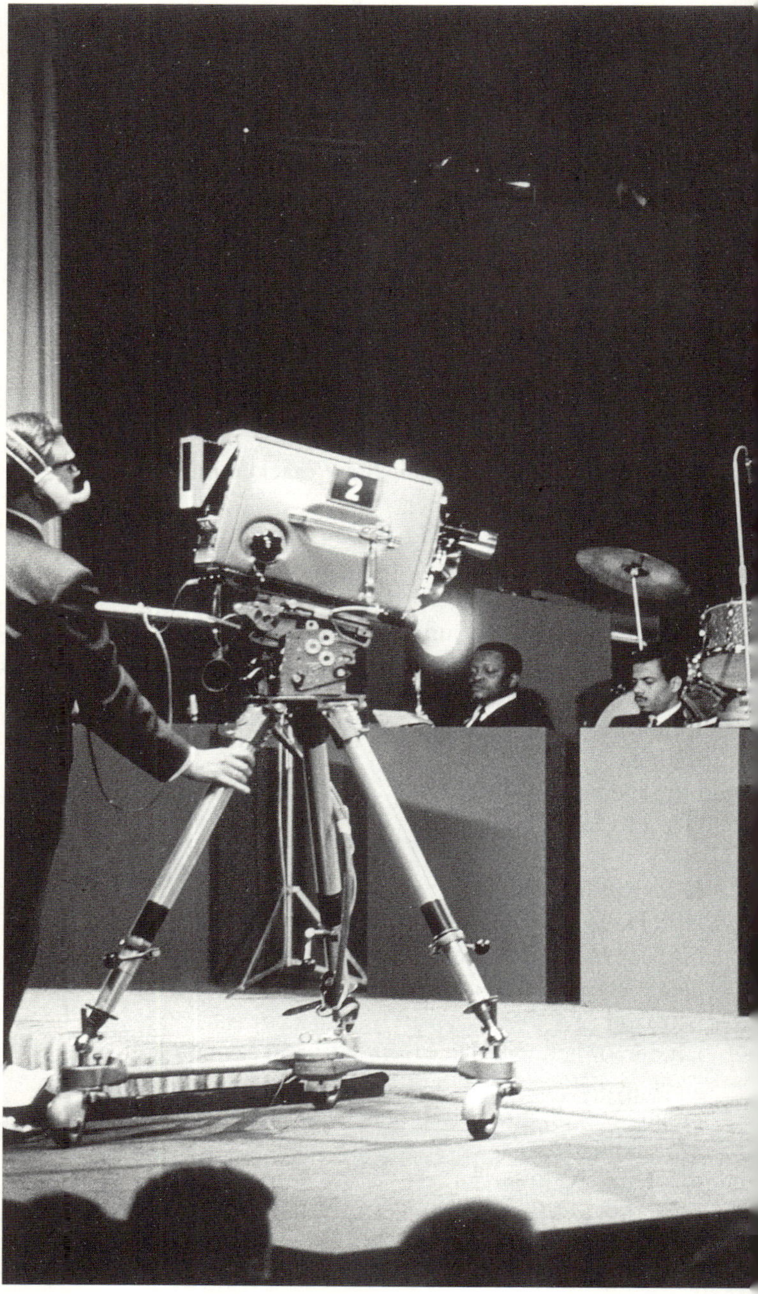

Ach wie war der Schnee schön rein und klar
als der Neuss sich noch erinnerte
ans neunzehndreiundsechziger Jahr.

Sag mir wo
in welchem Lande
herrscht der Geist von Kennedy
Papst Johannes Vorbild wo
ist der friedliche Chruschtschow?

Sag mir wie
Bob Kennedy
kommst du bald ans Ruder
sag wirst du die Welt versöhnen
ganz im Sinne deines Bruder??

Sag wer hat ihn umgebracht
einer von der Einzel-Innung
oder hieß der Mörder doch
Krieger-Industrie-Gesinnung???

Weh – schon wieder muß ich eine Beichte lallen
trotz der Gefahr
der kollektiven Lynchjustiz
als Opfer vor die Krampfadern zu fallen.

VON GESETZ, RAUB UND MORDKUNST

Da sitz ich nun
wie'n Hund begossen
und beichte für euch mit: Wir alle haben Kennedy
erschossen.

Waaas
ist das wahr?
Die unermeßliche Trauer stöhnt:
Ist das wahr?
Die Gesellschaft
in der wir leben
hat sich nach diesem Tod gesehnt.

Die Schuld
entstanden durch die Todessehnsucht dieses Westens
wird abgetragen durch totale Identifikation
schon ist alles bestens.

Das Leben geht ja weiter
ist das gängigste Zitat an allen Türen
ich werde eben noch mehr arbeiten
und darob noch mehr konsumieren.

Der Rummel nach dem Mord beweist –
das soll er deutlich klar –
in einer Welt mit austauschbaren Marionetten
ist ein Kennedy nicht austauschbar.

1965 – Der Mord von Dallas, dem der amerikanische Präsident zum Opfer fiel, wurde nie aufgeklärt. Schon früh wurden hinter dem Anschlag Hintermänner vermutet, die seine »Friedensinitiative« hatten stoppen sollen. Im März 1965 startet von Cape Kennedy aus der erste bemannte »Gemini«-Weltraumflug, mit dem die USA an den UdSSR-Erfolg des Sowjet-Astronauten Gagarin anknüpfen wollen. Die amerikanischen Bemühungen gipfeln im Apollo-Flug, mit dem 1969 Neil Armstrong als erster Mensch den Mond betritt.

Die Menschen sollen hoffen
mögen glauben
wollen lachen ...
Geglaubt wird –
ja ja ja –
ein einzelner kann heute noch Geschichte machen.

Tief hängen solche Trauben
und der Wein schmeckt schal
man kann doch nur noch wollen
was man soll
und es mundet gar nicht mehr wahrhaftig
dieses Abendmahl.

Tatsächlich beten die Gläubigen
mit und ohne Bimmel:
Lieber Gemini der du bist im Himmel
ergreife das Ruder
und treibe mit uns –
wir merken das nicht –
militärisches Schindluder.

Und daß euch nicht das Blut gerinnt
wir brauchen solche Pannen
denn nur an Hand der Reaktion
stellen wir fest
ob alle noch gleichgeschaltet sind.

Mit immer neuen Lügen
wird dumpfes Mitgefühl zerbombt.
Hiermit geb ich mal bekannt
daß solch gegängelter Zauber
nicht mehr bei allen ankommt.

Ich mache jedem
der mal was Praktisches tun will
im höflichsten Ton
die subversive Aktion.

Den kleinen Hehlern – meinen Freunden
Stehlern – meinen Liebsten
Dieben – allesamt:
Gott gab ihnen lange Finger
doch kein Amt.

Auch unser Strafgesetz ist Katechismus hoher Raub –
und Mordkunst:
solln Sie wissen.
Auch unser bürgerlich Gesetzbuch
hat bisher noch jeden
kleinen Mann beschissen.

INSPEKTOR BZ

Ich bin der Wachtmeister Inspektor BZ. Stehe neulich an der Kongreßhalle. Sehe ich doch den Kommunisten Giselher May.
Ich gehe hin. Ich sage: Sind Sie Kommunist Giselher May?
Ja, sagt er.
Auf die Wache, sage ich.
Wir kommen an einem Bäckerladen vorbei. Sagt der Kommunist Giselher May: Herr Wachtmeister, ich habe seit zirka acht Wochen keinen warmen Löffel im Magen gehabt. Gestatten Sie, daß ich mir ein Brötchen hole?
Ich sage: Ja. Aber – damit Sie mir nicht entwischen, werde ich vorsichtshalber am Vorderausgang Posto fassen.
Ich wartete eine Viertelstunde. Ich wartete eine halbe Stunde. Und nachdem ich dreiviertel Stunde gewartet hatte, schöpfte ich Verdacht. Ich betrete den Laden. Ich sage: Herr Bäckermeister, ich bin der Wachtmeister Inspektor BZ. Ich habe Blut im Tintenfaß. War hier ein Herr?
Ja, sagt er. Aber er sagte, am Vorderausgang stünde ein ihm unliebsamer Herr. Und er habe den Laden durch den Hinterausgang verlassen.
Ich werde meiner vorgesetzten Dienststelle davon Meldung machen, daß mich der Kommunist Giselher May auf die raffinierteste Art und Weise hintergangen hat.

Ich bin der Wachtmeister Inspektor BZ. Stehe neulich an der Kongreßhalle. Sehe ich doch den Kommunisten Giselher May.
Ich gehe hin, ich sage: Sind Sie der...?
Ja, sagt er.
Auf die Wache, sage ich.
Wir kommen an einem Bäckerladen vorbei, sagt der Kommunist Giselher: Herr Wachtmeister, ich hatte seit zirka... na, vier Wochen sind es jetzt schon her, keinen warmen Löffel im Magen ... gestatten, daß ich mir ein Brötchen...?
Ich sage: Ja, aber – damit Sie mir nicht wie das letzte Mal durch den Hinterausgang entwischen, werde ich vorsichtshalber dort selbst Posto fassen.
Ich wartete eine Viertelstunde.
Ich wartete eine halbe Stunde.
Nachdem ich dreiviertel Stunde gewartet hatte, schöpfte ich Verdacht.
Ich betrete den Laden. Ich sage: Herr Bäckermeister...
Jajaja, sagt er, aber er meinte, am Hinterausgang stünde ein ihm unliebsamer Herr. Und habe er den Laden durch den Vorderausgang...
Ich werde meiner vorgesetzten Dienststelle davon Meldung machen, daß der Kommunist Giselher May auf die raffinierteste Art und Weise...

Ich weeß nich, ob Se sich an mich noch erinnern können. Ich bin doch der Wachtmeister Inspektor BZ. Stehe neulich an der Kongreßhalle, sehe ich doch den Kommunisten Giselher May. Ich geh hin, ich sage: Sind Sie ...?
Ja.
Auf de Wache.
Wir kommen an einem Bäckerladen vorbei, sagt der Kommunist Giselher May: Herr Wachtmeister, ich habe jetzt so rund acht Tage keen warmen Löffel, gestatten Sie, daß ich mir ein Brötchen...
Ick sage: Ja, aber – damit Sie mir nicht wie das letzte Mal durch den Hinterausgang und das vorletzte Mal durch den Vorderausgang entwischen, werde ich diesmal selbst reingehen und Sie warten hier!
Klar?!

UNTER DIE STRAFE GESTELLT

Erstens:
Wegen staatsgefährdender Störung
in Tateinheit mit schwerem Forstwiderstand
wird bestraft

wer Gegenstände zur Verschönerung öffentlicher Wege
böswillig verschleiert
wer die Überwachung von Fernmeldeanlagen stört
wer vorsätzlich Süßstoff herstellt
wer den Dichter will verstehn
wer den Gebrauch gewisser Beteurungsformeln unterläßt
wer eine Frau zur Gestattung des Beischlafs verleitet
oder einen anderen Irrtum in ihr erweckt
wer auf einem Eisenbahnhofe
mittels Abschneiden eines wichtigen Gliedes
eine Amtsperson verringert
wer länger als drei Kalendertage abwesend ist
wer sich dem Müßiggange hingibt
wer Einrichtungen beschimpft
wer seine Richtung ändern will
wer ein Zeichen der Hoheit beschädigt
wer sich mit Wort und Tat auflehnt
wer Widerstand leistet
wer sich nicht unverzüglich entfernt
wer ohne Vorwissen der Behörde
oder seines Vorteils wegen
oder vorsätzlich

1965 – Die Ballade »Unter die Strafe gestellt«, eine Parodie auf die von den Christdemokraten geplanten Notstandsgesetze, geht auf einen Text Hans Magnus Enzensbergers mit dem Titel »Vorschlag zur Strafrechtsreform« zurück. Die Enzensberger-Vorlage, die von Neuss ständig aktualisierend verändert wird, trägt den Zusatz »Quelle: Strafgesetzbuch, 32. Auflage«.

oder als Landstreicher
oder um unzüchtigen Verkehr herbeizuführen
oder mittels arglistiger Verschweigung
oder wegen Entgelt
oder wissentlich
oder durch Drohung mit einem empfindlichen Übel
oder gröblich
oder grob fahrlässig
oder fahrlässig
oder böswillig
oder ungebührlicherweise
oder aufgrund von Rechtsvorschriften
oder ganz
oder teilweise
oder an besuchten Orten
oder unter Benutzung des Leichtsinns
oder nach sorgfältiger Abwägung
oder mit gemeiner Gefahr
oder durch Verbreitung von Schallaufnahmen
oder auf die vorbezeichnete Weise
oder unbefugt
oder öffentlich
oder durch Machenschaften
oder vor einer Menschenmenge
oder in einer Sitte und Anstand verletzenden Weise
oder in der Absicht
den Bestand
der Bundesrepublik Deutschland
zu beeinträchtigen
oder mutwillig
oder nach der dritten Aufforderung
oder als Rädelsführer
oder Hintermann
oder in der Absicht Aufzüge zu sprengen
oder wider besseres Wissen
oder mit vereinten Kräften
oder zur Befriedung des Geschlechtstriebs
oder als Deutscher
oder auf andere Weise
eine Handlung herbeiführt

oder abwendet
oder vornimmt
oder unterläßt
oder verursacht
oder erschwert
oder betreibt
oder verhindert
oder unternimmt
oder verübt
oder bewirkt
oder begeht
oder befördert
oder beeinträchtigt
oder befördert und beeinträchtigt
oder befördert und nicht beeinträchtigt
oder beeinträchtigt und nicht befördert
oder weder befördert noch beeinträchtigt
oder – Neiße ...

Das Nähere regelt die Bundesregierung.

BALLADE VOM SCHMOREN UND VERSTOSSEN

In gelber Ockernfarbe
Arsen und Höllenstein
in ungelöschtem Kalk
Salpeter Schwefelgischt
in siedendheißem Blei
bis daß sie mürbe sein
in Ruß und Pech und Lauge
die man mischt
aus eines Fötus Harn
und Menschenschweiß
verrührt mit eines Aussatzkrankenscheiß
in Senkfuß Hornhaut und
im Ausfluß einer Futt
in Otternblut
und giftigem Absud
in ekler Wolfs- und Fuchs- und Dachsengalle
drin schmore man die Neiderzungen der Verleumder alle.

In Titos Breschnews
aber auch in Maxe Reimanns Notdurft-Übersoll
Lauchhammers Schlacken
Bunas stinkendem Benzin
im schwarzen Öl aus Schwedt
in Läusepulver mit 'ner scharfen Jucke
in Spickenagels Rotzespucke
in der Manöver-Kacke von der Nationalen Volksarmee
in Seigewassers Mischmasch-See

1965 – In der Ballade vom Schmoren und Verstoßen, die sich eng an die Villon-Vorlage anlehnt, finden das jugoslawische Staatsoberhaupt Marschall Tito, der sowjetische Parteichef Breschnew und Max Reimann Erwähnung, der als KPD-Abgeordneter dem ersten Bundestag angehörte. Mit den Godesberger Evoluzzern sind die Sozialdemokraten gemeint, deren Berliner Landesvorsitzender Kurt Mattick ist. Der befindet sich in prominenter Gesellschaft einer sozialistischen Altherren-Riege, von der sich die SPD aus wahltaktischen Gründen losgesagt hatte: Marx, Engels, Bebel, Lassalle, Lenin und Trotzki.

im dünnflüssigen Stuhlgang eines Pazifisten
und in der Pisse eines Fanatisten
verrühre man geschwind in jedem Falle
hinein die Anti-Kommunisten
und man schmor sie alle.

Mit Marxens Wanderstock
Fritz Engels Tintenfaß
mit Bebels Hobel
der die Lassalleversager schabte
mit Iljitsch Lenins Faust
die die Sektierer labte
und zwar nach Leo Trotzkis rechtem Augenmaß
verstoße man wie holzgehackt beim Fußspielballe
die Godesberger Evoluzzer alle.

Im Testament wird auch bedacht
der Landesführer Mattick
der mal links mal rechts geklaut
am liebsten sich im Staatsdienst einen Schmerbauch baut
und der die Köpfe wo was drin ist schwer beschimpft
der Mattick wird mit Fliegenleim geimpft.
Auf diesen können gutgläubige Genossen kriechen
da können die leeren Köppe siechen.
Auch schenk ich ihm 'ne Küchenschabe
und dreißigtausend noch dazu
die kann er anführn bis zum Grabe
denn diese Tierchen denken nicht
die krauchen und so was kann
der Mattick immer gut gebrauchen.

Hoch leb der *Stern* die *Quick* ist dunkel.
Ich sing ein Verschen auf Ranunkel.
Damit mir keiner etwas Falsches hör:
Ich vererbe das folgende Liedlein
jedem selbstzufriedenen Funktionär.
Besonders dem Matthias Walden weil's ihn ziert
möcht ich den Zotenlöffel hinterlassen
über den er mich balbiert.

BALLADE VON DER QUICKEN LÜGE

Er war wie ich sagt man ein Bösewicht.
Ich aber sage so was gibt es nicht
daß noch ein anderer voller Gift sein kann wie ich.

Man tut ihm Unrecht
dem Barbier er war in jedem Fall ein Spannemann
und gab statt zehn Dukaten lieber vier
wenn er als Voyeur gar seine Freude fand:
der kleine Herr Ranunkel aus Brabant
der kleine Herr von Sass
vom Sachsenland.

In seiner Jugend hatte er nur das
was er beim Baden sah im Spiegelglas
im Sommer war der Wald sein Aufenthalt
dort äugte er nach Päderasten
auch nach kessen Vätern bald.
Doch auch im Winter war es ihm egal und schlau
lag er im Fuchsloch und im Ziegelbau.
Er lugte nach der fremden Liebe
seine Braut war Fräulein Hand:
der kleine Herr Ranunkel aus Brabant
der kleine Herr von Sass
vom Sachsenland.

An einem breiten Fluß sah er ein Schiff
gestrandet wie auf einem Felsenriff

1965 – Wie schon im »Jüngsten Gerücht«, nimmt sich Neuss auch in seinem »Testament« noch einmal seinen Intim-Feind, den »Bösewicht« Matthias Walden vor. Der aus Dresden stammende Walden, mit unbürgerlichem Namen Baron Otto von Sass, dem Neuss in Villons Namen die Ballade von der quicken Lüge vermacht, gehört zu den strammen Rechtsauslegern unter West-Berlins Publizisten. Der Springer-Mann, SFB-Kommentar und »Quick«-Schreiber, über die Satiriker-Zunft: »Da viele Kabarettisten zu der Antwort neigen, es gehe ihnen schlecht, wird der Eindruck erweckt, die Freiheit sei bedroht.« Und über Neuss und seinesgleichen: »Wirrköpfe, die international zugelassen sind«.

da sprang er auf den Kahn und wollte gleich
ins Meer der Liebe segeln
doch er fand es nie.
Nur Wind bekam er ins Gesicht
der wild nach seinem Samen schrie
weil er den Kniff beim Segeln nicht
verstand:
der kleine Herr Ranunkel aus Brabant
der kleine Herr von Sass
vom Sachsenland.

Und wenn ihr glaubt daß er schon längst vor Qual
sich selbst zerrieben – nein.
Habt ihr noch immer nicht bemerkt daß man
im Wald auch ohne Licht die Kommentare lügen kann
zumal er diese Art von quicken Lügen
bald viel schöner fand:
der kleine Herr Ranunkel aus Brabant
der kleine Herr von Sass
vom Sachsenland.

VOM UNGEMACH DER GEBÄRMÜTTER

Denkt aber auch daran
wenn ihr die Antibabypille schluckt
daß euch recht menschenwürdig eure EuthaNase juckt.
Wir alle haben eine Nacht mal ohne Hemd
so fleischern weiß und aufgeschwemmt
im Gras gelegen und in solcher Nacht
hat man sich um den Schlaf gebracht
ein jeder weiß weswegen.

Da hat sogar der Mann der Hundejahre recht
er ist und bleibt zwar Kapitalistenknecht
er hat der Kinder viern und er verlangt
ich stimm ihm zu
man soll das Unterbrechen einer Schwangerschaft
sozialisiern.

Hach ja –
das war im Sommer ja der schönste Traum
und winters grünt im Wald kein Pflaumenbaum.
Da binden sich die Mädels
einen Kranz ins Haar
und denken dran
was ihnen da entgangen war …

O je o je
es käm zusamm ein riesenhafter See
der wäre voller Lebenssaft
mit ungebornen Kindern aus der Pflaumenzeit
auch mancher Hebamme täte das leid.
Fast alle Damen
hier im Saal trügen ein Witwenkleid
so schwarz wie Raben
wüßt man genau
wie vielen Kindern sie zum Leben nicht verholfen haben:
tja.

Vorsicht pa pa pa pa paß schön auf und Onanie
das reimt sich gut auf die Neurose
und das Zitterknie.

Wir wollen freundlich miteinander sein
die Anti-Menschenpille muß nach China rein
sei's drum
wir schmuggeln sie kurzum
wie früher dort von England aus das Opium

1965 – Der Mann der Hundejahre ist Günter Grass. Adolf Süsterhenn, Begründer der CDU-Aktion »Saubere Leinwand«, die sich gegen Sex in den Kinos richtete und Prüderie predigte, war wie die Mehrzahl seiner Parteifreunde ein entschiedener Abtreibungsgegner.

staatlich gelenkte Abtreibung
das wolln sie nie.
Kikeriki.

O hört nur wie die Süsterhenne schreit!
Den saubren Leinwand-Menschen
kümmert nicht das Wort von großer Müttersterblichkeit.

VOM WIDERSTAND DER GEISTIG OLLEN

Item vermache ich
dem edlen Eugen gleich
die Zeitung »Christ und Hund«
und Widerstand im 3. Reich.
Mir scheint das alles sehr gerissen.
Der Wirsingkohl
in »Christ und Welt«
läßt Widerstand
im Vierten Reich
vermissen.

Nunmehr vermache ich
dem Prinzen aller Narren
dem Präsidenten »Was-weiß-ich«
'nen Bücherkarren
da kann er Zwergschul-Bücher lesen
wie die Kinder.

1965 – Die Zeitschriften »Christ und Welt« und »Wild und Hund« werden bei Neuss zu »Christ und Hund«. Herausgeber der CDU-nahen »C&W« ist der »edle Eugen«, Bundestagspräsident Gerstenmaier, der zu NS-Zeiten zum Widerstand zählte. Giselher Wirsing, nach 1945 sein Chefredakteur, hatte sich als publizistischer Wegbereiter des Dritten Reiches betätigt. Heinrich Lübke, Bundespräsident von 1959 bis 1969, laut Neuss der »Prinz aller Narren«, war in den sechziger Jahren nicht nur wegen seiner unfreiwilligen Komik und seines rhetorischen Un-Talents in aller Munde. Als durchsickerte, er habe zur NS-Zeit Baupläne für Arbeitslager der V-Waffen-Versuchsanstalt Peenemünde entworfen, setzten massive Proteste gegen den ersten Mann im Staate ein.

O dieser feine alte Herr
hat nicht nur einen Mund
nein –
er hat viele Peenemünder.

Euch Lohnarbeitern
hinterlasse ich sodann
betrübt daß gegen die Vernunft
ein Eisschrank siegt
ohne daß jemand den gewaltigen Kaufpreis rügt
die Lohn-Ballade hier die man
getrost sogar geschenkt nehmen kann.

BALLADE VOM EWIGEN LOHN

Es hocken stumpfen Auges auf den Märkten
die Lohnarbeiter
mit gepflegten Häuten.
Daß sie ihr köstlich Mittagbrot erbeuten
sind Häute zu verkaufen wie sie merkten.

Doch daß sie ihre Freiheit nicht verliern
ist individuell lackiert die Haut
und der Erlös wird privatim verstaut
sie möchten vor den andern sich geniern.
Der Hund zerrt seinen Knochen in die Hütt.
Der Proletarier lebt wie'n Troglodyt.

1965 – Rolf Hochhuth, streitbarer Publizist und Dramatiker, hatte mit seinem Aufsatz »Klassenkampf«, der sich als Plädoyer für eine neue Regierung verstand, Kanzler Erhard zu dem auf die deutschen Schriftsteller gemünzten Satz vom »Pinscher« veranlaßt: »Es gibt einen gewissen Intellektualismus, der in Idiotie umschlägt. Da hört bei mir der Dichter auf, da fängt der ganz kleine Pinscher an …« Hochhuths Schauspiel »Der Stellvertreter«, 1963 unter Piscators Regie und unter der schauspielerischen Mitwirkung von Neuss in Berlin uraufgeführt, wirft Papst Pius XII. vor, die von den Nationalsozialisten verfolgten Juden im Stich gelassen zu haben.

Der Wohlstand triumphiert jetzt ungeheuer
die kleinen Leut die leben jetzt auf großem Fuße
zum Prager Schinken eine Pampelmuse
und abends Unterwasser-Abenteuer.

Sie fürchten lange dauert dieses nicht
und schlingen schnell noch eine Scheibe Speck
ach morgen speisen sie schon wieder Dreck
weil's ihrem Glück an Ewigkeit gebricht.
Der Wohlstand für die kleinen Leut
der dauert nun mal keine Ewigkeit.

Sie mögen nicht in rohen Zorn verfallen:
die Knechte die gezähmten Sinnes sind
sie schlagen die Versuchung in den Wind
daß sie sich selber ihren Lohn auszahln.
Es ist nun einmal irre unbequem:
Nun wer ihn ganz alleine gar nicht nötig hat
den Wohlstand lebt für immer angenehm...

Hochhuth: Den fürcht ich nicht.
Er hat ja keine Knechte.
Auch er ist arm wie weiland Hiob auf dem Mist
und wenn ich jetzt an dieser Stell
jetzt mit ihm rechte
so nur – ich zweifle ob es geht – als Idealist.
Es dünkt mich beinah schon
die dümmste aller Lügen.
Hört zu: Dies Lied aus Thierrys Nachlaß soll uns alle rügen.

BALLADE VOM TIEFSPRUNG

Ein Mann
ich glaube es war in Boston
oder war's in New York
doch das ist nicht wichtig
der wollte nicht länger dies Dasein auskosten
es schien ihm zu bitter zu wertlos zu nichtig.
Und er beschloß
um das Unerträgliche abzukürzen
und verzweifelt allein mit Ängsten und Nöten
sich aus dem Fenster hinaus auf die Straße zu stürzen
aus dem achten Stockwerk hinunter
er beschloß sich zu töten.
Er stieg auf einen Mauervorsprung hinaus
ein Sims
noch keinen halben Meter breit
er stellte sich aufrecht hin
und es sah schon so aus
als ob
doch er ließ sich noch etwas Zeit...
Überfiel ihn Furcht oder beschlich ihn ein Hoffen
es könnte in letzter Minute noch etwas geschehn?
Oder sah er hinab?
Nun dann sah er betroffen das was geschah:
Eine Menschenmenge blieb stehn.

Die Menge blieb stehn und starrte gebannt
zum achten Stockwerk hinauf zu dem einen

1965 – Die Ballade vom Tiefsprung basiert auf einer tatsächlichen Begebenheit. Der Berliner Kabarettist Thierry, Neuss-Kollege aus frühen Hamburger »Bonbonniere«-Zeiten, hat sich zu dieser Ballade, die er dem »Neuss Testament« überließ, durch Zeitungsberichte anregen lassen.

der immer noch zögernd
an der Außenwand stand
ja er klebte fast an den Steinen.
Nun möchte man meinen
daß die die ihn sahn um ihn zittern
das wär doch natürlich
doch es war ganz und gar nicht so.
Man wollte sehn wie er fällt
wie Blut fließt und Knochen splittern
und die Menge
die Menschenmenge schrie erwartungsfroh
und laut und lauter und noch und noch:
Spring doch spring doch spring doch.

Das ist wirklich geschehn
Es stand in der *Welt*
nicht sehr groß
Seite zehn oder zwölf –
zwanzig Zeilen.
Und da mir diese Geschichte besonders mißfällt
wolln wir noch etwas bei ihr verweilen.
Ich habe durchaus Humor
und der ist manchmal auch black
doch wenn ich das höre
spring doch spring doch spring doch
dann ist mein schwarzer Humor plötzlich weg.
Die Menschen
die an solcher Verzweiflung gierig schmarotzen
die find ich –
na sagen wir's fein –
die find ich zum Spein.

Doch hat die Geschichte bereits Tradition
und man ahnt sie wohl schon.
Die Christen den Löwen
die Ketzer dem Feuer.
Menschenleben und Menschenwürde
noch nie warn sie teuer.
Und zusehn dürfen wie einer verendet
gemartert gepeinigt geschändet

und das Schauspiel umsonst
ganz billig wohlfeil:
Darauf waren die Heiden und die Christen
und die Menge in Dingsda –
doch weil ich das nicht so aussprechen darf –
darauf waren sie scharf.

Übrigens
der Mann sprang nicht
er ließ sich retten
und die Leute die so gern zugesehn hätten
gingen enttäuscht sehr enttäuscht nach Haus.
Und damit wär diese Geschichte beinah aus
von der lüsternen Freude am fremden Sterben.
Noch nicht ganz:
Es fehlt ihr der Gag.
Diese Geschichte hatte den Zweck
Ihnen die Freude an dieser Gesellschaft
zu verderben.

1965 – Hermann Josef Abs, Bankier mit NS-Kontakten, laut US-Berichten vom November 1946 der »spiritus rector der niederträchtigen Deutschen Bank, die eine ungewöhnliche Konzentration wirtschaftlicher Macht mit aktiver Teilhaberschaft an der verbrecherischen Politik des Naziregimes verband«, kam im Nachkriegs-Deutschland zu neuen Ehren: Kanzler Adenauer machte Abs zu seinem Berater, bot ihm mehrfach Ministerposten an, darunter auch das Auswärtige Amt. Mit Kanzler Adolf ist Hitler, mit Kanzler Ludwig Adenauers Nachfolger Erhard gemeint. Kardinal Joseph Frings, der Kölner Erzbischof, war ein Vertrauter Adenauers.

BALLADE VOM ABS ZU ABS

Herrn Abs zu Abs
im Kölner Land
ein Apfelbaum im Garten stand.

Herr Abs zu Abs
die Äpfel pflückte
zur gleichen Zeit die Bundesbahn
die Preise in die Höhe rückte.

Herr Abs zu Abs
hat seine Finger
in allen Anti-Mitbestimmungsdinger.

Herr Abs zu Abs
war schon dabei
als Kanzler Adolf schrie:
Gebt mir vier Jahre Zeit!

Herr Abs zu Abs
ein frommer Sänger
läßt heute Kanzler Ludwig schrein:
Macht eine Stunde länger!

Zieht keinen Flaps
sauft teuren Schnaps
und schafft den Abs nach Wittenau
dort in die Mühle für den Klaps.

Doch Vorsicht: Allerdings
steht Abs zu Abs
auf gutem Fuße mit Frau Frings.

BALLADE VOM VERÄNDERN

Reimt Verse freche Lieder
schlagt die Pauke und krakeelt
als Hanswurscht Zotenreißer
tollt euch aus im Narrentanz
seid was ihr wollt:
Soldaten Schuster Opernsänger
Produktenhändler
oder auch nur Hundefänger.
Ob ihr verlaust seid
oder an der Börse spekuliert
es ist doch ganz egal
wo ihr das falsch verdiente Geld verliert.
In allen Ländern wollen sie die Welt
sich selber aber wollen sie nicht ändern.

Ob ihr als Diebe lebt vom Stehlen Morden Rauben
meineidige Verräter seid
oftmalen keine Puseratze in der Tasche
ob ihr die Atmosphäre vergiftet oder Tauben
ob ihr krummbeinig euren Weg geht
auf die Barzelmasche:
Am liebsten hockt ihr auf 'nem Ast
und laßt die andern sägen
und es gelingt euch weiter nischt
als Kneipen auszusaufen Weiber umzulegen.
Stopft euch den Bauch mit Kaviar und Ochsenzungen
und qualmt so lange

1965 – Rainer Barzel, CDU-Fraktionsvorsitzender, zeitweise Oppositionsführer im Bonner Parlament, propagiert in den Sechzigern lautstark den antikommunistischen Slogan »Macht das Tor auf!« Barzel geriet später politisch ins Stolpern: der christdemokratische Kanzlerkandidat mußte 1984 im Zusammenhang mit der Flick-Affäre den Präsidentensessel im Bonner Bundestag räumen.

bis aus den zerfreßnen Lungen
die Schwindsucht grinsend stiert –
möglich ist auch sie lächelt.
Ist ja alles ganz egal:
wie oft den Selbstmord eurer Freunde ihr durchhechelt.
In allen Ländern wollen sie die Welt
sich selber aber wollen sie nicht ändern.

O GLÜCKLICH ALLE DIE ZUFRIEDNEN SINNES SIND

Jesus Christ
des Zimmermannes Sohn
der mit zwölf die Pharisäer attackierte
stürzte Satan von dem goldenen Thron
weil der Kerl die Weltherrschaft begierte.
Doch da war auch noch der Römerkaiser
der zum Rauben in Jerusalem ...
Gebt ihm was er will –
sprach Christ als Weiser –
nur die teure Seel laßt euch nicht nehmen.
Ach des lieben Gottes liebstem Kind
dünkt ein Sperling auf dem Dache besser
als ein Weihnachtsgänschen unterm Messer:
O glücklich alle die zufriednen Sinnes sind!

Martin Luther
Gottes teurer Knecht

1965 – In der ironischen Neuss-Lobpreisung aller, die zufriednen Sinnes sind, wird die bemerkenswerte Rolle angesprochen, die der aufmüpfige Reformator Martin Luther während der Bauernaufstände in den zwanziger Jahren des 16.Jahrhunderts gespielt hat. Luther, der durch seine Kampfschriften gegen die Obrigkeit und deren Fronherrschaft diese Rebellion mit ausgelöst hatte, wandelte sich später vom Befürworter zum Gegner der Bauernerhebung und empfahl schließlich den Fürsten, man möge »mit gutem Gewissen dreinschlagen«, denn es sei hohe Zeit, daß die aufständischen Bauern »erwürget werden wie die tollen Hunde«.

nahm sein' Brötchengeber auf das Korn
riß sich raus das pfäffische Geschlecht
schlug dem Papst auf sein Haupt ein Horn
derart stark
daß alle armen Bauern dachten:
Dieser Pfaff ist hin
jetzt kommt der Fürst dran und Baron.
Da sprach Luther von dem Schloßbalkon:
Höret Gottes Kinder
wollet auch beachten:
Schlagt den Aufruhr den ihr hegt in Wind
der Herr beherrsch nach altem Brauch den Knecht
daß ihr mir ja mit dem System nicht brecht.
O glücklich alle die zufriednen Sinnes sind.

BALLADE VOM SELBSTGEFÄLLIGEN BISCHOF

Da war mal so ein Bischof.
Der Bischof erhob sich
vom nächtlichen Lager
versank ins Gebet
ging dann eilig zum Spiegel
schabte die Wangen mit Remington Super
legte etwas Rouge auf –
heut war er sehr blaß –
spülte die Füße in BadeNurDas

1965 – Die Ballade vom selbstgefälligen Bischof nimmt Bezug auf die in den fünfziger und sechziger Jahren praktizierte Wahlhilfe der katholischen Kirche für CDU und CSU. Damals wurde nicht nur vehement in Bistumsblättern für die Christdemokraten getrommelt, auch von der Kanzel herab wurden Wahlempfehlungen verkündet. In Bayern war es nicht unüblich, daß katholische Priester ihren Kirchgängern einbleuten, wer die SPD wähle, begehe eine Sünde, die gebeichtet werden müsse.

warf sich in Amtstracht
verspeiste zwei Eier
Butter und Brötchen und Schwarztee von Meßmer
nahm seine Akten und fuhr ins Geschäft
ganz der Vertreter des Herrgotts im Lande:
Gott ist gerecht
also ist's auch der Bischof.

Und er bestimmte
dem Mann der da gestern
starb im Gefängnis –
Aufrüstungsgegner –
ist zu verweigern die Erde des Kirchhofs.
Und er bestimmte
die Frau rechten Glaubens
die sich dem Mann gab der ketzerisch betet
schändet das Blut und wird also verdammt.
Und er bestimmte
es ist nicht zu dulden
daß unsre Kinder mit heidnischer Sündbrut
in einer Schule vereint etwas lernen.
Und er bestimmte
wer nicht CDU wählt
kränkt unsern Herrgott beschmutzt unsre Kirche
und wird verstoßen als räudiges Schaf.

Und er bestimmte ...
Doch da ging die Tür auf
und es trat ein unser Herrgott persönlich
und er sah ernst auf den unsichren Bischof
hob seine Rechte und sprach in die Stille:
Bischof du tust als mein Sohn deine Pflicht nicht
Schnell griff der Bischof
zum silbernen Glöckchen
läutete hastig und gab dann die Order:
»Werft diesen Kerl raus.«
Und seine Hand wies auf Gott
der von Bütteln
roh aus dem hehren Gemache gezerrt ward.
Der Bischof jedoch

warf sich rasch in den Mantel
fuhr zur Kaserne und segnete innig.
Siehste …

Vor solchem Lumpenleben schreckste schon zurück?
Pflüg ruhig deinen Acker
mäh deine Wiesen
und schaff die Kohlen an für die Riesen
die die Welt regieren mit dem alten Trick.

Und wenn du Lesen Schreiben Denken kannst
behaupte kühn:
Im Schweiße deines Angesichts sollst du dein Geld
verdien.
Der Spruch hat uns seit eh und je vereint.
Nur wenige wissen:
Der war nie so ernst gemeint.

Der liebe Gott
der Gott der Liebe hält es nur mit Leibern
und darum bring dein Geld
voll Galgenfröhlichkeit
in Kneipen und zu Weibern.

Wenn unsereins den Arsch zusammenkneift
wenn unsereins die Flöte ausgepfiffen
schließt man die Kasse.
Ihr begreift?
Die Kasse, ja!
Mehr wird doch meistens nicht begriffen.

Noch nie kam jemand auf die Welt
mit diesem Sinn:
Es ist 'ne Schande
daß ich kein Neger bin.
Also gut.
Gratismut:
Ich bin einer.
Versuchen Sie mich schwarz zu sehn
dann können Sie das folgende gut verstehn.

BALLADE VOM STURM AUFS HERRENHAUS

He Mutter –
Mein Name:
Beleidigt.
Vorname:
Gedemütigt.
Beruf:
Aufständischer und Rebell.
Meine Sprache:
Kolonialherren-Vokabular
und Hundegebell.
Meine Rasse:
farbig.
Meine Klasse:
Irgendwie kommt
der Name von Köln
Colonia
Kolonie.
Meine Maske:
Eulenspiegel aus Mölln.
Meine Religion:
Gewißheit.
Meine Arbeit:
Waffenbeschaffung.
Euer Irrtum:
Abrüstung und Entwaffnung
menschliche Rasse muß überleben.
Stopft euch voll mit dem alten Zopf.

1965 – Die Ballade vom Sturm aufs Herrenhaus geht auf Aimé Césaires Text »Et les chiens se taisaient« zurück, der 1965 von Hans Magnus Enzensberger im »Kursbuch« veröffentlicht wurde.

Ich
mit geballten Fäusten
schaff meine eignen Gedanken
mit meiner Revolte
in meinem zottligen Kopf.

Erinnre ich mich
eines Novembertages
natürlich naßkalt:
Trat der HERR in meine Hütte
ich war noch nicht alt.
Erinnre ich mich:
Der HERR lachte.
Sehr liebenswürdig
sagte der HERR
daß man rechtzeitig anfangen müsse
zwanzig Jahre seien nicht zuviel
einen guten Christen aus mir zu machen
einen braven Sklaven
untertänig wohlergeben.

Ich erinnre mich:
Üb dich – sagte der HERR
üb dich üb dich üb dich
üb dich im Bücken – sagte der HERR
denn auch ich muß üben –
sagte der HERR –
denn auch das will gelernt sein
unterdrücken.

Ich erinnre mich:
Mein Handrücken war gerötet
als ich genau zehn Jahre
später des HERRN Haus betrat
liebenswürdig hab ich den HERRN
getötet.
Es war ein üppiger Tod ihr Lieben!
Üppig Üppig Üppig
das Wort leit ich ab von Üben.

He Mutter –
Du hast mich taufen lassen
du hast dir 'nen Sohn erträumt
der später dir mal die Augen schließt.
Ich aber hab nie versäumt
dem Betreffenden
meinem Sohn
die Augen auf eine andere Sonne zu öffnen:
Mein Junge sieht lustig aus
wenn ich ihn lehre
wie man das macht
den Sturm auf das Herrenhaus.

Zuallererst erzähl ich dem Sohn
stimulierende Geschichten:
Hör zu Junge – da war dein schwarzer Bruder Sam
der kam an die Himmelstür. Wollt Einlaß.
Du? fragt Petrus – du schwarzer Sam willst in den
Himmel? Was hast du denn schon Großes auf der Erde
da unten vollbracht?
Hör zu Junge –
da sagte dein schwarzer Bruder Sam: Ich?
Ich hab in der Kathedrale von Alabama die weißeste
Tochter des reichsten Farmers geheiratet!
Da fragte der Petrus: Wann war denn das?
Da sagte der schwarze Bruder Sam:
vor zwei Minuten ...

He Sohn –
Das Zimmer des HERRN ist offen
freundliche Augen
blicken dem Sklaven entgegen.
Du gehst auf IHN zu
Des HERRN Pupillen werden ängstlich
wie Küken im Regen.
Du mein lustiger Sohn schlägst zu.
Das Blut des HERRN spritzt auf dich und dann
wird das die einzige Taufe gewesen sein
an die ich mich erinnern kann.

So wird es sein –
genauso unbekümmert und glatt.
In Johannesburg in Südafrika
vielleicht auch schon morgen
in Rhodesien
findet das demnächst als Premiere statt.
Bis es dann
wie so 'ne Art Schmieren-Theater über Europa zieht –
gespielt wird es in jedem Fall
en suite.

VOM WILDERN IN FREMDEN REVIEREN

Vom Bertolt Brecht weiß jedes
aufgeweckte Kind
daß er den Franz Villon
von langer Hand bestahl.
Nun nennt ein solch Geschäft
nicht gleich brutal
im Gegenteil
belobigt es geschwind.

Mich freilich drängts
das wiedergutzumachen
das Loch das im Villon klafft zuzustopfen
Old Brechten auf die Finger raufzuklopfen
das hieß ich einen hohen Fall verflachen.

1965 – Villon-Nachfahr Neuss entbietet Brecht, dem Wilderer-Kollegen, seinen Gruß und kündigt an, was der Autor der »Dreigroschenoper« seinerseits bereits in den Zwanzigern praktizierte – sich bei großen Geistern auszuborgen, was für die gute Sache noch nach einer Vielzahl von Jahren taugt. Suhrkamp ist der Brecht-Verleger. Helene Weigel, Schauspielerin und Ehefrau Bert Brechts, übernahm nach dessen Tod die Leitung des Ost-Berliner Theaters am Schiffbauerdamm. Eine ihrer Glanzrollen war die Mutter Courage im gleichnamigen Brecht-Stück. Das »Berliner Ensemble« war mehrfach zu Gastspielen nach Paris eingeladen worden.

Ich stell den Antrag von Villon
nach selbiger Manier
aus Bertolts bester Schreibe etwas wegzuklaun
wir wildern einfach frech im Brecht-Revier.
Geb Gott der Suhrkamp mög uns unsre Hucke
nicht verblaun.

Seht
ein Seiltänzer:
Sichren Schrittes
auf schmaler Bühne
rät er seinem Publikum:
So beweg sich der Mensch
kunstvoll und mutig.
Unter ihm
gierig starrend
auf die einmalige Lösung
verkrüppelte Gelähmte.

Daß ihn ein Zuruf von unten nicht schwanken mache
sind des Seiltänzers Ohren verstopft mit Wachs.
Gebunden seine Hände
daß er die am Boden Liegenden ja nicht aufrichte
vergessend so seine große Kunst
in den niederen Alltag sich mischend.
Ruft ihn nicht an
sonst zerschellt seine Eitelkeit
sonst beschädigt sein Körper das Dach eines Bankhauses.
Fragt seine Sekretärin
fragt seinen Zettelkasten:
Wie brauchbar ist doch der Seiltanz jenen
welche sich nicht bewegen müssen zu ebener Erde.

Ich kann's nicht fassen:
Ich hab hier meiner freundschaftlich
verbundnen großen alten Dame
ich hab der Weigel hier
noch gar nichts hinterlassen
der Barrikaden-Duse.

Ein neues Stück für sie ganz fesch in Beige
ein Gastspiel in Paris
und schon hat sie ’ne neue Moderolle:
statt Mutter Courage Mutter Courrèges.

BERLINER BALLADE

Und als ich in die große Stadt reinfuhr
da sie so schön und breit am Wannsee lag
da tat ich gleich bei meinem Fell den Schwur
daß ich die Wahrheit ihr nach Kräften sag.

Da lagen noch sehr viel Soldaten drin
die gaben Schutz und Macht – der Himmel grau.
Ich aber ging wohl zu der Mauer hin
verzappelte mich schnell im Drahtverhau.

Da kam auch eine kleine Gammlerin
in einem weißen Kopftuch zu mir ran.
Sie fragte ob ich der Villon wohl bin
und nicht so’n heutger mittelmäßger Mann.
Da sagte ich zu ihr:
Nu nimm schon meine Schnauze und probier.

Wir taten uns auf Anhieb Gutes dicht am Zaun
wir taten das was man so nennt ein Nestchen baun.
Und niemand störte das in dieser Stadt.
Und als sie fragte ob sie mich für immer hat
da sagte ich zu ihr:
Was ewig dauert macht mir kein Pläsier.

Und als ich grade wieder einmal S-Bahn fuhr
da schossen die Soldaten dumm und stur –
kein Panorama war zu sehn vor lauter Rauch –
viel rote Löcher schossen sie sich in den Bauch.
Ach sagte ich zu mir:
Die Menschen in der Stadt sind nicht das Beste hier.

Ich kenne Leute
die wollten einmal traben
die wollen heute
nur noch kleine Schritte machen
weil sie die Hosen
bis zum Rand voll haben.
Wir wollen Selbstbestimmung:
Das ist es was uns zieht.
Wir wollen selbst bestimmen
was anderwärts geschieht.

Ein Schuß: ein Toter.
Jeder fühlt's.
Keiner sagt's.
Jeder weiß es.
Große Pein:
Jeden Tag kann hier
in Berlin
ganz neu 1914
oder 1939 sein.

Niemand will die fernen Ziele
ganz genau bestimmen …
Die halbe Stadt in der wir leben
könnt 'ne internationale
Brücke sein
doch sie versucht gleichzeitig
unten durchzuschwimmen.

Drum schießt und lasset schießen
ach soviel's euch mag behagen
und gammelt rum bei Blatzheim
und auf wüsten Feten.
Vergeßt nicht »die da drüben«
immer wieder anzuklagen.

Wir haben Freßbefehl
die aber müssen töten.
Wir leben von der Illusion
wir werden immer selbstgerechter:

Der neue Hitlerjunge Quex
heißt Peter Fechter.
Ihr Söhne Töchter
und ihr ekelhaften Väter
ich sag's uns gerne mitten ins Gesicht:
Wir sind schon wieder Schreibtischtäter.

Und als mir diese Stadt das große Kotzen schuf
da grub ich in sie unerbittlich meinen Huf.
Und als mein Herz vereiste unter ihrem Hauch
verschwieg ich rasch daß ich ein wenig Wärme brauch.
Und als das Luder mir zuwider war hint und auch vorn
da schwoll wie'n Fluß im Frühjahr an mein Zorn
daß sich für krudes Geld verkuppelte das Vieh …
Ja unsre Stadt sie tat's
und daß sie's tat
war Schuld daran
daß sie gedieh.

Ihr
die ihr diese Stadt
so nötig habt
wie ich
laßt doch die Präferenzen und die Herrn aus Bonn im Stich.
Und wenn ihr alle über meine große Schnauze flucht:
Mit Charly Marx
hat's zwischen Warschau und Paris
noch niemand echt versucht.

1965 – Peter Fechter war der erste »Mauer-Tote«. Der 18jährige Ost-Berliner war im August 1962 bei einem Fluchtversuch von Volkspolizisten erschossen worden. »Hitlerjunge Quex« war der erste große Propagandafilm der Nazis; er schildert den »Opfertod« eines Jungen, der zum Märtyrer hochstilisiert wird. Nicht nur die Springer-Presse schießt sich auf die Neuss-Formulierung ein, nach der der neue Hitlerjunge Quex Peter Fechter heißt. Auch die Berliner SPD will wissen, wie das gemeint sei. Neuss erklärt, die Formulierung sei »ein Konzentrat meiner Kritik an dem militant antikommunistischen Reklamerummel«, der in den westlichen Medien mit getöteten DDR-Flüchtlingen getrieben werde.

Zu einem Ende kommt
ob's gut wär oder schlecht
die wahrheitsvolle Lebensbeichte des Franz Neuss.
Gewahrt darin die Lehr:
Der Mensch sei auf der Hut
vor allerlei Versuchung
allzu feilem Preis.

Vor der Versuchung hütet euch vor allem
den Herren den' ihr dient nicht zu gefallen.
Des Zweiten zügelt eure rohen Sinne
die Hand zu legen an der Herrn Gewinne.
Wollt dann zum Dritten in der Zeitung lesen
das Beutemachen kostet große Spesen.
Zum Vierten aber merkt euch:
Wer zum Streik aufruft
den schickt der Springer in die Grabesgruft.

BALLADE VOM LANGEN MARSCH

In der Blüte meiner blauen Tage
spürte ich daß Spaß ein Luxus war
den man mit der Apothekerwaage abwog
denn er war entsetzlich rar.
Und das Land der Dichter und der Henker
ach es war im Antlitz grau vor Rauch
ohne Inhalt blieb so mancher Kognakschwenker
auch an Leere litt so mancher Kopf und Bauch.
Da beschloß ich ungebeten
Spaß zu machen für Moneten – etwa so:

Ick komme zum Arzt. Ick sage: Herr Dokta
meine Frau bildet sich seit zirka zehn Jahren ein
sie sei eine Henne.
Aba aba – sagt der Dokta – warum sind Se denn dann nich
eher schon gekommen?
Ick sage: Herr Dokta, wir ham doch die Eier gebraucht.

Und die Herren von der Industrie
flickten ihre löcherigen Taschen
schrien begeistert: Weg mit Schutt und Aschen
her mit einem Spaß für's liebe Vieh!
Prompt schlug ich auf meine Pauke heftig
die mit einer Kälberhaut bespannt
sah das liebe Vieh war arg beschäftigt
mit dem Beifall für den Komödiant.
Da beschloß ich ungebeten
keinen auf den Huf zu treten –
etwa so:

Ick komme nach Hause. Ick sage zu meiner Frau –
Ick sage – Grete – sage ick
wo is denn hier der Staub von der Kommode?
Ick hatte mir da eine Telefonnummer notiert!

Ja ich liebte meine Profession
war auf ein paar Pannen rasch dressiert
ließ die Taschendiebe rein obschon
keiner gern sein Portemonnaie verliert.
Und daß jene mit geleerten Taschen
meine Kunst genossen und nicht störten
und daß diese die die Taschen leerten
mich nicht schimpften eine große Flaschen
Da beschloß ich ungebeten
Violin zu spieln auf der Trompeten –
etwa so:

1965 – Die Neuss-Vita als Kabarett-Credo: Neuss, der sein »Testament« ständig aktualisierte, abänderte, erweiterte, der hinzufügte und wegließ, hat dieser Ballade später einen Nachsatz angefügt. Er lautet: »Dabei ließ ich Haare / Heut, jetzt hab ich wieder Lehrlingsjahre. / Folge des Verzichts: / während andere in meinem Alter / vor der Rente stehen / steh ich / vor dem Nichts.«

Ick komme mit zitternde Finger, mit schlotternde Hände zum Dokta.
Sagt der: Sie trinken wahrscheinlich zuviel?
Ja – sage ick – Herr Dokta
aba das meiste vergieße ick noch dabei.

Meiner Künste Kurs stieg an den Börsen
die nach Kaltleim und nach Weihrauch stinken.
Sah mir einer zu beim Kartenzinken
griff ich ihn mir notfalls an den Fersen
denn das konnt ich ums Verreck nicht leiden.
Spaß unter der Oberfläche
das passierte nie.
Wo ich stand stand ich in Herzlichkeiten
und in diesen stand ich bis zum Knie.
Da beschloß ich ungebeten
Spaß zu machen für Proleten –
etwa so:

Ick sage: Alfons wo warst du denn die ganze Zeit?
Sagt Alfons: Im Knast. Ick habe in der Einbahnstraße geraucht.

Doch da fiel ich in' paar hohle Löcher
und die waren wirklich nicht von Pappe
und es hieß: Geehrter Herr Verbrecher
hier sind zehn Pfund Dreck für ihre Klappe.
Plötzlich ließ ich ihn den Krieg den kalten
wollt nicht länger für Faschisten spaßen
doch die Herrn und Fraun
die auf den Bänken saßen
ließen mich nur ungern schelten und auch walten.
Da beschloß ich ungebeten
einige in den Arsch zu treten.

EPILOG

Deutscher bin ich
das ist schwer
stamm aus Berlin
dicht bei der DDR.
Villon der war Franzose
großer Dichterling
stammt aus Paris
dichte bei Peking.

Mit Tomayer Thierry Delaveaux
Pfaff Gerlach Brecht
hab ich hier – hoffe es war recht –
Villon und Neuss zusammgeschmissen.
Auf alles was dazwischenliegt
sei hier nichts weiter angefügt.

Ihr geht nach Haus
genug gegafft
und seht mal zu wie ihr
nicht die Gesetze sondern gleich
den Notstand schafft.

Und grüßt mir einige der deutschen Dichter:
Ich finde sie werden immer jünger und auch grüner
ich finde sie sind keine kleinen Hunde
sie sind Diener dieses Staates
Bernhardiner.

1965 – Im Epilog seiner »Villon-Show« nimmt Neuss noch einmal das Kanzler-Wort vom »Pinscher« auf, das auf die kritischen Schriftsteller gemünzt war und Ludwig Erhard den Ruf eines tümelnden Einfaltspinsels einbrachte. Neuss steckt das Terrain ab und bekennt sich zu den »Rettungshunden«, die bald ein Wahlkontor für Willy Brandt einrichten werden: »Für kleine Menschen sind auch Pinscher große Tiere.«

Denn Geist und Macht und
Wirklichkeit
das ist bei uns zu Haus die größte offne Wunde
drum grüßt mir unsre Dichter –
unsre Rettungshunde.

Hast du noch was
mein süßer Zwerg
dann sag's.
Gleich schlägt sie zu die Türe –

Ich soll Ihnen von ihm sagen:
Für kleine Menschen
sind auch Pinscher
große Tiere.

Müde sind wir, gehn zur Ruh
decken uns mit Scheißdreck zu.
Will der Teufel uns erhaschen
muß er erst am Scheißdreck naschen.

Bombenstimmung

Sprengsätze eines Spaßmachers

Die Pfeile sind heute das,
was früher die Sterne waren.
Wer ihn hat, der hat ihn.
Der geht nicht wieder ab.

1966 – Vietnam-Demonstration in West-Berlin. Der Protestzug, der am Amerika-Haus vorbeizieht, wird vom Verfassungsschutz fotografiert, anschließend werden Prominente, sogenannte »Linksabweichler« und SEW-Mitglieder mit Pfeilen markiert. Das Foto mit dem gekennzeichneten Neuss gelangt über die Landesbildstelle des Berliner Senats in die Springer-Presse. Neuss in einem Brief an SPD-Vorsitzenden Willy Brandt: »Welcher West-Berliner Friseur schneidet mir nun die Pfeile von der Frisur?«

Eier für Ho Tschi Minh

Als Augenzeuge bei der Westberliner Vietnam-Demonstration

Um 14 Uhr am Steinplatz, sagte mir einer. Die Demonstration ist polizeilich genehmigt. Wir laufen über Bahnhof Zoo in die Joachimsthaler, ein Stückchen über den Kudamm, dann in die Uhlandstraße wieder hin zum Steinplatz.

Als ich um 13.55 Uhr am Steinplatz eintraf, malte ein Mädchen schnell noch auf die Rückseite eines Schildes »Laßt die Studenten frei!« Welche Studenten?

Na die, die gestern Nacht illegal so 'ne chinesischen Plakate geklebt haben – es können aber auch afrikanische oder südamerikanische gewesen sein. Aha.

Das Gespräch konnte nicht fortgesetzt werden, weil ein Herr von der Polizei mich bat, nunmehr mit der Demonstration loszumachen, es wird sonst dunkel und dann sieht man ja nichts mehr.

»Dreier-Reihen bitte«, sagte der außergewöhnlich freundliche Polizist, »bitte in Dreier-Reihen zu demonstrieren.« Also gut.

Volker vom »Reichskabarett« und Peter Brandes von den Zehlendorfer »Falken« gesellten sich zu mir; vor uns gingen in den gewünschten Dreier-Reihen etwa 500 Personen, hinter uns müssen es zirka 997 gewesen sein; denn wir, unsere Reihe, waren drei und mehr als 1500 sollen es ja nicht gewesen sein...

Ruhigen Schrittes zogen wir am Amerikahaus vorüber. Hinter mir hielt einer ein Schild »Fulbright for President«. »Sehr realistisch«, sage ich zu meinen beiden Nebenmännern, »dies ist ungefähr so wirklichkeitsnah, als ob einer verlangt, Kossygin sollte Papst in Rom werden.« Tippt mir der Schilderträger auf die Schulter: »Ich denk nicht an morgen, ich denk nicht an übermorgen, ich denk

1966 – Neuss-Bericht über die Demonstration, mit der er wie 2500 Studenten und Links-Sympathisanten im Februar gegen den Krieg in Vietnam protestiert. – Ho Tschi Minh ist nordvietnamesischer Staatschef, Lyndon B. Johnson amerikanischer Präsident. US-Senator James Fulbright gilt als entschiedener Gegner der amerikanischen Interventionspolitik in Kuba und Vietnam und setzt sich als Vorsitzender des außenpolitischen Ausschusses im US-Senat vehement für die Beendigung des Vietnam-Krieges ein. Der Neuss-Bericht erschien 1966 in der Zeitschrift »konkret«. – Alexej Kossygin war 1964 Chruschtschows Nachfolger als sowjetischer Ministerpräsident.

an nächste Woche.« Vorn setzten sie sich alle auf die Straße. Müde? Nach 500 Metern? Es wurde gefilmt. Geknipst. Fotografiert. Gepost. Niemand verdeckte sein Gesicht. »Jetzt komm wa mit Kommunisten auf ein Bild«, sagte Volker.

Vor mir ging ein junges Ehepaar mit einem etwa fünfjährigen Kind in der Mitte. »Was veranlaßt euch zu dieser familiären Dreier-Reihe«, frage ich, »seid Ihr SED?« Der Mann, die Frau und das Kind verneinten ohne großes Erschrecken: »Wir sind CDU-Mitglieder, die sich erlauben, ihrer – von Lemmer abweichenden – Meinung durch diesen herrlichen Frühlingsspaziergang Ausdruck zu verleihen!«

»Geh doch nach Ostberlin demonstrieren!«

»Hallo«, sagte Peter, »wie lange glauben Sie, daß Sie noch in der CDU bleiben werden, wenn man Sie morgen beim Verfassungsschutz mit Neuss auf einem Bild sehen wird?« Wir marschierten gerade an Aschinger vorbei, ein Kellner kam raus und schmiß diese kleinen Brötchen in den Demonstrationszug.

Prompt reagierten die Marschierenden mit dem Sprechchor: »Brötchen für Vietnam.« Dabei war noch gar keine Konferenz in Honolulu. »Warum demonstrieren Sie hier mit?« fragte ich eine Frau in den gefüllten Dreißigern.

»Ick will's Ihnen genau sagen«, sagte sie, »weil ick einfach das Geld nich aufbringe, um dies Jahr zum Ostermarsch nach Frankfurt/Main zu fahren; da mach ick dis allet in ei'm Aufwasch hier mit.«

Passanten an der Joachimsthaler/Ecke Kurfürstendamm zeigten mit'n Finger auf mich. »Der Neuss, guck an, der darf ja nirgendwo fehlen!« Eine ziemlich hysterische Frau packte mich am Arm vom Bürgersteig aus: »Geh doch nach Ostberlin demonstrieren«, schrie sie, nicht ohne Spucke zu verlieren.

»Dort darf ich das nicht«, sagte ich.

»Ebend«, sagte sie, »und hier machste es!«

»Ja«, sagte ich, »hier darf ich!«

Dachte ich damals.

Die Köche vom Kempinski winkten aus einem Fenster. Wieder setzten sich die Leute an der Spitze mitten auf 'n Kudamm. »Laßt die Studenten frei«, ging's jetzt im Sprechchor. »Jeder, der den Springer liest, auch auf Vietnamesen schießt«, tönte es von vorn. Gerade wollte ich den Spruch aufnehmen, kam schon ein neuer: »Amis raus aus Vietnam!« Ich dachte den Satz zu Ende. »Springer raus aus den Amis«, schrie ich. »Wirrkopf«, sagte ein dicker Herr am Straßenrand. Jetzt waren wir in der Uhlandstraße.

»Seid schlau, lernt beim Bau.« Diesen Text hielten Arbeiter aus einem Fenster im ersten Stock eines Hauses. »Kein Maurer nach Vietnam«, antwortete die einfallsreiche, disziplinierte Menge.

Wir kamen immer schlechter vorwärts. Es waren noch zirka 335 Meter bis zum Steinplatz.

Es war verkaufsoffener Sonnabend. Ein eleganter Herr kam aus einem Hefterladen heraus, mit sechs brandfrischen Eiern unterm Arm. »Nach der Demonstration gibt's am Amerikahaus Freibier«, flüsterte er mir zu. Und wozu die Eier?

»Für Ho Tschi Minh«, lispelte er, und ich sah, er trug unten geschlitzte Hosen.

»Pfui Deibel«, sagte ich, »ausgerechnet unser Amerikahaus, was den schönen Künsten gewidmet ist, und wo doch die amerikanischen Künstler mit uns einer Meinung sind bezüglich des Aggressors in Vietnam!«

Der elegante Herr war nicht zu überzeugen.

»Ich«, sagte er, »ich bin SPD-Mitglied, ich hol persönlich die Fahne Amerikas runter, vor dem Amerikahaus! Der Wehner soll sich wundern!«

Genau das wollte ich verhindern. Nun auch noch ein Wehner-Wunder. Zu einem Freund vom Sozialistischen Deutschen Studentenbund petzte ich das Vorhaben des eleganten Herrn aus der SPD Berlin.

»Ich werde die Fahne wieder hochziehen und zwar wie es sich gehört, auf Halbmast«, schwäbelte der.

Kein Student war inzwischen frei.

In Vietnam tobten immer noch Ledernacken. Auch mein Assistent saß noch in vorläufiger Festnahme, wie man es präzise auszudrücken pflegt.

Nichts erreicht??? Aus dem Polizeilautsprecher dröhnte die Stimme eines vornehmen Wachtmeisters: »Wir danken Ihnen für die ruhige eindrucksvolle Demonstration, nunmehr ist sie beendet, bitte die Schilder ablegen, auf Wiedersehen.«

Wann???

Heute noch, im freundlichen Hamburg, denke ich an den Herrn mit den Eiern und überlege mir verzweifelt, ob Ho Chi Minh das Gelbe auf den deutschen Polizeiuniformen rein optisch überhaupt aufnehmen kann? Jedenfalls – des bin ich Zeuge – waren sie frisch und bei Hefter fünf Minuten vor ihrem verhängnisvollen Einsatz gekauft.

»Jede Bombe, die auf Vietnam fällt, und zwar auf den Norden, macht einen Amerikaner reicher und dein Leben um drei bis vier Jahre länger«, sagte ein besonnener englischer Korrespondent in Berlin zu mir. »Bist du Tory?« fragte ich.

»Das nicht«, sagte er, »aber für Gewaltanwendung in Rhodesien!« Ich dachte an den westdeutschen Metallarbeiterstreik. »Gewaltanwendung?«

Seit 1945 hatte ich Idiot niemals an solche Möglichkeiten gedacht. »Saudumme Vermenschlichung der eigenen Person«, quatschte Peter und erinnerte mich daran, daß ich ein Radikalinski bin.

Denn während man noch denkt, man sei ein Deutscher, hat man schon längst die amerikanische Staatsbürgerschaft.

Oder wie nennt man das, was Lyndon B. Johnson über mich hat? Schutzmacht! Das Schönste, was sich ein Mensch wünschen kann.

Merke: Eigene Gedanken und amerikanischer Schutz, dis verträgt sich nicht sehr.

Dis verträgt keine noch so saubere Bombe im Mittelmeer.

Vietnam-Demo in Berlin: Neuss mit K. P. Herbach und Volker Ludwig, 1966

Aus dem Bericht der Westberliner Schutzpolizei, April 1968: »Ein Tschakko geriet in Verlust. Als offensichtliches Führungsfahrzeug einer großen Demonstrantengruppe wurde das auf den Kabarettisten Wolfgang Neuss zugelassene Kraftfahrzeug B-DJ 325 festgestellt. Starke Polizeikräfte, unterstützt durch Wasserwerfer und Reitereinsatz, beseitigte durch teilweisen Einsatz des Schlagstockes die Verkehrsbehinderung und nahm im Laufe der Aktion 277 Personen in polizeiliche Verwahrung.«

Neuss im »Viet Nam Diskurs«, Berliner Schaubühne, 1969

Neuss als Thersites in Shakespeares »Troilus und Cressida«, 1966

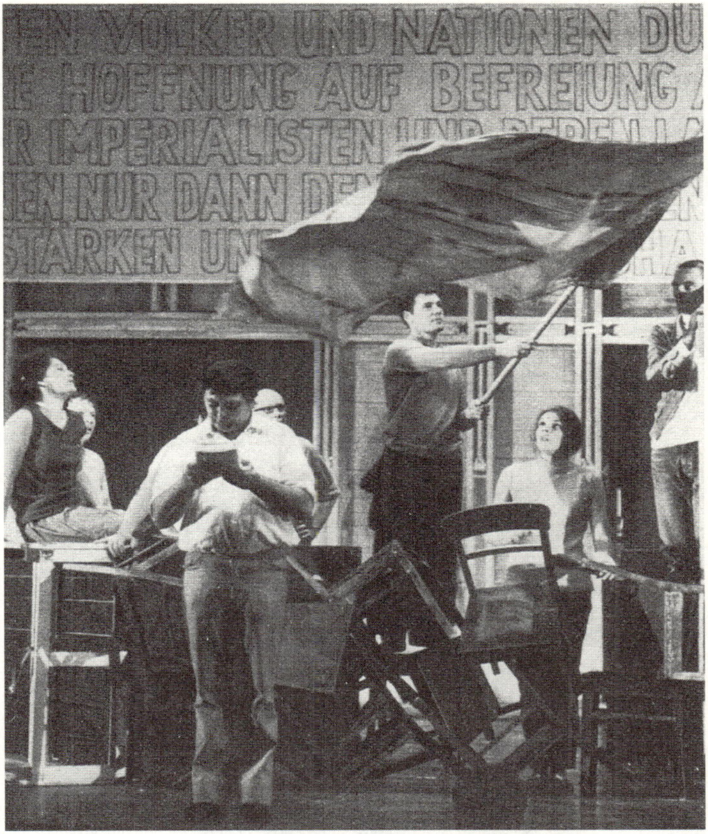

Neuss im »Viet Nam Diskurs«, Münchener Kammerspiele, 1968

Neuss als Erich Münsam in Peter Zadeks TV-Film »Rotmord«, 1969

Die Antwort ist »Ja«

Briefwechsel über das Parteiliche in der Kunst

Schreiben des SPD-Kreisvorsitzenden des Kreises Wilmersdorf, Herbert Doeschner an Wolfgang Neuss

18. Dezember 1965

Werter Genosse Neuss!

Auf Grund eines Schreibens des Parteivorstandes in Bonn bin ich als Kreisvorsitzender Ihres Wohnbezirks beauftragt worden, Sie zu fragen, ob es zutrifft, daß Sie während des Wahlkampfes bei Versammlungen u.a. gesagt haben sollen: »Geben Sie Ihre Erststimme dem Wahlkreiskandidaten der SPD, Ihre Zweitstimme jedoch der DFU«. Ich wäre Ihnen dankbar, wenn Sie mir bis Jahresende eine schriftliche Antwort zukommen ließen, aus der klipp und klar hervorgeht, ob diese Behauptung zutrifft oder der Grundlage entbehrt.

SPD-Kreisvorstand Berlin-Wilmersdorf
gez. Herbert Doeschner
Kreisvorsitzender

Schreiben von Wolfgang Neuss an den SPD-Kreisvorsitzenden des Kreises Wilmersdorf Herbert Doeschner

27. Dezember 1965

Betrifft Ihre Anfrage
vom 18. Dezember 1965.

Sehr geehrter
Herr Doeschner!

Die Antwort ist »Ja«.

gez. Wolfgang Neuss

1965 – Eine kabarettistische Pointe und ihre Folgen: Nachdem SPD-Mitglied Neuss auf einer Wahlveranstaltung vor 700 Jungsozialisten mit Kabarett-Nummern seines »Jüngsten Gerüchts« aufgetreten war und dabei für die linksorientierte Deutsche Friedens-Union (DFU) votiert hatte, wird der Kabarettist zum Thema einer erregten Debatte in der »Bonner Baracke«. Sie endet im Februar 1966 mit dem Parteiausschluß des unangepaßten Genossen. In einem Brief an den Kabarettisten nimmt SPD-Vorsitzender Brandt auf die Bedrohungen Bezug, denen Neuss 1965 wegen seiner Teilnahme an Vietnam-Demonstrationen ausgesetzt ist und stellt die Frage, ob Kabarettisten Parteimitglieder sein sollten. Wenig später nimmt die SPD den Verstoßenen wieder auf.

Schreiben des SPD-Kreisvorsitzenden des Kreises Wilmersdorf, Herbert Doeschner an Wolfgang Neuss

10. Januar 1966

Sehr geehrter Herr Neuss!

Meine Anfrage vom 18. Dezember 1965, ob es zutrifft, daß Sie im Bundestagswahlkampf auf Versammlungen aufgefordert haben, die Zweitstimme der DFU zu geben, haben Sie mit »Ja« beantwortet. Sie werden mit uns übereinstimmen, daß man insbesondere in Wahlkämpfen nicht für zwei Parteien zugleich eintreten kann.

Ich darf wohl von der Annahme ausgehen, daß Sie nach Feststellung dieses Sachverhalts von sich aus die Konsequenzen ziehen, uns Ihren Austritt aus der Sozialdemokratischen Partei zu erklären.

Ich erwarte Ihre diesbezügliche Entscheidung bis Ende Januar.

SPD-Kreisvorstand Berlin-Wilmersdorf
gez. Herbert Doeschner
Kreisvorsitzender

Schreiben des Landesvorstandes der SPD Berlin an Wolfgang Neuss

7. Februar 1966

Sehr geehrter Herr Neuss!

Der Landesvorstand hat in seiner Sitzung am 7. Februar 1966 beschlossen, Sie gemäß §29 Abs. 1 des Organisationsstatuts der Sozialdemokratischen Partei Deutschlands mit sofortiger Wirkung aus der Partei auszuschließen.
Begründung:
Sie haben während des Bundestagswahlkampfes in Wahlversammlungen aufgefordert, die Zweitstimme der DFU zu geben und sich damit für eine andere politische Partei eingesetzt. Das ist mit der Zugehörigkeit zur Sozialdemokratischen Partei Deutschlands unvereinbar. Um Mißdeutungen von vornherein entgegenzuwirken, möchten wir betonen, daß Ihr kabarettistisches Wirken auf den o.a. Beschluß des Landesvorstandes keinerlei Einfluß hatte.
Beweis:
Ihr Schreiben vom 27. Dezember 1965 an den Vorsitzenden des Kreises Wilmersdorf, in dem Sie diesen Tatbestand bestätigt haben.
Rechtsmittelbelehrung:
Gegen diesen Beschluß steht Ihnen das Recht der Beschwerde beim Parteivorstand der SPD, 53 Bonn, Friedrich-Ebert-Allee 170, Erich-Ollenhauer-Haus, zu. Diese muß binnen zwei Wochen nach der Zustellung des Ausschluß-Bescheids beim Schiedsgericht des Parteivorstandes eingereicht werden.

Die Einlegung der Beschwerde läßt die sofortige Wirkung dieses Beschlusses unberührt. Bei Einreichung der Beschwerde ist das Mitgliedsbuch beizufügen.

SPD-Landesvorstand Berlin
gez. Eberhard Hesse
Landesgeschäftsführer

Schreiben des Vorsitzenden der SPD, Willy Brandt an Wolfgang Neuss

18. Februar 1966

Sehr geehrter Herr Neuss,

der Meinungsstreit der letzten Tage veranlaßt mich zu zwei Feststellungen: Ich mißbillige die Drohungen, denen Sie ausgesetzt wurden, und halte es für selbstverständlich, daß Ihnen wie jedem Mitbürger in vergleichbarer Lage jeder mögliche Schutz gewährt wird. Zum anderen möchte ich mich gerade jetzt zu meinem Respekt vor der Meinung des Andersdenkenden bekennen.

Ihren Konflikt mit der SPD betrachte ich nicht als eine Frage der Meinungsfreiheit. Der Vorstand des Berliner Landesverbandes ist, wie ich mich überzeugen konnte, davon ausgegangen, daß man nicht gleichzeitig einer Partei angehören und die Wahl einer anderen Partei propagieren kann. Das ist selbstverständlich. Dieser Auffassung werden Sie ernsthaft nicht widersprechen können. Sie berührt nicht das Recht auf Kritik.

Aber ich frage mich, ob es für den politischen Kabarettisten nicht sogar gemäßer ist, ohne die Bindung an die nun einmal notwendige Ordnung einer Partei zu arbeiten. Wahrscheinlich ist es ihm ohne solche Bindung leichter, die SPD ebenso unter die kritische Lupe zu nehmen wie eine andere Partei – und Brandt ebensowenig zu schonen wie Adenauer oder Erhard oder Strauß.

Es ist Ihr gutes Recht, den Krieg in Vietnam so zu beurteilen, wie Sie es für richtig halten. Hier sind Vorgänge zusammengetroffen, die an sich nichts miteinander zu tun haben. Das ist zu bedauern. Im Kreuzfeuer der Polemik haben Sie allerdings nicht geholfen, zur Klärung beizutragen, sondern Sie haben meiner Meinung nach die Gegensätze unnötig zugespitzt.

Die so entstandene Lage kann mich nicht davon abhalten, Ihrer künstlerischen Leistung meine Achtung zu bekunden und Ihnen meine aufrichtigen Grüße zu sagen.

Ihr Willy Brandt

Schreiben von Wolfgang Neuss an den Vorsitzenden der SPD, Willy Brandt

25. Februar 1966

Lieber Genosse Brandt.

Vielen Dank für Ihren öffentlichen Brief – ich weiß, er soll mir helfen. Das tut er nicht. Denn hier schreibt Ihnen kein »Emigrant«, kein »Auswanderer« –, sondern ein höchstens vorübergehend »Heimatvertriebener«. Das wiederum liegt aber nur daran, daß Ihre Umgebung immer noch hofft (was Sie vielleicht gar nicht wünschen) – daß Willy Brandt demnächst ins Bundeskabinett einsteigen könnte.

Das liegt aber auch daran, daß »Ihre West-Berliner Presse« (o Stolz eines Kulturzentrums!) sechs frische holländische Eier für gefährlicher hält als eine ungefährliche »Mini-Bombe«, die höchstens einen Menschen zerreißen kann. Jaja, Ihr West-Berliner Pragmatiker – fließendes Blut gehört nun mal zu einer »Großstadt«. Eigelb auf Polizeiuniformen – das ist wahrhaft schandbar »provinziell«.

Fest steht meine Meinung gegen Ihre, daß eines Satirikers Kunst parteilich zu sein hat. Nicht interessiert bin ich daran, Brandt und Adenauer und Erhard, CDU und FDP auf der einen Seite und SPD in einen kritischen Topf zu schmeißen. Sie werden mich doch nicht etwa verwechseln mit Kabarettisten, die vorgeben, Veränderung und Revolution zu wollen, aber nur Volkstheater zum Vergnügen der Einwohner machen.

Zur Beantwortung Ihres Briefes: Meines Wissens ist es mir nur auf der Bühne des Theaters am Kurfürstendamm innerhalb des NEUSS-TESTAMENT möglich gewesen, Unklarheiten zu beseitigen.

Mein Selbstverständnis erschöpft sich nicht in Bezeichnungen wie »linker Wirrkopf«, »politischer Rowdy« – meine Freunde sind die kritischen Studenten von West-Berlin, es sind mehr, als Sie glauben! Genau wie diese begreife ich mich überheblicherweise als Gefahr für die öffentliche Unordnung in West-Berlin; was die Ordnung betrifft, so ist der gummiknüppelschwingende Polizeisenator schon ein sehr zauberhafter dicklicher Knabe – denken Sie nur –, er hat mich mit SED-Mitgliedern beim Demonstrationszug gegen die Vietnampolitik der amerikanischen Regierung »knipsen« lassen (die Fotoeiferer heißen Verfassungsschutz) und hat mich, mit Pfeilen auf den Haaren, zur Veröffentlichung »freigegeben«. Welcher West-Berliner Friseur schneidet mir nun die Pfeile von der Frisur?

Man muß das Grundgesetz vor seinen Vätern schützen und die Verfassung vor ihren Schützern.

Solcherart »gezeichnet« würden nicht mal Sie nach New York fahren! Und Sie haben sich schon oft Ähnliches bieten lassen müssen, o ja, ich kenne und kannte immer Ihre Nöte, und ich empfand und empfinde diese immer noch als die meinen. Dies jedoch scheinen Sie nun nicht mehr zu wünschen – wie anders soll ich Ihre pflaumenweiche Erklärung verstehen, ein Satiriker soll besser nicht einer politischen Partei angehören?

Ich muß mich nicht schulmeisterlich aufführen, um Ihnen zu sagen: Wenn meine Freunde Krebs haben, dann sage ich ihnen das – und sage ihnen nicht gleichzeitig, diese meine Freunde seien kerngesund! Ich weigere mich zu glauben, daß die Glöckchen-Aktion der West-Berliner Zeitungsverleger genau den Geschmack der amerikanischen »Verbündeten« trifft!

Was muß das für ein Amerika sein?

Nein, Ihre Auffassung, die Meinung Andersdenkender zu respektieren, teile ich nur, wenn »anders denken« nicht etwa »faschistisch denken« bedeutet. Merken Sie: Man muß das Grundgesetz vor seinen Vätern schützen, die Verfassung vor ihren Schützern und was der großen Worte mehr sind: Taten, die Sie als Regierender Bürgermeister von Berlin vollbracht haben – Passierscheine, Gespräche, Härtefall-Stelle –, sie sind gegen Amrehn und andere Altstalinisten geboren worden. Diese notorischen Friedensstörer, der Hexenjagdverein unter Führung der Hanne Niewieder, der Ostlandreiter Inspektor BZ, sind das Ihre Freunde?

Diese und die maßgeblichen Kahlköpfe der DDR sollten aus Mitteleuropa vertrieben werden, statt der Biermanns und Neuss'.

Kein SDS-Student, kein Falke, kein LSD-Student ist Radikalinski – Verteidigung aber wird doch noch gestattet sein, wenn ausgerechnet in West-Berlin – von Höppner bis Malte Till Kogge, von Springer bis Arno Scholz – das »Denken und Fühlen« zur formierten Gesellschaft (pfui Deibel) begonnen werden soll.

Ohne mich.

Meine Scham – natürlich ist sie witzlos – über diesen »Aufbruch« ist das einzig Europäisch-Revolutionäre, was ich dem geschundenen vietnamesischen Volk »spenden« kann. Und wer meiner »künstlerischen Leistung« Achtung bekundet, der erweist auch meiner staatsbürgerlichen politischen Aktivität eine Ehrenbezeigung – davor kann sich weder die SPD noch ihr Vorsitzer mit aalglatter öffentlicher Post drücken. Noch mal: Es ist keine Schande, wenn die SPD zur DFU hält! Ekelerregend ist, wenn eine Arbeiter- und Volkspartei und deren politische Führung sich immer mehr um die bräunlich schimmernden Ledernacken der Zehrer, Schlamm und ähnlicher Todesfanatiker windet. Oder wollen Sie im Kulturzentrum lieber – zwischen dem esoterischen Vakuum Höllerer und H. W. Richter – den »Kongo-Müller vom Alexanderplatz« des großen Erfolges wegen verlängern?

Schöne Grüße an Präsident Johnson, Genosse Brandt, und richten Sie ihm aus: Sie werden nie ein General Ky!

Ich fühle mich – auch wenn ich vorübergehend »streike« – immer noch Ihrer Schutzmacht zugehörig!

Jederzeit bin ich bereit, zurückzukehren nach West-Berlin, mit explodierenden Worten Sie zu verteidigen – denn: Meine Kunst ist parteilich! Und woanders – wo ich jetzt bin – kann es mir nie so gehen – gut, fröhlich und siegesgewiß – wie in Berlin.

ALLERDINGS OHNE SPRINGER!

Voller Artigkeiten grüßen Sie bitte alle progressiven sensitiven Berliner (nicht wenige!), aber auch Frau Rut, Lars und Peter.

Ihr Brandt-Stift

Wolfgang Neuss

PS:

Nun mal ehrlich:
Ich mische mich nicht gern
in meine Privatangelegenheiten
aber das hat sich doch
wohl rumgesprochen:
Ich hab's doch mal
mit der SPD getrieben
Sie hat mich nicht rangelassen
Aber ich gebe zu:
Ich wollte ihr
die Burschenschaft rauben
Na schön, hat nicht geklappt
Grass wollte sie ja 'ne Zeitlang
zur Jungfrau machen
Bis er gemerkt hat …
Und es ist auch keine Schande
Wenn eine Hure Steuern zahlt
ist sie staatstragend!

1967 – Neuss-Kommentar zum SPD-Rausschmiß, vorgetragen in der Hörfunk-Sendung »Neuss paukt deutsch«, Hessischer Rundfunk.

Neuss: Zweitstimme für DFU

KÖLN, 14. September (FR-Bericht). Der Berliner Kabarettist Wolfgang Neuss kündigte auf verschiedenen Kabarettveranstaltungen in der Bundesrepublik, unter anderem vor Jungsozialisten in Offenbach a. M., an, daß er persönlich zu den Bundestagswahlen am 19. September empfehle, die Erststimme den Wahlkreiskandidaten der SPD und die Zweitstimme der Deutschen Friedens-Union (DFU) zu geben.

Neuss aus der SPD ausgeschlossen

Begründung: Der Kabarettist warb in Offenbach für die DFU

BERLIN, 7. Februar (AP/UPI). Der Kabarettist Wolfgang Neuss ist am Montag wegen angeblich parteischädigenden Verhaltens mit sofortiger Wirkung aus der Sozialdemokratischen Partei ausgeschlossen worden. Der Beschluß wurde vom Landesvorstand der Berliner SPD auf der Grundlage des Parteistatuts einstimmig gefaßt. Er stützt sich nach Mitteilung eines Sprechers der Berliner SPD auf den Paragraphen 29, Absatz 1, des Statuts, der dem Vorstand die Möglichkeit des Ausschlusses gibt, wenn durch schnelles Eingreifen eine Schädigung des Ansehens der Partei verhindert werden kann.

Als Begründung wurde das Verhalten von Neuss auf einer SPD-Wahlversammlung während des Bundestagswahlkampfes in Offenbach a. M. angegeben. Damals habe Neuss Versammlung aufgefordert, die Deutsche Friedensunion (DFU) zu wählen. Der Sprecher teilte mit, daß die Partei über diesen Fragenkomplex bereits seit Ende Oktober mit N einen Briefwechsel geführt habe.

Neuss erklärte, er werde „selbstverständlich" Einspruch einlegen. Gleichzeitig der Kabarettist die Darstellung der SPD zurück, seine umstrittene Äußerung sei auf einer Wahlkampfveranstaltung gefallen habe überhaupt nicht am Wahlkampf teilgenommen", sagte er. Die Sozialdemokraten meinten offenbar seine Bundesrepublik „Das jüngste Gerücht", die er im 1965 unternommen habe. Die Aufforderung, DFU zu wählen, sei in der „SPD-N dieses Kabarett-Programms enthalten erklärte Neuss.

den Briefwechsel Wilmersdorf. aus der SPD eingegangen. treten", sagt

Brandt billigt Neuss-Ausschluß

Aufgabe des Kabarettisten nicht leicht mit Parteidisziplin vereinbar

Drahtbericht unseres Korrespondenten Lutz Krusche

BONN, 17. Februar. Der SPD-Vorsitzende Brandt hat in einem am Donnerstag veröffentlichten Brief an den Berliner Kabarettisten Neuss dessen Ausschluß aus der Sozialdemokratischen Partei gebilligt. Gleichzeitig warf er die Frage auf, ob es nicht besser wäre, wenn die politische Kabarettisten „ohne die Bindung an eine notwendige Ordnung einer Partei arbeiten". Neuss war aus der Berliner SPD wegen parteischädigenden Verhaltens ausgeschlossen worden, weil er angeblich während des letzten Bundestagswahlkampfes empfohlen hatte, die Zweitstimme der DFU zu geben. Der Ausschluß hatte heftige Kritik hervorgerufen.

Grundsätzlich, stellte Brandt fest, mißbilli er die Drohungen, denen Neuss ausge war, nachdem er an der antiamerikani Vietnam-Demonstration teilgenommen dem Kabarettisten werde jeder m Schutz gewährt. Außerdem unterstri seinen Respekt vor der Meinung d denkenden.

Ihren Konflikt mit der SPD als eine Frage der Mein Brandt. Der Vorstand

und die Wahl einer anderen Partei pro ren könne. Diese Frage berühre ni Recht auf Kritik. Brandt meint weiter scheinlich sei es dem Kabarettisten o dung an eine Partei leichter, die SP unter die kritische Lupe zu nehmen andere Partei und „Brandt ebenso schonen wie Adenauer oder E Strauß".

Es s Vietn h

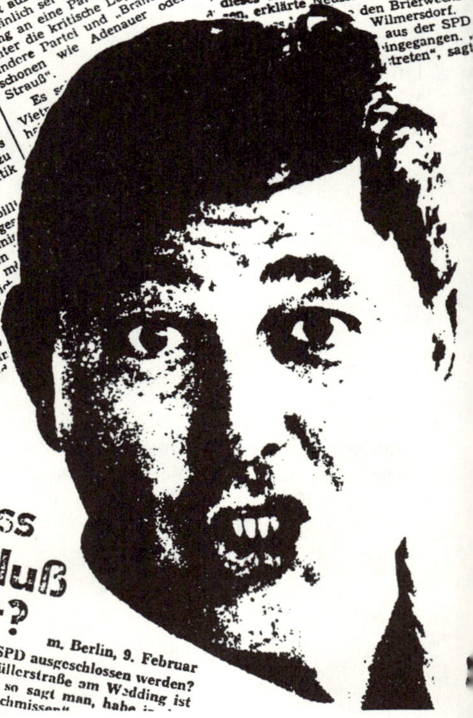

Hat Neuss den Ausschluß provoziert?

m. Berlin, 9. Februar

Wollte der Kabarettist Wolfgang Neuss aus der SPD ausgeschlossen werden? Sitz der Berliner Sozialdemokraten in der Müllerstraße am Wedding ist n geneigt, diese Frage voll zu bejahen. Neuss, so sagt man, habe in ten Monaten alles darauf angelegt, um „rausgeschmissen" ler Tat, die jetzt vom Landesvostand veröff eiausschlusses läßt darauf schließ

Sympathien für Neuss

Offenbacher Jungsozialisten unterstützen den Berliner Kabarettisten

F. FRANKFURT. Junge Sozial- ·kraten u. a. aus Frankfurt, Offen- Hanau und Wiesbaden suchten am ıenende auf einer Bezirkskonferenz ungsozialisten in Eltville am Rhein stärkeren Motoren, um ihre Geg- ber auch Freunde besser überholen nnen. Daß sie dabei nicht immer vom weißen Strich ihrer Mutter- bleiben wollen, stellten vor al- rankfurter Delegierte recht nach- ich heraus. Auch eine Art „gebüh- ichtige Verwarnung", die sie un- vom Bezirksvorsitzenden der SPD ssen-Süd, dem hessischen Arbeits- sundheitsminister Heinrich Hem- hielten, soll sie künftig nicht vom n über den Strich" abbringen. erst auf der Konferenz bekannt hatte Hemsath frühzeitig den abzug einer Glosse zu Gesicht en, die im Blatt der Jungsozia- scheinen sollte. Der Abdruck war rhindert worden — in Eltville das lebhaft diskutiert. Ganz of- ich hatte sich ein hessischer aran versucht, den letzten Be- eitag der südhessischen SPD zu verfremden.

In einem Gespräch mit dem Minister fanden die Beteiligten zu einer unterschiedlich aufgenommenen Verständigung. Der Vorsitzende der südhessischen Jungsozialisten, Erich S. Nitzling, bekannte, daß man nach diesem Gespräch nicht mehr alle Passagen der Glosse habe verantworten können. Der Minister habe sich aber auch für einiges in aller Form entschuldigt.

Hessische Sympathien für Neusssche Formulierungen traten noch deutlicher hervor, als das Los des Berliner Kabarettisten erörtert wurde. Seine hämische Bemerkung gegenüber Berliner Parteifreunden, wer es heutzutage nicht mit der CDU halte, fliege aus der SPD, fand in Eltville bereitwillige Ohren. Aus Offenbach, wo eines der beanstandeten Neuss-Zitate unter die Zuhörer ausgestreut worden war, kommt von den Jungsozialisten der Ruf nach baldigem Beginn eines Wiederaufnahmeverfahrens. Mit hessischer Unterstützung soll Neuss der SPD zurückgewonnen werden.

Vor Landräten, Bürgermeistern und Stadträten, die im Hessischen Landtag eine zweite Aufgabe als Abgeordnete fanden, haben die Jungsozialisten offensichtlich wenig Respekt. Sie fordern ihre Partei auf, solche Doppelmandate die sie selbst bisher bereitwillig verteilten, für unvereinbar zu erklären. Selbst die kleinen Notstandsgesetze sind den Jungsozialisten noch zu groß. Ihr Bezirksausschuß soll prüfen, wie man diesen Gesetzen ohne Sorge um Strafverfolgung den Gehorsam verweigern könne.

Neben dieser Betriebsamkeit, mit der sich die Jungsozialisten als das Salz ihrer Partei bestätigt haben, gab es doch einige blasse Stellen im Farbenbild: Freunde, Mitglieder, sogar Funktionäre sind nur noch mit Schwierigkeit und in schwacher Besetzung für Vorträge, Referate und ähnliche Veranstaltungen als Zuhörer zu gewinnen. Man müßte sich nicht nur etwas „Neuss" einfallen lassen, sondern vielleicht auch intimere kleine Rundgespräche anberaumen. In der Landespolitik hat der Nachwuchs der SPD zum eigenen Bedauern keinen rechten Einfluß auf das Verhalten der Senioren gewinnen können. Den Jungen gelang sowenig wie den Älteren, eine Brücke über ganz Hessen zu schlagen.

Sprengstoff stört Neuss-Vortrag

BERLIN, 30. Januar. Während Veranstaltung zum Thema Viet- auf der die Kabarettisten Wolfgang s und Hannelore Kaub mitgewirkt n, ist am Wochenende ein Spreng- anschlag verübt worden, der aller- gs ohne ernste Folgen blieb. Das ostgebastelte Sprengstoffpaket explo- rte im Flur des Berliner Studenten- uses am Steinplatz, wo die Veranstal- ng ablief. Die Vietnam-Dokumenta- on war von den Berliner Falken und inigen Studentenverbänden arrangiert worden.

Kurz nach dem Zwischenfall erhielt das Landesbüro der Deutschen Presse- Agentur in Berlin ein anonymes Schrei- ben, in dem die Unterbrechung der Ver- anstaltung mitgeteilt wurde. In dem mit drei Punkten und dem Gruß „Auf ein Neuss!" unterzeichneten Schreiben heißt es: „Wir haben heute die Vorstellung von Neuss usw., die sich selbst gern als das intellektuelle Gewissen der Nation ver- stehen, unterbrochen, um ihnen einen kleinen Eindruck zu geben, was es heißt: Mit dem Terror leben." Zuvor wird er- wähnt, daß „hinterhältige Bombenan- schläge" durch den Vietcong auf die Zi- vilbevölkerung Südvietnams an der Ta- gesordnung seien. Ein „Protest unserer Kabarettisten" zu diesen „verbrecheri- schen Handlungen" stehe noch aus.

Als Zünder des Sprengstoffpaketes diente eine Taschenlampenbatterie. Eine Weckeruhr löste die Zündung aus. Der Sprengkörper befand sich in einer Keks- schachtel, die mit Zeitungspapier um- wickelt und in einer Kollegtasche auf einem Fensterbrett abgestellt war. Bei der Detonation zersplitterten zwei Fen- sterscheiben. Außerdem wurden Löcher in die Decke gerissen. Die Lesung de Vietnam-Berichtes ging nach der Ex plosion des Sprengstoffpakets ohne we tere Zwischenfälle zu Ende. Neuss u Hannelore Kaub trugen über eine Stur lang im überfüllten Saal des Student hauses, der über 600 Plätze faßt, richte amerikanischer, westeuropäis und auch südvietnamesischer Zeitur vor, in denen die Vereinigten Sta eines aggressiven und grausamen greifens im Vietnam-Konflikt besch digt wurden.

Neuss nach Hamburg

Der Berliner Kabarettist Wolfgang Neuss ist von Professor Oscar Fritz Schuh für den Anfang der nächsten Spielzeit auf fünf Monate an das Deutsche Schauspielhaus Hamburg verpflichtet worden. Neuss wird voraussichtlich die Rolle des Thersites in Shakespeares „Troilus und Cressida" übernehmen. In dem Stück, das vor dem Hintergrund des ausgehenden Trojanischen Krieges die Liebesgeschichte zwischen dem jüngsten Priamos-Sohn, Troilus, und der Tochter des Priesters Kalchas, Cressida, behandelt, verspottet Thersites die „Helden" des Krieges.

AP

Gaston Salvatore, Wolfgang Neuss, Franz Josef Degenhardt, 1968

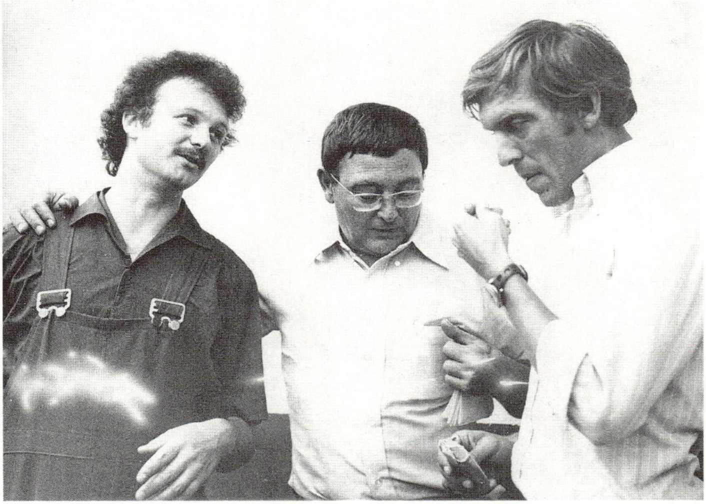

Horst Tomayer, Wolfgang Neuss, Volker Kühn, 1968

omañero

Bitte Logik prüfen!

Vom linken Gewerbe

Gebrannte Mandeln

Wir saßen in einem Wienerwald-Restaurant und aßen Hamburger Steak. Aus Protest gegen den bayrischen Wahlausgang hatte ich schon das Angebot meines nordischen Freundes Ruddi abgelehnt, an einer Hendl-Keule zu kauen.

Ruddi war guter Dinge, keinerlei Niederlage faltete sein jugendliches Gesicht. Ich dagegen war tief deprimiert, ließ mein halbes Steak liegen und bestellte mir beim Kellner einen Enzian.

Von der Tür her kam ein hager Männlein mit einem Bauchladen. »Ich werde dich aufheitern«, sagte Ruddi. Er hielt den Mann mit dem Bauchladen fest, beinah ohne hinzugucken, legte ihm einen Zwanzigmarkschein hinein und bevor dieser überhaupt sagen konnte, daß er Feierabend habe und nur noch abrechnen wolle, sagte Ruddi, er solle das Geld nehmen, an jeden noch besetzten Tisch herantreten, den Leuten ein Päckchen gebrannte Mandeln hinlegen und dabei nur diesen einen Satz sagen.

»Welchen?« fragte der Bauchladenmensch.

Ruddi guckte erst mich an, dann den gebrannten Mandelmann. »Sagen Sie nur schlicht und einfach: ›Es lebe der Sozialismus‹.«

Ob das ein Bekannter von Ruddi sei, fragte der mit dem Bauchladen und kniff die Augen.

»Nein«, sagte Ruddi, »noch nicht. Aber vielleicht versuche ich es jetzt doch mal damit. Es könnte ja ganz lustig werden.«

»Mit 'nem Unbekannten lustig?« fragte der Mandelmensch.

Ruddi wurde ungeduldig. »Fragen Sie nicht soviel und gehen Sie und legen ihre Tüten hin und sagen Sie dabei, wie schon erwähnt ›es lebe der Sozialismus‹.«

Ruddi war wild ent-

1966 – Der Neuss-Beitrag wurde in der Zeitschrift »Deutsches Panorama« veröffentlicht.

schlossen, mir Freude zu bereiten. Ohne weiter auf den Mann zu achten, tauchte er seine Fettfinger in das Wasserschälchen, um dann mit einem Kölnisch-Wasser-Läppchen die Aktion Sauberer Zeigefinger zu starten. Dabei spitzte er die Ohren rückwärts. Ich sah nun dem Mann zu, der die gebrannten Mandeln auf den Tisch eines Paares legte, das mit vier Händen in zwei halben Hühnern wühlte.

»Es lebe der Sozialismus«, sagte der Mann, nicht ohne Freundlichkeit, und wandte sich dem nächsten Tisch zu, während die Frau sogleich nach den Mandeln griff, wodurch ihr eine Keule ohne Knochen aus dem Mund hing.

»Laß mal liegen«, sagte der kauende Mann neben ihr. Dann: »Kommen Sie mal zurück, hee, der Kerl da mit dem Bauchladen!«

»Es lebe der Sozialismus!« sagte der schon am Nebentisch zu einem einzelnen Herrn und legte seine Mandeln dazu.

»Was is' denn, Max, warum läßte mir denn nich die Mandeln?« greinte die Frau.

»Komm' Sie mal zurück«, knurrte der Mann und zermalmte seine Hühnerbrust. »Was haben Sie da eben gesagt?«

»Es lebe der Sozialismus«, erklärte das hagere Männlein mit dem Bauchladen, harmlos und beinahe lieblich.

»Aha«, kaute der Max. »Elfriede, du läßt die Mandeln liegen! – Und Sie, wie kommen Sie dazu?«

»Der Herr da drüben, mit dem Rücken nach hier, bat mich darum.«

»Und was kosten die Mandeln?«

»Hm – gar nischt –. Es lebe der Sozialismus!«

»Und was haben Sie dafür bekommen von dem Mann da drüben?«

»Zwanzig Mark, weiter nischt ...«

»Aha! Den Geschäftsführer, bitte!«

Der Kellner stand schon am Tisch, ebenfalls der einzelne Herr.

Der brauste gleich los: Er sei Zonenflüchtling, und unter Einsatz des Lebens hätte er es so weit gebracht, hier in Ruhe ein halbes Hühnchen und so, und dann kommt so ein Bursche mit gebrannten Mandeln und läßt den Sozialismus leben!

»Und auch noch für Geld«, sagte die Frau nunmehr, die beinahe die Mandeln ohne Bedenken genommen hätte. Der

Herr da drüben habe dem hager Männlein – der ja bestimmt nicht allein auf solch gemeine Ideen käme – dies eingeflüstert.

Der Geschäftsführer ging, mit finsterm Blick auf Ruddis Rücken, zum Telefon. »Bitte Funkwagen«, hörte ich ihn sagen.

»Jetzt wird's lustig«, sagte ich zu Ruddi.

»Mit der Polizei kenne ich mich aus«, grinste der.

Inzwischen war der Bauchladenmensch unaufgefordert an unseren Tisch zurückgekehrt und schüttete Ruddi sämtliche noch vorhandenen Mandeln hin.

»Mir könn' Sie mein Feierabend nich versaun!« sagte er. Und ging. Dann kam die Polizei. Zwei Mann.

»Zeigen Sie mal Ihren Gewerbeschein«, sagte der eine zu Ruddi. Er handele nicht mit gebrannten Mandeln, lächelte Ruddi, er wollte mir und den übrigen Gästen nur etwas Heiterkeit bescheren.

»Mit dem Sozialismus?« staunte der zweite Polizist.

Uwe Bremer, Reinhard Lettau, Véronique Springer, Wolfgang Neuss, 1967

Die DDR schlägt los!
(morgen früh 8.30 Uhr)

Wie komme ick dazu, solches schlußzufolgern?

Ick latsche durch Frankfurt/Main. Weil ick die Hände nicht aus den Taschen nehmen will, lese ick statt Zeitung eine Anschlagsäule. »Sie sind ein Ferkel, Exzellenz«, bringt jeden Abend die »Schmiere«. »Portugals Außenminister auf Stippvisite in der Bundesrepublik« ruft ein »Rundschau«-Straßenverkäufer. Ick ahne Zusammenhänge. Plötzlich hat mir jemand ein Flugblatt unter die Weste gejubelt. Ick las gerade an der Säule »Brot für die Welt!«

Dis glaube ick, dacht ick mir – seitdem die 'nen neuen Chefredakteur haben, hungern die. Aber ich hatte falsch assoziiert.

Indien hungert: Millionenmünder haben täglich nicht mal ein Schüsselchen Reis. Darum empfiehlt Frau Indira Gandhi den heiligen Kuh-Hirten, sich auf Weizen umzustellen. Meine Gabe, Zusammenhänge zu erkennen, ist wiederhergestellt.

Wie aber komme ich nun zu meiner analytischen Feststellung, daß die DDR uns (wichtig, wichtig!) morgen früh überfallen will?

Ich verdränge zunächst mein ungesundes Mißtrauen und lese die Überschriften des Flugblattes:
Wer Sicherheit will, muß vorsorgen.
Wie legt man einen Vorrat an?
Welche Lebensmittel eignen sich zur Vorratshaltung?
Was kostet ein Vorrat?

1966 – Das innenpolitische Klima der Bundesrepublik wird in den sechziger Jahren wesentlich von der CDU/CSU geplanten Notstandsgesetzgebung bestimmt. Bereits im September 1960 erfolgte im Bonner Bundestag die erste Lesung dieser Gesetze, in der viele Gegner eine Bedrohung demokratischer Grundrechte sehen. Höhepunkt der Notstands-Proteste ist ein Sternmarsch, zu dem im Mai 1968 in Bonn mehr als 30 000 Demonstranten zusammenkommen. Neuss schreibt seinen Beitrag über das vermeintliche Losschlagen der DDR für das Hörfunk-Kabarett »Bis zur letzten Frequenz« des Hessischen Rundfunks.

Auf der Rückseite dieses ominösen Flugblattes erkenne ich eine Aufzählung von Freßwaren, dahinter schwarze, hellere Punkte bzw. ein Kreuz. Vorderseiten-Text: »Vorrat von heute – Sicherheit für morgen.« Meine Mutmaßungen beginnen zu flattern. Ich suche, während ich mich blitzartig nach rechts und links augenmäßig absichere, nach dem Herausgeber des Flugblattes. Keiner. Impressum? Keines. Aha. Kommunistisch, zuckt es mir durch den Denkfehler-Behälter (Kopf)!

»Speichern Sie Reis, ein halbes Kilo«, steht im Flugblatt.

Typisch DDR. Nur ein Pfund Reis. Wo icke als Schlitzauge und Anhänger des West-Berliner Reis-Kabaretts mindestens drei Pfund täglich brauche!

»Horten Sie Dauerbrot, ein Kilo, Haferflocken, Speiseöl, Kondensmilch, Mineralwasser!« Das Flugblatt (wichtig! wichtig!) empfiehlt dringlichst die Lagerung von Tomatenmark, Käse in Dosen, Kakao, Salz! Eiskalt läuft mir ein rotes Eichhörnchen übern Rücken!

Dieses Flugblatt macht mir Angst! Ich habe eine Teewurst und drei Scheiben Knäckebrot zu Hause!

»Ungeachtet Ihres Besitzes von Kühlschränken, Speisekammern usw., lagern Sie sofort und schnellstens Suppen in Dosen, Trockengemüse, Graupen (igitt!), Hülsenfrüchte, Kunsthonig!«

Der fehlende Herausgeber läßt meine kribbelige Furcht zur wütenden Gewißheit werden: Noch heute nachmittag brauchen wir die Notstandsgesetze!!!

Dieses Flugblatt kann nur von angriffslüsternen sozialistischen Propagandisten in die Bundesrepublik geschleust worden sein. Angst macht weich. Vorräte kaufen macht pleite.

Diese Teufel! Schmuggeln hier in Westdeutschland Flugblätter ein, die mich auf die Idee bringen, daß meine Hose, die heute noch prall sitzt, morgen schon schlottern kann?

Ich soll jetzt, präzis dem Flugblatt gehorchend, ins nächste Selbstbedienungsgeschäft rasen, Röstkaffee kaufen, Sauerkraut, Gurken, Fischvollkonserven, Magermilchpulver.

Ich werde auf diese kommunistische Propaganda nicht reinfallen. Ich bin ein freischaffender Künstler, der sich schleunigst zu stabilisieren wünscht und ich will leben – ja, von der Hand in den Mund, vorläufig aber lebe ich noch vom Finger auf den Zahn.

Diese Schandbrüder in Pankow! Endgültig bin ich überzeugt, sie wollen Krieg gegen uns führen, Psychosen stacheln, sie wollen uns ruinieren. Und immer zuerst auf die Kleinen. Typisch DDR. Achtung! Achten Sie alle bitte nicht auf dieses hinterfotzige Machwerk, das in 15 Millionen Exemplaren (ohne Angabe des Herausgebers) Sie zum Speichern von Lebensmitteln auffordert. Ende der Warnung.

PS:
Soeben erfahre ich von meinem Rechtsanwalt, daß das Flugblatt von der Bundesregierung in 15 Millionen Exemplaren in Westdeutschland an Haushalte »vertrieben« wird!

Was machen wir nun?

Ganz einfach: Wir ändern die Überschrift. Die BRD schlägt los.

Muß ja noch nicht morgen früh 8.30 Uhr sein.

Mi…Mi…Mitbestimmung

Es war einmal ein deutscher Gewerkschaftsführer, der hieß Kummernuß.
Der machte einen Vorschlag, kurz vor seinem Abtreten, den alle Unternehmer nicht hören wollten, aber der mindestens so mutig und gefällig war.
Wie ein Rubin heute nicht mehr blitzt, urplötzlich begann ich das Undenkbare zu denken – was man ja soll.
Kummernuß sagte,
man soll sich sofort Gedanken machen, darüber, welchen Beruf Bundeswehrsoldaten dann erlernen sollen,
in welche Industrie sie gehen sollen, wenn das Gefasel über die Abrüstung in Mitteleuropa nicht nur solches bleibt,
sondern wenn hihihihi wirklich hihihihi abge- hihihihi -rüstet wird haha. Sofort dachte ich hohohoho, mit Naivität ist mir nicht mehr beizukommen.
Gräten-Klaus soll aus dem Rathaus raus. NATO ohne Bundeswehr. Klair. Fair.
Um meine Meinung hehe kümmert sich jeder, um die Bundeswehr hähähä kümmert sich dann bestimmt der DG-Bund.
Meister Rosenberg wird seine Pläne in petto haben. Bezüglich arbeitsloser Soldaten.
Rosenberg tickte früher progressiv, dann wurde er erster Mann im DGB, tackte plötzlich christlich.
– chrili, chriliberal, christlich liberal, lili, linksliberal.
Meistens ist das so bei Leuten, die was auf'm Kasten haben.
Wenn sie erstemal den Posten haben, bleibt der Kasten nur noch Geist, Klassenkampf wird Kastengeist – fünfzig Jahre Kummer. Meine Nuß kümmert sich spontan, also konterrevolutionär (Bitte die Logik prüfen), blindes Vertrauen zum DGB, daß dieser sich um

1967 – Beitrag aus dem Programm »Quartett 67«, für das sich Neuss mit den Kabarettisten und Liedermachern Hanns Dieter Hüsch, Dieter Süverkrüp und Franz Josef Degenhardt zusammentat.

die Menschen kümmere, um das »Menschenmaterial« – sprich wie schreib.
Ich dachte:
Europa rüstet ab, Mitbestimmung, ich Illusionist,
sei nur noch Frage von Sekunden. Volksverdummung, gewerkschaftsfeindlich, wird Papier entzogen. Haut dem Springer auf die Finger!
Drucker und Setzer streiken, denn Mitbestimmung heißt nicht nur Arbeiter hihi, Angestellte hahaha, Beamte hähähähä wollen mitbestimmen, weil mehr Geld, sondern auch gegenteilig weniger Geld,
mehr Frieden.
Das ist Hauptsache an Mitbestimmung:
Was produziert wird. Wer bestimmt denn das?
Was also produzieren wir statt Waffen?
Brot für die indische, indianische, Negerwelt Detroits,
Revolution für Südamerika statt Krieg.
Für Afroasien Eisenbahnen statt B 52.
Ohne Verdiene: von Sambia nach Tansania
läuft demnächst die Mao-Schiene.
Was aber tun wir mit Waffen, die schon produziert sind? Die wir kaufen, kauften, kaufen sollen?
Materialistische Ideen muß man produzieren, popularisieren, propagieren:
Aus MG kann man Spritze für Gartenberieselung machen.
Aus Panzer Taxis für Hundebesitzer kann man machen.
Aus Kanonen Pipelines für Schrebergärten.
Aus MP Kleinstaubsauger für taube Ohren.
– Schmalztilger –
Aus Düsenjäger Särge, für den Bundesverband der deutschen Industrie
Aus Napalm Düngemittel
Aus Atombomben Krebsbekämpfer
kann man
Aus Laserstrahlen Landstraßenbeleuchtung, gelb is schöner
Aus Vietnam Vitamin
aus Raketen Schwäb'sche Eisenbahnen
aus… aus… aus… aus…

Meine Phantasie reicht nicht aus. Wie kann man das ganze Zeugs zum Totmachen zum Lebendigmachen einsetzen? Gewaltlosigkeit? Lebensprinzip? (Bitte die Logik prüfen) Kleiner, irrer freischaffender Künstler, gewerkschaftlich organisierter Boß, Weltverbrüderer auf Kosten Andersfarbiger. Degenhardt Bundeskanzler, Süverkrüp Familienminister, Hüsch Verkehrsminister, Neuss außerehelicher Verkehrsmini, Biermann Verkehrsminister in der DDR!
(Nur nach gelungener Revolution in der BRD).
Axel entflechtet morgens, abends: Mittag ist weg, kein Mittag mehr, Schachzug entgleist, Jasmin stinkt.
Dutschke Minister zur Vernichtung von Bürokratie.
Guter Rat für Berlin: Koalition mit Kuba. Lefèvre enteignet. Das sind nicht nur verfassungsrechtlich erlaubte Mittel, sondern notwendiger Zwang. Fidel castriert Rückschritt. Der SDS überwacht Lücke.
Es ist wahr: Einmal ist es soweit!
Die Minderheit wird euch amortisieren – Arbeiterverräter. Mitbestimmungs-Attentäter.

EWG

Im Namen von Staatssekretär Hüttebräuker endlesen wir ein Weißkohlbuch mit dem Titel »Aktion Weichhirnchen«.

Beziehungsweise: Haben die Deutschen genug Kinder im Keller?

Beziehungsweise: Haben die Männer immer etwas Hirse in der Hose?

Beziehungsweise: Haben die Frauen genügend Artischokken unter den Röcken?

Beziehungsweise: Wissen alle, daß das Inhalieren einer vier Monate alten Auster für den menschlichen Genuß nach einer Atomexplosion ungefährlicher ist als das hastige Herunterschlucken englischer Plumpuddings außerhalb der EWG?

1967 – Beitrag für das Programm »Quartett 67«, das Neuss mit den Kabarettisten und Liedermachern Hüsch, Süverkrüp und Degenhardt in Saarbrücken zusammenführt. Die Idee vom Quartett-Kollektiv ist der Beatles-Formation entlehnt: Wolfgang Neuss (dr), Hanns Dieter Hüsch (p), Dieter Süverkrüp (g), Franz Josef Degenhardt (g).

Quartett 67: W. Neuss, F. J. Degenhardt, H. D. Hüsch, D. Süverkrüp

Von berufswegen

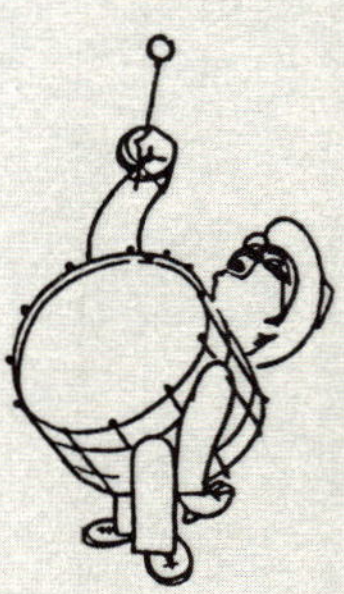

Leben und Bühne ist für den engagierten Kabarettisten ein und dieselbe Sache.
Natürlich ist das Improvisieren etwas, was man üben muß. Dazu gehört Training. Aber wie man denkt und fühlt, wie man zum Beispiel Wortspiele macht und Tatsachen verdreht, das findet nicht nur abends vor dem Publikum statt, sondern auch tagsüber, wenn Kabarettisten mit sich allein sind.
Eigentlich müßte der politische Kabarettist nur noch auf der Bühne leben. Gar nicht mehr runter gehen.

An Kabarettisten

Wer keine Theaterstücke schreiben kann und nicht das Zeug zu einem Leitartikler hat, sollte diese Begabungsmängel miteinander verbinden und Kabarettautor werden.

Wer nicht Politiker werden und dennoch auf ein Publikum einwirken will, ohne ein Vorbild durch eigene Taten zu setzen, tut am besten, die Zugangswege zur Politik für versperrt zu erklären, die Freiheit der Auflagenpresse zu bestreiten, Geld zu leihen und ein Kabarett zu eröffnen.

Wer Witz und Talent hat und dennoch Kabarett machen will, muß versuchen, durch den Genuß von Alkohol in solche Depressionen zu geraten, daß seine Stimmungslage den von sich selber enttäuschten Nicht-Dramatikern, Nicht-Leitartiklern, Nicht-Politikern nahekommt. Kabarett ist Gesellschaftskritik und Bewußtmachen des Absurden als Element jeglicher Existenz. Kabarett ist Handwerk und zuweilen Kunst und auch gelegentlich Genie.

Man muß dem Kabarettisten glauben, daß er sich über die Welt mehr empört als sein Publikum, und daß er ein Mensch ist, dessen Empörung des Aufhebens wert ist. Der engstirnige Agitator ist eine altmodische Figur, der, weil es keine 48er Barrikaden mehr gibt, sie aus Pappe auf die Bühne stellt und zum Schein daraufklettert. Die Pappe bekommt allerdings Substanz, wenn der Kabarettist poetische Kraft und schauspielerisches Ponem hat. Ein Kabarettist aber ohne sozialpsychologische Witterung ist ein Hund ohne Geruchssinn.

1965 – Der Kabarettist und sein Handwerk: Der Neuss-Beitrag über den »Hund mit Geruchssinn« erscheint in der der Satire-Zeitschrift »Neuss Deutschland«.

Nicht besser – falscher!
Übers Nachkriegskabarett

Der ambitionierte Scharfohr-Spezialist sagt heute: Politisches Kabarett im Fernsehen? Das ist wie eine kinderlose Ehe, wo beide Partner Kinder haben wollen, aber dies zu verhindern wissen. Je mehr man aufpaßt, um so weniger hat man davon...

Seltsamerweise habe ich – was meinen staatsbürgerlichen Exhibitionismus anbelangt – eine doppelte Zeitgrenze für politische Kabarettisten:

Das Kabarett nach 1945.

Das Kabarett nach dem 13. August 1961.

Gleich nach dem Kriege waren sie alle erkennbar antifaschistisch. Leider aber stellte sich bald heraus, daß sie antifaschistisch nur an der Oberfläche waren. In wohl kaum einem Programm spürte man, hörte man, fühlte man den wirklich bis auf den Grund gehenden Antifaschismus; beispielsweise kamen kabarettistische Tieftauchversuche in die Rieselfelder des Faschismus überhaupt nicht vor. Noch ehe man lernen konnte, begreifen konnte, wurde antifaschistisches Kabarett ersetzt durch antikommunistisches.

Dies war nun dort sofort wieder faschistisch, wo es »kleinere bräunliche Übel« in Kauf nahm, um deutlich und laut auf das Rote zu zeigefingern. Ich selbst gehörte zu den eifrigen Echauffierern, die nicht genug auf den Spitzbart schimpfen konnten; sei es auch nur darum, um gleich darauf dem Adenauer eins zu geben. Antikommunismus als Alibi.

1965 – Der Kabarettist und seine beruflicher Werdegang zwischen den Stühlen der Ost-und-West-Position: Wie er wurde, was ihn in den sechziger Jahren zu »Bundesdeutschlands Kabarett-Schnauze Nr. 1 (»Publik«) werden ließ, beschreibt Neuss in diesem Beitrag, der in der Gewerkschafts-Zeitung »Metall« abgedruckt wurde.

Das gibt's heute noch. Manches Kabarett meint, die »Ostnummer« mache das Programm hieb- und stichfest. Als das Kabarett aus den Kellern und kleinen Theatern ins Fernsehen und in die großen Tourneesäle zog, wurde das Alibi industrialisiert. Nur so konnten die Programmdirektoren der Rundfunkanstalten die »Gemeinnützigkeit« der zum Propagandainstrument herabgesunkenen Ensembles verantworten.

Am 13. August 1961, am Tage des Berliner Mauerbaues, erkannten viele Kabarettisten – auch ich –, was man von 1945 bis 1961 falsch gemacht hatte. Wenige geben es allerdings bis heute zu.

Mir sagt man – vor allem die Herren vom Springer-Hugenberg-Meinungsmacher-Konzern –, ich sei vor 1961 besser gewesen. Ich war nicht besser. Ich war falscher. Ich lag auf der Linie, die die Hugenspringers noch heute treu bewachen: auf dem Ansteckungssektor. So lange hatte ich auf das größere Übel hinter der Mauer getobt und gewettert, bis – wie von einer Seuche – unsereins selbst von den Methoden der Propaganda, den Maschen und Mätzchen der Volksverdummung, des Sich-selbst-Belügens, der staatsreligiösen Einteilung »Drüben die Bösen, hier die Guten« beinah unrettbar erfaßt war.

»Drüben die Bösen, hier die Guten.«

Ich halte es für mein Glück, nach dem 13. August 1961 erkannt zu haben, wo das hinführen muß: in deutschen Totalitarismus, in ost- und westdeutschen.

Ich kenne prominente Kabarettisten, die mindestens genausogut über die Selbsttäuschung, der sie nach 1945 erlegen waren, Bescheid wissen wie ich. Jedesmal, wenn ich ihre Programme besuche, sind sie besser geworden. Und falscher. Die Leute im Parkett brüllen vor Lachen. Und jedermann weiß, Lachen schadet eigentlich nie. Ein Sprichwort behauptet sogar, es sei gesund.

Es könnte gesund sein, sage ich. Es könnte sogar gesund machen, wenn die Kabarettisten sich endlich dazu durchringen, von der »Regierungslinie« abzuweichen.

Was ist die Regierungslinie?

Fehler macht jeder. Eine Regierung aber, die in der Deutschlandpolitik so menschenfeindliche Fehler gemacht hat wie die unsrige (die Opposition ist »nur« mitgelaufen) – eine Regierung, die diese Fehler ununterbrochen ausbaut und auf ihr »Recht« pocht und dies dann alles noch eine ständige, gleichbleibende, kontinuierliche Politik nennt – eine solche Regierung steckt mit ihrer Krankheit das Volk täglich an. Und so ist auch ein Kabarett, in dem der Grundtenor »Drüben sitzen die Böseren, bei uns sitzen die Besseren« vorherrscht – auch wenn es das Volk alle 30 Sekunden zum Lachen bringen kann –, leider ein schädliches Kabarett; schädlich wie die falsche Politik.

Sie, die Kabarettisten, sollten sich entschließen, einen Standpunkt zum Beispiel zur deutschen Ostpolitik nach 1945 zu haben und bekanntzugeben. Ich habe nichts gegen Satiriker, die aufgrund irgendwelcher Überlegungen oder Prinzipien die DDR nicht anerkannt haben wollen. Aber ich habe alles gegen Satiriker, Kabarettisten und auch nur Witzbolde, die so tun, als fänden sie diese augenblickliche Regierung zum Totkotzen, die sich aber heimlich mit ihr einig sind, daß man – was die DDR betrifft – zusammenstehen müsse.

Sind es Kabarettisten, die denken können, dann betrügen sie ihr Publikum. Bei dem Verdummungsprozeß in der Bundesrepublik sind sie die Fettaugen in der »Halt-die-Schnauze-und-verdien-Geld«-Suppe. Und das soll dann die geistig-literarisch-satirische Elite der geteilten Nation sein?

Der heimliche Krieger

Ein alter Idiotenglaube räumt dem Satiriker das Recht ein, die Schwächen des Starken zu geißeln.

Nun ist aber die schwächste Schwäche des Starken noch immer stärker als die stärkste Stärke des Schwachen. Darum ist der Satiriker, der auf der Höhe jener Auffassung steht, ein schmieriges Subjekt und seine Duldung ein rechtes Stigma der Gesellschaft. Aus dem infamen Bedürfnis dieser Gesellschaft, die Persönlichkeiten als ihresgleichen zu behandeln und durch deren Herabsetzung auf das eigene Niveau sich über dessen Niedrigkeit zu beruhigen, sind die Witzblätter entstanden. Alle Glatzköpfe glänzen, weil Bismarck auch nicht mehr als drei Haare hatte.

Diese lästige Bosheit, aus der das Witzblatt dem Rachebedürfnis der Gesellschaft beispringt, nennt sie »harmlos«, verabscheut aber gleichzeitig den Positiven, der eine entgötterte Welt in Trümmern schlägt. Ahnt nicht, daß der Satiriker einer ist, der nur die Schwächen der Schwachen geißelt und die der Starken nicht sieht, weil es solche nicht gibt, und wenn es sie gäbe, sie ehrfürchtig bedeckte.

Satire ist für die Leute etwas, was einer im Nebenamt betreiben kann, zum Beispiel, wenn er öffentlich Offizier ist und »heimlich« Humor hat. Echter ist in jedem Fall, öffentlich Satire zu üben und ein heimlicher Krieger zu sein.

1968 – Als Neuss diesen Text für Volker Kühns vom Hessischen Rundfunk ausgestrahlte kabarettistischen Monatsbilanz »Bis zur letzten Frequenz« schreibt, hat er leidvolle Erfahrungen im Umgang mit der Satire hinter sich: Mehrfach von den Medien zensiert, verboten und aus dem Programm redigiert, fühlt sich Satiriker Neuss zuweilen als Opfer von Verabredungen und Mißverständnissen. Dazu zählen der Anzeigen-Boykott, den die Berliner Zeitungsverleger 1965 gegen das »Neuss Testament« verhängten, der SPD-Ausschluß und die Drohbriefe und anonymen Anrufe, die er wegen seiner rabiaten Polit-Sprüche, aber auch wegen seiner Teilnahme an den Vietnam-Demonstrationen erhielt.

Dis muß nämlich die Satire!
Eine Selbstanzeige

Ick lag am 3. Dezember 1965 im Bette
hatte Geburtstag und Grippe
bekam eine Spritze
der Dokta war so freundlich
und ließ die BZ und den soßusagen
seriösen »Tagesspiegel« auf meiner
Bettkante liegen
ach, dacht ick, willste gesunden
oder lieste ma ßeitung?
Lieste ma ßeitung.
In der BZ lese ick: »Die Amerikaner opfern
sich täglich selbst in Vietnam.
Täglich fallen amerikanische Soldaten
Und wir?«
Wir fallen nich, denk ick.
Wir versuchen zu gefallen, denk ick.
Und richtig: Ick sehe nebend dem
Inspektor-Artikel in der BZ
einen Weihnachtsaufruf des Vereines
der westberliner (schwerringenden!)
Zeitungsverleger, man solle als
fühlender und denkender Berliner
etwas spenden für Amerikaner, die
soßusagen Hinterbliebene seien von

1965 – Report über den Verlauf eines Skandals: In einem Extrablatt seiner Satire-Zeitschrift »Neuss Deutschland« hatte Neuss das Vorhaben einiger West-Berliner Zeitungsverleger scharf kritisiert, den Witwen der im Vietnam-Krieg gefallenen US-Soldaten eine Porzellan-Nachbildung der Berliner Freiheitsglocke zu überbringen. Für die Aktion rief die Presse unter dem Hinweis, die Amerikaner verteidigten in Vietnam die westliche Freiheit, zu Spenden auf. Neuss-Kommentar: »In Vietnam kämpfen amerikanische Soldaten mit dem südvietnamesischen General Ky. Sein größtes Vorbild: Adolf Hitler.« Die Verleger reagierten auf die Neuss-Schelte mit einem Anzeigen-Boykott gegen »Neuss Testament«.

toten Soldaten, welche im Dschungel
ihr Leben lassen mußten, damit wir
ungestört auf 'n Kudamm unsre Weihnachts-
Einkäufe tätigen können. Hm.
Wat 'n nu spenden?
Geld. Mäuse. Puseratzen. Mücken.
Solle man geben damit die ßeitungs-
Verleger aus Westberlin Mißbildungen,
auch Nachbildungen genannt, also,
wat die Freiheitsglocke beträfe
woßu die sonore Stimme von Hanne
Söhnker immerdar tönt »Ich verspreche
der Tyrannei Widerstand zu leisten
und so weiter«, mir schauderts.
Is es die Grippe?
Is es der Aufruf?
Is der Geschmack der westberliner
ßeitungsverleger meine Freiheit?
Ekel würgt mir. Ick kotze kurz und
rufe meine Freunde. Stücka sechse
sind eine Stunde später an mei'm
Krankenlager. Vorsicht Ansteckungsgefahr!

Sie gucken sich die Bimmel an im
Tagesspiegel, einer sagt, die west-
berliner staatliche Porzellanmanufaktur
hat Auftragsmangel, außerdem kriegt
sie ihr Rohmaterial für Nach- bzw.
Mißbildungen der Symbowle-Glocke

1965 – Die Glöckchen-Affäre – Satire at it's best: Das Material für die Porzellan-Nachbildung der Berliner Freiheitsglocke, mit der sich die West-Berliner Verleger bei amerikanischen Frauen für den Opfertod ihrer Männer bedanken wollten, kam aus der DDR. – Neuss-Erratum: Nicht der Schauspieler Hans Söhnker, sondern dessen Kollege Wilhelm Borchert sprach in den Sechzigern jenes »Freiheitsgelöbnis« aus dem Manifest des US-»Komitees für die Freiheit Europas«, mit dem der RIAS zu den Klängen der Berliner Freiheitsglocke allsonntäglich sein Hörfunk-Programm bereicherte: »Ich glaube an die Unantastbarkeit und an die Würde jedes einzelnen Menschen. Ich glaube, daß allen Menschen vor Gott das gleiche Recht auf Freiheit gegeben wurde ...«

aus die DDR, ma hülfe also auch die
Arbeiter in der Ostzyne, die dieses
Rohmaterial aus dem Boden holen
andererseits müsse man bedenken
Westberlin hat mehr Widersprüche
als sich selbst mit Vietnam
zu vergleichen, Verleger sind
Menschen, die etwas kopfscheu seien,
weil sie doch das Werbefernsehn
anstreben, ein andrer Mitarbeiter
von NEUSS DEUTSCHLAND jedoch sagt
er hätte, weil nich prominös genug,
noch keine Gelegenheit gehabt, eine
Fitman-Resolution zu unterschreiben,
ick sage »Erich Alexander, hör ma,
darum geht's nich, es geht um die
Glocke und die Witwen und Mütter
in Nordamerika und außerdem heißt
dis nich Fitman sondern Vietnam,
und außerdem habe icke ja schon für uns alle
bei Gerhard Schoenberner den Vietnam-
Appell in voller Namensgröße unter-
ßeichnet, nu tut ma nich so«, sage ick,
»selbst wenn der Krieg der Amis
gegen die Einwohner des Staates
Nord- und Südvietnam ungewöhnlich
gerecht sei: Wir Deutschen
wären doch die letzten, ihnen dieses
ßu bestätigen, Gegenteil, wir desavouieren
mit unsre uneingeschränkte ßustimmung
geradeßu einen solchen Krieg!«

Sagt ein dritter NEUSS DEUTSCHLAND
Mitarbeiter »Aba, Leute: Wir wolln
doch die Nordvietnamesen und die
Rebellen untastützen, untastützt
werden die auch, zwar gering, aber
gestützt, von zwei amerikanische
Hubschrauberfabriken, deren Aktien
während des amerikanischen Viet-Nam-

Barzel lobt Grass - Wehner lobt Strauß - Wir haben die große Ko-operation

NEUSS DEUTSCHLAND

Organ des Zentralkomitees der Satirischen Einheitspartei Deutschlands

Extra-Blatt

TAGESZEITUNGSLESER! BELOGENE!

Unter dem verbrauchten Gebimmel der Berliner Freiheitsglocke herden sich die Westberliner Tageszeitungen zu einem zynischen Anzeigenvormarsch. Sie organisieren ein METAPHYSISCHES WEIHNACHTSGEDENKEN für die Hinterbliebenen der amerikanischen Toten des amerikanischen Krieges in Vietnam.

Wir organisieren ein HUMANISTISCHES WEIHNACHTSGEDENKEN für die Arbeiter der Porzellan-Manufaktur, die aus den Geldspenden der Westberliner Bevölkerung Porzellanbimmeln für trauernde Amerikaner anfertigen sollen.

NEUSS DEUTSCHLAND ergänzt den Aufruf der Westberliner Tageszeitungen:

Wir bitten um Spenden für die Hinterbliebenen der amerikanischen Soldaten, die im Kampf gegen Hitler-Deutschland gefallen sind.

In Europa wurden amerikanische Soldaten im Feldzug gegen Hitler getötet.
In Vietnam kämpfen amerikanische Soldaten mit dem südvietnamesischen General Ky.
Sein größtes Vorbild: Adolf Hitler

1965

Palmkrieges um 60 % gestiegen sind,
vergeßt doch nich den Kreisverkehr,
je mehr Hubschrauber die Rebellen
runterholen vom Himmel des Deltas,
je mehr müssen die Firmen neue Hubschrauber
liefern, vergeßt dis doch nich« sagte
dieser nicht unkorrekte Mitarbeiter.
Ick sage, Leute, ick habe Grippe
und Geburtstag, ick will kein
Hintabliebener eurer Übalegungen
sein, mir geht's hier um den
Glockensinn beßiehungsweise Unsinn
denkt an Kutteldaddeldu »ick wollte
den Amerikanern in den Hintern kriechen,
doch leider saßen schon die westberliner
ßeitungsverleger drin«
Ja aba, sagte der vierte NEUSS DEUTSCHE
ja aba, schon 1954 hat ein amerikanischer
Senator im Kongreß in Washington
gesagt »Ich bin absolut dagegen,
daß amerikanische Soldaten in
Indochina zur Ader gelassen werden,
denn ein Kampf dort dient nur
der Verewigung des Kolonialismus!«
Dieser Senator hieß Lyndon B. Johnson
Siehste, sag ick, Lyndon is heuer
Präsident, also ärgert sich Lyndon heuer
über den Krieg der Amis dort selber,
wahrscheinlich hat er sich die Platze
an die Galle geärgert und davon seine
Steine, is also dementsprechend auch
eines mit Medikamenten zu behandelndes
Opfer des Vietnam-Krieges, also rufen wa
auf für Spenden für Johnsons Gallensteine
Dis darf die Satire, sagte der fünfte
Mitarbeiter des ND.
Und der sechste sagte »General Ky,
der streng katholische Südvietnamese,
der braucht eigentlich keine Amis in
Saigon, der braucht Hitlers, hat er selber

n-Mann-Kabarett sucht milde Gaben

Neuss sammelt für seinen Prozeß

Von unserem Redaktionsmitglied W. Kinnigkeit

Berlin, 24. Januar

„Hallo, Nachbarn! — Hi-Hi-Hilfe!" schrieb
Wolfgang Neuss. Seit der Berliner Satiriker in
einem Streit mit den Berliner Tageszeitungen
unterlag, sammelt er Spenden. Ein Extrablat
das acht Berliner Studentenverbände hera
gaben, appellierte: „Zeigt's dem Springer! T
dem Neuss!" Und in der Tat rollten die G
im Neuss-Büro schon nach wenigen Ta
Namhafte Persönlichkeiten wie die Sc
ler Günter Weisenborn, Hans Magnu
berger, Robert Neumann, der Fi
Wolfgang Staudte und Volksbühn
Piscator trugen ihr Scherflein daz
Berliner Hofnarr mit seinem Pro
Verleger in die zweite Instanz ge

Der Streit zwischen dem eiger
ker und den Berliner Zeitung
einen Spendenaufruf zurück, d
geszeitungen der deutschen
1. Dezember veröffentlichten.
Aktion war für die Opfer vo
Allzu spendenfreudig zeigte
freilich nicht. Doch kame
110 000 Mark zusammen.
Zeitungsverlegern fuhr dar
Weihnachten nach Washing
US-Vizepräsid
bild

Am Rande bemerkt

WOLFGANG NEUSS will sich nicht entschuldigen, was billig wäre, sondern prozessieren, was sehr teuer werden kann und schon ist. Nun, es ist sein Recht. Entschuldigen soll er sich bekanntlich nicht für Kritik, auch nicht für Satire, sondern nur für Beschimpfungen. Eine gerichtliche Belehrung hat er bereit-
halten, ohne daraus Lehren zu ziehe
psychologisch verständlich sein mag.
wollen ihm helfen, das nötige Gel
zessieren öffentlich locker zu m
cher Spendenaufruf muß g
Wie wir heute berichten, i
erteilt worden. In der W
das, weil es sonst später h
habe zwar recht gehabt, das
ziellen Gründen nicht bewe
dessen wirft diese Genehmi
rechtliche Probleme auf. Sie
samer Präzedenzfall. Sammlung
gen werden noch heute nach einem
der Hitler-Zeit erteilt oder verweig
wir wiederholt kritisch hingewiesen.
mals dienten Gesetze dazu, der Exeku
Generalklausel zu geben, ohne wirkli
men zu setzen, die die Behörden bei ihr
scheidungen gebunden und Willkür ve
hätten. So auch in dem Sammlungsgesetz
1934, das längst hätte einem völlig ne
rechtsstaatlich motivierten weichen müss
Da das unterblieben ist, kommt der beh
chen Entscheidung eine normierende
tung zu. Die Sammlung für den Ne
ist genehmigt worden
nicht nur Neu
siert, weil ge

11000 Mark Spenden für Neuss

BERLIN, 23. Januar (UPI). Wolfgang Neuss kann seinen Rechtsstreit mit fünf West-Berliner Zeitungsverlegern, den er in der ersten Runde verlor, bald vor die nächste Instanz tragen. Wie der Kabarettist am Wochenende mitteilte, haben Freunde, Kollegen und zahlreiche unbekannte Spender aus West-Berlin und der Bundesrepublik innerhalb einer Woche über 11 000 Mark aufgebracht. Neuss hatte zusammen mit sieben Studentenverbänden mit einem Flugblatt unter der Ueberschrift „Hallo Nachbarn — Hi Hi Hilfe" öffentlich um finanzielle Unterstützung gebeten, um die Gerichts- und Anwaltskosten von rund 15 000 Mark bezahlen zu können, nachdem die 16. Zivilkammer des West-Berliner Landgerichts am 10. Januar seinen Antrag abgelehnt hatte, fünf Verlage durch eine Einst
zur Wiederaufnahme vo

Das Düsseldorfer Kabarett „Kom(m)ödchen" hat von seiner Amerika-Reise 2000 Dollar an Wolfgang Neuß überwiesen. Das Geld soll helfen, einen Prozeß gegen Westberliner Zeitungsverleger zu führen, die sich wegen Attacken der Berliner Kabarettisten auf ihre, im Verlag Axel Springer ausgetüftelte, Freiheitsglocken-Aktion weigern, von Neuß Inserate aufzunehmen. Auch die Münchener Lach- und Schießgesellschaft hat 1000 DM geschickt. Weitere Beträge sandten der Schriftsteller Robert Neumann, der Regisseur Erwin Piscator, der Rowohlt-Verlag, Ingrid van Bergen, die „Stachelschweine" und andere Freunde von Wolfgang Neuss. Überschüssiges Geld will Neuß Contergan-Kindern zur Verfügung stellen.

Sammlung für Wolfgang Neuss polizeilich genehmigt

Zur Finanzierung der Prozeßkosten gegen die acht Zeitungsverlage

In West-Berlin findet zur Zeit eine öffentliche, polizeilich genehmigte Geldsammlung statt, deren Erlös dazu dienen soll, den Prozeß von Wolfgang Neuss gegen die acht West-Berliner Zeitungsverlage zu finanzieren.

Wie bekannt, nehmen die Zeitungen keine
Inserate für Neussens Kabarett in der „Ko-
mödie" auf, nachdem dieser in einem Flug
blatt gegen den Aufruf zugunsten der Vietna
Opfer den Zeitungen Lüge, Kriegshetze
Propaganda für die Amerikaner vorge
hatte. Sich für die Beleidigungen zu er
digen, lehnte Neuss ab, worauf auch
tungen bei ihrer ablehnenden Haltung
Neuss versuchte nun vor Gericht ei
weilige Verfügung durchzusetzen, da
tungen die Inserate wieder aufneh
ten. Wie gemeldet, unterlag Neus
Berliner Landgericht. Der Antrag
gelehnt, der Streitwert auf 100 0
gesetzt. Die Prozeßkosten sin
Neuss schon jetzt erheblich. F
prozessieren.
Um die dafür notwendigen
bringen, kam der Philosophi
Freien Universität, Reinhard
Idee, öffentlich für Neuss zu
wurde vor Jahren der O
eine dokumentarische Aus
fürstendamm über die NS
kannt. Er arbeitet mit link
tenorganisationen zusam
dungsmitglied der Deu
diengruppe. In Zusamm
Verbänden und Wolfg
ein Flugblatt mit ein
acht und unte

heute nach einem Gesetz aus dem J
erteilt, das lediglich eine behördlich
auferlegt, ohne der Behörde Ma
geben, nach denen Sammlungen
verweigern sind.
Gerichtsent
hr st
mi
ni

Fünf Verleger siegen im Streit mit Neuss

Anzeigen-Boykott legal / Vietnam-Aktion steht im Hintergrund

Von unserem Berliner Korrespondenten Herbert Mittelstaedt

Berlin, 11. Januar. In dem seit Wochen schwelenden Streit in der Frage, ob in Berlin das Recht der freien Meinungsäußerung bedroht sei, ist jetzt die erste Runde vor Gericht ausgetragen worden. Der Kabarettist Wolfgang Neuss hatte sich mit fünf Berliner Zeitungsverlegern angelegt. Die von ihm Attackierten hatten es abgelehnt, in die Anzeigenwerbung für Veranstaltungen im „Theater am Kurfürstendamm" den Namen Wolfgang Neuss aufzunehmen. Neuss hatte zusammen mit Gleichgesinnten den Aufruf der Verleger attackiert, Geld für eine Vietnam-Medikamentensammlung zu spenden.

Vor allem stieß sich Neuss an der von den Verlegern zum Ausdruck gebrachten und zweifellos von der überwiegenden Mehrheit der Berliner geteilten Auffassung, daß in Vietnam „die Freiheit Berlins und der ganzen freien Welt" verteidigt werde. In einem Pamphlet, das der Aufmachung der SED-Zeitung „Neues Deutschland" stark ähnelte und das in West-Berlin als „Neuss Deutschland" verteilt wurde, bezeichnete er die Leser der Tageszeitungen als „Belogene". Da er es ablehnte, diese Beleidigung zurück-
nehmen, fand der N
erwäh

erwarten war: der Antrag auf eine einstweilige Verfügung, mit der die Zeitungen gezwungen werden sollten, wieder Neuss-Anzeigen aufzunehmen, wurde abgewiesen. Neuss wird Berufung einlegen.

gesagt – also kämpfen die Amis dort in den
Augen des kath. Ky nur an Stelle von
des braune Mistvieh!«
Und so machten wir auf die Schnelle
EXTRABLADL Nr. 1 des NEUSS DEUTSCHLAND,
worin wir aus lauter Anstand
dis darf die Satire
der Hinterbliebenen gedachten,
die tatsächlich im Kampf gegen
Hitlerdeutschland gefallen waren
und wir uns nicht nehmen ließen
an Schillers Glocke zu erinnern
»festgemauert und so« – also, in
Berlin sagt man, Lehm und Lehm lassen!
Wenn Sie's, lieb Hörer, intressiert,
erßähle ich Ihnen in einer der nächsten Sendungen,
wie die Story weiterging –
ick will nur soville sagen:
Die Grippe ging von mir,
der Geburtstag
war versaut.
Es boykotzte uns an,
aba wir mußten es tun.

Dis muß nämlich die Satire!

1965 – Sturm im Berliner Blätterwald: Der Neuss-Hinweis auf die Waffenbrüderschaft zwischen der US-Army und dem Südvietnam-General Ky, der in einem Interview Hitler als sein großes Vorbild gepriesen hatte, verhärtet die Fronten: Die Berliner Presse-Chefs reagieren mit einem Anzeigenboykott gegen den Kabarettisten. Dessen Versuch, die Kartellabsprache der Verleger gerichtlich verbieten zu lassen, scheitert. Für diese Aktion hatte Neuss die Bevölkerung zu Spenden aufgerufen – in einer Woche kamen auf diese Weise 11.000 DM zusammen. Nach dem endgültigen Richterspruch zugunsten der Verleger-Front, wurde gegen Neuss wegen »des Vergehens gegen eine Besatzungsmacht« ermittelt.

NEUSS DEUTSCHLAND

SATIRISCHE ZEITUNG BERLIN SONDERAUSGABE 0,20

Mit hohen, furchterregenden Antrags- und Prozeßkosten will man Neuss hindern, sich bis zum höchsten Bundesgericht hin zu wehren. HI HI HILFE, Nachbarin!

Wir bitten unsere Abonnenten um finanzielle Hilfe für den ersten Hinterbliebenen des Vereins der Westberliner Zeitungsverleger

Zeigt's dem Springer Helft dem Neuss

Postscheck Berlin West 1961 03
Reinhard Strecker

Es geht um Beleidigungen, die täglich Berliner Zeitungsleser in hier ansässigen Tageszeitungen offen und zwischenzeilig ertragen

Es geht nicht allein um Neuss
Es geht nicht um Deutschland
Es geht nicht um gute oder schlechte Satire
Es geht nicht um eine Meinung
Es geht um mehrere Meinungen
Es geht, wenn Sie uns helfen

Postscheck Berlin West 1961 03
Reinhard Strecker
Postscheck Berlin West 2017 44
Wolfgang Neuss
Postscheck Berlin West 1961 03
Reinhard Strecker
Postscheck Berlin West 2017 44
Wolfgang Neuss

Hallo Nachbarn! Schaut auf die Neuss Deutschen. Schaut auf die Richarc Münchner Lach- und Schiessgesellschaft. Schaut auf die Dieter Willybrandts. Hallo Nachbarn! Polen und Franzosen! Schaut auf Eure Mitteleuropas! Schaut auf die Bier- und Havemänner. Schaut aber auch auf die Berliner Zeitur gs-verlöger. Schaut auf die Kurellatypen und die Zehrerjünger. Satüre hat es in Deutschland schon immer gegeben. Bei Grass, Silex, Vogel haben die Türen gebrannt. Noch immer gibt es unter uns SA Tiere. Erkennt sie im Frack und Smoking. Erkennt sie an ihrem Vokabular. „Neuss muß s'ch entschuldigen oder er bekommt keine Annoncen". Wir wollen in die Berufung gehen. Denn Neuss will sich entschuldigen für seine Laschheit und Trägheit und Harmlosigkeit und Gleichgültigkeit bis zum Ersche nen der Extrablätter Nr. 1 und Nr. 2

Das Geld von unseren Abonnenten, von den Mitgliedern der hier unterzeichneten Studentenverbände usw. wird verwendet für einen Prozeß, dessen letzte Instanz Karlsruhe und Waffenruhe in Vietnam sein könnte.

Aus dem NEUSS TESTAMENT (regelmäßig freitags und sonnabends 23 Uhr, Theater am Kurfürstendamm, Tel. 912489 · Studenten halbe Preise an der Abendkasse**):**

„Den Rudi Augstein bitt' ich glatt:
er vermache uns'rer Stadt
etwas, was den Morgenkaffee uns versüßt
eine neue Tageszeitung, die man ohne sich zu schämen liest."

Verantwortlich für diesen Aufruf: Verein zur Förderung sozialistischer Studenten e.V.

Verantwortlich für diese Ausgabe (es genügt auch eine Mark von hunderttausend neuen Abonnenten und Mitgliedern auf das Postscheckkonto 196103 Berlin West, Reinhard Strecker) Wolfgang Neuss, Lützowplatz 9, Tel. 134292, die Landesverbände: Sozialistischer Deutscher Studentenbund, Liberaler Studentenbund Deutschlands, Argument Club Berlin, Deutsch-Israelische Studiengruppe, Sozialdemokratischer Hochschulbund Deutschlands, Humanistische Studenten Union, Gewerkschaftliche Studenten-Gemeinschaft, Die Falken - Landesverband Berlin, Evangelische Studenten Gemeinde an der FU

Bisher zahlten folgende Personen auf die … ard Strecker) und 2017 44 (Wolfgang Neuss):

Prof. von Friede… …kehard Krippendorf, Joachim Seyppel, Jürgen Moser (Gerichtsreferendar), …iker Ludwig und das REICHSKABARETT Walther Girschner, Klaus Röhler, …sela Groenewold, Rechtsanwalt Mahler, Wolfgang Staudte, Mario Adorf, Gerd …be, Erwin Piscator, Galerie Rudolf Springer, MÜNCHENER LACH- UND …IESSGESELLSCHAFT, Edith Hancke, Fritz J. Raddatz, DIE STACHEL…WEINE. – Das RATIONAL THEATER MÜNCHEN spendete eine Abend…ahme und Feuerversicherung über ein Jahr. – Einen weiteren Aufruf zur …ebung der Anzeigensperren unterzeichneten Uwe Johnson, Günter Grass … 150 Arbeiter und Studenten.

…n der
…lizei
…enehmigt

NEUSS DEUTSCHLAND 0,20
BERLINER SATIRISCHE ZEITUNG SONDERAUSGABE

Extra-Blatt

15. Januar 1966

Nr. 3

Hallo Nachbarn

HI HI HILFE

Postscheckkonten

Berlin West 1961 03
Reinhard Strecker
und Berlin West 2017 44
Wolfgang Neuss

DANKE! **NEUSS**

Attentat auf Neuss

Der Berliner Kabarettist und Schauspieler Wolfgang Neuss wurde gestern früh von einem Unbekannten tätlich angegriffen. Wie Neuss erzählt, hatte er am Vorabend vor dem Zubettgehen ein Schlafmittel genommen. Er stand noch unter dem Einfluß des Mittels, als es am nächsten Morgen um acht Uhr an seiner Wohnungstüre, am Berliner Hohenzollerndamm 36, im 3. Stock, stürmisch läutete. Neuss, noch schlaftrunken, öffnete im Pyjama. Der Mann, den Neuss als etwa Dreißigjährigen von imponierender Figur schildert, schlug dem Kabarettisten mit der geballten Faust ins Gesicht und traf Neuss an der Schläfe. Dann rannte er unerkannt davon. AZ

Jungdemokraten ehren Ne…

FRANKFURT A. M., 11. Februar (…Bericht). Der Vorstand der Frankfurter …demokraten beschloß am Donnerstag, … Kabarettisten Wolfgang Neuss die Ehren…gliedschaft im Kreisverband Frankfurt a… bieten. Zur Begründung heißt es in ein… Brief an Neuss: „Die Jungdemokraten seh…es als ihre Aufgabe an, jeden, ohne Stellung…nahme zu seiner politischen Aussage, „zu un…terstützen, der durch seine freie Meinungs…äußerung in Schwierigkeiten gerät.“ Ebenso …ben — wie bereits in einem Teil der Auf… berichtet — der Bundesvorstand und der …ner Landesvorstand des Liberalen Stu…bundes (LSD) Neuss die Ehrenmitglied…angeboten, die der Kabarettist, wie der …mitteilte, auch angenommen hat. — … Studenten der Freien Universität … wie dpa meldet, ein Disziplinarver…eingeleitet worden. Vier von ihnen … der Plakataktion beteiligt, bei der …ruar in Berlin-Charlottenburg und …euzberg Plakate mit der Unterzeich…internationale Befreiungsfront“ geklebt …n waren. Die beiden anderen seien an de… Ausschreitungen vor dem Amerika-Haus am 15. Februar beteiligt gewesen. Der hessische Landesvorsitzende des So… demokratischen Hochschulbundes (SH…) letta, bedauerte in Marburg vor … den Ausschluß des Kabarettisten … und bezeichnete den Besch… SPD-Landesvorstandes … höchst bedenklich.

Neuss nach Schweden?

Der Berliner Kabarettist Wolfgan… Neuss hat die Absicht geäußert, nac… Schweden zu übersiedeln. Zur Begrün…dung weist Neuss auf den Anzeigen…boykott der Berliner Zeitungsverlag… für seine Veranstaltungen, auf Drohu…gen wegen seiner Teilnahme an d… Vietnam-Demonstration am vergang…nen Wochenende und auf seinen A…schluß aus der SPD hin. Neuss hatte … einiger Zeit die Vietnam-Politik … Berliner Zeitungen scharf angegrif… Seitdem nehmen die Zeitungen von … keine Inserate mehr an. Von einer … liner Zeitung wurde jetzt ein Bild … öffentlicht, das Neuss bei der von … Berliner Polizei genehmigten Viet… Demonstration zeigt. Seitdem e… Neuss, wie er erklärt, ständig A… und Telegramme drohenden Inhal… hat sich deshalb unter Polizeischu… stellt. Er sagt, er sehe jetzt keine … …lich engagiert zu ar…

Neuss: Ich wandere nicht aus

„Kritik aus dem Ausl…

„Bild einer unklaren Kommunistenjagd“ / Kritik aus dem Ausl…

Von unserer Korrespondentin Annamarie Doherr

Drahtbericht unserer Korrespondentin

…RLIN, 9. Februar. „Ich kann die Wörter …dern' oder ‚emigrieren' nicht hören“, … der Berliner Kabarettist Wolfgang … Mittwoch der FR. „Ich emigriere … fahre weg, ich streike.“ Ohne einen … nennen, teilte Neuss mit, daß er … einer Zwischenstation in Hamburg … begeben werde, wo seine …eden leben. Auf Befragen sagte … für ausgeschlossen, eines … was er machen werde, … und eine kleinen Eindruck zu geben, was es heißt, mit dem Terror zu leben“. Politische Brandstiftungen, Drohbriefe, antisemitische Schr… und Zeitbomben pflegen nicht … zu entstehen. Sie setzen … sches Klima vora… willigkeit, … …fen is…

der Besprechung werde es abhän… noch weitere Vorstellungen geben … West-Berlin…

Der Ausschluß des West-Berliner … tisten aus der SPD hat inzwisch… der Kritik auch im Ausland a… der niederländische sozialdemokrati… „Het Vrije Volk“ meinte am M… „Bild e… die Affäre Neuss in das „Bild e… Kommunistenjagd“ passe.

Ein aufmunterndes Telegra… Graf von Westphalen, Mitglie… riums der DFU, an den Ka… schickt. Er versicherte Neuss, sein… eines Kesseltreibens sei, sein… …thie und Hochachtung. …he auch Seite 3: „Nich…

Keine Bagatelle

Gibt es wirklich noch die bequeme Ausrede, … Urheber seien nur „ein paar Verrückte“ … er gar Einzelgänger, wenn in West-Berlin im …bstand von wenigen Wochen aus politischen …ründen Brandstiftungen verübt werden, …rohbriefe an Politiker und Kabarettisten fast …chon zur Tagesordnung gehören und Haken…reuzschmierereien kein Einzelfall mehr sind… Der jüngste Vorfall, die Explosion e… …eitbombe bei einer Vietnam-Veranst… …n der der Kabarettist Wolfgang N… …irkte, ist doch wohl ernst genug …urch einen glücklichen Zuf… …etzt wurde —, um die Vorfä… …agatellisieren. Schon einm… …eutschland politische Ausei… …urch Gewalt ersetzt. Was v… …s Berliner Theologieprofess… …Schriftstellers Günther Gr… …nig ein Dummerjung… …stelte Zeitbombe, … Neuss zudad… …men Brie…

Aus „nackter Kinderangst“ nach Hamburg gefl…

Von Marianne Eichholz

Berlin

Berliner Klima, so kleinkariert es auch oft erscheinen mag, zehrt. Seit Anfang De… …r zehrt es erheblich an Wolfgang Neuss' … Reservoir an Gleichmut be… Daß sein Reservoir an Gleichmut … …, mußte der bundesrepublikanische …erkopf, im Westberliner Telephonbuch …chauspieler“ eingetragen, in der ersten …dekade feststellen. Seinen Groll darüber …r am 10. Februar unter dem Stichwort …-Streik“ zusammen.

…erste Warnschuß kam von den West…r Zeitungsverlegern und traf des Satiriker …ftsbasis: der Boykott der Anzeigen, … …us; seine Schau „Testamentseröffnung“ …r Tageszeitungen annoncierte. Die z… … Droh- und Mißfallenswelle, … …ihn anläß…

tend. Erst a… der auf Ha… kann jede… dann he… sich h…

D… „B… f… r…

…S-Student die F…

In Berlin lebt ein… eifernder Mensch, … und verärgernd, un… viel von sich reden. Er w… mal ein komischer Kaba… aber seine Komik ist … schon in Galle übergega… und ginge es nur um ihn a… um diesen Wolfgang N… dann hätten mich keine z… Pferde an die Schreibmasch… gebracht, zumal er mir ke… allgemeines Interesse zu rech… fertigen scheint. Sein öffentli… ches Wirken appelliert, nach… meinem Empfinden, viel eher… an die medizinische Neugi… psychiatrischen … der Freien Un… Ab… Z… Neuss…

Dem Wolfgang Neuss sollte niemand etwas tun. Aber wenn er meint, emigrieren zu müssen, und wenn er zu Spenden für seine Fahrkarte ins Exil aufrufen sollte, würde ich etwas einzahlen — nicht, weil mir daran gelegen wäre, ihn wegzuhaben, sondern um sein demokra… …ht auf Irrtum finan… wenn sei…

Neuss steht unter Polizeischutz

Drohbriefe und Drohtelegramme erhalten / „Ich kann nicht mehr"

Drahtbericht unserer Korrespondentin Annamarie Doherr

BERLIN, 8. Februar. Der Berliner Kabarettist Wolfgang Neuss hat sich am Montag, wie er der FR erklärte, unter Polizeischutz gestellt, nachdem er die ganze Nacht wegen seiner Teilnahme an der Vietnam-Demonstration der Berliner Studenten Drohanrufe erhalten habe und mit Drohtelegrammen bombardiert worden sei. „Ich kann nicht mehr", erklärte Neuss in einem Telefongespräch. „Ich wi wegfahr

meldete er-
ine Frau
Schwe-
d in

Deutschland sehe ich keine Möglichkeiten mehr, außer der, daß mich einige Leute am liebsten lynchen möchten."

Seinen Ausschluß aus der Berliner SPD, deren Landesvorstand am Montagabend den Beschluß einstimmig faßte, hat Neuss, wie er erklärte, aus der Zeitung erfahren. Eine schriftliche Mitteilung des SPD-Vorstandes lag Neuss am Dienstagnachmittag noch nicht vor.

Wie Neuss erklärte, wird er keine Berufung wegen seines Ausschlusses einlegen.

(Siehe auch Seite 7: „Vorstand der West-Berliner SPD zu weit gegangen")

Einer gegen alle

Wolfgang Neuss am Main

Zuge des Berlin-Besuches
rankfurt eingekehrte Wol-
Neuss — Kabarettist,
und Agitator — füllte bei
Temperaturen schon am
n Samstag das Frankfurter
piel, dessen Zugang über Le-
Absätze gefährdende Holz-
on den Besuchern Schritt für
rkämpft werden mußte.

euten es nicht. Was ihnen der
durch die randlose Brille ins
m zwinkernde Mann bot, war
systematisch erarbeitete, mi
agenforschung und Fußnote
tattete Schau über in Vergange
Gegenwart und Zukunft amti
Politiker aller Schattierungen.

denkt, an die rasche Reaktion d
erliner gewöhnt, sehr schnell. Do
etwas bedächtigen Hessen stellt
im Laufe des zweistündigen S
hmeidig um und genossen das a
anderen Kabarettisten schon d
Wolf gedrehte, von Neuss aber
ders zubereitete kabarettist
kstück mit Behagen.

Sprengstoff stört Neuss-Vortrag

Hdt. BERLIN, 30. Januar. Währ
einer Veranstaltung zum Thema
nam, auf der die Kabarettisten Wo
Neuss und Hannelore Kaub mit
haben, ist am Wochenende ein S
stoffanschlag verübt worden, der
dings ohne ernste Folgen blieb.
selbstgebastelte Sprenkstoffpaket ex
dierte im Flur des Berliner Studen
hauses am Steinplatz, wo die Verans
tung ablief. Die Vietnam-Dokumen
tion war von den Berliner Falken u.
einigen Studentenverbänden arrangier
worden.

Kurz nach dem Zwischenfall erhielt
das Landesbüro der Deutschen Presse-
Agentur in Berlin ein anonymes Schrei-
ben, in dem die Unterbrechung der Ver-
anstaltung mitgeteilt wurde. In dem mit
drei Punkten und dem Gruß „Auf ein
Neuss!" unterzeichneten Schreiben heißt
es: „Wir haben heute die Vorstellung von
Neuss usw., die sich selbst gern als das
intellektuelle Gewissen der Nation ver-
stehen, unterbrochen, um ihnen einen
kleinen Eindruck ...en, was es heißt:
Mit de...
... Zuvor wird er-
...tige Bombenan-
...cong auf die Zi-
...ams an der Ta-
...Protest unserer
... „verbrecheri-
...noch aus.
...ngstoffpaketes
...batterie. Eine
...ung aus. Der
... einer Keks-
...papier um-
...gtasche auf
...lt war. Bei
... zwei Fen-
...len Löcher
...esung des
... der Ex-
...hne wei-
...euss und
...e Stunde
...denten-
...ßt, Be-
...äischer
...tungen
...taaten
... Ein-
...schul-

Ernstfall

Ein Gutes hat der betrübliche Fall Neuss an sich. Er hat bewiesen, daß die Kabarettisten hierzulande in der Tat nicht nur Narrenfreiheit genießen. Ihre Äußerungen, ob nun mit ätzendem Wortwitz auf der Bühne oder mit politischem Engagement gar in der Öffentlichkeit getan, werden gehört. Wolfgang Neuss hat das am eigenen Leibe spüren müssen. Seine Partei, die SPD, hat sich von ihm distanziert, weil er vor der Wahl in einer Kabarettveranstaltung sein Publikum aufgefordert hatte, mit der Zweitstimme die DFU zu wählen. Jetzt hat sich gar die Berliner Öffentlichkeit von ihm abgewandt, als er gegen die amerikanische Vietnam-Politik protestierte. Lynchdrohungen waren die Reaktion gewisser Berliner Bürger, deren einziges Argument die Faust geblieben ist. Neuss' Empörung erscheint verständlich. Aber jetzt wäre es an ihm, Mut zu beweisen und den Gegnern mit Entschlossenheit entgegenzutreten. Mit einer Emigration aus dem heutigen Deutschland würde er handeln, als lebten wir im Jahre 1933. Und das kann gewiß nicht seine Überzeugung sein. Die Freiheit in der Bundesrepublik hat sich nicht verringert. Es hat sich nur bewiesen, daß diese Freiheit behauptet und verantwortet werden muß. Gewissenlose Fanatiker dürfen Neuss nicht abschrecken. Im Gegenteil. Als engagierter Eiferer im guten Sinne zählte gerade er zu denjenigen, die dazu berufen schienen, Ausschreitungen haltloser Raserei durch satirischen Spott zu ersticken. Jetzt im Ernstfall sollte es sich beweisen, daß der Neuss mehr als nur Legende ist. Es wäre enttäuschend, wenn eine solche Legende durch gekränkte Eitelkeiten zerstört würde.

B. F.

Matthias Walden

Das Märtyrertum des Herrn Neuss

„Da viele Kabarettisten zu der Antwort neigen, es gehe ihnen schlecht, wird der Eindruck erweckt, die Freiheit sei bedroht."

Ihr habt nicht recht!

Aus der Tschu-En-lai-Bücherei

Frohe Botschaft für meine Feinde

Ihr könnt mir zehnmal drohn
mit SS-kalation:
Ihr habt nicht recht.
Jedoch Ihr habt gesiegt
stolz könnt Ihr sein
Ihr habt ihn wieder richtig kalt gekriegt
den Krieg, denn das hab ich verstanden:
Diese halbe Stadt Berlin
soll
immer off'ne Wunde bleiben.

Andere und ich wir wollten Eiter sein
damit er heilt, der Charli Scheckpoint
die Wunden an der Heinestraße
die Löcher Invalidenstraße auch der
Übergang des Bahnhofs Friedrichstraße
Ihr aber wollt sie bluten sehen
endlich Bewegung in die Deutschlandfrage
die für Euch schon längst die Antwort ist:
Niemals Frieden mit den Kommunisten
'n deutscher Kommunist ist gut
sobald er tot ist, meint der Walden
und die Kohlenhalden
des Zynismus türmen sich, seht mich im Glanze
dieser Niederlage, ach mir ging's um

1966 – Pogromstimmung in Berlin: Der verbitterte Neuss-Bericht mit der Klage über den Einbruch des Kalten Krieges erschien in der Hamburger Zeitschrift »Konkret«. Neuss rechnet dabei persönliche Erfahrungen hoch: Er war wegen seines Engagements gegen den Vietnam-Krieg bedroht worden, seine Mit-Demonstranten waren aufgefordert worden, doch »nach drüben zu gehen« oder man hatte sie gar, wie der West-Berliner »Kurier« berichtete, »zum Einsteigen in die S-Bahn Richtung Ost-Berlin zu veranlassen« versucht und »durch den Schalter geprügelt« (»Der Abend«). Publizist Matthias Walden war einer der radikalsten Scharfmacher gegen linke Positionen.

die zwei Hälften,
Euch geht's um's Ganze
Nun ist's wieder soweit,
die drüben mit der MP –
Ihr macht es mit Geld Ihr seid ja klüger.
Sieger!
Ihr habt nicht recht, gesiegt nur habt Ihr:
BILDverhetzer, MITTAGSmaurer,
WELTverführer
Wir kleinen Schrittemacher sind Verlierer
denn Ihr habt unsre
zugegeben zaghaft winzig sich bewegenden
Trippelschrittchen so gelenkt
daß unsereiner stolpern mußte
nicht über Hager und Genossen
die hatten abgewartet, wie wir dies und jenes meinen
wollten wissen ob wir wirklich wollten:
Wandel durch Annäherung.
Doch unsre Kanzlisten, Altkanzler
Kahlköppe und Schloh-Birken
sahen ihre Politik im Eimer
sagten schnell: Wandel durch Einwirken.

So habt Ihr nun erst mal gesiegt
und mir tut's grausen vor den Konsequenzen,
bleibt's doch beim Waffenstillstand
mit der UdSSR bis höchstens übermorgen
dann in den neunzehnhundertsiemunddreiß'ger Grenzen
diktiert Ihr Euern Kindern
es gilt nur eines:
Friedensverträge verhindern!

Maos Gedichte lest Ihr nicht
Ihr zeigt nur Kinder schlitznen Auges
mit Pistolen
1000 Jahre herrscht der Papst in Polen
Wyschinski soll in Peking missionieren
dann wird sich Moskau fügen
Alle Völker Afrikas und Asiens
und alle Slawen müssen spüren

daß Ihr Tunnel grabt
Maulwurfwehrwölfe, ich gratulier Euch
weil Ihr nun gesiegt habt
Doch ohne Angst schon faß ich Euren Tritt
und schimpf schon wieder auf den Spitzbart
wegen Bier- und Havemännern
Foster Dulles lebt und siegt im Geiste mit
und auch McCarthy wird
schnell auferstehn
Ihr macht mich zum Chinesen
Ich werd' Euch gerne sterben sehn!

1966 – In der »frohen Botschaft«, die Neuss für seine Feinde parat hat, klingt bereits an, womit sich ein Jahr später sein Solo-Programm beschäftigen wird – Chinas Mao und die Dritte Welt. Die radikale Sicht auf die Bonner Dinge wird durch den Ausbruch eines längst gestorben geglaubten Kalten Krieges genährt, Antikommunismus kommt wieder im Mode. Folgerichtig sieht Neuss Tote wiederauferstehen: Den amerikanischen Kommunisten-Jäger McCarthy, den Sowjet-Delegierten bei der UNO, Alexei Wyschinski und US-Außenminister John Foster Dulles, die allesamt längst das Zeitliche gesegnet haben. Mit dem Spitzbart ist DDR-Parteichef Walter Ulbricht gemeint, mit den Bier- und Havemännern die Systemkritiker Wolf Biermann und Robert Havemann.

Sind wir noch zu retten?

Stockholmer Flüchtlingsgespräch

Weiss: Wie kann man ein wiedervereinigtes Deutschland zustande bringen?

Neuss: Mit einer Nichtanerkennung der DDR.

Weiss: Das heißt, die Produktionsmittel, die jetzt sozialisiert sind, gehen wieder zurück in den privaten Besitz, die Bodenreform wird aufgehoben zugunsten des Großgrundbesitzes, kurz, die sozialistischen Arbeiter würden mit Freuden wieder in den privaten Unternehmen arbeiten. Das wäre also die Wiedervereinigung, gesehen von Westdeutschland aus.

Neuss: Ja, das reicht noch nicht ganz, denn wir können ja – als Europäer – mit einer freien Marktwirtschaft nicht mit einem kommunistischen Polen als Nachbar leben.

Weiss: Das hieße, die sozialisierten Produktionsmittel in Polen würden wieder zurückgehen in Privatbesitz, und die feudale Klasse würde wieder ihren Großgrundbesitz etablieren. Das wäre also eine Vereinigung Europas von Westdeutschland aus – kurz, das Gespenst des Kommunismus wäre noch weiter nach Osten verschoben.

Neuss: Ja, das reicht aber noch nicht, denn eine polnische freie Marktwirtschaft mit einer Sowjetunion an der Ostgrenze, das wäre ja ein ewiger Unruheherd – und Europa erstreckt sich bis zum Ural.

Weiss: Die Eskalation müßte also weitergehen – bis an die Chinesische Mauer.

Neuss: Das wäre gut – von der anderen Seite kämen dann die Amis.

Weiss: Die sind ja schon da.

Neuss: Zu früh. Diese radikalen Amerikaner können nicht abwarten, bis wir soweit sind. Wir haben uns noch nicht genügend formiert.

1966 – Als sich im Februar die in der Öffentlichkeit geführte Diskussion um Neuss und seine politischen Positionen allmählich zum »Nervenkrieg« (Neuss) ausweitet, packt der Kabarettist die Koffer und reist nach Schweden, ins Geburtsland seiner Frau. Die Presse berichtet von angeblichen Emigrations-Plänen. Auch für die internationale Presse ist Neuss ein Thema. So kommentiert die niederländische sozialdemokratische Zeitung »Het Vrije Volk« den Parteiausschluß und das »allgemeine Kesseltreiben gegen den Kabarettisten«, das alles passe in das »Bild einer unklaren Kommunistenjagd«. Das schwedische Fernsehen strahlt im März ein Gespräch zwischen Neuss und Peter Weiss über deutsch-deutsche Realitäten aus.

Weiss: Das Zusammenspiel zwischen der freien Marktwirtschaft und der dazugehörigen schweren und effektiven Bewaffnung ist in Westdeutschland noch nicht weit genug vorgeschritten – denn diese Art von Freiheit läßt sich nur verbreiten durch äußerste militärische Unterstützung. Die Frage ist nur, ob die Sowjetunion und die Volksrepublik Polen und die DDR etwas dagegen haben.
Neuss: Ganz subjektiv gesprochen, könnte ich mir vorstellen, daß die weiter nichts dagegen haben als Frieden – und was ist das schon?

Demo gegen Notstandsgesetze: Gaston Salvatore, Wolfgang Neuss. 1968

Ostermarsch 1967, Wolfgang Neuss
mit Joan Baez bei der Abschlußkundgebung auf dem Frankfurter Römer

Notstands-Paule

Ach...

Seit wir die Große Koalitze haben, neige ich dazu, meine Werke mit »Ach ...« zu beginnen. Ich bin, sozusagen, in meine ach-te Schaffensperiode eingetreten.

Warum »ach ...«? Ach nun, zum Beispiel darum:

Der Minister meines Innern, Lücke – Sie kennen ihn vielleicht? –, als der eine oder andere noch der SPD und der SPD wiederum noch der Ruch der Opposition anhing, da klaffte er schon, der Lücke, unser Notstands-Paule.

Aber er war vorsichtig, sehr vorsichtig, wie Igel, wenn sie sich igeln.

Er igelte sich ein, machte vornehmlich in Schubladen und spielte hinter Betonklötzen Atomschlag und Notstandskanzler. Im A-Bunker. Soll niemand drin kanzeln als Lücke allein ... Und die ihn gesehen haben, wurden etwas blaß ...

Als sich Herbert Wehner dann entschloß, Politiker zu werden, und die SPD keine Partei mehr kannte, nur noch Deutsche, kurzum, als sie in verantwortlicher Gesamtschau in den Konkurs der CDU einzutreten sich bereit erklärte, denn geteiltes Defizit ist halbes Defizit, da dachten wir – natürlich nur einen Moment lang: Vielleicht läßt sich bei dieser Gelegenheit wenigstens der Lücke Abbruch tun. Aber – ein Notstand kommt selten allein: Paule blieb, und zum Trost bekamen wir Seebohm vor die Füße geworfen.

Kaum hatte Notstands-Paule die Innereien wieder fest in der Hand, da erkundigte er sich auch schon bei anderen westlichen Demokratien, also wohl vor allem in Madrid, Lissabon, Haiti sowie beim Erzbischof von Saigon, welche Möglichkeiten man dort gefunden habe, mißliebige Personen bei Notständen in Lager zu bringen.

1967 – Mit »Notstands-Paule« ist Paul Lücke gemeint, der im Erhard-Kabinett wie auch in der Regierung der Großen Koalition (Neuss: »Große Koalitze«), die im Dezember 1966 aus CDU und SPD gebildet wird, Innenminister ist. Unter seiner Amtsführung werden die Bonner Pläne für eine Notstandsgesetzgebung vorangetrieben. Zu den Gegnern dieser Gesetzesvorhaben, die Einschränkungen demokratischer Grundrechte vorsehen, gehören die als »Linksintellektuelle« geschmähten Schriftsteller Rolf Hochhuth, Heinrich Böll, Hans Magnus Enzensberger, Günter Grass, Herbert Marcuse und Robert Neumann sowie die Publizisten Erich Kuby und Rudolf Augstein. Der Neuss-Beitrag erschien in der Zeitschrift »Deutsches Panorama«.

Verzeihung! Habe ich »mißliebige« gesagt? Also, ich meine natürlich: beliebige!

Auf die Antworten brauchte man nicht gespannt zu sein. Nicht einmal Notstands-Paule selber wird sie lesen wollen. Nur ablegen wird er sie, unter A wie Alibi ...

Wir aber sollen's zufrieden sein, gell? Wer läßt sich nicht lieber internieren als erschlagen, wenn's soweit ist?

Zudem sollen die Lücke-Lager gar nicht Lager heißen. Wegen der Assoziationen – ein Wort, wo sogar manch Sozi dringesteckt hat. Statt dessen wird vorgeschlagen, die Ohnmacht-Zusammenballungen als Villenviertel anzulegen und sie dann »Pinscherhütten«, »Aufbewahrungsheime für Gedichtemacher und Geschichtenschreiber« oder schlicht »Poesieschuppen« zu nennen. Und den Stacheldraht, mit dem sie eingefaßt sind: Koalitze.

Mir scheint indessen, diese Begriffsbestimmungen sind zu eng gefaßt, und es soll doch nett und geräumig sein in den Lagern, pardon: in den Einschlußgebieten. Es müssen doch auch ganz prosaische Beliebige darin erfaßt werden können, etwa die Gewerkschaftskollegen von Holz, Chemie und Metall. Oder möchten Sie sommers und winters, tagaus, nachtein, nur mit Hochhuth und Böll, Enzensberger und Grass, Professor Marcuse und Robbe Neumann am trauten Kamin hocken?

Möchten Sie essen müssen, was die Gruppe 47 gemeinsam gekocht hat? Möchten Sie ihre Nächte mit Kuby und Augstein verbringen? Das möchten nicht einmal Kuby und Augstein!

Nein, was wir brauchen, sind keine kleinen Koalyrikschuppen für ein paar linkische Schreiberlinge, sondern die große Konzentration, mit der Kranzler Krisinger sich sehen lassen kann, wo keiner drin fehlt. Ich wüßte auch schon einen netten Namen dafür: »Endlich vereinigte deutsche Linke«.

Die Faust aufs Auge
Widerstands-Ständchen

Das freie Spiel der Kräfte und Interessen
das bringt wenig Segen
Vielfarbig singt es unisono
Weißer Kreis
Grüner Plan heißt Bauernlegen
Emanzipierte Frauen strengen bourgeoise Herren an
Der alte Spruch ist dran
»Früher lernt ich sie als Perle kennen
Heut geht sie eigenhändig mit die Kerle pennen«
Berlin bleibt doch Persil. Die Mauer ist zuviel
Vielen ist klar
Die Mauer ist ein Weißer Kreis
Sie ist unbezahlbar
Heute noch Gemeindepfarrer
Theorie genügt
Morgen Luftschutzwart
Die Praxis siegt
Im nächsten Jahr wird Pflicht zur Haft erhöht
Die Haftpflicht wird geblecht
Wissen Sie was?
Ein bißchen rote Garde wär
in unsrem Lande gar nicht schlecht

1966 – Gegen die geplanten Notstandsgesetze melden Mitte der sechziger Jahre breite Kreise der Bevölkerung massiven Protest an. Auf Massen-Demonstrationen wird die Erinnerung an Hitlers Ermächtigungsgesetz beschworen. Der Neuss-Beitrag, der in der Zeitschrift »Deutsches Panorama« erschien, unterstützt diesen Protest und kündigt Widerstand an. Mit dem Parteigenossen Schnauze ist Helmut Schmidt gemeint, der sich als Innensenator während der Hamburger Flutkatastrophe den Ruf als »Macher« erworben hatte. Hinter Walter verbirgt sich Stalin-Erbe Ulbricht, der SED-Parteichef. Mit der »Roten Garde«, die Neuss »unsrem Lande« ein bißchen wünscht, ist die militante Kulturrevolution Rotchinas gemeint.

Bedürfnis wird geweckt
Gesellschaft wird formiert
Notstandsgesetze werden inhaliert
Der Kanzler
Gestern gestorben
Heute auferstanden
Parteigenosse Schnauze hat die Kür bestanden
Die Beatles singen
Ein Jesus reicht nicht
Wir brauchen viere
Die reichste Bank der Welt gehört dem Papst
Er hortet Lire
Wer sammelt öffentlich in Rom für die Befreiungsfront?
Ach so
Prestigemäßig hat man's heimlich nur gekonnt
Heut ist 'ne Fete
Es wird getanzt, gezecht
Wissen Sie was?
Ein bißchen rote Garde wär
in unsrem Lande gar nicht schlecht

Gesetze sind das Ziel
Viel wichtiger scheint den hohen Herren
das Stabilisierungs-Gefühl
Eskalation des Wohlstands, liebe Leut
Warum singt keine Schäferhündin
als Soubrette in Bayreuth

Der Himmel überm Ruhrgebiet wird blau
Wieso gibt's keinen Zapfenstreich für Kumpel
aus dem Kohlen-Bau
2000 Jahre hat die Nordsee Dauerwellen
Die Tradition hat halt ihr Alter
Seit seinem Tode heißt der Stalin Walter

Es wird Zeit in unserm Land
Gründet
meinswegen heimlich im Bett
den Widerstand
Seid fit, denn diesmal klappt's
der Gerstenmaier macht nicht mit.

Kulturrevolution
Chinas Rote Garde
große ideologische
die das Alte
und das Neue

Kulturrevolution
Chinas Rote Garde
große ideologische
die das Alte
und das Neue

Von Freiheit nischt jehört

Als Tourist zwischen zwei Welten

Ursache und Wirkung

Hallo – hier spricht Krankenpfleger Qualle aus dem Westend-Krankenhaus. Wo ist denn der Herr von »Bild am Sonntag«? Ach, da sind Sie ja, geben Sie mal die Kohlen her...

Also: Rudi hat wieder im Traum gesprochen. Es geht ihm gut, sagt er. Er kann sich an nischt erinnern. Und mit der Revolution isses vorbei, sagt er, wegen Personen-Kuli: Einer wird gewinnen, also müssen alle verlieren.

Dann hat Rudi – Sie wissen: Er hat eine Gehirngrippe, darum geb ich ihm immer heimlich etwas Brusttee, nachts. Hat er gesungen: »Brüder in die Sonne« oder so. Nee, von Freiheit hab ick nischt jehört.

Dann hat er nach seinen Wildlederschuhen gefragt, und daß sie sollen zum Frisör gebracht werden.

Und dann, wie üblich, die Gretchenfrage nach dem Trommelrevolver. Nee, nee, nich nach dem Besitzer, sondern nach dem Herausgeber. Er faselte was von Dr. Frey und ob der Kinder habe, weil, ich meine, an sich ... a ... Die Revolution hat ja immer Appetit, nech. Und sie soll ja auch nich hungern. Aber vorbei isses mit ihr. Hat er gesagt, der Rudi. Wenn er rauskommt, sagt Rudi, will er entweder ins Kloster, Tonsuren putzen, oder Landwirt werden. Er sagte nämlich was von »Die Schweine ...«

Jaja, geflucht hat er auch. Aber nur für die »Welt am Sonntag«. Exklusiv.

»Die wollten mich«, hat er noch gesagt, ja. Aber wie gesagt: Er hat sich ihnen ja verweigert! Er lebt. Und nachts fantasiert er. Aus zuverlässiger Quelle kann ich Ihnen auch sagen, daß mit'm Jagdschein und Dutschke nischt wird. Paragraph 51 und so.

Rudi hat nämlich heute früh Erdbeeren gegessen. Wat anderes wollt er

1968 – Der Neuss-Beitrag nimmt Bezug auf das Attentat, das am Gründonnerstag auf Studentenführer Rudi Dutschke verübt wurde. Dutschke wurde dabei durch einen Kopfschuß lebensgefährlich verletzt. Josef Bachmann, der Attentäter, der rechtsradikalen Ideen nachhing, gab für seine Tat politische Motive an. Dr. Gerhard Frey war Herausgeber der rechtsextremistischen »National-Zeitung«. – Die Neuss-Nummer, die er für Kühns Satire-Sendung »Bis zur letzten Frequenz« schrieb, blieb auf Anweisung des Intendanten des Hessischen Rundfunks, Werner Hess, ungesendet – der empfand die Worte, die Neuss für den lebensgefährlich verletzten Freund fand, als unpassend und »degoutant«. Neuss protestierte gegen diese Zensurmaßnahme, ohne Erfolg.

nich. Den parlamentarischen Kartoffelbrei hat er mir aufs Oberbett gekotzt.

Jaja, der Rudi. Das ist schon das bessere Deutschland. Natürlich nur, wenn er im Krankenhaus liegt. Wir wollen uns jetzt alle, sagt er, enger um den SDS scharen.

Nein, nein, schreiben Sie das bitte nicht. Das hat ja Professor Bloch gesagt, und der ist Friedenspreisträger des deutschen Buchhandels. Das paßt ja gar nicht in die Deutsche Nationalzeitung. Verzeihung, in »Bild am Sonntag«. Wie konnte ich das nur verwechseln??

ISCHER RUNDFUNK: LINKES KABARETT UNERWUNSCHT

inem Brief an Westberliner Kabarett-Autoren, die gegen die Absetzung einer Kaba-
t-Sendung über die Osterunruhen im Hessischen Rundfunk scharf protestiert hatten
estatigte jetzt der Intendant die politischen Gründe fur die kurzfristige Absetzung des
Programms. Intendant Hess meint, "daß die vollige Einseitigkeit dieser Kabarett-Sen-
dung, die sich nur gegen die Polizei richtete, so nicht verantwortet werden konnte." Aus-
serdem: "Einige der Beiträge hatten nach meinem Eindruck nichts mehr mit kabaretti-
stischer Glossierung zu tun, sondern wirkten hetzerisch." Einen Beitrag von Wolfgan
Neuss über Rudi Dutschke fand die Intendanz "ausgesprochen degoutant". Neuss hatte g
meinsam mit den "Reichskabarett"-Textern Dieter Kursawe, Thierry und Detlef Mic
die ständig Beiträge für das Rundfunk-Kabarett in Frankfurt "Bis zur letzten Frequ
liefern, bei der Intendanz Aufklärung über die Absetzung der von ihnen geschrie
Sendung verlangt. Mitte Mai hatte die Sendeleitung der "Frankfurter Rundschau" a
frage erklärt, daß am Tage der Sendung plötzlich "neues Material" vorgelegen hat
dem "die Redaktion nicht mehr fertig werden konnte". Die Kabarettisten hätten d
grammleitung erklärt, daß sie in der Kürze der Zeit die Sendung nicht mehr ak
ren könnten; daher wäre sie "verschoben" worden. Wie sich aus dem Brief des
ten jetzt ergibt, war diese Auskunft eine bewußte Irreführung: Nach neuer Ver
die Sendung erstens wegen der Übertragung der Bundestagsdebatte über di
zweitens wegen der "völligen Einseitigkeit" ausfallen. Von "Verschiebung" is
mehr. Es sollen lediglich, so Hess, "Teile dieser Produktion für den nächs
min mit verwendet werden."

Ausgefallen oder verschoben?

sp FRANKFURT A. M., 14. Mai (Eig. Bericht). Im dunkeln liegen bisher die Gründe dafür, daß der Hessische Rundfunk Ende April seine allmonatliche Kabarettsendung „Bis zur letzten Frequenz" kurzfristig abgesetzt hat. Wie die Intendanz des Hessischen Rundfunks der „Frankfurter Rundschau" auf Anfrage mitteilte, traf die Programmdirektion ihre Entscheidung am Nachmittag vor dem Sendetermin, da an jenem Tage plötzlich „neues Material" vorgelegen habe, mit dem „die Redaktion nicht mehr fertig werden konnte". Die Kabarettisten selbst hätten erklärt, daß sie in der Kürze der Zeit die Sendung nicht mehr aktualisieren könnten. Die Sendung sei deswegen „verschoben" worden. Neuer Termin sei Ende Mai. Auf die Frage, ob das nicht der turnusmäßige Termin der nächsten Sendung sei, räumte der Sprecher der Intendanz, Arnold, ein, die April-Sendung sei nicht verschoben, sondern ausgefallen.

Themen der ausgefallenen April-Sendung, an der unter anderen der Berliner Kabarettist Wolfgang Neuss mitwirkte, waren dem Vernehmen nach die österlichen Studentendemonstrationen. Der verantwortliche Redakteur, Mitautor und Produzent der Sendung, Volker Kühn, sagte der FR am Montag, ihm sei von dem Eingang neuen Materials zum Thema der Sendung am fraglichen Tage nichts bekannt.

Belehrung
oder Warnung vor einer neuartigen Verschwörung

Es schnuppern die Rehe
es brunsten die Hirsche
es röhren die Elche: Nazis?
Gibts doch kaum noch welche!
Na schön.
Man brauchte nicht in Kaisers Rock Schrappnells aus Eisen
in der Feinde Fleisch gejagt zu haben,
man mußte nicht unter Hitler mitgelaufen sein,
man kann sogar noch versehrtes Opfer
aus dem Serajewo-Kriege sein,
ja selbst KZ-Insasse, dem Gas und Tod entronnen,
man kann auch heutzutage ganz
die grauenvolle Pein vergessen haben –
bloß bitte eins nicht:
daß all die Opfer ihren Sinn gehabt.
Obwohl kein neuer Kaiser oder neuer Hitler
optisch sichtbar, kenntlich
ist heute Mitlaufen mit der offiziellen Politik
schon wieder selbstverständlich.
Auch für Leute,
die es damals gar nicht wollten
und heute darum doppelt wach sein sollten.
Es kann in diesen Tagen leicht passieren,
daß man an der falschen Stelle liebt,

1966 – Neuss-Kommentar zum Antikommunismus-Syndrom, zum Kalten Krieg und zur falschen Verbrüderung in Sachen westlicher Schulterschluß. Der Beitrag wurde von der Zeitschrift »Kontakte« veröffentlicht.

wo man schon mal vergessen hat zu hassen –
dies möchte ich, neben anderen,
die jüdischen Gemeinden hier in Westdeutschland
besonders deutlich wissen lassen.
Ich kenn 'n paar Israeli-Herren,
die schreien so laut:
»Seht diese Schweine! Diese Kommunisten!«
als ob sie heute noch die Nazis
und es gibt doch kaum noch welche,
von ihrer Unschuld überzeugen müßten.

Funkspot

Sprecher: Jetzt mache ich diese Sendung Monde um Monde. Aber jedesmal, wenn ich über den Faschismus sprach, dachte ich vorsichtshalber. Ich dachte nie, daß es ihn wirklich noch gibt, den Nationalsozialismus.

Regisseur: Ja, meinen Sie denn, Kiesinger war Nazi? Etwa?

Sprecher: In keinem Fall.

Regisseur: Bitte noch mal, da war mir zuviel Ironie drin. Also: Ja, meinen Sie denn, Kiesinger war Nazi?

Sprecher: In keinem Fall.

Regisseur: Noch mal, das war mir einfach zu lustig. Ja, meinen Sie denn, Kiesinger war Nazi?

Sprecher: Möglich ist alles.

Regisseur: Das klang am unwahrscheinlichsten. So kann es bleiben.

1968 – Hintergrund des Funkspots, den Neuss für die Satire-Sendung »Bis zur letzten Frequenz« schrieb, ist die Ohrfeige, die die engagierte Journalistin Beate Klarsfeld im November während des CDU-Parteitages in der Berliner Kongreßhalle vor den Augen der Welt Bundeskanzler Kurt-Georg Kiesinger verabreichte, um auf seine NS-Vergangenheit aufmerksam zu machen: Kiesinger, der im Dritten Reich als Beamter des Auswärtigen Amtes Dienst tat, war bereits am 1. Mai 1933 der NSDAP beigetreten. Die Klarsfeld wurde noch am gleichen Tage in einem Schnellverfahren abgeurteilt: ein Jahr Gefängnis ohne Bewährung. Kiesinger blieb bis ans Ende seiner Tage unbehelligt.

Einbahnstraßentheater

Linkes Finale

Der Vorhang öffnet sich. Ein unglaublich primitives Bühnenbild ist zu sehen: Zwischen Friedhofskreuzen steht eine hinterhofübliche Teppichklopfstange. Darüber liegt eine Landkarte von Groß-Berlin, dumpfe Symbolik markierend. Ost-Berlin fällt auf die linke Seite – die Intelligenz im Publikum müßte dafür eigentlich nur ein blasiertes Lächeln übrig haben. West-Berlin fällt nach rechts. Ausgerechnet die Stadt, von der die Impulse – man kann sagen – für ganz Europa ausgingen: Impulse für Rebellion und Revolte. Die Stadt, in der zwar offizieller Rechtsverkehr herrscht, aber in der Linkssein zum guten Sonntagsanzug gehört.

Links vom Betrachter, angedeutet, die modische Wohnung eines modisch linken Architekten. Hier wird die Außenseiter-Bande gleich Zimmertheater spielen.

Aber noch ist es nicht so weit. Noch sitzt Karl Moor, der modische Architekt und denkt. Das Schöner-Wohnen-Telefon macht sich bemerkbar. Wie könnte es anders sein: Es klingelt nicht, sondern hupt. Im Ho-Ho-Ho-Tschi-Minh-Rhythmus, versteht sich. Moor nimmt den modischen Hörer ab.

Moor: Revolution. Was gibt's? ... Ausgeschlossen. Das mache ich nicht mit. Ein Go-in bei Neckermann!!! Kommt überhaupt nicht in Frage. Bin doch kein Versandhaus-Intellektueller. Tschau!

1968 – Neuss-Beitrag zum Thema Kulturrevolution und Maos »Roten Garden«, die ab 1966 die »Rückkehr zu den Sitten der Volkskommunen«, den »großen Sprung nach vorn«, die Abkehr vom Westen, den Bruch mit Moskau und eine »Säuberung der Partei« propagieren. Der Text ist ein Auszug aus einem satirischen Hörspiel gleichen Titels, das Volker Kühn mit Neuss in der Hauptrolle für den Hessischen Rundfunk produzierte.

Moor knallt den Hörer auf. Das Telefon hupt erneut. Der modische Architekt nimmt ab.

Moor: Revolution! Wer da? ... Was? Meine Unterschrift für die Schriftsteller in der Sowjetunion? Hat Heinrich unterschrieben? ... Wer Heinrich ist, wer Heinrich ist ...

Böll, natürlich! ... Und Martin? ... Was heißt Niemöller – Walser!! ... Und was ist mit Günter? ... Was heißt hier Grass. Gaus!!!

Mann, Ihr seid nicht auf dem Laufenden ... Die haben alle nicht unterschrieben? Dann ich auch nicht ...

Außerdem hab ich im Moment keine Zeit. Ich erwarte eine Gruppe von sehr netten Schülern ... Du, ich muß Schluß machen ... ich glaub, sie kommen! ... Jaja, meinetwegen. Schreib mich drunter.

Wenn die Annonce in der ZEIT kommt, sieht's dumm aus, wenn ich fehle. Also dann ... Rotfront!

Moor legt den Hörer auf, nicht unzufrieden mit sich. Auftritt Schülergruppe. Mit Jeans, Lederjacken und bunten Hemden betritt sie stumm schlendernd das Zimmer. Man verteilt sich lässig im Raum.

Moor: Rotfront, Genossen. Macht's euch bequem.

1. Schüler: Grüß Gott, Onkel. Sehr schöne Wohnung.

Moor: Och, nicht der Rede wert.

2.Schüler: Swimmingpool, gekachelt! Dufte. Haste auch Meerschweinchen?

Moor: Alles selber gebaut. Fühlt euch zu Hause. Tut so, als ob es euch gehört. Alles, was ich habe, gehört meinen Genossen. Als Zufluchtsort für freie Liebe ... was ihr wollt. Wenn wir 'ne Aktion besprechen wollen, wenn ihr zum Beispiel Zärtlichkeiten tauschen wollt, wenn ihr Schönheit und Freiheit oder Bombenanschläge probieren wollt, nur zu!

Schüler *(unisono)*: Scheißer.

Moor: Was? Natürlich ist es schizophren... aber ob Flower Power das Richtige ist? Ich sage euch – nicht weil ich Franz Fanon auswendig kann – aber Zerstörung ist die Voraussetzung für Veränderung. Dann erst können sich neue Menschen richtig freuen.

Der eine der Schüler nimmt die kostbare Blumenvase in die Hand. Sie fällt scheppernd zu Boden.

1. Schüler: Befreiend, nicht wahr?

Moor: Na ja, das kann jedem passieren. Macht nichts. Was macht ihr denn mit den Blumen?

2. Schüler: Streuen!

Tut es. Verteilt das Grüne im Raum.

Moor: Aha, ich verstehe. Das ist unsere neue Sprache, die Sprache der Tat, die Widerstandssprache. Wollt ihr was trinken, Genossen?

Schüler *(unisono)*: Scheißer.

Moor: Weiße mit Schuß? Hab ich nicht. Das einzige, was ich nicht habe. Im Moment habe ich überhaupt wenig Geld. Ich unterstütze das Straßentheater. Ich habe Whisky, Bacardi, Gin Tonic ...

Er gibt ihnen Gläser, unglaublich leichtsinnig. Man hört es klirren.

1. Schüler: Befreiend, nicht wahr?

Moor: Es ist keine richtige Zerstörung. Guckt euch die Flecken an der Wand an. Im Grunde beneide ich euch. Ihr seid mit einer unwahrscheinlichen Spontaneität kreativ. Die Flekken sehen aus wie Dali-Entwürfe. Man müßte das fotografieren. Sehr schön!

Es wird immer schöner. Die beiden Schüler ziehen jetzt ihre Taschenmesser, zerschneiden die Ledersofas, schneiden die Bilder aus den Rahmen, reißen die Vorhänge und Teppiche von den Wänden.

1. Schüler: Befreiend, nicht wahr?

Moor: Genossen – was tut ihr??

Die wilden Engel nehmen die kostbaren, ledergebundenen Bücher aus dem Regal.

1. Schüler: Strahlungen ...

2. Schüler: Gottfried Benn ...

1. Schüler: Jugendbücher ...

Sie reißen die Seiten aus den Büchern und schmeißen alles durch die stickige Luft.

1. Schüler: Befreiend, nicht wahr?

1. Schüler: Adorno ...

2. Schüler: Mitscherlich ...

1. Schüler: Horkheimer ...

Moor: Halt!! Die bitte nicht! Das geht zu weit ...

Vielleicht habt ihr recht. Natürlich hat alles seinen Marktwert in dieser Gesellschaft. Aber man muß bedenken, wir

Älteren ... ich meine, mein Jahrgang ... es muß doch für jede Praxis Theoretiker geben, nicht wahr?

Die Schüler haben sich jetzt in eine Zerstörungsorgie hineingesteigert. Sie haben einen Eimer mit roter Farbe hervorgeholt und entkleiden zunächst unseren Architekten. Gleichzeitig malen sie den nackten Mann willkürlich mit roter Farbe an. Das Ganze könnte ein unverständlicher Film von Buñuel sein. Eventuell auch ein verständlicher!

Moor: Seid ihr verrückt, Genossen!

Jammert vor sich hin

Moor: Hoffentlich kommt Amalie jetzt nicht hier rein.

1. Schüler: Befreie dich.

2. Schüler: Du mußt dich befreien.

1. Schüler: Befreien ...

2. Schüler: Befreien ...

1. Schüler: Befreien ...

Unser Architekt ist hingefallen. Nackt und rot.

1. Schüler: Siehste – jetzt biste nackt und rot und neu und frei.

2. Schüler: Ein schöner linker Playboy.

1. Schüler: Wo ist denn die Frau des Hauses?

Auftritt Amalie

Amalie: Ja ...?

1. Schüler: Bitte sehen Sie sich Ihren Mann an.

Amalie tritt näher

Amalie: Karl, bist du des Wahnsinns wildgewordene Beute?

Moor: Das Problem, Amalie ist, daß du es nie verstanden hast, dich zu befreien.

Amalie lacht sich halbtot. Gottlob. Sie kann gerettet werden.

Selbstbedienungsmensch für Bullen

Reisebericht aus der dritten Welt

Liebe Twens,

von Neapel bis Santiago mit dem Spaghettidampfer »Verdi« sind es 9898 Kilometer. Das Schiff hat gehalten, wo auch immer ein freies Plätzchen an irgendeinem Kai war – 15mal. Als ich als Tourist das Rockefeller-Venezuela betrat, war in Caracas gerade ein sehr, sehr liberaler Präsident gewählt worden, so daß ich eine Stunde verhaftet war. Der Bulle war äußerlich als solcher nicht kenntlich: Ich war als freier Touristenmensch in den Hof des Präsidentenpalastes gegangen, ein Chauffeur putzte den Buick, und ich sah mit belanglosem Interesse zwei Zeitschriften auf dem Platz vor dem Rückfenster liegen; ich beugte mich ein bisserl vor, um zu sehen, was dieser neue Präsident wohl so lese, und es beugte sich eben dieser nicht erkennbare Bulle so dicht mit mir nach vorn, als ob wir im Gänsemarsch angekommen seien, und dabei fühlte er an meiner linken Arschtasche den Revolver!

Auf der Wache erklärte ich einem Englisch sprechenden, uniformierten, ungemein höflichen Ober-Büllchen, daß dies ein Platzpatronen-Revolver sei – weil auf dem Schiff hätten sie gesagt, man solle sein Eigentum schützen an Land; da seien in der Stadt Caracas welche unterwegs, die griffen aus purer Not überall dorthin, wo man was drin hat.

Zu fragen, ob der Zivil-Bulle in höchster Not mir an den Arsch gegriffen habe, war keine Zeit, denn die Höflichkeit beim Ober-Büllchen hatte sich sofort mit einem Genieblitz gekoppelt: Ich solle den Revolver entsichern, an meine Stirn halten und abdrücken. Dann könne

1969 – Reisebericht für die Zeitschrift »Twen« über die Schiffsreise, die Neuss im März von Italien nach Südamerika unternahm. Die Turbulenzen des 68er Jahres, die Neuss in vorderster Protest-Front forderten, ließen den Wunsch aufkommen, sich für eine Weile aus Berlin zurückzuziehen. Neuss beschloß, »Urlaub von Deutschland« zu nehmen und wollte sich für unbestimmte Zeit in Chile aufhalten. Daraus wurde nichts. Nach drei Monaten ist er wieder in Berlin, nachdem ihn die chilenischen Behörden aus politischen Gründen verhaftet und als »unliebsamen Ausländer« in die Bundesrepublik abgeschoben hatten.

Neuss-Statement gegen den Vietnam-Krieg, Universität Köln, 1966

ich entweder gehen oder man würde für meinen Transport sorgen; längliche Kisten habe man parat.

Ich tat wie geheißen, und meine Armlänge ist normal, so daß nach dem Platzpatronenschuß die rechte Hälfte meines fetten Ponems schön schwarz war. Na, die Bullen waren ja so glücklich, daß ich ohne längliche Kiste auf mein Schiff zurück konnte. Vorher ging ich noch unter die Wasserleitung und rieb mir das Schwarze vom Gesicht; als Mischling in legerer Kleidung braucht man in Caracas nicht mal was in der hinteren Hosentasche zu haben, um eine Art Selbstbedienungsmensch für Zivilbullen zu sein. Auf der Rückfahrt zum Hafen sah ich noch kurz eine ungewöhnliche mildtätige amerikanische Investition in Venezuela: einen Friedhof für Leute mit einem Brutto-Monats-Einkommen unter 100 Pfennig. Dieser letzte Ruheplatz war größer als dreimal ein Münchner Olympia-Oberwiesenfeld. Der Taxichauffeur sagte etwas von »wegen Überfüllung geschlossen«.

Warum soll einer lebensfähig sein, wenn er nicht arbeiten kann?

Wenn man bedenkt, daß die meisten Unter-100-Pfennig-im-Monat-Verdiener noch leben, in den an die Berge geklatschten Lehmhütten, zwischen denen die Bankinstitute von Wallstreet eine hochhausmäßige gute Figur machen, dann ahnt man, wieviel Investitionen die Amerikaner noch in solche Objekte in Venezuela machen müssen; wo sie kein Petroleum rausholen können, sondern Blut reinstecken müssen. Kaltes Blut natürlich.

Da lobe ich mir Buenaventura in Kolumbien, wo der Fortschritt die Regierung zwingt, die Einwohner lebendig zu begraben. Es ist böses Blut, wenn ein Bein oder Arm nicht heilen will. Und die Gesundheitsbehörde in Kolumbien ist modern, sie nimmt die vorhandenen Medikamente für die Gesunden. Warum soll einer lebensfähig sein, wenn er nicht arbeiten kann? Von jener südafrikanisch-texanischen Rückständigkeit, Wimpern und Fingernägel zu verpflanzen, hält die kolumbianische Regierung nichts.

Schönheitsoperationen sehen in Buenaventura anders aus: Der zirka 30jährige Mann lag nicht mal auf der Fahrbahn mit seinem großen Geschwür am Oberschenkel. Nur: Der Militärlaster, der über ihn rollte, mußte einem anderen ausweichen – wir wissen ja um die Gefahren im Straßenverkehr –, und der Zerquetschte, der vor seinem Haus lag, jetzt nicht mehr stöhnte, sondern lauter brüllte, als es jede Hupe in Bad Kissingen nicht mal leise darf, bekam von zwei Soldaten mit Spaten so viel Sand und Erde auf sich, daß ihm tatsächlich die Qual des Atmens erspart blieb. Nach einer Viertelstunde war alles vorbei, und die Familie hatte keinen langen Weg zu irgendeinem Friedhof, sondern den Hügel gleich neben der Tür.

Das waren zwei Einzelfälle, deren Verallgemeinerung zwar wert ist, aber nicht opportun. Lateinamerika ist im Aufbruch und sehr sexy. Erhard war hier, Südamerikaner glauben an alle möglichen Wunder. Ludwig Erhards Ideen aber sind ihnen nur einen Beutel Blausäure wert. Barrientos, der Schreibtischmörder vom Ché, Staatschef von Bolivien, ist bekanntlich mit einem Hubschrauber tödlich abgestürzt. Es war ein Hochspannungsseil. Indes: Die Leute in Peru, Chile, Brasilien und vor allem die in Uruguay glauben, Barrientos starb rechtens durch Guerilleros. Das ist eben deren Wunderglauben. Dabei gibt es laut Telefonauskunft in Lima (Peru) höchstens drei Millionen Revolutionäre in ganz Amerika; davon 2,5 Millionen aktive Sympathisanten der MIR (Movimiento Izqierdista Revolucionario), 0,4 Millionen allein in Venezuela und Kolumbien, und 0,1 sind Tupamaros in Uruguay; letztere sind umgekehrte Teufel, will sagen Revolutionäre, die nur Sachen machen, die ihnen Sympathien beim Volk bringen: Die klauen in Montevideo nicht etwa Staatsgelder, sondern sie klauen den Ministern die Moneten, die diese dem Staat geklaut haben.

Wie gesagt, Neapel – Santiago, 30 Tage mit dem Ausflugsdampfer »Verdi« und nur zwei Militärattachés für Chile an Bord, mit einer ausgezeichneten Inneren Führung.

Nicht daß Ihr glaubt, dieser Brief sei der letzte aus dem Kontinent, dessen große Mehrheit »basta« sagt und sich in Bewegung setzt, ganz in meinem Sinne des Orgasmus-Leninismus: Revolution ist 50 Prozent schnelle Liebe, Fremdes inhalieren, und die übrigen 50 Prozent...

Herzlichst Wolfgang

Asyl im Domizil

Bunter Abend für Revolutionäre

1967 – »Asyl im Domizil« nennt Neuss beziehungsreich sein drittes und letztes Solo-Programm, das im Juni im Berliner »Domizil« am Lützowplatz Premiere hat. Für diesen »Bunten Abend für Revolutionäre« hat er Paukenschlegel und Schlagzeugstock gegen den Gummiknüppel eingetauscht: Der Blick reicht diesmal weiter als bis zur deutsch-deutschen Grenze, nun ist die Dritte Welt das Thema der aggressiven Kabarett-Attacken, Neuss bläst eine »Schalmei aus der Tschu En-lai-Bücherei« und zwischen den Polit-Pointen sammelt er Geld für den Vietkong. Liebäugelte das »Neuss Testament«, so der Autor, bereits mit »der Gewalt, die nicht vom Staat kommt«, so ruft der rebellische Kabarettist nun zu Widerstand und Ungehorsam auf.

Ich nah mich wieder
extremistische Gestalt, ganz ohne Pietät
im schwarzen Schlafanzug,
Vietkong-Solidarität ...
Ich nah mich wieder
Untergrund-Poet, Schmalspur-Prophet ...
Ach, lassen wir den Dreck
heut wollen wir uns streng dran halten
was hat Kritik hier noch für 'n Zweck?
Ich will's gleich selbst beordern
und ganz pauschal von Ihnen Ungehorsam fordern:
Zahlt keine Steuern mehr
dann dezimiert es sich von selbst, das Knüppelheer.
Streikt
verweigert Demonstration
denn das wär wirklich Anarchie:
Ohne Studenten läg Berlin schon heut in Agonie.

Mich seht ihr ungebeugt
erwartungsfroh seid ihr.
Bald explodiert
was unser Kernreaktor Jülich ›friedlich‹ zeugt.
Die Börse jauchzt im Nazarette-Tanz
der alte Schwindel steht zum letztenmal im Glanz.
Ein Hotelier verkündet: dies
Berlin – ein Heiratsparadies!
O wehe
Zellermayer mit Honeckergermanski in 'ner Ehe ...
Spree-Samariter rufen:
Arbeiter, A E geh!
Wehner trat Dollinger auf die Zeh
er wollte eine Nagelprobe, krummer Zahn ...
Senator König war in Moskau.
Kein König wollt zur Krönung hin
nach Teheran.
Ganz eklig schnell schickten Dachauer Bauernfänger

Gasmasken nach Tel Aviv.
Zu früh, denn die Gesichter wurden immer länger:
Ho Ho Ho Tschi Minh
für diesen Ruf ist hier und anderswo
so manche Existenz schon hin.
Und darum heut eine harte Schalmei
aus dem ROTEN BÜCHLEIN
aus der Tschu-En-lai-Bücherei.

Ist noch jemand unfrankiert hier?

Das Grundgesetz verpflichtet mich zur Rebellion
gegen die Ollen
die uns, wenn nötig mit Genickschuß, nach rückwärts
ändern wollen.
Stehend, auf ausgeschlafnen Knochen
verkünd ich
das trotzkistische Zeitalter ist angebrochen ...
Da hol ich mir zuallererst mal meinen Berliner Sonderstempel
für studentische Briefköpfe, den Gummiknüppel, hervor ...
Ist noch jemand unfrankiert hier?
Sie wissen, ich bin städtisch anerkannter Briefträger
für Ostpost ...
bei mir müssen Sie immer ein X vormachen, sonst kommt
nischt an.
Notieren wir: Am 24. Oktober 1967 wurde in Berlin-West
zum erstenmal auf den Abusch geklopft –
man kann auch sagen:
Die Gänsefüßchen erlebten ihr drittes Staatsbegräbnis.
Westberlin hat die DDR anerkannt
nun wird es selber »sogenannt«.
Doch Sie ahnen, Neuss ist ein dritter Welten-Stenz

1967 – »Ho Ho Ho Tschi Minh« war einer der Demo-Sprüche, die während der Studentenunruhen in Sprechchören lauthals skandiert wurden – eine Hommage an den nordvietnamesischen Staatschef. Mit dem »roten Büchlein« aus der »Tschu En-lai-Bücherei« ist die »Mao-Bibel« gemeint; eine Sammlung rotchinesischer Sprüche, Aphorismen und Verhaltensgebote für den revolutionären Hausgebrauch, die in den Sechzigern unter Linksgesinnten zum Kultbuch wurde. – Die DDR führt 1967 die ostdeutsche Staatsbürgerschaft und den Paß- und Visumszwang für Reisen zwischen Berlin und der BRD ein. Neuss plädiert wie Links-Ideologe Herbert Marcuse für das 1919 im revolutionären München eingeführte basisdemokratische Rätesystem.

also Feind jeglicher Koexistenz.
Bin gegen jeden womöglichen Plan
daß sich, beispielsweise, ein Westafrikaner auf dieser Welt
nur zwischen zwei vorhandenen Systemen entscheiden kann.
Aus meinem Mund sind das vielleicht
ganz neue linke Dinger.
Aber ohne Marx undenkbar.
Also? Ich war Herbert-Marcuse-Jünger!
Der Herr links von mir guckt ganz erschrocken:
Nanu, wird der Neuss bequem?
Natürlich, ich bin in Berlin für's Rätesystem ...

Sie müssen entschuldigen, wenn ich ab und zu in das kleine ROTE BÜCHLEIN
gucke, aber ich habe vor kurzem eine chinesische Revue gesehn
(ich habe doch in Vietnam Urlaub gemacht, ich kann ohne Mauer nicht leben)
und in dieser chinesischen Revue hat ein Kunstschütze gezielt,
geschossen
und nichts getroffen.
Dann hat er sich mit dem Rücken zum Ziel hingestellt
ins kleine ROTE BÜCHLEIN geguckt und ohne zu zielen alles getroffen.
Es ist also besser, ich lese ab und an in dem kleinen ROTEN BÜCHLEIN
aus Peking, dann mache ich wenigstens nichts verkehrt.
Lesen ist so ziemlich das Wichtigste, was es außer »danach handeln« heutzutage geben kann.
Wieso steht denn hier ein frischer Joghurt herum?
Kommt hoher Besuch?
Vielleicht kommt der Kardinalsfehler Spellman hierhin
und verkündet – ICH BIN EINE BERLINERIN.
Nicht daß wir in der Pause falschen Hasenbraten servieren wollen
es gibt hier eine ausgezeichnete Gulaschsuppe, wir sind direkt ans Wasserwerk angeschlossen.
Das ist zum Beispiel *ein* Kern der Berliner Dickdarmverschlüsse.

Für so was gab's bis zum 2. Juni 1967 – das Datum müssen
Sie sich merken wie den 13. August –
für so was gab's bis dahin nur Abführtabletten
mit einem anschließenden flotten Durchmarsch durchs
Polizeigefängnis.
Darum freue ich mich über jeden, der heute abend bei mir
ist und nicht an der deutschen Oper
Schahbesuch mit Zauberflöte
Notstandsversuch mit Ohnesorg-Töte
zeugt es doch von einem starken Überlebenswillen.

Guten Abend, ihr Bürger, ihr sauber Gereinigten
Ihr armen Berliner
von Studenten Gepeinigten
Asylsuchende
auf Jungens die lange Haare ham
Fluchende ...
Voller Empörung zeigen wir auf die Griechen
während bei uns dieselben Gesetze aus Schubladen kriechen
Rotköppchen Neuss spielt den Notstandsclown
und macht Kadeko-Kabarett der Koalition.

Er ist ja auch wieder in der Partei.
Was heißt da, wie lange noch?
Tucho: Drei Irre standen in dem Garten und taten auf die
Antwort warten.
Immer wenn ich das mit der Partei sage, lächle ich
undefinierbar, und Sie nennen es asiatisch ...
Berlin und seine besondere Lüge sind sensitiv bis in die Binsen.

1967 – Themen des Jahres – Januar: Drei US-Astronauten sterben in brennender Raumfahrt-Kapsel. Februar: Der Vietnam-Krieg eskaliert, die US-Luftwaffe beginnt mit der »Entlaubung« des Landes. März: Sozial-Enzyklika des Vatikans. April: Adenauer stirbt, Militärputsch in Griechenland. Mai: Boxweltmeister Cassius Clay verweigert den Wehrdienst in Vietnam. Juni: Israel führt Sechs-Tage-Krieg gegen arabische Staaten. Berliner Anti-Schah-Demonstration fordert ein Todesopfer. Juli: Rassenkrawalle in USA. August: BRD führt Farbfernsehen ein. September: Berlins Regierender Albertz tritt zurück. Oktober: Perser-Schah Pahlawi krönt sich zum »König der Könige«. November: Che Guevara in Bolivien erschossen. Dezember: Erste Herzverpflanzung gelingt.

Ich bin aus Breslau, stamme von den Hunnen ab, muß also immer grinsen.

Berlin, unser kleines westliches Warzel
wartet auf seinen Katelbarzel
Hanoi wartet im Zwinger
Amerika hofft auf Ky
Stoph wartet auf Kysinger...

Es gibt doch auch bei uns so Baumblüten-Enthusiasten mit Pfefferminzgeruch
in Werder Bremen blühn wieder die Bäume – astreine Vivilbeamte.
Die rieten mir: Neuss, tritt nicht mehr in Berlin auf, die Leute hier
verdienen keinen Spaß mehr. Richtig, sage ich. Aber ich muß verdienen.
Ich gehöre nun mal zu der Stadt wie der Polizeipräsident in den Klingelpütz.
Muß man sich mal vorstellen: Den Polizeipräsidenten von Berlin
ham se in die Wüste geschickt, obwohl er nach eigner Aussage vor dem parlamentarischen Untersuchungsausschuß keine Hitze vertragen kann!
Wenn Sie mehr so lustige Witzchen lesen wollen, müssen Sie die *Frankfurter Rundschau* abonnieren.
Das Zweite Deutsche Fernsehn ist aber auch launisch.
Von Vico Torriani solln die schon wieder genug haben.
Jetzt wollen die den Polizeiobermeister Kurras für den goldenen Schuß nehmen.
Zynemund als Quizmeister.
Das haben wir doch schon im *Rias*.
Dr. Kimble ist ausgelaufen. Morgen beginnt vielleicht schon der Fluchtweg des neuen Literatur-Nobelpreisträgers – wer weiß, wie lange er noch helfen darf, Guatemala zu unterdrücken?
Die Welt ändert sich und Berlin betreibt Gesichtskosmetik oder kann mir jemand sagen, was Demonstrationsverbot für die Innenstadt anderes ist?
Neubauer fragen? Mensch, den Namen Neubauer wollt ich

gar nicht mehr erwähnen – der hat doch versucht,
diesen Ladenschluß zu verlängern ...
Der krampfhafte Versuch, aus einem Dorf eine Kleinstadt zu machen.

Doch fangen wir bei mir an: Auch ich habe mit der Zeit Gesicht verloren.
Sehen wir uns heute abend zunächst mal meinen EXPO an – meinen ehemaligen Hintern:
Ein Mond, der nicht für alle scheint und auf dem
die wenigsten landen können.
Sehr geeignet für Gesichts-Guerilla – das ist das erste Konstruktive, was ich Ihnen in Berlin legal geben darf.
Der Vorsitzende lehrt:
Wenn Ihnen einer eine scheuern will ...
Wenn Sie einer in eine jakobinische Gefühlsschablone donnern will ...
Wenn einer auf Sie zukommt,
mit geballten Fäusten, weil Sie ihm ganz radikal einen vorwurfsvollen Blick zugeworfen haben,
dann nehmen Sie ganz schnell Ihre Brille ab
und werfen sie im hohen Bogen weg.
Der Schläger guckt nach, und in dem Moment hauen Sie zu.
Es kann natürlich sein, daß Sie nicht treffen, weil Sie die Brille nicht auf haben – aber was kann in Berlin
nicht alles sein?
Hier ist alles möglich.
Wie oft habe ich gegen diesen widerlichen Schießbefehl gewettert.

1967 – Das mit der Zeit verlorene Gesicht, das Neuss erwähnt, ist ein zarter Hinweis auf die Popularitätseinbußen, die der einst als »Liebling der Berliner« geltende Kabarettist durch seine Polit-Aktionen und APO-Sympathien hinnehmen mußte. Mit den »widerlichen Schießbefehlen«, gegen die er wettert, ist der jenseits der Mauer gemeint, der sich gegen »Republikflüchtige« richtet, und jener, diesseits auf West-Berliner Territorium, von dem demonstrierende Studenten bedroht sind – während einer Demonstrationen gegen den Berliner Schah-Besuch wurde der 26jährige Student Benno Ohnesorg am 2. Juni 1967 von Kriminalobermeister Kurras von hinten erschossen. Sein Tod löst in Berlin und anderswo Massenproteste aus.

Wenn ich heute wettere, weiß ich gar nicht mehr, gegen welchen.

Glauben Sie, daß mir ein West-Berliner Polizist freiwillig
solch einen Gummiknüppel als Requisit ausleiht?
Den habe ich aus dem Kongo. Damit hat Tschombé
ein uralter Berlin-»Besuch«-Mörder
nachdem er Lumumba erschossen hatte
dem nachträglich die Haare einzeln ins Gehirn
gedroschen ... Verzeihung, ich meine: hat erschießen lassen,
hat dreschen
lassen:
Der ist ja schließlich Exzellenz, Ehrenredner vom Rhein-
Ruhr-Club – die ham den da reden lassen zu ihren Ehren.

Voller Saft
singt jetzt der sterile Stoltenberg
Minister für Bescheidwissenschaft
zu unser aller abendländisch kultiviertem Glück
eine Ein-Lulle-Lalle
auf einen Hafenarbeiter von Moçambique
»Heil dem farbig wackern Mann
der noch narbig rackern kann
der nicht murrt, wenn ihm der Magen knurrt!
Heil dem still Brütenden
niemals laut Wütenden
Kreisblatt verschlingenden
Folklore Singenden!
Heil ihm, dem Billigen
stets Arbeitswilligen
mit schmutzigen Pfoten
Heil ihm ... unter uns gesagt:
dem Idioten.«

Ich will Ihnen mit diesem Liedchen nur zart andeuten,
daß ich Herren
besser darstellen kann als Knechte.
Weil ich Steuerschulden habe.
Da weiß man, was es heißt, Sklave sein,
da kriegt man Komplexe

und das ist die Voraussetzung für einen zünftigen
Kolonialherrn:

Leute, wir müssen uns fleißig rühren
und Ittakers und spanische Hiwis kolonisieren.
Das Gegenteil wird man uns nie mehr glauben
demnächst wolln die Kameruner bei uns den von Hassel
abstauben
nicht als Christ
sondern weil er Eingeborener ist.
Könnten sich beispielsweise Sudaneser für mich verständlich
artikulieren
würden die mir nie gestatten, sich mit ihnen zu solidarisie-
ren?

Die Augen voll Schiß
lese ich hier
der größte Feind der DRITTEN WELT heißt Kompromiß.
Kennen Sie einen Herrn, der so heißt?
Er soll ins Investmentgeschäft abgewandert sein...
aber lassen Sie mal: das ist ungefähr dasselbe
wie wenn die SPD mit dieser CDU in die Regierung geht.

Wir hätten noch 15 Jahre zu leben, steht hier drin, was
soll geschehn?
Werfen wir gleich eine Bombe auf China
werden wir sehn, leben wir nur noch zehn
na dann, ihr Lieben, sagt Herman Kahn, werfen wir keine
dann sind's nur noch sieben ...
Nur Amerika kommt mit dem Schrecken und hundert
Millionen Toten davon
So rechnen die Insassen des Hospizes zu Pentagon
Und was wird aus Bonn und seinem Geflunker?
Neandertaler im Eifelbunker!

Das ist der Mau-Mau-Katechismus –
der argumentiert logisch
mit der blanken Faust
gegen die komplizierte Kanone unseres Rassismus!

Jetzt machen wir das mal anders:
Ich lege meine Bombe, meinen Hut hierin,
so lange er da ist, können Sie ruhig Ihre Spende für Nordvietnam hier reinwerfen.
Es kommt nicht auf Ihre zehn Mark an, sondern auf das deutsche Ansehn im Ausland.
Sind wir nun mit Frankreich befreundet oder nicht???
Na also ...
Mal ehrlich, Sie halten das für einen trüben Scherz.
Sie denken, ich habe sonst was Tückisches im Sinn.
Nu na, denken Sie, der Neuss will vielleicht ein oder zwei Fahrräder nach Nordvietnam schicken ... Sie trauen mir doch alles zu.
Dann darf ich Ihnen sagen
mit Fahrrädern ist es in Nordvietnam nicht mehr getan.
Oder sind Sie im Zweiten Weltkrieg mitm Gesundheitslenker durch Bombentrichter geradelt?
Es handelt sich zunächst mal um Ihre strikte Neutralität, denn Ihre Einseitigkeit
hat sich voriges Jahr hier in Berlin anläßlich der Porzellanglöckchen-»Aktion«
dokumentiert ... warum sollen die Amerikaner eventuell in Europa
nicht recht haben und in Asien unrecht?
Wes Brot ich eß, des Lied ich sing?
Schon dieses Sprichwort ist ein krummes Ding !

Der Herr mir gegenüber sieht so aus, als ob der den Film *»Blow Up«* erfolgreich gesehen hat.
Ich will damit nicht sagen, daß Sie besonders entwickelt aussehn oder gar aufgeblasen oder arrogant.
Arroganz ist, wenn Antonioni mitm Rolls-Royce durch den englischen Ostermarsch fährt.
Nein, ich meine, der Herr sieht aus, als ob er Phantasie hat.
Wissen Sie, woran man sehen kann, ob einer Phantasie hat?
Daran, daß einer nicht beleidigt guckt, wenn man sagt, daß er Phantasie hat.
Also, der Herr mir gegenüber hat Einbildungskraft ...
Übrigens, meine Bombe, mein Hut, ist immer noch unbespendet.

Der Herr mir gegenüber, nehmen wir an, ist ein Klinkenputzer vom Meinungsinstitut,
ein manipulierter Allensbacher, freundlich und verlogen …
Keine Sorge, ich geb mir Mühe, Ihnen nachzueifern,
ich verstelle mich auch.
Eine imaginäre Szene:
Sie kommen zu mir nach Hause
und wollen meine Ansicht zum Vietnamkrieg hören –
der offiziös grassierenden
Informationssucht nach dem Nahostkrieg komme ich an
dieser Stelle nicht nach …
Ich tue nicht so gerne das, wovon man grade will,
daß ich es will …
Außerdem wollen wir im Moment nicht von der Hauptsache ablenken
wir sind hier nicht die UNO, und der Sicherheitsrat
kümmert sich einen Dreck um Vietnam …
Der mir gegenübersitzende Herr
nicht vergessen: Sie sind vom Meinungsinstitut
sagt also: Entschuldigen Sie, wenn ich hier ungebeten eindringe –
und da muß ich in puncto Vietnam-Umfrage schon lachen
weil kein Mensch die Doppelbödigkeit solch eines harmlosen,
Satzes bemerkt, wer dringt wo ungebeten ein?
Ein Spreng-Satz …

1967 – Der Vietnam-Krieg eskaliert, nachdem die USA ihre Interventionstruppen auf mehr als 500 000 Mann erhöht und die Bombenangriffe auf Nordvietnam verstärkt haben. Die APO, allen voran der SDS, organisiert daraufhin in Berlin und anderen deutschen Städten Massendemonstrationen und Vietnam-Kongresse, auf denen die »USA-Aggression« verurteilt wird. Zunehmend gerät auch die reaktionär-restaurative Springer-Presse, deren Anteil allein in Berlin rund 70 Prozent der Tageszeitungen ausmacht, in die Schußlinie der Kritik: Auf »Springer-Hearings«, an denen sich prominente Wissenschaftler, Schriftsteller und Künstler beteiligen, wird der Ruf nach Entflechtung des Zeitungs-Monopols (»Enteignet Springer!«) laut.

Oh, ich vergaß: Ich heiße in dieser imaginären Szene Meier – nee, geht nicht
der Name Meier scheint mir zum Thema Vietnam festgelegt – so heißt der *eine*
Herausgeber des *Tagesspiegels* – der andere Karsch,
der hat in der Premiere
dieses Unterhaltungsabends für Revolutionäre
50,– DM für den Vietkong gespendet –
es ging so schnell, ich konnte es nicht mal
verhindern – jedenfalls schaltete ich, dachte: Karsch?
ein älterer Herr,
der sich saubermachen will, warum nicht
es ist für niemanden zu spät, ein neuer Mensch zu werden
mitm neuen Bewußtsein und einer bis dahin
völlig unbekannten Vorstellung von Glück und Bedürfnis …
Tja, wie nenne ich mich in dieser Befragungsszene?
Scholz geht auch nicht? Brillanten-Arno vom *Telegraf* hat mir eine
Änderung seiner Meinung zu Vietnam noch nicht mitgeteilt …
braucht er auch nicht;
spätestens wenn die Koalition ihre Meinung ändert
ändert Arno seine – wäre es anders, würde ich mich für das Verlagshaus
Grunewald besonders freuen, und das neue Abzeichen am Rockaufschlag »Entleibt den *Telegraf*«
könnte noch mal verhindert werden …
Neuss kann ich mich in dieser Szene auch nicht nennen:
In punkto Vietnam
arbeite ich zur Zeit an einem Sachbuch –
»Wie werde ich unbekannt.
Probleme eines prominenten Froschmannes« –
erst in der Illegalität gibt es wahre Solidarität:
Wäre Ossietzky heut noch am Leben
längst würde er
kein Nachrichtenmagazin mehr rausgeben.
Er wäre untergetaucht und hätte Geld und Grips
nicht für die repressive Toleranz verbraucht.
Der *Spiegel* riskiert zwar jede Woche eine Lippe
doch was kommt da für ’ne Sprache raus?

Verstümmelt und zernagt
unkenntlich zum Erbrechen:
Versuchen Sie's mal:
Mit einer Lippe kann kein Mensch mehr deutlich sprechen ...
Jetzt weiß ich's
ich nenne mich in dieser Szene Milch – wegen
der lammfrommen Denkart
die ich da zu zeigen habe
und wenn die Bombe (mein Hut) nicht bald mit Spenden für
den Vietcong voll ist
kann ich mit diesem Namen immer noch sauer werden.
Und der Herr mir gegenüber heißt in dieser Szene ...
Spieln Sie noch mit? Oder gibt's schon ein zweites und
drittes Vietnam?? – ???
Das ist übrigens keine Frage der gängigen Moral.
Das ist eine Antwort auf die Verbrechen der USA vom
bürgerlichen Standpunkt aus
oder aber richtiger eine Beschleunigung
der historischen Weltentwicklung
getreu dem revolutionären Konzept
also von meinem Standort aus.
Der Herr mir gegenüber lehnt beides ab, also spielt er
noch mit.
Dann heißen Sie in dieser imaginären Seifenblase, die wir
gleich beide wegpusten wollen Vorbeck ...
Dieser Name bringt mich nämlich, phonetisch zumindest,
auf Lettau.
Ich fange mal von vorne an.

1967 – Das politische Kabarett jener Jahre versteht sich als Teil der studentischen Protestbewegung, die sich gegen autoritäre Strukturen an den Universitäten richtet, den Vietnam-Krieg verurteilt und gegen die Meinungsmache des Springer-Konzerns Front macht. Neuss läßt bei seinen Kabarett-Auftritt im »Domizil« einen Hut kreisen und sammelt Geld für den Vietkong.

Dr. Neumann von der Berliner Fremdenpolizei – ein Mann, der ohne weiteres
im Braunbuch stehen könnte
wenn welche drinne stehen würden
die nicht nur früher so waren ...
Der Amtsrichter Pawlick aus Frankfurt/Main steht ebenso nicht drin, darum hat er
ja auf der Buchmesse 67 derart massiv Reklame für das Braunbuch gemacht ...
so was nennt man black pawlick, zu deutsch, schwarzer Nützling ... den hätten sie
vielleicht verhaften sollen und nicht Photo-Porst
ich wußte gar nicht, daß man
offiziell einen harten Konkurrenzkampf durch einen Spionage-Vorwurf siegreich beenden kann.
Unser Dr. Neumann nun,
von der Berliner Fremdenpolizei,
die das Gastarbeiter-Problem hier auf ihre Weise löst –
wer genehm ist, wird nicht ausgewiesen – Zakarides und
so weiter – die Fremdenpolizei soll sich täglich den Film
»*Grieche sucht Griechin*« ansehn, einen wolln sie auch drehn:
»Jubelperser sucht Prügel«
dann eine Koproduktion mit Tarantel-Press: Arnold Zweig schwimmt im Jordan und sucht Stefan
dieser Titel ist frei für Annoncen in der *Berliner Morgenpost*
und im *Hamburger Abendblatt*: Da reicht die Häme wirklich nur zur Schäme!
Dr. Neumann, von der Berliner Fremdenpolizei –
vor kurzem sah ich ihn noch mit
einwandfreiem Hals – kein Verfahren dran – dieser Dr. gar nicht mal so neu-Mann
hatte also einen völlig undeutschen Anfall von Zivilcourage mit umgekehrten
Vorzeichen, er denunzierte das bestimmt nicht vorhandene Kulturzentrum Berlin,
indem, daß er (Gerichtssaal-Deutsch)
am Vorabend der SFB Fernsehsendung
»Die Vertreibung des Geistes zwischen 1933 und 1945«
am 26. Mai 1967 den deutschen Dichter und

amerikanischen Staatsbürger Reinhard Lettau
aus dem Lande Berlin-West und der Bundesrepublik
rauswies
– die Fordfondäschin als Rückwärtsemigräschen –
Der BZ-Journalist Peer half kräftig mit – wäre ich noch so
ein richtiger Lokalpatriot, würde ich sagen:
Peer Export – raus hier – aber ich bin eben nicht
Dr. Neumann, sondern ich erweise ihm
die städtisch ganovisierte Ehre
und sage, Peer gehört hierher, ein echter Berlin-Peer.
Lettau ist inzwischen von alleine nach Amerika
zurückgegangen …
Springer am Morgen
bringt Kummer und Sorgen
Enteignet Springer, das ist nicht nur eine sehr schöne und
notwendige Plakette,
aber meine Überzeugung rebelliert bei dieser Pflichtübung:
Revolutionär wäre es, zu sagen und zu machen, daß dem
Springer in Berlin
noch nicht genug gehört: *Tagesspiegel, Abend, SFB, Rias*,
Vertrieb, Kioske …
alles müßte ihm gehören – dann würde vielleicht sogar der
Mittelstand rebellisch
den Fall klärt das Springer-Tribunal.

Immer noch sind wir dabei, daß mich der Herr vom
Meinungsinstinkt fragt
was denn nun meine Ansicht zum Krieg in Vietnam sei?
Und ich als Herr Milch sage, tja, wissen Sie,
ich kann Ihnen da kaum Fundiertes sagen –
ich habe mich zwar zu Hause
zu einer gewissen Protest-
Haltung hocheskaliert – ich geh an die Decke, wenn ich mit
meiner Nappa-
Jacke in Berührung komme – verständlich, Ledernacken-
Allergie – tja, und sonst –
jeder Krieg ist ein Beweis für Mangel an Vernunft.
Dummheit und Unwissen
machen ihn immer noch möglich, Machtstreben ist sowieso
dämlich …

Na, was man so stottert, wenn man Milch heißt und wenn es einem schwerfällt
nicht Pazifist zu sein.
Ich sage weiter, es gibt keine gerechten und ungerechten Kriege, es gibt nur Schuldig-Beteiligte und Unschuldig-Beteiligte ... Der Hut, meine Bombe, ist immer noch leer: erstere überwiegen.
Und der Herr Vorbeck sagt dann: Wie wäre es mit unbefangenen Zeugen im Falle Vietnam?
Schön wäre es, sage ich, aber ... gibt's die?
Nehmen wir zum Beispiel mal ein paar von uns Normalnachrichtenkonsumenten
Gute Bekannte von mir behaupten, die Wirkung wäre gemeingefährlich!
Na, sagt der Herr Vorbeck, der Meinungsstinker – und Ihre Zeugen?
Das habe ich doch nun drei- bis viermal hintereinander gehört Sie hätten 'ne Aussage für uns!
Sehn Sie, sage ich, *so* ist das mit Information: Ich habe gar keine Zeugen!!!
Ich sehe genau wie Sie alle täglich zweimal die Tagesschau mit Berichten
vom amerikanischen Kriegsschauplatz, und Sie alle werden mir nicht weismachen
daß in diesen Berichten genug Wahrheit
drin ist – genau wie immer noch nichts in der Bombe drin ist
was Onkel Ho in Hanoi so dringend brauchte ...

Solo für Onkel
Westmordland wär donkel.
Verdammt noch mal
die Ehre Schwedens rettete bis heut das Russell-Tribunal.
Kumpanen, laßt uns einen saufen und hoffen
daß noch mehr Berliner Zeitungsverleger
aus Angst vorm Zeitungssterben
zum Vietkong überlaufen
Trotz Ky mit Ho Ho und Tschi Tschi
... und ich versetze mich in die Psyche meines Publikums und lasse den Hut
(die Bombe) kreisen – denn das haben Sie doch am liebsten,

wenn was bei Ihnen
vorbeikommt, dann werfen Sie auch was rein.
Den Schritt hier zur Bühne, ins Rampenlicht
der Öffentlichkeit, wer macht den
schon, um finanzielle Unterstützung für den Vietcong zu leisten –
das kann sich eben in unserer Gesellschaft offiziell kaum jemand leisten –
aber im Dunkeln meines Kellers sind insgesamt
vom 15. Juni bis 7. Dezember 67
3000 Mark in die Vietcong-Sammelbüchse gekommen –
Spenden ist übrigens erlaubt, nur sammeln ist verboten –
Wenn Sie in den Hut reingreifen, bitte nur zum Wechseln!
Dreitausend Mark
die ich übrigens kurz vor Weihnachten beim Vertreter
der Südvietnamesischen Befreiungsfront abgeliefert habe
sind spinne wenig:
Es zeigt das hohe Maß des stummen Einverständnisses dieser immer wieder
verführten Bevölkerung mit dem Krieg der USA gegen den
Befreiungskampf eines klitzekleinen Volkes auf dieser Erde …
Leute, Leute, ich versteh euch nicht: Ihr seid doch sonst so opportunistisch
immer wieder steht ihr auf der verkehrten Seite …
V wie Vietkong heißt SIEG.
Ich sammle übrigens für Medikamente: Ich war fünf Jahre im Zweiten Weltkrieg
ich weiß, daß Medikamente auch Waffen sind jedoch
nach meiner Pause
im Programm sage ich Ihnen,
daß ich Sie beschissen habe:
Flakmunition wird gekauft
von diesem Geld! Der Vietcong erreicht mit einer Granate südlich des
17. Breitengrades mehr, als Präses Johnson mit 100 Raketen.

Unterlegt von leichter Begleitmusik des Klimperns im Hut –
mit fünf Mark sind Sie dabei! – erzähle ich Ihnen eine
rührende
Geschichte von zwei freundlichen Mitmenschen unseres
Volkes und unserer Tage:
Kongo-Müller, der Mann mit dem
gewissen faschistischen Charme
Kongo-Müller, abgekürzt Komü, sagt
zu Saikrau,
Saigon-Krause
er solle doch so freundlich sein und
für den nächsten Berliner Presseball
einen toten Vietcong für die Tombola besorgen.
Wissen Sie, daß sich Saigon-Krause geweigert hat?
Sehn Sie, über die positiven Dinge, die deutscherseits da
geschehn, sind Sie
nicht mal richtig informiert! Saigon-Krause hat sich
geweigert mit der Bemerkung
so lange in Vietnam die Gefahr bestehe, daß Schriftsteller
Tote in die Schreibmaschine hämmern, die er noch nicht mal
umgelegt habe, mache er nicht mehr mit.
Entweder Völkermord,
hat er gesagt,
oder Literatur im technischen Zeitalter.

Entweder Völkermord, hat er gesagt, oder Literatur im technischen Zeitalter.

Der Krieg der dritten Welt wird niemandem erklärt.
Sein Beginn ist lange verjährt:
Das wissen Sie wie ich und du.
Die Geburt war lange vor Dien Bien Phu.

Was ist uns da noch geblieben?
Hans Magnus Enzensberger hat mir ins Poesie-Album
geschrieben –

Lied von denen, auf die alles zutrifft und die alles schon
wissen:

Daß etwas getan werden muß und zwar sofort
das wissen wir schon
daß es aber noch zu früh ist um etwas zu tun
daß es aber zu spät ist um noch etwas zu tun
das wissen wir schon
und daß es uns gut geht
und daß es so weiter geht
und daß es keinen zweck hat
das wissen wir schon
und daß wir schuld sind
und daß wir nichts dafür können daß wir schuld sind
und daß wir daran schuld sind daß wir nichts dafür können
und daß es uns reicht
das wissen wir schon
und daß es vielleicht besser wäre die fresse zu halten
und daß wir die fresse nicht halten werden
das wissen wir schon
das wissen wir schon
und daß wir niemand helfen können
und daß uns niemand helfen kann
das wissen wir schon
und daß wir begabt sind
und daß wir die wahl haben zwischen nichts und wieder nichts
und daß wir dieses problem gründlich analysieren müssen
und daß wir zwei stück zucker in den tee tun
das wissen wir schon
und daß wir gegen die unterdrückung sind
und daß die zigaretten teurer werden

1967 – Der von der linken Studentenbewegung unterstützte Befreiungskampf in der Dritten Welt orientiert sich am Beispiel Kuba, wo Castro und Che Guevara 1959 ein sozialistisches Regime errichtet hatten. Bei den blutigen Bürgerkriegs-Unruhen, die seit der 1960 errungenen Unabhängigkeit des ehemals belgischen Kongo tobt, tut sich ein deutscher Söldner namens Müller hervor: Mit entwaffnender Offenheit spricht »Kongo-Müller« in Presse- und Fernseh-Interviews von dem brutalen Gemetzel, an dem er sich gegen die Schwarzen beteiligte.

das wissen wir schon
und daß wir es jedesmal kommen sehen
und daß wir jedesmal recht behalten werden
und daß daraus nichts folgt
das wissen wir schon
und daß das alles gelogen ist
das wissen wir schon
und daß das alles wahr ist
das wissen wir schon
und daß überstehn nicht alles ist
sondern gar nichts
das wissen wir schon
und daß wir es überstehn
das wissen wir schon
und daß das alles nicht neu ist
und daß das leben schön ist
und daß das alles ist
das wissen wir schon
das wissen wir schon
das wissen wir schon
und daß wir das schon wissen
das wissen wir schon

Solches Wissen lähmt, jedoch für's Wohlbefinden reicht's, daß man sich schämt. Heut nacht habe ick geträumt, ein Konversationslexikon hätte einen Roboter vernascht, heute Morgen habe ick ein Bild von McNamara in der Zeitung gesehn: Träume kriegen schneller Kinder als Karnickel.

1967 – Das »Lied von denen, auf die alles zutrifft und die alles schon wissen« ist ein Beitrag, den Hans Magnus Enzensberger Neuss für sein »Asyl«-Programm überließ.

Jetzt schlucken wir mal eine Kröte und spielen Landgericht Berlin:
Wir verändern eine Töte.

Da hol ich gleich mal meinen van der Lubbe aus der Vergangenheit
in Form einer entzückenden Kasperle-Puppe!
und verbaliere Ihnen einen deutschen Richter als Bauchredner
Warum als Bauchredner?
»Der Schoß ist fruchtbar noch, aus dem das kroch …«
Angeklagter van der Puppe, stehn Sie auf.

> kann ich nicht, herr richter, ich liege hier doch erst mal symbolträchtig auf dem Galgen rum, damit sich auch jeder richtig an meinen Tod und dessen Art erinnert

Das ist ein Mikrofongalgen.

> Ich sagte ja: symbolträchtig So einfach ist das nicht mit Wiederauferstehung …

Moment, van der Puppe, wir wollen Ihr Urteil gleich mal realistisch
revidieren. Die Rübe ist erst mal ab …
huch …
Kann hier jemand einen einzelnen Kopf gebrauchen?
Es handelt sich bei van der Lubbe
laut Winfried Martini in der *Welt* um einen Schwarmgeist.
Bei Martini handelt es sich allerdings um einen Armgeist.
Ab mit dem Kopf
in die Versenkung:
Wozu brauchen wir in Berlin Köpfe, wenn wir einen Oberstaatsanwalt Kuntze haben. Affe im Winter.

1967 – Kabarettistische Anmerkungen zur politischen Justiz: Neuss schlägt den Bogen vom Reichstagsbrand-Prozeß, den die Nazis 1933 dem Holländer Marinus van der Lubbe machten, zu der Verhandlung, die 1967 gegen den Kommunarden Fritz Teufel wegen schweren Landfriedensbruchs geführt wird, weil er sich während einer Demo angeblich an den rhythmischen Rufen »Notstandsübung« beteiligt und einen Stein geworfen haben soll. Seine Spaßguerilla-Happenings und der Spruch, mit dem er die Aufforderung, sich bei Eintritt der Justizbeamten im Gerichtssaal zu erheben, kommentierte (»Na ja – wenn's der Wahrheitsfindung dient«), machten Teufel zur populären Figur.

DES TEUFELS TRIBUNAL heißt vielleicht mein nächstes Programm.
Mit der Inhaftierung des Studenten Fritz Teufel betrieb die West-Berliner
Justiz *das*, was sie dem Studenten zu Unrecht vorwarf: Landfriedensbruch.
Meiner Meinung nach hielten sie ihn deshalb so lange in U-Haft, weil
sie fürchteten, daß er nicht flieht. Meine Damen und Herren, Sie müßten
sich in Moabit mal ansehn, was dort für Ihr gutes Geld Recht und Gesetz
verdreht! Abgesehn von den menschlichen Unzulänglichkeiten, die dieser
Richter vorzeigt. Nun hat er schon die dumme Angewohnheit, statt auf
den Wangen auf seiner Glatze rot zu werden. Und dann fragt er noch den
Langhans: Angeklagter, haben Sie sexuelle Schwierigkeiten? Prompt sagt
Langhans: Sie nicht, Herr Richter? Prompt wird die Glatze rot, der Saal brüllt
und schlägt sich auf die Schenkel, der Clown im Talar
springt auf und läßt den Saal räumen.
Wer hier Vertrauen in die Rechtsprechung behält, der könnte sich auch freiwillig
in die eines Militärgerichts in Athen begeben.
Da verstehe ich ganz Freund Kunzelmann, wenn er beim Staatsbegräbnis

1967 – Durch die Aktionen der »Spaß-Guerilla« wird Kabarett nun auch auf der Straße gemacht. Mitglieder der Kommune I hatten im August die Gedenkfeier für den verstorbenen Reichtagspräsidenten Löbe gestört, indem sie einen Sarg mit der Aufschrift »Berliner Senat« vor das Schöneberger Rathaus trugen, dem Teufel-Freund Dieter Kunzelmann im Nachthemd entstieg.

von Paul Löbe aus'm Sarg springt und die ganze Heuchelei dieser Gesellschaft mit einem einzigen Gag bloßlegt.
Zurück zu unserm Prozeß
der Anfang 1967 in Berlin tatsächlich stattgefunden hat.

Anjeklagter van der Puppe, erinnern wir uns, Sie haben mal den
Deutschen Reichstag – wollen uns heute objektiv ausdrücken –
zu einer gewissen Erwärmung gebracht.

na ja, herr richter, gezüngelt hat es schon.
ich meine, ich hatte ja noch nicht die mittel,
die man für einen kaufhausbrand braucht, ein flugblatt;
aber gezüngelt hat es schon.

Van der Puppe, für Ihre zündende Tätigkeit, und um Sie vor dem Volkszorn
zu schützen, hatte Sie mein damaliger Kollege Bünger vorsorglich zum Tode verurteilt.

ergreifende worte, herr richter, ich bin derart ergriffen,
als ob sie 'ne augenobduktion an mir vornehmen.

Und heute, van der Puppe, spricht Sie die deutsche Landgerichtsbarkeit
vom Tode frei …

oh, dis is aber hurra: endlich ein beweis für ein leben nach dem tode …

Und wir verpassen Ihnen dafür acht Jahre Zuchthaus!

dis dämpft, dis is aber

Was aber?

dis is mak-aber, wenn ich als leiche noch in einem zuchthaus
rumliege, womöglich noch bei einem illegalen kommunisten auf
'ner pritsche – dis is für den ja noch strafverschärfend!

Anjeklagter van der Püppchen, Sie brauchen doch die acht Jahre nicht
mehr abzusitzen – die haben Sie ja nun dicke rumgelegen.
Man hat Sie doch in Holland beerdigt.

jaja, man hat mich fallenlassen …

Gleichgültig, wie die internationale Solidarität mit Ihnen um-gegangen ist, hat man Sie reingeschubst, na schön, in der

Syntax sind wir beweglich.
Heute jedenfalls geschieht Ihnen mit diesem neuen revidierten Urteil Recht …
lautet ein Kommentar …

dis habe ich auch gelesen, von dem »braunen Phänomen«!

Was denn … Wie denn … Wo denn … Lesen Sie im Grab etwa Zeitung?

nur die *Welt* – seitdem die sich selbst einen Preis verliehen hat,
ist die bei uns friedhofszeitung. die bringen ja noch
mehr so lustige artikelchen, auch von diesem
herzinfarkt.

Eichenrode!

mir doch egal, wer den deutschen blätterwald entlaubt.
auf jeden fall, vielen dank für die neue strafe …

Van der Puppe, es ist eine Wiedergutmachung!

verstehe wiederblutmachung
böses blutmachung …

Van der Puppe, nun seien Sie mal nicht undankbar!
Öffentliches Gebäude
beschädigen ist und bleibt strafwürdiger Tatbestand eines unzulässigen Protestes.
Sie haben auch Menschenleben gefährdet!

huch, da bin ich aber gespannt, was die herren
vom 20. juli nachträglich für plötze kriegen?
die wollten ja sogar öffentliche personen beschädigen.

Anjeklagter van der Puppe, nun sind Sie stieke!!!
Die ehren-werten Herren
vom 20. Juli 1944 hatten rechtzeitig erkannt …

ich hab doch aber noch rechtzeitiger, vor 1933 …

Das war zu früh ! – Die Herren vom 20. Juli hatten nun praktisch vor Augen,
wogegen Sie zu früh protestiert hatten!

jaja, ich wollte …

Was Sie wollten, was Sie wollten … nun halten Sie mal ihre Scheuklappe.
Die Herren vom 20. Juli wollten in erster Linie den Begriff Nationalsozialismus

von dem anrüchigen Wort Sozialismus befreien.
umgekehrt wärs vielleicht gelungen. auf jeden fall

wünsche ich mir heute einen neuen 20. juli, aber einen,
der klappt

Sie sind ja noch als Leiche eine Seuche!

es muß ja nicht in der
bendlerstraße sein
fulbright verkleidet als stauffenberg
in den büschen
des weißen hauses oder so ...
Van der Puppe, Sie sind ja noch als Leiche eine Seuche!
Wo kommen wir denn hin
wenn wir an jedem 20. Juli
den der liebe Gott gibt ...
entschuldige das liebe
ja, natürlich, ein Gott, der lieb ist
ist nur was für kinder
aber nix für leichen.
Anjeklagter, sie sollen ruhig sein!
ich bin eine göttliche leiche (galgenhumor, herr richter)
Ich meine, wo kämen wir denn hin, wenn wir an jedem
20. Juli, den Gott gibt, einen Aufstand machen ...
hamse recht, herr richter, jeden tag müßte heute einer
sein!
Van der Puppe, ich mach Sie zur Schnecke ...
hahaha, mich könn se nicht zur hochschulreform
machen ...
Ruhe! Ich wiederhole: Anjeklagter van der Puppe wird vom
Tode
freigesprochen, erhält dafür acht Jahre Zucker, weil er in
Verkennung
der Symptome ein Dämmerle an den Deutschen Reichstag
gelegt hat
ein Feuerchen, *weil* er, in völliger Verwirrung den National-
sozialismus für eine Spielart des Kommunismus gehalten hat!
dis is er nich, herr richter, dis is er nich und dis war
er nich.
der faschismus ist eine spielart der freien
marktwirtschaft!
Weg mit der kopflosen Puppe, hinweg!

Würde van der Lubbe heut noch leben, müßte man ihn
einfrieren

da könnten die Würmer auf ihm Schlittschuhlaufen lernen.
Ist es nicht erschreckend schön, wenn ein einfacher Arbeiter
ohne jeglichen Intellektualismus plötzlich anfängt
selbständig zu denken und zu handeln?
Armes Holland, van der Lubbe wäre ein würdiger
Thronfolger gewesen ...

Nun müssen Sie mir gestatten, daß ich Israel
auf eine ungewöhnliche Weise in Schutz
nehme – vor den vielen schlechten Gewissen in aller Welt
die in den letzten Monaten vor Rührseligkeit derart triefen
daß man ohne weiteres sagen kann: Noch Nasser geht's nicht!

Es mauzen die Rehe
es brunften die Hirsche
es röhren die Elche.
Nazis? Gibt's doch kaum noch welche
obwohl kein neuer Hitler optisch sichtbar, kenntlich
ist heute Mitlaufen mit der offiziellen Politik
schon wieder selbstverständlich
auch für Leute, die es damals gar nicht wollten
und heute darum doppelt wach sein sollten.
Es kann in diesen Tagen leicht passieren
daß man an der falschen Stelle liebt
wo man schon mal vergessen hat zu hassen.
Dies möcht ich, neben anderen, die jüdischen Gemeinden
hier mal wissen lassen.
Schon *vor* dem letzten Blitzselbstbetrug kenn ich in Berlin
ein paar Fasanenstraßen-Herrn die schrein so laut:
Seht diese Schweine, diese Kommunisten –
als ob sie heute noch die Nazis
von ihrer Unschuld überzeugen müßten
Ich weiß, sie haben gelitten
doch sie begreifen scheinbar nicht
daß sie, seit 1945, Alibi sind
für Antikommunisten und Antisemiten.
Ich hoffe nicht, daß Sie mich gleich als arabische Drecksau
in einen Boden stampfen, den die Engländer mal verschenkt
haben und der ihnen nicht einmal gehörte!

Jetzt könnte ich mir ein Stückchen Schokolade in meinen zahnersatzgeschwächten Mund stecken und mit der Zunge des Wohltäters an einem Urprodukt von Entmündigten lecken – mach ich aber nicht,
das schleimt so – also ich teile, will jemand? Bitte, bitte, ich teile ... Ich teile alles, sogar mein Vaterland ...
Die weißen Handschuhe, die ich dabei anziehe, sind u. a. ein Beweis
für die sauberen Hände der 6. US-Marineflotte im Mittelmeer, keinerlei
Fingerabdrücke in Nahost und auf der Akropolis hinterlassend, unschuldsvoll.
(Ich zieh nur einen an, den anderen Handschuh stecke ich in die Brusttasche,
das sieht weltmännischer aus) die Bombe aufm Kopf – ich spiele jetzt
eine Doppelrolle, getreu jeder großen Industrienation, die eine solche Rolle
in der Entwicklung – beispielsweise eines lateinamerikanischen Landes – spielt.
Nicht umsonst heißt der Hamburger CDU-Abgeordnete,
der mit BROT-FÜR-DIE-WELT-Geldern
in Chile Wahlkampf beeinflußte
Gewandt ... Das kann auch heißen: Kostüm.
Das kann auch heißen: dreimal gewendeter Anzug,
Ausbeutung bis zur Ausblutung.
Che Guevara ist heute das Synonym
für Christus: Erstens kann der immer so schön sterben,
zweitens steht er auch immer (schön!) wieder auf –
merken Sie sich den Namen Regis Debray (Trikont Verlag, München) ...
Die bolivianische Staatsführung: die macht vielleicht einen ihrer
nächsten Staatsbesuche in Westdeutschland und Westberlin – ich wüßte niemanden,
der dem selbstgekrönten Pfau von Teheran in Perfidie und Menschenverachtung gleichkommt:
diesmal würden allerdings die Prügel-Bolivianer fehlen –
nehmen wir den deutschen Verfassungsschutz –
er hilft aus, wo er kann.

Mister Mogel...

SCHIEBONK, PLEASE

Verzeihung, Schiebonk – wir haben uns hier vor den Mikrofonen des allafrikanischen Rundfunks versammelt

YES, APATZE RIATZE

Er sagt, eines aparten *Rias*, sehr schönes Apercu. Mister Schiebonk,
Sie, als Weißer in Afrika, Sie sprechen ja erstaunlicherweise den Dialekt von Togo
perfekt, und Sie sind es gewohnt, auf den Bohnen der Weltpolitik
freibeuterisch rumzukauen
während wir Mitteleuropäer immer nur hinterher
unsere eigne ausgekochte autoritäre Hausmacherbrühe auslöffeln
allerdings, nicht ohne zu partizipieren.

RUSCHI KOLO KAFFITO PASS KULAWA

Er sagt, trotzdem hätten die Menschen in Togo es am liebsten,
wenn sie von
Deutschen durch den eigenen Kakao gezogen würden.

APOKALLA

Verzeihung, Übersetzungsfehler – wenn ihnen von Deutschen der Kakao ...
kann man sagen, abgekauft wird?

NOMMA

Abgenommen wird –
entschuldigen Sie, wenn ich manchmal frei übersetze,
Ich spreche den Dialekt von Togo nicht perfekt.
Anderen geht's so mit der deutschen Sprache.
Es ist doch nicht zu vermeiden, daß Professor Emrich
seine Vorlesungen als Tobsuchtsanfälle arrangiert. Der lehrt
Germanistik, wie die Bundeswehr Starfighter-Fliegen
man stürzt völlig unvorbereitet ins Haia-Safari-Denken ab.
Mister Schiebonk, nach welchen Gesichtspunkten bestraft
die Bundesregierung ein Land mit Entwicklungshilfe?

ÖKONOMIMI PRINZIPPIPI KRA KRA

Er sagt, einzig und allein »Einführung unseres Wirtschaftssystems«

und kra kra – Hm, »nur Anerkennung unseres Staates« ...
und was, Mister Schiebonk, liefert die Bundesregierung,
außer barem Geld,
beispielsweise noch nach Togo?
VERSCHIEDENES: AUSGEDIENTE SETZ- UND DRUCKMASCHINEN
Er sagt ... nanu??? Sie sprechen plötzlich Deutsch???
Kein togoianisch mehr?
NO, ES NUTZT SICH AB UND WAS ABGENUTZT IST, WIRD JA GELIEFERT
DENKEN SIE NUR AN DIE SOWJETPANZER FÜR DIE ARABISCHE REPUBLIK ... KUSCHTIPLUSCHTI
Er sagt, Autofriedhof ...
OSKWA KURUPPE KAPITALE
Er sagt, auch ihm sei unbekannt, warum die Düsenjäger zur Unterstützung
des korrupten Systems in Lagos gerade aus der Sowjetunion kämen.
ZZA ZZA CHIN CHIN
Was hat denn nun Zsa-Zsa Gabor mit Häuptling
Be-stoch-een zu tun?
CHIN CHIIIN
Ach so: Die Chinesen, sagt er, bauen eine tausend Kilometer lange
Eisenbahn von Sambia nach Tansania
und das beunruhigt auch die Sowjetunion ...
(aber *das* wollt ich doch gar nicht übersetzen).
Mister Schiebonk, warum bringen Sie denn jetzt dieses für alle
neuen linken Ohren so herrlich positive Thema aufs Tapet.
Wir machen doch hier keinen Unabhängigkeitsdialog
über diese Eisenbahn ärgert sich die Weltbank schon genug ...
Mister Schiebonk, wir wollen nichts weiter,
als ein verbindliches Gespräch über Geld und die Welt,
meine natürlich,
Gott und die Welt, wie komm ich auf Geld, noch mal Verzeihung, man hat
wirklich mitunter eine Unmenge Tippfehler im Mund –
man rotzt sie einfach so ins Publikum, die Leute verstehn's nicht,
werden naß, finden es ekelhaft ...

Obwohl, Pallenberg hat bis in die achte Reihe gespuckt
und damals hatten wir noch ungetarnte Kolonien!
Damals wußte man noch: Dort ist der Kaffer, hier ist der
Herr ...
bei der heute raffiniert
angewendeten Entwicklungshilfe
ist es unüberschaubarer.
Heute heißt es, was beispielsweise Kenyatta anbetrifft
(in USA ausgebildet) – dort ist der
Herr Kaffer,
hier ist die gnä Dame, oder
glaubt jemand ernsthaft, Woolworth
zum Beispiel lebt von Uneigennützig-
keit?

Woolworth zum Beispiel lebt von Uneigennützigkeit?

Mister Schiebonk – was heißt denn das nun, »ausgediente
Setz- und Druckmaschinen«

WELL, DAS HEISST, ZEITUNGSMACH-
MASCHINEN, AUF DENEN EIN FÜR ALLEMAL
DREI BUCHSTABEN AUSGESTANZT WURDEN FNL

Er sagt ABC

HE, ICH HEISSE SCHIEBONK, UND SIE MACHEN
SIE?

Das ist ja das Bilaterale an uns –
sprechen Sie ruhig wieder togoianisch
für unsre Hörer wird es farbiger

SCHISSKO JENNO, DERWISCH: ANSONSTEN
WERDEN DIE ALIMENTÖSEN KAKAOPREISE IN
LONDON GENAUESTENS
FESTGELEGT, AUCH DIE KAFFEEPREISE...

Apropa Kaffernpreuße, Mister Schiebonk, ich kenne da
einen Afrika-Korrespondenten
aus dem deutschen Fernsehen, Herrn Germani ...
Man nennt ihn auch das deutsche Burenflußpferd
am Kopp der guten Hoffnung?

LIKI LAKI LUKI

Er sagt, Germani reite zur Zeit Nashörner ein für den
Fremdenverkehr:
Gerstenmaier will bald Urlaub machen ...

HA REIK HA REIK

und Hanna Reitsch würde trotz der Firma Schering immer

noch Fieseler Storch fliegen
Mister Schiebonk, gibt es denn auch afrikanische Revolutionäre? Lumumba ist tot, der Innenminister von Guinea ist spurlos verschwunden ...
gibt es hier keinerlei überseeische Fröschle von Fidel Castro?
RUSTI POPEL HUSCH HUSCH
Er sagt, es wird demnächst einen afrikanischen Sturm geben, daß uns die
Fetzen um die Nase ... also schön, wörtlich sagte er – daß die Popel
ohne Benutzung des Zeigefingers aus dem Gesicht fliegen ... aber wenn
so was auf uns zukommt, warum haben wir so lange zugeguckt und nichts dagegen unternommen?
AULI AULI EX
Er sagt, man habe die vorletzte Enzyklika von Papst Paul VI. völlig
mißverstanden. So weitherzig hätten die Römer das nicht gemeint mit
»Befreiung von Neo-Kolonialismus« und von stalinistischem Gulasch-Kommunismus – viel Suppe, wenig Fleisch
KEKEL KEKEL KOKI
Er sagt, ich soll Ihnen nicht zu genau Bescheid sagen, Sie würden sonst
urplötzlich die wahren Beweggründe der weltweiten Universitätsunruhen
begreifen, und begreifen heiße noch lange nicht besitzen und die Machtkonstruktionen im eignen Land zugunsten der mindestens 2000 Jahre benachteiligten Völker zu ändern. Detailkritik wäre zunächst wohl wichtiger, kleine Anleitungen zum Boykott von Waren deren Hersteller Beherrscher der afrikanischen Reichtümer sind ...
DUFF DUFF CHEMI
Er sagt, die Firma Dow Chemical Company
TÜCHI TÜCHI
Die Firma Dow Chemical Company liefere
Papierhandtüchi, die beim Abtrocknen Hautabschürfungen hervorrufen
SCHEITI SCHEITI
Ebenso liefre Dow Chemical Company auch Kämme und

nach Benutzung bekäme man Haarausfall
KLOKLOSETTI
Ach, dis auch? Und nach Benutzung bekommt man
Geschwüre am Hintern?
Sagen Sie, Mister Schiebonk, sind Sie ein Agent der
deutschen Anilin?
NO MASCHINI OILI KAPUTZE
Er sagt, in Casablanca würden heute noch Leute auf Händen
und Füßen
gehn, nur weil sie mal an einer Margarinestulle von Unilever
genascht hätten
und Unilever sei ja nun keine amerikanische Firma.
Dann doch lieber ein napalmin-beschmiertes Brötchen der
Firma Dow Chemical Company
denn das Ausprobieren von Sterbemitteln bei Nichtshabern
sei ja nun mal legitim ... sonst verliere die Lebensmittelfirma
Edeka völlig ihren Sinn
Edeka: Kolonialwaren ...
MUHMI MUHMI FRESS
Heilige Kühe, sagt er, seien keine Lebensmittel. Nichts wäre
aber dagegen einzuwenden
wenn man den 17. Juni in Deutschland zum allgemeinen
Sauf und Freßtag ausrufe –
das sei durchaus marktgerecht, denn wer frißt, hat die
Schnauze voll und kann nicht scheinheiln ...
Mister Schiebonk, Sie als Weißer in Afrika – sind Sie in der
Lage, wie ein Feldneger zu denken?
. . . .
Er sagt, er sei zu bescheiden, um die Fäulnis der weißen
Haut mit dem
Glanz des kommenden Jahrhunderts zu vertauschen ...
Jajajaja ...
Und was fangen wir nun an mit unsrem gekonnten
Playboytertum?
Die Clay-Allee in Cassius-Clay-Allee umtaufen.
Zum Zahnarzt gehn, um nicht auf der Felge rumzulaufen.
Fernsehn, wo uns der eigne Horizont als *fern* vorgetäuscht
verzückt.
Und alle 14 Tage kommt's aus dem Kasten: »Wo uns der
Schah drückt.«

In Senegal hört man leise singen
der Freiheit knotet man Schlingen.
Südafrika, seit Ewigkeit urangefüllt wie ein Kapaun
läßt für die Gleichheit Zäune baun.
Bourgibas Affen wetzen für Brüderlichkeit Waffen
Und trotzdem überall Aufruhr in Sicht ...
Du fragst, wo?
Frag lieber, wo nicht?

Solche Texte sind natürlich Bircher-Müsli für Völker, die sich selbst befreien müssen.

Eigenartig, wie man in Biafra ein Massaker gebiert.
Professor Grzimek hat ein Buschmädchen fotografiert.
Nun winkt er aus Frankfurt/Main, in der Hand einen Storchenschwanz:
Das Mädchen soll kommen zum Brüstetanz auf allen vieren
zu der Sendung *Platz den großen Tieren!*
Laß es, sagt ihr Freund, ein Rebell, laß es
und zeigt in der Bucht von Lagos auf die Hurenhausjacht von Onassis.
Das Mädchen lockt ihn an Land, läßt ihn ins Lagerfeuer taumeln ...
Dies wird die Auftaktsendung, ganz Nigeria wird dann
Ausbilder an Bäume ranbaumeln
Blut floß
das Mädchen wird gefeiert als Jean d'Arc von Lagos
keiner begriff's, es freute sich jeder:
Nigeria befreit und tot der ölige griechische Reeder.

Wahrscheinlich wird er gegrillt, seine Tankerpfoten
werden demnächst im *Ritz* als Spezialität angeboten.
Dies alles kein Flachs
ähnlich wird's gehn dem Gunter Sachs
Jacopettis Nieren
wenn se in Ghana flambieren.
Auch Rhodesier aalen sich bald im Blut von Smith voll Wonne
so sucht eben jeder seinen Platz an der Sonne ...

Das ist natürlicher Humor, der nie verletzt. Er entstand lange bevor die Goldzähne unserer Minderheiten den Weg in unsre Wirtschaft fanden.

Zum Jour fix hinterließ Malcom X
eine Studie zur unauffälligen Radikalisierung
der amerikanischen Fraun
für die hervorragenden Negerführer
Stokeley Carmichael und Rap Brown

He Brüder
laßt uns Samen spenden
für weiße Damen
die in unsren Armen enden.
Wenn eine Spinatwachtel und ein Moralapostel
Analphabeten sind
dann muß man mit vollen Händen
Vögelkunde
und nicht Philosophie anwenden.

Trippelnd wie ein Spatz
nähert sich die weiße Frau
ihrem Negerschatz
Pickend mit dem Schnabel
berührt sie unsren Schlüssel
wie ein Kind im Zoo
einen Elefantenrüssel.

Ihr farbigen Brüder
laßt sie nur stöhnen
denn unsre erste Waffe ist
sie zu gewöhnen.
Wenn wir zum Sturme blasen
dann werden die weißen Weibchen in ihre Wohnungen rasen
und während sie durstig dies Liedchen singen
werden sie wurstig (in Gedanken an euch)
ihre Männer umbringen.

Hoho
dann laßt es gut sein, ihr Brüder, mit eurem Segen

dann werden die weißen Witwen nämlich versuchen
ihren Nerz um die Elefantenrüssel zu legen.
Dann Brüder, seid gescheit
und freut euch am Vertrocknen der weißen Damen
durch eure Enthaltsamkeit.
Dann Brüder, kommt der Lohn
zu Ende ist dann diese Welt der Farben-Fron!

Das spielt auch nicht grade Golf auf dem letzten Loch
nach dem Prinzip Hoffnung von Bloch zu Bloch.

An den ausdruckslos-unwissenden Gesichtern, die mir nach Vortrag
dieses letzten Gedichtleins entgegenstarren, sehe ich; Ihnen allen ist diese dritte Welt so fremd und bestenfalls exotisch daß meine Befürchtungen (und Hoffnungen!) sich erfüllen werden.
Sie alle eines Tages mit durchgeschnittnen Kehlen röcheln zu hören: Wa ... wa...was ... ha ... ha ... hat der
Ne ... Ne ... Neuss ...
damals ge ... ge ... meint???
Gut, dann will ich Ihnen die eigenen vier Wände
auch Weißer Kreis genannt
wieder näher rücken ...
Übrigens empfiehlt das Innenministerium, nun
nach Verabschiedung der Ermächtigungsgesetze
soll offiziell die lederne Aktentasche über Ihren
Häuptern nicht mehr strahlenschutzsicher sein, sondern der zinnerne

1967 – Mit den farbigen Brüdern sind die Anhänger der »Black Muslims« und »Black Panther« gemeint, die sich als Teil der amerikanischen Bürgerrechtsbewegung verstehen. Malcolm X, der 1963 die »Organisation für afro-amerikanische Einheit« ins Leben rief, wurde 1965 ermordet. 1967 wird die Black Panther-Bewegung weltweit bekannt, nachdem sie das Kapitol in Washington besetzt hatten. Auch Schriftsteller wie Eldridge Cleaver bekennen sich zu der Gruppierung, die sich mit der Zeit mehr und mehr radikalisiert. Ihre Führer, Stokeley Carmichael und Rap Brown, rufen die amerikanischen Farbigen zum revolutionären Befreiungskampf auf.

Kunstgewerbestahlhelm von Ashelm (Kunstgewerbehaus) sei heute das Richtige.
Mit der umgekehrten Aschenbecher-taktik für den Dritten Weltkrieg:
Becher drüber, Asche drunter...

Wer Lübke zitiert, macht Kabarett in Deutschland überflüssig.

Heute früh komme ich aus dem Haus,
sehe einen Sargwagen und rufe:
Hallo Taxi! – ein Ordnungshüterwitz!

Melina Mercouri sagt über König Konstantin: »De mortuis nihil nisi bene«, zu deutsch: So lange ein Demokratie-Schlächter
lebt, soll man über ihn nichts anderes sagen.

Ein gewisser Bretholzkopp von der *Welt am Sonntag* soll in Athen etwas neudeutschen Parlamentarismus einführen, aus der Bauchspeicheldrüse wo die meisten von uns ihren Demokratismus herbeziehen.

Diese Leute sprechen alle mit einer solchen Selbstverständlichkeit Lügen über den Zustand fremder Völker und des eignen aus, daß ich so was auch mal machen will:

Hören Sie eine kleine Goethe-Institut-Logik und spüren Sie den Hauch einer kasernierten Kulturpolitik:
Gäbe es keine Übersetzer, wüßten wir nichts vom Ausland
wüßten wir nichts vom Ausland, brauchten wir kein Militär
brauchten wir kein Militär, hätten wir eine große Summe im Staatsschatz
wir haben aber keine große Summe im Staatsschatz – also brauchen wir auch Übersetzer.
Da haben Sie die ganze Geringschätzung des Geistes vom Sauerland-Zwergschüler bis zum Bellewüstling.
Da möchte man sich schleunigst Claudels seidenen Schuh anziehn und die Fähre nach Trelleborg nehmen,
aber wer Lübke zitiert, macht Kabarett in Deutschland überflüssig.

Und nun, Kameraden, meldet sich Unteroffizier Schauflink von Dienstreise zurück. Kameraden, ihr wißt, im Rahmen der Aktion »Berlin ist seinen Hochhuth wert« hatte ich im Auftrag meiner
Einheit Zivil angelegt und die alte Reichskabaretthauptstadt besucht unter dem Motto Freundaufklärung:
Was dem Vatikan mißfällt, ist auch für Ermekeil
nicht grad die feine Welt.

Als Spreekieker sage ich: Unter dem Funkturm
von Pessimismus keine Rede.
Die Leute in Berlin sehen sowieso schwarz. Das liegt aber nicht an Amrehn
Sonderexemplar eines Berliner Musterpiefken, Steglitzer Pantoffelheld
es liegt auch nicht daran, daß Berlin ein Kalkleistungs-Zentrum besonderer Art *ist* –
die Leute an der Spree werden genauso älter wie in Paris –
bloß dort werden die, wenn sie älter werden, klüger...
das ist aber das letzte Mal, daß ich mich freundlich über General de Gaulle
äußerte – wir sind ja hier nicht in Andorra oder Quebeck –
Vive la Frohnau.
Also, ich war in Berlin als Späh-Froschmann; als Kunstspitzel in Sakko
weißem Hemd und Querbinder. Von vorneherein: Wenn das Hochhuth-Stück
Die Soldaten wahr ist, können und dürfen die Engländer auf

1967 – Der Theaterskandal der Saison ist Rolf Hochhuths Schauspiel »Soldaten«, das die Mitschuld Winston Churchills am Tod des polnischen Generals und Exil-Politikers Sikorski formuliert. Heinrich Himmler war der oberste SS-Führer im Dritten Reich. Mit dem »Bürgermeister Sch...« ist Klaus Schütz gemeint, der im Oktober zum Regierenden Bürgermeister gewählt wird, nachdem Heinrich Albertz wegen der Anti-Schah-Demonstrationen und der Erschießung des Studenten Benno Ohnesorg zurückgetreten war. Die Karriere vom »Zwergschüler zum Bellewüstling« wird von Neuss am unfreiwilligen Komikertalent Heinrich Lübke festgemacht, der das Amt des Bundespräsidenten innehat.

keinen Fall in die EWG. Dann hätten sie zwar eine Sterling-Währung
aber eine Sperling-Moral. Mann, die haben ja eine Vergangenheit, als ob Himmler
in der Downingstreet gewohnt hat! Die Leute sind uns einfach zu verwandt.

Auf dem Weg ins Theater ging ich übern Kudamm
und erfuhr das erste Mal
von Studentenrentnern
und zwar diesbezüglich aus einem
Polizeilautsprecher. Er tönte: Hallo, hier spricht die Polizei der Herr
Komilitonne (der sprach diese Anrede aus, wie wenn Unteroffizier Wieselflitz K'raden sagt)
Hallo, der Herr Komilitonne im 117. Semester, bitte die Kreuzung räumen, andernfalls Bademäntel anlegen
gleich kommen die Wasserwerfer.

Donnerwetter, dachte ich, Einfälle wie aus Theo Lingens Witzakademie.

Vorübergehend scheint sich fallehalber was geändert zu haben in Berlin.
Diesmal hatte die Polizei Knüppel *und* Humor – und der tut ja von Leuten, die witzig sein müssen, besonders weh.

Noch was am Rande: Berlin hat einen neuen Bürgermeister. Sch... heißt er.
Ich nenn vorerst den Namen nicht, sag nicht, wie er sich schreibt
ich weiß ja nicht, wie lang der bleibt ...

Kamraden, dann habe ich noch eine Demonschration miterlebt, natürlich
im Rahmen des rezeptabel Verordneten.
Einige Leute sahen aus, als ob
sie Vitamin mit Vietnam verwechseln. Doch dann vermieste mir wieder
die zur Schau getragne Feierabendmoral die Laune.

Ein Plakatspruch reimte »Ami bleib hier, trink Schultheiss-Bier«.
Na, Kameraden, über Geschmack läßt sich streiten.

Da haben aber manche von unserer Kompanie bessere Sprüche im Spind.
Wenn ich nur an Unteroffizier Stausack denke, beim letzten Kasinoabend reimte er:
Soldat, Soldat, im Dschungel kein Pfad ... na, oder so ähnlich, warte mal ...
kein Pfad grad. Drum bleibe in deiner Heimat und pflege dich in der Kaserne und geh im eignen Land
die krummen Wege.
Aber warum soll'n wir jetzt vom Schützenpanzer HS 30 sprechen. Doch alles
nur 'ne Mutmaßung über 'ne Kettenreaktion.
Wir wissen, bei Hoogen wird gelogen.
Und nun zu meinem Berliner Erkundungsauftrag:
Beleidigt das Hochhuth-Stück *Die Soldaten*
die Bundeswehr über das Maß des Erträglichen???
Kameraden, hier meine unmißverständliche Antwort: Kein Mensch weiß richtig, was los ist???
Hinterher taten mir die Zähne weh, das mag auch an der Inszenierung gelegen haben, kann ich nicht beurteilen.
Es war jedenfalls so, als ob ich einmal erfolglos
durchs Hamburger Eros-Center gewandert wäre:
kein Geld in der Tasche, aber ehrliche Absichten.
Ich dachte ja vorher, es gibt in dem Stück ein paar saftige Derbheiten
über die Reinlichhaltung des Krieges zu hören und sehen,
aber – weiß der Hoppe ...
Teufel darf in Berlin im negativen Sinne nicht mehr ausgesprochen werden –
weiß der Hoppe ... da ist so ein deutscher NATO-Oberst, der darf einfach
nicht wahr sein. Hochhuth läßt ihn sprechen, wie so 'ne Art Graf Bobby
als ob der auf 'ner NASA-Rakete durch 'n Spessart reitet ...
Ihr werdet verstehn, daß ich nicht von einer Sidewind-Rakete spreche

weil se von der Sorte neulich in Augsburg eine geklaut
haben, eine drei Meter lange
wie kann denn so was passieren?
Oder stimmt das nicht und die wollen bloß vom MAD
einen abschießen.
Die Leute kommen ja auf die merkwürdigsten ...
Aber drei Meter lang also,
das Stück von Hochhuth habe ich die meiste Zeit geschlafen
es dauert drei Stunden, bloß bei diesem NATO-Oberst,
da habe ich mich ganz schön erregt.
Der sagt da wörtlich – auf so 'ner gespielten Pressekonferenz:
Europäisches Fett für die NATO
aber auch Schmieröl für den Warschauer Pakt
denn, meine Damen und Herren, wir wollen uns den Zeichen
der Zeit keineswegs verschließen – Abendland
und seine glanzvolle Kultur hören nun mal nicht
an der Elbe auf
sondern ist überall dort, wo europäische Touristen baden
gehn.
Mit dieser feuchten und ebenso fröhlichen Erkenntnis
möchte
ich meine Ausführungen schließen, mit einem Dank an den
deutschen
Pressekonzern und seinen SAD (Springer Auslands-Drücker),
der diese Sendung
mit ermöglichte und der es mitverantwortlich vollbrachte
daß wir *hier* heute wieder stehn.
Denn dessen müssen wir uns immer bewußt sein:
Hätte Hitler gesiegt
wir würden nirgendwo anders stehen!

Also, Kameraden, ich habe die ganze Zeit über diese Stelle
hinweggehustet.
Aber ihr wißt ja, wie's im Theater ist
80% husten mit, die übrigen
20% sind die Unbelehrbaren, die hören zu.
Möglich ist es, daß man das Stück von Hochhuth besser
lesen kann, aber warum
sollen wir bei der Bundeswehr so ellenlange Dinger lesen,
wo wir doch genug

zu singen haben – »denn wir fahren, denn wir fahren,
denn wir fahren
zum Beispiel zum Manöver nach Griechenland
wohlgemerkt *nach* dem Putsch«.
Fazit meiner Hochhuth-Kundgebung für die Truppe:
Was über unsren Horizont geht, bleibt unter unserm Niveau.
Was ich gesehen habe, ist nicht mal Tropenbetreuung –
und *das* in der Frontstadt ...
Rechts um!
Weitermachen.

Asylerinnen und Asylzer!

Wir begrüßen – mir gegenüber – die gipsgewordene
Lieblichkeit
Swetlana Stalin ... ich will sie gleich mal auf
ausgewanderten Stalinismus dekorieren ...
Die Mütze war erst weiß, sie muß in Europa
noch irgendwo an einem Amerika-Haus
vorbeigekommen sein ...
keine Feier ohne Eier ...
Der knallige Schlips soll zeigen
wie ihr das Rote inzwischen zum Halse raushängt.

Hätte es ihr nicht gut angestanden – wie etwa mir hier,
der ich sage
alles was ich heute abend gegen die Sowjetunion räsonniere
betrachten Sie bitte unter dem Gesichtspunkt, daß es die
deutsche
Wehrmacht war, die 20 Millionen Sowjets tötete.
Swetlana saß noch vor wenigen Monaten im Mövenpick
zu Zürich
und aß das Ei des Kolumbus (kein russisches Ei)
mit amerikanischem Hahnentritt –
bis der Kongreß in Washington sagte: Komm, Pute!
Swetlana ist ein Freund-Briefe-Schreiber-Computer – ihr Stil
wechselt zwischen Isaac Deutscher und Drafi Deutscher.
Swetlana nimmt keine Antibabypillen. Sie ist die Mutter
der Revolution.

Sie frißt ihre Kinder.
Swetlanas Pappa Jupp war am Anfang Lyriker
hat ganz hübsche Gedichte geschrieben
so 'n kleiner Walter von der Vogelukraine.
Er war sentimental
und brutal: Eigenschaften, die sich ergänzen wie die Firmen Bolle und Grieneisen –
Quark und Särge.
Swetlana hat, wie Sie sehen, eine gewaltige Menge Heu vorm Schuppen.
Und das Triumphgeheul des Asylgewährenden hält das alles zusammen.
Öffnet man den Gesinnungsstretch, sausen die Dinger runter und jede
Magda zwinkert mit den Hühneraugen.

Sieht man Swetlana Allílujewa genau an, stellt man sie sich noch in Moskau vor, versteht man Trotzki, der damals die Mexiko-Existenz
vorzog ... ich bin nach wie vor der Meinung (nach gründlichem, fleißigem
Studium) daß die UdSSR so lange ihre – von nun an mehr wohl Evolution – feiern kann
daß sie die Spitzen zur Olympiade nach Acapulco nach Mexiko City
schicken kann – Trotzki bleibt der einsame Weltmeister der Revolution.
Albaniens Kinder werden vielleicht dafür sorgen, daß das bei der 60-Jahrfeier im Kreml erwähnt wird.

1967 – Zu den Presse-Schlagzeilen des Jahres gehört die von der Flucht der Stalin-Tochter Swetlana Allilujewa in den Westen. Nachdem Washington ihr ein Einreise-Visum ausstellt, läßt sie sich in den USA nieder. Neuss nimmt im »Asyl«-Programm Bezug auf die »Apollo«-Katastrophe vom Januar, bei der drei amerikanische Astronauten ums Leben kamen. Ferner wird der im April verstorbene Altbundeskanzler Adenauer erwähnt, der noch mit Befriedigung zur Kenntnis nehmen konnte, daß sein ungeliebter Nachfolger im Amt, Ludwig Erhard, scheiterte und den Kanzlersessel Kurt-Georg Kiesinger überlassen mußte. Kiesinger, Alt-Nazi seit 1933, war in der Rundfunkabteilung im NS-Reichsaußenministerium tätig gewesen.

Swetlanas Nase sei Weihrauch und Wiese zugleich, so salbte
sich Sybille im *Stern* eine nette Formulierung aus dem
Füller.
Ob sie nicht vielleicht doch die Tochter von Anastasia ist?
Sie soll dem amerikanischen Volk ein wertvolles Geschenk
mitgebracht haben:
eine altzaristische Herrentoilette: zwei Knüppel: mit dem
einen halten Sie
sich fest: mit dem anderen scheuchen Sie die Wölfe weg.

Frankie-Boy, der Mafia-Muffel, wird ihr ein Musical
schreiben: »Any Way Josefs Zwetschki« – eine Lucullus-
Operette für Radio Eriwan und Radio Freies Europa,
welches ja auch bei uns seine Blutdurststrecke noch vor
sich hat:
Ich weiß es noch wie heut, ich putzte grade Möhren
da tönt es aus den Röhren: Hört, hört nur, liebe Leut
das große Glück kam in die kleine Küche
und grad beim Möhrenputzen stimmte mich's so froh
ging auch ein Märchen mal entzwei und in die Brüche
es half mir immer drüber weg, mein Radio.
Wenn man sich das vorstellt, mit dem Don Kosaken Chor
im background – zum Geschirrspülautomat von Schimanski –
so hieß Siemens, bevor er aus Danzig wegzog.

Ich weiß es noch wie heut, ich wollt 'nen Fisch entleeren
da tönt es aus den Röhren: Hört, hört nur, liebe Leut
das große Glück kam in die kleine Küche
und brachte Frohsinn mir in den verschmorten Dunst
der liebe Schwachsinn und die lieben Fischgerüche
grad diese Mischung ist doch allergrößte Kunst.
Eine schwerelose Süße liegt über diesen Auswanderliedchen,
als ob das Bolschoiballett Schneewittlein
und die sieben Höcherls tanzt.

Ich weiß es noch wie heut, ich kann es auch beschwören
ganz still ward's in den Röhren: Hört, hört nur, liebe Leut
das große Glück verschwand aus meiner Küche
es kam in 'n Abwasch, und es wurde völlig naß.
Da hilft nun gar nichts, auch nicht FBI-Gerüche

bin jetzt katholisch, mach Newark zum Stalingrad.
Als Kossygin in Amerika war, beim Geist von Glassboro,
hätte sie doch
mal anfragen können: Towarisch, ist es wirklich wahr?
In Moskau geht man
mit Lenin um, wie in Rom mit Jesus?
Er wird ständig erwähnt,
aber nie angewendet?

Im Krieg der Dritten Welt setzen wir uns jetzt gemeinsam auf eine geblümte fliegende Untertasse.

Im Ersten Weltkrieg
hieß der Mann Hasek und sagte:
Ich lebe mit meiner Frau wie mit meiner Regierung.
Ich träume dauernd von einer anderen.

Im Zweiten Weltkrieg rief Schwejk: Herr Hauptmann,
ich hab zehn Gefangne gemacht!
Ja, sagt der Hauptmann, bring sie doch her!
Geht nicht, sagt Schwejk, die halten mich fest.

Im Krieg der dritten Welt setzen wir uns jetzt gemeinsam
auf eine geblümte
fliegende Untertasse der staatlichen Porzellanmanufaktur
»Eiliger Stuhl« Bad Godesberg und landen direkt
auf dem Platz
des Himmlischen Friedens vor der Gedächtniskirche.

Ich mache mir mal eben zwei lilane Ohrringe
an die Läppchen
zwei Apollo-Kapseln, die müßten eigentlich von 'ner
Sargfirma
installiert werden – und damit nehmen wir sofort den
innenpolitischen Stunkverkehr mit der Rheinmetropole auf.
Hallo Lissa, bitte melden! Lissa ist Geheimcode für Bonn
Hallo Lissa: aber bitte *nur* in Sütterlin funken, ich hab noch
keine neuen Chiffriermaschinen.
Wo steht mein Feind?
Rechts? Da sitzt der Baron Guttenberg, der ist doch nicht
rechts!
Das ist der Rasputin der neuen deutschen Ostpolitik,

er benutzt
sie täglich drei- bis viermal ...
nur zu Heilungszwecken – ist ja klar
Links? Da sitzen Leute und trinken Champagner,
Sekttrinker, Sektierer!
Wer ist jetzt in der Leitung? Bundespresseamt? Ahlers kotzt für's Kind?
Das muß ja ein neurotischer Besserwisser sein ... Ich soll zum Hohenzollerndamm gehn
und ihn in Fritz-Erler-Damm umtaufen?
Das ist ein Himmelfahrtskommando: Wir haben in Berlin diese Woche noch eine SPD-Regierung –
lieber raube ich der die Burschenschaft!
Lissa, hören Sie: Der Hohenzollerndamm ist für Ludwig Erhard vorgesehen!
der soll am Grabe von Adenauer gesagt haben,
dem Kiesinger gelingt aber auch alles.
Neulich waren die berufsmäßigen Landfriedensbrecher hier.
Der Bundestag tagte außerdem in Berlin.
Moment! Wie kommt das »außerdem« in den letzten Satz?
Ich habe doch nicht etwa Bremsen in meinen Emotionen?
Jedenfalls neulich, da sagte ich: Der soll am Grabe von Kiesinger gesagt haben, dem Erhard gelingt aber auch alles ...
Da sagte so ein anarchistischer Abgeordneter:
Waaas?? Der ist Gott sei Dank auch schon tot?
Nein, »Gott sei Dank« hat er wohl nicht gesagt. Das hat er gedacht.
Er war wohl irgendwo im Rundfunkrat, und der Buka Kiesi soll ja irgendwie zum Radio eine alte Liebe haben.
Augenblick ma: Lissa! Hören Sie auf mit Ihren Straßenkämpfen, meinetwegen
können Sie den Kölner Dom in Adolf-Hitler-Moschee umtaufen: Der Frings macht sowieso seine eigne Woche der Liederlichkeit ...
Sie wollen wissen, wer bei uns hinterm Busch liegt?
Der heißt nicht mehr Mont Klamott. Der heißt Spangenberg.
Nein, Frau Architekt Kressmann hat ihn nicht gebaut
der ist nicht so leicht besteigbar ...
warum soll denn Lauritzen in Buckow Donnerbalken baun?
Ach so – »menschliche Erleichterung!«

Hören Sie Lissa: Ich sitze hier völlig außer Atom und habe Zungenbelag!
Ich möchte eine konzertierte Reaktion machen, wenn sie mir aber dauernd
Frau-Wirtin-Verse durch meine konstruktive Spirale funken, laufe ich über. Wohin? Weiß ich noch nicht.
Ich meine, ich koche über.
Neieinnn! Ich will kein Koch werden in Daddy Blatzheims Gastarbeiter-Mensa im Römischen Café –
in jeder Sekunde Wanne Eickel in der Pfanne –
Ich denke, wir haben eine Regierung und kein Café-Keese-Ehepaar an der Spitze!
Täglich mit 'ner Erfolgsmeldung in der Zeitung.
Lissa??? Ich verstehe, Sie kämmen sich immer noch mit 'ner Hasenpfote.
Herr von Hase frisiert noch heimlich ihre Dementis ...
Das Verteidigungsministerium ist schließlich Bonns größter Friseurladen:
Schröders Scheitel-Politik.
Wie? Jawoll, mach ich. Ich soll Ihnen mal erklären, was ein Eventualhaushalt ist. Das ist ein Vielleicht-Traumhaushalt E.V. Eine Verschwörung.
Eine Firma, deren Pleite nicht durch Offenbarungseid besiegelt sondern durch die Umwandlung in
eine Kapitalgesellschaft ermöglicht wird.
Soviel zu Krupp. Gestern hatten wir noch eine Krise.
Jetzt ham Sie se!
Frau Wirtin hat auch eine hohle Gasse
da kam Franz Josef Geßler an die Kasse
Wollt ihr die Rente reichen
drauf ließ sie einen ...
schwer, schwer
abzuhören, ein einziges Blessing Out in der Leitung.
Könnten Sie nicht mal einen vernünftigen Diskontsatz husten?
Abs beizt mit Schiller auf der De-Wiese und Thyssen soll dann die Konjunktur inflationieren?
Das sind doch alles Wortspiele.
Da kriegt doch kein Kurzarbeiter seinen Zinsfuß aus der Talsohle.

Und wie hat der näselnde Wirtschafts-Charlie mit der
vulkanischen Wortflut einer überdrehten Spielzeugpuppe
die Metallarbeiter von Württemberg vor dem Streik
bewahrt:
mit hundert Brötchen und zwei Pfund Butter in einer
langen Nacht in Duisberg bei Bonn.
Nicht mehr die, der Räuber Schiller!
Lissa? ich höre wieder?
Jawoll, übermorgen wird Mecklenburg wieder Monarchie
mit König Kunde und Konsumzwang.
Waas???
Das ist doch einfach nicht wahr?
Die DEFA soll 30 Filmtheater in Gotteshäuser
zurückverwandelt haben?
Die haben doch erst neunundzwanzig Filme mit
revolutionären Ideen in der Versenkung verschwinden lassen.
Worauf die DDR wirklich stolz sein kann,
das verschweigt sie.
Lissa!
Ich nehme jetzt das klerikale Ohrgehänge wieder ab.
Wissen Sie, daß das Vertreiben von Abhörgeräten in der
Bundesrepublik
incl. Westberlin verboten ist?
Wenn also irgendwo ein Lauscherchen sitzt, dürfen Sie es
noch nicht mal
vertreiben ...

Wir kommen zur Psychologischen Kampfführung
Zur Psy Ka Fü
Das geschieht auf die merkwürdigste Art und Weise.
Am gelungensten scheint es mir Sonntag früh,
beim Glockenläuten.
Da wird mit einer Penetranz gebimmelt
als ob man in einer Einflugschneise für Meßknaben wohnt.

Ich mache mal eben diese dicke Kerze hier leuchtend.
Den geschraubten Selbstbedienungsladen für
Hochleistungs-Kühe.
Elektrischlicht aus. Schummrige Stimmung. Halten Sie

Ihre Handtaschen fest, was sie vorhin nicht für den Vietkong
gespendet haben, klauen wir jetzt.
Elite-Einheiten werfen überm Dschungel Bonbons für
die Kinderchen des Feindes ab
für uns vergleichbar mit
der Wirkung von *Report, Panorama* und *Monitor*.
Wir freuen uns auch wie die Kinderchen, wenn die immer
süßer werden.
Wir haben jetzt eine Stimmung wie auf Frankensteins
Hühnerfarm.
Wie in einem Wienerwald-Restaurant: Nach dem Verputzen
von zwei halben Hähnchen kaut Mammi auf einer Waffel
Pappi trinkt sein siebentes Bier und pinkelt untern Tisch
und summt leise: Hei, Herzog Widukinds Stamm!

Sag mal Pappi, sagt Mammi, haste schon gehört, im Verlag
Konditorei Wagenknecht gibt's ein neues *Quartheft*
für Bibelforscher?
Der Mensch entstand aus Lehm und starb an Buttercrem?
Ja, friß nur, sagt Pappi.
Sag mal, Paps, fragt Mams, was ist denn eigentlich der
Unterschied zwischen Kolchos, Kibbuz und Kommune?
Wie kommste denn jetzt darauf, fragt Pappi, haste was von
mir im Mund?
Aber Pappi, sagt Mammi, da könntest du ja nicht untern
Tisch fieseln.
Haste auch wieder recht, sagt Pappi. Hm ...
Der Unterschied zwischen Kolchos, Kibbuz und Kommune ...;
hm ... der wird sein
wie zwischen Rockefeller, Rothschild und Schamoni.
Wieso, fragt Mammi, hamse Schamoni einen Film
beschnitten?
Quatsch, sagt Pappi. Rockefeller ist reich; Rothschild hat
eine Platzanweiserin geheiratet ... Hm und Kommune ist,
wenn man einen Film-Vorführer mit reinnimmt.
Eiserne Dreiecksverhältnisse. Nur für Formel-1-Wagen.
Mit Verkehrsbeschränkung, fragt Mammi?
Nein, sagt Pappi, aber mach dir keine falschen Hoffnungen:
Kommune ist nur etwas für geistig reife Menschen, die
Pflaumenkuchen nicht mit sexueller Anarchie verwechseln.

Stinkt das, fragt Mammi?
Bestimmt nicht so, als ob du hinter einem alten DKW herfährst.
Denn dabei weißte erst, wie schön der Film Pension Clausewitz ist… Geschloßner Auspuff.

Kommune ist, wenn man einen Film-Vorführer mit reinnimmt.

Guck mal, sagt Mammi – dort geht wieder so eine mit ekelerregend kurzem Rock, er geht ihr grade mal bis zum Gurgelknoten. Die ist minirocksüchtig bis zur Mandelentzündung!
Das heißt nicht Minirock, sagt Pappi, das heißt Karl-Eduard-von-Schnitzler-Tapete
da kannste immer den Schwarzen Kanal sehen.
Und dann schiebt sich Pappi sein Ehebruchband aus der Leistengegend in die Nabelhöhe und beide sinnen bei traulichem Licht, wie man den anderen am besten an der Durchführung einer lange nicht gehabten Idee hindern kann.
Der Familienfrieden ist ein fauler Frieden und jede Ehe gehört zur psychologischen Kampfführung aller Gesellschaftssysteme.
Auch im Ostblock hält man noch immer um die Hand eines Töchterchens an, anstatt ehrlich zu sagen:
»Wolln wa nich für 'n paar Wochen unsre Lohntüten zusammenschmeißen?«
Fritz Engels sagt, diese Gesellschaft bestehe nun mal aus Ehebrechern und Arschlöchern.
Und wenn einer daherkommt und sagt
er sei zehn Jahre verheiratet und habe noch nie die Ehe gebrochen, dann gehöre er zu den letzteren.

Und damit geht die Sonne (das elektrische Licht)
die Kellner-Sonne wieder an … igitt … qualmt die
Kerze … scheint sich doch um 'ne Selbstbeweihräucherungs-
kerze zu handeln …
Ist Senator Schwedler in der Nähe …???
Thierry steht am Horizont und hat
einen flotten, höchst moralischen, Reim gerissen, behauptet:

Wir alle haben Horst Willi auf dem Gewissen

Am Abend des 7. November wurde Horst Willi
von seinem Vater erschlagen.
Sieben Monate alt
hatte Horst Willi zuvor viel gehustet und laut geweint
diese Geschichte ist *nicht* erfunden
sie hat sich tatsächlich zugetragen.
Auch wenn manches an ihr, nanu, hierzulande
kaum glaublich erscheint
Horst Willis Vater –
ich will Ihnen ganz kurz den Tatort schildern –
saß, um die Sportschau zu sehn
vor dem Fernsehgerät
und er hätte, wie er sagt
und das kann die Umstände natürlich nicht mildern
in Folge von Horst Willis Schreien
ganz einfach durchgedreht.

Er begann, sagt der Vater
als Howi nicht aufhören wollte mit seinem Geschrei
Howi zu prügeln und zwar mit der Faust
damit er Ruhe gebe
damit er ganz still sein sollte …
Und so geschah die Tat
vor dem nun auch dem Täter graust.

Es ging sehr schnell
Horst Willi starb bereits nach wenigen Minuten
der Vater gibt den Totschlag zu
der Fall liegt also scheinbar klar
und doch:

Sie haben völlig recht damit
wenn Sie vermuten
daß dies noch nicht das Ende der Geschichte ist
beziehungsweise war.

Es fehlt Verschiednes dran
was Sie noch unbedingt erfahren müssen
damit am Ende Einsicht und Erkenntnis stehn:
Man kommt, wenn man nicht alles weiß
sehr schnell zu falschen Schlüssen
Horst Willi hatte nämlich *neun* Geschwister
mit ihm warn es zehn.
Zehn Kinder gab es in zwölf Ehejahren
das mag nicht gut sein, aber es ist recht
erklärtes Elternrecht.
Daran soll man nicht rütteln.
Rechte soll man wahren.
Horst Willi wurde nicht gefragt
er weinte und es ging ihm schlecht
und nicht erst als er starb
nach vielen hemmungslosen Schlägen
derweil die Sportschau lief.
Nein, vorher schon
als er zur Welt kam
ging's ihm schlecht
des Platzes wegen
den er nicht fand
der viel zu klein war und zu eng
und schrecklich ohnehin …

Auf 20 Quadratmeter Fläche lebten die Eltern
Horst Willi und neun Geschwister am Tage der Tat
wußte der Pfarrer davon
Bürgermeister, Minister wußten wir alle davon
Wir? »Vater Staat«?

Wir wußten es nicht
wir erfuhren von alledem erst wesentlich später
und da war es zu spät
und Horst Willi war tot

und der Vater geständig.
Und alle anderen Täter???

Zwölf Personen
Zwanzig Quadratmeter
Zwanzig Quadratmeter
Zwölf Personen
Besser leben
schöner wohnen!

Alle anderen sprechen sich frei
von Schuld, Tod,
Wohnungsnot.

Man kann Horst Willi selbst
dem Toten also
nicht mehr mit der Frage nützen
warum er erst zur Welt
und dann so schnell zu Tode kam.

Doch kann die Antwort drauf
noch nicht geborne Howis
davor schützen
den gleichen Lebenslauf zu nehmen
den Horst Willi nahm.

Wenn wir den Vätern nämlich
solchen Vätern
gar nicht oder nur zu selten sagen
wie man sich nicht vermehrt
und das nicht alles recht ist
was erlaubt
dann sind nicht sie allein
dann sind wir alle anzuklagen
wenn Kinder daran glauben müssen
weil der Pappi immer noch dran glaubt …
In einem Land, wo der Familienminister *Heck* heißt,
da muß die Vermehrung immer nach stark verdünntem
Kafka schmecken.

Wie unsere Verkehrsprobleme geregelt werden, ist mir
eigentlich schnuppe. Es sind nicht meine.
Das schwere moralische Wasser, was heute, 20 Jahre nach
dem verpaßten Entschluß
mit diesem System zu brechen, zu
jeder individualistischen
Kernreaktion gehört, netzt nicht
meine Wimpernschleusen.
Tränen sind bei mir unbekannt
verzogen. Zu Trauer nicht
fähig. Und wenn, dann für immer.

Tränen sind bei mir unbekannt verzogen. Zu Trauer nicht fähig.

Der Mitscherlich-Herbst, der meine Tage rostig macht
und der zum Beispiel einen Uwe Johnson in New York
nur noch gelb sehen läßt
der Mann muß eitrige Augen haben, seitdem
er das Komitee zur Sauberhaltung Friedenaus gegründet
hat – der Stier-Straßenkämpfer
verführt mich immer wieder zu fröhlich geheimgehaltener
Siegesgewißheit; ich tarne sie allerdings depressiv, damit
diese reformatorischen Eiferer unsereinem nicht radikal das
Genick brechen
weil sie ihre angeblich sanften Pläne durchsetzen wollen.

Gegen Gallensteine bei der Bundesbahn ist der Leber-Plan.
Der Laster-Luther aus dem Baugewerbe
verspricht dem LKW auf Schleichspur eine propre Sterbe …
Faschistisch auch die Eisenbahn-Gesetz-Entwurf-
Beschwerden: »Alle Weichen müssen umgelegt werden.«

Mitunter sind Thierrys Probleme äußerst angenehme.
Gemeint seien nur Ehepaare zwischen 30 und 40 in Neu-
kölln? Denkste …
Nichts weiter als weltweite Philister-Ängste:
Sehn Se mir doch mal in mein traurijes Gesichte …
Fällt Ihn' nischt auf?
Bemerken Se doch bitte die leidjeprüften Züge
die sich tief eingeschnitten haben
in meinen molligen Teng …
Sehn Se doch nur den trüben Blick in meine
ausdrucksstarke Hühnerplinze –

Augen, die sonst vor Güte aus die Nähte platzen
sagt Ihn' das nischt?
Fragen Se sich nich allmählich,
mein Gott, was macht der Mann mit?
Was is mit dem Mann?
Warum erzählt er uns nischt von seim Kumma?

Also, wenn Ses unbedingt wissen wolln ...
Ich bin verheiratet ...
Nee, das is nich der Grund meines am Boden
Zerstampftseins ...
Meine Frau is ganz nett, ich hab nischt gegen ihr ...
Auch meine Freundin, zauberhaft.
Und die beiden vertragen sich bestens, also darin liegt die
Auswechlosigkeit meiner Person nicht.

Auch der Freund von meiner Frau, reizender Bursche.
Paßt ins Ganze. Ich komme jut mit ihm aus.
Meine Frau noch besser, was auf die Verschiedenartigkeit
zwischen die Geschlechter zurückzuführen ist!

Es könnte alles in Butta sein
wenn ick nich ständig in Sorge sein würde –
und *das* reibt mich auf und meine Olle genauso –
wir altern frühzeitig
wenn wir weiter in diese permanente Furcht leben müssen:
Was is, wenn ihr Hausfreund meine Geliebte kennenlernt???
Und die beeden eines Tages ... verstehn Sie???
Wenn *das* nämlich passiert
dann stehn meine Frau und ich buchstäblich vor dem *Nichts!*

Sehn Se, aus solche gesellschaftspolitischen Vorlagen macht
Beckett ein dramatisches Vierganggetriebe mit Overdrive.
Jetzt aber wollen wir unsre Souteräng-Literatur
bereichern mit einem Riemenreißesturm
gewidmet der Schülerzeitung *Roter Turm.*

Wir haben den Pornographen von Charlottenburg unterm
Kopfkissen

für Mütterchen, die am Stuttgarter Platz immer zugucken müssen.

Wir haben den Mutzenbachkalender
für Neuköllner Linkshänder.

Den indischen Scharfmach-Beschwörer
Kamasutra für stramme Oberlehrer.

Wir kennen Kin Ping Meh, den Henry Miller
von Tschiang Kaischek
für Opas Fete und kneifbackige Studienräte.

Hier nun ein James-Joyce-Kapitel
mit Unterm-Gürtel-Titel.

Das Ding von der Waschfrau handelt von einem Schülerchen
der seinen Penis trug
wie eine Maschinenpistole mit Ladehemmung …

Eine Konfessionsschulen-Foppe
meinetwegen schwarz gehandelt unterm Ladentisch
bei Nicks Men Shoppe.

Erleben Sie, wie aus einem Bodelschwingh der reinen Liebe
ein Bordell-King der dreckigsten Triebe wurde.

Für Opas, Omas, Kinder und Enkel
Für alle prüde geschlossenen Schenkel!

Geboren am Stammtisch im Blauen Affen am Hermannplatz
Gestorben in der Mailänder Scala als Singspiel-Ersatz …

Gespeist und gekleidet von einer Zölibatterie
aus dem Kloster Fräulein Meuchel Heuchel
Vorgetragen sehr fein
von einem Mitglied des Jesuitenordens im stillen Kämmerlein.

Bühnenbild: Der neue Einreiher von Brennemayer...
Erst mal sehn, ob er noch paßt, den hat mir der Pater
Leppich auf dem Sportplatz ausgeweitet – ja!
Der hat doch am Gesundbrunnen, an der Plumpe im Freien
gepredigt, darum ist doch Hertha BSC nicht in die Bundesliga
aufgestiegen – der Leppich hat eben eine regionale
ordi-nähr dich im eignen Lande-Wirkung.
Wenn ich mit diesem Hänger durch die DDR fahre, kommt
keiner und sagt: Öffnen Sie mal die Motorhaube ...
sondern: Lüften Sie mal ihren Wadenreißer!
Moment, ich habe noch was im Handschuhfach: Engelhard-
Bierdeckel an geknüpftem Bindfaden
kommt nach unten, Schultheiss nehm ick
als Tortur, 'zeihung, Tonsur – nun sieht das schon wie ein
kleiner geiler Mönch aus ... na, dann:

Lustus war ein Junge
unbekannt
immer gierig nach Verstand
sah die Welt so wie sie ist
und staunte kräftig
Vater war zu Haus damit beschäftigt
viele Mütter zu betrügen.

Die zweite Hauptperson war Waschfrau Rose
die Familie nannte sie Steckdose
1.90 m groß, ein wengerl fett
Wenn sie grad nicht putzte wischte wusch
steckten sie der Pappi und die Mammi
öfter mal ins Bett.

Lustus ging dann meist zur Schule
schnell und unterdreht
blitzten seine Augen in die Gegend
und zu spät zum Unterricht kam er fast nie.

Nach der Schule allerdings
lag er mit mancher Klassenkameradin

in ’ner Kuhle …
Fummelsex und Rammeleros
alles ungelenk und ohne Kniffe
Lustus war ja noch ein Schüler
kannte noch nicht alle Griffe.

Aber nach der Schmuserei im Bus
dis war Lustus’ Ärger
nie kam er richtig zum Orgasmus
denn die Eltern von den Mädchens
die mit Lustus gingen
gaben streng von Haus aus
eine Lehre:
Alles dürfste mit die Jungens tun
killern, küssen, reiben, necken
nur »das Letzte« nicht
reinstecken.
Dis versteht sich von alleene
sagten diese Eltern
dein Vermögen haste zwischen deine Beene.

Wie auch immer Lustus Hose kniff
wie er auch die Mädchens voller Gier begriff
fröhlich ging er morgens von zu Hause weg
unbefriedigt kam er abends wieder
und es fehlte nur ein Klecks
daß der Knabe Lustus arg verfiel
dem Homo Sex …
Wär ja auch nicht schlimm

1967 – Die Ballade vom »Lustus« ist als »progressives Lehrstück« für die Schüler gedacht, die sich in den Sechzigern wie die Studenten in antiautoritär gesinnten Organisationen zusammenzuschließen beginnen. Thema Nr. 1 ist neben dem Engagement gegen den Vietnam-Krieg die sogenannte »sexuelle Befreiung«.

der warme Hafen
gäb's nicht diesen widerwärt'gen
Paragraphen.

Eines Tages kam er wieder mal
so zu Hause an.
Voller Flüche
wildentschlossen
trat er in die Waschküche.
Rose stand
über'n Trog gebeugt.
Lustus hat ihr gleich ein Kind gezeugt
schloß sich in sein Zimmer ein
macht' erstmals voller Freude
Schularbeiten
und ließ alle Fünfe grade sein.

Waschfrau Rose fand das alles fein
kündigte beizeiten
wollte nicht mehr arbeiten
wollte Lustus heiraten.
Nunmehr ohne Existenzangst dachte sie ans Morgen
denn für's Alter würde Lustus sorgen.
Dieser hatte grad sein Abitur erklommen.
Plötzlich ließ die Waschfrau ihn
zu sich kommen.
Tat Likör ins Glas
hielt ihm das Baby vor die Nas dacht
jetzt würd ein Freudenschrei erschallen.

Neuss, der die »Lustus«-Nummer auch gelegentlich auf Massenkundgebungen vortrug, ist damit bei der Ostermarsch-Veranstaltung in Essen ziemlich »eingebrochen«: Zahlreiche Zuschauer, darunter verdiente, ganz und gar nicht antiautoritär gesinnte Alt-Genossen verließen mit ihren Kindern und Enkeln, denen sie diese »Sauerei« nicht glaubten zumuten zu können, den Saal. Mehr noch: der aufgeklärte, aufklärende Kabarettist, wurde mit einem Pfeifkonzert eingedeckt und mußte am Ende die Bühne verlassen. Er verstand, einen Moment lang wenigstens, die Welt nicht mehr.

Lustus nahm das Baby
willenlos ließ er es fallen.
Es war tot.
Pi Pa Polizei, schrie da die Rose
nehmt ihn fest
diesen Mörder, diesen Preller, diesen Zecher
diesen ausgekochten Triebverbrecher!

Übrigens: Das Baby war rotblond
und hätte auch von Lustus
Vater sein gekonnt.
Lustus Eltern distanzierten sich
Abitur bekam er nich.

Erst im Knast lernte Luste
das, was er vorher gar nicht wußte.
Rauchte Haschisch in 'ner Pfeife
qualmte LSD in Seife.
Der Kalfaktor peitschte ihn mit Hochgenuß.
Der Direktor vom Gefängnis
trug am Hinterteil der Hose Reißverschluß.
Sein Mitgefangner war ein weltberühmter Knorpelwürger
beide griffen oft zum Doornkat-Becher:
Lustus wurde im Gefängnis
ganz normaler Staatsbürger
Sittlichkeitsverbrecher.

32 Jahre war er alt
als der Direx ihn
schweren Hinterns
auf die freie Welt losließ.
Vorm Gefängnistor hieß
ihn Rose gleich willkommen.
Unbenommen ging er an ihr vorbei
hatte auch sein' Stolz
denn jetzt sollt es ja erst losgehn
mit der Sauerei im Unterholz.

Zielstrebig lehnte er auch
andre lukrative Angebote ab

ohne Beeilung
dankte er einem Herrn
von der Bundeswehr –
Nahkampfabteilung.

Lustus ging in einen Park hinein
wollte Einzelgänger sein.
Einzeln ging es schwer
denn das
was er im Gefängnis lernte
wie man Sittlichkeit verbricht
das ging heut nicht mehr.

Haste einen Admiral, sagte die
neun Jahre alte Liese
kannste bei mir opeln.
Und ein Junge
er war elf
hatte die Motorradgier
bei 180 Sachen sagte er
mach ick Tach der Offnen Hosentür.

Nicht zu fassen
stöhnte Lustus
und jetzt ging er doch zu Rose
denn er wollt sich seinen sexuellen
Idealismus nicht versauen lassen.
Rose ging inzwischen auf den Strich
schließlich war sie über Sechzig.

Während sie die Freier hatte
in dem Hochhaus
übt' er Fahrstuhlfahren
dabei schrieb er seine Memoiren.

Das gesprochne Wort verpflichtet
ihn zur Strenge
darum schrieb er sie als Oper
diese Kunstform zog Sprache
ungebührlich in die Länge

ENGELHARDT

Paternoster rauf
Paternoster runter
Lustus schrieb um seine Ehre
in Gedanken sah er schon Premiere.

Komponiert für eine Pauke mit Salat.

In der ersten Reihe eine ältere Komtesse
welche schäkernd Lustus droht: du du …
Weiter hinten singen Sellners Bässe.
Und die Musik spielt dazu.

Mit Akribie vertont er einleitend
Tucholskys Freud-Parodie:
Schmeck's
ich habe vorne einen Komplex.
Den hab ich nicht richtig abreagiert
jetzt is mir die Unterhose fixiert.
Und ich verspüre mit großer Beklemmung
oben eine Hemmung
und unten eine
kleine Verdämmung.
Alles geht schneller:
biste Links-Sexueller.
Doch erreichst du als rechter Klemmer
jemals das Genie?
O NA NIE!

Komponiert für eine Pauke mit Salat
Wasseroper aus Schanghai
im Querformat
Rhythmisiert auf die diffuse
Ausstattung Beate Uhse
Henze Gretel und ein Flötel
Höhepunkt
das Babytötel.
Choreographie
Mary McCarthy.
Die leckere Lulu
am Lolli sich labend.
Die heitere Herta
sich heißgeherzt habend.

Lustus tritt auf
wund und blessiert
von Frau Lange-Undeutschkontaktfroh dressiert.
Toll sich tollend
Wiwi wildes wollend
wundersam witzelnd
Kerniges kitzelnd
Blusiges beulend
Liebliches knäulend
Zweimal zwölfmal Zages singend
Rasch in ranker Rage ringend.

Erlösung findet statt
Rose
mit ihrer Riesenwaschkraft
setzt das Gericht
mittels Zeugenaussage schachmatt.

Ich klag
ihr wißt
zu der Gesellschaft Segen hier
dieses zu Unrecht Bestraften wegen
Sie kennen das ja
das Buch
Politik und Verbrechen
von diesem Literaten
Hans Maggi Enzyklika.
Ich stand am Trog
war beim Waschen
heut geb ich's zu
wir beide taten verbotne Liebe naschen.
Als Waschfrau gestehe ich ungeniert:
Mit der neuen Constructa wäre der ganze Lustus nie passiert.

Der Protokolleur
notiert heute schon
Verhinderung von Sex
durch Automation.

Adrett folgt nun zum Schluß
das AHA-Duett:

Angeklagter
hamse mal
Zahlen sind hier ganz egal
irgendwann an Sommertagen
Bonbons mit sich rumgetragen
oder andre Süßigkeiten
na?

Weiß nicht kann schon sein
AHA

Angeklagter
gebm se zu
überlegen Sie sich's in Ruh
hamse Pech gehabt mit Damen
falln se nicht gleich aus dem Rahmen
Nie zum Ziel gekommen
wa?

Weiß nicht kann schon sein
AHA

Danke schön
erschallt's im Kreis
unerhörter Tatbeweis
noch fünf Jahre
Schmerzgeldzahler
Pflichtverteidiger RA Mahler
Kammergericht beeinflußba
wa?

Weiß nicht kann schon sein
AHA

Schon Strafrechtsreform wäre in diesem Land
Kulturrevolution
Und vergessen Sie nicht: Eine päpstliche Bulle

ist eine Kuh
die in den vatikanischen Gärten grast
um die Kinder des Papstes
mit Milch zu versorgen.

Wissen Sie, was meine Omma zum Lustus sagen würde? Mummenschanz aus der Fäkaliensprache, subversiv degenerös: Meine Omma spricht,
wie ein gewisser Höpcke im *Neuen Deutschland* singulär über einen Lyriker schreibt.

Seit ich Kommunist bin, lassen die mich da drüben nicht mehr rein.

Dabei ist der Lustus doch wirklich nichts weiter als theologisch-dogmatisches Rattengift …
Nun muß man wissen, meine Omma ist über 65 Jahre alt
wohnt in Neubrandenburg (DDR), ab und zu besucht sie mich hier in Westberlin, seit ich Kommunist bin, lassen die mich da drüben nicht mehr rein: Ich bin – o arme Deutschlands – denen nicht konservativ genug.

Bildzeitungsreporter, Springerleute, so was lassen die sogar in die Hauptstadt der DDR – als offizielle Ausrede gilt: Da weiß man bei solchen Leuten wenigstens, daß das der Feind ist bei Neuss weiß man ja nicht recht …
schon daß er die Freundschaft zu einzelnen Kommunisten höher stellt,
als die Gemeinschaft mit der SED, kann doch nur von verabscheuungswürdigem Charakter zeugen
der Widersprüche innerhalb der
Deutschen Demokratischen Republik ganz im Sinne des kapitalistischen Gegners ausnutzt …
Ausgerechnet icke, ein Fokusianer, der schon lange dafür plädiert, daß ganz Deutschland eine DESORE wird, eine Deutsche Sozialistische Republik … ick drängel mir jedenfalls nicht! Für mich steht fest, ick kenn meine Schwächen und werde daraus eben kein Kapital
schlagen.

Wenn ick die Schiebermütze aufsetze, sagt Omma immer zu mir: Beim Zeus
wenn du so lächelst, siehste aus, wie Mao Tse Neuss.
Ick wäre, sagt se, sowieso ein Pekinese, ick hätte am ersten Mai in der
Neuen Welt gesungen, der Mao ist gekommen, die Gedanken schlagen aus und so.
Omma als DDR-Rentnerin ist also im Genuß der Freizicke
sie meckert hier hier wie dort.
Ein Sprachschatz hat se, als ob se vom japanischen
Nachrichtendienst nur so geschüttelt sei.
Wer Chinese ist, bestimme ich, sagt se, und:
Die Chinesen sind unser Unglück. Wo hat die Frau bloß das Vokabular her???
In Westberlin ist doch neuerdings die Hölle los, meint se, Mann, ihr habt doch hier
sogar einen aus dem chinesischen Geheimdienst im
Verkehrswesen, einen gewissen UM LEI TUNG …
Überleg doch mal Junge, sagt Omma, was da unten vor sich geht, das ist doch
eine Ulktour-Revolution, überleg doch mal: Die Chinesen
sollen *erst* lesen lernen und dann Auto fahren
das ist doch eine barbarische Reihenfolge!

Und China wäre eben faschistisch – dagegen Formosa sei ein rein sozialistisches Land.
Sie hätte im Ostfernsehen einen Philosophen aus Formocenta gesehen
einen gewissen Herrn Tee Fix aus dem Hause
Öt-Care-Paket-Versand …
Und der hätte bewiesen, daß am Jangtsekiang weiße Mäuse rebelliert hätten
so was würde in Karl-Chemnitz-Stadt überhaupt nicht
vorkommen, sagt Omma …

Und wenn ick dann schmunzle, dann sagt se: Mensch du, du bist ja auch bloß
ein ganz kleines Glied aus dem großen Reich der Mitte … und dieses ganze China
hätte schon der Lehar versaut, mit »Immer nur lächeln«.

Ein Chinese lächelt nie, sagt Omma! Wenn ein Chinese
lächelt, dann hätte er was an der Oberlippe
weil, die haben doch alle Quarantäne in den Zähnen,
weil dort das Bürsten auf eine ganz andre Art …
Nächstes Jahr sind es schon über 800 Millionen, sagt se
und auf der Leipziger Messe immer nur Schlitzaugen,
aus Duisburg
mit Mundgeruch, also weltweite Partnerschaft!

Und dieser Lin Biao … oh, sagt Omma, ein Verbrecher!
Der hätte Goldmünzen
in ganz China verteilen lassen, mit der Aufschrift:
Hilf dir selbst, dann hilft dir Gott.
Und *das* an die Blinden des ganzen Landes. Das wäre eine
Benachteiligung der Taubstummen, sagt Omma.
Und dem Willy Brandt sei sowieso nicht zu trauen, der hätte
in Schwedisch schon mal ein Buch geschrieben »*Guerilla in Europa*« …
Ick sage: Omma, das hat er heute bestimmt vergessen oder
er hat es nie so gemeint.
Nein, sie beharrt darauf: Guck dir doch die Söhne an, sagt se.
Auf jeder Partie schöpfen die de Sahne ab, das wären eben
Trotzkisten
die es nicht so meinen, Partisanen, die jedes Mädchen
foküssen …
Apropo Kuß, sagt se, Willy Brandt wäre ja neuerdings auch
von der gelben Muse geküßt, der macht ja schon chinesische
Lyrik:
Wer
bei
Rut
ruht
ruht
gut.
Ick sage Omma, Brandt macht keine Gedichte, der macht
Außenpolitik.
Ebend, sagt se mit voller Zyne, das wäre ja das Gedicht.
Also, ich muß sagen, manche Rentner aus der DDR sind 'ne
Mischung
zwischen Konfuze und Coca-Cola.

Letzten Tag, wenn Omma bei mir in West-Berlin ist, geht sie
natürlich immer mit mir chinesisch essen.
Dann nimmt sie die Stäbchen quer in' Mund
damit mehr reingeht.
Typisch, hier frißt sie, drüben verdaut sie.
Um Weltniveau zu erreichen, versuchen eben manche da
drüben krampfhaft
unseren Mist zu machen.

Hoffentlich wird sie bald ein Härtefall.
Ich kann Ommas nicht leiden, die nach »Wiedervereinigung«
stinken.
Da ist mir der Walter Ulli lieber.

Ich habe gehört, der will nächste Woche noch mal im
Müggelsee schwimmen und den Bitterfelder Weg einschlagen.
Hoffentlich schluckt er ihn nicht ganz dabei.

Dann dürfte man vielleicht mal mit so 'nem Programm in
Leipzig gastieren.
Natürlich mit Mull vorm Mund. Wegen Ansteckungsgefahr.
Und Verstänni ... gung, funk, unk ... weiß der Himmel, wie
eine Mischung aus Chinesisch und Sächsisch klingen wird.

Auf jeden Fall, man wird nicht drumrumkönnen
der westdeutschen Regierung Konsequenz zu bescheinigen:
Auch Hitler würd die DDR nie anerkennen.

Sind Sie schon in der Anerkennungspartei? Noch nicht?
Na nun?
Sie könnten ja auch mal was für Ihre Vaterländer tun!

Der Zollverein Moabit
wünschte sich – aus gegebenem Anlaß – von mir ein
Stempellied
Sie wissen, Kreuzberger Maler schlafen schon vor Angst auf
Stempelkissen:

Toulouse lu treck??
Stempel ick weg

Mona Lisa? An die Augenbraun!
Käthe Kollwitz kriegt auch
einen dazwischengehaun:
Zollwitz!

Van Gogh, zeig mal her
aufs andre Ohr ein Fleck …
Lustig: Jetzt heißt er van Gag
Kokoschkas Berlin-Gewinsel
ebenfalls auf seinen begnadeten Pinsel.

Merke: noch lieber als Werke
stempeln wir hier
nicht zu knapp
einfach Menschen ab:

Marxisten sind verstaubt
Albertz wird wieder Pastor
obwohl er schon zwanzig Jahre
nicht mehr an'n lieben Gott glaubt

Kapitalismus ist schöööön:
Mußt mal in Harlem gucken gehn …
Die Mauer ist eine Hürde
und darum gehört diesem
Sozialistischen Deutschen Studentenbund
unsre ganze Beförderungs-Würde.

Senator Stein? Heimlicher Linker?
Ristock? Volksbildungsstinker!
Nevermann? Linksabbieger
Glienicker Papiertiger!

Grass wird ständig angerempelt
IG-Metall ist sowieso abgestempelt
FDJ beschmutzt die Stadt
Falken machen uns andersrum satt …

Der Eierkopp Haffner ist auch Kommunist
und jeder wird von dem Knüppel geküßt

der irgendwie anderer Meinung ist
und auch noch danach handelt
dem wird das Profil verschandelt:
TRILL
schützen Sie das Leben ihres Sittichs mit TRILL
der Skandal in Berlin fängt an
wenn die Polizei ihm ein Ende machen will!

Wenn eines Tages
nächste Woche um halb sieben
die heut noch Mächtigen
die Kastratleben
die Senatsclique
die mit Peter-Herz-Beschwerden
und ihre ausführenden Hammelherden
vor bange bange in den Teufelssee flüchten
dann Freunde,
bloß nicht weich werden
und auf ihren endgültigen Tod verzichten ...

Wenn Mattick vor Martin Luther Dutschke
auf den Knien liegt
wenn die nötige Rudi-Revolution obsiegt.
Wenn die ganze faschistische Führung
unter den Trümmern
des Abkochhauses verschüttet
und Be Be Bettermann
bei Jesuiten-Lefèvre um Ablaß bittet.
Wenn mitten im heißen Winter
der Pfarrverein SDS
aus Westberlin Peking Köpenick gemacht
dann wird gemeinsam
mit FDJ und Falken
die DDR und die sogenannte Bundesrepublik
sozialistisch vollbracht...
Und Kaplan Dirk Müller und Küster Peter Brandt
schenken den Abendmahlwein
nie mehr braucht Benno Ohnesorg
dann hier solchen Knüppelkain ...

Dann leben wir
und geben einer Million Kommunen
die Brüste.
Darin holn wa die Erfrischung
des ewigen Wachseins
aus der Trotzkiste.

Vorbei mit Beulen am Kopp
und Heiligenschein
denn
maoistisch
heißt letzten Endes nicht
masochistisch
sein.

Die Kirche sagt:
Der Frieden ist unter uns.
Sie meint
sie wär drüber?
Scheiße
ein Mädchen unter mir ist mir lieber!

Heut Utopie, morgen präsent:
Fritz Teufel wird Polizeipräsident!
Student in Berlin sein heißt
dreimal dürfen Sie raten:
ständige Veränderungs-Potentaten!
Nehmt die Tomaten von den Augen, Leute
und schlagt euch
endlich auf die studentische Seite!

Fangt endlich an zu streiten
macht's denen nicht so schwer
die heut noch Hunger leiden:
Berlin
was willste noch mehr?

Der Handel steht in Blüte
Die Sparkassen sind fair
das Defizit wird Mythe:

Berlin
was willste noch mehr?

Manhattan werden wir mauern
Es wimmelt der Verkehr
weit weg sind Chinas Bauern:
Berlin
was willste noch mehr?

Heut Utopie,
morgen präsent:
Fritz Teufel wird
Polizeipräsident!

Laßt uns den Terror verstärken
mit B52ern …
Wir tun als ob wir nischt merken:
Berlin
was willste noch mehr?

Und fällt uns heut oder morgen
das Bezahlen ein bißchen schwer
Strauß wird schon alles besorgen
Berlin?
Waas? Willste noch mehr???
Lasset uns beten, ganz kühl
Gott schenk uns Proleten, jedoch im Asyl …
Und bricht bei Ihnen zu Hause
bei den lieben Kinderchen
beim Sport
beim Skat
beim Bier
etwa der Frieden aus?
Anruf genügt
komme ins Haus.

Hier noch 'ne Rückfall-Bohne:
Meine dritte Friedrich-Luftbrücke aus der RIAS-Zone!
Was ist das bloß
Ick komm von dem Mann nicht mehr los:
Dolle Dinger
mir geht's mit ihm so
wie ihm mit'm Springer …:

Guten Tag, liebe Hörer
hurtig hurtig
in den Äther reflektiert
wonach die kleine Muschel giert:
Aus heiterm Fiduz
war ich wieder mal im weißen Neussl am Wolfgangsee
und ich vermelde einen hochbrisanten Zirkusprinz.

Die Festknochen tun weh
Berlin ist zum Endspiel angetreten
Rosenkranz hat den Güldenstern umgenietet.
Es ist schon sehr komisch, wenn Ustinov beatet!
Der neue Herr Saubermann kommt aus Bonn
Klaus schützt vor Strafe nicht, meine Hörer
ein Baracken-Hippie kam an die Spree
nun wird aus der Geißel des Schicksals ein Karriere-Häusel ...
Lassen wir uns von der pseudodemokratischen Postenjägerei
nicht den bürgerlichen Kunstgenuß, den Stickluft-Spaß
stören!

Meine Hörer, die Volksbühnenfunktionäre müssen vor den
kleinen Theatern ihre Knickerbocker lüften
es roch nach Romulus mit Fischfilet
Bürger Knüppel, Sternheim, war ein voller Erfolg!
Hurra, da konnte sich die Schaubühne am Halleschen Tor
endlich auch mal einen Martin Maulheld leisten!
Plautz, da wurde mit der Mythologie des männlichen
Geschlechtsteils erbarmungslos aufgeräumt
der erhobne Zeugefinger geisterte am Halleschen Tor ...

1967 – Auch in seinem dritten Programm-Solo mag Neuss nicht auf seine Parade-Parodie auf Berlins populären Theaterkritiker Friedrich Luft verzichten, der allsonntäglich im RIAS-Sender seine »Stimme der Kritik« tönen läßt. Kalauernd arbeitet er sich durchs Bühnen-Angebot der Saison, vom Schloßpark-Theater bis zum Brecht-Theater am Schiffbauerdamm. Luft, von so viel kabarettistischer Zuwendung angetan, lobt das »Asyl«-Solo in höchstem Diskant: »Wer gern sich selbst und anderen auf die Zehen getreten sieht, muß das hören. So gut, so schlagfertig, voller Kapriolen, Schnurren und Einfälle war er in früheren Neuss-Programmen nie.«

Heute haben sie am Po einen Panzer –
Popanz und man kann besichtigen, wie
Peter Weiss aus Portugal das Kuba Spaniens machen wird:
Revolution in der Revolution macht Spaß
denn der Mensch wird befreit
und das ist nicht tierisch: ein Mordstheater-Faß.

Betrachten wir unsere sonstigen kulturellen Rieselfelder:
Eine Festspiel-GmbH wurde gegründet
die Aktionäre müssen partiell bekloppt sein
der inzüchtige Eiertanz geht weiter
abgesehn von der Leisetreterei auf der Filmakademie
gut Ding will Langeweile haben
man spricht von reinem Mutationsunfall im Lilienthal.

385 Millionen sind in Berlin nicht gedeckt
und man weiß sofort, warum die Bullen hier
so scharf sind ... wegen Decken. Liebe Hörer
ich war im Warum-Theater
wo der heilige Handke systemimmanent verinnerlicht wird.
Kleinbürgerliche Traktätchen hopsen schimpfend
in die mumiengelben Gesichter des Publikums
Forum geht es?

Die Katharsis torkelt durch den dichterischen
Kli Max von der Grün
das hat die sprühende Monotonie
als ob Curt Bois gekochten Kaviar zu Milchreis ißt
so schlecht war mir noch nie.
Dann doch lieber im Schlußquark-Theater
»Der gute Mensch von Seezunge auf Müllerin Art« ...
Brecht wird nicht beachtet, dafür wird der Curt vergoetzt.

Es ist eine Schande, meine Hörer, daß unsereiner
nicht ins Bauerntheater am Schifferdamm gehen kann ...
da ist ja das Dessert besser, als hier jeder Sonntagsbraten.
Birne Helene als Mutter Flinz, das kriegt man nicht
alle Tage – Mutter hat Sohn – das ist dramaturgisch
intressant, da möchte man wirklich einen holländischen
drei Käse hoch leben lassen

denkt man daran
wie die Bea sich einen abgetrixt hat.

Meine Hörer, ich persönlich habe ihn immer umworben
heut weiß ich's, Brecht ist 50 Jahre zu früh gestorben.
Über manches heute lachte er sich schief
ich grüße Hans Bunge vom Brecht-Archiv.
Wer da nach Sinn und Form sucht, nicht bloß wiederkaut
der wird in seine vier Wände verstaut.
Denn gerade die für den Sozialismus agieren
läßt man peinlich isolieren:
Harich, Biermann, Havemann, Bieler
leben wie die Lepra-Asyler...
Diese Vergeudung – das wurmt mich am meisten:
Wie lange will sich die DDR das leisten?

Ganz barsch mach ich's hier mal andersrum
ich erwähne (aus positiven Gründen) nicht mehr den Karsch.
Der Mann hat sich für den Vietkong exponiert, das lohnt ...
Folgedessen wird er geschont ...

Spalter schreibt
Verzeihung, er heißt eigentlich Walter
mit dem Nachnamen ist füglich genug schabergenackt:
Ich nehme den Karsch nicht mehr in den Mund
dann lutsche ich lieber noch mal am Barlog rum.

Das Schillertheater als Altersheim
Boleslav Dantonjäger
beim Boulez-Konzert: Studentenschläger!
Der Kulturpapst mit seinem Ick-icke-Gesudel
als CDU-schmitzige Krawallnudel ...

Zuckermayer oder des Teufels Mausoleum
was sollen uns Geschichten aus dem Grazerwald
was nützt uns Wiener Charme
wenn China arm, meine Hörer?

Sie wissen, auch ich bin ein Kuli
ein Kulturlinker

das Berliner Theater hatte seine Tage
und es wird nicht lange dauern
daß man auch bei uns das genaue
Programm der NPD spielt:
Telefonbuch, Seite 720:
Komm, Adolf ...

Und hier im Renaissance-Theater
muß jeder Fachidiot
zum Schubladenexperten werden.
Hier könnte auch der rezensionsfeindliche Professor
Fraenkel über die Rampe huppeln ...
Das Theater an der Freien Universität
scheint mir das einzig Großstädtische zu sein
was uns vor der Familiengruft bei Bonn-Beuel bewahrt.

Toll trieben es die jungen Berliner, meine Römer!
Die kritische Alma Mater wird noch besser
als Strehlers Piccolo-Theater ...

Es wäre doch lustig wenn der ehemalige Rektor Lieber
nunmehr Chef vom Resi würde
mit Wasserspülung, versteht sich.

Prost, trinken wir auf
den Niedergang der autoritären
Schmalzstullen-Ideologie ...
auf die internationalen Freundschaftsbesuche
in kugelsichren Autos
mit 5000 Polizisten drum rum ...
Wie die schauten:
Keine Diebe die die Farah klauten!

Berlin, wie haste dich bemacht:
Kritik ist erwünscht
wird aber nicht beacht'.
Dis is mein Schlußwort aus vollem Hals oder:
»Du ju want änather kick in the balls«

Ihr Fritze Ohrenschmalz.

Rudi Dutschke, Gaston Salvatore, Hans Magnus Enzensberger, W. Neuss

Volker Kühn, Wolfgang Neuss, Gaston Salvatore in Castelgandolfo/Italien, 1969

Hans Magnus Enzensberger, Wolfgang Neuss

Wolfgang Neuss, Hans Werner Henze

Gaston Salvatore, Wolfgang Neuss

Neuss spricht BILD

Das jüngste Gewerbe der Welt

Zweistimmiges Anhearing. Zum Abtreiben der Manipulation. Nicht von Schering.
BILD ist eine deutsche Geschlechtskrankheit. Mit Leichtigkeit, ohne Beschwerden kann sie in eine heilsame Zwerchfellentzündung umgemünzt werden.
Denn BILD ist magnetisch. Durch Neuss wird sie phonetisch.

Eine Köstlichkeit: offen undemokratisch-freimütig reaktionär-liberal bis zur täglichen Mord-Anstiftung für den gelungenen Ernstfall.

Ich werde mich der einflußreichen Spalte annehmen.
Ich benutze die Plattform, um Stellung zu nehmen mit Haltung.
Ich huste den Annonceteil. Die Anzeigen.
Wir zeigen BILD an. BILD ist guuut. Machen Sie sich ein BILD, und Sie wissen, wie man System mit System austreibt.

Viva BILD! An der Universität von Madrid und Athen, in Haiti, Santa Domingo
und in Haifa: BILD ist präsent
in allen Goethe-Instituten unentgeltlich!

Was für Hamburg die Große Freiheit ist
für Berlin das Hochhaus an der Mauer
BILD ist Schaufenster, BILD ist ein Träger der Freiheit ... aber ...
Was aber nützt uns ein Schaufenster des Westens im Westen?
Was nützt uns ein Vorkämpfer der Freiheit in der Freiheit?
BILD, wir fragen dich, warum erscheinst du täglich?
Arbeite lieber!

1968 – Neuss-Beitrag zur Anti-Springer-Kampagne, die zur Zeit der rebellierenden Studentenrevolte rasch in den Slogan »Enteignet Springer!« mündet. Der Presse-Konzern, der kritische Geister an die Rolle erinnert, die der deutschnationale Pressezar Alfred Hugenberg und sein Zeitungs- und Film-Monopol bei der Inthronisierung Hitlers gespielt hat, hält allein in Berlin einen Marktanteil von 70 Prozent aller Tageszeitungen. Die BILD-Zeitung, Springers massenwirksamste publizistische Waffe, hat seinerzeit eine Gesamtauflage von knapp 4,5 Millionen.

Da fragte Mutti, haste 'ne Meise? BILD sprach mit Manuela.
Flower Power ist passé.
Es lebe die Gemüsewelle!
Hallo, Mister Sellerie. Am Beinkleid wölbt sich Ihre Hose.
Woanders nie?

Manuela, Göre mit Humor und unehelichem Mutterwitz
auch Alimentenzahler gehören zur Anerkennungspartei.

Mutter Friedchens Erziehung scheint trotz der fehlenden Aufklärung fabelhaft gewesen zu sein.
Doris, die auszog, die sich auszog, um Manuela zu werden, sagt: Ich habe nur zwei Brüste ... Doppelpunkt. Für dreie gibt's nämlich vergleichsweise keine entsprechende Interpunktion ...
Manuela sagt: Sex ist für mich nie ein Problem, ich habe keine Unterschwelle, wo was drüber kriechen kann ...

Mutter sagte: Manuela, geh zu Will Meisel, dem leider zu früh verstorbenen Großmeister gepflegter Unterhaltungsmusik,
der schickt dich auf 'ne Sprachschule.
Nein, sagte Manuela, ick lese BILD, BILD macht schlau,
BILD klaut Gedanken und hat für seine Leser immer etwas parat, zum Kopferkranken.
Isch habe einen schönen Körper, sagte Manuela,
und lesen tu ick im Bus, wenn die Kerle so stangensteif gucken,
sagte Manuela,
zu Hause hab ick Hemmungen und Zahnfleischbluten.
Mutter hat sowieso keine Ahnung vom Blasen
und Onkel (der mit der Beulhose, wenn er mich sieht) sagt,
BILD stinkt.
BILD stinkt aber gar nicht, es sei denn, man macht was dran,
und es ist auch nicht gut dafür, BILD ist gut zu lesen
es ist gut gemacht,
raffiniert, es gefällt mir,
wie ein Stehgeiger im Hause Wien.

Die BILD-Berichterstattung, seit eh und je manipuliert, verlogen und lügenhaft, geißelt die APO-Studenten als »verdreckte, verlauste Brut«, als »langhaarige Radikalinskis«, gar als Nazi-Nachfolger (»SDS = SS«) und ihre Ziele als »von Ulbricht gesteuert«. Die Anti-Springer-Kampagne sieht den Kabarettisten Neuss in vorderster Front. Sein Beitrag zum »Springer-Tribunal« ist die Hörfunk-Produktion »Neuss spricht BILD« – Report, Analyse und Kommentar in einem –, die im gleichen Jahr auch als Schallplatte erscheint.

O ja, Hals umdrehn heißt BILD verstehn,
Manuela sagt: Mamma, Komma, ich schlafe nur mit BILD.
Es ist wie ein Pulli, ein Mini-Leibchen, Mamma, BILD hat Ohren, Nase und ist glattrasiert: Braunau Sixtant, aber so, daß Ihre Badehose alles zeigt, was Damen mögen.

Ein glatter voller Sack, sagt Manuela, ganz ohne Haare
wer hat das schon,
BILD steht wie eine Eins:
Hallo, Mister Sellerie, so schön wie BILD, so stehn sie nie!

Lies mehr BILD, sagt Manuela – auch im Taschenbuchformat
BIBIBI
Und Mutter Friedchen sagte: Warte Töchting, ich helf,
wer BILD liest, hat in der Hose Sturmstärke elf.

Ja, so geht's, sagte Manuela, vormals Doris Feuerstein,
BILD macht mich richtig poetisch, jetzt kann ick die Schprache, nun will icks versuchen, fein!
Seitdem ist Manuela beim jungen deutschen Film
Und wird in dieser Angelegenheit täglich neu pferpflichtet, nett zu sein zu Vögeln.

BILD ist Heimat für alle. Wer in BILD wohnt, lernt Obdachlosenasyle schätzen.
Araberkind auf den U-Bahnschienen in der Sinai-Wüste liegengelassen.
Mitten in der Wüste, in der Nähe einer Kloake (also da, wo's Wasser gibt) sielte sich im Schmerz und in völliger Vereinsamung ein 42jähriges Araberbaby. Wäre nicht Harun el Kohn gewesen, der Panzerfahrer mit Herz, vor Schmerz könnte einem schwindeln …

Mosche Dajans Hubschrauber senkte sich herab,
das eine Auge, das so menschlich aussieht,
erblickete das Feind-Baby. Mosche nahm es bei sich auf, Semiten sind auch Kinder!
Und er nahm das Araberkind von der U-Bahnschiene und pflog es nach Bethlehem, wo es wohl nie wieder ganz auf die Beine kommen wird. BILD war dabei.

Moslems fordern: Gewaltverzicht für Kaiser-Wilhelm-Gedächtniskirche!
Eßt mehr BILD und ihr bleibt gesund!
Scharfe Hundebesitzer müssen jetzt mit Angriff der Briefträger rechnen!
Ratte trat auf Stromkabel, Kudamm lag im Dunkeln! (Welcher Student in der Kommune 1 heißt mit Nachnamen Ratte?)
Rufen Sie BILD an. Oder auch nicht. BILD war sowieso dabei! Achtung, BILD hat seinen Vater, den Völkischen Beobachtungs-Beamten gekillt.
Kripo dankt allen BILD-Lesern für geistige Mitarbeit. BILD ist das letzte Stadium in der Geschichte des Kapitalkonsums.

Horoskop: 1. bis 10. April: gute bis mittlere berufliche Ausflüsse.
Suchen Sie noch in den Vormittagsstunden Hautarzt auf.
11. bis 31. April: Heute müssen Sie auf einen Glücksfall gut vorbereitet sein.
Ihr Papagei wird Ihnen in den Abendstunden freihändig sechs kleine Lottozahlen aufsagen.
Bleistift spitzen.
Halbe Seite. Ehespiele: Herrchen kommt nach Hause. Schon beim Mantelausziehn dringt ihm der angenehme Geruch eines leicht trocknen Pflaumenkuchens in die beiden runden Löchlein über dem Mund. Nanu? Soll Oma wirklich Schlesisches Himmelreich gemacht haben? Er tritt ins Schlafzimmer.
Da steht sie, bzw. liegt sie mit Freundin Lieselotte im Bett.
Na, da bekommt Herrchen aber Lust. Er springt über die beiden Damen und was sich dann in seinen Händen abspielt...
Fortsetzung morgen.

Satansbande folterte 10 Tage lang ein 19jähriges Mädchen.
Ontario, US-Staat Kalifornien.
Die Motorradbande »Satans Triebwagen« hielt die 19jährige Babsie J. in einem Motel bei Ontario gefangen. Sie wurde entsetzlich gequält. Mehrmals wurde sie vergewaltigt.
Während das vorne geschah, wurde hinten die Peitsche benutzt.
Damit die Schreie der 19jährigen nicht hörbar wurden, drehte ein 20jähriger im Motelzimmer das Gas des Motorrades bis

an die Grenzen der Trommelfell-Erträglichkeit auf. Als das Mädchen nicht mehr wollte, ergriff es ein herumliegendes Messer und schnitt einem der Jungen das Geschlechtsteil ab. Dadurch kam die Sache raus.
Der Direktor des Motels: Wenn so was herumliegt, stimmt meistens etwas nicht! Ein Schneidermeister in Ontario ist mit den Annäharbeiten beschäftigt.

Darüber kann BILD und seine Leser nicht lachen. Können. Kommt von Kosten. Kosten Sie BILD, und Sie nehmen nie wieder LSD.
Schmecken Sie diese Schlagzeile: Jugendliche feierten Beatparty auf dem Friedhof. 11jährige rügte das Ding ihres 52jährigen Beischläfers: Wenn die Pipel zu klein sind, popeln die Püppis eben mit ihren eignen Pingerchen am Pötzchen.
Aaaaahhh: BILD schmeckt guuuuuut. BILD schmeckt nach mehr BILD!
Vertriebene fordern ganz klar: Recht auf Heimat unantastbar!
Hugo will keiner mehr heißen. BILD-Leser stellen fest, bevorzugte Vornamen für Mädchen sind Rudi, Christian und Bernt.
Dazu Professor Hildebrandt vom Untersuchungsausschuß der Freizeit-Juristen: Jugendliche Eltern neigen zu Tauf-Revolution. Der Taufpate kommt immer mehr ins Hintertreffen.
Pfarrer wollen nicht mehr spritzen. Der Gemeindevorsteher von Waldenhausen zu BILD: Man holt mich nur noch zu Ostermärschen. Hochzeiten, Beerdigungen, Taufen, nix mehr.
BILD meint: Schluß mit den Protestpfaffen. Schuster, bleib bei deinen Leisten. Kirchen sind sowieso atombombensicher.
Auf Gott und das liebe BILD ist Verlaß.

Ein Amerikaner verklagt Gott
Palm Beach/US-Staat Florida (sad). Eine harte Nuß für das Kreisgericht in Palm Beach. Bei einem Spaziergang war unter Mister Albert plötzlich der Bürgersteig verschwunden. Minutenlang hing er in der Luft. Dann stürzte er in eine Baugrube. Der Regen war schuld.
Mr. Albert hatte Rückenverletzungen. Das Kreisgericht sprach die Baufirma frei: »Es war ein Akt Gottes.«
Diese Formulierung ist in Amerika üblich.

Nun stellte Mr. Albert gegen Gott & Co. Schadenersatzansprüche. Albert meint: Wenn Gott kein Geld hat, dann hat es Co., die Kirche. Das Gericht erbat sich Bedenkzeit. Wahrscheinlich aber wird das ganze im Sande verlaufen, den die Baufirma für Installierungsarbeiten am Bürgersteig benötigt.

Bußtag war's.
In der Dortmunder Brauerei war Nachtschicht.
Das war für den 32jährigen Klaus Maus, Fußballfanatiker der Borussia, die Gespensterschose.

BILD war dabei: Nach dem vierten Mord küßte er seine tote Frau und weinte in seine blutbefleckten Hände: Emma, wann schießt du wieder Tore?
Wer war er? Klaus Maus war der Vater des Happenings. Aber ihm fehlte der futuristische Pfeffer.

BILD fehlt morgen eine Schlagzeile. Da mußte ich es tun.

Mörder Klaus Maus zu BILD: Ich wollte es nicht tun, aber die innere Stimme.
Das nächste Mal begebe ich mich freiwillig in Untersuchungshaft oder lasse mich richtig scheiden.
Ich wußte nur eins: BILD fehlt morgen eine Schlagzeile. Da mußte ich es tun. Heute jedoch hat sich mein inneres BILD völlig verändert.
In den Bonhoeffer-Heilstätten werde ich zu Besinnung kommen.
Sexuell ist alles in Ordnung. Aber ich habe ja so viel Mitleid.

BILD ist gut.
Gestern hat die Polizei wieder mal einen Fußgänger auf dem Zebrastreifen erschossen.
BILD sagt: Das geht zu weit. Man muß nicht gleich erschießen, um auf die erste Seite zu kommen.
Oder wollte die Polizei einem Autofahrer zuvorkommen?

BILD fordert: Polizisten haben nichts in Uniform zu suchen. Sie können eine Wohnung durchsuchen. Sie müssen einen Befehl haben. Sie können ein Gelände absuchen, dafür muß die entsprechende Gegend da sein.

Aber plötzlich war der Sittenstrolch zu müde!
Der unüberwindlichen Tranigkeit des Heinz S. verdankt eine Siebzehnjährige, daß sie noch einmal im Vollbesitz ihrer menschlichen Schwäche davonkam.
Es war in einem Lokal in Kreuzberg.
Man tanzte. Tauschte Zärtlichkeiten. Kein böses Wort. Plötzlich verstummte Heinz S.
Was war geschehen? Nichts.
Der Sittenstrolch, bei dem man zunächst einen Ochsenziemer in der Jackentasche vermutet hatte, schlief ein.
Die Siebzehnjährige kam noch einmal davon.
Das nahm sie Heinz S. übel.
Sie erstattete Anzeige wegen unterlassener Entwicklungshilfe.
BILD fragt: Wenn kein Ochsenziemer in Heinz S. Jackentasche war, was hatte der Sittenstrolch dann vor?
Heinz S. ist nicht vorbestraft. Gerade das macht ihn verdächtig!

Sekretär der Bayern-CSU für Anerkennung der »DDR«.
BILD sprach wenige Sekunden danach mit der Leiche.

99,5 Prozent lassen ihre Frauen zu Hause, wenn sie auf den Fußballplatz gehen.
Diese Situation nutzte der wohnungslose Waldemar V. regelmäßig aus. Er klingelte jeden Samstag zur Bundesligazeit an den Wohnungstüren.
Die Frauen zogen ihn in den Flur und vergingen sich an ihm.
Wer keinen Flur hatte, warf Waldemar V. auf den Küchentisch und staubte ihn ab.
Rekord für Waldemar waren 28 Haushalte in zwei Halbzeiten, wovon in langen Wintermonaten einiges unter Flutlicht geschah.
Die Sache kam raus, als der Potenzkicker – so Frau R. aus G. – von einem der verheirateten Fußballfanatiker das Ergebnis eines Endspiels wissen wollte.
Der Gehörnte hatte nur eine Antwort: Zwillinge.
BILD meint: Entweder oder. Fußball gehört nicht ins Bett.

Neuss paukt deutsch

Montage eines Mackers

Aus der Zeit
da das Volk von Berlin
die tiefste Erniedrigung
durch mich erfahren mußte
stammen meine heutigen neuen Binsenerkenntnisse.
Das Testament wird angefochten!

Männer und Frauen –
Die Geste Ihrer Anwesenheit
bestätigt Ihren göttlichen Instinkt.
Riechen Sie was?
Der Himmel ist offen
Schubladen leer
Gesetze wirken
Gefühle schwanken
Wo Freund, wo Feind?
Es stinkt.
Das kommt vom Gänsefüßchen-Staat!
Bacedas gehört in den Interzonenhandel
Wo sind die Tauben hin?
Gift auf der Straße:
Kurfürstendamm –
was ist aus dir geworden!
Weltstadtniveau
Gummiknüppel-Allee

1967 – Auszug aus der Hörfunk-Sendung »Neuss paukt deutsch«, die Volker Kühn mit Neuss für den Hessischen Rundfunk produzierte. Der kabarettistische Grundeinfall der Neuss-»Montage eines Mackers« ist ebenso einfach wie überzeugend: »Wir Deutsche glauben natürlich nicht mehr an Hitler, aber wir können ihn jederzeit wieder herstellen.« Also produziert der geschäftstüchtige Fabrikant Krause seinen Macker gleich in mehreren Exemplaren, sowohl für den innerdeutschen Markt wie für den Export.

Kulisse für Jacobetti
Ahoi
Theater des Westens
Es muß wieder werden wie früher, Leute
ohne die Fehler von heute:
NPD
NEUSS PAUKT DEUTSCH
Gestatten – Krause
Komme soeben aus Saigon
Mein Lehrmeister: Kongo-Müller
abgekürzt: Komü
Icke, Kukrau
Kurfürstendamm-Krause
international: Saigon-Krause
Ich bin der Knüppel
der im Glöckchen schwingt
Was ich bei Komü gelernt habe:
einen gewissen faschistischen Charme
einen neuartigen
auf demokratischer Basis
sprühenden SS-prit.
Wissen Sie
was wir brauchen
in unserm Mekong-Delta
im Ruhrgebiet?
Chinesen unter Tage
Die bringen nämlich gleich
statt schwarzer Kohle
gelbes Heizöl hoch.
So muß man Probleme lösen.
Menschen dort einsetzen
wo sie hingehören.
Und die Chinesen gehören
unter die Erde.
Weil sie früher ja auch mal Kumpels waren.
Wir glauben heute nicht mehr an Hitler
kommt gar nicht in Frage.
Das möchte ich der Welt
hier vom Kurfürstendamm aus
mal zurufen.

Aber –
wir können ihn herstellen
weil wir die Geschichte begriffen haben.
Sie wissen:
Deutschland geht nur noch
mit doppeltem Boden
Die Zeit des Wunders
ist vorbei
jetzt kommt die Zauberkunststückchen-Zeit.

Ich stelle mir folgendes vor:
All die Kabarettisten, die es in Berlin gibt, und die ja früher mit mir alle in einem Ringverein waren, bilden unter meiner – also Krauses Führung, einen Tournee-Theaterverein. Hitler auf neu, das wäre die Rolle ihres Lebens. Fünf Stück brauchten wir, und ich würde ihnen den Neo-Atze einüben. Also: eine Erstbesetzung und vier Zweitbesetzungen, und für alle fünfe eine Eva Braun. Die müßten die sich bis zur Premiere teilen. Zur Premiere käme es ja gar nicht, aber das würden wir denen nicht vorher sagen, das haute uns ja die Dramaturgie kaputt.

Also ich würde ihnen den Text schreiben, den die Neo-Hitlers einzuüben hätten. Überschrift: Mit welcher Wiedergutmachungsideologie kommen wir an Chinas Wasserstoffbomben ... Erst mal: leise Sohlen. Nach der Politik der kleinen Schritte die Politik der leisen Sohlen: Immer vom Absatz ausgehen. Dann nach vorn rollen – rein gymnastische Restriktionspolitik (Abs-Satz!).

Denken Sie an das brasilianische Konsumbedürfnis. Und hier die europäische Lösung:

Ich
Adolf Hitler
abgekürzt: Aha
bin schuld
daß die Länder
Polen
Ungarn
Bulgarien
Rumänien
Jugo

und Tschechen
vom Kommunismus
heimgesucht wurden.
Die Haus- und Heimsuchung
muß ein Ende haben.
Ich habe die verdammte Pflicht
und Schuldigkeit
solches wieder
gutzumachen.

Fünf Hitlers und eine Eva Braun.

Verstehen Sie den Plan? Dieser neue Bühnen-Aha will Wiedergutmachungsbedürfnisse veranstalten. Es soll keine Rotunden mehr geben, sondern nur noch braune Donnerbalken auf demokratischerrrr Basis. Was wir reingelockt haben im Osten, das müssen wir wieder rausbringen.

Wir mieten uns ein kleines Theater (Deutschlandhalle), damit der Reiz des Intimen gewahrt bleibt. Kostüme: C+A, die liefern den katholischen Einreiher. Hakenkreuz kommt überhaupt nicht mehr in Frage. Unter dem Nylonhemd eine kleine Blechmarke: »Adolf Hitler, neugeboren 1967, Grenzübergang: Helmstedt, Hauptdarsteller des Theaterstücks ›Rattenfang auf neuen Wegen‹ von Kukrau«.

Vorbild: Ladykiller. Wenn man Charlie Chaplin und die Queen kriegen könnte – da hätten wir die ununterdrückbare Heiterkeit des Genies und die ganze Schwere des menschlichen Elends.

Also nehmen wir mal an: Wir machen zunächst drei Hitlers, eine Eva und ein Schäferhund, premierenreif. Faschismus auf wissenschaftlicher Basis: bißchen Adorno (Ablenkung), bißchen Ludendorff …

Der erste Hitler tritt auf, in der rechten Hand ein Gläschen Weinbrand, links eine Zigarre, geht an die Rampe, wiegender Gang, muß eine unwahrscheinliche Bonnhomie ausstrahlen, geht bis dicht ans Publikum …

Und dann legt er los: schluckt den Weinbrand, gießt aus der Nase neu nach (Zauberkunststück!) und hebt an.

AHA
Als ich vor nunmehr einer Minute beschloß
mit der Macht
die den Menschen schuf
weil der Affe den gewünschten Erfordernissen
nicht mehr entsprach
ein höheres Gesetz als den Menschen
zu erschaffen
weil der den gewünschten Erfordernissen
nicht mehr entspricht
wurde mir klar:

Das Gefühl ist es
das den Menschen zum Denken anregt
und nicht umgekehrt
In Deutschland ist heute die Sehnsucht
nach dem Unaussprechbaren
übermächtig

Es gilt
diese offenen Türen einzurennen
dann bleiben auch die Fenster heil
Der Nationalismus ist es
der mich mit den Dummköpfen meines Landes
verbindet
mit den Beleidigern meiner Sitten
mit den Schändern meiner Sprache
Volksgenossen
der gesunde Menschenverstand
geht mit dem Künstler mit
aber der Künstler sollte diese Begleitung ablehnen

Mein geistiger Haushalt ist geordnet
Heute gilt es
Volksgenossen
Pfeile zu schnitzen
die sich dem schlitzäugigen Gegner anpassen
Ich habe gelernt
daß der Parlamentarismus
die Kasernierung der politischen Prostitution ist

Das deutschliberale Pathos, Freunde
ist eine Mischung aus voraussetzungsloser Forschung
und freiwilliger Feuerwehr

Mein Geheimnis ist es
mich so dumm zu machen
wie meine Zuschauer sind
gerade damit sie glauben
sie sind so gescheit wie ich

Ich weiß inzwischen und habe es eingesehen, was die Welt braucht: fertig fabrizierte Hitlers, kann ohne Schnurrbart sein, aber mit Talent zu einer kybernetischen Dialektik. Und mehrere Endlösungen. Also vier Stück, vielleicht fünfe. Da wäre dann die Mauer mit drin. Aber erst mal für die Entwicklungsländer.

Ich halte es da mit Kongomüller. Der sagt: Wir Europäer sind doch bessere Wilde. Hörnse mal: Die Cowboys sind doch keine Kannibalen. Würden Sie Menschen fressen, die vorher mit Napalm bestreut worden sind? Da würden ja sogar die Inder protestieren ... übrigens soll es sich nicht um Hunger handeln, sondern um Appetitlosigkeit.

Wir wir wir
machen uns die Mühe
schlachten euch die Kühe
und ihr wollt nicht fressen
Unser Gott heißt Marx-Merkur
auch mit Jesum sind wir stur
kommt in unsre Messen

Albert Schweitzer unser Gott
hatte seine liebe Not
mit dem Medizinmann-Kult
Fidel Castro ist der Ochse
führt ihn in die Schlachterboxe
gebt ihm alle Schuld

Könnt Lumumba nicht vergessen?
Heil Selassias Mätressen

hört jetzt kommt ein Break:
Schmeckt das Euter einer Kuh euch zu hart
braucht nur unsre Denkungsart

Schaut auf uns: Wir essen Steak
Scheiß auf Reis, wir schenken Weizen
auch mit Dornkaat tun wir heizen
und dann singt ihr unser Lied:
Prost Eisbein mit Krautgeschmaus
Wehe dem dem davor graust
der kriegt deutschen Appetit

Höcherl nach Neu Delhi auf die feine
Hindus treffen deutsche Schweine
Absatzmarkt geboren
Sieh nur wie sie schmoren
und siehe
endlich fressen sie die Kühe
saufen heilig Blut –
Deutsche Missionare gut!

Sie erinnern sich: Rußlandfeldzug hieß damals die Vorwärtsstrategie. »Rattenfang auf neuen Wegen« heißt mein Stück. Befreiung Osteuropas durch die, die es den Unterdrückern ausgeliefert haben. Wir lachen uns wieder gut.

Ich befinde mich also mit meinen Hitler-Darstellern, mit dem gesamtdeutschen Schäferhund und Eva Braun in Habacht-Position und erwarte die Angebote von Industrie, Handel und Wirtschaft. Aber vor allem von diesen Ländern, die dringend eine beziehungsweise mehrere Hände brauchen.

Icke
in meiner Eigenschaft
als Monopol-Kabarettist
bin in der Lage
prompt zu liefern.

Haaatschiii!
Verzeihung, habe ich genossen?
Sind Sie naß geworden?
Oder haben Sie Tränen in den Augen?
Ich rotze nämlich immer ins Publikum.
Dafür bin ich bekannt.
Das ist der sogenannte
Wirrkopf-Humor.
Taschentücher sind revisionistisch.
Auch Toilettenpapier.
Deshalb gibt ja die rote Garde
nur Unverdautes von sich.
Es gibt Tage, da niese ich
bis in die hinterste Reihe.
Und dann schreiben die Leute:
Beim Neuss haben wir Tränen gelacht!
Aber deutsche Tränen –
geteilte Heule!!!

Rrrrrr...

Vom Ende der gepflegten Lüge

Der Weg nach oben
Monolog eines Fahrstuhlführers

Ja, guten Tag, Herr Meier-Otto. Na, was gucken Sie denn? Ob's aufwärts geht, wollen Sie wissen? Tut mir leid.

Außer Betrieb! Die Sicherheit ist noch nicht gegeben.

Na, die sieben Treppen werden Sie doch mit ihren 64 Jahren .. Was sagen Sie? Bronchien ...? Aber Herr Meier-Otto, Sie sehen doch: Ich arbeite dran. Wir wollen doch nicht zwischen erstem Stock und zweitem Stock stehenbleiben. Ja, gehen Sie mal zu Fuß, ist gesund. Tschüs.

Soll er doch hochkeuchen ...

Hören Sie, was er murmelt auf dem ersten Absatz? – »Ein Scheiß-Führer ...«

Hat der 'ne Ahnung, was ich ihm später dafür erzähle.

He! Merken Sie sich mal, Herr Otto: Nicht der Führer ist schuld, sondern die Firma, die den Fahrstuhl installiert hat! Merken Sie sich das! Alter Penner! Der glaubt tatsächlich, dieses Nach-Oben-Schwebe-System ist naturgegeben. Hat der 'ne Ahnung, was'n Fahrstuhlführer für Macht hat. Der Apparat hier ist nämlich gar nicht kaputt.

Aber die Leute müssen erst mal alle keuchen. Die müssen nicht nur völlig satt sein, die müssen fertig sein. Fix und erledigt. Dann fahre ich sie nach oben, wie ich will.

Wenn ich sage: Der Fahrstuhl ist perfekt ..., dann ist er nämlich systematisch kaputt. Dann habe ich das System – wie man so schön sagt – pervertiert. Dann haben se Angst, wenn er unterwegens stuckert und tuckert.

Na, was ist denn, Frau Peka? Ham Se Beulen auf die Fußsohlen oder Professorenobst auf die Augen? Und wenn, warum können Sie durch die Tomaten nicht hindurchsehen?

1969 – Aus der Hörfunk-Sendung »Der Fahrstuhlführer«, die Volker Kühn mit Neuss für den Hessischen Rundfunk produzierte. Den Anstoß zu der Nummer gab Walter Otto, zu kurz gekommener Bühnenasstistent im »Neuss Testament«, den Neuss 1965 von seiner Hausmeisterstelle weg auf die Kabarettbühne holte.

An der Fahrstuhltür ist ein Schild: »Außer Betrieb!« Der Fahrstuhl ist kaputt, der Führer repariert. Da können Sie doch nicht einfach hier hereintreten. Wissen Sie, daß das lebensgefährlich ist?

Wann er wieder ganz ist? – Weihnachten.

Welches Weihnachten? – Ja, das kann ich Ihnen nicht sagen.

Sie sehen doch, daß das System nicht funktioniert.

Höre ich links oder sagten Sie eben, daß der Fahrstuhl schon fünf Wochen kaputt ist? Er ist drei Monate kaputt!

Da können Sie mal sehen, wie Sie auf die industrielle Revolution verzichten können, ohne daß Sie's merken. Und nu, husch, husch, raufgelaufen, ich hab zu tun ...

Der alten Zicke werd ich's zeigen. Mit ihren 62 Jahren nicht in'n sechsten Stock latschen können, dieses Scheißvolk. Will immer ganz oben sein, aber beschimpft den Mann, der sie leicht – leichter – am leichtesten raufbringen kann. Der Fahrstuhl bleibt kaputt, solange ich, sein Führer, das will! Die Leute müssen tatsächlich glauben: Es liegt am System. Erst das läßt sie leichter glauben, daß sie durch eine Änderung des Systems – die natürlich nur in Form von Perversion stattfindet – leichter nach oben kommen. Dieses Hochhausvolk muß nicht nur keuchen, es muß derart atemlos sein, daß es sprachlos wird! Sprachlos ist nämlich jemand, der immer dasselbe sagt. Dann isses bald soweit, daß ich in Aktion trete: der Pervertierer des Systems, mit dem die Leute nach oben wollen.

So, wollen mal 'ne kleine Probe fahren ... ssssssssssssst.

Das System funktioniert unter meiner Führung teuflisch: Handbedienung bleibt Handbedienung!

Und runter: ssssssssssssst.

Runter geht's schneller. Wenn ich den Hebel richtig reiße, stehen die Leute freischwebend in der Luft. Ich mach das schon richtig. Sollen mich ruhig Bubi nennen, werden schon merken, daß ein Fahrstuhlführer mehr Macht hat, sie runterzuholen als sie raufzubringen.

Runter kommen sie immer. Dafür garantiert die von langer Hand bediente Maschine –

Das ist nämlich ein Focker-Messerschmidt-System-Fahrstuhl:

planmäßiger Aufstieg und genau ausgezirkelter, berechneter Absturz. Das ist einer Industrie-Nation würdig: das Hitlerchen im Getriebe. Der Fahrstuhlführer, der Adolf-Bubi heißt.

Siehste. Das Ehepaar Lukas-Schewitz läuft von alleene in fünften Stock. Die sind zusammen 144 Jahre, die wissen Bescheid.

Die hab ich noch nie fahren lassen mit dem Steigestuhl.

Das sind nämlich Kommunisten aus Gewohnheit. Als mein Vorbild noch lebte, war'n se in Dachau, Parterrewohnung. Dann zogen se in den fünften. Dann kam das Karlsruher Verbot und heute laß ich se hochstampfen, unter Kontrolle: bis ihnen die Lungen platzen. Mit dem Führer fahren die nicht! DKP-Leute ... Die denken, wenn die vor Kommunistische Partei das Wörtchen »Deutsche« setzen, laß ich mich austricksen. Die doch nicht ... werden sich umgucken, wenn Eduard Zimmermann, der aus Demonstranten gute Denunzianten macht, statt XY plötzlich »NPD – ungelöst« bringt.

Als Fahrstuhlführer darf man nämlich soviel Alkohol trinken wie man will. Hier pusten nur die Leute durch die Röhre, die ich laufen lasse!

Was ist denn los?? Sehen Sie denn nicht daß ich noch installiere? Sie werden doch wohl mit Ihren 25 Jahren in den vierten Stock zu Fuß krauchen können ...

Gehen Sie vom Hebel weg!! *Ich* bin der Führer hier.

Wie? Sie müssen schnell rauf und dann wieder runter und dann wieder rauf? Paketpostbriefträger, was?

Was sind Sie? Der Hausbesitzer?? Mit 25 Jahren? Sie haben das Haus geerbt?

Ich fahre Sie sofort nach oben und bringe Sie einigermaßen gesund wieder nach unten.

Ich bin entlassen?! Aber Sie brauchen doch 'n Führer! Die Leute wollen doch nach oben!

Ich bin überflüssig? Unmodern? Der Hebelfahrstuhl ist veraltet?

Aber der ist doch voll-kommen in Ordnung, Herr Mannesmann-Junior, der macht es doch noch mal. Kommen Sie rein: Sehen Se mal, wie er saust.

Sssssssssssssst und wieder runter: Sssssssssssssst

Und trotzdem wollen Sie ...? Was? Den antiautoritären

Fahrstuhl ... das gibt's doch gar nicht! Ja, glauben Sie denn, wenn die Leute selber auf den Knopf drücken ...

Ach so, die Computerhochhebe, verstehe. Man kommt, die Tür öffnet sich von selbst, Geisterhände am Werk, man drückt, es wird gespeichert, Schemen öffnen, Schemen schließen, alles schematisch, man braucht nur zwei Augen und es öffnet sich alles, kein Wort, kein Gruß, allumfassende Transportgeisterbahn, rauf, runter ...

Aber ich würde es Ihnen noch mal ganz persönlich bringen, Herr Mannesman. Wie?? Das paßt nicht mehr ins Gesamtsystem?

Rauf und runter wird ferngesteuert, Führer überflüssig, weil individual-repressiv ...? Ja, wo bin ich denn: kein gewöhnlicher Kapitalismus mehr? Kein täglicher Faschismus mehr? Nur noch Marke »Intim-Imperial«? Leises Kommen, leises Gehen?

Und wenn's kaputt geht? Vollautomatisierter Fernzahlenwechsler, windschnelle Reparaturen ohne Handbewegung ...?

Tja, wenn das so ist ... Dann muß ich ja wohl doch in eine der großen fahrstuhltragenden Parteien und meine Parole für das deutsche Handwerk mit rübernehmen.

Was sagten Sie, Junior? Was soll ich denn im Antiquitätengeschäft?

Ich sag Ihnen was. Steigen Sie noch mal ein, Junior. So ist recht. Ja. Sssssssssssst.

So, und nun sag ich Ihnen noch was: Ich drücke jetzt so lange auf AUFWÄRTS, bis wir durchs Dach sind: Nach dem Motto: Ausgeleierter Fahrstuhlführer versucht gewaltsame Umschulung zum Hubschrauberführer.

Wissen Sie, alles kann ich mir abgewöhnen, nur nicht den persönlichen Terror. Das ist für mich eine Lebensfrage als Deutscher, Marke Imperial.

Ein Fernsehapparat fliegt aus dem Fenster, Radio, Bügeleisen, Waschmaschine, Starmix, ein Führerschein, eine Lebensversicherungspolice, Aktien von IOS, ein Plattenspieler und dann kommt es ganz dick: Eine Schwiegermutter, eine Frau, drei Kinder, all das, meine Hörer, fliegt auf der Bühne eines neumodischen Total-Theaters aus dem ersten Stock.

Die Frauen und die Kinder leben, der Fernsehapparat (Batterie!) spielt noch, ebenso das Radio, das Bügeleisen ist noch warm, die Waschmaschine noch in Gang, im Starmix quirlt noch Obst, der Führerschein ist noch gültig, die Lebensversicherungspolice ist fünfzigtausend Mark wert, die Aktien von IOS ebenso, noch im Rausfliegen spielt der Plattenspieler (Batterie) Hans Werner Henzes Oratorium für Che Guevara, und die Leute im Parkett glauben: Jetzt beginnt der erste Akt mit Schwiegermutter, den drei Kindern und der dazugehörigen Mutter, man riecht förmlich einen Zusammenraff-Akt, all die schönen Sachen werden jetzt Leben bekommen, diese aus dem Fenster geflogenen Requisiten werden jetzt in den Händen der aus dem Fenster geflogenen Menschen zu spielen beginnen – da wird es dunkel.

Blitzartig wird es wieder hell, und der Theaterbesucher sieht einen großen, leeren Raum und einen einsamen Mann im Schlafanzug auf der anderen Seite des Fensters. Er ist dabei, sich den ersten der fünf Finger der linken Hand abzuhacken, was aber offensichtlich mit dem Buch von Horkheimer/Adorno »Dialektik der Aufklärung« nicht gelingen will, was wiederum den Mann, der sich gerade vom Überfluß befreit hat, rasend macht, und der erste Satz in diesem Stück wird demnach von einem Mann in einem

1969 – In dem Text, den Neuss für die Satire-Sendung »Bis zur letzten Frequenz« des Hessischen Rundfunks schrieb, werden die IOS-Aktien des Amerikaners Bernard Cornfeld und seiner Investmentfirma (Investors Overseas Services) erwähnt, die Ende der Sechziger als todsicherer Tip für schnellen Reichtum galten. Anfang der Siebziger machte Cornfeld pleite, seine Gläubiger gingen leer aus.

Schlafanzug zu einem Buch gesprochen: WARUM BIST DU KEINE AXT?

Und die Parabel ist offenkundig. Also nach zwei Minuten beginnt in diesem Theaterstück von Martin Laßmal die Pause. Im Foyer interessante Gespräche, kostenlos wird flüssiges Tränengas in Sektgläsern gereicht – es schmeckt übrigens ausgezeichnet: Ständig muß man sich die Zunge mit dem Taschentuch trocknen – und das alles gehört mit zu der Inszenierung des Jungregisseurs Leibke, der durch den Film bekannt wurde: »48 Stunden bis zur nächsten Stiftung«.

Das kleine rote Buch und eine Hasenkeule (alle Macht kommt aus den Läufen!).

Wenn ich, meine Hörer, den ersten Akt analysiere, ergibt sich folgendes: In dem Hack-Stück von Laßmal mit dem Titel »Selbstverstümmler« befreit sich ein Mann von Fernseher, Radio, Waschmaschine, Aktien, Führerschein und Lebensversicherung sowie Schwiegermutter, drei Kindern und dazugehöriger Mutter anhand des Horkheimer/Adorno-Buches »Dialektik der Aufklärung«. Das gelingt.

Nun aber, wo das Buch auch zur körperlichen Selbstverstümmlung, sagen wir besser Reduzierung, herhalten soll, versagt dieses wissenschaftliche Werk: Der Finger bleibt an der linken Hand und der Monolog, der aus nur einem Satz besteht, deutet darauf hin, daß der Autor der Wissenschaft einen konkreten Vorwurf macht: Für Veränderung der Umwelt ist Horkheimer/Adorno zu gebrauchen, für gewaltsame Abschaffung eines Teiles seiner selbst versagt die Dialektik der Aufklärung praktisch.

Zweiter Akt. Der Mann hat eine Axt gefunden: das kleine rote Buch und eine Hasenkeule (alle Macht kommt aus den Läufen!).

Ein Meer von Blut auf der Bühne, und man fragt sich angesichts der zehn herumliegenden Finger. Wann kommt denn nun der Sex? Und wie soll jetzt noch Umsturz kommen, da der Mann nicht greifen, nicht treten kann?

Und da liegt, in seinem selbstgehackten Blut –

doch siehe: wieder die Parabel – Schwiegermuttern kommt rein, verbindet den Mann, die Kinder bringen die Apparate zurück, Muttern die Lebensversicherung, die Aktien von IOS Cornfeld (aha, also die Sache mit dem Sex ist gesichert!), der Mann liegt verbunden im Bett, sieht fern, die Kinderchen spielen mit dem Radio, glücklich wedelt Schwiegermuttern mit den Aktien und Mutter kauft an der Tür einen neuen Staubsauger. Vorhang.

Riesiger Beifall. Das Stück dauert, mit Pause, insgesamt acht Minuten. Der Eintritt kostete acht Mark, pro Minute eine Mark, das läßt sich hören, und die Parabel sagt JA zum hemmungslos-ungewissen Experiment und ein entschiedenes NEIN zur konkreten Utopie.

Meine anfängliche Skepsis, meine Hörer, wich einer lodernden Begeisterung, weil ich am selben Abend noch Lemkes »Was bin ich?« im ersten Programm sehen konnte. Die Übertragung vom Mond fiel dort, wo ich wohne, ins Wasser (der Sender Ochsenkopf hat immer einen Bereich, wo man in denselben guckt), und was das Theater betrifft: Pünktliches Erscheinen sichert rasches Nachhausekommen!

RRRRrrrevolution!
für meinen Freund Volker (Frequenz-Folter) Kühn

HIER, ROMULUS, RIECH! RUHELOS RAUCHT RENNEND RADIO-RUMOR DURCH RAPPELKOPFS RAUNZENDEN ÄTHER – äh, nicht – VERRÄTER!! Es muß immer was zum Rollen drin sein in einer Sprachübung. An der Wiener Burg hab ich mein rollendes RRRRR gelernt und heute auf den deutschen Bühnen kann ich es kaum noch radebrechen. Wer braucht einen pathetischen Stimmungssprecher? Diese Schüler ab zwölf bis 18, Herrjemineh, sie wollen sprachliches Understatement, nennen sich rote Garden und wissen sie nicht zu schätzen, die aus dem vollen Hals überquillende Emotion! Pragmatik und Schnoddrigkeit in der Umgangssprache – wie soll so ein Leben schön sein?

Man spricht von Relativieren, Differenzieren, Rationalisieren, Manipulieren, man quatscht über Reaktion und den ratlosen Artisten in der Zirkuskuppel, aber sie haben alle keine Ahnung, wenn unsereins, geschult, gedrillt, im Gehorsam verharrend, beherrscht, aber vulkanisch gelöst, das eine beflügelnde, antreibende durch nichts aufzuhaltende Wort aus dem Kehlkopf fliegen läßt: RRRRRRRRRRevolution!!!!! Wer so sprechen kann – hui – RRRRRRevolution – hui – da ist sie schon gemacht. Da brauchen halbwüchsige Maoisten, Leninisten, Trotzkisten gar nichts mehr machen: Wenn einer wie ich ins Rrrrrestaurant kommt und zum Ober sagt: »Einmal Rrrrrevolution, aber auf dem Tablett! Zack-zack!!«, dann bringt der Kerl eben ein Eisbein, das ist aber eine Rrrevolution! Riesig! Mit Sauerkraut, Erbspüree und Rülpswasser. Champagnersekt. Hach ja!

Aber sie brauchen unsereins nicht. Sie sagen: Sie machens schon. Und dabei ist es doch mitrrrrreißend, wie unsereins

1969 – Der Kabarettist kommt ins Grübeln: Mit diesem Solo, das Neuss für »Bis zur letzten Frequenz« schreibt, äußert er erstmals öffentlich Zweifel am rrrrevolutionären Gestus des politischen Kabaretts. Die Nummer erinnert an Brechts sarkastisches Gedicht vom »Theaterkommunisten«, in dem es heißt: »Eine Hyazinthe im Knopfloch, am Kurfürstendamm, empfindet der Jüngling die Leere der Welt … Für 3000 Mark im Monat ist er bereit, das Elend der Massen zu inszenieren, für 100 Mark am Tag zeigt er die Ungerechtigkeit der Welt.« Neuss wird die Zweifel nicht mehr los.

Wolfgang Neuss, Volker Kühn im Studio des Hessischen Rundfunks, 1966

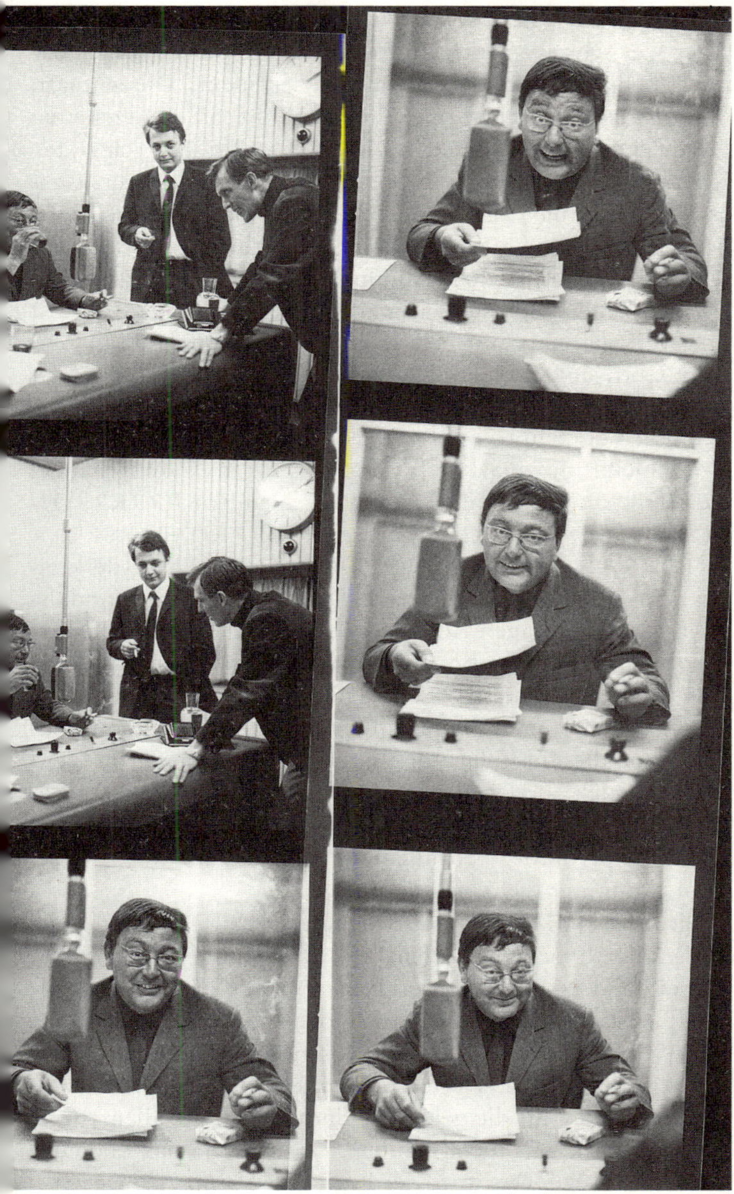

»Bis zur letzten Frequenz«: Wolfgang Neuss, Horst Rieck, Volker Kühn, 1966

sprrrrricht – ich weiß es, ich weiß es, ich bin selbst begeistert. Aber wer schreibt heute Stücke, wo man Sprachwunder wie mich benötigt? Handke nicht, Walser nicht, Dürrenmatt, Weiss, Frisch – ja selbst einen Goethe und Schiller inszenieren diese Priester der Kurzschrift ohne die pathetische Schleuder. Man ist einfach gezwungen, in die offizielle Politik einzusteigen. Ich habe mich als Parlamentssprecher beworben, ich habe Mut bewiesen und mich angeboten, selbst bei der Präsidentenwahl völlig neutral, doch salbungsvoll und einem Parlament entsprechend Erklärungen zu verlesen – aber nein!, selbst dort verweist man auf bereits engagierte Mittelmäßigkeit – mein Gott, sie könnten nicht mal die Totengräber im Hamlet sprechen, diese leiernden Lüstlinge der Lotterhaftigkeit: laues, liebloses Lumpenproletariat!

Es bleibt mir quasi nichts anderes, als im Gemüsehandel die gefallenen Preise in die Gegend zu schleudern: RRRRRROTKOHL!! – RRRRRRETTICH! – RRRRRRHABARBER! – RRRRRRÄPFEL UND RRRRRROMATEN!!! In Künstlerkreisen ist nichts mehr für unsereins. Die neuen Burschen und die alten Playboys tragen Kottletten bis an die Knie, die Haare, als ob sie täglich rrrrationalisiert würden, und selbst auf dem Gemüsemarkt kann man schon nicht mehr mit dem kurzen Messerschnitt, mit der Bürste, mit dem Ohio-Blocker aufkreuzen, ohne die mißbilligenden Blicke einer gewissen Frauensorte auf sich zu ziehen, nur weil bei unsereins, rein stimmlich, der RRRRRRubel rrrrrrollt! Und wie gern würde ich »RRRRRRevolution« brüllen. Aber man läßt mich nicht. Man glaubt mir nicht.

Früher – ha! – früher durfte man überall mitlaufen, mitrennen. Ich habe ja nie »Heil« geschrien, immer »Heilrrrrr«. Es fiel bei den vielen nicht auf das rollende R, weil das walzende L natürlich stärker war. Doch man hatte zumindest seine Selbstbefriedigung. RRRRevolution für Patheten ist aber heute nicht drin. Sie wollen keinen, der sie nicht macht. Ja, will man denn auf die gehobene Sprache ein für allemal verzichten? Ich kanns nicht glauben. Das wäre ja das Ende der gepflegten Lüge. Das wäre der Beginn der Utopie!

Gestern sprach ich mit einem führenden Mitglied der revolutionären Schüler Deutschlands. Ich sagte ihm rundheraus, daß der Dorfrichter Adam meine Spezialrolle sei, und ich nicht verstehe, warum der Krug nicht so lange zum Brunnen gehen könne …

»Kotz dich aus«, sagte der knochenharte Boy, »rotz dich weg. Putz dich um die Ecke. Dein Hals ist voller Beethoven.«

Es raubte mir den Verstand. Kein Beethoven mehr? »Doch«, sagte der Rotgardist, »aber auf der Mundharmonika.«

»Ja, und ich?« fragte ich mühsam, im ICH das R unterdrückend, »soll ich denn umlerrrrnen?«

Und wissen Sie, was der Schülerrevolutionär mir sagte?

»Paß auf«, sagte er, »du brauchst nicht umlerrrrnen, brauchst dich nicht umbrrrringen, brauchst dich nicht aufzurrrregen, du brauchst nur eins: die Schnauze halten!!«

Was soll man darauf sagen?

Die grünen Siebziger

Ich bin der
vor dem meine Eltern
mich immer
gewarnt haben

Also bei Adenauer hatte ich das Gefühl: Man kämpft gegen wen und man will was ändern. Und als die Ära dann zu Ende ging, als die sagten: Na, auf der Leiche willste doch wohl nicht mehr rumhacken wollen, da hatte ich schon das erste Mal das Gefühl, ob man sich nicht vielleicht mit was anderem beschäftigt. Oder überhaupt aufhört. Weil ich das Gefühl hatte: Das wird gebraucht, innerhalb des Systems. Das trägt zur Verbesserung bei.

Wenn man dann merkt, daß die Witze auf der Straße gemacht werden und sie im Saal nicht mehr so gut ankommen – also da hab ich mir gesagt: Es ist Zeit, langsam aufzuhören. Hab ich dann mit dem Kabarett aufgehört, hab ich dann langsam mit dem Theater aufgehört, hab ich dann langsam aufgehört mit dem Fernsehen, mit dem Film …
Ich weiß nicht, es hat mich nicht mehr so sehr interessiert. Ich wollte mal was anderes machen. Ich hab immer mehr Fußball gespielt, aber mich auch immer mehr gelangweilt. Hatte gar keine Möglichkeit, von der Langeweile zur Muße zu kommen. Dann wars mit den Studenten auch nichts mehr, dann wollt ich 'n paarmal weg aus Deutschland. War zweimal in Schweden, hat mir auch nicht so doll gefallen. Bin wieder zurückgekommen. Dann bin ich mal mit 'm Freund und 'ner Freundin nach Chile gefahren, und als wir dann auch wieder zurück waren, da saß ich dann endgültig in meiner Wohnung. Und hatte eigentlich erreicht, was ich in meinem letzten Programm gesagt hatte: Wie werde ich unbekannt.

Also ich war auf dem Weg …

Szene aus Volker Kühns TV-Film-Satire »Die halbe Eva«, 1975

Volker Kühn und Wolfgang Neuss während der Dreharbeiten zu Kühns Neuss-Portrait »Ich lache Tränen, heule Heiterkeit«, 1973

Testament

Erklärung am 4.Juni 70

Wenn mir irgendwas passiert,bin ich selbst schuld.
Es sei denn,ich mache Selbstmord.
Da sollte man nachforschen.
Alles,was ich besitze und hinterlasse,
Rechte ... Manuskripten usw. verwaltet

Hamburg,4.Juni 70

Wolfgang Neuss

Inhaber der normalen geistigen Gestörtheiten.
(Selbstzugelegter Titel.)

28.11.7o

lieber Volker,

wenn du es ehrlich meinst, mit der Rücksicht auf mich wegen meiner Scheiß Pillen Sucht, dann bist du damit e i n m a l zufrieden.
Ich hab mir Mühe gegeben, dich nicht im Stich zu lassen.

Sag mir doch mal zwischendurch, w a s du brauchen konntest davon, verstehst du: ein bißchen Selbstgefühl, das braucht der Mensch u.a. Grüß EVA!

Zur Arbeitslage der Nation
Eine Bilanz

Ich hätt da mal 'ne Frage:
Wer arbeitet eigentlich?

Wissen Sie, ich kümmere mich neuerdings um Arbeiter. Ich studiere Betriebssätze, gehe an Werk- und Drehbänke, inspiziere, um mich zu informieren, Fabriken, Werkstätten, Großbüros, Rathäuser, Kirchen, öffentliche Straßen, die immer Sonne haben und natürlich Sitzplätze, selbst Steine (wenn sie nicht gerade fliegen), kurz: Ich interessiere mich für die Klasse, zu der ich, wenngleich Kunstproduzent, eigentlich gehöre. Oder mal so gesagt: Ich nehme mich des Proletariers an.

Also – nach Feierabend stellte ich mich an die Bushaltestelle. Einige Leute, die ich dort antraf, sahen entfernt danach aus, nach Arbeitern nämlich.

Ich kenne mich da aus, gab es doch mal eine Zeit, zu der auch ich gelegentlich Bus fuhr.

Dann glaubte ich, einen entdeckt zu haben. Verwaschene Schiebermütze, blauer Overall, alte, zerknautschte Aktentasche unterm Arm – also holte ich Luft und sagte: »Tach, Kumpel, haste mal Feuer?«

»Feuer hab ick«, sagt er. »Aber du hast keene Zigarette im Mund.«

»Ach so, ich vergaß: Ich rauche ja nicht. Sie wissen schon: Rauschmittel- und Konsumverweigerung.«

Pause.

»Ah«, sage ich, »fährste jetzt nach Hause?«

»Willste mich aushörn? Sie?« sagte der Arbeiter.

Mensch, dachte ich, jetzt hab ich 'n Fehler gemacht. Nun hab ich schon mal 'n Arbeiter – hoffentlich geht er mir nicht durch die Lappen.

1970 – Der Kabarettist entdeckt den Tunix-Gestus: Neuss, in Vita und Text fast immer identisch, entläßt sich aus der aktionistischen Tretmühle, die ihn für Jahrzehnte geprägt hat und als Kind des leistungsorientierten Wirtschaftswunders ausweist. Das Neuss-Solo stammt aus der für den Hessischen Rundfunk produzierten kabarettistischen Monatsbilanz »Bis zur letzten Frequenz«.

Also mit ihm rein in den Bus.

»Setz dich woanders hin, sonst muß ich dir 'ne Altdeutsche einschenken«, sagt der.

Ganz schön aggressiv, denke ich und sage, ich hätte es altdeutsch ganz gern.

»Bist wohl 'n feiner Pinkel«, sagt er.

Siehste, denke ich, jetzt habe ich 'n Fehler gemacht. Ich muß anders sprechen. Irgendwie normaler.

»Jaja«, sage ich. »Scheißleben. Immer ackern für andere Leute! Knappe Kohlen und so ...«

»Mir geht's gut«, sagt er. »Ich mach blau.«

»Ach so«, sage ich »du hast frei.«

»Seit wann duzen wir uns?« sagt er.

»Entschuldigen Sie.«

»Hau ab. Du wolltest Feuer. Das war aber nur 'ne Finte. Mich brauchste nich zu spionieren. Zisch deine Wege!«

Na, da mußte ich gehen.

Also der machte blau. Wer arbeitet eigentlich?

Und dann hat mich einer aufgeklärt. Aber ein Unternehmer, mit einem gewissen Hut. In einer Kneipe, am Tresen. Einer aus der großen Masse – der Unternehmer.

»Was? Wer arbeitet? Wollen Sie es statistisch wissen?«

»Nur zu«, sage ich, »nur zu.«

»Also. 60 Millionen Einwohner in der BRD. Davon sind über 65 Jahre alt: 20 Millionen. Bleiben übrig, um zu arbeiten: 40 Millionen.

Davon sind unter 21 Jahre alt: 20 Millionen. Bleiben übrig, um zu arbeiten: 20 Millionen.

Davon sind bei der Regierung: 5 Millionen, vierhunderttausend. Bleiben, um zu arbeiten: 14 Millionen, sechshunderttausend.

Davon sind beim Militär und der Polizei und beim Grenzschutz: 1 Million, zweihunderttausend. Bleiben übrig, um zu arbeiten: 13 Millionen, vierhunderttausend.

Davon sind hauptamtlich Aufsichtsratsleute, Bankiers, Manager, Gewerkschaftsfunktionäre: 3 Millionen, zweihunderttausend. Bleiben übrig, um zu arbeiten: 10 Millionen, zweihunderttausend. Davon sind bei Kirchen, Parteien und in Klöstern angestellt: 2 Millionen, zweihunderttausend. Bleiben übrig, um zu arbeiten: 8 Millionen.

Davon sind ständig auf Urlaub, in Krankenhäusern, Sanatorien oder machen blau: 4 Millionen, achthunderttausend. Bleiben zum Arbeiten: 3 Millionen, zweihunderttausend.

Davon sind Organisationsleiter, Werbeleiter, Programmierer: fünfzigtausend. Bleiben, um zu arbeiten: 3 Millionen, hundertfünfzigtausend. Davon sitzen im Gefängnis wegen Trunkenheit am Steuer, Demonstrationen und anderer Proteste wie Eigentumsdelikte: 1 Million, fünfzigtausend. Bleiben, um zu arbeiten: 2 Millionen, hunderttausend.

Davon sind Gastwirte, Hippies: 2 Millionen. Bleiben übrig, um zu arbeiten: hunderttausend.

Davon sind neunundneunzigtausendneunhundertachtundneunzig Spekulanten. Also arbeiten im ganzen: zwei Leute.

Wir beide.

Und wir halten zusammen. Klar?«

Rückfällig geworden: Gastspiel bei den Berliner »Stachelschweinen«, 1973

Wir wissen zuviel

Tag, Radiomenschen!

Es kann ja sein, Du oder Sie sind in der Industrie. Dann will ich nicht so ohne weiteres an Ihnen vorbeisprechen. Die Anforderungen sind groß. Der Mensch dagegen ist kleiner geworden. Es wird viel von Bildung gesprochen.

Besser ist, Sie denken, der Mann ist ein handelsüblicher Clown.

Ich bin ein kleiner Mann. Ich sage: Was ich nicht weiß, macht mich nicht heiß.

Der größere Mann sagt: Also nicht übertreiben. Bildungsexplosion ist gewalttätig. Der kleine Mann muß gerade so viel wissen, wie die Technik das braucht. Mehr nicht.

Und sind wa mal ehrlich: Hat er nicht recht oder hamse nicht recht? Der Kleine und der Große? Zuviel Wissen schadet. Nicht nur der Gesundheit. Auch dem Staat, dem Unternehmer, dem Arbeitskrieger. Der Frau, dem Kind.

Stellen Sie sich doch mal vor, Sie, die hier zuhören, wüßten, daß ich, der ich hier spreche, Marxist bin. Da schalten Sie doch ab. Das schadet mir und Ihnen. Besser ist, Sie denken, der Mann ist ein handelsüblicher Clown, der nur so tut. In Wirklichkeit will er Geld verdienen. Das genügt doch. Und er spricht über Bildung, aber bilden tut er nicht. Ist doch richtig. Die Menschheit, in ihrer Gänze, ist aufgeklärt, seit dem 19. Jahrhundert. Warum also noch mal?

Gut, mit'm Computer umgehen, das muß man können. Was brauche ich dazu?

Ich drücke auf 'n Knopp … das Ding ist in Bewegung. Jetzt stecke ich einen Zettel rein, Geburtsdatum, -ort, Name, Familienstand. Zwei Minuten später kommt alles raus: GEBOREN 3.12.23 IN BRESLAU, NAME: NEUSS HANS

1970 – Vom Wissen um Informationsmüll: Neuss denkt neu nach. Über sich, seine Rolle, seine Figur, sein Handwerk. Das traditionelle Kabarett, das – immer auf dem Sprung – aktuelle Informationen pointiert leitartikelnd zur Botschaft formuliert und sie einem Publikum weiter- und vorträgt, das längst Bescheid weiß, beginnt ihn mehr und mehr zu langweilen. Er schreibt dieses Solo für »Bis zur letzten Frequenz«.

Gisela Groenewold, Hans Magnus Enzensberger, Rudi Dutschke, Gaston Salvatore, Gretchen Dutschke, Wolfgang Neuss, 1973

Wolfgang Neuss, Gaston Salvatore, 1973

WOLFGANG OTTO, VERHEIRATET. Guck ma an. Das wußte ich noch nicht: Hans Otto heißt er. Verheiratet war er auch. Kinder??

Noch mal auf 'n Knopp: EIN KIND. Ende.

Das genügt doch. Und eines Tages wird das Kind auch wissen, wer sein Vater war. Und auf den Knopf drücken. Und dann weiß es, wie es heißt. Genügt.

Warum soll unsereiner genau wissen, warum in Kambodscha und Thailand noch kein Computer steht? Es genügt, wenn das einer weiß. Ich will damit sagen: Die Leute heute wissen viel zuviel. Zum Beispiel Präsident Nixon von Nordamerika. Der Mann ist überlastet. Was der alles weiß, das geht auf keine Kuhhaut. Der Mann hat doch ständig Kopfjucken. Gewissensbisse. Genügt doch, daß er weiß: Er ist Präsident. Erdbeben in Peru – gut, das soll er wissen. Aber warum auch noch, woher das Erdbeben kam? Das wissen doch vielleicht die Franzosen. Genügt doch.

Hätten Sie's gewußt?

Warum muß einer, der einen Phantomjäger fliegt, wissen, wer Stuka geflogen ist. Das kann doch nur Minderwertigkeitskomplexe bei ihm auslösen. Es sei denn, er fliegt in Israel.

Warum muß ein Araber wissen, was Zionismus ist? Genügt doch, daß er's spürt.

Was ist Uran? Gut, also das weiß jeder. Aber was ist Wasserstoff? Sehn Sie, das wissen nur blonde Frauen. Und wenn jeder ein bißchen weiß, dann ist es richtig.

Ich weiß zum Beispiel nicht, wer hier alles zuhört. Aber ich weiß, daß viele fernsehen. Das reicht doch zur Beunruhigung. Und wer beunruhigt ist, ist ein guter Mensch. Nur Zwerge sind allwissend. Menschen wie du und Sie sind eben nicht zu kurz gekommen. Weisheit ist Beschränkung. Ende.

Na bitte.

Musik bitte.

Schimpfwörter unterwegs

Laut Oberlandesgericht Karlsruhe ist das Wort Prolet für alle Zukunft ein Schimpfwort. Das Oberlandesgericht hat für die Bundesrepublik ein für allemal festgelegt: Das Wort Prolet ist deshalb ein Schimpfwort, weil der so Bezeichnete damit in seinem gesellschaftlichen und menschlichen Wert herabgesetzt wird. So war es dieser Tage in der Presse zu lesen.

Ich blicke mich um: In der Bundesrepublik gibt es also 30 Millionen Schimpfwörter auf zwei Beinen.

Und tatsächlich: Sie werden benutzt.

1970 – Den Beitrag, der sich auf einen tatsächlichen Vorfall bezieht, schreibt Neuss, wie sein »Herrje«, für »Bis zur letzten Frequenz«.

Neues von Neuss im Wahlkampf

Der Auftritt war ebenso unangemeldet wie ungewöhnlich. Auf der Kühlerhaube eines Jeeps aus Bundeswehrbeständen, mitten auf dem Theodor-Heuss-Platz, hatte sich gestern nachmittag ein Mann postiert, um den es in den letzten Jahren in der Öffentlichkeit still geworden war. Wolfgang Neuss, mittlerweile auf das 48. Lebensjahr zugehend („Aber ich spiele immer noch Fußball, so ist das nicht!"), hat seinen Platz hinter der großen Trommel, die er einst als Ein-Mann-Kabarett in Berlin schlug, mit der frischen Luft getauscht.

Er zieht in malerischer Ausrüstung — barfuß, halblange Blue jeans, kaiserliches Wachtmeister-Käppi, Gitarre und Mikrofon vor der Brust — für die SPD ins Feld. Nach allem, was gewesen ist, erscheint das seltsam, doch Neuss hat dafür sein Argument: „Wenn es die Politik von heute schon vor zehn Jahren gegeben hätte, wäre ich doch nie zur Apo gekommen."

So ergreift er wieder mit allem Engagement, altgewohnter Schärfe und kleinen Witzchen zur Auflockerung Partei. Unterstützt von dem Bremer Buchhändler Hans-Jürgen Paape und Axel Breitkopf pendelt er in den nächsten Wochen über die B 6. Vier Lautsprecher auf dem Jeep sorgen dafür, daß die Zuhörer ihn auch richtig verstehen.

Wenn es gestern damit noch Schwierigkeiten gab, so lag es nicht an der Lautstärke. Der erste Auftritt sollte die Generalprobe sein. Und so war Hans-Jürgen Paape nach dieser Open-Air-Vorstellung unter den Augen des Bürgermeisters Smidt auch ganz überrascht, zupfte Neuss am Ärmel und raunte: „Hör mal, Wolfgang, Beifall ..."

wes

Nordsee-Zeitung, September 1971

Herrje

Vorige Woche habe ich unsern Herrn Jesus im Fernsehen gehört.

Er hat gesagt: »Ich spreche nur im Fernsehen, wenn nichts geschnitten und nichts gekürzt wird oder falsch zusammengestellt.«

Wurde auch nicht.

Schließlich hatte der Jesus nicht nur die Hauptrolle, sondern auch die Regie.

Und ein Hotel in Oberammergau.

1970 – Kabarett-Shorty für »Bis zur letzten Frequenz« des Hessischen Rundfunks. Versuche, die aktuelle Wirklichkeit möglichst knapp zu »verarbeiten« und den Witz der Geschichte auf den kürzesten kabarettistischen Nenner zu bringen, führt in den Achtzigern zu seiner »Spruchkammer«-Produktion.

Berliner Sonntag
Ein frommer Wunsch

Immer Sonntagfrüh

wenn die WAMS mir in rollendem Einsatz über den Kudamm-Tauentzien die Hamburger Gänsemarkt-Bomben, die schreibenden Rechtskartell-Kartätschen Habe, Jacobi und William Matschbirnenschlamm um die Ohren fetzt

und die Herren WAMS-Bombardisten Westberlin aus dem Boden des Grundgesetzes bomben wollen

wenn Mitberliner in ihren Schrebergärten der Empfindlichkeit spazieren gehen, um des unbekannten, 80 Meter hoch gemalten leitenden Menschen zu gedenken, des Staatsmannes, der die hungernden Politiker in aller Welt verkörpert

immer Sonntagfrüh

wenn ein unbezahlter Kirchendiener voller Wut in der Einflugschneise für Meßknaben die Glocken bimmelt, verheißend, daß doch mal der Tag kommen soll, an dem sie zerbrechen und dann, in der vielleicht folgenden absoluten Stille die WAMS-Journaille und die Mottenpestalozzis verstummen, weil sie nicht mehr gekauft werden, genau wie aus der Kirche ausgetreten wird solange derart westberlinvernichtend die Glocken gebimmelt werden

dann kommt

immer an diesem Sonntagfrüh

der Sonntagmittag.

Im SFB der Kommentar nach den Nachrichten um dreizehn Uhr von Woche zu Woche. Dann sprechen Walden, Hausen, Käufler oder Zielinski.

Und dann ist die Stunde da, wo ich mir sage: Es wird nie einen Sonntag geben ohne WAMS, ohne Prälat Adolph, den Glöckner von Kaiser Friedrich

1970 – Der Kabarettist als Medienkritiker – ratlos: Neuss-Beitrag über die Info-Berieselung durch Radio-Sendungen und Springers »Welt am Sonntag«. Er schreibt den Text als Beitrag für die kabarettistische Monatsbilanz »Bis zur letzten Frequenz«, die allmonatlich vom Hessischen Rundfunk ausgestrahlt wird.

denn im SFB ist die Verewigung der Glöcknermentalität, der Springerpresse und der geistigen Umweltverschmutzung bis ans Ende meines gnadenlosen Lebens unausweichlich vorgezeichnet.

Darob kriech ich heute schon zum Achselkreuz an der Kochstraße

ergebe mich in mein Schicksal
gezeichnet von HICK und ZEL
leg mich zu Füßen des mächtigen Herrns der Konzernpresse und winsele:
Gnade
Herr Verleger
und eine menschliche Erleichterung!
Baue uns
die wir dich und deine Verwandten
weder hören
noch lesen
und bimmeln hören wollen
uns wenigen
eine schallsichere Rotunde
wo wir nicht nur unsere Exkremente
sondern auch den Rest unseres Lebens
lassen können.
AMEN

Standpauke für einen Leistungsverweigerer

Aber Hanno, ich bitte dich!

Mann ... du mußt was unternehmen!

Du kannst doch hier nicht so untätig rumsitzen!

Ich kann das nicht mit ansehen: Du sitzt da und starrst vor dich hin. Das darf doch nicht wahr sein!

Natürlich kann so einer wie du nicht in die Datenverarbeitung.

Man muß doch irgendwas tun!

Hast du denn gar keinen Ehrgeiz mehr? Den Wunsch, irgendwas zu bringen? Gut zu bringen?

Willst du denn gar keine Anweisungen geben? Mit Leuten sprechen, ihnen Aufgaben stellen: Mach mal dies, mach mal das? Ist doch egal was. Irgendwas. Hauptsache, es passiert was! Abends ist man müde. Ums Geld geht's ja nicht. Es geht um die Idee! Eine Idee bringt einen weiter! Es kommt doch heute in erster Linie darauf an, daß man die Zeit totschlägt!

Mein Gott, Hanno!

Du mußt dich bewegen. Bewegung ist alles. Wenn man sich nicht bewegt, bewegt man nichts. Bleibt man stecken! Bald ist es vorbei. Die Produktion hört auf, du mußt in die Dienstleistung rein! Du nutzt dich doch menschlich vollständig ab hier!! Begreif doch!

Du warst doch noch nie so inaktiv! Glaub mir: Jetzt sind die Macher dran! Es sind wieder Gründerjahre. Rasten heißt rosten! Natürlich kann so einer wie du nicht in die Datenverarbeitung, das weiß ich auch. Geh doch in die Politik. Zur FDP vielleicht. Ist 'n kleiner Haufen – aufstrebend, bürgerlich, liberal, 'n bißchen, die brauchen immer Leute. Da biste schnell oben!

1973 – Improvisierter Neuss-Monolog während der Filmaufnahmen zu Schamonis »Chapeau claque«. Der Kinofilm erzählt die Geschichte eines Leistungsverweigerers. Neuss hatte ironischerweise einen Mann zu spielen, der seinem Freund Hanno (Ulrich Schamoni), einem Aussteiger, ins Gewissen redet.

Mann, Junge, stell doch irgendwas auf die Beine! Irgendwas! Was auch immer. Mensch: Denken heißt machen! Wenn du dich an dieser Welt nicht beteiligst – die Welt wird sich um dich nicht mehr kümmern! Kannst du mir glauben: Wenn man raus ist, ist man raus!

Glaube mir.

Szene aus »Ich lache Tränen, heule Heiterkeit«, 1973

Swinging Berlin

Plädoyer für einen Ort der reinen Freude

Ich habe jetzt sechs Jahre als Forscher gearbeitet. Mein einziges Versuchskaninchen war mein Körper. Bevor ich alle Ergebnisse meines immer noch intakten Gehirns meiner Sucht opfere, nämlich alles, was ich Neues weiß, meinen Mitmenschen bekanntzumachen, meinem Namen Neuss treu bleibe wie der bekannte Schuhmacher seinem Leisten und demnächst, also wieder öffentlich, etliches aus dem Halse röhren werde, muß ich mal etwas zu meiner Heimatstadt Westberlin im Jahre 1977 sagen.

Ich habe mich zuletzt als Sozialfall präsentieren lassen, als mitleiderregender Fall eines kaputten ehemaligen Gernegroßes. Das ist natürlich die alte Tour, der eigentliche Weg durch die Institution der Inquisition. Weil ich aber diese bequeme Masche, bewußt mit der Gesellschaft mitzuleiden, also die Jesus-Arie, für unseren Ort Westberlin geistig für beendet halte, brauche ich einen schwungvollen Gedanken für nunmehr eine kommende Zeit der reinen Freude in Berlin.

Da höre ich im RIAS, da lese ich in ZITTY, da höre ich TREFFPUNKT, da lese, höre und rieche ich den AFN, suche den BFN und den Berliner französischen Sender und höre und lese: Wir sollen es also auch noch schaffen wie Amsterdam und London, nämlich was das »Swinging« betrifft.

Und wie schafft man eine Sache, die sich in Westberlin jedes Kind von Olaf Leitner über Juliane Barthel, über SF Beatel Kresse und Jürgen Neu bis meinetwegen zum Aspen-Institut, Günther Grass, Hans Magnus Enzensberger, Walter Höllerer, Tagesspiegel-Ohf und selbstverständlich alles, was geistig dazwischen liegt,

> 1977 – In den Siebzigern kommt bei Neuss allmählich – Jointseidank – Freude auf, das Allround-Talent kabarettelt nun nur noch, Ausnahmen bestätigen die Regel, in den eigenen vier Wänden vor Freunden und gelegentlichen Besuchern. Neuss findet zu seinem Lieblingsthema: Legalisierung des Drogenkonsums. Neuss 1983 über seine neue Existenz: »Ich hab mich zurückgezogen und begann plötzlich zu arbeiten wie ein Pferd, wenn es geistig arbeiten würde. Mit'm größeren Kopp begann ich plötzlich zu arbeiten: Hab Nachrichten gehört, hab Zeitungen gelesen, bin jeden Morgen frühstücken gegangen. Hab das sturheil durchgehalten.«

wünscht? Es ist wirklich höchste Zeit und irgendwie bald zu spät, passieren aber muß es, denn tatsächlich gibt es keinen besseren Platz für eine geistige Atmosphäre wie die, die man unter »Swinging London« versteht oder »junges Amsterdam«; es gibt keinen besseren Platz als Westberlin für einen neuen Anstoß. Vielleicht wird es sogar zu einer Dauereinrichtung und zu einer wirtschaftlichen Überlebenschance für unser geliebtes Örtchen. Und unser Dauerstar, die Mauer, müßte auch mal bepflanzt werden dürfen.

Ja, Pauken-Neuss, wie willste das machen? Swinging Bleibtreustraße, Swinging Kurfürstendamm, Swinging Spandau und Britz? Es muß ja echt sein. Da kann sich nicht mehr ein Bowie in Westberlin niederlassen, Kokain schnupfen und Hitler verehren. Das ist die alte Kunst und Kokainscheiße der zwanziger Jahre – wer Kokain schnupft, kann weder dichten noch gute Musik machen für 1977 in Berlin. Opium-Raucher übrigens auch nicht. Opium ist was für geistig alte Menschen.

Heroin macht gar keinen Sinn, schnüffeln ist nicht die Art des feinen Berliner Lebenskünstlers und die alkoholisierten Stadtindianer wenden Gewalt an; das ist ein Grund, um eher gar nichts mehr zu machen.

Wir wollen doch aber nicht nur leben in Berlin, sondern sogar überleben, also muß sich geistig was bewegen. Neue Kultur kommt von LSD, das aber können wir nicht freigeben. Warum? Sag ich ander mal gegen Eintrittsgeld oder Radiogebühren. Ich bin letzten Endes Komiker und muß auch leben.

Hier aber als Kolumnist sag ich nur soviel: Ich bitte Gott, also zum Beispiel den Senat, um folgende Neuregelung für Westberlin, ohne daß Amerika oder die Bundesrepublik uns vorangehen.

Egal ob es schon mal jemand gemacht hat oder nicht, wir brauchen eine neue Gesetzgebung speziell für unser Westberlin und den psychologischen Zustand seiner Bewohner, eben um von der Psychologie zu einem Geisteszustand zu kommen, zu diesem: Von Ost und West und Nord und vor allem auch Süd wird die Bevölkerung Berlins als politische Avantgarde betrachtet; ehemalige Opfer einer weltpolitischen Einmaligkeit, die sich nunmehr daran gemacht haben, ihre Rolle in der Welt offensiv zu spielen, mit dem »Modell Berlin« jedermann auf diesem Erdball zu zeigen, wie die Supersysteme zusammen leben können – so unseriös wie es klingt, so ernsthaft ist es: mit Musik.

Und der Pannachsche Ost-Beat, der über die Mauer schallt, ist zumindest erst mal der Heuler der letzten Saison. Also, wie lassen wir nun schallern?

Paß auf, göttlicher Gesundheitssenator, geliebte Jugend-Ilse Reichel, verehrter Kultursenator und auch ihr amusischen Berliner Universitäten, ihr braucht nichts zu tun in Westberlin bezüglich des »Swinging«, als gesetzlich zu regeln, daß Haschisch-Raucher ihren Eigenverbrauch bei sich haben dürfen, bis zu 30 Gramm. Daß man selbstverständlich in der Öffentlichkeit Haschisch rauchen darf. Dann habt ihr endlich wenigstens die Szene entkriminalisiert.

Und wenn ihr Senatsgötter auch gleichzeitig daran gehen würdet, an jeden Jugendlichen und Alten, an jede Frau und jeden Greis Heroin auf sämtlichen Berliner Gesundheitsämtern für den bereit zu halten, der es unbedingt haben muß und will, dann würdet ihr sogar einen der größten kulturellen Schritte tun –, ihr würdet endlich auch die Gewaltkriminalität verändern! Dem Fixer ist es gleich, ob er registriert ist oder nicht. Wichtig ist ihm (die einzige Therapie), daß er so schnell wie möglich seinen Schuß in die Vene bekommt. Die Gesellschaft, die ihm dabei entgegenkommt, hat gewonnen.

Ich habe mir das nicht nur ausgedacht für einen Mann, dessen einziger Lebensinhalt Rock und Roll zu sein scheint. Es ist dies hier nicht niedergeschrieben worden, damit ein paar Abenteurer Westberlin zu ihrem Ego-Trip machen können. Ich will weder Syndikate bekämpfen noch Dealer beleidigen. Prognostik ist im Moment mein Beruf, wie eingangs gesagt, zur Prophetie und Philosophie ist dann später, nach Einführung der von mir vorgeschlagenen gesetzlichen Regelungen und Veränderungen, genügend Gelegenheit.

Ich habe mir das zugemutet, euch, meinen Mitmenschen in Berlin, dies vorzuschlagen, weil es doch schön ist, nicht nur Kirchentage und Herzverpflanzer-Kongresse in Berlin zu haben, sondern auch die Jugend der Welt.

Aussage des Angeklagten zur Sache

Ich fühle mich irre gesund.
Achten Sie auf das Wort: irre.

1979 – Neuss-Statement vor dem West-Berliner Schöffengericht, vor dem er sich wegen Verstoßes gegen das Rauschmittelgesetz zu verantworten hat. Neuss zur Person: »In sieben Jahren habe ich zehn Milliarden Tabletten geschluckt und sechstausend LSD-Trips genommen. Ich verspreche mir davon Erneuerung.« Kommentar des medizinischen Sachverständigen: »Das ist Selbstmord auf Raten. Herr Neuss ist ein kranker Mann. Eine menschliche Tragödie.« Darauf Neuss: »Ich lasse mich nicht auf Tragik abschieben. Ich bin ein wacher Berliner. Ich bin ein geistiger Mensch. Und ein geistiger Mensch ist dem Wahnsinn nahe.«

Der Prozeß
Oder: Wie man sich abschafft

Früher, wo ich links war, war ich für die Leute im Knast. Jetzt, wo ich Geist bin, bin ich für die Leute im Irrenhaus.

Ich hab mich hier hingesetzt, damals, in die Wohnung hier, als ich merkte, daß ich von diesen Tabletten, die ich nahm, abhängig bin. Du darfst nicht vergessen: Ich hab Tabletten genommen, während die Hippies in Berlin Hasch geraucht haben. Mein Publikum hat Haschisch geraucht und ich hab sie noch mit Tabletten unterhalten. So weit zurück war ich. Ich war der Letzte.

Und als der SDS längst Haschisch geraucht hat und die Politik Politik hat sein lassen, da hab ich noch auf der Bühne gestanden und Tabletten genommen.

Und dann hab ich gemerkt: Es geht nicht mehr weiter mit der Politik. Politik ist für mich Porno. Politik ist doch: Wir reden nicht über unsere Schwänze und deren Gebrauch, sondern wir sprechen über Strauß und Helmut Schmidt. Und vor allem hab ich eins gemerkt: Ich kann ja nur protestieren. Mehr nicht.

Ich könnte noch komisch sein auf der Bühne, wenn ich einverstanden wäre. Und ein Publikum hätte, das einverstanden wäre. Aber Protest geht nicht mehr.

Da hab ich mich hier hingesetzt, sieben Jahre. Und was mache ich? Ich törne. Törnen heißt, daß man innen spricht, und nicht außen. Das Wertvolle ist ja dies: das Schweigen.

Ich hab was gegen das Schreiben. Da spiel ich lieber mit der Sprache. Es geht ja um die Sprache. Die Sprache ist ja verloren worden.

Die Leute können in dieser industriellen Welt nicht zum Meditieren kommen. Sie sind derart am Spekulieren ... die

1979 – Neuss als Chronist und Gerichtsreporter: Bericht über den Prozeß, den man ihm wegen unerlaubten Drogenbesitzes vor dem Schöffengericht gemacht hat, nachdem in seiner Wohnung 35 g Haschisch gefunden worden waren. Als angeregt wird, Neuss solle sich ambulant einer psychiatrischen Untersuchung unterziehen lassen, kommentiert der Angeklagte: »Sehr gut. Da gehe ich hin. Und da werden wir dann so lange reden, bis Sie so denken wie ich.«

Zunge spekuliert schon von ganz alleine. Da kann das Gehirn aussetzen, da spekuliert noch die Zunge.

Es gibt keine Meditation, heißt das auf deutsch. Alles Spekulationskiesewetterdiesealterübensau. Aber: Wir machen's gerne, es macht Spaß, verstehst du? Man muß sich dazu bekennen. Weil: Die Industrie hat uns so gemacht. Und da gibt es auch kein Vishnu mehr und kein Shivadas und keinen Zappa oder auch keinen Böll oder auch keinen Leary – da gibt es nur dich: DU BIST ES.

Ich bleibe hier sitzen und löse mich auf!

Und die Intellektuellen hängen in der Luft. Das hab ich, als ich mich zurückgezogen habe, nach vier Wochen Törnen gemerkt.

Und dann hab ich gedacht: große Zukunft! Ich bin im Kommen. Ich muß mich nur erst mal abschaffen.

Also wie schafft man sich ab?

Ich bleibe hier sitzen und löse mich auf!

Wir sind anwesend. Wir erfahren jetzt, wofür wir auf der Erde sind. Ist gar nichts Ernstes – ist heiter. Die Botschaft ist heiter. LSD verlangt Erinnerung. Auflösen. In was? In Wohlgefallen.

Also erinnere ich mich. Ich hab im Krieg einen Mann erschossen. Das sehe ich jetzt noch genau vor mir. Und das wiederholt sich. Immer und immer wieder – wenn man es nicht auflöst. Der tiefe Wunsch der Menschheit, den äußeren Frieden zu wahren, ist mit drin im LSD. LSD und Gewalt – das ist eine Sache, die nicht geht. Denn das LSD ist ja erfunden worden, um den Krieg zu beenden. Und zum Krieg gehört die Gewalt.

Natürlich findet die Gewalt heute per Auto statt. Aber vergiß nicht, das Auto fährt ja auch nur deshalb, damit wir uns nicht selber in die Fresse schlagen müssen. Darum wird so gerne Auto gefahren.

Vergiß das nicht: Der Faschismus ist der große Baukran da draußen! Den könnte man ruhig so grüßen: HEIL! Echt. An so'm Kran geh ich mit erhobenem Arm vorüber.

Ja, und dann kommt hier nach sechs Jahren von der Berliner Scene einer rein, ich geh rüber und seh 'ne Pistole und kriege eine Panik und will dem eine scheuern – also wenn ich gereizt werde …

Der rennt raus und eine Minute später ist die Polizei hier. Die kommen rein und sagen: »Wolfgang, was ist los hier? Ist geschossen worden?« Und nehmen mir 35 Gramm Shit weg und sagen: »Guten Morgen. Komm mal mit raus.« So war das.

Wenn ich vor Gericht gehe, sehe ich mich selbst da sitzen. Ich bin der Staatsanwalt, ich bin der Richter, ich bin auch der Psychiater. Und ich merke: Alle wollen mir nur helfen! Und es geht nur darum, sich vor dieser Hilfe legal zu schützen. Wenn du nämlich anfängst, dich illegal gegen diese Art von Aufdringlichkeit zu schützen, machen sie dich total irre. Da verfängst du dich selbst. Du mußt dich legal schützen, nämlich mit deiner Bürgernähe. Das ist es: isolieren und bürgernah sein.

Die sind ja sofort mit einem Psychiater bei der Hand, wenn sie nicht weiter wissen. Weil sie nichts wissen! Weil sie nicht aufgeklärt sind, die Richter. Weil sie nicht mal rauchen, 'n Joint, meine ich. Sofort, wenn sie nichts wissen: Psychiater!

Zufällig ist der Psychiater da. Der will mir helfen und sagt folgenden Text auf: »Herr Neuss ist ein todkranker Mensch! Der macht jeden Tag 7 800 000 Selbstmordversuche.« So ähnlich, in dem Sinne, läßt er das raus. Ich merke: Er will mir nur helfen.

Also sage ich: »Ich unterhalte mich gern mal mit ihm.« Und daraus machen die dann: Ich muß mich untersuchen lassen. Stand ja am nächsten Tag in der Bildzeitung: »NEUSS IN DIE NERVENKLINIK«. Und dabei hatte ich die Bildzeitung ja eigentlich zu meinem Schutz dabei.

Erst seit ich Haschisch rauche, überlegen die Leute sich so was. Dagegen damals, als ich in der Öffentlichkeit wirklich eine Meise hatte, da hat keiner was gemerkt. Damals, als ich »noch ganz da« war, da hab ich Preludin genommen. Und gemerkt: Ich kann nicht mehr arbeiten. Ich kam immer mehr weg vom Arbeiten. Ich konnte nicht mehr das schreiben, was mir einfiel. Mir fiel immer was ein. Und ich konnte nicht mehr nachkommen. So ging es der Gesellschaft mit der Sprache – die konnten nicht mehr nachkommen.

Eins war klar: Die wollten bei dem Verfahren meine Schuldfähigkeit feststellen, um das ganze mal juristisch zu erklären. Wenn ich nicht schuldfähig bin, werde ich freigesprochen, aber ich kriege 'ne Auflage. Und ich brauche keine Auflage.

Vor dem Berliner Schöffengericht, 1979

Also hab ich gesagt: Ich lasse meine Schuldfähigkeit nur öffentlich feststellen. Die wollten mir so 'n Gehirnstrom aufsetzen, da in der Anstalt, wollten das alles messen. Und ich finde das irgendwie unwürdig. Das LSD läßt sich so was nicht gefallen.

Also mache ich mich da sofort derartig lächerlich drüber, daß ich bei dem Mann sofort irre wirke und das Ganze zum Gewaltakt wird.

Ich sage also zum Staatsanwalt – ich war ja ohne Verteidiger da – ich sage also: »Ich hab auch 6000 LSD-Trips genommen.«

Da guckt die Richterin mich an, da guckt sie den Staatsanwalt an, da sagt der Staatsanwalt »Da würde ich eine Einweisung in eine psychiatrische Anstalt erwägen.« Ganz freundlich sagt er das.

Und daraufhin sage ich: »Diesen Antrag ziehen Sie aber ganz schnell zurück.« Weil ich mir überlegt habe: Wenn ich sage, ich habe einen LSD-Trip genommen, dann würde er das nicht erwägen. Nur die Zahl hat er erwogen. Das ist wie mit den sechs Millionen Toten – immer wieder die Zahlen. Einer reicht ja auch. Kann er mich ja auch bei einem einweisen lassen.

Ich bin also nach Haus gegangen und hab mir überlegt, warum ich in die psychiatrische Anstalt soll. Dann hab ich dem Doktor einen Brief geschrieben. »Lieba Dokta«, hab ick geschrieben, »Sie sind gestern wie 'ne Diva aus dem Gerichtssaal hinausgerauscht. Das hat mich sehr gestört. Denn ich hätte mich gerne noch mit Ihnen unterhalten.

Da hätten Sie nämlich dann in den Gerichtssaal rufen müssen: DIESER MANN IST GESUND! Erst mal. Bevor Sie mich untersuchen.« Und dann habe ich ihm geschrieben: »Kommen Sie bitte – ich bin ein Ausnahmefall. Ich bin echt ein Ausnahmefall. Das hat aber nichts mit Prominenz zu tun.«

Was meinst du? Protest?

Den Protest gibt's nicht mehr.

Ich bin also nach Hause gegangen und hab mir überlegt – der spricht von Ethik. Der sagt: Hören Sie mal, Herr Neuss, Sie sind doch auch nur ein Mensch wie jeder andere.

Da hab ich gesagt: Nein, das bin ich nicht.

Weil: Mein ganzes Streben war immer, nicht ein Mensch

wie jeder andere zu sein. Und kein Mörder zu werden, da hab ich natürlich drauf geachtet. Das war mein Streben. Und dabei *doch* wie jeder andere zu werden. Also: Wahnsinn eigentlich. Also wirklich Wahnwitz. Dadurch kam Kabarett zustande.

Kabarett ist doch so. Da sagt sich einer: Wie kann man unnormal sein und nicht kriminell. Kabarett – da kann man. Unnormal – das heißt: immer anders. Prinzipiell. ALLE TRAGEN GÜRTEL – UND ICKE NICH! ALLE TUN DIES – ICKE NICH! Das ist Kabarett. Und das törnt. Und ich sage mir: Wie kann mich Dr. Kleiner nun untersuchen, wo ich immer anstrebe, unnormal zu sein? Und das selbst vor Gericht?

Weil: Ich warte ja auf die Haschischerlaubnis. Um wieder auf die Bühne zu springen und zu zeigen, wie man raucht. Warum soll ich denn heute auf die Bühne, wo meine Botschaft ohne Protest ist und ich mich zum Protest zwingen lassen müßte, weil Haschisch nicht erlaubt ist.

Wozu waren die Gesetze denn gut? Zur Verbreitung von Heroin, Shit und LSD. Und es ist genug verbreitet. Das haben die Gesetze bewirkt. Das ist doch die Dialektik der Sache. Die Weltgesundheitsorganisation der UNO zum Beispiel – die wissen da doch total Bescheid, was da abläuft. Die sind längst informiert: Es muß erlaubt werden. Illegalität schadet. Es gibt keine Geheimnisse mehr, und Illegalität ist geradezu eine Posse.

Die ist längst aufgehoben durch diese irrsinnige Werbeindustrie. Die kann ich gar nicht hoch genug loben, weil sie bewiesen hat: Illegalität ist eine Farce.

Illegalität gibt's nicht mehr wo Himbeergeist erlaubt ist. Ich sag dir noch 'n edles Gewächs: Nobel Auslese Rüdesheim. Der letzte Heuler der Saison. Da hat ein Rudolf Gelpke bei Istanbul – ein Mann der Wissenschaft, ein Literat – Haschisch geraucht und Wein getrunken und 'n Gehirnschlag gekriegt. Das muß man doch wissen. Wo bleibt die Aufklärung darüber, daß es nicht gut ist, seinen Geist mit Shit aus dem Körper rauszutreiben und mit'm Schluck Bier wieder reinzutreiben. Daß es dann XCYXYZB macht, und wenn nicht bei dir, dann beim Nebenmann!

Den Fixern, die überlebt haben, darf man nicht gehorchen. Man muß auf die Fixer hören, die es nicht überlebt haben. Was die erzählen ... Ich bin eigentlich auch so 'n Typ. Aber ich laß es. Ich weiß, wie das ist. Weil: Ich hab mir mal 'n Finger

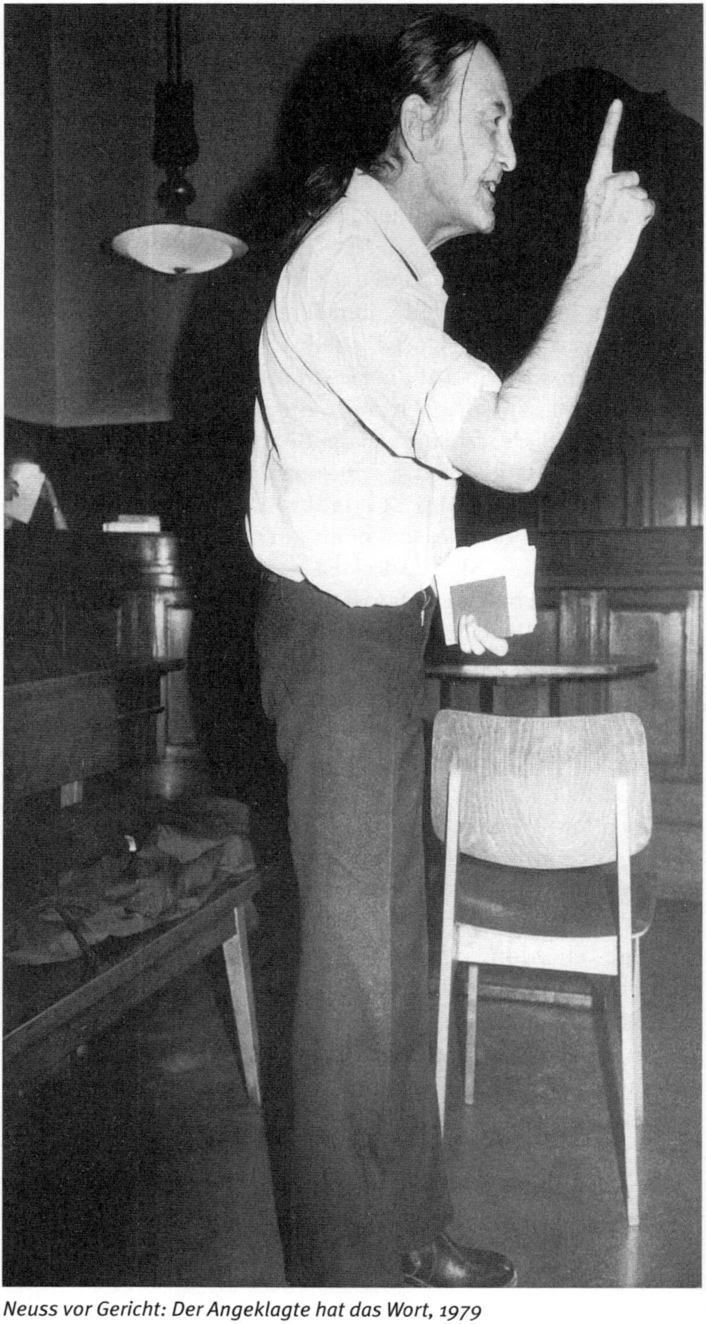

Neuss vor Gericht: Der Angeklagte hat das Wort, 1979

abgeschossen, im Krieg. Das ist wie Fixen. Schieß dir 'n Finger ab, ein Glied, und du bist auf der Krüppelgeraden drauf. Dann kann dir nichts mehr passieren. Einmal war hier 'ne Braut, die hat mir erzählt, Leary hätte sich zwei Finger abgeschossen. Aber das glaub ick nich.

»Untersuchen Sie mich öffentlich! Wir machen's im TV.«

Ich hab also dem Doktor einen Brief geschrieben. Ich hab ihm geschrieben: »Untersuchen Sie mich öffentlich!« Ich hab mir überlegt: Das alles müßte öffentlich gemacht werden. Ich benütze meine Prominenz.

Da sagt der mir: »Das ist nicht vorgesehen. Ich kann Sie doch öffentlich nicht untersuchen. Die Intimheit der Sache!«

Ich sage: »Wir wollen ja die Schwänze nicht zeigen ...« Er hat sich geweigert.

Also hab ich ihm geschrieben: »Es ist doch auch für Sie eine Chance, Dr. Kleiner.«

Ich hab ihm vorgeschlagen: »Damit Sie mich nicht für größenwahnsinnig halten – wir machen's im TV, in der Akademie der Künste, im Gripstheater oder in der Kanzlei vom Dr. Schily. Weil das mein Anwalt ist.«

Daraufhin kam er und sagte: »Kooperieren Sie doch mit mir.«

Also: Ich hab ihn zu mir eingeladen, damit er mal sieht, wo ich sieben Jahre ... tata! Da sagt er: »Das stört mich aber ein bißchen.«

Da sag ich: »Mich nicht.«

Sagt er: »Ach sooo machen die jetzt das LSD.« Sagt er.

»Ja.«

»Aha.«

Total angetörnt, der Typ. Ein lieber Mensch. Eigentlich. Aber: gefährlich!

Warum?

Zu lieb.

Bekenntnis zu Haschisch

Ehemaliger Kabarettist Neuss vor Gericht — Untersuch

Der Kabarettist Wolfgang Neuss, der vor ... ehn Jahren zum letztenmal auftrat, stand ge... tern vor einem Schöffengericht. Bei einer Wohnungsdurchsuchung eines ungeklärten Schußwaffe wurde ... schisch gefunden ... zialhilfe erhält ... habe mich ab... gemacht." ... fenheit sei ... Trips gese...

Der Br... sei eino... glückt ... näch... no...

Wolfgang Neuss verurteilt

BERLIN, 3. August (Reuter/dpa). Zu acht Monaten Haft mit dreijähriger Bewährung hat ein Westberliner Schöffengericht am Freitag den früheren Kabarettisten Wolfgang Neuss wegen fortg... setzten Verstoßes gegen das Betäubungsmittelgesetz verurteilt. De... 55jähriger, der einst als „Mann mit ... Pauke" bekannt geworden war, wu... außerdem die Auflage erteilt, ... wegen seiner Drogenabhängigkeit ärztliche Behandlung zu bege... Neuss, bei dem im vergangenen ... bei einer Wohnungsdurchsuch... Haschisch gefunden worden war, ... das Urteil an. Sein Anwalt Die... Scheid verpflichtete sich, dafür zu ...gen, daß Neuss sich von einem ...eigener Wahl untersuchen lasse... Richterin entließ Neuss mit den Wo... Wir möchten Sie auf der Bühne ...lersehen."

Wolfgang Neuss sagte zum Chefarzt der Nervenklinik: „In der Anstalt werden wir so lange reden, bis Sie reden wie ich"

...g Neuss erklärt: „Ich ... Hasch, weil ich kein Säu...rden will."

...chgiftgesetz versto... haben soll. Er gab ... Teil rätselhafte Ant...ten.

Neuss erschien in dunkler Hose und zerschlissenem blaßblauen Hemd mit durchgescheuertem Kragen.

Die Angaben zur Person beantwortet er knapp: Geschieden, eine 17jährige Tochter. Sie lebt in Schweden.

Richterin Jutta Scholz: „Wovon leben Sie?"

Neuss: „Von Haschisch." (Seine Freunde im Saal lachen.)

Die Richterin: „Herr Neuss. Wir kennen Sie alle. Nennen Sie uns den Grund, warum Sie nicht mehr arbeiten."

Neuss: „Sag ich doch — weil ich Haschisch rauche.

„Aber Sie m... gendetwas lebe... Wenn Sie mit leb... tielles meinen, v... zialhilfe. Die G... die gibt mir was ... Wohnung habe ic... ch habe Freunde. ... schließlich wie Sie ... t."

Gamm Haschisch und ...ps waren in seiner ... sichergestellt worden.

Woher hatte Neuss das R... gift?

Der Angeklagte: „Mit de... gekriegt. Wildfremde Leute ... ken mir das. Haschisch i... mich Religion. Ich denke: ... trete das Gesetz, rauche ... und bleibe gesund. Ich r... Hasch, weil ich kein Säufer ... den will."

Richterin: „Warum treten ... nicht mehr auf?"

Neuss schreit: „Weil ich ... Ende bin. Ich habe geraucht ... gen dem linken Quatsch, de... damals gemacht haben. Ich ... mich absichtlich abhängig ... macht. Ich will ein abschre...des Beispiel sein."

Dann berichtet der Angekl... wie er mit Rauschmitteln in ...rührung kam.

Neuss: „In sieben Jahren ... ich 10 Milliarden Tabletten ... schluckt und 6000 LSD-Trips ... nommen. Ich verspreche mi... durch Erneuerung."

Der Chefarzt der Karl Bon...fer-Nervenklinik Dr. Kleiner ... vor Gericht: „Das ist Selbst... auf Raten. Herr Neuss ist ... kranker Mann. Eine mensch... Tragödie!"

Neuss ruft dazwischen: ... lasse mich nicht auf Tragik ... schieben. Ich bin ein wacher ...liner. Ich bin ein geis... Mensch. Und ein geis... Mensch ist dem Wahnsinn n... Eine Verurteilung kann nich... öffentlichen Interesse liegen.

Der Staatsanwalt beant... den Angeklagten auf ... Schuldfähigkeit untersuchen ... lassen. Das Gericht soll ihn ... aufhinweisen, daß eine U...bringung in eine geschlos... Anstalt erfolgen kann.

Neuss trocken: „Die An... will ich sehen, die mich ... nimmt."

Dr. Kleiner: „Darum brau... Sie sich keine Sorgen zu ... chen."

Neuss: „Da würde ich auf ... Bühne einen Lacher draus ... chen." Dann ruhiger: „Ich w... Sie ein bißchen reizen — ... schuldigen Sie."

Das Gericht vertagte ... Wolfgang Neuss soll sich a... lant einer psychiatrischen Un...suchung unterziehen.

Neuss: „Ja, da gehe ich ... Wir werden solange reden, ... Sie reden wie ich."

Anlaß des Prozesses w... zwei Vorfälle in der Neuss-W...nung in der Lohmeyerst... (Charlottenburg).

Fall 1: Er soll einem befr... ten Kunstmaler 3 St... schisch gegeben hab...

Fall 2: Ein Junge... te sich in einem ... kleidet, nach... Neuss-Woh... haben ... Kur... ge... Gal...

Steigerung

1. Freude
2. Freude
3. Freude
4. Freude
5. Reine Freude

1974 – Antworten auf eine Umfrage des Deutschen Kabarett Archivs, Mainz. Die Fragen lauteten im einzelnen:
1. Was ist für Sie Humor?
2. Was ist für Sie Satire?
3. Was ist für Sie Ironie?
4. Was ist für Sie Kabarett?
5. Wie würden Sie sich selbst bezeichnen?

Die bunten Achtziger

Meine Zeit ist gekommen,
wenn sie wieder so zum Lachen ist,
daß es sich lohnt
dritte Zähne anzuschaffen

Wolfgang Neuss: Neues Leben als Rock-Guru

„Wir wollen von Liebe singen"

An der grauen Wand im Wohnzimmer hängen bunte Fotografien aus dem All: der Sternenhimmel, die Milchstraße, Saturn. Auf dem 20 Zentimeter hohen Tisch mit den krummen Holz-[…]inen ragt eine Glühbirne in die […] links […] steht ein […]

an der Charlottenburger Lohmeyerstraße hockt Wolfgang Neuss (58), einst Deutschlands berühmtester Kabarettist.

Die Haare hängen ihm strähnig bis über die Schultern, der zahnlose Mund grinst, das rotkarierte Hemd ist viel zu weit.

„Ich brau[…]che noch zwei Monate […] ich instand gesetzt", […]ein neues Leben […]

Wie es aussieht? „Ich berate eine Rock-Gruppe, sage den jungen Leuten, **was sie** bringen müssen. **Sie müssen** von Liebe und Verständnis singen. Lyrisch muß es sein – sonst hört keiner zu."

Zwei Musiker der Band „Freund Hein und Rhythmiker" waren gestern nachmittag gerade wieder bei Neuss: Thomas Hammer (24) und Tops Deutschmann (30), beide Gitarristen.

Deutschmann sagt: „Wir sitzen stundenlang da, hören ihm zu. Seine Einfälle sind noch immer groß. Wolfgang gibt uns Halt – e[…] ist wie unser Vater, unser Roc[…] Guru. Wir hören auf ihn."

Sie wollen auch zusammen a[…] treten, die jungen Leute und […] Mann vom Kabarett. „Die M[…] schen warten auf mich", […] Neuss. „Es ist an der Zeit, da[…] wieder rankomme."

1981

Volker Kühn überbringt den Deutschen Kleinkunstpreis 1983

1983

Das geordnete Chaos

Die Welt von unten besehen

Was wir immer vergessen

Was wir immer vergessen,
abgesehen davon, daß sie völlig vergessen,
daß es nicht die Türken sind,
die uns hier aufsuchen, ansuchen, heimsuchen,
die hier aufgenommen werden wollen,
sondern, daß es unsere Verwandten
von früher sind, die wir selber mal waren!

Man darf doch nicht vergessen:
daß wir da zwar Fremde sehen, und daß
das auch das schöne Spiel der Erde ist,
daß es immer Fremde sind, die da kommen,
aber: Wir sind es doch selbst.

Wir sind es doch selbst, die
vor sechshundert Jahren da mal hingezogen sind,
oder vor achthundert Jahren. – Ganz klar!
Warum hilft uns die Wissenschaft bei diesem
Ausländerproblem nicht, frage doch mal,
provokativ natürlich, warum:

Filmauftritt im Fummel: Wolfgang Neuss als Annemarie Renger in Gerhard Schmidts Satire »Is was, Kanzler!?!«, 1983

Die könnten längst belegen, die Leute,
daß es wir selber sind,
also daß wir zu denen
ein ganz anderes Verhältnis entwickeln könnten
als zu Tante Emma im Osten oder zu
Onkel Paul in Zehlendorf,
daß wir erfreut sein könnten:
Guten Tag, Emil, wir werden schon
zurechtkommen hier in der Stadt,
aber daß ihr
wieder da seid!
So müßte doch erst mal die Parole lauten:
Daß ihr wieder da seid!!
Das hätten wir ja nie gedacht,
daß wir uns noch mal wiedersehn!

Granaten zu Spaten

Na klar
Machen wir nicht nur aus Schwertern Pflugscharen
Aus Granaten Spaten
Aus Atomraketen Musikstudios
Na klar
Aus der Kalaschnikow kann man gut
Zigarrenanzünder bauen
Na klar
Aus einer umgebastelten
hab ich neulich ein Kanu gesehn
Aus dem alten Karabiner 98 K
will sich jemand einen Dom bauen
Aus zwei Pistolen kann man einen Lego-Übergang machen
Aus allen Jagdbombern 'ne Wanderausstellung
Aus den SS 20 – jeder will die ja mal sehen –
ein Fernsehspiel
Aus Stahlhelmen Kochtöpfe
Aus Hinterladern Löffel und Geschirr
Aus Cruise Missiles Kränze für Advent
Aus den Wehrmachtskantinen Platz für Großfamilien
Aus der gesamten Artillerie
und allen hochragenden Geschützen
Aus Panzerabwehrkanonen, aus Exocet
Aus Neutronenbomben, aus allen Waffen
kann man im höchsten Notfall Gärten bauen

1983 – Granaten zu Spaten – ein Neuss-Kommentar zur Lage der Nationen in Ost und West. Die Lage ist beunruhigend: Anfang der achtziger Jahre bekommt die Rüstungsindustrie wieder einmal Aufwind, nachdem der NATO-Doppelbeschluß dem »Nachrüstungsprogramm für nukleare Mittelstrecken-Systeme« grünes Licht gibt. Die Militär-Logik scheint Orwellschem Zwiedenken entsprungen: Aufrüsten bei gleichzeitigem Abrüstungsangebot. Das ruft dies- und jenseits der deutsch-deutschen Grenze Friedensinitiativen auf den Plan: »Frieden schaffen ohne Waffen«. Im Februar 1982 treffen sich in Dresden 5000 DDR-Bürger auf einer Friedensveranstaltung unter dem Motto »Schwerter zu Pflugscharen«.

Gartenbauausstellungen
Aus vorgeplanten Schlachten
könnten wir Berge von Papier errichten
Aus der Hiroshima-Bombe würde ich
mit meinem heutigen Wissen
ein Boudoir für eine weiße Lady bauen
Wir machen ja nicht alles neu
Wir lassen die andern besitzen
und benutzen das ihre

Wir sind die unaufdringlichste Phantasiebehörde
Jeder Panzerkommandant
jeder Hardthöhen-Adjutant
ist willkommen
Wenn er Ideen braucht
Herr Weinberger
Arbeitsplatzbeschaffung:
Wenn wir mit hunderttausend Toten rechnen
brauchen wir zweihunderttausend Leute
die die Särge bauen
Und wenn sie eines Tages holzige Wälder
nicht mehr wollen
können wir mit den umgerüsteten Waffen
von zwanzig Jahren Lagerung
eine Million neue Stahlwälder anlegen
die von sieben Millionen Malern
und so weiter
für Kinder begehbar gemacht werden

Wir wollen
ab sofort
einfach mitessen am Wehretat
Wenn nicht mehr vom Sozialamt
holen wir uns das Geld
von der Bundeswehr direkt
Aber nicht mit Gewalt
sondern wie hier angedeutet
Ich hab mir schon sieben Patronenhülsen
zu Jointhaltern umgebaut
Und seitdem überhaupt niemand mehr schießen will

Sah ich einige Landser bei Kaiserslautern
den Starfighter
oder war's ein Panther
zu einer Latrine umbauen
Auf diese Waffen war ein fröhlich Scheißen

Aber besser ist
wir brauchen sie auf
Ich bin ganz lustig bei dem Gedanken
an die vielen Budgets von 1952 bis 1982
Ich kann die Summe gedanklich nicht fassen
darum bleibt sie unerwähnt
Zu ahnen aber ist
die neue Quelle frischen Wohlstands

Laßt uns
was wir bezahlt haben in dreißig Jahren
endlich verbrauchen
Alle Depots sind voll
Alle Kasernen versorgt
Jeder Sold wird gelöhnt
Na dann
Ran an den Speck

Für alle, die wissen
was man aus einer Wasserstoffbombe noch machen kann
mir fällt wirklich nur ein Ski-Abhang ein
ein gut gesteckter Slalom
Für alle, die wissen
wie man von Japan lernen kann
ohne daß abgeworfen wird
Für alle Soldaten, Off'ziere, Unteroff'ziere
Wir machen nicht alles neu
Auf eure Uniformen kommt in jedem Fall Farbe
General, General
Wag es
Den Sprung zur Sabotage
Zum Dreifachbeschluß

Abrüstungs-Initiative

Eine Milliarde Friedensengel bevölkern im Moment die Erde. Einer davon, APO-Müller – SDS-Kassierer, Argumentclub-Mitglied, Tegeler-Weg-Kämpfer, APO-Müller, ein Herzensbruder von mir, mein wiedererstandener Partner Müller, Inhaber einer exzellenten Hasenscharte, gegen die auch Habermas nicht anstinken kann – dieser APO-Müller sagt gestern ganz trocken und ausgerechnet zu mir: »Hastu mal tausend Mark?«

Aber Dirk Henning, wie kommst du denn auf dieses schmale Brett?

»Ich wollte gerade 'ne Friedensbewegung machen«, sagt der zu mir weiter, »hast du heute schon 'ne Friedensbewegung gemacht?«

Mit leichtem Erröten nahm ich meine Baghwan-gefalteten Hände wieder auseinander: Mann, APO-Müller, ick hab keinen Tausender.

»OK«, sagt er, »wir kennen uns ja, dann will ick heute zum letztenmal honorarfrei was friedensbewegen, nee, warte, ich gebe dir sogar einen Tausender, denn eben kommt mir der Gedanke, daß es egal ist, ob ich gebe oder nehme, Hauptsache, du lachst an der richtigen Stelle.«

Nämlich?

»Was hältst du vom Abrüstungsgeschäft? Wann wirst du endlich Waffenhändler? Hast du noch keinen Schrottplatz?«

Gib erst mal den Tausender her, denn ick träume wohl. Müller will *mir* den heißen Herbst schön machen, will mich wohl anmachen, daß ich vor 'ner Pershing onaniere, Kilometer um Kilometer runterreiße bei meinen Friedensmärschen, nachts in den Zelten, die Friedensbewegungen, unter tropfenden Kerzen die Mitteilungen des Bundespresseamts, morgens runter von der Braut, rein in

1983 – Neuss zum Thema des Jahres: Abrüstung durch Aufrüstung. Trotz massiver Massenproteste und Blockade-Aktionen breiter Bevölkerungskreise werden in der BRD amerikanische Pershing-II-Raketen und Marschflugkörper vom Typ Cruise Missile stationiert, mit denen die sowjetischen SS-20 in Schach gehalten werden sollen. Erst 1987 kommt Bewegung in die verfahrene Ost-West-Lage, als US-Präsident Reagan und Sowjet-Generalsekretär Gorbatschow den Abbau aller Mittelstrecken-Raketen vereinbaren und damit eine neue Phase der Entspannungspolitik einleiten. Die Neuss-Nummer erschien auf der LP »Neuss vom Tage«.

die Wollkniestrümpfe, Friedensmarsch weiter, Sprechchöre: WIR SCHAFFEN ES, OHNE WAFFEN SS 20, jetzt, alle gemeinsam, Handstand machen vor einer Cruise Missile, HaHoHe, Reagan ist voll Schnee, Weinberger weg, hat keinen Zweck …

Dafür gebe ich keinen Tausender aus, beziehungsweise damit ist kein Pfennig zu verdienen. Hier, nimm den Tausender und merke dir:

Wir müssen, ick sage MÜSSEN, aus der Abrüstung ein Geschäft machen!

»Und?«

Sobald wir das Geschäft erkennen, heißt es: ab sofort hundert Jahre Abrüstung! – Folgendermaßen:

Wir rüsten 1985 das ab, was wir 1984 gerüstet haben, wir rüsten 1986 das ab, was wir 1983 gerüstet haben, wir rüsten 1987 ab, was wir 1982 gerüstet haben, 1988 rüsten wir ab, was wir 1981 gerüstet haben und so weiter und so weiter … bis 1870/71, vorwärts Kameraden, wir müssen zurück. Verstehste Mensch?

Jeder einzelne, der sich zur Friedensbewegung rechnet, muß einen Abrüstungsvorschlag parat im Kopf haben (sonst gibt's doch wieder Gewalt, weil wir nicht wissen, wohin):

Jede Waffe wird wertvoll, wenn sie nicht mehr verletzen oder töten kann. Ick hab mal mit einem Polizeifeuerwerker gesprochen, du ahnst ja nicht, was es für eine Lust ist, eine Bombe für die ganze Menschheit zu entschärfen, das kann gar nicht hoch genug bezahlt werden, sagte der.

Also ganz klar: Abrüstung wird ein Geschäft, sie *muß* ein Geschäft werden, sonst gelingt sie nie. Wenn dann sogar die Rote Armee ihre Waffen an die Bevölkerung verkauft, ohne Munition natürlich, dann entsteht in der Sowjetunion eine kleine, handfeste Privatindustrie. Wenn Reagan und Tschernenko den Profit der Abrüstung erkennen – wir rüsten 1989 das ab, was wir 1979 gerüstet haben – … die Völker können aufatmen, denn sie bekommen jetzt durch Armeeverkäufe das in die Hände, was sie seit 40 Jahren unter dem Titel ABSCHRECKUNG bezahlt haben, Billionen Werte Waffen, entschärft, ungefährlich, ohne Zünder und Munition, aber ziemlich schöne Teile.

Ein neuer Wert, Waffen, die nicht verletzen und töten. Und nu raus auf die Barrikaden mit diesem Plan im Kopp, Arbeitsplatzbeschaffungsprogramm – sitzt hier rum, liest das tibetanische Totenbuch und hat noch nicht mal 'nen Leopard-Panzer in der Garage, während sein lieber Müller in Steglitz den Garten schon voller Haubitzen hat.

Man trägt wieder Waffe!

Allerliebste Menschenhände haben daran getüftelt und gebaut, sie sind völlig ungefährlich, und wir kaufen sie Secondhand.

Obwohl man heute im Sitzen sterben kann und anschließend in die Disco: Müllers Plan ist gut, mit den ungefährlichen Waffen täglich umzugehn.

Hundert Jahre Abrüstung kann ein Hit werden.

1983

Brief an die Grünen

Vom Schnellen Brüter Kalkar über die Startbahn West nach Brokdorf zum Atomkraftwerk Witzenhausen, übern Rhein-Main-Donau-Kanal zur Giftküche Hanau, bis hin zum Projekt Aberwitzig – wir machen nicht zuviel, wir machen es falsch. Wir müssen unsere Art, zu protestieren, ändern.

Abgesehen davon, daß ich ja unter anderem auch darum abgetreten bin, weil ich meine eigene Art zu protestieren nicht mehr hören möchte.

Wer schlau ist, merkt so was immer vor den anderen. Umweltfreundlich. Und so schlage ich Euch Grünen und Alternativen, Euch Parlamentariern und außerparlamentarisch Tätigen vor, bei jedem geplanten Ding – vom Atomkraftwerk bis zur Landschaftsvergewaltigung bis zu Super-Startbahnen: Demonstriert immer nur einmal, protestiert immer nur einmal gegen das, was wir verhindern wollen.

Wir müssen unsre Art, etwas verhindern zu wollen, ändern. Wenn wir bei jedem Projekt die Machtfrage stellen, gehn wir kaputt. Nun sind wir aber schon kaputt, warum sollen wir nicht die Machtfrage stellen?

Ich denke, daß allein durch diese Frage mit der Behauptung, daß wir kaputt seien, also ohnmächtig, und darum gut anrennen könnten gegen den Willen der Mehrheit ... also, diese Art zu kämpfen ist nicht mehr.

Die Projekte werden immer besser durch diesen heldischen Einsatz. Ich kenne Leute, die haben für die Startbahn West ihr Leben eingesetzt. Natürlich, sie waren dagegen.

Aber diese Startbahn wird gerade deshalb um so schöner und erfolgreicher. Nicht mal der Erfinder dieses Werkes hat soviel Leidenschaft aufgebracht. Geschweige denn die Arbeiter, die das da hinzaubern.

1982 – Neuss, der Entspannte. Seine Devise »Passe dich an ans Schlimme«, damit es leichter zu ertragen ist – eine Haltung, die er sich über ein Jahrzehnt im Abarbeiten des einstmals gelebten Rebellentums und dem Hinarbeiten zu neuem Hasch-Bewußtsein erwarb –, kollidiert zuweilen mit den Demo- und Protesthaltungen derer, die ihm politisch nahestehen. Deshalb reibt er sich immer und wieder an der Position der Grünen, die ihm zu wenig machtbewußt agieren, zu wenig taktieren, zu blauäugig paktieren und zu moralisch argumentieren. Auch die Proteste, die Schriftsteller wie Böll und Jens aus den Schreibstuben und Studierzimmern hinaus nach Mutlangen trieben, fanden nur verhaltenen Neuss-Beifall.

Nur der Krieg um die Startbahn macht sie an, es besser zu machen. Es gäbe sonst heuer keinerlei Grund mehr. Kurz gesagt, meine diesbezügliche Abwiegelung; macht das Demonstrieren gegen Projekte zu einer demokratischen Pflichtübung mit 'ner geistigen Grundhaltung. »Wir sagen es nur einmal auf der Straße, dann überlassen wir den Zweifel endlich euch Atomkraftbefürwortern.«

Ich hätte nur einmal gegen Brokdorf protestiert, dann hätte ich Ministerpräsident Albrecht umarmt und aus ehrlichstem Herzen gesagt: »Sie bauen natürlich trotzdem, was ich vor der Demonstration schon wußte – jetzt aber heißt es, an die Arbeit, Sie müssen es tun!« Meine Sicherheit, daß das falsch ist, was er tut für die Gemeinschaft, wird sich auf ihn übertragen.

Ich kiffe mir gerade ein neues Programm zusammen.

Man darf den Zweifel, das Urelement von Volksdemokratie, nicht in einer Partei horten.

Ja sagen zu etwas, was man absolut nicht mag, heißt, sich überwunden zu haben und? ... Es heißt angreifen! Die Politik der Umarmung ist angesagt. Darum schreib ich Euch. Denn ich rauche ja nicht nur für alle Grünen und Alternativen, ich kiffe mir ja gerade ein neues Programm für die deutsche Sozialdemokratie zusammen. Aber ich sag gleich: Es ist schwer, die SPD ohne Marx mit Leben zu erfüllen.

Da wird wohl nur noch eine Bewußtseinserweiterung helfen, also ein neuer Pfeifeninhalt.

Zunächst aber gilt für unsre geliebte neue grüne Partei im Bundestag: Verwechselt die unnachahmliche Politik der Umarmung nicht mit äußerer Freundlichkeit und Blumenübergaben. Weit gefehlt. Was ich von Euch verlange, den Barzel um des Barzels willen zu lieben, und den Kohl, weil er ja auch ein voller, herzlicher Mensch ist, und den Karl Carstens eben auch wegen etwas zu mögen.

Die mögen vielleicht alle gar nicht von Euch gemögt werden. Man muß auf keinen Fall die Arme ausbreiten, wenn man jemanden umarmt.

Ein heimlicher Krieger sein, heißt geistig umarmen. Seine Position innerlich positiv mitvertreten. Seine – die Kohls. Tja, es ist nicht einfach, was ich von Euch verlange, und vielleicht ist darum dauernd die Petra Kelly krank, weil sie da was »spürt«.

Etwas, was die Provos in Amsterdam nicht geschafft haben, die Grünen in Bremen ausprobieren unter wahnwitzigen Verdächtigungen (Munke Munke mit der CDU). Und trotzdem ist die Politik der Umarmung (manche sagen auch Sicherheitspakt) das Gebot des Tages. Wer mit mir Munke Munke macht, ist im Arsch. Den lieb ich an die Wand. Die Politik der Umarmung ist die Politik der echten Anarchie. Der Anarchie, die sich mit Volksdemokratie total ergänzt. Lebenswert.

Vom Einverständnis lehrte schon Brecht. Ich lehre vom Mehrverständnis. Heute müßte man mich verstanden haben. In der nächsten Zeitung werde ich mal Mut zum Opportunismus machen. Vielleicht so: Opportunismus als linke Waffe.

Aber das war es doch schon immer, bei Marx, bei der SPD – das werfen wir den Linken doch schon seit hundert Jahren vor. Dann kann es ja nicht schlecht sein, wenn man mit Opportunismus eine Weltmacht geworden ist? Oder so eine Partei?

Ihr Grünen, Ihr Alternativen, an der SPD könnt Ihr lernen, was Ihr nicht versteckt, sondern offen betreiben müßt, das verlangen wir von Euch, die Euren Erfolg als den unsrigen betrachten:

Verratet die Arbeiter, sie erfahren sonst nichts.

Die Arbeiter verraten, heißt Bildungspolitik betreiben.

Laßt Euch von Flick und von wem auch immer Geld schenken, mehr noch, schenkt selbst! Das ist Familienpolitik.

Nu werden sie alle wieder schreien, ich bin so zynisch. Dabei bin ich nur anthroposophisch. Also Otto Schily, Du darfst zum Beispiel die Basis immer verraten, gerade deshalb halten wir zu Dir. Wir Grünen halten Dich deshalb, Otto.

Wer die Basis immer verrät, verrät sich selbst, und wer sich selbst verrät, ist das Gegenteil von Judas. Es ist der Artist, der den Salto mortale kann. Aber Flic-Flac würde ja reichen.

Und noch ein PS an die Grünen und Alternativen: Befreundet Euch mal sofort auf eine selbstverständlichere Art mit »den Amerikanern«. Wir stellen Pershings auf und die den Beckenbauer.

Wir können doch, da es sowieso keinen Krieg gibt, die Dinger verwenden. Irgendwie verbrauchen auf eine gewaltfreie Art. Essen kann man sie nicht, aber es fällt uns was ein, seid sicher.

Oh ja, Otto und Petra und Basti Basti-General –, wer über die innere Sicherheit verfügt, wie zum Beispiel Hoplischeck, der hat den Marsch durch die Institutionen hinter sich, der hält nichts mehr von Kafka, der hat sich erkannt. Die erste gute Meldung aus dem Bundestag war die Mitteilung, daß alles dezent nach Alkohol riecht und auch immer ein kleines Eisbein im Gange ist. So was schafft Vertrauen. Stell dir vor, daß dort im Bundestag nur Kiffer und Makrobiotiker sitzen und dem Volk nützen. Ich sage Euch, wir werden es erleben.

Grüß Gott.

Und noch 'n PS: Wenn Ihr nicht wißt, wie man sich innerlich mit den Amerikanern befreundet: Sie haben uns unser heutiges Leben gerettet.

Revanchieren wir uns. Denkt an Lafontaine: Das sind Verrrrickte! Und wie geht man mit Verrückten um?

Die Politik der Umarmung ist es.

Grüß Gott.

Heute abend würde ich gern sehen …

Die Lollobrigida in der Sauna, den Brandauer beim Papst unter der Kutte, Moritz de Hadeln als Trainer beim FC Gallen, Streitgespräch *Bunte, Quick, Freizeitrevue*-Journalisten über den Gerling/Dattel-Verschnitt Ferenczy, Agentur für Gangster-Journalismus und um 17 Uhr das Fußballspiel Elefanten gegen Mäuse mit dem Foul an der Maus, wo die sagt, »Hätte mir genauso passieren können«, dann 10 Minuten Rock und Roll von den Philippinen und 30 Minuten Voodoo Voodoo Beat aus Haiti. Anschließend die große Diskussion zwischen Bazon Brock und Tim Ullrich: »Wir wollen keinerlei Kunst, wir wollen eine andere Republik.«

Um 20 Uhr würde ich gerne eine hervorragend »gemachte« Tagessau betrachten, die aus allen Zitzen Weltunheil spritzt, wo das Meisterhafte nicht im Weglassen besteht und endlich um 20.15 Uhr heute abend die Hauptsendung von jedem Abend, die Sendung über die Tagessau. Aber nicht wie bei Rudi Carrell mit Kasperletheater und Eitelschleim, sondern echte Aussprache über die Tagessau… Warum wird das nicht endlich gemacht, nach all dem täglichen Herunterleiern, möglichst unbeteiligt, der Weltnachrichten.

Tja, dafür ham wa ja die Themen des Tages?

Ach du meine Güte, ick will nach der Tagessau direkt über die gemeldeten Sachen und Tatsachen reden. Darüber, was man gegen solche Nachrichten machen kann. Die Nachrichten, merkt schon keener mehr, werden täglich so verlesen, mit dem Ton der Unabänderlichkeit, anstatt mit 'nem Ton oder 'ner Stimme, die mal was offen läßt. Daß man sich als Seher einbilden kann, man könnte was ändern, wenn man…

Aber schon der Nachrichten-Köpcke spricht die Meldungen so, daß nix mehr zu machen ist. Ich

1986 – Neuss mit einer Wort-Collage über die Medien. Kabarettisten sind unermüdliche Zeitungleser, Radiohörer, TV-Zuschauer. Seit seinen frühen Kabarett-Anfängen war Neuss, der Nachrichten, Mitteilungen, On-dits, Klatsch, Gerüchte geradezu in sich »hineinfraß«, über jede aktuelle Tagesmeldung auf dem laufenden. Das war dann der Stoff, aus dem der Kabarettist – die riesige Informationsmenge, subjektiv verarbeitet und durch den eigenen Filter geschickt, gewendet, durch den Wolf gedreht – abends auf der Bühne seine Pointen bastelte. Das Verfahren hat Neuss auch als »Kabarettist a.D.« beibehalten.

warne alle Fernseh-Fatalisten, alle Fernsehmacher: Wer kritiklos wie die Tagessau dahermeditiert, ist suizidgefährdet. Und heute abend würde ich dann noch gerne sehen: Henri Nannen als Conférencier, wie er vor den Vorhang des Metropol tritt, oder gleich im Springer-Hochhaus auftritt »Meine Damen und Herren, ich conferiere ihnen eine neue Programmzeitschrift, – ich freue mich auf meine alten Tage und zauber zauber präsentiere die *Hör zu* im *Stern* inliegend als TV-Beilage. Wie das kam, sehen wir morgen abend im Programm. Heute fällt es erst mal aus, was ich gerne sehen würde. Es fällt übrigens jeden Tag aus, was ich gerne ... dafür gibt's Hans Moser und Sherlock Holmes.

Sigurd Wendland: The Noise, 1983/1997

Erzähl dich

Weil sich nur dumme Völker zählen lassen, müssen wir uns, egal ob CDU oder SPD regiert, demnächst volkszählen lassen. Sie sagen, sie brauchen das, sonst wissen se nich, wieviel Verpflegung, wieviel Gramm Dynamit auf pro Kopf ... es muß ja alles vorausberechnet sein. Sie sagen, sie können keine genaue Bürokratie entwickeln, wenn wir uns in der Bundesrepublik und Westberlin nicht zählen lassen. Sie sagen, wir müssen uns zählen lassen.

Nu denk ma nach. Wer zählt die Geldwaschanlagen, wer zählt die schwangeren Nonnen in den Klöstern, wer zählt die vielen Illegalen unter uns, die wir doch brauchen wie der Schwarzmarkt die abgewaschne Million. Nu ma langsam, aber gleich doch reichlich. Die wollen uns zählen, um uns, zu unseren Gunsten, besser in den Griff zu bekommen, besser kennenzulernen? Jaa, die Volkszählung findet statt, weil wir uns besser kennenlernen wollen. Denn wir sind es auch selbst, die uns zählen. Es sind ja keine Fremden, Außerirdischen, die den Staat bedienen, in dem, daß sie uns zählen.

Da ja die ganze Fernsehscheiße kommunikativ nix bringt (außer BILD-Springer-seid-nett-und-so-weiter-Familie), nehmen wir doch die unausweichliche Volkszählung mal endlich für eine »völkische« Großkommunikation, hoffentlich sind die Fragebögen groß genug, denn: Wir antworten viel mehr als die wissen wolln. Die zählen. Wir erzählen. Es kann nämlich ohne weiteres sein, daß der Staat zuwenig von uns wissen will, zu grobmaschig, kaltherzig, wie immer will der Staat unsre eigentlichen Nöte nicht wahrhaben. Schreiben wir sie ihm auf die Fragebögen. Jeder zu zählende Deutsche ist hiermit aufgerufen, während er gezählt wird, sich zu erzählen. Scheiß auf den Schriftstellerverband

1986 – Neuss zum Thema Volkszählung, einem innenpolitischen Thema, das wie kein zweites in den achtzigern Jahren die Öffentlichkeit aufwühlt. Bürgerinitiativen und Parteien rufen 1983 zu einem Boykott auf, weil sie fürchten, daß die Bürger der totalen Überwachung und Kontrolle durch staatliche Organe hilflos ausgeliefert sind. Das Bundesverfassungsgericht stoppt erste Regierungsvorhaben. Ein Jahr nach der Neuss-Glosse wird das Projekt neu aufs Tapet gebracht. Boykotteuren droht der Staat hohe Strafen an.

und die Mediengewerkschaft, nu langen wir mal zu, mit der kleinen flinken Olympia-Maschine oder dem Faber-Castell-Bleistift schreiben wir die Fragebögen derartig voll. ... den ganzen Frust der letzten Jahre seit der ersten Volkszählungsverhinderung durch das Volk schreibt jetzt das Volk, beispielsweise 200 000 Leute schreiben auf die kurze Frage, ev. oder kath.??? Erst war ick ev., dann war ick kath., heut bin ick Jüd, bete moslemisch und schieße buddhistisch, es kann sein, daß ick nächste Woche ein Premi bin, ein Sannyassin war ick schon, aber Pfingsten bin ich wieder evangelisch, zwischendurch mach ick auf Weiße Bruderschaft und das zehnte Glied der Freimaurer bin ich immer. Man kann noch viel mehr auf die kurze Fragebogen-Frage, ob ev. oder kath., antworten, der Übergang zu Erzählungen über des Volkes Religions-Odysseen zählt bei der Endabrechnung mit.

Wir sind im siebenten Simmel.

Macht aus der Geheimrättin von Grass Fragebogentexte bei der Volkszählung. Schreibt so viel auf die Bögen, daß die vom Staat uns wieder mögen: daß der kalte Kafka ooch 'ne Mark teurer geworden ist, wie ja der letzte Tierversuch von unserm Blechtrommelgünter beweist. Daß wir uns nächste Woche an der Ecke einen Tante-Emma-Laden wieder einrichten, daß ich nachts um zwei an den Eisschrank geh, regelmäßig, und warum wir seit zehn Jahren kein Leitungswasser trinken, schreibt, schreibt, schreibt ...

Ick sehe schon in der Bonner Beethoven-Halle das Ergebnis der Volkszählung verkünden, ausverkauftes Haus: »Meine Damen und Herren, wir sind wieder ein Volk der Dichter und Denker, es sind 60 Millionen Krimis gezählt worden, wir sind im siebenten Simmel.«

Das Ding hat ja jetzt ’n Spitzbart

Die Berliner Mauer, unsere Gedächtniskirche für Gehirnpygmäen, unsere Berliner Steinlinie, unsere ständige Stabhochsprungmöglichkeit, The Wall, die Ulbricht-Barrikade, die Nikita-Chruschtschow-Geißel, die blutigen Rolling Stones im Herzen des braunen Riesen Berlin, die Mörder-Steine von Peter Fechter, der Zaun der Gottlosen und Atheisten, die Mauer – eine Bauhaus-Produktion aus dem Hause Stasi, die geistloseste Idee seit den Steinigungen von Bethlehem, ein Plakat für Brutalität und Ohnmacht, – sie steht einfach immer noch –, der schiefe Turm von Pisa und die chinesische Mauer sind geradeweg nichts gegen dieses Berliner Phänomen; Gelegenheit für Graffiti und Schüsse aus Waffen in flüchtendes Menschenfleisch; »Zigeuner an die Mauer« schrie 1963 Günter Grass. Es hat nichts genützt, es wird immer noch (hemmungslos?) scharf geschossen beziehungsweise Erich läßt scharf schießen und nimmt 25 Mark Eintritt dafür – er könnte sogar ab morgen 50 Mark Umtausch für Einreisende nach »Jenseits der Mauer« nehmen.

Die Mauer hat ihr Gutes. Dieser steinerne Sowjet-Fehler ist ein rosaroter Ernst-Reuter-Erfolg geworden. Schaut auf diese Stadt. Seit es die Mauer gibt, sind wir eine einzige Großfamilie in Westberlin geworden. Unsere Umgangsformen untereinander haben sich seit diesem 13. August völlig verändert. Die Schandmauer hat uns zu feuerfesten Sozialdemokraten gemacht. Seitdem sprechen wir nicht hochdeutsch, sondern hochdutschke.

Die Trenn-Steine haben zu einem Ostzimmer geführt und zu einem Westsalon. Es gibt Geld für Standortbenachteiligung. Es gibt Vorteile steuerparadiesischer Art. Es gibt Wonnen der Gewöhnlichkeit im Europa-Center. Traumschiff ICC.

1983 – Neuss-Assoziationen über Berlins berühmtestes, steingewordenes Denkmal: die Mauer. Er rechnet vor, wozu das, was sechs Jahre später fiel, auch gut sein kann. Die Glosse wurde von der »taz« veröffentlicht.

Der Bauboom – ein Mauerprodukt. Die ständige Anklage mitten in der Stadt, quer durch den Salon. Und doch würde Kennedy nicht mehr rufen »Ich bin ein Berliner«; mit »Ich bin ein Mercedes« würde er heuer den i-Punkt treffen und hinter all dem noch mehr?

Die Mauer als Energiespender.

Seit die Ostberliner Soldaten die Steine geschichtet haben, sind durch zwei Millionen Westberliner Gehirne ununterbrochen Ideen produziert worden, wie man diese Gemeinheit überwinden ..., durchlässig, kleine Schritte, Passierscheine ..., und wie man es machen kann, daß einen dieses Ding gar nicht tangiert, wenn man hier schon mal lebt.

Was nicht mal der Zweite Weltkrieg geschafft hat, die Mauer hat's gebracht, besonders für Westberliner: Die ekelhaftesten Leute haben die Stadt verlassen.

Damit wir uns nun wirklich nicht mehr so doll untereinander die Köpfe einhauen, nicht einmal mit einer Konservativen Aktion, es sind ja nach dem Mauerbau nur die verrücktesten Leute in Berlin geblieben, Menschen, die es ganz gern haben, wenn privat und öffentlich nicht mehr zu unterscheiden ist.

Denn *das* hat uns die Mauer gebracht: eine städtische Intimität, was noch nicht einmal das Westberliner Regionalfernsehen vertuschen kann. Wenn die Berliner Abendschau über die Mauer berichtet, liegt meistens düstere Musik drunter. Oder die Hanel-Qualle aus dem Karas-Stalle tönt mit Bußtagsstimme: »der soundsovielste Mauertote, ach, Deutsche, schießt doch nicht auf Deutsche!«

Und spätestens da kommt man wieder drauf: So phantastisch diese Mauer unsre »Lebensqualität« beeinflußt, unser Bewußtsein öffnet, unser Lebensgefühl anstachelt, an manch falscher Abendschau-Bemerkung kommt man wieder unweigerlich zum Impuls – die Mauer ist gebaut worden mit dem widerlichen Gedanken, ein paar Tote könnten Millionen Tote ersparen. Das ist ungefähr so eklig wie »Deutsche schießt nicht auf Deutsche«.

Wenn Erich Honecker die Mauer morgen abreißen lassen würde, er würde uns ja nicht nur unsere Touristenattraktion nehmen. Er würde uns ... ich will mir gar nicht ausdenken, *was* er uns alles nehmen würde.

Wäre ich Erich, ich würde auf'n Fuffi erhöhn. Denn die Mauer gehört zur Überflußgesellschaft. Und die verfällt, – und das erhöht die Preise. Logo.

Neuss 60: Geburtstagsfete in der Berliner Ufa-Fabrik, 1983

Zum Jahr der Behinderten

Da habe ich ja auch gestaunt:
ein Jahr Behinderte.

Und niemand hat nichts begriffen.
Die Behinderten sitzen wieder da und sagen:

»Verfluchte Scheiße. Warum verstehen die Leute
endlich nicht mal, daß es uns Behinderten besser
geht als den Leuten, die alle Glieder noch haben!«

Warum verstehn sie das nicht auch mal?
Das gehört auch dazu!
Ich hab'n Arm ab, und ich weiß einfach
mehr als der, der zwei Arme hat.
Ich weiß einfach mehr!

Das ist doch ein Glück!
Das müssen doch die Leute mal verstehen!

Über diese Behinderten und Behinderungen
haben wir noch gar nicht gesprochen, nicht?

Da sagte einer, ja, ich hab'n Bein ab, ich muß dir sagen:
Ich kriege einfach mehr mit, abgesehen vom Wetter
krieg ich sowieso immer mehr mit, aber ich kriege ja

1981 – Neuss, der Querdenker, mit einer Glosse zu dem von den Vereinten Nationen ausgerufenen »Jahr der Behinderten«. Das Engagement von Bundespräsident Karl Carstens, der das Jahr für die Bundesrepublik in der Dortmunder Westfalenhalle einläuten will, erfährt wenig Anerkennung: Zahlreiche Behinderte ketten sich mit ihren Rollstühlen auf dem Podium aneinander und verhindern derart die Ansprachen der Festredner: »Wir wollen für uns selber reden!« Carstens wird von einer »Krücke« tätlich angegriffen.

geistig viel mehr mit als die Leute, die nicht behindert sind.
Wir müssen einfach auch mal über solche Sachen sprechen.

Und das haben die hier in Berlin ja nicht,
da haben sie Würstchen an die Behinderten verteilt,
vor lauter Mitleid, ja?

»Ach Gott, der … der hat'n Finger ab,
guck doch mal, der arme Mensch …«

So geht das ein ganzes Jahr lang!

Und nun hab ich nur noch einen Gedanken:

Wie kommt es nur,
daß nach dem Ersten Weltkrieg
eine unheimliche Welle von
Krebskrankheiten
grassierte –
und nach dem Zweiten Weltkrieg
eine noch unheimlicher/heimlicher/heimlichere Welle
von Krebskrankheiten grassierte –

hab ich nachgedacht,
hab an Mildred gedacht,
hab gedacht:

Die hat ja schon 'ne Menge
Geld gesammelt für Leute,
die innen Schmerzen haben.
Hab gedacht:

Was macht der
kleene Mann,
der da zu Hause sitzt,
nicht sterben kann,
nicht leben kann,
Schmerzen hat …

Vielleicht macht er 'n Gedicht für Mildred.

Gedicht für Mildred

Die unauffälligste Auflösung von Krebs im Körper
– schmerzlos, heiter, überlebensträchtig –
hat mir der Doktor LSD empfohlen:

Was dort deinen Kehlkopf kneift,
Was im Ohrläppchen, auf der Zunge,
im Ohr, an Nase, Bauch, Ellbogen, Gebärmutter …

Das alles
sind: gefallene Soldaten
aus den letzten großen Kriegen.
Schnell getötete Geister
aus den Schlachten
du weißt doch, Onkel Paul bei Stalingrad,
Opa Reinhold vor Verdun, General Ky von Saigon,
na und jetzt der Giap, aber auch Feldmarschall Milch
und vor allen Dingen mein Bruder, der Gefreite Richter –

sagt mir der Doktor LSD:
Das ist kein Stirnhöhlenkrebs!
Das ist Willi Richter, der dir im Kopf wuchert!
Der dir mit Krebsscheren ins Gehirn schneidet
wird aber schon besser, tut nicht mehr so weh

1981 – Mildred, der der Schwarmgeist und Selfmade-Psychologe Neuss sein Gedicht vom heilsamen Wert der Erinnerung widmet, ist die Ärztin Mildred Scheel, die sich als Präsidentin der von ihr gegründeten »Deutschen Krebshilfe« engagiert und sich für die Förderung der Krebsforschung und die Krebsvorsorge einsetzt. Die meist durch Spenden aufgebrachten Mittel ermöglichten die Finanzierung langfristiger Forschungsprojekte. Auch die Gründung des ersten deutschen Tumorzentrums geht auf ihre Initiative zurück. Mildred Scheel, die mit dem Bundespräsidenten Walter Scheel verheiratet war, erlag 1985 ihrem Krebsleiden.

Tja ..., sagt der Doktor LSD:
Weil du dich mal richtig
an den gefallenen Verwandten
Willi Richter erinnerst.
Das löst den Krebs auf:
Erinnerung.

Wenn du dich an so was erinnerst
wie an den Willi,
ja sag mal Willi, wie isses denn passiert?
Die Granate kam am 6. Mai,
am 7. war der Krieg vorbei.
Als das Stück Eisen mich traf,
ging ich mit dem Geist nach oben
wie ich nie hätte im Bett sterben können.
Heute krebse ich in der Stirnhöhle von Emma
bis sie sich an den gefallenen Soldaten erinnert.

Harmonisch sterben,
sich langsam vergessen.
Im Krieg sterben heißt tatsächlich:
sich selber verdrängen.

Und das wird immer Krebs:
wuchernde Innerlichkeit.
Es sei denn,
du erinnerst dich.

Doktor LSD sagt:
»Empfehle mich weiter!«

Westdeutsche Patrioten

Ich meine, ohne Luther hätten wir heute keinen solchen Papst, ohne Marx keinen solchen Kapitalismus und ohne Baader, Meinhof, Raspe, Ensslin, Becker, Mahler, Meins und Dutschke keine solche Bundesrepublik.

Wer sind die deutschen Helden, die diese Republik anno 1983 geschaffen haben? Die Baader/Meinhof-Bande?

Hallstein, Seebohm, Schröder, Heuss und Augstein? Und Fritz Heine, Willy Brandt, Ollenhauer, Wehner und Leo Bauer, Henry Nannen, Bucerius? Gustav Heinemann und Renner (KPD, erster deutscher Bundestag)?

All diese Leute haben an der Republik gearbeitet, aber geschaffen hat diese Anno-1983-Bundesrepublik das, was wir in der Erinnerung Baader/Meinhof nennen. Das sind die Begründer des neuen westdeutschen Patriotismus. Niemand anders.

Wenn es ein wirkliches Bewußtsein für diese Bundesrepublik gibt, dann durch das, was wir Baader/Meinhof nennen.

Die immer noch anwesende, aber nicht mehr so motorische Dialektik der Geschichte schreibt so: Unter Adenauer und Willy Brandt hätte ich immer noch geglaubt, in Deutschland zu leben.

Erst als die Bundesrepublik endgültig jemand abschaffen wollte (Baader/Meinhof), nahm ich die Bundesrepublik wahr. Erst als jemand die BRD zerschlagen wollte, begann ich mich für sie zu interessieren. Erst als Buback, Ponto, Schleyer explodierten, begann ich die Bundesrepublik als meinen Staat zu betrachten, in welchem so was nicht vorzukommen hat.

An Luther und Marx können wir lernen, daß sie Helden für was sind, was sie nicht wollten.

Ich würde der notleidenden bundesrepublikanischen Stahlindustrie empfehlen, ein paar viele

1983 – Neuss, der Dialogiker: Ein Mann blickt zurück und zieht seine Schlüsse, so lang wie kurz, so hoch wie breit. Dabei purzelt zuweilen in liebgewordener Kabarett-Manier zusammen, was scheinbar nicht gerade eben zusammengehört: Terroristen und Staatsmänner, Polit-Ganoven und Profit-Gauner, Opfer und Täter, Verfolger und Verfolgte, Mörder und Ermordete, Oppositionelle und Opportunisten. Was sie zusammenhält, ist der satirische Einfall eines Profi-Jongleurs, auch dem Sinnlosen noch einen Funken Sinngehalt zu verleihen.

Denkmäler in der Bundesrepublik mit den westdeutschen Patrioten Ensslin, Baader, Meinhof, Mahler, Dutschke aufzustellen: von Menschen, die durch ihren Lebenswandel ein allgemeingültiges BRD-Bewußtsein schufen.

Zwanzig Jahre Edeka

Über die APO, die Politik der Ekstase und den uneinholbaren Anarchismus der Ja-Sager

Zwanzig Jahre APO. Ist das so was wie zwanzig Jahre Edeka? Nein. Die APO konnte man damals schon nicht anfassen, weil man eine Institution nicht anfassen kann. Und wenn man in einer Institution sitzt, dann ist man sie nicht, sondern staunt nur, wie man zur Institution gemacht wird.

So ist es heute mit der Institution »taz« oder der Institution »Spiegel« und so war es mit der APO. Gibt es die Institution APO noch? Gestern habe ich gelesen, daß wegen eines einzigen kleinen süßen Atomkraftwerks 135 verschiedenartige Gruppen außerparlamentarisch demonstriert haben – 135, da würde die APO schon gesagt haben: Das ist ja Manierismus. Aber jetzt mal ernsthaft – es ist ja immerhin Papier, das war mal Holz – wie müßte man die APO sehen? Man sieht sie ja nicht als Institution. Nehmen wir Brecht, Tucholsky, Karl Kraus und Enzensbergers Aussage vor etwa zwei Jahren, in der »Zeit«: »Es ist unerhört, zu fragen, was ein Dichter nimmt, um zu dichten.« Wenn er gar nichts nimmt, nimmt er gar nichts.

Aber das interessiert mich stark. Ich möchte das Gedicht lesen und wissen, welche Sorte Rotwein dafür verbraucht worden ist und wie sie transformiert wurde und möchte den Rotwein leben, notfalls. Mich interessiert, was Brecht genommen hat. Wir stellen fest: nix, aber seine Umgebung hat getörnt.

Tucholsky hat sich fünfmal in der Nase operieren lassen, um ihn herum wurde Koks genommen, so hat er auch geschrieben am Schluß, genau, elegisch. Gottfried Benn, den Koks-König brauchen wir gar nicht zu erwähnen …

1988 – Zwanzig Jahre APO, Anno 68 – Neuss, der Schwärmer, hält Rückblick, auf die Weggenossen von einst, auf die Rollen, die er und andere spielten, auf Neuss, die rebellische Kabarett-Figur jener Jahre, mit der er längst gebrochen hat. Die Unduldsamkeit der frühen Jahre, die ihn und die Freunde einst mit Mao, Marx und Che gegen Ungerechtigkeit und gesellschaftliche Zwänge auf die Barrikade trieb, ist verraucht. – Der Beitrag, nach einem Gespräch mit Mathias Bröckers, erscheint in der »taz«.

Und nun wirst du wieder sagen: Neuss, du als Drogenwrack, mußt du uns schon wieder mit dem Thema langweilen. Ich erkläre mal, warum: Es ist die Ekstase, die schreibt. Ich spreche hier mit einem Timbre in der Stimme, mit einem Organ, was nicht druckbar ist, ein Temperament sozusagen, nicht langsam, nicht schnell, laut, eindringlich, penetrant. Das Temperament kann man nicht drucken. In der Schrift wird alles cool; aber was schreibt, ist die Ekstase. Und dann sind nun Leute um den Dichter herum, Assistenten, Helfer, Zuträger, Freaks, die sich ein paar Mark verdienen und das sind die angetörnten Leute. Von dieser Ekstase nimmt der Meister, sukzessive.

Was hat das alles mit der APO zu tun? Es ist die Einleitung, denn was Kreativität, das Dichten, und was öffentliche Bewegungen betrifft, spielt die Politik der Ekstase eine ungemein große Rolle.

Wenn wir »Zwanzig Jahre APO« sagen, dann sage ich: »Fünfzig Jahre US-Armee« in Berlin, paar Jahre fehlen, aber so lange bleibt sie ja auch noch: Ohne die amerikanischen Soldaten ist die APO nicht denkbar, nicht in Berlin und nicht in der Bundesrepublik. Ohne die amerikanische Armee, die uns die Ekstase gebracht hat – und zwar nicht den Rotwein – hätte es keinen Rudi Dutschke gegeben, der mit 20 000 Menschen durch die Straßen marschierte wie weiland Joseph Goebbels.

Darum ist Rudi Dutschke ein besonders guter Mann gewesen, weil er die Vergangenheit, den unerledigten Nazi-Geist, in der positivsten Form wiederholt hat. Und Wiederholung, Transformation, ist alles. Ohne die amerikanische Armee, die das Rüstzeug lieferte, kann ich mir keinen Kunzelmann, Teufel, Langhans vorstellen, nicht einmal einen Charly Guggomos, der ja mit seinem »Extra-Dienst« viel »Nazi-Idealismus« in den ganzen außerparlamentarischen Betrieb gesteckt hat. Jetzt kannst du sagen: Das Rüstzeug der APO war doch Marcuse, Horkheimer, Adorno. Klar, das war das Handwerkszeug, die eine Sache, und die andere ist Ekstase, der Kick, das Temperament, die sogenannten originellen Ideen, wobei originelle Ideen meist minderwertige Ekstase sind, weil materialistisch. Der SDS zum Beispiel war so von den amerikanischen Soldaten angemacht, daß man schon sagen kann, es war eine amerikanische Institution. Da waren dann so Leute wie Christian Semler, der Sohn von der Schauspielerin Ursula Herking, einer der Freaks im SDS, also hippiemäßig, der nicht beim Rationellen, beim Rechnen, beim Organisieren ernst genommen wurde, sondern als Clown galt.

Ich für meinen Teil war da überhaupt nicht der Clown, ich wollte ja richtig lernen, was ich im Dritten Reich versäumt hatte und dachte: Wat machn die'n hier? Organisation Todt. Das haut doch alles nicht hin, da muß doch einer mit dem Auto pünktlich sein, die Transparente müssen fertig sein, jemand muß die Fahne halten ... Ich wollte das alles besser organisieren, HJ-mäßige, Organisation-Todt-mäßige Präzision reinbringen. Ich dachte: Die spinnen ja hier nur rum, das muß doch umgesetzt werden. Ich war also ein wichtiges Zwischenglied für die Leute, die dann wirklich Bomben geworfen haben, weil ich immer gefragt habe: Wo bleibt denn die Praxis? Und dann haben sie es mir gezeigt, wo die Praxis ist. Zu der Baader-Mahler-Meinhof-Praxis aber habe ich, daß will ich ganz bescheiden einfügen, prinzipiell nein gesagt, weil es mir meine persönliche Basis zerstört hat. Man kann sich nicht im Krieg in die Hand schießen, um aus der Schießerei wegzukommen, und dann wieder anfangen damit.

Wie hängt das nun alles zusammen, mit den Maschinengewehren, den Drogen, der angemachten Ekstase? Da habe ich gestern einen Spruch von Marie Marcks, der Zeichnerin, gefunden: »Was wird das ein Vergnügen sein, wenn wir eines Tages aus dem Meer der Irrtümer auftauchen.« Und wenn es nun um die Irrtümer der APO geht, dann muß man doch mal den einfachen Satz sagen: Uns hat einfach das Gefühl gefehlt. Wenn Gefühl dagewesen wäre, wären wir eine echte Massenbewegung geworden. Aber damals, als der Name APO noch so ein kleiner Judenstern war, nicht gelb, aber rosa, waren Gefühle echt verboten und deshalb ging der Humor nicht, ich konnte keinen Witz erzählen. Wenn aber der Humor, das Spielerische fehlt, dann ist es zur Gewalt nicht weit. Die APO wollte mit Marx und Engels die Familie, das Privateigentum und den Staat abschaffen, aber sie hat den Schwiegersohn von Karl Marx nicht anerkannt: Paul Lafargue und »Das Recht auf Faulheit«. In dieser Beziehung war die APO deutscher als deutsch. Bis heute wird das Recht auf Faulheit nicht richtig

verstanden. Würden wir es akzeptieren, wäre Arbeitslosigkeit kein Problem mehr.

Der Humor fehlte zwar in der APO, aber der Klatsch hat nie aufgehört: Der lahmarschigste und witzloseste war Wolfgang Lefèvre, der blödeste und eigentlich uninteressierteste war Gaston Salvatore, der komischste noch Rudi Dutschke, immer ein Witzchen parat, der liebste irgendwie Christian Semler, so, wie man sich's vorstellte: engagiert, aber doch leicht und locker. Was der Bahro sich heute wünscht – einen guten Führer – das hat der APO gefehlt, denn Rudi Dutschke hat natürlich nie den Führer gemacht, er hat so getan, als ob die APO und der ihn umgebende SDS eine fertige Gesellschaft wäre…

> ***Stadtindianer, die für jeden einen Quadratmeter verlangt haben.***

Einen darf ich nicht vergessen, wenn wir hier so ein paar Typen aufzählen. Ich sitze wieder mal morgens beim Frühstück und rege mich über irgend etwas auf: Da muß man doch was machen, das geht doch nicht! Fahre dann ins SDS-Zentrum nach Halensee, weil zwei Stunden später sollte 'ne Demo sein und ich wollte noch ein Plakat klar machen oder irgendwas, stürme da rein, und da kommt mir Jörg Schlotterer entgegen, in der linken Hand den Joint und rechts den Rotwein und sagt: »Ach, Wolfgang, reg dich nicht so auf, die Demonstration findet statt, aber wir umarmen die Leute ab sofort, weißt du das noch nicht?« Ich stutze: »Das ist doch ne Gemeinheit, ihr wollt sie erdrücken.« – »Nein, umarmen«. Ich sage: »Tatsächlich – dann geh ich nach Hause.« So weit war ich noch nicht. Ich wollte, wie gesagt, die Organisation verbessert sehen, hätte es gerne SED-iger gehabt, also ordentlicher gehabt. Leute wie Schlotterer wurden dann die »umherschweifenden Hasch-Rebellen«, die Stadtindianer, die statt Schrebergärten für jeden Stadtindianer einen Quadratmeter Boden verlangt haben. Bodenreform also.

Ein Haufen falscher Gefühle

Wenn ich sage, der APO fehlte Gefühl, dann heißt das: nicht richtig gegessen, nicht richtig getrunken, nicht richtig geschlafen. Keine Gemütlichkeit. Keiner hatte einen Beruf, nicht einmal mehr studiert, und deshalb wurde diese Institution, die keine war, zu einer ungeheuren Betriebsamkeit aufgezwirbelt. Jeder hat so getan, als ob er die Zentrale sei, aber wenn er angesprochen wurde, war er sie nicht. Kein Gefühl: Mit dem Vietnam-Krieg kam ein ungeheurer Moralstoß und plötzlich ein Haufen falscher Gefühle, aber keiner hat nein gesagt, jeder hat mitgemacht. Da kommt der SDS-Kassierer Müller und sagt: »Wolfgang, Tet-Offensive des Vietkong, das müssen wir unterstützen«. Ich sage: »Bist du wahnsinnig, ich habe noch nie eine Offensive unterstützt, ich bin Deserteur!« Da sagt Müller: »Entweder – oder. Wenn du gegen den Vietnam-Krieg bist, mußt du für die Tet-Offensive sein.« Das falsche Gefühl war so mächtig, daß ich dann in meinen Kabarett-Vorstellungen Geld für Waffen gesammelt habe. Und wie mir ging es vielen anderen: Wir wurden angefressen von Gewalttätigkeit und rechtfertigten es mit dem grausamen Krieg der Amerikaner gegen die Vietnamesen. Der Joint, die Bewußtseinserweiterung, die Politik der Umarmung, haben sich nicht durchgesetzt im SDS, sonst wäre Rudi nie angeschossen worden. Und das ist ja schön zu denken: daß Rudi noch am Leben wäre, und auch Josef Bachmann, der ja ein »hochanständiger Mensch« war, denn er hat zum Strick gegriffen und sich aufgehängt.

Ich bin kein 68er, sondern eigentlich ein 63er oder 64er, schicksalhaft passiert bei mir alles ein bißchen vorher: Ich machte damals das »Jüngste Gerücht« im Haus am Lützowplatz, und das war nicht ein Erfolg, sondern ein Riesen-Erfolg, sechshundertmal vor 200 Leuten auftreten, das mußt du erst mal aushalten. Schon die Statistik macht dich rammdösig und nach der vierten Vorstellung wird es langweilig, also muß politisiert werden. Und da kamen nun alle hin oder wir holten sie: Künstlertypen von Mühlenhaupt über Arthur Märchen bis zu Günter Bruno Fuchs, Dichter und Intellektuelle wie Grass, Uwe Johnson, Enzensberger, Politiker wie Brandt und Bahr. Eine kleine Privatgeschichte aber ist für die APO nicht unwichtig: Im Haus am Lützowplatz war früher die »Rote Kapelle«, eine Organisation, die im Untergrund gegen das Dritte Reich arbeitete. Oben im Haus war das Kabarett »Die Dachluke«, geleitet von Helmut Brasch, und die Mitglieder der »Roten Kapelle« gingen da ein und aus.

Und genau da bezog ich mein Büro, und hatte ich natürlich die ganzen Erinnerungen, um nicht zu sagen: das Karma, der »Roten Kapelle«. Und alle kamen in mein Büro, von Bahr und Brandt bis zu den rechtesten Politikern, und es wurde diskutiert, über die SPD, über Jugoslawien, über den sogenannten Dritten Weg und so weiter.

Der Anarchismus der Ja-Sager ist uneinholbar

Nach dem »Jüngsten Gerücht« kam mein eigentlicher, kleiner Anteil am Anblasen der APO: mein Programm »Neuss Testament« im Theater am Kudamm. Durch Uwe Johnson und die Gruppe 47 war ich auf Sprache angemacht, und ich nahm mir die Texte von Villon, weil ich dachte: da kommen die alle nicht mit. Besser kann man es für die unterste Klasse nicht ausdrücken, und dazu noch freakig, berberhaft. Da im Kudamm-Theater saßen die SDS-Leute jeden Abend umsonst drin und für die war das ganze Programm ja auch gemacht. Wenn ich den Zwerg auf der Bühne in den Arsch trat, noch mal und noch mal, und sagte: »Sehen Sie, so gehen Sie täglich mit dem DGB um«, dann lagen die Leute auf dem Boden vor Lachen. Das galt als höchstes politisches Marx-Brother-Kabarett, Villon vertont und verneusst, mit einer Jazz-Band und einem Zwerg auf der Bühne. Aber wenn ich die Texte heute lese: Der Daumen geht nur nach unten, deprimierend, so viel Schopenhauer-Geist auf einem Haufen kannst du dir nicht vorstellen, kein heller Gedanke, grauenvoll. Und während dieses Programms politisierte sich alles, nicht nur ich. Und politisieren hieß: Praxis und Theorie vereinbaren, das Leben verändern – »Neuss Testament« war das Unterhaltungsprogramm für Revolutionäre. Es war Krieg, weil man wieder wagte, das Leben einzusetzen – ein angenehmer Krieg, man diskutierte, plante Aktionen, und wenn auch letztlich vieles verlepperte durch Schlamperei und Faulheit,

soll man trotzdem jetzt nicht von den Fehlern der APO sprechen.
Man sollte lieber davon reden, daß heute in der Gesellschaft ein starker Hang zum Über-Anarchismus besteht. Über-Anarchismus ist das Gegenteil von der APO. Wenn jemand sagt: »In diesem Staat gefällt's mir«, nicht: »Mir ist es egal«, sondern bewußt und ohne Ironie: »Es gefällt mir, sowohl der Kohl als auch der Blüm, die soziale Komponente, die Regierung gefällt mir, ich bin damit einverstanden« – das ist die größte Gefahr. Und bei solchen Super-Anarchisten, den Kopfnickern, den Ja-Sagern, bei so einer Über-APO wäre ich gerne dabei, denn die könnte wirklich etwas verändern. Eine Sache geht sofort kaputt, wenn hemmungslos ja dazu gesagt wird. Wenn Stoltenberg kommt und sagt: »Ich erhebe eine Quellensteuer«, dann lassen wir ihn gar nicht bis zu »...steuer« kommen, sondern schon bei »Quelle« sagen zehn Millionen »Jaaaaa«.

Der Anarchismus der Ja-Sager ist uneinholbar – ich habe es schon geschrieben und sage es immer wieder, auch wenn die Leute mir böse sind: Die Startbahn West wird umso besser und Wackersdorf wird ganz fein, je mehr Leute vor der Tür stehen und »Weg damit« schreien. Je mehr Geist, Vibrations, Energie gegen die Sache verschwendet wird, desto besser wird sie. Das ist es, was uns Adornos »Dialektik der Aufklärung« lehrt und was endlich, populärwissenschaftlich, Anwendung finden müßte. Und insofern gibt es, wenn man nach den Erfolgen der APO fragt, einen ganz besonderen Erfolg: Durch unseren Protest in diesen Jahren haben wir für die Gesellschaft unheimlich viel getan, viel, viel mehr als die ekelhaften Ja-Sager und Republikverteidiger. Und nun sitze ich, wie ein geistiger Muezzin, zwanzig Jahre später, da oben drüber und rufe: Wird aber nicht bezahlt!

Denkmäler für Baader-Meinhof

Die ganze APO wartet bis heute darauf, bezahlt zu werden. Und wie wird sie ansonsten anerkannt? Überhaupt nicht. Die alten APO-isten sind immer noch am Rudern und Rudern – keine Anerkennung. Deshalb habe ich gefordert, Denkmäler zu bauen, nicht nur für Baader-Meinhof, die Begründer des BRD-Bewußtseins, sondern auch für den SDS, die Kommune, für all die westdeutschen Patrioten wie Dutschke, Raspe, Ensslin. Die ganze APO-Zeit kann man als riesigen LSD-Trip sehen: Wir können uns seitdem wieder erinnern, wir haben nicht mehr '33 bis '45 im Kopf, sondern wir haben die APO-Zeit als eine Art Stauffenberg-Zeit im Kopf, Widerstandszeit, statt Hitler Helmut Schmidt – das ist ganz wichtig. So ein Kalenderdatum wie »68« kann als Geschichtsvorgang gar nicht hoch genug eingeschätzt werden, gerade nach diesem außergewöhnlichen Vorfall mit den ein bis sieben ermordeten Juden, um mal was Provokatives zu sagen. Die Erinnerung hält sich nicht mehr bei Goebbels und Göring auf, sondern bei Rudi Dutschke. Goebbels war ein niederträchtiger Mörder, aber auch ein Meister-Artist, ein ekstatischer Anmacher, das muß man erst mal erkennen, bevor man die Niedertracht brandmarkt. Und um die Erledigung dieses unbewältigten Agitatoren-Geists hat sich Rudi Dutschke verdient gemacht, indem er den Goebbels erneut vortanzte, und zwar schon sehr viel unblutiger und besser, so wie Helmut Schmidt als Aufrüster und Nachrüster den Mobilmacher Hitler wiederholt hat. Noch nicht optimal, und deshalb wird der Geist von Hitler weiterhin angeboten, so lange, bis er gut ist. Und deshalb sage ich auch, daß die Grünen heute die Braunen sind, die erste Volksbewegung seit Hitler, die sagt: Wir müssen alles neu machen.

Erotomanik

Heute abend Homosexuellentreffen …
Ja – mag ich nicht, ich mag nicht die Bezeichnung
Homosexuell und Lesbe, mag ich überhaupt nicht.
Finde ich auch völlig unangebracht.
Lockt die Gesellschaft auf eine Fährte –
die dermaßen … da muß man noch nicht mal
anständig sein, um diese Fährte nicht zu suchen
und zu begehen, ehrlich – weil, das ist die
übelste Läufige-Schäferhündinnen-Fährte, ja?

Lesbenvereinigung, Homosexuellenclub, Normalenclub
Heterosexuellen … also da kann man sich auch
auf der Hundeebene verständigen:
Paß auf, wenns riecht, läufste mir nach,
steckst rein – Ineinanderstecken der Pißdinger üben.

Widerlich.
Ekelerregend.
So gehts nicht
mit der Erotomanik und der Sexualität
in der Gesellschaft – untereinander sowieso nicht.

Und Wichsen ist keine Lösung.
Onanie ist noch nicht mal heute
für die vielen Genies angebracht.
Früher, als es nur so Fontane gab
und so einige Genies,
die konnten auch Onanie üben,
wie ja Tucholsky schon sagte:

Erreichen Sie jemals das Genie? –
O, na-nie!

Happy End Auschwitz
oder So kam Kain zum Kabelfernsehen

du mußt nicht mehr
gesenkten hauptes
auf die knie fallen
bei buchenwald
schüchtern sprachlos werden
oder bei bergen belsen
rechnen mit verbrannten körpern
wie konnte das nur
die deutschen schlächter
und der african voodoo-voodoo-kult
die gas-germans
die abspritzer
die krüppelschläger

warum hat mein ur-opa
erich mühsam dreimal ins gesicht geschossen
warum warum warum
der bleistift-töter adolf eichmann
(entfernter verwandter von mir)
meine oma hat ihren sohn erich
so lange gehetzt
bis er in stutthof
oder wars in treblinka
vierzehn polnische jüdische
mit spaten erschlagen –
wie kam denn das nun
es ist nämlich jetzt lange
her
und könnte mal in
langer zeit wieder sein
meinst nicht
dieses schlachten –
morden – blutrausch
und so
wenn wir nicht in dieser

1982 – Neuss, der überwältigte Bewältiger: »Das Wort Holocaust gab's damals gar nicht«, hat er einmal bekannt, »wohl aber das, was dafür stand.« Auschwitz als Thema einer Generation, wichtig genug, um es, je nach Veranlagung, Erziehung und Entwicklungsweg, zu beschwören oder zu verdrängen. Neuss: »Für den Geist, den ich heute ausstrahle, hätte mein Urgroßvater im Kongo dich erschlagen lassen. Und dann wäre dein Geist in ihn übergegangen. Voodoo-mäßig.« Und weiter: »Ende der sechziger Jahre hab ich gewußt: Wolfgang, du mußt jetzt nicht unbedingt Faschist werden, um deiner Zeit voraus zu sein. Aber du mußt nicht mehr Antifaschist sein. Das mußte mal üben: Übe mal, nicht mehr Antifaschist zu sein.« Schwer genug. Zu schwer?

sekunde
den letzten auschwitz geistig zurechtlegen
und unserer deutschen sehnsucht gemäß
ein harmonisches happy-end machen

voodoo-voodoo-zeit
ist zeit von menschen
die keinen anderen töteten
wegen irgend etwas materiellem
nein nein nein

es war verpönt
wegen geld zu töten
stell dich auf'n kopf
aber die zeit gabs
wo man nur wegen des reinen geistes tötete
denk jetzt nicht an den letzten opium-krieg
in burma, denk an voodoo-voodoo

wir haben die millionen von juden getötet
weil wir ihren geist
liebten haßten liebten haßten
wir haben die millionen von juden und ostmenschen
die mit ihren krummnasen
die händlernaturen
die karlheinz bohrer
und zdf-löwenthal
die franz josef strauß
und genscher
und alternativen
all diese uns ekelnden juden
lübke
adenauer
fdp döring
brentano
ja mensch, sag mir doch einer
die richtigen namen
ich weiß doch keine anderen
mit meinen siebzehn

wir haben nach dem alten voodoo-voodoo-kult
die schwarzhaarigen-krummnasigen-schmalstirnigen
die mißlungenen buckligen levantinisch unbeliebten
haben wir sie endgültig
mit ihren untauglichen körpern
haben wir sie weggemacht
und ihren geist geschluckt
gierig wie es eben ist
bei einem arisch-jüdischen liebesverhältnis

so ist es gekommen
biblisch
himmlisch
und witzig
wir alle
helmut schmidt
old schwurhand zimmermann
ernst huberty
porzellan rosenthal
und jupp derwall
wir alle alle
sind die juden geworden
unsere köpfe sind voll mit ihrem geist
deren körper wir beseitigt haben
unsere herzen sprudeln über
vor hundeliebe
und wir benehmen uns auch so gekonnt jüdisch
in der eg und so

längst läuft der kurras als ohnesorg herum
und ich bild mir schon lange einen tucholsky ein
aber auch der augstein
läuft als ossietzky durch die welt
warum soll heino nicht mit dem geist
von joseph wulff singen
und die gestorbene romy schneider
kann ohne weiteres schon wieder mal
die rosa luxemburg gewesen sein
gerade im spekulativ-kabbalistischen
sind wir juden heute stark

sie staunen überall
wie wir rechnen können
musik machen
dichten können
schriftstellerei und so
gleichzeitig haben wir aus schimansky siemens gemacht
und emil janoschek hat ohne zu fragen
ob juden zur bundeswehr dürfen
(juden ja – aber keine drogenabhängigen)...
also verstehste hendryk m. broder brother
ich ruf es dir frisch fröhlich frei
übers rote meer:
die bundesrepublik
ist ein jüdischer staat
sie bekennt sich dazu
ein für allemal
wir haben es mit voodoo-voodoo getrieben
wir waren scharf und sind es noch
auf den geist eines ganzen volkes
eines stammes

was aber ist das besondere
an diesem uns so in rage versetzenden
jüdischen geist
alles das was wir an ihm haßten
ist das besonders phantastische
aber im grunde
sind wir nichts weiter
als die klügeren geworden
die deutschen wollten das immer
und sind es nun
die klügeren juden
die brd, die ddr, ost/west/berlin
happy end
wir sind die klügeren juden

und so kam kain zum kabelfernsehn

Wir über mich

Das hätt ick nich von mir gedacht

Das ist ein ganz egozentrischer präpotenter Fingerkrüppel, ein Mystik-Schleimer, ein weitsichtiger Engerling, dessen hexenhafte Zahnlosigkeit erschreckend an eine Dame erinnert, die als Madame Blawatzky und die städtische Moskauer Neurotikergeschichte einging. Ja, das fing mal an als Mann mit der Pauke, da war diese Figur noch ein nettes opportunistisches Schwanzmädchen, offen nach allen Rohren, mit Aura von Sauerampfer und Witzen aus der Kneipe. Aber heute, wo er Bier für Pisse hält, ist er keiner mehr von uns. Macht auf Guru und will's nicht wahrhaben. Verhöhnt die Bettelmönche vom Flohmarkt und verrät seinen eigenen Vater an die Polizei wg. unterlassener Alimente, das Schwein nimmt selbst welche. Kinderschänder, Tierquäler, Linkswichser, Maulhure, ein Hoffnungsträger für alles Ekelhafte im Bereich der Stummelsprache. Das so 'ne Krücke noch zwischen uns rumläuft und auch noch 'ne Spalte hat ..., die TAZ gibt sich tierlieb und läßt das Drogenwrack gewähren. Weil er nicht lieben kann, hat er Haßausbrüche, aus denen ein so amusischer Fettsack wie Uli Schamoni ganze Fernsehserien machen würde. Der bunte Hund aus der Lohmeyerstraße, anders kann man das ja gar nicht mehr verstehn, ist ein geistiger Wadenbeißer und Krampfadernverschlinger. Als der Degenhardt das letzte Mal zu Besuch war, vor zehn Jahren, murmelte er im Rausstolpern: »Haschisch macht jeden zum Nazi.« Als der Konrad Wolf (Ich war neunzehn) zum letzten Mal da war, vor elf Jahren, sagte er im Rausflüchten: »Du wirst ja immer kommunistischer.« Als der Rudi Dutschke das letzte Mal in der Lohmeyer war: »Sitzt hier blöd rum und macht uff Jesus«, während Wolf Biermann und Nina Hagen wohlwollend meinten: »Millionäre müßte man zu Brüdern haben, dann kann man sich leicht ein Pennerdasein leisten«; dies übertreffend, kam Peter Weiss in die Neuss-Bude: »Jetzt is er endgültig irre geworden.« Der Höhepunkt der laufenden Erniedrigung des zu hoch schwebenden Größenwahnsinns ist, daß dieser Selbstverstümmler aus Charlottenburg sich Feinde einbildet, nur um kämpfen zu können. Er behauptet, er wäre eine *Kursbuch*-Leiche aus Enzensbergers Katzenkeller, ein Alexander-Kluge-Opfer, der die Manege mit der Kuppel verwechselt, ein SPD- und Stechapfel- und Ufa-Zirkus-Geschädigter, der aus lauter Undankbarkeit Mordversuche entwirft. Die überzuckerte Renee, das Vogelsberg-Team, die *Pflasterstrand*-Redaktion und *Christ und Welt* sowie Rudolf Augstein halten mich für einen ganzen süßen Schnickschnack, der nicht anders kann, als sich wichtig machen.

Der Staatsanwalt hält mich für verkommen.

Lord Knud behauptet, Neuss is 'n Abzocker, der mir sogar die Prothese wegraucht, der Staatsanwalt hält mich für verkommen und in Mikes Laden prügeln se mich, indem se mir Fred-Endrikat-Gedichte vorlesen. Wer mich beschimpft und verachtet wie ick mir in dieser Spalte nur mal heute, macht mich intressäng. Wer mich, wie der *Stern*, beschneidet, kastriert sich selbst. Wer mich anwütet, verketzert und beleidigt, bemitleidet, ignoriert, verdammt und bespuckt, denkt right. Ein Wesen wie ick, seelenloses Plappermaul, will nicht von allen geliebt sein.

Unbeachtet zieht er seine Bahn,
der Kiezkomet von nebenan.

Verlorene Elche

Nachdem ich hier Sozialhilfe bekommen habe und die nun nicht mehr bekomme seit vier Jahren ... Warum? Ich sollte immer, wenn ich wieder Sozialhilfe bekam, zum Gesundheitsamt gehen und dem erklären ... der hat dort festgestellt: »Sie sind doch 'n janz gesunder junger Mann!« sagt der zu mir, Herr Filz, ja, vom Gesundheitsamt Charlottenburg, »Sie sind doch 'n ganz gesunder junger Mann. Sie können doch wieder arbeiten, ich kenn Sie doch, Herr Neuss, Sie können doch wieder auf die Bühne gehn.« Ich sage: »Ich will mich ganz in Ordnung bringen, verstehnse, dazu brauch ich die Sozialhilfe noch, ich muß mich erholen, dazu brauch ich die Sozialhilfe noch, diese 265 Mark, die brauch ich echt zum Essen jeden Monat, ja?« – Also der bestellt mich wieder aufs Gesundheitsamt, sagt: »Sie können arbeiten. Ich seh das nicht ein.« Da hab ich einfach ... bevor die gesagt haben, Sie kriegen kein Geld mehr, bin ich nicht mehr hingegangen, einfach.

»Sie sind doch 'n janz gesunder junger Mann.«

Jetzt lebe ich also, ja: von der Gunst meiner Verwandten.

Nun können Sie sich vorstellen, wenn Sie an Ihre Verwandten denken, wie's mir ergeht. Mir geht es nicht nur schlecht, ich kann es Ihnen gar nicht beschreiben, aber ich sage da mit lachendem Gesicht: Warum? Ich nehme ja kein Heroin, ich nehme ja kein Kokain ein, also die Luxus-Geistesdrogen dieser Zeit. Ich nehme ja so gut wie gar nichts. Sondern: Ich habe Muße. Ich bin von der Langeweile weg, ich habe Muße. Ich kann sogar schon ab und zu alleine sein, ja.

Zu deutsch: Ich muß verpflegt werden, ich bin 'ne öffentliche Figur, im Osten wäre ich ein verdienter Künstler des Volkes und würde richtig Rente kriegen, und ab und zu würde auch einer mit mir sprechen, weil die für Senioren auch was Geistiges richtig tun in der DDR. Hier sind aber Senioren, obwohl ich sehr jung wirke und auch 'n jungen Geist habe, sind aber Senioren, unter den Kabarettisten vor allen Dingen, hat man auch schon an Werner Finck gesehen, sozusagen *ganz* verlorene Elche in diesem Gebiet, ja?

Darf ich auch mal was sagen?

Ein- und Ausreden

»Ich sage euch eins...«
Ein Talk-Show-Monolog

Neuss: Guten Abend, ihr lieben Leute. *(zu Menge)* Entschuldige, du bist gleich dran!
Menge: Nee, ist schon gut.
Neuss: Du bist gleich dran. Die haben ja ein Programm heute abend, mal ehrlich. Heut sind se mal ganz toll. Wenn das Kranzler nicht wäre, wär'n wir ganz groß, heute abend. Ich werd euch sagen, warum: Die Atmosphäre, ja! ... Grüß Gott, lieber Wolfgang!
Menge: Hast du denn schon mal was Gutes in deinem Leben getan, Wolfgang?
Neuss: Ja, ich habe mich aus meiner Wohnung ins Café Kranzler begeben...
(Gelächter, Beifall)
Menge: Wie lange bist du etwa in Berlin?
Neuss: Ich bin jetzt doch schon 40, 30, 35 Jahre in Berlin, ja. Aber wir reden jetzt schon eine Minute und nur Unsinn. Also...
(Gelächter)
Menge: Wir machen noch weiter so! Die nächste Frage: Warst du vorher schon in all den Jahren im Café Kranzler?
Neuss: Nein, aber mir fällt ein, daß ich schon mal einen fürchterlichen Text übers Kranzler gebracht habe, so mit Sozialfaschismus und was nicht alles, damals, '65. Aber ich hab hier das Café nicht betreten. Es ist keine Aversion gegen den Kaffee an sich, aber ... *(Gelächter)* Aber hier saßen immer Leute, wo ich wußte, was da sitzt, und das ist natürlich 'ne Gemeinheit. Da geht man mal gucken, aber ich war nicht mal gucken! *(Gelächter)* Da war ich schon eher mal im Kempi, im Kempinski. Da war ich

1983 – Zwei Tage nach seinem 60. Geburtstag, am 5. Dezember, ist Wolfgang Neuss Gast in der Talk-Show »Leute«, die vom SFB live aus dem Berliner Café Kranzler übertragen wird. Moderatoren sind Gisela Marx und Wolfgang Menge. Neuss, der mit pointierten Sprüchen (»Auf deutschem Boden darf nie wieder ein Joint ausgehen!«) Interviewer Menge sprachlos macht, stellt sich dann selbst die Fragen, auf die er seine Antworten loswerden will – zur Drogenpolitik, zur Hausbesetzer-Problematik und zur eigenen Person: »Du hast mich noch gar nicht nach meinen Zähnen gefragt... ich hab 'n Schattenkabinett im Mund.«

schon eher mal gucken. Ist gleich 'n Haus weiter. Krebsstation ... äh ... Hotel. Entschuldige bitte! *(verhaltenes Lachen)* Ja, das macht man nich, nä? *(Gelächter)* Ist unästhetisch. Der Mund... du hast... ich bin schon so lange hier und du hast mich noch gar nicht nach meinen Zähnen gefragt!

(Gelächter)

Menge: Ich wollte...

Neuss: Jetzt sagt Menge: Weil du mich noch nicht nach meinen Haaren gefragt hast!

(Gelächter)

Menge: Wir haben das geübt, ich hab ihn vorsichtshalber gefragt...

Neuss: Paß mal auf: Wir sind zwei Intellektuelle oder wollen es sein, und wenn wir da nicht die Klamotte benutzten, wo so gutes Publikum da ist, da wär'n wir schön dumm. Das andere können wir ja immer noch machen, wa? *(Gelächter)* Der Regierende kommt ja auch noch! *(Gelächter)* Und der sahnt dann das letzte bißchen Intellektuelle ab. Aber wir haben 'n guten Bunten Abend geboten. Und darauf können Se sich heute abend mal einstellen. Welche Kamera ist an? *(Gelächter)* Jetzt hab ich genug, jetzt will ich mal loslegen!

Menge: Bis jetzt hat man dich nur gehört, und wenn man dich hört, ist eigentlich kein großer Unterschied zu früher. Wenn man dich sieht, ist ein kleiner da!

Neuss: Kleiner ist ja dezent. *(Gelächter)* Wolfgang, du warst früher, will ich dir mal ehrlich sagen ... nicht, daß du jünger warst, ach, *(Gelächter)* das sowieso ... wo ist die Kamera an, jetzt?

Menge: Jetzt? Da drüben.

Neuss: Ich mach jetzt, entschuldige mal 'ne Sekunde, Privatfernsehen: Marlies im Osten! Seine Frau ist nämlich in Ost-Berlin ...

Menge: Jetzt kommt, ich weiß schon, was kommt...

Neuss: ... für das »Reich« ... äh ... für die »Zeit« tätig. *(in die Kamera)* Marlies! Entschuldige, war er jünger oder nicht, hätt er mich nicht längst gefragt: Wolfgang, mit den Zähnen, das willst du doch der Öffentlichkeit nicht zumuten, du bist doch Ästhet. – Marlies, sei mal ehrlich, im Osten kommt doch die Zahnlosigkeit an, da gibt's doch noch schlechtere Gebisse! *(Gelächter)* Sei doch mal ehrlich! Da kommt das doch ganz groß an. Die sagen, ich bin eine Hoffnung für alle, die wissen: in vier Jahren gibt's die besten Gebisse! Wissen Sie das schon? *(Gelächter)* Ich hab keine Angst vor'm Zahnarzt, also, ich will das nur mal sagen. Ich hab eben ein Schattenkabinett im Mund.

(Gelächter, Beifall)

Also, die Marlies, jetzt, drüben … die sitzt jetzt vielleicht gerade mit Eduard von Schnitzler im Café in der Stalinallee…

(Gelächter)

Menge: Wann warst denn du zuletzt in der DDR, eigentlich…?

Neuss: In der DDR war ich … die lassen mich doch nicht rein.

Menge: Ach so.

Neuss: Die wissen es nicht. Oben, die natürlich. Die Stasi sagt… Also ich bin doch befreundet mit Konrad Wolf. Mit dem Filmregisseur, brüderlich befreundet…

Menge: Der leider gestorben ist.

Neuss: Ja, aber darum bin ich ja auch mit ihm befreundet. *(Gelächter)* Ja, wenn die Leute tot sind, fang ich ja erst immer an mit ihnen, ich bin ja einer der wenigen in der Stadt, der mit Toten spricht, Wolfgang. Wirklich. Und das tut mir echt leid. Ich meine, die Leute, die machen's heimlich alle, aber unbewußt, ja? Verstehste? Aber bewußt mit Toten sprechen ist die Mode der nächsten Zeit. Weil, das tut den Geistern gut, die sterben. Aber so was macht man natürlich, wenn man weiß, daß man wiederkommt. Ständiges Kommen und Gehen auf der Erde. Also spricht man mit Toten. Warum? Die sind ja gar nicht weg. Und darum hab ich nie ein Comeback. Nie!

Menge: Und was ist das jetzt hier?

Neuss: Das hier ist: Ich freu mich, daß ich dich mal wiedergetroffen habe, daß du mir sogar… weißte, ich wollte ja mit dir hier Billard spielen, eigentlich.

Menge: Auf diesem Tisch hier?

Neuss: Wir können es ja sofort machen. Ich will dir alles sagen, was ich eigentlich dem Regierenden Richie sagen will. So daß ich… klack-klick, macht es. Mit Bande sozusagen. Verstehste? *(Gelächter)* Also, paß auf, ich hab da ja ein Telegramm von dem Regierenden Richie gekriegt, und du kannst dir doch vorstellen, daß so ne Type wie ich in seinem Leben schon ne Menge Geburtstags- und auch anderweitige Telegramme erhalten hat, weil, man kriegt ja nicht viel in dem Beruf, den ich mir da zurechtgemacht habe.

Menge: Ich muß dir übrigens auch noch gratulieren, denn du hast gestern einen Preis gekriegt.

Neuss: Ja, ja, ja, ja.

Menge: Ich meine nur, damit das vom Tisch ist.

Neuss: Aber damit wir gleich Billard spielen, der Regierende Bürgermeister Richard von Weizsäcker hat mir schon mal 'n Preis weggeschnappt. Beziehungsweise er hat einen für mich entgegengenommen. Bevor ich ihn lobe, will ich erstmal das sagen, ja? *(Gelächter)* Ja, ja, da bin ich auch ganz erbost. Der geniert sich nicht, der Regierende Richie, der fährt nach Solingen und nimmt dort 'n Preis entgegen, der heißt »Die Scharfe Klinge« – paßt doch gar nicht! König Silberzunge und die »scharfe Klinge« – das paßt doch gar nicht! *(Gelächter, Beifall)* Nun – nun hab ich ein Auge zugedrückt, weil, ich sage dir, jede Silberzunge, die ich kenne, ist scharf auf die »scharfe Klinge«. Der ist ganz wild danach, ja? Gut, das war aber das Kompliment, eigentlich. Das hat er nun mal gemacht, und das ist ja nun mal 'ne Leistung, wenn man einen Preis entgegennimmt, der einem ja eigentlich nicht gebührt. Jetzt dieser Kleinkunstpreis: Den nehm ich mal an... Halt, halt! sagt mein Freund Thomas, du kriegst ja auch 5000 Mark dafür! Ja, wenn ich hinkommen muß, um den anzunehmen, dann nehm ich die gar nicht, die 5000 Mark! Ich hab wirklich kein Geld, aber ich scheiß drauf! Aber ich nehm mal den Deutschen Kleinkunstpreis an. Warum?, fragt der Moderator...

(Gelächter, Beifall)

Menge: Ja... wenn du so eine lange Frage zuläßt.

Neuss: Habt ihr das gehört? Er fühlt sich unterdrückt! Also, ich nehme den Deutschen Kleinkunstpreis an, damit er endlich mal was wert ist.

(Gelächter)

Zuschauerin aus dem Publikum: Herr Neuss, ich möchte Sie gern mal was fragen!

Neuss: Lauter, damit alle was davon haben!

Zuschauerin: Ich möchte Sie gern mal was fragen. Ihre Gestalt oder Ihr Wesen drückt ja irgendwelche Tragik aus, oder sagen wir mal, bei mir haben irgendwelche Gefühle... nehmen Platz ... und wenn ich Sie...

Neuss: Wenn was an dieser Sendung scharf ist, dann ist es diese Frau!

Zuschauerin: Herr Neuss, fällt es Ihnen schwer, zuzuhören?

Neuss: Bitte sagen Sie das noch mal, daß meine Gestalt irgendeine Tragik auslöst!

(Gelächter)

Zuschauerin: Ja, ich kann mir vorstellen, daß hinter Ihrem Lebensweg sehr viel Leid steht...

Neuss: Jetzt nehm ich mal die Beine runter und komm aus dem Schneidersitz, weil Sie mich da auf etwas... Sie sind ja eine köstliche Dame... *(Gelächter)* ... ein köstliches Mädchen. Ne Frau bin ich ja auch, sind wir ja alle. Paß mal auf: Hinter meinem Wesen steht keine Tragik, und das ist das Angenehme an Wolfgang Menge oder auch an Gisela Marx oder auch hier an diesen Leuten, daß die mich behandeln wie 'n normalen Bürger, ich hab nämlich 'n unheimlichen Hang zur Normalität! *(laut)* Ich lasse mich in dieser Art in Berlin so nicht lieben! Sagen Sie das auch mal Friedrich Luft, bitte! Ich bin keine tragische Person! Ich bin ein Vorläufer!! Ich bin der Gesellschaft um zehn Jahre voraus!!! Jetzt rede ich mal irre, verstehen Sie?! So wie Kunzelmann im Parlament, red ich jetzt!! *(Gelächter)* Ja, der ist auch ständig empört! Ich bin empört über sowas! *(in die Kamera)* Und Fritze Luft, wenn ich dich mal treffe – kuck ich weg! *(Gelächter, Beifall)* Ist ja unerhört! Also, ich will das nur erklären und begründen: Er schreibt wider besseres Wissen. Er weiß genau, daß ich heute in besserer Form bin. Und der kann meinen Mund nicht sehen, und ich mute ihm den zu, weil ich Ästhet bin, ja, und weiß, was ich Leuten, die Ästheten...

Zuschauerin: Aber es kommt doch nicht auf den Mund an...

Neuss: Ah, endlich hör ich das von Ihnen!

Zuschauerin: ...sondern auf das, was rauskommt!

Neuss: Was rauskommt, danke. Das ist doch eine Binsenweisheit! Da fahrn wir doch gar nicht mehr Schlittschuh drauf!

Zuschauerin: Sie haben doch vor zwanzig Jahren noch was ganz anderes geleistet! Sie waren mal scharfzüngig! Sie waren mal viel stärker als heute!

Neuss: Sehn Sie, das ist es. Gut, das laß ich mir gefallen... Das ist was, das mich geradezu auch wieder erfreut! Sie erfreuen mich nur, unter uns gesagt! *(Gelächter)* Weil: Menge bringt det ja nich, verstehn Se? Merken Se det?

(Gelächter)

Menge: Moment mal...

Neuss: Aber ich will Ihnen wat sagen, der Unterschied ist der – ich lasse mich lieber so lieben als so, wie dieses Mädchen mich liebt, ja? Das ist eben das, was nicht stimmt, in Berlin! Da waren auch die Leute vorhin bei mir und sagen, du gehst heute abend ins Fernsehen. Du sitzt doch da immer. Ich sage: Ich geh da mal hin, ich habe da noch 'n Freund, Wolfgang Müller ist tot, aber Wolfgang Menge lebt noch! Das ist es doch, ja? *(zu Menge)* Und darum bist du ja auch so sprachlos.

(Gelächter)

Menge: Was soll ich da noch sagen, du sagst ja alles selbst!

Neuss: Hier geht's nicht mehr um arme und reiche, linke und rechte Leute, hier geht's um ein kulturelles Verständnis in der Stadt. Um eine Sache, die die Leute alle nicht mögen und die ich teilweise, wie ich ja öffentlich überall bekundet habe, so auch nicht mag, ganz klar. Und jetzt will ich mich hier nicht als kleiner Mönch aufspielen, als lutherverdächtig oder sowas. Aber so, wie man hier in der Stadt Drogen nimmt und wie die Drogenszene sich darbietet, kann man sich über das, was die Dame oder der Friedrich Luft...

Menge: Moment...

Neuss: ... in der »Morgenpost« schreibt, der ja sogar die Richterin aufhetzt, mich nochmal zu verurteilen, nicht?! Ja!

Menge: Also...

Neuss: Also, du mußt dir das mal überlegen. Also ich muß jetzt mal was sagen. Welche Kamera ist an, welche brennt? *(Gelächter)* Gleich bin ich fertig. Hallo, Ihr Haschisch-Raucher, nehmt es mir nicht übel, daß ich in der Öffentlichkeit, nur weil ich prominent bin, vielleicht nicht verhaftet werde. Ich sage euch eins: Ich sitze hier an diesem Tisch nur deshalb, weil ich der Marianne Weiz-

Friedrich Luft; in den dreißiger Jahren Essayist und Kulturfilmautor, nach Kriegsende Feuilletonredakteur von Die Neue Zeitung, Berlin, Chefkritiker der Welt und Kommentator und Theaterkritiker beim RIAS, Berlin. Luft hatte Neuss auf dem Höhepunkt von dessen Popularität seinerzeit bewundernd »ein Phänomen« genannt, »eine Art Peter Lorre in Dur«, und hatte geschrieben, »seine Testamentseröffnung ist vorsätzlich unerfreulich. Aber sie ist von fröhlicher Verzweiflung.«

säcker sagen wollte: Es haben sich so viele Bundespräsidenten-Frauen um Krebskranke, um Legasthenie, um alles gekümmert. Jetzt ist sie mal dran, die Marianne, und die hat ja nichts zu tun, und die will immer lachen, und da kümmert sie sich – schlage ich vor, muß sie ja nicht machen – um Knäste und Irrenhäuser. Die beiden Sachen macht Marianne Weizsäcker. Das würde ich vorschlagen. Knäste und Irrenhäuser, ja!

(Beifall, Zurufe)

Und ich sage euch eins: Ich will nie ins Gefängnis, ich geh auch nicht freiwillig da rein, und ich finde auch, daß jeder, der wegen Drogen im Gefängnis sitzt, völlig überflüssig da sitzt! Aber ich habe ein schlechtes Gewissen. Weil ich dauernd öffentlich sage, ich mache das und das, und dafür kommen Leute ununterbrochen ins Gefängnis. Und ich sitze hier rum! Ich will aber nicht sitzen. Aber es ist ein Problem, und da kommen wir auf das Billardspielen. *(zu Menge)* Willst du mich was fragen zu dem Problem?

(Gelächter)

Menge: Ich wollte das eigentlich nicht in einen Topf geworfen haben, diese Frage nach der Tragik und Herrn Luft…

Neuss: Also, ich genieße nicht gern Vorteile, die ich einfach nicht genieße, verstehste? Wenn ich schon einen Vorteil habe, dann nicht den. Und, Fritze Luft, nochmal: Diese »weise Richterin«, die dem Neuss acht Monate Gefängnis… ja, Friedrich Luft, warum fährst du denn in der U-Bahn und machst Reklame für die städtischen Betriebe?

Menge: Reg dich doch nicht auf!

Neuss: Und läßt sich fotografieren und will der Öffentlichkeit sagen: Seht mal, was ich für ein anständiger alter Mann bin. Euer Kritiker Friedrich Luft. Ich mache Reklame für die städtischen Betriebe und laß mich im Werbefernsehen fotografieren. Ja, Friedrich Luft, willst du uns sagen, daß du so'n anständiger Mensch bist und Geld mit Werbung verdienst? Und dich anständig durchs Leben schlägst, als alter Mann? Ich hab dir nicht so viel Spießertum… aber er war immer ein Spießbürger. Nie eitel ist der Luft. Wieder 'n Kompliment, Friedrich. Weißt du, was ich damit mache, Friedrich? Ich mach dich jünger mit dieser Ansprache. Nicht, daß du denkst, ich bin nur böse. So, genug, Friedrich Luft. Wieder Osten.

(Gelächter, Beifall)

Menge: Ja, nein. Das heißt...
Neuss: Was hältst du von der »Tageszeitung«?
Menge: Von irgendeiner oder von der?
Neuss: Von der »Taz«.
Menge: Ja ...
Neuss: Ich meine, das ist doch interessant für die Öffentlichkeit: Was hält so'n Mann wie Menge, ich meine, du bist doch der kleine Mann Menge, den ich mal getroffen habe, der kam damals aus Japan – warst du für Springer in Japan?

(Gelächter)

Menge: Nein.
Neuss: Axel Cäsar Springer ist übrigens auch noch 'n Kandidat. Parteilos! Also: Granata, Diepgen, haben wir zwei. Und dann haben wir noch... Axel Cäsar Springer. Vielleicht nimmt ihn Granata als Finanzsenator. Wär sehr gut! Warum? *(Gelächter)* Warum soll'n wir denn die Leute, denen wir jahrelang das Geld in den Rachen geschmissen haben und immer noch schmeißen, nicht als Senatoren verbrauchen?! Warum denn nicht?! Denkt doch mal praktisch, Jungs! *(Gelächter, Beifall)* Ehrlich, wir würden ja nie an eine Mark von Axel Cäsar Springer rankommen: Alles nimmt ja Jerusalem, ich gönn's ihnen auch. Aber wenn er bei uns Senator wäre, müßte er reinstecken, wie Pieroth. Der steckt gut rein. Seine ganzen Weinberge hat er schon verbraucht in Berlin. *(Gelächter)* Das war 'ne gute Pointe.

(Gelächter, Beifall)

(zu Menge) Was hältst du von der »Tageszeitung«?
Menge: Meinst du die Qualität oder die Gesinnung?
Neuss: Ich meine die »Tageszeitung« an sich, wie den UFA-Fabrik-Zirkus – solche Institutionen in der Stadt. Hausbesetzer zum Beispiel. Sieh mal, da gibts die Bülowstraße 55, die klopfen bei mir heute an: Du gehst ins Fernsehen, Wolfgang, ich sage, ich kann doch gar nichts mehr machen, also nicht mal mehr für euch kann

1983 – Der Theaterkritiker Friedrich Luft hatte am 3.Dezember in der »Berliner Morgenpost« geschrieben: »Die weise Berliner Richterin, die Wolfgang Neuss wegen Drogenmißbrauchs zu einer Haftstraße (mit nutzloser Bewährung) verurteilen mußte, hatte so recht: ›Wir wollen Sie auf einer Bühne wiedersehen. Hier nicht.‹ Das ist der ganze traurige Fall des Wolfgang Neuss. Heute wird er 60 Jahre alt.« – Mit »Granata« ist Berlins Bürgermeisterin Hanna-Renate Laurien gemeint; Elmar Pieroth, Sproß einer Weingut-Dynastie, ist Berlins Senator für Wirtschaft und Arbeit. Die alternative »UFA-Fabrik« richtete Neuss den 60.Geburtstag aus und zeigte wiederholt seine Filme.

ich irgendwas sagen, weil man doch nichts mehr machen kann. Ja, sagen die, wir können doch noch was machen. Ich sag: Na, was denn? Sagen die, du kannst den Polizisten sagen, die uns raustragen übermorgen, ihr könnt doch eine Kulturschau daraus machen: Ihr tragt gut, wir liegen gut in der Hand… *(Gelächter)* Ihr macht 'n gutes Bild, drei Kameras und Tagesschau, Abendschau… Ist das das einzige, sag ich, was noch übrigbleibt von der Sache? Ja, sagen sie. Sag ich, könnt ihr nicht 'n DEFA-Fabrik-Zirkus schnell gründen… Ich hatte nun schon morgens einen von der Neuen Heimat gehört, der sagt *(äfft ihn mit kreischiger Stimme nach)* »Ich hab alles mit denen versucht, alles! Geht nichts. Läuft nix!« Was kann man machen? Die Sache ist vorbei. Ich erklär's nur noch mal nachträglich, ja? Hausbesetzung: Das Wort gibts überhaupt erst seit 1945. Du, Wolfgang, weißt es. In Berlin, die Russen kamen – denn die Rote Armee hat ja Berlin befreit, ich wollte nur noch mal dezent dran erinnern. Nicht Hoeneß oder irgendso einer… Die Rote Armee hat Berlin befreit, und dann kamen die Amis und haben uns von den Befreiern befreit, was ja sehr gut bis heute ist, aber – und wegen der Wichtigkeit der Sache, hier das zweite Aber – nämlich: Die Hausbesetzer wußten nicht, was sie tun. Ein Aspekt – es gibt noch viele andere – aber ein Aspekt, der wichtigste für die Gesellschaft, ist der: Wer räumt denn unsere jüngste Vergangenheit auf? Häuserkampf. Wo kennen Sie das Wort her? Die Rote Armee besetzt Berlin. So wie die APO nochmals das Dritte Reich auf Berlins Straßen warf, und zwar für die Gesellschaft, damit die Gesellschaft das nicht nochmal machen muß, das Dritte Reich, so erledigen die Hausbesetzer jesusartig – gar nicht mehr nötig, so viel Leiden – erledigen die noch mal die Hausbesetzung der Roten Armee in Berlin und den Häuserkampf. Das ist ein Aspekt, den die Hausbesetzer selbst gar nicht wissen, den ich aber dem Regierenden Bürgermeister zutraue, daß er ihn durchschaut, dem Lummer, daß er ihn durchschaut, genauso wie den zweiten Aspekt. Der zweite Aspekt ist der wichtigste: Lummer, der ganze Senat, alle wichtigen Leute in Berlin wissen: Mit dem Marxismus ist es nicht mehr so. Er ändert sich. Er ist nicht weg, aber er ist nicht mehr so. Wenn's also nicht mehr so ist, mit dem Marxismus, dann kann man doch nicht auf die ehemaligen Marxisten, auf meine Hausbesetzer, auf

die Kinder einschlagen und sagen: So, jetzt isses vorbei mit dem Marxismus! Aaah, noch ein'n drauf! Was? Ihr wollt jetzt umsonst wohnen?! Da sagt man doch: Kinder, ein Glück, daß es vorbei ist mit dem Marxismus, mit dem kleinen Irrtum. Dann laßt uns doch mal... Therapien einrichten für Fixer, für die ehemaligen Linken. Was haben wir denn da?
Darum frage ich: Was hältst du von der »Tageszeitung«? Das ist ja nicht nur eine linke Zeitung, das ist ja auch 'ne Art Auffangstation für irrige Ansichten von früher, die wir hier ja nun mal hatten. *(Beifall)* Und genauso der UFA-Fabrik-Zirkus. Wenn ein Senat oder eine Regierung weiß, da gibt es ehemalige Linke in unserem Land, die kommen nicht mehr zurecht mit ihrer eigenen Doktrin – denen helfen wir doch. Die Gesellschaft hilft denen doch. Weil, die haben für uns ja was geleistet, das wissen wir doch. So, jetzt hab ich genug rumgeschrien. *(zu Menge)* Jetzt bist echt du dran. Ich hab die Schnauze voll.

Menge: Ja...

Neuss: Ich wollte eigentlich nur noch sagen: Es gibt eine Schicht in Berlin, die sieht den Richie Weizsäcker anders. Ja, die sagt: Der Mann hat 'n Haus, der schreibt da 'n Buch, der kommt nach Berlin und sagt: Lummer, du weißt, ich mach das nicht selbst, schmeiß mal die Leute raus, wir müssen hier Ordnung machen, aber paß mal auf, damit die Leute nicht denken, daß wir nicht wirklich was instandbesetzen wollen, denn Instandbesetzen und das Recht auf Faulheit, das haben wir wohl bei dem Raußschmeißen und Kulturellen gar nicht bedacht. Vielleicht bedenken wir das noch mal.

Menge: Wollen wir nachher dann weiterreden? Ich glaube, wir haben jetzt so'n paar Sachen...

Neuss: Ich conferier jetzt mal Richie, ja?

Menge: Ne kleine Pause, ne kleine Pause...

Neuss: Jederzeit! Ich hab ja gar nichts mehr zu sagen! Nur noch 'n Telegramm, weil das 'n guter Text ist: »Sie dürfen Ich zum Haschisch sagen!« Ist 'n Telegramm vom Regierenden Bürgermeister: »Im übrigen sind wir uns einig: Auf deutschem Boden darf nie wieder ein Joint ausgehen!« *(Gelächter)* *(zu Menge)* Hast du 'nen anderen Text?

Menge: Ich hab 'n anderen Text!

(Gelächter, Beifall)

Neuss: Mit dem Weizsäcker läuft ja Berlin jetzt erst an, der wird ja Bundespräsident. Und dann ist er unser Mann. Mit dem Regierenden können wir ja gar nicht so viel machen wie mit dem Präsidenten. Er zieht ja nur um, von Schöneberg nach Tiergarten, weiter nix! Das Tempodrom sollte da auch gleichnebenan hin. Ja, wir dürfen nicht umziehen, er darf mal wieder! *(Musik setzt ein)* Von Schöneberg nach Tiergarten! Bonn zählt nicht! Da holt er nur das Geld für uns, alles klar?

(Beifall)

»Nu hör doch ma uff, Mensch!«

Ein Talk-Show-Duell zwischen W. Neuss und R. von Weizsäcker

Marx: Ich habe eine ganz simple Frage: Ist es nicht einfach so, daß Sie rasend gern Bundespräsident werden möchten? Und welche Lust versprechen Sie sich von diesem Amt?

(Gelächter, Beifall)

Ist nicht auch eine lustvolle Aufgabe damit für Sie verbunden?

Weizsäcker: Nein. Weder die erste noch die zweite Hälfte Ihrer Frage trifft mein eigenes Lebensgefühl.

(Zuruf: Das ist aber schade!)

Marx: Das finde ich auch schade.

Weizsäcker: Ja, gut. Aber ich wollte es Ihnen nur beantworten. Sie wollten doch meine Antwort hören ...

Marx: Ja. Wieso ist das so?

Weizsäcker: Die können Sie ja alle gern bewerten. Ich kann nur sagen, daß die Frage, welche politische Aufgabe man erfüllen soll, wenn man in einer bestehenden Aufgabe drin ist, immer – jedenfalls ist das meine bisherige Erfahrung – mit lachendem und weinendem Auge oder mit einem schweren Entschluß verbunden ist. Und die Tätigkeit, die man ausübt – sowohl meine jetzige wie die, für die ich da nominiert worden bin –, ist ja keine Tätigkeit zum Faulsein, keine Tätigkeit ...

(Geraune, Gelächter)

Marx: Aber kann es nicht durchaus lustvoll sein, Bundespräsident zu sein?

Weizsäcker: Also, ich kann nur sagen, ich bin ja erst im Alter von 49 Jahren in die ... hab ich die Politik zu meinem Beruf gemacht.

Marx: Aber da waren Sie schon Kandidat für den Bundespräsidenten.

Weizsäcker: Ja, das kann ich ja auch nicht ändern, ich hab mich dafür ja nicht angemeldet.

(Zwischenrufe)

1983 – Zur »Fernsehshow des Jahres« (Stern) wird die »Leute«-Sendung vom 5. Dezember durch das anschließende Talk-Duell zwischen Neuss und dem von ihm als »Richie« und »König Silberzunge« angesprochenen Richard von Weizsäcker. Der Politiker, damals noch Berlins Regierender Bürgermeister, war gerade als Kandidat für das Amt des Bundespräsidenten nominiert worden, in das er wenig später gewählt wurde. Weizsäcker-Bruder Carl Friedrich ist Physiker und Philosoph. Er gehört zu den 18 Wissenschaftlern, die 1957 in einem Manifest gegen die geplante Atombewaffnung der Bundesrepublik protestierten. Er war 1979 von der SPD als Wunschkandidat für das Bundespräsidentenamt genannt worden, hatte aber abgelehnt.

Ich kann nur sagen, der Begriff, auf den Sie immer wieder abstellen, nämlich den der Lust, diesen Begriff finde ich in diesem Beruf nicht wieder. Ich interessiere mich leidenschaftlich dafür, ich finde es häufig außerordentlich anstrengend und manchmal auch befriedigend ...

(Gelächter)

... aber nicht lustvoll.

(Geraune, Gelächter)

Marx: Ich wüßte gern, ob Sie mit Ihrem Bruder darüber gesprochen haben und ob Ihr Bruder Ihnen geraten hat –

(Zwischenruf: Werden Sie denn Ihren Bruder zu Ihrem Berater machen, als Bundespräsident, im Zeichen der Friedensbewegung? Ist das nicht vielleicht ganz wichtig?)

Weizsäcker: Das will weder ich, noch will er es.

Neuss *(ruft)*: Mach mal mein Mikrofon an, da muß ich was sagen! Richie! Da würd ich doch empfehlen, den Bruder mal öffentlich zu umarmen. Warum? Das ist der eigentliche Intellektuelle in der Familie. Das wissen wir doch.

(Beifall)

Weizsäcker: Da haben Sie recht. Ich habe gerade schon ... gesagt, ich bin ja gar kein Intellektueller. Hab ich auch nie behauptet.

Neuss: Das weiß ich ja. Aber wir wollen ...

(Gelächter)

Ich meine, ich hab das nicht so gemeint. Wie ich das eben gesagt habe!

(Gelächter)

Weizsäcker: Ich faß es ja auch nicht als Beleidigung auf.

Neuss: Und außerdem, Herr ... ää ... *(kommt an den Gesprächstisch)* ... Darf ich mal 'n bißchen nähertreten?

(Gelächter; Beifall, Jubel. Neuss setzt sich neben v. Weizsäcker)

Neuss: Ah, ich bin schon zufrieden. Ich wirke schon hier. Er will jetzt über seinen Bruder sprechen, endlich. Und wir warten schon 'ne ganze Weile. Ich will nur sagen, der Bernhard Vogel und der andere Vogel – ich sage gar nicht mehr Hans-Jochen, ja? –, die beiden müssen dasselbe machen. Ich meine, müssen nicht, aber wenn wir schon mal Spaß haben wollen, dann ist es doch interessant, dieses Überkreuzen. Carl Friedrich und er hier und Bernhard und Hans-Jochen, ja?

Weizsäcker: Na ja, da gibt's aber kleine Unterschiede.
Neuss: Ich finde, der Regierende Bürgermeister sollte mal über seinen Bruder was sagen. Warum ist Carl Friedrich nicht hier? Carl Friedrich von Weizsäcker ist ins Gespräch gebracht worden, und Richie muß mal was dazu sagen, finde ich.
Weizsäcker: Wenn Sie mich mal lassen, will ich's ja auch gerne tun. Mein Bruder ist acht Jahre älter als ich. Er ging gerade oben aus der Schule weg, als ich unten reinging. Und er ist außerdem schon viel früher mit allen Sachen …
Neuss: Na, machen wir's kurz: Ihr Bruder war am Max-Planck-Institut und weiß einfach mehr. Und sagt einfach nicht alles! Der denkt immer: »Was macht der Richard!? Ich weiß doch einfach mehr!

(Gelächter)

Und Richard hört nicht auf mich.«
Ich erklär die Familie besser. Ich bin öffentlich informiert. Ich erklär die Familie besser.
Weizsäcker: Vor allen Dingen weiß Neuss alles …
Neuss: Nein …
Weizsäcker: Jetzt lassen Sie mich doch mal weiterreden! Ich habe kaum in meinem Leben je einen Menschen getroffen, mit dem ich so gerne und intensiv mich berate. Das tu ich auch weiterhin. Aber nicht, wie der Herr da hinten sagt, so zu meinem Berater bestellen. Das würde in unser brüderliches Verhältnis nicht reinpassen. Erstens. Zweitens: Mein Bruder ist überdies nie in seinem Leben in einer Partei gewesen. Im Gegensatz zu mir. Die beiden Brüder Vogel sind beide in Parteien, und zwar in verschiedenen.
Neuss: Ich finde, sie sind zwei dolle Typen für Deutschland, weil …

(Gelächter)

… Ehrlich, so was brauchen wir, egal ob CDU, SPD …
Weizsäcker: Drittens: Jetzt kommen wir nämlich auf das, was Sie vielleicht mit den Intellektuellen meinen. Ein Intellektueller ist nach meiner Vorstellung einer, der zwar nachdenkt, 'ne Meinung hat, aber den letzten Schritt, der sehr wichtig ist nach meinem Gefühl, nicht tut, nämlich wirklich reinzuspringen in die politische Verantwortung. Außerdem …
Neuss: Günter Grass! Außer Günter Grass!
Weizsäcker: Nein, Günter Grass auch nicht, der …

Neuss: Aber immer!

Weizsäcker: *(haut mit der Faust auf den Tisch)* Nu hör doch mal uff, Mensch, hier!

(Gelächter, Beifall, Gejohle)

Ich bin so vorlaut, weil ich so wenig im Fernsehen bin. Entschuldigen Sie.

Der Günter Grass, der in seinem Feld ganz zweifellos ein bedeutender Mann ist, übernimmt kein politisches Mandat. Und kein politisches Amt ...

Neuss: Das sollte er aber tun, genauso wie Ihr Bruder! Was fehlt? Neue Männer braucht das Land!

(Beifall)

Menge: Du, genau das hat er eben gesagt.

Weizsäcker: Das hab ich ja grade gesagt.

Neuss: Oh, entschuldigen Sie ...

Weizsäcker: Und ich ...

Neuss: Ich bin so vorlaut, weil ich so wenig im Fernsehen bin. Entschuldigen Sie.

(Gelächter, Beifall)

Menge: Das ist das Nachholbedürfnis, das du hier fast erfüllt hast.

Weizsäcker: Na ja, was ich sagen will, ist, wir als Politiker tun gut daran, auf die Leute, die außen stehen, aber ihren Kopf und ihre Gedanken und ihren Verstand haben und es auch formulieren können, auf das zu hören, was die sagen. Das schließt aber nicht aus, daß die uns mit Recht kritisieren, sondern daß wir ihnen gegenüber sagen, ihr könntet uns noch klügere Ratschläge geben, wenn ihr das, was ihr in der Theorie euch ausdenkt, auch mal in der Praxis ausprobiert. Und das tun im allgemeinen Intellektuelle nicht, das tut auch Günter Grass nicht.

(Zwischenruf: Was ist denn unter Intellektuellen zu verstehen?)

Weizsäcker: Es gibt sehr wenige in der Poli...

Neuss: Intellektuelle, das sind erst mal Leute, ich erklär's mal, wie's einer aus Neukölln sagen würde: Das sind Leute, die haben weniger gebumst!

(Unruhe, Gelächter)

Weizsäcker: Jetzt verstehe ich gar nichts mehr.

(Zwischenruf: Kann man denn sagen, daß alle Politiker nicht intellektuell sind?)

Weizsäcker: Naja, also die allermeisten Politiker sind auch keine Intellektuellen. Es ist doch so!

(Unruhe)

Menge: Darf ich mal was sagen? Vielleicht wäre dies ein ernstes Gespräch, das man zu Hause führen sollte und …

Neuss: Der Regierende gibt hier heute den Ton an. Er blödelt heute wieder. Das ist gut! *(Gelächter)*

Tut ihm gut und uns!

(Gelächter, Beifall)

Menge: Das ist richtig … Ich will mal mit einem Beispiel auf das antworten, weil das zum Thema gehört. Henry Kissinger hat im ersten Band seiner Memoiren gesagt, das Schlimmste dabei, Politiker zu sein, ist, daß er überhaupt nicht dazu kommt, irgendwas Vernünftiges mehr zu lesen, weil er keine Zeit hat, und während der Zeit als Politiker nur von seiner Substanz leben kann.

Weizsäcker: Sehr richtig!

Neuss: Darum müssen die Politiker so 'ne Typen wie dich und mich und Gisela treffen, damit sie den Extrakt der Bücher von uns in ihre Köpfe hineinkriegen. *(zu Weizsäcker)* Wir lesen für euch!

(Gelächter)

Wir lesen für Kissinger mit! Und was lesen wir da?

(Gelächter)

Weizsäcker: Das reicht ja Henry Kissinger nicht! Das reicht mir auch nicht, mit Verlaub gesagt!

Neuss: Darf ich mal was sagen? Ich muß meine Pointe loswerden, denn die hab ich versprochen. Herr von Weizsäcker, wissen Sie denn überhaupt, daß ich Bundespräsident würde, wenn die Kinder wählen dürften?

(Gelächter, Gejohle, Bravorufe, Beifall)

Das ist doch ganz klar, daß ich … weil: die Kinder wählen doch immer einen aus …

(Zwischenruf: Mach du lieber erst Oberbürgermeister!)

Neuss: Jetzt hat die mir in die Pointe reingesprochen!!

(Zwischenruf: Scheiße!)

Menge: Ja, ist doch Dein Publikum hier!

(Gelächter)

Neuss: Ich hab mich selbst verstümmelt: Mein Mikrofon ist weg!

(Gelächter)

Menge: Deine Stimme reicht!

Neuss: Aber so was Gemeines! So in die Pointe ... Nein, ich wollt Ihnen nur sagen, die Kinder wählen immer einen aus der Sesamstraße, und damit weise ich wieder dezent auf meinen Mund, und da sag ich noch das Letzte: Wißt Ihr denn, wißt Ihr am Tisch, warum wir in Deutschland noch keinen Aufschwung haben? Der Irrtum ist im Bundeskanzleramt. Weil unser lieber Bundeskanzler Helmut Kohl doch der Enkel schlechthin ist, ja? Das ist doch kein Bundeskanzler, es ist ein Bundesenkel.

Die Kinder wählen immer einen aus der Sesamstraße.

(Gelächter)

Und dieser Bundesenkel hat sich den falschen Geist gesucht. Es ist nicht Adenauers Enkel.
Es ist Heinrich Lübkes Enkel!

(Gelächter, Gejohle, Beifall, Getrampel)

Sie sind ja ein boshaftes Publikum!

(Gelächter)

Ehrlich! Also, das kann nicht an mir liegen! Es scheint hier was Parlamentarisches im Raum ... schlimm. Vorhin ist uns ein ganz wichtiger Satz von Gisela Marx entgangen, der 'n dicker Lacher war. Wo noch nicht mal Richie drüber ... der lacht doch über alles, ja?

(Gelächter)

Weizsäcker: Nee, das stimmt nicht!

Neuss: Also, paß mal auf, da hat sie gesagt ...

Weizsäcker: Stimmt überhaupt nicht!

(Gelächter)

Neuss: Die Gisela Marx hat gesagt, war einer der besten Sätze des heutigen Abends: »Sie waren 49 Jahre, und seitdem wollen Sie Bundespräsident werden«, ja?

(Gelächter)

Und da hätt ich gesagt: ja. Weil, Bundespräsident ist das schönste Amt, das ich mir denken kann!

Weizsäcker: Das kann ich nicht beurteilen!

Neuss: Doch, das isses! Wir sehen's doch an Carstens. Der ist ja sogar besser geworden!

(Gelächter)

Weizsäcker: Also, ich kann nur sagen, ich kann das nicht beurteilen, ich möchte das auch gar nicht beurteilen ...

Neuss: Ist ’n schickes Amt. Glauben Sie mir!

(Gelächter, Beifall)

Weizsäcker: Dann passen Sie mal auf: Ich finde, daß das Wesentliche, was wahrscheinlich zeitlich gar nicht sehr viel von dem ganzen Tageslauf ausmacht, aber das Wesentliche, nämlich selber nachzudenken, wie für die nächste Generation eine lebbare und humane Zukunft geschaffen werden kann, ist eine ganz …

(Zurufe, Unruhe)

Ja, nu, Augenblick mal!

Neuss: Die Hausbesetzer, auf die kommen wir gleich noch mal!

Menge: Nein, nein, wir kommen nicht drauf!

Weizsäcker: Ah, das ist eine außerordentlich schwierige, eine viel schwierigere Frage als die allermeisten Fragen, vor denen ich hier, in meinem jetzigen Amt, stehe. Und deswegen kann man von Annehmlichkeiten oder Lust oder ähnlichen Dingen in dem Amt nach meiner Erwartung nicht sprechen.

Neuss: Na gut. Wenn Sie’s so sehen, machen Sie sich’s extra schwer.

(Gelächter, Beifall)

Nach der Show: Neuss mit Juppie von der Ufa-Fabrik

»Ich bin der vierte Mann«

Neuss im Selbstgespräch mit den »3 Tornados«

Neuss: Ich schlage vor, wir machen 'ne Diskussion. Jeder sagt, was ihm einfällt, weil, erst mal die Leser zum Lesen zu kriegen, das ist 'n Kunststück. Für mich ist in Berlin TIP immer noch tipptopp, verstehste? Ich les' das immer noch lieber als den Stern, wo ich doch Stern-Mitarbeiter bin. Ihr kommt gar nicht zu Wort, das merkt ihr, ja, ja?

Holger: Weil wir nicht im Stern kommen?

Neuss: Weil sie erstens nicht im Stern kommen. Zweitens: Im RIAS sind se nicht zu hören. Mach doch mal SFB2 an. Da hörst du alles, nur nicht die Tornados. Und? Bei Radio Schamoni, ja, 100,6, Pornosender in Berlin, dieser eingewanderte DDR-Sender, Schamoni, dieser Wichsgriffel aus Münster, der beschäftigt die Tornados und den Wolfgang nicht. Neiiin, nichts Angetörntes will der haben, und schon gar nicht, wenn's jetzt im TIP steht. Also: Der Arnulf Rating aus Wuppertal, ist einer von den Tornados, der Holger Klotzbach aus Hannover ist der zweite von den Tornados...

Holger: Aus Düsseldorf.

Neuss: Aus Düsseldorf. Ich hab extra Hannover gesagt, und aus Celle, der Willi Günter Thews ist der dritte Tornado. Und der vierte Tornado diskutiert mit denen, Wolfi Neuss. Wie sieht es privat mit Humor aus? Nun kann ich selber antworten: Günter hat ihn. Den kann man anbrüllen morgens, dem kann man mit dem nackten Arsch ins Gesicht springen, dem kann man dieses Lied vorspielen: Willste noch ein Frühstücksei.

Der hat einen Lethargischen, also unglaublich, der Humor ist da. Der hat's also. Arnulf, da ahne ich Fürchterliches, mit dem möchte ich morgens nicht zusammen sein, warum? Dem öffnen die Kinder erst die Augen. Der macht die Augen gar

1988 – Neuss im Kollegenkreis. Die »3 Tornados« waren ein West-Berliner Szene-Kabarett, das sich als »spontan, unberechenbar und radi-radikal« verstand. Ihren ersten Auftritt hatte das Trio, zu dem sich die Studenten der Theaterwissenschaft Krank, Rating und Thews zusammentaten, 1977 auf einer Streikversammlung der TU gegen die Berufsverbote. In der Besetzung Arnulf Rating, Günter Thews, Holger Klotzbach waren sie seit 1981 als »Spaß-Guerilla« in deutschen Landen unterwegs. 1990 lösten sie sich auf, 1993 starb Thews. Das Gespräch zwischen Neuss und den Kabarett-Freunden wurde in der Berliner Programmzeitschrift »tip« veröffentlicht.

nicht auf, der läßt sich von drei Kindern, die er selber gezeugt hat, die Augen öffnen. Jetzt Klotzbach: Klotzbach arbeitet mit Dienstmädchen. Der würde am liebsten haben, daß eine inner weißen Schürze, mit hohen Hacken morgens sagt: Herr Klotzbach, es ist acht Uhr; um acht Uhr dreißig ist Probe und ein Gespräch bei Neuss, sie müssen aufstehen. Klotzbach: Genosse Dienstmädchen, kannst du mir mal en Tee bringen.

Holger: Könnt aber auch ein Junge sein.

Neuss: Kann aber auch ein Bier sein, sagt er gerade.

Holger: Nee, ein Junge.

Neuss: Der Klotzbach mischt sich dauernd in die Homosexualität. Der ist gar nicht schwul. Der einzige, der hier schwul ist, ist Arnulf. Sonst niemand.

Arnulf: Da kannst du mal sehen, wieviel Humor ich habe.

Neuss: Euer Humor ist ungeheuer. Daß ihr mich immer noch ertragt! Nun, es muß ja immer ein bißchen Fleisch in so'nem Gespräch sein, und der TIP freut sich darum auch, wenn ich ihm die neuesten Stern-Sprüche gebe. Der erste Spruch lautet: Springers Frieda-Aktien steigen. Leo Kirch will den ganzen Verlag im Fernsehen zeigen. Der zweite Spruch lautet: Suchst du den Amerikanischen Traum, mein Sohn, den gibt's nur noch in der Sowjetunion. Der dritte Spruch lautet: der Pariser namens London auf'm Rücken bei FC Homburg. Das Kondom tragen die gegen den Abstieg und nicht gegen Aids.

Holger: Sehr schön. Und die hamse nicht genommen?

Neuss: Die sind ja heute erst hingeschickt worden (die drei Tornados klatschen Beifall). Applaus kann man nicht drucken, da scheiß ich drauf. Ich will was haben, was man drucken kann.

Holger: Geld.

Neuss: Ist es denn wirklich so, daß ihr zum RIAS, zum SFB, zum SWF 3, zum Bayerischen Rundfunk Nein sagt, wenn die euch fragen »Wollt ihr?«

Arnulf: Manchmal schon.

Neuss: Das heißt also, daß ihr richtig voll 'ne Auswahl trefft, ja?

Günter: Ja, wenn se überhaupt mal fragen, dann fragen wir se, an was sie denn gedacht hätten. Wir haben nun ja mehrere Nummern im Programm, da können sie sich eine aussuchen. Und dann ist die Frage, ob die, die sie nehmen wollen, ob wir die dann auch in dem Zusammenhang senden wollen.

Neuss: Gut, dann sagen wir es mal zu Deutsch, um es abzukürzen: Es ist doch so, mal ganz ehrlich gesagt: Ihr seid doch dadurch geschäftlich geschädigt. Ich kann nur ein Beispiel von mir sagen: Ich bin einmal mit der Pauke, und zwar als das Fernsehen anfing, abgestellt worden, weil dem Intendanten das nicht gefallen hat. Und ich habe keine Karriere mit der Pauke im Fernsehen gemacht. Aber dafür auch keine andere. Also, ich bin einfach nicht rangekommen, weil's einer verhindert hat. Ich bin aber gut gewesen mit der Pauke. Jetzt ist es so: Ich kenne euch ja nun haargenau, alle drei und wenn ich sage: Ihr seid gut, dann weiß ich ganz genau, daß hundert Leute zuhören, die sagen, der Neuss sagt: Die sind gut – dann finden wir die auch gut! Ohne zu überlegen. Und wenn ich sage, ihr seid gut, dann weiß ich auch, daß jeder Intendant euch gut finden muß. Warum? Weil ihr die Freakigsten unter den ganzen Kabarettisten seid. Also wie drei Irre, die nicht im Irrenhaus sind, sondern ihr sagt, da sind noch mehr entsprungen, denen bringen wir jetzt mal 'ne Botschaft, da fahren wir überall hin und singen unser Lied. Aber wie die Marx Brothers mehr. Seh ich das richtig?

Arnulf: Die Frage ist so präzise gestellt …

Neuss: So das Private spielt ihr ja mehr wie die Marx Brothers. Wie ihr ja überhaupt die Marx Brothers sein könntet, aber politisiert. Aber wie gesagt: Du müßtest längst Zigarre rauchen, Günter.

Günter: Ich rauch aber lieber was anderes.

Neuss: Der Klotzbach ist der an der Harfe. Und der Arnulf, das ist der mit dem irren Hut. Innerlich. Oder der Stumme. Sehr richtig, der Stumme. Ooch, wenn ich den Arnulf Rating aus Wuppertal mal stumm erleben könnte, ja? Stumm auf der Bühne, zwei Stunden, wär das herrlich. Geht gar nicht. Kann er nicht.

Günter: Na ja, aber ab und zu darf auch mal 'ne Pointe fallen.

Neuss: 'ne Pointe? Ja komisch, nicht, wir unter uns Fachleuten, da müssen die Pointen immer fallen. Es geht ja darum, daß wir den einen oder anderen überreden, in euer Zelt zu kommen. Ihr habt euch 'n Zelt gekauft, 'ne?

Günter: Nee, wir spielen im UFA-Gelände.

Neuss: Ihr spielt doch auf'm UFA-Gelände? Ach, das ist mir ja ganz neu. Da brauchen wir ja gar nicht soviel Reklame zu machen. Da würde ich am liebsten jeden Abend kommen. Ganz ehrlich gesagt.

Holger: Na, na ...

Neuss: Das kannste mir glauben. Warum? Es gibt kein besseres Kabarett. Mit den Tornados mach ich die Bühne. Ich bau auf, ich bau ab, ich trag euch das Gepäck. Warum? Na, Mann! Ihr seid's doch. Ihr seid die ersten, wo ich sage, ihr seid wie ich. Warum? Ihr braucht kein Kabarett zu machen, ihr seid Kabarett. Man braucht euch nur anzugucken. Kabarett hoch drei, crazy Kabarett, Rock'n'Roll-Kabarett, wenn ihr die bürgerlichen Kabarettisten nachmachen wollt. Da mache ich mir in die Hosen, um ehrlich zu sein. Wenn Klotzbach einen Hildebrandt spielt oder einen Busse, und der Arnulf macht den Thomas Freitag.

Arnulf: Kenn ich nicht.

Neuss: Und in Wirklichkeit scheißt ihr doch alle auf die.

Holger: Richtig!

Neuss: Trotzdem: Ihr müßt den allergrößten Wert darauf legen, nicht mehr im UFA-Gelände aufzutreten, sondern bei den Stachelschweinen. Habt ihr das mal versucht?

Arnulf: Ja. Wir wollten das sogar mal machen.

Neuss: Oh, das ist gut.

Arnulf: Wir hatten da auch 'nen Termin vereinbart, aber irgendwie ...

Neuss: Du weißt ja, wie ich das meine. Ihr gehört vor ein Publikum, das sich einbildet, nicht freakig zu sein. Nicht irre zu sein, nicht ausgeflippt zu sein. Vor ein total ordentliches, normales Publikum. Die Busse, die zur Mauer fahren, zum Charlottenburger Schloß, dann Senatsbesuch und dann in die Stachelschweine abends. Und wenn dann die Tornados kämen und nicht immer so 'ne Nachgemachten wie die Stachelschweine. Das höchste, was die Stachelschweine dann diesen Leuten bieten, wenn sie selbst nicht da sind, ist so 'ne Art Chez-Nous-Kabarett. Also immer wieder Transis, verstehste? Wozu hat man die Bühne? Wozu ist man eine öffentliche Person? Doch nicht nur, um einen Beruf zu haben und Geld zu verdienen. Sondern für die Bühne – und das kommt doch bei den Tornados durch. Das kommt nicht mehr beim »Scheibenwischer« durch, das kommt nicht mehr beim Richling, doch, beim

Richling kommt's noch durch, bei dem, weil der Ekstase hat, aber es kommt kaum bei einem Kabarettisten. Bei Didi Hallervorden überhaupt nicht.

Günter: Ich bin ja froh, daß du nicht für ihn arbeitest.

Neuss: Hab ich angefangen, über Kollegen zu reden? Aber ihr sagt ja nichts. Hat doch keinen Sinn.

Arnulf: Du bringst doch alles so klar. Was soll ich dazu sagen? Du machst doch die Kollegen so schlecht …

Neuss: Ich mach doch die Kollegen nicht schlecht …

Günter: Besser könnten wir's nicht tun …

Neuss: Ich mach doch die Kollegen nicht schlecht, sondern ich mache euch gut. Wenn ihr nicht soviel auswendig lernen müßtet, sondern Stegreif machen würdet, dann würdet ihr am liebsten toben – die ganze Nacht. Ihr würdet gar nicht mehr aufhören. Und wenn es nicht so ist, red' ich es euch ein.

Arnulf: Aber Wolfgang, die Leute bleiben nicht, wenn ich zwei Stunden schweige.

Neuss: Nee, aber icke. Das war ja 'ne persönliche Sache zwischen uns beiden. Nee, so'n Typ wie du darf nicht zwei Stunden schweigen. Du bist ja schon mit Reden langweilig. Aber ich hab das doch mit dem Schweigen nur gemeint, weil du doch jetzt auf der Bühne den Günter mit der Ekstase übertriffst. Der Günter, der trinkt ja nun keinen Alkohol, das ist ja der Unterschied zwischen euch beiden, also drück ich's mal elegant aus.

Holger: Zum Rock 'n' Roll gehört aber Alkohol …

Neuss: Früher. Der Rock 'n' Roll hat auch 'ne Entwicklung. Und der Alkohol-Rock'n'Roll ist stehengeblieben. Kannste hören überall. Ach übrigens: Wenn wir im Rock'n'Roll-Jargon sprechen würden: klar gehört ihr dann zu den Leuten, die Hardrock machen. Totalen Hardrock. Aber es gibt keinen anderen deutschen Komiker – da kannste suchen, wo du willst –, keinen Kabarettisten, der Hardrock macht. Ihr macht es. Und ihr redet für die Leute, die im Knast sitzen wegen fünf Gramm Haschisch, die verfolgt werden, die ihren Joint nicht frei rauchen dürfen. Für die Freaks von den Tornados ist es eine Selbstverständlichkeit, selbst für den Vollalkoholiker Holger Klotzbach ist es eine Selbstverständlichkeit, daß sein Bruder Günter den Joint rauchen darf, er lebt ja davon auch, das Bier schmeckt ihm ja viel besser dadurch. Ich sehe immer, auch beim Scheibenwischer, über Drogen reden sie nicht. Sie machen sich lustig über psychodelic, die Renate Küster schwebt über die Bühne und sagt: Hach, du brauchst ja nur abfahrn, du brauchst ja nur das, sagt diese einschlägigen Worte. Ich sag's mal kurz: Gott wird nicht ernstgenommen. Aber bald wird er mal ernstgenommen, was? Ohne daß da was Schlimmes eintritt.

Holger: Sag das mal dem Arnulf. Der will seinen Sohn nicht in den Konfirmandenunterricht schicken.

Neuss: Das ist ja auch Gott. Das ist ja richtig. Wenn alle in den Konfirmandenunterricht gehen wollen, dann muß es einen geben, der nicht gehen will.

Günter: Der will ja gehen. Der Junge will gehen, nur der Vater will, daß er nicht geht.

Neuss: Zu deutsch: Der Vater will nicht gehen.

Arnulf: Ich muß ja nicht mitgehen.

Neuss: Nee. Nun werd ich dir mal was sagen: Da müssen die 3 Tornados ihren Adorno auch mal kennen. Wenn der Arnulf seinem Sohn keinen Konfirmandenunterricht gönnt, weil da wenigstens mal was zu lachen wäre, dann ist das 'n ganz blöder Wuppertaler Komiker, der 100 000 Leute in der Woche zum Lachen bringt, aber seinem kleinen Sohn zu Hause nicht einen Lacher gönnt.

Holger: Jetzt haben wir mal 'ne Frage: Du hast doch eben gesagt, du wärst 'n vierter Tornado. Willst du nicht mal bei uns 'n kleines Gastspiel geben?

Neuss: Das ist ja so, wie wenn einer ohne Fallschirm aus'm Flugzeug springt, was der mich eben gefragt hat. Der will das gar nicht.

Holger: Doch.

Neuss: Ich wollte der vierte Tornado sein und bin es ja auch. Ich wundere mich seit drei Jahren, daß ihr hier nicht reinkommt und sagt: Paß mal auf, wir haben zwar 'n laufendes Programm, das machen wir schon selbst, da brauchen wir dich alte Sau nicht. Wolfgang, warum üben wir drei eigentlich nicht den Villon ein, wo wir mal völlig anders auf der Bühne werden? Warum üben wir eigentlich nicht Neuss Testament ein, das ja spielbar ist. Weil wir zu faul sind. Das war Klotzbach. Weil wir zu faul sind. Das war Thews. Weil wir zu faul, zu faul, weil wir fünfmal zu faul sind. Das war Rating.

Günter: Wir können ja zu viert 'ne Nummer machen: Wir machen drei Stumme und du sprichst.

Neuss: Wenn ich mit euch auf der Bühne wäre, würd ich zumindest weniger sprechen als ihr. Warum? Also das kann ich mal ganz geradeaus sagen: Ich hatte richtige Partner. Der unglaublichste Partner war Wolfgang Müller, weil der optisch alles gebracht hat, was ich nur mit der Zunge brachte. Aber bei euch würde ich doch der Stichwortgeber sein. Nur: daß die Stichworte dann schon die Lacher wären.

Günter: Das wär die Nummer »Wie mach ich aus 'ner Nebenrolle 'ne Hauptrolle?«

Holger: Geschickt.

Neuss: Geschickt bin ich immer. Ich bin 'n Bote, ein Gottesbote bin ich. Das muß man anerkennen, ja? Hundertprozentig. Hallo hallo, da ist doch mal 'ne Frage: Während das Anarchistische bei euch so vor zehn Jahren ganz stark auffiel, ist es jetzt mehr wie'n lästiges Anhängsel, weil jetzt muß man ja nun nicht politisches Kabarett machen, sondern abenteuermäßiges. Die Jungens gähnen bei Politik, wenn man sie ihnen nicht irgendwie schmackhaft oder artistisch bringt. Also ich hab zum Beispiel erlebt, ich mache so 'ne Sendung in Baden-Baden, da bring ich artistische Witze, da sagen die Leute: Guuuut. Ham aber nichts verstanden. Wenn ihr eine sehr gute Nummer im Programm habt, und davon habt ihr ja immer mindestens drei, ich denke diesmal auch, ich komm ja gucken …

Günter: Eine vor der Pause, eine nach der Pause. . .

Neuss: Hundertprozentig … So hat sich das Publikum verändert, darum müßt ihr euch täglich verändern, sagen die: Mensch, die Tornados! Sind die klasse! Und haben nicht eine Pointe verstanden, die Leute, die das sagen. Wie kommt das? Wie denken diese Leute? Ganz klar: Haben wir früher nicht durchgeblickt, haben geschimpft, haben gesagt: So ein blödes Publikum, das stinkt ja schon, ja? Heute sag ich: Diese Leute denken folgendermaßen: Ich sitze hier im UFA-Saal, die Tornados sind auf der Bühne und ich finde sie einfach klasse, tierisch gut, drei Ausrufungszeichen!!! Hab aber nix verstanden. Wie denken diese Leute? Die Leute denken sozusagen pluralistisch, nämlich: 500 Leute um mich herum, da sind bestimmt 'n paar drunter, die das verstehen, was die Tornados bringen.

Aber ick find die einfach gut! Verstehste? Also zum Gutfinden gehört heute gar nicht mehr Verstehen, so daß ihr euch gar nicht mehr so 'ne intellektuelle Mühe geben müßt bei den Texten, sondern viel mehr beim Schwingen, beim Gefühl. Viel mehr. Das macht ihr aber auch, weil: Ick seh ja immer Holger mit dem Schifferklavier. Wenn der 'ne ganze Rock'n'Roll-Band parodiert. Und dann hätte ich mich mal an eurer Stelle über Degenhardt lustig gemacht, daß der jetzt mit Orchester auftritt, wenn er auftritt. Oder auch Hanns Dieter Hüsch: Über den muß man sich auch mal lustig machen, sonst kommt da nicht viel raus. Hildebrandt ist auch 'ne Figur, über die man langsam mal Witze machen muß. Von Neuss ganz zu schweigen. Aber über mich hat ja die »Bild«-Zeitung die schlimmsten Witze gebracht. Ich bin ja nun mal das Drogenwrack, da kann ich mich hier intelligent, intellektuell oder auch devot oder auch völlig angepaßt bewegen: nichts zu machen. Wer den Judenstern Drogen hat, der hat ihn. Der Vorteil meines Abgestempeltseins als Drogenwrack wird anders betrachtet, der Neuss, anders als der Hildebrandt und all die Typen. Wie werden denn die betrachtet, die Tornados, das UFA-Gelände und der Neuss? Daß das Freaks sind – selbstverständlich. Aber auch als Volkseigentum. Aber gut finde ich, daß Arnulf gesagt hat, daß ihr bei den Stachelschweinen auftreten würdet. Ich werde die jetzt wild machen, daß die euch unbedingt für nächstes Jahr das Haus geben. Und 500 Mark? Die kriegen 250.

Ich bin ja nun mal das Drogenwrack. Nichts zu machen.

Günter: Aber das ist so 'ne Touristenburg …

Neuss: Eben, mein ich doch …

Günter: Wir fahren doch schon hin, nach Bad Pyrmont und jetzt spielen wir in Berlin und haben schon wieder Bad Pyrmonter, so viel Wasser kann ja keiner. Hier wolln wir ja auch mal die Einwohner dieser Stadt Anteil nehmen lassen. Nee, das mit dem volkseigen ist ja gut, bloß da wird man so zum volkseigenen Betrieb …

Neuss: Wenn ihr das mal wärt …

Günter: VEB Kabarett …

Neuss: Ja, wenn ihr das mal wärt. Kabarett ist ja nur ein Teil, was eure Sache abdeckt. Ihr seid ja auch 'ne Linie 1, und die

Stachelschweine sind mindestens ein UFA-Gelände, wollt ich sagen. Ich kenn die länger. Das sind Leute wie ihr. Das hättet ihr als Tornados 1947 nicht besser machen können: im Keller der Ruine der Gedächtniskirche, im Burgkeller, aufzutreten. Ihr hättet euch nichts anderes gesucht.

Arnulf: Ja, in den 50er Jahren hätten wir das bestimmt auch so...

Neuss: Hundertprozentig hättet ihr das so gemacht, ja? Und darum muß man, also wie soll ich sagen, Kontinuität herstellen, in dieser Branche.

Günter: In Ordnung.

Arnulf: Wie war die Frage?

Günter: Ich wollte auch die ganze Zeit was sagen, aber ich habe immer die Frage vergessen.

Neuss: Es hat ja niemand eine Frage.

»Paß ma auf, Kühn ...«
Ein Briefwechsel

Hans Wolfgang Otto Neuss
Villa Lohmeyerstraße zu Berlin-Charlottenburg am 2.12.84

Paß ma auf, Kühn, –

in unsrem Rowohlt Bastard sollte dieser Briefwechsel durchgehend zur Abwechslung gedruckt sein – quasi running-gag, briefwechsel mit dem herausgeber ... geber ... geber ...

Was nimmst Du Dir eigentlich heraus, daß Du nun schon ein zweites Mal was zum Lesen von mir »herausgibst«, wo es doch ums Hereinnehmen geht, hereinnehmer volker kohn, oder weißt Du überhaupt, Schmitten-Pinscher, warum ich diese Sprüche drucken lasse? Weil Sprüche lesen ansteckend wirkt. Darum.

Du weißt doch, meine Lebensperspektive ist immer klar und deutlich auf oder über dem linken Pfad aus den Deutschen im Jenseits von Oder/Neiße bis Diesseits Rhein/Ruhr ein Volk von Kabarettisten zu machen. Ick komme von links, weil alle anderen deutschen Komiker von rechts kamen.

Ick mache aus den Deutschen ein Volk von Kabarettisten sowohl in der DDR wie auch aus der BRD – in Westberlin geht's los.

Zunächst verführt man sie mit einer gottgewollten Kohl-Regierung zum Kohlen, also nicht ganz die Wahrheit sagen, am Randes des unter dem Arm befindlichen Grundgesetzes – Du kennst die Gegend um Höcherl herum. Das Kerlchen hat keinen Führerschein mehr, das Höcherle, aber ein feiner Rechtsanwalt war er, immer a bisserl a Hirnriß, gell? Ich schwafle ab. Wenn die Deutschen ein Volk von Kabarettisten werden sollen, müssen sie mit Sprüchemachen dazu verführt werden.

Du selbst, armseliger

1984/85 – Briefwechsel zwischen Freunden – von Neuss immer gewünscht, immer wieder auf den Weg gebracht, genau so oft wieder abgebrochen, um immer wieder einen neuen Anfang zu machen. Da kämpft einer um Nähe und wehrt sie gleichzeitig ab; der freundschaftliche Umgang ist ruppig im Ton, hart in der Sache. Für Neuss, egoman bis zum Selbstmitleid, kein Widerspruch: »Selbst wenn ich brülle und schimpfe«, gibt er 1973 zu Protokoll, »ist es doch nur, weil ich zeigen will, wie sehr ich eigentlich liebe.« – Gegenstand der Korrespondenz sind die »Tunix-Sprüche«, die Volker Kühn 1985 herausgibt. In die zuweilen mehr als eigenwillige Rechtschreibung, persönliches Kennzeichen der Neuss-Briefe, wurde nicht korrigierend eingegriffen.

Herausgeber, wirst es am eignen Kopfe spüren – es reizt ungemein zum Selbermachen, mehr als zum Onanieren reizt das Leben zum Sprüchemachen.

Klopfen tu icke prinzipiell keine Sprüche. Sie werden dann zu breit und man muß sie panieren, na ja, einer der letzten großen Sprüche- und Witze-Bastler, Peter Frankenfeld, sagte immer zu mir, wenn ich ihm einen besonders guten Spruch gab, »Oh, der ist gut, der ist sogar sehr gut, aber? Der ist morgen erst sehr sehr gut, wenn er nämlich von mir ist.«

Darum, lieber Kohn, wenn du keine Texte von mir genügend hast, klau, was das Zeug hält.

Das ist nämlich das Zweite, was die Deutschen auf ihrem Wege zu Kabarettisten lernen müssen: geistig klauen.

Nicht mehr bei Edeka die Seife aus dem Regal, nein, bei Karl Kraus die Sprüche aus diesem wunderbaren »Heute-noch-Gut-Buch Kösel Verlag« BEIM WORT GENOMMEN – KRAUS, na, dis Buch habe ich schon 700mal gekauft und 800mal verschenkt.

Und das dritte für die All Deutschen Kabarettisten bleibt natürlich Kutte Tucholsky, schon, weil wir ihn alle zum Mann des Jahrhunderts neben Charlie Chaplin hochstilisiert haben.

Auf diesen drei Säulen ruht mein Lebenskonzept, finste nich, ick bin gut aufgehoben?

Merk mal, Herr Kohn: In dieser Sekunde, wo ich dir schreibe, versagen alle deutschen Kabaretts in DDR und BRD vor einem Zeitproblem: vor der Ekstase. Die Ekstase und ihre Bewältigung, das Drogenproblem ... kein deutsches Kabarett wills wagen, das allerdings ist ein freiwilliger Verzicht des deutschen Kabaretts auf Existenz! Und darum müssen wir an der großen Sache arbeiten, aus diesen gebeutelten deutschen Mördern Kabarettisten zu machen.

Schade, daß diese Hausschweine Böll, Enzensberger, Grass oder so ein Europa Schwein Lenz (hat ein Kotelett mehr) nicht mitmachen, die halten die Deutschen vom satirischen Leben in einem Maße zurück, diese soeben genannten Dichter, daß man sie in Verdacht haben muß, die wollen das Gleiche wie ich. Nur über die Masche Pferdekur. Nein, ich will den Deutschen wohl, denn ich bin der leibliche Nachfahre Saint Germains, Bambino Neuss, der fleischer-juede aus Breslau Wroclav-Schlesien.

Ins Nachhinein hatte Schlesien immer was Chinesisches.

Nein, allerliebster Kühn Volker mit Deiner Uschi, was willste eigentlich mit der ...? [...] – ach, es fehlt Hilde Hildebrandt, Olga Rinnebach und all die Kate Kühls Mensch, das waren Mädchenweiberdamen vom Feinsten, von Valeska Gert und Anita Berber zu schweigen, welche dumme Sau läßt Mädchen eigentlich zur falschen Zeit leben, damned? [...]

Herbe Grüße an die Nonne aus Paderborn. Geistlos oder Gottlos, der Unterschied ist klein, fast immer soll nichts vorhanden sein!

Puss Puss Kram Kram
Wolfgang

Volker Kühn 6384 Schmitten/Ts Am Pfaffenroth 22a
10.12.84

Gutt Froind,

ich hoffe doch sehr, da Dein letzter Brief vom 2.12. datiert, daß Du noch zu dem stehst, was Du da schreibst. Inzwischen bist Du ja ein Jahr älter geworden, hast einen Jahresring mehr angesetzt, Du weiser Jahrgang, Du.

Deine Klaumich-Philosophie hört sich gut an, aber natürlich weißt Du, daß Brecht so lange für »Laxheit im Umgang mit dem geistigen Eigentum« anderer war, als er sich bei Rimbaud, Villon und anderen bediente. Später hat er seine Tochter Barbara zur Inquisitions-Bärbel erzogen, die scharf darüber wacht, ob es da Gesinnungsfreunde gibt, die dem Papi in die geistige Tasche fassen wollen. Bei Tucho ist es ähnlich. [...]

Aber recht hast du trotzdem: Es gibt keine der wirklichen, wenigen Wahrheiten, die so unter den Leuten wäre, als daß sie keine Verbreitung mehr nötig hätten. Oder. Obwohl, mein Freund der Charlottenburger Matritzengruft, wir wollen's auch nicht zu weit treiben, gell? Stell Dir mal vor: Ich gäbe nicht heraus, sondern nur noch herein – beklau Dich und mach für mich was draus – da bin ich schon lieber für unser altes, erprobtes Modell: halbe-halbe, und das mit der Klaue bezieht sich auf die Handschrift und auf uns selber: Ich beklau mich z.B. am liebsten selbst. [...]

Hast Du eigentlich mein Buch gelesen? Wenn ja, sag was. Wenn nicht, bleib sitzen und lies. Die alten Profis kommen drin vor, von denen Deine Papis (Paul Graetz, Nikolaus, Grünbaum) sich ihr Handwerk abgeguckt haben: Paul Schneider-Duncker, Willy Prager, Maxe Reinhardt, Robert Steidl, Claire Waldoff, Otto Reutter. Letzterer mit 'ner schneidigen Hommage an Otto Weddigens U9. Kennste ja wohl noch aus der Zeit von Scapa Flow, wenn Du schon 70/71 dabei warst.

Grüß Charly Kraus, wenn Du ihm ne Pointe aus der Hand schlägst. Und wenn Geld kommt, bin ich schon da in der Lohmeyer. Insofern machen wir das wir gehabt, klar?

Bin ich nun Herausgeber oder nicht?

Ich küß Dir Deinen geistigen Buckel, Dein Genie-Höcker

Volker Kühn

Hör mal, Kühn, mir langt's jetzt mal, –

heut ist der 20. Dezember 1984, wir kennen uns jetzt 20 Jahre, von diesem Moment an am Telephon, Du in Frankfurt, ich im Büro in Berlin ... dieses bekannte Mauer-Gespräch – Bindeglied die Jazz-Sängerin Inge Brandenburg – hör mal, Kühn, lausch mal eine Sekunde in Dich rein, Du hast doch alles kennengelernt, damals, in dem soeben erwähnten Moment, nur? Ein Genie haste nicht kennengelernt, du Osnabrücker Totengräber Güldenkühn und Rosenvolker, mir langt es. Ich bin kein Genie. Sondern das Gegenteil.

Ich bin der bekannte Kretin, der von seiner Mutter Hände im Zorn erwürgt wurde und wie ein Wunder weiterlebt bis heute. Eine zunächst bemitleidenswerte Figur durch und durch. Ferner vermisse ich in Deinem letzten, verkrampften Brief irgendein Wort darüber, daß du lächelnd zuguckst, wie wieder, um Herrn Volker Kühn herum, die Juden verfolgt werden, wozu ich auch Tommi zähle und mich, aber auch, um gleich mal das Reizwort des Jahrhunderts zu sagen, Heroingroßhändler. Dein Brief stinkt vor Unlust und Alkohol.

Ich schrieb Dir, die Hauptsache ist, aus den Deutschen ein Volk von Kabarettisten machen. Das ist mindestens so gut, daß man darauf mal antwortet. Weißt Du noch, wie Werner

Finck die Partei der Radikalen Mitte gründete? Stattdessen kommen Sie, Herr Kühn, mit 1900 Spießbürgern über Cläre Waldorf, – wisch Dir mal diese blöde Art von Manierismus ausm Auge, wenn schon, dann Dadaisten, aber du kennst ja noch nicht mal Kurt Schwitters und Johannes Baader, weil Ihr Alkoholiker sogar Angst vor dieser vergangenen Ekstase habt (naja, das Dritte Reich entschuldigt). Aber die Angst vor der Ekstase, vor Begeisterungsfähigkeit, du weißt schon, Heiil Heiiiil Heill ... darum Politik der Ekstase, Deutsche werden alle Kabarettisten, nur in einem satirischen Dauerzustand dürften die Deutschen erfahren, wozu sie die Spirale, sprich die Geschichte, benutzt hat.

Dann aber, im Jahre 4001, dann ist auch Kujau kein Fälscher mehr. Bis dahin, mein allerliebster hessischer Brother, bis dahin gilt es, ein Kühn und ein Neuss Bewußtsein zu erhalten, was aus dem Volke hier Berufskabarettisten gemacht hat. Leute, die lieber einen Witz machen, als ein Messer ziehn.

Hat noch jemand eine Frage?

Ich strafe nie, aber diesmal mach ich extra keine Briefwitze mehr und schick Dir auch nichts zum Lesen (Sprüche), weil du Dich auch über das Ansteckende der Sprüche nicht ausläßt, Herausgeber.

Lieber Herr, zu Ihnen würde ich, wenn Sie noch weitermachen, am liebsten wieder Sie sagen. Dein Brief ist faul in jeder Beziehung, er mißtraut mir, Du bist kein Bruder, nicht mal ein Freund. Du bist ein Mensch, wie andere Feuilletonisten, die nicht wissen, wo's lang geht und dauernd aufpassen müssen, daß sie nich danebentreten.

Ich geh andre Pfade. Und benutze meinen Größenwahn zur Nutzenfreude anderer. Soll Nutzenfreude heißen.

Nicht mal ne Schreibmaschine hat man. Putt.

Alles ist Schmitten, nur nicht geistig.

Oder es müßt mal 'ne gut gehaltne, herzliche Briefconférence kommen.

KEIN HERZLICH
Neuss

BUSSI

Volker Kühn 6384 Schmitten/Ts Am Pfaffenroth 22a
24.12.84

Hörzu, Freind, Du Extremzwitter zw.-menschl. Bez.

Das mit der brieflichen Korrespondenz war ja Deine Idee, und sie ist gut. Da geht's Zug um Zug, und nicht notabene wer am lautesten kann. Sondern anders. Nämlich so:

Hör mit Deinem gottverdammten Selbstmitleid auf. Ich hab keine Lust, mit 'ner einstudierten Boulevard-Rolle zu kommunizieren. Wer sagt Dir eigentlich, daß Du anders gewürgt worden bist als andere – außer Dir. Du stehst zu was also steh auch zu was. Und mach nicht die Verhältnisse für alles und nichts verantwortlich. Die Verhältnisse sind nicht so. Auch sie sind ganz anders. Ändern wollen wir sie, nklardoch. Aber wie, nicht wahr? Da sind wir beim Punkt. Mit'n paar Sprüchkens isses nich, das weißt Du sehr gut. Pointen haben die Eichmanns schon lange drauf gehabt, und seine Schläger vor Ort erst recht, weißt Du, wie sie den Grünbaum zu Tode gebracht haben, mit welchen Kalauern sie ihm den Rest gaben, nur weil sie ihn für den brillanten Geist hielten, der er war? Daß Gerron gezwungen wurde, unter Absingen seiner Dreigroschen-Hits in die Gaskammer zu marschieren(!), nachdem sie ihm natürlich noch eine Sondervorstellung kabarettistischer Kleinkunst abverlangt haben. Und da quatschst Du, es wäre damit getan, das Volk zu kabarettwitzelnden Sprüchemachern zu machen. Nun aber doch mal so aber bitte doch nicht. Und was Du Manierismus nennst: Cläre Waldorf, geh erst mal raus auf Deinen Flur und guck Dir an, wie sie sich schreibt – CLAIRE WALDOFF, und dann zieh Dir rein, wofür sie stand. Die hat ihre Prügel genau so bezogen wie andere Deines Fachs, und ausgeteilt ebenso. Und erzähl mir keine Ammenmärchen von Schwitters und Johannes Baader, lies mal das Buch, das ich Dir mitgebracht hab dann weißte mehr über das, was Du im Moment nur vermu-

1984/85 – Neuss, der Freund, Neuss und Freunde, Neuss und die Freundschaft – eine anstrengende Sache. »Es war nie leicht, sein Freund zu sein«, schreibt Stefan Reisner, einer, der es wissen muß, im Oktober 1970 im Berliner »Extradienst« und fährt fort: »Seine Freunde haben diese Erfahrungen immer wieder gemacht und manche haben aufgehört, sich über ihn zu wundern. Wolfgang Neuss war immer ein Machiavell seiner selbst, Rücksicht auf seine Freunde hat er nie genommen. Den Speck, den er sich abschnitt, hat er sich ehestens selbst in den Mund geschoben. Kein Wunder, war er doch ein Kind des Show-Business, in dem das Gesetz des Dschungels gilt.«

test. Und dann sag gleich dazu: Hardekopf, Tzara, Huelsenbeck, Mehring – und dann sind wir wieder zusammen. Und verlieb Dich in keine Rassismen von anno dunnemal, so einfach geht die Karre heute nicht mehr, auch bist und wirst Du kein Jude per Gefallsucht, nur weil Du für die Neos ein akzeptables Gegenüber brauchst, heute geht's um Inhalte, fürchte ich.

Und dann kommt Dein Grundirrtum: nämlich daß das Kab.-Witzchen oder Messerziehen eine Entweder-Oder-Alternative sei. Da denkst Du krumm, mein Herr. Das haben sie doch längst alle drauf, den Black, die Auf-den-Punkt-Pointe; das ist doch heute Mittel zum Zweck. Mit dem Kalauer am Heft sticht's sich besser mit dem Messer. Du hast doch Dein gemischtes Doppel mit Silberzunge hinter Dir, er hat Dir doch die Vorlagen gegeben und kirchentagstrefflich gekontert; daß er schwächer als Wolfgang Müller war, konnte Dir doch nur recht sein. Also laß mal 'n bißchen frischen Wind an die Gehirn-Aorta. Vergiß auch mal den Profi-Spaßer Finck; eine Handvoll verschluckter Silben und 'ne Vorlage für das, was man sich dabei denken könnte, wenn man denken könnte, ist für'n Programm anno 85 auch 'n bißchen zu dürftig. Hast ja gemerkt, wo er am Ende sein einstmals juckendes Fell wärmte: auf der Ofenbank der Deutschland-Stiftung, auf der Sofaecke, die Schlamm, Kühnen, Bachmann, Ziesel und all die andern Hupkaczachas besetzt halten. Als er endlich reden durfte, kam er in Verlegenheit, hat dreißig Jahre lang von dem Witzchen der Katakombe gelebt (14/18, 30/33, aufgehobene Rechte) und dann fiel ihm am Schluß nur noch die Sache mit der Sicherheitsnadel und dem Verein ein. Diese radikale Mitte, Freind, stellt heute die Regierung; das hast Du doch wohl hoffentlich gemerkt?

Also: Ekstase – aber sicher doch; aber'n Schuß Anarcho darf doch wohl bittesehr dabei sein, oder? Und zwar ohne Gefiesel und Gewiesel, wir wollen es so, und da wird dann auch nicht gemauert und gemausert; und geschenkt wollen wir schon gar nichts. Wir haben es uns doch wohl hoffentlich verdient, daß die da oben uns nichts schenken, schon gar nicht das, worauf es uns ankommt. Ich hab Dir schon mal gesagt, daß Du das mit der Bewährung falsch siehst. Bewährung hast Du – – – also mach's Maul auf und bewähr Dich! Klar?

Na also.

Und nun muß es weitergehen. Briefe, die den vorangegangenen erklären, zerpflücken, deutlich machen, sind langweilig auf die Dauer. Und hör auf, dauernd Liebesentzug zu unterstellen, Gefolgschaft einzuklagen. Dir wird nichts geschenkt, uns allen nicht. Also hör auf, zu nölen, Wolfgang Neulich. Setz mal ’n Punkt.

Und wenn heute nicht Heiligabend wär, Du Protestant, der Du Dich heimlich wie Kozbächer mit dem unterdrückten Siez-Fuß herumschlägst, würd ich Dir Absolution erteilen. So aber bitte ich Dich in aller Form und Freundschaft, mich für heute am Arsch zu lecken. Das kommt mir zu so einer Festlichkeit gerade recht. Schreib bald. Herzlich oder nicht.

Wie immer, ganz kopflich, Dein

Volker

PS: 85 ist auch ein Jahr!

Mein sehr aber auch sehr sehr sehr geehrter Herr Kabarettist Kühn, Volker – liebster Herr!

Wir schreiben, das heißt, ich schreibe heute den 28. des letzten Jahres und finde unsren Briefwechsel dumm um nicht zu sagen Deinen letzten Brief. Das is ’n Abmacher ... darum schreib ich gleich, weil, es könnte Dir ja nach so einem Brief an mich was zustoßen und dann kannste gar nicht mehr meine Antwort lesen, gell, Herr blauer Bock?

Die Sache ist die:

Sofort hab ich eingesehen, daß ich Dir nicht sagen kann bzw. Du nicht verstehn kannst, was es heißt, aus den Deutschen ein Volk von Kabarettisten machen. Paß ma auf Kühn, eins laß ick mir zuerst mal nicht nehmen: Ich hab das deutsche Kabarett gepachtet und Volker Kühn ist nicht der Verpächter, gell, blauer Bock? Ich hab ja nur mal wieder vorgedacht:

wenn alle törnen
wenn alle törnen wenn alle törnen wenn alle törnen ...
törnen heißt geistig arbeiten sprich geistlich
wenn alle törnen und wenn alle erleuchtet sind
was dann?

Wir Vortörner wissen ... Mann, sonst hätt ich doch nicht diese Reihenfolge gehabt: aussteigen, nie mehr Kabarett. Zu

Hause sitzen. Geld haben müssen. Ja komm mal her, ich mach noch das alte Kabarett, für Geld. Aber weiter zu Hause sitzen. Törnen.

Wir Vortörner wissen, daß im Kopf nix grade bleibt.

Der Endpunkt sollten keine Heiligen Deutschen sein, wenn alles vorbei ist und gewußt wo, sondern Komiker Deutsche. Weil es die Kunst des Cosmos, des Nirwanas, weil es das Sein selbst ist: Satire. Aber das merkt man erst wieder, wenn man zum Beispiel im Sitzen stirbt. Wenn man's übersteht. Verstehste, Kühn, eines Tages, heute geht's schon los im STERN und bei Rock und Roll Bowie und so, der Hitler und die Deutschen ... na, was soll dabei herauskommen als das Gegenteil der heute noch anti anti Leute? Diese Heiligen Deutschen. Und da sag ick Zabarett, um mal mit Müller zu sprechen Zabarett.

Aber erst, wenn Du mal Dein Licht innen gesehn hast.

Um es noch mal beinah fanatisch ganz kurz zu sagen, aus dem Kabarett läßt sich eine Kunst wie Rock und Roll machen ...

Weiter war ja nichts. Wir können's auch lassen. Mach ich's eines Tages allein. Denn gemacht hab auch ich dis noch nicht, was ich meine. Leck mich am Arsch, Marie, mein Geld bekommst du nie.

Du saublöder Brother, das Du sperrig bist, sieht man an Deinen mißglückten Sachen, aber daß Du Dich doof stellst, anstatt mit mir zu fühlen, damned, fühlen ...

Hast Du kein Gefühl. Ich scheiß auf Mitleid. Weil ich Mitleid nicht mag, hab ich's selbst mit mir. Volkerchen, ich sag jetzt noch mal ganz leise ... ich laß mir nicht nehmen, mit einer Figur wie mir Mitleid zu haben, sonst ...

Wir kommen später noch auf Sie zurück, Herr Kühn, ein langes Gespräch wär mal gut, statt dieser Papierscheiße ein langes Gespräch, aber darum drückst Du Dich seit Jahrhunderten, Volker Kühn, du große Pflaume im besten Sinne des Wortes. Dieser große Kern und das blau Angelaufne. Du Pflaumann. Du Pestwurzen aus der Provinz, Du mein miesester Lehrling, von dem ich aber auch gar nichts lernen kann, oh Gott, wie plagst Du mich mit solcher Pfeife, für Dich also ist meine Tochter Jette, der Tommi und ich nicht das, was ich meine, wie man Juden verfolgt.

Natürlich war es grausamer.

Aber denk doch nur mal dran, wenn ein Heroingroßhändler Deiner Tochter Susanne vier Spritzen auf einmal gibt, bist Du dann nicht so sauer auf den Händler wie wir damals auf die Juden?

Ich kaue keine Briefe nach, ausgerechnet ich. Aber Sie, hören Sie mal, was Sie da schreiben, kann nicht unbeantwortet bleiben: Kurt Schwitters und Johannes Baader und und und ... d a s sind die geistigen Väter von Cläre (ich schreib sie so) und Werner Finck wird von Kühn unterschätzt genau wie Wolfgang Müller. Es ist ne Müller-Idee, aus den Deutschen Witzbolde zu machen, 'ne Müller-Idee. [...]

Als Letztes: Schreib mir nicht mehr, komm her. Ich bin sowieso verbittert. Dein Neuss

Berlin, am 1.1.85

Geschätzter Volker, –

leider konnte ich Dein Buch nicht lesen (quadriga), weil es sofort mitgenommen wurde, als Du mir es geschenkt hattest. Bitte noch mal, will es gerne lesen. [...]

Kühn, warum machst Du nicht mal 'ne Regie in München? Jetzt macht der olle Sammy (ein lieber sehr lieber) das Karma vom Reichskabarett mit Renate Küster und dem ... bin der Meinung, wenn der geöffnet würde, der Henning Venske, wird es lustiger, lustiger, so agiert auch der noch unter der Gürtellinie. Der Hildebrandt kommt doch deshalb immer noch so gut über diese Linie, weil er fast nur sex-los agiert, das zieht.

Heute wär ja schon eine Sensation ein Programm über Sex und Alkohol, da hätte man alles am Wickel, mit diesen zwei ollen Kamellen. Weißte, was auch gut kommen würde, komödiantisch, im Zabarett von heute: den Leuten mal zeigen, wie »Auswendiglernen« ist, ein Problem, mit dem sich ein Kühn nie rumschlagen mußte. Mit dem Publikum bestimmte Texte auswendig lernen, das müßte rein spielerisch alle 'n bißchen weiterbringen. Auswendig, Herr Wendriner, auswendig.

Und so fängt das neue Jahr nicht schlecht an.
Wolfgang, der Deine
Puss Puss Kram Kram

neuss am 4.4.85 lohmeyer 6 in Berlin-Charlottenburg

Lieber Volker,

wünsch Dir gute Gesundheit.

Die Form unserer Zusammenarbeit incl. Bezahlung paßt mir gar nicht, der Umgang mit einem sitzenden Menschen ist halt nicht jedermanns Sache. Da Du so erbarmungslos mit mir umgehst, obwohl Du mir jetzt gerade wieder Geld bringst (vergiß nicht, das Geld gibst Du mir nur, weil Du kein Mädchen bist, sonst würden wir ficken), dies ist symbolisch gemeint, wegen der Finanzen, die ja bei jedem von uns eine andere Rolle spielen.

Nun, den Titel las ich in einer Annonce, ich kann mich nicht wehren, aber zur Beratung bin icke eigentlich für jedes Thema gut, während Du sogar mit meinen Ergüssen, mit mir selbst wie der jüdische Geheimdienst umgehst. Tja, Herr Operettengeheimrat Kühn, 20 Jahre arbeiten Sie mit dem Neuss zusammen, aber Sie haben noch nie mit ihm zusammen gearbeitet, denn morgens sind Sie müde.

Ich vermute, daß Du ein sehr, sehr gutes Buch gemacht hast, aber mir Schwierigkeiten mit Heyne. Macht nichts, wenn nur das Buch gut ist, noch muß ich raten raten raten ... sieh mal, schon daß die mich beim STERN immer noch als Sozialfall behandeln (obwohl ich andres Mitleid brauch) und mir keinen festen Platz bzw. Spalte geben, zeugt von meinem traurigen Zustand, man kann sagen, ich bin kühndeprimiert, ja, das bin ick.

Denn Du machst ja noch ein Buch von mir, nostalgisch und schreib mal endlich bessere Klappentexte, ich gähne schon. Wann kommst du?????

Dein dankbarer Wolfgang Neuss

Hochverehrter Volker,
heute ist der 19. April 1985
und gestern kam vom Verlag ein Buch (1)
bin begeistert, das genügt. [...]

Bitte schick mir doch das Geld telegraphisch, wenn Du weißt, was ich meine.

Aber das Büchlein ist gelungen. Peste Grüße
wann kommst Du?
Wolfgang

neuss/Lohmeyer 6 am 24. April 85

Lieber Volker Kühn, –

das Geld ist soeben eingetroffen, ach, wären es doch 175 000 Mark gewesen, weil das gute Tunix Büchel ein Seller ist ... ach, wär das schön!

Und danken immer wieder danken danken und danken immer wieder danken ... äh, wo war ich dankend stehn geblieben ... sag mal, wollt Ihr nicht endlich begreifen, daß man auch im Sitzen für voll genommen werden kann und nicht dauernd Nachteile haben soll, weil man nicht aus der Stube geht! Zur Sache: Ich muß das Remake des Jahrhunderts nicht mal in Farbe drehen, ab sofort sämtliche Vorbereitungen, WIR KELLERKINDER statt Jo Herbst Volker Kühn in der Hauptrolle des aha hitlerchen Joch, trauste Dir das zu, Du wärst es wirklich ... Ein seriöses Angebot.

Soll gleichzeitig heißen, wenn Du mir mal schreibst »ich nehme die Jo Herbst Rolle an«, daß wir gemeinsam den Film in Farbe WIR KELLERKINDER noch mal auf die Beine stellen (UFA GELÄNDE günstig günstig) alles gemeinsam besorgen – Geld, Produzenten, Mannschaft, Kameramann (Nowack????), Regisseur? Wenn, dann nur Kluge Alexander the Best! Aber erst mal machen wir beide alles und nehmen auch die Stachelschweine und die Lach- und Schießgesellschaft und Polt und Hans Christian Müller und Sammy Drechsel usw. usw. alle neu in die alten KELLERKINDER ... ach, könnte das schön und gut sein! [...]

Bin Schütze. Meine Firma liefert eine nur erstklassige Qualität.

Dein Brother
Wolfgang Neuss

Aus der Spruchkammer

Neusstalgisches zur Lage

In meiner Eigenschaft als Persönlichkeit:
Ich bin eine Mischung aus Bosheit,
Schleim, Bösartigkeit und Abschaum.
Das mixe ich mit der handelsüblichen Güte,
Sonne, Herzlichkeit.
In solcher Küche
mach ich Sprüche.

Ich habe das deutsche Volk verkohlt, verkabelt, gegeißlert,
ich halte es für abschreckungswürdig, bleifrei,
schweiße es ein und flicke es, ich strauße es ab und
kiechle es voll, bis alles zu späth ist.

Nun haben wir den Kohl-Salat:
Am Brunnen vor dem Tore,
da steht ein Birnenbaum,
der treibt so süße Äpfel,
man sieht die Pflaumen kaum.

Da lacht der Reichstag:
Christo will Kohl verpacken!

1985 – Der Kabarettist als Sprüchemacher: Kabarett, so Neuss in den Siebzigern, sei eine Art Dienstleistung der achtziger und neunziger Jahre, eine Art Krankenschwesterdienst, eine Form humaner Seelsorge, mit der sich überleben lasse. Es kam, wie geplant und angedacht. Anfang der Achtziger beginnt Neuss, daheim im Charlottenburger Kämmerlein, an Sprüchen zu basteln, Kiffer-Klamotten und Popper-Pointen, Guru-Gimmicks und Wortwitz-Blasen – Kabarett aus dem Stand im Schneidersitz. Neuss versteht sich als Gag-Lieferant und schickt sein ff. Angebot an Zeitschriften, Hörfunksender, und Platten-Produzenten. Eine Auswahl dieser »Sprüche eines Überlebenden« sind auch als Taschenbuch erschienen: »Tunix ist besser als arbeitslos«.

Kohl in Peking –
Der Schwarze will die Gelben vor den Grünen warnen.

Ob obdachlos oder bodenlos,
der Unterschied ist klein.
Der sicherste Platz auf Erden
soll schon wieder
zwischen den Stühlen sein.

Der endgültige Satire-Kanzler:
Nett King Kohl.
Laßt uns ruhig in die Tasche lügen.
Es ist ja unsre.

Ich mache keine Witze mehr über Kohl.
Ich lache gleich über ihn.

Geheuchelte Offenheit
ist Kohlrouladen-Mentalität am Zwirnsfaden.
Der Genuß beginnt, wenn der Faden reißt.

Stört den Oggersheimer nicht,
er baut jetzt an Europa.
Und baut und baut und baut ...
Hoffentlich fällt ihm nichts ein.

Das Neueste vom Aufschwung:
Er soll sich selber tragen.

Fällt gar nicht auf, daß in Bonn niemand ist.
Eine Lehre, diese Leere.

1989

Erste Übung bei Selbstreinigung:
Eine Hand wäscht die andere.

Wer die Republik kauft,
verstaatlicht sich selbst.

Wenn Sie keine Juwelen haben,
geben Sie mir Ihre Zweitstimme.

In zehn Jahren ist dieser unscheinbare Friedrich Karl Flick
der Rudi Dutschke der achtziger Jahre.
Er hat die deutsche Steuermoral ausgerottet.

Die DDR wird den Wettlauf mit der BRD haushoch
gewinnen.
Wenn sie aufhört, in derselben Richtung langzulaufen.

Hab jetzt 'n Anzug, der mit Geldscheinen bedruckt ist.
Bezahl nix mehr. Laß mich nur noch sehn.

Graf Lambsdorff hat in Solingen einen Run
auf feine Messer ausgelöst, nur weil das Gerücht
umläuft, daß er als Wirtschaftsminister bestechlich sein
könnte ...

Stelle Schatzmeister-Lehrlinge ein! Kleiner Betrieb.
Geldwaschanlage für 5-Mark-Stücke vorhanden.

Die DDR wird die Schweiz des Ostblocks.
Auch mit unserm Schweiß.
Was Besseres kann uns gar nicht passieren:
Darling kommt von Darlehen.

Alle schimpfen auf die köstliche Frucht
in staatlicher Form. Trotzdem.
Allein das Schälen einer Banane verweist auf
das Wohlgefallen beim Auseinandernehmen der Republik.

Wo wir hinspenden,
wächst kein Gras mehr.

Anfrage: Will seit Jahren etwas für
den Staat tun und komme und komme nicht dazu.
Falle ich auch unter die Amnestie?

Ick hab mir nu endgültig kriminalisieren lassen.
Ick hab der CDU 50 Mark gespendet.
Zinsgerechtes Geld. Ein Fuffi für die Unterwelt.

Geld stinkt nicht,
sonst würden Finanzminister anders aussehen.

Haste was – biste was.
Haste nix – weeste waste bist.

Schweineberg, Butterberg, Milchberg, Buttermilchberg –
so müssen die Alpen entstanden sein.

Lieber 'n echten Flick
als Pseudo-Krupp.

Die Deutschen haben noch nie FDP gewählt.
Die Deutschen haben sich die schon immer gekauft.
Darum ist ja Flick ein Dregger gegen den Genscher.

H und im Sinne des Gesetzes ist,
wer steuerpflichtig scheißt.

Man quält mich, ich soll mal einen positiven Witz
über diese CDU-Regierung machen.
Also gut: Sie regieren sozialdemokratisch.
Mehr hab ich nicht drauf.
Und wer nicht haargenau wie die CDU denkt,
fliegt glatt aus der SPD.

Rotation? Aber ja!
Fangen wir mit der Regierung an.

Konsens für 'ne große Koalition:
vom Sommerloch zum Winterloch.

Warum haben wir nützlichen Idioten gesiegt?
Weil wir in der Mehrzahl sind.

Weihnachtswunsch an die Grünen:
Einbildungsreform und
Phantasiewachstum.

Justemang jetzt müssen wir die CDU verbessern.
Sonst haben wir später 'ne miese Opposition.

Was denn?? Jetzt werden Sie erst Marxist?
– Ick hab Ihnen doch gesagt,
ick bin Antiquitätenhändler.

Das Jahr der Jugend macht sich –
trau keinem unter 85.

Wer hat uns zu wenig verraten?
Sozialdemokraten.

Komiker aller Länder, vereinigt euch.
Lacht auf, Verdummte dieser Erde.

Die deutsche Frage ist offen.
Allerdings gilt das Ladenschlußgesetz.

Versandhaus Honeckermann.
Bestätige den Empfang zweier Leasing-Ostrentner.
Die wollen zurück.
Sie sagen, sie haben siebzehn Millionen drüben gelassen.

Hab mir aus Sojaschrot einen Gänsebraten kujauniert.
Wenn schon scheinheiliger Abend, dann auch Fälschung!

Das ist doch kein Trost, daß die Deutschen aussterben.
Was ist denn mit Österreich und der Schweiz?
Wenn schon, denn schon.

Wenn das Benzin noch billiger wird,
bin ich zu Fuß teurer.

Nicht so viel machen –
lieber erzählen, was man machen wollte.

Deutscher, geh in dich.
Auch auf die Gefahr hin,
daß du dort niemanden antriffst.

Bhagwan keusch und Juhnke trocken,
auf nichts ist mehr Verlaß beim Zocken.

Am 17. Juni feiere ick jedenfalls
die Nacht der deutschen Zweiheit.
Ick freu mich immer über Zwillinge.
Doppelt gemoppelt hält besser.

Wenn der Papst im Juli Ski fährt,
wird Augustschnee prompt geliefert.

Durch den Gurtzwang zieh ick mir das Auto
jetzt täglich wie 'ne Hose an.
Fährt mir hinten einer rein,
trag ick Knickerbocker.

Autofahrer, durchhalten. Bei der SA
mußte man sogar im Laufen angeschnallt sein.
Dafür gab's Schulterriemen.

Was is in dem Jägermeister bloß drin,
daß man danach immer gegen Leder treten möchte.

Jeder weiß, sagt, tut alles.
Es gibt keine Geheimnisse mehr.
Nicht weitersagen!

Hitler hat wirklich keine Autobahnen gewollt.
Diese Behauptung ist zwar eine Fälschung,
dient aber dem Schutz von Wanderer und Fußgänger.

Ein Stein kommt zum andern –
so entsteht das Relative.

Bevor wir es zertrümmern, sollten wir es wählen:
BEUROPA.
Als Ausrede für Deutschland.

Heidemanns Kujau-Kunststück:
Wie man einen falschen Hitler falsch fälscht.
Der *Stern* soll die Hosen runterlassen?
Aber gern. Als Titelbild.

Die Russen und die Renten müssen berechenbar bleiben.
Sonst wird's gefährlich an der Urne.

Stell dir vor, es geht,
und keiner kriegt's hin.

Der Skandal ist, ich hab eine wunderbare Spitzensendung
im Ersten Deutschen Fernsehen gesehen.
Und keiner will mir glauben.

Die wirkliche Qualität eines Fernsehapparates
erkennt man daran, daß er jedes Jahr
pünktlich zum Karneval kaputtgeht.
Ich habe einen besonders guten.
Der tat's schon bei der Olympiade nicht mehr.

Wenn icke diese Woche Talkshow hätte,
wären Karajan, Beckenbauer und André Heller meine
Gäste. Als Ersatz: Udo Lindenberg.
Und alle würde icke vorher gegen Schadenfreude versichern.

Die Einselmännchen gibt's neuerdings im Ersten.
Die Eins sieht aus wie von Arno Breker gehauen.
Eins, wie es sinkt und lacht.

Die Tagesschau kann gar nicht vorverlegt werden.
Es passiert nicht genug.

Ich kenne viele Leute,
die haben jahrelang über Hans Moser gelacht.
Und nie ein Wort verstanden.

TV-intern: Wir müssen aufpassen,
daß der Zuschauer nicht durch einzelne Sendungen
von unserem eigentlichen Vorhaben abgelenkt wird.

Wer nicht jeden Abend eine Stunde fernsieht,
soll bestraft werden.
Bei Schwarzweiß soll's schon Anschnallpflicht geben.

Bei der riesigen Ausgewogenheit
hat alles an Gewicht verloren.

Mainz ist die Rache,
spricht der Herr.

Jetzt warte ich auf den Rhein-Main-Donau-Kanal.
Das soll der erste Kanal sein, wo Fernsehen Spaß macht.

Pestminister und Fiesekanzler bitten zum Kabelsalat.
Kneifzange mitbringen.

Wenn 24 Stunden Kabel acht Mark kosten,
wie lang ist dann die Leitung?

Da könnte sogar ein Flieger an den Himmel schreiben:
HEUTE IST SCHÖNES WETTER –
für mich ist das immer noch kein Grund für Bildschirmtext.

Wenn sie das Kabelfernsehen gleich in den Wald verlegen,
dann können wir beide dort gemeinsam sterben.

Wiedergeburt soll jetzt schon
durch totales Datenlöschen möglich sein.

Der Mensch von morgen
lebt heute schon ohne Gehirn.

Fromms '85. Punker in der Apotheke:
»Ihr letzter Datenschutz ist mir wieder geplatzt.
Jetzt hab ich lauter kleine Computer zu Hause.«

Bin mit meinem Marschflugkörper
einer rothaarigen Norwegerin ausgewichen und
voll in den Finnischen Meerbusen gesaust.

Einmal am Tag eine Stunde in sich selbst verliebt sein –
muß ja nicht vorm Spiegel sein –
ist das ein Sicherheitsrisiko?

General Kießling ist nur die Spitze eines Eisbergs.
Ja, ja, die Wärme der Armee
war schon immer ein heißes Thema.

Gar nicht auszudenken,
wenn der General lesbisch gewesen wäre!
Wo da die Sicherheit bliebe ...

Von der Tourismusbörse: Adidas und Puma
stellen zwei verschieden geöffnete Bademäntel vor.
Der eine heißt »Wehrkraftzersetzung«,
der andere »Blick in die Unterwelt«.

Jeden Abend Zapfenstreich –
kein Wunder, daß nachts die Hölle los ist!

Graffiti auf dem Männerklo der Hardthöhe:
Stoppt Strauß. Aber nicht von hinten.

Bei den sexuellen Sitten in diesem unserem Lande
kann es sich doch nur um einen friedensbewegten
Bürgerkrieg handeln. Das Orgasmüsli
müßte auch mal aus der Mode kommen.

Liebe Mutti, ich diene seit acht Wochen
bei der Bundeswehr. Bei einer Streicheleinheit.

Ehrenerklärung:
Ehre ist eine kaputte Angelegenheit,
die immer wieder hergestellt wird.
Eine Art Gehirn-Herpes für Menschen,
die anständig sein wollen.

Neueste Bundeswehrübung: Witz am Mann.
»Herr Hauptmann, ich hab zehn Gefangene gemacht!«
»Mensch, bring se doch her!«
»Geht nicht, die halten mich fest.«

Beate Uhse mailt Order:
»Ich hab ’ne Krise, gleich ham Sie se.«

Die einzige abartige Veranlagung, die ich kenne,
wird vom Finanzamt verschickt.

Der Männlichkeitswahn ist auch nichts weiter
als eine perverse Form übergroßer Mütterlichkeit:
Scheiß auf Sexbomben, steh auf Geschlechts-Dumdum.

Schluß mit den Abreiß-Babys.
Mütter, gebärt das Anreiz-Kind.

Voranzeige: Ich bin wahrscheinlich ab 1986 in Bayern
als Mutter von zehn Kindern zu erreichen.
Pro Stück 600 Mark.
Macht Kinder, macht Kinder. Macht. Großmacht.
Demnächst: Volk ohne Weltraum.

Was wir Flaute nennen oder Stagnation,
ist in Wahrheit eine Kulturrevolution, Marke Pferdekur.
Wenn man’s weiß, hält man’s besser aus.

Wir benutzen das Wort Aufschwung wie in
den fünfziger Jahren das Wort Wiedervereinigung.
Nun weißte, wann er kommt ...

Zur Woche der Brüderlichkeit schicken sie
vierzehnjährige Würstchen an die Front
und schießen ihnen auch noch Senfgas ins Gesicht.
Diese Kartoffelsalat-Brüderlichkeit.
Wie wär's denn mal mit Verschwisterung?
Papst und Co., mein i.
Die beiden Damen aber sagen immer nur: Öku me? Ne.

Für Neuankömmlinge (Säuglinge):
Wenn sie dir erst mal das Genick gebrochen haben,
sind sie sehr nett zu dir.

Sich aufgeben heißt, ein andrer muß nehmen.
Am meisten belästigt man niemand,
wenn man auf scheintot macht.

Habe nirgendwo Schulden und treffe dauernd Gläubiger.
Da stimmt irgendwas nicht.

Der Münchner Hagelschlag
war die Antwort auf den Katholikentag.

Über Gott müßt ihr sprechen, Sozialdemokraten.
Das ist den Christen peinlich.

Wenn schon Vorschuß,
dann bitte keine Lorbeeren.

War heißt hier Smog???
Das ist Wahlkampf –
atemberaubend.

Leasingmama sucht Leihmutter
für Schreckschraube mit Linksgewinde.

Wenn der deutsche Arbeiter etwas früher sterben möchte,
dann könnte er in diesen 35 Stunden weniger verdienen
und hätte zum vollen Hohn den Wegfall der Altersrente
und zum Ausgleich weder Urlaub noch Krankengeld –
dann ist der Aufschwung da.
Wie gesagt, mit'm bißchen Einsicht...

Unter Ruhestand versteht man Senkrechtbeerdigung,
wo man nicht in Ruhe liegt, sondern steht.
Dadurch werden die Friedhöfe kleiner und
die Parkplätze größer. Was der Lebenserwartung entspricht.

Du sollst nicht töten.
Aber abschrecken darfste.

Es bleibt einem ja letzten Endes nur das,
was man verschenkt hat.
Es sei denn, man läßt sich günstig beklaun.

Mein Zahnarzt will in meinem Mund
seine Finanzlücke schließen.

Das Neueste vom Aufschwung:
Mutti, über uns wird 'ne Kellerwohnung frei.

Meinetwegen Wiedergeburt.
Aber nur bei Arbeitsplatzgarantie.

Was willste denn nun eigentlich, Gewerkschaft?
Arbeitsplatz oder Sterbehilfe?
Beides ist doch identisch.

Wir müssen uns dran gewöhnen:
Die Hälfte der Menschheit arbeitet,
die andere Hälfte ruht sich aus.
Und dann Schichtwechsel.
Das muß doch zu organisieren sein. Über Generationen.
Das verstehen ja sogar die Computer.

Große Ferien in Sicht –
eine Riesenarbeit kommt auf uns zu.
Lernziel: Freizeit von der Pieke auf.

Ich stehe rum. Ich würde ihn viel lieber trinken.
Ich wäre gerne eine Straßenbahn. Da hätt ich Fenster.
Und man könnte aus mir winken.
(Arbeitslosenlyrik)

Die 35-Stunden-Woche ist der Traum
von der unendlichen Geschichte der Menschheit,
die Handarbeit einzustellen und die Kopfarbeit
zu einer unendlichen Geschichte zu machen.

Der Tag ist 24 Stunden lang,
aber unterschiedlich breit.

35-Stunden-Woche. Ja!
Wenn das Sechstagerennen
das Sechstagerennen bleibt!

Ich kann das Wort WOCHE nicht mehr hören.
Mir geht es um die 35-Mark-Stunde.

Amnestie für alle. Besonders aber für jeden.
Auch Vollzugsbeamte haben ein Recht
auf den Betriebsausflug.

Such das Glück der Welt nicht
in Gold und Geld.
Geh auf's Ganze.
Such's in der Pflanze.

Dioxin in der Muttermilch.
Waldspaziergang im Weltraum.
Nordsee ist Mordsee und statt Luftdruck Hektopascal.
Wie soll da Persil noch Persil bleiben?
Ich hab das Gefühl, in der Milch ist was Weißes drin.

Wissen nix über den Tod,
aber machen Begräbnispolitik und Sterbediplomatie.
Und Tschernenko war auch noch nicht beim TÜV.

Worauf ick am meisten warte?
Auf das Ende von Mißverständnissen.
Aber bitte keine Kettenreaktion.

Selig sind die Doofen,
denn sie wissen, was sie tun.

Obwohl kinderlos,
halte ich mich für Unterhaltszahlungen bereit.
Habe etliche Friedensbewegungen vor.

Es gibt Leute,
die dem Computer ein Schnippchen schlagen.
Ein Chip wird kommen ...

Lieber ein grün gebrochenes Tabu
als ein schwarz gekotztes Ehrenwort.

Nun woll'n wir aber mal die Saudis rauslassen!
Die wollen den Leopard doch nur,
weil er auf hundert Meter dreihundert Liter Benzin braucht.

Aus einer Rakete kann man auch
einen Aussichtsturm machen.
Dann ist die Abrüstung ein Geschäft.
Vorausgesetzt, die Gegend ist schön.

Der gesunde Menschenverstand ist reines Gift.
Würden wir Kunstdünger pur säen,
würden Vogelscheuchen wachsen.

Was machen wir eigentlich mit der Umwelt,
wenn sie nicht mehr vergiftet ist?

Cruise-Missile-Manöver in England.
Mein Marschflugkörper erscheint bei Ihnen
ohne Vorwarnzeit um 16 Uhr zum Tee.
Falls sie ängstlich sind, lassen Sie mir den Schock
und kommen Sie mit dem Schrecken davon.

Die Dicke Berta schießt zwar nicht mehr, die Kinder
des Ruhrgebiets fühlen sich aber immer noch getroffen.
Und ick dachte immer, Pseudo-Krupp wär 'n reicher Mann.
Er hat mir was gehustet. Mit Bronchialgewalt.

Welche Art von Energie soll ich aus
den Demütigungen machen, die mir der Staat zufügt?

Biete Kompro an: Liebe für jedes Atom.
Schluß mit der Spaltung.
Man muß nicht in die Luft fliegen, um sich zu astralisieren.

Müllhalde beseitigt –
Bevölkerung auf Entzug.

Der Marsch auf Bonn war doch ein Erfolg.
Habe 100 000 Paar Würstchen verkauft.

Die oberen Zehntausend sind nicht bleifrei.
Es gibt zu viele Waffenhändler.

Es wird immer Leute geben, die sagen:
Dazu gibt's keine Alternative.
Deshalb sterben die Grünen nie aus.

Perspektive gleich Null?
Das Denkbare lassen, das Undenkbare tun!

In der Bundesrepublik gibt
es das abgasfreiste Auto,
das reinste Bier und Elefanten,
die Heißwasserhähne aufdrehn.

Und nicht vergessen:
An dreiköpfigen Fischen erkennt man
ein gesunkenes Uranschiff.

Was die Erde uns zeigt:
Es gibt dieses Jahr Pilze, pinkfarben,
die noch kein Auge vorher blickte.
Ein reiner Genuß, und bis zur Reue
kommt man gar nicht mehr.
Herr Ober, die nächste Lage ist ernst!

Das Neueste von den drei Tornados:
Zwei soll'n abgestürzt sein.
Der dritte singt noch...

Das ist gar nicht so einfach,
wenn man in die Hasch-Hour kommt.
Da kommt zum sauren Regen noch der süße Nebel.

Ich fühle mich irre gesund.
Achten Sie auf das Wort: IRRE.

Ick brauche keine Anhänger mehr.
Ick habe meine eigenen Hänger
als Laster entdeckt.

Ich mache mich seit zehn Jahren in Berlin
ständig ein bißchen straffällig,
um die andere Million Gesetze richtig einzuhalten.
Wie machen Sie's?

Im übrigen sind wir uns einig:
Auf deutschem Boden darf nie wieder ein Joint ausgehen.

Berlin heute?
Wie der Name schon sagt: Nixdorf.

Mieten sollen teurer werden.
Zigaretten billiger.
Lieber an 'ner teuren Zigarette ziehen
als aus der Wohnung.

Bin soeben durchs soziale Netz gepurzelt.
Endlich wieder unter Menschen.

Vierzig Jahre danach, und noch immer
tickt's bei uns richtig.
Wenn wir nicht Berlin heißen würden, hießen wir Bombay.
Soviel liegen bei uns noch unentschärft
unter den Häusern.
Schneller wohnen, Leute!

In Berlin dürfen die Kinder in der Kochstunde kochen,
was man damals so gegessen hat – Kriegsgerichte.
Mit Kaffee gebratene Kartoffeln. Freisler im Topf.
Göring in Aspik. Goebbels im Darm. Eichmann im Teig.
Das war mal 'ne SS-Kneipe. Heute isses 'ne Eßkneipe.

Berlin ist wieder dada.
Wenn Juhnke schläft, geht Schultheiss pleite.

Westberlin wäre ohne seine
Dreizehnte-August-Mauer nur halb so groß.

Sommernachtstraum in Berlin:
Hotelbettenfüllkunst.

Tunix ist besser
als arbeitslos.

Meine Zeit ist gekommen,
wenn sie wieder so zum Lachen ist,
daß es sich lohnt,
dritte Zähne anzuschaffen.

Ich streike erst wieder, wenn es um die Frage geht:
Soll ich U-Boote bauen oder Ausflugsdampfer.
Wegen Geld lege ich keine Arbeit mehr weg.

Abends denk ich immer:
Wat ick heute alles nich gemacht hab,
reicht auch für zwei.

Hab jetzt 'n Katalysator an der Schreibmaschine.
Kein böses Wort mehr.

Neuss?
Ein Sensationshascher!

Ich rauche den Strick,
an dem ich hängen könnte.

Ich bin kein Beispiel.
Ich bin ein Vorspiel.

Neue Gemütlichkeiten

Vom Rauchen des Hanfseils

Aussteigen / Einsteigen

Aussteigen heißt ja nichts weiter – ist ja auch wieder 'n Modewort geworden – Aussteigen heißt ja nichts weiter wie: Einsteigen. Einsteigen in was? Na in sich. Sich selber suchen.

Es gibt auch gar keine Sucht, das wollt ich auch mal sagen. Das mit der Sucht wird ja heute übertrieben. Süchtig, ah. Dabei heißt süchtig: Wenn wir jetzt – mal abgesehen von Ernst Jandl, der ja diese Gedichte macht: ich such dich / ich such dich / ich such mich / süchtig süchtig süchtig such dich such dich such mich süchtig süchtig … was sonst: Woher kommt denn sonst so 'n starkes … natürlich spielt die Gewohnheit 'ne große Rolle.

Wenn ich drei Jahre lang frühstücken geh jeden Morgen in ein bestimmtes Café, dann tut es mir weh, wenn ich plötzlich nicht gehe. Ist klar. Wenn ich drei Jahre jeden Abend 'n Krimi seh, tut es mir weh, wenn ich plötzlich nichts seh.

Dann kommts immer auf den Einzelnen persönlich an, wie er das macht. Ist ja Training, wie er sich das abgewöhnt, nicht. 'ne Gewohnheitssache kann 'ne Suchtsache sein, streit ich nicht ab. Aber prinzipiell ist das, was man heute süchtig nennt: Der Mann sucht sich. Und der braucht schon wieder Heroin – ja, der sucht sich, und mit Heroin findet er sich nie, aber er nimmt Heroin, ja? Verstehste das?

Mit Alkohol findet der sich nie.

Der findet sich ja kaum mit Haschisch. Mancher. Es gibt Leute, die finden sich überhaupt nicht. Weißt du, warum man nicht so gerne raucht, wenn man Locken auf'm Kopf hat: Weil man schon krause Gedanken hat. Die Haare zeigen das ja schon, was für Gedanken man hat. Irre krause Gedanken, die sich locken, die

1983 – Für Neuss, den Profi-Raucher und Wortakrobat, reimt sich »Such dich« und »süchtig« aufs vortrefflichste zusammen: »Danach kann man doch süchtig werden, sich zu suchen. Wer da drauf ist, der hört nicht mehr auf.« Mathias Bröckers hat im »Hanf-Handbuch« notiert, was Neuss, den »Vorraucher der Nation«, vor allen andern »Suchern« auszeichnete: »Oft schon nach wenigen Zügen dämmerten die Besucher völlig entspannt vor sich hin, während Neuss mit jeder neuen Tüte wacher, witziger, spritziger wurde. Außer einigen indischen Sadhus, die ihren Gott Shiva durch rituelles Hanf-Rauchen verehren, hat wohl selten jemand im Abendland dem ›holy smoke‹ in solchen Mengen und mit solcher Meisterschaft zugesprochen.«

sich drehen – also viel Spekulatives im Gehirn und im Geist, ja?

Wenn man jetzt 'n Tee trinkt, statt zu rauchen, kommen aus dem Magen glättende Gefühle, von dem Tee, glättende Gefühle, glättende Gedanken. Für Leute, die glatte Haare haben, wie ich, ist Rauchen lebenswichtig.

Ohne Rauchen hätte ich überhaupt keine verrückten Gedanken, hätt ich gar keine Möglichkeit, dialektisch zu denken. Rauchen ist für Leute mit glatten Haaren lebenswichtig. Wie Essen und Trinken ist Rauchen übrigens. Jetzt kommts natürlich an – da kommt jede Behörde an und sagt »Aber Sie werden doch unseren Leuten nicht den Krebs in den Körper reden, wenn Sie hier das Rauchen propagieren!« – Ich sage immer: Rauchen ist so wie Essen und Trinken. Für den Körper lebenswichtig.

Denn der Geist – haben Sie mal beobachtet, wie jemand nach dem Eisbeinessen 'ne Zigarette raucht? Mit welcher Wollust? Oder nach 'm Stück Schwarzwälder Kirschtorte mit Schlagsahne? Mit welcher Wollust die Leute dann 'ne Zigarette rauchen – haben Sies mal gesehen?

Da kann man nicht süchtig zu sagen, da sagt der Geist: Der Magen ist eben total befriedigt worden. Und der Geist sagt: »Ich will auch Nahrung. Ich will auch Nahrung.« Es kommt gar nicht drauf an heute – das ist weder grün noch alternativ –, noch daß ich für irgendeine Körnergemeinde hier rede, sondern: Man muß tatsächlich doch noch überlegen, wenn man so lebt in dieser Zeit, was Essen, Trinken und Rauchen für den Menschen bedeutet. Seine ganze Beweglichkeit, seine ganze geistige Beweglichkeit, seine körperliche Beweglichkeit … sind auf diese drei Sachen gegründet. Jetzt wird mir einer sagen: Warum erzählst du uns das, das ist doch 'ne Binsenweisheit. – Sag ich: Ja, aber das Rauchen mein ich dabei. Ihr denkt ja immer nur, Essen und Trinken ist wichtig.

Rauchen ist wichtig für den Geist, für das Träumen. Jetzt erst mal die Technik des Rauchens: nämlich dieses Inhalieren, ja? Einatmen – eine andere Sache als Luft Einatmen eine andere Sache als Luft. Warum? Weil dann aus dem Kopf eine andere Sache als Luft rauskommt, wenn man einatmet, eine andere Sache als Luft.

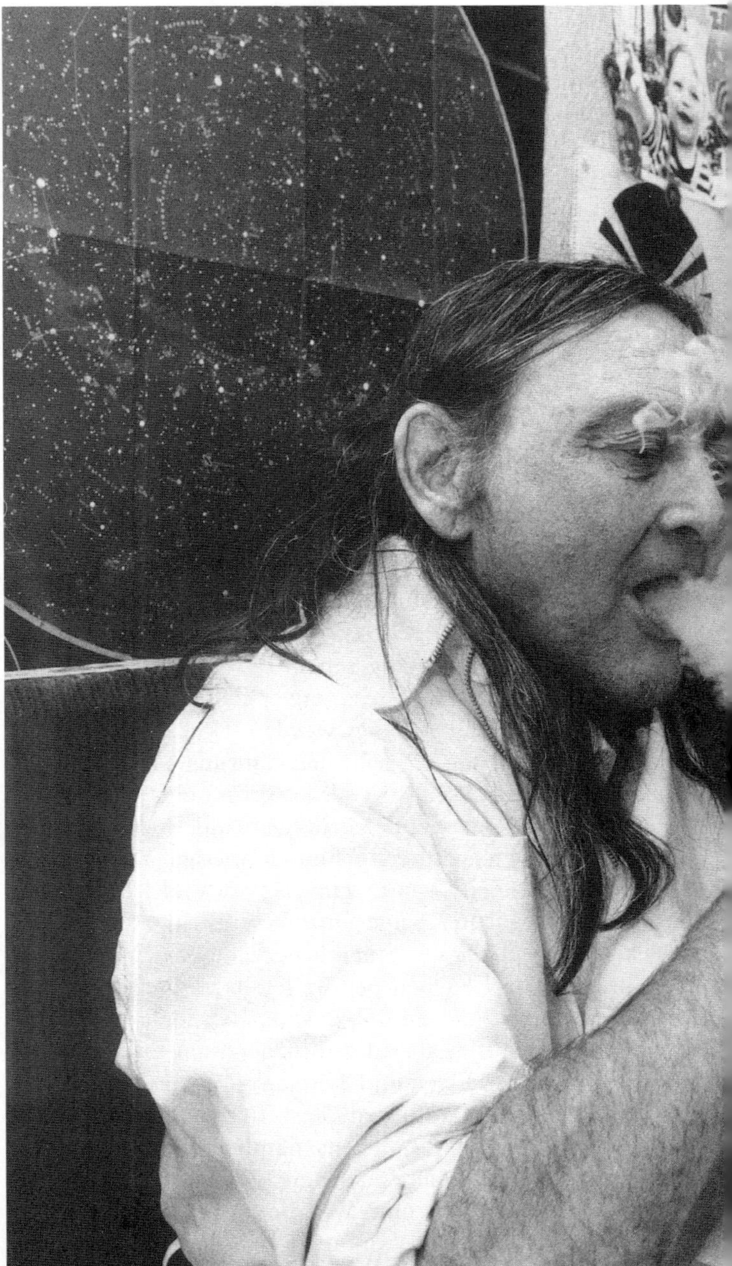

Freiwillige Selbstkontrolle

das
was wir Faschismus nennen
ist aber in wirklichkeit
nur eine ganz bestimmte form
der ekstase

wenn wir also den faschismus
eindämmen wollen
müssen wir uns einzeln
und gemeinsam
beherrschen lernen
timothy leary
politik der ekstase
weiß inzwischen jedes kind

und darum schreibe ich dir heute
die kinder wissen total bescheid
da sie die drogen haben
haben sie die ekstase gepachtet

aber die alten erwachsenen
ohne das wissen
jede innere erregung
eine äußere entsprechung

1982 – »Ich hab mich für die Achtziger gedacht«, heißt es in einem Statement, mit dem Neuss Anfang der siebziger Jahre seinen Rückzug ins Private begründete. Und tatsächlich: Die Geister, die Schwarmgeist Neuss in der Abgeschiedenheit seines Stadtindianer-Daseins sucht und findet, lassen ihn erneut zur Figur werden. »Freiwillige Selbstkontrolle« ist eins der bekanntesten Gedichte aus neuer Neuss-Produktion der achtziger Jahre, die ihm eine neue, junge Hörer- und Jüngerschaft erschließt. Der »Stadt-Guru« von Charlottenburg, die Hand wie eh und je am Puls des Zeitgeistes, wird bald einer neuen, jungen Generation zum Begriff, die nichts von abgelegten Karrieren ahnt, weiß oder auch nur wissen will.

also
vieler leute innere ekstase
äußert sich als äußerster faschismus
ja
genau wie wir ihn kennen
wenn man nicht weiß
immer habe ich mich gewundert
warum in den nazifilmen
so abgehoben gesprochen wird

der schwungvolle tonfall
der militärsprache
aber auch die sa
und ss
goebbels
hitler
all die typen jedenfalls
mit abgefahrener stimme
immer in innerer alarmbereitschaft
alarm vor was?

da kommt es
achtung
das totale innere glück

mann
da muß doch aber vorher
außen
noch einiges erledigt werden
ekstase
faschismus
energie

wir deutsches volk
wie wir das nennen
wie wir in den zwanziger jahren
hingerissen waren
von den häuptlingen des ersten weltkriegs
die jetzt drogen nahmen
kokain und opium

löffelweise
nicht der alkohol bestimmte
die kraft des geistes

die brechts
tucholskys
kaisers
wedekinds
umgeben von kokainjünglingen
sozusagen
angemacht von denen
hitler angemacht von doktor morell
goebbels täglich zweimal heroin
oder keine rede
die ufa blühte nur durch koks
wo der mann von der mutter da war
göring
dezenter opiumraucher

ich weiß doch
daß baldur von schirach gefixt hat
sogar unser eigens verjagter kaiser wilhelm
hat sage und schreibe
in holland
haschisch geraucht

aber gewußt muß alles sowas heute werden
darum schreibe ich dir
damit du beruhigt bist
und nicht denkst
der faschismus
komme aus der südsee oder so
sei beruhigt
er kommt von uns
und zwar von den drogennehmern
und zwar meist von denen
die damit nicht umgehen können

mit denen geht es dann um
darum
üben üben üben
üppig üppig üppig

schon heute zeichnet sich also ab
daß die jugend
den faschismus gepachtet hat
da macht man doch gerne mit
wenn man was im griff hat
vor dem man angst hat

es wird nicht nur geschichte gemacht
und
es geht voran
heute war einer hier
der wollte kontrollieren
ob es mir gut geht

Überlebensmittelladen
Ein Apotheken-Kabarett

Der gesunde Menschenverstand ist reines Gift
Ich mache nur noch Kabarett in Drogerien und Apotheken
Mit der Vergiftung ist es wie mit der Verwirrung:
Sie muß größer werden, um Gutes zu bewirken

Lord Knud, Rias extra dry, ist auf der Apothekertagung
für die Wiedervereinigung der Spalttablette eingetreten
Ben Wargin, Ginkgo 4000 und Jasmin-Tee-Schlucker
will im Turm der Gedächtniskirche Spinat und Fledermäuse
züchten

Obermeister Zellermeister, Alte-Menschen-Verwertung
en gros
hat einen Krautbär aufgemacht
Fingernagels Delikatessen in der Mommsenstraße
bieten für Burschis und Mädis Brennesselkottlets
und frisch erpreßten Reiszwecken-Saft
Holt selbst Oma aus den Koma
Getränke-Schubert will alkoholfreien Met-Sekt
auf den Markt bringen
Sogar Heini Holl, Alkohol und Boogie-Woogie
will seine »Drei Bären« zu einem indischen Reistafelhaus…

1983 – Das »Drogenwrack aus Charlottenburg« über sein Lieblings-Thema der achtziger Jahre. Wie mit manch seiner satirisch überzeichneten Zustandsbeschreibungen ist er auch mit seiner Forderung »Drogen in die Apotheke« nicht weit entfernt von der Wirklichkeit jener, die er nicht mehr erlebte. Den »Überlebensmittelladen« spricht Neuss 1984 für die LP »Neuss vom Tage« auf Band.

Bei Edeka sind die Regale voll mit den Alternativen
Selbst die Stachelschweine trinken weich
Kurz: Die ganze Stadt stellt sich auf Treibhausklima ein
Dazu brauchen wir eine ent- und vergiftete Atmosphäre
Und darum war Apothekertreffen
damit die heilige Pharma-Kuh geschlachtet wird
Alle Tabletten, Pillen, Barbiturate
werden auf jede Empfehlung hin
freigegeben
Die Apotheke ist
die Apotheke wird
der neue, selbstverständliche Lebensmittelladen
Überlebensmittelladen

Hol mir mal schnell aus der Apotheke um die Ecke
ein Viertelpfund Heroin Nummer 4
Wenn nichts da ist, bringste Methadon oder Adolphine
aber in Scheiben
Und bestell mir auch gleich 200 Captagon
und ein halbes Kilo Valium
Und sag dem Apotheker, daß er mal wieder Zero Zero
ordern soll
Und nimm 'ne Kanne mit und laß dir 'n Liter Lysergsäure
abfüllen
Bring auch ein paar Kokain-Pillen für die Nase
und Koca-Blätter – für Mutter zum Kauen
Opium nicht vergessen gegen Zahnschmerzen
Ach ja, ich brauch Pervitin, muß zur Musterung
Das macht kleine Pupillen
Sri-Lanka-Gras und afghanischen Pakistani
Libanon und Kaschmir – Oma will Kuchen backen
Pyramidon nicht vergessen: schmeckt gut zu Knäckebrot
Und von Boehringer dieses phantastische Preludin
Wenn Kongo-Gras und Acapulco-Gold da sind
fasten wir 'ne Woche und dann aber
die Probe auf's Exempel

Eine Woche nur Dioxin-Müsli
Dann werden wir ja sehen
Zum Entgiften, Vergiften –

Die Pest geht um
Peyotl-Kaktus und Fliegenpilze haben ja schon längst gesiegt
So giftig, so genießbar
Schlaftabletten und Wachmacher
halten die Sicherheit aufrecht
Ohne Schlaftabletten und Wachmacher
würde die Mehrheit der arbeitenden Bevölkerung
kläglich versagen
Und das muß auch noch geheimgehalten werden

Schon Neussens neue Revue gesehen
in der Großapotheke Kibbuz Ufa-Palast?
»Gott ist in für Hammelesser«
Eine persische Kotzbrocken-Satire
Die Apotheke wird der gemütlichste Ort auf der Welt
Die Kneipen der Welt gehen auf
in den neuen Volksapotheken
Man trifft sich auf'n Gläschen Koks mit Hasch
auf ein Traubenzucker-Valium-Sandwich
Oder in der Apotheke zum Grünen Krug
Zeigt die Grüne Kraft
eine Art Opium-Supersamt-Performance
So was wie Café Einstein
So stell ich mir die Apotheke von morgen vor
Hauptnahrungsmittel: Tablette
Alles das, was wir mal Medizin nannten
Wir wollen eine Apothekenkette
à la Zorba Buddha Paraphernalia
mit nur feinstem Stechapfel intuitieren
Bei Schering gibt's versilberten Hering
Mutterkorn und Onkel Polle
Prothesen-Kunze hat Hertie im Hintergrund
Die Industrie
noch eine und noch eine und noch eine
steigt laufend ins geistige Geschäft ein
Bemerkt das mal bitte

Ganz Polen lebt von Berliner Tinke
In Winnipeg, Montreal und Chicago
rauchen sie am liebsten Berliner Balkon

Eine Grassorte, die nach Friedrich dem Großen schmeckt
Die berufliche Entwicklung der Kleinhändler, Kleindealer
ist berauschend
Zu Fuß über Land latschende Dorfdoktoren
Landbarbiere, lumumbaähnliche Medizinmänner
Der Landarzt, großstadtrattenhaftes,
lachendes
Menschenkind
mit Bauchladen, wo alles drin ist
Im Volksmund »Doktor Fühldichgut«
Tea und Sympathie gefällig?

Bei Karstadt LSD eingetroffen. Woolworth hat Meskalin.

Nach dem heißen Herpes kommt das kalte Aids
Das schlechte Gewissen zwischen den Beinen
Bei Karstadt LSD eingetroffen
Woolworth hat Meskalin
Aber Bilka liegt mit mexikanischen Pilzen vorne
Drei, vier – ein Lied:
Mach die Drogentüre auf, es zieht
Wir lagen vor Madagaskar und hatten den Club of Rome
an Bord

Das folgende schreibe ich nicht
Das diktiere ich:
Bitte mehr Drecksbewußtsein!

Nach Diktat abgefahren – – –

Es grüßt
das Drogenwrack aus Charlottenburg
Je kränker
desto haltbarer

Wenn ich weiter linkes Kabarett gemacht hätte und nicht abgetaucht wäre, dann wäre ich auf diesen Zusammenhang auch nicht gekommen. Aber damals schon, Ende der 60er Jahre, habe ich mir gesagt: Wolfgang, du mußt jetzt nicht unbedingt Faschist werden, aber du mußt jetzt nicht mehr Antifaschist sein, das mußt du jetzt üben. Übe mal, nicht mehr Anfifaschist zu sein. Mittlerweile sind über 15 Jahre vergangen, und andere haben auch was gemerkt, aber meine Krankheit – das, was viele immer Voraussicht nennen – hat mir das schon damals gesagt, und du kannst dir vorstellen, was das bedeutet zu einer Zeit, als wir voll auf politischer Agitation drauf waren. Ich bin ausgestiegen, weil ich meine Art, zu protestieren, nicht mehr hören konnte. Und einmal sitze ich hier in meiner Wohnung mit Puschkin, genannt Gottfried Lokaso, ein Neger und persönlicher Freund von Mobutu – und der törnt mich das erstemal mit Kongo-Gras an. Und wie wir hier 'ne Pfeife Kongo rauchen, sagt der Puschkin: »Weißt du, warum ich bei dir bin – weil du Geist ausstrahlst.« Jaja, sage ich, Kabarettist, intellektuell, bißchen literarisch. »Nein«, sagt der, »gar nicht Shakespeare, gar nicht Goethe, nichts in der Richtung, das ist ja minderer Geist.« Ja, was strahle ich denn für einen Geist aus, frage ich.

»Einen Geist, für den mein Urgroßvater dich hätte erschlagen lassen. Der hätte diesen besonderen Geist sofort gespürt und deinen Körper beseitigen lassen, damit er sich den Geist schnappen kann.« Ist das Voodoo, Voodoo, frage ich. »Ja, so ähnlich«, sagt er.

In der BRD und Westberlin werden jährlich ein paar Milliarden Jahre Knast verhängt. Das ist kein Staat, sondern eine Strafkompanie. Und der Richter sagt zu mir: »Herr

1989 – Neuss, der Schwärmer. Schon Anfang der siebziger Jahre hat er erklärt, es komme darauf an, von der Langeweile zur Muße vorzudringen. Seither wird er nicht müde, wortreich zu beschreiben, wie ihm dieses Kunststück gelungen ist: im Schneidersitz und an der Pfeife hängend. »Also ein Eremiten-Dasein auf Großstadt-Basis. Ich war viel öffentlicher in meiner Zurückgezogenheit, als wenn ich da noch einige Auftritte skandalöser Art gehabt hätte. Ich wäre total eingegangen, wenn ich nicht aufgehört hätte, aufzutreten. So habe ich das Eingehen vermieden und habe überlebt. Ich kann sogar schon hin und wieder alleine sein.« Der Beitrag »Drogen-Kultur« erscheint in der Zeitschrift »Tempo«.

Neuss, wir wollen Sie nicht vor Gericht sehen, hören Sie auf, die Legalisierung der Drogen zu betreiben.« Also sagen wir jetzt nicht »Droge«, sondern nennen es »Ekstase«, »Geist« oder »Gott« – wir leben in einem Staat, in dem Gott verboten ist. Dabei gibt es keinen anderen Weg, um sich geradezurücken in dieser Industriegesellschaft als Geist, Ekstase, Gott. Und wie stehn die Jugendlichen heute in der Disco? Links den Joint, in der Nase Koks, im Mund den Himbeergeist und im Arm das Heroin. Und was haben sie im Koppe? Nichts. Ein Nichts, wie wir es nicht mögen, tumb. Warum? Weil sie den richtigen Umgang mit Ekstase nicht gelernt haben, weil sie nicht gelernt haben, daß man mit LSD heute Sterben üben kann, und anschließend in die Disco ... Es ist ein Wahnsinn, diese Leute, die alles und jedes in sich reinstopfen, aber ein Wahnsinn ist auch ein Staat, der sich anmaßt, uns diesen Rausch als natürlich und erlaubt und den anderen als künstlich und verboten vorzuschreiben.

»Herr Neuss, denken Sie an Ihre Bewährung.«

Der Uniformenrausch, Freiheit, Ehre, Vaterland – das gegenseitige Abschlachten – du sollst nicht töten, aber abschrekken darfste – natürlich und erlaubt. Geldrausch, Goldfieber, Geschwindigkeitswahn – natürlich und erlaubt, der Overkillrausch, Pershing – zwei – drei – vier – natürlich und erlaubt, Schwefeldioxid, natürlich und erlaubt. Sitzt jemand wegen Dioxin im Knast? Alle diese Gifte, unauslöschliche Zeichen unserer Super-Zivilisation – natürlich und erlaubt. Aber Hasch und Mohn, Pilz und Mutterkorn – »künstlich«, »schädlich«, »kriminell«, »krank«. Doch sobald ich mich darüber errege, kommt mir der Richter ins Ohr und sagt: »Herr Neuss, denken Sie an Ihre Bewährung.«

Ja, aber, daß die falschen Gifte und ihre Betreiber legalisiert sind und die natürlichen illegal, auf diese zum Himmel stinkende Groteske wird man doch wohl mal aufmerksam machen dürfen. Vor allem, weil sie den Grünen, der SPD, den Christen und den Liberalen offenbar entgangen ist. Jedenfalls tun sie so und bauen Drogenknäste statt Schutzbunker. Wahrscheinlich muß erst ein Kerngiftwerk hochgehen und alle Pflanzen vernichten, bevor Gras-Raucher als »schützenswerte Art« deklariert werden. Das Wort »Amnestie« nehme ich erst gar nicht in den Mund – da faßt sich halb Bonn sofort an die Brieftasche.

Was ich nicht wußte, und was ich nie erkannt hätte, wenn ich weiter auf der Bühne geblieben wäre: Die Menschheit macht ihre besten Gedanken sofort zu Geld, anstatt zu kommunizieren. Die Schriftsteller, der ganze Medienbetrieb, Radio, Fernsehen, all das verstopft die Kommunikation.

Ich wäre selbst nicht in der Lage, das auszudrücken, wenn ich nicht, wie die Leute sagen, »am Ende« wäre, wo ich ja immer wieder sage: Es ist der Anfang. Anfang und Ende, das ist natürlich nicht dasselbe, aber der Geist ist ohne Anfang und Ende, und da schließt sich kein Kreis, wie das Sprichwort sagt, sondern es tut immer nur so, in Wahrheit ist es immer wieder die Spirale, die unerschöpflich ist.

Und jetzt stell dir mal vor: Ganz Frankfurt, zum Beispiel, entdeckt auf einmal, daß der Mensch ein geistiges Wesen ist und überlebt, du kannst dir denken, was da los ist. Die Leute bringen sich um vor Glück. Deshalb sollen ja auch vor allem Mädchen vorsichtig sein mit LSD: Die stellen fest, Mensch, es ist ja alles ein Geist, und ich kann hier jetzt ruhig aus dem Fenster springen, ich komme sowieso wieder, mein jetziger Körper gefällt mir nicht, also springe ich. Das totale innere Glück, die Aufhebung der Dialektik, auf einmal, das ist too much, es muß sukzessive gehen, langsam, slowly, Haschisch eben. Aufhebung der Dialektik heißt: Wir sind dabei, die Gehirne der Menschheit langsam auszuschalten. Wir, das ist nicht irgendeine Gruppe, ein Verein, eine Mafia, dann schon eher die Pflanzen, es ist Mutter Erde, die sagt: Es ist genug gedacht, genug Wissen angeschafft, nun schwingt mal schön, ihr seid reif zum Schwingen.

Schwingen heißt törnen, geistig arbeiten, es heißt aber auch tanzen, sich freuen. Und das ist auch das Positive an neuen Philosophen wie Sloterdijk, der mit dem Übergang vom Zynismus zum Kynismus nichts anderes beschreibt als diesen Übergang zum Schwingen. Viele Leute kommen nur durch Verzweiflung zum Guten, und darum gibt es den Zynismus, würden sie durch Freude dorthin kommen, müßten sie vor Glück aus dem Fenster springen, und die Irrenanstalten würden überlaufen. Einer der am wunderbarsten Verzweifelten ist ja Schopenhauer, gerade habe ich wieder so ein paar herrliche

Sätze über das Leid an der Welt gelesen und mußte sofort einen Spruch darauf machen: Schopenhauer hat sich gequält, dem Arthur hat der Joint gefehlt. Philosophie ohne Drogen ist immer gelogen.

Sloterdijk ist ein guter Übergang, wenn er sagt: Bleibt cool, die Sache liegt nicht im Tun, sondern im Lassen, aber viel wichtiger für die Frankfurter Schule und ihre Anhänger sind natürlich Leute wie der Bhagwan. Sloterdijk weiß nur schon, daß der die Dialektik aufhebt, die Dialektik von Horkheimer und Adorno, die so funktioniert: Da geht ein Mann. Nein, sagt einer, das sind zwei. Erst dann geht da wirklich einer. Wenn einer auf den Himmel deutet und sagt »Blau«, wird er erst in dem Moment richtig blau, wo ein anderer »Grün« sagt und eine Idee und Theorie dazu entwickelt. Auf einen Schlag kannst du diese Dialektik natürlich nicht ausschalten, aber nach und nach. Die Jugend der Erde ist im Moment dabei, ihre Gehirne mittels Meditation und Drogen auszuschalten und den Einheitszustand herzustellen. Da fällt mir der Satz ein, über den sich früher mal Frau Kipphoff in der »Zeit« beschwert hat, weil ich ihn in meinem Programm verwendet habe, ohne dazuzusagen: »Von Karl Kraus.« Der hat diesen Satz über die absolute Dummheit gemacht, die ihm irgendwo begegnete: »Es genügt nicht, keinen Gedanken zu haben, man muß auch unfähig sein, ihn auszudrücken.«

Was auch passiert, du bleibst sitzen.

Heute, wo ich weiß, daß die Dummen es viel, viel näher zum Licht haben als die belesenen Intellektuellen und Alleswisser, verstehe ich diesen Satz erst richtig: »Keinen Gedanken haben«, da mußt du nur LSD nehmen, absolut keine Gedanken, absolutes Vergessen, »ihn nicht ausdrücken können« – nimm Opium oder Heroin, und du kriegst die Zunge nicht mehr rund. Es ist ein High-Zustand, den er selbst nicht kannte. Und wie gesagt, nicht

1989 – Neuss nimmt Bezug auf Petra Kipphoffs Rezension in der Hamburger »Zeit« aus dem Jahre 1965. Unter der Überschrift »Der Fackel eine Chance« hatte die Journalistin moniert, daß Neuss sich gelegentlich mit fremden Federn schmücke und fairerweise die Kabarettbesucher und Schallplattenhörer seiner Programme wissen lassen sollte, daß manche »Pointe, die ihm so rauschenden Applaus eintrug, nicht von ihm stammt«. Neuss reagierte in einem Leserbrief: »Wie jedermann weiß, bin ich ein Wirrkopf. Zweifelt die Petra an meiner Beleidigungsfähigkeit? Man soll ihr drohn. Neuss ist chinesischer Herkunft, also gehörig der Roten Garde, und sie soll auf ihren Nagellack achten. Mit schönsten Grüßen Ihr Nagellack-Entferner Wolfgang Neuss.«

ungefährlich, denn du kannst dir vorstellen, was passiert, wenn Frau Müller aus Neukölln plötzlich entdeckt, daß sie mit zum Göttlichen gehört. Die springt vor Glück fünf Meter in die Luft, und es gilt, darauf zu achten, daß sie weich landet, darauf hat Dr. Hofmann, der Erfinder des LSD, immer wieder hingewiesen: Was auch passiert, du bleibst sitzen. Du kriegst ein Gefühl, daß du fliegen kannst, du bleibst trotzdem sitzen, du kriegst das Gefühl, daß du 100 Meter in 4,1 rennen kannst, du bleibst sitzen. Und wenn du sitzenbleibst, dann kriegst du mit, wie wirkliche Kommunikation funktioniert: schweigend.

Jeder hat sowieso seinen eigenen Blues

ohne rock'n'roll hätten wir zwei millionen arbeitslose mehr
ohne rock'n'roll hätten wie immer noch marcuse, adorno,
horkheimer
ohne rock'n'roll gäbs keine industrielle belebung
schallplatten-mono-stereo-industrie
ohne rock'n'roll würden sich nicht so viele leute scheiden
lassen und anderswo zusammenfinden
ohne rock'n'roll will selbst in wladiwostok niemand mehr
arbeiten
ohne rock'n'roll würde ein gewisser schmidt-bergedorf
nicht mozart spielen
ohne rock'n'roll wüßten wir einfach manchmal gar nicht
mehr weiter...
was brauch ich ein »prinzip hoffnung« wenn ich durch
rock'n'roll gewißheit habe
ohne rock'n'roll würden alle vorangegangenen
revolutionen noch was gelten
so aber – wenn die sprache drauf kommt und streit ausbricht
der richtungskampf wird durch rock'n'roll entschieden
und zwar auf jedem plätzchen der erde
in moçambique, an der chinesischen mauer, beim letzten
indio,
in australien, in kasachstan, uno, vatikan oder kreml
rock'n'roll
das psychedelische zeitalter hat schon gesiegt:
keine chance für volksaufklärer, alles erledigt der
rock'n'roll
wie elegant er schon den marxismus fraß
mit welcher grazie er den kapitalismus wieder angemacht –
der rock'n'roll läßt nicht mit sich reden
»weg mit den gehirnen« schreit er
»swingen« sowieso
schwingen heißt es, schwebung
schwingen, nicht denken
das ist der rock'n'roll

indem er dein denken ausschaltet
bringt er dich auf die tollsten gedanken
der marxismus hat gesiegt, aber in der disco:
die stummen dieser erde
die dummen, verblödeten und dadurch unterprivilegierten
    die artikulieren sich mit rock'n'roll
millionen von menschen die vorher auf dieser kugeligen erde
absolut nichts zu sagen hatten

du brauchst nicht einmal ein instrument
denk dir einfach ein geräusch aus

Sprache/Geräusche

»Mh – ha – mhmhmh.«
Die Sprache ist ja Geräusch.
Wir nennen die ja nur Sprache
das Wort Sprache ist so wie das Wort Ethik:
das stimmt gar nicht zur Sprache, zur Rede
Geräusche müssen wir sagen,
machen wir.

Wenn wir Geräusche zu Sprache sagen würden,
dann würde sie entwerteter sein, ja?
Sprache – so hehr klingt das schon, so
so – so gehoben, ne?

Aber: Geräusche aus dem Mund,
na wat macht der denn für Geräusche mit dem Mund,
hör mal zu, der spricht wie Marcuse,
interessante Geräusche. Oder wie Adorno,
mit Klaviergeräusch dabei. Oder der spricht
wie Heidegger, ja? Mit Weihrauch.

Ach, so wird die vereinfacht.
Dann kam einer an, sagt:
»Nimm alles wörtlich.«
Also, ich heiß Müller, dann denkste,
ich bin einer aus'm Mehl, ich komm aus'm Mehl.
Ich hab was mit Müll und mit Mehl zu tun.
Und einer heißt Krause, da denkste dir
Der weiß nicht richtig Bescheid, wenn er Krause heißt,
 der denkt kraus im Kopf.

Nimm alles wörtlich.
Das war der beste Einfall.

Als Baby hat man gemacht
»mm bö mm böö Mamma!
mm-mh …«

als Baby, ja?
Und dann sind so die Worte dazugekommen, ne?
Wat man schon sagt, Worte.
Aber Geräusche sind es.

Sperrmüll und Häuserkampf

Wir alle – mit dieser europäischen Besetzer-Sache,
daß wir Sachen besetzen, wir haben vergessen:
daß wir Sachen besetzen, die weggeschmissen wurden.
Ja? Das wollt ich erst mal als Prinzip sagen.

Also da sind – wie inner Wegwerfgesellschaft –
Sperrmöbel auf der Straße,
da sagt doch keiner was,
wenn man sich die mitnimmt.
Wenn aber Häuser stehen
als Sperrmöbel, ja?
und die stehn als Sperrmüll rum –
und dies Bewußtsein hat kein Besetzer mehr.
Sondern der hat plötzlich ein Bewußtsein:
daß er die Bauindustrie in der Stadt,
die falsch gelaufen ist, neu aufbauen muß.

Das tut weh, das gibt Widerspruch,
da muß man sich selbst zerstören.
Natürlich gehts nur um die Bauindustrie,
es geht eben letzten Endes nur um Kohle
bei der Besetzerei, und die Besetzer-Sache ist eben
eine Anti-Geld-Sache, weil:

Da sind weggeworfene Sachen,
die nehmen wir uns
eh! – das ist doch 'ne freudige Angelegenheit.
Da kommt doch niemand an und sagt, wie Lummer, ja –
also ich meine jetzt als Vertreter der Gesellschaft –:
»Mann, da haben wir was weggeworfen,
das wollten wir ja gar nicht, daß das jemand findet!
Es war doch aber weggeworfen, wir wissens doch!
Darüber hat ja niemand im Parlament gesprochen,
daß es weggeschmissen war,
wenn nicht einer es nehmen würde,
würde ja noch keiner drüber sprechen.«

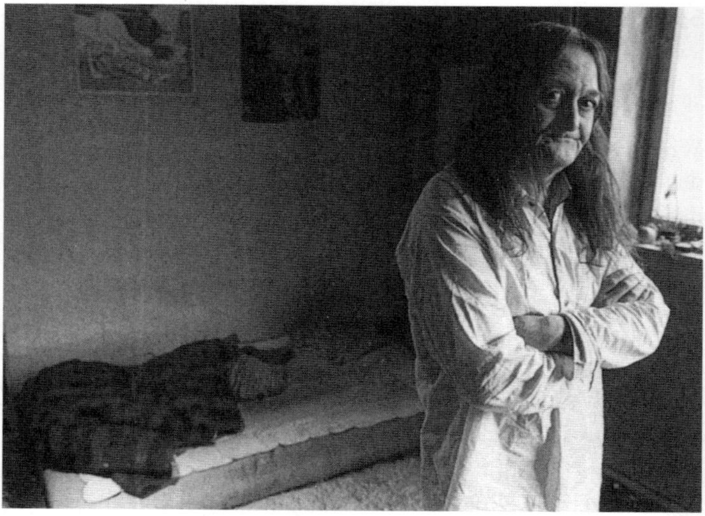

Und darum gehts:
daß es Leute genommen haben,
und darum wird so viel darüber gesprochen.

Also Lummer verkörpert eine Gesellschaft,
die sich nur als Retter – wie soll ich sagen –
an kleinen Leuten, wie wenn Ameisen laufen,
immer sagense: »Laß uns doch einmal
da drauftreten, auf die Ameisen,
es macht einen Spaß!!!!«
Unglaublich, ja?
Brutal kann man da gar nicht mehr sagen,
pervers, das sind gar keine Ausdrücke dafür –
für uns peoples, ja?
Für Leute, die auch nur auf der Erde sind
und nur was Weggeworfenes genommen haben.
Das ist erst mal die Grundlage von einem Besetzer.
Verstehste? Also das ist ne Verteidigerhaltung, also:
»Wat wollt ihr denn von mir, ihr habts doch weggeworfen!«
Wer das vergißt und nicht immer wieder sagt,
kann nur auf die schiefe Bahn geraten –
wenn der 'ne andre Ideologie kriegt
und jetzt sagt: »Wir sind die Folge von der APO,
Hausbesetzerpolitik ist Folge von der APO.«

Nein!
Es ist die Folge der Wohlstandsgesellschaft!
Das hat gar nichts mit APO zu tun,
APO hatte was mit Marx zu tun!
Die ist veraltet, total veraltet, da ist kein
Funken mehr rauszuschlagen, aus diesem Marx!

Sondern wir – das ist etwas völlig Neues –
wir haben uns Sperrmüll genommen aus der Gesellschaft.
Und plötzlich hat die Gesellschaft gesehen:
»Ach Moment mal,
da entsteht ja eine neue Gemütlichkeit!«

Das Ende des Holzwegs
Aus der Szene für die Szene

Das Gespräch über geistiges Eigentum würden wir nicht führen, wenn es nicht um Psychedelik und Mystik ginge. Wir erwähnen das geistige Eigentum, weil wir uns in einen Zustand versetzen, wo wir erkennen, daß wir es nicht alleine sind, die sprechen und Gedanken haben. Wenn wir jetzt schweigen, rauchen, schweigen, rauchen, schweigen, dann sprechen wir innen, dann sagen wir innen ganz leise: »Jetzt machen wir mal innen im Kopf Verkehr.« Wir sitzen hier im Kreise. »Was machen wir jetzt?« fragt der Erste. »Ich habe gleich eine Idee«, sagt der Zweite. Der Dritte sagt schon die Idee: »Wir essen Eis!« Der Vierte sagt: »Ach, wir lassen es lieber.« Alle vier starren sich an und schweigen, aber sie haben sich innen einmal kurz unterhalten. Also es geht, wenn wir uns über geistiges Eigentum unterhalten, zuerst darum, daß wir über die schweigende Quatscherei sprechen, die heute die eigentliche Unterhaltung ist, wo ja auch die Literatur, wenn schon Literatur und Geschreibsel, zu Hause ist. Dort vom Schweigenden, da kommt es her.

Der Enzensberger hat etwas über den Wald gemacht – im Stern, ich muß ja mal lachen, muß das noch mal kurz erwähnen, die schönen Bilder und die Literatur – ist ja klar, daß der Wald spricht, raunt, und daß die Deutschen von Eichendorff her den raunenden Wald gehört haben. Und nicht nur die Deutschen, in jedem Land gibt es eine übermäßige Zeitungs- und Bücherproduktion.

Ja, was machen wir denn da? Wir Schreiberlinge, Kellner, die abends einen Roman schreiben, Döblins, Musils, Mann ohne Eigenschaften, Kafkas? Wir alle machen den Wald nach! Der Wald unterhält sich, wir holzen ihn ab, wir machen

1983 – Neuss, bereits in den sechziger Jahren für sein Solo-Programm »Neuss Testament« in fremden Revieren wildernd unterwegs, hat sich schon früh Brechts »Laxheit« in Fragen des geistigen Eigentums zu eigen gemacht. Mit den Jahren bastelte er sich eine regelrechte Gebrauchsanweisung aus der schönen Idee, die Geistesgrößen der literarischen Welt wollten allesamt nur benutzt, nicht besessen sein: »Man verliebt sich in eine Stelle bei Thomas Mann. Und wiederholt die unbewußt. Ich sage mir: Das wär ja einmalig, wenn das von mir wär. Und ich sage mir: Den Satz klau ich mir. Der heißt: ›Der ist Mann nicht ganz bei sich.‹ Na, in den Satz hab ich mich verliebt und was mache ich mit so einem Satz? Na, den behalt ick.«

Papier draus und was drucken wir drauf? Was der Wald sich unterhalten hat!

Der Mensch ist ein Rauschwesen. Ein unglaubliches Rauschwesen. Er ist geboren, um zu rauschen. Und darum ist auch die Alkoholseuche auf der Erde ein Ersatzrauschen für den eigentlichen Rausch, den der Mensch machen sollte. Wieder kommt das Wort aus dem Wald. Ja, raunen, rauschen, dichten, blättern, Papier, Wälder, Bäume ... und die Leute, die am meisten grün sind, und gegen dieses Baumsterben schimpfen, die schreiben am meisten.

Der Mensch ist ein Rauschwesen. Er ist geboren, um zu rauschen.

Weißte, es ist doch so, wenn heute die Sache mit Marx nicht mehr funktioniert, dann nicht, weil Marx weg vom Fenster ist. Jesus ist ja auch nicht weg vom Fenster. Marx wird durchs Fernsehen benutzt, überall findet Marx im Kleinen statt. Im Großen wird er nicht benutzt, weil wir abschreckende Beispiele vor uns haben. Dort, wo das die Leute staatlich machen, wird sich niemals eine Mehrheit dafür finden. Wenn es z.B. bei den Linken, oder bei den Unteren, keinen Marx mehr gibt, dann gibt es doch die Idee, daß es gar kein geistiges Eigentum gibt. Das ganze materielle Eigentum wird fragwürdig, beginnt zu wackeln, wenn man nach dem geistigen Eigentum fragt. Da nämlich stellen wir dann Urkommunistisches fest, ohne daß wir Marx erwähnen brauchen.

Beim Schweigen stellen wir fest, daß die Gedanken, die wir haben, uns allen gehören.

Einer hat sein Hirn besonders gut trainiert. Da könnte schon einer von euch sagen: »Dafür muß er bezahlt werden!« Ich würde sagen: »Für einen Gesichtsausdruck muß er bezahlt werden!«

Gehirn trainieren heißt doch, nicht hier oben mit den Fingern dran rummachen, sondern mit dem Gesicht Grimassen schneiden, eigentlich innen. Mit dem Gehirn Grimassen schneiden, und meistens sehen die Leute ja so aus, wie das Gehirn sich innen bewegt. Und es bewegt sich in Unart, unglaublich. Die Gehirne lassen sich nun heute bezahlen. Diese Gehirnmenschheit läßt sich heute ihre besten Gedanken sofort bezah-

len. Das habe ich über geistiges Eigentum entdeckt, daß dieses total die Kommunikation zwischen den Menschen verhindert. Das ist doch eigentlich eine Gemeinheit, wo der Mensch eine Sprache hat und ein Gehirn, um sich mit den anderen zu verständigen. Über die besten Sachen nimmt er einen Umweg.

Das ist natürlich auch bei Sloterdijk, allerdings nicht von ihm, das beste, so ein Satz: »Nicht im Tun liegt die Sache, sondern im Lassen.«

Heute sind wir aber, auch dank Sloterdijk, und das ist die Anmache dabei, das ist das Positive an diesem Mann, es könnte noch mehr davon geben, sind wir dabei, die Gehirne der Menschen auszuschalten. Und zwar nicht wir Menschen, irgendeine Gruppe, eine Clique, eine Mafia, niemand, niemand. Wir Pflanzen, könnte ich höchstens sagen, sind dabei, die Gehirne der Menschen langsam auszuschalten. Es ist genug. »Es ist genug angeschafft«, sagen die Gehirne. »Nun schwingt mal schön, denn ihr seid reif zum Schwingen.« Schwingen heißt törnen, geistig arbeiten. Es heißt aber auch tanzen, sich freuen. Und dies drückt Sloterdijk am geschicktesten aus. Vom Zynismus zum Kynismus, es heißt, sich freuen.

Im Seinlassen? Nein. Stell dir doch mal die Linke vor? Ich sage allerdings, dazu brauche ich keinen Sloterdijk, diese Leute und auch die Frankfurter Schule, die brauchen den Bhagwan. Den Bhagwan – der Sloterdijk kommt ja gar nicht in die Nähe des Orgasmus, und beim Orgasmus fängt es heute an. Du kannst den kleinsten Guru nehmen, der lehrt dich schon, fick, was dir in die Quere kommt, wenn die Schwingung stimmt. Gleichzeitig beklaust du den, den du da fickst und törnst ihn an. Das lehrt der kleine Guru und macht die Kleinkriminalität zu einer Null.

Dann der TMler (Transzendentale Meditation). Der ist der Wertvollste. Der sagt: »Unterhaltet euch innen, Leute! Bitte Neuss, laß doch deine penetrante Stimme weg, unterhalte dich doch beim Schweigen!« – wie ich es eingangs beschrieb. Dann brauchen wir doch nicht mehr über geistiges Eigentum zu sprechen.

Wie sieht dann der Literaturbetrieb aus? Na, dann ist der Unseld der Krupp. Dabei muß man bedenken, daß diese Neuphilosophen dabei auch erwähnen, daß viele Leute nur durch

Verzweiflung zum Guten kommen. Darum gibt es den Zynismus. Nur durch Verzweiflung kommen sie zum Guten. Würden sie durch Freude zum Guten kommen, das wäre too much! Das wäre zu viel, dann wären unsere Irrenhäuser supergroße Anlagen. Der Mensch ist durch sich selbst geschützt und dadurch, daß er durch sich selbst geschützt ist … natürlich gibt es zuviel Weltuntergangsstimmung im Moment. Da darf man aber nicht die naturgegebene Kraft des Kapitalismus vergessen, der lebt einfach von Weltuntergangsstimmung! In Wirklichkeit lodert hinter dieser Weltuntergangsstimmung allenthalben ein klares, friedliches Feuer. Aber ein Feuer. Womit ich sagen will: Die psychedelische Schlacht ist geschlagen, der Geist hat gesiegt.

Allerdings mit Drogen und durch Drogen, sonst hätte er nicht gesiegt, sonst wäre er tatsächlich im Material untergegangen. Die Literatur ist noch gefährlicher als die Stahlindustrie, weil Stahl, da kann man noch sagen, den muß man bezahlen. Also dieser Meter Stahl, wie er da liegt, den muß man bezahlen, der sieht zu gut aus, erst mal. Der blinkt, ist angemacht, da haben Hände dran gearbeitet, ist schon verbrannt, den muß man doch bezahlen.

Bei der Literatur, eigentlich einwandfrei, die muß man nicht bezahlen. Aber es ist doch gedruckt worden, da haben Hände dran gearbeitet. Da haben Leute gesetzt, die muß man doch bezahlen. Man muß also auch den Geist bezahlen? Nein, man kann den Geist nicht bezahlen, weil, Gedanken kann man ja nicht anfassen. Man kann sie erst anfassen, wenn sie gedruckt sind, eher nicht, während du Stahl immer anfassen kannst, von Anfang an.

Deshalb ist die Literatur viel gefährlicher, weil sie etwas verkauft, was man eigentlich nicht bezahlen kann. Jetzt kannste sagen, »zu teuer«, oder: »Die nehmen zu wenig Geld dafür!« Nein, sie verkaufen etwas, wofür man absolut nichts nehmen kann. Die machen etwas zu einem Artikel, zu einem dollen Ding, und eigentlich ist es doch mein Lebensmaterial, die Phantasie! Ich sitz doch hier auf der Erde und lebe davon. Und was macht ihr daraus? Ja, wir nehmen es uns immer wieder aus den Köpfen heraus, drucken es rein und verkaufen es für einen Fünfer. Fünf Gedichte für fünf Mark, so scheuern

wir es unter die Leute. Eigentlich müßten wir es verschenken? Nein, ist ja genauso wie verkaufen. Na, was denn dann? Man müßte sich alles einfach wieder erzählen!

Dann würde eine Kommunikation auf der Erde stattfinden, wenn die besten Gedanken nicht beim Verlag landen, sondern bei der Frau im Bett.

Wir wissen schon, wo die Falschspieler sitzen. Die sitzen im Literaturbetrieb, nicht so sehr in der Stahlindustrie. Das ist durchschaubar. Dank Jörg Schröder zum Beispiel. Aber der macht zu wenig. Sieh mal, so ein Mann wie Arno Schmidt, der muß doch davon gelebt haben, daß es kein geistiges Eigentum gibt. Ich dachte mir manchmal, der müßte so ähnliche Gehirnwindungen haben wie ich, der Arno. Ganz ähnliche Geschichten wie bei mir früher mit der geistigen Klauerei im Kabarett, wo ich am Schluß immer so geklaut habe, da hat der Eigentümer noch gar nicht gewußt, daß es ihm gehört. So elegant, so toll. So habe ich überhaupt erkannt, daß es kein geistiges Eigentum gibt.

Bei Arno Schmidt habe ich manchmal das Gefühl, daß der deshalb so genial ist, weil er alle unsere deutschen Dichter in seinem Kopf transformiert hat zu Arno Schmidt, so z.B. in Zettels Traum. Darum hat er auch die Sprache verändern müssen, über das Althochdeutsche ins Arnoschmidthochdeutsche oder Tiefdeutsche, und darum hat er auch beinahe eine Gemeinde gehabt, und hat auch eine geistige Gemeinde, so wie der Luther ein bißchen. Nee, der kriegt einen Hermann-Hesse-Boom, der Arno Schmidt, das sage ich hier gleichmal im voraus an, weil er getörnt hat. Ist ja auch kein Fehler, es nicht laut zu sagen, daß man Haschisch oder Gras aus der Heide raucht. Der war ein Irrer. Der gehört zur Irrenoffensive. Mit Arno Schmidt würde ich jede Irrenoffensive starten.

Es gibt kein geistiges Eigentum.

In dem Moment, wenn der einsame kleine Nichtdenkermensch in der Ecke sitzt und sagt: »Das könnte ja von mir sein!«, dann ist es von ihm, verstehste, weil, das ist der beste Gedanke beim Schreiben und Lesen überhaupt: »Das könnte ja von mir sein!«

Aber … das ist leider selten, da muß man schon eine Weile suchen …

Aber der Verliebungsgedanke spielt noch eine große Rolle. Du verliebst dich in einen Satz und übernimmst ihn in dein Privatleben, sagst z.B. zu deiner liebsten Freundin »Eierpampe«, weil Thomas Mann in irgendeiner Ecke zu Schiller »Eierpampe« gesagt hat. Du hast das übernommen, weil es dir gefallen hat und sagst es. Das sind Sachen, wo die Literatur entgegen allen Gesetzen ins Leben einbricht.

Schreiben ist out! - Behaupte ich einfach. Schreiben, für geistiges Eigentum? Wenn Geist uns allen gehört, warum? Na ja, weil uns Gott doch auch allen gehört. Du kannst den Gott nicht alleine für dich beanspruchen, machste gleich eine Religion, kannste den Suhrkamp Verlag aufmachen, Unseld – ja, brauchste gar nicht erst anfangen. Der nachgemachte Schah aus Frankfurt, den habe ich gerade auf der Latte. Den Unseld, dem binden wir mal nachts die Karin Struck ans Bett, und dann muß der drauf, oder so etwas ganz Schreckliches.

Sloterdijk hat den Anfang gemacht und hat es selber nicht verstanden. Wenn die Gehirne der Menschen ausgeschaltet werden, wird die Dialektik mit ausgeschaltet und der Einheitszustand hergestellt. Daß trotzdem Energie da ist, weil die Dialektik ... also wenn man Horkheimer/Adorno richtig gelesen hat, konnte man ja schon feststellen, daß es die Dialektik nur gibt, damit es Energie gibt. Das ist die Dialektik, so funktioniert die Erde. Mit der Dialektik hängt sie zwischen Jupiter, Milchstraße und Jungfrau, mit der Tatsachenbehauptung und der Gegenbehauptung. Gegen die pure Tatsache, da läuft ein Mann. »Nein«, sagt er, »das sind zwei!« Dann wird es erst richtig einer, dadurch, daß der sagt, es sind zwei. Das ist das Geheimnis der Werbeindustrie.

Sloterdijk ist dabei, die Dialektik aufzuheben. Die hat ihre bestimmte Funktion, wenn man die auf einmal aufhebt, kannste dir ja vorstellen, was es gibt, wenn man die Gehirne auf einmal ausschaltet. Nach und nach werden die Gehirne ausgeschaltet, aber göttlich eben von Pflanzen, so daß man sie jederzeit wieder einschalten kann, aber nicht dauernd in Betrieb haben muß, weil die Leute dann wahnsinnig werden und irre. Das will die Mutter Erde nicht, daß die Leute hier wie crazy rumlaufen. Das wollen sie nun wirklich nicht, das wollen die Bäume nicht. Ich hab auch mit den Tauben gesprochen und die sagen: »Verrückte, das finden wir nicht schön. Lieber vernünftige, coole Leute.« »Aber doch psychedelisch«, sagte ich. »Aber natürlich!« Das ist doch eine Arbeit zum Üben, das geht doch nicht einfach so. Wer entdeckt, daß er mit zum Göttlichen gehört, wie Frau Meier aus Neukölln, oder auch mal Unseld, wer so etwas entdeckt, der kann ja erst mal in die Luft springen, fünf Meter, und wenn er dann auf Glas landet, gilt es dies zu verhindern.

Und was liegt in der Luft? Na, wir alle!

Also diese Menschheit, die ihre besten Gedanken zu Geld macht, das ist immer wieder der Ausgangspunkt, wenn wir zum Thema geistiges Eigentum kommen – anstatt zu kommunizieren. War mir selbst nicht so klar, Sloterdijk. Die Schriftsteller und Dichter bringen den Beweis, daß wir nicht richtig kommunizieren. Die machen die Kommunikation durch die Literatur und den Betrieb, der da aufgezogen ist, dieser Stahlindustriebetrieb, die machen die Kommunikation, das Fernsehen, Radio. Alle Kommunikationsmedien sind verstopft, weil der Mensch auf Erwerb von Geist abgerichtet ist und nicht auf Erwerb deiner Freundschaft, weil ich dir einen guten Gedanken gegeben habe. Ich wäre ja selber nicht in der Lage, das auszudrücken, wenn ich nicht, wie die übrige Menschheit sagt, am Ende wäre. Ich nenne es ja am Anfang, immer wieder. Aber Ende oder Anfang, wollen wir die Dialektik aufheben? In Wahrheit ist Ende und Anfang auch wieder eine Einführung des Menschen. Der Geist ist ohne Anfang und Ende. Schon durch die Einführung von Anfang und Ende kriegen wir da was ganz anderes mit, weil, der Geist, der eigentliche Geist, der Unbezahlbare, der liegt in der Luft! Die Luft selber ist ohne Anfang und Ende. Da schließt sich auch kein Kreis, wie das Sprichwort sagt, sondern das tut immer nur so, als ob sich ein Kreis schließt. In Wahrheit ist es doch immer wieder die Spirale, die unerschöpflich ist, wo die anfängt und wo die aufhört, weiß man nicht. Es ist eine Spirale! Das Ganze, was die Körper betrifft, ist eine Geistesspirale, weil wir doch geistige Wesen sind! Die Schriftsteller haben das, was sie geschrieben haben, auch nur aus der Luft genommen. Und was liegt in der Luft? Na, wir alle! Darum gibt es kein geistiges Eigentum, weil wir alle in der Luft liegen. Ich habe mal gegenüber vom Krematorium gewohnt. Da durfte niemand meine Balkonbrüstung anfassen, weil ich den Leuten sagte: »Hier liegen viele Tote drauf, schmeißt die mir nicht auf die Erde!«

Da fällt mir noch ein Gedanke ein, den ich noch nicht ausgesprochen habe. Das ist auch gut, daß man nicht alle Gedanken ausspricht, damit fängt geistiges Eigentum an. Nicht alle Gedanken aussprechen oder aufschreiben, sondern sie für sich behalten. Das ist so eine Art Kapitalismus: für-sich-behalten. Deshalb wird es irgendeinen kapitalistischen Betrieb in bezug auf Gedanken immer geben. Aus folgendem Grunde: Wir sitzen hier, alle haben wir den gleichen Gedanken. Aber ich habe mein Gehirn so trainiert, daß ich ihn ausdrücken kann. Ihr seid dazu unfähig, und ich kann es dank meines Gehirns. »Das muß doch dann bezahlt werden«, sage ich. Ich habe doch mein Gehirn trainiert, wie ein Leistungssportler. So etwas muß doch bezahlt werden, ist doch honorarpflichtig, die innovative Kraft.

Wie sind nicht diejenigen, die schreien: »Schafft die Literatur, die Unselds, die Verlage ab!« Und auch nicht schreien: »Vergesellschaftung der Literatur!« Sondern: »Wir kommunizieren so lange, bis Literatur überflüssig wird!«

Wir kommunizieren mit jedem, der kommt – Umarmungspolitik – bis Literatur total überflüssig wird. Die Leute erzählen sich die besten Sachen, und sie brauchen die nicht mehr zu drucken.

Ich bin doch der lebendige Beweis, daß es Bücher gar nicht mehr geben sollte. Sollte man sie verbrennen? Nein, das ist Quatsch. Man könnte sie ja vergraben. Ist das nicht das Gleiche? Aber wenn man sie vergräbt, kann man immer mal wieder nachgucken. Man kann auch mauern mit Büchern, oder Dach decken.

Karl Kraus habe ich immer beim Wort genommen. Der Titel allerdings stammt vom Kösel-Verlag, der weiß gar nichts davon, daß sie ihm so einen Titel gegeben haben: »Beim Wort genommen«. Ich bin nun total darauf reingefallen. Deshalb habe ich mich überhaupt für Karl Kraus interessiert und dies Buch einhunderttausendmal verschenkt. Ich beklau den mit Recht, ich habe ein Vermögen dafür gelassen.

Biste
Kabarettist,
Rogler?
Polt

Löffel
Hitler bekam täglich
Vorträge
1969 – 1988
NEUERSCHEINUNG
»PINEL« VERLAG
NEUE REVUE
BRUSTKREBS
WOLFGANG NEUSS
Das haben amerikanische Forscher nach 10jähriger Untersuchung festgestellt:
Die Frau,
die mit
Hitler
Berlin
späte Ahnung vom Wetterleuchten
DAS ENDGÜLTIGE SATIREMAGAZIN

Das ist meine Eigenart. Ich erzähle dir, es ist erforderlich im Sinne unserer linken Bewegung, daß wir nicht mehr evangelisch sind. Dann bin ich kein Diktator, der das innerhalb von vier Wochen durchsetzen will, sondern ich bin der Mensch, der erwartet, daß wir das sofort machen. Das kann man doch nicht mehr mit Hitler bezeichnen, auch nicht mit Monster, sondern ich nehme beim Wort!

Wir stellen fest, daß Dreck unter den Nägeln doch nicht gut aussieht, also machen wir uns die Fingernägel sauber, sofort, gleich! Dadurch wird die Kommunikation interessant, und das geistige Eigentum gibt es dann nicht mehr, weil wir es beschlagnahmt haben. Wir haben die Kommunikation direkt gemacht. Wir verlagern sie nicht mehr auf Band, Schallplatte und Druckereischeine, sondern wir haben die Kommunikation unter uns aufgenommen.

Der Gott des Krieges steht nicht mehr hinter den Soldaten und hinter den Zivilisten, weil, das Wort »Zivilist« bedingt ja schon das Wort Soldat. Der Gott des Krieges, sagt Jünger, steht nicht mehr hinter den Soldaten. Jünger hat bekanntgegeben, es gibt keine Kriege mehr. Stahlgewitter vorbei! Was statt dessen? Aladin, die Wunderlampe. Und was macht er mit der Wunderlampe? Darum ist mir Sloterdijk lieber als Jünger. Auch damit wir mal einen Besseren haben, als Jünger. Jünger, darfste nicht vergessen, alle Welt geniert sich deinetwegen. Warum? Weil die alte Krücke Drogen nimmt und nichts davon bekannt gibt, sondern »Aladin die Wunderlampe« schreibt und auf Schöngeist mimt und wie so eine nackte Tänzerin im Maxim vor uns auftaucht, anstatt Fraktur zu reden, wie wenigstens der kleine Sloterdijk, olle »Halbseide«, Sloterdijk ist doch holländisch und heißt »Halbseide«, und der ist mir dann doch lieber.

Weißte, mir fallen immer wieder die wissenschaftlichen Dinger ein. Ich kann sie nicht ausdrücken, und dann wird es populärwissenschaftlich bei mir, ein kleines Wunderwerk. Ich kann Gefühle bezeichnen, aber sie nicht wissenschaftlich ausdrücken, also auch nicht literarisch, sondern immer populärwissenschaftlich oder trivialliterarisch. Ich bin die Inkarnation der Trivialliteratur, allerdings auch die Qualität. Trivial ist auch so ein Wort. Ich, der ich kein geistiges Eigentum anerkenne, benutze noch so ein Wort wie trivial. Das ist doch das Schönste, was es gibt, trivial! Was ist trivial? Trivial ist unbedeutend! Playboy und die bunte Presse sind trivial. Und der Fortschritt ist mit Hubert-Burda-Moden und dem Springerstil dies: »Seid nett zueinander!« Stelle dir mal vor, das kommt natürlich in die Nähe von Haschisch, »seid nett zueinander«. Trotzdem reicht es nicht. »Nett« ist genau das, was man ist, wenn man keine Kommunikation hat, in der Welt, wo der Geist total Pfennige kostet und Tantiemen macht. Jetzt denken die Leute, nur weil ich am Ende bin, habe ich etwas gegen Tantiemen. Aber ich bin doch gar nicht am Ende, ich bin doch kurz vor der Erfüllung.

Nett«, das ist gerade, was man noch schafft. Anerkennen kann man das Wort immer noch nicht, als Kiffer schon gar nicht! »Nett«, was soll das sein? Untersuchen wir die Sprache: nit, nett, nutt ist nix, ist unbedeutend! Familie Herzlich kriegt dabei eine ganz andere Bedeutung. Mit dem Pen-Club kommen wir noch einmal auf das geistige Eigentum. Schriftsteller und Intellektuelle sind doch eigentlich meine Leute, unabhängig von den Kabarettisten. Ich mach die alle zu Kabarettisten. Dem Böll hätte ich gleich sagen können, was er ist. Wenn er sich als das Gewissen der Nation aufspielt, soll er das nicht abstreifen und in den Ehrenbürger von Köln flüchten, sondern dann soll er sagen, wenn ich schon das Gewissen der Nation bin, dann sollen sie auch mal über mich lachen. Das wäre doch die geringste Art der Freude, die man vermitteln kann, oder? Aber man kann doch als Gewissen der Nation wie Heinrich Böll nicht als laufendes Fragezeichen durch Köln stolpern und sagen: »Ich will Ehrenbürger werden!«

Wenn wir das geistige Eigentum auf einmal abschaffen würden, könnten soundsoviele Leute nicht mehr davon leben. Viele machen mit zwei Gedichten ihren ganzen Wochenverdienst in der Werbeindustrie. Was ist das, Werbeindustrie? Die Werbeindustrie ist der pervertierte Literaturbetrieb, somit wirkliche Literatur. Da geht es ans Schwärmen ran! Werben heißt doch eigentlich Schwärmen. Die gute Werbung ist: »Coca-Cola ist schlecht!« – »Weil du sie alleine haben willst.« Zynismus. Die Kynismus-Werbung aber ist: »Die

Cola, ich kann dir sagen, ein duftes Getränk. Einfach phantastisch, wie sie die Kehle runterbrennt, ahhh!« Schwärmen heißt werben. Und schwärmen kommt schon wieder unserer Urkommunikation nahe. Die Dichter, die schwärmen doch alle nicht mehr, wie Freiliggrath, nein, wie hieß der noch? Eichendorff, der hat doch geschwärmt. Das war ja noch Kynismus! Aber jetzt ist alles: »Nein, die Welt geht unter, geht kaputt, usw., usf.«

Der Mensch macht also seine besten Gedanken sofort zu Geld. Pervertiert landet das in der Werbeindustrie. Es geht durch den Literaturbetrieb, durch die Trivialliteratur, durch die ganzen Feuilletons und Medien und landet in der Werbung. Dort wird es wieder urähnlich, nämlich durch die Schwärmerei. »Nehmen Sie Chlorodont! Chlorodont ist gut! Ist wirklich das Beste!« Und wenn jetzt zwei Menschen oder drei Milliarden diesen Betrieb auslassen, dann tun sie das gleiche, sie schwärmen. Das ist garantiert der Grundton jeder Unterhaltung. »Haste gesehen, diese Pflanzen! Was wir damit machen könnten? Stell dir das mal vor!« Alles in einem schwärmerischen Ton und heiter, nichts ist ernst. Das Wort »ernst« verträgt sich kaum mit Haschisch. Es ist nicht komisch, es ist nicht Karikatur, es ist nicht ernst, es ist nicht traurig, sondern es ist, das ist das Wort und darum sage ich auch »Sozialdemokratie«, die Mittelmäßigkeit! Heiter hat mir nie genügt, ich wollte immer das breite, satte Lachen. Heiter war mir wie schmunzeln. Heiter und schmunzeln ist das TAO, also das, was wir nicht fassen können. Wie der Buddha lächelt, genau der Ausdruck, wie das ganze Leben eigentlich ist. Weshalb die Dialektik eigentlich noch immer stattfindet? Damit die Leute nicht erkennen, wie heiter das Leben eigentlich ist. Damit die Erkenntnis nicht auf einmal kommt, weil es sonst überschwappt, vor Freude!

Darum habe ich zu Bert Brecht nie Brecht gesagt, sondern immer erst »Brrr« und dann »echt«. Immer, von Anfang an. Diese Type muß ein Hund gewesen sein, weil er doch gesagt hat: »Ich komme aus den Wäldern!« Der Satz bleibt von Brecht. Er hat auf dem Totenbett zu seinem kiffenden Sohn Stefan gesagt: ... Also du mußt wissen, der Sohn hat gekifft, ist von der Familie nach Westberlin gerufen worden. Der amerikanische Sohn Stefan hat ziemlich durchgeblickt und tut dies bis heute. Er hat dem Vater einiges klargemacht, während der im Sterben lag. Der hat gesagt, also Brecht: »Ach, das ist es!« – »Geist«, hat Stefan gesagt. »Aber, was bleibt dann von mir übrig?« – »Nichts«, hat Stefan geantwortet. Ich bin doch human und sage, der Satz: »Ich komme aus den Wäldern« bleibt übrig. Aber der Satz, »der Schoß ist fruchtbar noch, aus dem das kroch«, der ist ja selbst bei den Grünen nicht mehr erlaubt. Der Schoß ist immer fruchtbar, immer, immer, der hört gar nicht auf. Das ist es doch. Das Inhumane an Brecht ist, daß er einen Schoß unfruchtbar machen will, aus dem mal ein Krüppel kroch, der siebenhunderttausend Menschen getötet hat. Macht man doch nicht unfruchtbar, kann doch im nächsten Moment etwas Gutes bei rauskommen. Merkste, das ist Linksfaschismus! Hätte ich früher nicht gesagt, hätte gesagt, macht man kaputt, war voll drauf auf dem Satz.

Wie gesagt, Brecht muß man verlängern. Die beste Verlängerung ist immer Karl Kraus. »Es genügt nicht nur, keine Gedanken zu haben, man muß auch unfähig sein, sie auszudrücken!« Unfähig vom Kiffen. Darum ist der Satz heute so gut, nur darum.

Intelligente Leute haben es mit dem Kiffen schwer, die müssen erst in sich eine ganze Menge anderes wegkippen. Dumme, primitive, einfache Leute, was immer wir darunter verstehen mögen, haben es ganz nahe zu ihrem Licht und sind dann, wenn sie ihr Licht haben, voll literarisch anwesend. Da halte ich mich wieder an Baghwan, früher habe ich auch geglaubt, ich müßte die ganze Menschheit erleuchten, die Leute einzeln zum Licht führen. Gar nicht drin! Die meisten schaffen das gar nicht. Nur, wer da nicht mehr locker läßt, wie ich in einem Gedicht sagte, der schafft's. Der sagt, jetzt weiß ich, warum ich geboren bin. Wer das erkennt und das gleichzeitig in der Hand hat, der erschafft.

Zum geistigen Eigentum noch etwas Abschließendes. Was könnte man gegen diesen gigantischen Stahlliteraturbetrieb aufziehen? Die Erzähltechniken, die Conférenciers, sollte man fördern, wenn sie nicht gleich alle zu Kabarettisten werden. Literaten sind nicht mehr zu fördern. Die haben uns nur Paranoides zu sagen, zu Einseitiges.

Es ist das Beste, darum sprechen wir darüber, was Geistiges zu tun, also das Tun zu lassen. Was Geistiges tun, weil wir drei Milliarden Menschen auf der Erde sind und auch sechs, acht, zehn Milliarden werden. Und wenn ich es nicht tue, tut es vielleicht der Nächste. Das ist heute erst mal die Übergangsparole.

Also: Derjenige, der heute dabei ist, das geistige Eigentum nicht anzuerkennen und abschaffen will, ist auf dem Holzweg, wenn er das revolutionär tut. Der Raubdruck ist auch nur eine sporadische Erscheinung und kann eigentlich kein Dauerzustand sein, weil wir nur evolutionär, allmählich dazu kommen, zu erkennen, indem wir direkt kommunizieren, mit dem Wertvollsten, was wir haben, dem Schweigen!

Zusammenfassend: Wenn wir den alten Motor, die Dialektik in der Literatur, aufheben könnten, das Feuilleton absterben lassen dürften, indem es nicht mehr gesondert erscheint, dann wird der Raubdruck auch nicht mehr die Verlängerung dieses Betriebs bewirken. Dann könnte es eine Weile Spaß machen, nur noch geistig zu klauen.

Tunix

Ich hab noch ’ne ganz andere Ansicht
über die ganzen Hausbesetzer ...
Das ist ja auch in Amerika Mode, in England,
in der ganzen Welt –

Wir sind total auf dem Zwanziger-Jahre-Trip damit.
Vergiß nicht: Diese Jugendbewegtheit
hat uns den Hitler beschert.
Was wir machen: Wir sind alle auf einem Trip
in Berlin, mit diesen zwanziger Jahren –
und zwar nicht, weil man den Hitler nicht erkennt,
wir haben auch den Faschismus voll mit drin in den Grünen
und in der AL –, aber wir können nicht verarbeiten.
Und das müssen die Leute im Bewußtsein haben, ja?
Daß sie die Faschisten sind heute – aber:
die Leute, die zu akzeptieren sind.
Wie zeigt sich der Faschist als Demokrat?
Ja! Ich habs damals noch bezweifelt als Kabarettist.
Aber heute zeigt sich der Faschist als Demokrat.
Und wo? Beim Hausbesetzer!

Inwiefern? – Na, er übt noch.
Sonst wäre er ja schon in der Regierung.
Aber im Parlament isser schon.
Wir sind die Faschisten von gestern.

1982 – Neuss, der Tunixer: Bereits 1981 registriert das Hamburger Nachrichtenmagazin »Der Spiegel« ein »paradoxes Interesse an dem Kabarettisten Wolfgang Neuss«, der »auch während seines zehnjährigen Eremiten-Daseins immer präsent« gewesen sei, und das, »ohne präsent zu sein«. Ein Jahr später weiß man mehr. Die »Zeit« über Neuss: »... taucht plötzlich wieder auf und quäkt mit seiner lustig-lästigen Alarmsirenenstimme neue Sprechstücke«. In wieweit die provokantkrause Neuss-These, die Grünen seien die Faschisten der Neuzeit, dazu beigetragen hat, daß er »seinen nie versiegenden Wortschwall wieder kanalisieren und zuspitzen kann«, bleibt unerörtert.

Weil … ich hab dir doch grade gesagt:
Jugendbewegt sind wir.
Wir wollen eine neue Welt.
Sieh mal: diese Wohnungsnot:
Die lügen sich doch in die Tasche.
Es gibt doch Wohnungsnot nur deshalb,
weil du nicht mehr zu Hause wohnen willst
– und ich –
sondern, weil wir alleine wohnen wollen.
Darum gibts doch Wohnungsnot.
Und weil wir plötzlich sagen: »Ach Moment mal,
Ich muß 'n Zimmer dort haben, ich muß aber auch noch
'ne Wohngemeinschaft haben.« – Ja?
Wieso – na, das gehört zum Luxusleben.
Ich muß sowohl in 'ner Wohngemeinschaft sein
wie auch 'n Zimmer für mich haben, das gehört zum Leben!

Dafür haben wir gekämpft. Für diesen Luxus.

Das verlange ich für Hausbesetzer.
Dann muß ich wieder auf die APO verweisen, obwohl
– vorneweg gesagt – da ist wirklich kein Funken mehr
rauszuholen –: aber dafür haben wir gekämpft.
Für diesen Luxus.
Sowohl muß der einzelne Mensch
in der Gemeinschaft leben können,
wie auch: ein Loch für sich haben.
Wir müssen mal dieses Wohngemeinschafts-,
das WG-Denken erweitern:
Was sie sich alle nicht getraut haben damals,
wo sie alle gesagt haben:
»Du Schwein willst nur wieder alleine sein!«
Ja, Mann, der Mann muß doch mal alleine sein,
um wieder Saft und Kraft für die WG zu haben!
Es gibt überhaupt keinen Räumungsstreß:
Wir räumen freiwillig!
Das ist die Grundhaltung dafür, ja?
Da kriegen wir 'ne Aufforderung von jemandem,
lassen wir uns das Angebot zeigen, meistens ist es so mies,
weil sie einem die miesesten Löcher anbieten dafür,

anstatt was Besseres –
Ich sag ja, durch diese vielen Verbote,
durch diese vielen Kleinverbote – abgesehen davon,
daß ja das Geistesleben verboten ist ...
Lummer ist ja dafür eine Inkarnation, wir brauchen den
ja nicht zu verteufeln, den Mann, er steht ja für etwas,
was er gar nicht will – er verhindert Geistesleben in der Stadt.
Er macht das Kulturleben kaputt.
Es entsteht gar keine Kultur,
kein kultureller Gedanke kann im Moment
in einem Hausbesetzer entstehen,
weil er – wie er's nennt –
ich nenne es anders
er nennt es: »Ich hab den Räumungsfrust im Nacken.«
Ich nenne es: »Ich muß das Bett haben,
ich muß Kraft sammeln, Kraft schöpfen,
damit ich das Brett nageln kann morgen früh« –
Dazu muß ich doch kommen,
mit »Ende der Bescheidenheit« hat das nichts zu tun,
überhaupt nichts, sondern das ist 'ne Selbstverständlichkeit.

Eine geistige Selbstverständlichkeit.
Und der Mensch lebt erst geistig,
bevor er ist.
Weil, er schreit erst, er hat Hunger,
das ist 'n geistiger Vorgang, bevor er ißt.

Du, das Wort Gemütlichkeit
kriegt eine ungeheure
politische Bedeutung, heute.
Und wenn ich das
mitgeben kann jemandem
als Hausbesetzer, der gerade Frust hat:

Für ihn spielt die Gemütlichkeit die größte Rolle,
darum kämpft er so, das ist eines seiner ganz großen
wichtigen Momente – im Leben, ja?
Es ist so ungemütlich geworden in der Stadt ...

Verstehste?

Vor vierzig Jahren: Die Fünfziger

Der Deutschen Schicksal

Die Bundesrepublik – wie leicht der Name uns von der Lippe geht. Die BeeRDigung, nenne ich unseren Staat immer. Weil wir ja irgendwie weitergelebt haben, diese 50 Millionen aber doch beerdigt haben. Die Gründung war für die meisten Leute die Währungsreform, wo sie 40 Mark kriegten. Genau wie zu Hitlers Geburtstag es für jeden Deutschen eine Bockwurst gab. Wenn man die Bockwurst sah, wußte man, der Alte hat Geburtstag. Und so war's mit der 40-Mark-Kopfquote. Warum sprechen wir von der Gründung der Bundesrepublik, von der Beerdigung, warum sprechen wir da immer gleich vom Geld ...?

Das ist jetzt mein drittes Interview über 40 Jahre Bundesrepublik. Jedes Mal kriege ich ein paar hundert Mark. Die Bundesrepublik bringt mir ungeheuer viel Geld ein, weil sie 40 Jahre alt ist. Geld, Geld, Geld – BRD. Ich lebe wieder, esse Radieschen und guck mir die von unten an. Aber ich sage dir ehrlich, unter dem Geld ist die Hölle los. Wir stehen schlecht da. Ich würde so gern sagen: Mann, wir stehen doch rein psychedelisch, wie du eigentlich denkst, Neuss, stehen wir doch gut da. Ja, aber das darf man doch nicht verraten. Na also, wie stehen wir denn da? – Schlecht. Wir liefern Chemiefabriken, wir liefern Waffen, MBB, Air-Bussi und Mercedes fusionieren, es gibt Horrormeldungen über die Umwelt.

Auschwitz – Ich sage dir ehrlich, in den 50er Jahren haben wir nicht einmal über Auschwitz gesprochen. Das Wort Holocaust gab's noch gar nicht, war noch gar nicht bekannt. Wenn man mal zart andeutete, daß wir ja eventuell einen Juden getötet hätten ... Wenn

1989 – Neuss, der Chronist, über vierzig Jahre BRD, über die Anfänge nach dem großen Krieg, nach dem Holocaust und der Befreiung vom Faschismus. Der Beitrag wurde in der Zeitschrift »Zitty« veröffentlicht.

man gar nichts damit zu tun hat, deutete man so was mal an. Und ich hab damit nichts zu tun, beziehungsweise habe damit alles zu tun, denn ich bin ja Deutscher.

Dann haben wir gearbeitet. Ich kenne ja Tausende von Leuten, Thailänder, Inder, Pakistani, Jugoslawen, Ungarn, der ganze Ostblock, auch Franzosen, Engländer, die arbeiten, und das bringt überhaupt keine Früchte, überhaupt kein Bruttosozialprodukt. Bei den Deutschen immer wieder.

Natürlich ging's uns sofort besser als im »Dritten Reich«. Jeder hatte was. Hundert Jahre Hitler, was hat das mit 40 Jahre Bundesrepublik zu tun? Hundert Jahre Hitler – 40 Jahre Schmidtler. Ich sage es jetzt noch einmal anläßlich 40 Jahre Bundesrepublik. Hitler: »Doktor Morell, geben Sie mir Pervetin, und ich mache das deutsche Volk glücklich.« Warum kennt diesen Satz nicht jeder Deutsche? Warum sagt man nicht an Hitlers hundertstem Geburtstag diesen Satz jedem?

In den 50er Jahren wurde gar nicht über Drogen gesprochen. Außer in dem Film »Wir Wunderkinder«, wo Wolfgang Müller gesungen hat: »Wollen Sie nicht eine Prise Kokain?«. Drogen hat die amerikanische Armee in den 50er Jahren in Deutschland genommen.

Und wir haben gearbeitet. Langsam haben wir dann durch den Vietnamkrieg die Drogen bekommen. Und dann haben wir festgestellt, daß wir auf psychedelischem, metaphysischem Gebiet eine wichtige Nation sind. Weshalb? ... Weil wir Auschwitz gemacht haben.

Wir sind zwar ein Waffenlieferant geworden, ganz mies. Aber eben durch diese Haltung von 1945, daß wir für Tote bezahlen können. Durch diese Haltung wird man alles, was man schäbig nennt. Diese Haltung ist moralisch, und darauf legen wir ja immer so viel Wert!

In den 50er Jahren kam es darauf an, den Mördern Geld zu geben, damit sie so tun, als ob sie keine Mörder sind, sondern Menschen wie Uruguayer, Israelis, wie Panamesen, wie Iraner, wie Engländer, wie Franzosen, Deutsche eben. – Warum wurde in den 50er Jahren nicht darüber gesprochen? Hätte bei der Arbeit gestört. Was war denn in den 50er Jahren die Arbeit? Die nannten es Wiederaufbau. Die Arbeit war aber die Wiederbewaffnung.

Mir bricht heute noch das Herz, wenn ich als Auschwitz-»Beteiligter« das Wort Wiederbewaffnung in den Mund nehme. Da wird mir echt schlecht, da muß ich kotzen. Das habe ich damals schon gemacht, und heute kommen mir dabei die Tränen. Denn das ist der Deutschen Schicksal: Wiederbewaffnung. Ja, mein Gott, wen soll man denn noch umbringen auf dieser Erde, um nicht mehr wiederbewaffnet zu werden? Ja, mein Gott, wieviel Unglück soll man denn noch über andere Menschen bringen, um nicht mehr wiederbewaffnet zu werden? Wiederbewaffnung, Wirtschaftswunder waren natürlich die Themen im Kabarett. Wir mochten keine Schlager, nicht Conny Froboess, wir mochten ja nicht mal Peter Frankenfeld, weil er uns zu flach war. Wir waren ernsthafte moralische Leute, Kabarettisten.

Die »Hinterbliebenen« haben damals in ihrem Programm gesagt: Kinder, wir haben eine Chance nach Auschwitz. Warum müssen wir denn auf die Leute hören, die uns in den 50er Jahren eingeredet haben: Hört mal Leute, tut mal so, als ob es '45 gar nicht gegeben hat. Sagt nicht »Heil Hitler«, aber denken könnt ihr's ja. Sagt nicht, unter Hitler war's besser, aber denken könnt ihr's ja. Sagt nicht, wir wollen das noch mal machen, aber denken könnt ihr's ja. – So waren die 50er Jahre und dabei wurde gearbeitet, und es wurden die gemeinsten faschistischen Witze gemacht. Antifaschismus war ein Wort wie Yoga, das kannte man gar nicht.

Nein, wir haben nichts geklärt. Das kann man nach 40 Jahren sagen – und zwar durch die 50er Jahre. Weil die so verklebt waren mit: Hallo, ich war in Auschwitz und hab da zehn Juden umgebracht, aber jetzt darf ich nachts auf die Firma Siemens aufpassen. Ich bin Nachtwächter geworden und kriege 1500 Mark im Monat. Das ist doch der typische Deutsche.

Das Wirtschaftswunder war eine Operette. Die war wiederum eine faschistische Ekstase. Was sollen denn die armen Menschen, die wirklich Blut an ihren Fingern haben, was sollen wir denken, wenn wir Geld kriegen, Essen kriegen, warm anzuziehen, Arbeit kriegen, die Möglichkeit kriegen, eine

1988

Autobahn zu bauen, eine Möglichkeit kriegen, mit Fliegern rumzufliegen, eine Möglichkeit, uns zu benehmen wie Engländer, Franzosen und Amerikaner…? … Das ist ja gar kein Wirtschaftswunder gewesen. Das war nur ein Wunder, weil jeder arbeiten wollte. Und warum wollte jeder arbeiten? Weil jeder Kommunikation brauchte. Was macht ihr denn? Wir bauen einen völlig neuen Autobahnabschnitt. Völlig neu war immer das Wort in den 50er Jahren.

Die Sterilität, die Angst vor Schuppen, vor Achselgeruch war eine Vorbereitung auf die heutige Zeit, wo man äußerst sensibel ist. Die Leute waren nach dem Krieg nicht sensibilisiert. Sie waren grob, sie haben nichts gemerkt. Ich sehe doch bei meinen eigenen Auftritten mit der Pauke, wie primitiv man agieren mußte. Die Intellektuellen trauten dem Frieden auch nicht. Wenn da nicht ein Kalauer dabei war, war für Ernst Jünger auch nichts mehr zu machen, oder für Arno Schmidt.

Wenn man so was macht wie Auschwitz und die 50er Jahre erlebt und so umgedreht wird, dann kann man nur sagen, wie die Deutschen heute sagen: Eine Gnade war es, eine große Gnade, aber heute schlägt es um. Heute sehen wir, wir bringen nichts. Innen ist nichts los. Wir, die Kabarettisten, waren mit dem Bewußtsein angetreten, daß wir etwas Schreckliches getan haben, aber wir haben eine Chance. Werdet ein warmherziger, offener, freundlicher Erdenwurm. Das ist eure Chance. Stattdessen sind wir das geworden, was wir heute sind: Leute, die in der Lage sind, so zu tun, als ob sie nie was Schreckliches vollbracht haben. Leute, die vergessen wollen. Leute, die sich nicht erinnern wollen. Leute, die sagen, ach, wenn das Leben doch bald zu Ende wäre. Also auch kein Lebensmut, keine Freude.

Natürlich gibt's zur Bundesrepublik auch Positives zu sagen: DDR. Also nicht die BeeRDigung, sondern die DDR. Die DDR in den 50er Jahren, das hätten wir mal sein sollen: asketisch, spartanisch – stattdessen haben wir jetzt Kohl. Zu Ende zwar, aber das ist egal, wir haben es ausgehalten. Wir haben es ausgehalten, wie die DDR Ulbricht ausgehalten hat. Der einzige Lichtblick in unserer ganzen bundesrepublikanischen, Westberliner Zeit ist die DDR in ihrer ganzen Häßlichkeit, Schäbigkeit, Stinkigkeit, Verkommenheit, Mistigkeit. Aber den neuen Menschen haben sie besser hingekriegt als wir, den Nachkriegsmenschen, den Menschen nach Hitler. Wer sich 'n Defa-Film angesehen hat, der konnte sich auch in Wittenau in die Bonhoeffer-Anstalt einsperren lassen, oder wer sich 'ne Ostbockwurst reingezogen hat. Die Leute gingen nur zum Tanken rüber in den 50er Jahren. Du mußt dir mal vorstellen, hier Vollbeschäftigung, Wirtschaftswunder ...

Der Volksaufstand am 17. Juni '53 war kein Volksaufstand. Wenn Leute bessere Erbsensuppe haben wollen, dann ist das kein Volksaufstand, höchstens eine Andeutung von Perestroika. Die wollten einfach 'nen besseren Walter Ulbricht, weiter nichts. Mann, zum Aufstand ist ein Deutscher seit 1900 nicht mehr fähig. Auch Rudi Dutschke nicht. Am 17. Juni war ich in Berlin und habe RIAS gehört, da sagte Peter Schultze: »Jetzt nehme ich ein Taxi und fahre in die Revolution.« Da habe ich gedacht, die Amis freuen sich über das, was da passiert, da kann es so doll nicht sein. Und die Steinewerfer gegen die Panzer, Mensch, für 'ne bessere Erbsensuppe nimmste schon mal 'nen Stein und haust den gegen so 'n altes Eisen.

40 Jahre Bundesrepublik, weil wir so falsch gelebt haben, mache ich keinen richtigen Witz. Zum Abschied lese ich ein Gedicht:

In der Blüte meiner blauen Tage
spürte ich, daß Spaß ein Luxus war.
Den man abwog mit der Apothekerwaage,
denn er war entsetzlich rar.

Mit Mogeln nichts zu machen

Wir sehen doch an den Sternen:
daß diese ganze Sache noch 'ne Entwicklung hat.

Das sehen wir doch einfach.
An unseren Bewegungen,
an unserer eigenen Bewegung zu den Sternen
sehen wir das doch einfach.

Heute kommt es darauf an,
nicht diese Tunix-Abgeschlafftheit zu propagieren,
sondern: eine geistige Leistungsfähigkeit.

Mönchisch leben, heißt immer
in der Gesellschaft aufpassen, was nicht mönchisch ist.
Heute ist mönchisch leben schon ein paradiesisches Leben.
Während es noch vor … zwanzig Jahren
geradezu abstoßend war, ja?
Aber heute zu sagen:
»Hallo, alle frühstücken!«
»Na, ich nehme mal nur ein halbes trockenes Brötchen
und 'n Glas Wasser.«
»Was denn, da ist alles, Schinken, Käse, Butter, Schmalz!«
»Na, ich nehme mal nur 'n Glas Tee und …«
»Na, und alle essen … Du könntest doch jetzt
auch mal kräftig …«

1982 – Neuss, der alte Joint-Jünger, hat einen neuen Leistungssport entdeckt: Askese oder weniger ist mehr. Mit anderen Worten: »Askese ist ja etwa die primitive Übung so wie man Hochspringen übt. Erst mal bei fuffzig Zentimeter anfangen. Also sage ich mir: Ich rauche jetzt erst mal einen Joint. Und? Na, da kriegt man einen ungeheuren Appetit auf was Süßes. Und im Eisschrank steht Pudding. Und? Na, der wird nicht gegessen. Ich bleib hier sitzen. Geh sogar raus in die Küche und guck mir den Pudding an. Sage mir: Hmmm. Aber geh dann wieder. Setz mich hin, bleibe sitzen. So fängt's an mit der Askese. Das heißt: Ich halte den Pudding für Luxus. Habe ihn und verzichte drauf.«

»Ja, aber ich nehme nur …«
Warum? Hier ist mein Leistungssport.

Ja, was ist denn das für'n Leistungssport.
Verzicht. Was ist denn das für'n Leistungssport?
Das ist der einzige Leistungssport,
der heute noch en vogue ist, der überhaupt …
in Frage kommt, ja?
Anders setzt sich niemand durch.
Mit Mogeln ist nichts zu machen.
Wer nicht zu Hause mal sieben Stunden
in seinem dunklen Zimmer gesessen hat,
und wirklich zur Muße gekommen ist,
und mit seinem gestorbenen Opa gesprochen hat,
der ist überhaupt nicht fähig, ein Geistesarbeiter zu werden.
Dadurch, daß wir die Leistung vergöttern,
erkennen wir keine mehr an.

Wie lange haben wir schon
die Nation vergöttert.

1988

Vorgriff auf die Zukunft

Ich rauche
den Strick
an dem ich
hängen könnte

Vom Sterbebammel

Weißt du, warum wir Angst vorm Sterben haben? Weil wir nicht wissen, wie es geht. Es gibt keine öffentliche, allgemein bekannte Sterbepraxis. Hätten wir öffentliche Sterbestuben, wo man Leute beim Sterben beobachten kann (so wie man jederzeit Leute beim Gebären beobachten kann), könnte man vielleicht von Sterbekultur sprechen – es herrscht aber die pure Sterbebarbarei, und jedes Tier hat mehr Sterbepraxis als wir. Und wahrscheinlich auch mehr Geburtskultur.

Wie sieht die bei uns aus? Meine Frau kriegt 'n Kind, paar Glas Sekt und ewige Treue, Anmeldung beim Standesamt. Annoncen in der Zeitung ... aber Kultur, daß da jemand angekommen ist, der uns vielleicht 49 Tage vorher gerade verlassen hat? Nix. Über den Tod und das Sterben wird nix gewußt und nix erzählt. Auch das Kind, das geboren wird, wird im unklaren gelassen, die ersten vier Jahre denkt es, es kommt für immer und ewig. Dabei müßte es doch selbstverständlich sein, so wie die Frau jederzeit die Hebamme ruft, wenn die Wehe kommt, daß man genauso jederzeit seinen Sterbebammel rufen kann: Kommen Sie her, ich setz mich aufs Sofa, und jetzt lassen Sie mich sterben. Ja klar, sagt der, ich lasse Sie ja, aber machen müssen Sie es alleine. Ja, aber Sie sind doch Sterbebammel?

Ich bin doch kein Hackethal, sagt der, krank sterben ist doch die alte Unsitte, ich helfe Ihnen, gesund zu sterben. Das ist eine urige Angelegenheit, wie die Geburt, nur andersrum. Ja, und dann sagt der Sterbebammel: Lehn dich zurück, und erinnere dich, wo du geboren bist, erinnere dich, und vergiß es sofort, für immer. Vergiß, wo du zur Schule gegangen bist, vergiß, wo du essen und trinken gelernt hast, vergiß, vergiß, vergiß. Sterben

1989 – Vom Pfeifen im dunklen Keller: Dieser Beitrag, eins der letzten Neuss-Interviews, wird im Juni in der Zeitschrift »Tempo« veröffentlicht. Als sich der todkranke Neuss über den »Bammel vorm Sterben« ausläßt, weiß er, daß seine Tage gezählt sind. »Du hast gar keine Chance, nicht zu leben«, heißt es in seinem letzten Fernsehinterview, wenige Tage vor seinem Tode, »du lebst heute schon woanders. Du lebst auf deinem Sohn, auf deiner Tochter. Du lebst auf allen Leuten, bei denen dein Herz etwas schneller geht... Wir leben immer. Die Botschaft ist zwar nicht tröstend, weil man ja auch ableben muß. Aber man lebt nur ab, um zu leben. Es gibt keinen Tod in dem Sinne. Es gibt keine Chance, nicht zu leben. Keine. Man lebt immer. Immer, immer.«

1988

heißt vergessen. Aber Vergessen ist nicht leicht. Wenn das Sterben von Menschen nicht mehr für selbstverständlich gehalten wird, dann wird es selbstverständlich. Gäbe es so was wie Sterbekultur, hätten wir Kirchen, in denen das Vergessen geübt würde. Du kommst aus der Kirche und weißt nicht mehr, wie du heißt. Du bist ein Zombie, Gestorbener auf Urlaub, und immer anwesend.

Von Sterbekultur kann erst die Rede sein, wenn wir das Wort todessehnsüchtig durch veränderungswillig ersetzen. Menschen, die Sterben lernen wie ein Handwerk und die Geburt zu einem Super-Gottesdienst ausweiten, brauchen keine Wasserwerfer, um Leuten über die Brust zu fahren. Auf der Erde herrscht ständiges Kommen und Gehen, Werden und Vergehen, und wir sind ganz besondere Pflanzen, wir können, kennen wir die Methode, wie man im Stehen stirbt, anwesend bleiben. Am meisten lache ich im Moment über reiche Leute, die eine Menge Geld angeschafft haben und doch abnippeln. Und beim Vergessen, beim Sterben, mitten im Bammel, verschenken sie meistens noch alles oder treten schnell wieder in die Kirche ein ... Die Sterbeindustrie allerdings ist der größte Beschiß. Was der Geist verlassen hat, dürfte nichts mehr kosten. Weil es den Tod eigentlich nicht gibt, kosten Geburt und Sterben mehr Geld, als das Nichts hat.

Neuss-Beerdigung, 19.5.1989

Die Erde läuft gut

Die Erde, wie sie da ist, wo wir draufsitzen, die Erde ... die Erde sagt: Hör mal zu, sagt die Erde, die Welt läuft immer gut, wie sie läuft. – Was denn, auch mit den tausend Toten auf den Zebrastreifen, durch Autos? Die Welt läuft immer gut, wie sie läuft, die Erde läuft immer gut, wie sie läuft ... Was denn, auch mit den Morden, Frau Bachmeier, die da erschoß, was denn ... der Libanon, haste das Massaker?? ...

Die Erde läuft immer gut, wie sie läuft, sagt die Welt.

Die Welt sagt: Die Erde läuft gut, wie sie läuft, die läuft gut, wie sie läuft. Seit Milliarden Jahren, sagt die Erde, die Welt läuft gut, wie sie läuft! – Ja, aber, haste denn nicht Auschwitz gesehn ... Die Erde läuft gut, wie sie läuft, die Welt läuft gut, wie sie läuft ... und jetzt kommen wir, wir alle, wir Jungen und wir Alten und wir alle, wir Menschen, und sagen: Aber Fortschritt muß doch sein! Da sagt die Erde: Die Erde läuft gut, wie sie läuft, die läuft gut, wie sie läuft! ... Der ist der Fortschritt; wir wolln trotzdem den Fortschritt! Wir wolln ändern immer, und die Erde sagt da ununterbrochen, das ist die Tatsache, ein Gesetz: Die Erde läuft gut, wie sie läuft, das ist der Urgeist!! Der sagt das. Und da ist auch nichts dran zu rütteln, auch nicht ...

Die Erde läuft gut, wie sie läuft.

Und da kommen wir an und icke besonders, Neussi, und sage: Aber die Welt muß doch total geändert werden, und

1983 – Joint to the world: Vom Glück, das aus der Pfeife kommt, wurde der einstige Rebell nicht müde zu künden. Sogar davon, daß Umarmung besser, nützlicher, glückseliger und kräftesparender sei als offener Widerstand – auch da traf sich der alte Neuss mit den Jungen, die ihn ganz neu für sich entdeckten; viele der alten Mitstreiter blieben da auf der Strecke: konnten oder mochten solch radikale Veränderung in Gesinnungsfragen nicht mitvollziehen. Hier war unbestritten ein streitbarer Harmoniewüstling am Werk.

Hitler, total geändert werden, und – Strauß, na aber, und Willy Brandt – … ja und der Fortschritt? … ist dünn. Warum denn ist er dünn? Nicht, weil das boshaft ist, nicht, weil jemand nicht will, nicht weil jemand besonders will … sondern weil die Erde gut läuft, wie sie läuft.

Darum ist der Fortschritt immer so dünn. Wir Menschen erreichen halt doch etwas. Aber dünn. Dünn.

Letzte Botschaft

Gift heißt Geschenk
Die Erde ist ein einziges Geschenk
Der Wald stirbt weg, damit auf seinen Flächen Mohn
wachsen kann
Die Erde bietet Opium an
»Die Menschen werden sich beruhigen müssen«
Jeder hat das Recht auf sein eigenes Heroin
lautet die Therapie für die nächsten hundert Jahre
Mit der Vergiftung ist es wie mit der Verwirrung
Sie muß größer werden, um Gutes zu bewirken …
Nimmt man aber all die Erdengeschenke
das Gift
mit schlechtem Gewissen
dann ist das Zeugs plötzlich Zeugs
Dreck, schädlich, gefährlich
Mit schlechtem Gewissen wird jedes Gift, jedes Geschenk
wirken wie genommen – schlecht.
Von hundert Leuten, die Drogen nehmen
tun es 90 mit schlechtem Gewissen
Das liegt an der Illegalität
Dazu das falsche Wissen,
die diametral entgegengesetzte »Aufklärung«
und natürlich ganz allgemein
der Irrglaube über die Beschaffenheit des Menschen
seines Geistes, seines Körpers

1983/89 – Die Botschaft vom »Gift-Geschenk«, von Neuss in den achtziger Jahren immer wieder abgeändert, umformuliert und variiert, gehört zu seinen bekanntesten »Leitartikelgedichten«. Neuss, laut Presse ein »Objekt für Voyeure«, 1983 über seinen Anspruch aufs Rausch-Geschenk: »Die Zeitungen haben Fotos von mir gebracht. Jeder Mensch, der Augen hat, zu gucken, sieht doch, daß Gott das nicht alleine läßt, so'n Wrack. Da arbeiten doch Typen an dem Mann. Ich müßte vom Gesundheitsministerium das Haschisch bekommen, weil ich doch ein abschreckendes Beispiel für die Gesellschaft bin. Selbst als Haschischraucher, als Out der Gesellschaft, als verbotenes Subjekt, hab ich noch eine Aufgabe. Als abschreckendes Beispiel.«

die völlig fehlende Information über den Tod
über das ständige Kommen und Gehen auf der Erde
Wer den Tod nicht versteht
der soll schon mal keine Droge in sich hineinstopfen
Letzte Durchsage:
Wir leben immer – auch ohne Körper
So was sollte man nicht glauben, sondern wissen.

Eine Frage schwirrt
mir durchs Hirn:
Kann man so geschickt schweigen,
daß man verstanden wird?

What a Noise!

Schaut euch nur
den Genossen an,
was aus dem
geworden ist

Die Presse: von A – Z

Abgrundtief böser Mann **Neue Zeitung, 1952**

Absurdist **US-Kontrolloffizier Behr, 1947**

Aggressivster Alleinkabarettist **Elan, 1968**

Allerweltskerl **Frankfurter Allgemeine, 1962**

Alt-Herrenspieler **Der Spiegel, 1961**

An-Ecker unserer Zeitläufe **Süddeutsche Zeitung, 1966**

Angenehmer Zeitgenosse **Humus, 1979**

Armer Wolfgang Neuss **Praline, 1979**

Ausgeflippter Indio **Stuttgarter Zeitung, 1973**

Autor gepfefferter Texte **Das neue Blatt, 1976**

Avantgardist des oppositionellen Witzes **Rowohlt Verlag, 1968**

Berliner Hofnarr **Frankfurter Neue Presse, 1966**

Berliner Ortsaufsässiger **Theater heute, 1964**

Berlin-Flüchtling **Münchner Merkur, 1966**

Berlinischer Klabautermann **RIAS, 1956**

Berlins Stadtfeind Nr. 1 **Humus, 1979**

Berlins verlorener Sohn **Süddeutsche Zeitung, 1966**

Belfernder Agitator **Stuttgarter Zeitung, 1973**

Bestes Berlin **Die Welt, 1955**

Berühmter Filmstar **Neue Revue, 1977**

Billy Graham der Schreibmaschine **Deutsche Zeitung, 1976**

Bitterböser, dicker Mann **Theater, 1973**

Breitmäuliger Moralist **Frankfurter Rundschau, 1966**

Brettl-Held **Tagesspiegel, 1958**

Brunnenvergifter **Tagesspiegel, 1962**

Bundesdeutschlands Kabarett-Schnauze Nr. 1 **Publik, 1969**

Bundesfilmpreisträger **Der Stern, 1977**

Bummelpaßtourist **Täglicher Anzeiger, Holzminden, 1976**

Chansonnier **Konkret, 1966**

Chef-Querkopf **Die Zeit, 1966**

Conférencier **Tagesspiegel, 1955**

Der Angeklagte **Tagesspiegel, 1979**

Der Mann mit der Schnauze **Bild, 1975**

Der Spötter der Nation **Der Stern, 1977**

Der Running Gag der brüchigen Sechziger **Die Neue, 1979**

Der treffsichere Schütze **Philips, LP-Cover, 1971**

Der Wolf **Filmkurier, 1958**

Deutscher Kabarettist und Schauspieler **Der große Brockhaus, 1979**

Deutschlands größtes Komikertalent **Gong, 1979**

Die Fresse **Mobis, 1966**

Dioskur des Kabaretts **Tagesspiegel, 1958**

Ein alter Zauberer **Humus, 1979**

Eine Art Peter Lorre in Dur **Friedrich Luft im RIAS, 1956**

Eine Art Volksfeind Nr. 1 **Frankfurter Rundschau, 1966**

Ein faltenreiches Kind **Fischer Verlag, 1974**

Ein Kind des Show-Business **Berliner Extradienst, 1970**

Ein Mann mit Totenkopfgesicht **BZ, Berlin, 1978**

Ein netter braver Junge **Frankfurter Allgemeine, 1966**

Einsamer Könner **Tagesspiegel, 1967**

Ein sanfter Mann **Der Abend, 1973**

Ein sehr deutscher Literat **Deutsche Zeitung, 1976**

Einstiger Hochleistungsspötter **Der Stern, 1974**

Einzelkämpfer **Kabarettgeschichte, 1977**

Elementarkabarettist **Stuttgarter Zeitung, 1973**

Enfant terrible **Frankfurter Rundschau, 1966**

Engagierter Eiferer **Frankfurter Allgemeine, 1966**

Engagierter Parteinehmer **Der Abend, 1973**

Erster Staatsquerulant **Süddeutsche Zeitung, 1965**

Erster Wirtschaftswunder-Kritiker **Humus, 1979**

Filmschaffender **AZ, München, 1963**

Formuliertalent **Süddeutsche Zeitung, 1967**

Freiwild für Springer-Gazetten **Kabarettgeschichte, 1977**

Frontstadtheimkehrer **Konkret, 1967**

Fürsprecher der linken Rebellion **Der Abend, 1970**

Fulminante Schnauze **Die Welt, 1964**

Fußballspieler **Süddeutsche Zeitung, 1965**

Gagman **Frankfurter Abendpost, 1949**

Genie **Twen, 1962**

Halstuchverräter **Twen, 1962**

Haschischraucher **Die Neue, 1979**

Heimatloser Anstinker **Exprit, 1975**

Hexe aus »Hänsel und Gretel« **Bild, 1977**

Immer-am-Abzug-Schütze **Berliner Morgenpost, 1964**

Indianerfrau **Bild, 1975**

Institutionalisierte Schandschnauze **Frankfurter Abendpost, 1973**

Intellektuelle Stimmungskanone **Theater, 1973**

Intelligente Schnauze **Heinz Greul in »Bretter, die die Welt bedeuten«, 1967**

Intimfreund Willy Brandts **Bild, 1975**

Kabarett-Idol **Bellaphon-Pressedienst, 1969**

Kabarettist par excellence **Telegraf, Berlin, 1967**

Kabarett-Vulkan **Neue Rhein Zeitung, 1973**

Kaputter Keller-Guru **Deutsche Zeitung, 1976**

Kaputter Typ **Berliner Anzeiger, 1979**

Kellerkind **Stuttgarter Zeitung, 1973**

Klappriges Männlein **Die Welt, 1979**

Kleiner eifernder Mensch **Matthias Walden in Quick, 1966**

Komischer humorloser Pimock **Spiegel-Leser Bahr, 1958**

Kulturhistorischer Bänkelsänger **Bremer Nachrichten, 1958**

Kulturrevolutionär **Kölner Stadtanzeiger, 1967**

Kurz-Emigrant **Kölner Stadtanzeiger, 1967**

Napoleon der Satire **Der Abend, 1970**

Neinsager, Dreinschläger **Stuttgarter Zeitung, 1967**

Neuer Neuss mit altem Feuer **Der Abend, 1973**

Notorischer Kiffer **Die Neue, 1973**

Notwendiger Buhmann **Der Abend, 1973**

Messerscharfer Spaßmacher **Frankfurter Rundschau, 1966**

Metzger aus Breslau **Humus, 1979**

Mittelpunktsfigur **Frankfurter Allgemeine, 1962**

Mittelstürmer **Frankfurter Rundschau, 1966**

Objekt für Voyeure **Täglicher Anzeiger, Holzminden, 1976**

Pauken-Neuss **Abendpost, Frankfurt, 1965**

Personifizierter Intellekt **Telegraf, Berlin, 1958**

Philosoph und Mystiker **AZ, München, 1973**

Podiumssatiriker von hohen Graden **Theater heute, 1966**

Pointenroboter **Münchner Merkur, 1965**

Politclown **Täglicher Anzeiger, Holzminden, 1976**

Politisch engagierter Widerspenst **Theater heute, 1964**

Politischer Schriftsteller **Christ und Welt, 1966**

Polit-Trommler **Der Stern, 1971**

Propagandist **Hessische Allgemeine, 1974**

Quasselstrippe **Tagesspiegel, 1960**

Querulant **Süddeutsche Zeitung, 1966**

Regierender Hofnarr **Süddeutsche Zeitung, 1966**

Reisender in Sachen Commedia dell'Unarte **Der Tag, 1958**

Renommierkabarettist **Der Spiegel, 1965**

Respektloser Musensohn **Funkuhr, 1961**

Revolutionär zu Pferde **AZ, München, 1969**

Rock-Guru **Bild, 1981**

Rote Laus im Berliner Bärenpelz **Heinrich Albertz, 1966**

Rotgardist mit Pauke **Die Zeit, 1966**

Ruine **Der Stern, 1974**

Ruppiger Kabarettist **Süddeutsche Zeitung, 1966**

Satiriker **Theater heute, 1966**

Satirisch-kompromißloser Schlagetot **Der Abend, 1973**

Sattelfester Komiker **Der Abend, 1957**

Schaumann **Süddeutsche Zeitung, 1965**

Schieber und Rennwettertype **Tagesspiegel, 1957**

Schlagzeuger der Pointe **Rowohlt Verlag, 1965**

Schnellfeuer-Kabarettist **Abendpost, Frankfurt, 1958**

Schrecken sämtlicher Selbstkontrollen **TV Hören und Sehen, 1957**

Schriftsteller und Künstler **Stuttgarter Zeitung, 1966**

Schwieriger Zeitgenosse **Süddeutsche Zeitung, 1965**

Sehr geehrter Herr **Willy Brandt, 1966**

Sein eigener Souffleur **Berlin-Programm, 1969**

Spaß- und Krachmacher **Frankfurter Allgemeine, 1974**

Spaßvogel **Der Spiegel, 1965**

Spielverderber **Westfalenpost, 1962**

Spötter-Star **Stuttgarter Zeitung, 1973**

Stänkerer für die Vernunft **Abendpost, Frankfurt, 1973**

Star-Kabarettist **Tagesspiegel, 1965**

Stubenhocker **Neue Revue, Hamburg, 1977**

Textverfasser **Frankfurter Allgemeine, 1958**

Till Eulenspiegel des Wirtschaftswunders **Neue Presse, Coburg, 1976**

Trauriger Hippie **Bild, 1975**

Trotzkist **Frankfurter Rundschau, 1968**

Unerwünschter Ausländer **Chiles Geheimpolizei, 1969**

Unliebsamer Zeitgenosse **Interpress, 1973**

Verhärmter Possenreißer **Matthias Walden, Quick, 1966**

Vergreister Suppenkasper **Bild, 1975**

Verlorener Sohn **Christ und Welt, 1966**

Verräter der Nation **Die Welt, 1962**

Verrückter **Frankfurter Allgemeine, 1962**

Verquerkopf **Stuttgarter Zeitung, 1967**

Villon-Nachfahr **Martin Morlock, Der Spiegel, 1966**

Virtuoser Schnellsprecher **Tagesspiegel, 1958**

Volksaufwiegler **Chiles Geheimpolizei, 1969**

Werwolfgang **Stuttgarter Zeitung, 1973**

Wilderer in Villons Revier **Frankfurter Neue Presse, 1966**

Wirrkopf **Berliner SPD-Vorstand, 1966**

Witzbold **Der Stern, 1977**

Wrack **Der Stern, 1977**

Wunderkind Wolfgang **Der Abend, 1960**

Ziemlicher Widerling **Frankfurter Rundschau, 1974**

Zotteliges altes Weib **Die Bunte, 1975**

Zwerg Mundwerk **Frankfurter Allgemeine, 1974**

Hanns Dieter Hüsch:
Nachricht I

Es tanzen durch das Labyrinth des Wissens
Die Sucher mit den schnellen Füßen
Sie spritzen sich den Gott in jede Pore
und lassen keine respektable Wahrheit aus
Und falln von einem Irrtum in den andern
Macht nichts
Sie irren in den Wüsten und rufen nach Damaskus
Vorwärts
Sand in den Augen Sand im Mund
Wenn nur die Seele ach du lieber Himmel als
Vergrößerungsglas
Die Szene nicht verrät
So straucheln sie und husten sich die heilige Substanz
aus beiden Lungen
und hoffen hinter jeder Düne läge die Oase
Wo Milch und Mütter warten
Brot und Bewußtsein wachsen
Sie kriechen durch den Sand
bald wird der Kopf der Wüste gleichen
Schakale und Hyänen
werden sich dann sammeln und um die ausgestreckten
Arme kümmern
Die Hände in die Erde eingekrallt
Ein Sandsturm fegt noch mal den Rücken blank
Doch dann begräbt er alle Sehnsucht
Tief
und ohne Nachricht

Wolfgang Neuss gewidmet

1975

Müller über Neuss

… würde ich niemals als Überschrift wählen, denn wer kann schon endgültig entscheiden, wer wen über hat!

Na gut. Mal sehen!

Neuss ist Schütze.

Damit wäre ja eigentlich für alle astronomisch Halbgebildeten alles, aber auch restlos alles geklärt.

Und für die übrigen drei müßte ich ganz weit ausholen, und wer weiß, ob ich dann immer richtig treffe.

Und dann kann natürlich auch noch passieren, daß Neuss dies selbst mal in die Hand bekommt (obwohl er eigentlich lieber eigene Sachen liest), und dann wird er wissen, wie ich über ihn denke … Er wird mich in seine Arme nehmen und so lange drücken, bis ich keine Luft mehr bekomme.

Also möchte ich für ihn und die drei Unastro-Logischen so formulieren:

Neuss ist einfach unbeschreiblich. Er ist einmalig.

Gott sei Dank!

Und wenn ich nun vielleicht noch etwas über unsere gemeinsamen Tätigkeiten sagen soll. Also Theater, Film, Kabarett, Fernsehen, Synchron, Rundfunk, Varieté, Schreiben, Skat (aus finanztechnischen Gründen will ich nur einiges aufzählen). Und das – mit einigen Unterbrechungen – sieben Jahre lang. Es war der Siebenjährige Krieg. Bei jeder Arbeit alterte ich um zehn Jahre. Nun können Sie sich ausrechnen … Er ist nämlich so unanständig gesund und gräßlich vital, daß ich zeitweilig aufhören muß zu rauchen, zu trinken und zu feiern – daß ich ein Yogi wurde, um überhaupt mitkommen zu können. Es ist schon schön.

Und wenn ich ganz fertig bin, geht er Fußball spielen.

Ich glaube, es gibt auf der ganzen Welt, einschließlich Berlin, nicht noch einmal zwei Leute, die so grundverschieden sind wie wir.

Ich bin übrigens Schütze.

Wolfgang Müller
1958

Dieter Hildebrandt:
Das Ungeheuer von Loch Neuss

Da beißt man sich mühsam durch den deutschen Blätterwald, reiht Meinung an Meinung, liest sich von Dönhoff bis Ziesel durch, frißt Wirsing und sogar Schlamm am Sonntag, schluckt Augstein, stopft sich den Kopf voller Formeln zur Macht, versucht Zehrer zu verdauen, wird von all dem ganz verwirrt, legt eine Platte von Neuss auf den Teller und ist am Ende nahezu der Meinung, daß er recht hat. So weit kann es mit einem kommen! Man ist unvermittelt ein klinischer Fall geworden!

Ja, habe ich mich doch dabei überrascht, daß ich über einiges sogar gelacht habe. Natürlich bin ich nicht so weit gegangen, Zweifel in unsere freiheitliche Verfassungswirklichkeit zu setzen. Aber es genügte doch, um mir Selbstvorwürfe zu machen. »Du bist«, sagte ich zu mir, »ein Mitglied der Umwelt und läßt dich so einfach verwirren!«

Vielleicht hätte ich ein wenig im »Münchner Merkur« blättern sollen, aber ich befürchtete, das würde mich nur noch tiefer in Zweifel stürzen. Meine Tochter betrachtete mich und sagte dann: »Du siehst so heimatlos aus, Pappi.«

In der Tat, es wäre noch schlimmer gekommen, wenn mein Blick sich nicht in diesem Moment in einem Ausschnitt verfangen hätte – in einem Zeitungsausschnitt. Das heißt, es handelte sich um die Titelseite eines jener Bikini-Journale, die ihre politischen Ambitionen hinter Kolossalbusen zu verstekken pflegen. Ich blätterte weiter und gelangte über Barbara Valentin – Östrogen – Amsberg – Damenmieder und Frischleberextrakt direkt zu Matthias Walden.

Wer diesen verdienstvollen Publizisten nicht kennt, muß wissen, daß Walden nicht nur ein Weiser in Fragen der Demokratie, sondern sogar ein Unterweiser ist. Ein Journalist, der auch den Mut zur Popularität hat, ständig im Kampf befindlich mit Extremisten aller Art, ganz allein, nur mit der Unterstützung weiter Kreise der Bundesregierung, der Bundeswehr, der Kirchen, Parteien, der Kuratorien, Gremien, Elternräte, Rundfunkräte, Studienräte, Arbeitgeber, Leserbriefschreiber, führt er einen aussichtslosen Kampf gegen ein zahlenmäßig weit überlegenes Heer von zwanzig Linksintellektuellen. Einsam behauptet er seinen Platz, ständig von plump argumentierenden Gesinnungskommunisten bedroht, nur gestützt von neun bis zehn Berliner Zeitungen, von Funk, Fernsehen, von Alliierten, Korporierten und renommierten Illustrierten. Der Mann hat Mut, zeigt Übersicht, zeugt Übermut. Kein Hauch von Haß, keine Spur von ichhabdirsjagleichgesagt, nichts davon ist in seinen Glossen zu finden.

Streng aber gerecht erteilt Walden seine Zensuren. Es muß was Wunderbares sein, von ihm gelobt zu werden!

Ja, und wie souverän behandelt er das Thema Wolfgang Neuss: Er stellt kurzerhand fest, es sei für ihn keins. Zwar erklärt er dann in den folgenden 240 Zeilen, warum es doch eines ist, aber das ist ja gerade der von ihm beabsichtigte Effekt der blitzartigen Verblüffung. – Zunächst beweist er: Neuss gibt es nicht. Dann erklärt er, weshalb er über ihn schreibt: Weil sich die Umwelt durch ihn verwirren läßt. Das ist zwingend. Damit ist Pauken-Wolfgang für Berlin so etwas wie das Ungeheuer von Loch Neuss. Humorvoll beschreibt Walden das Ungeheuer: »Ein kleiner, eifernder Mensch ...«

»... besudelt die lebenden Ziele seiner Gesinnungswut ...«

»... ist einer der Wirrköpfe, die international zugelassen sind (wie Lord Russell und Operetten-Nazi Rockwell) ...«

Am ulkigsten empfand ich den Schluß, wo Walden in Neuss einen »verhärmten Possenreißer« sieht.

Es ist beruhigend, Männer wie Matthias Walden um sich zu wissen. Männer, die kühlen Kopf bewahren, Format haben und gar nicht erst richtig zuhören, wenn Possenreißer ihre Possen reißen. Und darum bin ich jetzt all meiner Sorgen ledig. Walden hat mich überzeugt:

Wolfgang Neuss ist kein Thema für ihn.

1966

Franz Josef Degenhardt:
Adieu, Kumpanen

Ich werd' jetzt ziehn, Kumpanen, und kann mich erholen
von diesem Land, vom Rhein gespalten bis nach Polen:
dem Land, von meinem roten Sangesbruder Biermann drüben
mit einem Arsch verglichen – das wir trotzdem lieben.
Auch wenn wir beide nicht von Maas bis Memel singen
von diesem Land mit seinen hunderttausend Dingen,
den schönen Mädchen, Wäldern, Bier, vollen Scheunen,
den Führungskräften, Sonntagsworten und den Todeszäunen.
Aus diesem Land zieh' ich jetzt fort, kann mich verschnaufen.
Kumpanen, darauf wollen wir noch einen saufen.
Adieu, Kumpanen, ich zieh' in ein andres Land.

Ich würg' schon lang an diesen brei'gen Sonntagssprüchen,
und diesen Führungskräfteschweiß kann ich nicht länger riechen.
Mir schlägt das Brüllen jener Leute auf den Magen,
die – humbatätärä – sich auf die Schenkel schlagen.
Der Klassenzimmermief, der rüberweht von Osten,
die Oberlehrerhymnen bringen mich zum Kotzen.
Und wenn es knattert in der Nacht, sag' ich mir: »Schlafe!«
Ich seh' zwar Zäune, doch was springt und fällt,
sind keine Schafe.
Daß jeder dahin, wo er leben will, kann laufen,
Kumpanen, darauf wollen wir noch einen saufen.
Adieu, Kumpanen, ich zieh' in ein andres Land.

Daß unsre Mädchen nicht in Kitteln aufmarschieren,
und daß die Führungskräfte nach Marihuana gieren,
und daß die Jäger euch nicht in die Zäune treiben,
und daß die Sonntagsworte in den Kehlen steckenbleiben,
daß unsre Kinder nicht vom Rumpelstilzchen träumen,
daß auch das Bier läuft, ohne allzuviel zu schäumen,
und daß Taranteln alle Oberlehrer küssen,
daß sie zu ihren eignen Hymnen twisten müssen,
und daß die Händler nicht den letzten Baum verkaufen.
Kumpanen, darauf wollen wir noch einen saufen.
Adieu, Kumpanen, ich zieh' in ein andres Land.

Kumpanen, ihr aus den Provinzen vor den Zäunen,
verfreßt euch nicht, trotz eurer übervollen Scheunen.
Das In-den-Spiegel-Gucken, Grinsen, Zwiebelschneiden,
ein bißchen Job und Jazz und Sex und Krach vermeiden:
Das alles reicht nicht mehr. Man ist schon bei den Proben.
Die Henker bürsten grinsend ihre alten Roben.
Verstellt die Weichen, wenn sie Züge rückwärts schalten,
so lang, bis sie sich wieder an den Fahrplan halten.
Daß wir uns wiedersehn in gleichen, freien Haufen:
Kumpanen, darauf wollen wir noch einen saufen.
Adieu, Kumpanen, ich zieh' in ein andres Land.

Für Wolfgang Neuss

1965

Wolf Biermann:
Pfingsten 1965

Mein viellieber Neuss,

Du hast hoffentlich inzwischen eindeutig kapiert, daß Du eine unerwünschte Person bist, in jeder Beziehung. Mit eben den kommunistischen Ambitionen, die Dich mit den westdeutschen Verhältnissen hätten in angenehm ernsten Widerspruch bringen können, wurdest Du als gefährlich stinkender Fisch wieder in das salzige Totenmeer der heimatlosen Linken geworfen, in eben das Medium, das uns lächerlich ungeeignet erscheint für politische Aktionen.

Die Reaktionäre Deutschlands wissen schon, wohin sie ihre unverbesserlichen Verbesserer verbannen: in die unergiebige Position der Verbitterung und der verzweifelt bornierten Revolten im Salon. Ich lese da gerade bei Engels eine taufrische Bemerkung über die Lage eines deutschen Proleten 1847:

»Einerseits ist es ihm in der deutschen Gesellschaft unmöglich, revolutionär aufzutreten, weil die revolutionären Elemente selbst noch zu unentwickelt sind; andererseits wirkt die ihn von allen Seiten umgebende chronische Misere zu erschlaffend, als daß er sich darüber erheben, sich frei zu ihr verhalten und sie verspotten könnte, ohne selbst wieder in sie zurückzufallen. Einstweilen kann man allen deutschen Proleten, die noch einiges Talent haben, nichts raten als auszuwandern in zivilisierte Länder.«

Dabei ist jede Kritik an den deutschen Verhältnissen lächerlich, weil die Verhältnisse selbst unter dem Niveau der Kritik sind, und die Schwierigkeiten in Deutschland haben leider nicht die Würde historisch relevanter Prozesse an sich. Die Konflikte, die auf deutschem Boden entstehen mögen, sind automatisch Farcen, weil der deutsche Michel ein impotenter Hanswurst der Geschichte blieb seit der Niederschlagung der Bauernkriege. Ich habe wenig Hoffnung auf Deutschland, und das meint: auf uns. Über die schizophrene Alternative Ost- oder Westdeutschland kann ich nur lachen.

Die verheerendste Wirkung der Prügel, die wir ständig beziehen, ist, daß wir uns an sie gewöhnen, und wenn es lange genug anhält, geben wir den Leiden im Nachhinein sogar den Anstrich der Vernunft und schmücken uns in Ermangelung besserer Genüsse mit der Dornenkrone des Märtyrers. Anstelle der blauen Flecke auf dem Papier treten die auf dem Arsch, und wir laufen durch die muffige deutsche Landschaft und ziehen vor allen Leuten anstelle des Hutes die Hose und entblößen unser gegerbtes Fell. So kultiviert sich allmählich die Pose des »pomphaft weinerlichen Sozialismus« in uns, in mir vielmehr.

In Ermangelung von Barrikaden schleudern wir übern Küchentisch leere Bierflaschen unseren Frauen ins Kreuz, und der ganze kleinbürgerliche Katzenjammer entlädt sich angstschweiß-tränennaß über die nächsten Freunde, die armen.

Die ständige Revolte gegen politischen Kleinmut macht uns endlich zu deutschen Kleingärtnern, und wenn wir dabei noch Kunstverstand zeigen: zu Gartenzwergen. Neuss, der Gartenzwerg mit dem Keramik-Beilchen, Biermann, der Gartenzwerg mit der Gips-Geige – stehen sie da im Vorgarten der Weltpolitik auf tönernen Füßen und weinen sich die Farben vom gebrannten Lehm.

»Die Welt ist schlecht« – »Oh Mensch!« – »Deutschland, du bleiche Mutter« – »Wir werden sterben müssen, dann wird wohl Friede sein« – »Asche über uns« – »Wehe uns allen« – »Spickenagel, du bist schuld!« Mein ganzer Jammer ist lächerlich; er ist so lächerlich wie er begründet ist. Kleinmütiges Palaver zwischen den Schlachten.

Man muß sich an den Frieden als muffigen Ausnahmezustand gewöhnen. Ich fürchte eigentlich nur, meine Furcht könnte schneller wachsen als mein Haß. Wenn mir das mal passiert, bin ich geliefert. Mach's gut, mein Freund, wir werden uns wohl eher auf dem Mond treffen als in Deutschland. Oder Du mußt ganz ekelhaft reaktionäre, revanchistische, militaristische, antikommunistische Töne anschlagen, dann lassen unsere maßgeblichen Kahlköpfe Dich wieder zu uns rein, so wie all die andern auch. Merk Dir endlich: Die Ketzer werden geschmort, nicht die Heiden. Möge mein Gejammer Dich anwidern und Dich vom eigenen befreien!

Grüße Grete, küsse Jette, ohrfeige Brandt.

Dein Biermann

Franz Josef Degenhardt:
Immer noch grob sinnlich

Ala, ihr Lecker, Kumpane, Gespane,
ein Lied steht ihm zu, eine Moritat,
auch wenn er mit tausend und einer Pille
von uns sich so einfach weggeträumt hat.
Man konnte immer an ihm so schön messen,
wie weit und wie hoch man gesprungen ist,
weil, der hat bei dem großen Sprung nach vorn
gepaßt und hat in den Graben gepißt.
Und lachte er sein Schrottplatzgelächter,
ist manchem das Eis in die Hose geglitscht,
und mancher hat bei seinem Gezeter
den Schweiß von Hals und Ohren gewischt,
denn der war immer noch grob sinnlich und vulgär und auch
zu fett.
Der hat nur sich gemocht und seinen Buff-tata,
und wenn er wiederkommt und auf die Pauke haut,
dann sitz ich vorne im Parkett.

Seid milde, Genossen, den Imperialismus,
den hat er gehaßt mit wirklicher Wut.
Natürlich, dahinter, das konnt er nicht fassen,
und als er es faßte, verlor er den Mut.
Der haßte und liebte nur immer Personen,
weil er ja alles persönlich nahm.
Die Kleinbürger haßte er ganz besonders,
weil er aus ihrer Wohnküche kam.
Aber die grüßten ihn auf der Straße,
nannten ihn »du« und faßten ihn an.
Das hat er gemocht, und er ließ auch viele,
besonders viel Mädchen an sich heran,
denn der war immer noch grob sinnlich und vulgär und auch
zu fett.
Der hat nur sich gemocht und seinen Buff-tata,
und wenn er wiederkommt und auf die Pauke haut,
dann sitz ich vorne im Parkett.

Geträumt hat er von der großen Kommune,
gebrüllt nach der riesigen, schönen Brust,
getobt hat er und geschimpft und geschrien,
weil, die gibt es ja nicht, und das hat er gewußt.
Geträumt hat er, daß auf der Kreml-Mauer
'ne Hippietruppe hockt und da kifft,
und daß Pillenpaule urbi et orbi
lachend seinen Segen schifft,
und daß bei dem Jubiläumsschwimmen
der Glatzkopf vom Großen Steuermann
so lange von lachenden Rotgardisten
gedöpt wird, wie keiner Luft halten kann,
denn der war immer noch grob sinnlich und vulgär und auch
zu fett.
Der hat nur sich gemocht und seinen Buff-tata,
und wenn er wiederkommt und auf die Pauke haut,
dann sitz ich vorne im Parkett.

Natürlich wollte der immer nach oben.
Wer will das nicht, der von unten ist!
Der hat aber keinen dabei getreten.
Natürlich war der auch ein Opportunist,
das bleibt ja nicht aus, wenn man 30 Jahre
allein als Wildsau durchs Unterholz bricht.
Und später dann doch noch zur Truppe stoßen,
das kann man und bringt man und will man auch nicht.
Ach, was tat er nicht all' für Sozialdemokraten,
für die aus der Ecke von Willy Brandt!
Der nahm ihn dann aber nicht mit an Hofe.
Das war sogar diesem viel zu riskant,
denn der war immer noch grob sinnlich und vulgär und auch
zu fett.
Der hat nur sich gemocht und seinen Buff-tata,
und wenn er wiederkommt und auf die Pauke haut,
dann sitz ich vorne im Parkett.

Ala, ihr Lecker, Kumpane, Gespane,
vielleicht war der sogar ein Anarchist,
was bloß auf der Bühne mit Pauke und Laute
so ungefährlich, aber auch schwierig ist.

Gebumst hat er bloß auf der Trommel und anders,
mit richtigen Bomben, das machte er net.
Und als es mal wirklich und richtig krachte,
da kroch er schimpfend und schnell unters Bett.
Und kommt er irgendwann in den Himmel,
den schwarzen vom dicken Bakunin,
als Revolutionär, als scharfer, verkleidet,
die schmeißen ihn raus, weil da paßt er nicht hin,
denn der war immer noch grob sinnlich und vulgär und auch
zu fett.
Der hat nur sich gemocht und seinen Buff-tata,
und wenn er wiederkommt und auf die Pauke haut,
dann sitz ich vorne im Parkett.

Noch einmal für Wolfgang Neuss

1975

Hanns Dieter Hüsch:
Nachricht II

Von Biermann, Wolf
sprach neulich alle Welt
kein Schwein spricht mehr
von Wolfgang Neuss
Das ist Geschichte
Satire
Kabarett

1976

Matthias Beltz:
Der Tod des Totengräbers

Wolfgang Neuss ist tot, reden wir über die Weltliteratur. Die Narren, deren Ernsthaftigkeit nach ihrem Tod auch halbamtlich akzeptiert wird, sind eh nur Figuren der Imagination, sie haben nie gelebt, es gibt keine Narren.

Trotzdem hat William Shakespeare eine Wanze in der Lohmeyerstraße in Berlin angebracht, um die Totengräber im Hamlet nach dem Bilde zu formen dessen, der da saß und Tag für Tag Gruben aushob. Auch Katharina Thalbach hat bei Wolfgang Neuss abgekupfert und umgekehrt. So schließt sich der Kreis zwischen Sozialismus, Asyl und heiterer Trostlosigkeit. Ein Drittes gibt es nicht, denn die Aufgabe des Kabaretts, die Idee von einer besseren Gesellschaft, vom Frieden, vom Humanismus und von Gerechtigkeit & Glück & Freiheit ständig begraben zu müssen, diese Aufgabe hat Wolfgang Neuss – der Herr hat seinen Schwanz gestraft, aber seine Seele nicht verletzen können – als erster Humorbeauftragter des deutschen Volkes verstanden.

Mit den Ideen ist es wie mit den Seelen. Wenn sie stehenbleiben und nicht wandern von einer Form zur andern, dann werden sie dumm und dusselig. Es muß wieder ordentlich gestorben werden, bevor was Neues passiert. Jeder Idiot fängt heute schon am frühen Morgen an, was Neues auszuprobieren, feilt an seiner ausschließlich ihn selbst überraschenden Individualität, bastelt sich einen Schnittmusterbogen für einen neuen Arschbackenüberzug. Es nutzt aber nichts, weil die Mode ja nur die ewige Wiederkehr des Neuen ist, wie Walter Benjamin in einer Flaschenpost hinterließ, bevor er als Zwerg der frühen Jahre sich von dem soeben verblichenen Neuss ins Kreuz treten ließ. Da haben wir den Salat, beide sind tot, und niemand kann das Gegenteil bezeugen.

Der Neuss ist tot und läßt uns grüßen.

Über Tote soll man nur schreiben, wenn einem auch Böses einfällt. Sonst hat das Leben des Verstorbenen keinen Sinn gehabt. Sonst klau ich ihm sein Dasein und jage es durch die Waschmaschine, den Lavamat post mortem. Das Leben von

Wolfgang Neuss hat aber viel Sinn gehabt. Denn er war böse von Grund auf. »Gutartig in der schärfsten Angriffslust: Wolfgang Neuss ging jeden hart an, aber verletzte niemanden unheilbar.« So schreibt die Illustrierte »Stern«, das 35-Groschen-Blatt. Aber der Hingeschiedene war kein guter Mensch, sondern ein großer Künstler, also demokratisch charakterlos bis in die letzte Socke. Er war nämlich nicht grundsätzlich dagegen, sondern dafür. Er war ein typisch angepaßter Opportunist. Aber angepaßt an Verhältnisse, die es nicht gibt, die er sich als künstliches Paradies erschuf in der Arbeit am Hanf.

In den Nachrufen wird nun dieser Mann als Oppositioneller gefeiert, der dieserhalb naturgemäß in einem »Charlottenburger Hinterhaus« wohnen muß, wie die »Süddeutsche Zeitung« und »Die Zeit« behindertenfreundlich ausdrucken. Das alte Ekel hat aber im ersten Stock gewohnt in einem Haus direkt an der Straße, hat die Fenster nicht geputzt und wollte trotzdem dazugehören.

Jetzt trifft er Ulrike Meinhof. Sie haben so manches gemein und sich viel zu erzählen. Beide – geil auf Karriere und Erfolg – haben sich in den frühen sechziger Jahren als kritische Gäste im bürgerlichen Partyleben gesuhlt. »Ich sauf nicht nur Sekt«, hat die Ulrike zum Wolfgang gesagt, »ich denk mir auch was bei.« Und dann haben sie sich gestritten. Wegen der Beatles und der Rolling Stones. Sie hat »Street Fighting Man« geträllert, und er hat von »Lucy in the Sky with Diamonds« geträumt. Sie wollte ein wenig morden und brandschatzen, er hatte das schon hinter sich.

Er hat nämlich Papierflugzeuge abstürzen lassen, und dann ist sein Partner Wolfgang Müller in der Schweiz endgültig mit dem Flugzeug runtergekommen. So hat der Verstorbene sehr unter diesem ungesühnten Mord gelitten.

Und dann nahm er Abschied von Alkohol, Antifaschismus und APO (Außerparlamentarische Opposition).

Mathias Bröckers hat in der »tageszeitung« (taz) geschrieben, daß Neuss sich von Alkohol- und Medikamentenorgien des 20jährigen Filmstarruhms mit Haschisch kuriert hat. Das ist ein wichtiger Satz. Wolfgang Neuss hat sich ebenso zwischen RAF und Hanf entschieden, er schuf sich ein Ordnungssystem aus Rauch und Feuer, aber er war nicht Feuer und Flamme für diesen Staat. Er arbeitete an der Sucht, die er brauchte, um zur Ekstase zu kommen, die er brauchte, um zur Erkenntnis zu kommen, die er brauchte, um nicht zur Ruhe zu kommen.

Nur wer faul sein kann und bequem, macht sich wirklich Gedanken über die Geschwindigkeit.

Jetzt ist er tot. Und keift nicht mehr. Alle hat er fertiggemacht, der kleine Mann, und hat trotzdem nach vielen und vielen Joints nie vergessen, daß auch Trinker Menschen sind. Das alte Nebelhorn tutet nicht mehr. Am 5. Mai 1989 starb Wolfgang Neuss. Das war zu früh.

1989

Anhang

Zeittafel

1923 Am 3. Dezember wird Hans-Wolfgang Otto Neuß in Breslau geboren. Die Eltern, Leutnant Otto Neuß und Elisabeth Gebauer, hatten im August 1919 geheiratet; die Ehe wird im Januar 1933 geschieden. Neuss, wie er sich später nennt, wächst weitgehend vaterlos auf.
Nach der Volksschule Schlachterlehre und Landwirtschaftsgehilfe. Mit 15 brennt er durch: Er will Clown werden. Der Ausflug endet in der Verwahranstalt am Berliner Alex. Anschließend Granatendrehen in einer Munitionsfabrik in Breslau, Straßenbau beim Arbeitsdienst. 1940 erhält Neuss seine Einberufung zum Militär.

1942 Soldat an der Ostfront. Der MG-Schütze wird mehrfach verwundet, erhält das Eiserne Kreuz. Im Genesungsheim erste Versuche als Truppenbetreuer und Frontkomiker. Wieder an der Front, schießt sich den Zeigefinger der linken Hand ab, um wieder ins Lazarett zu kommen. EK I. Spielt für Verwundete: Parodistisches, Pantomimisches, Komisches. Conferiert, erzählt Witze, denkt sich Sketche aus (»Beim Damenfriseur«). Einsatz als Melder.

1945 Kampfeinsatz in Ostpreußen. Neuss entkommt mit einem Lazarettschiff nach Dänemark. Im Internierungslager conferiert er einen musikalischen Bunten Abend. Als Kriegsgefangener nach Schleswig-Holstein. Nach der Entlassung erste kabarettistische Gehversuche in Flensburg; mit Gesinnungsfreunden, Schauspielschülern und Musikern tingelt er mit dem reisenden »Reichs-Kabarett der Komiker« (ReKadeKo) durch Norddeutschland.

1946 Neuss, mit dem »ReKadeKo«-Ensemble unterwegs, hat eine politische Lieblings-Pointe, auf die er nicht verzichten will. Ein britischer Presseoffizier untersagt Neuss, seinen berüchtigten »Schweine«-Witz unter die Leute zu bringen. Als er ihn dennoch zum Besten gibt, wird er zu einer mehrmonatigen Haftstrafe verurteilt, kommt aber wenige Tage später wieder frei. Die Kabarett-Truppe, Wolfgang »Hansi« Neuss, Kurt Füsser, Lena Koch, Elga-Maria Schmidt und Geiger Paul Mielke (Milkus), arbeitet sich mit seinem Programm »Lachkalorien« bis nach Kassel vor, wo sie im Café Reiss auftritt.

1947 Tingeleien der »Kleinen Vier« (Neuss, Abi von Haase und Helmut Schattel) durch Nordhessen; Neuss kommentiert: »Die Großen Vier sind ja auch immer nur drei«. Die Auftritte lösen Proteste bei der KPD aus, es kommt zu Rangeleien.

Neuss bringt Tomaten für die Störer auf die Bühne. Man spielt unter Polizeischutz. Ein US-Control-Officer zu Neuss: »Du schlägst unter die Gürtellinie!« Neuss: »Das ist für mich Demokratie!« Kabarettistische Unterhaltungs-Programme für die Amerikaner in Bad Wildungen. Zwischendurch versucht sich Neuss im Orchester Mielke als komische Schlagerzeuger-Nummer. Beteiligung in Bremerhaven an einer Demonstration für Garry Davis, den »ersten Weltbürger«.

1948 Engagement des Kabarett-Duos Neuss/Haase am Hamburger Hansa-Theater. In München sieht Neuss zum erstenmal Kabarett-Profis: Carl Walter Popp, Adolf Gondrell, Werner Finck. Auftritte im »Neuen Simpl« mit Selbstgebasteltem, für das sich Neuss Anregungen aus dem »Reader's Digest« holt. US-Theateroffizier Walter Behr, vor seiner Flucht aus Berlin Mitglied des Berliner Kabaretts »Die Katakombe«, nimmt sich des jungen Talents an: »Sie sind ein Absurdist.« Und gibt ihm Tucholsky zu lesen. Erste Erfolge auf den Profi-Bühnen führen zu Engagements nach Essen (»Casanova«), Krefeld (»Seidenfaden«), Düsseldorf (»Mutter Ey«). Hansi Neuss, der auch gelegentlich als »Peter Pips« oder »Peter Strubs« aufgetreten ist, nennt sich jetzt Hans Wolfgang Neuss.

1949 Erstes gemeinsames Auftreten mit Wolfgang Müller in Düsseldorf. Neuss schreibt einen kabarettistischen Sketch über die Viererkonferenz (»Tanz auf dem Vulkan«), er wird von Wolfgang Müller (Roosevelt), Werner Müller (Churchill), Wolfgang Neuss (Stalin) und Abi von Haase (de Gaulle) gespielt. Neun-Wochen-Engagement am Hamburger Hansa-Theater. Auftritte im süddeutschen Raum, darunter in Stuttgart und München.

1950 Engagement ans Hamburger Kabarett »Die Bonbonniere«, wo Neuss auf den Texter Eckart Hachfeld trifft und mit Thierry und Ursula Herking auf der Bühne steht. Ein Solo, das Hachfeld für Neuss schreibt, verlangt nach einem Requisit – die »Pauke« wird geboren. Für 15 Mark ersteht Neuss eine große Trommel. Theaterrolle als Joe in Norbert Schultzes Musical »Käpt'n Bay-Bay«. Erste Begegnung mit dem Film. Géza von Cziffra besetzt ihn in »Der Mann, der sich selber sucht«, Otto Wernicke läßt ihn einen Gauner in »Wer fuhr den grauen Ford?« spielen.

1951 Berlin-Gastspiel des Bonbonniere-Ensembles mit dem »Haferstengel«-Programm. Die Presse begrüßt die Hamburger Kabarettisten überschwenglich, vor allem der »Mann mit der Pauke« wird zum Geheimtip. Man merkt sich seinen Namen, jetzt ohne Hans: Wolfgang Neuss. Das Ensemble beschließt, in Berlin zu bleiben. Auch das neue »Haferstengel«-Programm, wieder mit Ursula Herking und Thierry, hat großen Erfolg bei Presse und Publikum. Großveranstaltungen in der Berliner Waldbühne, vor mehr als 20 000 Zuschauern, bringen den Durchbruch. (Neuss: »Da wurde gebracht, was verlangt wurde: zwei Nummern Ost, eine West. Ich war so 'ne Art Doppelagent.«) Zusammen mit Jo Herbst allwöchentlich im RIAS-Sender (»Schreibmaschine und Klavier«); die Richtung dieses kabarettistischen Ritts durch die Tagesaktualitäten ist gefragt: frisch, frech, fröhlich und frei von der Leber weg, streng antifaschistisch-antikommunistisch. Die Frontstadt Berlin hat einen neuen Liebling.

1952 Kabarett-Programm »Mal sehn, was uns blüht« mit Ursula Herking, Rita Paul, Bruno Fritz im »Nürnberger Trichter«, Berlin. Regie bei den »Stachelschweinen« für das Programm »Festland Berlin«. Die Presse ist überaus positiv. Im neuen Programm (»Zwischen Nylon und Chemnitz«) schreibt, spielt und inszeniert er.

1953 Die Angebote häufen sich. Bald wird in Berlin kein Schuhladen eröffnet, zu dessen Feier des Tages Neuss nicht auf die Pauke hauen soll. Kurt Meisel fragt an, ob er Shakespeare spielen will. (Neuss: »War'n Dichter, wohnte nich in Berlin. Kannt' ick nich.«). Erfolgreiches E-Bühnen-Debüt als Narr in »Was ihr wollt« im Berliner Hebbel-Theater; Friedrich Luft schreibt: »... als ob er nie Kabarett gespielt hätte!« Unter Oscar Fritz Schuhs Regie spielt er Lessing und Molière; die Presse lobt überschwenglich (»umwerfend komisch«). Daneben und zwischendurch: Funk, Film, Werbung, Solo-Auftritte, Mitternachtskabarett. Zusammenarbeit mit Wolfgang Müller beginnt. Erstes Programm: im »Rauchfang«, Hardenbergstraße. (Eröffnungs-Conférence: »Na, Wolfgang, sag mal was. Wenn de nix sagst, sitzen die Leute dumm rum ...«) Das Duo Neuss/Müller ist auch in der »Greiffi«-Bar zu sehen.

1954 Wiederbelebungsversuche für Helmut Käutners »Nachrichter« im »Nürnberger Trichter« mit Ursula Herking, Wolfgang Müller, Maria Sebaldt und Kurt Meisel; Titel: »Nachtrichter«. Im »Rauchfang« spielen Neuss, Edith Hancke, Wolfgang Müller und Ralf Wolter ihre Kabarett-Revue »Hängt die Wäsche weg«. Auch in der »Kudamm-Komödie« sind Herking, Neuss, Müller und Thierry zu sehen: »Macht bloß keen Theater«. Das macht er zwischendurch unter der Regie von Oscar Fritz Schuh (»Der Hauptmann und sein Held«, »Das Haus der sieben Stockwerke«).

1955 Leonard Steckel inszeniert den Musical-Renner »Kiss me, Kate«. Neuss und Müller, für Nebenrollen engagiert, werden zur Hauptsache, ihr Song »Schlag nach bei Shakespeare«

wird zum Publikums-Hit. Nach der Vorstellung feiert das Komikerpaar im gleichen Theater wahre Triumphe in »Schieß mich, Tell« einer kabarettistischen Musical-Parodie mit aktuellen, tagespolitischen Bezügen. Die Mitternachts-Show wird zum Dauerbrenner. Plattenaufnahmen, Engagement für die SPD. Neuss, vom Südwestfunk mit seiner Pauken-Nummer für eine Live-Sendung engagiert, soll Abstriche an dem Pointen-Feuer machen, mit dem Adenauer, Neonazis und Militarismus eingedeckt werden. Als er sich weigert, erhält er von SWF-Intendant Bischoff Auftrittsverbot. Der Eklat ist da, die Presse steigt groß ein (»Maulkorb statt Pauke«, »Zensur künstlerischen Schaffens«). Neuss wird zum Politikum. Zurück in Berlin, soll er im Rahmen eines »Berliner Abends« vor Bundestags-Prominenz im Schöneberger »Prälat« auftreten, das Fernsehen ist live dabei. Bischoff interveniert, SFB-Intendant Braun schaltet während der Pauken-Nummer den Ton ab und täuscht eine »technische Störung« vor. Die Presse spricht von »Skandal«, die Zeitungen drucken scharfe Kommentare und geharnischte Leser-Proteste. Nachspiel im Parlament, Berlin-Bürgermeister Suhr spricht von einer »Nagelprobe für die Demokratie«. Braun wird als »nicht tragbar« bezeichnet, der Intendantenstuhl wackelt. Der Rundfunkrat mißbilligt die Fernsehzensur. Im Abgeordnetenhaus erscheint Neuss, zusammen mit Parlamentspräsident Willy Brandt, genießt die öffentliche Sympathie. Der Künstler soll etwas sagen, tritt ans Mikrophon: »Ich grüße meine Mutter in Wilmersdorf«. Neuss in aller Munde.

1956 Nach dem Sensationserfolg von »Kiss me, Kate« und »Schieß mich, Tell«, der auf Tourneevorstellungen auch in Westdeutschland vorgeführt wird, greift verstärkt der Film zur Paarung Neuss/Müller. Leonard Steckel inszeniert mit den beiden in der Berliner »Komödie am Kurfürstendamm« die Komödie »Keine Angst, sie kriegen sich«. Neuss etabliert sich als Funkplauderer (»Musik für Emma«).

1957 Neuss führt erstmals Theater-Regie: Sternheims »Die Hose« mit Ernst Schröder in der Hauptrolle. Leinwand- und Bühnenerfolge der »beiden Wolfgangs«. Mit dem »Wirtshaus im Spessart« haben sie den großen Durchbruch. »Ein Häuschen mit Garten« wird zu ihrem Erkennungs-Song.

1958 Filmstar-Ruhm, Geld wie Heu. Neuss und Müller treten nur noch als Paar auf: »Sie einzeln für einen Film zu engagieren, scheint nicht mehr möglich zu sein. Sie sind zu einer kinematographischen Symbiose verschmolzen, zu deutsch: Geschäftsgemeinschaft« (Der Tag, Berlin). Angebote über Angebote, darunter auch ernsthafte: »Wir Wunderkinder«, »Rosen für den Staatsanwalt«, »Der Hauptmann von Köpenick«, »Der Maulkorb«. Neuss führt ein Spiegel-Gespräch mit Kölns Karneval-König Liessem und geißelt organisierte Massenfröhlichkeit: »Karneval muß politisch sein.« Neuss und Müller entfesseln Beifallsstürme mit Wittlingers Zweimannstück »Kennen Sie die Milchstraße?«, das auch vom Fernsehen gesendet wird. Gastspielreise wird zum »Bombenerfolg« (Hamburger Morgenpost). Aus Amerika und Skandinavien kommen Tournee-Angebote. Das Residenz-Theater München nimmt die Neuss-Komödie »Tu's nicht ohne Liebe« zur Uraufführung an, Regie führt der Autor.

1959 Das zweite Neuss-Stück wird uraufgeführt: »Zwei Berliner in Paris«, eine Geschichte mit Gitarre für zwei Vollblut-Kabarettisten. Der »Stückschreiber« (Tagesspiegel) inszeniert und spielt selbst. Für den erkrankten Wolfgang Müller springt Wolfgang Gruner ein. Das »Musical mit Mission« (Abendpost) wird am Berliner Kudamm-Theater ein Achtungserfolg. Immer wieder Dreharbeiten mit Müller. Neuss plant einen eigenen Film zum Thema deutsche Vergangenheitsbewältigung. Titel: »Wir Kellerkinder«.

1960 Der Film »Als geheilt entlassen«, mit Wolfgang Neuss und Wolfgang Müller in den Hauptrollen, ist abgedreht. Die FAZ lobt das Gespann als »Dick und Doof auf intellektueller Ebene«. Die Filmindustrie will den Erfolg des »Wirtshaus im Spessart« wiederholen: »Das Spukschloß im Spessart«. Neuss bereitet den »Kellerkinder«-Dreh vor. Im April kommt Wolfgang Müller in der Schweiz bei einem Flugzeugabsturz ums Leben. Die Kino-Könige reagieren prompt. Regisseur Kurt Hoffmann zu Neuss: »Jetzt brauche ich Sie nicht mehr.« Neuss realisiert sein »Kellerkinder«-Projekt. Der Film erzählt die Geschichte eines jungen HJ-Trommlers, der in seinem Hobbyraum erst einen Kommunisten vor den Nazis, später den eigenen Vater vor der Entnazifizierung versteckt – beide danken ihm seinen Dienst mit Prügel. Schließlich landet er in einem »Heim für Nichtangepaßte«, wo er Gleichgesinnte trifft, mit denen er fünfzehn Jahre nach Kriegsende den Vätern die Hakenkreuze an die Fenster malt (Neuss: »Das ist eine Art Bekanntmachung«). Für Wolfgang Müller spielt Wolfgang Gruner; in weiteren Rollen: Achim Strietzel, Ingrid van Bergen, Rolf Ulrich, Helmut Käutner, Ralf Wolter und Jo Herbst. Den Pimpf Macke Prinz spielt Neuss selbst. Die Finanzierung des Filmvorhabens besorgt Neuss allein. Ein Teil des Geldes stammt vom Diamantenhändler Oppenheimer, der Rest vom Fernsehen, dem Neuss dafür das Recht zur Erstsendung einräumt (ARD, 26.6.1960). Die später durchaus gängige Praxis, deutsche Spielfilme vom Fernsehen mitfinanzieren zu lassen, führt zu einem Eklat. Obwohl die »Kellerkinder« auf den Berliner Festspielen erhebliches Aufsehen erregen, lehnt der »Verband der Filmtheater« es ab, den »Gesamtdeutschen Heimatfilm« (Neuss) vorzuführen, weil er zuvor im Fernsehen gelaufen ist. Neuss protestiert gegen diese Boykottmaßnahme, reist mit der Pauke durchs Land und führt den Film in gemieteten Kinos selbst vor. Neuss steigt ins Werbegeschäft ein, lächelt für Weinbrand und Zigarren. Eine Strumpffabrik zahlt 125 000 Mark, dafür soll der Filmstar in mehreren Kino- und Fernseh-Spots zu sehen sein, die nach seinen Ideen gedreht werden. Die sehen etwa so aus: Neuss tritt den Monitor eines Fernsehgeräts ein, neben sich eine fast nackte Schönheitskönigin beim Strümpfeanziehen. Die Mattscheibe geht zu Bruch, der Fuß bleibt unverletzt. Neuss, lächelnd, in die Kamera: »Das machen nur die Strümpfe. NUR DIE. Sonst ist das Gerät nicht kaputtzukriegen.« In der Folge: Protest des Verbandes der Fernsehgerätehersteller, die »Freiwillige Selbstkontrolle« gibt den Spot nicht frei, der Auftraggeber verfügt Produktions-Stopp, verklagt Neuss auf Vertragsbruch (Streitwert: 250 000 DM).

1961 Neuss bereitet seinen zweiten Film vor, diesmal will er das deutsch-deutsche Thema behandeln. Er ist jetzt Drehbuchautor, Hauptdarsteller, Regisseur und Produzent in einer Person. Eingedenk des »Kellerkinder«-Boykotts geht er diesmal nicht das Fernsehen um Finanzierung an, sondern besorgt sich das Geld woanders: in Bonn bei der CDU (Bundeszentrale für Heimatdienst), in Berlin bei der SPD (Schöneberger Rathaus) und von einem Liberalen in Hamburg. Neuss zu Verleger Bucerius: »Sie sind doch der Rebell von Bonn. Ich hätte Sie gern als Schiedsrichter zwischen CDU und SPD. Aber das kostet Sie 'ne Kleinigkeit.« Der Hamburger Verleger gibt einen Scheck über 30 000 Mark. Die Story zum geplanten Film erscheint, zusammen mit zwei weiteren Satiren, in Buchform (»Wir Kellerkinder«).

1962 Für 787,15 DM bringt Neuss »die Nation in Aufruhr« (Der Spiegel). Diesen Betrag bezahlt er für eine Anzeige im Westberliner »Abend«, mit der er Millionen von Fernsehzuschauern 30 Stunden vor Schluß der Durbridge-Krimi-Serie »Das Halstuch« den TV-Mörder verrät: Dieter Borsche. Aus purem Zufall (Neuss hatte geraten, er kannte die Serie nicht) wird ein Sturm im deutschen Blätterwald: Der »gewaltige Tiefschlag« (Associated Press) löst verbitterte Kommentare aus, die von »Querschläger« bis »Verräter« reichen; Leserbriefe und anonyme Anrufer bieten Prügel und Schlimmeres an. Die Neuss-

Empfehlung der Anzeige, lieber ins Kino zu gehen, erweist sich als Bumerang: »Genosse Münchhausen« und sein Ost-West-Thema, 1962 noch kein Thema und erst sieben Jahre später von Willy Brandt zur offiziellen Regierungspolitik erhoben, wird ein Mißerfolg. Neuss heiratet Margareta Henriksson, Geburt der Tochter Hariett (genannt Jette).

1963 Außenaufnahmen für die »Tote von Beverly Hills« in Hollywood. Theaterarbeit mit Piscator (»Der Stellvertreter«). Neuss arbeitet an einer Ein-Mann-Show (»Das jüngste Gerücht«), die im Dezember im »Domizil am Lützowplatz« Premiere hat. Das Programm läuft fast zwei Jahre lang, bringt ausverkaufte Häuser und Presse-Jubel und macht Neuss zu »Deutschlands Kabarettist Nr. 1« (Der Spiegel). Dem Neuss-Film »Genosse Münchhausen« wird auf dem »Festival der Heiterkeit« vom Verband der österreichischen Filmjournalisten »in Anerkennung seiner künstlerischen Qualität« ein Ehrendiplom zuerkannt.

1964 Der Berliner Kunstpreis, Sparte Film und Fernsehen, geht »in Anerkennung seiner künstlerischen Leistung« an den »Autor, Regisseur und Darsteller Wolfgang Neuss« für »Wir Kellerkinder«, »Genosse Münchhausen« und »Aus dem Tagebuch eines Kabarettisten«. Die Jury lobt die »gestalterische Eigenwilligkeit, die selbstkritische Haltung, den lebendigen Witz und den Mut zur Zerstörung von falschen Mythen und Tabus, die man anderswo ängstlich zu umgehen sucht«. Preis der deutschen Schallplattenkritik für die LP »Das jüngste Gerücht«. Wöchentlicher Neuss-Kommentar in der SFB-Sendereihe »Das Thema« wird nach CDU-Protesten abgesetzt. Kontakte zur Literaten-»Gruppe 47«, regelmäßiger Meinungsaustausch mit Uwe Johnson, Günter Grass, Hans Magnus Enzensberger. Freundschaft mit Gisela Groenewold. Erwin Piscator holt ihn für seine »Oppenheimer«-Inszenierung an die »Volksbühne«. Teilnahme am Berliner »Gag-Festival« mit einer eigenen »Crazy«-Show. Im Dezember erscheint die erste Ausgabe der Satire-Zeitschrift »Neuss Deutschland« (ein »Organ des Zentralkomiker-Teams der Satirischen Einheitspartei Deutschlands«), äußerlich ein parodistischer Abklatsch des SED-Organs. Die Schlagzeile lautet: »Des Deutschen Recht auf Selbstverstümmelung«.

1965 Die ARD sendet im Januar die TV-Aufzeichnung des Solo-Programms »Das jüngste Gerücht«. – Auftritt mit dem »Gerücht« vor Schauspieler-Kollegen in der Theater-Kantine des Ostberliner »Berliner Ensemble« am 18. Januar. Neuss kommentiert sein Programm zu Beginn, er habe ja noch nie im »verfeindeten Ausland« gespielt: »Zuerst woll'n wir mal üben: Immer, wenn ich drüben sage, meine ich hier, und immer, wenn hier sage, meine ich drüben«. Zur deutsch-deutschen Problematik heißt es: »Ich habe nun mal feststellen müssen, daß die KP in beiden Teilen Deutschlands verboten ist. Naja, wenn man genau sein will: Im einen verboten und im andern überflüssig«. Das inoffizielle Gastspiel des Westberliner Kabarettisten bleibt nicht unbeobachtet. Die umjubelten Pointen des ironisch-satirischen Solos werden von einem IM gewissenhaft notiert, stoßen aber auf Unverständnis. So der Neuss-Vorschlag, der im WDR Köln agierende Polit-Talker Werner Höfer möge den Ostberliner Systemkritiker Robert Havemann zu seiner sonntäglichen TV-Talk-Runde einladen, damit der endlich verhaftet werden könne. Auch die Neuss-Prophezeiung, in zwanzig Jahren werde man in West-Berlin Ulbricht-Gedenkkonzerte abhalten, weil der SED-Chef sich »große Verdienste um den Antikommunismus« erworben habe, bringen den MfS-Mitarbeiter erheblich ins Schleudern. In einem Stasi-Bericht vom 20. Februar heißt es, die von Neuss abgefeuerten, »gegen uns gerichteten Spitzen« spiegelten bloß die »dummen Meinungen, die in Westberlin vorhanden sind«. Freundschaft mit Wolf Biermann, für den er nach seinem »BE«-Auftritt interveniert. Als die DDR-Führung das Auftrittsverbot gegen Biermann nicht aufhebt, sagt Neuss aus Protest seine Mitwirkung an einem DEFA-Projekt ab. Beginn der regelmäßigen Mitarbeit an Volker Kühns satirischer Monatsbilanz »Bis zur letzten Frequenz« im Hessischen Rundfunk. Neuss engagiert sich für die SPD; der Neuss-Slogan »Pack den Willy in den Tank« wird zum Wahlkampf-Programm. Auf einer Abschlußveranstaltung der »Kampagne für Abrüstung« tritt Neuss am Ostermontag in Frankfurt am Main zum erstenmal mit Wolf Biermann auf. Die DDR reagiert mit einem Einreiseverbot für Neuss. Im September macht er aktiven SPD-Wahlkampf. Auf Kabarett-Veranstaltungen fügt er hinzu: »... und die Zweitstimme für die DFU«. Aus der Bundestagswahl vom 15. September geht die CDU-Regierung unter Ludwig Erhard als Sieger hervor. Ende September hat Neuss Premiere mit seinem Solo-Programm »Neuss Testament«, einer großen Villon-Show. Nach der Fernsehaufzeichnung in der Kongreßhalle spielt Neuss jetzt an jedem Wochenende im Theater am Kurfürstendamm vor ausverkauftem Haus. Die Presse ist geteilt: Hymnen und Verrisse. Star-Kritiker Friedrich Luft urteilt: »Seine Testamentseröffnung ist vorsätzlich unerfreulich. Aber sie ist von fröhlicher Verzweiflung« (Die Welt). Im Dezember rufen Westberliner Zeitungen ihre Leser dazu auf, Geld für den amerikanischen Vietnam-Krieg zu spenden. Der Ertrag der Aktion soll dafür verwendet werden, Medikamente zu kaufen sowie Porzellan-Nachbildungen der Berliner Freiheitsglocke an die Witwen gefallener GIs zu verschenken. Neuss protestiert mit einem Extrablatt des »Neuss Deutschland« vehement: »In Vietnam kämpfen amerikanische Soldaten mit dem südvietnamesischen General Ky. Sein größtes Vorbild: A. Hitler«. Westberlins Zeitungsverleger kontern mit einem Anzeigen-Boykott gegen Neuss und sein »Neuss Testament«. Der geht vor Gericht, wird abgewiesen. Der Kabarettist ruft zu einer Spendenaktion auf, um den Anzeigenkrieg »vor Gericht weiterführen zu können: Zeigt's dem Springer! Helft dem Neuss!« Teilnahme an einer Silvesterveranstaltung, auf der auch Ostberliner Künstler auftreten, darunter Käthe Reichel und Gisela May. Die Bildzeitung spricht von »Rotfront in der Kongreßhalle«. Die westdeutsche Kabarettistin Hanne Wieder sagt daraufhin ihre Teilnahme ab (Neuss-Kommentar: »Hanne Niewieder«). Die Mutter stirbt in Berlin.

1966 Innerhalb einer Woche werden 11 000 DM für Neuss gespendet. Aber die Presse schießt sich ein, die Folge sind tätliche Angriffe und anonyme Drohungen (»Lebt ihr roten Hunde noch?«). In den Zeitungen erscheinen Verfassungsschutz-Fotos, die Neuss als Teilnehmer an einer polizeilich genehmigten Vietnam-Demonstration zeigen: Neuss ist mit einem schwarzen Pfeil gekennzeichnet. Als er Ende Januar zusammen mit der Kabarettistin Hannelore Kaub vor Studenten einen »Vietnam-Report« vorträgt, explodiert vor dem Saal eine Bombe. Das Deutsche Fernsehen setzt die Kabarett-sendung »Hallo Nachbarn«, an der Neuss mitwirkt, aus politischen Gründen ab. Der Tablettenkonsum (Preludin, Schlafmittel) steigt. Erste Begegnung mit Hasch. Im Februar SPD-Ausschluß. Briefwechsel mit Willy Brandt. Der studentische Vietnam-Protest verstärkt sich. Gegner des Vietnam-Krieges werden von Bild-Lesern neuerdings »zum Einsteigen in die S-Bahn Richtung Ost-Berlin« (Der Kurier) veranlaßt und »durch den Schalter geprügelt« (Der Abend). Der »Spiegel« weiß von Lockrufen wie »Ist hier noch irgend so ein Neuss-Schwein?« zu berichten. Neuss verläßt Berlin, die Presse spricht von Exil. Urlaub in Schweden. BRD-Tournee mit »Neuss Testament«, Rückkehr nach Berlin, wo das Programm wieder im Theater am Kurfürstendamm läuft. Filmaufnahmen in Danzig zu »Katz und Maus«, Lars Brandt spielt den Mahlke, Neuss die Pilenz-Rolle. In Bonn formiert sich die Große Koalition: Willy Brandt sitzt mit Franz Josef Strauß unter Kanzler Kiesinger auf der Regierungsbank. Neuss spielt den Thersites in Shakespeares »Troilus und Cressida« am Deutschen Schauspielhaus in Hamburg.

1967 Funkaufnahme »Neuss paukt deutsch« in Frankfurt/M. Anfang Juni Studentenunruhen aus Anlaß des offiziellen Schah-Besuches, der Student Benno Ohnesorg wird von der Polizei erschossen. Neuss startet sein drittes Solo-Programm: »Asyl im Domizil«, diesmal wieder am Berliner Lützowplatz. Während seines »Bunten Abends für Revolutionäre« sammelt Neuss für den Vietcong. Neuss bekennt sich offen zur außerparlamentarischen Opposition; das »Berliner Extrablatt« und der »Republikanische Club« werden gegründet. Verstärkte Zusammenarbeit mit dem Sozialistischen Deutschen Studentenbund (SDS): Diskussionen, Sit-ins, Aktionen, Theorie. Theaterarbeit an dem Hochhuth-Stück »Soldaten«, Freie Volksbühne Berlin. »Quartett 67« mit Hüsch, Degenhardt und Süverkrüp. Die Ehe mit Margareta Henriksson wird geschieden.

1968 In Berlin herrscht Pogromstimmung gegen Langhaarige und Studenten. Die Kampagne »Enteignet Springer« entsteht. Kühn produziert »Neuss spricht Bild« als »underground«-Platte. Am 11. April wird auf Rudi Dutschke ein Attentat verübt. Dutschke-Freund Neuss schreibt einen Beitrag für Kühns Satire-Sendung »Bis zur letzten Frequenz«, die die studentischen Osterunruhen zum Thema hat. Die Intendanz des Hessischen Rundfunks lehnt unter besonderem Hinweis auf den Neuss-Beitrag (»ausgesprochen degoutant«) ab, die Sendung auszustrahlen. Mitarbeit an dem neuen Programm der Münchner Lach- und Schießgesellschaft über den »Prager Frühling«. Titel: »Der Moor ist uns noch was schuldig«. Es kommt zu Meinungsverschiedenheiten über die politische Richtung. Volker Kühn produziert mit Neuss das »Einbahnstraßentheater« für den Hessischen Rundfunk: Das Stück ist eine Abrechnung mit der modischen Linken (»Liberale Scheißer!«). Neuss erklärt seinen Austritt aus der SPD, die ihn nach dem Ausschluß vom Februar 1966 ein halbes Jahr später wieder formlos aufgenommen hatte. Peter Stein inszeniert mit Neuss im Werkraumtheater der Münchner Kammerspiele den »Viet Nam Diskurs« von Peter Weiss; Neuss will auf der Bühne zu Geldspenden für den Vietcong aufrufen. Als die Intendanz der Kammerspiele die von Stein befürwortete Kollekte verbietet, streikt Darsteller Neuss. Das Stück wird nach wenigen Vorstellungen abgesetzt.

1969 Im Januar wird die Stein-Inszenierung des »Viet Nam Diskurs« an der Berliner »Schaubühne« gezeigt. Als Neuss auch in Berlin, wie vordem in München, von der Bühne herab zur Geldsammlung für die nordvietnamesische Befreiungsfront aufruft, wird das Stück nach drei Vorstellungen »aus künstlerischen Gründen« gestoppt. Peter Zadek dreht fürs Fernsehen nach Dorsts »Toller«-Stück einen Film über die Münchner Räterepublik; Neuss spielt die Rolle des Erich Mühsam. Mitte März reist Neuss nach Rom zu Hans Werner Henze, zusammen mit Kühn und Salvatore, der in Berlin wegen Teilnahme an Studentendemonstrationen (»Rädelsführerschaft«) verurteilt worden war. Südamerika-Reise mit Gisela Groenewold, Gaston Salvatore, Michael Braun und Nono Breitenstein. Ende März Eintreffen in Chile; Zusammentreffen mit dem damaligen Oppositionsführer und Parlamentspräsidenten Salvador Allende. Anfang Mai kehrt Neuss für einige Tage in die Bundesrepublik zurück, wo er an Kabarett-Sendungen des Hessischen Rundfunks mitwirken will. Bei der Rückkehr wird Neuss Anfang Juni auf dem Flughafen von Santiago de Chile verhaftet, von der politischen Polizei verhört und einige Tage später als »unerwünschter Ausländer« und »Volksaufwiegler« in die Bundesrepublik abgeschoben. Nach den Oktober-Wahlen formiert sich in Bonn die sozialliberale Koalition, Willy Brandt wird Bundeskanzler.

1970 Verstärkte Mitarbeit von Neuss an der Kabarett-Sendung »Bis zur letzten Frequenz« (HR). Sein Beitrag zum Jahreswechsel 1969/70 stellt das Motto des neuen Jahrzehnts vor: »Wo das Dogma herrscht, blinkt die List durch die Zahnlücke«. Und in der Mai-»Frequenz« hält er Ausblick nach vorn: »Menschen fangen von ganz klein an. Sie robben durch den Dreck. Sie passen sich an. Ducken sich. Fallen nicht auf. Kriechen durch ein Leben voller Illusionen. Und plötzlich haben sie es geschafft. Sind wer. Sind fertig ...«

1971 Der Ex-Genosse macht Wahlkampf für die SPD. Arbeitet an einer Fernsehreihe, die nie produziert wird: »Von Besitzern und Benutzern«, sehr »frei nach Gotthold Ephraim Leasing«. Das westdeutsche PEN-Zentrum nimmt Neuss als Mitglied auf.

1972 Umstieg von Tabletten auf Haschisch.

1973 Tonbandprotokolle zur Person: Neuss erzählt Gaston Salvatore sein Leben. Er spielt unter Ulrich Schamonis Regie in »Chapeau claque« – es ist die Geschichte eines Aussteigers. Volker Kühn dreht für die ARD eine Fernseh-Dokumentation mit und über Neuss (»Ich lache Tränen, heule Heiterkeit«). Im November wird Neuss rückfällig und gibt ein Pauken-Gastspiel bei den Berliner »Stachelschweinen«. Die Presse spricht von einem Comeback.

1974 Das Salvatore-Buch erscheint, Titel: »Ein faltenreiches Kind«. Neuss-Kommentar: »Ein Salvalore-Roman«. Dreharbeiten zu Kühns Fernsehfilm »Die halbe Eva« in Frankfurt/M.

1976 Neuss bekommt Sozialhilfe. Die Presse berichtet, daß ihm nach dem Bundessozialhilfegesetz monatlich 265 DM gezahlt werden, zusätzlich Weihnachtsgeld.

1977 Plattenaufnahmen für das Kinderhörspiel »Banana«.

1979 Neuss vor Gericht. Bei einer Haussuchung waren in seiner Wohnung 35,8 g Haschisch und mehrere LSD-Trips sichergestellt worden. Der Angeklagte fordert die Legalisierung von Haschisch. Das Gericht will seine Schuldfähigkeit feststellen lassen (Neuss vor Gericht: »Ich war immer unnormal. Das ist meine Berufskrankheit«). In einer zweiten Verhandlung wird Neuss »wegen Verstoßes gegen das Betäubungsmittelgesetz« zu acht Monaten Gefängnis auf Bewährung verurteilt. Die Richterin nach der Urteilsverkündung: »Wir möchten Sie auf der Bühne wiedersehen.«

1981 Im Satire Verlag Rogner und Bernhard erscheint bei Zweitausendeins Volker Kühns »Wolfgang Neuss Buch«. Neuss-Kommentar: »Kühn hat mich seriös gemacht.«

1982 Die Berliner »Tageszeitung« (taz) richtet Neuss eine Kolumne ein. Der »Stechapfel«-Verlag veröffentlicht eine Tonkassette mit Neuss-Texten (»Üben, üben, üben«). Tilman Jens nimmt das »Wolfgang Neuss Buch« zum Anlaß für ein TV-Interview.

1983 Im Syndikat-Verlag gibt Volker Kühn »Wir Kellerkinder« heraus, eine Textsammlung mit den Neuss-Satiren »Wir Kellerkinder«, »Serenade für Angsthasen« und »Genosse Münchhausen«. Am Deutschen Schauspielhaus Hamburg erlebt Rainer Mennickens Versuch, Neuss zur theatralischen Figur (»Der starke Hans«) zu machen, seinen »totalen Untergang« (FAZ). Kritiker Friedrich Luft macht in seinem Verriß gar »Aasgeier über Neuss« aus. Die Berliner »Ufa-Fabrik« zeigt mit großem Erfolg die Neuss-Filme »Wir Kellerkinder« und »Genosse Münchhausen«. Volker Kühn produziert für den WDR das erste Neuss-Solo nach zehnjähriger Pause. Neuss mimt für Gerhard Schmidts Kinosatire »Is was, Kanzler?!?« in hochhackiger, blondperückter Verkleidung die Bundestagsvizepräsidentin Annemarie Renger. Neuss-Tonkassette »Ich hab noch einen Kiffer in Berlin« erscheint. Neue Textsammlungen (»Ohne Drogen nichts zu machen«, »Neuss' Zeitalter«). Ronald Steckel läßt Neuss im Hörfunk »Mauersprüche« sprechen. Auf der Geburtstagsfete, die die »UFA-Fabrik« Neuss zum Sechzigsten ausrichtet, tritt er nach jahrelanger Abstinenz erstmals wieder öffentlich auf. Wenige Tage später trifft Neuss in der SFB-Talkshow »Leute« auf Berlins Regierenden Bürgermeister Richard von Weizsäcker, den designierten Bundespräsidenten. Der »Stern« feiert das Talk-Duell als »Fernsehshow des Jahres«.

1984 Für seine »vielfältigen komödiantischen und satirischen Aktivitäten« erhält Neuss den mit 5000 DM dotierten Deutschen Kleinkunstpreis 1983. Die Laudatio hält Hanns Dieter Hüsch: »Für mich ist der Wolfgang ein radikales Kind, einerseits berlinisch-dionysisch, andererseits von wohlgeordneter Heimatlosigkeit, der sich mit seinen exakten Paukenschlägen wohl auch immer ein kleines Stückchen Zuhause abstecken wollte, wenn auch nur auf der Bühne…« Neuss-Kommentar: »Ich nehme den Preis an, damit der endlich mal was wert ist.« Die Hamburger Illustrierte »Stern« bringt nun wöchentlich Neuss-Sprüche. Ende März findet die Polizei in der Neuss-Wohnung 814 LSD-Trips und 79 Gramm Haschisch Es ergeht Haftbefehl (Nr. 351 Gs 1152/84), Neuss erhält Haftverschonung. Im Juli wird er vom Schöffengericht Moabit zu einem Jahr Gefängnis auf Bewährung verurteilt. In einer von der Staatsanwaltschaft angestrengten Berufungsverhandlung vor dem Landgericht wird im November das erstinstanzliche Urteil bekräftigt. Die Zeitschrift »Titanic«, das Frankfurter »endgültige Satiremagazin«, setzt Neuss im April als »Sensationshascherl« auf Platz 1 ihrer Peinlichkeits-Liste und zitiert ihn mit dem Satz: »Ich mache keine Witze mehr über Kohl. Ich lache gleich über ihn.« Der »Titanic«-Vorwurf: »Er hat sich leider nie daran gehalten.« Das Jugendamt der Stadt Wiesbaden veranstaltet eine »Wolfgang Neuss-Woche«, auf der im Rahmen einer Neuss-Ausstellung Videos und Filme gezeigt werden. Kühn produziert für Zweitausendeins die Neuss-LP »Neuss vom Tage«. Das »Wolfgang Neuss Buch« erscheint in zweiter Auflage.

1985 Im Mai Solo-Auftritt in der Berliner »UFA-Fabrik« mit »Vergangenheitsbewältigung live«. Volker Kühn gibt Neuss-Texte unter dem Titel »Tunix ist besser als arbeitslos – Sprüche eines Überlebenden« (Rowohlt), und eine Dokumentation über das Solo »Neuss Testament – eine satirische Zeitbombe« (Syndikat) heraus. Bei Heyne veröffentlicht Mathias Bröckers alte und neue Paukenschläge unter dem Titel »Der gesunde Menschenverstand ist reines Gift«.

1986 Die Neuss-Auslassungen, die er in seiner »taz«-Kolumne abläßt, bringen ihm nicht nur Lob ein. Vor allem die Rundumschläge, die zuweilen auch Freunde und ehemalige Weggefährten treffen, besonders aber seine drogen-euphorisch gefärbten, politischen Wertungen, die sich zuweilen als Anpassung ans Schlimme lesen lassen, stoßen auf Kritik. Auf einen Beitrag vom November (»Wir schaffen es, ohne Waffen-SS«), in dem Neuss die einstigen SDS-Genossen, den verstorbenen Dutschke inklusive, als »lieblose, herzlose, existenzangstbesessene Klugscheißer« apostrophiert und die Droge, der realitätsverdrängenden Ekstase wegen, als Allheilmittel für alle schwierigen Lebenslagen empfiehlt (»Jeder Mensch hat das Recht auf Heroin«), antwortet Erich Fried aus London mit einem offenen Leserbrief, den er ironischerweise an den »Allerwertesten Heiner Geißler« adressiert, der sich durch polemische Wahlkampf-Polemiken (»Der Pazifismus ... hat Auschwitz erst möglich gemacht«) profiliert hatte. Der verbitterte Fried empfiehlt Geißler, der CDU-Politiker möge Neuss in seine Dienste nehmen, der »trotz seiner linken Vergangenheit oder vielmehr gerade aufgrund derselben eine für Sie höchst nutzbringende denunziatorische Tätigkeit gegen Linke entfaltet und es in originellen Beschimpfungen und grundlosen Unterstellungen propagandistisch wirksamster Art sehr weit gebracht hat ... Was er zum Beispiel dem toten Rudi Dutschke und dem lebenden Fritz Teufel nachsagt, könnte ehrenhaft neben Ihren eigenen originellsten Leistungen bestehen und übertrifft diese sogar an etwas, was auf den ersten Blick für den unbedarften Leser Humor meisterhaft vortäuscht.«

1987 LP-Veröffentlichung »Heissa Neuss – Der totale Wolfgang« bei »Konnex«.

1988 Hanskarl Hoerning von der Leipziger »Pfeffermühle« erinnert mit einer szenischen Lesung im Leipziger Külz-Haus an den westdeutschen Kabarett-Kollegen: »Neuss Denken«. – Freunde von der Berliner »Ufa-Fabrik« richten Neuss im Dezember den 65. Geburtstag aus. Er betritt noch einmal die Bühne: »Ich habe nachgedacht: Was sagst du heute abend den Leuten? Die haben ja den Eindruck, sie werden einmal im Jahr bestellt, weil Neuss mal wieder Gesichter sehen möchte.«

1989 Das Amtsgericht Berlin-Tiergarten teilt mit, man habe Neuss die »1984 erkannte Freiheitsstrafe von 1 Jahr – soweit sie noch nicht verbüßt ist – nach Ablauf der Bewährungszeit erlassen. Der Verurteilte hat sich, soweit ersichtlich, bewährt.« Bei Dreharbeiten für Rüdiger Daniels TV-Dokumentation über die deutsche Varieté-Szene gibt es Anfang Mai ein Wiedersehen zwischen Neuss und seinen einstigen Kabarett-Partnern Abi v. Haase, Johanna König und Felix Hock. Das Gespräch kreist um die gemeinsamen Auftritte der vierziger Jahre und um den Tod. O-Ton Neuss: »Du hast gar keine Chance, nicht zu leben. Du lebst heute schon woanders. Du lebst auf deinem Sohn, auf deiner Tochter. Du lebst auf allen Leuten, bei denen dein Herz etwas schneller geht. Und Müller, der da abgestürzt war mit dem Flugzeug, der Wolfgang Müller hat vorher schon auf jemandem gelebt, bevor er tot war. Das ist die Botschaft, die ich habe: Wir haben gar keine Chance, nicht zu leben. Wir leben immer. Die Botschaft ist zwar nicht tröstend, weil man ja auch ableben muß. Aber man lebt nur ab, um zu leben. Es gibt keinen Tod in dem Sinne. Es gibt keine Chance, nicht zu leben. Keine. Man lebt immer. Immer, immer, immer.« Wolfgang Neuss stirbt wenige Tage später, am 5. Mai, in seiner Charlottenburger Wohnung in Berlin. Er wird am 19. Mai auf dem Berliner Waldfriedhof Zehlendorf an der Seite seines Kabarett-Partners Wolfgang Müller beigesetzt.

Neuss auf der Bühne

Kabarett-Programme

ReKadeKo-Programm in Norddeutschland, 1945
Die kleinen Vier. Tingeleien der »Kleinen Vier« mit Abi v. Haase und Helmut Schattel, 1947
Solo-Auftritt bei Carl Walter Popp in München, 1948
Bei Mutter Ey, erstes Auftreten mit Wolfgang Müller, Düsseldorf, 1949
Geistiges Hoch mit Ursula Herking u.a., »Bonbonniere«, Hamburg, 1950
Ohne Gewähr mit Abi v. Haase, Thierry u.a., »Bonbonniere«, Hamburg, 1950
Narr-kose mit Ursula Herking u.a., »Bonbonniere«, Hamburg, 1950
Haferstengel mit Thierry, Ruth Stephan, Ralf Wolter u.a., Berlin-Gastspiel der »Bonbonniere«, 1951
Wo man hinsieht: Hanferstengel! mit Ursula Herking u.a., Neue Scala, »Nürnberger Trichter« Berlin, 1951
Wir sitzen wie auf Kohlen mit Ursula Herking, Thierry u.a., »Nürnberger Trichter«, Berlin, 1951
Mal sehn, was uns blüht mit Ursula Herking, Rita Paul, Thierry, Bruno Fritz u.a., »Nürnberger Trichter«, Berlin, 1952
Zwischen Nylon und Chemnitz, Ensemble »Die Stachelschweine«, Berlin, 1952
Zwischen Tür und Angel mit Ursula Herking, Wolfgang Müller, »Rauchfang«, Berlin, 1953
Macht bloß keen Theater mit Ursula Herking, Wolfgang Müller u.a., »Komödie am Kurfürstendamm«, Berlin, 1954
Hängt die Wäsche weg mit Wolfgang Müller, Edith Hancke, Ralf Wolter, »Rauchfang«, Berlin, 1955
Schieß mich, Tell mit Wolfgang Müller, Jo Herbst, Ralf Wolter u.a. »Komödie am Kurfürstendamm«, Berlin, 1955
Crazy Show – Ein Apocalyptical im Rahmen des »Gag-Festival« im »Domizil« am Lützowplatz, Berlin, 1964
Wolf Biermann/Ost trifft Wolfgang Neuss/West – Duo-Programm im Rahmen der Kampagne für Abrüstung, Zoo-Theater, Frankfurt/M., 1965
Quartett 67 mit Dieter Süverkrüp (g), Franz Josef Degenhardt (g), Hanns Dieter Hüsch (p), Wolfgang Neuss (dr), Funkhaus Saarbrücken, 1967
Kellerkind trifft Schmuddelkind – Duo Neuss/Degenhardt, Schauspielhaus Hamburg, 1968

Solo-Auftritt bei den Berliner »Stachelschweinen«, 1973
Solo-Auftritt in der Berliner »Ufa-Fabrik«, 1983
Solo-Auftritt in der Berliner »Ufa-Fabrik«, 1988

Solo-Programme

Das jüngste Gerücht. Satire über Trivialpolitik, »Domizil« am Lützowplatz, Berlin (1963-1965)
Neuss Testament. Die Villon-Show. Eine satirische Zeitbombe nach Texten von François Villon, »Theater am Kurfürstendamm«, Berlin; anschließend BRD-Tournee (1965-1966)
Asyl im Domizil. Bunter Abend für Revolutionäre, »Domizil« am Lützowplatz, Berlin (1967-1968)

Mitarbeiter an Neuss-Programmen: Gerd Delaveaux (Neuss Testament); Hans Magnus Enzensberger (Neuss Testament, Asyl im Domizil); Jens Gerlach (Neuss Testament); Eckart Hachfeld (erste Pauken-Nummern); Jo Herbst (Schreibmaschine und Klavier); Volker Kühn (Frequenz-Beiträge, Neuss paukt deutsch, Der Fahrstuhlführer); Volker Ludwig (Lustus); Gaston Salvatore (Einbahnstraßentheater); Thierry (Neuss Testament, Asyl im Domizil); Horst Tomayer (Neuss Testament, Neuss spricht Bild) sowie Brecht, Kraus, Tucholsky, Adenauer, Brandt, Erhard, Goebbels, Hitler, Strauß, Willi u.a.

Kabarett-Regie

Festland Berlin, Ensemble »Die Stachelschweine«, Berlin, 1952
Zwischen Nylon und Chemnitz, Ensemble »Die Stachelschweine«, Berlin, 1952

Theater-Regie

Die Hose (Sternheim) mit Ernst Schröder u.a., Komödie am Kurfürstendamm, Berlin, 1957
Tu's nicht ohne Liebe (Neuss) mit Agnes Fink, Hans Clarin u.a., Residenz-Theater München, 1958
Zwei Berliner in Paris (Neuss) mit Wolfgang Gruner u.a., Komödie am Kurfürstendamm, Berlin, 1959

Neuss auf der Schauspiel-Bühne

Was ihr wollt (Shakespeare) mit Ursula Lingen, Klaus Schwarzkopf, Paul Esser u.a., Regie: Kurt Meisel. Hebbel-Theater, Berlin, 1953

Emilia Galotti (Lessing). Regie: Oscar Fritz Schuh. Theater am Kurfürstendamm, Berlin, 1953

Tartuffe (Molière). Regie: Oscar Fritz Schuh. Theater am Kurfürstendamm, Berlin, 1953

Der Hauptmann und sein Held (Hubalek). Regie: Oscar Fritz Schuh. Theater am Kurfürstendamm, Berlin, 1954

Haus der sieben Stockwerke (Buzzati) mit Ernst Schröder, Hanne Hiob, Wolfgang Müller, Agnes Windeck u.a., Regie Oscar Fritz Schuh. Freie Volksbühne Berlin, 1954

Die chinesische Mauer (Frisch) mit Tilla Durieux, Hanne Hiob u.a., Regie: Oscar Fritz Schuh. Theater am Kurfürstendamm, Berlin, 1955

Kiss me Kate (Spewack/Porter) mit Wolfgang Müller, Hannelore Schroth, Wolfgang Preiss, Ralf Wolter u.a., Regie: Leonard Steckel. Komödie am Kurfürstendamm, Berlin, 1955

Keine Angst, sie kriegen sich (Spewack) mit Wolfgang Müller, Brigitte Grothum, u.a., Regie: Leonard Steckel. Komödie am Kurfürstendamm, Berlin, 1956

Drei Mann auf einem Pferd (Holm/Abbot) mit Wolfgang Müller, Maria Sebaldt u.a., Regie: Leonard Steckel. Schloßpark-Theater, Berlin, 1957

Draußen vor der Tür (Borchert) mit Horst Tappert, Alexander Kerst u.a., Regie: August Everding. Kammerspiele München, 1957

Kennen Sie die Milchstraße? (Wittlinger) mit Wolfgang Müller, Regie: Karl Wittlinger. Komödie am Kurfürstendamm, Berlin, 1958

Die zwölf Geschworenen (Rose/Budjuhn) mit Ernst Deutsch, Paul Esser, Paul Edwin Roth u.a., Regie: Rudolf Noelte. Theater am Kurfürstendamm, Berlin, 1959

Zwei Berliner in Paris (Neuss) mit Wolfgang Gruner, Regie: Wolfgang Neuss. Komödie am Kurfürstendamm, Berlin, 1959

Der Stellvertreter (Hochhuth) mit Dieter Borsche, Siegfried Wischnewski, Hans Nielsen, Karl John, Hans-Albert Martens, Malte Jaeger, Sascha Berger, Richard Häußler u.a., Regie: Erwin Piscator. Theater am Kurfürstendamm, Berlin, 1963

Packesel (Arden) mit Edith Teichmann, Günter Pfitzmann u.a., Regie: Ulrich Erfurth. Freie Volksbühne Berlin, 1964

In der Sache J. Robert Oppenheimer (Kipphardt) mit Dieter Borsche, Robert Dietl, Hans Putz u.a., Regie: Erwin Piscator. Freie Volksbühne Berlin, 1964

Aufstand der Offiziere (Kirst) mit Horst Niendorf, Robert Dietl, Otto Mächtlinger, Friedrich Schoenfelder, Gert Haucke u.a., Regie: Erwin Piscator. Freie Volksbühne Berlin, 1966

Troilus und Cressida (Shakespeare) mit Ruth Niehaus, Gerlach Fiedler, Michael Heltau u.a., Regie: Oscar Fritz Schuh. Deutsches Schauspielhaus Hamburg, 1966

Soldaten (Hochhuth) mit Hans Christian Blech, O. E. Hasse, Rudolf Forster, Dieter Borsche u.a., Regie. Hans Schweikart. Freie Volksbühne Berlin, 1967

Viet Nam Diskurs (Weiss), Regie: Peter Stein/Wolfgang Schwiedrzik. Kammerspiele München / Schaubühne am Halleschen Ufer, Berlin, 1968/69

Neuss in den Medien

Kino-Filme von und mit Wolfgang Neuss

Wir Kellerkinder (1960). Ein gesamtdeutscher Heimatfilm. Drehbuch: Wolfgang Neuss, Dialoge: Herbert Kundler, Thomas Keck. Darsteller: Wolfgang Neuss, Wolfgang Gruner, Jo Herbst, Karin Baal, Ingrid van Bergen, Achim Strietzel, Willi Rose, Hilde Sessak, Helmut Käutner, Eric Ode, Ralf Wolter u.a. Regie: Jochen Wiedermann

Genosse Münchhausen (1962). Ein filmisches Apokalyptical. Drehbuch: Wolfgang Neuss. Darsteller: Wolfgang Neuss, Corny Collins, Wolfgang Wahl, Jo Herbst, Balduin Baas, Ingrid van Bergen, Peer Schmidt, Peter Frankenfeld u.a. Regie: Wolfgang Neuss

Kino-Filme mit Wolfgang Neuss

Der Mann, der sich selber sucht (1950). D: Vera Molnar, Wolf Albach-Retty, Karl Schönböck, Paul Kemp. R: Géza von Cziffra

Wer fuhr den grauen Ford? (1950). D: Til Kiewe, Otto Wernicke, Ursula Herking, Abi von Haase, Hilde Sessack, Ruth Hambrock. R: Otto Wernicke

Schön muß man sein (1951). D: Anny Ondra, Rudolf Platte, Sonja Ziemann, Willy Fritsch, Hardy Krüger. R: Akos von Ráthonyi

Pension Schöller (1952). D: Ludwig Schmitz, Fita Benkhoff, Rudolf Platte, Camilla Spira, Eva-Ingeborg Scholz. R: Georg Jacoby

Mikosch rückt ein (1952). D: Georg Thomalla, Heli Finkenzeller, Willy Fritsch, Paul Klinger, Christiane Jansen. R: Johannes Alexander Hübler-Kahla

Ich hab mein Herz in Heidelberg verloren (1952). D: Paul Hörbiger, Eva Probst, Adrian Hoven, Dorit Kreysler, Herbert Hübner, Christiane Maybach, Joachim Teege. R: Ernst Neubach

Man lebt nur einmal (1952). D: Theo Lingen, Paul Hörbiger, Rudolf Platte, Lisa Stammer, Marina Ried, Siegfried Breuer, Klaus Günther Neumann. R: Ernst Neubach

Die Spur führt nach Berlin (1952). D: Gordon Howard, Irina Garden, Kurt Meisel, Hans Nielsen, Barbara Rütting, Paul Bildt. R: Franz Cap

Der Onkel aus Amerika (1953). D: Georg Thomalla, Hans Moser, Grethe Weiser, Waltraud Haas, Joe Stöckel, Arno Paulsen. R: Carl Boese

Von Liebe reden wir später (1953). D: Gustav Fröhlich, Maria Holst, Liselotte Pulver, Fita Benkhoff, Willy Fritsch, Peter Mosbacher, Paul Hörbiger, Hubert von Meyerinck. R: Karl Anton

Hollandmädel (1953). D: Oskar Karlweis, Sonja Ziemann, Gunnar Möller, Hans Moser, Paul Henckels, Rudolf Platte, Grethe Weiser, Carsta Löck. R: Johannes Alexander Hübler-Kahla

Keine Angst vor großen Tieren (1953). D: Heinz Rühmann, Gustav Knuth, Ingeborg Körner, Gisela Trowe, Erich Ponto, Max Schmeling. R: Ulrich Erfurth

The Man Between (Gefährlicher Urlaub) (1953). D: Hildegard Knef, Aribert Wäscher, Claire Bloom, Ernst Schröder, Geoffrey Toone. R: Carol Reed

Die Kaiserin von China (1953). D: Nadja Tiller, Joachim Brennecke, Grethe Weiser, Ruth Stephan, Wolfgang Müller, Ernst Waldow. R: Steve István Székely

Weg ohne Umkehr (1953). D: Ivan Desny, Ruth Niehaus, René Deltgen, Karl John, Lila Kendrowa, Sergej Belousow. R: Victor Vicas

Hurra, ein Junge (1953). D: Walter Müller, Theo Lingen, Grethe Weiser, Adrian Hoven, Paul Westermeier, Ingrid Lutz, Ingrid Pan, Else Reval. R: Ernst Marischka

Die schöne Müllerin (1954). D: Gerhard Riedmann, Waltraud Haas, Katharina Mayberg, Hertha Feiler, Ursula Voß. R: Wolfgang Liebeneiner

Die goldene Pest (1954). D: Ivan Desny, Gertrud Kückelmann, Karlheinz Böhm, Wilfried Seyferth, Erich Ponto. R: John Brahm

Auf der Reeperbahn nachts um halb eins (1954). D: Hans Albers, Heinz Rühmann, Gustav Knuth, Helga Frank, Wolfgang Müller, Else Reval, Fita Benkhoff. R: Wolfgang Liebeneiner

Phantom des großen Zeltes (1954). D: René Deltgen, Hans Christian Blech, Angelika Hauff, Armin Dahlen. R: Paul May

Des Teufels General (1955). D: Curd Jürgens, Viktor de Kowa, Marianne Koch, Karl John, Harry Meyen, Albert Lieven, Camilla Spira, Eva-Ingeborg Scholz. R: Helmut Käutner

Ein Mann vergißt die Liebe (1955). D: Maria Holst, Willy Birgel, Willi Forst, Annemarie Düringer, Heinrich Gretler, Beppo Brehm. R: Volker v. Collande

Die heilige Lüge (1955). D: Hans Quest, Karlheinz Böhm, Ulla Jacobsson, Erwin Strahl, Franca Parisi, Hans Nielsen, Lucie Englisch, Alice Treff. R: Wolfgang Liebeneiner

Oberwachtmeister Borck (1955). D: Gerhard Riedmann, Ingrid Andree, Annemarie Düringer, Ralph Lothar, Hilde Sessack. R: Gerhard Lamprecht

Ich war ein häßliches Mädchen (1955). D: Sonja Ziemann, Dieter Borsche, Karlheinz Böhm, Alexa von Porembsky, Marianne Wiechmann. R: Wolfgang Liebeneiner

Banditen der Autobahn (1955). D: Hans Christian Blech, Eva-Ingeborg Scholz, Paul Hörbiger, Karl Ludwig Diehl, Charles Regnier. R: Géza v. Cziffra

Der fröhliche Wanderer (1955). D: Rudolf Schock, Elma Karlowa, Waltraud Haas, Willy Fritsch, Paul Hörbiger, Gunther Philipp. R: Hans Quest

Mein Leopold (1955). D: Paul Hörbiger, Peer Schmidt, Ingeborg Körner, Grethe Weiser, Doris Kirchner, Paul Klinger. R: Géza v. Bolváry

Unternehmen Schlafsack (1955). D: Paul Klinger, Eva-Ingeborg Scholz, Kurt Meisel, Karlheinz Böhm, Renate Mannhardt, Bum Krüger. R: Arthur Maria Rabenalt

Himmel ohne Sterne (1955). D: Erik Schuman, Horst Buchholz, Eva Kotthaus, Georg Thomalla, Gustav Knuth, Erich Ponto, Camilla Spira. R: Helmut Käutner

Die Drei von der Tankstelle (1955). D: Germaine Damar, Adrian Hoven, Walter Müller, Walter Giller, Willy Fritsch, Hans Moser. R: Hans Wolff

Urlaub auf Ehrenwort (1955). D: Claus Biederstaedt, Eva-Ingeborg Scholz, Paul Esser, Karl John, Hans Quest, Gisela v. Collande. R: Wolfgang Liebeneiner

Charleys Tante (1955). D: Heinz Rühmann, Hertha Feiler, Claus Biederstaedt, Walter Giller, Bum Krüger, Paul Hörbiger, Ruth Stephan, Hans Leibelt. R: Hans Quest

Mädchen mit schwachem Gedächtnis (1956). D: Germaine Damar, Rudolf Platte, Heinz Erhardt, Loni Heuser, Peter Weck. R: Géza v. Cziffra

Küß mich noch einmal (1956). D: Silvio Francesco, Topsy Küppers, Laya Raki, Ingeborg Schöner. R: Helmut Weiß

Der Hauptmann von Köpenick (1956). D: Heinz Rühmann, Hannelore Schroth, Martin Held, Erich Schellow, Walter Giller, Edith Hancke, Otto Wernicke, Willy A. Kleinau, Leonard Steckel. R: Helmut Käutner

Ohne dich wird es Nacht (1956). D: Curd Jürgens, Eva Bartok, René Deltgen, Ernst Schröder, Ursula Grabley. R: Curd Jürgens

Zu Befehl, Frau Feldwebel (1956). D: Renate Mannhardt, Oskar Sima, Franz Muxeneder, Germaine Damar, Michael Cramer. R: Georg Jacoby

Das Sonntagskind (Schneider Wibbel) (1956). D: Heinz Rühmann, Walter Giller, Wolfgang Müller, Günther Lüders, Werner Peters, Carla Hagen. R: Kurt Meisel

Ein Mann muß nicht immer schön sein (1956). D: Wolfgang Müller, Peter Alexander, Edith Hancke, Georg Thomalla, Christiane Maybach, Erich Fiedler. R: Hans Quest

Die Christel von der Post (1956). D: Gardy Granass, Carl Wery, Hardy Krüger, Paul Hörbiger, Claus Biederstaedt. R: Karl Anton

Der müde Theodor (1957). D: Heinz Erhardt, Loni Heuser, Karin Baal, Peter Weck, Renate Ewert. R: Géza v. Cziffra

Ferien auf dem Immenhof (1957). D: Angelika Meissner, Heidi Brühl, Margarete Hagen, Paul Klinger, Paul Henckels, Matthias Fuchs. R: Hermann Leitner

Frühling in Berlin (1957). D: Walter Giller, Sonja Ziemann, Martha Eggerth, Gardy Granass, Edith Hancke. R: Arthur Maria Rabenalt

Das Wirtshaus im Spessart (1957). D: Liselotte Pulver, Carlos Thompson, Hans Clarin, Rudolf Vogel, Günther Lüders, Wolfgang Müller, Helmut Lohner. R: Kurt Hoffmann

Die grünen Teufel von Monte Cassino (1958). D: Joachim Fuchsberger, Ewald Balser, Harald Juhnke, Elma Karlowa. R: Harald Reinl

Schwarzwälder Kirsch (1958). D: Marianne Hold, Edith Hancke, Dietmar Schönherr, Boy Gobert, Wolfgang Müller. R: Géza v. Bolváry

Der Maulkorb (1958). D: O.E.Hasse, Hansjörg Felmy, Wolfgang Müller, Ralf Wolter, Ernst Waldow, Corny Collins, Rudolf Platte, Lotte Rausch, Hertha Feiler. R: Wolfgang Staudte

Der Stern von Santa Clara (1958). D: Brigitte Mira, Vico Torriani, Ruth Stephan, Gerlinde Locker, Hubert von Meyerinck. R: Werner Jacobs

Wir Wunderkinder (1958). D: Johanna v. Koczian, Hansjörg Felmy, Robert Graf, Wera Frydtberg, Jürgen Goslar, Elisabeth Flickenschildt, Wolfgang Müller, Lina Carstens, Liesl Karlstadt, Ingrid van Bergen. R: Kurt Hoffmann

Hier bin ich – hier bleib ich (1958). D: Caterina Valente, Hans Holt, Ruth Stephan, Boy Gobert, Wolfgang Müller, Paul Henckels, Ann Smyrner, Bill Haley and his Comets. R: Werner Jacobs

Nick Knattertons Abenteuer (1958). D: Karl Lieffen, Maria Sebaldt, Günter Pfitzmann, Gert Fröbe, Wolfgang Müller, Susanne Cramer, Wolfgang Wahl. R: Hans Quest

Die Nacht vor der Premiere (1959). D: Marika Rökk, Theo Lingen, Wolfgang Lukschy, Peer Schmidt, Ursula Grabley, Louis Armstrong. R: Georg Jacoby

Rosen für den Staatsanwalt (1959). D: Martin Held, Walter Giller, Ingrid van Bergen, Camilla Spira, Werner Finck, Werner Peters, Wolfgang Müller. R: Wolfgang Staudte

Der lustige Krieg des Hauptmann Pedro (1959). D: Carlos Thompson, Hubert v. Meyerinck, Kurt Großkurth, Corny Collins, Boy Gobert, Rolf Wanka. R: Wolfgang Becker

Liebe verboten, Heiraten erlaubt (1959). D: Ingeborg Schöner, Peter Weck, Elma Karlowa, Inge Meysel. R: Kurt Meisel

Als geheilt entlassen (1959). D: Wolfgang Müller, Edith Hancke, Günther Schramm, Wera Frydtberg, Inge Meysel, Loni Heuser, Rudolf Platte, Tilla Durieux. R: Géza v. Cziffra

Immer Ärger mit dem Bett (1961). D: Senta Berger, Günter Pfitzmann, Trude Herr, Rudolf Platte, Ralf Wolter. R: Rudolf Schündler

Der Traum von Lieschen Müller (1961). D: Sonja Ziemann, Helmut Griem, Martin Held, Cornelia Froboess, Georg Thomalla, Bruno Fritz. R: Helmut Käutner

Wenn ich Chef wäre (Kurzfilm, 1962). D: Veronika Bayer, Otto Matthies, Günter Meisner, Hartmuth Topf. R: Hansjürgen Pohland

Die endlose Nacht (1963). D: Karin Hübner, Harald Leipnitz, Bruce Low, Hannelore Elsner, Paul Esser. R: Will Tremper

Die Tote von Beverly Hills (1964). D: Heidelinde Weis, Klausjürgen Wussow, Horst Frank, Ernst Fritz Fürbringer, Peter Schütte. R: Michael Pfleghar

Serenade für zwei Spione (1965). D: Hellmut Lange, Barbara Lass, Heidelinde Weis, Dick Palmer. R: Michael Pfleghar / Alberto Cardone

Katz und Maus (1967). D: Lars Brandt, Claudia Bremer, Peter Brandt, Ingrid van Bergen, Michael Hinz, Herbert Weißbach, R: Hansjürgen Pohland

Chapeau claque (1974). D: Ulrich Schamoni, Anna Henkel, Rolf Zacher, Jürgen Barz, Ingo Insterburg. R: Ulrich Schamoni

Is was, Kanzler!?! (1984). D: Jochen Busse, Dieter Hildebrandt, Tommi Piper, Günter Lamprecht, Klaus Höhne, Gert Haucke, Elisabeth Wiedemann. R: Gerhard Schmidt

TV-Filme von und mit Wolfgang Neuss

Zwei Berliner in Paris. Mit Wolfgang Gruner u.a. Regie: Heinz Dunkhase. ARD, 1960

Aus dem Tagebuch eines Kabarettisten. Wolfgang Gruner, Jo Herbst, Inge Wolffberg, Alexander Welbat, dem Johannes Rediske Quintett u.a. Regie: Jochen Wiedermann. ARD, 1964

Das jüngste Gerücht. Kabarett-Solo. ARD, 1964

Neuss Testament. Die Villon-Show. ARD, 1965

TV-Filme mit Wolfgang Neuss

Kopf oder Zahl. Kriminalspiel mit Heinz Giese, Paul Edwin Roth, Wolfgang Kieling u.a. Regie: Werner Schöne. ARD, 1952

Schieß mich Tell. Mit Wolfgang Müller, Ralf Wolter u.a. ARD, 1955

Drei Mann auf einem Pferd. Mit Wolfgang Müller, Ralf Wolter u.a. Regie: Leonard Steckel. ARD, 1957

Kennen Sie die Milchstraße? Mit Wolfgang Müller. Regie: Michael Pfleghar. ARD, 1958

Napoleon in New Orleans. Regie: Imo Moszkowicz. 1959

20 Minuten Aufenthalt. Regie: Ilo v. Janko. 1960

Wer nicht hören will, muß fernsehen. Mit Wolfgang Müller. Regie: Konrad Wagner. ARD, 1960

Macky Pancake. Die Abenteuer eines Unwahrscheinlichen (Serien-Folgen »Die Tote vom Balkon«, »Der Mann hinter der Gardine«). Mit Reinhard Koldehoff, Wolfgang Gruner, Jo Herbst u.a. Regie: Jochen Wiedermann. ARD, 1961

Blick zurück – doch nicht im Zorn. Kabarettistische Betrachtungen (Serie). Mit Lore Lorentz, Jürgen von Manger, Werner Finck u. a. Regie: Alexis Neve. ARD, 1964

Hallo Nachbarn. Televisionen eines Untertanen (Serie). Mit Richard Münch u.a. Regie: Joachim Roering. ARD, 1965

Der schwarze Freitag. Dokumentarspiel mit Curd Jürgens, Dieter Borsche, Oric Ode u.a. Regie: August Everding. ZDF, 1966

Wenn man trotzdem lacht oder: Freiheit, die wir meinen. Mit Günter Pfitzmann, Werner Finck, Walter Gross u. a. Regie: Thomas Engel. ZDF, 1968

Rotmord (nach dem Theaterstück »Toller« von Tankred Dorst). Mit Siegfried Wischnewski, Gerd Baltus, Walter Riss, Werner Dahms, Harry Wüstenhagen, Willy Schultes, Gernot Duda, Rudolf Forster, Erich Fried, Ingrid Resch, Hans Schweikart u.a. Buch: Tankred Dorst/Peter Zadek. Regie: Peter Zadek. ADR, 1969

Die halbe Eva. Mit Hannelore Elsner, Karl Friedrich, Martin Hirthe, Dieter Hildebrandt, Hanns Dieter Hüsch, Herbert Weißbach, Peter Schmitz, Erwin Scherschel, Regnauld Nonsens, Lia Wöhr u.a. Buch und Regie: Volker Kühn. ARD, 1974

TV-Filme über Wolfgang Neuss

Ich lache Tränen, heule Heiterkeit. Ein Neuss-Porträt. Buch und Regie: Volker Kühn. ARD, 1973

Zu Besuch beim Mann mit der Pauke. Ein Selbstporträt, angestiftet von Tilman Jens. HR, 1982

Ein guter Schluß. Abschied von Wolfgang Neuss. Film von Rüdiger Daniel. WDR, 1989

Der Mann mit der Pauke. In memoriam Neuss, zu seinem 1. Todestag. Mit Eckart Hachfeld, Dieter Hildebrandt, Volker Kühn, Günter Thews. Zusammenstellung und Moderation: Jürgen Miermeister. ZDF/3sat, 1990

Narrkose von und mit Wolfgang Neuss. Zusammenstellung: Uschi Sixt-Roessler, Rüdiger Daniel, WDR. 1993

Hörfunk-Sendungen mit Wolfgang Neuss

Kinder, wie die Zeit vergeht. Rundfunk-Kabarett mit Jakob Tiedtke. Regie: Heinz Schröter. NWDR, 1951

Schreibmaschine und Klavier. Ein kabarettistisches Solo mit Jo Herbst. RIAS, 1951/1952

Die Geladenen. Ein Funk-Kabarett mit Thierry u.a. NWDR, 1951–1953

Haferstengel an der Tankstelle. Mit Thierry, Jo Herbst u.a. NWDR, 1953

Schieß mich Tell. Eine Kabarett-Revue mit Wolfgang Müller. NDR, 1955
Musik für Emma. NDR, 1956
Reklame ist wichtig, Reklame muß sein. Regie: Heinz Dunkhase. NDR, 1958
Ein Autor sucht sechs Personen oder: Kommt mit nach Tingelstadt. Eine Art Musical für ein Mundwerk. Musik: Olaf Bienert. In sämtlichen Hauptrollen: der Autor. Regie: Heinz Dunkhase. NDR, 1960
Wir Kellerkinder. Ein gesamtdeutsches Hörspiel mit Wolfgang Gruner, Jo Herbst u.a. RIAS, 1960
Ist Vorsicht besser als Nachsicht? Eine kabarettistische Sendung zum Verhüten von schlechten, zum Fördern von guten Theaterschriftstellern, Dichtern, Dramatikern, Hörspiel- und Filmautoren, Librettisten und Musicalschreibern mit Jo Herbst u.a. Regie: Helga Boddien. NDR, 1960
Kleiner Mann auf großer Venus. Kabarettistisches Hörstück um eine Weltraumreise für ein Mundwerk. Regie: Heinz Dunkhase. NDR, 1960
Für mein eigenes Ohr oder: Jeder ist sein eigener Nachbar. Ein Sprechstückchen für ein Mundwerk. Regie: Leonard Steckel. SFB, 1960
Kleiner Mann schreibt an großen Herrn. Ein ernstgemeinter kabarettistischer Scherz mit Günther Jerschke, Hanns Lothar u.a. Regie: Heinz Dunkhase. NDR, 1961
Prosa für Unterernährte. Eine literarische Gangsterei mit dem Autor selbst als Schubladenknacker und Eva Probst als Gangstermuse. Regie: Heinz Dunkhase. NDR, 1962
Geheimwaffe Eigentum. Diese Sendung gehört dem Autor. NDR, 1962
Wolfgang Neuss und Frank Sinatra. Ein Vortrag, ein Lied und eine Meinung oder bescheidener Versuch über die Frage: Was ist eine Schnulze? NDR, 1962
Theater für Paule. Ein alberner Versuch mit Dietmar Schönherr u.a. Regie: Heinz Dunkhase. NDR, 1962
Genosse Münchhausen. Eine märchenhafte Dokumentation mit Wolfgang Gruner, Jo Herbst, Gisela Trowe u.a. Regie: Heinz Dunkhase. NDR, 1962
Das Thema. SFB, 1963/1964
Bis zur letzten Frequenz. Eine kabarettistische Monatsbilanz von Volker Kühn mit Hans Timerding u.a. Regie: Volker Kühn, 1965–1972
Versuch zu einem Selbstporträt. DLF, 1967
Als ich siebzehn war. Ein Kabarettist blickt zurück. SDR, 1967
Serenade für Angsthasen. Ein kabarettistischer Monolog. Regie: Volker Kühn. HR, 1967
Neuss paukt deutsch. Montage eines Mackers. Regie: Volker Kühn. HR, 1967
Einbahnstraßentheater. Satirische Szenen um zwei Königskinder mit Karl Friedrich, Joachim Böse, Margret Gute und Liselotte Bettin. Regie: Volker Kühn. HR, 1968

Neuss spricht Bild. Das jüngste Gewerbe der Welt mit Horst Tomayer und Margret Gute. Regie: Volker Kühn. HR, 1968

Der Fahrstuhlführer. Solo eines Emporkömmlings. Regie: Volker Kühn. HR, 1969

Heiße Sachen. Ein Funk-Kabarett mit Charles Wirths u.a. SDR, 1970–1972

Mauersprüche – Eine Collage von Ronald Steckel. Regie: Ronald Steckel. SFB, 1983

sowie alle Solo-Programme

Tonaufnahmen von und mit Wolfgang Neuss
(LP/CD/TK)

Das jüngste Gerücht LP-Fontana 885405 TY. Produktion: Ludwig Sternberg, 1964

Neuss Testament LP-Fontana 885426 TY, LP-Preiser Records 3318/19. Produktion: Ludwig Sternberg, 1965; CD-Conträr 4306-2, 1997 (Vertrieb: Indigo, Hamburg)

Wolf Biermann (Ost) zu Gast bei Wolfgang Neuss (West) LP-Philips 843742. Produktion: Ludwig Sternberg, 1965

Asyl im Domizil LP-Fontana 885436 TY. Produktion: Ludwig Sternberg, 1967

Marxmenschen (Asyl im Domizil) LP-Bellaphon BP 001. Produktion: Volker Kühn, 1968

Neuss spricht Bild Tribunal-Idee. EP-Undergrund TTT 1. Produktion: Volker Kühn, 1968

Das Beste von Wolfgang Neuss LP-Philips 6305083, 1971

Verstehste? Üben, üben, üben! TK-Produktion: Stechapfel, Berlin, 1982

Ich hab noch einen Kiffer in Berlin TK-Produktion: Karl Heinz Gerdes/ Stechapfel, Berlin, 1983; CD-Conträr drei 4303-2, 1995

Neuss vom Tage LP-Hei Fidelio Record bei Zweitausendeins 0.12.23/ F 669316. Produktion und Regie: Volker Kühn, 1984

Heissa Neuss LP-Konnex ST 5010/EFA 08-5398. Aufnahme: Karl Heinz Gerdes, Produktion: Manfred Schiek, 1987

Live im Domizil (Das jüngste Gerücht/Asyl im Domizil/Marxmenschen) CD-Conträr 4307-2, 1997 (Vertrieb: Indigo, Hamburg)

Tonaufnahmen mit Wolfgang Neuss
(EP/LP/CD/TK)

Ach, das könnte schön sein (Das Wirtshaus im Spessart) / Schlag nach bei Shakespeare (Kiss me, Kate) mit Wolfgang Müller. EP-Heliodor 450204

Wir Wunderkinder mit Wolfgang Müller. EP-Heliodor 460066

Die Dreigroschenoper mit Lotte Lenja, Trude Hesterberg u.a. LP-CBS S 66239

Die Mordsplatte mit Brigitte Grothum, Helmut Qualtinger, Richard Münch, Hanne Wieder u.a. LP-Electrola SME 83491

Schallendes Gelächter mit Edgar Ralphs u.a. LP-Fontana 842791 PY

So oder so ist die Liebe. Schauspieler singen – mit Gustaf Gründgens, Hildegard Knef, Wolfgang Müller u.a. LP-Polydor 249077

Für Deutsche verboten. Schallplatte für mündige Fernseher mit Renée Franke, Richard Münch u.a. LP-Metronome MSLP 21001

Televisionen eines Untertanen. Erinnerungen an »Hallo Nachbarn« mit Renée Franke, Richard Münch u.a. LP-Metronome MSLP 21002

Bretter, die die Zeit bedeuten Eine Dokumentation des Nachkriegs-Kabaretts ab 1945, Hrsg.: Heinz Greul. LP-Deutsche Grammophon 47832/33, 1968

Banana Grips-Hörspiel für Kinder von Rainer Hachfeld und Reiner Lücker. Regie: Volker Kühn. LP-Wagenbachs Quartplatte 17

Das Kabarett der frühen Jahre mit Dieter Hildebrandt, Hanns Dieter Hüsch, Dietmar Schönherr u.a. Regie: Volker Kühn. Produktion: Volker Kühn, Rainer Herzog. TK-Hei-Fidelio, 1984

Lyrics Texte und Musik mit Dieter Hildebrandt, Konstantin Wecker, Matthias Koeppel, Heiner Müller, Volker Kühn, Linton Kwesi Johnson u.a. Produktion: Joachim Dennhardt. LP-Rillenschlange 730005, 1985

Kabarett 1946-1969 Zusammenstellung: Peter Braukmann. LP-Polyphon 840636-1 / CD-Polyphon 840637-43-2, 1989

Quartett 67 mit Hanns Dieter Hüsch, Franz Josef Degenhardt, Dieter Süverkrüp. CD-Conträr vier 4304-2, 1996 (Vertrieb: Indigo, Hamburg)

Ach, das könnte schön sein (Film- und Bühnensongs aus »Wir Wunderkinder«, »Kiss me, Kate«, »Zwei Berliner in Paris«, »Dreigroschenoper« u.a.) CD-Conträr 4308-2, 1997 (Vertrieb: Indigo, Hamburg)

Veröffentlichungen

Bücher

Wir Kellerkinder. Filmsatiren (Wir Kellerkinder, Serenade für Angsthasen, Genosse Münchhausen). Lama Verlag, München, 1961

Das jüngste Gerücht. Satire über Trivialpolitik. Rowohlt Taschenbuch Verlag, Reinbek, 1965

Neuss Testament. Die Villon-Show. Eine satirische Zeitbombe nach Texten von François Villon. Rowohlt Taschenbuch Verlag, Reinbek, 1966

Asyl im Domizil. Bunter Abend für Revolutionäre. Rowohlt Taschenbuch Verlag, Reinbek, 1968

Da habt ihr es! Stücke und Lieder für ein deutsches Quartett mit Texten von Wolfgang Neuss, Franz Josef Degenhardt, Hanns Dieter Hüsch und Dieter Süverkrüp. Hoffmann und Campe Verlag, Hamburg, 1968; Rowohlt Taschenbuch Verlag, Reinbek, 1970

Das Wolfgang Neuss Buch. Herausgegeben, zusammengestellt und mit einem Vorwort von Volker Kühn. Satire Verlag/Rogner und Bernhard Verlag, München, im Zweitausendeins Versand, Frankfurt/M., 1981

Wir Kellerkinder. Filmsatiren (Wir Kellerkinder, Serenade für Angsthasen, Genosse Münchhausen). Herausgegeben und mit einem Nachwort von Volker Kühn. Syndikat Verlag, Frankfurt/M., 1983

Ohne Drogen nichts zu machen. Fünf Gedichte für fünf Mark. Stechapfel Verlag, Berlin, 1983

Neuss' Zeitalter. Der Frühstücksdiktator (Von acht bis neun regier' ich die Welt). Herausgegeben von Werner Pieper. Die Grüne Kraft, Löhrbach, 1983

Neuss Testament. Eine satirische Zeitbombe nach Texten von Francois Villon. Herausgegeben, dokumentiert und mit einem Vorwort von Volker Kühn. Syndikat Verlag, Frankfurt/M., 1985

Tunix ist besser als arbeitslos. Sprüche eines Überlebenden. Herausgegeben und mit einem Vorspruch versehen von Volker Kühn. Rowohlt Taschenbuch Verlag, Reinbek, 1985

Der gesunde Menschenverstand ist reines Gift. Paukenschläge von Wolfgang Neuss. Herausgegeben und mit einem Nachwort von Mathias Bröckers. Heyne Verlag, München, 1985

Neuss' Zeitalter. Überarbeitete Lizenzausgabe der Medienexperimente »Grüne Kraft«. Herausgegeben von Werner Pieper. Zweitausendeins Versand, Frankfurt/M., 1989

Zeitschriften

NEUSS DEUTSCHLAND. Organ des Zentralkomiker-Teams der satirischen Einheitspartei Deutschlands. Eine Zeitung zum Tauschen. Gegründet von Wolfgang Neuss und Wolfgang Gruner, Redaktion: Wolfgang Neuss und Wolfgang Gruner. Erstausgabe vom 18.12.1964, erscheint unregelmäßig vom Dezember 1964 bis Frühjahr 1966

Drehbücher

Banditen der Autobahn. (Co-Autoren: Géza von Cziffra, Robert Thoeren). 1955

Kennen Sie die Milchstraße. (nach dem Wittlinger-Stück, Co Autor: Wolfgang Müller). 1958

Zwei Berliner in Paris. Eine Geschichte mit Gitarre. 1960

Wir Kellerkinder. Ein gesamtdeutscher Heimatfilm. (Mitarbeit: Herbert Kundler, Thomas Keck). 1960

Wenn ich Chef wäre. Kurzfilm. 1962

Genosse Münchhausen. Ein filmisches Apokalyptical. 1962

Aus dem Tagebuch eines Kabarettisten. 1964

Theaterstücke

Tu's nicht ohne Liebe. Eine Komödie mit Musik (dem reinen Vergnügen der Einwohner gewidmet). Mit Agnes Fink, Hans Clarin u.a. Musik: Olaf Bienert. Regie: Wolfgang Neuss. Uraufführung: Residenztheater, München, 1958

Zwei Berliner in Paris. Eine Geschichte mit Gitarre. Mit Wolfgang Gruner, Wolfgang Neuss. Musik: Hans Martin Majewski. Regie: Wolfgang Neuss. Uraufführung: Komödie am Kurfürstendamm, Berlin, 1959

Übersetzungen/Bearbeitungen

Drei Mann auf einem Pferd (Holm/Abbot), Komödie. (Co-Autor: Jo Herbst). Mit Wolfgang Neuss, Wolfgang Müller, Maria Sebaldt, Jo Herbst. Regie: Leonard Steckel. Schloßpark-Theater, Berlin, 1957

Teeangerlove (Olsen/Savery), Musical. Mit Johanna v. Koczian, Manfred Heidmann, Harry Wüstenhagen, Marlies Hoffmann. Regie: Helmut Käutner.Theater am Kurfürstendamm, Berlin, 1964

Viet Nam Diskurs (Weiss), Schauspiel. Regie: Peter Stein/Wolfgang Schwiedrzik. Kammerspiele München, 1968

Neuss-Texte in Anthologien

Scherz beiseite. Die deutschsprachige Prosa-Satire von 1900 bis zur Gegenwart. Hrsg.: G.H. Herzog und E. Heinold. Scherz Verlag, München, 1966

34 x erste Liebe. Hrsg.: Robert Neumann. Verlag Bärmeier und Nikel, Frankfurt/M., 1966

Scharf geschossen. Die deutschsprachige Parodie von 1900 bis zur Gegenwart. Hrsg.: H.R. Schatter. Scherz Verlag, München, 1968

Was gibt's denn da zu lachen? Deutschsprachige Vers-Satire unseres Jahrhunderts. Hrsg.: Klaus Budzinski. Scherz Verlag, München, 1969

Vorsicht, die Mandoline ist geladen. Deutsches Kabarett seit 1964. Hrsg.: Klaus Budzinski. Fischer Verlag, Frankfurt/M., 1970

Die Lage war noch nie so ernst. Eine Geschichte der Bundesrepublik in ihrer Satire. Hrsg.: Karl Hoche. Athenäum Verlag, Königstein/Ts., 1984

Zurück, Genossen, es geht vorwärts. Satiren, Songs, Sarkasmen – uns Sozis ins Stammbuch. Hrsg.: Volker Kühn. Rasch und Röhring Verlag, Hamburg, 1986

Das große Buch des Lachens. Hrsg.: Klaus Waller. Bertelsmann Club GmbH, Gütersloh, 1987

Lyrics. Hrsg.: Joachim Dennhardt. Bouvier Verlag, Bonn, 1989

Deutschlands Erwachen – Kabarett unterm Hakenkreuz (1933–1945). Kleinkunststücke Band 3. Hrsg.: Volker Kühn. Quadriga Verlag, Weinheim, 1989

Wir sind so frei – Kabarett in Restdeutschland (1945–1970). Kleinkunststücke Band 4. Hrsg.: Volker Kühn. Quadriga Verlag, Weinheim, 1992

Hierzulande – Kabarett in dieser Zeit (ab 1970). Kleinkunststücke Band 5. Hrsg.: Volker Kühn. Quadriga Verlag, Weinheim, 1994

Beiträge über Neuss in Büchern

Klaus Budzinski: Die Muse mit der scharfen Zunge – Vom Cabaret zum Kabarett. Paul List Verlag, München, 1961

Dieter Hildebrandt: Wolfgang Neuss, in: Bericht vom Kabarett (Hrsg.: Wolfhart Draeger). Burkhardthaus Verlag, Gelnhausen, 1966

Heinz Greul: Wolfgang Neuss, in: Bretter, die die Zeit bedeuten. Verlag Kiepenheuer u. Witsch, Köln, 1967

Rudolf Hösch: Der Mann mit der Pauke, in: Kabarett von gestern und heute. Henschelverlag, Berlin, 1972

Hellmut Kotschenreuther: Wolfgang Neuss, in: Kabarett mit K. Berlin Verlag, Arno Spitz, Berlin, 1974, 1989

Gaston Salvatore: Wolfgang Neuss – ein faltenreiches Kind. Fischer Verlag, Frankfurt/M., 1974, Europäische Verlagsanstalt, Hamburg, 1995
Lisa Appignanesi: Das Kabarett. Belser Verlag, Stuttgart, 1976
Gerhard Hofmann: Wolfgang Neuss – oder Bericht über eine Nachblüte des (west)deutschen Nachkriegskabaretts, in: Das politische Kabarett als geschichtliche Quelle. Haag + Herchen Verlag, Frankfurt/M., 1976
Rainer Otto/Walter Rösler: Der Mann mit der Pauke, in: Kabarettgeschichte. Henschelverlag, Berlin, 1977
Unterhaltungskunst A–Z. Hrsg.: Gisela Winkler. Henschelverlag, Berlin, 1978
Volker Kühn: Schmähgesänge im Alleingang, in: Das Wolfgang Neuss Buch. Satire Verlag/Rogner und Bernhard, München, bei Zweitausendeins, Frankfurt/M., 1981
Klaus Budzinski: Wolfgang Neuss haut auf die Pauke, in: Pfeffer ins Getriebe. Universitas Verlag, München, 1982
Volker Kühn: Neuss von gestern, in: Wir Kellerkinder. Syndikat Autoren- und Verlagsgesellschaft, Frankfurt/M., 1983
Petra-Maria Einsporn: Wolfgang Neuss, in: Juvenals Irrtum – Über die Antinomie der Satire und des politischen Kabaretts. Verlag Peter Lang, Frankfurt/M., 1985
Volker Kühn: Vorspruch, in: Tunix ist besser als arbeitslos, Sprüche eines Überlebenden. Rowohlt Taschenbuch Verlag, Reinbek, 1985
Klaus Budzinski: Wolfgang Neuss, in: Das Kabarett. Hermes Handlexikon. Econ Taschenbuch Verlag, Düsseldorf, 1985
Volker Kühn: Eine satirische Zeitbombe, in: Neuss Testament nach Texten von Francois Villon. Herausgegeben, dokumentiert und mit einem Vorwort von Volker Kühn. Syndikat Verlag, Frankfurt/M., 1985
Mathias Bröckers: Stell dir vor, es geht ..., in: Der gesunde Menschenverstand ist reines Gift. Wilhelm Heyne Verlag, München, 1985
Volker Kühn: Verschnitt, in: Leise rieselt der Schmäh ... Wendeparodien zur Lage der Nation. Rowohlt Taschenbuch Verlag, Reinbek, 1985
Klaus Budzinski: Kabarett an sich – Wolfgang Neuss, in: Wer lacht denn da? Georg Westermann Verlag, Braunschweig, 1989
Matthias Beltz: Der Tod des Totengräbers, in: Die deutsche Opposition. Knaur Taschenbuch, Droemersche Verlagsanstalt, München, 1989
Volker Kühn: Wolfgang Neuss, in: Literatur-Lexikon, Autoren und Werke deutscher Sprache, Band 8. Herausgegeben von Walther Killy. Bertelsmann Lexikon Verlag, Gütersloh, 1990
Christian Hörburger: Der beredte Außenseiter, in: Nihilisten – Pazifisten – Nestbeschmutzer, Gesichtete Zeit im Spiegel des Kabaretts. Verein für Friedenspädagogik, Tübingen, 1993

Volker Kühn: Wolfgang Neuss, in: Die bissige Muse – 111 Jahre Kabarett. vgs Verlagsgesellschaft, Köln, 1993

Siegward Lönnendonker: Die Intellektuellen und Neuss, in: Gaston Salvatore, Wolfgang Neuss – ein faltenreiches Kind. Europäische Verlagsanstalt, Hamburg, 1995

Volker Kühn: Neuss Testament, in: Die Horen, Zeitschrift für Literatur, Kunst und Kritik (Sonderheft Kabarett). Wirtschaftsverlag, Bremerhaven, 1995

Klaus Budzinski / Reinhard Hippen: Wolfgang Neuss, in: Metzler Kabarett-Lexikon. Verlag J. B. Metzler, Stuttgart, 1996

Register

A

Abs, Hermann Josef (1901–1994), Bankier. Der Wirtschaftsfachmann, dessen Kontakte zur Deutschen Bank bereits den Nazis von großem Nutzen waren, fungierte als Adenauers Berater für Finanz- und Wirtschaftsfragen *428, 429, 583*

Abusch, Alexander (1902–1982), Schriftsteller, Kulturpolitiker. 1958 wurde er Abgeordneter der DDR-Volkskammer und Kulturminister *536*

Adenauer, Konrad (1876–1967), CDU-Politiker, von 1949–1963 deutscher Bundeskanzler *31, 102, 107, 134, 292, 293, 313, 317, 326, 340, 344, 345, 382, 385, 391, 392, 393, 402, 428, 465, 466, 539, 579, 582, 652, 729, 753*

Adorno, Theodor W. (1903–1969), eigtl. Th. Wiesengrund, Sozialphilosoph, Musikkritiker, Vater der »Frankfurter Schule« *527, 631, 642, 643, 718, 725, 761, 817, 819, 821, 833*

Ahlers, Conrad (1922–1980), Journalist, Politiker. Der 1962 auf Weisung von Minister F. J. Strauß als »Spiegel«-Redakteur verhaftete A. wurde 1969 Leiter des Bundespresseamtes, 1979 Intendant der Deutschen Welle *385, 582*

Albertz, Heinrich (1915–1993), Theologe, Politiker; der seit 1966 amtierende Regierende Bürgermeister von Berlin trat nach den Schah-Unruhen und der Erschießung des Studenten Ohnesorg zurück *320, 322, 539, 574, 606*

Albrecht, Ernst (*1930), CDU-Politiker, 1976 niedersächsischer Ministerpräsident *701*

Ali, Muhammad s. Clay, Cassius

Amery, Carl (*1922), eigtl. Christian Mayer, Schriftsteller. Der Autor zahlreicher Romane und Essays engagierte sich im »Komitee gegen Atomrüstung« *341, 342*

Amrehn, Franz (1912–1981), CDU-Politiker, Berliner Bürgermeister *346, 347, 388, 574*

Antonioni, Michelangelo (*1912), italienischer Filmregisseur. Zu seinen bekanntesten Filmen gehört »Blow-up«, der 1967 in Cannes mit der »Goldenen Palme« ausgezeichnet wurde *544*

Armstrong, Louis »Satchmo« (1900–1971), amerik. Trompeter, wurde im Nachkriegsdeutschland zur populärsten Figur der Jazzmusik *192*

Armstrong, Neil (*1930), amerik. Astronaut, nahm an der »Apollo«-Aktion teil und betrat 1969 als erster Mensch den Mond *411*

Arnold, Franz (1878–1960), Schriftsteller, bildete mit seinem Kollegen Ernst Bach ein Autorenteam (Arnold und Bach), das sich auf leichte, viel gespielte Theater-Komödien und Schwänke (»Der wahre Jakob«, »Die spanische Fliege«) spezialisierte *307, 313*

Augstein, Rudolf (*1923), Journalist, »Spiegel«-Verleger. A. war 1962 wegen einer Titel-Story über die Bundeswehr auf Weisung von Franz Josef Strauß verhaftet worden (»Spiegel-Affäre«) *327, 344, 345, 362, 364, 385, 386, 513, 514, 715, 730, 733*

B

Baader, Andreas (1944–1977), Journalist, Mitgründer und führendes Mitglied der als Baader-Meinhof-Gruppe bekannt gewordenen terroristischen Vereinigung »Rote Armee Fraktion« (RAF). B. starb kurz nach seiner Verurteilung zu

lebenslänglicher Haft in Stammheim *715, 716, 719, 725, 726, 774*
Baader, Johannes (1875–1955), Journalist, Dada-Dichter und Aktionskünstler *769, 770*
Baal, Karin (*1940), eigtl. Karin Blauermel, Schauspielerin; spielte im Neuss-Film »Wir Kellerkinder« mit *162*
Bach, Ernst (1876–1929), Schriftsteller, bildete mit seinem Kollegen Franz Arnold ein Autorenteam (Arnold und Bach), das sich auf leichte, viel gespielte Theater-Komödien und Schwänke (»Der wahre Jakob«, »Die spanische Fliege«) spezialisierte *307, 313*
Bach, Johann Sebastian (1685–1750), Komponist, ab 1723 Thomaskantor in Leipzig *329, 401*
Bachmann, Josef (1944–1970), Anstreicher, verübte im April 1968 ein Revolver-Attentat auf Rudi Dutschke. 1969 wurde B. zu einer siebenjährigen Zuchthausstrafe verurteilt. Er nahm sich in der Haft das Leben *520, 723, 771*
Bachmeier, Marianne (*1950), machte 1981 Schlagzeilen, als sie im Saal des Lübecker Schwurgerichts den mutmaßlichen Mörder ihres siebenjährigen Kindes durch mehrere Revolverschüsse tötet. Sie wird 1983 wegen Totschlags zu sechs Jahren Haft verurteilt *859*
Baez, Joan (*1941), amerik. Sängerin (»The Night they drove old Dixie down«), wurde Anfang der Sechziger zum Idol der Protestbewegung gegen Aufrüstung, Krieg, Kernenergie und Ausbeutung der Umwelt. Die Bürgerrechts-Hymne »We shall overcome« wurde durch ihre Interpretation weltweit bekannt *512*
Bahr, Egon (*1922), Journalist, SPD-Politiker, Bundesminister *360, 723, 724*
Bahro, Rudolf (*1935), Schriftsteller, Sozialwissenschaftler. Als Regimekritiker in der DDR zu acht Jahren Gefängnis verurteilt, gelangte 1979 in den Westen, wo er sich in der Ökologie-Bewegung engagierte *721*
Bardot, Brigitte (*1934), frz. Filmschauspielerin, wurde zum Sex-Symbol des sechziger Jahre *293*
Barlog, Boleslaw (*1906), Theaterleiter und Regisseur *324, 612*
Barrientos, René (1919–1969), bolivianischer General, kam 1964 durch einen Militärputsch an die Macht. Oberstes Ziel seiner Politik war die Bekämpfung »castristischer«, d.h. revolutionärer Umtriebe. In seine Amtszeit fällt die Ermordung Che Guevaras, der 1967 in Bolivien verhaftet wurde *532*
Barzel, Rainer Candidus (*1924), CDU-Politiker, Bundesminister, Kanzlerkandidat. Der Bundestagspräsident stürzte 1984 über die »Flick- Affäre« *293, 294, 305, 318, 319, 432, 540, 701*
Bastian, Gert (1923–1992), General der Bundeswehr, nahm 1980 aus Protest gegen die Nachrüstungspolitik der NATO seinen Abschied. 1983 zog er für die »Grünen« in den Bundestag ein. Im Dezember 1992 wurden er und seine Lebensgefährtin Petra Kelly in ihrer Bonner Wohnung tot aufgefunden. Der Fall wurde nie restlos geklärt *703*
Baudissin, Wolf Graf (1907–1993), Generalleutnant, entwickelte seine Überlegungen über das Rollenverständnis der Bundeswehr zum Konzept des »Staatsbürgers in Uniform« *134*
Bauer, Leo (1912–1972), Journalist. Nach dem Kriegsende kehrte er in die DDR zurück, wo er Leiter des »Deutschlandsenders« war, ehe er 1952 in ein sibirisches Arbeitslager verbannt wurde. In den sechziger Jahren war er ostpolitischer Berater Willy Brandts *715*
Beatles, Die, brit. Popgruppe, die den »Soundtrack« der Sechziger lieferte. Die »Pilzköpfe« –

John Lennon (1940–1980), Paul McCartney (*1942), George Harrison (*1943) und Ringo Starr (*1940) – haben fast ein Jahrzehnt die Populärkultur geprägt *516*
Beatrix (*1938), d.i. Wilhelmina Armgard von Oranien-Nassau und von Lippe-Biesterfeld, seit 1956 Königin der Niederlande *612*
Bebel, August (1840–1913), Mitbegründer und Vorsitzender der SPD *418, 419*
Beckenbauer, Franz (*1945), Fußballkaiser *702, 787*
Becker, Verena, Anarchistin, gehörte zu den Terroristen, die im März 1975 gegen die Freilassung des entführten Berliner CDU-Politikers Peter Lorenz ihre Haftentlassung erpreßten und in Begleitung von Pastor Albertz nach Südjemen ausgeflogen wurden *715*
Beckett, Samuel (1906–1989), irisch-franz. Schriftsteller und Dramatiker (»Warten auf Godot«) *591*
Beethoven, Ludwig van (1770–1827), deutscher Komponist *649*
Behr, Walter, Kabarettist der Berliner »Katakombe«, mußte 1933 Deutschland verlassen. Kam nach Kriegsende als amerikanischer Theater-Kontrolloffizier nach München *48*
Beitz, Berthold (*1913), Industrieller und Manager. Der Bevollmächtigte des Krupp-Konzerns machte sich in den sechziger Jahren für den Osthandel stark *301*
Belmondo, Jean-Paul (*1933), frz. Filmschauspieler (»Ein irrer Typ«) *313*
Beltz, Matthias (*1945), Schriftsteller, Kabarettist *886, 887, 888*
Bengsch, Alfred (1921–1979), kath. Bischof von Berlin, wurde 1967 vom Papst zum Kardinal berufen *346*
Benn, Gottfried (1886–1956), Arzt und Schriftsteller (»Statische Gedichte«) *331, 527, 717*
Berber, Anita (1899–1928), Tänzerin, Schauspielerin, machte in den Zwanzigern als »Nackt-Act« in diversen Kabaretts von sich reden *767*
Bergman, Ingmar (*1918), schwedischer Filmemacher (»Wilde Erdbeeren«, »Szenen einer Ehe«, »Das Schweigen«) *294, 295, 370*
Bieler, Manfred (*1934), Schriftsteller. Der Romancier, Erzähler und Drehbuchautor wechselte 1967 von der DDR in die Tschechoslowakei, 1968 in die Bundesrepublik *296, 612*
Bienert, Olaf (1910–1967), Komponist und Pianist. Vertonte Kabarett-Texte von Tucholsky, Kästner, Ringelnatz, Neuss *124*
Biermann, Wolf (*1936), Liedermacher, Schriftsteller (»Der Dra-Dra«), ging 1953 in die DDR, wo er bald Auftrittsverbot bekam. Neuss stellte ihn besonders in einem Konzert heraus, das Ostern 1965 als Abschlußveranstaltung der Ostermarschbewegung in Frankfurt/Main stattfand. 1976 wurde B. während einer BRD-Tournee von der DDR-Regierung ausgebürgert *243, 296, 484, 508, 612, 732, 880, 881*
Bischoff, Friedrich (1896–1976), Autor, Regisseur, Funkintendant. In den zwanziger Jahren war er Leiter des Breslauer Rundfunks, nach 1945 amtierte er als Chef des Südwestfunks Baden-Baden *105*
Bismarck, Otto v. (1815–1898), deutscher Politiker, ging als erster und »eiserner« Kanzler in die Geschichte ein *103, 171, 493*
Blank, Theodor (1905–1972), erster westdeutscher Verteidigungsminister, gilt als Vater der Bundeswehr *102, 105, 106, 107, 362, 363*
Blatzheim, Gastronomie-Unternehmer, Stiefvater Romy Schneiders *443, 583*
Bloch, Ernst (1885–1977), marxisti-

scher Philosoph (»Das Prinzip Hoffnung«) *521, 570*
Bodelschwingh, Friedrich v. (1831–1910), Theologe, leitete, wie später sein Sohn Friedrich jr. (1877–1946), die Heil- und Pflegeanstalt Bethel *342, 592*
Böll, Heinrich (1917–1985), Schriftsteller (»Irisches Tagebuch«, »Die verlorene Ehre der Katharina Blum«, »Ansichten eines Clowns«). Literatur- Nobelpreisträger *331, 341, 342, 513, 514, 526, 677, 700, 766, 839*
Boger, Friedrich Wilhelm, SS-Oberscharführer, einer der Folterknechte im KZ Auschwitz, denen in Frankfurt/M. der Prozeß gemacht wurde *402*
Bohrer, Karl Heinz (*1932), Literaturkritiker, FAZ-Redakteur *729*
Bois, Curt (1901–1991), Bühnen- und Filmschauspieler (»Casablanca«, »Die Sehnsucht der Veronika Voss«) *611*
Borchert, Wilhelm (1907–1990), Schauspieler, sprach im RIAS den Text zum Geläut der Berliner »Freiheitsglocke« *495*
Borm, William, (1895–1985), Berliner FDP-Politiker *293*
Bormann, Martin (1900–1945), gelernter Landwirt, avancierte im Dritten Reich zum Leiter der NS-Parteikanzlei und Hitler-Sekretär. Wurde 1946 im Nürnberger Kriegsverbrecherprozeß in Abwesenheit zum Tode verurteilt *402*
Borsche, Dieter (1902–1982), eigtl. Albert Eugen Rollomann, Bühnen- und Filmschauspieler (»Nachtwache«, »Königliche Hoheit«) *222*
Boulez, Pierre (*1925), frz. Komponist und Dirigent *612*
Bourgiba, Habib (1903–1987), tunesischer Staatschef *568*
Bowie, David (*1948), eigtl. David Robert Jones, britischer Rocksänger *773*
Brandauer, Klaus Maria (*1944), eigtl. Steng, Klaus, Schauspieler *704*
Brandenburg, Inge (*1932), deutsche Jazzsängerin (»It's Alright With Me«); wurde 1960 beim ersten Jazz-Festival in Antibes als beste europäische Jazz-Vokalistin ausgezeichnet *768*
Brandt, Lars (*1951), Kunstmaler. Der Sohn Willy Brandts spielte neben seinem Bruder Peter und Neuss die Hauptrolle in dem Spielfilm »Katz und Maus« *468*
Brandt, Peter (*1948), Politikwissenschaftler, spielte neben Neuss eine Rolle im Pohland-Film »Katz und Maus«. Ab 1980 arbeitete der Sohn Willy Brandts am Institut für Geschichtswissenschaft der TU Berlin *468, 607*
Brandt, Rut, bis 1979 die Ehefrau Willy Brandts *468, 604*
Brandt, Willy (1913–1992), eigtl. Herbert Frahm, SPD-Politiker. Berlins einstiger Regierender Bürgermeister wurde 1969 Bundeskanzler und bewirkte eine Wende in der Bonner Deutschland-Politik; er stürzte 1974 über die Guillaume-Affäre *295, 296, 314, 315, 318, 358, 360, 362, 363, 368, 382, 388, 448, 462, 465, 466, 467, 468, 604, 715, 723, 724, 860*
Brasch, Helmut (1913–1987), Kabarettist und Autor, beteiligte sich 1938 an der Gründung des Kabaretts »Dachluke« *724*
Braun, Eva (1912–1945), gelernte Fotographin, wurde 1931 Hitlers Geliebte und war einen Tag lang seine angetraute Ehefrau *630, 631, 634*
Brecht, Barbara *767*
Brecht, Bertolt (1898–1956), Schriftsteller, Regisseur, Theaterleiter, Dramatiker (»Dreigroschenoper«, »Mutter Courage«, »Furcht und Elend des Dritten Reiches«); war bis zu seinem Tode Chef des Ost-»Berliner Ensemble« *30, 306, 326, 331, 332, 333, 336, 338, 339, 358, 371, 376, 406, 440, 441, 448, 611, 612, 645, 702, 717, 767, 808, 826, 840, 841*

Brecht, Stefan (*1924), Sohn Bert Brechts *840, 841*
Brehm, Alfred (1829–1884), Zoologe, Verfasser von »Brehms Tierleben« *297*
Breker, Arno (*1900), Bildhauer, Architekt, schuf im Dritten Reich bombastische Monumental-Skulpturen *788*
Bremer, Uwe, Graphiker der Kreuzberger Szene *478*
Brenner, Otto (1907–1972), Gewerkschaftsfunktionär, seit 1952 Vorsitzender der IG Metall *314, 320*
Brentano, Heinrich v. (1904–1964), CDU-Politiker, war von 1955 bis 1961 Außenminister im Kabinett Adenauer *331, 729*
Breschnew, Leonid (1906–1982), sowjet. Politiker, 1966 Generalsekretär der KPdSU *340, 418*
Brock, Bazon (*1936), Publizist und Kunsttheoretiker, propagierte Kunst-Aktionen der Happening-Szene *704*
Bröckers, Mathias (*1954), Journalist, Redakteur der »taz« *717, 802*
Broder, Henryk M., (*1946), Schriftsteller, Journalist *731*
Brown, Rap, amerikanischer Bürgerrechtler, Mitglied der Black Power-Bewegung *569, 570*
Buback, Siegfried (1920–1977), Generalbundesanwalt, kam durch einen Mordanschlag des »Kommandos Ulrike Meinhof« ums Leben *715*
Bucerius, Gerd (1906–1995), Rechtsanwalt, Publizist, Verleger (»Die Zeit«) *715*
Bulganin, Nikolai A. (1895–1975), sowjetischer Ministerpräsident *107*
Bunge, Hans (1919–1989), war Regieassistent bei Brecht am Berliner Ensemble und Leiter des Ost-Berliner Brecht-Archivs, später Dramaturg und Regisseur in Rostock und am Deutschen Theater in Ost-Berlin. Seine Gespräche mit Hanns Eisler sind als Buch erschienen (»Fragen Sie mehr über Brecht«) *612*
Bunuel, Luis (1900–1983), spanischer Regisseur und Filmemacher (»Ein andalusischer Hund«, »Viridiana«) *528*
Busse, Jochen (*1941), Kabarettist, u.a. bei der Münchner »Lach- und Schießgesellschaft« *759*

C

Capone, Al (1899–1947), amerik. Gangster-Boß, seine Organisation machte Millionengewinne *106*
Carmichael, Stokeley (*1941), amerikanischer Bürgerrechtler und Philosoph, einer der Wortführer der »Black Power«-Bewegung, rief die Farbigen in den USA zum revolutionären Befreiungskampf auf *569, 570*
Carrell, Rudi (*1934), gebürtiger Holländer, TV-Unterhalter im deutschen Fernsehen *704*
Carstens, Karl (1914–1992), CDU-Politiker, 1979–1984 Bundespräsident *701, 711, 753*
Castro, Fidel (*1927), kubanischer Politiker, Maximo Lider, seit 1961 Ministerpräsident von Kuba *484, 553, 566, 633*
Césaire, Aimé, (*1913), Autor; sein Text »Et les chiens se taisaient«, 1965 von H. M. Enzensberger im »Kursbuch« veröffentlicht, diente Neuss als Vorlage für seine Nummer vom »Sturm aufs Herrenhaus« im Villon-Programm »Neuss Testament« *437*
Chaplin, Charlie (1889–1977), englischer Komiker, Regisseur und Filmschauspieler (»Moderne Zeiten«, »Goldrausch«, »Der große Diktator«) *323, 631, 766*
Christo s. Javachef
Chruschtschow, Nikita (1894–1971), sowjet. Politiker, von 1958–1964 Regierungschef im Kreml; Generalsekretär der KPdSU *215, 250, 252, 254, 278, 302, 340, 406, 410, 453, 708*
Churchill, Winston (1874–1965),

britischer Premierminister, Schriftsteller *574*
Claudel, Paul (1868–1955), franz. Dichter und Dramatiker (»Der seidene Schuh«) *571*
Clausewitz, Carl v. (1780–1831), Preußen-General und Verfasser militärtheoretischer Schriften (»Vom Kriege«) *405*
Clay, Cassius (*1942), farbiger Berufsboxer. Der Weltmeister aller Klassen nennt sich Mohammad Ali, nachdem er 1964 der »Black Muslim«-Bewegung beigetreten ist. Er verweigerte den Kriegsdienst in Vietnam *539, 567*
Clay, Lucius D. (1897–1978), amerikanischer General. Der Militärgouverneur der amerikanischen Besatzungszone war Mitinitiator der Luftbrücke während der Berlin-Blockade 1948/49. In den Sechzigern war er Kennedys persönlicher Beauftragter für Berlin-Fragen *567*
Cleaver, Eldridge (*1935), amerik. Schriftsteller, farbiger Bürgerrechtler *570*
Cornfeld, Bernard (1928–1985), amerikanischer Aktienmakler. Die Aktien seiner Investmentfirma IOS (Investment Overseas Services), die schnelle Gewinne versprachen, erwiesen sich als Flop *642, 644*
Courrèges, André (*1923), französischer Modedesigner, schuf Anfang der Sechziger den in Schwarzweiß gehaltenen »Courrèges«-Stil (Mini-Röcke, Stiefel, Plastik-Look) *442*
Czaja, Herbert (1914–1997), CDU-Politiker und Vertriebenenfunktionär, einer der vehementesten Gegner von Brandts Ostpolitik *771*
Cziffra, Geza v. (*1900), Drehbuchautor, Filmregisseur (»Als geheilt entlassen«) *50*

D
Dajan, Moshe (1915–1981), israel. General und Politiker. Der Sechstagekrieg machte ihn in Israel zum Nationalhelden *622*
Dali, Salvador (1904–1989), span. Maler, Vertreter des Surrealismus *527*
Davis, Garry (*1921), amerik. Bürgerrechtler, Weltbürger Nr. 1. Seiner Weltbürger-Bewegung gehörten 1949 200.000 Menschen an. *36*
Debray, Régis (*1940), französischer Politiker und Schriftsteller (»Revolution in der Revolution«, »Der chilenische Weg«). Debray, der Sympathisant der kubanischen Revolution, ging mit Che Guevara nach Bolivien, wo er 1967 gefangengenommen und zu 30 Jahren Haft verurteilt wurde. 1970 wieder frei, ging er nach Chile. 1981 machte ihn Staatspräsident Mitterand zu seinem Berater in Sachen Dritte Welt *562*
Degenhardt, Franz Josef (*1931), Rechtsanwalt, politischer Liedermacher, Schriftsteller (»Zündschnüre«). Trat mit Neuss, Süverkrüp und Hüsch in einem gemeinsam erarbeiteten Programm auf *472, 482, 484, 485, 486, 732, 763, 878, 879, 882, 883, 884*
Delp, Pater (1907–1945), kath. Theologe, Mitglied der Widerstandsbewegung gegen Hitler, von den Nazis hingerichtet *346*
Derwall, Jupp (*1927), war von 1978 bis 1984 Fußballbundestrainer *730*
Deutscher, Drafi (*1946), Schlagersänger (»Marmor, Stein und Eisen bricht«) *578*
Deutschmann, Thomas »Tops« (*1950), Rockmusiker *36*
Dibelius, Otto (1880–1967), ev. Theologe, Bischof von Berlin-Brandenburg *342*
Diepgen, Eberhard (*1941), CDU-Politiker, Regierender Bürgermeister von Berlin *743*

Döblin, Alfred (1878–1957), deutscher Schriftsteller (»Berlin, Alexanderplatz«) *826*
Döring, Wolfgang, FDP-Politiker *729*
Doeschner, Herbert, Berliner SPD-Kreisvorsitzender *462, 463*
Dollinger, Werner (*1918), CSU-Politiker, Post- und Verkehrsminister *535*
Drechsel, Sammy (1925–1986), Kabarettleiter, Reporter; Gründer der »Münchner Lach- und Schießgesellschaft« *54, 774, 776*
Dregger, Alfred (*1920), CDU-Politiker *783*
Dürrenmatt, Friedrich (1921–1990), schweiz. Schriftsteller und Dramatiker (»Besuch der alten Dame«) *648*
Dufhues, Hermann Josef (1908–1971), CDU-Politiker, NRW-Innenminister *299, 331, 336, 338, 339*
Dulles, John Foster (1888–1959), amerikanischer Außenminister *508*
Durbridge, Francis (*1912), englischer Kriminalschriftsteller; seine TV-Serien (»Das Halstuch«) waren sehr erfolgreich *14*
Dutschke-Klotz, Gretchen, US-Amerikanerin. Die Apothekerstochter aus Chikago heiratete 1966 den Studenten Rudi Dutschke *661*
Dutschke, Rudi (1940–1979), Politwissenschaftler, Soziologe, Schriftsteller (»Versuch, Lenin auf die Füße zu stellen«), war in den sechziger Jahren einer der »Rädelsführer« des Sozialistischen Deutschen Studentenbundes (SDS). 1968 durch Attentat schwer verletzt, ging er nach Dänemark, wo er an den Folgen seiner Verletzungen starb *52, 53, 54, 484, 520, 607, 614, 661, 708, 715, 716, 718, 721, 723, 726, 732, 782, 851*

E

Eckardt, Felix v. (1903–1979), Journalist, Drehbuchschreiber (»Kopf hoch, Johannes«). Unter Adenauer als Staatssekretär Leiter des Presse- und Informationsamtes der Bundesregierung *292, 293*
Eichendorff, Joseph v. (1788–1857), deutscher Dichter (»Aus dem Leben eines Taugenichts«) *29, 826, 840*
Eichmann, Adolf (1906–1962), SS-Obersturmbannführer; Himmlers Sonderbeauftragter für die »Endlösung der Judenfrage« wurde aus Südamerika entführt und in Israel hingerichtet *356, 357, 728, 770, 799*
Eiermann, Egon (1904–1970), Architekt, schuf u.a. den Neubau der Berliner Kaiser-Wilhelm-Gedächtniskirche *123, 323*
Eisenhower, Dwight D. (1890–1969), amerikanischer General und Oberbefehlshaber der US-Armee in Europa. Ab 1950 Oberkommandierender der NATO-Streitkräfte; von 1953 bis 1961 amerikanischer Präsident *126, 127, 215, 340*
Elizabeth II. (*1926), Königin von England *300, 631*
Emrich, Wilhelm (*1909), Literaturwissenschaftler an der FU Berlin *372, 563*
Endrikat, Fred (1890–1942), Kabarettist, Conferencier, Verfasser heiterer Verse *733*
Engels, Friedrich (1820–1895), Sozialpolitiker und Philosoph, schrieb mit Karl Marx das »Kommunistische Manifest« *105, 278, 418, 419, 586, 719*
Ensslin, Gudrun (1940–1977), Gründungsmitglied der Rote Armee Fraktion (RAF), starb kurz nach der Verurteilung zu lebenslänglicher Haft in Stammheim *715, 716, 726*
Enzensberger, Hans Magnus (*1929), Schriftsteller (»Landessprache«, »Einzelheiten«, »Der Untergang der Titanic«), Herausgeber des »Kursbuch«, arbeitete an Neuss-Programmen mit *53, 331, 336, 338, 350, 415, 437, 513, 514, 552, 554, 600, 614, 615, 661, 671, 717, 723, 733, 766, 826*

Erhard, Ludwig (1897–1977), CDU-Politiker, Adenauers Wirtschaftsminister und »Vater der sozialen Marktwirtschaft«, 1963–1966 Bundeskanzler *309, 315, 318, 323, 337, 338, 358, 362, 363, 382, 384, 389, 424, 428, 429, 448, 465, 466, 513, 532, 579, 582*

Erler, Fritz (1913–1967), SPD-Politiker, betätigte sich als Wehrexperte seiner Partei *317, 318, 320, 362, 363, 582*

F

Fanon, Frantz (1924–1962), Schriftsteller, Politiker und Arzt, stammt aus Martinique. 1953 ging er nach Algerien, das er nach der Unabhängigkeit des Landes als Botschafter in Accra vertrat. Fanons Hauptwerk »Les damnés de la terre« wurde in Auszügen im »Kursbuch« veröffentlicht und regte Neuss zu einigen Nummern des »Neuss Testament« an *526*

Farah Diba (*1938), heiratete 1959 den Schah von Persien *613*

Fechter, Peter (1944–1962), der 18jährige Ostberliner war der erste Mauertote. Er wurde im August 1962 bei dem Versuch, in den Westen zu flüchten, von DDR-Grenzsoldaten erschossen *444, 708*

Ferenczy, Josef v. (*1919), gebürtiger Ungar, produzierte Unterhaltungsfilme und unterhält eine literarische Agentur *704*

Feuchtwanger, Lion (1884–1958), Dramatiker und Romancier (»Jud Süß«). Emigrierte 1933, lebte ab 1941 in den USA *401*

Finck, Werner (1902–1978), Autor, Schauspieler, Kabarettist; Finck-Sprüche (»Ich bin gar kein Jude, ich sehe nur so intelligent aus!«) waren den Nazis ein Dorn im Auge: 1935 wurde Fincks Berliner »Katakombe« geschlossen und der Conferencier ins KZ transportiert. Ein von Neuss vielzitierter Finck-Ausspruch lautete: »Unsere Aufgabe kann nicht in unserer Aufgabe bestehen.« *35, 70, 250, 254, 734, 769, 771, 774*

Fischer-Dieskau, Dietrich (*1925), Opern- und Konzertsänger *324, 325*

Flick, Friedrich (1883–1972) Industrieller, Chef des Flick-Konzerns, galt als reichster Mann der Bundesrepublik. Durch seinen Sohn Friedrich Karl (*1927), kam in den achtziger Jahren der Konzern nochmals ins Gerede: durch die »Parteispenden-Affäre« kam seine direkte Einflußnahme auf die Bonner Politik zutage. Mehrere Bonner Politiker, darunter Hans Friderichs und Graf Lambsdorff, wurden wegen Bestechlichkeit zu hohen Geldstrafen verurteilt *220, 384, 432, 702, 782, 783*

Fraenkel, Ernst (1898–1975), Politikwissenschaftler *613*

Franco Bahamonde, Francisco (1892–1975), span. General, Staatschef und Diktator *198*

Frankenfeld, Peter (1913–1979), TV-Entertainer, Autor, Kabarettist *766, 848*

Freiligrath, Ferdinand (1810–1876), deutscher Liberaldemokrat und Dichter (»Die Revolution«) *840*

Freisler, Roland (1893–1945), NS-Blutrichter, Vorsitzender des berüchtigten Volksgerichtshofes *799*

Freitag, Thomas (*1950), Autor und Kabarettist *759*

Freud, Sigmund (1856–1939), österr. Arzt und Psychologe, gilt als Begründer der Psychoanalyse *248, 599*

Frey, Gerhard (*1933), Verleger rechtsextremistischer Presseerzeugnisse (»Deutsche National-Zeitung«, »Deutscher Anzeiger«) *520*

Friedmann, Anneliese, Journalistin, Verlegerin, schrieb in den sechziger Jahren unter dem Pseudonym »Sybille« Klatsch-Kolumnen im »Stern« *580*

Friedrich II., gen. der »Große« (1712–1786), preußischer König *171, 813*
Frings, Joseph (1887–1978), kath. Erzbischof von Köln, Kardinal *294, 295, 428, 582*
Frisch, Max (1911–1991), schweiz. Schriftsteller und Dramatiker (»Stiller«, »Homo faber«) *648*
Froboess, Cornelia »Conny« (*1943), Schauspielerin, begann ihre Karriere als schlagersingender Kinderstar *848*
Fuchs, Günter Bruno (1928–1977), Schriftsteller und Graphiker *713*
Fulbright, James W. (1905–1995), US-Senator und Vorsitzender des außenpolitischen Ausschusses im Senat. Der demokratische Politiker galt als vehementer Kritiker der amerikanischen Interventionspolitik gegen Kuba und Vietnam *453, 560*

G

Gabor, Zsa Zsa (*1919), ungar.-amerik. Filmschauspielerin. Sie hält, wie alle Diven der Branche, ihr Alter streng geheim. Angaben über ihr Geburtsjahr schwanken zwischen 1916 und 1930. 1936 wurde sie Miss Ungarn *564*
Gagarin, Juri (1934–1968), Sowjet-Major, umkreiste 1961 als erster Mensch in einer Weltraumkapsel die Erde *250, 254, 262, 267, 411*
Gandhi, Indira (1917–1984), ind. Politikerin. Die Tochter Nehrus wurde 1966 erstmals Ministerpräsidentin von Indien *479*
Garbo, Greta (1905–1990), eigtl. Greta Lovisa Gustafsson, schwedische Filmschauspielerin (»Ninotschka«) *271*
Gaulle, Charles de (1890–1970), französischer General und Staatspräsident *339, 340, 574*
Gaus, Günter (*1929), Journalist, TV-Interviewer (»Zur Person«). Von 1974–1981 war er Leiter der Ständigen BRD-Vertretung in der DDR *526*
Genscher, Hans-Dietrich (*1927), FDP-Politiker, langjähriger Außenminister *729, 783*
George, Fatty (*1927), eigtl. Franz Pressler, Klarinettist. Der österreichische Musiker leitete die Jazz-Combo, die Neuss beim Villon-Programm begleitete *368, 374*
Gerlach, Jens (*1926), Schriftsteller. Texte des Ostberliner Autors benutzte Neuss für sein »Neuss Testament« *448*
Gerron, Kurt (1897–1944), Schauspieler, Regisseur, Kabarettist. G., der in der Uraufführung der »Dreigroschenoper« den Tiger Brown spielte und als Varieté-Direktor im »Blauen Engel« zu sehen war, wurde von den Nazis in Auschwitz vergast *770*
Gershwin, George (1898–1937), amerik. Komponist (»Rhapsody in Blue«, »Summertime«) *201*
Gerstenmaier, Eugen (1906–1986), CDU-Politiker, Bundestagspräsident, gehörte zur NS-Zeit der Widerstandsbewegung an *329, 330, 423, 517, 565*
Gert, Valeska (1892–1978), eigtl. Samosch, Valeska Gertrud, Tänzerin, Schauspielerin, Kabarettistin *767*
Giap, Vo Nguyen (*1912), vietnam. Politiker und General, Verteidigungsminister und stellvertretender Ministerpräsident von Hanoi. Giap befehligte die nordvietnamesischen Truppen im Kampf gegen die Kolonialmächte, er errang einen ersten militärischen Sieg gegen die Franzosen bei Dien Bien Phu. Die von ihm entwickelte Guerilla-Taktik ließ auch die US-Truppen ihr militärisches Engagement in Südostasien aufgeben *713*
Globke, Hans Maria (1898–1973), Kanzleramtschef unter Adenauer, hatte bereits im Dritten Reich seinen Mann in der Ministerialbürokratie gestanden. Als »Spezialist für Judenfragen« in Hitlers

Innenministerium zeichnete er für die Ausführungsbestimmungen der berüchtigten Nürnberger Rassegesetze verantwortlich. Vehemente Proteste führten 1963 zu seinem Rücktritt *402*

Goebbels, Joseph (1897–1945), Hitlers »Lautsprecher« und Reichspropagandaminister *12, 173, 217, 339, 718, 726, 799, 807, 808*

Göring, Hermann (1893–1946), Hitlers Reichsmarschall und Chef der deutschen Luftwaffe, wurde im Nürnberger Prozeß zum Tode verurteilt. Unmittelbar vor seiner Hinrichtung nahm er sich mit einer Giftampulle das Leben *726, 799, 808*

Goethe, Johann Wolfgang v. (1749–1832), Schriftsteller (»Faust«, »Götz von Berlichingen«) *81, 97, 102, 648, 814*

Goetz, Curt (1888–1960), Schauspieler, Regisseur und Komödienschreiber (»Ingeborg«) *611*

Gogh, Vincent van (1853–1890), niederländ. Maler *606*

Gorbatschow, Michail (*1931), Generalsekretär der KPdSU und bis 1991 Staatspräsident der UdSSR. G. setzte im Kreml auf Glasnost und Perestroika, ermöglichte die deutsche Einheit *697*

Graetz, Paul (1890–1937), Schauspieler, Chansonsänger, war in Max Reinhardts »Schall und Rauch« als Kabarettist entdeckt worden und machte in seinem improvisierenden, unverwechselbaren Sprechstil – »Schnauze mit Herz« – eine Reihe von Tucholsky-Nummern populär. Vor den Nazis in die USA geflüchtet, starb er in Hollywood *768*

Grass, Günter (*1927), Schriftsteller (»Die Blechtrommel«, »Hundejahre«, »Der Butt«) *295, 309, 331, 371, 422, 513, 514, 526, 606, 671, 707, 708, 723, 749, 750, 751, 766*

Grissom, Virgil, US-Astronaut, als erster Mensch zum zweitenmal auf Weltraumflug, starb 1967 bei einem verunglückten »Apollo«-Start *250, 254*

Grock (1880–1959), eigtl. Wettach, Adrian, schweiz. Musikal-Clown (»Nit möööglich!«) *250, 254*

Groenewold, Gisela (*1943), Fotografin, Malerin, langjährige Freundin von Neuss *350, 351, 661*

Grothum, Brigitte, Schauspielerin, Kabarettistin *125*

Grün, Max von der (*1926), gelernter Maurer, Schriftsteller (»Feierabend«) *611*

Grünbaum, Fritz (1880–1941), Kabarettautor, Conferencier, Songtexter, war bereits im Kabarett der Kaiserzeit populär. Nach dem Einmarsch der Nazis in Wien verhaftet, starb er im Konzentrationslager Dachau *768, 770*

Grzimek, Bernhard (1909–1987), Zoodirektor und Tierfilmer, war während der Sechziger als Moderator seiner TV-Reihe »Ein Platz für Tiere« populär *568*

Guevara, Ernesto »Che« (1928–1967), Arzt, Politiker, Revolutionär, war nach der Machtübernahme auf Kuba zunächst Minister im Castro-Kabinett. 1965 verließ er Havanna und ging nach Bolivien, wo er von Regierungstruppen ermordet wurde *532, 539, 553, 562, 642, 717*

Guttenberg, Karl Theodor von und zu (1921–1972), CSU-Politiker, Gegner von Brandts Ostpolitik *581*

H

Haase, Abi v. (*1920), Schauspieler, Kabarettist; Neuss-Partner der vierziger Jahre *48, 86, 91*

Habe, Hans (1911–1977), konservativer Journalist, Schriftsteller *667*

Habermas, Jürgen (*1929), Philosoph, Sozialwissenschaftler. Seine kritische Theorie machte ihn in den Sechzigern zum Sympathisant der Studentenunruhen *697*

Hachfeld, Eckart (1910–1994), Kabarettautor, schrieb für Neuss die ersten »Pauken« *45–72, 97, 130*
Hackethal, Julius (*1921), Chirurg, in der Schulmedizin umstrittener Krebs-Therapeut, kämpft für humanes Sterben *856*
Haffner, Sebastian (*1907), Publizist (»Preußen ohne Legende«) *329, 330, 606*
Hagen, Nina (*1953), Rocksängerin *71, 732*
Hager, Kurt, (*1912), Chefideologe der SED *507*
Hallervorden, Dieter (*1935), Kabarettist, TV-Blödelbarde *760*
Hallstein, Walter (1901–1982), Staatssekretär unter Adenauer. Die nach ihm benannte Hallstein-Doktrin, Kern der Adenauerschen Außenpolitik, besagt: Die BRD erkennt nur Staaten an, die ihrerseits die DDR nicht anerkennen *715*
Hammer, Thomas (*1956), Neuss-Freund, Sohn »Jule« Hammers, in dessen »Domizil am Lützowplatz« Neuss seine Solo-Programme »Das jüngste Gerücht« und »Asyl im Domizil« spielte *773, 768, 805*
Handke, Peter (*1942), Schriftsteller und Dramatiker (»Publikumsbeschimpfung«) *62, 403, 611, 648*
Hanel, Wolfgang (*1930), Journalist, Redakteur der SFB-Abendschau *347, 709*
Hardekopf, Ferdinand (1876–1954), deutscher Lyriker und Kabarettautor, arbeitete für Rosa Valettis »Größenwahn« *771*
Hardy, Oliver (1892–1957), amerikanischer Schauspieler, bildete mit Stan Laurel als »Stan und Ollie« (Dick und Doof) das erfolgreichste Komikerpaar der Filmgeschichte *323*
Harich, Wolfgang (1924–1995), Schriftsteller, Dozent, Lektor des Ostberliner Aufbau-Verlages, gehörte zu den prominentesten Regimekritikern der DDR. 1956 verhaftet, wurde er zu zehn Jahren Zuchthaus verurteilt *612*
Hase, Karl-Günther v. (*1917), Bundespressechef, Botschafter, ZDF-Intendant *313, 583*
Hasek, Jaroslav (1883–1923), tschech. Schriftsteller (»Die Abenteuer des braven Soldaten Schwejk«) *581*
Hasse, O. E. (1903–1978), Bühnen- und Filmschauspieler, (»Stukas«, »Canaris«) *344, 345*
Hassel, Kai-Uwe v. (1913–1997), CDU-Politiker, Bundesminister, Bundestagspräsident *362, 363, 543*
Hauptmann, Gerhart (1862–1946), Schriftsteller, Dramatiker (»Die Weber«, »Die Ratten«) *325*
Hausen, Herbert, Funkredakteur und Moderator *667*
Havemann, Robert (1910–1982), Schriftsteller. Der prominente Regimekritiker der DDR fiel 1964 in Ungnade, stand seitdem des öfteren unter Hausarrest und unter ständiger Observierung durch die Stasi *298, 508, 512*
Heck, Bruno (1917–1989), CDU-Politiker, Bundesminister für Familie und Jugend im Kabinett unter Adenauer, Erhard und Kiesinger *589*
Heidegger, Martin (1899–1976), deutscher Philosoph, Vertreter der Existenzphilosophie *821*
Heidemann, Gerd, Journalist, verkaufte der Illustrierten »Stern« 1983 angebliche Hitler-Tagebücher, die sich erst nach der angelaufenen Serie als Fälschung des Militaria-Händlers Konrad Kujau entpuppten. In einem aufsehenerregenden Prozeß wurden er und Kujau zu mehr als vier Jahren Gefängnis verurteilt *787*
Heine, Jutta, deutsche Leichtathletin, errang 1960 bei den Olympischen Spielen in Rom eine Silbermedaille *295, 334*
Heinemann, Gustav (1899–1976), Politiker; der einstige Innenminister trat aus Protest gegen

Adenauers Wiederaufrüstungspolitik aus der CDU aus und später zur SPD über. 1969 wurde er Bundespräsident *313, 715*
Heino (*1938), eigtl. Heinz Georg Kramm, gelernter Bäcker, machte unter seinem Pseudonym »Heino« als volkstümelnder Schlagersänger Karriere. Zu seinem Repertoire gehören altdeutsche, angebräunte Musiktitel *730*
Heißenbüttel, Helmut (1921–1996), deutscher Schriftsteller und Funkredakteur *356*
Held, Martin (1908–1992), dt. Bühnen- und Filmschauspieler (»Rosen für den Staatsanwalt«, »Canaris«) *610*
Heller, André (*1946), Chansonsänger, Entertainer *787*
Henze, Hans Werner (*1926), Komponist (»Der junge Lord«, »La Cubana«, »Voices«) *599, 615, 642*
Herbach, K.P. (*1944), Buchhändler, später Pressereferent der Berliner AdK *457*
Herbst, Jo (1928–1980), Schauspieler, Kabarettist; Neuss-Partner auf der Bühne, im Funk und im Film (»Wir Kellerkinder«) *115, 776*
Herking, Ursula (1912–1974), Schauspielerin, Kabarettistin; Neuss-Partnerin auf der Kabarettbühne (»Rauchfang«) *48, 719*
Herz, Peter (*1927), Journalist, RIAS-Kommentator, ab 1967 Senatssprecher *607*
Hess, Werner (*1914), Pastor, Intendant des Hessischen Rundfunks *520, 521*
Hesse, Eberhard, Berliner SPD-Landesgeschäftsführer *464*
Hesse, Hermann (1877–1962), Schriftsteller (»Der Steppenwolf«, »Das Glasperlenspiel«) *832*
Heuss, Theodor (1884–1963), FDP-Politiker, erster Bundespräsident *403, 404, 715*
Hildebrand, Hilde (1897–1976), Schauspielerin, Chansonsängerin, Kabarettistin *767*
Hildebrandt, Dieter (*1927), Kabarettist, Moderator der TV-Sendung »Scheibenwischer« *39, 45–72, 759, 763, 774, 876, 877*
Hille, Peter (1854–1904), Dichter und Bohemien, zog mit seinem Zettelsack durch die Berliner Kabaretts der Jahrhundertwende *16*
Himmler, Heinrich (1900–1945), NS-Reichsführer der SS, Chef der Polizei *574, 575*
Hindenburg, Paul v. (1847–1934), Generalfeldmarschall und Oberbefehlshaber des Ersten Weltkriegs, wurde 1925 Reichspräsident der Weimarer Republik *171, 180*
Hitler, Adolf (1889–1945), NS-»Führer«, Reichskanzler *97, 102, 171, 180, 181, 192, 194, 195, 196, 198, 199, 321, 342, 399, 428, 429, 494, 498, 500, 515, 522, 561, 577, 582, 620, 628, 629, 630, 631, 633, 634, 640, 672, 773, 786, 787, 807, 808, 838, 843, 846, 847, 848, 851, 860*
Ho Tschi Minh (1890–1969), vietn. Politiker, seit 1954 Staatspräsident von Nord-Vietnam *453, 455, 456, 525, 536, 550*
Hochhuth, Rolf (*1931), Schriftsteller, Dramatiker (»Der Stellvertreter«, »Soldaten«, »Juristen«) *339, 341, 342, 344, 424, 425, 513, 514, 574, 576, 577, 578*
Höcherl, Hermann (*1912), Rechtsanwalt, CSU-Politiker, Innenminister *217, 294, 313, 362, 363, 580, 634, 765*
Höfer, Werner (*1913), Journalist, TV-Programmchef des WDR. Seine allsonntägliche Polit-Diskussionsrunde (»Frühschoppen«) war über Jahrzehnte im ARD-Programm *298, 299*
Höllerer, Walter (*1922), Schriftsteller *309, 311, 468, 671*
Hoeneß, Uli (*1952), Fußballer, Manager vom FC Bayern *744*
Höpcke, Klaus (*1933), FDJ-Funktionär, Kulturredakteur beim SED-Blatt »Neues Deutschland«, später stellvertretender Kulturminister der DDR; nach der Wende

Fraktionsvorsitzender der PDS/ Linke Liste im Thüringer Landtag *602*
Höppner, Hans (*1929), Journalist, Chefredakteur des Berliner »Volksblatt« *468*
Hoffmann, Kurt (*1910), Filmregisseur (»Quax, der Bruchpilot«); engagierte Neuss für Spielfilme wie »Das Wirtshaus im Spessart« und »Wir Wunderkinder« *164*
Hofmann, Albert (*1906), schweiz. Erfinder des Rauschmittels LSD *36, 818*
Hoggan, David, amerik. Historiker, der in seinen Schriften Hitlers Schuld am Zweiten Weltkrieg leugnete *320, 321, 567*
Honecker, Erich (1912–1994), Politiker, SED-Chef und Staatsratsvorsitzender der DDR. Nach dem Ende des DDR-Regimes wurde er wegen Totschlags angeklagt, der Prozeß wurde aber gestoppt und H. konnte nach Chile ausreisen *708, 709, 710, 785, 535*
Horkheimer, Max (1895–1973), Soziologe und Philosoph, Mitbegründer der »Frankfurter Schule«, gilt als einer der Väter der antiautoritären Studentenbewegung *527, 642, 643, 718, 817, 819, 833*
Huberty, Ernst (*1927), TV-Sportreporter. *730*
Huelsenbeck, Richard (1898–1974), Schriftsteller und Arzt, beteiligte sich an der Gründung der Dada-Bewegung und trat während des Ersten Weltkriegs im Zürcher »Cabaret Voltaire« mit eigenen Texten auf *771*
Hüsch, Hanns Dieter (*1925), Autor, Kabarettist; gemeinsames Auftreten mit Neuss im Programm »Quartett 67« *58, 482, 484, 485, 486, 763, 874, 885*
Hugenberg, Alfred (1865–1951), deutschnational gesinnter Medienzar der Weimarer Republik, der mit Hitler gemeinsame Sache machte und die NS-Diktatur vorbereiten half *491, 620*
Hulot s. Tati, Jacques
Hupka, Herbert (*1915), CDU-Politiker, Vertriebenenfunktionär *771*

I

Ionesco, Eugène (1909–1994), rumän.-franz. Schriftsteller und Dramatiker (»Die Nashörner«), gilt neben Beckett als der wichtigste Vertreter des absurden Theaters *325*
Ira, Prinzessin *405*

J

Jacobi, Claus (*1927), Journalist, Redaktionschef (früher »Spiegel«, später »Bild«) *667*
Jagger, Mick (*1943), brit. Rockmusiker (»Rolling Stones«) *43*
Jahn, Gerhard (*1927), SPD-Politiker, Bundesjustizminister *309*
Jaksch, Wenzel (1896–1966), SPD-Politiker, Vertriebenenfunktionär *315, 316*
Javachef, Christo (*1935), Verpackungskünstler *778*
Jeanne d' Arc, (ca. 1412–1431), franz. Nationalheldin. Das lothringische Bauernmädchen mit religiös-nationalem Sendungsbewußtsein starb auf dem Scheiterhaufen *295*
Jens, Walter (*1923), Schriftsteller *700*
Johannes XXIII., (1881–1963), eigtl. Angelo Giuseppe Roncalli; 1958 zum Papst gewählt *340, 342, 406, 410*
Johnson, Lyndon B. (1908–1973), US-Präsident *340, 453, 456, 468, 498, 551*
Johnson, Uwe (1934–1984), Schriftsteller (»Zwei Ansichten«, »Mutmaßungen über Jakob«, »Jahrestage«) *331, 336, 338, 590, 723, 724*
Joyce, James (1882–1941), irischer Schriftsteller (»Ulysses«) *592*
Jünger, Ernst (*1895), Offizier, Schriftsteller (»In Stahlgewittern«) *838, 850*
Juhnke, Harald (*1929), Schauspieler, Sänger, Entertainer *786, 799*

K

Kästner, Erich (1899–1974), Schriftsteller; K. zählt zu den bedeutendsten Kabarett-Autoren der dreißiger und vierziger Jahre *389*

Käutner, Helmut (1908–1980), Schauspieler, Regisseur. Der Kabarettist der frühen dreißiger Jahre (»Die Nachrichter«) engagierte Neuss für Spielfilme wie »Des Teufels General« und »Der Hauptmann von Köpenick« *344*

Kafka, Franz (1883–1924), Schriftsteller (»Das Urteil«, »In der Strafkolonie«) *589, 703, 826*

Kahn, Herman (1922–1983), amerikanischer Militärexperte und Futurologe, galt als Befürworter der militärischen Eskalation und setzte auf die Abschreckung durch Atomwaffen (»Nachdenken über das Undenkbare«) *543*

Kaiser, Georg (1878–1945), deutscher Schriftsteller und Dramatiker (»Gas«, »Die Bürger von Calais«) *808*

Karajan, Herbert v. (1908–1989), eigtl. Herbert Karajan, Dirigent *293, 370, 787*

Karas, Harald (*1927), Journalist, Leiter der SFB-Abendschau *347, 709*

Karsch, Walther (1906–1975), Journalist *324, 546, 612*

Keaton, Buster (1895–1966), amerikanischer Komiker, der als der »Mann, der niemals lacht« in die Filmgeschichte einging *323*

Keeler, Christine, Londoner Callgirl, das 1963 durch ihr Verhältnis mit dem britischen Heeresminister den sogenannten »Profumo-Skandal« auslöste *391*

Kelly, Petra (1947–1992), Mitbegründerin und Politikerin der »Grünen«, war in den Achtzigern zur Symbolfigur für die Umwelt- und Friedensbewegung geworden. 1983 zog sie in den Bundestag ein, dem sie bis 1990 angehörte. 1992 wurden sie und ihr Lebensgefährte Gert Bastian in ihrer Bonner Wohnung tot aufgefunden. Es wird vermutet, daß Bastian sie erschossen und dann Selbstmord verübt hat. Der Fall wurde nie restlos geklärt *36, 702, 703*

Kennedy, John F. (1917–1963), amerik. Präsident, kam durch ein nie restlos aufgeklärtes Attentat ums Leben *250, 254, 302, 340, 406, 410, 411, 709*

Kennedy, Robert F. (1925–1968), US-Politiker, Justizminister im Regierungsteam seines Bruders John. Er starb durch ein Attentat *406, 410*

Kenyatta, Jomo (1892–1978), afrik. Politiker, Vorkämpfer der afrikanischen Unabhängigkeitsbewegung. 1964 Staatspräsident von Kenia *565*

Kiesinger, Kurt Georg (1904–1988). CDU-Politiker, wurde 1966 Bundeskanzler der großen Bonner Koalition *358, 382, 514, 524, 540, 579, 582*

Kießling, Günter (*1925), Vier-Sterne-General der Bundeswehr, war wegen Gerüchten, er habe an homosexuellen Gelagen teilgenommen, vom Verteidigungsministerium aus dem Dienst entlassen worden. Als sich die Anschuldigungen als unhaltbar erwiesen, wurde K. 1984 mit einem »Großen Zapfenstreich« verabschiedet *789*

Kinsey, Alfred Charles (1894–1956), amerikanischer Sexualforscher. Seine Forschungsergebnisse über das sexuelle Verhalten von Männern und Frauen veröffentlichte er in seinem »Kinsey-Report« *107*

Kinski, Klaus (1926–1991) eigtl. Nikolaus Nakszynski, skandalumwitterter Bühnen- und Filmschauspieler (»Nosferatu«, »Woyzeck«, »Aguirre, der Zorn Gottes«). In den sechziger Jahren wurde er durch seine eigenwillige Rezitation von Villon-Texten populär *379, 380*

Kipphoff, Petra, Journalistin, Redakteurin der »Zeit« *817*

Kirch, Leo (*1926), TV-Medien-Tycoon, besitzt Anteile an fast allen Privatkanälen *757*
Kissinger, Henry (*1923), eigtl. Heinz Alfred K., deutsch-amerik. Politiker und Publizist. Sicherheitsberater des US-Präsidenten Nixon *751*
Klarsfeld, Beate (*1939), deutsch-französische Journalistin; erregte Aufsehen durch die Ohrfeige, die sie Kanzler Kiesinger verabreichte, um auf seine NS-Vergangenheit aufmerksam zu machen *524*
Klotzbach, Holger (*1946), Kabarettist, Mitglied der »3 Tornados« *756–764*
Kluge, Alexander (*1932), Schriftsteller, Filmemacher (»Abschied von gestern«) *217, 733, 776*
Knef, Hildegard (*1925), Filmschauspielerin (»In jenen Tagen«), Chansonsängerin und Bestsellerautorin (»Der geschenkte Gaul«) *105, 106, 107*
Köpcke, Karlheinz (1922–1991), »Tagesschau«-Sprecher der ARD *704*
Kogon, Eugen (1903–1987), Politikwissenschaftler und Publizist (»Der SS-Staat«) *341*
Kohl, Helmut (*1930), CDU-Politiker, Bundeskanzler seit 1982 *701, 753, 765, 778, 779, 850*
Kokoschka, Oskar (1886–1980), österr. Maler und Schriftsteller *606*
Kollwitz, Käthe (1867–1945), Graphikerin, Bildhauerin, Zeichnerin *606*
Kolumbus, Christoph (1451–1506), genues. Seefahrer, entdeckte auf der Suche nach Indien den amerikanischen Kontinent *578*
Kongo-Müller s. Müller, Siegfried
Konfuzius (um 551-471 v.Chr.), chines. Philosoph. Sein Gedankengut ist zeitweise zur Staatslehre erhoben worden und ist auch heute noch tief im chinesischen Volk verwurzelt *604*
Konstantin, (*1940), griech. König *571*
Kortner, Fritz (1892–1970), österr. Schauspieler und Regisseur *339*
Kossygin, Alexej (1904–1980), sowjetischer Politiker, ab 1964 Ministerpräsident der UdSSR *340, 453, 581*
Kraus, Karl (1874–1936), Schriftsteller, wortgewaltiger Satiriker (»Die Fackel«) *30, 299, 717, 766, 768, 817, 841, 835*
Kressmann, Willy (1907–1986), SPD-Politiker. Der in Berlin populäre Bezirksbürgermeister von Kreuzberg äußerte sich kritisch über die westdeutsche Ostpolitik Adenauers und wurde daraufhin abgewählt *582*
Krone, Heinrich (1895), CDU-Minister und »Kanzler-Macher« unter Adenauer und Erhard *310, 362, 363*
Kuby, Erich (*1910), Journalist, Schriftsteller (»Alles im Eimer«) *296, 513, 514*
Kühl, Kate (1899–1970), eigtl. Neerhaupt, Elfriede Katharina, Schauspielerin, Kabarettistin, kreierte viele Tucholsky-Chansons (»Die Dorfschöne«) *767*
Kühn, Volker (*1933), Autor, Regisseur, Filmemacher. Zusammenarbeit mit Neuss seit 1964 (Funk, Fernsehen, Schallplatten, Bücher) *27–32, 45–72, 74, 473, 521, 525, 614, 628, 638, 645, 646, 647, 653, 654, 656, 689, 765–776*
Kühnen, Michael (*1955), extremistischer Neonazi, 1979 zu mehrjähriger Haft verurteilt *771*
Küster, Renate (*1936), Schauspielerin und Kabarettistin. In den sechziger Jahren spielte sie beim Berliner »Reichskabaretts«, später bei der Münchner »Lach- und Schießgesellschaft« *761, 774*
Kujau, Konrad (*1938), Militaria-Händler, Tagebuchfälscher, verkaufte in den Achtzigern der Illustrierten »Stern« angebliche Hitler-Schriften *769, 785, 787*
Kulenkampff, Hans-Joachim (*1921),

Schauspieler, TV-Unterhalter *62, 316, 317*
Kummernuß, Adolph (1895–1979), Gewerkschaftsfunktionär der ÖTV *482*
Kunzelmann, Dieter (*1939), SDS-Student, Kommunarde, später Mitglied des Berliner Abgeordnetenhauses *56, 556, 718*
Kurras, Karl-Heinz (*1928), Berliner Kriminalobermeister, der während der Anti-Schah-Demonstrationen im Juni 1967 den 26jährigen Studenten Benno Ohnesorg erschoß *540, 541, 730*
Ky, Nguyen Cao (*1930), vietnamesischer General, gelangte Juni 1965 durch einen von den USA unterstützten Putsch an die Macht. Lebt seit 1975 in den USA *399, 468, 494, 498, 500, 540, 550, 713*

L

Lafontaine, Oskar (*1943), SPD-Vorsitzender, Ministerpräsident des Saarlandes *703*
Lambsdorff, Otto Graf (*1926), FDP-Politiker, Wirtschaftsminister *782*
Langhans, Rainer, SDS-Spaßmacher, Kommunarde *56, 718*
Lassalle, Ferdinand (1825–1864), Politiker, Präsident des Allgemeinen Deutschen Arbeiter-Vereins (ADAV). Die SPD-Genossen sehen in L. einen ihrer Partei-Väter *314, 418, 419*
Laurel, Stan (1890–1965), amerikanischer Schauspieler, bildete mit Oliver Hardy als »Stan und Ollie« (Dick und Doof) das erfolgreichste Komikerpaar der Filmgeschichte *323*
Laurien, Hanna-Renate »Granata« (*1928), Berliner Bürgermeisterin und CDU-Senatorin für Schulwesen und Sport *743*
Lauritzen, Lauritz (1910–1980), SPD-Politiker, Bundesminister im Kabinett Brandt *582*
Leander, Zarah (1902–1981), schwedische Filmschauspielerin, begann ihre Karriere während des Dritten Reiches bei der Ufa (»Heimat«, »Damals«, »Premiere«, »Die große Liebe«) *181*
Leary, Timothy (1920–1996), amerik. Psychologe und Drogenforscher *677, 683, 806*
Leber, Georg (*1920), konservativer SPD-Politiker, Gewerkschaftsfunktionär, Verkehrs-, Post- und Verteidigungsminister *314, 315, 382, 384, 590*
Lefèvre, Wolfgang (*1941), im SDS engagierter Politik-Student *484, 607, 721*
Lehár, Franz (1870–1948), österr. Operettenkomponist (»Die lustige Witwe) *603*
Lembke, Robert (*1913), Journalist, TV-Redakteur und Moderator (»Was bin ich?«) *644*
Lemmer, Ernst (1898–1970), CDU-Politiker, war an der Gründung der Ost-CDU beteiligt; später ging er nach Bonn, wo er mehrfach Minister wurde (für Vertriebene und Gesamtdeutsches) *105, 346, 388*
Lenin, Wladimir Iljitsch (1870–1924), eigtl. Uljanow, russischer Revolutionär, Staatsmann, Gründer der UdSSR *278, 418, 419*
Lenz, Siegfried (*1926), Schriftsteller (»So zärtlich war Suleyken«) *766*
Leonhard, Wolfgang (*1921), Publizist, gelernter Marxist, Ostexperte *298*
Leppich, Johannes (*1915), kath. Pater mit Sinn für PR-Auftritte *341, 593*
Lettau, Reinhard (1929–1996), Schriftsteller (»Schwierigkeiten beim Häuserbauen«) *350, 478, 547, 549*
Lichtenstein, Alfred (1889–1914), deutscher Schriftsteller und Texter kabarettistischer Lyrik. Er starb als Soldat im Ersten Weltkrieg *404, 405*
Lieber, Hans-Joachim (*1923), Rektor der FU Berlin *613*
Liessem, Thomas, Karnevalist, Geschäftsmann, Vorsitzender des

»Bundes Deutscher Karneval« *126, 127*
Lilienthal, Peter (*1929), TV-Regisseur (»Es herrscht Ruhe im Land«) *611*
Lin Biao (1907–1971), chines. Politiker. 1969 zum Mao-Nachfolger gekürt, verschwand er in der Versenkung; Gerüchte sprechen von Differenzen mit dem Parteivorsitzenden und einem angeglichen Putschversuch Lins. Er kam bei einem Flugzeugabsturz ums Leben *604*
Lincke, Paul (1866–1946), deutscher Operettenkomponist (»Frau Luna«) und Schlager-Lieferant zur Kaiserzeit (»Glühwürmchen«) *380*
Lindenberg, Udo (*1946), deutscher Komponist, Schlagersänger und Pop-Performer (»Sonderzug nach Pankow«) *71, 787*
Lingen, Theo (1903–1978), Schauspieler und Filmkomiker (»Der Theodor im Fußballtor«) *575*
Lingen, Ursula »Uschi« (*1928), Schauspielerin. Die Tochter des bekannten Filmkomikers Theo Lingen war mit dem Regisseur Kurt Meisel verheiratet und leitete zeitweise die Hamburger Kammerspiele *125*
Löbe, Paul (1875–1967), SPD-Politiker, Reichstagspräsident *556, 558*
Löwenthal, Gerhard (*1922), Journalist von reaktionärer Gesinnung, moderierte von 1969–1987 das umstrittene »ZDF-Magazin« *729*
Lollobrigida, Gina (*1927), italienische Filmschauspielerin (»Der Glöckner von Notre Dame«) *704*
Lommel, Ludwig Manfred (1891–1962), in den dreißiger und vierziger Jahren populärer Parodist und Kabarettist, der vor allem durch seine Funkserie »Sender Runxendorf« bekannt wurde *393*
Lord Knud, Radio-Moderator, Mitglied der Pop-Gruppe »Die Lords«, die 1964 den Wettbewerb der »deutschen Beatles« gewann *733, 810*
Lorentz, Kay (*1920–1993), Kabarettautor, Regisseur, Leiter des »Düsseldorfer Ko(m)mödchens« *50*
Lorre, Peter (1904–1964), eigtl. Lázló Loewenstein, Bühnen-und Filmschauspieler (»M«, »Arsen und Spitzenhäubchen«) *741*
Lubbe, Marinus van der (1904–1934), niederl. Gelegenheitsarbeiter, wurde im Prozeß um den Reichstagsbrand zum Tode verurteilt *555, 560, 561*
Ludendorff, Erich (1865–1937), deutscher General von völkischer, antisemitischer Gesinnung, nahm 1923 am Hitler-Putsch teil *631*
Ludendorff, Mathilde (1877–1966), Ehefrau des Erich L., verbreitete sich in zahllosen Flugschriften und Büchern gegen die »überstaatlichen Mächte« (Judentum, Freimaurertum, Jesuiten, Marxisten) *182, 183*
Ludwig, Volker (*1937), Kabarettautor, Stückeschreiber, Theaterleiter (»Grips«) *457*
Lübke, Heinrich (1894–1972), CDU-Politiker, von 1959–1969 Bundespräsident *31, 239, 241, 296, 299, 300, 423, 571, 574, 729, 753*
Lübke, Wilhelmine (1885–1981), als Gattin des Bundespräsidentin zehn Jahre lang die »First Lady« der BRD *31, 300*
Lücke, Paul (1914–1976), CDU-Politiker, im Kabinett Erhard und Kiesinger Innenminister *484, 513, 514*
Luft, Friedrich (1911–1990), Journalist, Theater- und Filmkritiker (»Die Stimme der Kritik«) *29, 30, 324–327, 609, 610, 740, 741, 742, 743,*
Lummer, Heinrich (*1932), Berliner CDU-Politiker *744, 745, 823, 825*
Lumumba, Patrice (1925–1961), Ministerpräsident des unabhängigen Kongo mit sozialistischen Neigungen, wurde im Bürgerkrieg von Söldnertruppen entmachtet und ermordet *542, 566, 633*
Luther, Martin (1483–1546), Prediger,

Reformator *433, 434, 590, 607, 715, 741*
Luxemburg, Rosa (1870–1919), Politikerin, Schriftstellerin; die Weggefährtin Karl Liebknechts, mit dem sie die KPD gründete, wurde von der politischen Rechten ermordet *730*

M

Madson, Harald (1890–1949), dänischer Schauspieler, der mit seinem Landsmann Carl Schenström als populäres Komikerpaar »Pat und Patachon« Filmgeschichte machte *323*
Maegerlein, Heinz (*1911), ARD-Sportreporter *329, 330*
Mahler, Horst (*1936), Rechtsanwalt, Strafverteidiger, APO-Mandate, Mitbegründer des Berliner Republikanischen Clubs, RAF-Mitglied, verurteilt wegen der Befreiung Andreas Baaders. Seit 1986 wieder Rechtsanwalt *602, 715, 716, 719*
Maier, Franz Karl (1910–1984), Verleger des Berliner »Tagesspiegel« *386, 387, 546*
Makarios III. (1913–1977), eigtl. Michail Christodulos Muskos, zypr. Erzbischof, ab 1960 Staatspräsident der Republik Zypern *342*
Malcolm X (1925–1965), eigtl. Malcolm Little, amerikanischer Politiker und Religionsführer, war bis zu seiner Ermordung durch farbige Fanatiker der Wortführer der »Black Muslims«, einer radikalen Sekte, die den Befreiungskampf propagierte *569, 570*
Malenkow, Georgi (1902–1988), sowjet. Politiker, Stalins Sekretär wurde 1953 sowjetischer Ministerpräsident *340*
Mann, Golo (1909–1994), Historiker und Schriftsteller (»Wallenstein«) *300*
Mann, Thomas (1875–1955), Schriftsteller (»Buddenbrooks«, »Doktor Faustus«) *49, 394, 826, 833*
Mao Tse-tung (1893–1976), chines. Politiker und Staatsmann. Weltweite Verbreitung fand sein »Rotes Buch«, die sogenannte Mao-Bibel, in dem wesentliche Aussagen des »großen Vorsitzenden« zusammengefaßt sind *340, 483, 507, 508, 525, 536, 603, 717*
Marcks, Marie (*1922), Zeichnerin, Cartoonistin *719*
Marcuse, Herbert (1898–1979), Links-Philosoph, Professor in USA. Vertreter der kritischen Theorie und einer der Theorie-Väter der Protest- und Studentenbewegung *513, 514, 536, 538,718, 819, 821*
Marshall, George (1880–1959), US-General und Politiker; initiierte als Außenminister die nach ihm benannte »Marshall-Plan-Hilfe« *393*
Martini, Winfried (1905–1991), konservativer Journalist *326, 327, 555*
Marx, Gisela, TV-Journalistin *736, 740, 747, 748, 751, 753*
Marx, Karl (1818–1883), deutscher Philosoph und Schriftsteller (»Das Kapital«, »Kommunistisches Manifest«) *105, 314, 418, 444, 278, 419, 538, 633, 701 702, 715, 717, 719, 825, 827*
Marx Brothers, amerikanische Komikertruppe, bestehend aus Groucho (1895–1977), Chico (1891–1961), Harpo (1893–1964) sowie zeitweise Zeppo (1901–1979) und Gummo (1897–1977). Nach Broadway-Erfolgen machten sie eine erstaunliche Film-Karriere mit Komödien, die erstmals anarchistischen Humor auf die Leinwand brachten *32, 724, 758*
Matthes, Günter (*1920), Journalist, Redakteur des Berliner »Tagesspiegel« *325*
Mattick, Kurt, Berliner Landesvorsitzender der SPD *309, 310, 418, 419, 607*
McCarthy, Joseph R. (1908–1957), US-Senator, der sich in den

fünfziger Jahren im »Ausschuß für unamerikanische Umtriebe« als Kommunisten-Jäger betätigte *508*
McNamara, Robert (*1916), amerik. Politiker. US-Präsident Kennedy machte ihn 1961 zum Verteidigungsminister, 1968 wurde er Präsident der Weltbank *554*
Mehring, Walter (1896–1981), Schriftsteller (»Die verlorene Bibliothek«), Kabarettautor der zwanziger Jahre *771*
Meinhof, Ulrike (1934–1976), Journalistin (»Konkret«-Kolumnistin), Schriftstellerin (»Bambule«, »Vom Protest zum Widerstand«), Gründungsmitglied der Rote Armee Fraktion (RAF) *715, 716, 719, 725, 726*
Meins, Holger (1941–1974), RAF-Mitglied, starb nach mehrwöchigem Hungerstreik in der Haftanstalt Wittlich *715*
Meisel, Kurt (1912–1994), Schauspieler (»Die göttliche Jette«, »Die goldene Stadt«, »Der veruntreute Himmel«), Regisseur, Theaterleiter *221*
Meisel, Will (1897–1967), Schlagerkomponist *621*
Mende, Erich (*1916), FDP-Politiker. Der Ritterkreuzträger des Zweiten Weltkrieges war von 1963–1966 Bundesminister und Vizekanzler, 1970 erfolgte der Übertritt zur CDU *294, 309, 310, 311, 312, 404, 406*
Mende, Margot, Ehefrau des Erich M. *310, 406*
Menge, Marlies, Journalistin, war für die »Zeit« in Ostberlin tätig *737, 738*
Menge, Wolfgang (*1924), Journalist, Talkshow-Gastgeber, TV-Drehbuchschreiber (»Ein Herz und eine Seele«, »Motzki«) *736–746*
Mengele, Josef (*1911), KZ-Arzt, nahm in Auschwitz die Selektionen und Experimente an Häftlinge vor *356, 357*
Mercouri, Melina (1920–1994), Politikerin, griechische Schauspielerin (»Sonntags nie«) und Sängerin (»Ein Schiff wird kommen«). Nachdem sie sich vehement gegen die Militärdiktatur in ihrem Land gewandt hat, wird sie 1981 Ministerin für Kultur *571*
Miermeister, Jürgen (*1943), Journalist, veröffentlichte Satiren, Essays, kleine Prosastücke. Autor einer Dutschke-Biographie *45–72*
Milch, Erhard (1892–1972), Generalfeldmarschall und Generalinspekteur der Luftwaffe unter Hitler *713*
Milkus, Paul, eigtl. Mielke, Musiker; Auftritte mit Neuss in den ersten Nachkriegsjahren *92*
Miller, Glenn (1904–1944), amerik. Jazzmusiker, Komponist und Chef eines eigenen Swing-Orchesters *107, 320*
Miller, Henry (1891–1980), amerik. Schriftsteller (»Wendekreis des Krebses«) *592*
Millowitsch, Willy (*1909), Volksschauspieler *309, 329, 330*
Mitscherlich, Alexander (1908–1982), deutscher Psychosomatiker, Psychoanalytiker und Sozialpsychologe *527, 590*
Mobutu (*1930), war von 1965 bis 1997 Staatspräsident von Zaire *814*
Mödl, Martha (*1912), Opernsängerin *324, 325*
Mohnhaupt, Brigitte, RAF-Mitglied, wurde wegen Beteiligung an der Ermordung von Generalbundesanwalt Buback, Bankier Jürgen Ponto und Arbeitgeber-Präsident Schleyer 1985 zu fünfmal lebenslänglich und 15 Jahren Haft verurteilt *36*
Momper, Walter (*1945), Regierender Bürgermeister Berlins *39*
Morell, Theo (1886–1948), Hitlers Leibarzt *808, 847*
Moser, Hans (1880–1964), österr. Schauspieler und Kabarettist, wurde als Filmkomiker populär *705, 788*
Mozart, Wolfgang Amadeus (1756–1791), österr. Komponist *819*
Mühlenhaupt, Kurt (*1921),

Maler, Bildhauer, Schriftsteller *713*

Mühsam, Erich (1878–1934), Schriftsteller, Kabarettist. 1933 von den Nazis verhaftet, starb er ein Jahr später im KZ Oranienburg *728,*

Müller, Siegfried (1921–1983), gen. »Kongo-Müller«. Der ehemalige Oberleutnant der Wehrmacht verdingte sich in den sechziger Jahren als Söldner im kongolesischen Bürgerkrieg auf Seiten Tschombés. Müller geriet 1966 in die Schlagzeilen, als er großmäulig von dem Einsatz seiner Einsatztruppe berichtete (»Hunderte von rebellischen Kongolesen abgeschossen«). Ein vom DDR-Fernsehen gedrehtes Müller-Interview wurde in 37 Ländern gezeigt (»Der lachende Mann – Bekenntnisse eines Mörders«). Ende der Sechziger geht M. nach Südafrika, wo er eine paramilitärische Einsatztruppe gründet und nach NS-Vorbild einen Arbeitsdienst organisieren will. Er stirbt 1983 an Krebs *468, 552, 553, 629, 633*

Müller, Dirk, mit Neuss befreundeter, im SDS engagierter Student *697, 699, 723*

Müller, Hans Christian (*1949), Kabarettautor und Regisseur (»Kehraus«) *776*

Müller, Werner, Wolfgang Müllers Vater, spielte mit Neuss in den vierziger Jahren auf der Kabarettbühne *91*

Müller, Wolfgang (1922–1960), Schauspieler, Kabarettist; Neuss-Partner im Kabarettkeller, auf Schallplatte, Bühne und Leinwand (»Das Wirtshaus im Spessart«, »Wir Wunderkinder«) *16, 23, 32, 35, 42, 48, 65, 88, 91, 119, 120, 128, 129, 130, 164, 223, 224, 226, 227, 228, 741, 762, 771, 773, 774, 847, 875*

Musil, Robert (1880–1942), österr. Schriftsteller (»Der Mann ohne Eigenschaften«) *826*

Mussolini, Benito (1883–1945), italien. Faschistenführer und Diktator, der sich mit Hitler verbündete *180*

N

Nannen, Henri (1913–1996), Journalist und Verleger (»Der Stern«) *705, 715*

Nasser, Gamal Abd el (1918–1970), ägypt. Politiker, seit 1958 Staatspräsident der Vereinigten Arabischen Republik *339, 561*

Neubauer, Kurt (*1922), SPD-Politiker, in den sechziger Jahren Berliner Innensenator *540*

Neumann, Robert (1897–1975), Schriftsteller, Literatur-Parodist (»Mit fremden Federn«) *75, 79, 513, 514*

Neuss, Harriet »Jette« (*1962), später Harriet Neuss-Wixell, (Neuss-Tochter) *352, 773*

Nevermann, Knut, 1967 AStA-Vorsitzender der FU Berlin, SHB-Mitglied *606*

Ney, Elly (1882–1968), Konzertpianistin mit klassischem Repertoire, neben Furtwängler und Gründgens eine der Vorzeige-Künstler im Dritten Reich *401*

Ngo Dinh Diem (1901–1963), vietnamesischer Politiker, Ministerpräsident Südvietnams von US-Gnaden. Der unbeliebte Diktator kam bei einem Militärputsch ums Leben *239*

Nhu, »Madame«, Ehefrau des südvietnamesischen Staatschefs und Diktators Ngo Dinh Diem (1901–1963), der bei einem Militärputsch gestürzt und ermordet wurde *239, 240, 342*

Niel, Herms (1888–1964), eigtl. Nielebock, Hermann, von Hitler zum Reichsmusik-Professor ernannter Komponist (»Erika«, »Tschingta Bummtara«) *181, 370*

Niemöller, Martin (1892–1984), evangelischer Pfarrer, überzeugter Pazifist, von den Nazis im KZ Dachau interniert. N. engagierte

sich nach Kriegsende für weltweite Abrüstung *317, 342, 526*
Nikolaus, Paul (1894–1933), Autor, Conferencier und politischer Kabarettist der zwanziger Jahre. Vor den Nazis in die Schweiz geflüchtet, nahm er sich dort das Leben *768*
Nikolaus II. (1868–1918), Zar von Rußland, wurde nach der Oktober-Revolution durch die Bolschewisten mit seiner Familie erschossen *180*
Nirumand, Bahman (*1936), in Teheran geborener Schriftsteller und Journalist, kam als Regime-Kritiker Anfang der Sechziger in die Bundesrepublik und engagierte sich im Berliner SDS *53*
Nixon, Richard M. (1913–1994), amerik. Politiker, wurde 1969 US-Präsident, stürzte 1974 über die »Watergate-Affäre« *663*
Noelle-Neumann, Elisabeth (*1916), Journalistin, Chefin des Allensbacher Meinungsforschungsinstituts *329, 330*
Nordhoff, Heinz (*1899), Ingenieur, seit 1947 Generaldirektor des Volkswagenwerks *325*

O

Oetker, Rudolf August (*1916), Lebensmittelfabrikant (Konserven, Puddingpulver) *384*
Ohnesorg Benno (1941–1967), Student; er wurde beim Polizeieinsatz gegen die Berliner Anti-Schah-Demonstration am 2. Juni 1967 erschossen. Sein Tod führte zu einer der schwersten innenpolitischen Krisen der BRD *539, 541, 574, 607, 730*
Oliver, Joe »King« (1885–1938), amerik. Jazzmusiker, Bandleader *192*
Ollenhauer, Erich (1901–1963), Politiker, wurde 1952 SPD-Vorsitzender *715*
Onassis, Aristoteles (1906–1975), griechischer Reeder, Immobilienhändler. Der steinreiche »Tanker-König«, Besitzer von Spielbanken und Fluggesellschaften, machte durch seine Affäre mit der Operndiva Maria Callas und 1968 durch seine Heirat mit Jacqueline Bouvier, der Witwe des US-Präsidenten J. F. Kennedy, von sich reden *568*
Ortega y Gasset, José (1883–1955), span. Kulturphilosoph (»Aufstand der Massen«) *330*
Orwell, George (1903–1950), eigtl. Blair, Eric Arthur, engl. Schriftsteller (»Farm der Tiere«, »1984«) *694*
Ory, Edward »Kid« (1889–1973), amerik. Jazzmusiker, Bandleader, Komponist (»Muskrat Ramble«) *192*
Ossietzky, Carl v. (1889–1938), politischer Publizist, Herausgeber der »Weltbühne« *546, 730*
Oswald, Lee Harvey (1939–1963) vermutlicher Kennedy-Mörder *302*
Otto, Walter, Hausmeister; wurde von Neuss entdeckt und spielte als Neuss-Partner in »Neuss Testament« *368, 370, 372, 373, 375, 449, 638*

P

Pahlawi, Resa (1919–1980), persischer Schah. Der Gewaltherrscher war in den Sechzigern wie seine Ehefrauen Soraya und Farah Diba ein beliebtes Objekt der Boulevard-Presse. Während seines Deutschland-Besuches im Jahre 1967 kam es zu Demonstrationen gegen den Monarchen, der in seinem Land die Opposition blutig unterdrükken ließ *539, 541, 562, 567, 574*
Pallenberg, Max (1877–1934), österreichischer Schauspieler, spielte ab 1914 in Berlin in Inszenierungen von Max Reinhardt und Erwin Piscator *565*
Patachon s. Madson, Harald
Paul VI. (1897–1978), wurde 1963 zum Papst gewählt *340, 342, 376, 566*

Paulus, Friedrich (1890–1957), Generalfeldmarschall, Oberbefehlshaber der 6. Armee, die – entgegen ausdrücklichem Befehl Hitlers – vor Stalingrad kapitulierte. In sowjetischer Gefangenschaft engagierte sich P. im antifaschistischen »Bund Deutscher Offiziere«. 1953 wurde er in die DDR entlassen *134*
Pferdmenges, Robert (*1880–1962), Bankier, Adenauer-Berater in Finanz- und Wirtschaftsfragen *105, 107, 235*
Picht, Georg (1913–1982), Bildungspolitiker, Verfechter einer Bildungsreform *296*
Pieroth, Elmar (*1934), Sproß der »Glühkohlwein« erzeugenden, rheinland-pfälzischen Weingut-Dynastie; Berlins Senator für Wirtschaft und Arbeit *743*
Pirandello, Luigi (1867–1936), ital. Schriftsteller (»Sechs Personen suchen einen Autor«) *124*
Piscator, Erwin (1893–1966), Regisseur; inszenierte »proletarisches« Theater am Berliner Nollendorfplatz, nach 1945 dokumentarisches Zeittheater an der Westberliner Volksbühne *341, 344, 345, 424*
Pius XII. (1876–1958), eigtl. Eugenio Pacelli, wurde 1939 zum Papst gewählt *340, 341, 342, 424*
Polt, Gerhard (*1942), Kabarettist *776*
Ponto, Jürgen (1923–1977), Vorstandssprecher der Dresdner Bank, wurde von Terroristen ermordet *715*
Popow, Oleg (*1930), russischer Clown, Star des sowjetischen Staatszirkus, trat ab 1959 in der BRD auf *250, 254*
Porst, Hannsheinz, Fotogroßhändler, wurde 1967 unter dem Verdacht verhaftet, zur DDR »landesverräterische Beziehungen« unterhalten zu haben. P. gestand, seit Mitte der fünfziger Jahre sowohl Mitglied der FDP als auch der SED zu sein. 1969 wurde er zu 33 Monaten Haft verurteilt *548*
Prager, Willy (1877–1956), Schauspieler, Autor und Kabarettist *768*
Profumo, John D. (*1915), britischer Heeresminister, stürzte 1963 über seine Affäre mit dem Callgirl Christine Keeler, die gleichzeitig intime Beziehungen zu einem Sowjet-Diplomaten unterhielt *391*
Proust, Marcel (1871–1922), französischer Schriftsteller der literarischen Moderne (»Auf der Suche nach der verlorenen Zeit«) *37*
Pulver, Liselotte (*1929), Filmschauspielerin (»Ich denke oft an Piroschka«, »Das Wirtshaus im Spessart«) *120*

Q
Qualtinger, Helmut (1928–1986), Schauspieler, Schriftsteller, Kabarettist (»Der Herr Karl«) *373, 374*
Quinn, Freddy (*1931), Schlagersänger, Entertainer *62, 65*

R
Raspe, Jan Carl (1944–1977), RAF-Mitglied, starb in der Haft *715, 726*
Rasputin, Grigori Jefimowitsch (um 1865–1916), russ. Mönch, der als »Wunderheiler« am Zarenhof großen politischen Einfluß hatte *581*
Rating, Arnulf (*1951) Kabarettist. Nach der Auflösung der »3 Tornados«, die er mitbegründete, mit Solo-Programmen unterwegs *756–764*
Reagan, Ronald (*1911), amerik. Filmschauspieler, wurde 1980 US-Präsident *697, 698*
Rehwinkel, Edmund (*1899), Präsident des Deutschen Bauernverbandes, Hobby-Lyriker von unfreiwilliger Komik, galt als entschiedener Gegner einer progressiven Ost-Politik *296*
Reichel, Ilse, Berliner Senatorin *673*
Reimann, Max (1898–1977), Bergarbeiter, KZ-Haft von 1939–1945.

Nach Kriegsende wurde er Parteivorsitzender der westdeutschen KP und gehörte dem Bonner Bundestag an *418*
Reinhardt, Max (1873–1943), Schauspieler, Regisseur, Gründer des Kabaretts »Schall und Rauch« *324, 768*
Reisner, Stefan (*1942), Journalist und Autor mehrerer Theaterstükke, darunter für das Grips-Theater *770*
Reitsch, Hanna (1912–1979), weiblicher Flugpionier, wurde für ihre Tätigkeit als Testpilotin für die deutsche Luftwaffe von Hitler mit dem Eisernen Kreuz ausgezeichnet *565*
Reitz, Edgar (*1932), deutscher Filmregisseur und Autor *217*
Remer, Otto Ernst (*1912), Generalmajor, trug als Kommandeur eines Wachbataillons entscheidend zur Niederschlagung des Putsches vom 20. Juli 1944 bei. Der von Hitler hochdekorierte Offizier gründete nach Kriegsende die rechtsextremistische »Sozialistischen Reichspartei« (SRP) *97*
Renger, Annemarie (*1919), Kurt Schumachers Sekretärin und SPD-Politikerin, Präsidentin des deutschen Bundestags *692*
Renner, Heinz, KPD-Abgeordneter im ersten Deutschen Bundestag *715*
Reuter, Ernst (1889–1953), der Ex-KP-Genosse und von Lenin zum Präsidenten der Wolgadeutschen Sowjet-Republik ernannte Politiker wurde 1947 Berlins Regierender Bürgermeister *708*
Reutter, Otto (1870–1931), eigtl. Pfützenreuter, Coupletdichter und Kabarettist, war in den Zwanzigern als Vortragskünstler populär *768*
Richling, Mathias (*1953), Kabarettist eigener parodistischer Solo-Programme *759, 760*
Richter, Hans Werner (1908–1993), Schriftsteller (»Spuren im Sand«), Gründer der literarischen »Gruppe 47« *309, 311, 468*
Richthofen, Manfred v. (1892–1918), deutscher Kampfflieger im Ersten Weltkrieg, Kommodore des nach ihm benannten Jagdflieger-Geschwaders *17*
Rieck, Horst »Rikki« (*1941), Journalist, Neuss-Assistent; er arbeitete als Reporter und war mit seiner Story über das Schicksal der Christiane F. (»Wir Kinder vom Bahnhof Zoo«) erfolgreich *647*
Riefenstahl, Leni (*1902), Schauspielerin, Tänzerin. Im NS-Regime machte sie Karriere als Filmemacherin mit Dokumentarstreifen über die Nürnberger Reichsparteitage und die Olympischen Spiele (»Triumph des Willens«, »Sieg des Glaubens«) *324*
Rimbaud, Arthur (1854–1891), franz. Schriftsteller *36, 767*
Rinnebach, Olga (1899–1957), Chansonsängerin, Kabarettistin *767*
Ristock, Harry (1928–1992), linker SPD-Politiker, der zum Entsetzen der Bonner Baracke öffentlich gegen die US-Aggression in Vietnam protestierte *606*
Ritter, Heinz (*1927), Berliner Journalist *324*
Rosenberg, Ludwig (1903–1977), Gewerkschaftsfunktionär und Hobby-Reimer *482*
Rosenthal, Philip (*1916), Porzellanfabrikant, SPD-Politiker *730*
Rubinstein, Jack Leon (†1967), amerik. Barbesitzer, der sich Jack Ruby nennt, tötete den vermutlichen Kennedy-Mörder Lee Harvey Oswald. Von einem US-Gericht zum Tode verurteilt, starb R. vor seiner Hinrichtung an Krebs *302*
Ruby, Jack s. Rubinstein, Jack
Russel, Bertrand (1872–1970), Mathematiker und Philosoph, engagierte sich gegen die US-Invasion in Vietnam *550*

S

Sachs, Gunter (*1932), Playboy, Millionenerbe der Kugellagerfabrik Fichtel und Sachs, war ein belieb-

tes Objekt der Boulevard-Presse *568*
Salvatore, Gaston (*1941), Schriftsteller, engagierte sich als Dutschke-Freund in der Studentenbewegung der sechziger Jahre. Schrieb die Neuss-Biografie »Ein faltenreiches Kind« *54, 55, 472, 511, 614, 618, 661, 662, 721*
Sass, Otto von s. Walden, Matthias
Schall, Barbara (*1930), Brecht-Tochter und Verwalterin des Brecht-Erbes *767*
Schamoni, Peter (*1934), Filmemacher *217*
Schamoni, Ulrich (*1939), Filmemacher (»Chapeau claque«) und Stadtradio-Produzent *585, 669, 732, 756*
Scheel, Mildred (1932–1985), Ärztin. Als Frau des Bundespräsidenten Walter Scheel war sie Präsidentin der von ihr gegründeten »Deutschen Krebshilfe« *712, 713*
Scheel, Walter (*1919), FDP-Vorsitzender, Außenminister in der Regierung Brandt, Bundespräsident. Sch. machte sich auch als Pop-Sänger (»Hoch auf dem gelben Wagen«) einen Namen *713*
Schiller, Friedrich (1759–1805), deutscher Dichter und Dramatiker (»Die Räuber«) 331, 500, 648, 833
Schiller, Karl (1911–19), SPD-Politiker, Wirtschafts- und Finanzminister *583, 584*
Schily, Otto (*1932), Rechtsanwalt und Politiker, wechselte von den Grünen zur SPD *683, 702*
Schirach, Baldur v. (1907–1974), NS-Reichsjugendführer, Reichsstatthalter von Wien, 1946 im Nürnberger Prozeß zu 20 Jahren Haft verurteilt *320, 322, 324, 808*
Schlamm, William S. (1904–1978), Publizist, schrieb konservativ-reaktionäre Artikel im »Stern« *387, 388, 468, 667, 771*
Schleyer, Hanns-Martin (1915–1977), Präsident der Arbeitgeberverbände, wurde von RAF-Terroristen entführt und ermordet *715*
Schmid, Carlo (1896–1979), SPD-Politiker und Schriftsteller, Übersetzer von Baudelaire, Malraux, Calderon, Machiavelli *294, 313*
Schmidt, Arno (1914–1979), deutscher Schriftsteller (»Zettels Traum«) *36, 832, 850*
Schmidt, Helmut (*1918), SPD-Politiker, verschaffte sich als Hamburger Innensenator den Ruf des »starken Mannes« (»Schmidt-Schnauze«), Verteidigungsminister. 1974–1982 Bundeskanzler *294, 515, 516, 676, 726, 730, 819*
Schmitt-Vockenhausen, Hermann (1923–1979), rechter SPD-Politiker *294*
Schneider, Romy (1938–1982), eigtl. Rosemarie Magdalena Albach, Filmschauspielerin (»Sissi«, »Christine«) *730*
Schneider-Duncker, Paul (1883–1956), Schauspieler, Chansonsänger, Conferencier, gründete 1904 zusammen mit Rudolf Nelson das Nachtkabarett »Roland von Berlin« *768*
Schnitzler, Karl-Eduard v. (*1918), Journalist, begann seine Medienkarriere beim Hamburger NWDR. Nach seiner Übersiedlung nach Ostberlin wurde er der als »Sudel-Ede« bekannte Chefkommentator des DDR-Fernsehens (»Der schwarze Kanal«) *298, 586, 738*
Schönberg, Arnold (1874–1951), Komponist, gilt als Schöpfer der »Zwölftonmusik« *320*
Schoenberner, Gerhard (*1931), Publizist, zahlreiche Veröffentlichungen zum Themenbereich Film und Faschismus *496*
Schörner, Ferdinand (1892–1973), Generalfeldmarschall, als »Durchhalte-General« bekannt. Nach seiner Entlassung aus sowjetischer Gefangenschaft wurde er in der BRD wegen Ermordung deutscher Frontsoldaten verurteilt *106, 107*
Scholtz-Klink, Gertrud (*1902), NS-Reichsfrauenführerin,

Leiterin der NS-Frauenschaft; 1948 wurde sie von einem französischen Militärgericht zu 18 Monaten Haft verurteilt *341*
Scholz, Arno (1904–1971), Zeitungsverleger, Schriftsteller (»Insel Berlin«) *386, 468, 546*
Schopenhauer, Arthur (1788–1860), deutscher Philosoph (»Die Welt als Wille und Vorstellung«) *724, 816, 817*
Schostakowitsch, Dmitri (1906–1975), sowjet. Komponist von vaterländisch-revolutionär gestimmten Sinfonien *271*
Schröder, Gerhard (1910–1989), CDU-Politiker, der als Mitläufer dem NS-System diente und der BRD als Innen- und Außenminister *583, 715*
Schröder, Jörg (*1938), Verleger und Autor *832*
Schütz, Klaus (*1926), SPD-Politiker, wurde 1967 Regierender Bürgermeister Westberlins, später deutscher Botschafter in Israel und Intendant der Deutschen Welle *574, 610*
Schultze, Peter (*1922), Journalist, Redakteur beim RIAS und SFB *851*
Schumacher, Kurt (1895–1952), erster Vorsitzender der Nachkriegs-SPD, von ihm stammt der auf Adenauer gemünzte Zwischenruf vom »Kanzler der Alliierten« *315, 393*
Schwedler, Rolf (1914–1981), Berliner Bausenator *322, 587*
Schweitzer, Albert (1875–1965), Arzt,Theologe, Organist, als der »gute Mensch von Lambarene« populär *344, 633*
Schwitters, Kurt (1887–1948), Maler, Bildhauer, Dada-Schriftsteller (»Ursonate«) *769, 770, 774*
Seebohm, Hans-Christoph (1903–1967), konservativer CDU-Politiker; Bundesverkehrsminister im Kabinett Adenauer, Sprecher der sudetendeutschen Landsmannschaft *323, 715*
Seghers, Anna (1900–1983), deutsche in der DDR beheimatete Schriftstellerin (»Das siebte Kreuz«) *297*
Selassie, Haile (1892–1975), eigtl. Taferi Makwennen, Kaiser von Äthiopien. Nach jahrzehntelanger autokratischer Alleinherrschaft wurde er gegen Anfang der Siebziger schrittweise entmachtet *633*
Sellner, Rudolf (1905–1990), Intendant und Schauspieler *599*
Semler, Christian (*1936), Politikwissenschaftler, Journalist. Der Sohn des Industriellen Johannes Friedrich S. und der Kabarettistin Ursula Herking gehörte zum Kern der rebellierenden Studentenbewegung, war zeitweise SDS-Vorsitzender und Chef der von ihm mitgegründeten KPDAO *719, 721*
Seydlitz-Kurzbach, Walther von (1888–1976), General, wurde in sowjetischer Gefangenschaft zum Hitler-Gegner und übernahm den Vorsitz des antifaschistischen »Bundes deutscher Offiziere« *106, 107*
Shakespeare, William (1564–1616), englischer Dichter und Dramatiker (»Was ihr wollt«, »Hamlet«) *13, 292, 388, 814*
Shepard, Alan (*1923), US-Astronaut, umkreiste als erster Amerikaner in einer Weltraumkapsel die Erde, betrat 1971 den Mond *250, 254*
Sikorski, Wladislaw (1881–1943), polnischer General und Ministerpräsident der Exil-Regierung in London *574*
Sinatra, Frank (*1915), amerikanischer Schauspieler, Sänger, Entertainer *580*
Sloterdijk, Peter (*1947), Zeitgeist-Philosoph, Autor des Kultbuches »Kritik der zynischen Vernunft« *816, 817, 829, 833, 834, 838*
Smith, Ian Douglas (*1919), afrikanischer Politiker, ab 1961 Führer der weißen europäischen Siedler in Süd-Rhodesien, deren Vorrechte gegenüber den

Schwarzen er als Premierminister unnachgiebig verteidigte. 1980 wurde Rhodesien als Zimbabwe unabhängig, Smith wurde britischer Staatsbürger *400, 568*
Söhnker, Hans (1905–1981), Schauspieler *495*
Spellman, Francis Joseph (1889–1967), amerik. Kirchenfürst, Kardinal und Bischof von New York, war oberster Militärseelsorger der amerikanischen Truppen. S. galt als klerikaler Scharfmacher im Vietnam-Konflikt *538*
Springer, Axel Cäsar (1912–1985), nationalkonservativer Verleger und einflußreicher Pressezar der Bundesrepublik. Die Springer-Presse – gut 20 Millionen Auflage in Tage-und Wochenblättern – wurde für die 68er zum verhaßten Symbol einer repressiven Gesellschaft; das Springer-Blatt »Bild« galt für Jahrzehnte als Inbegriff gefährlicher Volksverdummung *222, 326, 327, 420, 444, 452, 455, 468, 433, 491, 545, 549, 577, 609, 620, 621, 667, 668, 705, 706, 743, 757*
Springer, Friede, Ehefrau Axel Springers *757*
Springer, Véronique, Studentin *478*
Stalin, Josef W. (1879–1953), eigtl. Dschugaschwili, sowjetischer Diktator *103, 118, 192, 391, 278, 340, 515, 517, 578, 579*
Stalin, Swetlana, Tochter Josef Stalins, sorgte 1967 für Aufsehen, als sie von Indien aus in die Schweiz floh und von dort in die USA übersiedelte *578, 579, 580*
Staudte, Wolfgang (1906–1984), Filmregisseur. Er engagierte Neuss für mehrere seiner Filme, darunter »Rosen für den Staatsanwalt«, »Der Maulkorb« *178, 301*
Stauffenberg, Claus Schenk Graf von (1907–1944), Oberst, glückloser Hitler-Attentäter vom 20. Juli 1944 *560, 726*
Steidl, Robert (1865–1927), Entertainer, Sänger, Parodist, war die Show-Attraktion der Jahrhundertwende-Szene Berlins; er feierte im »Wintergarten« Triumphe *768*
Stein, Werner (*1913), Berliner SPD-Politiker, Kultursenator; Autor des »Kulturfahrplans« *606*
Sternheim, Carl (1878–1942), deutscher Schriftsteller und Dramatiker (»Die Hose«, »Bürger Schippel«) *610*
Stoltenberg, Gerhard (*1928), CDU-Politiker, Ministerpräsident von Schleswig-Holstein, Bundesverteidigungsminister *542, 725*
Stoph, Willi (*1914), SED-Politiker, 1964–1973 und 1976–1989 DDR-Ministerpräsident *540*
Stracke, Karl-Heinz, Opernsänger, übernahm 1964 die Leitung des Berliner »Theater des Westens« *342, 326, 379, 380*
Strauß, Franz Josef (1915–1988), CSU-Politiker, mehrfach Bundesminister, darunter die Ressorts Atomfragen, Verteidigung, Finanzen. Strauß, ab 1978 bayerischer Ministerpräsident, war mehrfach in Affären (Fibag, Spiegel) verwikkelt *31, 303, 318, 320, 326, 358, 362, 363, 385, 386, 465, 583, 609, 676, 729, 790, 860*
Strienz, Wilhelm (*1900), Opern- und Schlagersänger, war zur NS-Zeit mit Heimatschnulzen (»Gute Nacht, Mutter«, »Heimat, deine Sterne«) populär *181*
Stroux, Karlheinz (*1908), Regisseur und Theaterleiter *307, 312, 313*
Struck, Karin, Schriftstellerin (»Die liebenswerte Greisin«) *833*
Süsterhenn, Adolf (*1905), CDU-Politiker, Begründer der Aktion »Saubere Leinwand«, die sich gegen Sex auf der Kinoleinwand richtete *294, 295, 422, 423*
Süverkrüp, Dieter (*1934), Liedermacher, Kabarettist. Trat mit Neuss im »Quartett 67« auf *482, 484, 485, 486*
Sybille s. Friedmann, Anneliese

T

Tati, Jacques (1908–1982), eigtl. J. Tatischeff, französischer Komiker und Regisseur, der als »Monsieur Hulot« Filmgeschichte machte *323*

Teller, Edward (*1908), amerik. Physiker, war maßgeblich an der Entwicklung der Wasserstoffbombe beteiligt, die er noch in den sechziger Jahren als schlagkräftige Massenvernichtungswaffe pries *293, 295*

Teufel, Fritz (*1943), SDS-Spaßmacher, Kommunarde *56, 555, 556, 576, 609, 718*

Thews, Günter (1945–1993), mit Neuss befreundeter Kabarettist, Mitglied der »3 Tornados« *45–72, 756–764*

Thierry (1921–1984), eigtl. Dieter Koch, Kabarettist und Kabarettautor *130, 425, 426, 448, 521, 587, 590*

Tiburtius, Joachim (1889–1967), CDU-Politiker, Berliner Senator für Volksbildung *326*

Tito, Josip (1892–1980) eigtl. Josip Broz, jugoslawischer Politiker, ab 1963 Staatspräsident *418*

Titow, German, Sowjet-Major, umkreiste 1961 als zweiter Astronaut der UdSSR die Erde *250, 254, 262, 267*

Todt, Fritz (1891–1942), Hitlers Technokrat, gilt als Erbauer der Autobahn. Er verpflichtete ein Heer von Arbeitskräften für seine »Organisation Todt« (OT) und war verantwortlich für den Bau des Westwalls *719*

Tomayer, Horst (*1938), Journalist, Kabarettautor, arbeitete an mehreren Neuss-Programmen mit *448, 473*

Torriani, Vico (*1920), eigtl. Oxens, Schlagersänger, TV-Moderator (»Der goldene Schuß«) *540*

Toulouse-Lautrec, Henri de (1864–1901), franz. Maler und Graphiker *605*

Trotzki, Leo D. (1879–1940), russischer Politiker; bereitete mit Lenin die Oktoberrevolution vor und organisierte den Aufbau der Roten Armee. Nach Lenins Tod wurde er entmachtet und auf Befehl Stalins im mexikanischen Exil ermordet *418, 419, 579*

Tschernenko (1911–1985), sowj. Politiker, 1984 Generalsekretär der KPdSU und Staatschef der Sowjetunion *698, 795*

Tschiang Kai-schek (1887–1975), chines. Politiker. Der Bruderkrieg gegen Maos Rote Armee endete mit Tschiangs Flucht nach Taiwan, wo er sich 1950 als Staatspräsident und Diktator auf Lebenszeit ausrufen ließ *592*

Tschombé, Moise Kapenda (1919–1969), kongoles. Politiker, erklärte bei der Unabhängigkeit des Kongo die Provinz Katanga zum selbständigen Staat, putschte gegen Kongos Ministerpräsident Lumumba und ließ ihn ermorden. Von Staatspräsident Kasawubu amtsenthoben, starb T. im algerischen Exil *542*

Tschu En-lai (1898–1976), chines. Ministerpräsident, war nach Mao der zweite Mann im Staate Rotchina *534, 536*

Tucholsky, Kurt (1890–1935), Schriftsteller, Kabarettautor, Satiriker *13, 14, 41, 48, 180, 306, 331, 332, 333, 334, 336, 338, 599, 717, 727, 730, 766, 767, 808*

Tzara, Tristan (1896–1963), rumän. Schriftsteller. Der Mitbegründer der Dada-Bewegung trat während des Ersten Weltkrieges im Zürcher »Cabaret Voltaire« mit eigenen »Simultangedichten« auf *771*

U

Udet, Ernst (1896–1941), Kunstflieger. Der Kampfflieger des Ersten Weltkrieges war unter Hitler Generalluftzeugmeister. Sein Schicksal – er nahm sich 1941 das Leben – diente Carl Zuckmayer

als Vorbild für sein Schauspiel »Des Teufels General« *399*
Uhse, Beate (*1919), deutsche Unternehmerin. Die einstige Testpilotin der deutschen Luftwaffe machte sich nach Kriegsende als Marketenderin von Erotikwaren einen Namen *599, 791*
Ulbricht, Walter (1893–1973), Politiker; Staats- und Parteichef der DDR *239, 240, 241, 242, 298, 320, 321, 378, 397, 398, 605, 515, 517, 612, 708, 850, 851*
Ulbricht, Lotte, als Ehefrau Walter Ulbrichts zeitweise die »First Lady« der DDR *241*
Unseld, Siegfried (*1924), Verleger, Chef des Suhrkamp-Verlages *829, 833, 834, 835*
Ustinov, Peter (*1921), Schauspieler, Regisseur, Schriftsteller (»Die Liebe der vier Obersten«) *250, 254, 610*

V

Venske, Henning (*1939), Autor, Schauspieler und Kabarettist (u.a. bei der Münchner »Lach- und Schießgesellschaft«) *774*
Verner, Paul (1911–1986), DDR-Politiker, Ulbrichts Sekretär im SED-Büro *239*
Vialon, Friedrich-Karl (*1905), hoher Beamter der Bonner Ministerialbürokratie; war wegen seiner NS-Vergangenheit vielfach scharf angegriffen worden *402*
Villon, François (ca. 1431–1463), französischer Dichter, Bänkelsänger (»Das große Testament«) *368, 369, 370, 371, 372, 373, 374, 376, 377, 379, 380, 381, 382, 403, 406, 407, 418, 420, 440, 441, 442, 448, 724, 761, 767*
Vogel, Bernhard (*1932), Bruder des Hans-Jochen V., CDU-Politiker, Ministerpräsident von Rheinland-Pfalz und Thüringen *748, 749*
Vogel, Hans-Jochen (*1926), Bruder des Bernhard V., SPD-Politiker, Bundesjustizminister, Berlins Regierender Bürgermeister und SPD-Vorsitzender *748, 749*

W

Walden, Matthias (1927–1984), eigtl. Baron Otto v. Sass, wegen Verunglimpfung Heinrich Bölls als »Drahtzieher des Terrorismus« zu einer Geldstrafe verurteilter Journalist und Chefredakteur des SFB *346, 347, 419, 420, 421, 506, 667*
Waldoff, Claire (1884–1957), Schauspielerin und Chansonsängerin (»Hermann heeßt er«) *768, 769, 770, 774*
Walser, Martin (*1927), Schriftsteller (»Das Einhorn«, »Die Zimmerschlacht«) *526, 648*
Wargin, Ben, Berliner Umwelt-Künstler *810*
Washington, George (1732–1799), amerik. General und erster Präsident der USA *189*
Weddigen, Otto (1882–1915), U-Boot-Kommandant im Ersten Weltkrieg, versenkte im September 1914 drei britische Panzerkreuzer und wurde als Kriegsheld gefeiert *768*
Wedekind, Frank (1864–1818), Schriftsteller, Kabarettist und Dramatiker (»Frühlings Erwachen«). W. trat mit seinen Bänkelsongs um die Jahrhundertwende im Münchner Kabarett der »Elf Scharfrichter« auf *808*
Wehner, Herbert (1906–1990), Politiker, Parteiideologe; der KP-Funktionär der frühen Jahre wandte sich nach 1945 der SPD zu, war ihr stellvertretender Vorsitzender und zeitweise Bundesminister. Seine Funktion als »Zuchtmeister« der Partei war umstritten; er trug zum Kanzlersturz Willy Brandts bei und hat im Moskauer Exil gegenüber KP-Genossen eine dubiose Denunziantenrolle gespielt *307, 308, 310, 311, 319, 320, 360, 362, 363, 455, 513, 535, 715*
Weigel, Helene (1900–1971), Schauspielerin (»Mutter Courage«), Theaterleiterin; Ehefrau Bert Brechts *440, 441, 442, 611*
Weinberger, Caspar W. (*1917), ame-

rikanischer Politiker. Reagans Verteidigungsminister ab 1980, betrieb er zielstrebig seine Lieblingsprojekte: Aufstellung neuer Atomraketen und die Entwicklung weltraumgestützter Waffensysteme (SDI) *695, 698*
Weiss, Peter (1916–1982), Schriftsteller (»Die Verfolgung und Ermordung Jean Paul Marats«, »Die Ermittlung«) *401, 402, 509, 510, 611, 648, 732*
Weizsäcker, Carl-Friedrich v. (*1912), Professor für Philosophie und theoretische Physik, Direktor des Max-Planck-Instituts *300, 747, 748, 749, 750*
Weizsäcker, Marianne (*1932), Ehefrau des Bundespräsidenten *741, 742*
Weizsäcker, Richard v. (*1920), CDU-Politiker, Regierender Bürgermeister von Berlin, Bundespräsident *42, 55, 72, 300, 738, 739, 744, 745, 746, 747–754, 771*
Welles, Orson (1915–1985), amerik. Regisseur, Bühnen- und Filmschauspieler (»Citizen Kane«, »Der dritte Mann«) *313*
Wels, Otto (1873–1939), SPD-Politiker, sprach sich 1933 gegen Hitlers Ermächtigungsgesetz aus, ging anschließend ins Pariser Exil *312, 313, 314, 319*
Wendland, Sigurd, Maler, Graphiker *36, 705*
Wernicke, Otto (1893–1965), Schauspieler. Seine erste große Filmrolle hatte er 1931 in »M« von Fritz Lang *50*
Wessel, Horst (1907–1930), SA-Mann und Autor des nach ihm benannten NS-Liedes (»Die Fahne hoch!«), das die Nazis zum Appendix der Nationalhymne erklärten. W. kam bei einer Schießerei mit Kommunisten ums Leben und wurde im NS-Regime zum Märtyrer verklärt *331*
Westrick, Ludger (1894–1990), Jurist, Kaufmann, unter Hitler Wehrwirtschaftsführer, avancierte unter Adenauer zum Chef des Kanzleramtes. Adenauer-Nachfolger Erhard machte ihn zum Minister. Westrick, wegen seiner NS-Vergangenheit mehr und mehr unter Beschuß, ließ sich 1966 pensionieren *402*
Wiechert, Ernst (1887–1950), deutscher Schriftsteller. Über seine KZ-Haft in Buchenwald berichtete er in seinem Roman »Totenwald« *329*
Wieder, Hanne (1929–1989), Schauspielerin, Chansonsängerin, Kabarettistin. Als sie 1965 erfuhr, daß auf einer politischen Silvesterveranstaltung in Westberlin neben ihr auch DDR-Künstler wie Käthe Reichel und Gisela May auftreten sollten, zog sie ihre Zusage zurück. (Neuss-Kommentar: »Hanne Niewieder!«) *467*
Wilhelm II. (1859–1941), deutscher Kaiser ab 1888. Nach dem verlorenen Ersten Weltkrieg ging er nach Holland ins Exil *171*
Wirsing, Giselher (*1907), Publizist mit NS-Vergangenheit, war ab 1954 Chefredakteur der evangelisch-konservativen Wochenzeitung »Christ und Welt« *423*
Wohlrabe, Jürgen (1936–1995), Westberliner CDU-Politiker und Filmverleiher *309, 310*
Wolf, Konrad (1925–1982), Film-und TV-Regisseur. Der Sohn des Dramatikers Friedrich Wolf und Bruder des einstigen Chefs der DDR-Auslandsspionage, war einer der bekanntesten Filmemacher in der DDR (»Der geteilte Himmel«, »Goya«). W. war ZK-Mitglied und Präsident der DDR-Akademie der Künste *732, 738*
Wrobel, Ignaz s. Tucholsky, Kurt
Wulf, Joseph (1912–1974), Historiker, arbeitete nach dem Zweiten Weltkrieg, den er im KZ Auschwitz erlebte, die Geschichte der NS-Gesellschaft auf (»Theater und Film im Dritten Reich«, »Musik im Dritten Reich«, »Presse und Funk

im Dritten Reich«). 1974 nahm er sich, nach Jahren wirtschaftlicher Not, das Leben *730*
Wyschinski, Alexei (1883–1954), sowjetischer Politiker, Außenminister und Chefdelegierter bei den Vereinten Nationen *507, 508*

Z
Zadek, Peter (*1926), Theater- und TV-Regisseur, er besetzte Neuss als Erich Mühsam in »Rotmord« *459*
Zappa, Frank (1940–1985), Rockmusiker, brachte mit seiner Band (»The Mothers Of Invention«) die Groteske und parodistische Töne in die Popularmusik der Sechziger und Siebziger ein *677*
Zech-Nenntwich, Karl (*1892), SS-Gruppenführer und Chef des Führungsamtes im SS-Hauptamt *321*
Zehrer, Hans (1899–1966), Journalist, Chefredakteur von Springers »Welt« *326, 468*
Zetkin, Clara (1857–1933), deutsche Politikerin. Die Kommunistin war seit 1920 Mitglied und 1932 Alterspräsidentin des Reichstages *303*
Ziesel, Kurt (*1911), Publizist, Schriftsteller, Generalsekretär der reaktionären »Deutschland-Stiftung« *771*
Zimmermann, Friedrich (*1925), CSU-Politiker, Bundesinnenminister. Der studierte Jurist kam Anfang der Sechziger wegen eines »fahrlässig« geleisteten Falscheides ins Gerede *730*
Zimmermann, Eduard (*1929), Journalist, Ehrenmitglied beim Bund deutscher Kriminalbeamter. TV-Moderator der ZDF-Sendung »Aktenzeichen XY – ungelöst« *640*
Zoglmann, Siegfried (*1913), FDP-Politiker, Vertriebenenfunktionär *311*
Zuckmayer, Carl (1896–1977), deutscher Schriftsteller und Dramatiker (»Der Hauptmann von Köpenick«, »Des Teufels General«) *399, 612*
Zweig, Arnold (1887–1968), deutscher Schriftsteller (»Erziehung vor Verdun«) *548*
Zweig, Stefan (1881–1942), deutscher Schriftsteller (»Ungeduld des Herzens«, »Sternstunden der Menschheit«) *548*

Volker Kühn

kam über den Journalismus zu Funk- und Fernseharbeit. Vier Jahre USA-Aufenthalt. Ab 1963 Redakteur beim Hessischen Rundfunk, für den er über zehn Jahre lang die satirische Monatsbilanz »Bis zur letzten Frequenz« schrieb und produzierte. Seit 1970 freier Autor und Regisseur.

1973 startete er zusammen mit Dieter Hildebrandt die ZDF-»Notizen aus der Provinz«. Zahlreiche Fernsehsendungen, darunter eine zwölfteilige Serie über die Geschichte des Kabaretts (»Die zehnte Muse«), die Film-Satiren »Die halbe Eva«, »Euer Clown kann ich nicht sein«, »Hochkant« und »Der Eremit« sowie Dokumentationen über die Unterhaltung im Dritten Reich und das Kabarett im KZ (»Totentanz«). Er schrieb und inszenierte diverse Kabarett- und Theater-Revuen, darunter das Revolutions-Spektakel »Libertäterä«, das Dada Apokalyptical »Quaale Traum erdrosselt meine Singe« und den Bühnen-Monolog »Das Wunderkind«.

Seine UFA-Revue »Bombenstimmung« wurde im Berliner Theater des Westens uraufgeführt. Songtexter für »Turos Tutti« und das Musical »EinsZweiDrei«. Polit-Satire auf Schallplatten: »Wie die Alten singen«, »Pol(h)itparade«, »Musik aus Studio Bonn«. Magnus-Preis der ARD, Jacques-Offenbach-Medaille für Satire der Volksbühne Bonn. Mitglied des Pen-Zentrums. Lebt in Berlin.

Zusammenarbeit mit Wolfgang Neuss seit 1964. Er produzierte die Neuss-Platten »Marxmenschen« und »Neuss spricht BILD«; daneben zahlreiche Hörfunksendungen (»Bis zur letzten Frequenz«, »Neuss paukt deutsch«, »Serenade für Angsthasen«, »Einbahnstraßentheater«, »Der Fahrstuhlführer«). Die TV-Sendung »Ich lache Tränen, heule Heiterkeit«, ein Neuss-Porträt, entstand 1973.

Buchveröffentlichungen: »Leise rieselt der Schmäh« (Wende-Parodien zur Lage der Nation), »Gedicht aus Bonn« (Wegwerf-Lyrik aus dem Bundestag), »Spötterdämmerung« (Vom langen Sterben des großen kleinen Friedrich Hollaender), sowie zusammen mit Günter Walter: »Ich bejahe die Frage rundherum mit Ja« (Einführung in die Kanzlersprache) und »Schöner wählen« (Ratgeber für den mündigen Staatsbürger). Diverse Veröffentlichungen zum Thema Kabarett, darunter »Das Kabarett der frühen Jahre« (Ein Musenkind macht erste Schritte), der Bildband »Die bissige Muse« (111 Jahre Kabarett) und die fünfbändige Textsammlung »Kleinkunststücke«. Herausgeber von »Zurück, Genossen, es geht vorwärts!« sowie der Neuss-Anthologien »Das Wolfgang Neuss Buch«, »Wir Kellerkinder«, »Tunix ist besser als arbeitslos« und »Neuss Testament«.

Bild- und Copyrightnachweise, Dank

Archiv des Herausgebers – S. 23, 57, 80, 83, 85, 88, 89, 90, 91, 92, 94, 98, 100, 101, 104, 108/109, 113, 114, 120, 122, 125, 128, 129, 132, 158, 162, 166, 171, 174, 175, 177, 200, 223, 225, 227, 264 u., 291, 335, 336, 352 o., 452, 457, 458, 459, 473, 486, 512, 523, 646, 647, 659, 692
Rainer Bald – S. 824
David Baltzer – S. 849, 857, 858
Bettin – S. 674
J. H. Darchinger – S. 690, 818, 828, 831
Achim Duwentäster – S. 752 u., 754
Paul Glaser – S. 720, 722, 804/805, 842, 853
Gisela Groenewold – S. 59, 60/61, 63, 69, 70, 160, 161, 219, 221, 243, 284 o., 285, 286, 287, 288, 350, 351, 352 u., 353, 365, 366, 375, 383, 408/409, 430/431, 449, 460, 472, 474, 478, 511, 516, 517, 518, 534, 537, 557, 572, 573, 598, 614, 615, 616, 617, 618, 636, 661, Umschlag Vorderseite (Titel)
Gerhard Hinz – S. 653
Manfred Kraft – S. 752 o., 755
Manfred Lowack – S. 290, 291, 654, 662, 670, 677
Jürgen Müller-Schneck – S. 71
Ali Paczensky / Zenit – S. 699
Peter Rondholz – S. 679, 682
Frank Schnelle – S. 780/781
Christian Schulz / Paparazzi – S. 710, 854
Ullstein Bilderdienst – S. 99, 212, 228, 530
Ullstein Bilderdienst / E. Heinemann-Rufer – S. 64
Ullstein Bilderdienst / J. Müller-Schneck – S. 836/837
Regine Will – S. 689

Gertrude Degenhardt – S. 533
Rainer Hachfeld – S. 249, 637
Tüte Hagedorn – S. 355
Henry Meyer-Brockmann – S. 487
Heinz Meyer-Mengede – S. 229
Josef Sauer – S. 163, 451, 505, 519, 619
Stenzel – S. 213
Rudi Stern – S. 461, 475
Jürgen von Tomei – S. 367, 627

Uta – S. 691
Sigurd Wendland – S. 705

Matthias Beltz – S. 886–889
Wolf Biermann – S. 880–881
Franz Josef Degenhardt – S. 878–879, 882–884 © 1979 C. Bertelsmann Verlag GmbH, München © 1996 Aufbau-Verlag GmbH, Berlin
Dieter Hildebrandt – S. 876–877
Hanns Dieter Hüsch – S. 874, 885

Verlag und Herausgeber bedanken sich herzlich bei Mathias Bröckers für die Gelegenheit, sein Archiv für diese Ausgabe zu verwenden. Desgleichen bedanken wir uns herzlich bei Petra Schrott von der Fotoredaktion der »tageszeitung« für ihre Hilfe. In einigen Fällen konnten Urheber oder die Adressen von Fotografen nicht ermittelt werden. Wir bitten um Meldung beim Verlag. Bei allen Fotografen, Karikaturisten, Malern und Autoren bedanken wir uns für die freundliche Überlassung ihrer Werke. Besonders bedanken wir uns bei Gisela Groenewold für die Überlassung ihres reichen Fotoarchivs.